长江三峡诗集

（上册）

谭成夔 编著

巴蜀书社

目 录

巫山卷

巴东卷

归州卷

夷陵卷

导言：诗游三峡

长江三峡，一个惊天地、泣鬼神，让人神往、思恋、流连忘返的胜地，一个无数文人墨客激情歌颂的地方。在中国数千年的历史长河中，一个以屈宋、李杜为代表的庞大诗人群体，在三峡游览，为三峡歌颂，在三峡留驻，为三峡诗赋。这些诗篇情溢神州，光耀日月，成为今天中国人的宝贵文化遗产。

一

中国是诗的王国。诗，是中国文化皇冠上闪闪发光的明珠。三峡，是诗的灵感之地，是一个出诗的地方。历史上，为长江三峡增添光辉的文人很多，著名的有：郦道元、李白、杜甫、白居易、刘禹锡、寇准、苏轼、王十朋、陆游，等等。让我们跟随他们的灵感、笔墨，走进三峡。

（一）郦道元

郦道元，字善长，北魏范阳涿州（今河北涿州）人。曾任御史中丞、北中郎将等职，还做过东荆州刺史、河南尹等。少好学，博览群书，撰《水经注》四十卷。书中对三峡、永安宫、赤甲、鱼复、瞿塘、巫峡、神女、秭归、夷陵，皆有极为精彩详尽的描写。

他这样写三峡：

自三峡七百里中，两岸连山，略无阙处，重岩叠嶂，隐天蔽日，自非停午夜分，不见曦月。至于夏水，襄陵沿溯阻绝。王命急宣，有时朝发白帝，暮到江陵，其间千二百里，虽乘奔御风，不以疾也。春冬之时，则素湍渌潭，回清倒影。绝巘多生柽柏，悬泉瀑布，飞漱其间，清荣峻茂，良多趣味。每至晴初霜旦，林寒涧肃，常有高猿长啸，属引凄异，空谷传响，哀转久绝。故渔者歌曰：巴东三峡巫峡长，猿鸣三声泪沾裳。（《水经注·江水二》）

他这样写巫峡及其神女：

宋玉所谓天帝之季女，名曰瑶姬，未行而亡，封于巫山之台，精魂为草，寔为灵芝。所谓巫山之女，高唐之姬，旦为行云，暮为行雨，朝朝暮暮，阳台之下。旦早视之，果如其言，故为立庙，号朝云焉。其间首尾一百六十里，谓之巫峡，盖因山为名也。（《水经注·江水二》）

他这样写西陵峡：

自黄牛滩东入西陵界，至峡口一百里许，山水纡曲，而两岸高山重嶂，非日中夜半，不见日月。绝壁或千许丈，其石彩色形容，多所像类，林木高茂，略尽冬春，猿鸣至清，山谷传响，泠泠不绝，所谓三峡，此其一也。崧言常闻峡中水疾，书记及口传，悉以临惧相戒，曾无称有山水之美也。及余来践跻此意，既至欣然，始信之耳闻不如亲见矣。其叠崿秀峰，奇构异形，固难以辞叙，林木萧森，离离蔚蔚，乃在霞气之表，仰瞩俯映，弥习弥佳，流连信宿，不觉忘返，目所履历，未尝有也。既自欣得此奇观，山水有灵，亦当惊知己于千古矣。（《水经注·江水二》）

（二）李白

李白出生于唐安西都护府西域的碎叶城，五岁时随父迁绵州昌隆县（今四川江油）。少受儒道两家影响，曾与道士吴筠隐居剡中（今浙江嵊州）。吴向玄宗推荐李白，李后得玄宗令为供奉翰林。李常侍帝侧，一次大醉，使高力士脱靴，力士耻。不久为李林甫等排挤，离开长安。李白第二次从政入永王李璘幕府，一片爱国赤忱，可惜又入歧途。李璘败，李白被流放夜郎（今贵州桐梓）。李白在流放夜郎走到白帝城时遇赦，写下了七绝《早发白帝城》。李白第三次从政从南京出发，去临淮（今安徽泗县）参加太尉李光弼部队讨伐叛乱，中途得病，逝于当涂。

李白为人豪放坦率，为诗自由奔放。其人其诗得到许多中国人的喜爱，被授予诗仙桂冠。

李白的《蜀道难》、巫山诗，色彩缤纷，感情激扬。其七绝《早发白帝城》更是精练动人，脍炙人口，让人百念百思不厌。

李白写巫山：

昨夜巫山下，猿声梦里长。桃花飞绿水，三月下瞿塘。雨色风吹去，南行拂楚王。高丘怀宋玉，访古一沾裳。（《宿巫山下》）

我行巫山渚，寻古登阳台。天空彩云灭，地远清风来。神女去已久，襄王安在哉！荒淫竟沦没，樵牧徒悲哀。（《古风》之五八）

（三）杜甫

杜甫，字子美，自称少陵野老，人称杜少陵。祖籍襄阳，迁河南巩县。祖审言，官膳部员外郎。父闲，奉天令。甫少好学，年二十游历大江南北之吴越齐赵。三十五岁到长安，应诏不第。十年蹉跎，到了“朝叩富儿门，暮随肥马尘”，残杯冷炙、到处悲辛的境地。年四十献《三大礼赋》。四十四岁授河西尉，改右卫率府胄曹参军。后拜左拾遗。安史之乱，弃官入蜀，依严武，建成都草堂于浣花溪旁，往返于成都、梓州、汉州、阆州间。严武再镇蜀，表杜为节度参谋、检校工部员外郎。次年严武卒，杜五月离成都南下，自戎州至渝州。六月至忠州，秋至云安，因病暂留居。大历元年春，杜自云安至夔州，秋寓西阁。二年春迁赤甲，三月迁瀼西，秋迁东屯，又归瀼西。

大历三年正月，杜甫去夔出峡，三月至江陵，秋移公安，冬至岳州。四年正月至潭州，五年夏四月避乱入衡州。秋，舟下荆楚，竟以寓卒，年五十九岁，旅殡岳阳。

杜甫一生，诗 1505 篇，其中成都诗 257 篇，梓州等州诗 211 篇，夔州诗 470 篇，夔诗约占杜诗总数的三分之一。诗家认为，杜诗到夔更为精工沉郁，也更为人称道。在王兆鹏等编写的《唐诗排行榜》（中华书局 2011 年版）一书中，在唐诗百首名篇中，杜甫占有十七篇，其中成都诗四篇、夔州诗二篇。

其夔州诗二篇是：

风急天高猿啸哀，渚清沙白鸟飞回。无边落木萧萧下，不尽长江滚滚来。万里悲秋常作客，百年多病独登台。艰难苦恨繁霜鬓，潦倒新亭浊酒杯。（《登高》）

玉露凋伤枫树林，巫山巫峡气萧森。江间波浪兼天涌，塞上风云接地阴。丛菊两开他日泪，孤舟一系故园心。寒衣处处催刀尺，白帝城高急暮砧。（《秋兴八首》其一）

（四）白居易

白居易，字乐天，生于唐，其先为太原人，后家韩城，又迁下邽。二十九岁登进士第，三十二岁以书判拔萃科登第，为校书郎。三十五岁授盩厔县尉。三十六岁为翰林学士。三十七岁除左拾遗。三十九岁改京兆府户曹参军。四十三岁授太子左赞善大夫。四十四岁以母看花坠井死而作赏花及新井诗，因贬江州司马。四十八岁与弟行简、友元稹有三游洞之行，赴忠州刺史任。四十九岁返长安为主客郎中，知制诰。五十一岁为中书舍人，七月为杭州刺史。五十三岁修筑钱塘湖堤，称白堤。五月为太子左庶子分司东都，离杭返洛阳。五十四岁为苏州刺史。五十七岁为刑部侍郎。六十岁在河南尹任。六十三岁为太子宾客分司。七十岁除刑部尚书致仕。武宗会昌六年（846）八月卒，享年七十五岁，葬龙门香山。

白文精切，尤功诗。白诗平易近人，老妪都解。初与元稹酬咏，人号元白；又与刘禹锡齐名，号刘白。其《琵琶行》《长恨歌》传诵久远，尤为人称道。

白居易写三峡：

瞿唐天下险，夜上信难哉。岸似双屏合，天如匹练开。逆风惊浪起，拔篸暗船来。欲识愁多少，高于滟滪堆。（《夜入瞿塘峡》）

瞿唐峡口水烟低，白帝城头月向西。唱到竹枝声咽处，寒猿暗鸟一时啼。（《竹枝词四首》其一）

白狗次黄牛，滩如竹节稠。路穿天地险，人续古今愁。忽见千花塔，因停一叶舟。畏途常迫促，静境暂淹留。巴曲春全尽，巫阳雨半收。北归虽引领，南望亦回头。昔去悲殊俗，今来念旧游。别僧山北寺，抛竹水西楼。郡树花如雪，军厨酒似油。时时大开口，自笑忆忠州。（《发白狗峡次黄牛峡登高寺却望忠州》）

（五）刘禹锡

刘禹锡，字梦得，唐洛阳人。其父为浙西观察使幕僚。刘年二十二，登进士第，授太子校书，迁屯田员外郎。宪宗立，刘贬连州刺史、郎州司马。后从连州刺史改夔州刺史，在夔历三个年头。后为和州、苏州、汝州、同州刺史。官至检校礼部尚书兼太子宾客。卒年七十一岁。

刘在夔效屈原作《九歌》，作《竹枝词九首》，开文人《竹枝》之先河，《竹枝》因之一发而走向全国。黄庭坚赞其“词意高妙，可以独步”，苏东坡叹其“奔轶绝尘，不可追也”。

刘禹锡写蜀江春色：

白帝城头春草生，白盐山下蜀江清。南人上来歌一曲，北人陌上动乡情。（《竹枝词九首》其一）

杨柳青青江水平，闻郎江上踏歌声。东边日出西边雨，道是无晴却有晴。（《竹枝词二首》其一）

（六）寇准

寇准，字平仲，北宋华州下邽（今陕西渭南东北）人。年十九举进士第，为大理评事，知成安、巴东县。擢枢密院直学士，判吏部铨。奏事殿中，语不合，帝怒起，准引帝衣复坐，事决乃退，帝以准比魏征。后为中书门下平章事。适辽兵入侵，朝野震骇，准力排众议，请帝亲征，帝亲征澶州，伤辽大将，辽请盟退兵，得胜而还。封相，封莱国公。

准少英迈，精于诗，有“野水无人渡，孤舟尽日横”（《春日登楼怀归》）之句。准将韦应物“野渡无人舟自横”句增为两句，妙趣横生，传诵诗坛。后人知其诗才必有大用，果有澶渊之盟。

寇准吟春夏秋冬：

水国淹留岁月空，云山东去阻千重。欲令遥夜春愁薄，须赖黄醅腊酒浓。南浦有潮春栅锁，西窗无睡怯岩钟。谁家几点畬田火，疑是残灯挂远峰。（《春初夜书》）

雨蒙村落野梅黄，茅阁长吟水气凉。幽鸟远声来独树，小荷疏影当前塘。闲心终不忘鱼钓，澹水真宜习老庄。报国自知无世用，烟蓑何日卧清漳。（《夏夜闲书》）

背窗寒烛影沉沉，楚客乡思欲不禁。板阁漏残人自远，水萤光淡夜方深。牢愁闻雨眠疏屋，归梦随云彻故林。忆看烟村旧风景，柿红时节又鸣砧。（《秋夜怀归》）

户庭初过雪，鸟雀亦声稀。天淡云容结，林寒日影微。虚名何足道，前是旋成非。簪绂全忘念，终须扫涧扉。（《冬日偶书》）

（七）苏轼

苏轼，字子瞻，表字和仲，又表字子平，北宋眉州眉山（今四川眉山）人。苏轼大器早成，二十二岁进士及第，试礼部，欧阳修擢置第二，言："我当避此人，放出一头地。"签书凤翔府判官，召直史馆。王安石变法，轼与之政见不合，请外放，出任杭州通判，密州、徐州、湖州知州。元丰二年，苏轼四十四岁，以乌台诗案被捕，后贬为黄州团练副使。四十六岁种地东坡，号东坡居士。四十七岁在东坡筑雪堂，两游赤壁，作前后《赤壁赋》《念奴娇·赤壁怀古》。苏轼虽与王安石政见不合，但互为诗友，诵诗说佛，亦有唱和。苏轼写有《雪后书北台壁》诗，王和诗六篇。王安石钦佩苏轼之文才诗才，赞其直言敢谏。苏轼也有"劝我试求三亩宅，从公已觉十年迟"的诗句。

高太后听政，召苏轼还朝，时苏轼五十一岁，升起居舍人、中书舍人，翰林学士、知制诰。但苏轼因党争不安于朝，累请外任，以龙图阁学士出知杭州。五十五岁时在杭疏浚西湖，筑南北三十里长堤，杭人名“苏公堤”，即苏堤。又整治钱塘六井，使民得水利。

苏轼五十六岁入京，为翰林学士兼侍读，知制诰。后出知颍州。五十七岁迁端明殿学士兼翰林院侍读学士，守礼部尚书。元祐八年，高太后去世，哲宗起用新党，罢苏轼礼部尚书职，出知定州。五十九岁，以谤讪先朝罪名贬惠州安置。六十三岁又贬官海南儋州。

哲宗崩，徽宗立，苏轼遇赦北归，第二年，年六十六岁，逝于常州。

苏轼，北宋大文学家，诗、赋、文、书、画无不精通。一生写诗2700余首，赋27首，词300余首，文4500余篇，被奉为天下文宗，雄视百代。苏轼作品，文笔自然而恣肆，气势雄健而磅礴，有如长江三峡流水，浩浩荡荡。然而其最为后世彪柄的作品，多为其在黄州、惠州、儋州时所作。唯此时，时间自由，空间广泛，又有写作激情，故多出神品。

苏轼在黄州两游赤壁，写下了前后《赤壁赋》，写景抒情，自然生动：

> 月出于东山之上，徘徊于斗、牛之间。白露横江，水光接天。纵一苇之所如，凌万顷之茫然。浩浩乎如凭虚御风，而不知其所止；飘飘乎如遗世独立，羽化而登仙。……方其破荆州，下江陵，顺流而东也，舳舻千里，旌旗蔽空，酾酒临江，横槊赋诗，固一世之雄也，而今安在哉？

（前《赤壁赋》）

在描绘江景，感叹曹操后，苏轼“哀吾生之须臾，羡长江之无穷”，“唯江上之清风，与山间之明月，耳得之为声，目遇之而成色，取之无禁，用之不竭，是造物者之无尽藏也”（前《赤壁赋》）。此时轼翁之心，亦在山水之间耳。

其《念奴娇·赤壁怀古》，尽显文豪的闲情逸致与精神境界：

大江东去，浪淘尽，千古风流人物。故垒西边，人道是，三国周郎赤壁。乱石穿空，惊涛拍岸，卷起千堆雪。江山如画，一时多少豪杰。……

（八）王十朋

王十朋，字龟龄，宋温州乐清县（今浙江乐清）人。秦桧死，帝亲政策士，嘉十朋，擢为第一，授绍兴府签判，迁著作郎。历知饶州、夔州、湖州、泉州。所至布恩恤民，民则绘像立祠祭之。累官太子詹事，以龙图阁学士致仕。王在夔施德政，买山植树，给水为民，修垒固城，广种杨柳。瀼水东西十里，植杨柳二千株。又题《十八坊诗》，教化民众。访夔路贤良十七，为民树贤。民众爱之，为修祀祠，又名西瀼水为梅溪河。王之诗集为《梅溪集》。

王十朋有《江月亭二绝》：

长江何处水，明月几州天。月与江无约，相逢是偶然。（其一）

江山今古几英雄，割据并吞总是空。惟有江流不转石（笔者注：砥柱中流之滟滪石），千秋长在明月中。（其二）

《别夔州三绝》：

揭来夔子两经年，恰似忠州白乐天。种柳栽花一般意，愧无明德比前贤。（其一）

夔峡民淳狱讼稀，使君无事只吟诗。才疏政拙形容陋，深愧邦人为立祠。（其二）

（九）陆游

陆游，字务观，号放翁，晚号龟堂老人。绍兴人，祖父佃，官礼部侍郎、尚书右丞。父宰，京西路转运副使。陆游十岁入学，十二岁能诗文，三十岁赴礼部试，以论恢复语触秦桧，为秦黜落。三十四岁为宁德县主簿，三十八岁赐进士出身，为镇江通判。四十二岁时因言官论陆游“交结台谏，鼓唱是非，力说用兵”而罢归故里，赋闲数年。四十五岁以左奉议郎通判夔州，四十六岁闰五月启程，十月抵夔，写有《入蜀记》六卷。陆游四十八岁为四川宣抚司干办公事兼检法官，四十九岁通判蜀州、知嘉州。五十二岁免官奉祠。六十二岁知严州。六十五岁为礼部郎中，后兼膳部与实录院检讨官，年底被劾罢官，返故里。此后十三年，在山阴家居。六十六岁冬奉祠，七十五岁致仕，为文系衔，称中大夫，直华文阁。七十八岁应召修国史，七十九岁史修成，请致仕。嘉定二年（1210）逝世，享年八十五岁，葬会稽五云乡卢家岙。

陆游逝后三十四年，宋与蒙古会师破金，金亡。陆游逝后七十九年，元兵败宋于崖山（今广东江门市新会区南，宋末为抗元据点），宋亡（宋军败，陆秀夫负帝沉海同死）。陆游孙元廷闻崖山之变，忧愤而死，曾孙传义不食而死，玄孙天骐在崖山战役中蹈海而死。

陆游八十四岁作《思夔州二首》：

老来百念尽消磨，无奈云安入梦何。壮忆公孙剑器舞，愁思宾客竹枝歌。（其一）

武侯八阵孙吴法，工部十诗韶頀音。遗碛故祠春草合，略无人解两公心。（其二）

八十五岁冬十月作《示儿》：

死去元知万事空，但悲不见九州同。王师北定中原日，家祭无忘告乃翁。

二

三峡，是由重庆到湖北这一段长江上天设地造的地质奇观，是长江上一颗光辉灿烂的明珠。

长江三峡，即瞿塘峡、巫峡、西陵峡三个峡段，全长约 204 公里。

瞿塘峡　瞿塘峡又称夔峡，古时有人叫西陵峡，西起奉节县白帝城夔门，东至巫山县黛溪（也叫大溪、代溪），长约 8 公里。瞿塘峡以雄奇险峻称，有“夔门天下雄”的美誉。然而在水平瞿塘之后，“夔门”的雄奇险峻又有了变化。

巫峡　巫峡也叫巫山峡，西起巫山县大宁河口，东至巴东县官渡口，全长约 42 公里。这里河道绵延曲折，天气朝云暮雨，风云变幻莫测。十二奇峰穿插在长江左右两岸峡谷之间，峡谷幽深，山峰峻丽。神女峰一枝独秀，晨曦夕雨，牵动着无数游览者的情愫，有“巫峡天下秀”的美誉。

西陵峡　西陵峡总长为 75 公里，由两段峡谷加上一段宽谷组成。其中，西起秭归县香溪河口，东至庙河，约 18 公里，为第一峡段。中间夹着的庙南宽谷，由庙河至南沱长约 33 公里。再由南沱至南津关，长约 24 公里，为第二峡段，两峡段共长 42 公里。西陵峡滩多，有“滩如竹节稠”之说，故峡中滩又总称“竹节滩”。它们是：达洞滩、野猫滩、使君滩、鹿角滩、流头滩、狼尾滩、查波滩、南虎滩、北虎滩、大峰滩、三珠滩。从黄陵庙到平善坝，有黄牛滩、无义滩、红石子滩、南沱三漩、扇子峡、石牌峡、虾蟆碚、猢狲滩、偏牢滩、黄茅滩。从平善坝再往下，有白龙洞滩、枬木桠滩。西陵峡滩险，有“崆舲才是鬼门关”的俗语。所谓空舲，舲就是小舯，就是船在过滩时，要把船上的人员货物全部撤下船，让船空仓过滩，小船都要空舲，大船就更不用说了。这里礁丛密布，挤占了河床，阻塞了河道，成为“腰汉河段”，人们称之为“妖占河”。历史上许多上下西陵峡的官商旅客，为了避开西陵峡水险，宁愿选择旱路，翻山越岭，艰苦跋涉，走在宜昌至秭归的所谓艰难的山路上。唐朝的白居易，宋朝的范成大，就是这般绕过西陵水险，由陆路走向秭归、走向四川的。这充分证明了西陵峡之险。

长江三峡，除了瞿塘、巫山、西陵三大峡谷，还有三个宽谷，即：黛溪至大宁河口的大宁河宽谷，巫峡出口至香溪的香溪宽谷及西陵峡中牛肝马肺峡与灯影峡之间的庙南宽谷。长江三峡水利工程三峡大坝，就选在庙南宽谷湖北省宜昌市的三斗坪，它的下游 38 公里，走出南津关就是葛洲坝水利工程。出了扇子峡，就是下牢溪、南津关、三游洞、西陵峡尽头葛洲坝。出了南津关，心头好喜欢，至喜亭到了，是举酒庆贺的时候了。

三

《水经注》虽只对长江三峡有简短的记载，却因之而保留了珍贵的史地资料。交织在长江和《水经注》经线上的纬线，是三峡沿岸的五大城市。本集关注的，即为这些区市县所属峡段险滩，以及由历代诗人在这个交织物上结出的诗篇。

诗歌叙事简约，要了解诗的历史背景，需要先了解沿岸城市的历史，这就不能不简略地介绍一下夔府、巫山、巴东、归州、夷陵这五大区域。

（一）夔州府

《四川通志》：夔州府，禹贡荆梁二州之域，春秋为庸国地，后属巴国，战国时属楚。秦属巴郡，汉因之。初平元年，刘璋分立固陵郡。建安六年，改为巴东郡，仍属益州。晋仍曰巴东郡，大康中属梁州，大安二年属益州，永和初属荆州。刘宋泰始五年置三巴校尉，萧齐建元二年置巴州，永明元年省梁，普通八年改置信州，后周置总管府。隋开皇三年郡废，大业元年府废，复为巴东郡。唐武德元年复为信州，二年改曰夔州，仍置总管府（管十九郡）。贞观十四年改都督府，后置府，天宝元年改云安郡，乾元元年复曰夔州，属山南东道。二年复为都督府，寻又罢，天祐三年升镇江军节度使。五代属蜀，后唐天成二年改曰宁江军。孟蜀仍为夔州，宋亦曰夔州，云安郡改宁江军节度为都督府，开宝六年分置峡西路，咸平四年改夔州路。元至元十五年立夔州路总管府，隶四川。明洪武四年改夔州府，九年改州，隶重庆府。十四年复升为府，属川东道。清因之。

奉节县：周、庸国之鱼邑。秦为鱼复县，汉置鱼复县，为江关都尉治，属巴郡。建安中为巴东郡治。蜀汉章武二年改曰永安。晋太康元年复曰鱼复。宋、齐因之。梁置信州，沿此。两魏改县曰人复。隋因之，仍为巴东郡治。唐初为夔州治，贞观二十三年改曰奉节。宋、元因之。明洪武九年，省县入州，十四年复置，属夔州府。

夔又是川渝咽喉，楚吴锁钥。夔门雄关，历来是争战要地。历史上，楚熊之归夔子，岑彭之入扞关，公孙述之筑城，诸葛亮之布八阵，桓温之溯鱼复，朱龄石之次白帝，皆视此为要塞。三国时刘备诸葛亮入蜀经过这里，刘备伐吴的夷陵之战终结在这里，历史上凸显君贤臣忠的永安宫托孤发生在这里。这里还有刘关张祀庙、甘皇后夫人墓等众多三国遗迹，是一座历史文化名城。

（二）巫山县

《四川通志》：巫山县，周、楚巫郡。秦改为巫县，属南郡。汉因之，建安中改属宜都郡。晋初置建平都尉，治此，后改都尉为建平郡。隋开皇初废郡改县，曰巫山，属巴东郡。唐宋元属夔州，明属夔州府，清因之。

巫山县是巫山猿人化石的出土地，也是大溪文化的发现地，长江文化的源头之一。在大宁河口至青石与培石之间矗立着巫山十二峰，其中北岸依次为圣泉峰、登龙峰、朝云峰、神女峰、松峦峰、集仙峰，南岸依次为净云峰、起云峰、飞凤峰、上升峰、翠屏峰、聚鹤峰。这里是神女传说的源头，神女文化的发源地。“曾经沧海难为水，除却巫山不是云。”游三峡，过巫山，谒神女庙、高唐观、阳台、楚宫，读《高唐赋》《神女赋》，诵神女之诗。眼前是世上少有的美景巫山十二峰，心中有世上难描的十二仙子。云雨巫山，既是巫山长峡的真实写照，也是无数国人钟情之所在。

（三）巴东县

《大明一统志》：巫山县，后汉公孙述遣将田戎，拔巫山之巴东，大张旗帜于巴山，巴东之名始见于此。《太平寰宇记》云：乐乡故城在县东三里……梁置信陵郡于此，隋开皇岁，始改乐乡为巴东县。三峡内县城均在长江北岸，独莱公选巴东县址于南岸。巴东县北面长江、背靠大山，为长江三峡通往湘、鄂、酉、秀、黔、彭的水陆中转港，地理位置十分重要。

陆游《入蜀记》：晚泊巴东县，江山雄丽，大胜秭归。……登双柏堂、白云亭，堂下旧有莱公所植柏，今已枯死。然南山重复，秀丽可爱，白云亭则天下幽奇绝境，群山环拥，层出间见，古木森然，往往二三百年物。栏外双瀑泻石涧中，跳珠溅玉，冷入人骨。其下为慈溪，奔流与江合。予自吴入楚，行五千余里，过十五州，亭榭之胜，无如白云者。

（四）归州

《大明一统志·名胜》：归州，唐武德初，割夔府之秭归，与兴山、巴东三县置归州。《水经注·江水二》：（秭归）县，故归乡。《地理志》曰：归子国也。……屈原有贤姊，闻原放逐，亦来归，喻令自宽，全乡人冀其见从，固名曰姊归，即《离骚》所谓女媭婵媛，以詈余也。县城东北依山即坂，周回二里，高一丈五尺，南临大江，古老相传，谓之刘备城，盖备征吴所筑也。县东北数十里，有屈原旧田宅，虽畦堰縻漫，犹保屈田之称也。县北一百六十里，有女媭庙，捣衣石犹存，故《宜都记》曰：秭归，盖楚子熊绎之始国，而屈原之乡里也。

秭归孕育了伟大诗人屈原，也孕育了“落雁”丽人王昭君。

陆游《入蜀记》：归之为州，才三四百家，负卧牛山临江，州前即人鲊瓮。城中无尺寸平土，滩声常如暴风雨。人鲊瓮，在秭归城下，是著名险滩，由九道嵯峨怪石横卧江面，滩声常如暴风雨。这里又叫九龙奔江。历史上多少官商游仕避开这里的险滩，改走陆路过此。

（五）夷陵

《大清一统志》：宜昌府，汉属南郡，蜀汉属宜都郡，后属吴，改曰西陵，晋宋属宜都郡。齐、梁置宜州，西魏改拓州，周改硖州，隋为夷陵郡，唐宋因之。元为硖州路，明改夷陵州，清为宜昌府。

东湖县历史上一直为夷陵县，清为东湖县，后为宜昌县。夷陵西控川渝，东连吴越，为楚之西塞，历来为兵家必争之地。秦以白起伐楚，火烧夷陵。刘禹锡有诗曰："梦渚草长迷楚望，夷陵土黑有秦灰。"（《松滋渡望峡中》）刘备欲报关羽、张飞之仇，兴兵伐吴，至夷陵猇亭，连营七百里，分四十余屯。吴令陆逊为大都督，总领三军，火烧连营，败刘备于猇亭，追至白帝城，遇八阵图而返。杜工部有诗曰："功盖三分国，名成八阵图。江流石不转，遗恨失吞吴。"（《八阵图》）

四

在《文化苦旅·三峡》中，余秋雨说："白帝城本来就熔铸着两种声音，两种神貌：李白与刘备，诗情与战火，豪迈与沉郁，对自然美的朝觐与对山河主宰权的争逐。它高高地矗立在群山之上，它脚下，是为这两个主题日夜争辩着的滔滔江流。"

历史，既有诗情画意，又有争战烈火。在五千年文明史中，一边是高山流水、曾经沧海、晓风残月、今夕何夕的柔情绮靡，一边却是“炮火连天，弹痕遍地”、“上疆场彼此弯弓月，流遍了，郊原血”的惨烈悲壮。直至今天，在世界范围内，依然是和平与战火交织，推动着历史前行。

今天，我们诗游三峡，它的经线是长江，是《水经注》。而它的纬线，就是诗城夔府、秀城巫山、野渡巴东、夔子秭归、西塞夷陵。将他们交织在一起的，是李杜、刘白、苏黄、王陆……是永安宫、白帝城、八阵图、神女庙、朝阳台、十二峰、刘备城、屈原祠、昭君村、夷陵道、楚西塞……让我们一面读诗，一面读史，更深入地了解长江三峡，以充实此次诗游三峡之行。

五

三峡之中，大滩有数、有诗、有记；小滩无数、无诗、无记，然亦有有心人亲历或记录。最为知名的是郦道元的《水经注》，还有京山李元的《蜀水经》。清安化人陶澍典试四川乡试时，经过三峡，写了《蜀輶日记》，详细记录了从重庆到宜昌的大小滩礁。明朝归州太守吴守忠曾编过一本《三峡通志》，但较简略。此外，王士祯的《蜀道驿程记》，也为我们的三峡游增兴不少。

今天，要亲临高江急峡、溜槽绞滩那样的惊险，那种生死一瞬的境地，要想体会三峡的野性游历趣味，也并不是完全不可能。翻开历史，翻开各朝各代三峡游者的诗词、游记，我们仍然能寻找到他们当时惊心动魄、惊天地泣鬼神的感觉，带着我们来一次诗游三峡，圆一次三峡游梦。因此，《长江三峡诗集》，算是以三峡为题，依原始的面貌较全面地收集三峡诗的一次尝试。如果没有有心者再辑三峡古诗文，则这次或将是最后一次三峡原始游了！

如今，我们已经“更立西江石壁，截断巫山云雨，高峡出平湖”。滟滪天险已经没有了，青滩泄滩和空舲险滩也已经没有了。现在是水平江阔、太平无事。船舶行驶在今天的长江三峡中，是“神女应无恙，当惊世界殊”。要想亲临高江急峡、溜槽绞滩，体味生死一瞬的惊险，只有翻开历史，从古人的描写中感受那令人望而生畏、心胆俱裂的高峡险滩，领略那令人魂牵梦萦、无限向往的瑰丽景色。幸而，夔门的雄奇仍在，神女峰的秀美和巫山云雨仍在，才子佳人的动人故事仍在。希望读者通过本书，来一次古诗中的三峡之游，并在读过本书之后，来一次现实版的三峡之游；在对比古人昔游和自我今游中，放松因奔忙于凡世生计而紧张的心情，丰富思想，激扬情愫，从而收拾心情，为下一里程而奋斗。

我们非常珍惜这样一次具有三峡历史风貌的三峡诗游，也非常希望读者朋友们有这样一次亲历三峡山川风光的三峡诗游。

让我们亲历一次惊天地、泣鬼神的三峡之游吧。

谭戍夔

2016 年 8 月 8 日

于成都锦里西

凡　例

一、本集参考资料涉及诗文集、笔记、方志、史书、碑拓等，比较重要的出处皆在文末以（　）说明。对于常见易得或不能确定出处者则不予说明。

二、本集所收有关三峡诗，包括佚题诗、佚名诗、缺字诗，以期专家学者批评补充。缺字以□表示。

三、本集编次，按夔府、巫山、巴东、归州、夷陵成卷。各卷按诗人、地域各分若干目，逐一收集诗文。诗文次序，略依朝代编排，有不明朝代者放后。多次往返三峡、其年代不可详考的作者，其诗文大体归入一类。

四、本集注释大致以原注、编者注相区别。是否出注以方便理解诗意为标准。同一内容，只在第一次出现时出注。

五、进出三峡，有上行和下行之分，俗称上水、下水，上下水之诗情景迥然不同，然无法分开编排，请读者自己领会，以免发生误解。

六、本集之作者介绍，主旨在助读者理解诗意，故尚简约。由于分目编诗，故同一作者，只在首次出现时予以介绍，后即从略。

七、三峡诗集，顾名思义，是以诗名峡，应以诗为主。故各卷皆以编诗为主，各卷皆有专题咏诗。但大名如李白、杜甫、刘禹锡、王十朋，他们的诗在本诗集中占有重要地位，为凸显其重要性，单独辑之实有必要，故卷前单列重要诗人之三峡诗作简介。

八、本集附文，皆事关三峡诗的理解，附之于后，以广三峡之见闻。

夔府卷

杜甫在夔府

一 赴夔

去 蜀

五载客蜀郡，一年居梓州。如何关塞阻，转作潇湘游。万事已黄发，残生随白鸥。安危大臣在，不必泪长流。

仇注：公自乾元二年季冬来蜀，至永泰元年，首尾凡七年，其实止六年耳。所谓五载客蜀者，上元元年、上元二年、宝应元年、广德二年、永泰元年也。一年居梓者，专指广德元年也。此诗作于永泰元年夏。

上四去蜀之故，下四去蜀有感。关寒阻，难返长安。潇湘游，将往荆楚也。万事，忆从前。残生，思后日。

编者注：大臣：指郭子仪。

拨 闷

闻道云安曲米春，才倾一盏即醺人。乘舟取醉非难事，下峡消愁定几巡。长年三老遥怜汝，棙柁开头捷有神。已办青钱防雇直，当令美味入吾唇。

《杜臆》：雇，谓舟费。直，谓酒资。

蔡注：峡中以篙师为长年，舵工为三老。邵注：三老，捩舵者。长年，开头者。

仇注：《国史补》：酒有荥阳之土窟春，富平之石冻春，剑南之烧春，子美亦云“闻道云安曲米春”。

编者注：曲米春：唐代酒名。长年三老：《宋景文笔记》：蜀人谓舵师为长年三老。《入蜀记》：长年三老，梢工是也。

旅夜书怀

细草微风岸，危樯独夜舟。星垂平野阔，月涌大江流。名岂文章著，官应老病休。飘飘何所似，天地一沙鸥。

编者注：应是杜离成都去夔州时舟中所作。

放　船

收帆下急水，卷幔逐回滩。江市戎戎暗，山云淰淰寒。村荒无径人，独鸟怪人看。已泊城楼底，何曾夜色阑。

仇注：帆以御风，幔以蔽日，曰收曰卷，日将暮矣。市暗云寒，行舟所见。荒林独鸟，停舟所见。无径人，林已昏也。怪人看，鸟将宿矣。自放而泊，夜色未阑，正见行舟之速。

黄注：戎戎，市中晚烟之盛也。董曰：淰淰之者，状云物散而不定。

云安九日郑十八携酒陪诸公宴

寒花开已尽，菊蕊独盈枝。旧摘人频异，轻香酒暂随。地偏初衣夹，山拥更登危。万国皆戎马，酣歌泪欲垂。

《风俗通》：九日登高，以禳灾厄。

仇注：上四九日，自伤飘荡。下四云安，慨世乱离。人指诸公，曰频异，忆日去年也。郑方携酒，曰暂随，念将来也。初衣夹，见地气之暖。更登危，见山城之高。

别常征君

儿扶犹杖策，卧病一秋强。白发少新洗，寒衣宽总长。故人忧见及，此别泪相望。各逐萍流转，来书细作行。

顾注：永泰元年，自秋徂冬，公在云安，故云卧病一秋强。强，多也。

仇注：此备写老病之状。黄注：见及，恐大命之见及也。

子 规

峡里云安县，江楼翼瓦齐。两边山木合，终日子规啼。眇眇春风见，萧萧夜色凄。客愁那听此，故作傍人低。

仇注：此听子规而动客愁也。眇眇：指子规。萧萧：指山木。

船下夔州郭宿雨湿不得上岸别王十二判官

依沙宿舸船，石濑月娟娟。风起春灯乱，江鸣夜雨悬。晨钟云岸湿，胜地石堂烟。柔橹轻鸥外，含凄觉汝贤。

仇注：郭宿：宿于云安郭外。《杜臆》：柔橹相送，轻鸥伴行，橹鸥之外，但觉汝贤。

漫成一首

江月去人只数尺，风灯照夜欲三更。沙头宿鹭联拳静，船尾跳鱼拨剌鸣。

移居夔州作

伏枕云安县，迁居白帝城。春知催柳别，江与放船清。农事闻人说，山光见鸟情。禹功饶断石，且就土微平。

王洙注：沿峡皆因开凿而成，故少平土，惟夔州稍平耳。仇注：土微平，见夔州可居。

编者注：正德《夔州府志》卷三《山川》：白帝山，在府城东五里。峡中视之，孤特甚峭。公孙述据蜀，殿前井中，尝有白龙出，因称白帝，山亦以名。

引　水

月峡瞿塘云作顶，乱石峥嵘俗无井。云安酤水奴仆悲，鱼复移居心力省。白帝城西万竹蟠，接筒引水喉不干。人生留滞生理难，斗水何直百忧宽。

鲁訔曰：夔俗无井，以竹引山泉而饮。蟠窟山腹间，有至数百丈者。

老　病

老病巫山里，稽留楚客中。药残他日裹，花发去年丛。夜足沾沙雨，春多逆水风。合分双赐笔，犹作一飘蓬。

《随笔》：白乐天诗："巫山暮足沾花雨，陇水春多逆浪风。"此全用杜句。按：杜云"晓看红湿处"，又云"湖日落船明"。陆放翁则云："猩红带露海棠湿，鸭绿平堤湖水明。"用湿明二字于句尾，先冠猩红鸭绿于句头，以己意熔炼前人语，愈增壮丽。

编者注：夔曾属楚，故巫山、楚客，皆指夔。

奉寄李十五秘书文嶷（选一）

避暑云安县，秋风早下来。暂留鱼复浦，同过楚王台。猿鸟千崖窄，江湖万里开。竹枝歌未好，画舸莫迟回。

仇注：李往云安，公在鱼复，约其来浦，同过阳台而出峡也。

夔州歌十绝句

中巴之东巴东山，江水开辟流其间。白帝高为三峡镇，瞿塘险过百牢关。

《水经》：刘璋分三巴，有中巴，有西巴，有东巴。

《唐志》：夔州为巴东郡，在中巴之东。

编者注：白帝城，传为公孙述所筑城。据学者研究，白帝城最先祀奉的实为土族所敬白帝。

白帝夔州各异城，蜀江楚峡混殊名。英雄割据非天意，霸主并吞在物情。

朱注：古白帝城在夔州城东，故曰各异城。瞿塘峡旧名西陵峡，与荆州西陵峡相乱，故曰混殊名。

群雄竞起问前朝，王者无外见今朝。比讶渔阳结怨恨，元听舜日旧箫韶。

仇注：比，近也。讶，骇也。朱浮《责彭宠书》：奈何以区区渔阳，结怨天子。

赤甲白盐俱刺天，闾阎缭绕接山巅。枫林橘树丹青合，复道重楼锦绣悬。

仇注：刺天，言山势之高。接巅，言居人之密。丹青，谓枫橘异色。锦绣，谓楼阁相映。

编者注：赤甲、白盐：为瞿塘峡口长江两岸的两座大山。一色赤，曰赤甲；一色白，曰白盐。

瀼东瀼西一万家，江北江南春冬花。背飞鹤子遗琼蕊，相趁凫雏入蒋牙。

仇注：记瀼东瀼西也。一万家，人烟盛。春冬花，地气暖。遗蕊入蒋，形容花草之多。趁，逐也。蒋，菰名也。

编者注：夔府有东瀼水和西瀼水，东瀼水沿白帝城东流入长江，西瀼水沿奉节老城东流入长江。正德《夔州府志》卷三《山川》：东瀼水，在府城东一十里。《入蜀记》：至夔州，在瀼之西，故一曰瀼西。土人谓山间之流通江者曰瀼云。

东屯稻畦一百顷，北有涧水通青苗。晴浴狎鸥分处处，雨随神女下朝朝。

编者注：东屯：公孙述屯田处，距白帝城约五里，地平旷，所产稻米为蜀中第一。杜甫曾住此。正德《夔州府志》卷七《古迹》：杜甫宅，在府东北，即古之东屯，今之草堂是也。

蜀麻吴盐自古通，万斛之舟行若风。长年三老长歌里，白昼摊钱高浪中。

仇注：此章记水次之便。商贾贩货而竞趋，舟人忘险而争利，真西南一大都会也。

编者注：摊钱：即摊赌。摊钱者，贾客也。

忆昔咸阳都市合，山水之图张卖时。巫峡曾经宝屏见，楚宫犹对碧峰疑。

《西京杂记》：武帝为宝屏风，设于桂宫。

武侯祠堂不可忘，中有松柏参天长。干戈满地客愁破，云日如火炎天凉。

仇注：记武侯祠也。武侯忠义，千古难忘，见非英雄割据，及楚宫高唐可比。松柏阴森，堪散愁而纳凉，亦对树怀人之意。

阆风玄圃与蓬壶，中有高唐天下无。借问夔州压何处，峡门江腹拥城隅。

仇注：记高唐观也。古称仙界，西有阆风玄圃，东有海上蓬壶，而高唐神观，地在中间，此天下绝境也。今夔州高压，而峡江外拥，庶高唐遗迹，遥望可见矣。

《吴船录》：阳台高唐观，在来鹤峰上。

编者注：高唐在巫山县，巫山属夔州。故夔州高压，峡江外拥，遥望高唐。

秋兴八首（选三）

玉露凋伤枫树林，巫山巫峡气萧森。江间波浪兼天涌，塞上风云接地阴。丛菊两开他日泪，孤舟一系故园心。寒衣处处催刀尺，白帝城高急暮砧。

吴论：秋兴者，遇秋而遣兴也。

仇注：上四因秋托兴，下四触景伤情。盖自永泰元年秋至云安，大历元年秋在夔州，是两见菊开也。

钱笺：江间塞上，状其悲壮。丛菊孤舟，写其凄紧。

顾注：波浪在地而曰兼天，风云在天而曰接地，极言阴晦萧森之状。

朱注：公至夔已经二秋，故再见菊开。故园，指樊川。

顾注：催刀尺，制新衣。急暮砧，捣旧衣。曰催曰急，见御寒者有备，客子无衣，可胜凄绝。

王嗣奭曰：《秋兴》八章，以第一起兴。而故园心，乃画龙点睛处。

编者注：巫山巫峡：皆指夔。塞上：指夔州。

夔府孤城落日斜，每依北斗望京华。听猿实下三声泪，奉使虚随八月槎。画省香炉违伏枕，山楼粉堞隐悲笳。请看石上藤萝月，已映洲前芦荻花。

仇注：言夔州幕景。

钱笺：依斗望京，此句为八章之骨。每依，无夕不然也。

《杜臆》：京华，即故园所在，望而不见，奚能不悲？听猿堕泪，身历始觉其真，故曰实下。孤舟长系，有似乘槎不返，故曰虚随。香炉直省，卧病远违，堞对山楼，悲笳隐动，皆写日落后情景。萝间之月，忽映洲花，不觉良宵又度矣。《汉官仪》：尚书省中，皆以胡粉涂壁，紫青界之，画古列士，重行书赞。尚书郎更直于建礼门内，台给青缣白绫被，或绵被帏帐茵褥通中枕。女侍史二人，皆选端正，执香炉烧薰，从入台中，护衣服。

张璁曰：山楼，即所寓西阁也。

邵注：城上女墙，饰以垩土，故曰粉堞。

千家山郭静朝晖，一日江楼坐翠微。信宿渔人还泛泛，清秋燕子故飞飞。匡衡抗疏功名薄，刘向传经心事违。同学少年多不贱，五陵衣马自轻肥。

仇注：言夔州朝景。秋高气清，故朝晖冷静。山绕楼前，故坐对翠微。

《尔雅疏》：山气青缥色曰翠微。凡山远望则翠，近之则翠渐微。

《杜臆》：舟泛燕飞，此人情物性之常，旅人视之，偏觉增愁，曰还、曰故，厌之也。

《匡衡传》：元帝初即位，有日食地震之变，上问以政治得失。衡数上疏，陈便宜。上悦其言，迁衡为光禄大夫，太子少傅。

《刘向传》：成帝即位，诏向领校中五经秘书。河平中，子歆受诏，与父领校秘书。哀帝时，歆复领五经，卒父前业。

《西都赋》：北眺五陵。注云：长陵、安陵、阳陵、花陵、平陵也。

邵注：公尝论救房琯忤旨，几被戮辱，此功名不若衡也。公尝待制集贤院试，后送隶有司，此传经不如向也，功名薄，心事违，属公自慨。

朱鹤龄：前三章俱主夔州，后五章乃及长安事。

入宅三首

奔峭背赤甲，断崖当白盐。客居愧迁次，春酒渐多添。花亚欲移竹，鸟窥新卷帘。衰年不敢恨，胜概欲相兼。

仇注：亚义如压，言低披也。黄注：亚乃相依之意。

乱后居难定，春归客未还。水生鱼复浦，云暖麝香山。半顶梳头白，过眉拄杖斑。相看多使者，一一问函关。

《地志》：夔治鱼复，滟滪风涛震射，巨鱼却步不得上，故名鱼复浦。

《夔州图经》：麝香山，州东南一百二十五里，出麝香，故以名之也。

顾注：阳和复至，故曰春归。半顶，见发之少，是老状。过眉，见杖之长；是病状。问函关者，望乱定而还乡也。

宋玉归州宅，云通白帝城。吾人淹老病，旅食岂才名。峡口风常急，江流气不平。只应与儿子，飘转任浮生。

《唐书》：归州属山南东道，武德二年，析夔州之秭归、巴东置归州。

顾注：背赤甲之奔峭，当白盐之断崖，以二山形势，明宅之向背。花压竹枝，爱花故须移竹。鸟常入室，卷帘故复来窥。藉此娱老，故不恨屡迁。

编者注：父子旅夔，在乱世中浮生飘转，又兼老病之身，真乃“峡口风常急，江流气不平”。

最能行

峡中丈夫绝轻死，少在公门多在水。富豪有钱驾大舸，贫穷取给行艓子。小儿学问止《论语》，大儿结束随商旅。欹帆侧柁入波涛，撇漩捎濆无险阻。朝发白帝暮江陵，顷来目击信有征。瞿塘漫天虎须怒，归州长年行最能。此乡之人气量窄，误竞南风疏北客。若道土无英俊才，何得山有屈原宅。

编者注：虎须：滩名。

负薪行

夔州处女发半华，四十五十无夫家。更遭丧乱嫁不售，一生抱恨堪咨嗟。土风坐男使女立，男当门户女出入。十犹八九负薪归，卖薪得钱应供给。至老双鬟只垂颈，野花山叶银钗并。筋力登危集市门，死生射利兼盐井。面妆首饰杂啼痕，地褊衣寒困石根。若道巫山女粗丑，何得此有昭君村。

《杜臆》：登危采薪，集市卖钱，以供给一家，且不顾死生，而兼负盐井，其劳苦极矣。然野花山叶比于银钗，则当之者以为固然而忘其苦矣，此尤可悲也。

编者注：才子有屈原，佳人有昭君。山川秀丽之地，亦出卓异儿女。

登　高

风急天高猿啸哀，渚清沙白鸟飞回。无边落木萧萧下，不尽长江滚滚来。万里悲秋常作客，百年多病独登台。艰难苦恨繁霜鬓，潦倒新亭浊酒杯。

仇注：上四，登高闻见之景。下四，登高感触之情。

罗大经曰：万里，地辽远也。秋，时惨凄也。作客，羁旅也。常作客，久旅也。百年，暮齿也。多病，衰疾也。台，高迥处也。独登台，无亲朋也。十四字之间含有八意，而对偶又极精确。

唐解：久客则艰苦备尝，病多则潦倒日甚，是以白发弥添，酒杯难举。

胡应麟曰：此章五十六字，如海底珊瑚，瘦劲难移，沉深莫测，而精光万丈，力量万钧。通章章法、句法、字法前无昔人，后无来学，此当为古今七言律第一，不必为唐人七言律第一也。

元人评曰：一篇之内，句句皆奇；一句之中，字字皆奇。若风急天高，则一篇之中，句句皆律；一句之中，字字皆律。而实一意贯串，一气呵成。骤读之，首尾若未尝有对者，胸腹若无意于对者。细绎之，则锱铢钧两，毫发不差，而建瓴走坂之势，如百川东注于尾闾之窟。至用句用字，又皆古人今人必不敢道、决不能道者，真旷代之作也。

二 西阁

杜甫于大历元年由云安迁夔，住白帝城西阁。陆游《少陵高斋记》曰：少陵先生晚游夔州，爱其山川不忍去。三徙居，皆名高斋。质于其诗，曰次水门者，白帝城之高斋也；曰依药饵者，瀼西之高斋也；曰见一川者，东屯之高斋也。故其诗又曰：高斋非一处。

宿江边阁

暝色延山径，高斋次水门。薄云岩际宿，孤月浪中翻。鹳鹤追飞静，豺狼得食喧。不眠忧战伐，无力正乾坤。

《杜臆》：江边阁，即草阁，故云“高斋次水门”。若西阁，其名不易矣。

仇注：次水门，西阁之地。次，乃次舍之次。《易》：旅即次。

草　阁

草阁临无地，柴扉永不关。鱼龙回夜水，星月动秋山。久露清初湿，高云薄未还。泛舟惭小妇，飘泊损红颜。

仇注：阁临水，故下无地，唯无地，故扉不关。

邵氏注：蜀中多是妇人刺船。

西阁夜

恍惚寒山暮，逶迤白雾昏。山虚风落石，楼静月侵门。击柝可怜子，无衣何处村。时危关百虑，盗贼尔犹存。

黄注：夕阳渐隐，故曰恍惚。白雾横拖，故曰逶迤。

西阁二首

巫山小摇落，碧色见松林。百鸟各相命，孤云无自心。层轩俯江壁，要路亦高深。朱绂犹纱帽，新诗近玉琴。功名不早立，衰病谢知音。哀世非王粲，终然学越吟。

《杜臆》：小摇落，秋尽日也。

仇注：众木皆凋，故觉松林独碧。凭轩俯视，故见径路高深。犹纱帽，虽仕犹隐。近玉琴，声清而悲也。不早立，前事已往。谢知音，后时无望矣。王粲适荆而歌《七哀》，公之哀世者不止此，故曰非王粲。次章托景言情，叹衰白休官，不如身赴沧州也。今但凭楼对柳，亦何为者？俟男婚已毕，消病可痊，行当长往耳。且看豪华易过，何如服食引年，入海求仙乎？仍结到欲往沧州意。

编者注：据《史记》，越人庄舄仕楚为执圭而作越声，犹公在夔而动乡思，故曰学越吟。

懒心似江水，日夜向沧洲。不道含香贱，其如镊白休。经过调碧柳，萧索倚朱楼。毕娶何时竟，消中得自由。豪华看古往，服食寄冥搜。诗尽人间兴，兼须入海求。

《汉官仪》：尚书郎含鸡舌香，伏奏事。

镊白：用齐高祖事。

西阁雨望

楼雨沾云幔，山寒著水城。径添沙面出，湍减石棱生。菊蕊凄疏放，松林驻远情。滂沱朱槛湿，万虑倚檐楹。

仇注：汲径添长，而出于沙面。湍水减杀，而石棱微露。此时秋水方落，细雨甚微，故不至涨沙而激湍也。菊逢雨打，其疏放也凄然。雨罩松青，见远情之遥驻。

夜宿西阁晓呈元二十一曹长

城暗更筹急，楼高雨雪微。稍通绡幕霁，远带玉绳稀。门鹊晨光起，墙乌宿处飞。寒江流甚细，有意待人归。

仇注：绡幕霁，旭光初动。玉绳稀，疏星未没。鹊起乌飞，舟行之象。《杜臆》：流细则江平，有若待人归者，何不与鹊俱起，与乌并飞耶？

西阁口号呈元二十一

山木抱云稠，寒空绕上头。雪崖才变石，风幔不依楼。社稷堪流涕，安危在运筹。看君话王室，感动几销忧。

仇注：阴云绕树，寒气盘空，故雪沾石变，而风紧幔飘。堪流涕，世乱未已。在运筹，谋国待人。感动销忧，喜留心王室者，尚有同志也。

阁　夜（即西阁）

岁暮阴阳催短景，天涯霜雪霁寒宵。五更鼓角声悲壮，三峡星河影动摇。野哭千家闻战伐，夷歌几处起渔樵。卧龙跃马终黄土，人事音书漫寂寥。

《汉书》：元光中，天星尽摇。上以问候星考。对曰：星摇者，民劳也。

仇注：千家、几处：言哭多而歌少。

西阁曝日

凛冽倦玄冬，负暄嗜飞阁。羲和流德泽，颛顼愧倚薄。毛发具自和，肌肤潜沃若。太阳信深仁，衰气欻有托。攲倾烦注眼，容易收病脚。流离木杪猿，翩跹山巅鹤。朋知苦聚散，哀乐日已作。即事会赋诗，人生忽如昨。古来遭丧乱，贤圣尽萧索。胡为将暮年，忧世心力弱。

仇注：《太玄经》：万物耗于玄冬。负暄，背向日也。《广雅》：日御曰羲和。暄可御寒，是羲和施泽，而颛项敛威矣。愧倚薄，言寒气不能侵人。沃若，谓暖如汤沃。流离，圆转貌。翩跹，轻举貌。聚乐散哀，此旅人之情状。人生如昨，亦且随时遣兴耳。心力已弱，何堪加忧乎？末乃援古以自慰。

不离西阁二首

江柳非时发，江花冷色频。地偏应有瘴，腊近已含春。失学从愚子，无家住老身。不知西阁意，肯别定留人。

西阁从人别，人今亦故亭。江云飘素练，石壁断空青。沧海先迎日，银河倒列星。平生耽胜事，吁骇始初经。

《杜臆》：不离，有厌居西阁意。赵注：言西阁之意，肯令我别乎？柳亦定留人也。

仇注：次章，代西阁作答词，仍取其传胜也。西阁何心，亦任人别去，只人不能离，直视为故亭耳。《杜臆》：亭以行旅停宿得名，故西阁亦可称亭。《复古编》：（故亭）解作故停，室人自停留耳，以停、亭通也。

中　宵

西阁百寻余，中宵步绮疏。飞星过水白，落月动沙虚。择木知幽鸟，潜波想巨鱼。亲朋满天地，兵甲少来书。

鹤注：当是大历元年在西阁作。

仇注：阁在山上，故高至百寻。绮疏：镂为绮文也。

不　寐

瞿塘夜水黑，城内改更筹。翳翳月沉雾，辉辉星近楼。气衰甘少寐，心弱恨容愁。多垒满山谷，桃源何处求。

鹤注：此亦西阁所作。

江　月

江月光于水，高楼思杀人。天边长作客，老去一沾巾。玉露洿清影，银河没半轮。谁家挑锦字，烛灭翠眉颦。

仇注：洿，露多貌。

桃锦字：挑锦线以刺字，欲寄征夫也。

鹤注：此大历元年夔州西阁作。

月　圆

孤月当楼满，寒江动夜扉。委波金不定，照席绮逾依。未缺空山静，高悬列宿稀。故园松桂发，万里共清辉。

鹤注：此亦西阁作。

《杜臆》：江月倒影，水摇而阁上之扉为动，大是画意。月注波中，金光摇而不定；月临席上，绮文依而愈妍。

夜

露下天高秋水清，空山独夜旅魂惊。疏灯自照孤帆宿，新月犹悬双杵鸣。南菊再逢人卧病，北书不至雁无情。步檐倚杖看牛斗，银汉遥应接凤城。

仇注：诗云南菊再逢，是合云安、夔州为两秋，故知属大历元年西阁作。

黄生曰：此与玉露凋伤不相上下。

此与云安、夔州诸诗相合。露下天高，即“玉露凋伤枫树林”也；独夜魂惊，即“听猿实下三声注”也；孤帆宿，即“孤舟一系故园心”也；双杵鸣，即“白帝城高急暮砧”也；菊艇，即“丛菊两开他日泪”也；雕无情，即“一声何处送书雁”也；看牛斗，即“每依北斗望京华”也。窃意此诗在先，故《秋兴》得以详叙耳。

范德机曰：善诗者，就景中写意。不善诗者，去意中寻景。如杜诗“无边落木萧萧下，不尽长江滚滚来”，“疏灯自照孤帆宿，新月犹悬双杵鸣”，“殊方日落立猿哭，旧国霜前白雁来”，即景物之中，含蓄多少愁恨意，若说出，便短浅也。然亦有就意中言景，而意思深远者，如“苦遭白发不相放，羞见黄花无数新”亦自隽永有致。

即　事

暮春三月巫峡长，皛皛行云浮日光。雷声忽送千峰雨，花气浑如百和香。黄莺过水翻回去，燕子衔泥湿不妨。飞阁卷帘图画里，虚无只少对潇湘。

仇注：所谓即事，末乃自道出峡之意。云浮日光而过，其色皛皛然，雷雨将作矣。乍雨复晴，香气扑人，莺来燕往，物各适情，卷帘一望，真如图画，但以久卧峡中，故思江湖之映空耳。莺畏雨，故翻回。燕乘雨，故衔泥。飞阁，即西阁。虚无，空旷貌。

卢世㴶曰：“《江雨》云：“春雨暗暗塞峡中，早晚来自楚王宫。”《即事》云：“暮春三月巫峡长，皛皛行云浮日光”。《返照》云：“返照入江翻石壁，归云拥树失山村。”俱能写化工之情状精神，画不出，想不到，诗至此，与天为徒矣。

三　赤甲

大历二年春，杜甫由西阁迁居赤甲。

《水经注·江水一》："江水又东南径赤甲城西。是公孙述所造，因山据势，周回七里一百四十步，东高二百丈，西北高一千丈，南连基白帝。山甚高大，不生树木，其土悉赤。土人云如人袒胛，故谓之赤甲山。"据此，赤甲山上之赤甲城，即上述公孙述所造。

赤　甲

卜居赤甲迁居新，两见巫山楚水春。炙背可以献天子，美芹由来知野人。荆州郑薛寄书近，蜀客郄岑非我邻。笑接郎中评事饮，病从深酌道吾真。

仇注：炙背食芹，述春山景物，兼有朝野阔绝之感。郑薛在荆，寄诗颇近。郗琴在蜀，渐与之远。惟接郎中评事，喜得酌酒而道真情。

鹤注：郑，江陵郑审。薛，石首薛璩。郄，梓州郄昂。岑，嘉州岑参。

江　梅

梅蕊腊前破，梅花年后多。绝知春意好，最奈客愁何。雪树元同色，江风亦自波。故园不可见，巫岫郁嵯峨。

仇注：梅占春意，景物自好，而反动客愁者，盖见腊前映雪，年后飘风，花开花谢，都非故园春色，是以对巫岫而添愁耳。

庭　草

楚草经寒碧，庭春入眼浓。旧低收叶举，新掩卷牙重。步履宜轻过，开筵得屡供。看花随节序，不敢强为容。

《杜臆》：旧叶之低垂者，今收而上举。新牙之掩伏者，今卷而重出。此将旧低新掩略读是也。后四句《杜臆》作代摹庭草之词，人若怜而勿践，得以屡供筵前，倘爱花而见弃，亦不敢强为容色以媚人，君子之交盖如此。

《诗》：谁适为容。《老子》：夫惟不可识，故强为之容。

愁

江草日日唤愁生，巫峡泠泠非世情。盘涡鹭浴底心性，独树花发自分明。十年戎马暗南国，异域宾客老孤城。渭水秦山得见否，人今罢病虎纵横。

原注：强戏为吴体。

仇注：上四，叙夔州景物，触愁之端。下四，忆长安时事，致愁之故。

《杜臆》：愁人心事，触目可憎，如江草新生，却谓唤起愁思。巫峡中流，却谓不尽人情。盘涡鹭浴，本自得也，疑其有何心性。独树花发，此春意也，谓其只自分明。愁出非常，故情亦反常耳。下文所云，真异常之愁也。戎马南国，前此势不可归。客老孤城，目前身不可归。人病虎横，将来时不可归。托身无处，愁难自遣矣。南国，指洛阳。孤城，指夔州。渭水、秦山，指长安。人罢病，民力竭。虎纵横，暴敛亟也。

四　瀼西

大历二年三月，杜甫由赤甲迁居瀼西。

夔州有东西二瀼水。东瀼水又名草堂河、浣花溪、铁柱溪，流经白帝城东入长江。西瀼水又名梅溪河，经奉节老城东流入长江。还有一水叫清瀼，在县城西二十里，即白崖口溪。

杜甫之西瀼宅，在西瀼水之西，非在东瀼水之西的杜甫纪念堂地。

瀼西寒望

水色含群动，朝光切太虚。年侵频怅望，兴远一萧疏。猿挂时相学，鸥行炯自如。瞿唐春欲至，定卜瀼西居。

鹤注：此是大历元年冬作。明年春，迁居赤甲。三月迁瀼西。

仇注：日映水面，其色闪动。朝光初起，切近太虚。

赵汸注：时相学，写猿之戏狎。炯自如，写鸥之明浩。此以在山、在水对言。年侵照春至，是伤岁暮，不是恨年衰。

卜　居

归羡辽东鹤，吟同楚执珪。未成游碧海，著处觅丹梯。云障宽江北，春耕破瀼西。桃红客若至，定似昔人迷。

仇注：辽东华表柱，有鹤栖其上曰："有鸟有鸟丁令威，去家千里今始归。城郭如故人民非，何不学仙冢累累。"

《选》注：越人庄舄，起家寒微，为楚执珪，有病，犹为越吟。

仇注：碧海、丹梯，叹不能水行而复山栖。江北即瀼西，其地宽平，故可耕种。

《杜臆》：公以此地为桃源，直作避秦计矣。

编者注：昔人迷，指刘晨、阮肇事。

暮春题瀼西新赁草屋五首

久嗟三峡客，再与暮春期。百舌欲无语，繁花能几时。谷虚云气薄，波乱日华迟。战伐何由定，哀伤不在兹。

《杜臆》：久客而再逢暮春，见非初意。百舌二句，见物候易迁。谷虚二句，见瀼土堪适。谷内云升，春晴故薄。中波日漾，春长故迟。不在兹，言岂不在此战伐。

此邦千树橘，不见比封君。养拙干戈际，全生麋鹿群。畏人江北草，旅食瀼西云。万里巴渝曲，三年实饱闻。

仇注：次章，题瀼西赁居。地产贫瘠，而托居于此，不过为养拙全生计耳。身际干戈，故畏人而依江北之草。同群麋鹿，故旅食而伴瀼西之云。

彩云阴复白，锦树晓来青。身世双蓬鬓，乾坤一草亭。哀歌时自惜，醉舞为谁醒。细雨荷锄立，江猿吟翠屏。

赵汸注：双蓬鬓，老无所成。一草亭，穷无所归。

壮年学书剑，他日委泥沙。事主非无禄，浮生即有涯。高斋依药饵，绝域改春华。丧乱丹心破，王臣未一家。

仇注：旅居而慨身世也。书剑委于泥沙，欲用而世不见用也。非无禄，前曾授官。即有涯，后无余望矣。高斋，指草屋。绝域，指瀼西。春华，点暮春。丧乱，应前战伐。王臣未一，诸镇犹多叛志也。

欲陈济世策，已老尚书郎。未息豺虎斗，空惭鸳鹭行。时危人事急，风逆羽毛伤。落日悲江汉，中宵泪满床。

仇注：承上章来，乃世乱年衰之感。有策莫陈，故豺狼未息。省郎空老，故鸳鹭终惭。人事危，见狼斗方张。羽毛伤，见鸳行莫起。

《杜臆》：落日增悲，终宵流泪，则草屋亦非安居之地矣。

晚登瀼上堂

故跻瀼岸高，颇免崖石拥。开襟野堂豁，系马林花动。雉堞粉如云，山田麦无陇。春气晚更生，江流静犹涌。四序婴我怀，群盗久相踵。黎民困逆节，天子渴垂拱。所思注东北，深峡转修耸。衰老自成病，郎官未为冗。凄其望吕葛，不复梦周孔。济世数向时，斯人各枯冢。楚星南天黑，蜀月西雾重。安得随鸟翎，迫此惧将恐。

仇注：首叙瀼上春景。起云故跻，为遣闷而登也。日系马，乃乘马上山也。麦无陇，高低星散。晚更生，返照增妍。静犹涌，波平流顺。次叙登高感怀。上六，叹乱不能归。下六，伤乱不能救。到夔已经一年，故云四序。时蜀有崔旰之乱，京辅有周智光之乱，故欲归东北。东北，指洛阳。斯人，承吕葛。钱笺谓指张镐、房琯、严武辈，是也。末将景情并收。星月，言晚阴。恐惧，忧群盗。西南，指夔州。随鸟，往东北也。

编者注：吕葛，指吕望、诸葛亮。雉堞粉如云，奉节老城之雉堞。

月三首

断续巫山雨，天河此夜新。若无青嶂月，愁杀白头人。魍魍移深树，虾蟆没半轮。故园当北斗，直想照西秦。

仇注：此章见月而动归思，是咏初晴之月。嶂月新悬，故旅愁暂解。空照西秦，则客愁仍在。

黄生注：《左传注疏》：魍魉，川泽之神也。《淮南子》：状如三岁小儿，赤黑色，赤目，长耳，美发。《酉阳杂俎》：月中有金背虾蟆。

并照巫山出，新窥楚水清。羁栖愁里见，二十四回明。必验升沉体，如知进退情。不违银汉落，亦伴玉绳横。

仇注：公客夔二年，故曰二十四回。升沉，谓月有出没。进退，谓月有盈亏。上弦之月早升，故夜违银汉而先落。下弦之月迟升，故晓伴玉绳而犹横。《天文志》：杓三星为玉衡。《春秋元命苞》：玉衡北两星为玉绳。

万里瞿唐月，春来六上弦。时时开暗室，故故满青天。爽合风襟静，高当泪脸悬。南飞有乌鹊，夜久落江边。

《杜臆》：时开暗室，则喜之而爽合风襟。故满青天，则恨之而空当泪脸。一月而分作两般，景随情转故也。夜落江边，则无枝可栖，借乌鹊以自伤飘泊。

仇注：故故，犹云屡屡。

八月十五夜月二首

满月飞明镜，归心折大刀。转蓬行地远，攀桂仰天高。水路疑霜雪，林栖见羽毛。此时瞻白兔，直欲数秋毫。

仇注：此咏中秋之月。明镜喻月，刀环思归。

《解题》：刀头有环，问夫何时当还也。破镜飞上天，言月半缺当还也。

稍下巫山峡，犹衔白帝城。气沉全浦暗，轮仄半楼明。刁斗皆催晓，蟾蜍且自倾。张弓倚残魄，不独汉家营。

仇注：此咏将晓之月。月傍山头，光气沉而全浦皆暗，浦在山下也。月射城西，轮影侧而半楼尚明，楼居城上也。全浦，鱼复浦。刁斗，以铜为之，军中警夜者。孟康曰：昼炊饭食，夜击持行。

《五经通义》曰：月中有兔与蟾蜍，何也？月，阴也。蟾蜍，阳也。

卜陈彝《握兰轩随笔》云：中秋玩月不知起何时，考古人诗赋，则始于杜子美，而戎昱《登楼望月》，冷朝阳《与空上人宿华严寺对月》、陈羽觞《鉴湖望月》、张南史《和崔中丞望月》、武元衡《锦楼望月》，皆在中秋，然则玩月盛于中秋，其在开元以后乎？

编者注：杜甫至夔而有八月十五玩月诗。夔府峡门秋月，历来为夔名景。月出于夔门赤甲桃子山上，介于赤甲、白盐两山所夹峡门之间，清莹光明，照得峡门山明水秀，且辉耀环宇。夔人设敬月香案于庭院中，供瓜果月饼食品于桌上，遥望峡门，共赏圆月，以阖家欢聚为乐事。杜公至夔，随俗玩月，有此诗为证。

十六夜玩月

旧挹金波爽，皆传玉露秋。关山随地阔，河汉近人流。谷口樵归唱，孤城笛起愁。巴童浑不寐，半夜有行舟。

仇注：首从十五形起，旧，指昨宵。秋，指中秋。月光普照，故与关山俱阔。天河秋皎，俨若傍人而流。

胡应麟曰：杜公诸作，自开堂奥，尽削前规。如题咏月，则“关山随地阔，河汉近人流”。咏雨，则“野径云俱黑，江船火独明”。咏雪，则“暗渡南楼月，寒深北渚云”。咏夜，则“重露成涓滴，稀星乍有无”。皆精深奇邃，前无古人，后无来者。

十七夜对月

秋月仍圆夜，江村独老身。卷帘还照客，倚杖更随人。光射潜虬动，明翻宿鸟频。茅斋依橘柚，清切露华新。

仇注：秋月仍圆，喜其未缺。江村独老，不觉凄然矣。下六句，自近而远，自远而近，皆写出江村月下之景，皆写出老身对月之情。

朱超诗：惟余故楼月，远近必随人。邵注：潜虬，无角龙也。

园

仲夏流多水，清晨向小园。碧溪摇艇阔，朱果烂枝繁。始为江山静，终防市井喧。畦蔬绕茅屋，自足媚盘餐。

仇注：瀼西草屋，公所居也，园隔瀼西之溪，别有茅舍。

归

束带还骑马，东西却渡船。林中才有地，峡外绝无天。虚白高人静，喧卑俗累牵。他乡悦迟暮，不敢废诗篇。

《杜臆》：此诗与前章相继而作，前是往园，此是园中归也。

甘　林

舍舟越西冈，入林解我衣。青刍适马性，好鸟知人归。晨光映远岫，夕露见日晞。迟暮少寝食，清旷喜荆扉。经过倦俗态，在野无所违。试问甘藜藿，未肯羡轻肥。喧静不同科，出处各天机。勿矜朱门是，陋此白屋非。明朝步邻里，长老可以依。时危赋敛数，脱粟为尔挥。相携行豆田，秋花霭菲菲。子实不得吃，货市送王畿。尽添军旅用，迫此公家威。主人长跪问，戎马何时稀。我衰易悲伤，屈指数贼围。劝其死王命，慎莫远奋飞。

仇注：此归后感慨时事。里老作三番诉词：挥旧粟以供赋敛，一诉也；卖新豆以应军需，二诉也；公家迫索如此，何时得以少宽，三诉也。中着跪问二字，见其势戚而情苦。末四，公答里老，而勖以急公之义。

树　间

岑寂双甘树，婆娑一院香。交柯低几杖，垂实碍衣裳。满岁如松碧，同时待菊黄。几回沾叶露，乘月坐胡床。

季秋江村

乔木村墟古，疏篱野蔓悬。素琴将暇日，白首望霜天。登俎黄甘重，支床锦石圆。远游虽寂寞，难见此江山。

编者注：难见此江山，爱夔州山水也。

小　园

由来巫峡水，本自楚人家。客病留因药，春深买为花。秋庭风落果，瀼岸雨颓沙。问俗营寒事，将诗待物华。

仇注：陆陲诗：江关寒事早。寒事，御寒之事。

寒雨朝行视园树

柴门拥树向千株，丹橘黄甘北地无。江上今朝寒雨歇，篱中秀色画屏舒。桃蹊李径年虽古，栀子红椒艳复殊。锁石藤梢元自落，倚天松骨见来枯。林香出实垂将尽，叶蒂辞枝不重苏。爱日恩光蒙借贷，清霜杀气得忧虞。衰颜更觅藜床坐，缓步仍须竹杖扶。散骑未知云阁处，啼猿僻在楚山隅。

《汉书·李广传赞》：桃李不言，下自成蹊。

赵次公曰：仲秋之月，杀气浸盛。

仇注：管宁家贫，坐藜床欲穿，好学不倦。

《秋兴赋序》：潘安以太尉掾，寓直于散骑文省，高阁连云，阳景罕曜，夙兴夜寝，匪遑底宁，于是慨然而作《秋兴赋》。

阻雨不得归瀼西柑林

三伏适已过，骄阳化为霖。欲归瀼西宅，阻此江浦深。坏舟百板坼，峻岸复万寻。篙工初一弃，恐泥劳寸心。伫立东城隅，怅望高飞禽。草堂乱玄圃，不隔昆仑岑。昏浑衣裳外，旷绝同曾阴。园甘长成时，三寸如黄金。诸侯旧上计，厥贡倾千林。邦人不足重，所迫豪吏侵。客居暂封殖，日夜偶瑶琴。虚徐五株态，侧塞烦胸襟。安得辍雨足，杖藜出岖嵚。条流数翠实，偃息归碧浔。拂拭乌皮几，喜闻樵牧音。令儿快搔背，脱我头上簪。

《寰宇记》：夔州大昌县西，有千顷池，水分三道，一道南流，为奉节县西瀼水。

编者注：西瀼水，既现在的梅溪河。大水涨时，城东河宽为未涨时数十至百倍，涛奔浪骇，极难过河。《地志》：瀼水，在夔州府治东十里。此指东瀼水。西瀼水紧靠夔州东城流入长江，东瀼水紧靠白帝城东流入长江。

白 露

白露团甘子，清晨散马蹄。圃开连石树，船渡入江溪。凭几看鱼乐，回鞭急鸟栖。渐知秋实美，幽径恐多蹊。

鹤注：当是大历二年秋在瀼西作。以首句白露为题，乃咏秋候也。

夜 雨

小雨夜复密，回风吹早秋。野凉侵闭户，江满带维舟。通籍恨多病，为郎忝薄游。天寒出巫峡，醉别仲宣楼。

更 题

只应踏初雪，骑马发荆州。直怕巫山雨，真伤白帝秋。群公苍玉佩，天子翠云裘。同舍晨趋侍，胡为淹此留。

朱注：与前首同作，故曰更题。

仇注：此申前章未尽之意。初冬踏雪，荆州且当急发，何况巫峡乎？怕雨伤秋，见此地断难再留矣。群公四句，遥忆京师之乐，而重叹留滞之苦。

晨 雨

小雨晨光内，初来叶上闻。雾交才洒地，风折旋随云。暂起柴荆色，轻沾鸟兽群。麝香山一半，亭午未全分。

黄生曰：读微雨不滑道一章，以为微雨难写，故多从题外着笔。及阅此诗，能字字实写小雨，以正面还题，真如化工肖物。

雨

山雨不作泥，江云薄为雾。晴飞半岭鹤，风乱平沙树。明灭洲景微，隐见岩姿露。拘闷出门游，旷绝经目趣。消中日伏枕，卧久尘及屦。岂无平肩舆，莫辨望乡路。兵戈浩未息，蛇虺反相顾。悠悠边月破，郁郁流年度。针灸阻朋曹，糠籺对童孺。一命须屈色，新知渐成故。穷荒益自卑，飘泊欲谁诉。尪羸愁应接，俄顷恐违迕。浮俗何万端，幽人有独步。庞公竟独往，尚子终罕遇。宿留洞庭秋，天寒潇湘素。杖策可入舟，送此齿发暮。

雨四首

微雨不滑道，断云疏复行。紫崖奔处黑，白鸟去边明。秋日新沾影，寒江旧落声。柴扉临野碓，半得捣香粳。

江雨旧无时，天晴忽散丝。暮秋沾物冷，今日过云迟。上马回休出，看鸥坐不辞。高轩当滟滪，润色静书帷。

物色岁时晏，天隅人未归。朔风鸣淅淅，寒雨下霏霏。多病久加饭，衰容新授衣。时危觉凋丧，故旧短书稀。

楚雨石苔滋，京华消息迟。山寒青兕叫，江晚白鸥饥。神女花钿落，鲛人织杼悲。繁忧不自整，终日洒如丝。

鹤注：当是大历二年冬瀼西作。

编者注：据仇注，雨四首，各道微雨、江雨、寒雨、楚雨，恐非同一时刻所作。

返 照

返照开巫峡，寒空半有无。已低鱼复暗，不尽白盐孤。荻岸如秋水，松门似画图。牛羊识僮仆，既夕应传呼。

赵汸注：寒空半有无，此返照之景。首句出题，次句摄下。鱼复卑而全暗，是半无。白盐高而孤露，是半有。荻岸茫如秋水，是半无。松门映若画图，是半有。此时牛羊下山，各识僮仆之声，而传呼则应，此又夕照将瞑之候也。巫山将暮，得返照而景色重开，起语卓然。

五 东屯

大历二年秋，杜甫由瀼西迁东屯。

《东屯少陵故居记》："峡中多高山峻谷，地少平旷。东屯距白帝五里而近，稻田水畦，延袤百顷，前带清溪，后枕崇冈，树木葱蒨，气象深秀，称高人逸士之居。"

《杜臆》："按《志书》，城东有东瀼水，公孙述于水滨垦稻田百许顷，号东屯，稻米为蜀第一。"

自瀼西荆扉且移居东屯茅屋四首

白盐危峤北，赤甲古城东。平地一川稳，高山四面同。烟霜凄野日，粳稻熟天风。人事伤蓬转，吾将守桂丛。

邵注：山峻而高曰峤。

刘安《招隐士》：桂树丛生兮山之幽。曰桂丛，时盖八月矣。

仇注：首章，叙移居之事。上四东屯地势，五六东屯秋景，末点居屯之意。

东屯复瀼西，一种住青溪。来往皆茅屋，淹留为稻畦。市喧宜近利，林僻此无蹊。若访衰翁语，须令剩客迷。

仇注：次章，写居屯之故。东西两舍，总在清溪。今特移屯者，一为获稻而来，一为避喧而至也。过客易迷，言地僻不减桃源。

道北冯都使，高斋见一川，子能渠细石，吾亦沼清泉。枕带还相似，柴荆即有焉。斫畲应费日，解缆不知年。

仇注：三章，叙东屯邻居之胜。都使高斋，隔川望见，故彼渠此沼，共在一川。

编者注：据陆游《少陵高斋记》，此为东屯之高斋。

牢落西江外，参差北户间。久游巴子国，卧病楚人山。幽独移佳境，清深隔远关。寒空见鸳鹭，回首忆朝班。

仇注：末章，见东屯不可久居。

《杜臆》：牢落参差，终非娱老之地。但以卧病旅中，取其幽独清深，以自休息耳。及见鸳鹭翔空，则又想朝班行列，公于用世之志，终未忘欤。

编者注：巴子国：蜀东地区在春秋为巴国，夔州即汉、魏以后之巴东郡。《元和郡县图志》：武王伐殷，巴人助焉，后封为巴子。《三巴记》：（巴子国）其地东至鱼复（今重庆奉节），西至僰道（古县名，汉置，宋改名宜宾），北接汉中（今陕西汉中），南至牂牁（西汉置，辖今贵州大部、广西西北部、云南东部）。

行官张望补稻畦水归

东屯大江北，百顷平若案。六月青稻多，千畦碧泉乱。插秧适云已，引溜加溉灌。更仆往方塘，决渠当断岸。公私各地著，浸润无天旱。主守问家臣，分明见溪畔。芊芊炯翠羽，剡剡生银汉。鸥鸟镜里来，关山雪边看。秋菰成黑米，精凿传白粲。玉粒足晨炊，红鲜任霞散。终然添旅食，作苦期壮观。遗穗及众多，我仓戒滋漫。

潘岳诗：稻栽肃芊芊，黍苗何离离。
《玉藻》：弁行剡剡起屦。注：剡剡，起貌。
《杜臆》：瀼田在上牢、下牢两关之间，故云关山，与他处关山不同。
鲜于注：江浙人谓红米曰红鲜。李百药诗：羽觞倾绿蚁，落日照红鲜。

东屯北崦

盗贼浮生困，诛求异俗贫。空村惟见鸟，落日未逢人。步壑风吹面，看松露滴身。远山回白首，战地有黄尘。

编者注："空山惟见鸟，落日未逢人。"好一派田野空旷的清静景象。

从驿次草堂复至东屯茅屋二首

峡内归田客，江边借马骑。非寻戴安道，似向习家池。山险风烟僻，天寒橘柚垂。筑场看敛积，一学楚人为。

仇注：公骑马不乘船，故非访载而似向习。

短景难高卧，衰年强此身。山家蒸栗暖，野饭射麋新。世路知交薄，门庭畏客频。牧童斯在眼，田父实为邻。

暂往白帝复还东屯

复作归田去，犹残获稻功。筑场怜穴蚁，拾穗许村童。落杵光辉白，除芒子粒红。加餐可扶老，仓庾慰飘蓬。

茅堂检校收稻二首

香稻三秋末，平田百顷间。喜无多屋宇，幸不碍云山。御袂侵寒气，尝新破旅颜。红鲜终日有，玉粒未吾悭。

卢注：瀼西有果园而无稻田，公以课园责之竖子，以稻畦责之行官，前诗自明。鹤注作瀼西茅屋，误矣。

仇注：此章，叙东屯收稻之事。上四，喜茅堂地旷。下四，喜检校多获。

稻米炊能白，秋葵煮复新。谁云滑易饱，老藉软俱匀。种幸房州熟，苗同伊阙春。无劳映渠碗，自有色如银。

仇注：次章，尝稻而嘉其色味。上四以秋葵形稻米，五六以故乡嘉种，比东屯美酒，皆借客意相形。滑，指葵，软，指饭。

东屯月夜

抱病漂萍老，防边旧谷屯。春农亲异俗，岁月在衡门。青女霜枫重，黄牛峡水喧。泥留虎斗迹，月挂客愁村。乔木澄稀影，轻云倚细根。数惊闻雀噪，暂睡想猿蹲。日转东方白，风来北斗昏。天寒不成寝，无梦寄归魂。

《杜臆》：据《困学纪闻》，东屯之田，公孙述所开，以积谷养兵者，故云“防边旧谷屯”。黄牛峡，在夷陵。而此云“黄牛峡水喧”，又《寄弟》诗云“青春不假报黄牛”，意夔州亦有此峡，但今不可考耳。

仇注：秋深，故霜落重。夜静，故水声喧。虎留迹，见地险。月挂村，见身孤。稀影，木梢叶脱。细根，云起石边。北斗昏，喻京师尚乱也。

晓 望

白帝更声尽，阳台曙色分。高峰寒上日，叠岭宿霾云。地坼江帆隐，天清木叶闻。荆扉对麋鹿，应共尔为群。

仇注：“高峰寒上日”，犹《东屯》诗言“霜烟凄野日”。寒作活字用，与宿字相称。张溍谓高峰寒气，直逼初上之日，是也。

黄生注：地坼岸高，故江帆隐伏。风静天清，故叶落闻声。二语写景精妙。末有超然物外之意。

暝

日下四山阴，山庭岚气侵。牛羊归径险，鸟雀聚枝深。正枕当星剑，收书动玉琴。半扉开烛影，欲掩见清砧。

仇注：当是大历二年东屯作。

云

龙以瞿唐会，江依白帝深。终年常起峡，每夜必通林。收获辞霜渚，分明在夕岑。高斋非一处，秀气豁烦襟。

仇注：此诗咏云，有水云、山云之别。江多龙窟，水气上升，而布于林峡，此水云也。及秋尽收成，则龙蛰水落矣，故江渚云辞，而夕岑独挂，此山云也。山云淡微，故云秀气豁襟。

锦树行

今日苦短昨日休，岁云暮矣增离忧。霜凋碧树作锦树，万壑东逝无停留。荒戍之城石色古，东郭老人住青丘。飞书白帝营斗粟，琴瑟几杖柴门幽。青草萋萋尽枯死，天马跛足随牦牛。自古圣贤多薄命，奸雄恶少皆封侯。故国三年一消息，终南渭水寒悠悠。五陵豪贵反颠倒，乡里小儿狐白裘。生男堕地要膂力，一生富贵倾邦国。莫愁父母少黄金，天下风尘儿亦得。

《西京杂记》：终南山有树，叶一青一丹，斑驳如锦绣，长安谓之丹青树。释智元诗："树锦无机织，猿鸣讵假弦。"锦树本此。

赵曰：草枯无以充腹，故天马无异于牦牛。

王嗣奭曰：此等诗，皆有避忌，故朦胧颠倒其辞，大抵有武夫恶少，乘乱得官，而豪横无忌。观膂力风尘语，可见。

雷

巫峡中宵动，沧江十月雷。龙蛇不成蛰，天地划争回。却碾空山过，深蟠绝壁来。何须妒云雨，霹雳楚王台。

仇注：十月动雷，记异也。不成蛰，气候暖。划争回，雷复起。其声前而复后，如碾空山之中。其势盘旋不已，似深蟠绝壁之上。久雨雷鸣，则云散雨收。今当十月之候，何须妒巫山云雨，而霹雳阳台耶？真可骇矣。

黄生曰：十月雷，记异也。结处必寓比兴，方非徒作。从来诗人少咏雷者，此诗出，千古诗人竟阁笔矣。

夜二首

向夜月休弦，灯花半委眠。号山无定鹿，落树有惊蝉。暂忆江东鲙，兼怀雪下船。蛮歌犯星起，空觉在天边。

城郭悲笳暮，村墟过翼稀。甲兵年数久，赋敛夜深归。暗树依岩落，明河绕塞微。斗斜人更望，月细鹊休飞。

《杜臆》：两首非一时之作。前首夜中犹眠，此首彻夜不寝矣。

朝二首

清旭楚宫南，霜空万岭含。野人时独往，云木晓相参。俊鹘无声过，饥乌下食贪。病身终不动，摇落任江潭。

仇注：首章，对朝景而兴久客之悲，在四句分截。叶落霜空，故万岭皆含日色。既而独往山上，又见木杪停云，参在眼前矣。

浦帆晨初发，郊扉冷未开。村疏黄叶坠，野静白鸥来。础润休全湿，云晴欲半回。巫山终可怪，昨夜有奔雷。

仇注：此章，叙朝景而叹气候之殊，亦四句分截。帆初发而扉未开，病身畏寒也。林疏野静，朝来清趣可观。无如础润云回，尚含雨意，恐昨夜经雷，阴晴还未定耳。

《淮南子》：山云蒸而柱础润。

《周书》：赵师曰：蜀弦躁急，若激浪奔雷。

夜　归

夜半归来冲虎过，山黑家中已眠卧。傍见北斗向江低，仰看明星当空大。庭前把烛嗔两炬，峡口惊猿闻一个。白头老罢舞复歌，杖藜不睡谁能那。

《尔雅》：明星谓之启明。注：太白星也。晨见东方为启明，昏见西方为太白。

《左传》：弃甲则那。注：那，何也。黄生注：那，开口呼，即奈字。此对家人促睡之语，亦见深夜无聊之况。

王嗣奭曰：黑夜归山，有何情致，而身所经、心所想、耳目所闻见，皆人所不屑写，而毕写于诗，却字字灵活，语语清亮。恍觉夜色凄然，夜景寂然，又是人人所不能写者，唯情真，故妙也。

写怀二首

劳生共乾坤，何处异风俗。冉冉自趋竞，行行见羁束。无贵贱不悲，无富贫亦足。万古一骸骨，邻家递歌哭。鄙夫到巫峡，三岁如转烛。全命甘留滞，忘情任荣辱。朝班及暮齿，日给还脱粟。编蓬石城东，采药山北谷。用心霜雪间，不必条蔓绿。非关故安排，曾是顺幽独。达士如弦直，小人似钩曲。曲直我不知，负暄候樵牧。

鹤注：此是大历二年冬作。诗云巫峡、三岁，公以永泰元年赴云安，至大历二年为三岁矣。又云“岁暮日月疾”，故知为冬日也。魏文帝诗：赋诗以写怀。

《庄子》：大块载我以形，劳我以生。

仇注：此章自叙，从慨世说起。言乾坤之内，共趋名利。苟能达观，则穷达生死，皆可一视，何必多此哀乐乎？

夜深坐南轩，明月照我膝。惊风翻河汉，梁栋日已出。群生各一宿，飞动自俦匹。吾亦驱其儿，营营为私实。天寒行旅稀，岁暮日月疾。荣名忽中人，世乱如虮虱。古者三皇前，满腹志愿毕。胡为有结绳，陷此胶与漆。祸首燧人氏，厉阶董狐笔。君看灯烛张，转使飞蛾密。放神八极外，俯仰俱萧瑟。终然契真如，得匪金仙术。

仇注：次章慨世，从自叙说起。述旦暮景事，即前章“劳生共乾坤”意。次叹人情之迫于名利者。荣名中于人心，此争趋所以长乱。若三皇以前，本浑沌无为，自结绳以后，不免智巧日生矣。饮食起而贫夫殉利，故火逐人为祸之首。名教立而烈士殉名，故董狐为乱之阶。飞蛾赴烛，讥其灭身而不顾也。末有达观齐化之意。自言名利不足关心，唯神游物外，俯仰皆空，能契真如本性，庶金仙之术可致也。

张綖曰：前篇处困而亨，是圣贤大道。此篇绝圣弃智，是老庄玄谈。前篇说得平实，是身历之词。此篇说得放旷，是愤俗之语。观者勿以辞害意可也。

有　叹

壮心久零落，白首寄人间。天下兵常斗，江东客未还。穷猿号雨雪，老马怯关山。武德开元际，苍生岂重攀。

鹤注：当是大历二年冬作。诗云兵斗，盖指吐蕃之乱。

卢注：《水经》云：江水东径赤甲，又东径鱼复，又东径巫峡，又东径夔城，故曰江东客。武德为唐治之始，开元为唐治之终，举高祖、明皇以该二宗也。

六　出峡

唐永泰元年夏三月，杜甫离开成都。六月至忠州，秋，公在云安。大历元年春，迁入夔州。大历三年正月，公离夔乘舟东下。云安属夔，算上云安，公在夔跨三年，实住约二年半，作诗 470 首（杜诗全集计 1505 首）。

将别巫峡赠南卿兄瀼西果园四十亩

苔竹素所好，萍蓬无定居。远游长儿子，几地别林庐。杂蕊红相对，他时锦不如。具舟将出峡，巡圃念携锄。正月喧莺末，兹辰放鹢初。雪篱梅可折，风榭柳微舒。托赠卿家有，因歌野兴疏。残生逗江汉，何处狎樵渔。

赵次公曰：果园四十亩，公直举以赠人。此一段美事，而古今未尝揄扬其美，可叹也。

钟惺曰：以果园赠好友，全写出一片爱惜郑重之意，方见诗人情趣。

仇注：陆放翁有《野饭》诗，自注云：《杜氏家谱》谓子美下峡，留一子守浣花旧业，其后避乱成都，徙眉州大垭，或徙大蓬云。今按：当时若留子在夔，应见于诗章，集中既无，或谱说未可信耶？

漂泊有诗凡四十韵

老向巴人里，今辞楚塞隅。入舟翻不乐，解缆独长吁。窄转深啼狖，虚随乱浴凫。石苔凌几杖，空翠扑肌肤。叠壁排霜剑，奔泉溅水珠。杳冥藤上下，浓淡树荣枯。神女峰娟妙，昭君宅有无。曲留明怨惜，梦尽失欢娱。摆阖盘涡沸，攲斜激浪输。风雷缠地脉，冰雪曜天衢。鹿角真走险，狼头如跋胡。恶滩宁变色，高卧负微躯。书史全倾挠，装囊半压濡。生涯临臬兀，死地脱斯须。不有平川决，焉知众壑趋。乾坤霾涨海，雨露洗春芜。鸥鸟牵丝飏，骊龙濯锦纡。落霞沉绿绮，残月坏金枢。泥笋苞初荻，沙茸出小蒲。雁儿争水马，燕子逐樯乌。绝岛容烟雾，环洲纳晓晡。前闻辩陶牧，转盼拂宜都。县郭南畿好，津亭北望孤。劳心依憩息，朗咏划昭苏。意遣乐还笑，衰迷贤与愚。飘萧将素发，汩没听洪炉。丘壑曾忘返，文章敢自诬。此生遭圣代，谁分哭穷途。卧疾淹为客，蒙恩早厕儒。廷争酬造化，朴直乞江湖。滟滪险相迫，沧浪深可逾。浮名寻已已，懒计却区区。喜近天皇寺，先披古画图。应经帝子渚，同泣舜苍梧。朝士兼戎服，君王按湛卢。旄头初俶扰，鹑首丽泥涂。甲卒身虽贵，书生道固殊。出尘皆野鹤，历块匪辕驹。伊吕终难降，韩彭不易呼。五云高太甲，六月旷抟扶。回首黎元病，争权将帅诛。山林托疲苶，未必免崎岖。

编者注：标题为编者所拟。原题作：大历三年春，白帝城放船出瞿塘峡，久居夔府，将适江陵，漂泊有诗凡四十韵。

鹤注：诗言舟行所经之地，至宜都而止，则此诗作于宜都也。按：诗本四十二韵，曰四十者，举成数言耳。

仇注：从夔州放船叙起。公久欲出峡，及登舟后，仍不乐而长吁者，感怀在于身世。玩末二段可见。峡窄船转，时闻猿狖啼深。虚舟随水，每见浴凫惊乱。二句山水并言。石苔若凌几杖，空翠直扑肌肤，二句舟行傍岸。峭壁排剑，飞泉溅珠，藤垂上下，树间枯荣，此舟中近见者。神女之峰，云雨梦杳，昭君之宅，琵琶留恨，此舟中远望者。盘涡之沸，轰若风雷。激浪所输，白如冰雪。过鹿角狼头，宁免变色。诚恐猝罹水患，负此残躯也。倾压几危，故以死地得生为幸。霾涨海，形其渺茫。洗春芜，言其嫩绿。鸥鸟群飞，有类牵丝。骊龙出水，丽如濯锦。落霞映于绮波，残月没于金枢，皆平川中变幻也。荻笋含泥，蒲茸出沙，雁争水马，燕逐樯乌，平川中生动之致也。绝岛之中，能容烟雾，環洲之外，常纳晓晡，平川之大观尽此矣。陶牧可辩，江陵近也。宜都将拂，夷陵至也。出宜都县郭，则南畿在前。登峡州津亭，则长安在北。憩息，谓舟泊宜都。衰迷，谓老年混俗。返故丘而著诗文，此应前北望意。穷途作客，目前流落之感。廷争朴直，前救房琯之事。身到沧浪而奔走区区，此应前南畿意。“丘壑曾忘返，文章敢自诬”，是慰心语。“此生遭圣代，谁分哭穷途”，是痛心语。“廷争酬造化，朴直乞江湖”，是惬心语。

《左传》：巴人伐楚。修可曰：夔为中巴。

陆游《入蜀记》：过巫山凝真观，谒妙用真人祠，即世所谓巫山神女也。祠正对巫山，峰峦上插霄汉，山脚直入江中，神女峰最为奇峭。盛弘之《荆州记》：巫山有神女峰。

《寰宇记》：归州巴东，有王昭君宅。

《一统志》：鹿角、狼头、虎须三滩，在夷陵州，最险。

《水经注》：江水又东流狼头滩，其水并峻激奔暴，鱼鳖所不能游。其歌曰：滩头白浡坚相持，倏忽沦没别无期。

《杜臆》：宜都，即夷陵，在州东九十里。而东抵江陵，尚二百五十里。诗成于将到宜都时也。《水经注》：宜道县，汉武帝伐西南，路由此出，故曰夷道。刘先主曰宜都。《唐书》：宜都县属峡州。

（说明：以上底本据［清］仇兆鳌《杜诗详注》，中华书局 1979 年版。）

刘禹锡在夔府

蜀先主庙

天地英雄气，千秋尚凛然。势分三足鼎，业复五铢钱。得相能开国，生儿不象贤。凄凉蜀故妓，来舞魏宫前。

原注：汉末谣：黄牛白腹，五铢当复。

瞿注：按，《清一统志》：昭烈帝庙在奉节县东。《方舆胜览》：去县六里。《瀛奎律髓》云：胡澹庵有诗云：须令民去思，如汉思五铢。自注谓五铢起于元狩五年，新室罢之。民思以五铢市买。莽法，复挟五铢钱者投四裔。光武因马援言而复之，民以为便。董卓悉坏五铢，曹操为相复之。自魏至梁、陈、周、隋，皆以五铢为便。唐武德四年，铸开通元宝，五铢始不复见。梦得此诗用三足鼎、五铢钱，可谓精当矣。

编者注：“生儿不象贤”，言蜀后主。蜀妓舞魏宫，乃为降魏之后主舞。

八月十五夜玩月

天将今夜月，一遍洗寰瀛。暑退九霄净，秋澄万景清。星辰让光彩，风露发晶英。能变人间世，翛然是玉京。

瞿注：绍本、崇本、《畿》本、《全唐诗》五下均有日字，是。

竹枝词并引

四方之歌，异音而同乐。岁正月，余来建平，里中儿联歌《竹枝》，吹短笛、击鼓以赴节。歌者扬袂睢舞，以曲多为贤。聆其音，中黄钟之羽，卒章激讦如吴声，虽伧伫不可分，而含思宛转，有《淇澳》之艳。昔屈原居沅湘间，其民迎神词多鄙陋，乃为作《九歌》。到于今，荆楚鼓舞之。故余亦作《竹枝词》九篇，俾善歌者飏之，附于末。后之聆巴歈，知变风之自焉。

白帝城头春草生，白盐山下蜀江清。南人上来歌一曲，北人陌上动乡情。

瞿注：《水经注·江水》：江水又东径广溪峡，斯乃三峡之首也。其间三十里，颓岩倚木，厥势殆变。北岸山上有神渊，渊北有白盐崖，高可千余丈，俯临神渊。土人见其高白，故因名之。《太平寰宇记》：山南东道夔州奉节县：白盐山在州城涧东。

编者注：本首描写夔府白帝城。

山桃红花满上头，蜀江春水拍山流。花红易衰似郎意，水流无限似侬愁。

江上朱楼新雨晴，瀼西春水縠文生。桥东桥西好杨柳，人来人去唱歌行。

编者注：本首描写夔府西瀼水。

日出三竿春雾消，江头蜀客驻兰桡。凭寄狂夫书一纸，住在成都万里桥。

瞿注：《华阳国志》：蜀都城南有江桥南渡曰万里桥。《名胜志》：万里桥亦名笃泉桥，蜀使费祎聘吴。诸葛亮祖之，叹曰：万里之行，始于今日。故曰万里桥。

两岸山花似雪开，家家春酒满银杯。昭君坊中多女伴，永安宫外踏青来。

瞿注：《太平寰宇记》：山南东道归州兴山县：王昭君宅，汉王嫱即此邑之人，故云昭君之村。县连巫峡，即其地。

编者注：夔府城中有昭君坊。

城西门前滟滪堆，年年波浪不能摧。懊恼人心不如石，少时东去复西来。

瞿注：《水经注·江水》：江水又东经鱼复故城南。江中有孤石为淫滪石，冬出水二十余丈，夏则没。《国史补》：峡路峻急，四月五月为犹险时。故曰：滟滪大如马，瞿塘不可下。滟滪大如牛，瞿塘不可留。滟滪大如襆，瞿塘不可触。

编者注：城西，指白帝城西。

瞿塘嘈嘈十二滩，此中道路古来难。长恨人心不如水，等闲平地起波澜。

编者注：瞿塘，指夔门瞿塘峡。

巫峡苍苍烟雨时，清猿啼在最高枝。个里愁人肠自断，由来不是此声悲。

山上层层桃李花，云间烟火是人家。银钏金钗来负水，长刀短笠去烧畲。

编者注：屈原作《九歌》，誉满荆楚。刘禹锡改《竹枝》，效者云集，风行于国，流誉海外。文人诗与民歌结合，双美并举，真所谓奔轶绝尘，共所追也。

竹枝词二首

杨柳青青江水平，闻郎江上唱歌声。东边日出西边雨，道是无情还有晴。

楚水巴山江雨多，巴人能唱本乡歌。今朝北客思归去，回入纥那披绿罗。

编者注：王象之《舆地纪胜》：巴山，在巴东，县治所依也。

纥那曲词二首

杨柳郁青青，竹枝无限情。周郎一回顾，听唱纥那声。

瞿注：《新唐书》一三四《韦坚传》：先是，人间唱得体（音近本，非体字）纥那歌。《旧传》较详，云：先是，人间戏唱歌词云："得体纥那也，纥囊得体耶。"是纥那为唐时歌谣中之有声无字者，其义则不详。

蹋曲兴无穷，调同词不同。愿郎千万寿，长作主人翁。

始至云安

天外巴子国，山头白帝城。波清蜀村尽，云散荒台倾。迅濑下哮吼，两岸势争衡。阴风鬼神过，暴雨蛟龙生。硖断见孤邑，江流照飞甍。蛮军击严鼓，笮马引双旌。望阙遥拜舞，分庭备将迎。铜符一以合，文墨纷来萦。暮色四山起，愁猿数处声。重关群吏散，静室寒灯明。故人青霞意，飞舞集蓬瀛。昔曾在池籞，应知鱼鸟情。

编者注：标题为编者所拟。原题作：始至云安，寄兵部韩侍郎、中书白舍人二公，近曾远守，故有属焉。

瞿注：云安：天宝中夔州为云安郡。蛮军：杜甫诗："绝塞乌蛮北，孤城白帝边。"唐人指夔州之习用语。

《史记·西南夷列传》：自嶲以东北，君长以什数，徙、笮都最大。

编者注：长庆元年七月，韩愈除兵部侍郎。十月，白居易拜中书舍人。是年冬，刘禹锡授夔州刺史。此诗作于是年冬、二年春之间。元和末，韩愈贬潮州刺史，未几量移袁州。白居易则自江州司马除忠州刺史，故云二公"近曾远守"。

巫山神女庙

巫山十二郁苍苍，片石亭亭号女郎。晓雾乍开疑卷幔，山花欲谢似残妆。星河好夜闻清佩，云雨归时带异香。何事神仙九天上，人间来就楚襄王。

《方舆胜览》云：高唐神女庙在巫山县西北二百五十步。

瞿注：按，此当是禹锡初到夔州时所作，纯是咏古迹，别无寓意。又按，《云溪友议》云：秭归县繁知一闻白乐天将过巫山，先于神女祠粉壁，大署之曰："苏州刺史今才子，行到巫山必有诗。为报高唐神女道，速排云雨候清词。"白公睹题处怅然，邀知一至曰："历阳刘郎中禹锡三年理白帝，欲作一诗于此，怯而不为，罢郡经过，悉去千余首诗，但留四章而已。此四章者，乃古之绝唱也。而（?）人造次不合为之。"范氏此条，全为臆说。居易之刺忠州过巫山，远在禹锡刺夔州以前，其刺苏州亦远在刺忠州以后，安得有"苏州刺史今才子"之言？禹锡刺和州时亦未为郎中。此已舛错不可究诘矣。今禹锡集中明明有《巫山神女庙》诗，又何尝怯而不为乎？范氏盖道听途说，辗转附会，亦未亲见刘集。不得因此而疑此诗非禹锡所作也。

别夔州官吏

三年楚国巴城守，一去扬州扬子津。青帐联延喧驿步，白头俯伛到江滨。巫山暮色常含雨，峡水秋来不恐人。唯有《九歌》词数首，里中留与赛蛮神。

瞿按：禹锡以长庆元年除夔州刺史，四年迁和州。故有首联。是年五月，李程入相，至秋而有和州之授，盖程有力焉。

编者注："《九歌》词数首"，指前引《竹枝词并引》九篇。

鱼复江中

扁舟尽室贫相逐，白发藏冠镊更加。远水自澄终日绿，晴林长落过春花。客情浩荡逢乡语，诗意留连重物华。风樯好住贪程去，斜日青帘背酒家。

瞿注：按，长庆四年，锡五十三岁，故有“白发藏冠”之句。禹锡集中不甚有嗟贫之语，未尝自道生计。此诗独有“贫相逐”及“贫程去”之语，盖和州之授，宦囊自此可稍丰，未免喜形于色也。

（说明：以上底本据瞿蜕园《刘禹锡集笺证》，上海古籍出版社 1989 年版。）

王士朋在夔州

自鄂渚至夔府途中记所见一百十韵

流火郡离饶，悠悠驿路迢。黄华舟解鄂，渺渺大江遥。肩弛番人檐，身随楚客桡。东瓯乡梦远，南浦别魂销。不过汉阳垒，犹劳郡守轺。远山看八字，古国避三苗。别水由通济，羁帆渡沉漻。方随鸥浩荡，俄值雨飘飖。夹岸华疑雪，春天浪似潮。枝栖并乌鹊，苕宿伴鹪鹩。旅思凭诗遣，愁肠赖酒浇。无鱼不弹铗，忘味若闻韶。孺子沧浪曲，渔人欸乃谣。逃虚音可喜，得隽语同嚣。秋老江经夏，湖平境过宵。夜鸣疑有虎，昏吠喜闻猺。遗俗怀吴主，荒祠类楚昭。巨鳞烹缩项，白粲籴长腰。茅舍橘初熟，江村枫未凋。柳枝犹忆楚，竹泪尚思姚。雨后禾妆晚，霜前麦见荞。风清玉沙界，月吐紫微霄。一瓣香闻佛，千龄寿祝尧。沱潜终共道，江汉讫同朝。渡口听鸡唱，洲边记鹭翘。地名思故里，诗句忆同僚。塔子瞻山色，天门认斗杓。航便河广苇，风顺若邪樵。石首欣相问，刘郎似见招。双帆方快意，五两忽狂飙。谁弄黄昏笛，如闻赤壁箫。孤烟为藕市，一叶是渔舠。江水澄泥煮，芦薪带湿烧。梦回惊枕撼，晓起觉风调。蔬撷才盈握，鱼脯莫计艘。横波沉密网，巨浪脱高跳。红想乡醪滑，黄香野菊娇。左公城穴兔，油口树喑蜩。水是蛟龙地，桑余羽葆条。竹由忠愍插，木自洞庭漂。大士精蓝壮，将军画像骁。江空无战舰，水落有乘橇。促织虫知备，淘河鸟受徭。风高鸣过雁，天阔戾飞雕。云梦封疆远，荆衡气象辽。建都曾王楚，为郡自平萧。息壤那容盗，章台可戒骄。韩诗夸府大，汉史志民僄。燕集堂开杞，笙歌乐舞迢。楼登一日暇，赋就百忧消。落帽欢成阻，游山兴谩飘。书随鳞出峡，诗附翼还鄗。离岸忽鸣橹，满艘仍竖幖。栖窗回蜥蜴，扑面集蟏蛸。沙市人家远，方城草色萋。食梨苏肺渴，啜茗愈头痟。覆屋曾非瓦，名村浪有窑。枝江县罗国，凫舄飏王乔。百里环洲渚，千家在苇苕。津乡谁复御，松邑已非侨。汉景余清爽，临江尚庙祧。转滩惊见石，挽缂眩飞艻。澎湃声如击，玲珑状似雕。松楸悲相冢，香火静僧寮。转盼宜都过，横云楚塞峤。虎牙端欲噬，铜柱为谁标。月向夷陵看，杯思太白邀。文忠遗劲节，精采凛生绡。岩白形如鳐，鱼黄状类鲦。邦人祀神禹，郭璞当皋陶。舟退风飞鹢，生浮旅泛藻。鲤溪穿荦确，牛峡隔岧峣。孝起姜村感，音传进足趫。山家收芋栗，土物贡姜椒。涧水何曾歇，桃花未肯夭。覆盆鸣鹿友，绝壁聚狐妖。野媪头缠白，行人背负镣。回看一州峡，下视众山幺。障日峰衔豆，钻天石碍轿。道逢怀刺祢，卧听诵书鼌。被冷公孙布，裘寒季子貂。犹堪耐冰雪，未暇忆炎歊。倦上九盘岭，重观三峡桥。好峰名佛顶，欲画少僧繇。照黑纷持火，愁荒猛击刀。流虹瞻魏阙，瑞白庆清朝。国寿绵箕翼，皇图奕诵钊。欢声形戴白，环视舞垂髫。避涉忧如马，观形怯类猫。眼经巫峡险，心过秭归焦。熊绎山城古，灵均庙貌憔。离情随梗断，乡思为梅撩。境始临夔府，魂频梦象箾。轻生甘叱驭，爱物戒扬镳。帅阃分诚滥，州麾把更侥。拜恩罗吏卒，列炬散鸢鸮。野渡水清浅，孤舟人寂寥。影防沙有蜮，音骇昼闻枭。圣洞云深锁，天池浪不摇。林梢鸣烈烈，峰顶洒瀌瀌。快睹天披雾，愁听夜滴蕉。阳台开爱日，阴气廓玄枵。六六盘初过，三三界已超。生朝念弧矢，旅食分箪瓢。遐想赋风玉，敬瞻行雨瑶。过关宁有鬼，及郭免逢魈。访古寻诗史，观风入郡谯。路难端可畏，形役尚奚劳。行也知谁使，官乎我亦聊。欲赓刘与杜，辞鄙甚刍荛。

编者注：雨后句，疑“妆”当作“收”。黄香句，疑“香”当作“看”。章台：据《神州古史考》：章华台在荆州府有二，一在府城外沙市，一在监利东北。刘与杜：指刘禹锡、杜甫。

初到夔州

某甲申七月至饶州，以表谢上云：“虽才非太公，不能五月报政；然忠犹杜甫，未尝一饭忘君。”既而与诸公唱和，有夔字韵诗，果有易夔之命，人以为谶。方力丐祠，梦观八阵图。乙酉十一月朔至夔，水落沙露，宛然在目，所历山川，皆少陵诗中景物也。因成一绝，用楚东韵。

分甘易守不劳麾，梦已先予到古夔。谶语端符楚东韵，忠怀雅合杜陵诗。

立　春

巫山逢生日，夔州见立春。行年五十五，羞作戴花人。

原注：雍正本注：知夔州。

正月六日游碛呈行可元章

踏碛逢为马，临流想卧龙。江山供指顾，尊俎奉从容。峡水浅还涨，巫云淡复浓。天教我辈合，莫惜罄金钟。

原注：雍正本注：乾道丙戌，官夔州。

呈同官

樽前记得少陵诗，好向江头尽醉归。此日风光真可惜，古来乐事巧相违。细看八阵图犹在，欲问三分迹已非。惟有年年古夔国，竹枝声里日晖晖。

原注：雍正本注：乾道丙戌，时知夔州。

编者注：八阵图在奉节旧城东南，面对长江北岸的一块沙洲碛坝上。洲长约二千五百米，宽约八百米，形似鱼腹，名鱼腹浦，俗称碛坝。阵图位于碛坝的东北部，其东南沿长江有臭盐井。每年夏水涨没盐井，水退井出，可产盐。岁人日，夔人倾城出游碛坝，观盐井生产，游八阵图，拾彩色石子，至晚方归。

买　山

书生为郡亦迂哉，剩买童山买木栽。但遣牛羊勿践履，它年定出栋梁材。

原注：夔山皆童，予买山植木以庇之，惧刍牧不禁，作诗以告后人。践，原作钱，据《四库》本改。

给　水

接筒引水下山陬，端为夔民解百忧。长使义泉名不断，莫教人费一钱求。

原注：夔以竹筒引水，见于杜诗。以义泉名门，则知昔之为州者，不榷水而取钱也。予始至，闻公库岁收卖木钱千余缗，钤辖司亦如之。予以水给民，惧后人废之，故作是诗。

修　垒

莫将逆旅视居官，直作吾家活计看。墙壁时时为修葺，安知劳苦是平安。

原注：夔城颇恶，予修之，虽雉堞一新，然土城易坏，兵有守（守原残缺，据《四库》本补）城者勿它役，随坏而补，则城常固矣。

种　柳

瀼水东西十里余，新栽杨柳二千株。会看耸干参天去，能似甘棠勿翦无。

原注：东至夔唐，西过社坛，凡十余里，种柳二千株，后人或不斩伐，则垂条耸干，当如柳子厚诗，但愧无惠化传耳。

江月亭二绝

长江何处水，明月几州天。月与江无约，相逢是偶然。

江山今古几英雄，割据并吞总是空。惟有江流不转石，千秋长在明月中。

编者注：杜甫《八阵图》诗：“江流石不转，遗恨失吞吴。”

登真武山

篮舆晓上小琳宫，夔子江山指顾中。道士手栽山上柏，身犹未老干凌空。

编者注：篮舆：竹轿。《晋书·孙晷传》：富春车道既少，动经山川，父难于风波，每行乘篮舆。

上元山中百姓出游作三章谕之

邻里相呼入郡城，巴歌楚舞沸欢声。三宵游罢同归去，勉力耕桑事父兄。

三日嬉游喜遇晴，还家又见麦青青。但须及早输租税，莫要勾呼到讼庭。

好去耕耘陇上田，但能勤苦有丰年。家家饱暖身康健，更向明年看月圆。

原注：雍正本注：丙戌。

游卧龙山呈行可元章

我辈逢山眼即青，卧龙顶上喜同登。图留沙碛怀诸葛，诗诵江渍忆少陵。巫峡云飞天一握．瞿唐鱼化浪三层。篮舆又向人间去，回首林泉愧老僧。

原注：俗谓瞿唐峡为龙门。

闻诗得男名之曰夔

巫邑初传鲤，吾家遂得夔。遥来如马地，却应梦熊诗。官忝二千石，孙看第一枝。欣同君子抱，祝汝似吾儿。

原注：夔乙酉十二月十九日生，诗以二月二十四日作。是日巫山送双鲤。

编者注：二千石：汉官秩，又为郡守（太守）的通称。南宋乾道年间，王十朋为夔州太守，故以“官忝二千石”自称。

五月四日与同僚南楼观竞渡，因成小诗四首，明日同行可元章登楼，又成五首

蜀江险处是夔州，滟滪堆边看竞舟。为报番昜相识道，去年人在此登楼。

原注：去年五月四日会僚友于番江楼，酒中分韵得月字，云“明年何处更登楼，遥望番阳江上月”。

编者注：昜：古阳字。

台前八阵已陈迹，水底三闾何处招。手把菖蒲对佳节，兴来呼酒劝同僚。

番阳夔子两端午，去岁人如今岁人，直是吴头来蜀尾，子规声里吊灵均。

原注：两年皆十六人。

榴花照眼对佳客，荷叶传杯怀故乡。想见明年话夔子，又如今岁念番阳。

黍遇今朝尽生角，艾从何处忽为神。荷香十里一钩月，定有扁舟归去人。

编者注：黍生角，即角黍，俗称粽子。

舟人鼓楫呼何在，声似湘沅江上声。更听刘郎竹枝曲，不论南北总伤情。

细葛含风罗叠雪，近臣初拜赐衣时。愿因角黍询遗俗，学士宁无《六一词》。

编者注：《六一词》，欧阳修著。

竞渡本来缘救溺，凌波初不为争标。今人不解古人意，得胜归来笑语嚣。

彩舟两两鼓冬冬，胜已山阴瀼水东。父老相逢话良苦，儿郎多在马船中。

编者注：《读史方舆纪要》：又胜己山，在府东九里。峰峦叠秀，巍然独出众山之上，因名。宋乾道中，郡守王十朋锡以今名。

立　秋

节物催吾老，天涯见立秋。凉微金尚伏，暑炽火初流。家远思尝稻，年衰怯戴楸。归耕期已近，河汉望牵牛。

原注：夔人立秋，并簪楸叶。

七　夕

去年佳节吴头见，今夕秋声峡内闻。桂魄渐看成半璧，银河犹自掩微云。晒书空有便便腹，乞巧初无怪怪文。为向天边牛女道，夫耕妇织莫辞勤。

制胜楼

绝塞依天险，高城瞰陈图。公孙曾帝蜀，诸葛欲吞吴。尊俎冲千里，关山敌万夫。人谋兼地利，端坐静边隅。

编者注：公孙述，字子阳，扶风茂陵（今陕西兴平）人。新莽时为导江卒正（蜀郡太守）。王莽末年，自称辅汉将军兼领益州牧。建武元年称帝于蜀，国号成家（一作大成或成），年号龙兴。在位十二年，被东汉所灭。

中秋对月用昌黎赠张功曹韵呈同官

水精为鉴金为波，桂空影写山与河。清光此夜十分好，有酒有客宜高歌。去年今日行役苦，浪叟溪边宿逢雨。传闻蜀道如天高，崖悬壁绝哀猿号。波横剑戟不易上，陆有虎豹何由逃。江山旧恃白帝险，风俗犹带乌蛮臊。驱驰两月到西塞，梦寐万里还东皋。嗅梅踏雪巴子里，路入鬼门欣不死。飞飞倦鸟惟思还，玉笋岂是粗官斑。余生但愿闲及酒，虚名宁顾触与蛮。良宵佳客十有五，云放月入尊罍间。颓然老子兴不浅，韩诗坡句聊追攀。君不见天宝云霓羽衣歌，人间乐舞难同科，遗音犹在悲凉多。有酒且饮遑恤他，不饮如此良夜何。

原注：韩诗河韵在前。去岁中秋宿瑞昌驿元次山旧隐处。舞霓裳队。

盘古庙

盘古千千古，江头遗像存。伏羲犹后辈，礼殿尽诸孙。不屋昔非陋，有祠今未尊。东邻二郎庙，巫觋醉朝昏。

原注：盘古祠止一间，庙陋甚，无祭祀者。旁有二郎庙，祀者甚众。

九日登卧龙山呈同官

老逢佳节强跻攀，兴绕东篱愧未还。与客携壶登缥缈，寻僧对榻卧幽闲。白盐照日一峰古，乌帽吹风双鬓斑。坐上无非孟嘉辈，卧龙山却胜龙山。

编者注：孟嘉，字万年，江夏郡鄳县人。东晋名士，陶渊明的外祖父。

连日至瞿塘，谒白帝祠，登越公三峡堂，徘徊览古，共成十二绝

瞿 唐

七日重来白帝城，劳生远宦厌将迎。瞿唐莫下今宜下，兴逐渔舟一叶轻。

滟 滪

水涨瞿唐势更危，舟人贪进只嫌迟。天将此石垂深戒，看取形如象马时。

白帝城

火德重兴六和同，金行数止一星终。鼎分虽愧刘玄德，面缚肯为安乐公。

编者注：火德：战国阴阳家邹衍创“五德终始说”，以五行相克解释王朝更迭。据此推演，东汉应为火德。而刘备建立蜀汉，是为火德重兴。安乐公：指蜀后主刘禅。蜀亡，刘禅降魏，受封安乐公。

越公堂

柱国杨家二世亡，越公遗迹独绵长。不能牢固隋基业，枉

费精神在一堂。

编者注：柱国杨家：史载隋文帝杨坚出自关中高门弘农杨氏，其父杨忠跟随北周文帝宇文泰起义关西，因功赐姓普六茹氏，官至柱国、大司空。但据陈寅恪考证，杨坚家族可能是山东寒族，其弘农杨氏的身份应出于伪托。

三峡堂

三峡堂中看倒流，沉舟侧畔过千舟。世途险更胜三峡，多少人怀积羽忧。

编者注：《战国策·魏策一》："臣闻积羽沉舟，群轻折轴。"积羽忧即指此。

石　笋

白帝祠前石笋三，根连滟滪立相参。不知此石能言否，往事应同老柏谈。

原注：有二柏甚古。

编者注：石笋三：嘉庆《四川通志》卷三六《舆地志·祠庙三》：夔州府奉节县：白帝庙，在县东八里旧州城内，有三石笋。宋祀公孙述。

白　盐

蜀中盐井知多少，功利端能与海分。倘使此山真可煮，商功计利更纷纷。

编者注：蜀地产盐。《华阳国志·蜀志》："李冰为蜀守……又识齐水脉，穿广都盐井诸陂池，蜀于是盛有养生之饶焉。"

赤　甲

赤甲城连白帝城，子阳曾向此屯兵。区区板筑徒劳耳，尚赤由来是汉营。

编者注：子阳，指公孙述。

东　屯

少陵别业古东屯，一饭遗忠畎亩存。我辈月叨官九斗，须知粒粒是君恩。

昭列庙

老臣苦欲争天下，嗣子何曾思蜀中。古屋数椽犹庙食，伤心地近永安宫。

八阵图

一家天下裂三都，忠愤填胸出阵图。千载相知惟白水，此心元不为吞吴。

胜己山

私心克尽道方大，胜己与游名始成。物我太深谁氏子，却将已胜易山名。

原注：有易为己胜者，见《图经》。

梁彭州与客登卧龙山送酒二尊

五马携壶上卧龙，四夔连骑与游从。山中古柏岁寒色，应为清流作意浓。

天禄归来杨子云，酒随后乘为论文。云安麹米瓶双玉，聊助诗人作小醺。

原注：梁云：舟中犹在淅酒。

编者注：诗题“二尊”，疑当作“二首”。

蜡　梅

天工著意点酡酥，不与江梅斗雪肤。露滴蜂房酿崖蜜，日烘龙脑喷金炉。万松张盖黄尤好，三峡藏春绿不枯。题品倘非坡与谷，世人应作小虫呼。

原注：东南蜡梅，叶落始开；峡中地暖，花开而叶不落。宋山甫知县云：大宁监多蜡梅，土人不知贵，呼为狗蝇花。

夔　砚

有以砚来售者，曰歙。石璞稍巨，色青而文细，光润而发墨，儿曹买之。或曰非歙砚，乃忠万石耳。予莫能辨。得之于夔，目曰夔砚。因读少陵平公得砚诗，则知三峡古亦出砚也，诗以纪之。

一片夔州砚，千年禹凿痕。平公见尔祖，王子得其孙。铜雀今安有，罗文世所尊。聊同玄颖辈，文字与吾论。

编者注：夔砚，为传统名砚，曾列巴蜀地区三大名砚之一。据《明清两代砚说》（下）记载：清代有砚石 60 余种，四川夔州石列第 22 种。杜甫有《石砚》诗，中有“平公今诗伯，秀发吾所羡。奉使三峡中，长啸得石砚”句。

人日游碛

好遨蜀风俗，夔人贫亦遨。今日日为人，倾城出江皋。遨头老病守，呼宾酌春醪。归来及初鼓，繁灯照霜毛。

原注：雍正本注：丁亥。

十四日登真武山

山中松柏几经春，壁上龟蛇妙入神。羽士相看笑相语，使君老似去年人。

白盐卓立群峰外，真武山头平视之。试上白盐峰顶望，未知真武孰高卑。

莹煌灯火如星斗，夜夜人间望此山。来向元宵试灯火，却移星斗下人间。

二月朔日诣学讲堂前杏花正开呈教授

孔坛昔栽杏，鲁人呼东家。当时三千株，化工无等差。雩风长其实，教雨濯其葩。木与圣化俱，芬芳无迩遐。数株能白红，开向天之涯。况于芹藻间，相看意殊嘉。对之怀哲人，甘棠何以加。不比曲江春，只名及第花。又异仙家桃，徒尔蒸红霞。愿言广封殖，夔鲁同光华。

杏　花

桃李未吐梅英空，杏花嫣然作小红。孤城绝塞也不恶，一株绰有仙家风。高枝半出修竹外，醉脸略与红梅同。夔州花木不多有，封植嘉树知谁功。春光忽到刺史宅，天气正在中和中。不同浪蕊落瘴雾，自有甘露滋芳丛。我来岁律惊两换，归兴遥指吴江枫。曲江往事何足梦，愿为老圃安吾穷。明年花开我何处，小园数亩箫台东。苍苍烟雨记巫峡，酣酣诗句吟梅翁。

原注：雍正本注：丁亥。梅圣俞诗：杏花酣酣春正明。

编者注：甘露堂前有杏花一株，在修竹之外，殊有风味，用昌黎韵。

夔路十贤

屈大夫　平

大夫楚忠臣，哀哉以谗逐。遗庙大江渍，醒清今古独。

编者注：据《水经注》，汨水又西为屈潭，即汨罗渊也。屈原怀沙自沉于此，故渊潭以屈为名。渊北有屈原庙，庙前有碑。

严刺史　颜

将军头可断，讵肯以城降。斯可为忠矣，至今名此邦。

编者注：严颜，东汉末年巴郡临江（今重庆忠县）人，初为益州牧刘璋巴郡太守，镇江州（今重庆市渝中区）。建安十九年，刘璋失益州，严颜闻讯后自刎于守土。

诸葛武侯　亮

卧龙起南阳，不为鼎一足。托名蜀丞相，相汉非相蜀。

少陵先生

子美稷卨志，空抱竟无用。夔州三百篇，高配风雅颂。

编者注：稷：五谷之神。卨：同“离”，音屑。商代始祖。

陆宣公　贽

敬舆避谗谤，闭门不著书。活人集名方，炳然仁谊余。

编者注：陆贽，字敬舆，苏州嘉兴（今浙江嘉兴）人。唐德宗时官至中书侍郎、同中书门下平章事。后受诬罢相，降为忠州（今重庆忠县）别驾。

韦丞相　处厚

韦侯守盛山，赋诗十二首。能以尧事君，遂令诗不朽。

编者注：韦处厚，本名淳，字德载，京兆万年（今陕西西安）人。元和中后期，曾任开州（今重庆开州区）刺史。官至中书侍郎、同中书门下平章事。盛山：开州州治为盛山县。

白文公　居易

赋咏穷三峡，乐天在忠州。苟不以直道，亦如元与刘。

编者注：元与刘，指元稹、刘禹锡。

柳元公　公绰

柳公本书生，忠勇著岳鄂。盛山戮奸吏，余威震蛮貊。

编者注：柳公绰，字宽，小字起之，唐京兆华原（今陕西铜川市耀州区稠桑乡柳家塬）人。柳公权之兄。官至户部、兵部尚书，逝后追赠太子太保，谥号成（一作元）。曾任鄂岳观察使，率军平乱。成都《蜀丞相诸葛武侯祠碑》为柳公绰任成都少尹时所书，因系宰相裴度撰文，名匠鲁建刻，故有“三绝碑”之誉。

寇莱公　准

莱公经济业，志在巴东诗。斯人不复见，亭上秋风悲。

编者注：寇准在归州巴东任上不到四年的时间里，著诗六十余首。其大多为思乡、思隐及仕途失意之作，以五律最多，七律次之。

唐质肃公　介

子方筮仕初，牛刀割鱼复。一朝峨廌冠，风采百僚肃。

编者注：廌冠：即豸冠，獬豸冠。汉蔡邕《独断》：“法冠，楚冠也。……秦制执法服之。今御史廷尉监平服之，谓之獬豸冠。”《后汉书·舆服志下》：“法冠，一曰柱后。高五寸，以䌹为展筩，铁柱卷，执法者服之，侍御史、廷尉正监平也。或谓之獬豸冠。獬豸，神羊，能别曲直，楚王尝获之，故以为冠。”这里以廌冠借指唐介的谏官生涯。唐介为北宋著名谏臣，以“直声动天下”。

续访得七人

宋大夫 玉

述志哀正则，陈词讽灵修。读君九辨章，悲楚亦悲秋。

源丞相 乾曜

杰人掾夔子，相业光开元。故宅半赤甲，荒凉今不存。

原注：事见李貽孙《夔州壁记》。

李左相 适之

罢相避同列，衔杯乐圣人。那知偃月堂，中有丞相瞋。

编者注：李适之，原名昌，祖籍陇西成纪，唐太宗李世民曾孙，天宝元年任左相，与右相李林甫争权，落败被贬，后惊惧自杀。偃月堂：《新唐书·奸臣传上·李林甫》：林甫有堂如偃月，号偃月堂。每欲排构大臣，即居之，思所以中伤者。若喜而出，即其家碎矣。

李丞相 吉甫

公在忠州日，人高长者风。忮心无后叚，宁愧赞皇公。

编者注：李吉甫，字弘宪，赵郡赞皇（今河北赞皇）人，唐元和名相。

温御史 造

谁坐绣衣石，曾落金吾胆。不戮拥靴人，至今有余憾。

编者注：绣衣石：唐张籍诗："时到绣衣人，同来石上坐。"此处借指温造少年时的隐居生涯。金吾胆：指弹劾李祐违制进马事。

程伊川 颐

轲伋诚明学，弟兄传以心。易微于九师，闭门自钩深。

黄太史 庭坚

豫章官逸远，直笔非谤史。天遣来黔涪，诗鸣配子美。

登制胜楼

梁栋翚飞百尺楼，江山满目壮夔州。鸟穿云过白盐去，鱼透浪来清瀼游。控扼地临三峡险，朝宗水会百川流。古今制胜人何胜，天下奇才忠武侯。

再用前韵

下视瞿塘缥缈楼，规模雄压十三州。良筹合向暇时运，缓带宜来高处游。列障四时环坐好，大江千古抱城流。后山植木成阴日，谁识十年前故侯。

食荔枝

荔枝初熟饤金盘，手擘轻红仔细看。风味由来太奇绝，不教容易到长安。

妃子园中荔子奇，莫因名号起猜疑。清时入坐非尤物，一洗烟尘赖好诗。

诗史堂前种几时，轻红曾入少陵诗。殊方竞续樱桃献，万树争先尔独迟。

编者注：诗史堂即杜甫草堂，在成都浣花溪畔。

拾荔枝核欲种之戏成一首

海味正思瑶柱美，夔门又见荔枝红。炎方入贡自妃子，郡圃欲栽如白公。官满犹为十年计，实成须待二星终。不须更论何时吃，前种后收人我同。

原注：乐天种荔枝于忠州有诗。乐天戏杨万州种荔枝诗云：“闻说万州方欲种，愁君得吃是何年。”

诗史堂荔枝歌

君不见诗人以来一子美，莫年流落来夔子。赋诗三百六十篇，西瀼东屯客愁里。何人作堂画遗像，收拾光芒榜诗史。堂前何有有荔枝，树犹未老熟独迟。世人贵早不贵晚，倘非我辈谁赏之。涪陵昔遭妃子污，万颗包羞莫能诉。泸戎一经少陵擘，至今传诵轻红句。少陵伤时泪成血，一点丹心不磨灭。散成朱实满炎方，风味如诗两奇绝。乐天曾画忠州图，自言香味人间无。君谟亦作闽中谱，陈紫声名重南土。何如诗史堂前株，正是一饭孤忠余。人为世重物亦重，端如丈人屋上乌。巴图闽谱合避路，奚用品第分锱铢。搀先熟者如杨卢，但可与之作前驱。闽娘十八婢妾尔，将军大树真佣奴。我生四百余年后，来作先生游处守。登堂三叹荔正丹，聊效柳人祠子厚。安得先生今复生，添赋夔州歌一首，要使荔枝之名长不朽。

编者注：莫年：应为暮年。泸戎：泸州、戎州（宜宾）。巴图：白居易的荔枝园。闽中谱：蔡襄作有《荔枝谱》。闽娘十八：即十八娘，出自《荔枝录》，是荔枝品种之一。将军大树：《苕溪渔隐丛话》：惠州太守东堂祠，故相陈文惠公堂下，有公手树荔枝一株，郡人谓将军树。

别夔州三绝

竭来夔子两经年，恰是忠州白乐天。种柳栽花一般意，愧无名德比前贤。

夔峡民淳狱讼稀，使君无事只吟诗。才疏政拙形容陋，深愧邦人为立祠。

陈图入眼浑如梦，回首江山又梦间。万里白云遮望眼，（下缺）

编者注：陈图：应为阵图。

别同官

两年窃禄古夔州，邂逅诸君亦宦游。为郡不才真下下，同僚多助却优优。及瓜便合扁舟去，行李聊为一饭留。掺别相期可无语，君亲恩重各宜酬。

原注：雍正本注：离夔州。

七月十七日离夔州是夜宿瞿塘

邦人送别亦伤情，杨柳阴中涕泣声。我亦怜夔不忍去，一宵留宿旧江城。

原注：雍正本注：丙戌。

登古峰岭望夔州

巍登古峰岭，回首望夔州。隐约瞻卧龙，微茫见江流。明朝望眼遮，江山见无由。翻令还乡梦，飞过白盐头。不知此邦人，亦念使君不。使君无可念，空有诗篇留。

原注：雍正本注：去夔。

（说明：以上底本据《梅溪集》重刊委员会编《王十朋全集》，上海古籍出版社 1998 年版。）

陆游在夔府

一　赴夔

将赴官夔府书怀

病夫喜山泽，抗志自年少。有时缘龟饥，妄出丐鹤料。亦尝厕朝绅，退懦每自笑。正如怯酒人，虽爱不敢釂。一从南昌免，五岁嗟不调。朝廷每哀矜，幕府误辟召。终然敛孤迹，万里游绝徼。民风杂莫徭，封域近无诏。凄凉黄魔宫，峭绝白帝庙。又尝闻此邦，野陋可嘲诮。通衢舞竹枝，谯门对山烧。浮生一梦耳，何者可庆吊？但愁瘿累累，把镜羞自照。

原注：夔民多瘿，无者十财一二耳。编者注：财，通“才”，仅仅。

钱注：游罢隆兴府通判在乾道二年，历五岁，则为乾道六年矣。

《太平寰宇记》：秭归县：紫极宫黄魔神庙，其记云：按《灵宝经》，五方有大魔，其中央曰黄天魔王，谓能扶是苍旻，同覆万有。

编者注：鹤料：唐代称幕府官俸为鹤料，后多用来泛称官吏的俸禄。

宿枫桥

七年不到枫桥寺，客枕依然半夜钟。风月未须轻感慨，巴山此去尚千重。

钱注：枫桥，在阊门外九里道傍，自古有名。南北客经由，未有不憩此桥而题咏者。普明禅院，即枫桥寺也，在吴县西十里，旧枫桥妙利普明塔院也。

晚　泊

半世无归似转蓬，今年作梦到巴东。身游万死一生地，路入千峰百嶂中。邻舫有时来乞火，丛祠无处不祈风。晚潮又泊淮南岸，落日啼鸦戍堞空。

钱注：瓜州属淮南东路，地有石城，故云戍堞。盖游此次旅程中，始泊淮南岸也。

吊李翰林墓

饮似长鲸快吸川，思如渴骥勇奔泉。客从县令初何有，醉忤将军亦偶然。骏马名姬如昨日，断碑乔木不知年。浮生今古同归此，回首桓公亦故阡。

原注：桓温冢亦在当涂。

钱注：（七月）十七日，郡集于青山李太白祠堂，（吴博古、杨恂）二教授同集。祠在青山之西北，距山尚十五里。墓在祠后，有小冈阜起伏，盖亦青山之别支也。

《入蜀记》：祠莫知其始，有唐刘全白所作墓碣。桓温墓亦在近郊，有石兽石马，制作精妙。又有碑，悉刻当时车马衣冠之类，极可观，恨不一到也。

黄　州

局促常悲类楚囚，迁流还叹学齐优。江声不尽英雄恨，天意无私草木秋。万里羁愁添白发，一帆寒日过黄州。君看赤壁终陈迹，生子何须似仲谋!

钱注：《元丰九域志》：淮南路西路：下，黄州齐安郡军事，治黄冈县。

《入蜀记》：循小径缭州宅之后，至竹楼。楼下稍东即赤壁矶，亦茅冈尔，略无草木。此矶，《图经》及传者皆以为周公瑾败曹操之地，然江上多此名，不可考质。

武昌感事

百万呼卢事已空，新寒拥褐一衰翁。但悲鬓色成枯草，不恨生涯似断蓬。烟雨凄迷云梦泽，山川萧瑟武昌宫。西游处处堪流涕，抚枕悲歌兴未穷。

钱注：吴所都武昌，乃今武昌县。此州在吴名夏口，亦要害。

《晋书》卷八五《刘毅传》：后于东府聚樗蒱大掷，一判应至数百万。余人并黑犊以还，惟刘裕及毅在后。颜次掷得雉，大喜，褰衣绕床，叫谓同坐曰：非不能卢，不事此耳。裕恶之，因挼五木久之，曰：老兄试为卿答。既而四子俱黑，其一子转跃未定，裕厉声喝之，即成卢焉。

《元和郡县志》：江南道安州安陆县，云梦泽在县南五十里。

《太平寰宇记》：鄂州：安乐宫，在州西北水路二百四十里。

江陵道中作

山川杂吴楚，气候接秋冬。水落鱼可拾，霜清裘欲重。乡遥归梦短，酒薄客愁浓。白帝何时到，高吟酹卧龙。

秋　风

秋风吹客樯，节物叹遐方。岁事忽云暮，吾行殊未央。霜清汉水绿，日落楚山苍。此去三巴路，无猿亦断肠。

钱注：王象之《舆地纪胜》：三巴：刘璋为益州牧，分巴郡自垫江以下为永宁郡，先主又以固陵为巴东郡，号曰三巴。又《三巴记》云：阆、白二水东南流，曲折三回如巴字，故曰三巴。

六　言

三巴亦有何好？万里翩然独寻。本意为君说破，消磨梦境光阴。

松滋小酌

西游六千里，此地最凄凉。骚客久埋骨，巴歌犹断肠。风声撼云梦，雪意接潇湘。万古茫茫恨，悠然付一觞。

钱注：《太平寰宇记》：江陵府：松滋县，次畿，在府西一百二十里。《元丰九域志》作在府西南八十里。范成大《吴船录》卷下：松滋县，二百十里至荆南之沙头。

二　抵夔

瞿唐行

四月欲尽五月来，峡中水涨何雄哉！浪花高飞暑路雪，滩石怒转晴天雷。千艘万舸不敢过，篙工柂师心胆破。人人阴拱待势衰，谁敢轻行犯奇祸。一朝时去不自由，山腹空有沙痕留。君不见陆子岁暮来夔州，瞿塘峡水平如油。

钱注：此诗乾道六年十月作于夔州。

《入蜀记》：（十月）二十六日，发大溪口，入瞿唐峡。两壁对耸，上入霄汉，其平如削成，仰视天如匹练。然水已落，峡中平如油盎。晚至瞿唐关，唐故夔州。

登江楼

已过瞿唐更少留，小船聊系古夔州。簿书未破三年梦，杖屦先寻百尺楼。日暮雪云迷峡口，岁穷畲火照关头。野人不解微官缚，尊酒应来此散愁。

原注：瞿唐关即唐夔州也。

雪中卧病在告戏作

面裂愁出门，指直但藏袖。谁云三峡热，有此凛冽候。殷勤愧雪片，飞舞为我寿。方惊四山积，已见万瓦覆。岂惟寒到骨，遂觉疾在腠。地炉炽薪炭，噤坐连昏昼。梅花真强项，不肯落春后。俗人爱桃李，苦道太疏瘦。清芬终见赏，此事非俗售。已矣吾何言，高枕听檐溜。

钱注：此诗乾道六年冬夔州通判任上作。

雪　晴

腊尽春生白帝城，俸钱虽薄胜躬耕。眼前但恨亲朋少，身外元知得丧轻。日映满窗松竹影，雪消并舍鸟乌声。老来莫道风情减，忆向烟芜信马行。

钱注：此诗乾道七年正月夔州通判任上作。

玉笈斋书事

莫笑新霜点鬓须，老来却得少工夫。晨占上古《连山易》，夜对西真《五岳图》。叔夜曾闻高士啸，孔宾岂待异人呼。眉间喜色谁知得，今日新添火四铢。

钱注：玉笈斋：游室名。连山易：周礼：太卜掌三易之法；一曰《连山》，二曰《归藏》，三曰《周易》。西真：西王母也。五岳图：《抱朴子·登涉》：上士入山，持《三皇内文》及《五岳真形图》。

“眉间”句：韩愈《郾城晚饮奉赠副使马侍郎及冯李二员外》：“眉间黄色见归期。”《太平御览》卷三四六引《相书占气杂要》：“黄气如带当额横，卿之相也。有卒喜，皆发于色。额上、面中、年上，是其候也，黄色最佳。”

“今日”句：《云笈七签》卷六十八《金丹部》：取锡十斤，于铁镬熬之半日。投四蕊紫华一铢，合搅，须臾成萎蕤金；投二铢，成紫蕊玉；投三铢，成玄梨绿景玉。

雪霁茅堂钟磬清，晨斋枸杞一杯羹。《隐书》不厌千回读，大药何时九转成？孤坐月魂寒彻骨，安眠龟息浩无声。剩分松屑为山信，明日青城有使行。

原注：时傅道人欲归青城。

钱注：枸杞：张邦基《墨庄漫录》卷九：“枸杞，神药也。修真之士，服之多升仙。岁久者根如犬形，夜能鸣吠。”九转：《抱朴子·金丹》：“九转之丹，服之三日得仙。”月魂：《上清黄庭内景经》：“高奔日月吾上道。”务成子注：“《上清紫书》有吞月精之法。月初出时，西向叩齿十通，微咒月魂名。月中五夫人，字曰月魂。月中五色精光俱入口中。”

王象之《舆地纪胜》：永康军：青城县望，在军南四十里。《太平寰宇记》：青城县：青城山，在县西北三十二里。《玉匮经》曰：此第五大洞宝仙九室之天，黄帝所奉，拜为五岳丈人。天师立青城治于其中。

记 梦

梦里都忘困晚途，纵横草疏论迁都。不知尽挽银河水，洗得平生习气无？

编者注：陆游有《上二府论都邑札子》，主张迁都建康。从军南郑之后，主张迁都关中，为永久之计。

瀼 西

千载瀼西路，今年著脚行。匆匆衰已具，渺渺恨难平。绝壁猿啼雨，深枝鹊报晴。亦知忧吏责，未忍废诗情。

钱注：《东屯高斋记》：瀼西，盖今夔府治所。画为阡陌，裂为坊市。

山 寺

篮舆送客过江村，小寺无人半掩门。古佛负墙尘漠漠，孤灯照殿雨昏昏。喜投禅榻聊寻梦，懒为啼猿更断魂。要识人间盛衰理，岸沙君去看年痕。

原注：峡涨时水高数十丈，至冬尽落。

蹋 碛

鬼门关外逢人日，蹋碛千家万家出。竹枝惨戚云不动，剑器联翩日将夕。行人十有八九瘿，见惯何曾羞顾影。江边沽酒沙上卧，峡口月出风吹醒。人生未死信难知，憔悴夔州生鬓丝。何日画船摇桂楫，西湖却赋探春诗？

钱注：王象之《舆地纪胜》：夔州路大宁监：岁在人日，郡守宴于溪滨，人从守出游，簪花歌舞，团聚而饮，日暮乃归，谓之蹋碛。

鬼门关：嘉庆《四川通志》卷二八《舆地志·关隘二》：奉节县：鬼门关，在县东北三十里。

剑器：杜甫《观公孙大娘弟子舞剑器行》序：大历二年十月十九日，夔州别驾元持宅，见临颍李十二娘舞剑器。按，剑器，唐大曲名，属武舞曲，剑器舞是武舞。

寒　食

峡云烘日欲成霞，瀼水生纹浅见沙。又向蛮方作寒食，强持卮酒对梨花。身如巢燕年年客，心羡游僧处处家。赖有春风能领略，一生相伴遍天涯。

钱注：陈奂《诗毛氏传疏》：荆蛮为楚也。按《太平寰宇记》卷一四八云：夔州，春秋时为夔子国，其后为楚灭。故游诗称夔州为蛮方。

三　夔州试院

晚晴书事呈同舍

鱼复城边夕照红，物华偏解恼衰翁。巴莺有恨啼芳树，野水无情入故宫。许国渐疏悲壮志，读书多忘愧新功。因君共语增惆怅，京洛交游欲半空。

原注：以下十七首皆试院作。

钱注：时游为州考监试官。

编者注：鱼复城：鱼复国之鱼复城，赤甲城是旧鱼复城县基。故宫：指永安宫。宋为州仓，明为郡学，民国后为奉节师范校址。

客夔感怀

松阴系马启朱扉，粔籹青红正此时。守墓万家犹有日，及亲三釜永无期。诗成谩写天涯感，泪尽何由地下知。富贵贱贫俱有恨，此生长废《蓼莪》诗。

编者注：标题为编者所拟。原题作：乡中每以寒食、立夏之间省坟，客夔适逢此时，凄然感怀。

钱注："守墓"句：《史记》卷九二《淮阴侯传》：淮阴人为余言：朝信虽为布衣时，其志与众异。其母死，贫无以葬，然乃行营高敞地，令其旁可置万家。"及亲"句：《庄子·寓言》：曾子再仕而心再化，曰：吾及亲仕，三釜而心乐；后仕三千锺而不洎，吾心悲。"此生"句：《晋书》卷八八《王裒传》：及读《诗》至"哀哀父母，生我劬劳"，未尝不三复流涕，门人受业者，并废《蓼莪》之篇。

编者注：粔籹：《楚辞·招魂》："粔籹蜜饵。"王逸注："言以蜜和米面，熬煎作粔籹。"

手持绿酒酹苍苔，今岁何由匹马来。清泪不随春雨断，孤吟欲和暮猿哀。皂貂破弊归心切，白发凄凉老境催。誓墓只思长不出，松门日日手亲开。

钱注："皂貂"句：《战国策·秦策》：苏秦始将连横，说秦王，书十上，而说不行，黑貂之裘弊，黄金百斤尽，资用乏绝，去秦而归。

编者注：誓墓：《晋书·王羲之传》：时骠骑将军王述少有名誉，与羲之齐名，而羲之甚轻之，由是情好不协。述后检察会稽郡。羲之深耻之，遂称病去郡，于父母墓前自誓。后因以“誓墓”称去官归隐。

试院春晚

病思萧条掩绿樽，闲坊寂历锁朱门。故人别久难寻梦，远客愁多易断魂。漫漫晚花吹瀼岸，离离春草上宫垣。此生飘泊何时已，家在山阴水际村。

倚　阑

故山未敢说归期，十口相随又别离。小雨初收残照晚，阑干西角立多时。

自　咏

朝衣无色如霜叶，将奈云安别驾何！钟鼎山林俱不遂，声名官职两无多。低昂未免闻鸡舞，慷慨犹能击筑歌。头白伴人书纸尾，只思归去弄烟波。

钱注：“朝衣”句：《宋史》卷一五三《舆服志》五：公服。中兴，仍元丰之制，四品以上紫，六品以上绯，九品以上绿。有品未及而借者。为通判者，许借绯。任满还朝，仍服本品。云安别驾：《太平寰宇记》：“云安军：皇朝乾德二年，以夔州云安县上水去州二百里，人户输纳不便，于本县建一军。从本州之所奏请也。仍领云安县。”云安别驾，游自谓，即夔州通判。宋之通判即唐之别驾。

编者注：书纸尾：韩愈《蓝田县丞厅壁记》：丞位高而逼，例以嫌，不可否事。文书行吏抱成案诣丞，卷其前，钳以左手，右手摘纸尾，雁鹜行以进，平立睨丞曰：当署。丞涉笔占位署惟谨。

午　兴

渐转廊腰日，徐来峡口风。飧浆便北客，淖粥称衰翁。槐晚纤纤绿，榴残续续红。责轻仍饱食，三叹愧无功。

风雨中望峡口诸山奇甚戏作短歌

白盐赤甲天下雄，拔地突兀摩苍穹。凛然猛士抚长剑，空有豪健无雍容。不令气象少渟滀，常恨天地无全功。今朝忽悟始叹息，妙处元在烟雨中。大阴杀气横惨淡，元化变态含空蒙。正如奇材遇事见，平日乃与常人同。安得朱楼高百尺，看此疾雨吹横风。

夜坐庭中

人静风褰幔，更阑露泫衣。暗窗饥鼠啮，空庑冷萤飞。岁月背人去，乡闾何时归？脱巾还感叹，残发不胜稀。

新　蔬

黄瓜翠苣最相宜，上市登盘四月时。莫拟将军春荠句，两京名价有谁知？

钱注：汤大奎《炙砚琐谈》：将军，高力士也。力士有荠菜诗。

编者注：“两京”句：高力士《感巫州荠菜》诗曰：“两京作斤卖，五溪无人采。夷夏虽有殊，气味都不改。”

初夏怀故山

镜湖四月正清和，白塔红桥小艇过。梅雨晴时插秧鼓，蘋风生处采菱歌。沉迷簿领吟哦少，淹泊蛮荒感慨多。谁谓吾庐六千里，眼中历历见渔蓑。

编者注：簿领：谓官府记事的簿册或文书。

初夏新晴

曲径泥新晚照明，小轩才受一床横。翩翩乳燕穿帘影，蔌蔌新篁解箨声。药物屏除知病减，梦魂安稳觉心平。深居不恨无来客，时有山禽自赞名。

定拆号日喜而有作

小雨如丝落复收，悄无人语但鸣鸠。捋须预想诸儿喜，倒指犹为五日留。满案堆书惟引睡，侵天围棘不遮愁。为农父子长相守，误计随人学宦游。

钱注：“捋须”二句：上句用杜甫《北征》：“生还对童稚，似欲忘饥渴。问事竞捋须，谁能即嗔喝。”下句用《汉书》卷七十《陈汤传》：“诎指计其日，曰：不出五日，当有吉语闻。”围棘：《新五代史》卷五六《和凝传》：“主司每放榜，则围之以棘，闭省门，绝人出入以为常。”

编者注：拆号：拆开试卷糊名的弥封号码，科举时代为防止考试作弊而采取的一项措施。

睡　起

深闭重门谢簿书，日长添得睡工夫。水纹竹簟凉如洗，云碧纱幮薄欲无。半吐山榴看著子，新来梁燕见将雏。梦回茗碗聊须把，自扫桐阴置瓦炉。

原注：时闭试院中已月余矣。

四月二十九日作

假馆犹三日，还家甫四旬。昏眸云雾隔，衰鬓雪霜新。尊酒虽慵近，囊诗却未贫。但愁门有客，流汗强冠巾。

原注：痛目止酒。

苦　热

万瓦鳞鳞若火龙，日车不动汗珠融。无因羽翮氛埃外，坐觉蒸炊釜甑中。石涧寒泉空有梦，冰壶团扇欲无功。余威向晚犹堪畏，浴罢斜阳满野红。

拆号前一日作

飘零随处是生涯，断梗飞蓬但可嗟。稚子欢迎先入梦，从兵结束待还家。食眠屡失身多病，忧愧相乘发易华。隔日寄声为薄具，石榴应有未开花。

钱注：吴焯批校《剑南诗稿》云：试院作止此。

四　夔州

暴　雨

风怒欲掀屋，雨来如决堤。孤灯映窗灭，羁鸟就檐栖。暑令方炎赫，秋声忽惨凄。传闻涨江水，已断瀼东西。

西斋雨后

香碗灰深微炷火，茶铛声细缓煎汤。百年浮世几人乐，一雨虚斋三日凉。帘外微风斜燕影，池边残照敛萱房。纱幮石枕萧然卧，付与今宵幽梦长。

急　雨

阴云屯硖口，急雨过城头。白舫投沙峡，青帘卷市楼。漂摇争阖户，壅溢共疏沟。抽得驱蝇手，题诗慰旅愁。

晚晴闻角有感

暑雨初收白帝城，小荷新竹夕阳明。十年尘土青衫色，万里江山画角声。零落亲朋劳远梦，凄凉乡社负归耕。议郎博士多新奏，谁致当时鲁二生。

《史记·叔孙通列传》：叔孙通使征鲁诸生三十余人，鲁有两生不肯行。

夏夜起坐南亭达晓不复寐

风露青冥近九秋，脱巾扶杖冷飕飗。曲阑影外巴山月，画角声中楚塞愁。巢燕并栖高栋稳，潜鱼时跃小池幽。悠然坐待江城晓，红日将升碧雾浮。

假日书事

万里西来为一饥，坐曹日日汗沾衣。但嫌忧畏妨人乐，不恨疏慵与世违。雕槛迎阳花并发，画梁避雨燕双归。放怀始得闲中趣，下马何人又叩扉？

编者注：坐曹：指官吏在衙门办公。

林亭书事

吏退林亭夏日长，乌纱白纻自生凉。绕檐密叶帷三面，覆水青苹锦一方。约束蛮僮收药富，催呼稚子晒书忙。平生幽事还拈起，未觉巴山异故乡。

期会文书日日忙，偷闲聊得卧方床。花藏密叶多时在，风度疏帘特地凉。野艇空怀菱蔓滑，冰盆谁弄藕丝长？角声唤觉东归梦，十里平湖一草堂。

原注：峡中绝无菱藕。

游卧龙寺

晓发鱼复走瞿唐，沙头唤渡倚胡床。峒人争趁五更市，我亦来追六月凉。残星欲尽尚历落，明河已淡余苍茫。翻翻林表鸦鹊语，渺渺烟边鸥鹭行。过江走马十五里，小寺残僧真蕞尔。投鞭入门为一笑，僻陋称雄有如此！君不见天童径山金碧浮虚空，千衲梵呗层云中！

钱注：卧龙寺：正德《夔州府志》卷七：卧龙寺，在府城东二十里。“天童”二句：雍正《宁波府志》卷三三《寺观》：敕赐天童弘法禅寺，府东六十里太白山之东，旧名天童山景德寺。

久病灼艾后独卧有感

白帝城高暮柝传，幽窗搔首意萧然。江边云湿初横雁，墙下桐疏不庇蝉。计出火攻伤老病，卧闻鸢堕叹蛮烟。诸贤好试平戎策，敛退无心竞着鞭。

钱注：火攻：《世说新语·雅量》：周仲智饮酒醉，瞋目还面谓伯仁曰：“君才不如弟，而横得重名。”须臾，举蜡烛火掷伯仁。伯仁笑曰：“阿奴火攻，固出下策耳。”“卧闻”句：《东观汉记》：马援击交趾，谓官属曰：“吾在浪伯、西里坞间，虏未灭之时，下潦上雾，毒气熏蒸，仰视乌鸢跕跕堕水中，卧念少游平生时语，何可得也！”着鞭：《世说新语·尝誉》刘峻注：《晋阳秋》曰：“刘琨与亲旧书曰：吾枕戈待旦，志枭逆虏，常恐祖生先吾着鞭耳。”

秋晚病起

心静病良已，翛然巾履轻。灰深地炉暖，日出纸窗明。宿雨全消瘴，新霜剩得晴。井梧殊可念，无叶送秋声。

秋　思

鱼复城边逢雁飞，白头羁客恨依依。远游眼底故交少，晚岁人间乐事稀。云重古关传夜柝，月斜深巷捣秋衣。官闲况是频移疾，药鼎荧荧卧掩扉。

编者注：古关：即瞿唐关。

一病四十日天气遂寒感怀有赋

幽人病起鬓毛残，硖口楼台九月寒。暮角又催孤梦断，早霜初染一林丹。乡闾乖隔知谁健？怀抱凄凉用底宽？曲米春香虽可醉，瀼西新橘尚余酸。

登　城

簿领无时了，登临亦快哉。楼危压城起，硖迮束江来。病瘴抛书帙，思乡泥酒杯。天寒水尽落，滟滪已崔嵬。

夔州重阳

夔州鼓角晚凄悲，恰是幽窗睡起时。但忆社醅挼菊蕊，敢希朝士赐萸枝。山川信美吾庐远，天地无情客鬓衰。佳日掩门君莫笑，病来纱帽不禁吹。

钱注：唐制，九日赐宴及茱萸。

编者注：社醅：社日聚饮。

秋晴欲出城以事不果

古人已去不可回，今人日夜归泉台。浮生细看只此是，到死自苦何为哉？矜名饰诈竟一世，忍寒触热忘其骸。不令金樽映翠勺，坐待白骨生苍苔。清秋九月瘴如洗，白盐千仞高崔嵬。荒庭落叶不可扫，惟有丛菊争先开。瀼西黄柑霜落爪，溪口赤梨丹染腮。熊肪玉洁美香饭，鲊脔花糁宜新醅。南窗病起亦萧散，甚欲往探城西梅。一官底处不败意，正用此时持事来！

钱注：《太平御览》引《东观汉记》：更始韩夫人嗜酒，每侍饮，见常侍奏事，辄怒曰："帝方对我饮，正用此时持事来乎！"起底破其案。事，指文书、公牍。

南　窗

流落逢知少，疏慵迕俗多。闷拈如意舞，狂叩唾壶歌。巴酒禁愁得，金丹奈老何！南窗好风月，聊复此婆娑。

钱注："闷拈"句：晋王戎尝以如意起舞。"狂叩"句：《语林》云：王大将军每酒后，辄咏"老骥伏枥，志在千里，烈士暮年，壮心不已"，便以如意击珊瑚唾壶，壶尽缺。巴酒：《水经注》：此江之左岸有巴乡村。村人善酿，故俗称巴乡清郡出名酒。

遣　兴

酒量愁翻减，诗声老转低。日高羹马齿，霜冷驾鸡栖。已判功名迮，宁论簿领迷。赖无权入手，软弱实如泥。

钱注：杜甫《园官送菜诗序》："园官送菜把，本数日阙。矧苦苣、马齿，掩乎嘉蔬。伤小人妒害君子，菜不足道也，比而作诗。"游诗此意，即取诸杜。

编者注：马齿：即马齿苋。一年生草本植物，为田间常见杂草。

九月三十日登城门东望凄然有感

减尽腰围白尽头，经年作客向夔州。流离去国归无日，瘴疠侵人病过秋。菊蕊残时初把酒，雁行横处更登楼。蜀江朝暮东南注，我独胡为淹此留？

原注：病中久止酒，秋末方能少饮。

初冬野兴

关北关南霜露寒，瀼东瀼西山谷盘。篁纹细细吹残水，鼋背时时出小滩。衰发病来无复绿，寸心老去尚如丹。逆胡未灭时多事，却为无才得少安。

编者注：关：指瞿塘关。

东屯呈同游诸公

十月霜凋枫树林，清溪白石称幽寻。按行老子诛茅地，惆怅孤臣许国心。走马平沙嫌路近，传杯小阁喜寒侵。也思试索梅花笑，冻蕊疏疏欲不禁。

书驿壁

猿叫铺前雪欲作，鬼门关头路正恶。泥深三尺马蹄弱，霜厚一寸客衣薄。朝行过栈暮渡笮，夜投破驿火煜爚。人生但要无愧怍，万里窜身元不错。

硖中山多甲天下，万嶂千峰通一罅。峒民无地习耕稼，射麋捕虎连昼夜。女儿薄命天不借，青灯独宿江边舍。黎明卖薪勿悲咤，女生岂有终不嫁。

醉中到白崖而归

醉眼朦胧万事空，今年痛饮瀼西东。偶呼快马迎新月，却上轻舆御晚风。行路八千常是客，丈夫五十未称翁。乱山缺处如横线，遥指孤城翠霭中。

钱注：白崖，指白盐崖。乾道七年，游四十七岁。

（说明：以上底本据钱仲联《剑南诗稿校注》，上海古籍出版社 1985 年版。）

历代诗人咏夔府

一 夔州

下江南向夔州 唐 张说

张说（667—730），字道济，一字说之，洛阳（今属河南）人。睿宗时进同中书门下平章事，玄宗时任中书令，封燕国公。

天明江雾歇，洲浦棹歌来。绿水逶迤去，青山相向开。城临蜀帝祀，云接楚王台。旧知巫山上，游子共徘徊。

送夔州班使君 唐 司空曙

司空曙，字文明（一作文初），广平（郡治今河北永年东南）人。曾举进士，官水部郎中，为“大历十才子”之一。

鱼国巴庸路，麾幢汉守过。晓樯争市隘，夜鼓祭神多。云白当山雨，风清满峡波。夷陵旧人吏，犹诵两岐歌。

送卢使君赴夔州 唐 戴叔伦

戴叔伦（732—789），字幼公，金坛（今属江苏）人。曾任抚州刺史、容管经略使。

铙管随旌旆，高秋远上巴。白波连雾雨，青壁断蒹葭。凭几双童静，登楼万井斜。政成知变俗，当应画轮车。

自江州至忠州　唐　白居易

前在浔阳日，已叹宾朋寡。忽忽抱忧怀，出门无处写。今来转深僻，穷峡巅山下。五月断行舟，滟堆正如马。巴人类猿狖，矍铄满山野。敢望见交亲，喜逢似人者。

送杨秀才游蜀　唐　张祜

张祜（或误作祐），字承吉，清河（今属河北）人。与元稹（779—831）为同时代人。卒于大中年间，以宫词得名。

鄂渚逢游客，瞿塘上去船。峡深明月夜，江静碧云天。旧俗巴渝舞，新声蜀国弦。不堪挥惨恨，一涕泪潸然。

送杨秀才往夔州　同前

鄂渚逢游客，瞿塘上去船。江连万里海，峡入一条天。鸟影沉沙日，猿声隔树烟。新诗逢北使，为草几巴笺。

送蜀客　同前

楚客去岷江，西南指天末。平生不达意，万里船一发。行行三峡夜，十二峰顶月。哀猿别曾林，忽闻声断咽。嘉陵水初涨，岩岭耗积雪。不妨高唐云，却借宋玉说。峨眉远疑黛，脚底谷洞穴。锦城昼氲氲，锦水春活活。成都滞游地，酒客须醉杀。莫恋卓家垆，相如已屑屑。

编者注：卓家垆：卓文君、司马相如所开酒垆。

送曾黯游夔州　同前

不远夔州路，层波滟滪连。下来千里峡，入去一条天。树色秋帆上，滩声夜枕前。何堪正危侧，百丈半山颠。

编者注：百丈：拉船的纤缆。由竹条与麻绳绞织而成，上水用于拉船。

江城晚眺　同前

重槛构云端，江城四郁盘。河流出郭静，山色对楼寒。浪草侵天白，霜林映日丹。悠然此江思，树杪几樯竿。

云　安　唐　李群玉

李群玉（808—862），字文山，澧州（治今湖南澧县）人。善吹笙，工书法。举进士不第，后以布衣游长安，进诗于宣宗，授弘文馆校书郎。

滩恶黄牛吼，城孤白帝秋。水寒巴字急，歌迥竹枝愁。树暗荆王馆，云昏蜀客舟。瑶姬不可见，行雨在高丘。

编者注：高丘：巫山县城北，高丘山上有高唐观，观后有古阳台。

夜雨寄北 唐 李商隐

李商隐（约813—约858），字义山，号玉谿生，怀州河内（今河南沁阳）人。开成进士，曾任县尉、秘书郎和东川节度使判官等职。

君问归期未有期，巴山夜雨涨秋池。何当共剪西窗烛，却话巴山夜雨时。

舟行夜泊夔州 唐 唐求

唐求（约880—约907），一作俅或球，蜀州青城县味江镇（今属四川崇州）人，主要活动于唐武宗会昌年间至唐灭亡前后，人称“唐山人”或“唐隐居”。

维舟镜面中，迥对白盐峰。夜静沙堤月，天寒水寺钟。故园何日到，旧友几时逢。欲作还家梦，青山一万重。

制胜楼 宋 王延禧

王延禧，字巨祥，济州钜野（今属山东菏泽）人。北宋名相王禹偁之孙。初为岳州沅江令，曾官尚书司门郎中、知军州事。

夔子城新筑，长江便作壕。欲兼诸面敌，故起北楼高。即旧基仍峻，因时力不劳。青天才咫尺，翠壁似周遭。近照东西瀼，遥分上下牢。百蛮归指掌，三峡见秋毫。帝道方无外，星威到不毛。三钩闲夜锁，八阵纵春遨。守土惭非称，提兵亦缪叨。经营皆使指，备豫本戎韬。功乏为山助，名加制胜褒。登

临欲吟咤，深愧杜陵豪。（《全蜀艺文志》）

答宋茂宗试卷 宋 韦骧

韦骧（1033－1105），本名让，字子骏，钱塘（今杭州）人。皇祐五年进士，曾为福建转运判官。

夔府春残暂息肩，感君佳遗意飘然。顿忘巇崄三千路，为得风骚五十篇。山水清音归老笔，球琳秀气满新编。虽无健句酬来贶，终日吟哦兴自全。

丁承受放日亭一首 同前

择地为亭智思全，飞甍如翼插苍烟。身栖一哄喧声外，目逆千山秀气边。腊雪春葩饶映带，峡云江月每流连。所嗟此境藏夔府，不入当年子美篇。

奉节道中望群山有雪 同前

腊去春来只数朝，远山残雪未全消。昆冈玉出清光莹，沧海潮横白浪遥。天外画图终日展，云端仙佩许谁邀。长途极目添幽兴，更折寒梅渡野桥。

登夔州城楼 宋 李复

李复（1052—?），字履中，号潏水先生，长安人。神宗元丰二年进士，哲宗元祐、绍圣年间历知潞、亳、夔等州。

夔州城高楼崔嵬，浮空绕槛云徘徊。百川东会大江出，群山中断三峡开。关塞最与荆楚近，舟帆远自吴越来。雄心乘险争割据，功业俯仰归尘埃。

夔州旱 同前

夔人耕山灰作土，散火满山龟卜雨。春日不知秋有饥，下种计粒手中数。七月八月旱天红，日脚散血龙似鼠。污邪瓯窭高下荒，草根木皮何甘苦。蛮商奸利乘人急，缘江转米贸儿女。已身死重别离轻，归州州南神有灵。归人刲羊求山神，驱风洒润应香火，飞点不到巫山村。巫山县南也伐鼓，不告归神告神女。江心黑气卷江流，雷车载鬼云中语。太守身作劝农官，子粒今朝多贷汝。春种须作三年计，上满隆原下水浒。他时更勉后来人，老去子孙无莽卤。

赋杜子美刘梦得遗事 同前

壁间石刻图经在，瀼外祠堂绘像真。秋去书怀传北客，归时遗曲祠蛮神。十年口语投荒谪，千里兵戈下峡身。嗟我南来心迹似，临风把酒寄情亲。

原注：杜在夔有《秋日书怀寄郑审秘监李之芳尚书诗》百韵。刘有《别夔诗》云：惟有九歌词数首，归时留与赛蛮神。

大　江 同前

西南水会大江出，万里奔激瞿塘开。神宫龙府云雾暗，涡转峡盘天地回。岷山发源四渎长，庐峰白浪九道来。刳舟济涉万世赖，积金覆舟吁可哀。

别夔州众官　同前

半年渔浦巴城守，两任云台太华宫。岂欲背时聊免俗，但能省事略成风。玉泉古刹须留客，峡水安流好向东。祖帐联翩催棹急，临溪洒泪落丹枫。

编者注：祖帐：道傍设帐，酒筵送行。（《潏水集》）

舟　中　宋　唐庚

唐庚（1070—1120），字子西，眉州丹棱（今四川丹棱）人。绍圣元年进士，曾为提举京畿常平、承议郎。

去楚及梅落，过夔逢麦秋。既非就国者，判作贾胡留。心力盘滩尽，年光抛波休。移书故山友，慎勿厌锄耰。

冬　雪　宋　宋肇

宋肇，字楙宗，哲宗元祐元年（1086）为通直郎，监在京市易务。九年，以朝奉郎充夔州路转运判官、夔州路转运使。

密下斜飞片片愁，不堪漂泊向西州。思家对雪诚何味，只与群山斗白头。

编者注：标题为编者所拟。原题作：夔冬暖，雪不到地，唯山高处尽白，它皆霏雨而已。

晚　晴 同前

古道遥临水，荒城早闭门。乱山衔落照，归鸟下空园。江口渔人舫，崖腰桑树村。客愁何可奈，有酒莫空樽。

杜　鹃 同前

暖云无定半阴晴，茅屋纸窗深复明。乔木参天竹千茎，巴山欲晓风露清。杜鹃飞鸣绕江城，鱼复四月江水生。林花落尽空含情，瀼东瀼西朝暮声。

夔州元宵和曾韵四首 宋　郭印

郭印，号亦乐居士。成都人。曾与秦桧同窗，徽宗政和年间进士。官终刺史，年八十余卒。

绮陌家家不下帘，花光世界总成莲。村歌社舞欢呼处，都道今年胜去年。

游子何须念故乡，酒酣聊发次公狂。人生行乐真佳耳，休苦栖心名利场。

编者注：次公：汉盖宽饶，字次公。

华灯下上照楼台，无数银花一夕开。月色多情能助兴，游人去了却重回。

半转寅初月正中，昏灯达旦九衢通。汉家社事传来远，想见当时太一宫。

编者注：曾：曾慥。

夔　州　同前

夔子巴峡中，风物异蜀境。城居版作屋，江没地无井。四郊乏平原，冢墓缘山岭。人传蚯蚓瘴，俗饮茱萸茗。女妇尽背篮，老弱多垂瘿。试问何所因，食彼山泉冷。岩栖固不少，亦有长细颈。似闻此土人，其性皆悍犷。胸中忿畜者，瓮盎成项领。是说理有之，云胡不自省。我来适夏初，端坐愁日永。况经六七月，官舍如沸鼎。有雨未沾濡，蔬茹空盘皿。清泉不敢吃，仅免河鱼梗。投绂归去来，吾乡等箕颍。

白云安尉出戍至夔州　宋　冯时行

冯时行（1100—1163），字当可，号缙云，恭州巴县（今重庆渝北）人。徽宗宣和六年恩科状元。历官奉节尉、江原县丞、左朝奉议郎等，后因力主抗金被贬，于重庆结庐授课，坐废十七年后方重新起用，官至成都府路提刑，逝于四川雅安。

戍鼓黄云外，征夫白帝东。风林行啸虎，雨夜飒哀鸿。路入山光静，村含晚色空。岚烟欺眼力，不见鹿皮翁。（《缙云文集》）

编者注：鹿皮翁：传说中的仙人名，汉刘向《列仙传》有传。

夔州歌简晁子西　宋　王从道

王从道，生平不详，与晁公溯有唱和。靖康元年，因宋军救援太原兵败，朝廷议失律兵将之罪，斩中军统制官王从道于马行市，不知是否为同一人。据上，暂列王从道于此。

白帝夔州万古城，全蜀东门下相控。瞿唐滟滪势崭绝，赤甲白盐光澒洞。峡雨关云朝暮征，烟叶水花洲渚共。少使冥寞减光辉，山川草木今谁讽。明知风物待组织，可笑可笑浪潮弄。逸亭野老泛舟来，迥立苍茫游览纵。旋提燕拂呵物象，试吐清音激鸾凤。江头一见晁广文，客里倡酬无乃奉。天生之子映昭代，与我突出万人众。古来道合事襟期，有作正须行雅颂。下瞰一隅会万景，岂无江灵为供送。请君作诗如画图，收拾形容未宜空。

到夔州　宋　曾慥

曾慥，字端伯，号至游子，晋江（今福建泉州）人。北宋靖康初，任仓部员外郎。南宋绍兴九年，秦桧当权，起为户部员外郎，十一年擢大府正卿。不久，奉祠除秘阁修撰，提举洪州玉隆观，寓居银峰。

众水归三峡，悠悠万古情。白盐无路到，赤甲罕人行。西瀼泉尤胜，东屯谷有名。丰年公事少，饱暖荷恩荣。（《补续艺文志》）

自归州陆行至夔州　宋　刘仪凤

刘仪凤（1126—1192），字韶美，普州（今四川乐至）人。绍兴二年进士。官至兵部侍郎。

久客归心速，江流设险艰。梦惊人鲊瓮，生出鬼门关。草满离骚国，神依暮雨山。未平千古恨，惨淡入跻攀。

飞溜时时雨，疏风处处蝉。草茵秋卧月，云幕午垂天。夷险篮舆底，阴晴鸟道边。荒村无劳酒，坐睡愧赪肩。

编者注：赪：古同“赪”。赤色。

户口村无几，犁锄力不堪。林荒樗栎寿，月黑虎狼贪。幽绝云眠稳，清闲谷饮甘。故山深未极，壤断盖茅庵。

倚伏关群动，幽微各有生。烧痕移窟穴，林曲聚飞鸣。瘠土常饥色，层坡被恶名。经行不唾地，山好故留情。

编者注：唾地：形容文思敏捷。唐冯贽《云仙杂记》赞李贺云：有人谒李贺，见其久而不言，唾地者三，俄而成文三篇。

旷野无人宿，危亭犯雨过。岭云堆赑屃，刹海现兜罗。酒触秋怀壮，天留暮色多。不胜行役苦，裁入竹枝歌。

编者注：兜罗：喻云。范成大《吴船录》：“凡佛光欲现，必先布云，所谓兜罗绵世界光相，依云而出；其不依云，则谓之清现。”

行行夔子国，尺寸到江滨。间阔一杯酒，平生三故人。逐臣犹费禄，梦境欲抽身。脱粟羹藜苋，重关任汝嗔。

到夔州 宋 冉居常

冉居常，生平不详，约活动于南宋前期，曾入夔州试院。

缥缈飞楼压旧城，年年来听峡猿吟。衣裳惯见秋风冷，梦寐尝愁塞日阴。霜露园林千古事，波涛鸥鹭一生心。只应庾信频飘泊，正坐江关缘水深。（《补续全蜀艺文志》）

夔州试院呈诸公 同前

他年虫篆老书生，谬向文闱预领衡。敢道灵鳌嗟赑屃，只愁洼马赋峥嵘。旧传锦样心虽愧，新拣沙金眼自明。收拾美庄逃谤去，升沉脚迹任诸英。

粉袍切勿笑冬烘，且踏烧残鼠尾踪。总是炎蒸同造榜，不妨衣钵继登庸。云移白帝鹏霄近，月入清秋桂子浓。愿得词锋倚天剑，借君雷雨化蛟龙。

送侍御帅夔府　宋　喻良能

喻良能（1120—1205），字叔奇，号锦园，人称香山先生。官至兵部郎中、工部郎官。后人因此称他的出生地为“郎官里”。

湖海番君国，江山白帝城。凝香余坐啸，飞诏趣遄征。誉处千钧重，辎车一羽轻。攀辕雪眉老，送月逐双旌。

千古楚东郡，风流今在兹。鲁公元直道，文正不愁诗。钳吏似束湿，麾龙如使儿。甘棠足遗爱，会有去思碑。

编者注：鲁公：指颜真卿。因其被封为鲁郡开国公，故被称为“颜鲁公”。

西风动行色，诗景绕征鞍。赤甲悬危壁，黄牛泻急湍。猿声云背落，山势马头盘。天险须人守，毋辞蜀道难。

诸葛仍祠庙，公孙只故基。栋梁酣夕照，雉堞蔓秋葵。耿耿登临意，悠悠今古思。烹鲜不劳力，余事杜陵诗。

四海犹多事，中原未版图。皇心思启沃，赤子望沾濡。八阵难留滞，三阶拱进趋。茂洪宁有意，江左待夷吾。（《永乐大典》）

题三峡堂　宋　郭明复

郭明复，字中行，成都（今四川成都）人。郭印子。隆兴元年进士。曾入范成大幕。

三峡堂前五月风，吴樯蜀柁古来通。山如肺腑重相掩，水似环连去不穷。跃马孤城怜倔强，卧龙八阵想英雄。凭阑千载兴亡事，何异邯郸一枕中。

题三峡堂 宋 张缜

张缜，蜀州江原（今四川崇州）人，隆兴元年进士。曾官利州路提点刑狱，知遂宁府，官至大理寺少卿。与陆游、范成大交好。

群山危立接云天，一水东朝会百川。泱漭堪舆无此壮，崔嵬疏凿定何年。知秋跃马兴亡梦，一点飞凫上下船。时有刚风来浩渺，起予高兴九秋边。

开济堂 宋 洪咨夔

洪咨夔（1176—1236），字舜俞，号平斋，於潜（今属浙江临安）人。嘉泰二年进士。授如皋主簿，累官至刑部尚书、翰林学士，知制诰，加端明殿学士。谥忠文。

鱼复平沙涨夕阴，红旗影底老蛟吟。穷今亘古三分恨，托地撑天一寸心。过雨断云闲绝壁，凉风归鸟急平林。江山难着醒时眼，有酒如渑放手斟。

和夔门开济堂韵 宋 李曾伯

李曾伯（1198—1265至1275间），字长孺，号可斋。原籍覃怀（今河南沁阳附近），南渡后寓居嘉兴（今属浙江）。曾官资政殿学士、四川宣抚使等职，所至有治绩，为南宋名臣。

世事纷更局面棋，滔滔逝水只东之。几堆顽石鬼神护，一节高风今古奇。司马岂能无战垒，卧龙只合在筹帷。将星一落空遗恨，费尽诗人几许诗。

题怀远楼 同前

心远目难尽，境须诗与论。风樯谁客艇，烟树某家村。野草春千古，江天月一痕。旧时方册事，一笑付方樽。

读杜诗 宋 文天祥

文天祥（1236—1283），初名云孙，字履善，一字宋瑞，自号浮休道人、文山。吉州庐陵（今江西吉安）人。宝祐四年状元，官至右丞相，封信国公。抗元名臣，与陆秀夫、张世杰并称为“宋末三杰”。

平生踪迹只奔波，偏是文章被折磨。耳想杜鹃心事苦，眼看胡马泪眼多。千年夔峡有诗在，一夜耒江如酒何。黄土一丘随处是，故乡归骨任蹉跎。

送扬知府之夔州 元 释大圭

释大圭（1304—1362），俗姓廖，字恒白，号梦观，泉州（今福建泉州）人。在泉州开元寺出家为僧。

使君清白旧传家，夔府之官不惮赊。蛇势中流开八阵，猿声午夜落三巴。苍童不治庭前草，紫马时看陌上花。恋阙丹心知更切，定依南斗望京华。（《石仓历代诗选》）

夔　府　明　史谨

史谨，字公谨，昆山（今属江苏）人。元末前后在世。洪武初，因事谪居云南。后因荐为应天府推官，降补湘阴县丞。

险过咸阳百二关，扪萝犹忆旧时攀。却怜井底公孙述，虚筑层楼据此山。

出蜀二首（选一）　明　孙蕡

孙蕡（1337—1393），字仲衍，号西庵先生，广东南海（今广东顺德）人。洪武三年进士，曾官翰林典籍、苏州经历。

白帝秋高木叶黄，蜀中长是雨浪浪。瞿塘水落旋涡小，一路看山到岳阳。

闻　猿　明　汪回显

汪回显，安徽祁门人。正统间进士，曾为授户部主事。

使蜀三年未得归，青山楼阁倚斜晖。猿声久听浑闲事，却笑巴人泪满衣。

夔州述怀二首　明　洪钟

洪钟（？—1523），字宣之，自号两峰居士，钱塘（今浙江杭州）人。成化十一年进士，官至刑部尚书。谥襄惠。

台湍月色伴人清，坐起苍茫感物情。农事几年经魃雪，村居随处吠龙声。王师有律先敷德，赤子无知久弄兵。歼厥渠魁余罔治，九重归拜泰阶平。

百里丘墟少爨烟，万夫征戍况经年。逋亡已悉吾民隐，抚理须从此地先。气数有邕应暂尔，天威无间自巍然。行将献捷承明殿，归醉西湖药王船。

夔城题胜诗　明　孔嘉谏

孔嘉谏，正德年间在世，被称为长寿儒者，参与《夔州府志》讨论类编之事。

天下山水在全蜀，夔城东镇当扃轴。白盐赤甲合门屏，滟滪中流屹限阈。盘延鳌矫耸龙冈，上有茂叔莲池香。安阳义泉润民物，文山凌壁腾辉光。白帝控高临绝涧，铁柱锁江横断岸。清连鱼浦复回流，东瀼西坪互相间。双城联堞瞰江干，百牢瞿杆峥三关。敌人仰天不敢近，厌云气势如飞岩。武侯八阵贯忠义，梅溪十贤有深意。后来贤守四一人，少陵百篇堪史记。大江曲泻如奔龙，词源入峡湍长风。地灵秘脉接沧海，天文炳耀昭晴空。神禹封疆几千载，贤哲移风风渐改。桓桓顽犷亦诗书，文运椎方硕儒宰。幸逢守仁来临川，搜今考古成新编。山川吐秀发人物，益与文献相信传。古狂况是乾坤客，偶叨志馆研朱墨。临风题胜寄山灵，不是当年夔子国。

杜陵夔县移居用韵　明　林俊

林俊（1452—1527），字待用（一作大用），号见素、云庄，字待用，莆田（今福建莆田）人。成化十四年进士，历官湖广、四川巡抚，工部、刑部尚书等职。谥贞肃。

浣花凉落外，鱼复寄孤城。地得三高胜，诗于八兴清。绿杨春水漫，啼鸟午常晴。滟滪堆前石，何年有掌平。

夔州阻水憩开元寺　明　程诰

程诰，字自邑，号霞城山人、泭溪山人。徽州歙县（今安徽歙县）人。正德（1506—1521）、嘉靖（1522—1566）年间在世。与李梦阳交好，方弘静、潘之恒等人与之交游密切。

江上开元寺，凭轩数散愁。峰云看变态，滩水待安流。自不妨僧定，谁能伴客游。坐来江色溟，三老促登舟。

晚过夔州　同前

过峡无滩险，沙牵晚亦宜。平波有伏石，舟子尔须知。

夔　州　明　王廷相

王廷相（1474—1544），字子衡，号浚川，世称浚川先生，河南仪封（今河南兰考）人。弘治十五年进士，明朝文坛“前七子”之一。官至南京兵部尚书、都察院左都御史。谥“肃敏”。

独舸东川客，千峰白帝秋。山开巫峡险，江入洞庭流。览迹悲前代，抡文惬此游。中原无跃马，耕凿遍夔州。（《弘正诗抄》）

秋日巴中旅行七首　同前

万里蚕丛国，蹉跎寄一官。秋风肃剑阁，蛮雨涨江湍。下玉无由识，嵇琴且自弹。圣明非久斥，行旅敢辞难。

迢遰三巴路，文旌曳素秋。终伤千里骏，徒羡五湖舟。岁月淹黄绶，乾坤浪白头。何时成独往，一任白云留。

编者注：迢遰：高远貌。遰，同“递”。

巴东秋气早，行客已凄凄。江险深三峡，云寒暗五溪。中原无雁至，异国足猿啼。况近乌蛮塞，连年尚鼓鼙。

一蹶辞丹阙，三年仍旅游。沧江秋浍浍，蛮土日悠悠。道拙飞龙引，心安尺蠖求。浮身将片舸，飘泊杜蘅洲。

何处苍梧帝，空将蓬岛期。江湖值摇落，日月已逶迟。愁屈占龟筴，狂舆歌凤衰。芃然瑶草暮，偏动逐臣悲。

川长迷所适，秋色遍西东。渝浦挂帆雨，巴江吹笛风。谁能游客日，不减素心雄。欲吊长沙傅，浮云世事同。

飘飘神女馆，奕奕楚王宫。巫峡巫峰里，行云行雨空。清猿号素月，乔木飐天风。不作高唐梦，终宵歌剑雄。（《王氏家藏集》）

夔州简庐朝言　同前

巴东山高水如注，游子东行傍归路。五月江平滟滪堆，咫尺瞿塘谁敢渡。峡里云霞日日新，伏龙跃马已成尘。清歌长啸风流在，且醉夔阳竹叶春。

夔府和答陈同年景中　明　刘节

刘节（1476—1555），字介夫，号梅国，改号雪台，老称涵虚翁，南安府大庾县（今江西大余）人。弘治十八年进士。殿试以百首梅花诗入仕，世称梅国先生。曾官刑部右侍郎。

夔府孤城接汉宫，故人清啸一尊同。两朝开济怜诸葛，千里飘零忆杜公。草阁何堪羁野客，空堂还见走村翁。人生俯仰成今古，高鸟啼猿落照中。

短竹疏篱一亩宫，卜居新与故园同。才怜司马还迁客，名列山涛有钜公。细雨藤蓑鱼腹浦，青山药裹浣花翁。长安道远江湖阔，云绕蓬莱望眼中。

夔门东望楚王宫，千里幽怀感慨同。去国于君悲万里，交游唯我愧诸公。且凭薄酒浇蓬鬓，虚遣浮名问塞翁。孤舫何期忽相别，白盐山色有无中。

紫凤衔书出帝宫，西瞿踪迹夜郎同。忽惊新梦司空曙，莫倚疏狂盖次公。鸣雨柴门拾松子，落花烟艇近凫翁。币书他日烦天使，直到云卿矮屋中。（《梅国前集》）

编者注：“紫凤”句：唐王昌龄《萧驸马宅花烛》诗：“青鸾飞入合欢宫，紫凤衔花出禁中。”盖次公：盖宽饶，字次公，魏郡（今属河北）人，生约当西汉武昭宣时期，为汉宣帝太中大夫，奉使称意，擢为司隶校尉。为人性格刚直，因上书言事，宣帝信谗不纳，遂引刀自杀。

送刘德徵赴夔州　明　陆深

陆深（1477—1544），字子渊，号俨山，南直隶松江府（今上海）人。弘治十八年进士。嘉靖中，官至詹事府詹事。谥文裕。

昔从夔府望京华，今去江南万里赊。亦有诗篇如杜甫，莫因辞赋吊长沙。人从五马怜春色，地接三巴切暮笳。天子正思苏远郡，长城时见倚云斜。（《俨山续集》）

送刘德徵之夔州 明 徐缙

徐缙（1482—1548），字子容，号崦西，俗呼“徐天官”，直隶吴县（今苏州吴中）人。弘治十八年进士，官至吏部左侍郎，并经筵日讲。

十月下夔州，瞿塘水势收。云高巫峡起，烟暝石堂幽。客梦惊猱玃，仙槎拂斗牛。褰帷问殊俗，谁不羡风流。

编者注：斗牛：指二十八宿中的斗宿和牛宿。

夔府谒武侯濂溪潜溪诸祠登白帝城望少陵草堂 明 朱廷立

朱廷立（1492—1566），字子礼，号两崖，通羊镇（今湖北通山）人，嘉靖二年进士。受学于王守仁，以礼部右侍郎致仕。

江城怀古一淹留，风雨斜侵病客舟。一月废诗非畏杜，二毛学道独惭周。为郎曾有青萝赋，入蜀先登白帝楼。秋水即看浮八阵，名兼忠勇起孤愁。（《夔门诗粹》）

编者注：二毛：发斑白。《左传·僖公二十二年》：“君子不重伤，不禽二毛。”杜预注：“二毛，头白有二色。”

云 安 同前

江上依依秋已暮，山高猿啸倍增哀。一灯夔国怜人病，孤榜云安负菊开。苑囿不回麋鹿性，庙堂岂少凤麟才。未须倦客

重招隐，日日吟怀为草莱。（《两崖诗集》）

蜀道怀古 明 杜时芳

杜时芳，南充人，元征西大将军杜瓒之子杜通乾第十代孙。弟兄三人：流芳、时芳、联芳。嘉靖年间入川，定居果州，落业于南充水西里（后更为安抚里）、手把岩、干坝子等处（今属双店乡）。

往事慨孙刘，空耽万古愁。借荆分汉鼎，窥蜀淬吴钩。乌血黄陵水，狼烟白帝秋。至今争战地，皓月满沧州。（《补续全蜀艺文志》）

入川江 明 傅汝舟

傅汝舟，初名舟，字远度，又字木虚，号磊老、丁戊山人等，闽县（今福建福州）人。少与高瀔同游学于吏部尚书郑善夫门下，通天象、堪舆，兼晓黄白炼丹术。

少小曾闻蜀道难，舟行况复是冬寒。宜诗宜酒有佳趣，无鹤无琴笑此官。入井每劳忧赤子，承恩何敢望春盘。夔州旧是花冠地，诸葛仪形取次看。

至 夔 同前

驽钝犹堪驾鼓车，一官喜近杜陵居。敢言诗好愁花鸟，惟爱宦闲省簿书。画鹢水平三峡晚，黄堂风暖一阳初。蜀民不与吴民异，法纲休论密与疏。

编者注：《淮南子·本经训》：“龙舟鹢首，浮吹以娱。”高诱注：“鹢，大鸟也。画其像著船头，故曰鹢首。”后以“画鹢”为船的别称。

送李使君复守夔州 明 徐中行

徐中行（1517—1578），字子舆（一作子与），号龙湾，又称天目山人，湖州长兴（今属浙江）人。嘉靖二十九年进士，明“后七子”之一。官至江西布政使。

迁客新弹汉吏冠，春风相送使君滩。赐环自荷天恩重，叱驭宁辞蜀道难。益部星临三峡晓，岷江涛起万山寒。悬知恋阙情无限，永夜遥从北斗看。（《御选明诗》）

编者注：使君滩：在今四川万州区东。《水经注·江水》：“（江水）又东径羊肠虎臂滩。杨亮为益州，至此舟覆，惩其波澜，蜀人至今犹名之为使君滩。”

夔州歌 明 彭辂

彭辂，字子殷，号冲溪，嘉兴（今属浙江）人。嘉靖二十六年进士。官南京刑部主事，以察典罢归。

我闻玄德昔王蜀，驻跸白帝屯雄兵。又闻杜甫选侨寄，浣花移住夔州城。夔州城下水如注，直接巴江绕洞庭。但说秦关一百二，瞿唐雷沔难与京。当年跃马翔龙日，数与吴魏相拏争。甫也虽流落，摛词喷长鲸。大篇峥峥字突兀，观者辟易神为惊。使非江山有默助，何以诗句极元精。霸图销歇谁复称？浮云夜灭朝还生，惟有才士垂其名。

未抵二首　同前

江上波烟阔，天边尺素来。开缄如晤对，读罢更徘徊。浪拍黄牛渚，云迷白帝台。可难随雁到，犹自听猿哀。

岁序三冬易，烟江一棹轻。客厨添细菜，春色见流莺。郁郁斑衣思，迢迢芳蕙情。定知巴月梦，长绕语儿城。(《彭比部集》)

编者注：标题为编者所拟。原题作：旧府公黄懋轩书来，离家半载，尚未抵夔州二首。

送袁令之夔州二首　明　宗臣

宗臣（1525—1560)，字子相，号方城山人，兴化（今属江苏兴化）人。宋代著名抗金名将宗泽后人。嘉靖二十九年进士，由刑部主事调吏部，以御倭寇功升福建提学副使。为“后七子”之一。

送君何处折梅花，南去关山多暮霞。汉吏由来能化蜀，马前春色动三巴。

春风二月到瞿塘，白帝城边春草长。不必桃花满千树，他年人亦比河阳。(《宗子相集》)

编者注：河阳：河南孟县西，多桃花。

泊云安　明　陈昂

陈昂，字尔瞻，一字云仲，自号白云先生，莆田（今福建莆田）人。万历初前后在世。自楚入蜀，后居江陵，以穷死。

渐失乌蛮瘴，新逢白帝寒。霜催沙碛奋，风弄叶声干。峰渺孤烟直，江空落日团。布帆报无恙，今夜进云安。

短褐丝丝断，为冬不亦难。芦花装被暖，枫叶受霜干。溪日恩终厚，山风雾未寒。此间多美酒，生计卜云安。

梦入蜀 同前

梦刺夷陵艇，千峰仰面看。云开神女庙，浪涌使君滩。赤甲猿声广，黄陵水气寒。自余涉世后，蜀道不再难。(《白云集》)

夔 万 明 张佳胤

张佳胤（1526—1588），字肖甫，一字肖夫，初号泸山，又号嵋崍山人（一作居来山人），重庆府铜梁县（今重庆铜梁）人。嘉靖二十九年进士，官至兵部尚书，谥襄宪。

片帆去不尽，旅食亦虚名。云薄黄金岛，天高白帝城。山多分石色，夜静得江声。未息东南战，朝廷忆请缨。

宿夔府怀诸葛孔明杜子美二公 同前

舣舟下席楚云生，落日青霜白帝城。踏碛难忘诸葛阵，野田曾为杜陵耕。休言天地终陈迹，翻使江山借重名。事业文章垂二子，更阑无限古今情。

席上别夔州太守郭棐 同前

系舟风雨固陵间，倾盖逢君好破颜。绮席寒光生积雪，画堂佳气满南山。传杯春至云安得，脍鲤人从丙穴还。一曲渭城君莫唱，百牢元不似阳关。

编者注：固陵：东汉兴平元年，刘璋析巴郡东部地置。治鱼腹县（今奉节东之白帝城）。辖境相当今重庆奉节、巫溪、云阳、开州及万州区。丙穴：左思《蜀都赋》：嘉鱼出于丙穴，良木攒于褒谷。

夔子食蕨粉，闻土人以代饔飧，戏成一首　同前

白帝城中紫蕨霜，贫厨乞得画船香。土人日食成伧父，二子何因葬首阳。（《居来先生集》）

夔　府　明　费尚伊

费尚伊，字国聘，湖广沔阳（今湖北仙桃）人。万历五年进士。官至陕西按察使佥事、翰林学士。万历四十六年与张居正、赵锦、郭侨共修《沔阳州志》。

鸟道青天路，猿声白帝城。倔缰曾跃马，结聚归连营。字学巴江转，星垂益都明。杜公诗律细，不朽是词名。

秋日送人之夔州　明　胡应麟

胡应麟（1551—1602），字元瑞，号少室山人，别号石羊生，兰溪（今浙江兰溪）人。朱衡称之为“天下奇才”，在文献学、史学、诗学、小说及戏剧学方面都有突出成就。

黄牛峡口暮云愁，白帝城前江水流。落日片帆秋色里，千山行尽见夔州。

送易惟效观察之蜀中同李司理作(选三) 同前

荧煌箫鼓夹离筵，处处棠阴拂画船。叱驭重看行栈日，观棋犹忆烂柯年。瞿塘急峡高牙外，夔府孤城大纛前。满目匡山云雾色，好凭遗碣问青莲。

宪节朝巡白帝宫，千山行色望难穷。城悬滟滪飞涛上，署涌岷峨积雪中。社稷关心龙剑紫，乡闾游目锦袍红。极知河内追思切，伏阙何由借寇公。

楚水巴山别思重，经游何地不奇踪。黄金作客怜司马，白羽谈兵羡卧龙。绝栈三千行蜀道，危阑十二望巫峰。高唐赋罢堪携手，咫尺云华梦里逢。

送人入蜀 明 谢肇淛

谢肇淛（1567—1624），字在杭，长乐（今福建长乐）人。万历二十年进士，官至广西右布政使。

二月烟色草色，万里山程水程。岚霭虚无鸟道，江楼旦暮猿声。巴天积雪不尽，楚馆朝云未晴。莫问永安白帝，千秋此恨难平。(《小草斋集》)

自万县放船至夔府 清 林尧光

林尧光，字觐伯，莆田（今福建莆田）人。顺治中，以选拔贡生行人司行人。兄弟俱工诗，而尧光尤秀拔。

南山瞰大江，鳞甲生涂月。天闭水归壑，稠滩仍斜结。惊淙赴夔门，啮石喷碎雪。篙师捩舵下，疾如篙矢发。始过杜鹃亭，马岭东洄沉。轰流殷雷鼓，坤轴咤屠裂。船亦斜以奔，风涡盘突兀。滟滪似蹲象，帆落浪花圻。峡口暮猿啼，云暗南陀驿。方信骑衡语，镜古规吾阙。（《诗观》）

夔　府　同前

夔府嵯峨古堞孤，有时香麝走榛墟。酴醾花雨成红糁，柑橘林烟荫绿芜。江上五文神禹庙，浦边八阵武侯图。请看滟滪堆如马，侧拖新滩下楚都。（《涑亭诗略》）

过夔州　清　陈祥裔

陈祥裔，本姓乔氏，号藕渔，顺天（今属北京）人。康熙中官成都府督捕通判。采蜀中故实为《碎事》四卷。复以所采未尽，别为艺文二卷，谓之《补遗》。

雨过寒江水不枯，夔门波浪接东吴。千年八阵屯鱼腹，万里孤舟下虎须。后主未能勤帝业，老臣空自费雄图。兴亡满眼生榛莽，听罢哀猿落泪珠。

夔　州　清　张能鳞

张能鳞，字玉甲，又字西山，顺天大兴（一作宛平，今北京）人。顺治四年进士，除浙江仁和县知县，荐升四川按察司副使。

薄宦思归久，舟行不避艰。梦惊神女庙，生出鬼门关。帝德怜臣力，霜枫照客颜。敢希高尚志，聊幸暂投间。

夔州府 清 李念慈

李念慈（1628—?），一名念兹，字屺瞻，号劬庵，陕西泾阳人。顺治十五年进士，官景陵知县。

江畔群峰过雨痕，高原戴堞俯江奔。岸边八阵遗筹策，峡口双崖壮石门。疏凿由来怀夏后，雄图无复见公孙。并吞窃据犹今日，恃险何如只德尊。（《谷口山房诗集》）

蜀 中 陈石

陈石，名运亨，字荆琅，南海人。

历尽蚕丛路，驱车到益州。春残啼杜宇，山险限金牛。八阵图何在？三巴水自流。徘徊望白帝，愁绝汉宫秋。（《岭南五朝诗选》）

蜀 中 清 陈恭尹

陈恭尹（1631—1700），字元孝，初号半峰，晚号独漉子，又号罗浮布衣，广东顺德（今佛山顺德）人。与屈大均、梁佩兰同称岭南三大家。

子规啼罢客天涯，蜀道如天古所嗟。诸葛威灵存八阵，汉朝终始在三巴。通牛峡路连云栈，如马瞿塘走浪花。拟酹昔贤鱼水地，海棠开遍野人家。

蜀中怀古 清 刘世重

刘世重（？—1702），字仰山，广东香山（今广东中山）人。康熙二十三年举人，曾官行唐知县。

万里桥西客思阑，海棠花发麝香残。天留八阵归夔府，地尽三巴入永安。出峡野麋如市聚，窥崖猱玃似人看。剑南自古葭萌道，愁坐吟余倚锦官。

泊夔州西郭二首 清 朱樟

朱樟，字鹿田，一字亦纯，号慕巢，浙江钱塘（今属浙江杭州）人。康熙五十年前后在世。举人，官至泽州知府。

据险窥天外，丹梯四面悬。漏江难补地，峭石敢摩天。灯集依沙舸，筒浇负郭田。几多流离辈，只有少陵传。

初试登楼眼，夔门胜事新。橘官秋到树，鱼舅大于人。久客悲逾壮，骄阳气不驯。岷江疏凿巧，共美禹公神。（《观树堂诗集》）

编者注：“橘官”二句：橘官：汉代所置官名，主贡御橘。《汉书·地理志上》：“容毋水所出，南（入江）。有橘官、盐官。”鱼舅：鳍鱼的别名。杨慎《异鱼图赞·鱼舅》：“嘉州鱼舅，载新厥名。鳞鳞迎媵，夫岂其甥。其文实鳍，江图可征。”

夔州怀古二首 清 任端书

任端书（1702—1740），字晋思（一作进思），号念斋，镇江府溧阳县（今江苏溧阳）人。乾隆二年进士第三名。因其父任兰枝为康熙朝鼎甲第三名，父子探花，一时传为佳话。曾任会试同考官。

乱山深处锁孤城，宇宙清秋尚郁蒸。见说蜀王成杜宇，早看秦火接夷陵。虎牙天险凭吴隘，鱼腹江流感废兴。今日俞矛歌汉德，片帆安稳浪纹层。

平时夔子初分国，后日公孙始作家。白帝春秋迷早树，黄牛朝暮起烟霞。啼猿路绝人居少，飞鸟沙平阵气斜。闲倚江船论往事，长年高唱上三巴。（《晚晴簃诗汇》）

夔州府　清　陈奉兹

陈奉兹（1726—1799），字时若，号东浦，德化（今属江西）人。乾隆二十五年进士，授四川阆中县知县，累迁江宁布政使。

日斜孤帆旷，夔城始在地。渡头散人声，山色低鸟翅。不知江未束，误谓流已肆。虽殊安土情，似缓惊波意。入舟庆老母，出舟穷远视。西知天有余，东望峡已閟。却问滟滪堆，长年烦指示。奇姿混黛色，少小知名字。失之晚饭间，颇自嗤俗吏。无心计象马，且喜蜀道易。

晚登夔州府东城楼　清　吴省钦

吴省钦（1729—1803），字冲之，号白华，江苏南汇（今属上海）人。乾隆二十八年进士，由编修累迁左都御史。

高楼区径叶纷纷，笑揽茸裘昵共君。夔子山川贩返照，渔人聚落对行云。飞腾岂谓屯天数，窃据何堪策帝勋。下上瞿塘平似掌，得归应喜断猿闻。

夔州后十贤祠并序 清 顾光旭

顾光旭（1731—1797），字华阳，号晴沙，又号响泉，江苏无锡人，顾可久后裔。乾隆十七年进士，官至甘肃干凉道、署四川按察司使。

东南地气初转旋，天津桥头啼杜鹃。天生元公图太极，太极亭悬夔子国。尧夫观化老衡门，此地筑台还点易。是时贤宰庚子方，棱棱风格奇锦章。谁与创祠为作记？南宋夔守梅溪王。朝廷晏安限南渡，君臣不复知西顾。矫诏争看采石功，允文俊杰识时务。区区夔倅陆务观，抗议乃欲收长安。后先刘孟堪媲美，亦如滟滪当狂澜。终宋之世几良牧，敌人不敢潜窥蜀。白帝城高巫峡长，流风余韵犹相续。事业文章烂若霞，当时争艳紫薇花。谁谓古今不相及，君看明代宋金华。霁月光风闻后学，莲花池畔栏杆角。一线薪传续瓣香，十贤俎豆尊先觉。作诗举酒属吾徒，康济由来出大儒。日月经天众星灿，致君应共到唐虞。（《响泉集》）

原序：夔州有三贤祠，祀周濂溪、王梅溪、宋潜溪于郡北莲峰小阁，日久渐圮。太守仲君纯信将移祠于莲峰书院，而益以邵康节、唐质肃、虞雍公、陆放翁、刘文、孟忠襄、阎惠夫，盖以梅溪夔路十贤之祀，后先辉映云。余为赋诗以待。

编者注：十贤祠：北宋庆历中建，祀与夔有关的文化名人：屈原、诸葛亮、严挺之、杜甫、陆贽、韦处厚、白居易、柳镇、寇准、唐介。后十贤有所增改。周濂溪：即周郭颐。王梅溪：即王十朋，知夔州。宋潜溪：即宋濂，病死夔州，葬莲花峰下。唐介：即唐质肃，字子方，任奉节县令。允文：即虞允文，四川仁寿人。陆务观：即陆游。刘孟：即刘文节、孟珙，刘曾任剑南东川节度推官，孟曾任四川宣抚使，夔路制置大使，南宋名将。陆贽：曾被贬为忠州别驾。韦处厚：韦德载，一时推为贤相。

夔州杂诗 清 杨岱

杨岱（1737—1803），字元峰，号守默，先世居浙江湖州，生于江苏常熟凤凰镇（今属江苏张家港）。德贤公四世孙。

三峡风高雷雨低，盘云直上与天齐。楚王故宅飞猿狖，巫山空台啸鹂鹈。枫叶隔江全障日，山花满路半带泥。永安宫里伤怀事，漠漠寒烟马自嘶。

春来高浪下峨眉，客路惊心听子规。乱树拏云迷故垒，荒坟吊月忆当时。千年画壁公孙墓，百尺寒松帝女祠。父老近来生计拙，干戈何以慰疮痍。（《诗观》）

夔 州 清 赵遵素

赵遵素，字玉山，华阳（今属成都）人。乾隆末移家郫县，掌教岷阳书院。嘉庆初年去世。

城高灯火眺烟村，买醉云安酒一樽。远岫青苍排峡口，寒涛呜咽下荆门。千年石阵雄关踞，万斛楼船杀气屯。豁眼风光堪小住，那堪悲啸有啼猿。

夔州咏古四首 清 姚兰泉

姚兰泉（？—1779），字栽亭，号秋塘，周浦（今属上海）人。廪贡生。善书法，亦好诗。著有《秋塘诗草》等。

谁告成家十二期，纵横跃马独登陴。空仓雀起经年耗，深井蛙沉有客窥。漫喜隗嚣收北面，即看吴汉下西师。毕逋乌尾荒闺曙，那见群朝柏柱时。

编者注：隗嚣：字季孟，天水成纪（今甘肃秦安）人。更始政权建立后曾割据一方。

雄关辛苦逢屯数，东下宁由孝直亡。千里猇亭空转战，一宫鱼浦兀相望。同仇谊岂遗兄弟，顾令言如古帝王。玉殿虚无莱莽合，只今胶序有辉光。

神机岂肯示桓公，方阵平开制不同。乱垒八行鱼武镇，怒涛一罅虎须通。堂堂未敢穿吴舴，磊磊还教傍汉宫。蹋碛人归城隐暮，尚闻石鼓鼓长风。

苍凉身世迁流晚，浑漫诗篇飘泊多。刘稻客从巫峡下，蔫蘋我似浣溪过。老辞供奉心犹北，刬转昆明迹未磨。欲向平生论哀怨，兰成台榭屈原沱。

夔府西城　清　孙澈

孙澈，字瘦石，郫县（今四川郫都）人。嘉庆间曾与友人游绵阳。

高阁倚垂杨，渔歌起石梁。大江争峡口，孤塔指斜阳。山色知兴废，川流阅混茫。宗臣遗八阵，凭吊自徬徨。

望夔州城下诸山　清　钱林

钱林（1762—1828），原名福林，字东生，一字志枚，号金粟，浙江仁和（今属浙江杭州）人。嘉庆十三年进士。曾为翰林院侍读学士。

云安山景天下稀，山气作雨清霏霏。石横细路一僧下，松露半巢双鹤归。鲜飐彩虹擅窈窕，秀芳紫星相因依。此生劣劣复何苦，明日提壶上翠微。

夔州歌四首　同前

草缕茸茸绿未齐，芦锥短短不沾泥。一方软縠春波样，抛却犹难是瀼西。

担捎急下虎须去，拽総喜从鱼腹还。游赏且容称胜客，休吟山上一重山。

一株山栗味新鲜，蒸裹焦糖下箸怜。更好仓曹贻酒酱，黄鱼取饱不论钱。

红椒栀子态交加，百舌声添市暨哗。他日系舟蛮井络，稻香多处便移家。（《玉山草堂续集》）

川东道中　清　温承恭

温承恭（1763—1820），字靖闻，德庆州（今属广东）人。贡生，诗文并佳。

川东江逆上，十里百重弯。有石皆临水，无城不倚山。路多通岭背，人半住林间。耕牧时无事，高腔唱往还。

夔州怀少陵　清　张问陶

张问陶（1764—1814），字仲冶，一字柳门，号船山、蜀山老猿，遂宁县（今四川遂宁）人。乾隆五十五年进士。历官翰林院检讨、江南道监察御史、吏部郎中、莱州知府。

潦倒徒怀灞上游，老来诗笔遍夔州。东屯粳稻三年熟，西阁云山万里愁。鸡栅水筒随竖子，短衣雄剑谒诸侯。移家我亦成都客，落日空登白帝楼。

夔府忆少陵　清　何人鹤

何人鹤，字鸣九，绵州（今四川绵阳）人。与刘沅（1767—1855）为同时代人。有《台山诗草》。

赤甲浮霄迥，危楼倚夕曛。千秋惟此老，一饭不忘君。离恨悲江水，幽怀冷峡云。东屯与西瀼，草木尚流芬。

自题入蜀出蜀二图　清　陶澍

陶澍（1779—1839），字子霖，一字子云，号云汀、髯樵，长沙府安化县（今湖南安化）人。嘉庆七年进士，官至两江总督。谥文毅。

褒斜南去五丁关，石栈萦纡上七盘。行尽嘉陵三百里，青山重向画中看。

双剑亭亭翠扫空，青天蜀道杳难穷。蹇驴细雨关前过，莫被人猜陆放翁。

明月瞿塘旧有名，黄牛白狗锁峥嵘。扁舟回首猿啼处，十二巫峰秋欲生。

编者注：黄牛白狗：黄牛峡、白狗峡。

虚闻槎泛斗牛边，载石空装亦偶然。赚取江山入行箧，满船秋色菊花天。（《陶文毅公全集》）

蜀中怀古 清 张维屏

张维屏（1780—1859），字子树，号南山，又号松心子，晚年也自署珠海老渔、唱霞渔者，番禺（今广东番禺）人。道光二年进士，曾官黄梅、松滋、广济等县知县，署理南康知府。

君臣鱼水古稀闻，白帝城高日易曛。地势可怜虚百战，天心其奈定三分。东吴铁锁销炎火，北魏铜台冷暮云。西蜀威灵今宛在，阵图犹似驻千军。

登夔州城楼 清 卓秉恬

卓秉恬（1782—1855），字静远，四川华阳（今成都华阳）人。嘉庆七年进士。历兵部、户部、吏部尚书，协办大学士。拜文渊阁大学士，晋武英殿。谥文端。

全州门户壮形模，纵步城头日来晡。浩荡江声下荆楚，巍峨山势拥夔巫。风帆错杂过祠宇，沙迹微茫指阵图。地据云安雄且杰，名区保障赖吾儒。

夔城晚眺 清 李星沅

李星沅（1797—1851），字子湘，号石梧，湖南湘阴（今湖南汨罗）人。道光十二年进士。曾任兵部尚书、陕西巡抚、陕甘总督、江苏巡抚、云贵总督、云南巡抚、两江总督等职。谥文恭。

夔城至高顶，秀削生清景。西山春来深，夕阳明雪影。

打桨声初歇，江流碎光白。篷窗千点灯，茫茫浸寒月。

夔江道中 同前

白帝城高俯石头，汉朝遗恨在荆州。君看三峡堂前水，犹向江陵呜咽流。（三峡堂）

前度蓉城访隐沦，浣花结宅布衣贫。如何瀼水干戈里，尚有蔬园赠故人。（东屯）

高唐祠庙倚斜曛，环佩迢迢静夜闻。行到巫山峰十二，题诗先为寄朝云。（高唐观）

南国风骚续瓣香，故居摇落几斜阳。酒楼一角青山影，不见东家旧女墙。（宋玉宅）

编者注：《古今注》："女墙，城上小墙，亦名睥睨。"

萧寺红墙一水遥，微闻哀怨写离骚。灵均不似灵胥怒，肯作钱塘白马潮。（屈沱）

词客淹留已暮年，劫灰兵散五溪烟。青袍白马家何处，日暮江南听杜鹃。（庾信寓庐）

万里和戎不可论，家园回首隔荆门。琵琶马上关山月，梦到香溪第几村。（昭君村）

沙树含烟淡欲无，一江孤水长菰蒲。黄陵滩上黄陵庙，春雨凄凄叫鹧鸪。（黄陵庙）（《李文恭公遗集》）

初抵夔州 清 黄琮

黄琮（1798—1863），字象坤，号矩卿，象山（今属昆明）人。道光六年进士。曾官礼部、兵部侍郎，掌教五华书院。谥文洁。

黄篾楼船压浪痕，到来夔府欲黄昏。山峰百匝锁江水，石磴千层趋郭门。玉几遗音悲汉帝，锦帏妖梦笑公孙。古来兴废堪凭吊，峡口凄风听暮猿。

登夔州城楼 同前

百尺高楼上，轩窗四面开。山雄夔子国，云隔楚王台。沃土东西瀼，惊涛滟滪堆。堪嗟杜宇后，更有子阳来。

与监场诸广文晨酌漫赋 清 何绍基

何绍基（1799—1873），字子贞，号东洲，别号东洲居士，晚号猿叟。湖南道州（今道县）人。道光十六年进士。咸丰初简四川学政，曾典福建等乡试。

锁院沉沉早闭关，清樽卯饮易酡颜。载星藉破荒衙寂，听雨堪销白昼闲。从古风云壮夔峡，于今锁钥重巫山。诸君文馆兼文武，莫把经时愿尽删。

叠韵请再和 同前

岷江控勒在夔关，忽到平冈一破颜。晴雨妙添谈画乐，丹黄难遇把杯闲。安思拨隽先惩螽，除却搜才即看山。太息中原豺虎迹，东南远梦几时删。

边子重养病已愈，尚不饮酒，叠韵奉柬 同前

试事深严苦闭关，秋来肥瘦镜中颜。护持从此应增健，勘阅何妨少放闲。乡梦飞余秦栈雨，诗怀矗似蜀天山。开篇喜见夔州月，何苦轻将酒事删。

夔　州 何盛斯

何盛斯，字蓉生，中江（今属四川德阳）人，道光八年举人。

下滩船似逐轻鸥，上濑船如策跛牛。赤甲白盐山对面，中间一线是江流。

城南踏碛晚归家，八阵滩头日已斜。正欲开樽拼一醉，小园红烂杜鹃花。

麝香山下柳丝丝，正是东屯麦秀时。四月枇杷黄似腊，野人先荐武侯祠。

重九登高白帝山，菊花和酒劝云环。金刀破得红瓤柚，新月蛾眉弯复弯。

行营七百里相连，往事犹谈章武年。寻得永安宫旧址，一林寒叶噪秋蝉。

苍狗浮云变幻奇，世情翻覆更难知。问谁心是瞿塘石，潮去潮来总不移。

夔府杂诗（选二） 清 贝青乔

贝青乔（1810—1863），字子木，号无咎，又自署木居士，吴县（今江苏苏州）人。晚清诸生。科场不利，一生过着幕客生活。

鱼复洲边系缆孤，周遭浓翠合岷巫。断肠猿狖三声泪，变色云雨八阵图。关吏税肥严守钥，堠兵烽靖醉眠垆。下游吴会今无事，王浚还宜训舳舻。

西来秋色接褒斜，拥鼻吟成兴愈赊。三叠漫歌荒驿柳，两开深负故园花。霜前鼓角千家郭，峡底星河八月槎。惆怅杜陵怀彩笔，暮年诗赋滞天涯。（《半行庵诗存稿》）

西阁晓起 清 刘文麟

刘文麟（1815—1867），字仁甫，号仙樵，辽阳城东沙浒（今属辽宁辽阳）人。刘名震之子。道光十八年进士。曾任广东平远知县。

一磬发空籁，虚霄曙色分。峰高先得日，烟重欲成云。客念寂无着，鸟声闲更闻。满山瑶草绿，静坐有余芬。

入夔境 清 蒯德模

蒯德模（1816—1877），字子范，晚号蔗园老人，合肥（今安徽合肥）人。咸丰进士。同治三年任长洲知县，善决疑案。后出守四川夔州。官至江宁布政使。

两岸旌旗夹道迎，管弦响入晚风清。一官表率堪何事，万里艰难独此行。滩势千年排石阵，峡里三月作秋声。天生门户多奇险，不仅崎岖数陆程。

巫山才过又瞿塘，白帝城高夜月凉。得水英雄存大汉，行云神女近荒唐。将培嘉种先除莠，欲济穷黎补种桑。千古少陵夔府句，移家合住草堂旁。

九日偕周戴登莲花峰　同前

此处登高去，方称第一高。俯临夔子国，远瞰峡门涛。形势拓诗界，宾朋尽酒豪。只惭无蟹地，未许共持螯。

太守颓乎醉，西风夕照斜。酒酣忘作客，山好欲移家。城郭弹丸小，郊原乐岁哗。门前池水活，待我种莲花。

原注：峰上有莲花池。

登望华亭　同前

陟磴穿林日几回，宾朋小集喜追随。无端翠白浮空起，收取江山到酒杯。

栽花种竹手经营，栏外芳阴绿渐成。第一琉璃新世界，峡门秋月夜三更。

晚凉何处好招寻，坐对花香又月阴。簌簌松风吹不断，高空夜半起龙吟。

披襟小立快当风，老去情怀尚自雄。野鸟忽闻林外语，似怜侬亦白头翁。

苍茫白帝剩孤城，往事空教跃马争。如此江山龙虎气，那容井底一蛙鸣。

永安宫殿暮烟寒，瀼水东西涌急澜。一样千秋谁占得，武乡祠宇杜诗坛。

巫峰十二画屏开，那有朝云梦楚台。笑指渡头迎接处，新携桃叶过江来。

吴门小别已三年，风景依稀在眼前。每值登高频怅望，江南二月杏花天。（《带耕堂遗诗》）

夔州晚眺　清　冯文愿

冯文愿（1817—1871），字石渔，酉阳州小坝（今属重庆酉阳）人。冯壶川长子。廪生，以剿黔匪有功，保教谕。后保知县、加同知衔。

高阁指夔州，登临已暮秋。风帆飞木杪，孤塔枕江流。云影忙争渡，涛声远上楼。草堂延伫久，诗思满沧州。

雨中登望华亭远眺二首　清　沈寿榕

沈寿榕（1823—1884），字意文，海昌（今属浙江海宁）人。曾官云南盐法道。

高台突兀俯孤城，雉堞参差暮霭横。半壁江山分蜀道，一天风雨变秋声。

频年租税农商乏，长夏阴寒瘴疠生。咫尺阵图遗迹在，共谁指掌细谈兵。（《玉笙楼诗录》）

夔州漫兴　清　孙桐生

孙桐生（1824—1904），字小峰（亦作筱峰），号左绵痴道人、巴西忏梦居士、痴道人、情主人、饮真外史等，四川绵州（今四川绵阳）人。咸丰二年进士，选翰林院庶吉士。蜀中“红学”第一人。

此地曾经两度过，浮生飘泊意如何？山川有险夔门壮，风鹤无端战垒多。塞上烟云连雉堞，江边灯火唱渔歌。欲将硬语盘空写，百尺雄崖尚可磨。

夔府度岁二首　清　许印芳

许印芳（1832—1901），字茅山、麟篆，号五塘山人。同治九年举人。石屏（今属云南红河）人。曾任昆阳学正、经正书院山长等职。

谋国十贤重，锁江双柱牢。城移山势削，堞坏水痕高。阛阓争春税，倡俳逐夜舠。能歌汉皇恨，未识楚人骚。

编者注：夔有十贤堂。

扶竹母安稳，奉觞儿梦归。端辰心眷眷，庸邑雪霏霏。浦冻日开翳，林髡风霁威。试年知气暖，吐绶掠波飞。

编者注：奉节在汉为鱼腹县，即春秋时庸国鱼邑地。

出峡望夔州　清　陈崑

陈崑，字友松，四川开县（今重庆开州区）人。进士，咸丰八年（1858）任宜春知县，有政声。

轻帆溯碧流，几日又夔州。上峡瞿唐险，孤根滟滪留。人烟寒石壁，秋色入城楼。八阵图无恙，风云起暮愁。

夔州府　清　沈家本

沈家本（1840—1913），字子淳，别号寄簃，浙江吴兴（今浙江湖州）人。光绪九年进士。曾官天津、保定知府，刑部、法部右侍郎等职。

峡势下荆巫，江流日夜徂。三迁工部宅，八阵武侯图。鹃血啼春早，猿声啸月孤。不堪寒柝里，苦调答巴渝。（《枕碧楼偶存稿》）

水　嬉　清　王先谦

王先谦（1842—1917），字益吾，长沙（今湖南长沙）人。同治三年举人，曾任国子监祭酒、江苏学政。

西土习火禁，南方练水嬉。俱与忠义恸，不改岁时遗。旧俗沿仍陋，愚诚报亦奇。遥怀介推墓，近指屈原祠。

原注：夔以四月一日集演。

夔府晓望　清　王树桐

王树桐，字琴轩，湖北秭归人。同治年间曾任什邡知县。

泼眼青岚入望平，瞿塘峡口晓云轻。苍凉树色千峰暗，郁曲河光一线明。杜老诗歌余断碣，公孙霸业剩荒城。前途勒马频回首，今古茫茫百感生。

泊　宅 清　杨锐

杨锐（1857—1898），字叔峤，一字纯叔，绵竹（今四川绵竹）人。光绪十一年举人。曾入张之洞幕府，官至内阁侍读。戊戌六君子之一。

泊宅夔巫去，巴江一线流。峡云朝易变，岩月午难留。猱玃窥人径，鸬鹚上客舟。等闲身世远，天地与浮沤。（《杨叔峤先生诗集》）

夔　州 清　刘光第

刘光第（1859—1898），字裴邨，四川富顺人。光绪九年进士，曾官刑部候补主事、军机章京上行走。戊戌六君子之一。

井底蛙声远，宫中龙影寒。诸侯老宾客，独占古云安。摇落孤城小，风流近日残。惟应数名将，犹可一登坛。（《衷圣斋诗集》）

夔巫道中 清　冯誉骢

冯誉骢，字雨樵，一字秀华，自号西山老樵，什邡（今四川什邡）人。光绪年间人，历官云南东川、广南知府，为官清廉，政声颇佳。

千寻壁垒势峥嵘，险扼川东第一程。暮雨连天沉日色，秋涛卷地作雷声。灵旗飒爽巫娥庙，砧杵萧森白帝城。虎豹当关肆横嚼，谁将凋敝恤民生。

天然形势固金汤，落日孤城暮霭苍。一代阵图名赫奕，四山云雨梦荒凉。谁赓骚客新词赋，莫问诗人旧草堂。且喜片帆风力顺，扁舟安稳下瞿塘。

夔府舟中 清　孔祥淑

孔祥淑，字齐贤，曲阜人。孔子七十五代女孙。少时曾随父宦游蜀、黔，后嫁浙江巡抚刘树堂，但不幸年仅40岁就英年早逝。

江水滔滔去，春来景倍生。帆从天外落，人在镜中行。黄鸟含烟转，青畴带雨耕。长途千里别，不尽故乡情。(《晚晴簃诗汇》)

夔　州 刘玉璋

刘玉璋（1842—1915），字特洲，奉节永安镇（今属重庆）人。同治十二年举人。官至建宁府知府。

江流浩瀚赴瞿塘，险扼三巴古战场。赤甲白盐夔子国，绿林丹橘楚人乡。渔歌夜静哀猿啸，峡影秋悬独雁翔。去去郫筒堪一醉，瀼西宅畔月如霜。(《夔夔堂诗集》)

编者注：郫筒：相传晋山涛为郫令，用竹筒酿酒，兼旬方开，香闻百步，俗称“郫筒酒”。又，郫人截大竹二尺以上，留一节为底，刻其外为花纹，或朱或黑或不漆，用以盛酒。唐李商隐《因书》诗：“海石分棋子，郫筒当酒缸。”

早发夔府入巫峡 宋育仁

宋育仁（1857—1931），字芸子，晚年号道复，四川富顺人。

光绪十二年进士，授翰林院庶吉士，改任检讨。

云树连天望，涛澜万里奔。大江流楚水，初日下夔门。转峡还通楫，依山尚有村。巫峰劳指点，遗事渚宫论。

夔　州　雷昭性

雷昭性，与苏曼殊（1884—1918）为同时代人。曾住白云庵，有《参禅白云古刹苦不能静诗以遣之》。

扁舟一叶发南浦，一时阻风一时雨。迟迟两日下夔州，夔门形势险且阻。大山巉岩入霄汉，百千万尺不能数。忽然中峰辟一道，绝壁崭（上山下削）势同剖。两壁之下水奔流，惊涛骇浪恣风鼓。仰首望天天一隙，日出日落不可睹。读书不闻大禹凿，疑是神工与鬼斧。此地古为蜀之门，滟滪石当中门堵。天险若此守宜易，古来据者皆成虏。望帝之魂无所归，年年三月啼杜宇。得此宝贻井蛙讥，不能如虎乃如鼠。吁嗟乎，孺子不可辅，永安宫殿恨难补。至今白帝城头望，空见年年水声怒。

夔府古迹六首　骆成骧

骆成骧（1865—1926），字公骕，四川资中人。光绪二十一年状元。官至山西提学使。民国元年，任四川省议会议长。

岭海东南波浪回，关山西北逐尘来。身留滟滪滩前石，心似昆明劫后灰。霜雪初生江总鬓，风云重过楚王台。谁怜当日梁宫体，回首江南字字哀。（庾信）

南风不竟大王雌，秋气伤心楚些悲。同调风云荀况赋，袭芳兰芷屈原祠。魂销哀郢招何益，命到投沙吊已迟。风雅体兼

骚已变，谁论江汉旧声诗。（宋玉）

大汉声灵妾盛年，琵琶马上诉胡天。夜光明月复何悔，河水高山私自怜。三峡梦归吟楚些，九原路尽泣燕然。一声孤雁人双泪，肠断鸳鸯蜀道弦。（昭君）

吴蜀江山一线通，数声猿鹤吊英雄。谁将攒柱防飞炬，终见楼船下利风。芒砀已空龙虎气，淆函犹绕帝王宫。亭亭羽葆垂云盖，万里神车接汉中。（刘备）

高堂巾扇肃天虚，荒碛龙蛇拥帝居。杜宇江山遗一老，草庐风雨读何书。国家成败功难睹，文墨公诚道有余。数语丁宁周顾命，几人耆艾愧黄初。（武侯）

同是乾坤一腐儒，几回江汉访潜夫。斗星南北长安远，瀼水东西白帝孤。断石依然瞻华岳，片云何处望苍梧。万方多难归诗史，不惜名山老与徒。（杜甫）

夔　州　赵熙

赵熙（1867—1948），字尧生，号香宋，四川荣县人。光绪十八年进士，选翰林院庶吉士，授翰林院国史馆编修，转官监察御史。工诗，善书，间亦作画。蜀中五老七贤之一，世称“晚清第一词人”。

全川争一峡，风力聚夔州。八阵平沙没，重关万古愁。江心盘皂鸟，石角怒苍虬。州地穷天险，荒寒白帝秋。

发夔州　同前

夔关已上险滩稀，霜信初来试夹衣。稍觉江干红叶少，寄声枫树唤秋归。

过夔州　同前

李白乘舟别故乡，桃花绿水下瞿塘。如今两岸猿声少，不尽春愁落夜郎。（《奉节县志》）

泊夔州二首　同前

峡口风寒梦旧京，井蛙垂戒古今情。无情白帝今宵雨，添作沧江万古声。

古来黔楚半乌蛮，僻地于今设税关。夜半虫声江上雨，九秋鱼腹峡门山。

奉节舟中　同前

山峭江益窄，烟处夔州城。半山野人家，犬吠迎水声。风寒土又瘠，青草春意盈。萧然古蛮荒，要塞生甲兵。当年烧灯节，在家庆新正。云当馆四方，酌酒算路程。老亲喜冬归，慰我非长征。如今近楚地，悠悠赴神京，神京路亦半，何日旋三荣。乃知越乡感，泯然非人情。

泊夔关　同前

斗大鱼人国，春秋此扞关。水键中外税，天插甲盐山。野祭遥遥出，春嬉处处还。依沙杜公泊，鸥影石堂间。

编者注：扞关：也叫江关，在奉节。

夔　府 同前

平沙汉将营，万古一江声。八阵盐烟合，双崖峡路晴。当关宜据险，怀古失骄兵。杜老三年客，悲歌白帝城。

云　安 同前

故国岁岁负东风，长恐江邮是事同。今日赋材通炫熇，山花红白峡程中。

客有蜻蜓兴，山传朐䏰乡。两边犹古木，半郭带斜阳。入画茅檐小，消愁曲米香。子规啼不住，杜老在殊方。

编者注：朐䏰：即今云阳县。

孤客江程付小诗，庙前春水雨来时。十年直北天涯感，惟有云安杜宇知。

扁舟重过古云安，不见梅花岁又阑。却忆昔年沽酒处，春灯红影遍青山。

青山随客舫，帆意喜微风。夜夜生新月，天长阻断鸿。滩回将县抱，民困倚年丰。又向云安泊，春程似梦中。

夔州晓发，计仲锡怀归之日，天涯离合之情二首 同前

百丈牵江似上天，东巴山色接西川。已看白帝残秋至，应

念乌蛮落照悬。地暖谅能消脚气，衣单常恐湿潮烟。人生早晚须藜藿，莫向家园泪眼穿。

千载凌霜意气真，尔来杯炙事酸辛。百年离合嗟同调，千里关河只一人。竟日风涛回赤甲，故山松柏有苍筠。西归行李将何日，莫负成都芳草春。

舟　中 同前

立冬四日似残年，莽莽江干起云烟。井上旧游梦何在，粤东归客眼当穿。几人古道堪贤者，一片离心已悄然。已过瞿塘三十里，白盐犹是刺青天。

夔州谈雪赠徐君 同前

峡程一舸穿红叶，前日白盐半月雪。人在冰壶粉本中，想见千山飞鸟绝。江陵白帝一千里，数报江边半竿折。我来夔府十日晴，猿窟流澌尚明灭。四年前作榴花醉，酒气如虹剑光掣。大轮激水复归来，瞿塘贾换黄金缬。此地前朝伤榷吏，苛到竹头和木屑。如今主治徐无党，三日三关成一瞥。快雪时晴天苦暗，玉龙旧事从头说。败鳞残甲落余飞，铸错真成九州铁。

夔　柚 同前

珍绝红心柚，天生白帝秋。气书成雅馈，分种胜渝州。护惜勤收子，青黄想坠楼。儿童争抱一，功取郅支头。

夔 州 俞陛云

俞陛云（1868—1950），字阶青，别号乐静居士，浙江德清（今浙江湖州）人。清代经学大师俞樾之孙，当代文学家俞平伯之父。光绪二十四年进士，授编修。民国后先后出任浙江省图书馆监督（馆长）及清史馆协修。

赤甲雄关第一重，上流荆楚壮提封。鼓声怒跃瞿塘马，剑气横飞帝子龙。远去英豪空割据，时清裙屐便雍容。膏腴天府关强弱，谁策筹边绝代功。

去 夔 黄骥

黄骥（1872—?），字子麟，四川彭山人。曾创办蚕桑公社，主讲成都公立法政学堂，后辗转川东北任教，仍回彭山。

舟经夔万万重山，杜老飘零犯百蛮。白帝城高云隐隐，黄陵庙古鸟关关。江翻浪裹蛟龙漩，峡转岩撑虎豹斑。滟滪一堆天鉴在，肯将倾覆苦人间。

夔 府 杨云史

杨云史（1875—1941），原名朝庆，字云史，又字野王，常熟人。光绪二十八年顺天乡试南元，曾为驻新加坡领事。

自从子美题诗去，夔府关城处处秋。数点胭脂似枫叶，山江一月照孤舟。

夔州杂诗六首 王光祈

王光祈（1892—1936），字润玙，笔名若愚，温江（今成都温江）人。1920年赴德国留学，研习政治经济学，1923年转学音乐。1927年入柏林大学专攻音乐学，1934年以《论中国古典歌剧》一文获波恩大学博士学位。他的研究，开东方民族音乐之先河。

今夜孤城外，悲风战马嘶。猿声过峡断，人语入舟低。蜀道仍荆棘，秦军尚鼓鼙。居民苦行役，闭户水东西。

白帝城边树，春来处处深。征吴存大义，入蜀系天心。髀肉今难抚，夔巫日又沉。遥怜东逝水，终古尚阴阴。

万里瞿塘水，滔滔怒不平。中原还逐鹿，竖子竟成名。千载忧难已，深宵剑自鸣。直行终有路，何必计枯荣。

不知云外路，已作峡中人。水落鼋鼍怒，风微日月真。野花迷古渡，幽草送残春。独有青城客，劳劳滞此身。

两崖如壁立，一线漏青天。乔木临风倒，苍藤带雨悬。乾坤浮不老，云雾暗相连。只合同僧住，时携买酒钱。

云雷才着壁，风雨过夔门。四面奇峰乱，千年怪石尊。江湖如有托，舟楫漫招魂。无限浮生事，凄凉未忍论。

入 夔 李亦拓

李亦拓，字麟武，遂宁人。诸生，寓苏州。

一经瞿塘过，双崖滟滪通。乱离夔子国，想象永安宫。人老干戈里，烟稀井邑中。踟蹰看白帝，跃马意何雄。

夔　府　彭荀鹤

彭荀鹤，字梦仙，宜宾人。优贡，候选知县。

孤城日落影苍茫，八阵图边系小航。帆抖巫云归急峡，缆拖楚雨上瞿塘。桃花绿水春三月，古木哀猿鬓两行。身近故乡心转乱，未寻西瀼旧草堂。

夔州怀古　王麒文

王麒文，山东诸城人。

夔州孤城障蜀都，瞿塘峡口控巴渝。千秋白帝千年恨，江上丹心八阵图。京国迢遥常望斗，波涛终古总窥吴。闲寻杜老吟诗处，寒雨荒烟浑有无。

夔州口占　王汝贤

王汝贤，字滏湖，浙江余姚人。

每逢人日结遨游，信是夔方重武侯。踏碛归来穿细石，一年祥瑞属钗头。

原注：夔以人日游武侯八阵碛上，妇人拾小石穿者系于钗，为一岁之瑞。

夔州晚泊　徐汝为

徐汝为，字念慈，号兰渚，钱塘人。

薄暮孤城下，依山泊旅舟。云深迷树影，水落露沙洲。小市茅篷里，悲笳粉堞头。更闻猿一啸，那梦泪潜流。

峡城雨霁 陈玑

陈玑，华亭人。

霞来通暮气，雨歇载云归。湿桂香难定，栖鸟稳不飞。闲吟秋思远，久客旅情违。望里炊烟起，渔歌入翠微。

二 永安宫

刘备伐吴，被东吴陆逊火烧连营，败军退至夔州。刘备一病不起，召诸葛孔明“托孤”，留下了千古传诵的永安宫托孤故事。永安宫，在奉节老城考棚街文庙内，后为奉节师范学校校址。

《水经注》：江水又东径南乡峡，东径永安宫南。刘备终于此，诸葛亮受遗处也。其间平地，可二十许里，江山迥阔，入峡所无。城周十余里，背山面江，颓墉四毁，荆棘成林，居民多垦其中。

咏怀古迹之四 唐 杜甫

蜀主窥吴幸三峡，崩年亦在永安宫。翠华想像空山里，玉殿虚无野寺中。古庙杉松巢水鹤，岁时伏腊走村翁。武侯祠屋常邻近，一体君臣祭祀同。

永安宫　宋　苏轼

千古陵谷变，故宫安得存。徘徊问耆老，惟有永安门。游人杂楚蜀，车马晚喧喧。不见重楼好，谁知昔日尊。吁嗟蜀先主，兵败此亡魂。只因法正死，使公去遭燔。（《半行庵诗存稿》）

原注：夔之永安门即宫之遗址也。

夔州永安宫　宋　项安世

项安世（1129—1208），字平甫，号平庵。其先括苍（今浙江丽水）人，后家江陵（今属湖北）。淳熙二年进士。以太府卿终官。

许昌门外驱霆雳，玉筋惊抽夜天迹。五花骄马云作蹄，飞渡檀溪人未识。大堤八月阴风起，叶落花黄心欲死。山枯石裂见苍龙，三十六鳞才赴水。逢逢搥鼓上瞿塘，老瞒落笔三川忙。蓬莱一夜雨鳌死，血殷海水天无光。金戈铁马宫前道，龙旗未卷君王老。当时玉座醉春桃，今日铜驼泣秋草。从来两髀雕鞍侧，不为儿曹营玉食。生将一死答将军，死用一生酬相国。乔家小郎名赏音，玉房花貌空沉吟。吴娃解掩夫差面，难系刘郎一寸心。（《平庵悔稿》）

永安宫　明　谢铎

谢铎（1435—1510），字鸣治，号方石，太平县桃溪（今浙江温岭）人。天顺八年进士，曾官礼部右侍郎。死赠礼部尚书，谥文肃。

吾观昭烈帝，诸葛忠武侯。爱遗托孤际，心与天地谋。帝曰君自取，侯死以为酬。天也不祚汉，遗此千载忧。遂命衣带诏，竟为瞒贼仇。悲哉汉社稷，孙子同一丘。(《桃溪净稿》)

永安宫 清 郑日奎

郑日奎（1631—1673），字次公，号静庵，江西贵溪周佳山（今属江西贵溪）人。顺治十六年进士，康熙十一年与王士祯同典四川乡试。

桓桓汉昭烈，允矣英雄姿。大度同高祖，知人任不疑。我过永安宫，望古有余悲。故迹虽邈然，遗烈犹可追。缅维托孤日，一言不及私。可辅与可取，豁然肝胆披。臣才君所识，臣心君所知。竭力效忠贞，肯以尽瘁辞。生死两不负，千载几见之。阿瞒一世雄，死无善言遗。分香与卖履，儿女情何痴。顾命得典午，玉步已暗移。铜台空嵯峨，漳水自逶迤。歌舞几何日，弹指烟尘飞。雄豪同一尽，独为后人嗤。(《郑静庵先生诗集》)

永安宫 清 周灿

周灿，字星公，临潼人。顺治六年进士，康熙二年前后在世。官至南康知府。

瞿塘峡口锁夔门，先主遗宫江上存。匡复雄才光赤汉，弥留哀诏痛黄昏。霜寒野岫高林暮，日冷溪河急浪奔。寂寞川原空怅望，秋风何处吊英雄。(《夔门诗粹》)

永安宫 清 许嗣印

许嗣印，奉天开原（今辽宁开原）人。荫生。康熙十一年任夔州知府。康熙二十五年捐资重修府文庙，后改为夔州府学署，作有《重建夔州府学记》。

先主离宫几度秋，当年遗憾至今留。托孤哀诏天为碧，寄命宏才志未收。千载明良悬夜月，三分事业绘云楼。杜鹃叫罢英雄血，惟有虚窗翠欲浮。（《夔州府志》）

永安宫 清 傅作楫

傅作楫，字济庵，号圣泉，巫山县（今属重庆）人。康熙二十六年举人。历官良乡知县、太常寺少卿、都察院左副都御史等。

当年此处遗明诏，卖履分香一字无。嗣子不才君可取，老臣如此罪当诛。艰难力尽三分鼎，终始恩酬六尺孤。今日西陵抚松柏，青青依旧鸟空呼。

永安宫怀古 清 朱樟

永安高枕石门边，汉阙巍巍拜杜鹃。耆老只闻遗诏哭，重楼徒有旧宫怜。心伤元帝遭燔日，力尽余臣欧血年。王业偏安天意定，瞿塘水接惠陵烟。（《观树堂集》）

永安宫 清 徐文驹

徐文驹，字子文，浙江鄞县人，康熙四十八年进士。雍正初前后在世，著有《师经堂集》十八卷。

赤帝光销白帝城，遗宫狐兔任纵横。可怜巫峡巴江外，不尽清猿暮雨声。（《师经堂集》）

永安宫 清 姚兰泉

炎宗末命逢屯数，东下宁由孝直亡。千里猇亭空转战，一宫鱼浦兀相望。同仇谊祝真兄弟，顾命言如古帝王。玉殿虚无莱莽合，只今胶序有辉光。

永安宫 清 顾光旭

英雄握人心，疆宇划天命。鱼浦秋风时，猇亭冷烟凝。千年永安宫，一吊章武圣。伐吴报关张，愤激出主性。固知誓师日，臣下可无诤。谁能阻此行，徒令叹法正。丞相捧遗诏，挥涕秉国政。君才十倍余，帝业三分定。惜此非桐宫，奄忽委蒿径。行人窥宫墙，不复顾破甑。昨来占五两，南风夜犹竞。窃恐蝙矶怒，难为杜鹃咏。抠衣明伦堂，肃然起恭敬。伊周辅孺子，礼乐于斯盛。（《响泉集》）

编者注：夔府学明伦堂即其故址。

永安宫 清 吴省钦

垂创三分国，存亡六尺孤。赤符谋复汉，黄钺忿窥吴。持敌师偏恤，还军路不纡。蚕丛悬梦寐，鱼浦息难劬。象秘星躔犯，宫深玉儿扶。储君宏后敕，元老亟先趋。治命弥留最，忠言继死俱。螐灵号地坼，鹃血溅春徂。一自归丧俨，重寻别殿无。翠华䨲迹窜，珠幢薛痕铺。逝水长东径，开门遽北俘。听笳墙隐雉，过櫂阙朝乌。中道空王业，群雄只伯图。结亭成绰概，立学改形模。下辇魂应恋，分香意孰诛。向来伊霍侣，主德为交孚。

永安宫怀古　清　顾慈

顾慈（1754—1824），字昭德，金匮（今江苏无锡）人。广东按察司副使顾可久九世孙女。著有《韵松楼诗稿》。

生子当如孙仲谋，景升儿子豚犬俦。天生使君续炎汉，英雄盖世谁与侔。惜哉阿瞒东下日，力弱未及收荆州。遂令紫髯得窃取，从此争夺成衅雠。关张无命既先殒，帝乃震怒兴戈矛。猇亭一役叹蹉跌，兴飞此地曾淹留。手书遗诏传丞相，惟贤惟德真嘉猷。千年故址委榛莽，空山落日行人愁。东望螐矶数千里，江水荡荡日夜流。

永安宫　清　汪仲洋

汪仲洋，字少海，成都人。嘉庆六年举人，曾官钱塘知县。

孔明慨惜孝直死，秭归江上黄云起，一夜烧营七百里。鱼复改为永安宫，余气尚欲吞江东，大耳天子真英雄。父事丞相诫阿斗，鱼水君臣世未有，闷宫祀堂并不朽。（《心知堂诗稿》）

甘后墓 同前

楚客歌湘女，曹家赋洛神。河如绡似月，直有雪为人。祔葬依先主，空茔护野民。蟂矶祠下水，呜咽独酸辛。（《心知堂诗稿》）

永安宫 清 左辅

左辅（1751—1833），字仲甫，一字蘅友，号杏庄，江苏阳湖（今属江苏常州）人。乾隆五十八年进士。曾官浙江按察使、湖南布政使。后擢湖南巡抚。

气尽吞吴日，天非补汉时。中原仍国贼，小愤岂王师。寝殿愁风雨，荒城偃鼓旗。只余遗诏在，堪作典谟垂。（《晚晴簃诗汇》）

永安宫 清 黄琮

万乘弥留日，三灵降銮晨。不才知孺子，大事寄宗臣。帝怒缘私愤，戎心毒旧姻。鸾旗惭散乱，龙驭逝逡巡。卜葬旋犀里，屯师近渭滨。坠星光闪烁，纳士事酸辛。哭庙终完节，冲锋并殒身。丹心不泯灭，赤甲共嶙峋。急峡沧水急，荒城白帝春。金刀沦气运，玉几邈音尘。殿瓦鱼鳞换，黉宫乌革新。盖形桑冉冉，陈式石磷磷。负扆思元圣，分香惑世人。由来鱼水契，千古励夷伦。

重谒永安宫　同前

汉代遗宫问永安，弥留天诏宛披肝。山河破碎图功急，饮膳酸辛报主难。峰势西朝鱼腹浦，江声东接虎须滩。阵图鱼鸟无人识，重倚危栏仔细看。

甘后墓　同前

荒凉抔土草痕新，遗碣苔封辨未真。薄命苦经长阪乱，归魂凄傍惠陵春。久看殿庑湮铜狄，犹道亭阴葬玉人。一片蜈矶江上水，灵旗风雨独酸辛。

永安宫怀古　清　贝青乔

驻跸空山气郁森，猇亭东败恨何深。锦城犹望全师返，玉殿偏教顾命临。兴尽藐孤高帝脉，三分炎祚老臣心。铜台一样传遗诏，未见英雄泪满襟。

永安宫怀古　清　邱景迟

东望猇亭怅败年，从兹炎祚竟三分。平生事业托丞相，天下英雄惟使君。夔府孤城寒落日，汉宫秋老锁愁云。年年故苑鹃声断，栎触幽怀不忍闻。

永安亭　清　李成芳

李成芳，府教授。

故宫禾黍总怆神，忍把俸钱偿酒缗。我辈难忘扶汉意，当年幸有托孤人。但看栋宇全殊旧，只觉乾坤又一新。亭上池塘亭下水，忝将鱼水写君臣。

永安宫　杨圻

杨圻（1875—1941），初名朝庆，更名鉴莹，又名圻，字云史，号野王，常熟（今江苏常熟）人。光绪二十八年举人。御史杨崇伊子，李鸿章孙婿。曾官邮传部郎中，出任驻英属新加坡总领事。入民国，任吴佩孚秘书长。

虚无玉殿永安宫，手拍西川夕照红。鱼水君臣虽几日，可怜章武二年中。

三　昭烈庙

成都有刘备庙，夔州亦有之。刘备伐吴，步归鱼复，崩于永安宫，所以有庙。

谒先主庙　三国吴　张俨

张俨（？—266），字子节，吴郡吴县（今江苏苏州）人。弱冠时即知名，历任显职。后以博学多识，拜大鸿胪。

仗顺继皇业，并吞势由己。天命屈雄图，谁歌大风起。得股肱贤明，能以奇用兵。何事伤客情，何人居帝京。雄名垂竹帛，荒陵压阡陌。终古更何闻，悲风入松柏。

谒先主庙　唐　杜甫

惨淡风云会，乘时各有人。力侔分社稷，志屈偃经纶。复汉留长策，中原仗老臣。杂耕心未已，欧血事酸辛。霸气西南歇，雄图历数屯。锦江元过楚，剑阁复通秦。旧俗存祠庙，空山立鬼神。虚檐交鸟道，枯木半龙鳞。竹送清溪月，苔移玉座春。闾阎儿女换，歌舞岁时新。绝域归舟远，荒城系马频。如何对摇落，况乃久风尘。孰与关张并，功临耿邓亲。应天才不小，得士契无邻。迟暮堪帷幄，飘零且钓缗。向来忧国泪，寂寞洒衣巾。

编者注：杂耕：孔明伐魏，与司马懿对峙于渭都，粮食不继，分兵屯田，兵民杂耕于野。耿邓：耿弇，字伯昭。邓禹，字仲华。均从光武帝。得士：先主得孔明，犹鱼得水。无邻：无以比邻。

题先主庙　宋　晁公溯

晁公溯，字子西，济州巨野（今属山东菏泽）人。晁公武

(1105—1180）弟，绍兴八年进士。官至兵部员外郎。

天地收霸气，丘原余閟宫。野人相指示，旁有若堂封。当时大耳儿，甚似隆准公。夫岂忘故都，崎岖巴蜀中。划然成三分，正尔阸两雄。武侯抱遗恨，秦陇竟莫通。独怜晋昌明，千载时始逢。坐看五胡乱，萧条河洛空。

昭烈庙　宋　王十朋

老臣苦欲争天下，嗣子何曾思蜀中。古屋数椽犹庙食，伤心地近永安宫。

谒白帝城昭烈武侯庙　清　王士祯

王士祯（1634—1711），原名士禛，字子真，一字贻上，号阮亭，又号渔洋山人，山东新城（今属山东淄博）人。顺治十五年进士，官至刑部尚书。继钱谦益之后主盟诗坛，与朱彝尊并称“南朱北王”。

赤甲山头云气苍，枫林萧瑟落微霜。渔人故垒生秋草，鸟道寒空挂夕阳。当日君臣真洒落，至今祠宇有辉光。江流薄暮闻笳鼓，回首中原泪数行。

谒先主庙　清　王孙茂

王孙茂，南昌（今江西南昌）人。约活动于乾隆年间。

昔人兴业地，想象此江溃。古庙余松色，虚檐散鸟群。雄图传八阵，遗恨是三分。瞻拜空山里，涛声起墓云。

原注：江畔有八阵图。

先主庙 清 顾光旭

永安深殿托遗孤，先主何心悔伐吴。汉贼始终无两立，弟兄生死必同扶。苔移虚寝龙蛇出，木落空山鸟雀呼。今古风涛余旧恨，大江日夜下夔巫。（《响泉集》）

明良殿谒汉昭烈帝像 清 陶澍

汉帝下夷陵，气已无东吴。天气不祚汉，一败奔夔巫。英雄志不挠，未肯隳良图。归来筑白帝，坐镇雄关隅。进取宜可战，退守斯无虞。吴儿闻之惧，请和如降奴。惜哉业垂成，永安倏云阻。君臣付托际，所语同典谟。功名虽未竟，慷慨起孱夫。庙食千载下，感喟无贤愚。笑彼孙与曹，狐鼠徒区区。

咏怀汉昭烈古迹 清 李畅

江向瞿塘注，山从赤甲收。雄关压楚塞，巴水控荆州。马度危崖蹶，人探大壑愁。失机何自窘，遗憾惜炎刘。

先主、武侯庙 易顺鼎

易顺鼎（1858—1920），字实甫、实父、中硕，号忏绮斋、眉伽，晚号哭庵、一广居士等，龙阳（今湖南汉寿）人。光绪元年举人，曾被张之洞聘主两湖书院经史讲席。后在广西、云南、广东等地任道台。袁世凯称帝后，任印铸局长。

一代高光业，宜归大度人。明良通肸蚃，埆𩣦待弭纶。文景真龙种，关张并虎臣。吞吴堪太息，复汉已艰辛。阵压沙间涨，田开渭上屯。犹思恢六合，岂意厄三秦。嗣子诚难辅，遗言若有神。志存伤欧血，远去怆攀鳞。鱼复汉江路，蚕丛故国春。山川元不改，祠庙几回新。古殿须眉肃，扁舟寤寐频。英雄各枯冢，战伐久边尘。王霸规模在，风云想象亲。愁看天北斗，感愤海西邻。作客闻巴曲，看谁把钓缗。中兴今日事，空岸腐儒巾。（《琴志楼诗集》）

原注：用杜韵。

编者注：肸蚃：比喻灵感通微。埆𩣦：混沌不清貌。

四　武侯祠

《一统志》："武侯庙，在夔州府治八阵台下。"成都刘备、诸葛亮同庙，夔州先主庙、武侯庙各别。

咏怀古迹（选一）　唐　杜甫

诸葛大名垂宇宙，宗臣遗像肃清高。三分割据纡筹策，万古云霄一羽毛。伯仲之间见伊吕，指挥若定失萧曹。运移汉祚终难复，志决身歼军务劳。

武侯庙　同前

遗庙丹青落，空山草木长。犹闻辞后主，不复卧南阳。

诸葛庙　同前

久游巴子国，屡入武侯祠。竹日斜虚寝，溪风满薄帷。君臣当共济，贤圣亦同时。翊戴归先主，并吞更出师。虫蛇穿画壁，巫觋缀蛛丝。欻忆吟梁父，躬耕也未迟。

古柏行　同前

孔明庙前有老柏，柯如青铜根如石。霜皮溜雨四十围，黛色参天二千尺。云来气接巫峡长，月出塞通雪山白。君臣已与时际会，树木犹为人爱惜。忆昨路绕锦亭东，先主武侯同閟宫。崔嵬枝干郊原古，窈窕丹青户牖空。落落盘踞虽得地，冥冥孤高多烈风。扶持自是神明力，正直原因造化功。大厦如倾要梁栋，万牛回首丘山重。不露文章世已惊，未辞翦伐谁能送。苦心岂免容蝼蚁，香叶终经宿鸾凤。志士幽人莫怨嗟，古来材大难为用。

编者注：首句老柏指夔州孔明庙柏，后“崔嵬”句指成都孔明庙柏。

武侯庙　唐　窦常

窦常（746—825），字中行，扶风平陵（今陕西咸阳西北）人。

大历十四年进士。曾官侍御史、水部员外郎、朗州刺史，转夔、江、抚三州刺史，后除国子祭酒。

永安宫外有祠堂，鱼水恩深祚不长。角立一方初退舍，拟称三汉更图王。人同过隙无留影，石在穷沙尚启行。归蜀降吴竟何事，为陵为谷任苍苍。

古　柏　唐　雍陶

雍陶，字国钧，成都（今四川成都）人。大和八年进士。曾任侍御史。大中六年授国子毛诗博士。大中八年出任简州刺史，世称雍简州。

密叶四时同一色，高枝千岁对孤峰。此中疑有精灵在，为见盘根似卧龙。

武侯庙　宋　冯山

冯山（？—1094），初名献能，字允南，普州安岳（今四川安岳）人。嘉祐二年进士，熙宁末为秘书丞通判梓州。卒，以子澥贵，追赠太师。

四百源流尽，三分气焰高。西州称险隘，玄德夸英豪。统正图王策，关张汗马劳。相雄争胜负，所得仅纤毫。当世安危虑，斯人知识滔。潜身归去就，择主事游遨。仗顺亲归汉，平凶首问曹。河间屠血肉，江表战风涛。雅意存中国，单师静不毛。安知深政术，指画露兵韬。顾托情尤重，君臣义可褒。南征才解甲，北伐遽投醪。渭水开营壁，祁山拥节旄。乾坤悲拆裂，荆棘誓锄薅。远结孙权援，亲将仲达鏖。刘宗难再起，郭坞已长号。家国犹殷富，衣冠亦俊髦。中途亡辔策，束手类猿猱。事业垂千载，风流尚一陶。民思夔子国，庙枕蜀江皋。寿史徒讥议，裴碑自固牢。丹青严壮观，松桧尽萧骚。邻敌终为患，长弓未见櫜。吁嗟擒纵术，祠下涕沾袍。（《安岳集》）

编者注：寿史：指陈寿《三国志》。

题武侯庙 宋 李复

梁甫高吟一幅巾，联翩众盗肯同群。久蟠丘壑虽龙卧，默计江山已鼎分。庸蜀欲开来日月，隆中先见会风云。杂耕初动明星落，千古英雄泣渭滨。

天厌炎灵暗不开，欲吹余烬发寒灰。强因徐庶南阳起，能枉周瑜赤壁来。常见英风吹草木，尚存精魄动云雷。西南遗爱无时歇，不逐长江去不回。

读诸葛武侯传 宋 李纲

李纲（1083—1140），字伯纪，号梁溪先生，祖籍福建邵武，生于常州无锡。政和二年进士，曾官兵部侍郎、尚书右丞，高宗时为相七十余日。

天下兵戈正云沸，伏龙凤雏那可致。掉头自作梁甫吟，垅上躬耕方得意。将军汉裔真英雄，惠然三顾草庐中。心期吻合论世故，如鱼得水云从龙。指麾顾盼定巴蜀，抗魏连吴分鼎足。受遗乃在永安宫，叹息君臣难继躅。南征五月深渡泸，上疏北伐遵遗谟。连年动众拢关辅，数战未必非龙图。大星夜坠惊营垒，壮志雄谋嗟已矣。至今鱼复浅沙中，八阵依然照江水。

武侯祠 宋 张震

张震（? —1172），字真父，自号无隐居士。汉州绵竹（今四川绵竹）人，一说汉州什邡（今四川什邡）人。绍兴二十一年进士。曾以敷文阁待制知夔州，至乾道元年七月皆在此任。继任者为王十朋。乾道四年七月知遂宁府。六年四月为敷文阁直学士、知成都府，充本路安抚使。八年八月后卒于官。

勋业场中托汗青，诗书台上复谁登。顾庐可是依元德，持钓何妨屈子陵。力挽狂澜休转石，功亏累土不成层。它年一笑三生梦，应愧多情碧眼僧。

题诸葛武侯祠 宋 王十朋

八阵图旁丞相祠，风云惨淡会当时。功成岂止三分汉，才大非惟十倍丕。渭上忽传司马走，蜀中长起卧龙思。我来再拜瞻遗像，泪满襟如老杜诗。

武侯新祠 同前

山藏古寺柏青青，地重端因蜀相登。沙上不闻江转石，人间几见谷为陵。龙蛇树影摇千尺，玉雪花枝吐万层。堪叹草庐谁复顾，凄然香火却依僧。

腊日与同官小集八阵台观武侯新祠 同前

伏几何时腊又逢，天涯尊酒记滞从。未于山下祠黄石，且向江渍谒卧龙。青眼共看官舍柳，白头相对雪天峰。虎符愿逐桃符换，万里归心一片浓。

武侯祠 宋 李石

李石，本名知几，改名石，以知几为字。资阳（今四川资阳）人。进士，绍兴末以荐任太学博士，黜成都学官。乾道中再入为郎，后历知合州、黎州、眉州，终成都转运判官。

风弄波涛鼓角喧，蜀江犹有阵图存。纶巾羽扇人何在，眼看群儿戏棘门。（《方舟集》）

孔明庙柏 宋 袁说友

袁说友（1139—1204），字起岩，号东塘居士，福建建安（今福建建瓯）人。侨居湖州。隆兴元年进士。官至参知政事。

陵邱冉冉烟草新，丛祠寂寂君与臣。千年不死一庭柏，八阵犹余三峡春。

昔人已化辽东鹤，古往今来事如昨。当年鱼水奋云龙，天不兴刘死诸葛。（《东塘集》）

题孔明白帝二祠 宋 李曾伯

安刘事固异危刘，相去英雄二百秋。火德方中徒僭帝，星营何陨遽亡侯。草庐龙去存吴恨，陛戟蛙狂遗汉羞。成败不同俱庙食，宁非霸业结偏州。（《可斋杂稿》）

原注：过夔门有孔明白帝二祠，因念东都兴亡此其始末。其兴也，以公

孙奸雄而不能扑中天之火；其亡也，以孔明之英杰亦不能救中营之星。二公成败不同，而俱与庙食。

忠武侯庙　宋　汪元量

汪元量（1241—1317年前后），字大有，号水云，亦自号水云子、楚狂、江南倦客，钱塘（今浙江杭州）人。宋度宗时以善琴供奉宫掖。尝谒文天祥于狱中。后为黄冠，终老湖山。

夔门春风拍天流，人日倾城踏碛游。古庙出蛇穿画壁，竹风溪雨共啾啾。

题诸葛武侯庙　明　刘炳

刘炳，字彦昺，鄱阳人。洪武初献书言事，授中书典签，出为大都督府掌记。除东阿知县。阅两考，引疾归。

武侯古庙临江市，碑仆苔荒字残废。巴东巴西巫峡长，父老至今来拜祭。木牛流马将何施？君才十倍当曹丕。托孤付国寄大事，辅不可辅卿为之。股肱竭力誓臣节，五月渡泸亲出师。君臣气义出肝胆，千古泪流令人悲。江流不尽潮声咽，呜呼遗恨三分国。沙际空遗八阵图，苍梧云暝秋萧瑟。（《刘彦昺集》）

题孔明像　明　夏原吉

夏原吉（1367—1430），字维喆，祖籍江西德兴，生于湖南湘阴。明初重臣，死赠太师，谥忠靖。

当年高遁草庐中，谁识先生是卧龙。昭烈特勤三顾礼，南夷顿服七擒功。只缘佐汉心逾切，竟使吞吴恨莫穷。今拜遗容千载下，不堪吟望永安宫。

武侯祠 明 张瓒

张瓒（? —1482），字宗器，孝感张家响堂（今属湖北孝昌）人。正统十四年进士，曾以右副都御史身份巡抚四川。

帝城谁送应商金，故垒萧萧岁月深。山势北来连鸟道，水声东去作龙吟。西风老树惟寒鹊，落日荒郊只暮砧。不有少陵诗句在，草堂何处共追寻。

夔府祀武侯祠 明 林俊

起落烦成命，前征访古祠。下风一搔首，遗像几褰帷。山斗瞻依地，风云际遇时。素怀公亦领，樽散重襄迟。

原注：杜韵。

夔州诸葛武侯祠 明 程诰

祠据层楼上，衢连一径斜。阵图犹聚石，江水日冲沙。征伐纡筹策，安危系国家。至今臣节著，日月并光华。

谒诸葛庙 明 陆深

武侯祠庙已千年，过客何心尽可怜。百里营留鸣鼓后，两函表上出师前。江流不转余滩石，峡锁犹闻哭杜鹃。自信英雄

终有气，风云常护旧山川。(《俨山集》)

武侯庙 清 张能鳞

忠武名高庙貌仍，每思瞻释未遑登。茫茫八阵遗江岸，隐隐孤城识固陵。割据山川终有憾，飘摇风雨更难凭。天时人事谁为主，吊古兴怀感弗胜。(《西山集》)

白帝城谒昭烈武侯庙 清 盛锦

盛锦，字廷坚，号青嵝，江苏吴县（今江苏苏州）人。康熙年间诸生。乾隆元年从淮安府外河同治英廉（字梦堂）为幕僚，至乾隆八年辞幕归乡。

永安宫殿峡江头，一体君臣祀武侯。天祖式临传诏夜，风云色变出师秋。鸣銮久绝空山道，筹笔犹悬古驿楼。瞻尚死忠谌死孝，千秋配食重诒谋。

汉丞相诸葛亮 清 张凤翥

张凤翥，字梧冈，又字渔村，上虞（今属浙江绍兴）人，乾隆十三年进士，著有《渔村诗稿》六卷。

大星落中原，君子识天运。汉室有宗臣，南阳自肥遁。受遗知旦才，陈表法伊训。阵图凌寒江，风云起悲愤。

武侯庙 清 顾光旭

武侯遗庙对瞿塘，惨淡丹青草木长。帝业三巴淹日月，臣

心二表质高光。参天松柏悲摇落，匝地风云接混茫。决志歼身辞后主，少陵何必问南阳。（《响泉集》）

编者注：杜诗：犹闻辞后主，不复卧南阳。

夔府东郊谒诸葛杜公两祠三首并序　清　许印芳

葛杜去千载，瀼溪犹荐馨。作堂赖夔守，移庙岂龟龄。龙虎阵云黑，风霜庭树青。何当采蘋藻，一祭二公灵。

原序：夔府诸葛公、杜公两祠，皆迁徙无常，建祠亦不一而足。旧传东郊卧龙山两祠并建，予访之土人，遥示高阜塔立处称为菜园沱，居民种菜者数家，菜花盛开，金黄一色，旁有前人纪事碑，称为晋阶书院，后移入城。乾隆乙未，夔守新安江权寻少陵草堂遗迹不得，谓此地在东、西二瀼之间，足妥神灵，因即书院旧址建杜公祠，其文及诗碑并在前楹，记文得欧阳笔意，诗平平耳。祠有冬青树，浓阴覆屋，此屋即诸葛公祠，门外依瞰江浒，八阵碛了然在目，而祠宇特荒陋，且无金石文字。杜公题古柏处，柏与庙湮灭已久，是祠为空庭，石阑旁修竹数竿而已。今年夏水大涨，上漂两祠水平，而诸葛像仅存其中，杜公像亦须落。座敧有献诸葛神帐者，住持悬杜公像前，游客遽入，误以拾遗为丞相。予既展谒两祠，赋诗三章，因述其近事如此，时同治庚午岁除日也。

原注：王梅溪知夔州，尝改建诸葛祠于八阵台后。

异代同乡井，国危忧愤多。关河梦鹑首，豪杰困鸲窠。寄托伊周泪，飘零稷契歌。龙山两祠宇，洽比奈愁河。

看竹思丞相，褰帷认拾遗。并遭峡水厄，谁寄草堂赀。兴废一时事，忠贞百世师。庙前无古柏，天下竞传诗。

武侯祠　清　谢永龄

谢永龄，奉节（今属重庆）人，岁贡，重庆府学训导。

抱膝长吟似懒残，徐徐高卧日三竿。全凭宁静甘沉晦，一许驰驱矢肺肝。讨贼曾经师六出，依刘岂肯地偏安。由来祠宇临江上，志在澄清水也寒。

吊诸葛武侯　清　王藻鉴

王藻鉴，奉节（今属重庆）人，岁贡。王广心（1610—1691）祖父。曾官犍为县学训导。

卧龙方起寸心雄，千古经纶在眼中。辅汉书呈二次表，忠刘费尽一生功。南阳旧宅余衰草，西蜀残魂注故宫。未捷先生应有恨，夕阳虽坠旦仍红。

谒武侯祠　清　刘玉铨

刘玉铨，约生于同治末，奉节人，秀才。

宗臣庙貌面江开，自奠荒祠酒一杯。五丈原头星错陨，三分鼎足日难回。群雄未必能成事，嗣子无如竟不才。伏读出师前后表，潇潇风雨暮天哀。

武侯祠咏古　刘玉璋

龙兴赫赫推高皇，十传而后篡者王。白水真人此崛起，讨贼重使炎汉昌。黄巾大乱继以卓，阿瞒觊觎深包藏。卧龙茅庐作高隐，先主得之同尹姜。东汉君与后汉相，两人发轫皆南阳。史以昭烈比光武，雄才大度真颉颃。况复云台众将相，诸葛一人兼其长。创业不异成败异，后人往往悲武乡。天意虽曰不可测，终随人事为兴亡。成哀孱弱鲜大失，外戚无端干天纲。是时文景泽未竭，中兴尚易恢旧疆。降及桓灵甚矣惫，纷纷党锢歼忠良。人之云亡国殄瘁，如病已入膏与肓。鱼水君臣力虽竭，安能眷顾回彼苍。呜呼出师纵未捷，千秋正统何堂堂。迄今君臣共祠宇，蘋蘩万古长流芳。

诸葛孔明　曾学传

曾学传（1858—1930），又名绍新，字习之，晚年自号皂江逸叟，四川温江人。光绪元年补为廪生，曾在成都存古学堂教经学，继任四川国学院院长。后执教多所学堂，为县人所推重，尊之为“曾大圣人”或“皂江先生”。

卧龙高韵自殊伦，三代遗才此一人。名世经纶周尚父，鞠躬图报汉家臣。出师涕泣艰难日，忧国烦劳淡泊身。蜀庙千秋遗像在，堂堂巾扇肃精神。

五　少陵草堂

杜殿院挽词　宋　王十朋

流落杜陵老，平生一饭忠。大贤宜有后，异代果为公。文艳神藜烛，霜蹄御史骢。九原呼不起，萧瑟柏台空。

亲擢逢明主，台纲振一时。触真同獬豸，问不到狐狸。奸佞已落胆，江湖甘把麾。贤哉郭有道，无愧蔡邕碑。

我昔游三馆，闻公论立朝。端如平日语，果不小人饶。节义真齐固，年龄不逮乔。英魂已上天，楚些讵容招。

原注：公每云：某饶得君子，不饶小人。

杜公部祠二首 同前

宦游夔子两经年，未到东屯意歉然。端为先生旧吟处，不应容易上诗篇。

忠不忘君句有神，当时无地可容身。草堂遗像英灵在，又见匙翻雪稻新。

诗史堂 同前

谁镌堂上石，光艳少陵章。莫作诗人看，斯文似子长。

登诗史堂观少陵画像

万丈光芒笔有神，两眉犹带旧酸辛。残杯不复随肥马，剩馥端能丐后人。夔子江头吟处景，杜鹃声里拜时身。敬瞻遗像观诗史，一醉云安曲米春。

草堂拜少陵遗像 宋 陆游

清江抱孤村，杜子昔所馆。虚堂尘不扫，小径门可款。公诗岂纸上，遗句处处满。人皆欲拾取，志大才苦短。计公客此时，一饱得亦罕。厄穷端有自，宁独坐房琯。至今壁间像，朱绶意萧散。长安貂蝉多，死去谁复算。

游东屯 宋 关耆孙

关耆孙，字寿卿，零陵（今属湖南）人，一说蜀人。绍兴十八年进士。曾知简州。与刘仪凤（1126—1192）、范成大（1126—1193）为同时代人。

呼船渡西瀼，策马行东屯。犹有竹下屋，依然柴作门。林深多鸟雀，山对有猱猿。世隔券尤在，堂非基自存。稼云迷旷野，屏翠随层轩。土厚疑吾里，溪清何处源。餐英金有种，饭粒玉为根。芦笋恋春渚，蕨芽蕃故园。山名窃诸葛，城榜为公孙。云雨峡前梦，琵琶山后村。留人惟野趣，隔世绝尘喧。墙度鸟飞影，泥留兔走痕。渔樵老岁月，藜苋过朝昏。槎汉我初返，梯参君暂扪。车徒今附骥，行列旧同鹓。休沐因闲日，携持访古原。摧颓一弊节，走逐双朱轓。凉飙薄巾袂，佳气浮酒樽。出游有此乐，相视而无言。则为樵夫嘲，甚于人言烦。取君古锦囊，盛我浣花番。归去待星上，随江看月翻。

留题东屯诗四首 宋 李壁

李壁（一作璧）（1157/1159—1222），字季章，号石林，又号雁湖居士，丹棱（今属四川眉山）人。进士。以资政殿学士致仕，谥文懿。

千载风流表出师，帅龙山寺已题诗。两贤心迹元无异，更谒东屯老拾遗。

连峰叠嶂拥峥嵘，个里谁知掌样平。还有人家留客醉，石榴花下听啼莺。

作意元非谷口耕，后来更说以诗鸣。殷勤只有香溪在，曾照先生白发茎。

早日皋夔许致身，最怜一饭不忘君。飘零岂意穷山里，目断长安隔戍云。

东屯行 宋 白巽

白巽，成都（今属四川）人，乾道间进士。

雨足稻畦春水满，插秧未半青短短。马尘追逐下关头，北望东屯转山坂。一川洗尽峡中想，远浦疏林分气象。沟塍漫漫堰源低，滩濑泠泠石矶响。中田筑场亦有庐，翚飞夏屋何渠渠。李氏之子今地主，少陵祠堂疑故居。

东 屯 宋 洪咨夔

荦确嵚岑转百盘，峡天深处得平宽。秋风策策醾花老，暮雨萧萧稻子寒。仁者乐山心本静，硕人在涧体俱胖。农家不解诗翁趣，只道丰年了纳官。

高 斋 同前

江浒行厨转，关头细路过。手摩如象石，目送卧龙坡。肮脏云端柏，鬅鬙雨后荷。晚来晴更好，舟发乱山阿。（《平斋文集》）

雨　过　元　王冕

王冕（1287—1359），字元章（一作元肃），号煮石山农，别号竹斋生、梅花屋主等，诸暨（今属浙江）人。画家、诗人。

雨过山光润，烟浮野色昏。清泉流近砌，黄叶拥衡门。世事凭谁论，高情只自存。忽思浣花老，又欲向东屯。

无　题　元　顾瑛

顾瑛（1310—1369），一名阿瑛，又名德辉，字仲瑛，自称金粟道人，昆山（今属江苏）人。文学家、藏书家。

西瀼之西东屯东，有径疑与桃源通。一间雪屋翠竹里，百盘岚磴青云中。避地卜居拟杜老，结茅赋诗怀己公。留君更住十数日，莫对端阳嗟转蓬。（《玉山璞稿》）

过瀼西　明　史谨

天涯春尽强提携，百丈牵江过瀼西。谁识少陵忧国恨，东风处处杜鹃啼。

蜀中歌三首（选一）　明　郑善夫

郑善夫（1485—1523），字继之，号少谷，又号少谷子、少谷山人等，闽县（今福建福州）人。弘治十八年进士。曾官户部主事、礼部员外郎。

瀼东瀼西花映渠，浣花草堂今有无。苦忆平生杜陵老，暮年涕泪满江湖。

西瀼怀古 明 潘亨

潘亨，字从礼，号冰壑，淮安山阳（今江苏淮安）人。景泰七年举人，授顺庆同知，改武昌府同知。

少陵垂老走巴蜀，避地迁居瀼水涯。瓠落不忘京国泪，萧条难觅草堂赀。朱弦古调悬清汉，翠竹高风涌暮祠。想象犹疑见颜色，巫江星斗照涟漪。（《笠江集》）

瀼西草堂新成有感偶作 明 曾可耕

曾可耕，字双罗，江西庐陵（今属江西吉安）人。嘉靖十九年举人，嘉靖二十九年进士，授仙居县教谕。万历初曾为叙州府同知。

瀼水西头小结茅，先生曾此卧江皋。时危蜀道兵戈久，名擅词林日月高。滟滪孤根标晚节，巴江新雨涨秋涛。草堂遗迹人争睹，千古山川信有遭。

郭使君邀游杜公草堂 同前

白帝才登又草堂，诸公高兴入沧浪。盘涡隐见鼋鼍动，结构初成燕雀忙。蜀道风云连楚塞，杜陵祠屋绕甘棠。文章合是千年事，跃马台空草树荒。（《四川总志》）

过瀼西杜公部祠　明　吴文华

吴文华（1521—1598），字子彬，连江（今属福建）人。嘉靖三十五年进士。曾总督两广军务，巡抚广东，入为南京工部尚书。卒赠太子太保，谥襄惠。

大雅人千古，荒祠自瀼西。朔风吹度急，寒雨上坡迟。楚蜀疆初坼，乾坤望欲迷。乡心无处着，况复有猿啼。（《济美堂集》）

夔守郭君新创杜少陵祠成喜赋二首　明　秦淦

秦淦（1521—?），字懋清，宁波府慈溪县（今属浙江宁波）人。嘉靖三十二年进士。

工部祠成庙貌新，使君为政蔼阳春。行藏三赋惟茅屋，俎豆千年有哲人。香火至今村稚走，宫墙原与归居邻。声名照耀如星日，遗像留传可是真。

丽藻传来炳若新，峥嵘史策照千春。忠期稷契难逢主，词敌班扬更绝人。百代蒸尝今有属，四时风月自为邻。行经鸟路斜阳外，载拜遗颜味道真。

夔府杜公草堂新成　明　张佳胤

草堂茅屋昔时名，西瀼东屯近日成。异代再看新庙貌，青郊今是旧柴荆。词源今古长江水，天步风尘去国情。傥使斯文成后苑，便应卜宅傍先生。

东　瀼　明　张九一

张九一（1534—1599），字助甫，号周田，新蔡（今属河南）人。嘉靖三十二年进士。官至右佥都御史，巡抚宁夏。

瀼水来不绝，巴江去若飞。天垂三峡窄，人住两崖稀。宛宛虹行树，疏疏雨坐衣。西征浑未已，羡尔暮潮归。

西　瀼　同前

东瀼与西瀼，青天对落虹。远山虚自应，流水曲相通。石濑征帆过，江皋晚树空。草堂长好在，寂寞伴丹枫。

编者注：二瀼题咏，前有少陵，后有周田，得其开辟功，不在蚕丛下。

杜公祠　明　陈宗虞

陈宗虞，字六亭，阆中（今属四川）人，嘉靖三十八年进士。

工部草堂何处寻，瀼西瀼东秋夜沉。白头避世当年泪，赤甲移居此地心。缥缈秦川关塞极，萧疏巫峡树云深。尚余左调寄疏豁，细雨空山鸟自吟。

瀼西草堂谒少陵先生并怀蜀忠武侯二首　明　朱孟震

朱孟震，字秉器，新淦（今江西新干）人。隆庆二年进士。官至副都御史，巡抚山西。

草堂重向瀼西过，遗像丹青故不磨。楚水巫山春自老，荻花萝月夜如何。杜鹃欲下千秋泪，滟滪空回万折波。大雅未忘吾道在，感怀天地一高歌。

鱼复江头散晓烟，白盐山下浪兼天。君看黯淡风云阵，何似琳琅玉露篇。吴魏经营开国日，西南漂泊寓公年。青峰不改夔门路，匹马经过倍怆然。

西瀼杜少陵祠 明 黄辉

黄辉（1555—1612），字平倩，一字昭素，号慎轩，又号怡春居士、铁庵居士等，南充（今四川南充）人。万历十七年进士。官至少詹事兼侍读学士。

出峡是何意，栖巢仍恋枝。不应三亩券，买得古今祠。浅泊龙犹侮，孤鸣雀自悲。只应篱芷近，屈宋有前期。

西瀼草堂 明 王三善

王三善（1565—1623），字尤名，永城（今属河南）人。万历二十九年进士。官至右佥都御史。卒赠太子太保、兵部尚书，谥忠烈。

瀼外林深拟上方，诛茅日日对瞿塘。砌成秋兴诗为癖，帘卷雪输月到床。瓠落簪裾千里梦，刀头闾井一浮觥。先生故作吟愁曲，岂有先生逊楚狂。

杜甫草堂 清 王藻鉴

少陵诗酒足相当，快意生平属草堂。斗室可涵天地阔，壮

心不老古今长。总因诗史名堪重，带得瀼西水亦香。夜雨朝晴多少兴，至今竹树共苍凉。（《夔州府志》）

原注：夔州草堂。

东瀼 清 宋琬

宋琬（1614—1673），字玉叔，号荔裳，莱阳（今属山东）人。顺治四年进士，曾官户部河南司主事、四川按察使司按察使等职。

少陵客夔州，垂老厌奔走。扁舟欲东下，悦怿此林薮。高人重扫除，况乃栖遁久。生趣胜同谷，长镵免自负。菜把给园官，高栋斩桤柳。种桔近千株，粳稻颇栖亩。告归涕涟如，托赠南卿友。往在绍兴年，故卷犹未朽。江山屡代谢，萧条戎马后。茅茨四五家，人虎半相守。不知古草堂，更落几人手。披榛访遗迹，欹侧剩杵臼。峡人类麞鹿，谁能记诗叟。公魂如可招，归来饮卮酒。（《安雅堂全集》）

拜杜少陵草堂 同前

少陵栖隐地，古屋锁莓苔。峭壁星辰上，惊涛风雨来。岁华三峡暮，身世七歌哀。欲作招魂赋，临流首重回。

杜少陵祠 清 张能麟

张能麟（1617—1703），字玉甲，号西山，大兴（今属北京）人。顺治四年进士。顺治十八年任上川南道。今乐山城里张公桥便是纪念此公。

少陵千载一诗人，忠悃离奇莫与伦。漫道拾遗无谏草，讵云工部匪词臣。参谋师府非其志，流寓夔门不厌贫。此日东屯谁地主，肯将祠宇再重新。（《西山集》）

瀼西草堂 清 郑日奎

瀼西今如何？风烟莽萧槭。居人指相告，旧是少陵宅。忆君入蜀时，干戈若奔迫。浣花席乍暖，复作夔门客。赤甲郁岧峣，白盐荡云霓。旅忧虽不展，胜概此可适。空怀恋主心，莫陈济时策。稻畦与果园，琐琐课晨夕。怀古白帝城，问奇八阵迹。篇章浑漫赋，奇情何横溢。湘娥帘外悲，山鬼夜中泣。凛凛忠义气，垂天未衰息。壮哉瞿塘峡，百川日荡激。兴致笔偶援，气欲与之敌。斯人既云逝，斯地不殊昔。东屯及北崦，寂寞空陈迹。犹余万丈茫，千载照岚壁。（《郑静庵先生诗集》）

编者注：山鬼：民间有精怪、山神、女神等说法，《楚辞·九歌》有篇名“山鬼”。

瀼　水 清 方象瑛

方象瑛（1631—?），字渭仁，浙江遂安（今城已在千岛湖底）人。康熙六年进士，曾官内阁中书、翰林编修、侍讲。

当年瀼西水，今日草堂河。名为诗人改，山从旧日过。登临愁不尽，感慨意如何。怅望东屯月，萧萧挂薜萝。

杜少陵宅 同前

浣花溪边草堂好，背郭初成春色早。晚年更卜瀼西居，领略山川都不少。瀼西一带溪浪清，渚田漠漠皆粳稻。白盐赤甲互峥嵘，东屯月落瞿塘晓。策杖闲登白帝城，咏怀古迹恣探讨。长镵白柄怅远游，故园杜曲空缥缈。未能归卧南山边，萍迹应向此中老。无端去峡下荆门，老死耒阳胡草草。宅舍东屯屡易主，故卷伤心迹如扫。我来西阁问绮疏，哀壑无声魂悄悄。不见伤愁感兴人，日暮江村数归鸟。（《健松斋集》）

原注：己巳离成都居云安，丙午自云安寓夔州西阁，丁未迁赤甲，又迁瀼西，秋迁东屯，复自东屯归瀼西。戊申出峡至岳州，己酉留潭州，庚戌卒于耒阳。

编者注：陆游《入蜀记》：东屯李氏居已数世，距少陵才三易主，唐时卷尚存。

瀼西谒杜公部祠五首　清　王士祯

万古瀼西宅，斜连峡口关。高云鱼复县，秋水麝香山。老作诸侯客，心依供奉班。樊川临素浐，遗恨不生还。

白发三川客，新诗百炼功。飘零逐猿鸟，得失感鸡虫。弟妹干戈里，朝廷涕泪中。浣花形胜地，回首雪山风。

浩劫遗祠在，依然白帝城。岸连巫峡影，门对蜀江声。太息隆中业，平生庾信情。艰难诗万首，夔府至今名。

已见浮三峡，还怜到九嶷。湘娥何处是，楚客至今悲。槎击南溟近，天连北斗垂。江陵空望幸，愁绝侍臣诗。

欲去频回首，停舟滟滪堆。东屯渺云水，西阁莽蒿莱。感事悲诸将，怀人赋八哀。昆明遗碣在，落叶满苍苔。

谒杜公祠 清 刘宗沛

刘宗沛，顺治十八年进士。曾为邑令，修杜陵祠。

祠后荒丘野草春，祠中遗像惹飞尘。唐家多少诗才子，老杜应为第一人。

杜甫宅 同前

浩荡乾坤里，何劳寄姓名。屋荒留恨色，秋罄诵诗声。舒傲临丘壑，移喧远市城。依然萝月在，疏雨暮潮平。(《夔州府志》)

瀼西草堂 清 傅作楫

一代风浪鲜颉颃，几年漂泊瀼溪旁。摊书只对青山静，把钓唯看绿水长。归恨空搔双短鬓，新诗漫索九回肠。自怜我亦悲秋客，皂帽何时过草堂。(《夔州府志》)

草 堂 清 王知人

王知人，直隶沧州（今河北沧州）人。拔贡，康熙间官夔府同知。

人世偏宜客，江边对草堂。古人不可见，我意独彷徨。春老山容淡，苔深雨色苍。沙明鸥鹭稳，樵径满斜阳。(《夔州府志》)

杜少陵祠堂　清　朱樟

诗圣开祠宅，秋猿分此崖。艰危谋一食，来往换三斋。丘壑人难夺，柴荆境复佳。平川吾所爱，欲去绽青鞋。

东屯复北崦，天与寓公栖。地胜宜茅屋，山穷之稻畦。獠奴晴课树，浣女夜归溪。回首瀼台上，千峰夕照西。（《观树堂诗集》）

访少陵草堂遗址　清　商盘

商盘（1701—1767），字苍雨，号宝意，会稽（今浙江绍兴）人。雍正八年进士，曾官镇江郡丞、梧州知府等职。

杜老幽居归迹荒，巴山夜雨助凄凉。平生雅慕东西瀼，今日题诗问草堂。（《质园诗集》）

瀼西草堂　清　姜履基

姜履基，如皋（今江苏如皋）人，姜恭寿（1708—1759）堂侄，善诗文。

千古推诗圣，孤城一草堂。文章光俎豆，桤竹重馨香。门涌江涛壮，山留草木长。芜庭随与伴，赤甲隐斜阳。（《东皋诗存》）

谒杜少陵词　清　李调元

李调元（1734—1803），字美堂，号雨村，别署童山蠢翁，四川罗江（今属四川德阳）人。乾隆二十八年进士。曾官考功员外郎、广东学政。

飘泊谁为浩荡游，当年杜志此淹留。一朝诗史为唐作，万丈文光向蜀留。风雨茅祠仍见拔，云烟瀼宅尚含愁。艰难我亦栖滞久，试问秋怀得似不。（《夔州府志》）

杜公祠落成　清　江权

江权，字越门，歙县（今属安徽黄山）人。乾隆十年进士。曾为夔守。

拾遗垂老客江乡，楚塞秦关入望长。鸟道千盘过陇蜀，鲸波一棹隔荆襄。孤忠展转惟忧国，白发栖迟只自伤。瀼水东西歌啸地，定知陟泽在斯堂。

编者注：乾隆三十八年（1744），夔州杜甫祠落成，知府江权作《杜公祠落成》诗，李复发、王家昌、汪松承、张凤翥、李作勖、梁国林、袁嘉保、詹仰、梁震、李琳、冯成文、胡大成等人作次韵唱和之作。见《道光夔州府志·艺文志》。

次　韵　清　李复发

李复发，字潜夫，安溪（今属福建）人。进士，夔州知府。

闳宫重构水云乡，一代诗人俎豆长。风月关情思鄠杜，江山入望忆樊襄。麻衣谒帝间关恨，丹旐招魂客邸伤。自泛巫夔嗟胜馥，瓣香犹幸在斯堂。

次　韵　清　王家昌

王家昌，荆门（今属湖北）人。乾隆时任职夔州府。

瞿塘滟滪水云乡，工部会来旅况长。只愿奉君同社稷，谁知避世学阳襄。峡中花鸟情难遣，塞上烽烟梦亦伤。此日鸠工崇俎豆，千秋炙爽在斯堂。

次　韵　清　江松承

江松承，安徽休宁人。夔州府同知。

垂老无家客异乡，夔门小住日偏长。飘零不获抒忠说，弃置何由效赞襄。三峡孤臣聊偃息，两京巨寇已摧伤。只今瀼水寻遗迹，可是当年旧草堂。

次　韵　清　张凤翥

江汉思归滞此乡，孤舟一系岁时长。辞家不学巢邮急，报国空怀稷契襄。高阁山川多啸咏，荒台云雨独悲伤。只今谁访清溪迹，太守风流继草堂。

次　韵　清　李作勖

去国飘零老异乡，江山寂寞岁时长。人间离乱经三徙，卷里光芒胜七襄。巫峡望云同目断，青溪捉月共神伤。定巢知有新祠燕，来贺重登人雅堂。

次　韵　清　梁国林

梁国林，京师（今属北京）人。官夔州。

孤忠恋阙更怀乡，风雨寒江太息长。几载播迁忧独切，一时收复力谁襄。行迹靡定同飘泊，诗句流传更感伤。往昔蓬门无觅处，重寻林麓卜兹堂。

次　韵　清　袁嘉保

袁嘉保，乾隆三十九年署知县。

诗书遗风在此乡，巴山高峙水流长。湖帆一样过湘沅，江阁千寻望沔襄。筑室夔门差自遣，飘零京国倍堪伤。只今竹树萧骚处，宛似重逢旧草堂。

次　韵　清　詹仰

詹仰，越余人。官夔州。

踪迹频年抚此乡，盛京一望栈云长。君臣反正知何日，将相安危冀共襄。垂老那堪京国运，幽栖兼为乱离伤。江干筑舍经三徙，风物依然在草堂。

次　韵　清　梁震

梁震，平都人。官夔州。

无端去国客他乡，暂止夔门日月长。太息君臣同播越，忧心将相失匡襄。孤踪偃蹇多愁叹，旧宅荒芜更感伤。欲荐藻萍无处所，今朝相率拜草堂。

次　韵 清　李琳

李琳，安丘人。官夔州。

南斗浮槎隔帝乡，峡云陇树思偏长。飘零已摒江湖志，瓠落终怀殿陛襄。忧国贾生还恸哭，哀时王粲亦悲伤。只今西瀼辉祠庙，绝胜当年背郭堂。

次　韵 清　冯成文

冯成文，字句章。官夔州。

拾遗忧国更怀乡，白发萧萧巫峡长。杜曲烟花凄塞浦，巴江风雨入荆襄。几年草阁留凭吊，何处柴门寄感伤。欣遇文翁新俎豆，千秋大雅振斯堂。

次　韵 清　胡大成

胡大成，鉴湖人。官夔州。

迁流去国客他乡，回望神京忆念长。恋阙情深忧客蜀，思家念切冀共襄。里居已渺山川在，文藻空存天地伤。儒雅风流知不泯，千秋一息赖斯堂。

东屯高斋吊杜文贞公　清　汪仲洋

群峭不敢逼，高斋得地宽。词源倒三峡，秋兴寄长安。百世祠堂在，前朝卷帖残。浣花来蜀士，当作里邻看。（《心知堂诗稿》）

瀼西寻少陵故宅不得　清　黄琮

君心出峡水，日夜趋襄阳。萍踪滞夔府，两鬓成秋霜。西阁闻猿声，终日涕泗滂。白盐与赤甲，万仞山苍苍。我来寻瀼西，村树亦已荒。故卷傥可得，为君新草堂。（《晚晴簃诗汇》）

瀼西访少陵草堂　清　贝青乔

西阁东屯旧掩扉，饥吟心事未嫌非。许身稷契村夫子，挥涕风尘老布衣。一柄长镵公有托，万间广厦我何依。锦袍何似骑鲸客，千古江楼逸兴飞。（《半行庵诗存稿》）

瀼溪草堂怀古　附瀼溪辩　清　薛德玉

薛德玉，道光二十七年贡生，曾为巴东候选教谕。

瀼溪之东溪水流，瀼溪之西溪景幽。工部卜居此溪侧，溪前溪后供优游。草堂矗矗白云间，云绕溪流溪旁山。山与溪云相倚护，高人栖身湾复湾。闲踞虎豹登虬龙，秋高寒日警边烽。戎马关山君国恨，无限忧思仗短筇。迄今入溪访故址，溪光时逐白云起。瀼水滔滔奔江流，草堂荒墟而已矣。千古凭吊唐诗人，当年万里寄孤身。一从客去堂俱杳，花鸟犹郁旧精神。溪头日日风兼雨，水色山光谁作主。安得垂构茅三重，再有赤甲东屯迁来之老杜。

原注：按杜集年谱纂，公于武宗大历二年春，夔之西阁迁赤甲，寻迁瀼西，遂往来东屯瀼西间。其一年寓西阁，有《瀼西寒望》诗云："瞿塘春欲至，定入瀼西居。"可知瀼西去夔不远，非今信陵之东西瀼，相违数百里也。考《一统志》，大瀼水在夔城东，自达县万顷池发源，经此流入大江。又有东瀼水亦在夔城东，则瀼西之近夔无疑。旧《邑乘》载，巴东西瀼有工部草堂遗迹，大抵因名相似，遂传之讹耳，故特附辨于此，俾真赝有所分云。余按旧志《祀典》齐祖望曰："工部草堂在夔，而夔自有瀼西，前令以邑之西瀼为瀼西，春秋祀之，过矣。"是瀼西之误，齐君已早辨之，其仍载入古迹者，亦姑沿旧说耳。

瀼西谒少陵祠　清　陈崑

数亩瀼西宅，经营似浣花。一生诗作史，半世客为家。冷落郫筒酒，凄凉幕府笳。临风几叹息，祠树噪寒鸦。

春日偕同人集瀼西杜公祠作先生生日　清　刘玉璋

夔之东，瀼之右，岳岳草堂传不朽。千二百年来，骚坛齐俯首。人言公仅诗中豪，无救世功被九有。岂知古今作者贵性情，不尚才华尚忠厚。公之大节况铮铮，匡君救友征抱负，自宜庙享千秋同韩柳。君不见宋元明来人某某，各逞笺注希功狗。纷纷聚讼相击掊，如堕云雾黑如黝。又不见摹仿家更如矇瞍，一字一句相缠纠。斤斤似兽践其蹂，令人读之闷欲呕。男儿生不能自树立，传之千秋后，便当埋头老户牖。诗之不同如人面，效颦何必自增丑。别有龃龉不能辨牝牡，以耳代目如水母。强评月旦作知音，吾恐扪心颜有忸。公诗如大海，海大善藏垢。大者蛟龙出没鲸鲲吼，小者蝼蚓杂蝌蚪。读古人诗不善学，眯目安能知去取。取长去短古所传，譬彼良农辨苗莠。我生抱诗癖，读公诗如与公友。今日诚何日，开筵为公寿。诗王诗史一任四座夸，而我蓬蓬诗兴陡。诗肠如龙酒如雨，龙得时雨神抖擞。左手持杯右持毫，摘公一过公其受。公诗必欲泣真宰，不袭前人旧窠臼。岂知造物忌才胜于人，白头垂老江湖走。诗造极者穷亦极，立锥之地无一亩。茫茫千载此例定，凡十诗人穷八九。我今捉襟见双肘，十年推敲空株守。诗尚未工穷已极，不知穷至何时乃得上追屠龙手。公开此例公有咎，公闻我言应噤口。醉后一语更问公，未知大笔容借否？

瀼西少陵祠　清　谭宗浚

谭宗浚（1846—?），字叔裕，南海（今属广东）人。同治十三年进士。曾督学四川。

饭颗山头一老樵，麻鞋西走鬓飘萧。朝班断梦鸳鸾隔，峡户容身虎豹骄。傥使功勋同郭令，并教宗社复神尧。凌烟甲第终尘土，未抵诗名万古昭。

谒杜公祠　清　刘玉铨

谁知爱国忠君意，尽入穷愁作浩歌。万里烽烟乡信绝，五陵衣马故人多。风尘回首思归去，霜雪盈头奈老何。毕竟涓埃犹未答，天涯吟望苦蹉跎。

咏怀杜少陵 清 李畅

因爱名区好，来邻瀼水东。盐山高迫案，峡口劲回风。猿挂因时见，江声入夜逢。只余草堂下，未拜少陵翁。

丁巳立冬日游东屯草堂 民 毛子猷

毛子猷（1880—?），名书贤，字子猷，号希圣，晚年号借园老人，奉节（今属重庆）人。宣统元年拔贡。曾以候补知县签分江西，辛亥革命后从事教育工作。

十日阴逢一日晴，初冬天气暖如春。天公为我助游兴，呼朋载酒出江城。江城十里芦花白，中有唐时诗人宅。唐时诗人杜少陵，瀼东瀼西曾作客。江湖其身魏阙心，满腔忠爱谁知音？鱼龙寂寞凤凰老，无限秋思触暮砧。滔滔莫挽狂澜倒，离乱甚于唐天宝。今人欲学昔人难，昔日犹比今日好。我欲问公先唏嘘，公处今日公何如？幸留一片干净土，任人来筑浣花居。光阴百代如客过，继公而起人几个？桑田沧海变有时，茅屋不为秋风破。

编者注：唐天宝：指天宝年间发生安史之乱。

冬日游瀼西草堂 同前

瞿塘新霁晓烟低，风送扁舟到瀼西。八首诗篇怀凤阙，一腔忠愤付猿啼。香飘梅岭春先占，雪压枫林路欲迷。沙碧竹寒人访古，名圣遗迹在山溪。

西　瀼 同前

吾家西瀼西，茅屋傍岩筑。高则围长松，低则绕疏竹。竹松影迷离，一若云雾簇。或道是桃源，或疑为盘谷。穷无客到门，富有书藏簏。山妻能纺织，稚子解诵读。时顾门庭内，雍雍更肃肃。无复思张莼，颇自存陶菊。月吟秋夜虫，雨叱春山犊。倦游鱼潜渊，知止鸟集木。壬子岁归田，屈指年历六。偶然怀往事，一梦付蕉鹿。人生驹过隙，何事愁成斛。所愁非一身，夜夜闻鹃哭。鹃声蜀西来，主客相角逐。角逐岂无因，人民遭杀戮。杀戮苦难尽，焚烧肆其酷。人民果何辜，乃罹此荼毒。璀璨锦官城，荒凉顿满目。独不念饷糈，皆民膏与肉。当其征敛时，苛虎谁敢触。自古为民上，民且赖其牧。牧民者残民，民又将谁属？蜀民尔忽悲，为尔筹之熟。尔勿念蜀军，蜀军乡谊笃。亦无怨客军，客非来不速。各思启衅由，追悔当自服。且念古人言，祸兮福所伏。吾侪乃小人，身命系当轴。但持帱载心，晨夕为之祝。四海皆兄弟，五族同孕育。谁南谁为北，谁背谁为腹。从此解战争，一意修辑睦。衔侮谋取同，阋墙怨勿蓄。薪胆苦卧尝，风雨坚栉沐。天心倘厌乱，转祸而为福。不然自相戕，前途安能卜。甲午海军挫，庚子陆军衄。生民既凋瘵，疆宇况穷蹙。利我鹬蚌持，势将沦异族。高丽与琉球，实为前车覆。岂无荆卿剑，岂无渐离筑。事已无可回，徒自取戮辱。嗟尔贪鄙夫，犹然眈利禄。桧以下无讥，此则更碌碌。诗成勿示人，示人招谤讟。谤讟亦何惜，只冀吾言录。吾言深且长，闻者当三复。区区爱国心，天地实鉴烛。傍晚风雪侵，一醉卧茅屋。

编者注：壬子：民国元年。客军：入川之滇、黔等外省军。

瀼西晚憩主人楼　孟淮

虚阁临江起，长途倦晚停。客灯春似萼，渔火远如星。村酒情相洽，舟床梦可宁。少陵曾此憩，应是主人庭。

六　八阵图

诸葛孔明在川留有八阵图三处：一为成都市新都区弥牟镇的八阵图；一为夔府城东，白帝城之西，鱼腹浦上的八阵图，俗称水八阵；还有一处在奉节县白帝镇八阵村，为通往鄂西北古驿道必经之地，这里地形复杂多变，为争战之要地，欲称旱八阵。

《水经注》：江水又东径诸葛亮图垒南。石碛平旷，望兼川陆，有亮所造八阵图，东跨故垒，皆累细石为之。自垒西去，聚石八行，行间相去二丈，因曰八阵。既成，自今行师，庶不覆败，皆图兵势行藏之权，自后深识者，所不能了。今夏水漂荡，岁月消损，高处可二三尺，下处磨灭殆尽。

观八阵图　东晋　桓温

桓温（312—373），字元子（一作符子），谯国龙亢（今属安徽怀远）人。东晋权臣。

览古识其真，寻源爱往迹。悉君遗事节，聊下南山石。

八阵图 唐 杜甫

功盖三分国，名成八阵图。江流石不转，遗恨失吞吴。

仇注：遗恨失吞吴，有四说：以不能灭吴为恨，此旧说也；以先主之征吴为恨，此东坡说也；不能制主上东行，而自以为恨，此《杜臆》、朱注说也；以不能用阵法，而致吞吴失师，此刘氏（刘逴）之说也。

编者注：石不转：阵石历经千年，水涨阵没，水退阵现，石阵仍在。三峡水库建成后，鱼腹浦、阵石、盐井永存水底。赴抃《成都记》称：耆老之说云：鱼腹阵于江路，因水成行，七八以为经，九六以为纬，体方于八阵，形圆于却月。壁门可以观营阵之势，却月可以识奇正之变。故虽长江东注，夏流湍驶，轰雷奔马，不足以拟其势；回山卷石，不足以言其怒。巍巍八阵，实激其冲，历年千数，未常回挠。故桓温以为常山之蛇，杜甫伟其江流石不转也。

观八阵图 唐 刘禹锡

轩皇传上略，蜀相运神机。水落龙蛇出，沙平鹅鹳飞。波涛无动势，鳞介避余威。会有知兵者，临流指是非。

瞿注：《唐语林二》：王武子曾在夔州之西市，俯临江岸沙石，下看诸葛亮八阵图，箕张翼舒，鹅形鹤势，聚石分布，宛然尚存。峡水大时，三蜀雪消之际，濒滂滉瀁，大树十围，枯槎百丈，破礶（《广记》作硙，是）巨石，随波塞川而下，水与岸齐，雷奔山裂，聚石为堆者断可知也。及乎水已平，万物皆失故态，惟阵图小石之堆，标聚行列依然，如是者垂六七百年间，淘洒推激，迨今不动。刘禹锡曰：是诸葛公诚明一心，为先主效死。况此法出

《六韬》，是太公上智之材所构，自有此法，惟孔明行之，所以神明保持一定而不可改也。

八阵碛 宋 冯山

永乐宫前瀼西碛，万流峡口争奔激。秋涛卷地裂山谷，水落依然阵图出。阵形聚拳六十四，传是武侯亲手迹。斯人管萧岂足道，身在巴东心汉室。从容所遇皆法制，浩荡胸中万分一。阴机暗与天地合，壮气曾将鬼神役。至今千载屹不动，渺茫几深难致诘。岂徒豪杰重嗟赏，应有神灵长护惜。庙偏裸裎七壮士，酒炙纷纷走巫觋。万事颠倒皆偶然，卧龙无处沾余沥。（《安岳集》）

八阵碛 宋 苏轼

平沙何茫茫，仿佛见石蕝。纵横满江上，岁岁沙水啮。孔明死已久，谁复辨行列。神兵非学到，自古不留诀。至人已心悟，后世徒妄说。自从汉道衰，蜂起尽奸杰。英雄不相下，祸难久连结。驱民市无烟，战野江流血。万人赌一掷，杀尽如沃雪。不为久远计，草草常无法。孔明最后起，意欲扫群孽。崎岖事节制，隐忍久不决。志大遂成迂，岁月去如瞥。六师纷未整，一旦英气折。惟余八阵图，千古壮夔峡。

八阵碛 宋 苏辙

苏辙（1039—1112），字子由，一字同叔，晚号颖滨遗老，眉州眉山（今属四川）人。嘉祐二年进士，以太中大夫致仕。宋孝宗时追谥文定。

涨江吹八阵，江落阵如故。我来苦寒后，平沙如匹素。乘高望遗迹，磊磊六十四。遥指如布棋，就视不知处。世称诸葛公，用众有法度。区区落褒斜，军旅无阔步。中原竟不到，置阵狭无所。茫茫平沙中，积石排队伍。独使后世人，知我非莽卤。奈何长蛇形，千古竟不悟。惟余桓元子，久视不能去。

原注：在夔州。

编者注：桓元子：桓温，字元子。

八阵台　宋　郭印

八阵台前水急流，累累石冢界沙洲。机深已尽吞吴策，事变空成守蜀谋。江月四时犹耿耿，云山千古漫悠悠。天公若遂兴刘愿，功业应非管乐俦。

八阵图并序　宋　喻汝砺

喻汝砺（？—1143），字迪儒，号三嵎，又自号扪膝，眉州（今四川眉山）人。政和五年进士，靖康初为祠部员外郎，直秘阁学士。

鱼复江边春事起，万点红旗飏清泚。主人元是刘梦得，载酒娱宾水光里。酒阑放脚步沙碛，细石作行相靡迤。卧龙起佐赤龙子，天地风云入鞭箠。蛇盘虎翼飞鸟翔，四正四奇公所垒。当时二十四万师，开门阖门随臂指。几回吓杀生仲达，往往宵遁常骑豕。海中仙人丈二履，相与往来迂玉趾。笑云此公大肚皮，龙拏虎掷堆胸胃。江头风波几劘荡，断岸奔峰俱披靡。阳侯鏖战三峡怒，只此细石吹不起。晋大司马宣武公，常山之蛇中首尾。幕中矶矶何物容，未有一客能解此。千年独有老奇癫，见之敛袂三叹喟。颇知此法自玄女，细与诸公剖根柢。君不见风后英谋尽奇诡，龛定蚩尤等蜉蚁。汉大将军亲阅试，四夷闻风皆褫气。马隆三千相角掎，西羌茸茸落牙嘴。而公于此出新意，盖世功名无第二。不知何处着双手，建立乃与天地比。河图洛书亦如此，堂堂孔明今未死。我门生人如死人，老了不作一件事。却被猕猴坐御床，孰视天王出居汜。既不能蹠穿膝暴秦王庭，放声七日哭不已。又不能断脰决腹死社稷，满地淋漓流脑髓。羡它安晋温太真，壮它霸越会稽蠡。八年嫪恋饱妻子，洒涕东风肉生髀。斑斑犹在杲卿发，离离未落张巡齿。爱惜微躯欲安用，有臣如此难准拟。虽然爱国心尚在，左角右角颇谙委。二广二矩及二甄，《春秋》所书晋所纪。况乃东厢与洞当，复有青龙洎旬始。淫淫陈法有如许，智者舍是愚者蔽。此图昔人之刍狗，参以古法行以己。偏为前距狄笑之，制胜于兹亮其岂。尔朱十万破百万，第顾方略何如耳？嗟我去国岁月老，渺渺赤心驰玉扆。可怜阿仾财女子，而我未刷邦家耻。属者买舟泸川县，扣船欲泛吴江水。赤甲山前春雪深，白帝城下扁舟舣。胡为于此久留滞，细雨打篷愁不睡。剽闻逆雏犯淮泗，陛下自将诛陈豨。六师如龙贼如鼠，杀回屋瓦皆蜚坠。距黍直射六百步，虏尸蔽江一千里。哀哉猕猴太痴绝，垂死尚持虞帝匕。那知光武定中兴，要把中原痛爬洗。君不见陛下神武如太宗，万全制陈将平戎。倚闻献馘平江宫，坐使四海开春容。六骓还自江之东，光复旧京如转蓬。蜀花千枝万枝红，辄莫取次随东风。奇癫眼脑醉冬烘，东向舞蹈寿乃翁。醉醒聊作《竹枝曲》，乞与欸乃歌巴童。

原序：夔帅任子野，以人日置酒江濒，观武侯八阵图。诸公皆云八阵自武侯始，扪膝先生独谓不然，乃作古风示之，庶几诸公知八阵之所由起。

滩石八阵图行 宋 王刚中

王刚中（1103—1165），一作纲中，字时亨，饶州乐平（今江西乐平）人。绍兴十五年进士，曾以龙图阁待制知成都府、制置四川。

我生孔明后，相望九百载。我想孔明贤，巍然伊吕配。奇谋勇略号雄师，大节英风盖当代。木牛流马何足言，八阵遗踪千古在。我行已度瞿唐门，长滩石垒差参分。洪纤高下尺寸等，犹有当年节制存。四头八尾触处首，敌冲中央两皆救。握奇如枢运无穷，七纵七擒仍敢攻。规模黄帝已垂文，后来得者惟将军。唐宗李靖拾遗意，乐舞幡表徒缤纷。长江之上石蟠结，江波汹涌石不灭。使君何事遽划除，一夜风雷吼天阙。明朝仍旧石纵横，神物护持人始惊。向来守蜀用此法，谁知石垒真金城。嗟乎孔明遇不遇，遇则刘公恢大度。国险地狭民力微，法出万全势未具。嗟乎孔明以此用于吴，长江内固魏可图。嗟乎孔明以此用于魏，扫平三分归一箠。只应所遇势不同，势既不同功亦异。嗟乎孔明之心如石坚，欲扶汉室还中原。事之不就则天耳，安肯俯首从曹袁。嗟乎孔明如生石不老，后世用兵无草草。忽然变作六花看，便失本真难按考。请观叠石韬机筹，江流东去自悠悠。英豪得此石外指，长与君王靖边垒。

梦观八阵图 宋 王十朋

易任夔子国，身犹在重湖。梦魂辄先往，临江观阵图。奇才盖三国，壮志吞两都。惜哉功不遂，英雄为欷歔。胡为恍惚间，微茫见规模。清时耻谈兵，武侯其戏予。

原注：是夜宿章田。

观雪八阵台 同前

吾侪风味雅同科，领略江山逸兴多。诸葛阵图台上看，少陵诗句酒中哦。惠山活水煮茶白，胜已高峰带雪皤。绝境况逢三五马，定将好句压阴何。

编者注：标题为编者所拟。原题作：与二同年观雪于八阵台，果州会焉，酌酒论文，煮惠山泉，瀹建溪茶，诵少陵江流石不转之句，复用前韵。

观八阵图有感 宋 李兴宗

李兴宗，号谦斋，忠州（今属重庆）人。绍兴十八年进士，官至国子博士。

江从岷来触瞿唐，夏潦溃裂怒势张。霜浓水落洲渚露，累累江石堆作行。半斜半直半疏密，方营周匝门东出。相传呵护有鬼神，惊波不能移寸尺。想见当年诸葛公，纶巾羽扇挥秋风。令严部伍寂如水，出没变化机无穷。乾坤不足当经理，写留古法艮岑趾。上滩下峡一千年，多少英雄测玄旨。小儿元子强多知，常山蛇势吾能窥。灞上枋头真绝倒，空使虬髯论握奇。斲轮不可传其子，此公天机缄骨髓。奈何螟蝗生蝮蝎，炎刘已灰吹不起。天教三马食一槽，老马蹄啮暂咆哮。渭阳巾帼势将蹶，大星夜陨西军号。呜呼兴废尽天意，中原腥膻今六纪。胡雏骨肉正相残，欲拯涂炭嗟谁使。大官酣燕刍豢余，小官局蹐尘埃里。举目厌厌九泉人，谁访草庐谈世事。向来韬略机莫投，而今投机欠良筹。君不见峡山深深茅舍底，有人抱膝高声讴。

偶　成　宋　张缜

白帝城西鱼腹浦，十月江平见津浒。当年累石纷成行，此地卧龙经讲武。辕门外建严中权，列阵相承存后伍。何人蛇势识常山，未数鱼丽矜郑拒。悬知精神贯金石，尚想号令严钲鼓。老兵料敌应疑生，川后潋波其敢侮。向令赤伏有遗符，下睨皇州直指取。云何遗迹司神明，独靳丰功被寰宇。高城置酒供临眺，往事兴怀增叹抚。巍然王佐三代前，信矣名言照千古。

编者注：标题为编者所拟。原题作：奉陪安抚大卿登八阵台，览观忠武侯诸葛公遗像，偶成长句。

谒丞相祠观八阵图　宋　李訦

李訦（1144—1220），字诚之，自号山泽道人，晋江（今属福建）人。以祖恩补承务郎，曾官夔州路提点刑狱。

人言忠孝不磨灭，神物护持存水浒。年家陵谷几变迁，此石不移自章武。本由黄帝古兵法，六十四以八为伍。髯孙且惧生达走，贼操游魂何敢拒。刻铭沙伏水底碑，教战石存山下鼓。一片丹心天地间，万世闻风犹御侮。我来起敬凛如生，再拜一言公必取。瀼流东截阵图前，寝隳城壁颓民宇。能安拳石止波流，愿回瀼患思民抚。常使夔人知感公，踏碛年年吊千古。（《宋诗拾遗》）

原序：臣埜李訦，谒丞相祠，登开济堂，俯八阵图，睹新师张卿与侍郎林公旧题倡和，皆慨想当时英烈，叹诵久之。惟瀼东流啮城入江且为民病，愿以不能转石者一转兹水，辄借韵赋之。

原注：山下有石鼓，相传为教战之鼓。

八阵碛　宋　孙应时

孙应时（1154—1206），字季和，自号烛湖居士，余姚（今属浙江）人。淳熙二年进士，初为黄岩尉，后知常熟县。

江近瞿唐急，沙从鱼腹横。千秋应有恨，八阵竟难平。望断青烟晚，愁边白鸟明。身微定何补，且复老躬耕。（《烛湖集》）

八阵图　宋　洪咨夔

负卦龟藏尾，鸣泉鹤引吭。纵横中左右，奇正锐圆方。石挟孤忠在，江输宿恨长。无人同领会，搔首立斜阳。（《平斋文集》）

编者注：奇正：兵法术语。八阵图以天、地、风、云、龙、虎、鸟蛇命名，其中前四为四正，后四为四奇。又作战以对阵交锋为正，设伏掩袭为奇。

和王南运八阵碛　宋　阳枋

阳枋（1187—1267），原名昌朝，字宗骥，改今名，字正父，号字溪，合州巴川（今重庆铜梁东南）人。早年从朱熹门人度正等游，学者称大阳先生。淳祐元年赐同进士出身。曾分教广安，为绍庆府学官。晚以子炎卯贵，加朝奉大夫。

常山蛇势少能明，治法还从阵法寻。先正后奇严自胜，堂堂真是武侯心。

孔明八阵图 宋 孙锐

孙锐（1199—1277），字颖叔，号耕闲，吴江（今属江苏）人。咸淳十年进士，授庐州佥判。

八阵图矶天下奇，无端变化出山时。要知抱膝南阳卧，早了三分一局棋。（《孙耕闲集》）

八阵图 元 吴师道

吴师道（1283—1344），字正传，婺州兰溪（今属浙江金华）人。至治元年进士，以奉议大夫、礼部郎中致仕。

惨淡风云旧指麾，涛声汹涌尚含悲。握瑜志在人谁识，长啸神游石不移。天下奇才司马叹，江流遗恨杜陵诗。当时万事皆天意，三酹英雄诵出师。（《礼部集》）

八阵图 明 韩守益

韩守益，字仲修，号樗寿，石首（今湖北石首）人。大略生于元季，洪武时以儒士摄教宜都，以贤良文学聘广西佥事。曾补重庆太守，官至春坊中允。

间气生才事愈奇，平沙积碍势离离。蕝分六十四为变，军握

前中后有机。推演入玄韬略秘，纵擒收效鬼神知。长留盖世英雄迹，万古横江不可移。（《盛明百家诗》）

八阵怀古　明　吴宽

吴宽（1435—1504），字原博，号匏庵、玉亭主，世称匏庵先生，长洲（今江苏苏州）人。成化八年状元，官至礼部尚书，卒赠太子太保，谥文定。

遗垒不可数，神谋亦壮哉。谁言愧将略，敌自服奇才。孤鼠悲吴魏，风云护草莱。弥年还庙貌，长啸使人哀。

八阵图　明　王崇文

王崇文（1468—1520），字叔武，号兼山，山东曹县（今属山东菏泽）人。弘治六年进士，曾为四川副使，官至右副都御史。

遗编曾仰卧龙贤，八阵江头尚宛然。细石不随东水去，高名常似北辰悬。秭归势挫悲炎帝，秦岭谋奇失魏延。星陨莫怜师未捷，即看曹马已无传。

八阵碛　明　萧柯

萧柯，吉水（今属江西吉安）人，弘治六年进士。授云南御史。

客舟薄暮泊西瞿，便上沙头看战图。山过太行曾压魏，水流东海欲吞吴。可怜前度非今度，谁道今吾是故吾。极目海天飞鸟去，行人指是柏台乌。

编者注：西瞿：八阵碛在瞿塘峡之西。

八阵石　明　黄衷

黄衷（1474—1553），字子和，号矩洲，又号铁桥病叟，南海（今属广东）人。弘治九年进士。抚云南，镇湖广，俱有政绩。官终兵部右侍郎。

曾烦三顾委经纶，功盖当时尽瘁身。鱼水向知真遇主，英雄宁道尽欺人。椒浆可答关山恨，云鸟仍驱水石神。今日太平词赋客，画船箫鼓蜀江滨。（《矩州诗集》）

八阵碛　明　陈文烛

陈文烛（1525—?），字玉叔，号五岳山人，湖北沔阳（今湖北仙桃）人。嘉靖四十四年进士。曾为四川提学副使，官至南京大理寺卿。

高山含晴晖，长江急于箭。武侯八阵图，光芒同素练。垒石总成行，擒纵几征战。水落川更平，风寒江欲转。常山势因依，似与两仪奠。虎翼与飞龙，倏忽风云变。作者竟千秋，椿宗成片片。至今白帝城，上有明良殿。谁言失吞吴，遗迹犹堪羡。中原六陆沉，此石何可卷。（《二西园集》）

八阵图　明　程正谊

程正谊（1534—1612），字叔明，号居左，又称布政公，永康方岩（今属浙江永康）人。隆庆五年进士。曾官刑部主事、云南副宪、四川左辖、顺天府尹等职。文武双全，霁月光风。

汉贼不忘魏，雄心在灭吴。东征过白帝，北伐出新都。鼎立三分势，云屯八阵图。忠精贯金石，两地更同符。(《程正谊集》)

八阵图　明　李化龙

李化龙（1554—1611/1624），字于田，号霖寰，长垣（今属河南）人。万历二年进士。官至兵部尚书，谥襄毅。

沙飞旗脚乱，水落阵云开。不雪三分恨，空怜天下才。(《李于田诗集》)

过白帝城观八阵图石　明　吴士奇

吴士奇，字无奇，号恒初，安徽歙县人。约生于嘉靖末隆庆初，万历二十年进士，官至太常寺卿，人称吴太常。

历历沙中石，萧萧江上城。犹夸帝子国，更道汉家营。空碛时腾雾，荒屯昼卷旌。古来几跃马，独识卧龙名。(《绿滋馆稿》)

八阵图　清　范汝梓

范汝梓，字君材，浙江鄞縣（今浙江宁波）人。进士出身。崇祯元年任延平府知府。

永安宫殿已荒芜，诸葛犹传八阵图。砂蕝成行箕翼肃，水冲石乱鬼神扶。春深象石涛声怒，日落龙冈峡影孤。自是天心移汉祚，少陵何事恨吞吴。(《补续全蜀艺文志》)

编者注：龙冈：夔州城北之卧龙冈。

鱼腹浦八阵图 清 胡世安

胡世安（1593—1663），字处静，别号菊潭，资州井研（今属四川乐山）人。崇祯元年进士，曾官礼部、兵部尚书，武英殿、秘书院大学士。

旧传方阵法，沙砾隐风云。昔历牟弥積，披图广异闻。（《秀岩集》）

八阵图 清 李念慈

八阵夔峡口，行列平滩上。涛拥石不移，神异径伏涨。千秋惟旧垒，今春忽变状。左存右半晦，相传事惊创。将无泰运新，率土休兵仗。壁垒不复用，遗碛示微响。男耕女得织，朝野同礼让。教儿送余年，听命乐扶杖。恐是老眼昏，日气迷眺望。展转抚怀抱，高城驻惆怅。（《谷口山房诗集》）

八阵图 清 简上

简上，字谦居，号石潭，巴县（今属重庆）人。顺治八年举人。知直隶巨鹿县事，擢吏部文选司郎中，提学江南，后补广西右江道。

连宵金鼓震，殷殷出河干。峡卷愁云黑，天沉落日丹。雷霆司石垒，神鬼护烟滩。抱恨无须辨，遗孤在永安。

登夔州城楼望八阵图　清　方象瑛

夔府城高一径斜，武侯祠庙镇川巴。空留大业成千古，尚有遗踪粲玉花。水落龙潭浮旧碛，江空蛇鸟出平沙。弥牟镇上遥相望，飒飒阴风起暮笳。（《健松斋集》）

八阵图　清　郑日奎

沔上寻奇迹，英雄将略存。鸟蛇开阵势，鬼物护魁门。江急军声怒，云深杀气屯。赏奇真不易，今古只桓温。（《郑静庵先生诗集》）

晚登夔府东城望八阵图　清　王士祯

永安宫殿莽榛芜，炎汉存亡六尺孤。城上风云犹护蜀，江间波浪失吞吴。鱼龙夜偃三巴路，蛇鸟秋悬八阵图。搔首桓公凭吊处，猿声落日满夔巫。

八阵图　清　傅作楫

千里连营制胜难，十年生聚漫摧残。北山猛虎何时缚，东浦孤雏不可弹。劫火只今余石垒，风云空自涌江湍。伤心八阵图边水，呜咽隆中泪未干。

八阵图　同前

连宵金鼓震，殷殷出河干。峡卷愁云黑，天沉落日寒。雷霆司石垒，神鬼护烟滩。遗憾无须辨，君王自永安。

观八阵图有感老杜遗恨失吞吴之句　清　冯景

冯景（1652—1715），字山公，一字少渠，钱塘（今浙江杭州）人。国子监生。

蜈蚣畏虾蟆，虾蟆复畏蛇。蛇畏蜈蚣食，三虫聚一家。各怀吞噬意，莫敢毒先加。三者若并一，其一供爪牙。物理有固然，人情谅非遐。虢灭虞公寒，楚亡燕丹嗟。如何昭烈帝，唇齿自杈枒。蜀西吴在东，各霸天一涯。汉贼不两立，吴宜通聘嘉。奇兵连江汉，乃可出褒斜。堂堂祁山师，犄角方无瑕。悲哉诸葛公，食少事纷拏。未得利一战，先已疲三巴。天意复不祚，虎将如艾麻。吞吴信遗恨，此岂谋臣差。大星霣中垒，八石埋寒沙。（《解春集诗钞》）

八阵图　清　吴美秀

吴美秀，河北蠡县（今属河北保定）人，顺治进士，康熙二十一年任夔州知府。

图分八阵万峰前，江上烟溟薄暮天。往事已拚随樵牧，当年曾此驻楼船。櫂歌宛转春涛外，鸟语兴亡落照边。为问忠魂何所托，深山风雨遍啼鹃。

八阵图　清　王知人

无劳樵牧殷勤说，此是当年八阵图。报主不遗生活计，丹忠犹下死功夫。寒流脉脉萦荒碛，苦雨萧萧走夜芦。浩魄不磨英气在，空林婉转乱啼乌。

八阵图　清　张汉

张汉（1680—1759），字月槎，一字蛰存，石屏（今云南石屏）人。康熙五十二年进士。曾任河南知府，迁山东道御史。

夔州城畔路欹斜，垒块森然就浅沙。天下奇才走司马，团中遗阵引长蛇。坐消鼎足沉王气，驱使云根散水涯。白帝遗孤赤帝子，嘘烟无计照三巴。

望八阵图　清　朱樟

鱼腹沉秋沙，八阵皆在水。二丈石模糊，影许舟人指。六十四绝分，演图或迷似。吾闻峡峰危，山骨皴毒矢。两川声怒号，一声瓶罍耻。唯尒岿然存，纵横布棋纸。鹅形复旧痕，箕尾张故垒。名与诸葛传，星殒乃不死。诚明自保持，吞吴始于此。壮哉石不磨，光足照炎纪。客来求陈法，崩褫爱遗阯。守崄仗臣心，跃马竟何恃。（《观树堂集》）

八阵图　清　徐文驹

风云垒石到江边，万载龙蛇尚蜿蜒。为有精诚天地格，鬼神呵护自年年。（《师经堂集》）

八阵图　清　胡天游

胡天游（1696—1758），一名骙，一度改姓方，字云持，又字稚威，号松竹主人，又号傲轩，山阴（今浙江绍兴）人。雍正己酉副贡，屡试不第，但文名卓著。

江声流不尽，八阵尚遗名。天意三分业，人伤万古情。鱼龙寒夜气，沙石聚朝营。无复桓公识，临风感慨生。

八阵图　清　李化楠

李华南（1713—1769），字廷节，号石亭、让斋，罗江（今四川罗江）人，李调元之父。乾隆七年进士。为官颇有政声，被誉为浙江第一循吏。

岂论鱼复与新都，蛇鸟还应识旧图。天下奇才有人叹，古来儒者似君无。野田荒草秋风暮，败瓦颓垣古木枯。少小几回周览处，累累高阜莽榛芜。（《万善堂集》）

八阵碛　清　吴省钦

绝峡三重险，神兵十万雄。留名森磈礧，悬象闷鸿濛。作卦方斯聚，披畴次不穷。阴阳生太极，首尾应当中。掩镞铜精涩，鸣桴石窦通。堂堂奇间正，屹屹守兼攻。聘币真王佐，传符始帝功。英灵千古在，规制一时同。数较盘棋减，祥延钗鬓洪。力争犹豫石，气壮永安宫。自抱吞吴恨，还歼伐魏躬。丛祠霜溜柏，域墓雨埋桐。结阵从风后，成营及马隆。山川犹远势，天地只孤忠。极浦晨惊鹘，高城夜起虹。刘宗图箓尽，搔首问苍穹。

编者注：据《夔志》：人日踏碛，拾小石系钗，为一岁之瑞。

八阵图　清　顾光旭

洪涛日奔腾，浩若金鼓震。予临鱼复浦，凭高览八阵。象马纷前驱，舟楫不敢趁。六十有四莼，漫汗安可认。我闻八阵三，垒石事摩揗。一置棋盘市，一布弥牟镇。惟此方阵法，用守固陵郡。四头与八尾，触处首堪振。击中两背救，握奇妙神运。顾兹卵石微，千古一不紊。岂不划除之，鬼神保胸腮。雄兵十万众，八行等尺寸。自从黄帝来，此法见亦仅。李靖拾遗意，徒以乐舞进。我公真天神，二表追典训。临危属大事，固知臣谨慎。臣惟尽臣职，安所睹利钝。莫问常山蛇，可以擒陆逊。（《响泉集》）

编者注：二表：前后《出师表》。

八阵图　清　钱林

八阵图重见，维舟夔府东。何时布箕翼，几辈阅沙虫。日瘦低沉水，星干急坠风。勒铭谁识此，慷慨忆桓公。（《玉山草堂续集》）

武侯八阵碛　清　金科豫

金科豫，字笠庵，锦州（今属辽宁）人。沈阳书院高材生，汉军正黄旗举人。曾为清溪、仁怀等县知县。

纵横八阵古江滨，岁久空堤长绿榛。鞭石犹堪供汉役，望氛应早怯吴臣。声传万马机先伏，气夺三军志自申。留镇云安三峡水，年年风雨泣神人。（《行吟杂咏》）

八阵图　清　李惺

李惺（1787—1864），字伯子，号西沤，垫江（今属重庆）人。嘉庆二十二年进士，曾官翰林院检讨、詹事府左春坊左赞善等职。

天地英雄气，堂堂见此图。人难移正统，物敢啮阴符。破碎三分国，伶俜六尺孤。汉宫秋色冷，瀼岸水声粗。怪石千丸垒，惊沙一纸铺。熊罴狼豹似，龙虎鸟蛇俱。卦老何曾变，棋残总不枯。斜阳无限憾，鸦阵亦平芜。

八阵碛用东坡韵　清　黄琮

临江酹诸葛，宿酒用茅蕝。磊磊石满江，惊涛不敢啮。鸟蛇与风云，仿佛变行列。变化通井田，风后有遗诀。势作常山蛇，未免腾臆说。缅想季汉初，卧龙实人杰。三顾酬主眷，忠愤肠百结。当途方煽祸，龙战日流血。巾扇精铄兵，国仇思一雪。所以弥牟陈，置石亦兵法。若复假年岁，中原扫狂孽。激彼巾帼人，疆场奋一决。长驱定郿都，势急如电瞥。隐忍遂成迁，

此论难心折。亦欲掘遗镞，悲风起夔峡。（《知蔬味斋诗钞》）

武侯八阵图 清 何绍基

鱼腹江上沙平铺，茫茫八阵留遗图。六十四蕝各圆满，水激不动风相呼。更有当头阵石下营迹，广都沔上传形模。或疑古法沿窦马，我知神智吞孙吴。卧龙岗上龙所都，武侯此法真龙乎。正奇变化极天矫，游阙逦迤相蟠扶。惜哉天不假以雷雨力，坐令瞒贼行恣睢。却闻渡泸偶用此，神光暂掣西南隅。龙兮骨蜕江水吼千秋，鳞爪几处空追摹。（《东洲草堂诗集》）

九日登白帝城望八阵图题武侯庙二首 清 沈寿榕

赤白峥嵘石气粗，断猿晴鸟怆夔巫。登高正好重阳节，访古来寻八阵图。嗣子不才难王汉，中原有贼悔吞吴。于今望远空悲思，滚滚银沙卷雪芦。

编者注：赤白峥嵘：赤甲、白盐两山相峙。

落日高城隐暮笳，客心孤迥正思家。传书待寄云中雁，读史着论井底蛙。往者君臣似鱼水，而今窟穴有龙蛇。群才竞起终何事，且倒芳尊就菊花。

江水落后八阵石垒灿然可数感赋二首 同前

忽阴忽寒秋水生，若高若下沙碛平。二千余年何磊落，六十四聚犹纵横。中间各开南北巷，围棋分列东西枰。老渔醉归石上坐，笑问而今谁用兵。

初来倏忽刚三月，俯视荆襄此一□。远近云帆无际岸，清岩霜角最高楼。英雄已矣空陈迹，江水何之不断流。短句长吟杜工部，奇才空绝武乡侯。（《玉笙楼诗录》）

八阵图　清　许印芳

平沙水落石尽出，诸葛行师图尚存。大将握机门风后，小儿解事笑桓温。一心妙用留天地，万古英灵护峡门。春到夔江悲士女，年年踏碛吊忠魂。

八阵碛　清　孙葆恬

孙葆恬，字劭吾，号少梧，善化（今湖南长沙）人。嘉庆二十四年举人。官桃源教谕。

一声霹雳卧龙起，视吴如鼠曹如鬼。横卷胸中十万兵，图成八阵填江水。蜀江水势泻山奔，六十四蕝浮云屯。龙蛇鸟虎变昏昼，上扬元象通三门。木牛流马世所怪，颇疑制作传非真。此图妙不美意匠，神工聚会由神人。出师一表泣帝座，真宰自是维乾坤。吁嗟乎，五丈原头大星落，一片降旗沉剑阁。火井无光江水寒，石不能言风色恶。巴船今日下黄牛，犹似沿江鼓声作。（《沅湘耆旧集》）

编者注：黄牛：黄牛峡。

八阵图　清　李正华

李正华（1855—1919），字静之，号君恕，江苏常州人。工书。

奇才列石尽玲珑，锐比精兵十万雄。变化能参天地秘，纵横直与鬼神通。江流遗恨悲先主，云气含愁泣故宫。一片真诚千古在，英风凛凛月明中。

八阵图　清　刘光第

流水淘不尽，磊磊百层石。人去图自留，江月古今白。

八阵图　徐天风

徐天风，生卒年不详，字文征，号梧冈。

夔水东流去，沙边石几丛。偶来凭旧迹，只此见英雄。色与风云护，才宁管乐同。缅怀梁父曲，客泪洒丹枫。（《东皋诗存》）

八阵图　黄宾虹

黄宾虹（1865—1955），初名懋质，后改名质，字朴存，号宾虹，别署予向。民国时易字宾虹，以字行。祖籍安徽歙县，生于浙江金华。山水画一代宗师。

衔石心劳齐海卫，回澜气壮狎天吴。纶巾羽扇安刘策，尽付江流入画图。

夔门八阵图　金天羽

金天羽（1874—1947），初名懋基，又名天翮，字松岑，改今名，号鹤望，别署有麒麟、爱自由者、金一等，吴江（今属江苏）

人。光绪年间诸生，工于诗文。门人私谥贞献先生。

人言八阵有秘怪，驱使丁甲理或然。讵知八阵亦恒理，四维四正中为权。此心暗与握奇通，中军旗鼓边为缘。四头八尾触处首，无首乃是太极圆。一面受兵两翼护，有首便作长蛇蟠。如是循环叠相应，五花三才同一观。要视阵地为转移，不论山谿与醒原。阵间容阵法更妙，子母相抱环无端。武乡八阵在鱼腹，古来识者宜武桓。故知兵法在神悟，探根河洛体具完。瞿塘水涨鱼腹没，我来空棹巴江船。欲呼丁甲驱水退，水深泥浊何由干。

七　白帝城

周鱼复国，秦置巴郡，汉公孙述僭伪，更曰白帝城，唐改夔州。《十道志》：述称白帝，以据西方，色尚白也。《水经注》：白帝山城，周回二百八十步，北缘马岭，接赤岬山，其间平处，南北相去八十五丈，东西七十丈。又东傍滚溪，即以为隍。西南临大江，瞰之眩目。唯马岭小差透迤，犹斩山为路，羊肠数转，然后得上。《全蜀总志》：白帝城在夔州府治东五里，下即西陵峡口，大江湍腾澎湃，信楚蜀咽喉。刘禹锡《夔州刺史厅壁记》：夔初城于瀼西，后周大总管龙门王述登白帝，叹曰："此奇势可居。"遂移府于今治所，隋初杨素以越公领大总管，又张大之。

唐李白因故贬夜郎，至白帝城遇赦，写下《早发白帝城》："朝辞白帝彩云间，千里江陵一日还。"从此白帝城名满天下。此后咏白帝城者，代不乏人。明朱廷立“为郎曾有青萝赋，入蜀先登白帝楼”（《登白帝城望少陵草堂》）的描述更是历代诗人、游客的真实写照。

白帝城怀古 唐 陈子昂

陈子昂（661—702），字伯玉，梓州射洪（今属四川遂宁）人。文明元年进士。因曾任右拾遗，后世称陈拾遗。

日落沧江晚，停桡问土风。城临巴子国，台没汉王宫。荒服仍周甸，深山尚禹功。岩悬青壁断，地险碧流通。古木生云际，归帆出雾中。川途去无限，客坐思何穷。

早发白帝城 唐 李白

朝辞白帝彩云间，千里江陵一日还。两岸猿声啼不住，轻舟已过万重山。

编者注：色彩天成，心驰千里，笔势空灵，标榜万古。

上白帝城 唐 杜甫

城峻随天壁，楼高望女墙。江流思夏后，风至忆襄王。老去闻悲角，人扶报夕阳。公孙初恃险，跃马意何长。

编者注：江流二句：郭璞《江赋》：“巴东之峡，夏后疏凿。”《左传》：“见河洛者思禹功。”《风赋》：“楚襄王游于兰台之宫，有风飒然而至。王乃披襟当之，曰：‘快哉此风！’”公孙：指公孙述。据学者考证，公孙述本人未曾到过白帝城。

上白帝城二首 同前

江城含变态，一上一回新。天欲今朝雨，山归万古春。英雄余事业，衰迈久风尘。取醉他乡客，相逢故国人。兵戈犹拥蜀，赋敛强输秦。不是烦形胜，深惭畏损神。

白帝空祠庙，孤云自往来。江山城宛转，栋宇客徘徊。勇略今何在，当年亦壮哉。后人将酒肉，虚殿日尘埃。谷鸟鸣还过，林花落又开。多惭病无力，骑马入青苔。

白帝城最高楼 同前

城尖径仄旌旆愁，独立缥缈之飞楼。峡拆云霾龙虎卧，江清日抱鼋鼍游。扶桑西枝对断石，弱水东影随长流。杖藜叹世者谁子？泣血迸空回白头。

编者注：白帝城是一个风景绝佳之地。这里的历史掌故、天地风云、山川树木无不令人神往，登高远望，足以令人诗兴大发、浮想联翩。

晓望白帝城盐山 同前

徐步栖班杖，看山仰白头。翠深开断壁，红远结飞楼。日出清江望，暄和散旅愁。春城见松雪，始拟进归舟。

白　帝 同前

白帝城中云出门，白帝城下雨翻盆。高江急峡雷霆斗，古木苍藤日月昏。戎马不如归马逸，千家今有百家存。哀哀寡妇诛求尽，恸哭秋原何处村。

云　同前

龙似瞿唐会，江依白帝深。终年常起峡，每夜必通林。收获辞霜渚，分明在夕岑。高斋非一处，秀气豁烦襟。

陪诸公上白帝城头宴越公堂之作　同前

此堂存古制，城上俯江郊。落构垂云雨，荒阶蔓草茅。柱穿蜂溜蜜，栈缺燕添巢。坐接春杯气，心伤艳蕊梢。英灵如过隙，宴衎愿投胶。莫问东流水，生涯未即抛。

原注：越公，杨素也。

编者注：宴衎句：《诗·小雅·南有嘉鱼》：嘉宾式燕以衎。《古诗十九首·客从远方来》：以胶投漆中，谁能别离此。

白帝楼　同前

漠漠虚无里，连连睥睨侵。楼光去日远，峡影入江深。腊破思端绮，春归待一金。去年梅柳意，还欲搅边心。

白帝城楼　同前

江度寒山阁，城高绝塞楼。翠屏宜晚对，白谷会深游。急急能鸣雁，轻轻不下鸥。彝陵春色起，渐拟放扁舟。

编者注：急急二句：陈子昂诗：不及能鸣雁，徒思海上鸥。《庄子·山木》：夫子出于山，舍于故人之家。故人喜，命竖子杀雁而烹之。竖子请曰："其一能鸣，其一不能鸣，请奚杀?"主人曰："杀不能鸣者。"《列子·黄帝》：海上之有人好鸥鸟者，每旦之海上，从鸥鸟游，鸥鸟之至者百数而不止。其父曰："吾闻鸥鸟皆从汝游，汝取来，吾玩之。"明日之海上，鸥鸟舞而不下也。

摇落 唐 李商隐

摇落伤年日，羁留念远心。水亭吟断续，月幌梦飞沉。古木含风久，疏萤怯露深。人闲始遥夜，地迥更清砧。结爱曾伤晚，端忧复至今。未谙沧海路，何处玉山岑。滩激黄牛暮，云屯白帝阴。遥知沾洒意，不减欲分襟。

白帝城 唐 胡曾

胡曾（约840—?），邵阳（今属湖南）人。咸通中进士。咸通十二年入蜀，曾为剑南西川节度使掌书记。

蜀江一带向东倾，江上巍峨白帝城。自古山河归圣主，子阳虚共汉家争。

题白帝庙 宋 苏洵

苏洵（1009—1066），字明允，自号老泉，眉州眉山（今属四川眉山）人。曾为秘书省校书郎。

谁开三峡才容练，长使群雄苦力争。熊氏凋零余旧族，成家寂寞闭空城。永安就死悲玄德，八阵劳神叹孔明。白帝有灵

应自笑，诸公皆败岂由兵。（《三苏全集》）

编者注：夔府为蜀渝锁钥。夔门是长江险关，白帝山扼峡门隘口，占尽地利。然而苏洵提出，熊氏凋零，成家寂寞，玄德就死，八阵劳神。还有白帝公孙述，没有人因此成就帝业。岂非地利不如天时、人和也哉？

谒白帝庙　宋　张俞

张俞（宋史作张愈），字少愚，又字才叔，自号白云先生，益州郫（今四川成都郫都区）人。屡举不第，宋仁宗宝元初年曾上书朝廷论边防事。七诏不起，遨游天下山水三十余年。

孤城扞江口，上有白帝祠。横视天下险，万流皆俯窥。古殿锁神物，悲风出阴帷。天昏瓦栋折，狐鼠亦生威。优巫日鼓舞，鬼怪争奔驰。雷霆卷蛟窟，雹火烧松枝。入户精魄动，有如阴兵随。吁哉汉盗乱，海内遂崩离。赤龙始潜跃，逐鹿过秦时。公孙奋神剑，定蜀图安危。陇坻开北户，荆门启东陲。长驱百万众，日斗天下师。群豪插羽翼，与汉争雄雌。两帝不并立，兴亡良可悲。天运虽有在，圣贤岂无为。昭皇揽英杰，袭轨奄垂基。风云共浩荡，千古余寒碑。威神竟不没，万里震南夷。

白帝祠一绝　宋　韦骧

韦骧（1033—1105），本名让，避濮王讳改名，字子骏，钱塘（今浙江杭州）人。皇祐五年进士，曾官福建转连判官、主客郎中。

瞿塘峡口江声急，古木阴中白帝祠。犹有余灵凭险阻，往来舟楫祷安危。

白帝庙 宋 苏轼

朔风催入峡，惨惨去何之。共指苍山路，来朝白帝祠。荒城秋草满，古树野藤垂。浩荡荆江远，凄凉蜀客悲。迟回问风俗，涕泗悯兴衰。故国依然在，遗民岂复知。一方称警跸，万乘拥旌旗。远略初吞汉，雄心岂在夔。崎岖来野庙，闵默愧当时。破甑蒸山麦，长歌唱竹枝。荆邯真壮士，吴柱本经师。失计虽无及，图王固已奇。犹余帝王号，皎皎在门楣。

编者注：荆邯二句：荆邯：公孙述部下，官骑都尉。劝说公孙述先占领江陵和汉中，未成。吴柱：公孙述部下，官博士，反对荆邯的出兵计划。

白帝城 宋 宋肇

江雨霏霏白帝城，秋草未枯春草生。古来战垒如云横，万里瞿塘断人行。至今三峡路峥嵘，时清不见更屯兵。荒凉废堞没春耕，但见牛羊日西平。

题白帝庙诗并序 宋 元勋

元勋，字不伐，阳翟（今属河南禹州）人。与释德洪（1071—1128）为同时代人。以右朝散大夫，知利州，贬夔州编管，知随州。

楚山中断三峡开，长江浩浩从西来。奫沦巨浸吞万流，滟滪杰立高崔嵬。鲸波回薄山羊角，征鼙掺叠鸣春雷。蹴石岩壁势益狠，怒涛骇浪争喧豗。舟师绝叫不容瞬，风满孰敢施樯桅。

龙骧蒙冲量万斛，梢濆擞漩如枯荄。昔闻有神司正直，江潭祠宇留山隈。羞牢酾斝荐诚恳，幽鉴冀蒙神所哀。跋桅鼓楫驶东骛，忽忽已过巫阳台。巴徼炎瘴昼如雾，炀焊赫日昏风霾。欻然晴皎射峭壁，翠光冶滟无纤埃。连娟岚光落衣袂，飞云容与风飕飕。祝融之祥古亦有，神之报与良丰哉。嗟余陷阱岂无谓，九死宁知祸有胎。触机直前靡顾后，壬人资以成嫌猜。燎原之势既炎烈，垂涎膏血如狼豺。盻刀阴顾肆舞勇，胁肩谄笑如诙俳。违道奸径踖禁橐，尽网异议为梯媒。旋踵已为鬼瞰室，俄惊白骨到苍苔。人胜有时天亦定，肸蚃疏纲常恢恢。险夷百折坚一节，君恩浩荡天昭回。（《全蜀艺文志》）

原序：京兆元不伐，以言罢益昌郡守，诣诏狱于鄂渚。绍兴戊辰五月初八日，舣舟瞿塘关下，不独有象马之戒，水高滟滪者二十丈。道款白帝祠，因告之曰："不伐若蠹国虐民，贪墨黩货，必见啬于波神。苟忠义是依，又何惧焉?"遂绝维东驶七百里，晚泊黄牛滩，尽三峡之险。明年春，复西溯，追赋是诗，以报神休。

编者注：㶏沦：水深广貌。山羊角：滩名。龙骧：大船。益昌郡：郡名，今四川广元。鄂渚：即鄂州。黄牛溉：黄牛滩。炀焊：用火烤熟。壬人：奸人，佞人。盻：怒视。踖：践踏。梯媒：媒介，关节。蒙冲：古战船。羞：进献。肸蚃：散布，弥漫。

白帝城 宋 冉居常

西南割据几何年，长托威灵滟滪前。霸气不随天数尽，神祠犹压地形偏。舟航岁晚方孤客，关塞山寒更暮烟。欲论兴亡愁意绪，持杯寂寞酹山川。（《夔州通志》）

登白帝城 宋 张嵲

张嵲（1096—1148），字巨山，襄阳（今湖北襄樊）人。宣和三年上舍中第，曾官福建路转运判官，知衢州。

霜风吹日下长原，夔子城荒灌木繁。东去诸山朝峡口，西来众水会关门。千年白帝空祠庙，万里家山只梦魂。绝塞边头重回首，秋声凄断不堪论。

殊方秋尽怯登临，万里屯云结岁阴。崖壁峥岈知禹绩，江山割据识雄心。沧波南下奔云急，单舸东游两鬓侵。漂转十方仍作客，沉吟怀古泪沾襟。（《紫微集》）

白帝城 宋 曾慥

白帝城头路，逶迤一径遥。高堂临峡口，暴水没山腰。隔岸鱼施网，横江铁贯桥。神妃翻覆手，愿赐雨连宵。（《四川通志》）

白帝城 宋 邵普

邵普，字大仁，祖籍姑苏（今江苏苏州），后移居鄞东梅江（今属浙江宁波）。邵亢（1014—1075）曾孙，曾官会稽承事。

偶随仙客下夔来，峡口梅花笑眼开。白帝城高薄风日，武侯祠古隐楼台。遐观更觉心神壮，奇句应烦酒力催。双柱锁空岩铁冷，古今成败几英才。

入瞿唐登白帝庙　宋　陆游

晓入大溪口，是为瞿唐门。长江从蜀来，日夜东南奔。两山对崔嵬，势如塞乾坤。峭壁空仰视，欲上不可扪。禹功何巍巍，尚睹镌凿痕。天不生斯人，人皆化鱼鼋。于时仲冬月，水各归其源。滟滪屹中流，百尺呈孤根。参差层颠屋，邦人祀公孙。力战死社稷，宜享庙貌尊。丈夫贵不挠，成败何足论。我欲伐巨石，作碑累千言。上陈跃马壮，下斥乘骡昏。虽惭豪伟词，尚慰雄杰魂。君王昔玉食，何至歆鸡豚。愿言采芳兰，舞歌荐清尊。

钱注：按，放翁当南宋，以国君宜死社稷，义不降敌为言，颂公孙而实讽宋帝。跃马：左思《蜀都赋》：公孙跃马而称帝。乘骡：《三国志》卷三三《蜀志·后主传》裴松之注：晋诸公赞曰：刘禅乘骡车诣（邓）艾，不具亡国之礼。

白帝泊舟　同前

客路闲无事，津亭爽有余。峡江春涨减，瀼岸夜灯疏。老矣孤舟里，依然十载初。倦游思税驾，更觉爱吾庐。

编者注：本诗为陆游东归时作于夔州。

夜登白帝城怀少陵先生　同前

拾遗白发有谁怜，零落歌诗遍两川。人立飞楼今已矣，浪翻孤月尚依然。升沉自古无穷事，愚智同归有限年。此意凄凉谁共语，夜阑鸥鹭起沙边。

雪　晴 同前

腊尽春生白帝城，俸钱虽薄胜躬耕。眼前但恨亲朋少，身外元知得丧轻。日映满窗松竹影，雪消并舍鸟乌声。老来莫道风情减，忆向烟芜信马行。

白帝庙诗并序 宋　杨安诚

杨安诚，字道父，蜀人。提点成都府路刑狱。

蜀江万壑俱东奔，瞿唐喧豗争一门。惊涛骇浪建瓴下，颠崖仆谷相吐吞。朋妖窟宅恃幽阻，正昼喷薄阴霾昏。灵宫奕奕镇地险，众渎禀令川祇尊。赤甲后耸黄熊跃，滟滪前峙青猿蹲。舳舻衔尾下吴楚，约束蛟鳄如鸡豚。旧传鼓角致雨雹，裹篙不触撑舟痕。综理脉络尽西徼，帝假之柄攸司存。子阳祚国十年近，此地未有东其辕。联江列炬铁锁断，戎满奔北无留屯。江关回首尽汉帜，遗黎何自知公孙。血食汉代定不尔，但有故垒山之樊。子美误信齐东语，感慨勇略招英魂。山川之灵载望秩，僭伪讵可同时论。向来名实久淆溷，荐裸无乃渎俎膰。请从郦元为考证，神理昭昭斯可原。（《四川通志》）

原序：白帝庙神，旧传以为公孙氏。以余考之，非也。公孙氏享国日浅，辙迹未尝至夔，独遣田戎、任满戍江关。岑彭入江关，不复为戍守，公孙氏无从庙食。按郦道元注《水经》，瞿塘滩上有神庙，甚灵，刺史二千石过其下，不敢伐鼓鸣角，恐致风雨。舟人上水，以布裹篙足，不令触石有声，盖不谓其神为公孙氏。瞿塘天下至险，必有神物司之。但有庙偶连白帝城，俗遂从而讹尔。余往来三峡，皆托神之庇，辄为赋此，庶来者有所考云。淳熙十一年正月晦日，西蜀杨安诚道父书。

编者注：岑彭：字君然，南阳棘阳（今河南新野）人。东汉征南大将军，入蜀取江关，逼成都。

连日驻白帝城 宋 程公许

程公许（？—1251），字季与，一字希颖，号沧州，眉州眉山（今属四川）人，一说叙州宣化（今四川宜宾西北）人。嘉定四年进士，曾官中书舍人、礼部侍郎。

益以搤为国，前后辟两门。剑栈径逼侧，峡江浪崩奔。盘礴六十州，奠位西南坤。天险岂轻设，参旗宁易扪。我行当严冬，岸沙高涨痕。绝壁走猱玃，深潭伏鼍鼋。东逝注沧海，西来非一源。相传石笋三，下接滟滪根。长怀草庐公，受遗龙准孙。志节局不展，德义深可尊。矧伊跃马壮，得与同日论。形势今犹昔，世故难为言。挽事重感慨，遐瞻莽尘昏。空余瀼西东，未泯冰雪魂。腊残春意动，清波跃河豚。挝鼓趣下峡，渚宫同一尊。(《沧洲尘缶编》)

编者注：参旗：星名，又叫天旗、天弓。草庐公：指诸葛亮。龙准：指刘邦。渚宫：楚宫名，在江陵县。

白帝城 元 陈谦

陈谦（1290—1356），字子平，吴郡（今江苏南部浙江西部区域）人。尝为盐运司史，以廉能称。

汉家郡国奄方舆，天覆尊师北斗居。跃马建旌何草草，缩蛙缘井共区区。十年云雨忘遗堞，万里山河镇卧庐。凄恻渭营星陨急，永安宫址最先墟。

白帝城 明 史谨

孤城崭岩枕鱼复，四面皆山少平陆。白盐赤甲近相峙，下控荆蛮上巴蜀。赤符天子中兴时，乃是公孙子阳筑。跃马成都僭称帝，槐嚣虽附非心服。回首英雄草头露，城下瞿塘险如故。孔明八阵尚依然，千载犹疑鬼神护。经过半是南迁客，蹑蹬扪萝览陈迹。不知何处是阳台，一片寒烟锁荆棘。落日空闻野猿啸，况乃无家百忧集。速宜沽酒向城沽，醉倚江楼看山色。(《独醉亭集》)

编者注：槐嚣：东汉初据陇西，后投公孙述。筑城：筑赤甲城。

白帝城晚眺 同前

城郭荒凉秋气深，江山如画一登临。中原自有刘文叔，应笑公孙错用心。

编者注：刘文叔：即汉光武帝刘秀，字文叔。

陪嘉州安给舍程侍御登白帝城 明 刘文谟

刘文谟，吉水（今江西吉水）人，永乐二十一年进士。

公孙昔僭据，于此建危城。未与三分国，虚存万古名。山楼寒日上，江槛暮云平。共酌荒祠下，谈兵愧老生。(《夔门诗粹》)

白帝城怀古 明 徐琰

徐琰，字敬璲，号牧也，临安府（今属浙江杭州）人。明景泰四年举人。

一棹西来揽旧都，夕阳满地草荒芜。英雄魂魄三分业，辛苦江山六尺孤。丞相表忠长有汉，夫人捐节早无吴。斩蛇漫论兴亡案，白帝称名亦偶符。

白帝城用杜工部秋兴韵 明 潘亨

孤城如斗逐江斜，缥缈飞楼逐露华。峰接阳台神女宅，波连星渚使君槎。夔门云气衔寒旭，滟滪滩声杂暮笳。萧瑟清秋看不极，洲前月满白蘋花。

编者注：星渚：银河中的小洲。

白帝城 明 王崇文

群英试罢得闲来，白帝城头眼一开。万脉潺湲归峡江，千山云雨绝阳台。水清滟滪元非险，日落夔门不用催。屈指古今黄土迹，只留图阵著奇才。（《三国诗集》）

白帝庙 明 洪钟

建武炎精在，何方白帝来。洞胸神仓卒，击杖意徘徊。贼本莽器似，征容业酷哉。大篇存斧钺，薄习尚风埃。血食公谁定，疮痍祸尔开。祛除今不速，余恨且苍苔。

原注：公孙述据蜀，汉贼也。李业、王皓辈耻受其征而死。东坡、少陵诗诛之。庙今复立，予命毁其像并其庙去之。用少陵韵。

登白帝城 明 程启充

程启充（？—1537），字以道、初亭，别号南溪，嘉定州（今四川乐山）人。正德三年进士。曾官三原知县、御史。

山上旌旗拂晓晴，沙头鼓吹杂江声。舟过赤甲南风使，天运青城北斗平。一体君臣俱寂寞，三分吴魏笑纵横。啼猿忽断迷行路，无限新愁白帝城。

白帝城 明 卢雍

卢雍（1474—1521），字师邵，江苏吴县（今属江苏苏州）人。正德六年进士。曾以监察御史巡抚四川。

万里归舟动巴蜀，青年仙侣爱登临。瞿塘水落滟滪出，白帝城高巫峡深。山暖东风惊病骨，江空北雁送归心。两年奉使惭无补，四望苍生泪满襟。

白帝城 明 黄衷

还从三峡控三巴，万丈丹梯袅袅斜。初日岗峦开警跸，他年风雨隐悲笳。锦江水到鱼龙迴，赤甲春深草木华。可惜不稽天下士，暮砧犹自野人家。（《矩州诗集》）

白帝城　明　陈洪谟

陈洪谟（1476—1527），字宗禹，武陵（今属湖南常德）人。弘治九年进士。曾官江西巡抚。

滟滪堆下白浪走，舟师胆落蛟龙吼。赤甲山高云接天，苍崖翠壁排重关。地形似此真奇绝，按垒犹闻路人说。虎视中原力有余，恃险欺天计非得。君不见，左孟门，右太行，周师跃马如康庄。东函谷，西汉中，楚人一炬三月红。从来地形不足数，西京大业起农亩。区区莫讶子阳蛙，犹胜王郎作威斗。（《石仓历代诗选》）

编者注：孟门：古山名。在今河南辉县西。

白帝城　明　刘节

芒山白龙剑下死，野血曾烦赤龙子。蜀山白龙井底出，南阳知有赤龙起。嗟哉公孙蛙黾俦，莫野窃伏巴东州。白帝名山山不乐，淡烟苍霭长含羞。章武风云帝家胄，行宫警跸三年久。于今人过永安前，何事称名尚依旧。（《梅国前集》）

白帝城　明　何景明

何景明（1483—1521），字仲默，号白坡，又号大复山人，信阳（今河南信阳）人。弘治十五年进士。官至陕西提学副使。

峡口风悲猿夜号，孤舟灯火宿烟皋。草深废井人家少，水落寒山雉堞高。自古金汤难恃险，当时版筑岂知劳。永安亦在

荒城里，玉殿凄凉空野蒿。（《大复集》）

登白帝城 明 安磐

安磐（1483—1527），字公石，又字松溪，号颐山，嘉定州（今四川乐山）人。弘治十八年进士。曾任吏科给事中、兵科给事中。

太守留宾酒故迟，瘦筇茫屦蹑丹梯。江声不起寒风静，树色斜连白日低。北斗望回三峡外，故乡心隔万山西。公孙老去荒祠废，粉堞崇墉半已迷。（《夔门诗粹》）

编者注：瘦筇：临邛所产竹杖。

峡东曲 明 杨慎

杨慎（1488—1559），字用修，初号月溪、升庵，四川新都（今属四川成都）人。正德六年状元。曾官翰林院修撰。熹宗时追谥文宪。

白帝到江陵，一千二百里。欲试一日程，须待春水起。布帆一百尺，出自三棱织。风须早归来，天际遥相识。

白帝城西观滟滪石 明 周复俊

周复俊（1496—1574），字子籲，号木泾，直隶昆山（今江苏昆山）人。嘉靖十一年进士。历官工部主事，四川、云南左右布政使，南京太仆寺卿。

怅望颓波流不返，绝怜砥柱倚江湄。桓生自弄风前笛，羊氏虚沉水上碑。白昼蛟龙雷雨过，青春日月薜萝垂。燃犀欲照徒相忆，浮鹢遄飞只自疑。

编者注：滟滪石：应是滟滪石。桓生：桓伊，东晋豫州刺使，善吹笛，号称江左第一，有“笛圣”之称，著名琴曲《梅花三弄》是根据他的笛谱改编的。羊氏：西晋羊祜，镇守襄阳，有惠政，百姓为之立碑。燃犀：指东晋温峤燃犀牛角以照见水中怪物，洞察奸邪。

白帝城览古 同前

白帝干霄驻彩霞，画阑垂柳护汀沙。城临滟滪停回棹，水转瞿塘带落花。摩诘关前歌几叠，祢衡堂上鼓参挝。寻思跃马无踪迹，唯见东风舞燕斜。

编者注：祢衡句：祢衡，字正平，平原般（今山东临邑）人。善击鼓，曹操欲辱之，反被其辱。

白帝城春望 明 程诰

峰壁隐斜曛，城高出断云。繁花独树见，哀狖半空闻。故垒怜城帝，新官痛败军。英雄前后事，不泯一时勋。

白帝城作 明 蔡汝楠

蔡汝楠（1514—1565），字子木，号白石，湖州德清（今属浙江）人。嘉靖十一年进士。官至兵部侍郎，改南京工部右侍郎。

象马当关铁柱雄，峰朝白帝削寒宫。三分汉业江城里，一梦巫山云雨中。坐听嘈嘈鸣峡水，行吟飒飒出溪风。归程休叹双蓬鬓，且泛沧浪入楚东。

白帝城二首　明　来知德

来知德（1525—1604），字矣鲜，别号瞿塘，夔州府梁山县（今重庆梁平）人。嘉靖三十一年举人。万历三十年，特授翰林院侍读。明代理学家、易学家，后世尊其为一代大儒。

巫峡云堆十二鬟，楼台倒影峡之湾。阴崖乱点龙蛇窟，叠嶂雄封虎豹关。万里有怀频极目，百年何事不怡颜。可怜前度杖藜者，夜短镵长鬓更斑。

今古关河一壮哉，孤城残堞挂崔嵬。千寻铁锁鲛居畔，万壑云涛鸟道来。阴雨年年生蔓草，堕碑处处枕莓苔。卧龙跃马都成梦，只写清诗伴酒杯。（《来瞿唐先生日录》）

白帝城　明　陈文烛

缥缈孤城暮欲投，振衣直上最高楼。公孙跃马台何在，汉时人龙业未收。云出雨鸣兼巨浪，藤荒木落正新秋。白盐赤甲山如旧，独立斜阳送客愁。（《二酉园文集》）

白帝城　明　张俭

张俭，正德九年进士。

天设瞿门本自奇，漫将吴魏隔垣篱。西川已遂三分业，东汉应无一统期。延揽未酬频顾重，驰驱空负此身危。公孙跋扈成何事，剩有重关说鬼迷。

白帝城怀古　明　林有孚

林有孚，正德九年进士。曾为元城书院督学。

连营七百蜀师雄，一炬吴江帝业终。继世难兴长乐阙，托孤转在永安宫。又逢逐鹿三分后，还见驱狼八阵中。旧事荒凉陈迹胜，女墙空对夕阳红。

白帝城　明　甘为霖

甘为霖，字公望，四川富顺（今属四川自贡）人。嘉靖二年进士。官至工部尚书。

往事虚豪兴，今秋惬壮怀。路缘象马上，槎向斗牛来。楼阁青霄近，江山白日开。欲留经一宿，容易逼三台。

编者注：三台：共六星，属太微垣。

白帝城　同前

今古传兴废，江山豁壮怀。波涛神禹力，云雨楚王台。雉堞青霄近，关城白帝开。猿声天上落，吊古有余哀。

次壁间韵　明　陈尧

陈尧，字敬甫，号梧冈，南直隶通州（今湖南通州）人。嘉靖十四年进士，官至刑部左侍郎。

绣衣开宴对巴山，白帝城临虎豹关。东下楚云迷客路，北来燕树淼人寰。风尘作吏真愁思，诗酒逢春暂笑颜。揽辔羡君才力健，建牙怜我簿书闲。凫鹭傍水卿相狎，猿猱悬崖且共攀。惜别岂堪晨鹢发，论文须待暮鸦还。梅当按节香初馥，草映行旌色正殷。宝剑欲腾霄汉上，玉琴频奏水云间。愿期努力酬名主，篮羽何惭鹓鹭斑。（《夔州府志》）

编者注：标题为编者所拟。原题作：巡台范溪郑公按部夔府，予适有蜀都之役，浮江东下，公置酒白帝城为别，因次壁间韵以纪行迹云。揽辔：《后汉书·党锢列传》：滂登车揽辔，慨然有澄清天下之志。建牙：戎将出镇。

白帝怀古　明　靳学颜

靳学颜，字子愚，济宁（今山东济宁）人。嘉靖十四年进士，官至吏部左侍郎。

山转巴人国，江回白帝城。西南非王气，图谶枉雄名。铁锁闻丹峡，菁茅贡玉京。时清今有象，巫女尽调笙。（《雨城集》）

编者注：铁锁：东瀼水入长江处，长江岸边有铁柱两根，系铁链横江，以绝舟航。

白帝城　明　曹天宪

曹天宪，字恒卿，江西浮梁（今江西浮梁）人。嘉靖二十一年以进士知县事。

北来南去鬓皤如，眼底浮云自卷舒。一局长安随变态，十年湖海笑迂疏。荒城寂寞鱼龙冷，古木萧森钟鼓余。唯有青山知此意，春光依旧绕蘧芦。

白帝城 同前

石阁春风暮，层峦野色饶。孤城停白帝，数骑上青霄。铁柱沦寒渚，渔簑卧晚潮。江流催去棹，鸥梦自萧萧。

白帝城谒义正祠 明 郭棐

郭棐（1529—1605），字笃周，号梦兰，南海（今属广东）人。嘉靖四十一年进士，曾为四川提学，晚为光禄寺卿。

昔年跃马者，此日更何之？巀嶭看山畔，空宗白帝祠。春风吹旆影，古迹瞰江湄。事逐奔流远，情深过客悲。千秋新庙宇，一代俨旌旗。义正名同正，人奇地并奇。明良欢此会，鱼水想当时。帝业嗟偏壤，臣心壮出师。时来渊可跃，运去厦难支。星向云霄坠，名同日月垂。仪容遗土木，风色满檐楣。峡影涵江静，楼光带雪披。谷鸟鸣自适，林蕊开那迟。我来瞻拜罢，吊古一题诗。

次韵识别 明 郑洛

郑洛（1530—1600），字禹秀，号范溪，安肃遂城（今徐水遂城）人。嘉靖三十五年进士，曾官戎政尚书。

盐井烟收见晓山，离筵主道傍江关。城危下瞰蛟龙窟，天近平依日月寰。战伐当年闻野哭，登临此曾博春颜。挂樽高酹瞿塘阔，兰艇轻飘滟滪间。蜀地几年沾润泽，夔门一别漫追攀。云连玉垒阴棠在，路接金陵画锦还。旌旗欲摇夕照急，鼓吹方动暮风殷。片帆烟月浮尘外，万里云霄指顾间。相对壮游君独去，怜予归梦续鹓斑。

编者注：标题为编者所拟。原题作：登白帝城送大司徒梧冈陈公以抚台之蜀都次韵识别。

白帝城 明 陈宗虞

白帝城头眺最高，天门清露浥征袍。瞿塘水漫春涛薄，滟滪根盘地骨牢。学士文章今断碑，子阳祠庙已残蒿。未像能说前朝事，为我传茗礼数劳。

眺白帝城 同前

孤城标翠巘，北斗势平临。夕照悬残雨，江风落暮砧。伯图千载尽，客梦九秋深。无限英雄恨，凄戚闻雁声。

白帝城 同前

孤城当白帝，文照一登临。山色含风雨，江声变古今。伯图千载尽，客思九秋深。无限英雄恨，凄其过雁音。

白帝城谒义正祠 明 王嘉言

王嘉言（1540—?），字孔彰，直隶东光（今河北东光）人。嘉靖四十四年进士。曾为御史。

雄关高峡畔，遗堞大江旁。一庙丹青在，千秋黍稷香。相才过管乐，国士数关张。鱼水当年合，风云奕世光。同心推帝胄，戮力振皇纲。北略连秦陇，南经接沔湘。平沙图磊磊，遗诏语琅琅。治蜀恩威浃，擒蛮筹策良。业偏时不利，星陨事堪伤。正气秋天杳，休声岷渎长。峰峦环户牖，榕竹复官墙。雨后芭蕉碧，霜前桔柚黄。岁时陈俎豆，冠佩俨趋跄。此地仪型近，来瞻意激扬。(《奉节县志》)

登白帝城有怀古人李太仆 明 吴礼嘉

吴礼嘉(1544—1624)，甬上(今浙江鄞县)人，曾官翰林院编修。

地扼荆梁气势雄，公孙跃马此城中。业归赤帝空呼白，水出西巴自向东。孤殿嵯峨先主烈，万年疏凿禹王功。临风感叹惟杯酒，忽忆苍髯海上翁。(《夔州府志》)

编者注：荆梁：荆州、梁州。《四川通志》：夔州府，禹贡荆梁二州之域。

嘉靖癸亥偕郡伯陈柳冈登白帝城次星野卢宪长韵 明 徐惟贤

徐惟贤，字师圣，上虞(今属浙江绍兴)人。隆庆年间在世。进士，官至工部主事。

瞿塘春晶天不漏，滟滪水缩孤根瘦。弭棹高寻白帝城，日光映峡云连岫。白盐赤甲到崔峨，林麓楼台相结构。两崖擘裂一川通，造化神功如刻镂。振衣长啸度高岗，不觉清风栖满袖。肃容展谒明良祠，君臣聚会仪如旧。却笑当年井蛙子，妄自推尊知何有。始知贵正不贵谋，忠义完名斯不朽。奸雄窃据代有之，烛光荧光讵能久。迫我皇明泛扫余，一统山川齐宇宙。愿予奉命抚兹方，控制百蛮任非苟。独怜薄劣昧良图，奄观民瘼徒疾首。愿祈兵息与民安，经略全凭贤太守。

与友夜宿白帝城酒楼　明　陈昂

公孙跃马处，今为世外楼。相逢添旷达，安肯动穷愁。巫峡苍云夜，星河白帝秋。狂歌应大醉，万事付虚舟。

移居白帝城外　同前

却笑城将厌，安能野又辞。猿先明月夜，花亚暮春时。丧乱仍留落，羁栖且老羸。病来残腊尽，十日九无炊。

白帝城七夕两首　同前

忽听长年说，今宵七夕临。客边慵曝腹，梦里寄穿针。新月黄牛峡，西风白帝砧。天河正相对，脉脉寄情深。

酌尽云安酒，酣歌赤甲西。鹊桥新往渡，鹤驾远偏低。星斗摇三峡，江天肃五溪。虚舟自身世，今夜醉如泥。

秋上白帝城登白帝楼二首　同前

石壁将天压，山楼反不奇。英雄云散后，烟霭日斜时。碧涧秋气老，青林鸟梦宜。樽前多感慨，衰柳已先知。

高楼尊且倨，雉堞遂来降。峡醸襄王雨，风翻夏后江。黄花留暮景，白帝坐秋窗。跃马今安在，沙鸥舞自双。

风　色　同前

风色一以变，林光反不禁。黄姑依淡月，白帝动清砧。万里无家客，孤灯独坐心。余行濡且滞，舟楫空难寻。

雪江望白帝城盐山　同前

艳矣盐峰色，分明雪不迷。冰壶供白帝，云气挂青藜。日觉锦裘似，春拚曲米宜。直须桃杏放，始进浣花溪。

白帝城残秋　同前

衰羸笻里见，战伐梦中看。久历三年苦，生无一日欢。翠屏空晚对，白帝正秋残。峰顶孤松色，悬知耐岁寒。

白帝城月下在路　同前

马体汗如雨，余应有苦辛。独支天外路，易困斗南人。乳虎游斜日，苍猿聒暮春。那期故国月，白帝照悬鹑。（《莆风清籁集》）

白帝城 明 王士性

王士性（1547—1598），字恒叔，号太初，又号元白道人，临海城关（今属浙江台州）人。万历五年进士。历官四川参议、广西参议、云南副宪、山东参议等。

白盐落城头，赤甲踞江左。瞿塘列象马，长江挂双鏁。白帝旧时城，连山垂欲坠。谁为之此者，辄自忘幺幺。人传白帝后，我闻赤帝先。神剑斩妖蛇，鬼母哭道边。炎精来欲烬，跃马待何年。还与赤帝嗣，托孤此山巅。兴亡不一姓，古堞尚依然。登台藉荒草，麋鹿近人眠。

白帝城 明 李化龙

城笛偏霸迹，天鉴托孤心。独有吞吴恨，长江流至今。（《李于田诗集》）

晚过白帝城 明 范涞

范涞（约1560—1610），字原易，号晞阳，屯溪奕棋镇（今属安徽黄山）人。万历二年进士，曾官浙江布政使。

早绕巫山翠云堆，暮驰夔门白帝台。青丝黄勒洛头角，一息百里飞尘埃。眼底乾坤真驹隙，古来废兴浑博弈。咤雷叱电垓下雄，驱山塞海秦世隔。岂独公孙跃马曹，睥睨井底龙豹韬。赤水一出心徒劳，只余千山万水中。猿度绝壁鸟横空，野花娇树春风红。皓魄弄影青娥宫，双崖三峡锁天钥，踞江滟滪相笼汖。扞关之阳侯，翻浪还斗攻。虎须龙脊两潭怒，奔腾耳侧随转蓬。搜奇吊胜莫能至，欲登突兀纵远视。漏声已催玉箭高，报语行人马如驶。人行马驶难暂停，鞭梢隐地掣流星。褰帷半开山色冥，风物须臾移幻影，留迹依稀梦寐经。眷言英雄战场在，鱼复永安只名改。鼎足三分汉祚新，风云会合瞻丰采。天生卧龙伊傅俦，草庐应运欢相投。纵横宇宙归正统，将帅复有关张侯。连武伐魏王师震，百牢关外无血刃。麝山龙洞银汉洗，偃戈扶犁青野润。凭高题咏后来人，谁迹阳春白雪尘。飘零子美瞿塘日，咳吐宫商意独真。只今长歌短调存，遏云走石织天孙。澄珠光函混茫接，风雅不绝标昆仑。昆仑迢递争孕秀，白盐赤甲空驰骤。羽扇峥嵘八阵传，草堂感慨千篇就。我今所思一二贤，征途回首兴蹁跹。夜阑秉烛聊书案，文章勋业俱茫然。年不可复壮，时不可复误。间关皮骨已二毛，明朝犹走川西路。

（《补续全蜀艺文志》）

编者注：龙脊：滩名。玉箭：古漏壶中的浮箭，用以度数计时。伊傅：伊尹和傅说。天孙：织女星。

白帝城　明　费尚伊

江上嵬嵬帝子城，芙蓉千尺望峥嵘。西来云雨巫山色，东去波涛峡口声。跃马当年曾意气，啼猿此日但凄清。凭高吊古多愁思，回首斜阳又客程。

同耿明府登白帝城二首　明　袁茂英

袁茂英（1563—?），字君学，号文海，浙江慈溪（今属浙江余姚）人。袁枚六世祖。万历十四年进士。官至山东按察副使。

夔子城边白帝台，江流环抱气难哉。巴渝东下山为拆，象马中屯石外堆。古庙千秋鱼水合，安流今日棹歌来。双旌拂拭浮云净，笑挽天河荡酒杯。

突兀危城瞰大江，万波浮动势茫茫。夔门日落风云暗，鱼腹沙深图阵黄。天立孤根堆滟滪，地开三峡锁瞿塘。登临欲赋惭工部，瀼水东西自草堂。（《奉节县志》）

上白帝城望杜少陵东屯居止遂有此歌　明　钟惺

钟惺（1574—1625），字伯敬（一作景伯），号退谷、止公居士，湖广竟陵（今湖北天门）人。万历三十八年进士，官至福建提学佥事。

白帝山水何参差，欹侧升降相蔽亏。拳石勺水细已甚，无有不历落嵚崎。杜陵野老虽间关，不肯卜居不经奇。胸中眼底足相发，其人其诗皆似之。天生夔州此山水，不住此老欲住谁？

暂住夔州詹郡伯杨二司李招集白帝城戏柬　同前

人生客游何者美，其一友朋一山水。山水难逢白帝城，友朋况值皆同里。四牡虽羸忝使臣，昨朝过此坐生尘。今者舟舆太供顿，何可游山无故人。三君肯分置三处，客中快度三朝暮。（《钟惺集》）

白帝城　明　徐桢稷

徐桢稷，字叔开，华亭（今上海松江）人。万历二十九年进士。曾官刑部主事。

白帝雄图尽，遗宫草树荒。数间香火处，曾是瀼西堂。

白帝城怀古　明　杜应芳

杜应芳，字培亭，忻州（今山西忻州）人。万历四十年举人，授高阳知县，升顺天府通判。与孙承宗（1563—1638）为同时代人。

空城久寂寞，吊古几踌躇。跃马雄称帝，挥蛇谶泣妁。连营三义重，托幼一忠孤。惟有年年柏，常号夜夜乌。（《三国诗集》）

白帝城怀古　明　梅国栋

梅国栋，生平不详。载有此诗之《白帝城怀古碑》刻于万历二十二年，据此推断，生年不会晚于此碑刻成之时。

风涛五月下瞿塘，白帝遥登思渺茫。江水有声流漫漫，古城无主日荒荒。云深巫峡归帆远，草暗黄牛客梦长。功业三分何处是，残碑不见汉文章。（《奉节县志》）

白帝城怀古　明　释法天

释法天，生平不详。

蚕丛酋长蜀西头，设险当时洵有谋。自昔金牛过栈道，如今川马载方舟。僧经此地应怀古，锡过他乡尚未秋。极目山城无阻隔，杜鹃啼处悟前修。

白帝城 明 杨文霖

杨文霖，生平不详。

峡口初分控百蛮，昔人营此为多艰。水声东去几千里，山势西来第一关。古树日斜鸦乱噪，碧天风冷雁初还。英雄已往无消息，惟有荒村草木闲。

白帝城 清 范汝梓

白帝山县碧汉端，荒城古戍倚层峦。江回滟滪犇涛吼，山到瞿塘峭壁攒。跃马霸图终窃据，卧龙王业总偏安。最怜杜老飘零久，谷鸟林花日日看。(《补续全蜀艺文志》)

望白帝城 清 胡世安

昔雄虎豹关，下据蛟龙窟。太息袭承平，人烟淡峡屼。(《秀岩集》)

白帝城 清 熊文举

熊文举（1595—1668），字公远，号雪堂，南昌新建（今江西新建）人。崇祯四年进士，仕明为合肥县令，仕清官至吏部左右侍郎。

白帝城犹峙，永安宫可寻。英雄情掩抑，今古事浮沉。落日玄猿绝，孤筇芳草深。无繇吊诗史，寂寞少陵心。(《皇清诗选》)

白帝城有感　清　刘道开

刘道开（1601—1681），初名远鹏，字非眼，别号了庵居士，巴县（今属重庆）人。崇祯六年举人。以佛教居士闻于世。

畴昔兵戈里，飘零剩此身。一生九死客，两代六朝人。路未通新朔，归应少旧邻。涂山与字水，回首一伤神。

白帝城怀古　清　宋琬

炎精中绝群雄起，赤眉之后有更始。上封小吏广涉俦，夜郎自大称天子。坐拥牂牁连越嶲，襟带纵横万余里。隗嚣杖策亦人豪，虎视中原作唇齿。莽新恶逾亡道秦，谶符白水开真人。昆阳城下鬼神泣，犀象股栗妖星沦。父老东瞻夏少康，玉步未改钟虡新。西河窦氏早归命，金貂累叶称纯臣。伏波将军游说客，不以干戈先玉帛。鸾旗左纛交让冠，边幅空修类巾帼。井蛙之喻灶儿戏，片言已夺公孙魄。或言函谷一丸封，虎牙高峙谁能攻。势去英雄不自料，连鸡破竹难相容。人情得陇复望蜀，义旗已指巫山峰。刺客连宵杀汉将，身死社稷为鬼雄。乘羸人去邈千载，江流东下声淙淙。江水淙淙烟漠漠，古堞参差崩且落。君不见永安宫殿久荒凉，顾命殷勤宛如昨。谯周降表出成都，安乐乡公甘面缚。（《安雅堂未刻稿》）

白帝城　清　李念慈

古堞临天险，江山锁蜀门。岂知巴峡内，复有汉兵屯。居

守代款易，感怀形尚存。自来多反侧，深阻为谁藩。(《谷口山房诗集》)

鱼复城 清 方象瑛

何年鱼复国，赤甲倚天根。恍忆蚕丛旧，谁招杜宇魂。山川留蜀彻，风雨隔夔门。兴废都如此，沧桑总莫论。

登白帝城 同前

喜近瞿塘口，还登白帝城。公孙余故垒，帝子驻行旌。峰削重关险，台连峡水平。倚阑看滟滪，历历大江声。

白帝城谒先主庙 同前

白帝城边蔓草黄，永安宫外树苍苍。三分未尽中原憾，百战还依蜀道长。古殿霜风回滟滪，空江夜月冷瞿塘。孙吴曹魏知何处，鱼水君臣尚一方。(《健松斋集》)

登白帝城 清 王士祯

赤甲白盐相向生，丹青绝壁斗峥嵘。千江一线虎须口，万里孤帆鱼复城。跃马雄图余垒迹，卧龙遗庙枕潮声。飞楼直上闻低角，日落涛头气不平。

白帝城谒昭列武侯庙　同前

赤甲山头云气苍，枫林萧瑟落微霜。鱼人故垒生秋草，鸟道寒空挂夕阳。当日君臣真洒落，至今祠庙有辉光。江流薄暮闻笳鼓，回首中原泣数行。（《渔洋山人精华录》）

编者注：鱼人，鱼复人。

白帝城　清　陈祥裔

白帝城空草木深，君臣血泪裛枫林。永安宫殿何堪说，昭列丘陵不可寻。江上怒涛亡国恨，山间明月托孤心。一声牧笛樵歌歇，无数哀猿肠断音。

白帝城　清　吴美秀

天地依然草木春，荒城试问属何人。一抔汉土千年泪，万里间关百折身。月下子规谁作伴，天涯芳草自成邻。江声呜咽无穷恨，历历啼鹃说往因。

子阳城歌　清　傅作楫

上有子阳，下有瞿塘。阴幽杳霭，天高日荒。虎豹嗥叫，蛟龙昂张。其山莫极，其水莫测。岃岃万仞，盘涡千尺。凌霄跃马台，游人心虩虩。河山美且雄，割据无嘉德。王师一至，关门夜辟。长江失其险，高城失其隘。白盐赤甲空插天，十万降旗下岩壁。兔葵犹发隔江红，杜宇闲啼春水碧。吁嗟呼！井底蛙，公孙述。

白帝城 同前

瞿塘峡口彩云间，白帝城南不可攀。西控巴渝收万壑，东连荆楚压群山。花开香锁鱼凫国，月上寒侵虎豹关。别后天涯漫留恋，几回搔首鬓毛斑。

白帝城 清 谢赐履

谢赐履（1661—1727），字建侯，一字勿亭，广西全州龙水镇（今海南东方）人。康熙十九年举人，官至山东巡抚。

西陵峡口大江横，天际逶迤白帝城。跃马山川曾割据，出龙并殿总榛荆。当年设险千峰僻，终古朝宗一水萦。诸葛阵图犹在眼，永安宫阙暮云平。

登白帝城 清 盛锦

万仞墙临滟滪堆，子阳伯业划江开。白盐峰对城头出，巫峡帆从地下来。云起化龙迷故井，风生跃马有高台。汉家陵阙同灰灭，泪尽寒猿日夕哀。

再题白帝楼 清 朱樟

楼心襟带彩云长，红叶秋山散麝香。留得空城呼白帝，肯教七里让严光。

白帝城怀古 同前

英雄割据竟何成，孤穴空鸣鼓角声。玉玺已归铜马帝，女墙犹压井蛙城。苔移铁柱秋芜合，血变枫林鬼火明。一样隗嚣宫外水，陇头呜咽亦无情。

白帝城怀古 清 张汉

鱼水寻思未遇前，从来此地居刘焉。苟全性命诛茅处，赚老英雄种菜年。数有瞿塘凭滟滪，浑如沧海变桑田。大江东去无今古，淘尽人间几事传。

舟过白帝城怀古 清 彭端淑

彭端淑（约1699—约1779），字乐斋，号仪一，眉州丹棱（今四川丹棱）人。雍正十一年进士。曾官文选司郎中。后辞官归蜀，隐于成都白鹤堂，入锦江书院任主讲、院长20年。

赤帝再兴白帝潜，白帝终归赤帝并。空余城阙河山壮，一望荆榛狐兔横。剑阁有铭真作鉴，瞿塘无德岂能争。扁舟赴峡如枰急，何限茫茫今古情。

和杜少陵上白帝城诗 清 张凤翥

闻道云安胜，空城四面墙。受遗思上相，走险忆降王。春草埋空井，秋风挂夕阳。贤愚共黄土，览古日深长。

和杜少陵白帝城诗　同前

城头乌散未开门，城下俄倾白玉盆。树折高风三峡动，石翻急雨一江昏。苍茫龙气空山杳，寂寞鱼竿古渡存。唯有扁舟自来往，无人烟水问西村。

和杜少陵白帝楼诗　同前

粉堞条衰草，荒乡野色侵。楼空无鸟入，殿古只云深。秋水天见碧，岩花菊绽金。当时歌吹杳，遗恨未归心。

白帝城　同前

天地依然草木春，荒城试问属何人。一抔汉土千年泪，万里闲关百折身。月下子规谁作伴，天涯芳草自成吟。江声呜咽无穷恨，历历啼鹃说往因。

白帝城　清　姜复基

姜复基，字敬舆，号介亭，如皋（今江苏如皋）人。姜恭寿(1708—1759)堂侄，曾为奉节令。

白帝高何极，遥遥绝顶峰。鸟栖悬壁树，僧响半天钟。松老枝全合，苔深翠几重。舒眉江畔望，惟有白云封。(《东皋诗存》)

白帝城 清 徐天风

此日牛羊道，当年白帝城。乱烟藏兔窟，衰柳噪鸦声。雉堞基仍在，宫廷迹已平。西州兴废地，怀古不胜情。

白帝城怀古 清 王孙茂

岧峣白帝枕云根，万壑交流一线存。客至乱山衔落日，雨昏深谷补残村。远帆如箭飞萝峡，哀狖无人啸石门。此地几成王霸业，江声犹作怒猊奔。

白帝城 同前

群峰森蔽日，细雨到孤城。天入三巴窄，云连万壑平。江声销霸业，春色剩啼莺。遥望渝州路，寒烟漠漠横。

白帝城 清 吴省钦

闰位扛炎鼎，称兵踵绿林。印连黄绶緺，城断白盐临。陛戟知何处，楼笳思不禁。五千精锐练，十二谶辞淫。跃马威名震，腾龙体势阴。稻田流浩浩，柏柱屹森森。方幅徒修饰，空仓绝信谌。封嚣情愈汰，刺歙计偏深。嬴氏剽残运，成家负吉音。就征无李业，归命有延岑。刻掌文犹在，当胸洞忽任。遗隍长赤甲，真主本丹心。岂足论成败，聊资鉴古今。鹊窠嘲羽铩，蛙井喻声沉。望帝还留辇，诗翁几听砧。春陵嘉气远，凌眺一开襟。

白帝城 清 顾光旭

马援昔赴蜀，未到子阳城。龙去巴东水，蛙沉井底声。不知真主略，岂惜故人情。独立凭天险，君看吴汉兵。

编者注：马援：字文渊，扶风茂陵（今陕西杨凌西北）人。东汉开国功臣之一。吴汉：字子颜，南阳宛县（今河南南阳）人。东汉开国名将，云台二十八将第二位。

白帝城即事 清 杨岱

玉润三巴雨，桃花万壑春。楚云归峡晚，涪水入江新。柏柱祠神木，青峰化美人。古来夔子国，寂寞久归秦。

经白帝城 清 龚有融

龚有融（1755－1831），字晴皋，号绥山樵子，晚号拙老人，重庆府巴县（今属重庆）人。乾隆四十四年举人。曾官山西崞县知县。

又向夷陵舍棹行，篮舆稳称一身轻。三秋细雨黄牛峡，万里秋风白帝城。石壁坚凝犹铁色，女墙零落有乌声。凭高欲问兴亡事，野径荒烟梦草生。

秋日放舟白帝城即事怀古 清 石韫玉

石韫玉（1756－1837），字执如，号琢堂，又号花韵庵主人，亦称独学老人，江苏吴县（今属江苏苏州）人。乾隆五十五年进士。曾官四川重庆府知府、山东按察使，主讲苏州紫阳书院二十余年。

白盐赤甲鏁夔门，滟滪惊涛万马奔。八阵风云空节制，一军猿鹤自烦宽。江山旧事归筹笔，杞菊新香入酒樽。呜咽永安宫外水，英雄成败本难论。

白帝城怀古　清　温承恭

七百营焦烈火焚，嵯峨高岭昔屯军。树开巫峡寒残日，山接夷陵暗远云。千古有臣存一个，再传无国峙三分。萧条祠庙遗民筑，伏腊鸡豚荐故君。

白帝城怀古　清　金科豫

昭烈祠堂近水滨，帝城西望莽荆榛。千秋遗恨悲荒甃，六尺宏谟托老臣。延汉有心天不祚，复雠无愧义终申。至今身后街亭役，犹使英雄泣识人。（《行吟杂录》）

白帝城　清　刘潽

刘潽，字芳皋，四川温江（今属四川成都）人。刘沅（1767—1855）之兄，嘉庆元年进士。

浪逐瞿塘去，犹余白帝城。阵云盘水气，夜柝送猿声。丞相空遗恨，公孙漫得名。孤舟千里客，鼓枻正含情。

白帝城 清 汪仲洋

峡逼城更高，白帝依南斗。一炮轰当冲，百万皆惊走。忆昔公孙述，跳梁矜小丑。攒柱拥斗楼，横江恃扞掫。征南飞炬来，任满忽授首。明升学井蛙，防边置戍守。安知廖永忠，凿壁梯天陡。负舟而登山，回棹争峡口。谁言铁锁强，斧断如拉朽。在德不在险，斯言自古有。厥顶扬灵旗，竟有神谁某。恶闻鼓角声，雨石恣击掊。舟人布缠篙，急过争恐后。謦欬阒无闻，欲言惟以手。我本蜀中人，仰空酾旨酒。布帆千里归，还应为汝寿。（《心知堂诗稿》）

编者注：攒柱句：横江造浮桥斗楼。设立攒柱，从水道阻汉军。南征：刘秀派征南大将军岑彭入蜀，斩杀公孙述之大司马任满，火烧浮桥。明升：元末大夏国开国皇帝明玉珍之子，十岁继位，后投降明军。廖永忠：明大将，破夔门天险，接受明升投降。

登白帝城作 清 黄琮

万流注江江水浑，驱山走石俱东奔。惊涛大吼到峡口，有如万马争趋门。古来筑城据形胜，雉堞毁尽余颓垣。遗庙丹青久剥落，草根时有元猿蹲。天吴阳侯灵佑远，震压万怪蛟鼍鼋。大艑来往隆投赛，斯语传自郦道元。或云跃马早称帝，亦如杜宇留精魂。卯金刀运值中否，乘时窃据黄屋尊。空仓出米诳黔首，恳田何事开东屯。彭亡不虞汉吴继，至洞胸创钜谁为。援十二为期成底，事如云过水留痕。岂若昭烈本汉裔，武担正位旋乾坤。宽猛相济政乃和，直唬寒谷成春温。永安宫中召丞相，顾命凛凛皆王言。明良一德古无偶，允宜殿宇雄丹阍。林公特正江渎祭，手剔苔藓碑重扪。后土伏波并血食，伏腊一例陈芳樽。功德在民协经礼，淫祀遂乃黜公孙。试事方竣一访古，溪毛在手羞蘋蘩。白盐赤甲山陡峭，炮车云起催黄昏。振衣急去无复顾，东来暴雨如翻盆。（《知蔬味斋诗抄》）

瘦木招游白帝城　清　沈寿榕

山僧导我试扶筇，目断危崖指怪松。地说公孙夸跃马，天教先主作真龙。新秋乍见飞飞燕，暮雨遥连点点峰。便拟长为莲社客，闲催诗钵静闻钟。

编者注：瘦木，法号通觉，住持白帝庙四十余年。

登白帝山最高顶　清　许印芳

石垣萦绕径摩天，长啸千岩万壑间。杀气忽生鱼复浦，飞湍直走虎牙山。伐吴先主犹薄德，拒汉公孙徒厚颜。蛙龟遗声溷人耳，相招鸾鹄御风还。

白帝晚钟　清　王陈锡

王陈锡，奉节（今重庆奉节）人。拔贡。晚于傅作楫，早于刘玉璋，约为清代中期人。

瞿塘峡口枕山城，僧放钟声彻谷鸣。初来韵逸思先渺，渐过悠扬耳为倾。夜夜萦回巴水乱，朝朝映带楚天清。此间帝子归何处，不足区区过客情。

白帝坐雨 同前

微雨潇潇势渐成，庙前修竹似鸣笙。云封峡口迷天堑，雾锁城边失汉营。吊古抚今生慨感，吟秋得句顿望荣。几句落笔书怀意，又听惊涛几阵轰。

白帝城 清 张问陶

直为高光死，英雄独使君。山川欲涕泪，城郭自风云。雉堞临江出，鹃声隔岸闻。巴人真梗绝，容易话三分。（《晚晴簃诗汇》）

编者注：使君：指刘备。

白帝城怀古 清 方积

方积，字有安，定远（今安徽定远）人。拔贡生，卒于嘉庆十六年以后不久。官至四川布政使。

滩声呜咽二千年，太息征吴竟不旋。家国可倾兄弟重，死生同局股肱贤。高江急峡无灵雨，古木荒祠有断烟。知否遗魂犹恋蜀，隔林啼杀五更鹃。

登白帝城 清 陶澍

拍马西风得得来，夔门险处立崔嵬。苍烟红树不知暮，赤甲白盐相向开。未暇荒凉寻汉殿，且凭谈笑上高台。古今何限东流水，付与樽前酒一杯。

子阳城　同前

雄关如户屹峥嵘，白帝山高旧有名。汉货竟符牛腹谶，彪声曾破虎牙兵。亦知子系无多祚，合遣圭虫号此城。却忆长驱夷道日，不闻一卒阻岑彭。

编者注：牛腹谶：指少翁伪造帛书放进牛腹，又诈言牛腹有奇事。夷道：西汉设，宜都郡所在地。

白帝城写望　清　贝青乔

坏堞翳秋荆，登临夕照明。卧龙祠屋古，跃马阵云平。江纳青衣水，峰连赤甲城。桓公凭吊处，俯听暮笳鸣。（《半行庵诗存稿》）

白帝城怀古　清　江国霖

江国霖（1811—1859），字雨农（一作子雨），号晓帆（一作小帆），大竹（今四川大竹）人。道光十八年进士，官至广东巡抚。

万山如堞拥夔门，曾覆高光旧子孙。空仗老臣麾节钺，慨无余力挽乾坤。云收八阵销王气，浪涌三巴洗泪痕。莫向永安宫外望，满江风雪易黄昏。

白帝城　清　王再咸

王再咸，字泽山，四川温江（今属四川成都）人。咸丰二年举人。曾为曾国藩、丁宝桢幕宾，为赵尔巽、赵尔丰教席。

龙气飞扬腾八荒，真人仗剑来西方。传经转拜卢子干，年少读书声琅琅。涿鹿城头生秋草，英雄那肯田间老。中原几帝复几王，可怜故里知音少。马槊清谈曹孟德，相逢京洛心已折。想当煮酒高论时，公等落落裈中虱。智者所见略相等，前有奉孝后公瑾。不负平生知己心，几回颈上刀光冷。刘郎浦口箫声细，娶妇何如吕野雉。佳偶江南艳二乔，吴儿终少风云气。曾上元龙坐上来，求田问舍胡为哉。怖者可向床下伏，举手招得青天雷。帐中玉人双侍侧，锁来空笑铜台客。楚歌歇后数百年，隆准家风唯好色。何物名士刘荆州。何等节度孙仲谋。七十二败那足道，手拊髀肉心烦忧。一夕南阳龙起陆，骨肉君臣鱼水乐。从兹一片帝王心，深深置在先生腹。楼船拍拍回东吴，车骑摇摇来成都。多口兵间说仁义，无怪乃公薄腐儒。白衣摇橹荆襄地，讨贼春秋昭大义。明明正统赤伏符，小哉乃著仇国议。猇亭一着偶然耳，惜别伤离更哀死。追思韦布昆弟欢，多情自脱山河屣。负图家法师前朝，玉玺淋漓亲手交。嗣子不才君可取，有舜安得无唐尧。三顾恩深相对泣，老臣自呕数斗血。顿首奉诏即死时，岂待大星西坠日。三代以下论臣主，令人忽泣忽起舞。昔时曾老蜀宫人，此地今犹汉家土。西风历历兴亡事，李孟王明纷割据。一从魂去永安宫，有蜀遂无真皇帝。

编者注：卢子干：卢植，博士，庐江太守。奉孝：郭嘉。初投袁绍，后归曹操，为司空军师祭酒。吕野雉：汉高祖皇后。二乔：大乔小乔，分别嫁与孙策、周瑜。元龙：陈登字元龙。刘荆州：刘表曾为荆州牧。韦布：韦带布衣，指平民的服装。李、孟、王、明：四川建立的个人政权。李：李雄建立的成汉。孟：孟知祥建立的后蜀。王：五代时王建建立的前蜀。明：元末明玉珍建立的大夏。李、孟、王皆都成都，明都重庆。

鱼复城咏古 清 刘玉璋

赤甲山势高矗矗，长江滚滚啮其足。两峡忽将江流来，万丈洪波撼山谷。上有古城名鱼复，登之可穷千里目。东望东屯山簇簇，西望夔州缭而曲。南有白盐近朝旭，北有莲峰翳林麓。俯窥江流转地轴，滟滪堆耸江之腹。昔公孙述不臣服，妄以白龙为吉卜。岂知跃马事太促，井底之蛙奚足录。洎昭烈帝方逐鹿，得武侯力都于蜀。吴破荆州肆其毒，八百里营相接续。天意绝汉不可赎，先主师竟败于陆。纵使破碎三分局，万古终将正统属。迄今瞿塘浪声蹙，仿佛如闻英雄哭。往往游人抚古木，吊古犹抛泪簌簌。吁嗟乎，炎汉事业今樵木。君不见，城下长江空自绿。（《夔夔堂诗集》）

编者注：昭烈：刘备的谥号。

辞白帝城 清 瘦木

瘦木，法号通觉，住持白帝庙四十余年。与沈寿榕有交往。

十载禅安白帝城，每听江水作雷鸣。思量衣钵何人授，打叠袈裟独自行。负郭千家萦别绪，临歧一路动秋声。锡飞好向名山去，回首烟云四望平。

白帝城 清 王怀孟

王怀孟，字小云，四川大竹（今属四川达州）人。举人。曾于同治年间主讲飞凤书院。

茫茫一万八千岁，此地谁知白帝城。一自英雄挥泪尽，几人歌哭对江声。公孙何物谈王霸，先主无儿托死生。不见杜陵老名士，堂堂犹得以诗名。

重修白帝城　清　吕辉

吕辉，字扉青，号宗郡，河南永城人。拔贡，普为奉节知县。同治十年曾修明良殿，并改回庙名为白帝庙。

圣朝崇制作，祀典敢云忘。帝胄英风在，先主德泽长。江流声浩浩，庙貌复堂堂。古柏森然处，园林映夕阳。

秋日同寅谷粹甫子方上白帝城　同前

肩舆出郭不辞功，脚底洪涛声怒号。滚滚回阑翻滟滪，萧萧木叶下江皋。客舟畏渡重关险，我辈同登逸兴豪。彩笔一枝吟未稳，巫山巫峡暮云高。（《白帝城历代碑刻选》）

白帝城谒昭烈庙　清　张百熙

张百熙（1847—1907），字埜秋，号潜斋，长沙（今湖南长沙）人。同治十三年进士，曾官吏部尚书、邮传部尚书等职。

澹日颓云晚萧飒，苍莽荆榛见荒堞。汉家寂寞千载余，一片遗墟壮夔峡。忆昔先主师东征，七百里路纷连营。猇亭折辱亦天意，夜遁乃入公孙城。永安旧事难重问，玉殿空山豁幽闷。跃马全荒割据心，啼鹃尚带偏安恨。君不见，建业还都王气销，楼船直捣金陵湖。吴宫花草暗春色，只今故垒生寒飙。又不见，阿瞒汉贼倾天下，末路分香泪空泻。一代英雄让使君，漳河铲尽铜台瓦。成败三分迹已非，独留祠庙镇崔嵬。年年滟滪滩前水，呜咽东流更不回。(《晚晴簃诗汇》)

白帝城　清　刘心源

刘心源（1848—1915），谱名文申，考名崧毓，字亚甫，号冰若，另号幼丹，自号夔叟，晚号龙江先生，荆州洪湖（今湖北嘉鱼）人。进士出身，曾官四川夔州知府、成都知府。

不作降王败亦荣，人间谁复井蛙轻。堂堂十二龙兴业，全蜀无征剩此城。跃马止争新室土，河山金运自公孙。汉皇手诏尊称帝，成败天心何足论。

原注：降王：杜甫诗：阿陇降王款圣朝。《后汉书·公孙述传》：帝与述书，陈言祸福。常少、张隆皆劝降。述曰：废兴，命也，岂有降天子哉？帝必欲降之。及下诏谕，述终无降意。

井蛙：《后汉书·马援传》：子阳井底蛙耳，而妄自尊大。按，述字子阳。

十二龙兴：《述传》：述梦有人语之曰：公孙一纪为期。觉谓其妻曰：虽贵而祚短，若何？妻曰：朝闻道昔死尚可，况十二乎？会有龙出其府殿，述以为符瑞，遂自立为天子，色尚白，建元曰龙兴。

跃马：《蜀都赋》：公孙跃马而称帝。新室：王莽，国号新也。《述传》：天下同苦新室，思刘氏久矣。

金运公孙：《述传》：述引《括地象》曰：帝轩辕受命，公孙氏握。《援神契》曰：西太守，乙卯金。谓西方太守，而乙绝卯金也。金据西方为白德，而代王氏，得其正序。

手诏称帝：《述传》：帝与述书曰：君非吾贼子乱臣。署曰公孙皇帝。述不答。

成败：陆游《白帝庙》诗：丈夫贵不挠，成败何足论。

白帝城览古 同前

峡里江身一线纡，禹功遗石浪花粗。离骚草木存谣俗，遁甲山河压阵图。许国宗臣耕不遂，成家天子战终输。英雄去尽关城在，日夜滩声下楚吴。

原注：白帝城：在今夔州府城东七里。《元和郡县志》：公孙述至鱼复：有白龙出井，因改鱼复为白帝城。

离骚草木：陆游诗：广收草木续离骚。谣俗：歌谣风俗也。《史记·货殖传》：夫天下物所鲜所多，人民谣俗。

遁甲山河：《隋书·经籍志》：《遁甲开山图》，三卷，荣氏撰。

阵图：《嘉话录》：夔州西市，俯临江岸，砂石下有诸葛亮八阵图。今在夔州府城东门外一里江碛中，岁久沙淤，不见一石。

许国宗臣：谓武侯永安宫受遗诏也。《出师表》：许先帝以驱驰。李中献诗：天钟许国臣。杜甫《怀古》诗：诸葛大名垂宇宙，宗臣遗像肃清高。

成家天子：《后汉书·公孙述传》：述自立为天子，号成家。注：以起于成都，故号成家。

白帝城怀下古 清 王怀曾

王怀曾，字德亭，大竹（今四川大竹）人。同治十三年进士，授职刑部主事，后出任泰安府教授。

长江不尽千年恨，万马风涛直下吴。落日茫茫登白帝，愁云郁郁似苍梧。明良事付三椽殿，龙虎春消八阵图。一代君臣犹合祀，铜台人散夜啼乌。

游白帝城积韵五首　清　英贵

英贵，满洲镶黄旗人，东北镇威军第十七旅中将旅长韩光第（？—1929）之父，曾官佐领。

白帝城东瀼水西，扁舟帆影夕阳低。从今省识夔门路，铁锁关前铁柱溪。

怪石奇峰一线连，粉墙赤甲洞中天。战场自古英雄地，滟滪堆撑几万年。

山前山后水连天，浪涌风驰十里烟。转眼片帆惊箭发，离去已过彩云边。

巴江万泒水源长，坐对清风下野航。自古名山多结构，天然石柱水中央。

夔门一带水云浮，两岸猿声报早秋。得雨喜看烟树外，半钩斜月挂山头。

游白帝城俯视瞿塘滟滪诸胜两首　清　杨德坤

杨德坤，字子静，四川长寿（今重庆长寿）人。举人。曾任奉节县教谕，纂修光绪《奉节县志》。是志以乾隆旧志为蓝本，于光绪十九年成书。

初闻胜地一登临，砥柱中流赖此君。千古英雄渺何许，庭前枫叶落纷纷。

千秋正气存诸葛，一片心香奉少陵。波光滟滪峡门月，两般景色共清澄。

白帝城怀古　清　刘明复

刘明复，奉节人。廪生，光绪《奉节县志》纂修。

雄关天堑说公孙，戎马偏安迹尚存。嗣子不才空壁垒，老臣无力挽乾坤。山从秦陇合千叠，水赴荆襄争一门。霸业销沉王气尽，荒荒寒日下江村。

白帝城　清　余启志

余启志，奉节（今属重庆）人，岁贡生，知直隶顺义县。

白帝孤城草色齐，登临遥望野烟低。山分南北连三峡，水汇岷峨下五溪。纵壑松杉凭鹤占，参天楼阁许云迷。重关壁垒皆陈迹，惟伴栖鸦早晚啼。

白帝城　清　谢永龄

咄咄公孙志大奢，暗奸天位据三巴。城中马餍城边草，井里龙成井底蛙。仪仗漫夸新殿阶，乾坤仍属旧官家。空残粉堞环狐穴，苦雨凄风急暮笳。

白帝城怀古　清　刘玉铨

寒沙莽莽峡猿啸，落木萧萧山鸟鸣。不见古人一怅望，满天风雨吹荒城。

白帝城 清 徐樾

徐樾（1853—1928 前），一名徐绍樾，字季同，广东番禺（今属广东广州）人。曾任成都府知府，丰都、富顺县知县等职。

山木郁苍苍，荒城照夕阳。一峰朝滟滪，万马走瞿塘。峡势吞吴壮，关形锁蜀强。永安宫不见，遗恨至今长。

白帝城下遇风 同前

白帝城上秋风哀，白帝城下崩云颓。瞿塘峡口滟滪堆，狂风大浪方旋洄。疾如万马腾飞埃，怒若巨鏊鸣群雷。天地阴阳气相薄，风挟浓云自空落。急雨随风猛如雹，风雨江声一时作。怵心骇目魂惊愕，维舟河岸且少留。入夜雨止风未休，明朝白浪打城头。江如卷峡峡欲流，峡如吞江江不浮。扬帆入峡如奔虬，出峡人疑天上舟。（《遗园诗集》）

冬日登白帝城 清 魏瀚

魏瀚，字海槎，四川云阳人。工诗善书。

层云高鸟两茫茫，峡气阴连白日长。万古江城临滟滪，三春风雨入潇湘。天怜蜀帝收残局，月照明妃有故乡。多少英雄儿女恨，寒烟愁锁瀼西堂。

白帝城怀古　易顺鼎

缥缈飞楼听鼓笳，荒城落日染三巴。汉朝自厄黄皇室，蜀土终成赤帝家。飞鸟啼猿争绝巘，卧龙跃马共寒沙。凄凉更有东屯老，玉殿空山想翠华。（《琴志楼诗集》）

登白帝城二首　张朝墉

张朝墉（1860—1942），字北墙，一字伯翔，晚号半园，以蓄长须，又被称为张髯，奉节永安（今属重庆奉节）人。光绪年间拔贡。曾任国史馆誊录，后在蓬溪、宜宾、成都等地任教。

人事匆匆日月忙，抽闲游遍水云乡。新春天气晴难得，故国河山梦未忘。古柏尚含前岁雨，野梅时送隔庭香。登楼不听寒砧急，何处笳声闹夕阳。

卧龙跃马事悠悠，过眼云烟一例收。大海纵观鲸鲵戏，雄才几见凤鸾俦。一声山寺中宵磬，百尺飞帆下峡舟。既倒狂阑今欲挽，阶前滟滪大如牛。

白帝城　黄宾虹

万壑深阴卉木稠，黛螺浓影泼沧流。丹黄几点萧萧叶，白帝城高易得秋。

白　帝　骆成骧

鸟道乌蛮塞，龙泉白帝城。峰危千剑影，水急万雷声。地脉江山断，天心日月明。哀猿啼正苦，不制主东行。

过白帝城有感　罗骏声

罗骏声（1873—1950），原名万纶，榜骏声，字德舆，号伯济，别号静远，灌县（今四川都江堰）人。光绪二十八年举人。以教书终其身。

不有真人起，公孙自霸才。雄心鏖蜀汉，毒手毙岑来。鹿逐终虚矣，蛙鸣亦壮哉。窦融非所屑，归命列云台。

白帝城怀古　吴佩孚

吴佩孚（1874—1939），字子玉，蓬莱（今山东蓬莱）人。光绪二十二年秀才。中国国民革命军一级上将，官至直鲁豫两湖巡阅使、十四省讨贼联军总司令。

落日荒城剩野蒿，参天古木树旗旄。君臣遇合欢鱼水，禅术分明非俊豪。祚运只教归在汉，河山那肯署为曹。江声不尽英雄恨，余到瞿塘浪涌高。

白帝庙次东坡韵　文映江

文映江（1874—1950），字岷山，射洪蟠龙寺坝（今属四川射洪）人。光绪二十八年拔贡，曾官吏部录事。辛亥后回乡隐居，以教书卖文种田为生。

托孤遗命事，故老尚言之。攀险疑无路，跻颠始见祠。云霞攒左纛，水陆扼东陲。闷殿龙鸾集，残营鸟獲悲。抚髀心甚壮，下痢痛何衰。骑将犹能谏，军师乃不知。丕权成盗器，宛洛绝征旗。书剑重辞蜀，帆旌不泊夔。忽忙惩往岁，登览及曛时。题墨猪盈壁，荒围雀满枝。荐茶劳释子，返棹伏篙师。□面淫堆峻，江心卤井奇。归来灯火满，星月绕舟楣。

蜀国弦（录一）　杨圻

白帝英雄气，荒山云出门。万方皆跃马，一寺独闻猿。鸟鼠秋相警，风波势欲吞。孤城如斗大，西顾太销魂。

白帝城　同前

石色江浪水气昏，千岩静寂一滩喧。千秋怀古共今昔，白帝城中云出门。高城鼓角暮云中，城上秋山问汉宫。但有君臣祠庙在，两千年对夕阳红。

题西陵峡蜀山图照　同前

石出江根雨脚昏，高高翠嶂一滩喧。诗人怀古共今夕，白帝城中云出门。

过白帝城吊刘先主　龙鸣剑

龙鸣剑（1877—1911），原名骨珊，字顾三（山），别号雪眉，荣县（今四川荣县）人。光绪二十一年秀才。中国同盟会会员，曾参加保路运动。

痛叹桓灵泪未干，天教王业竟偏安。臣如伊吕君何撼，生为关张死不难。老木扶疏萧寺晚，灵旗惨淡暮江寒。不材似抱桐宫恨，呜咽涛声泻石滩。

驻兵夔府登白帝城得句　张钫

张钫（1886—1966），字伯英，号友石，新安（今河南新安）人。陕西新军主要领导。

野草青萦白帝城，玲珑滟滪扼江横。滩声夜夜穿巴峡，八月秋涛夜未平。

巍峨庙貌树参天，蜀汉君臣像宛然。忆昔托孤空洒泪，仇吴灭魏恨难填。

英风豪气薄山云，鼎峙三雄各一分。走马孤城看落日，猿声不断客中闻。

阴霾扫尽蜀山青，匣隐龙泉古刹行。不向瞿塘说天险，还期湖海共澄清。

白帝城　周子游

周子游（1894—1960），名阳胜，号自由，笔名静园，奉节

(今属重庆)人。曾任奉节县临时参议员。

一番成败尽凄凉，两代隆兴此内亡。鼎足仅余千载恨，井蛙空笑十年藏。公孙跃马随流水，帝子游魂得沛乡。凭吊不堪遗迹在，寒林衰草几经霜。

行经白帝城下　吴芳吉

吴芳吉（1896—1932），字碧柳，号白屋吴生，四川江津（今重庆江津）人。曾任教于多所大、中学院校，世称白屋诗人。

野寺远苍苍，春风帽带长。重来辞白帝，劈面起瞿塘。松柏千年秀，云霄一鹤翔。江山旧帝业，何处子阳王?

白帝城　刘世骢

刘世骢，奉节（今属重庆）人。

乱山何处吊英才，匹马登临倦眼开。万里江山悲汉祚，一生筹划付秦灰。盘旋白帝城千仞，醉倒青山酒一杯。三峡飞云无限恨，滩声犹作不平雷。

八　三峡

明杨慎《蜀江水路险名》曰：江自嘉州至荆门，名滩险地凡千百余，舟人一一能言之。其滩之外，有洞有碛，凡数十，皆见于字书，今载其略。洞，疾流也（江中有达洞、楠木洞）；水流沙上曰濑（江中有和尚濑）；水出尾下曰瀵（今地名七瀵）；回流旋转曰漩（今有南沱三漩）；石积水浅曰碛（今有上碛、下碛）；水疾崖倾曰碥（今有阎王碥、燕子碥）；滩碛相凑曰㭼（音子，今有石桅㭼、折桅㭼）；水如转毂曰漕（今有野猪漕）；水漫不流曰沱；潭下急流曰滩……其名尤多，不尽书也。

答元帝　南朝梁　萧纪

萧纪（508—553），字世询，又字大智，南兰陵（今江苏常州）人。梁元帝萧绎之弟，在成都自立为帝，被部将樊猛杀死。

水长二江急，云深三峡昏。愿贳淮南罪，思报阜陵恩。

奉和泛江　北周　庾信

庾信（513—581），字子山，小字兰成，南阳新野（今河南新野）人。仕梁为右卫将军，封武康县侯。在西魏官至车骑大将军、开府仪同三司。北周代魏后，更迁骠骑大将军、开府仪同三司，封临清县子，世称其为“庾开府”。

春江下白帝，画舸向黄牛。绵缆回沙碛，兰桡避荻洲。湿花随水泛，空巢逐树流。建平船梯下，荆门战舰浮。岸社多乔木，山城足回楼。日落江风静，龙吟回上流。

道峡似巫山　唐　朱使欣

朱使欣，与张说（667—730）为同时代人。张说有《和朱使欣二首》。

江如晓天静，石似暮云张。征帆一流览，宛若巫山阳。楚客思归路，秦人谪异乡。猿鸣孤月夜，再使泪沾裳。

入峡寄弟 唐 孟浩然

孟浩然（689－740），名浩，字浩然，号孟山人，襄州襄阳（今湖北襄阳）人，世称孟襄阳。因他未曾入仕，又称为孟山人。开元二十五年张九龄曾招其入幕府，后隐居。

吾昔与尔辈，读书常闭门。未尝冒湍险，岂顾垂堂言。自此历江湖，辛勤难具论。往来行旅弊，开凿禹功存。壁立千峰峻，潀流万壑奔。我来凡几宿，无夕不闻猿。浦上思归念，舟中失梦魂。泪沾明月峡，心断鹡鸰原。离阔心难聚，秋深露已繁。因君下南楚，书此寄乡园。

峡中作 唐 卢象

卢象，字纬卿，汶上（今属山东）人。开元中，与王维齐名。曾官秘书郎、右卫仓曹掾。

高唐几百里，云树接阳台。晚见江山霁，宵闻风雨来。雷从三峡起，天向数峰开。灵境信难见，轻舟那可回。

峨眉山月歌 唐 李白

峨眉山月半轮秋，影入平羌江水流。夜发清溪向三峡，思君不见下渝州。

编者注：李白欲出峡远游，首先写了这首诗。平羌江：是岷江流经青神县汉阳坝至乐山城东一段水路的古称。

峨眉山月歌送蜀僧晏入中京　同前

我在巴东三峡时，西看明月忆峨眉。月出峨眉照沧海，与人万里长相随。黄鹤楼前月华白，此中忽见峨眉客。峨眉山月还送君，风吹西到长安陌。长安大道横九天，峨眉山月照秦川。黄金狮子乘高座，白玉麈尾谈重玄。我似浮云滞吴越，君逢圣主游丹阙。一振高名满帝都，归时还弄峨眉月。

编者注：黄鹤楼：江南三大名楼之一，在武汉市长江北岸。黄金句：佛为人中师子，佛所坐床或席，皆名师子座。重玄：《老子》：玄之又玄，众妙之门。此诗五用峨眉，又浑然天成，被称为千秋绝调。

上三峡　同前

巫山夹青天，巴水流若兹。巴水忽可尽，青天无到时。三朝上黄牛，三暮行太迟。三朝又三暮，不觉鬓成丝。

长干行（二首选一）　同前

妾发初覆额，折花门前剧。郎骑竹马来，绕床弄青梅。同居长干里，两小无嫌猜，十四为君妇，羞颜未尝开。低头向暗壁，千唤不一回。十五始展眉，愿同尘与灰。常存抱柱信，岂上望夫台。十六君远行，瞿塘滟滪堆。五月不可触，猿声天上哀。门前迟行迹，一一生绿苔。苔深不能扫，落叶秋风早。八月蝴蝶来，双飞西园草。感此伤妾心，坐愁红颜老。早晚下三巴，预将书报家。相迎不道远，直至长风沙。

编者注：长风沙：在舒州怀宁东。

白盐山 唐 杜甫

卓立群峰外，蟠根积水边。他皆任厚地，尔独近高天。白榜千家邑，清秋万古船。词人取佳句，刻画竟谁传。

峡口二首 同前

峡口大江间，西南控百蛮。城欹连粉堞，岸断更青山。开辟多天险，防隅一水关。乱离闻鼓角，秋气动衰颜。

时清关失险，世乱戟如林。去矣英雄事，荒哉割据心。芦花留客晚，枫树坐猿深。疲茶烦亲故，诸侯数赐金。

峡中览物 同前

曾为掾吏趋三辅，忆在潼关诗兴多。巫峡忽如瞻华岳，蜀江犹似见黄河。舟中得病移衾枕，洞口经春长薜萝。形胜有余风土恶，几时回首一高歌。

编者注：蜀江：王象之《舆地纪胜》：涪川：蜀江，发源岷山，经嘉、叙、泸、重庆至城下。自成都登舟十三程，至此会合黔江，过忠、万、云安、夔、归、峡至荆南，一千七百七十里。

三峡流泉歌 唐 李季兰

李季兰（713—784），原名李冶，字季兰，乌程（今浙江吴兴）人。女道士。善弹琴，尤工格律。

妾家本住巫山云，巫山流水常自闻。玉琴弹出转寥夐，直是当时梦里听。三峡迢迢几千里，一时流入幽闺里。巨石奔崖指下生，飞波走浪弦中起。初疑喷涌含雷风，又似呜咽流不通。回湍曲濑势将尽，时复滴沥平沙中。忆昔阮公为此曲，能使仲容听不足。一弹既罢复一弹，愿似流泉镇相续。

下峡舟怀终南旧居 唐 岑参

岑参（约715—770），原籍南阳棘阳（今河南新野），迁居江陵（今属湖北荆州）。天宝三载进士，授右内率府兵曹参军。后出为嘉州刺史，人称“岑嘉州”。

杉冷晓猿悲，楚客心欲绝。孤舟巴山雨，万里阳台月。水宿已淹时，芦花白如雪。颜容老难赪，把镜悲鬓发。早年好金丹，方士传口诀。敝庐终南下，久与真侣别。道书谁更开，药灶烟遂灭。顷来压尘网，安得有仙骨。岩壑归去来，公卿是何物？

秋夕听罗山人弹三峡流泉 同前

皤皤岷山老，抱琴鬓苍然。衫袖拂玉徽，为弹三峡泉。此曲弹未半，高堂如空山。石林何飕飗，忽在窗户间。绕指弄呜咽，青丝激潺湲。演漾怨楚云，虚徐韵秋烟。疑兼阳台雨，似杂巫山猿。幽引鬼神听，净令耳目便。楚客肠欲断，湘妃泪斑斑。谁裁青桐枝，缅以朱丝弦。能含古人曲，通与今人传。知音难再逢，惜君方老年。曲终月已落，惆怅东斋眠。

峡哀十首　唐　孟郊

孟郊（751—814），字东野，湖州武康（今浙江德清）人。贞元十二年进士，曾官溧阳尉。

昔多相与笑，今谁相与哀。峡哀哭幽魂。噭噭风吹来。堕魄抱空月，出没难自裁。齑粉一闪间，春涛百丈雷。峡水声不平，碧沲牵清洄。沙棱箭箭急，波齿断断开。呀彼无底吮，待此不测灾。谷号相喷激，石怒争旋回。古罪有复乡，今缧多为能。字孤徒仿佛，衔雪犹惊猜。薄俗少直肠，交结须横财。黄金更相吊，幽泣无余漼。我有古心意，为君空摧颓。

上天下天水，出地入地舟。石剑相劈斫，石波怒蛟虬。花木叠宿春，风飙凝古秋。幽怪窟穴语，飞闻肸蚃流。沉哀日已深，衔诉将何求。

三峡一线天，三峡万绳泉。上仄碎日月，下掣狂漪涟。破魄一两点，凝幽千百年。峡晖不停午，峡险多饥涎。树根锁枯棺，孤骨袅袅悬。树枝哭霜栖，哀韵杳杳鲜。逐客零落肠，到此汤火煎。性命如纺绩，道路随索缘。奠泪吊波灵，波灵将闪然。

峡乱鸣清磬，产石为鲜鳞。喷为腥雨涎，吹作黑井身。怪光闪众异，饿剑唯待人。老肠未曾饱，古齿崭岩嗔。嚼齿三峡泉，三峡声断断。

峡螭老解语，百丈潭底闻。毒波为计校，饮血养子孙。既非皋陶吏，空食沉狱魂。潜怪何幽幽，魄说徒云云。峡听哀哭泉，峡吊鳏寡猿。峡声非人声，剑水相劈翻。斯谁士诸谢，奏此沉苦言。

谗人峡虬心，渴罪呀然浔。所含无直肠，所语饶枭音。石齿嚼百泉，石风号千琴。幽哀莫能远，分雪何由寻。月魄高卓卓，峡窟清沉沉。衔诉何时明，抱痛已不禁。犀飞空波涛，裂石千嵚岑。

峡棱剸日月，日月多摧辉。物皆斜仄生，鸟亦斜仄飞。潜石齿相锁，沉魂招莫归。恍惚清泉甲，斑斓碧石衣。饿咽潺湲号，涎似泓汯肥。峡春不可游，腥草生微微。

峡景滑易堕，峡花怪非春。红光根潜涎，碧雨飞沃津。巴谷蛟螭心，巴乡魍魉亲。啖生不问贤，至死独养身。腥语信者谁，拗歌欢非真。仄田无异稼，毒水多狞鳞。异类不可友，峡哀哀难伸。

峡水剑戟狞，峡舟霹雳翔。因依虺蜴手，起坐风雨忙。峡旅多窜官，峡氓多非良。滑心不可求，滑习积已长。漠漠涎雾起，断断涎水光。渴贤如之何，忽在水中央。

枭鸱作人语，蛟虬吸水波。能于白日间，谄欲晴风和。骇智蹶众命，蕴腥布深萝。齿泉无底贫，锯涎在处多。仄树鸟不巢，踔塔猿相过。峡哀不可听，峡愁其奈何。（《孟东野诗集》）

初入峡有感　唐　白居易

上有万仞山，下有千丈水。苍苍两岸间，阔狭容一苇。瞿唐呀直泻，滟滪屹中峙。未夜黑岩昏，无风白浪起。大石如刀剑，小石如牙齿。一步不可行，况千三百里。苒箬竹蔑稔，欹危楫师趾。一跌无完舟，吾生系于此。常闻仗忠信，蛮貊可行矣。自古漂沉人，岂尽非君子。况吾时与命，蹇舛不足恃。常恐不才身，复作无名死。

原注：自峡州至忠州，滩险相继，凡一千三百里。

表夏十首（选一）　唐　元稹

元稹（779—831），字微之，河南府洛阳（今河南洛阳）人。贞元十九年与白居易同登书判拔萃科，从此结为挚友。元和元年与白居易同登才识兼茂明于体用科。曾官尚书左丞，死后追赠尚书右仆射，白居易为其撰写了墓志。

西山夏雪消，江势东南泻。风波高若天，滟滪低于马。正被黄牛旋，难期白帝下。我在平地行，翻忧济川者。

楚　歌（选一）　同前

三峡连天水，奔波万里来。风涛各自急，前后苦相推。倒入黄牛漩，惊冲滟滪堆。古今流不尽，流去不曾回。

峡中行　唐　雍陶

两崖开尽水回环，一叶才通石罅间。楚客莫言山势险，世人心更险于山。

峡客行　唐　陆龟蒙

陆龟蒙（？—881），字鲁望，号天随子、江湖散人、甫里先生，长洲（今江苏苏州）人。曾任湖州、苏州刺史幕僚。

万仞峰排千剑束，孤舟夜系峰头宿。蛮溪雪坏蜀江倾，滟滪朝来大如屋。

三峡闻猿　唐　王棨

王棨，字辅之，福清（今属福建福州）人。咸通三年进士，官至水部郎中。

扁舟登楚峡，孤棹下巫云。正值三声断，仍教五夜闻。凄凄流洞壑，杳杳透烟氛。滟滪秋归尽，阳台曙欲分。何人悲失计，几度恨离群。听后盈巾泪，家山接海滨。

三峡闻猿　唐　贯休

贯休（832—912），俗姓姜，字德隐，婺州兰溪（今浙江兰溪）人。唐天复间入蜀，被前蜀主王建封为“禅月大师”。

历历数声猿，寥寥渡白烟。应栖多月树，况是下霜天。万里客危坐，千山境悄然。更深仍不住，使我欲移船。

下　峡　唐　郑谷

忆子啼猿绕树哀，雨随孤棹过阳台。波头未白人头白，瞥见春风滟滪堆。

峡　中　同前

万重烟霭里，隐隐见夔州。夜静明月峡，春寒堆雪楼。独吟谁会解，多病自淹留。往事如今日，聊同子美愁。

峡中寓止二首　同前

荆州未解围，小县结茅茨。强对官人笑，偏为野鹤欺。江春铺网阔，市晚鬻蔬迟。子美犹如此，翻然不敢悲。

传闻殊不定，銮辂几时还。俗易无常性，江清见老颜。夜船归草市，春步上茶山。寨将来相问，儿童竞启关。

送周秀才游峡中　唐　齐己

齐己（约863—约937），俗姓胡，名得生，晚年自号衡岳沙门，潭州益阳（今属湖南宁乡）人。唐朝晚期著名诗僧。出家同庆寺，居江陵龙兴寺。

又向夔城去，知难动旅魂。自非亡国客，何虑断肠猿。滟滪分高仞，瞿塘露浅痕。明年期此约，平稳到荆门。

峡中即事　唐　廉氏

清秋三峡此中去，鸣鸟孤猿不可闻。一道水声多乱石，四时天色少晴云。日暮泛舟溪溆口，那堪夜永思氛氲。（《唐宫闺诗》）

三峡闻猿 唐 慕幽

谁向兹来不恨生，声声都是断肠声。七千里外一家住，十二峰前独自行。瘴雨晚藏神女庙，蛮烟寒锁夜郎城。凭君且听哀吟好，会待青云道路平。(《巫山县志》)

白盐山 前蜀 刘隐辞

刘隐辞，举人，曾为宁江节度使许宗宪掌书记。

占断瞿唐一峡烟，危峰迥出众峰前。都缘顽梗揎浮世，遮莫峥嵘倚半天。有树只知引鸟雀，无云不易驻神仙。假饶突兀高千丈，争及平平数亩田。

峡船具诗 宋 王周

王周，明州奉化（今属浙江）人。大中祥符五年进士。曾知无锡县，知抚州。

制之居首尾，俾之辨斜正。首动尾聿随，斜取正为定。有如提吏笔，有如执时柄。有如秉师律，有如宣命令。守彼方与直，得其刚且劲。既能济险难，何畏涉辽敻。招招俾作主，泛泛实司命。风乌愧斟酌，画鹢空辉映。古人存丰规，猗欤聊引证。(梢)

用之大曰橹，冠乎小者楫。通津既能济，巨浸即横涉。身之使者颊，虎之拏者爪。鱼之拨者鬣，弩之进者筴。此实为相须，相须航一叶。(橹)

箭飞峡中水，锯立峡中石。峡与水为隘，水与石相击。濆为生险艰，声发甚霹雳。三老航一叶，百丈空千尺。苍黄徒尔为，倏忽何可测。篙之小难制，戙之独有力。猗嗟戙之为，彬彬坚且直。有如用武人，森森矗戈戟。有如敢言士，落落吐胸臆。拯危居坦夷，济险免兢惕。志彼哲匠心，俾其来者识。(戙)

少尝侍先君，余闲诵白氏。始得入峡诗，深味作诗旨。云有万仞山，云有千丈水。自念坎壈时，忧多兢慎理。山束峡如口，水漱石如齿。孤舟行其中，薄冰犹坦履。孱颜屹焉立，汹涌勃然起。百丈为前牵，万险即平胝。破之以筼筜，续之以麻枲。厉之坚以节，引之直如矢。杼轴连半空，长短随两涘。铁锁枉驰名，锦缆谩称美。长绳岂能系，朽索何足拟。苟非総之为，胡可力行此。(百丈)

原序：峡山之船，与下之船，大抵观浮叶而为之，其状一也。执而为用者，或状殊而用一，或状同而名异，皆有谓也。下之船有樯，有五两，有帆，所以使风也。尾有柁，榜有棚。上者以其山曲水急，下有石，皆不可用也。状直如舻，前后各一者谓之梢，船之斜正欹侧，为船之司命者。梢类柁，其状殊，而船之便于易者，悉不如梢，作梢诗。橹、桨、桡、櫂、拔，使其进而无退，利涉川泽，为船之陈力者。橹，几桨类，其状同而异名也。在船有力悉不如橹，作橹诗。峡水湍急，激石忽发者谓之濆，沱洑而漩者谓之脑。岸石壁立，濆而忽作，篙力难制，以其木之坚韧，竿直戟其首，以竹纳护之者谓之戙。竹为総而勾其戙者谓之纳，为船之良辅者。戙与篙状殊而用一也。在船独出，悉不如戙，作戙诗。岸石如齿，非麻枲纫绳之为前牵。取竹之筋者，破而用枲为韧以续之，以备其牵者，谓之百丈。系其船首者谓之阳纽。牵之者击鼓以号令之。人声滩乱，无以相接，所以节动止进退。牵之防碍者，谓之下纬。济其不通，为船之先进者。枲与竹，状殊而用一也。在船先容，悉不如百丈，作百丈诗。

噫，古人观物，因事为志者甚多也，予祗命宪局，沿溯巴賨，抵瞿塘，耳目熟于长年三志辈矣。船具之于船有力者，作诗以称之，庶几鲁望茶经者也，俾系其末。

峡山古调　宋　杜曾

杜曾，濮州（今山东鄄城）人。与欧阳修为同时代人。曾官权判大理寺，知曹州。

滥觞岷山侧，朝宗盖自然。沸沸出幽窦，滔滔成巨川。深流疑彻地，远势欲浮天。万石攒若斗，一流泻如悬。二蜀通货博，三峡为防坚。上下比艰险，往来争溯沿。冲高渍气盛，转急汹形圆。行人戒仲夏，招子尚耆年。风波虽灭裂，滩碛且丛骈。湍声混蛮市，涨润入畬田。旁临股且栗，顺下目无前。浮沫逢槎聚，垂瀑依岸穿。哀猿藏森茸，渴鹿听潺湲。幽胜祠宇密，倾危村舍联。寒沙淹宿雨，暖溆罩春烟。青芜随远曲，白鸟戏轻涟。常经只名利，旧隐多神仙。至清逃鳅鳝，极奥容鲟鳣。楚臣忠义郁，巫女威福专。龙骧战具敏，鲧嗣导功全。瞿唐十里暗，滟滪一邱偏。砥柱未足拟，吕梁诚浪传。伊予非智者，被命徒勉旃。尺短纠列群，寸进乘孤船。一步一篙探，百丈百夫牵。通夕但耿耿，终日惟乾乾。废职罹罪罟，委命椎化甄。寄言千金子，狂狷可间焉。

赤甲竞渡　宋　刘攽

刘攽（1023—1089）：字贡夫（一作贡父、赣父），号公非，临江新喻（今江西新余）人，一说江西樟树人。庆历进士，官至中书舍人。

古潭苍苍照毛发，龙藏水心波色活。风雷如在石壁下，有时云雨何仓卒。今年天旱百昌死，神物亦恐俱埋没。南人厌龙抢珠睡，骈舟伐鼓探龙窟。皆言龙惊当上天，九河翻雨石涌泉。君不见朝来积水上，鱼鳖死尽龙安眠。

赤甲祈雨是日获之　同前

君不见，赤甲之渊色如墨，中有神物不可测。潜虽伏矣心念国，翕忽变化谁能识。五月亢阳裂金石，妇女悲号望膏泽。箫鼓甘香乐灵德，须臾晦冥天正黑。风雷硼轰震穹碧，雳雨滂沱扫炎赫。生物欣欣动颜色，樵童牧竖亦叹息，千秋万岁无终极。(《彭城集》)

自峡之夔过竹竿山　宋　韦骧

行路始知难，覆盆千石间。为逃人鲊瓮，敢惮竹竿山。晚日群峰碧，春风两鬓斑。何时似都护，还渡玉门关。

编者注："为逃"二句：因水路鲊瓮险恶，故改走旱路竹竿山。鲊瓮：长江险滩之一。在今湖北秭归县西，瞿塘峡之下，号称峡下最险处。宋人诗中常以之与鬼门关属对。

放船一首　同前

峥嵘岁垂尽，泛鹢下岷江。鸣橹风声壮，摇旌日影双。巨滩何累累，急鼓促鼙鼙。语疾躯生翼，论危颈缩腔。栖迟凭漆几，睥睨近纱窗。解缆侵朝雾，休程傍晚矼。童山连岌岌，古木竞枞枞。岑绝行荒县，间关按列邦。俗书慵注目，薄酒倦开缸。仙迹徒追羡，名篇乃素降。有谁陪亹亹，竟夕听淙淙。幽兴将诗遣，还嗟语意厖。

入　峡　宋　苏轼

自昔怀幽赏，今兹得纵探。长江连楚蜀，万派泻东南。合水来如电，黔波绿似蓝。余流细不数，远势竞相参。入峡初无路，连山忽似龛。萦纡收浩渺，蹙缩作渊潭。风过如呼吸，云生是吐含。坠崖鸣窣窣，垂蔓绿毵毵。冷翠多崖竹，孤生有石楠。飞泉飘乱雪，怪石走惊骖。绝涧知深浅，樵童忽两三。人烟偶逢郭，沙岸可乘篮。野戍荒州县，邦君古子男。放衙鸣晓鼓，留客荐霜柑。闻道黄精草，丛生绿玉篸。尽应充食饮，不见有彭聃。气候冬犹暖，星河夜半涵。遗民悲昶衍，旧俗接鱼蚕。板屋漫无瓦，岩居窄似庵。伐薪常冒险，得米不盈甔。叹息生何陋，劬劳不自惭。叶舟轻远溯，大浪固常谙。矍铄空相视，呕哑莫与谈。蛮荒安可住，幽邃信难妉。独爱孤栖鹘，高超百尺岚。横飞应自得，远扬似无贪。振翮游霄汉，无心顾雀鹌。尘劳世方病，局促我何堪！尽解林泉好，多为富贵酣。试看飞鸟乐，高遁此心甘。

原编者注：邦君古子男：夔为古夔子国。放衙：免去早晚两衙参见。彭聃：彭，彭祖。聃：老子，姓李，名耳，字聃。昶衍：孟昶和王衍，皆亡国之君。鱼蚕：古蜀君主鱼凫和蚕丛。

出　峡　同前

入峡喜巉岩，出峡爱平旷。吾心淡无累，遇境即安畅。东西径千里，胜处颇屡访。幽寻远无厌，高绝每先上。前诗尚遗略，不录久恐忘。忆从巫庙回，中路寒泉涨。汲归真可爱，翠碧光满盎。忽惊巫峡尾，岩腹有穿圹。仰见天苍苍，石室开南向。宣尼古庙宇，丛木作帏帐。铁楯横半空，俯瞰不计丈。古人谁架构，下有不测浪。石窦见天囷，瓦棺悲古葬。新滩阻风雪，村落去携杖。亦到龙马溪，茅屋沽村酿。玉虚悔不至，实为舟人诳。闻道石最奇，寤寐见怪状。峡山富奇伟，得一知几丧。苦恨不知名，历历但想像。今朝脱重险，楚水渺平荡。鱼多客庖足，风顺行意王。追思偶成篇，聊助舟人唱。

原编者注：宣尼：西汉平帝时曾追谥孔子为褒成宣尼公，后因称孔子为宣尼。

入 峡 宋 苏辙

舟行瞿唐口，两耳风鸣号。渺然长江水，千里投一瓢。峡门石为户，郁怒水力骄。扁舟落中流，浩如一叶飘。呼吸信奔浪，不复由长篙。捩柁破濆旋，畏与乱石遭。两山蹙相值，望之不容舠。渐近乃可入，白盐最雄高。草木皆倒生，哀叫悲玄猱。白云缭长袖，零落如飞毛。缅怀洚水年，惨蹙病有尧。禹益决岷水，屡与山鬼鏖。摧冈转大石，破地疏洪涛。巉巉当道山，斩截肩尾销。峭壁下无趾，连峰断修腰。破处不生草，上不挂鸟巢。水怪不尽戮，下有龙与鳌。辽哉千万年，禹死遗迹牢。岂必见河洛，开峡斯已劳。

编者注：禹益：大禹和伯益，治理岷水。河洛：黄河与洛水。开峡：开凿三峡。

大　江　宋　李复

西南水会大江出，万里奔激瞿塘开。神宫龙虎云雾暗，涡转峡盘天地回。岷山发源四渎长，庐峰白浪九道来。刳舟济涉万世赖，积金覆舟吁可哀。

峡　口　宋　宋肇

万里西南路，瞿唐据上游。峡分山对立，江合水争流。蛟鳄从来患，风波自古愁。几时飞两桨，归去满帆秋。

三峡堂二首　同前

林峦十里上巉岩，飞槛初凭缥缈间。夔子风烟依白帝，夜郎耕稼接乌蛮。砌横乱石遥临涧，门对高峰近带山。咫尺惊湍吁莫测，每来登此念乡关。

初寻磴道踏雪烟，渐引茅檐屋数椽。江影动摇波面日，山光隐见峡中天。放怀樽酒凭栏客，回首弦歌趁市船。要与舟人同此乐，移花种竹满檐前。

原注：三峡堂：下临滟滪堆。

峡路十韵　宋　唐庚

上马复下马，羸躯不暂停。铃声今古道，柳色短长亭。乱石波翻雪，洪崖岫破青。羊归沿绝壁，鹿饮入寒汀。两岸浑遮月，中天略见星。云来通玉垒，江去背沧溟。春少花难拆，霜多叶易零。爱山犹著物，畏栈未忘形。事业知安在，艰难已备经。宦游方此始，何日遂鸿冥。（《眉山诗集》）

峡中铁柱 宋 元勋

白帝城边春草生，黄牛峡里水波清。追思昭烈千年事，长使英雄气不平。

舟中早起 宋 郭印

迤逦东方向，犹余数点星。乱鸦啼古林，宿露起寒汀。日衬残云赤，烟合远岫青。江山无限思，不觉是飘零。

舟中遇雨 同前

小舟初别岸，一雨送斜风。点点圆生翚，声声碎打篷。云山交惨淡，烟树远冥濛。有客披蓑衣，凭谁作画工。

舟中雨霁 同前

雨声收淅沥，霁色起曈曚。山顶云蒸日，江心日射红。澄波还古岸，宿雾扫遥空。更喜前程快，扁舟得顺风。

舟中见月　同前

瀼上今秋月，于人太有情。银盘随水涌，素练截江横。岸阔天犹近，船虚夜自明。寒光连上下，万里一心清。

入　峡　宋　张嵲

天秋万象静，云横乱峰起。已下微王山，入峡自兹始。惊湍于此尽，安流澹如砥。两山郁嵯峨，壁立相对峙。上凌空崇外，下插渌净底。层岩碧树滋，洄潭丹叶委。舟行石罅中，江流瓮城里。举头天若带，堕此清弥弥。忽惊翕岩大，奔浪喧客耳。鱼陀考方言，岁出鱼万尾。水边菖蒲青，石上土花紫。淙流来不绝，无由访源委。俄经陈佗洞，斩绝不容趾。土人若猿猱，跻攀因葛藟。燃火入其中，数丈神披靡。睹兹泉壑迥，始觉化工伟。投身西南陬，肆意阅奇诡。是邦不生人，境胜乃如此。宁非造物初，意尽向山水。神惊畏石坠，志豁欣树美。穷探日易晚，惜去船欲舣。徐闻涌波涛，渐见山岁巃。奇观忽骛过，我兴方未已。赖此慰羁愁，无庸伤转徙。(《紫微集》)

编者注：微王山：在湖北竹山县。

三峡流泉歌　宋　曹勋

曹勋（1098—1174），字公显，一字世绩，号松隐，颍昌阳翟（今河南禹县）人。以荫补承信郎，特命赴进士廷试，赐甲科。曾为阁门宣赞舍人、武义大夫。

草木摇落兮露为霜，三峡之水兮流汤汤。我欲绝之兮恨无梁，邈佳人兮天一方。明月皎皎兮，泉流汤汤。

溯峡诗　宋　邓深

邓深，字资道，一字绅伯，号大隐居士，湘阴（今属湖南）人。绍兴十二年进士，曾知衡州，为潼川府路转运使。

胪言峡山天下奇，欲观愁隔三千里。常恐因循孤此兴，非假夤缘那得至。偶逢月湖起仕宦，正指夔门愁凋敝。忻然谓我便登陆陟。久矣与同臭味。何尝佳处倦扶藜，莫惮西征共行李。绣旆前驱抵江陵，画鹢迎车舣沙市。长年槌鼓转般头，川后回风送旂尾。侵寻岸石惬幽赏，汹涌波涛反轻视。雾船烟缆恣深游，露宿风餐浥清气。百巧千奇类神工，纷至沓来恼吟思。取句未佳恐难操，传笔欲书还复止。去岁延陵骇心目，指摘形容写行记。今年江夏袭见闻，掇拾绪余循故事。试以七言用檃栝，庶几二妙相表里。或若洞户之谽谺，或若楼台之峻峙。或若香山之插炉，或若笔架之横几。或遮护如重帘幕，或张展如大旂帜。或戍削如城堞高，或森列如刀剑锐。或若蕉叶之斜纹，或若莲花之叠起。或若顶相之初净，或若蓬头之未理。或剥落为枯松身，或刻画为古篆体。或斧伤而痕迹乱，或锯解而缝罅细。或如秋瓜作四分，或如笼饼裂十字。或如白盐之浮霜，或如红霞之散绮。或陈宝藏之所珍，或堆铁冶之所弃。或累百姓块而不危，或悬一发而欲坠。或飞磴而可扪天，或断崖而无立地。或窝如狐兔之穴，或窍如蛇闳。或整如排立之衙，或鬌如对鬣上髻。或皎如日光玉洁，或霭如云碧烟翠。或蜂腰而或蟆吻，或牛头或马耳，或鸾飘而或凤翥，或猫伏而或羊跪。或如鼓卧如盘擎，或如幢垂如盖倚。或如塔孤如桥拱，或如壁立如屏翳。或激卧鲸之冲波，八月潮生怒不已。或送垂虹之飞瀑，四时雪缟莹无比。或如壮士之宵征，十十五五相拥蔽。或如醉人之春游，两两三三互牵拽。变怪纷然莫鹤状，约略陈之可推类。百篇须赋谪仙才，一石难施王宰技。是时致身何萧爽，几月清魂无梦寐。弱水蓬莱何用到，孤岸落伽宁有此。由来介性不婚宦，聊寓闲情在山水。既贪清致豁心胸，仍须长语琢肝肺。糟糠虽恶饥者厌，土炭无味病者嗜。万事终然总是空，一物未忘犹有累。况闻南山韩退之，不及北征杜子美。议论从公何足凭，唯阿相去真能几。浮屠公案无尽话，维摩法门不容喙。昭文不鼓无成亏，乞就先生参此意。

峡　江　同前

击电浮霜浪作堆，峡江试险眼初开。常惊四畔山围绕，不见中间水去来。石出多奇吾甚爱，舟移太疾首频回。濒涯稳处凭谁问，我欲其间作钓台。

三峡歌九首并序　宋　陆游

神女庙前秋月明，黄牛峡里暮猿声。危途性命不容恤，百丈牵船侵夜行。

不怕滩如竹节稠，新滩已过可无忧。古妆峨峨一尺髻，木盎银杯邀客舟。

十二巫山见九峰，船头彩翠满秋空。朝云暮雨浑虚语，一夜猿啼明月中。

锦绣楼前看卖花，麝香山下摘新茶。长安卿相多忧畏，老向夔州不用嗟。

险诈沾沾不愧天，交情回首薄如烟。东游万里虽堪乐，滪滟瞿唐要放船。

蛮江水碧瘴花红，白舫黄旗无便风。涪万四时常避水，棚居高出乱云中。

乱插山花箦子红，蛮歌相和瀼西东。忽然四散不知处，踏月扪萝归峒中。

万州溪西花柳多，四邻相应竹枝歌。问君今夕不痛饮，奈此满川明月何。

我游南宾春暮时，蜀船曾系挂猿枝。云迷江岸屈原塔，花落空山夏禹祠。

原序：乾道庚寅，予始入蜀，上下三峡屡矣。后二十五年归耕山阴，偶读梁简文《巴东三峡歌》，感之，拟作九首，时绍熙甲寅十月二日也。

余年四十六入峡，忽复二十三年，感怀赋长句 同前

当年吊古巴东峡，雪洒扁舟见早梅。宋玉宅边新酒美，巫山庙下暮猿哀。樵柯烂尽棋方剧，客甑炊成梦未回。已把痴顽敌忧患，不劳团扇念寒灰。

入　峡 同前

晓入古溪口，是为瞿塘门。长江经蜀来，日夜东西奔。两

山对崔嵬，势如塞乾坤。峭壁空仰视，欲上不可扪。禹功何巍巍，尚睹镌凿痕。天不生斯人，人皆化鱼鼋。于时仲冬月，水名归其源。滟滪屹中流，百丈承孤根。

偶与客话峡中旧游 同前

我昔旅游秋雨细，建平城东门欲闭。主人迎劳语蝉联，小妇舂炊缟衣袂。长年三老半醉醒，蜀估峡商工算计。须臾灯暗人欲眠，泊船卸驮犹相继。山深水险近蛮獠，往往居民杂椎髻。即今屈指四十年，怀抱凄凉真隔世。

偶得长句呈二君 同前

送客沙头落日催，遥看重阁更同来。清尊与闷都倾尽，倦马和诗总勒回。憔悴远游悲骑省，豪华前事记章台。归时灯火参差晚，自脱征衣拂帽埃。

原注：是日所携酒俱饮尽。

编者注：标题为编者所加。原题作：十二月十九日晚送客归，回望西寺小阁，缥缈可爱，遂与赵、郭二教授同游，抵夜乃还楚乡，偶得长句呈二君。憔悴句：《潘岳传》：岳才名冠世，为众所疾，遂携迟十年，出为何阳令，负其才而郁郁不得志……以母疾辄去官，免。寻为著作郎，转散骑侍郎。潘赋有“远行有羁旅之愤”句。章台句：《张敞传》：“然敞无威仪，时罢朝会，过走马章台街，使御吏驱，自以便面拊马。”

赤甲山诗并序 宋 范成大

范成大（1126—1193），字致能，号石湖居士，平江吴县（今江苏苏州）人。高宗绍兴二十四年进士，乾道六年出使金国，还朝后除中书舍人。晚年退居石湖，加资政殿大学士。谥文穆。

月出赤甲如金盆，蹲龙呀口吐复吞。长风浩浩挟之出，影落半江沉复翻。天高夜静四山寂，惟有滩声喧水门。高斋诗翁不可作，我亦不眠终夕看。

原序：鱼复浦泊舟，望月出赤甲山，山形断缺如鼍龙，坐而张颐。月自缺中腾上山顶，因有诗。

编者注：诗中所描绘夔门秋月，为夔州名景之一。

刺濆淖并序　同前

峡江饶暗石，水状日千变。不愁滩泷来，但畏濆淖见。人言盘涡耳，夷险顾有间。仍于非时作，未可一理贯。安行方熨縠，无事忽翻练。突如汤鼎沸，翕作茶磨旋。势迫中成洼，怒霁外始晕。已定稍安慰，倏作更惊眩。漂漂浮沫起，疑有潜鲸噀。勃勃骇浪腾，复恐蛰鳌抃。篙师瞪褫魄，滩户呀雨汗。逡巡怯大敌，勇往决鏖战。幸免与赍入，还忧似蓬转。惊呼招竿折，奔救竹笮断。九死船头争，万苦石上牵。旁观兢薄冰，撇过捷飞电。前余叱驭来，山险固尝遍。今者击楫誓，岂复惮波面。贴贴三峡长，澎澎一苇乱。既微掬指忙，又匪科头慢。天子赐之履，江神敢吾玩？但催叠鼓轰，往助双橹健。

原序：濆淖，盘涡之大者。峡江水壮则有之，或大如一间屋，相传水行峡底，遇暗石则濆起。已而下旋为涡然，亦未尝有定处。或无故突然而作，叵测也。舟行遇之，小则欹倾，大则与赍俱入，险恶之名闻天下。

嘲峡石并序　同前

峡山狠无情，其下多丑石。顽质贾憎唾，傀状发笑哑。粗类坟壤黄，沉渍铁矢黑。或如沟泥涴，或似冻壁坼。堆疑聚廪粟，陊若坏城甓。槎牙锼朽木，狼藉委枯骼。礌砢包蠃蚌，淋漓锢铅锡。纵文瓦沟垄，横叠衣摺襞。鳞皴斧凿余，坎窞蹴踏力。云何清淑气，孕此诡谲迹。我本一丘壑，嗜石旧成癖。端溪紫琳腴，洮河绿沉色。阶册截肪腻，泗磬鸣球击。嵌空太湖底，偶立韶江侧。真阳劖千崖，营道铲寸碧。倦游所阅多，未易一二籍。竭来兹山下，刺眼昔未觌。或云峡多材，奇秀郁以积。绝代昭君村，惊世屈原宅。东家两儿女，气足豪万国。山石何重轻，奚暇更融液。我亦味其言，作诗晓行客。

原序：峡山江滨，乱石万状，极其丑怪，不可形容，举非世间诸所有石之比。走笔戏题，且以纪异。

编者注：端溪：溪名，在广东高要东南。端溪砚，色紫。洮河绿：洮河砚，绿如蓝，润如玉。泗磬：泗水石，宜为磬。球击：即击磬使鸣。真阳：今河南正阳。营道：今湖南道县。

劳畬耕并序　同前

峡农生甚艰，斫畬大山巅。赤埴无土膏，三刀财一田。颇具穴居智，占雨先燎原。雨来亟下种，不尔生不蕃。麦穗黄剪剪，豆苗绿芊芊。饼饵了长夏，更迟秋粟繁。税亩不什一，遗秉得餍餐。何曾识粳稻，扪腹尝果然。我知吴农事，请为峡农言。吴田黑壤腴，吴米玉粒鲜。长腰匏犀瘦，齐头珠颗圆。红莲胜雕胡，香子馥秋兰。或收虞舜余，或自占城传。早籼与晚穲，滥吹甑甗间。不辞春养禾，但畏秋输官。奸吏大雀鼠，盗胥众螟蟓。掠剩增釜区，取盈折缗钱。两钟致一斛，未免催租瘢。重以私债迫，逃屋无炊烟。晶晶云子饭，生世不下咽。食者定游手，种者长流涎。不如峡农饱，豆麦终残年。

原序：畬田，峡中刀耕火种之地也。春初斫山，众木尽蹶。至当种时，伺有雨候，则前一夕火之，借其灰以粪。明日雨作，乘热土下种，即苗盛倍收，无雨反是。山多硗确，地力薄，则一再斫烧始可艺。春种麦豆，作饵饼以度夏，秋则粟熟矣。官输甚微，巫山民以收粟三百斛为率，财用三四斛了二税，食三物以终年。虽平生不识粳稻，而未尝苦饥。余因记吴中号多嘉谷，而公入之输顾重，田家得粒食者无几，峡农之不若也，作诗以劳之。

编者注：瓠犀：瓠种子，洁白整齐，如美人之齿。雕胡：菰术。战城：在今越南中南部。

出峡 宋 杨万里

杨万里（1127—1206），字廷秀，号诚斋，吉州吉水（今江西吉水）人。绍兴二十四年进士，官至宝谟阁直学士，封庐陵郡开国侯。

朝来入峡闷船迟，也有欣然出峡时。山色亦如人送客，送行倦了自应归。

船行迟缓底须忙，诗卷聊堪度日长。瓶里柚花偷触鼻，忽然将谓是烧香。

峡内三绝句 宋 项安世

峡内为生绝可怜，那知世上有平川。生来未识三冬雪，仰面惟看一席天。

峡内居人种石田，种成卜瓠待江船。船头老妪悲声甚，只博茶醎不博钱。

千崖无数作炊烟，峡内为生也可怜。探水得柴如宝藏，卖茅成俗满村船。（《平庵悔稿》）

峡路山行即事十首　宋　袁说友

环山翠幄远尤清，柏叶丛枝到地生。恰傍浓阴深处过，无端杜宇两三声。

短篱深闭两三家，门外低畦长豆麻。忽系芒鞋看行客，野花犹带一枝斜。

旌旗猎猎晓云风，扑面轻微破午烘。更度幽香来细细，转头寻见野花红。

跳山踏草笑迎逢，要识新侯过眼中。寄语山翁吾老矣，冬裘夏葛与伊同。

双牛只叟一横犁，白水青秧造而肥。是处喜经连夜雨，田家十口可无饥。

去去行行盍罢休，忙身闭虑足搔头。林烟岩雾鸟声远，独对遥山无限愁。

鼙鼓鸣山绿叶摇，繁声嚣杂漫终朝。不如涧下一杯水，沃起行人心肺焦。

倚风修竹叶滋繁，穿石湍流浪吐吞。薄暮柴门人影寂，晓风烟树鸟鸣喧。

浩荡东风晚更严，黄埃得得上霜髯。细题今日山中景，更有前头万点尖。

千里山行一月程，攀层蹑级几宵征。明朝猛入遂宁路，闻说夷途砥样平。

和赵周锡制干峡中韵四首　同前

西陵峭壁路初经，但见搀空两岸青。天近下连苍玉嶂，山高傍涌翠云屏。划开龙虎流三峡，敕下雷霆遣六丁。终日横风倚江转，恍疑身世在沧溟。

千仞山头更有山，一山去后一山还。林峦有路春回绿，仙洞无人夜启关。岫列千屏森葆卫，石藏五色像形颜。举头待向峡中望，见说青天近一斑。

急峡高流日夜东，嵌空怪石浪穿砻。涛喧滩口波翻雪，云断山腰气吐虹。几阵堂堂风硉矹，一泉滴滴水玲珑。我行天下今将半，安得名山如此工。

绝景都忘峡路长，江风时送野花香。峰排玉帐腰凝雪，泉溜珠帘乳滴房。后日奇山犹续续，而今伟观已堂堂。雄篇曲尽形容妙，满袖珠玑到旅囊。

峡中瀑布泉　同前

万石枕山眠，千峰随路转。林深暝岩穴，一道寒泉溅。分明冰箒垂空壁，隐约珠帘挂苍石。深山寂寞有谁知，只与行人润诗笔。（《东塘集》）

游三峡　宋　王阮

王阮（1140—1208），一名元隆，字南卿，号义丰，江州德安（今属江西）人。隆兴元年进士，官至抚州守。

玉渊真水府，三峡跨长虹。万斛镕银泻，千枞战鼓雄。倚天危石立，透地密泉通。四海思霖雨，龙奚久在中。

峡中赋百韵　宋　李流谦

李流谦，字无变，汉州德阳（今属四川）人。高宗绍兴中前后在世。以文学知名，曾通判淹州府事。

振奇欲何夸，颇疑造物者。两山擘其间，放此江东泻。不知太古前，宇宙孰坏冶。疏凿著夏书，固自人力假。巨崖切汉起，入眼惊见乍。影临数州迥，根插九地隘。积铁老风雹，巨焰莫镕化。面恶骇夔魖，姿妍悦美姹。城郭巧刻划，屏障工组画。髻鬟直高绾，剑槊寒可□。抗立拟分庭，孤撑独称霸。骈罗纷儿孙，拱揖俨宾介。盘空矫鸾鹄，饮溪走牛马。裂绞贯钩锁，翠项披绛帕。碎砾星宿稠，乱石豹熊跨。钱叠藓晕重，鳞坼树皮扯。万甓累如甃，一桉平若砑。宽博敞坛墠，斜倾覆檐庌。悬空疑崩欹，丛密苦蒙絓。中断路已尽，合处天无罅。周遭窘汉围，赤露经秦赭。怒觜忽横出，狂湍助喧骂。突展壮士臂，交锋报睚眦。飞瀑练垂素，响溜钟调哑。嵌窟谁剜刳，窍窦饱冲射。阳光昼隐见，云气晓包藉。烧余通鸟耘，微缺有蜗舍。妇肩赭背筐，樵指虚枯槎。岩葩浅深杂，山木高低亚。月黑吼饥虎，竹深见眠麝。猿捷蓖垂接，禽轻枝倒挂。往者国柄分，群雄用狙诈。阻兵割方域，狂心各侈哆。一夫比剑阁，百万戈甲卸。负固不一姓，强嬴殒函华。王灵今一家，女织男耕稼。溪鱼肥入罾，村醪贱可贳。舳舻日下上，何曾舍昼夜。儒绅企荣途，行有不俟驾。估客聚百货，乘时沽善价。载考江发源。其微酌杯斝。坤轴听回斡，阴机默操舍。弥漫众流会，灌注一门下。旁束状殊窘，屡曲意不暇。腾涌山合沓，飘溅雪飞洒。峻迅出暂顷，澄渟或时且。积油黯覆盎，征蘗浩飞瓦。日月在吐纳，雷电生叱咤。蛟鼋护老湫，鸥凫狎浅汊。涸涩苦穷冬，漩洑怖炎夏。逆溯魄自褫，顺涉心犹怕。茫茫苍溟浸，落落洞庭野。万折期必至，愤屈当一写。微官能我诱，里落腐鼠吓。三年客中都，唯了湖山债。万里徒往来，百艰每吁嗟。一滩一危恐，奔湍剧旋棵。颠反常不持，持风闪荷盖。百丈偶绝牵，刃交俄失靶。山行避涛濑，竟日劳髀胯。假寐易成魇，惊呼亦多嗄。瘦骨烦拄支，垢容招嗤怪。忠信固凭倚，内省辄摧谢。贝叶与慈护，牲牢乞神嘏。深惬唯壮凤，此殆天所借。曩贤近交臂，佳境倒啖蔗。夷陵忆文宗，小却宁芥蒂。孟韩有正传，圣道识根派。黄牛功配姒，法当祭之社。犛石肆威怒，斯言吾久讶。秭归傍云岑，地恶记人鲊。重吊湘波魂，忠言弃土苴。江蓠续遗些，异代称屈贾。宁胡悯国艳，可忍千金卖。却笑效颦女，炙面不肯嫁。巴东仅三户，突兀著大厦。一掷叹老张，岂但震盲聩。峨峨神女峰，索漠古台榭。纤辞秽高仙，宜诛未应赦。行行到巫山，风烟郁桑柘。瞿唐送残险，性命脱罟获。关头跃马帝，炷香重再拜。乡音近嶓岷，归梦绕松槚。韩公喜见蝎，正比怒嗔蟹。人情有夺移，适意固暂快。妻孥知我还，欢呼及姻娅。僮奴浩衣褠，争洁壶觞迓。灵鹊占吉噪，金虫缀寒灺。扫我钓鱼石，整我插书架。栈羊拨香糈，蔬畦剪霜芥。万事置勿问，但辨供客炙。人生寻尺地，蚁宫共世界。一斑仅豹窥，大庖姑蚋嘬。就令十年读，未胜行天下。耳目异闻见，襟灵豁陋寡。杜陵半九州，诗史入嘉话。马迁多经践，有文资博雅。吾惭笔墨斐，丝麻视菅蒯。未能朋俦矜，粗足儿童诧。尚及日南杯，呼春送腊蜡。（《澹斋集》）

编者注：孟韩：孟子、韩愈。屈贾：屈原、贾谊。马迁：司马迁。日南：郡名，在越南中部。

次黄仲甄峡中韵二绝　同前

众流自作一门去，老子闲为三峡游。弭棹初逢云雨馆，转帆便是帝王州。

连日舟横拍岸风，只应身世在疏篷。旅床独茧皆愁绪，青镜明朝即老翁。

编者注：独茧：大而丝长之茧。

宿白羊二绝　同前

入得瞿塘始敛愁，峡山行尽放眉头。澄江一道元如许，自在身心自在舟。

古柳系舟带溟阴，夜寒剪剪到衣棱。客中不觉年华换，小市人家已试灯。

次黄仲甄峡中韵　同前

峡水清一线，峡山赭千层。禹力不到处，蜀灵用功深。蛟龙改窟穴，日暮闻微吟。遥想风雨夕，扁舟系枫林。

编者注：蜀灵：蜀王鳖灵，继禹之后续开三峡。

次黄仲甄峡中韵 同前

九江度尽恶风波，峡口窥天一握多。亦爱吾庐觉归好，数乘此险奈观何。响迎涛濑将愁上，青惜峰峦等梦过。不管行人听不得，暝猿和雨啸云萝。

夔子岸下水作颓沙裂岸转舟避之 同前

狂流作平地，别渚转轻桡。岸断石出没，云虚山动摇。奔湍长澒洞，杯酒且逍遥。可待然犀照，潜鳞意自骄。

峡中歌 宋 孙应时

峡中翠壁何峥嵘，排空百雉如层城。重楼复道明丹青，神剜鬼刻斧鉴精。呀然裂入兀不崩，飞流罅出悬珠璎。旌旆夹道缤逢迎，霜锋雪锷立万兵。奇峰十二剑削成，真赝等好不可评。天柱拔立千仞擎，团团石骨莹玉冰。傍有岩穴半开扃，飞仙之宅凝神清。虾蟆下饮腹不盈，背负阴壑深窈冥。金碧满洞层云生，泓泉泠泠琴筑鸣。林端黄牛老不耕，滩回白日随人行。石马只耳梦偶灵，神祠箫鼓何铿铿。江流万古郁不平，四时雷霆风雹声。天垂匹练相回萦，日月避隐韬光明。朝云暮雨犬吠晴，山腹人家真画屏。亦有竹阁连松亭，褰裳可登呼可应，但愁蛮语无由听。我来溯峡才几程，所见如许心骨惊。阳台滟滪次第经，磨砺笔锋吾敌勍。

峡　中　宋　李石

峡水方中驻，归舟溯蜀门。竹枝声处处，梅蕊雪村村。来去山蛮笑，啼号地主恩。幸然穷性命，不必赋招魂。

三　峡　宋　苏泂

苏泂，字召叟，山阴（今浙江绍兴）人。苏颂（1020—1101）四世孙。早年宦游入蜀，曾入建康幕府。

三峡波涛壮，秋深鼓棹前。飞空多陨石，失木有惊猿。洒遍时时雨，晴开处处天。篙工罢锣鼓，此地出神仙。

梦　峡　同前

未定还家乐，仍思去国情。猿枝楼阁影，龙府佩环声。水旋倚斜碧，山摇突兀晴。分明昨夜梦，百丈峡中行。

峡　险　同前

剖凿谁其始，山川出秘奇。只应天地设，未必鬼神为。崩石惊船过，盘涡逼棹移。蓬莱如在眼，泪泠挂猿枝。（《泠然斋诗集》）

三峡吟 宋 徐照

徐照（？—1211），字道晖，一字灵晖，自号山民，永嘉（今浙江温州）人。布衣终身，以诗游士大夫间。

山水七百里，上有青枫林。啼猿不自愁，愁落行人心。（《芳兰轩集》）

峡 中 宋 洪咨夔

清猿遗响落三巴，树老霜迟叶未霞。大抵近南春意早，梅花开尽又桃花。

三峡图 元 赵复

赵复，字仁甫，德安（今湖北安陆）人。学者称江汉先生。元师伐宋，屠德安。时复在俘中，后至燕京，传道授业，由此程、朱之学在北方广为传播。

萧萧十二峰前路，月落猿啼霜外树。半夜谁家水上船，竹枝歌入瞿塘去。

蜀江图 元 袁桷

袁桷（1266—1327），字伯长，号清容居士，庆元鄞县（今属浙江）人。曾为丽泽书院山长，翰林直学士。谥文清。

三峡盘涡滟滪堆，层峦百丈鼓声催。从今尽向金牛路，杜

宇深啼唤不回。（《清容居士集》）

吹箫出峡图　元　王冕

巅崖峭绝撑碧空，倒卧老松如老龙。奔流落峡喷白雪，石角险过百丈洪。我昔放舟从此出，捩拖挂帆气欲折。春风回首三十年，至今认得山头月。草堂清晨看图画，画里之人闲似我。波涛汹涌都不知，横箫自向船中坐。酒壶茶具船上头，江山满眼随处游。安得更唤元丹丘，相携共上黄鹤楼。

题川船出峡图　元　宗衍

宗衍，字道原，吴（今江苏苏州）人。至正初，住石湖楞伽寺，与危素（1303—1372）相知。年四十三而殁，著有《碧山堂集》。

瞿塘险为三峡门，两岸束急洪涛奔。十丈江船万斛力，一篙失势原无根。前船才过后船出，蜀商来往无虚日。君不见人间行路难，咫尺风波永相失。

三峡暮云　明　胡奎

胡奎，字虚白，号白鹤山樵、斗南老人，海宁（今浙江海宁）人。生于元文宗至顺中，明初以儒学征，官宁王府教授。著有《斗南老人集》六卷。

西峡夕阳东映红，白云生霞正当中。莫遂无心作霖雨，等闲飞起便从龙。

入　峡　明　王绅

王绅（1360—1400），字仲缙，婺州路义乌（今浙江义乌）人。与方孝孺为同学，官国子博士。

世传三峡险，吾身适屡往。荡州趋回流，惊涛漾轻桨。巑峰开复合，青天细如掌。浪急先期程，谷空答渔响。回顾上濑人，若行若平壤。日夕下夷陵，祝酒相所赏。（《继志斋集》）

峡中杂咏　明　王绂

王绂（1362—1416），一作芾，又作黻，字孟端，后以字行，号友石，别号鳌里，又号九龙山人、青城山人，无锡（今江苏无锡）人。曾供事文渊阁，拜中书舍人。博学，工歌诗，能书，写山木竹石，妙绝一时。

两岸青山夹去程，一江秋水片帆轻。寻常对画曾看此，今日分明画里行。

峭壁一重还一重，江流曲折乱山中。船头直望路疑断，才到转湾船又通。

平生颇得江山趣，肯信江山亦有情。自我客行千里远，船头无日不相迎。

怒浪卷花滩上滩，一重山掩一重山。无端入峡添狂态，日日题诗未肯闲。

崦里山高多昼阴，未昏烟景暗秋林。停舟晚饭舵楼底，犹有夕阳明远岑。

峡里江山总奇绝，推篷不厌去帆迟。重来恐忘经行处，一处经行一处诗。

险固山河几战争，阵图犹自列分明。至今江水抱遗恨，呜咽古今无限情。

石转狂湍吼怒声，客怀清夜梦魂惊。篙师着力挽舟上，挟向湍流平处行。

蜀道古称多险艰，我来观水复观山。谁知富贵天然设，身在玉屏金幛间。（《王舍人诗集》）

下峡二首 明 姚夔

姚夔（1414—1473），字大章，号损庵，桐庐（今浙江桐庐）人。正统七年进士，官至礼部尚书。谥文敏。

瞿塘天下险，巫峡势相连。峡岸千寻壁，中流一罅天。山空无兽迹，江逼少人烟。唯听冬冬鼓，朝牵百丈船。

宇宙谁开辟，神功势可惊。水从天上下，船向地中行。停午日初见，侵晨猿一鸣。客怀经此处，愁听棹歌声。（《姚文敏公遗稿》）

白盐山和杜 明 林俊

峭虚连顶踵，素洁尽中边。在目宛风絮，无时谈雪天。唳知栖处鹤，架认覆时船。遭际山仍晚，公诗重首传。

著舟疑井底，纵目上云头。贝阙三千丈，玉关十二楼。崖阴月到少，树歹鸟栖愁。故家今磨灭，岩城认古州。

秋日江行六首　明　王廷相

秋来风景好，况是雨晴时。天日余高爽，江山动碧滋。仙台吹笛远，蘅浦放舟迟。摇曳沧州兴，窅然谁与期。

方舟泛兰沚，日夕弄潺湲。寒霭迷高壑，秋容淡远山。幽怀成独啸，逸响落人间。傲吏何时罢，逍遥与世间。

松风洒江路，泠然泛九秋。巴童云叶桨，仙客木兰舟。落日催铙吹，中流夹櫂讴。全胜若溪好，何必越山游。

客路岁年尽，羁愁郁不开。几时燕雁到，终日峡猿哀。远徼丹心苦，秋风白发催。子牟终恋阙，江海独迟回。

编者注：子牟：即魏公子牟。《庄子·让王》：中山公子牟谓瞻子曰："身在江海之上，心居乎魏阙之下，奈何?"瞻子曰："重生。重生则轻利。"中山公子牟曰："虽知之，未能自胜也。"唐陈子昂《群公集毕氏林亭》诗："子牟恋魏阙，渔父爱沧江。"

江夜敲砧急，巴中早授衣。客愁连峡迥，乡梦过秦微。水落鱼龙蛰，天寒鸿鹄飞。如何委心久，不作楚人归。

编者注：授衣：谓制备寒衣。《诗·豳风·七月》："七月流火，九月授衣。"毛《传》："九月霜始降，妇功成，可以授冬衣矣。"

巴渝秋色远，江树蔼余晴。列嶂森蓬阙，丹林乱赤城。飘沦今日事，激烈古人情。却爱停舟处，江清好濯缨。

峡中　明　张含

张含（1479—1565），字愈光，一字用光，永昌（今云南保山）人。游梁、宋间，为李梦阳所知，与杨慎友善。学者称禺山先生。

夔州城下阴霏霏，我寄客船他夜归。越舲蜀艇几乌榜，赤甲白盐双翠微。烟萝一带野猿啸，石壁万仞明星稀。三巴迢递望三楚，京洛红尘愁满衣。（《明诗综》）

泊夔府西门下

牵梦回黑石，两袖带云来。落日瞿塘峡，惊涛滟滪堆。武侯今庙貌，杜甫归亭台。此日亦踪迹，山灵笑不才。（《欧阳恭简公文集》）

编者注：标题为编者所拟。原题作：十三日入巫峡，次黑石岩，次瞿塘，次滟滪，泊夔府西门下。

十一日次万流入巫峡　明　欧阳铎

欧阳铎（约1481—1544），字崇道，号石江（亦作石岗），泰和（今江西泰和）人。正德三年进士，曾官南兵部郎中。

雨零元不恶，正自趁风时。敲鼓嫌犹紧，看山幸少迟。羽毛随所得，造物若有私。万古巫山胜，传真有杜诗。

峡　中　明　何景明

自昔偏安地，于今息战侵。江穿巫峡隘，山凿鬼门深。浊浪鱼龙黑，寒天日月阴。夜猿啼不尽，凄断故乡心。

峡中作　明　安磐

水下夔门滟滪堆，一山中断两屏开。昭君村抱琵琶峡，神

女祠连云雨台。侧壁倒崖无鸟过，古藤昏树有猿哀。悬灯夜泊风波恶，赖此深山月下杯。（《四川总志》）

编者注：琵琶峡：在巫山县西。

峡　中　同前

六月瞿塘滟滪堆，江浪如马刷云来。昭君村抱琵琶峡，神女祠连云雨台。峭壁断崖无鸟过，古藤昏树有猿哀。夜来风雨涛添壮，消得夷陵浊酒杯。

下　峡　明　张邦奇

张邦奇（1484—1544），字常甫，号甬川，别号兀涯，鄞县（今属浙江）人。弘治十八年进士。曾官礼部尚书。

乘桴下三峡，山水分峥嵘。支危攫虎豹，逐驶奔蛟鲸。滩声混晴雨，峰影淆晦明。不见星月光，但闻猿狖声。迢迢甬东路，凄凄湘水情。庭闱属遥想，鱼雁久沉冥。缅怀易播人，古道今谁并。

峡东曲　明　杨慎

白帝到江陵，一千二百里。欲试一日程，须待春水起。布帆一百尺，出自三棱织。风顺早归来，天际遥相识。

楚江曲　同前

巫山花已红，楚江波新绿。两两浣纱人，照影斗妆束。笑问竹枝词，何如采莲曲。

峡　中　同前

峡里青山梦里过，晓来春比夜来多。开篷试看江头路，树树残梅照绿波。（《湖广总志》）

峡中三首　明　皇甫涍

皇甫涍（1497—1546），字子安，号少玄，长洲（今江苏苏州）人。嘉靖十一年进士，曾官浙江佥事。与兄皇甫冲及弟皇甫汸、皇甫濂，皆有才名，时称皇甫四杰。

日暮南津道，猿声两岸长。悲风鸣水石，不觉泪沾裳。

人逢故乡少，船度使君稀。古雪留苍壁，春山寒客衣。

风帆绝无力，百丈石林迟。云雨高唐路，空山愁子规。（《皇甫少元集》）

峡中纵目　明　程诰

峡路七百里，游观何奇哉。楚塞哀猿断，巫山香雨来。云流白帝树，风到荆王台。客心非欲速，无假片帆催。

峡中旅怀 同前

归心不易裁，旦夕岭猿哀。况值飞花候，江昏骤雨来。垂帏明落电，欹枕转轰雷。望望行云影，依稀下楚台。

峡 夕 同前

楚塞连三峡，巴云暗五溪。乡心春雁过，客泪夜猿啼。百丈缘崖险，双崖压树低。孤城丹巘麓，江白露凄凄。

峡中阻水 同前

山险临冲激，江回抱郁纡。巍巍下梁蜀，淼淼带荆吴。鹿乳丹崖半，猿啼碧月孤。客愁连旦暮，舟楫困樵苏。

上峡次鱼复浦 同前

渝歌夜进船，挂席客心悬。楚客青枫外，巴山玉垒前。哀猿明月峡，归雁暮春天。红涨桃花水，青罗薜荔烟。雨云神女梦，兰蕙逐臣篇。割据余形胜，经过一惘然。

峡 月 同前

峡月落船明，悬空已四更。双崖影树直，一道鉴波清。乌鹊栖难定，蛟龙蛰不惊。沿流有征榜，烟外唱歌声。

次巫所　同前

楚塞高横峡口，巴江曲抱瀼西。神女朝云片片，王孙春草萋萋。

上峡次鱼复浦　同前

渝歌夜进船，挂席客心悬。楚塞青枫外，巴山玉垒前。哀猿明月峡，归雁暮春天。红涨桃花水，青罗薜荔烟。雨云神女梦，兰蕙逐臣篇。割据余形胜，经过一惘然。（《霞城集》）

出　峡　明　陈鎏

陈鎏（1508—1575），字子兼，别号雨泉，吴县（今江苏苏州）人。嘉靖十七年进士，官至四川右布政使。

人苦峡中险，谁谓峡中奇。千峰森森密如猬，一水百折从中驰。水欲去而不得，山欲障而不支。百战不下常相持，贾客扬帆皷挝急。鲛人结屋树头立，我亦从之逐下流。乱风洪涛追不及，行迟落得游目宽。下窥水底上瞩云，端非足迹之可到。实为天下之奇观，应酬左右且不暇，熟知蜀道之艰难。石壁水上浮，山腰树千古。横斜曲直总是峰，十二巫山不能数。君不见，名利之徒险于此，何为驰驱老不止。岂是风云险处佳，世人冒死争荣华。噫吁嘻，山川奇秀可悦目，荣华与我诚何加？使人视此空咨嗟。（《已宽堂集》）

观江舟下峡　明　蔡汝楠

蜀人东去倍离忧，一日风帆千里游。若道江南望归客，恰怜峡水送扁舟。

赤甲行　明　来知德

赤甲秋风一夜饶，百卉芳歇梧桐凋。美人别后隔山林，蒹葭秋水天共遥。欲往相从路无船，星汉西流夜迢迢。尺书恨不寄明朝，鸾姿一去不可招。西飞白日马镳镳，流光转眄又元枵。援琴鸣弦写寂寥，一曲相思不成调，空忆当年旧板桥。

雨后天晴放舟下峡　明　陈昂

雨后虹方挂，晴来雾始收。风光明翠岫，江色淡新秋。返照薰残湿，寒潮踏急流。放舟下三峡，定醉仲宣楼。

瀼西寒望　同前

瀼西春渐及，残腊即相分。江面生新霭，梅稍挂晚曛。山风虽惹雪，野烧欲蒸云。十二峰犹近，猿声缥缈闻。

峡口二首　同前

峡口云何涌，峰连十二飞。渴猿多接手，乳虎自张威。白浪如山大，黄花带露肥。巫阳有神女，行雨未曾归。

万里秭归路，淹留又半年。峡云如杼袖，巴水学冰玄。迢递家何在，衰羸镜已怜。裁书不能寄，泪尽思茫然。（《白云集》）

游三峡　明　汪长文

汪长文，字礼约，后字士崚，号石雪。曾游于太学，后居大雷山房，工诗善书。与屠隆（1544—1605）为同时代人。

三峡名何胜，人疑到蜀中。千峰悬鸟道，万谷走松风。响溅青天雨，寒飞紫涧虹。却忘归路晚，霁色满遥宫。（《元诗选》）

月夜过三峡　明　憨山德清

憨山德清（1546—1623），俗姓蔡，字澄印，号憨山，法号德清，谥号弘觉禅师，全椒（今安徽全椒）人。明末四大高僧之一。

扁舟载明月，随流竞奔颓。帆影似转变，月光无去来。心境本寂灭，死生安在哉。所寓即常乐，此外俱尘埃。

过三峡　同前

万壑奔流下，千山紫翠连。帆飞三峡雨，人入九秋天。客路浮云外，归心落日前。吾生犹未已，江汉是余年。

出　峡　明　费尚伊

斗绝疑无地，微茫只有天。帆移风乍举，柁侧浪初颠。狼饮群垂壁，鸦飞数绕船。高唐空有梦，欹枕不成眠。

赋得三峡猿啼送人之蜀　明　谢肇淛

君不见，蚕丛鸟道连三峡，两岸清猿啼不彻。凄凄风露月明中，行人闻之心欲绝。送君西行秋已分，正值猿声日夜闻。一声一泪一回首，万里家山空白云。（《小草斋集》）

溪　晚　明　钟惺

浩渺秋难望，平林但远烟。山枫红隔寺，溪水碧迎船。寒犬喧疏店，惊鸦乱夜天。僧归残雨外，笛散夕阳边。幽思宜孤往，高情多所捐。不知吟眺后，何事亦凄然。

晴　同前

积阴时亦豁，敢作喜庆诗。秋雨愁人惯，朝暾恐我欺。岚收皆有渐，山霁或无疑。稍听云安近，尤宜日出迟。垤喧行蚁逸，江暖浴凫知。半月成都路，从兹谅可期。

舟　晚　同前

舟栖频易处，水宿偶依岑。岸暝江逾远，天寒谷正深。隔墟烟似晓，近峡气先阴。初月难离雾，疏灯稍著林。渔樵昏后语，山水静中音。莫数归鸦翼，徒惊倦客心。

暂　霁　同前

重阳无不雨，况作蜀山行。已历诸峰险，刚逢半日晴。峡寒偏著色，江晚自多声。虽复终阴曀，心魂亦暂清。

月　同前

蜀月清如此，诚宜数见难。寻常秋事没，十六夜初看。岸迫衡江浅，山行出峡残。今宵同宿处，记取在云安。

十五夜月　同前

峡夜何曾月，巴东偶尔圆。向来经驿路，那似宿江天。霜落寒流外，烟生远映边。清宵亦何意，独值未归前。

蜀中九日　同前

累日登山不记重，峡中九日客中逢。只今舆马平平处，何止家园上上峰。（《隐秀轩集》）

出　峡　明　董翼

董翼，合江（今四川合江）人。万历三十八年同进士出身。曾官贵州巡按御史。

轻帆出峡口，带得蜀山云。斜日依篷坐，猿声搅客闻。

峡中作 明 雷叔闻

雷叔闻，字实先，江陵（今湖北荆州）人。万历四十六年举人。历官景东府同知致仕。

急雨洪波急，高天翠壁齐。巫云峰十二，巴峡瀼东西。伐鼓催朝橹，烹鱼宿晚溪。荆门看欲近，回首听猿啼。（《楚风补》）

峡口雪泊 清 胡世安

回飙封雪峡，联舳暂荒涯。天绊游人迹，地当道土岬。敌寒分哇瓮，占霁候鸣鸥。明日猿声里，瑶台辨紫芝。

入 峡 同前

东流开碕壁，纳照借岩光。乞食神鸟啸，攀危子规猖。蟆泉仙湩引，狮石景云藏。攸赖篙工指，推舲应接忙。

出 峡 同前

未渡巴东峡，依然故国身。楚山方肃客，江水亦辞人。反照夷陵道，前驱驿路尘。欲凭南乡雁，一问帝城春。

三 峡 清 熊文举

峡里风涛异，山头星汉低。行人占北斗，独客下巴西。鸟

翼何曾渡，猿声不住啼。鸿濛留古迹，谁复辨端倪。（《皇清诗选》）

三峡猿声歌 清 宋琬

我行三峡里，不见啼猿至。似闻游子来，前期远相避。语云猿声峡中作，过客闻之泪双落。我疑此语颇不经，勿乃前人聊戏谑。池上蛙鸣可以当鼓吹，何独于王孙之啼兮，怅于邑而错愕？将谓猿声哀？君不见雪浪如山万马来，盘涡激转成殷雷。将谓猿声苦？君不见山魈夜号兮昼啼虎，饱人而嬉兮嗔且怒。上有巉岩峭蒨之青山，下有稽天浸日之洪涛兮，羌澎湃而潺湲。熊罴蹲踞兮蛟龙屈蟠，岂可无此苍髯碧目而累累兮，奔腾联臂于其间。云门之瑟空桑琴，阳阿激楚流哀音。朱唇皓齿歌绕梁，忧来亦足伤人心。吾欲召冯夷击鼓兮，鲛宫贝阙方沉沉。微风起兮水涟漪，月初朏兮不盈规。安得山灵为我呼汝出，百群倒挂虬松枝？一声振林壑，二声解人颐，三声起舞欲相和，痛饮不辞金屈卮。僰僮賨舞久寂寞，方音聊代巴渝儿。梅花落羌笛，园客弹哀丝，不如空山风雨夜，清商变徵随天机。寄语往来万里之客勿嗟咨，猿声猿声何足悲。

峡中即事 清 性藏

性藏（1619—1673），俗姓张，字紫芝，巴县（今重庆巴南）人。住峨眉白水寺三十余载，开堂说法，后至扬州上方寺。

晚棹下瞿塘，风涛望渺茫。重寻夔子国，远吊楚襄王。白帝云千顷，黄牛第一航。江山形胜在，今古阅兴亡。

江　望　清　吕潜

吕潜（1621—1706），字孔昭，号半隐、石山、石山农、耘叟，潼川州遂宁（今属四川遂宁）人。崇祯十六年进士。曾官太常博士。明亡后不仕。

横江阁外数帆樯，立尽西风鬓渐霜。只有乡心不东去，早随烟月上瞿塘。

入蜀行　清　屈大均

屈大均（1630—1696），字翁山、介子，号菜圃，番禺（今广东番禺）人。诸生，先为浮屠，后还俗。

荆门西上即瞿塘，一路猿声莫断肠。应有巫云化神女，朝朝暮暮尉思乡。

蜀道无如三峡难，猿声况复满诸滩。滩多峡少滩尤险，日日篙舟不及餐。

生竹看看作缆长，鼓声须急缆须韁。将舟一折穿危石，滟滪堆边险莫当。

蜀　中　清　陈恭尹

子规啼罢客天涯，蜀道如天古所嗟。诸葛威灵存八阵，汉朝终始在三巴。通牛峡道连云栈，如马瞿塘走浪花。拟酹昔贤鱼水地，海棠开遍野人家。（《独漉堂集》）

出　峡　清　方象瑛

萍踪刚半载，渐喜是南来。水落瞿塘峡，波恬滟滪堆。巴渝行处尽，荆楚望中开。日暮岁行尽，何时鄂渚杯。

群峰呇沓锁苍烟，两岸猿声断复连。江入夜分才上月，时非亭午总无天。松间卧石疑为虎，竹里闻声不见泉。忽讶波涛如此险，西来犹有上滩船。（《健松斋集》）

峡中野泊　同前

劳人真草草，万里信归舟。谁意夔门别，还从巫峡留。寒风摇夜缆，细雨袭征裘。去往都难秘，何当赋远游。

三分水　同前

峭壁千寻总不群，半山历历细泉分。何人辨出三分水，陆羽茶经或未闻。

原序：岩半三泉眼分流甚奇，舟人言，相传上为川水性浮，中为湖广水性平，下为江西水性沉，好事者瀹茗试之果然。余以风逆舟不敢近未及辨，亦未解何所取义也。

峡中舟夜　清　王士祯

酒残香烬暮江深，遥夜孤舟枫树林。三峡流泉争送客，不须更听七弦琴。

初　峡 清　余国榗

余国榗，大冶（今湖北大冶）人。曾为滁州守，康熙年间纂修《滁州志》（康熙十二年刊本）。

远水生疑尽，方知峡始开。城留汉帝迹，径没楚王台。狮象中流踞，峰峦逆面来。江陵千里路，为问几时回。

中　峡 同前

昨日辞初峡，奔涛怒未回。乱云摇岳岫，怪石吼风雷。水势千江合，晴光一线开。舟人相顾处，为报峡乌来。

下　峡 同前

蜀地前朝尽，凝目望欲开。片天缺处见，远棹隙中来。诸岭差堪辨，狂澜渐欲回。当年推凿力，独见鬼神才。

峡　雨 清　傅作楫

芙蓉三万朵，飞翠晓蒙蒙。一过隔山雨，横生众壑风。苍龙飞郡北，紫电掣巴东。叶叶渔舟去，高堆白浪中。

江　声 同前

横流吞阵石，怒折吼江渍。两岸声相薄，秋风送入云。雷霆惊百里，鼓角起三军。独有悲秋客，深宵不可闻。

进　峡　清　张衍懿

张衍懿，字庆余。与吕谦恒（1653—1728）为诗友。

峡自夷陵来，江从白帝悬。两岸如剑立，百丈入云牵。石出疑无路，云开别有天。往来频涉险，千里正茫然。

历数西南险，瞿塘自古闻。水从天上落，路向石中分。弩马惊秋涨，哀猿叫夕曛。乘流千里疾，回首万重云。（《四川通志》）

峡　中　樊叙伦

樊叙伦，字仲彝，宜宾人。贡生。三蕃之乱时为吴三桂军所俘，后以能书受礼重，兵弁纵之归。入乡贤祠。

八月瞿塘水，秋风万里身。高楼飞木叶，愁杀渡江人。

入峡闻猿戏　清　盛锦

濁猿戏层崖，什百互连臂。下缒饮江流，逢人不相避。

下　峡　清　许汝龙

许汝龙，浙江海宁人。康熙二十一年进士。

棹向中流奋，山疑绝处开。健航排弩下，乱石裹云来。激浪喷寒雨，晴滩起怒雷。平生舟楫意，空负济川才。

三峡歌二首 清 陆载霍

陆载霍，字亚潜，号西瀼，康熙时国子生。工诗，洛如诗社成员之一，陆奎勋（1663—1738）侄。

削翠瞿塘峙一门，巫云酿雨易黄昏。孤舟那有流风梦，猿啸三声已断魂。

鹫子尖尖上水撑，钩钠叫断若为情。新滩过后愁津吏，不付红签不放行。（《洛如诗钞》）

入 峡 清 朱樟

天盘一罅峡程奇，看画真如张卖时。客梦动摇惊橹窽，家人忧喜视篙师。正愁走马千峰失，不怪停桡一饭迟。若向山前斗危语，辘轳何止卧婴儿。

峡 中 清 潘问奇

潘问奇，字云程，又字云客，号雪帆，钱塘（今浙江杭州）人。清康熙年间在世，有《拜鹃堂诗集》。

群峰沓沓锁苍烟，两岸猿声断复连。江入夜分才上月，时非亭午总无天。松间卧石疑为虎，竹里闻声不见泉。忽讶波涛如此险，西来犹有上滩船。

渡　江　清　汤斯祚

汤斯祚，字衍之，号亦庐，南丰（今江西南丰）人。雍正时，以岁贡生官江西新昌县训导。

大江扼瞿塘，建瓴三峡迸。百折泻荆门，襟带殊渊莹。我来虎渡口，望古生情性。踠岸万绿杨，泓洸楚天净。旭日淡晨清，中流平如镜。一叶沕横波，凫鹥与陶泳。西溯岷山源，青天岩石穿。神哉鬼斧施，疏凿夏后圣。三暮上黄牛，三暮行人病。黄牛鞭不起，泪落猿鸣应。至今滟滪舟，倾安象马侦。我生癖好奇，历险不论命。兹行牵物役，眷言阻终竟。箧衍杜陵诗，默存聊尽兴。逝将饰断家，终焉学禽庆。惬意五岳余，恣情三峡胜。

出　峡　清　沈德潜

沈德潜（1673—1769），字碻士，号归愚，长洲（今江苏苏州）人。乾隆四年进士，曾任内阁学士兼礼部侍郎。

船从天上落，迅疾指夷陵。两岸剑攒簇，千层雪沸腾。阳曦光欲断，歌啸兴偏增。折坂何难下，前贤匪独能。

舟行入峡　清　卢见曾

卢见曾（1690—1768），字澹园，又字抱孙，号雅雨，又号道悦子，德州（今山东德州）人。康熙六十年进士，曾官两淮盐运使。

白帝城上古云屯，黄龙滩下乱流奔。二百八十道江水，直拥孤舟入峡门。

出峡图 同前

峡壁连空雪浪开，乘流想见济川才。双桡直破层云出，共讶人从天上来。

三峡吟 清 彭端淑

大江东赴海，夔门见一束。透迤数百里，中外楚与蜀。恶滩不一状，怪石争起伏。饥鸟飞傍人，猿猱啼古木。白日惨淡郁不开，阴风怒号山鬼哭。十二巫峰削不成，吞吐烟岚天半矗。轻舟遥下疾如失，飞电过隙才一瞩。鱼龙出没蛟鳄横，骇浪惊涛怵心目。太白长歌蜀道难，讵知蜀水险尤独。我生涉世空劳劳，如此江山空往复。从兹出险达平夷，回首经过犹疾颇。

峡门 同前

凛凛入峡门，江山势相凑。遥吞一叶舟，怒浪空中吼。众篙不敢停，奋力与水斗。两壁拔千寻，阴风霾白昼。得失介毫厘，一误不可救。平生倚忠信，寸衷复何有。嗟尔往来人，慎勿幸无咎。

峡　中　清　任端书

峡水丁咚碧玉流，峡霞鱼尾几曾收。玲珑翠黛交相写，荡泊烟晖不许愁。帆影暗侵红树过，猿啼时引画船留。那能唤取丹青手，重与题诗作卧游。（《南屏山人集》）

峡船行　清　王孙茂

峡船一叶如行军，步伐进止纤毫明。江水西来飞电疾，新滩扼吭为鲵鲸。舟人至此色先沮，耳边澒洞闻天鼓。昼夜雷号万马奔，雪浪排空似蛟舞。势如白水战昆阳，犀象咆哮骤风雨。长年技巧未易施，类丸手敏心神苦。须臾蓦地厉隼发，百丈危崖突超越。十辈为群飞摄腾，攀萝扪葛穿林樾。一缕遥空逆浪争，数武机宜金鼓节。臂随手使无不宜，但见船头坠晴雪。纵横摆押奇正生。激荡吐吞形主客。一瞬难容累黍差，弗尔顿入蛟螭穴。合遝奔腾久酣战，鸿沟未割宁安晏。人生惯习似天成，随机事出寻常见。顷刻欢呼锋镝摧，死生甫脱鲛人堑。吁嗟蜀道险如天，峡里长年剧可怜。峥嵘鸟道何时毕，过尽拧滩发已宣。（《诗观》）

晓望白盐山　清　姜复基

朝望晴江上，孤峰削以昂。光疑和晓月，色白映和霜。露净一天碧，风生万壑凉。早行知有客，指点认舟航。（《东皋诗存》）

入峡四首　清　蔡时田

蔡时田，字修来，崇宁（今成都郫都区）人。乾隆七年进士，官至御史。

峡里误出峡，峰势展船头。峡里更入峡，迫隘不容舟。亭午不见日，合沓万木稠。束扼急湍澜，重沓争一流。前水若未伸，后水来奔投。纠缴相搏击，水与水为仇。风伯更助虐，瀺灂无时休。舟行触其怒，安得不汝尤。释怨向水府，先谋铲嵎嵧。象马悉听去，何爱乎黄牛。

峡窄水幽深，峡夹天缭绕。响应两岩答，风入深滩澡。新险我所叱，爱此春峦好。天台与雁台，不奈游人嬲。何如此诸峰，倒立出烟表。林寒蓊发蔓，泉绅拖树杪。谢屐不敢辱，神秀毓清老。天女露雄妍，下与人事杳。尽作正面看，嗟叹殊又了。舟过尚回头，云中从缥缈。

胸有十二峰，不得安朝寝。披衣问船人，未暇理襟衽。其峰曾过未，急出露厥顶。芙蓉刚打头，豁此昏眸炯。平生耽奇峭，值兹有天幸。况复新雨余，刻饰晓妆靓。烟鬟任人看，向背各自领。一峰正诧奇，相失在转瞬。一峰矜秀娟，梢头但露影。想当风雾浓，半面徒延颈。

峰与峰争妍，离立同邢尹。船尾更扬颊，空怅如云鬓。遥天峡口入，远峰同孤迥。微茫带残雪，片云亦清冷。风当定处闲，天从长去永。前行历险滩，神敢诧不定。过眼耽奇辟，盱愁有怪猛。帛以尺五天，天缩入胸窘。逼以挂画峰，峰倒入水并。何如天外天，悠然见山影。吟怀一以佳，心颜舒耸紧。（《蜀雅》）

峡　中　清　李芝

李芝，字瑞五，号吉山，富顺（今四川富顺）人。乾隆十三年进士，曾为山东招远令、湖北宜都令。段玉裁（1735—1815）署富顺知县，聘其为学易书院山长。

叠练飞波面，盘涡激浪心。剩青天一尺，积铁壁千寻。伟石峰棱立，蛟龙窟宅深。维舟惊乍定，兕叫出烟岑。

出峡复入峡，一滩又一滩。浪花穿鬓过，帆影触云残。山鬼昏同宿，龙宫日共餐。故乡行尚远，枕上亦风湍。

峡　内　清　陈奉兹

落石猿猜舟，冥冥峡向夕。月依断崖高，天曳寒水窄。脩蜕挂虚景，蛰雷殷峻隙。太阴无错雪，皇古已劳划。但觉相高竞，岂知入幽拆。白帝述所居，神女牵蹙迫。忽然烧绝壁，惨淡屯云赤。人火经不通，落霞嶂已隔。吁嗟何物为，作此奇异迹。夜梦屡惊泣，举家畏途客。（《晚晴簃诗汇》）

晚坐望白盐山云气　清　吴省钦

一云出山旋蔽山，山风一飘云一还。有时吹送各天去，天空山定云闲闲。

上山白日下山雨，爱山爱就白云语。赤岬无情草不萌，苦向白盐分尔汝。

山云对我意殷勤，如辇如囷高下纷。连峰十二天然好，笑谢巫云是楚云。

白盐山 同前

刺天高几里，岭半白弥弥。一气漫巴郡，千秋落杜祠。断篷人曳井，下壁鸟翻旗。未跓刘宗辇，苍茫尔勿思。

赤甲山 同前

青鞵经度青苗阪，赤杖高寻赤甲城。晚照一天标石色，断流九地枕江声。自来夔府依秋士，孰遣虢亭走汉兵。节候稍迟乌帽落，物华还对绿樽倾。

十六夜峡中玩月 清 顾光旭

十四夜月江水高，十五夜月江水消。十六之夜月在峡，风吹月上驱银涛。清风明月于我厚，伴我连宵守峡口。今来入峡更相邀，玉镜虚空光北斗。神女峰头乍逶迤，凝真观外尚依稀。峡中如线渺千里，唯有此月从中飞。峡急山高月初吐，楚天何处疑云雨。帝女嫣姬云母窗，玉钩银箔开珠户。金枝翠旗何渺茫，湘灵挟琴上高堂。云中环佩神弦度，塞上琵琶忧怨长。此曲有意无人传，东樯西舫各悄然。女媭村里砧声断，宋玉宅前风影翻。砧声风影夜凄凄，西陵峡东巫峡西。奔流箭急匆匆去，沙鸟惊寒时一啼。金波静洗啼鹃血，云鬟帝子苍梧泣。年年此夜洞庭秋，谁知皓魄窥三峡。应有仙人倚短篷，峡中都作玉壶空。遂将吹笛骑黄鹤，不用登楼傲庾公。老子于此兴不浅，荷衣挟影飞江面。渺渺休猜交甫怀，团团欲转斑姬扇。方舟遥夜剧清寒，玉绳低压星栏杆。抛残诸葛鸡鸣枕，烂醉青莲白玉盘。青莲栖得峨眉月，行到巴江明复灭。乘风破浪捉蟾蜍，蟾蜍都走蛟龙窟。少陵入舟翻不乐，峡外无天月先落。二子文章光焰长，至今万事皆如昨。我亦朝辞白帝城，遥遥鼓枻下江陵。江山如许能留眼，一片冰轮相送行。

编者注：凝真观：宋时改神女庙为凝真观，封神女为妙用真人。交甫：郑交甫在汉皋台下遇二神女。

峡中绝句十四首　同前

白帝城东出蜀门，中流容与翠堪扪。淡云微日穿三峡，只爱看山不听猿。

孤舟片席晓云重，数到巫山八九峰。梦里不知衣袂冷，秋涛蘸笔写芙蓉。

原注：十二峰不可悉见，盖净坊、起云，上升三峰在南岸，离江二十里，惟在山顶则见之。

峡里行云浮日光，偶然风至忆襄王。几篇词赋工何益，为吊江天白首郎。

悲秋兴味最萧森，问讯当年枫树林。一枕篷窗看禹迹，奔滩断石圣人心。

霜落猿愁树影稀，巫山巫峡泪沾衣。谪仙漂泊坡仙老，若个诗人一舸归。

刘白飘零唱竹枝，竹枝袅袅尾声迟。不知何事愁多许，半是哀猿半子规。

编者注：刘白：刘禹锡、白居易。

巫山女子善吹箫，碧玉搔头金步摇。昨夜月明照三峡，唱歌人倚木兰桡。

秋风亭亭倚巴东，打鼓开船月满篷。携得半瓢中峡水，柁楼遥荐寇莱公。

滟滪堆边送急湍，空舲峡下落惊滩。分明小李将军画，搀入倪黄合璧看。

编者注：小李将军：唐画家李昭道。倪黄：倪瓒、黄公望。

暮雨斜风吊屈平，女媭村外一灯明。书生骚稚真余事，直要身心彻底清。

上滩百丈声迟迟，下滩箭激风飓飓。江山佳处领其要，痛读离骚与杜诗。

高滩急峡北风吹，吹满黄陵庙里旗。万古三朝还三暮，梦醒马耳忆京师。

原注：见苏文忠黄陵庙跋。

乱石淙淙挂水帘，雨收风止记邮签。不知第四泉何似，云底虾蟆露鼻尖。

原注：虾蟆碚泉从岩腹流注虾蟆口鼻间，此第四泉也。时浓云压岩，江流湍急，不得泊。

长江如线划洪濛，安稳归舟到峡东。七百五滩都过尽，半帆犹借大王风。（《响泉集》）

峡中二首　用范石湖韵　清　李调元

峡山江之滨，嵯峨叠乱石。怪状难殚述，丑态恣惊哑。赤比牛火红，黕类鼠胶漆。攒疑蛤壳聚，脱似龟背折。其高若垣墉，其牢若瓴甓。或是奋鲸鬣，又如曝鳞骼。倒垂抖霜蜕，壁立支云锡。霞盖朱绂萦，岚染黄裳襞。蹲踞虎豹威，杈枒熊罴力。斑斑鹳鸽眼，细细蜿蜒迹。睹兹光怪姿，穷我冥搜癖。大哉造化功，状此崦嵫色。经纪肖营胜，啸吼肆拟击。厥初谁搏沙，弄嬉空潭侧。巧力多劳疢，锻此千片碧。无乃神禹功，谱此大荒籍。平生多倦游，奇石未尽觌。揭来巫峡中，刺眼纷如积。我家南村南，旧有三亩宅。纵有竹林趣，未称泉石国。何当掬玲珑，归家细铄液。顾犹在孤舟，远作天涯客。

平波行峡底，遇石则斗变。尽日防暗滩，盘涡递隐见。始觉中流静，荡骇忽绿间。少顷便愤起，旋绕复横贯。初始拖青紫，渐似翻白练。谡谡疑汤沸，齿齿若磨旋。鲸牙吐浮沫，鱼尾掉碧晕。山飞岸忽高，地动水相眩。平铺若熨帖，上冲忽喷噀。转瞬成颓窠，荡摩作股抃。突然殊叵测，安定乃渐汗。舟子持篙立，勇若操水战。桡折还冲突，蓬飞怕终转。掠柁几并入，招竿幸未断。中洼更拿楫，半陷尤加牵。喧呼捷过雨，顾盼快惊电。愀愁似跌屡，防维设法编。我来立船头，常有浪沃面。不少扣舷歌，翻笑客舟乱。阳侯晕自容，岂便憎吾慢。设计恐人心，无乃太相玩。吾壁不可投，按剑力犹健。

神鸦行 同前

富池庙祀西陵守，庙前神鸦传已久。往来索食不避人，抛接高低皆到口。我怪其异欲弹射，其奈党羽纷前后。人言此是甘公魂，精灵不可机械取。我思将军英烈气，关公尚避曹瞒走。安能幻作羽毛身，啧啧向人求肉酒。嗟尔神鸦应知足，藉赖灵

威惠实厚。君不见，权门索赂多走狗，凭仗威福无不有。（《童山诗集》）

峡中见桃花 清 郑成基

郑成基，清乾隆、嘉庆年间人，善书法。

荒山茅屋短墙边，临水桃花一树鲜。可见春山原不吝，最无聊处也嫣然。

入 峡 清 何明礼

何明礼，字希颜，崇庆（今四川崇州）人。乾隆二十四年举人。有《斯迈草》《心谓集》等。

夔门穿一线，怪石插流横。峰自云中出，舟从地底行。乱猿昏月色，残叶冷江声。神女知何处，时时雨尚生。

入 峡 清 邵晋涵

邵晋涵（1743—1796），字与桐，号二云，又号南江，余姚（今浙江余姚）人。乾隆三十六年进士，曾官文渊阁直阁事、国史馆提调等。

入峡入下峡，三峡自此始。万山自西来，东向日一轨。蜿蜒折复曲，涧窄仅尺咫。巅若地割据，趾若树连理。争胜各变怪，略不一峰似。或立圭与璧，或为地与豕。或者旋旋来，或竟眈眈视。入定若枯僧，明妆侪女子。睥睨蹶复张，格斗倾还倚。青莲不上船，黄石又呼履。柱回伏波铜，壁换临淮垒。初日丽觚棱，积雪盎阶所。舞马忽升林，牵牛乍临水。登场选千佛，揭钵走白鬼。金鹅十二屏，锦障石家里。厥状难具陈，所见略如此。开辟岂其然，铲凿谁所使。竟挟岷江来，约束不得驶。旁激却积铁，倒啮触利齿。所以一苇航，动费千夫指。尚有恶滩多，前途问行止。(《湖海诗传》)

入　峡　清　李骥元

李骥元（1745—1799)，字凫塘，号云栈，绵州（今四川绵阳）人。乾隆四十九年进士，曾为左春坊左中允，入上书房行走。

两山势欲合，几无水行地。神禹劈不开，江流方得意。汪洋雪泥来，河汉如欲坠。吼如钱塘潮，快如奔泉骥。不识造化功，奇险何年置。铁锁扼襟喉，舟渡亦非易。篙师反歌呼，上峡若无事。嗟尔泽国人，终以水为戏。

桡歌行　清　张问安

张问安（1757—1815)，字悦祖，一字季门，号亥白，遂宁（今四川遂宁）人，与其弟张问陶、张问彤，合称“遂宁三张”。乾隆五十三年举人，曾主讲华阳、温江书院。

大船之桡三十只，小舶之桡二十四。排桡击水水轰豁，随浪圆涡作回势。上峡歌起丰都旁，下峡声彻穷荆湘。推舵声悠碛声力，千声如咽万声长。上滩牵船纷聚蚁，万声鸣杀乌噪水。引吭摇臂独有人，蹀躞回身如自喜。缘江怪石窥中流，擅挽矫捷轻猿猴。大声一呼万人应，巨缆落水颠行舟。打鼓行迟鼓桡速，共道革声不如肉。更思一日下江陵，舵后时时闻拍木。夷陵东下江茫茫，一声欸乃江中央。吴娘十五竹枝曲，解唱巫山空断肠。

夔门晚泊 清 邵墪

邵墪，字安侯，鄞县（今属浙江）人。诸生。

鱼浦雄关势远吞，左连巴僰右湘沅。波涛不减窥吴恨，云雨谁伸梦楚冤。阵列龙蛇图上生，石成马象峡前蹲。欲寻老杜题诗处，日落烟寒野色昏。

出　峡 清 孙澈

双崖如壁立，出峡天始大。回首谢巫云，众壑势交汇。汪洋渺弥漫，飞鸟莫能外。孤棹弄晴烟，微风扇轻濑。大江日东流，三楚此襟带。望眼入荆门，城郭俨图绘。词赋溯屈平，水陆走冠盖。访古楚王宫，战伐周秦最。行沽武昌酒，饱食夷陵脍。长歌视江神，履险一身在。

白盐赤甲 清 张问陶

白盐云外落，赤甲雨中蟠。峡坼天光细，山童石气完。关河夔府秀，疏凿禹功难。孤艇愁风雪，飘飘逼岁寒。

风箱峡 同前

峡人轻似玃，度索上青霄。帖壁鹰巢陡，穿空鼠穴遥。衣冠秦木客，面木古山魈。老死风箱峡，生涯太寂寥。

瞿唐巫峡　同前

瞿唐蟠大壁，巫峡削千峰。处处奇相敌，山山妙不重。诗随林壑变，天壁画图浓。何日真游遍，穿云策短筇。

峡中作　同前

三峡斗一心，一心争万古。一处著一诗，诗如记里鼓。诵声琅琅出金石，天头猿鸟尽飞舞。醉中不成梦中补，昼忘风浪夜忘虎。天生此手提奇笔，那能埋头日把青钱数。躯壳未脱身先腐，君不见，瞿塘贾。

安平驿西夜泊　同前

水尽忽无路，船窗四面山。哪知孤峡转，只觉大江圜。岸削夔州近，人空禹庙闲。未须愁夜泊，风竹自斑斑。

铁棺峡　同前

峡中铁棺不可测，悬崖直下五千尺。棺中合有陈死人，心肺寒僵化成石。玉手卷然滑且腻，长风万里吹尸气。时拣浮云作墓田，猿鸣鸱笑哭游戏。任人指点无人学，那愁高峁为深谷。世上骷髅尽九泉，独眼天半真奇福。过客无须识姓名，彭殇过眼皆平平。空中大笑桓司马，石礅三年凿不成。

大溪口风雪　同前

北风吞峡一舟轻，雪里江声杂雨声。篷底细倾村落酒，残宵归梦不分明。

残年容易感他乡，纵不闻猿已断肠。回首故园山万叠，满船风雨下瞿塘。

黑　石　同前

石脉藏精铁，江声走怒雷。乍惊飞鸟避，真涌断鳌来。大冶凭谁铸，潜虬只自猜。世人空唾骂，愁绝宝刀材。

峡中寄王椒畦王子卿二首　同前

巴东三峡绝奇丽，一石一波天下无。安得王郎才子笔，浓磨五色画夔巫。

荆关董巨皆非是，细秀清雄只费猜。小李将军吴道子，乱搀粉本貌将来。

编者注：荆：荆浩。关：关仝。董：董源。巨：巨然。

入　峡　清　姚莹

姚莹（1785—1853），字石甫，号明叔，晚号展和，又自号幸翁，桐城（今安徽桐城）人。嘉庆十三年进士，曾任广西、湖南按察使。

几年骚首鸡笼塞，五月浮家滟滪堆。地险身初行蜀道，劫过谁复问秦灰。云山有意神终渺，江海无情哀自哀。白马黄牛俱寂寂，轻舟如燕上天来。

重过三峡 清 周立恭

周立恭，字伯寅，后以字行，号鹤田，四川南川（今重庆南川）人。乾隆五十九年举人，曾任浙江永嘉场盐场大使。性笃学，工书，尤善治古文，喜吟咏。

平生山水癖，梦想是夔巫。峰影摩天合，江声入地无。云闲神女庙，风肃武侯图。绝险舟行惯，翻教胆气粗。

入 峡 清 汪仲洋

忽讶群山合，江从何处去。拨棹见峡门，众流如束素。白盐何清挺，赤岬实雄据。岚光对泼洒，云气莽交互。巉天万仞起，让水一线注。骇彼斧凿痕，疏导想神助。举头读碑碣，低头挹滟滪。汉相留手迹，幽闷忽敞露。摩挲古苔藓，岩壁穴无数。椎錾如方棂，插木作梯度。鱼贯衣青簑，潜行杂草树。高高上无极，猿鸟骇相顾。奇谋逾裹毡，险地直飞渡。五百年后人，传闻竟舛误。磊落念前烈，慷慨发情愫。终日苦吟哦，何时见施措。破浪乘长风，无事更犹与。

题李明府全家下峡图 同前

夔门三峡一千里，仰望青天窄于指。中有上古鳖灵魂，喷涛奋浪此间水。巫峰十二何迢迢，为云为雨高唐高。神鸦索食下空际，猿猱飞石来层霄。鬼门关接人鲊瓮，险绝游子惨不骄。我披此图何雄放，意匠直与江山抗。怒流触石下漩涡，大船如梭破巨浪。小船奔腾划有声，水花作雨飞而上。笔所不到意皆到，万桡齐落一声唱。几时解缆辞华阳，打鼓发船白帝傍。小妇推篷汲江水，大儿吹火烧异香。平头奴子年七十，蓬蓬两鬓如繁霜。西川十载作循吏，老去忽决抽簪计。全家下峡归去来，行人安稳布帆利。呜呼，只今已乘万里风，鲈鱼莼菜楚云东。何时更作西征赋，白雪清江渺云树。（《心知堂诗稿》）

出峡词二首　清　魏源

魏源（1794—1857），名远达，字默深，又字墨生、汉士，号良图默深，邵阳（今湖南邵阳）人。道光二十五年进士，官至高邮知州。

西行入剑门，有石无天地。山川至巴蜀，天地皆壁厉。东行下巫峡，有霆无日月。巴蜀非山川，天地原割裂。去路即来路，前舟迟后舟。千曲吝寸直，万刚逃一柔。每逢呀阖际，惟恐两崖闭。更缅开阁初，斧凿伤元气。巨灵划劈处，惨淡神斧痕。其下雷回回，其上云魂魂。峡猿且勿啼，峡树且勿伐。君询巴峡天，但听巴歈阕。

峡内险在山，峡外险在滩。上滩如上山，下滩如下山。赑屃万蛟鼍，来游台梁瀑。何故乾坤内，遗此块垒物。日夜千万年，雷与石争触。出石入石水，出水入水舟。万声许许间，天地怒相求。回顾嵯岈内，始脱鲸吞忧。江行恒患风，峡行恒患石。上水唯苦迟，下水惟苦疾。人生万事内，如意安可必。如意不可必，得意其可恃。上水君勿愁，下水君勿喜。

江行杂诗（选七） 清 李星沅

昨日过云阳，桓侯庙高峙。今日过夔门，明良殿隆起。伟兹君若臣，忠义敷心膂。一怒兴全师，屯营数百里。不获白衣人，乃逢陆孺子。奇仇未克复，东征竟如此。盛衰有常期，成败无定理。但论当日事，英烈垂青史。堂堂八阵图，浩浩三分水。雄概吞吴会，正统续汉纪。永安有宫庙，伏腊崇禋祀。彼哉偶得计，直为孤鼠耳。不见汉公孙，跃马称帝氏。至竟圭虫名，一城落井底。

凌晨下瞿塘，旭日迎朝爽。前临滟滪堆，赑屃耸高掌。胡然大如马，胡然大如象。如马不可下，如象不可上。疏屏插虚空，突露心神朗。峨峨双门开，巫山列修幌。霞光散零乱，素舸摇文桨。江波日夕流，南风吹五两。

巉岩辟岿崿，夹岸何萧森。殷雷动地底，薄霭凝层阴。云气忽成雨，飒缅飘遥岑。晦明天一色，谽壑黝然深。猢狲千百群，趫捷缘丈寻。绝涧坠枯枝，倒挂江之浔。见人发长啸，临水闻清音。行子玩幽寂，抚迎鸣瑶琴。海涛一曲终，惊起苍龙吟。

跳石踏波来，奔流出三峡。一洞一泉飞，凿空声杂沓。大江鱼龙居，水府排闾阖。得毋千丈岩，灵气通呼吸。连山吐洪涎，淋漓噀巫闸。经思三雅杯，倾倒入酒汁。烂醉不知醒，度险直一霎。

大峡束江水，林峦围参差。行行九十里，峰势殊瑰奇。雪霁望松树，春晴扬羽旗。长剑倚天立，佩带连云垂。若离若合间，变幻无常仪。回首美人峰，秀濯芙蓉姿。夕照射林翠，障袂如相思。楚王别高唐，云雨空荒祠。拏舟伫神女，皓月来何迟。

北岸开龙门，南岩开官漕。前中后三重，重叠生波涛。夏秋水盛涨，顺风流滔滔。天枯险怪出，滃涌悬泉嚣。上水不得上，金鼓声怒号。缆师噫吁嚱，负之如登高。下水不得下，坎窠盘涡坳。吐茹随阳侯，存没争纤毫。何年锁门限，斗截行人艘。马肺与牛肝，峡口扬回飙。激响骇长鲸，阴岩愁老蛟。嗟哉古神禹，疏凿成功劳。

朝上石门关，关矗巴东起。暮下石门关，关揖荆山紫。万流此筦键，瑟瑟空舲水。言经至喜亭，题者欧阳氏。我携剑铗游，归来四千里。天生一椽笔，烟墨供驱使。峡云起怀袖，江月收囊底。抚兹丘壑胸，妙贮丹青理。不逢顾长康，特招吴道子。重摹出蜀国，图成寄诗史。（《李文恭公遗集》）

峡中杂诗　清　顾复初

顾复初（1800—1893），字幼耕，一作幼庚，又字乐余、子远，号道穆、听雷居士，又号罗曼山人，晚号潜叟，长洲（今江苏苏州）人。拔贡生，曾为光禄寺署正。工书画，光绪中被推为蜀中第一书家。

东风一万里，吹我挂帆西。楚地缘江尽，蛮天到蜀低。春云归雁远，山木乱猿啼。夜夜高堂梦，乡关怨鼓鼙。

画鼓阗阗咽，舟从井底牵。汰崖行白日，凿石出青天。云气学山立，滩声如雨悬。羡他下峡者，惊雷让归船。

物候西南异，爰知富媪材。药满松乳雪，虫穴竹根雷。泥暖藏龙骨，山虎孕虎胎。蜀都谁续赋，好借太冲才。

峡中杂感 清 何盛斯

山不籍土成，一石叠一石。若非五丁开，即是巨灵擘。仰观星可扪，旁瞩四山隔。时有云气来，混沌同一白。杂花万品开，四时不断绝。红艳坠春涛，疑洒杜鹃血。上有哀猿啼，下有急湍响。奈何行路人，不住巴东桨。春水静无波，长江横雪练。骤雨涨山泉，黄流添一线。

峡中二首 清 李映棻

李映棻，字香雪，宜宾（今四川宜宾）人。道光二十四年进士，历官湖北候补知府。有《石琴诗钞》。

巫云峡雨望冥冥，屈指归舟几日经。万里相随江月白，八年不见蜀山青。乡音到身心先喜，宦海回头涕欲零。定被高唐神女笑，猿声清夜客中听。

万里山影子规天，破梦滩声到枕边。云雨高台峰十二，关河故国路三千。诗心巴峡中霄月，官况夔门上水船。一样水波俱险恶，江南作宦叹频年。

峡中吟 同前

去年江南归，上峡舟安稳。奇山奇水间，十日恣馈寝。清冷三峡泉，泉泉供吸饮。巍峨十二峰，峰峰蹑其顶。归州屈原洞，香溪昭君井。所过必有诗，江山入题品。吟成山鬼惊，兴发江神引。画工画不到，收之归诗本。佳儿侍吟席，好友佐谈柄。搜抉不留遗，造化秘尽逞。一时两岸间，猿声为之屏。今年复东下，步步历旧境。追取昔诗情，风过无留影。颠风比客狂，秋气逼衣冷。大峡雨冥冥，拖篷昼亦暝。山灵似相避，滩险故作梗。感此惊客心，有诗不敢清。偶然发清吟，言情不言景。

夜泊峡中 清 廖先达

廖先达，字春帆，四川铜梁（今重庆铜梁）人。道光年间医家。

去住浑难定，浮生了莫凭。孤舟三峡雨，远市万家灯。滩急横拖缆，崖悬倒挂藤。涛声吼终夜，欲睡竟何曾。

雨霁出峡 同前

岸转出千峰，天光一线通。虹收残雨外，蝉鸣暮烟中。倒树垂崖绿，斜阳渡口红。怪他双桨驶，恰趁蒂条风。

篷 清 郭嵩焘

郭嵩焘（1818—1891），乳名龄儿，学名先杞，后改名嵩焘，字筠仙，号云仙、筠轩，别号玉池山农、玉池老人，湘阴（今湖南岳阳）人。道光二十七年进士，曾官广东巡抚。

泛泛乌篷稳，江湖奈尔何。行藏依荻苇，出没杂鼋鼍。醉倚窥天小，欹眠听雨多。浮生何处著，分付与沧波。

帆 同前

待纵青冥力，吹嘘值等闲。涛声两岸雪，云影一船山。得势仍高举，回风或引还。牙樯与锦缆，前路好追攀。

篙 同前

洒落云霄志，翛然寄此生。江湖依直道，水石激孤撑。挥弄原乖性，提携岂近名。通津甘引避，苦作急流争。

桨 同前

劲楫资飞动，由来集众工。翦流龙掣海，掠水燕分风。老气升沉定，洄波宛转通。兰桡兼桂櫂，采断楚山空。

橹 同前

大艑横江下，腾骞若有神。长材旋转捷，危柁比依亲。飘瞥操全力，咿哑满要津。劳薪君未晚，才地亦嶙峋。

樯 同前

群工持缓急，植立乃无为。大海风涛涌，高飘雷雨垂。斯时肩远大，端拱济巇危。收泊神功敛，天然不用奇。

缆 同前

系缆沦江上，思君挺节初。孤樁原有系，直性已无余。绕指神操纵，忘机信卷舒。利行非尔事，安坐送吹嘘。

百 丈 同前

襞积群资用，艚难各效能。九州多沸郁，百丈且飞腾。苛索愁空柚，纠纷急引绳。仍防中断绝，长路总凌兢。

椗 同前

亦知形蠢蠢，未敢惧挻挤。万斛排风定，孤根插水齐。潜身相系属，甘分委涂泥。抵触从人厌，无缘去角圭。

柁 同前

舳舻天下巨，孤柁寄微根。控驭云涛色，掀腾涨海天。如何全局系，翻使众工先。寄语操舟者，斯谋恐未然。

夔巫道中 清 马誉骢

马誉骢，字铁华，肇庆（今广东肇庆）人。道光二十四年举人。马誉骥（与左宗棠为同时期人）弟。

千寻壁垒势峥嵘，险扼东川第一程。暮雨连天沉日色，秋涛卷地作雷声。灵旗飒爽巫娥庙，砧杵萧森白帝城，虎豹当关肆横嚼，谁将凋敝恤民生。

天然形势固金汤，落日孤城暮霭苍。一代阵图名赫奕，四山云雨梦荒凉。谁赓骚客新词赋？莫问诗人旧草堂。且喜片帆风力顺，扁舟安稳下瞿塘。

望峡中群山　清　聂光銮

聂光銮，原名钧，字东涪，号陶斋，屏山（今四川屏山）人。道光二十四年进士，曾为武昌府知府。

扁舟下峡一千里，竟日看山十二时。图画难穷天地巧，峰峦未尽白苏诗。蛇神牛鬼各相肖，岱华崇衡无此奇。造物何心开混沌，蓬壶仙峤被人窥。

出　峡　清　赵树吉

赵树吉，字沅清（一作元清），四川叙州（今四川宜宾）人。道光三十年进士，曾官监察御史。诗文书法名重一时。

出峡心神舒，快若辞笼鸟。坡陀迤逦尽，喜见川原渺。江阔水鳞鳞，天长烟袅袅。回头望巫峰，离立隔云表。经旬苦昼晦，及兹如再晓。欢娱到僮仆，拜舞逮弱小。身穷命独牢，惊定寝犹搅。不有藭险途，何由坦夷兆。吾生困应尔，书板记泥爪。

峡中当无滩处舟行亦平喜作　清　徐敦仁

徐敦仁（1829—?），字爱杉，吴县（今属江苏苏州）人。光绪三十三年优贡，官贵溪知县。

漫言三峡皆奇险，亦有平漪百里余。沙软客行江底路，日斜人钓石中鱼。酒斟琥珀浇愁垒，窗拓琉璃读异书。一样客怀差可喜，小诗自写滴蟾蜍。

舟行三峡二首　清　郑知同

郑知同（1831—1890），字伯更，遵义（今贵州遵义）人。著名诗人郑珍独子。曾任塾师，后入张之洞幕府。

水入瞿塘深决地，山从滟滪起撑天。但穿岩缝疑难度，每近滩声便虑前。尚有人烟栖敻绝，更无生植上顽坚。舟师遍指奇踪迹，浪语谁传总是仙。

隔离楚蜀万峰攒，镇日舟行召转旋。水落回环时怒主，山争奇峭倍新妍。鱼龙冷蛰千寻底，鸡犬晴喧五两颠。不辨金鸦何处没，惟看归鸟噪高烟。（《屈庐诗稿》）

粉笔堂下作　清　许印芳

入峡朗吟太冲语，千仞冈夹西里流。振衣濯足两快绝，顿令意气横九州。生平好游兼好古，仰视石刻蟠云虬。乾道七年不恧撰，文词典瞻穷雕锼。读文既终发长喟，江左偏安原苟偷。小朝廷更抱深耻，少康武丁非匹俦。皇清列圣隆虞周，今皇拔乱恢庙谋。燕齐吴越群秽扫，轩物再造人歌讴。圣心嬛嬛念多难，滇陇犹嗟荆棘留。况看溟涛灌日月，宵旰无时忘寇仇。赫然中威致天讨，云师跃马昆仑丘。挥剑悲谷斩戎虏，回戈凉土诛蕃酋。百蛮稽颡酋革面，重华二十功毕收。鸿业润色归史籀，龙张凤篆光六幽。瞿塘之水化墨海，椽笔濡染惊阳侯。大书同治中兴颂，磨岩一洗赵守羞。峡神闻言首屡颔，长风飑扇催行舟。

原序：夔峡南岸石壁名粉笔堂，上镌乾道七年夔路转运官赵不悳《皇宋中兴颂》。不悳字仁仲，宋宗室也，悳与忧同。

入　峡　清　杨锐

稍入瞿塘峡，摩天有石门。籐留猿挂迹，松落鹤巢痕。米市依沙聚，盐船避迹喧。远游非得已，独畏虎狼存。

江　雨　同前

系缆知船重，沙头照火明。蜀江秋夏涨，峡雨夜长鸣。水鸟巢应破，潜鱼梦亦惊。短篷愁屋漏，强喜听销兵。（《杨叔峤先生诗集》）

峡中杂诗六首　清　刘光第

崖腹老枫鏖晚赤，沙头丛菊泥秋黄。卷帆漫拭春山眼，不愿神风助马香。

卧闻船鼓打如雷，已到舵舲峡顶来。多羡唐人好诗兴，上滩刚听子规才。

沙边禽鸟亦幽姿，何处巴姬唱竹枝。好是江亭来野叟，半肩红肺夕阳时。

六根断碧落天风，愁见浪花飞半空。铁板铜弦容易得，凭谁与唱大江东。

巫峡秋残花影稀，黄陵庙里鹧鸪飞。白沙虚壁无人迹，霜落空山桔柚肥。

阴崖昏晓足灵奇，孤篠弄秋神女祠。何必猿声远天上，棹歌三唱客心悲。

一　舟　同前

自笑狂吟如醉僧，一舟万里寄行縢。忠州酒香赛白傅，夔州日斜悲杜陵。魄力制鲸碧海水，梦魂欲饮黄河冰。山川南北有奇气，史迁疏宕吾岂能。

峡中杂诗二首　同前

跳波巨石乱盘盘，下有秋涛上碧峦。两岸蛎墙豪富宅，万钱不得过新滩。

楚天云雨漫相猜，千古江山擅秀才。峰好几曾名宋玉，分明天外美人来。

峡中阻雨　同前

诗心宜曲峡，更好雨如烟。江白孤槎客，云乌一发天。夜涛雷鼓沸，阴壁鬼车悬。百怪增奇气，文章自古传。

峡中见桃花　同前

谁种白桃向青壁，花光石色相鲜新。系舟江水无情地，到眼阴岩一笑春。都说行云托神女，颇惭空谷有佳人。故山烂漫堆成锦，犹是蹊中来往身。

峡　门　同前

晴雨乱崖根，鱼龙抱日昏。我行将远客，天为灭清猿。不识苍茫意，凭窥造化痕。只今没险处，浸欲负灵坤。（《衷圣斋诗集》）

夔峡二首　同前

峰影带波奔，天低势吐吞。江山抱巴国，晴雨乱夔门。魑魅阴崖啸，鱼龙夜气昏。棹影甚凄楚，不必听愁猿。

滟滪双崖底，真如骨在喉。山高残云压，水远太阴愁。下笔输工部，持杯酹武侯。峡船飞竹箭，斜日大溪头。

峡中秋兴　同前

不须屐著更筇支，讨句搜吟自往时。山色诗人争秀骨，江流学字带肥姿。野花巫峡屈原塔，落叶汾阴汉武祠。玉露丹枫佳兴在，杜陵风雅亦吾师。

出夔峡 清 王怀曾

绿破天门立，青浮江上来。乾坤托孤地，风雨卧龙才。花落黄陵庙，春归白帝台。将刀度滟滪，出匣一鸣雷。

入 峡 同前

西来莽莽乱云奔，地绝横流天有根。不是长江终到海，只恐三峡竟无门。雷霆骇浪蛟龙攫，风雨空山虎豹尊。一线天中红日过，小舟容易到黄昏。

花朝雪霁出三峡 清 刘树堂

刘树堂，字景韩，保山（今云南保山）人。光绪年间重臣，官至浙江巡抚。书法古厚遒劲，有双清堂帖。工诗，著有《师竹斋诗集》。

片帆来天上，猿声不住啼。雪横千树短，雪压万山低。锦水腾龙甲，春花衬马蹄。壮怀如可遂，定傍画桥栖。

登赤甲山 清 刘玉铨

苍然秋色莽风烟，匹马登临近碧天。巴峡波涛明到眼，荆门云树小如拳。仲宣不肯居人下，祖逖无妨让我先。东望海门烽燧里，五陵佳气竟何年。

舟过夔巫 清 谢奉琦

谢奉琦（1882—1908），字能久，荣县（今四川荣县）人。考取东京早稻田大学，后加入中国同盟会。叙府起义失败，被捕就义。

匆匆荡桨下渝关，风雨羁人意往还。回首西藩无静土，奋身东渡探神山。乡心犹绕赤母墓，客路多亏壮士颜。待致文明输入后，数年亦应谢阿蛮。

口 号 清 许光树

许光树，清代诗人，曾为巫山知县。《光绪巫山县志》（光绪十九年，亦即 1893 年编纂）有收录。

铁柱溪边暮雨来，西陵关口朝云开。神女有灵镇巫峡，楚襄无梦到阳台。

峡 景 同前

峡中无景不离奇，看取江城徒倚时。绝壑咽风翻陈陈，层峦孕月吐迟迟。忽惊浪挟海潮上，又见云乘天马驰。独有巫山神女迹，亭亭袅袅恰多姿。

编者注：层峦句：由于层峦高耸，故月升显迟。

下峡船 同前

江流万里挽真难，况有危泷与险滩。舟子自应贪利涉，波臣何事不安澜。森森云树阴长峡，滚滚风雷走疾湍。漫听猿声啼两岸，放船到此总心寒。

上峡船 同前

最难舟到峭滩时，冲浪衔涛势莫支。翻跌抡篙三老战，胼胝负缆万夫嘶。遇当流石便高搁，得半帆风客上驰。泊向关门刚定喘，又揩汗血献膏脂。

江鸣夜雨县 清 孙冯

孙冯，四川郫县人。

万里夔门月，诗人夜泊船。江声依峡走，雨势破空悬。坐久鸣逾厉，愁多客未眠。潮先人语外，灯乱水云边。汩汩喧孤枕，滔滔溢大川。洞箫吹欲咽，渔唱调初圆。去国三篙浪，流年两岸烟。下牢鸡报晓，快霁楚人天。（《小方壶试律诗》）

晚泊峡中 清 张仲肃

张仲肃，华阳（今属四川成都）人。刘明曦室。有《张仲肃女士诗存》。

泊舟临绝壁，倚柁一开颜。山势趋三楚，江声走百蛮。冻

云生峡口，倦鸟没林间。孤艇寒风逼，巉岩未可攀。（《晚晴簃诗汇》）

出　峡　清　董敬舆

董敬舆，字临之，闽县（今属福建福州）人，官常熟典史。

霜威扑面欲生棱，枯坐篷窗唤不应。笑指彩云辞白帝，贪看红树下黄陵。冷猿哀雁声何楚，暮雨朝云画未能。知有精灵镇来往，碧虚想象最高层。

夔峡下巫峡　清　万有正

峡水平于掌，神峰矗远空。猿呼悬壁下，犬吠结茅中。云雨终疑梦，高低只信风。滩头三十里，来早下巴东。

三峡观瀑布　清　孔祥淑

奇峰秀削插当面，晓起凌虚天一线。轰轰震谷雷乍鸣，重岩陡转飞白练。如烟如雪势奔腾，大珠小珠满地溅。碧潭千尺窈而深，响滴铜壶漏传箭。蛟龙不作尘不染，皎洁水光澈底见。静观顿使道心清，日暮云封犹眷恋。（《晚晴簃诗汇》）

峡口感眺　清　吕辉

关指瞿塘擢地雄，楼船百道走天风。东吴不并由天幸，只剩寒云锁故宫。

八阵雄图遗恨长，横江铁索隔斜阳。停舟吊古夔门口，白帝城高草木荒。

赤甲白盐天下奇，少陵当日咏新诗。东屯明月已非昔，儒雅风流尚在兹。

荼罢重登开济堂，㸌余人物庆丰穰。泛舟满戴斜阳外，又见翻新雪稻香。

入　峡　同前

巴蜀三峡天下无，奇形伟状相悬殊。云椎拨地破空立，矗遮半壁西南隅。昔闻神异足未到，梦寐往往先驰驱。今我披襟骋游目，拨艇载酒帆不孤。更历幽深选名迹。一曲一折何崎岖。阴岩青翠备四序，怀猱攀援声乱呼。怒浪摩挲日月影，石室开阖风雨俱。造化有功功难写，名之弗可为拟摩。禹迹到处报神怪，绵亘千里趋夔巫。眉州坡老最解事，入峡出峡成欢娱。高吟五言已括尽，续貂谁敢毫再濡。春水泻来西天上，倒满东海浮五湖。人生乐事本无几，此景不述直鄙夫。前贤缺留后贤补，聊叙真面存不诬。载访异代丹青手，画我扁舟入峡图。

峡中歌　同前

才过荆襄路几程，茫茫烟水几帆轻。从今便是川江道，万壑千峰数不清。黄陵庙古杜鹃啼，人祷湘妃度恶溪。一发青天望不尽，滩声直打枕边低。棹鼓喧闻下水船，惊雷掣电去茫然。水重水覆都不管，直泊夷陵浣石边。新妇摇桨棹歌声，咿呀悠柔绕岸行。多少险滩过不得，大家牵缆走纵横。宝剑兵书倒指看，经纶能否助郎官。重岩古穴有人住，欲写临风下笔难。屈庙香溪何处求，楚王台在岸南头。滩声日打女墙下，人说此间即归州。晚风已过巴东县，楚地蛮天两界分，滩响猿声共激烈，他乡游子不堪闻。面前峭壁疑无路，轻棹忽然又一天。目驻眼前心何着，一曲一折有百年。日出泊船依翠屏，眼前山色最空灵。舟人能说襄王事，十二巫峰衣归青。黑石黄牛取次过，浪花翻日滚婆娑。船头喜听巴人女，闻唱竹枝三峡歌。奇险文章自此开，果然太白是仙才。哦诗摹景未能了，已到瞿塘滟滪堆。万派西来势若奔，滔滔一水泻夔门。吴船蜀橹商争集，灯火当关夜市喧。

舟行口号　王先谦

石底乌龟初伏未，滩头白鹤近飞无。他时更肯扪龙舌，今日真成捋虎须。东阳庙矶与磁庄，千曲万折轰礌硠。长年拍手齐送喜，顾盼已落夔山傍。

编者注：乌龟、白鹤、龙舌、虎须，皆滩名。

峡江舟中五首　徐樾

夹崖山为壁，栖岩石作家。鹘盘峰顶树，龙吠水边沙。古塞双扉掩，危桥独木斜。晚寒烧败叶，真觉傲烟霞。

樵径烧痕曲，柴山叠万重。负瓶村妇汲，鸣杵野人舂。地僻虎频至，时平堠久封。白云何处寺，遥听几声钟。

山鸡照水舞，野鸟似猿啼。文采嗟终误，声音听转凄。自怜毛羽好，应悔网罗迷。见汝空长叹，扁舟日又西。

三峡锁咽喉，岷江汇众流。滩中飞似雪，山角泻如油。洑漩深难测，漂波去不收。风涛思避险，只合泛轻舟。

古渡通来往，轻航见两三。帆樯初就岸，妇稚各携篮。果饵随人买，风波共客谈。安居真羡汝，漂泊我何堪。（《遗园诗集》）

峡中吟 冯承泽

冯承泽（1856—1928），字筠轩，忠州（今重庆忠县）人。光绪十四年举人。曾为书院主讲，后任忠县中学历史、国文教师。

峡门风紧布帆偏，反棹匆匆载暮烟。一水自摇江上月，万风清抱蜀中天。朝来雪雁行疑断，夜听霜猿枕不眠。屈指还期将岁晚，归心不觉箭离弦。

蜀船歌 易顺鼎

蜀船三老渝州客，岁岁风波别乡国。西来巫峡万山青，东去江陵九江白。高樯大舸泊沙头，平明打鼓发荆州。一路买鱼教饲犬，百夫分豕学樵夫。下水不曾张五两，上水唯须牵百丈。惯见巫峰思杀人，还愁滟滪高于象。白昼摊浅一笑哗，谁知楚客独思家。空江月出巴童唱，夏禹祠前落橘花。（《琴志楼诗集》）

舟中书事 同前

幽绝夔巫道，扁舟拓水窗。千崖分作峡，万壑合成江。树隐栖猿一，波明去乌双。客怀殊不恶，高咏压奔泷。

峡江行杂诗十首　曾福谦

曾福谦，原名宗亮，字伯厚，号郄叟，闽县（今福建福州）人。曾晖春（1770—1853）曾孙，曾克耑（1900—1976）祖父。光绪九年进士。曾官福建船政帮办、提调，学堂监督。

危峰插层霄，巉崪挺千仞。对峙辟双扉，矗立摩巨刃。白云覆其巅，如蒸气出甑。绵延不少断，步步引入胜。鸟飞尚不到，何有樵苏径。长啸一声过，山谷争相应。

怒湫不可泅，山陡水亦陡。猛悍复雄奇，以石为枢纽。象形极万类，大小无不有。不知几千年，孕此顽而丑。欲借祖龙鞭，一一鞭之走。险语制险滩，滩神亦低首。

神鬼助呼号，风云变昏昼。孤舟闯中流，猛与水力斗。沸羹滚浮泡，激箭奔急溜。邪许抱巨笪，跳踯缘若窦。篙眼攒蜂窠，防石如防寇。捩舵避沙胶，挂席挟风走。前滩势甫平，礐硞后滩又。

有青则无叶，有叶则无青。我行值季冬，青滩露其形。等为上中下，上险而下宁。登坡远避之，俯视犹建瓴。怒涛时喷薄，不雨惊雷霆。世路多风波，何必定沧溟。

昨夜泊滩腮，滩声扰清梦。孤镫影幢幢，篷背密无缝。隆冬雪花稀，被池不含冻。破晓开船窗，满江霏烟雾。榜人起解维，震耳声喧哄。崖厂几人家，痡瘀时目送。

铁棺峡乍经，编鱼溪又屈。长年三老云，此地入蜀界。石壁耸厜㕒，雄拔不少杀。变幻境屡迁，千奇兼百怪。斜凸入江心，江流势渐隘。倏焉激漩澴，散之分万派。浮芥一舟轻，时向涛头拜。饱看蜀中山，兹行意亦快。

巫山十二峰，合沓摩群峭。入峡多阴风，怒号嘘万窍。嗷嗷哀猿声，噤寒不敢叫。世人惜好事，建立神女庙。朝暮成云雨，梦境殊佳妙。匆匆过阳台，恐被襄王笑。

陵谷易千秋，沧桑变一旦。崩石生危滩，出为众滩冠。户限梗中流，秋来路忽断。帆樯立如林，上下舟互换。辎重争相栖，负担盈江畔。曩昔一荒墟，今兹成里闬。凿石声硠硠，吻昕至日旰。夷陵达巴城，计程尚未半。卸舟复登舟，手足毋乃乱。方知蜀道难，在水不在岸。

廿三到万县，廿七到忠州。斗大筑山城，名为官马头。蔗枝与桔颗，筐筥纷求售。菜根初出土，鱼尾初上钩。微官乏供帐，行厨无珍羞。入市何所需，盐酒酱醋油。米价涨倍蓰，淫潦岁无秋。生平志淡泊，口腹安足谋。道殣苦相望，能毋抱烦忧。

天生千万滩，平分闽与蜀。闽人为蜀官，此境领最熟。峡江较建溪，同工本异曲。昔年刺舟行，溯风肤起粟。重听櫂讴声，旧梦频枨触。终日倚篷窗，意旷神亦肃。闲披幅幅图，拟把渝州续。

抵奉节任　同前

喧阗轩盖满江干，今日登场现宰官。留得书生真面在，不妨放胆与人看。

答人问峡中诸山　同前

垠崖崩豁石磷磷，瓮里天光冷迫人。若与画家商笔法，云头折带乱柴皴。

江行舟中四首　黄宾虹

葭薍楚江秋，烟波滞客游。皋亭间俯眺，日夕急东流。

侵波峰叠云，回沙月凝雪。霜树槭疏红，清光饮寒冽。

送爽喧清籁，迎曦破淡云。峰回三峡路，飞鸟出遥天。

戍角咽江流，斜晖万里舟。客心孤迥处，一雁拂高秋。

峡中望夔巫诸山　同前

湘沣始入江，川原自夷旷。落日上墟烟，莽苍极四望。舟行溯宜昌，夷陵复西向。历落见冈阜，崇墉起屏障。似豙间缺啮，奇诡各殊状。峰峦竞蹲跳，云涛姿摇漾。奔流势已雄，东峡气逾壮。迴碛激飞蹤，曲折互争让。捩舵争工捷，横渡翦鲸浪。水由地中行，人如坐天上。眴倏涉重险，迅速风王雨。夔门惊逼蹙，巫山悦排宕。神娲炼石余，斧凿出天匠。岚光扑襟袖，游想心目畅。安得常久居，泉石相倚傍。即景穷幽邃，图画列装璜。流观综宙合，搜获诧奇创。澄怀超物外，尘埃尽消亡。解缆又晨征，言念神为王。

将晓示刘向二子　赵熙

北风猎猎水茫茫，三日扁舟出故乡。为报晴明须早起，晓来山翠满瞿塘。

晓　发 同前

篷背受新霜，鸡鸣曙色黄。今朝辞旅泊，遥梦下瞿塘。起视青天净，东流白帝长。悠悠鱼腹浦，三叹汉臣乡。

夔　门 同前

辟峰逐江急，一怒集夔门。白日埋山气，青天啮斧痕。神功有疏凿，真宰会乾坤。太古双崖铲，全川万马奔。

峡口二首 同前

八阵堂堂列眼前，清秋枫叶早霜天。无穷江海人间梦，头白鸡鸣峡口船。

秋色知从雁外来，扁舟转处峡门开。此于王洽图中见，山势无情黑一堆。

峡门二首 同前

峡门江鹳晚争飞，井底鸣蛙水气肥。莫怪公孙初恃险，经霜树树赭黄衣。

天生一石障全川，慎尔东流佐客船。独立风涛千古在，老羆当道峡门前。

夔万舟中　同前

落叶如人老，风吹不到家。梦中犹峡路，秋尽每天涯。世乱书无效，蔬荒岁有加。饥枭不下食，何地饲神鸦。

官渡口　同前

晓发瞿塘乡思浓，暮看官渡楚人踪。夕阳红遍西川路，回首青天塞万峰。

夔府舟中　同前

峡山寒送烈风回，万舸铜钲雨后催。红旆倒吹青嶂影，苍烟遥见白盐开。倦怀乡梦昏如醉，愁听滩声险似雷。一去粤东人万里，海天何日却归来。

峡　门　同前

春水鱼天绿桨牙，峡门已遍杜鹃花。舟行故里难闻信，人近清明倍忆家。往事可能无愧色，力耕何计稳生涯。彩云白帝猿声苦，不道公孙是井蛙。

江　舟　同前

上滩回望峡云浓，细雨吹开露数峰。一塔便知前县近，马头春色似弘农。

出　峡 同前

孤棹自天落，峡门江浩然。雄心生八表，大势别全川。野雁知春去，江鱼卖酒船。万山如万马，勒足不能前。

下里词送杨使君之蜀（选八） 同前

西陵水色胜新安，朝暮黄牛上峡难。人在空舲歌一曲，雁声遥应第三滩。

小泊香溪到玉虚，洞中垂乳是仙居。只缘心上明妃在，水味浓香满汉书。

屈原庙前枫叶红，平明打鼓上巴东。秋风亭下香火绝，手版无人谒寇公。

巫山峡影玉清冷，人在冰壶一色清。水响猿啼神女怨，云晴雨淡楚王灵。

巫山窈窕复玲珑，墨作围屏玉作峰。一镜桃花低绿水，瑶姬写影在当中。

缥缈巫山十二峰，晴峰奇秀雨峰浓。美人峰更薰香立，如此巫山愁杀侬。

一舸瞿塘日易西，峡门盐甲与天齐。千秋杜甫吟能健，白帝城高接瀼溪。

汉相扶孤旷代才，滩声遥夜使人哀。三分不续高光业，八阵遥当滟滪堆。

夜　泊　同前

今夜孤舟月，分明照白沙。开舲如伴我，泊岸当移家。古意吟枫叶，乡心触菊花。峡高成久望，风起雁行斜。

峡舟雨夜闻雁　同前

细雨白沙路，夜闻江雁翔。徘徊同作客，辛苦向何方。听极水声远，起看天色苍。春星犹点缀，崖壁想洪荒。

三　峡　罗骏声

江促疑无路，山开忽引船。涛奔崖穴响，岭断峡云连。渥赭孤峰石，微兰一线天。崭然分楚蜀，不假巨灵镌。

峡中感旧　林思进

林思进（1874—1953），字山腴，别署清寂翁，华阳（今属四川成都）人。光绪举人。曾官内阁中书。后在蜀中执教数十年。新中国成立后任四川大学教授、四川省文史研究馆副馆长。

细雨黄陵庙，孤帆白帝城。重吟下峡咏，何似子规声。峰壑春阴秀，波涛夜响清。扁舟三度宿，今夕始愁生。

入　峡　李宣龚

李宣龚（1876—1953），字拔可，号观槿，晚号墨巢，闽县（今属福建福州）人。光绪甲午举人，官至江苏候补知府。

小山强平已为滩，屹立中流可足难。厚土亦愁皮曾露，行人何怪肝胆寒。放翁作记才终短，杜志忧时意欲殚。漫与淮南论米价，眼前犹是一枝安。

峡行三首　同前

楚山坚重扃，走蜀俨无路。谁开禁门键，东望塞反顾。回风变萧瑟，峡雨糁成雾。滩形眩旋磨，水势急漂杵。又如不材木，弃昼任朽蠹。空舲排头鼋，色恶真可怖，须臾化蛟鳄，一散复无数。倘教风落石，可使江改故。危樯莫敢近，小艇从容吐。水鸟踏人流，鬼门关已度。

巫山十二峰，窈窕鸾凤举。靓妆入明镜，倒影更媚妩。峡深积嘘吸，天远答修语。杜鹃叫苍壁，宿瘿滴钟乳。近人草木气，赤日不能午。导江利用曲，桿水在一阻。飙轮铿鼓瑟，风柁疾飞拏。神光幻离合，展转迷处所。淫祠昨屈宋，用意备凄苦。叹息工文辞，为人掌晴雨。

夔门双石阙，插江画鸿沟。能令出地舟，于兹回万牛。夏涨没滟滪，瞿塘谁敢浮？江底沉铁锁，真如扼咽喉。其巅白帝城，存亡迹空留。少陵不此堂，太白不此楼。宦游苏长公，亦不此掉头。坐令文字缘，付与竖子俦。笔陈恣横扫，犹思雄一州。设险不自保，揖盗良可忧。

三　峡　金天羽

一峡复一峡，峡壁高参云。峡浪转滩响，峡石穿滩根。一滩复一滩，滩涨江水浑。舟行夺滩上，恶浪颠尻臀。舵楼看青山，秀异超山群。一峡具一态，峡峡张威神。攒簇千万山，统之三峡尊。魁人负杰气，庄马昌黎文。鼎足立三雄，江上分三军。巨灵额竦切，鬼母肤丑皴。荒谷隐帐殿，高云蒸镏鐼。长栈筜机橹，仙粟颓仓囷。联如衽钩边，断若背裂寅。犀祖及犴孙，危崖锐出龈。百磉隆着天，天阊碍日轮。西陵当峡口，峡尽见夔门。巫峡在中央，帝女天所嫔。夔为三峡君，瞿塘险失魂。转柁入瞿塘，滩石手可扪。度峡且为欢，烂漫倾酒樽。

蜀游记事　陈叔通

陈叔通（1876—1966），原名敬第，字叔通，以字行，浙江杭州人。光绪二十九年进士，授翰林院编修。民国时任第一届国会众议院议员。此后，长期担任上海商务印书馆董事、浙江兴业银行董事等职。

楚尾才通蜀，江流竟属谁？荒唐神女赋，潇洒少陵诗。螺出云天迥，猿空洞壑奇。岂唯峰十二，不尽接峨眉。

不信巫山断，舟人指黛溪。森然成壁垒，何处着阶梯。万绿粘天外，双门扼水西。关心在滟滪，楼阁忽高低。

望三峡　江庸

江庸（1878—1960），字翊云，晚号澹翁，祖籍福建长汀，生于四川璧山（今重庆璧山）。早年留学日本，中国近代法律教育的奠基人之一。

浩浩长风万里晴，俯瞰三峡未分明。如何一舸烟波路，今日空濛雾里行。

山峡歌 杨庶堪

杨庶堪（1881—1942），名先达，字品璋，后改沧白，别号邠斋，四川巴县（今重庆巴县）人，曾任四川省省长等要职。

出峡复入峡，轻舟渺难驻。巫山十二峰，峰峰锁烟雾。烟雾空蒙里，云树有人居。不分世上米，但足江中鱼。群鱼游江中，独网张江边。夜深明荻火，沽酒傍渔船。渔父向余说，无愁但言好。入世风波恶，愿得峡中老。涉世已卅余，涉江凡几度。欲采夫容花，恐拆相思树。相思相望里，绿窗城南头。安得一掬泪，泪溯上渝州。我家渝州曲，愁与老亲别。计程过黄牛，夜坐添白发。思亲如引缆，循环无息念。所幸绝猿声，闻猿肠应断。肠断不足惜，魂销剧可伤。归心绕巴水，无复梦高堂。高唐楚绮词，芳菲日袭予。何处足离忧，蜀江晴云雨。雨霁山色佳，江天无纤埃。谁解春波绿，临流照影来。呜咽瞿塘水，奔流滟滪堆。寒江冷蓬鬓，天际一舟回。

三　峡 李思纯

李思纯（1893—1960），字哲生，四川成都人。在文史哲、政法、新闻、外交翻译领域都有较大建树，尤以史学、诗词见长。

楚客吟山鬼，巴人唱竹枝。月明神女庙，花发屈原祠。断壁青瑶孕，奔江白练奇。苍苍下秋峡，幽险百年思。

九　瞿塘

《水经注》：江水又东，径广溪峡，斯乃三峡之首也。其间三十里，颓岩倚木，厥势殆交。北岸山上有神渊，渊北有白盐崖，高可千余丈，俯临神渊。土人见其高白，故因名之。天旱，燃木岸上，推其灰烬，下秽渊中，寻即降雨。常璩曰：县有山泽水神，旱时鸣鼓请雨，则必应嘉泽。《蜀都赋》所谓应鸣鼓而兴雨也。峡中有瞿塘、黄龛二滩，夏水回复，沿溯所忌。瞿塘滩上有神庙，尤至灵验，刺史二千石径过，皆不得鸣角伐鼓，商旅上水，恐触石有声，乃以布裹篙足。今则不能尔，犹飨荐不辍。此峡多猿，猿不生北岸，非惟一处，或有取之放著北山中，初不闻声，将同狢兽渡汶而不生矣。其峡盖自昔禹凿以通江，郭景纯所谓巴东之峡，夏后疏凿者也。

杨守敬认为广溪峡即今瞿塘峡，西起奉节白帝城，东至巫山大宁河口。

广溪峡　唐　杨炯

杨炯（约650—约693），弘农华阴（今属陕西）人。初唐四杰之一。曾为太子詹事司直、盈川令。

广溪三峡首，旷望兼川陆。山路绕羊肠，江城镇鱼复。乔枝百丈偃，飞水千寻瀑。惊浪回高天，盘涡转深谷。汉氏昔云季，中原争逐鹿。天下有英雄，襄阳有龙伏。常山集军旅，永安兴版筑。池台忽已倾，邦家遽沦覆。庸才若刘禅，忠佐为心腹。设险犹可存，当无贾生哭。

瞿塘怀古 唐 杜甫

西南万壑注，劲敌两崖开。地与山根裂，江从月窟来。削成当白帝，空曲隐阳台。疏凿功虽美，陶钧力大哉。

长江二首 同前

众水会涪万，瞿塘争一门。朝宗人共挹，盗贼尔谁尊。孤石隐如马，高萝垂饮猿。归心异波浪，何事即飞翻。

浩浩终不息，乃知东极临。众流归海意，万国奉君心。色借潇湘阔，声驱滟滪深。未辞添雾雨，接上过衣襟。

瞿塘两崖 同前

三峡传何处，双崖壮此门。入天犹石色，穿水忽云根。猱玃须髯古，蛟龙窟宅尊。羲和冬驭近，愁畏日车翻。

夜入瞿塘峡 唐 白居易

瞿塘天下险，夜上信难哉。岸似双屏合，天如匹练开。逆风惊浪起，拔荩暗船来。欲识愁多少，高于滟滪堆。

送友人上峡赴东川辟命 同前

见说瞿塘峡，斜衔滟滪根。难于寻鸟路，险过上龙门。羊角风头急，桃花水色浑。山回若鳌转，舟入似鲸吞。岸合愁天断，波跳恐地翻。怜君经此去，为感主人恩。

编者注：羊角风：即旋风。《庄子·逍遥游》：抟扶摇羊角而上者九万里。

暮上瞿塘峡 唐 项斯

项斯，字子迁，台州府乐安县（今浙江仙居）人。会昌四年进士，官终丹徒尉。

自古艰难地，孤舟旦暮程。独愁空托命，省已是轻生。有树皆相倚，无岩不倒倾。蛟螭波数怒，鬼怪火潜明。履道知无负，离心自要惊。何年面骨肉，细话苦辛行。（《唐诗类苑》）

瞿塘峡 宋 冯山

胜绝瞿塘险，西陵古地形。巴江深洞穴，蜀主旧门庭。王气吞三峡，神工出五丁。斜长天一线，相对石双屏。瀑击岩峦瘦，云蒸草木腥。众流趋滟滪，远意会沧溟。顾盼如无地，幽阴似有灵。白盐悬日月，黑石鼓雷霆。镵凿余痕在，高深巨势停。鱼龙凭险怪，烟雾锁沉冥。念昔穷探赜，尝言骇观听。波涛真激箭，舟楫遽奔星。倒挂伤猿足，横飞羡鸟翎。死生期一瞬，出没类浮萍。世上凭忠信，胸中混醉醒。人烟逢瀼岸，语笑落沙汀。沥酒重滩下，回头万仞青。停桡询故老，借笔润图经。二孟连称帝，三川恃建瓴。关防虽巩固，基业旋飘零。艺祖收长策，神旗指不宁。彦畴空死节，曹翰首开扃。五岭刘归国，重湖马就刑。磨崖谁刻此，远续孟阳铭。（《安岳集》）

入瞿塘峡　宋　张嵲

瞿塘深窈窕，翠气晓空濛。乱石增惊浪，长滩激迅风。舟行天堑内，身在夹城中。绝壁皆侵汉，于兹识禹功。

望瞿塘峡　同前

万古瞿塘峡，犹存禹凿痕。岷峨驱众水，滟滪没孤根。云黑树含雨，祠荒鸦噪昏。悲凉瀼西地，三叹相营魂。

至瞿塘戏用山名成一绝　宋　王十朋

取友要如山胜己，居官宜似地青帘。边庭未靖尚赤甲，鼎鼐欲调须白盐。

瞿塘行　宋　陆游

四月欲尽五月来，峡中水涨何雄哉！浪花高飞暑路雪，滩石怒转晴天雷。千艘万舸不敢过，篙工柂师心胆破。人人阴拱待势衰，谁敢轻行犯奇祸。一朝时去不自由，山腹空有沙痕留。君不见陆子岁暮来夔州，瞿唐峡水平如油。

醉中下瞿塘峡中流观石壁飞泉　同前

吾舟十丈如青蛟，乘风翔舞从天下。江流触地白盐动，滟滪浮波真一马。主人满酌白玉杯，旗下画鼓如春雷。回头已失瀼西市，奇哉一削千仞之苍崖。苍崖中裂银河飞，空里万斛倾珠玑。醉面正须迎乱点，京尘未许化征衣。

夔门即事　宋　范成大

峡行风物不堪论，袢暑骄阳杂瘴氛。人入恭南多附赘，山从夔子尽侵云。竹枝旧曲元无调，曲米新篘但有闻。试觅清冷一杯水，筒泉须自卧龙分。

编者注：夔城无井，水自卧龙山来。

瞿塘行并序　同前

川灵知我有归程，一夜涨痕千丈生。中流击楫汹作气，夹岸簸旗呀失声。不知滟滪在船底，但觉瞿塘如镜平。凿峡流川狠石破，号山索饮飞泉惊。白盐赤甲转头失，黑石黄嵌拼命轻。草荠增肥无泊处，竹枝凝咽空余情。人间险路此奇绝，客里惊心吾饱更。剑阁翻成蜀道易，请歌范子瞿塘行。

原序：七月十九日，至夔州，滟滪撒发不可犯。是夜水涨及山腰，诘旦，视滟滪已在水中。土人云："此青草齐也，可以冒险而入。"遂鼓棹掠其顶而过。郡中遣候兵立于山上，每一舟平安，则摇帜以招后船。白盐、赤甲皆峡口大山，黄嵌、黑石皆峡中至险处。入峡西岸有圣泉，舟人或向之疾呼曰：

“人渴矣!”泉即迸出一杯许，复干。余舟过甚急，未试也。

离巫山好晴，午后入瞿塘关，憩高斋半日　同前

一昨题诗诉苦霖，果然连夜卷曾阴。尽收行雨瑶姬赐，不徇世情巫峡心。喜鹊满枝朝日淡，哀猿何处宿云深。水门山径高斋外，一枕清风屏万金。

编者注：高斋：杜诗“螟色延山径，高斋次水门”之高斋即此。

瞿塘峡　宋　项安世

家住东溟狎巨涛，今年三峡试客舠。瞿塘关下惊危甚，一席巴天浪许高。

枕上闻橹声　宋　李流谦

劝君不须下瞿唐，顺流从此道路长。劝君早上瞿唐去，溯流虽艰近家乡。我今出蜀几寒暑，催归苦念家人语。更烦舟子策全功，疾趁鸣鸡起摇橹。(《澹斋集》)

瞿塘峡二首　宋　李石

我行江南上峡来，系舟夜泊云雨台。行到西川一万里，杜鹃声急桃花开。

花开归去客在船，人到云安有杜鹃。峡山无路续百丈，胡狲上树拊连天。(《方舟集》)

次瞿塘寄呈杨帅　宋　沈继祖

沈继祖，字述之，兴国（今属江西）人。乾道五年进士，官至监察御史。

转柁边楼隔夕阳，竹枝歌断送飞航。敢同计事追韩信，每辱扬鞭问葛强。雁影入江三峡冷，猿音呼月五更长。功名岁晚貂裘弊，归鬓应怜已点霜。

瞿塘神君歌　宋　周文璞

周文璞，字晋仙，号方泉，又号野斋、山楹等，祖籍阳谷（今属山东），祖、父随宋室南渡而流落江南。宁宗时曾任溧阳县丞，后隐居于方皋，与姜夔（1154—1221）交好。

黄衫纱帽佳少年，炯然饿虎穷山渊。不居秦鹿祖龙畔，却走碧鸡金马边。左手斜执巨灵凿，右手敬抱禹贡篇。离堆顺流已受命，一下不打天吴鞭。有时挟弹暮云表，有时蹴踘春风前。有时却自着绛帕，走入药市寻神仙。为人定似李太白，学道定似葛稚川。孙翁走避乖崖叟，遣仆送画不取钱。神君庙食与画像，千古万古当流传。我昔梦上神君殿，偶值蓬莱众真宴。洛阳开尽姚黄花，铜驼陌上难相见。

瞿塘峡二首　宋　阳枋

阳枋，又名昌朝，字宗骥，号字溪，巴川人。官朝奉大夫。

曾闻滟滪屹瞿塘，雪浪摧山势独当。我至韵融方二月，水平石出映斜阳。

万丈危屏水墨图，江浪带窄映云衢。莫怪波平澜不倒，回狂滟滪一峰孤。

瞿塘峡 同前

壁绝昼昏明，猿高仿佛音。不关天宇窄，自是峡流深。既晓迟朝日，未酉还夕阳。扁舟平涉险，凭取有孚心。（《字溪集》）

瞿 塘 南宋 安如山

安如山，字汝止，广汉（今属四川）人。理宗端平元年安抚曹友闻辟为掌书记，不起。

去去如奔马，来来无尽船。人心似江水，日夜向吴天。

瞿塘图 宋 魏初

魏初（1226—1286），字太初，号青崖，弘州顺圣（今河北阳原）人。曾官中书省掾史兼掌书记、监察御史。

瞿塘事去已千古，芦荻花飞两岸秋。四海升平有今日，卧吹箫管到杭州。

病中作 宋 文天祥

瞿塘隘处真重险，勾漏坡前又一滩。世事不容轻易看，翻云覆雨等闲间。（《文山集》）

夔　门　宋　汪元量

赤甲山连白帝山，三巴三峡百牢关。孤舟行客愁无那，十二峰前十二滩。

夔门驿　同前

宿酲未解据胡床，亭午披衣望麝香。三峡夜来天似水，百蛮秋后月如霜。洲前橘柚垂垂实，石上藤萝细细长。又欲挐舟过滟滪，黄牛白狗接高唐。

瞿塘峡　元　陈谦

庸蜀诸羌水，荆吴万里浑。石将崖约束，焉免壑崩奔。线引温汤浦，觞浮云水源。槎程疑欲尽，西望气魂魂。

出峡图　明　释宗泐

释宗泐（1318－1391），字季潭，别号全室，俗姓周，临海（今浙江临海）人。元末明初名僧。

瞿塘水如马，五月不可下。两舟何处来，披图一惊诧。前行稍趋平，势若闲暇者。后来方履险，众篙不停把。岩回古木披，峡束哀湍泻。嗟尔驾舟人，安危在操舍。（《列朝诗集》）

午日瞿塘观竞渡 明 史谨

龙舟一叶戏苍茫，画楫齐操忽怒泷。俄顷翻身葬鱼腹，醉魂惭诉汨罗江。

下瞿塘 明 孙蕡

我从前月来西州，锦官城下十日留。回船正值九九节，巫山巫峡风飕飕。人言滟滪大于马，瞿塘此时不可下。公家王事有程期，敢惮微躯作人鲊。人鲊瓮头翻白波，怒流触石为漩涡。柁工敲板助船客，破浪一撇如飞梭。滩声橹声历乱聒，紧摇手滑橹易脱。沿洄划转如旋风，半侧船头水花没。船头半没船尾高，水花作雨飞鬓毛。争牵百丈上崖谷，舟子快捷如猿猱。拢船把酒聊自劳，因笑轻生转奇好。吟诗未解追谪仙，天遣经行蜀中道。巴东东下想安流，便指归州向峡州。船到岳阳应渐稳，洞庭霜降水如油。

过瞿塘 同前

我本江湖远游子，扁舟远过瞿塘水。瞿塘八月秋风生，天上猿声落篷底。鬼门关黑路险幽，我行短发寒飕飕。洪涛摇山角井裂，怪石触雪鼋鼍愁。冥搜欲报造化窟，飒爽始可清毛骨。朝冲神女弄珠宫，夜瞰鲛人织绡室。人生哀乐本无端，历此百折生凄酸。桡翻健翅疾于鸟，那敢此地长盘桓。离家江月今三皎，归棹乘流须及早。布帆明月挂回飙，晴滩水落漩涡小。(《山庵集》)

月夜过瞿塘　明　王绂

瞿塘滟滪足风波，一叶官航抵暮过。峡尽顿看江路阔，山开尤喜月明多。图分八阵石犹在，柱锁重关铁未磨。惆怅英雄俱已矣，令人千古独悲歌。

瞿塘天下险　明　解缙

解缙（1369－1415），字大绅，一字缙绅，号春雨、喜易，吉水（今江西吉水）人。洪武二十一年进士，官至内阁首辅、右春坊大学士。谥文毅。

惊湍触石石欲落，绝壁与天争一握。峡东冲激转奔雷，白日蛟龙怒相角。望中砥柱何崔嵬，曾见当年征战来。禹凿汉江犹在眼，金舆铁镇成寒灰。行人记取秋风里，云是瞿塘滟滪堆。（《文毅集》）

瞿塘歌　明　陈琏

陈琏（1369－1454），字廷器，号琴轩，东莞（今广东东莞）人。洪武二十三年举人，曾任四川按察使。

蜀山发岷峨，支派何其繁。连峰沓嶂到夔峡，两岸对立高为门。白盐与赤甲，万仞明朝暾。长江贯其中，水出非一源。其南通越嶲，其西来吐蕃。浩浩纳众流，浊浪声豗喧。势挟天地转，怒作雷霆奔。天教滟滪遏不住，雪花飞舞洪涛翻。黑石与黄户，险恶难具论。舟人鱼贯牵百丈，观音胆掉惊神魂。忆昔神禹疏导功，石壁尤存旧凿痕。长江东流不少住，形胜独数瞿塘尊。蚕丛凫翳旧开国，据有蜀土称雄藩。粤从炎精丧，僭窃闻公孙。至今白帝城，相望余颓垣。后来刘豫州，建国同中原。三顾起卧龙，复此驻军屯。江间八阵图，历历迹犹存。自后僭伪者，琐琐奚足云。元季夏明氏，恃险负皇恩。天威赫然命六年，六年饮马川为浑。摩旌乘胜克西蜀，铁锁已断来降幡。皇风远畅清奴氛，雪山冰谷回春温。信知在德不在险，诚如古人之所言。群雄割据竟何在，依旧老树啼寒猿。

泊瞿塘 明 沐昂

沐昂（1379—1445），字景高，祖籍定远（今安徽定远）。黔宁王沐英第三子，战功卓著。死于云南，被封为定边伯，谥武襄。

路入巴江水渺茫，扁舟此日下瞿塘。雁飞天外行疏密，渔唱风前韵短长。两岸芦花飘白雪，一林枫叶醉清霜。晚来又向津头泊，坐对青山倒玉觞。

瞿塘上峡 明 沈庆

沈庆，永乐十九年赐同进士出身。今奉节《瞿塘上峡诗碑》，为其景泰五年所书。

三峡瞿塘据上游，险由天设古今留。云烟翳树猿猱下，风浪翻江贾客愁。山势西来开蜀道，水声东去会相流。天桥铁柱连环锁，驻节看碑忘远游。

瞿塘天下险 明 周洪谟

周洪谟（1421—1492），字尧弼，叙州长宁（今四川长宁）人。正统十年进士，官至礼部尚书。谥文安。

两崖壁立何险巇，巴东大江如一丝。杜宇神功渺何许，尧时余烬谁复知。中流滟滪实挺特，如牛如马夏秋月。怒涛掀天万鼙雷，巨漩触石千层雪。汤汤东去几回湾，虎头狼尾如连环。赤甲下映人鲊瓮，黄牛高抗鬼门关。忆昔英雄割据日，插木为梯上绝壁。只今四海便为家，锁江铁柱存何益。

瞿塘即事 明 罗宽

罗宽，宁都（今江西宁都）人。以岁贡丞江宁。与陈献章（1428—1500）交甚笃，丁积（成化十四年进士）岳父。

滟滪堆前坼大荒，笑看铁柱锁横塘。青虬怒走谁收管，白帝争雄自混茫。瓮入千寻昏树色，练萦三峡细天光。牢骚傲吏舟为钥，破垒仍传论蜀章。

瞿塘峡 明 林俊

开合遥看壮，双关此石门。险深疑设伏，策上拟留屯。夜静雷声疾，峰晴雾气昏。抗衡支铁柱，吹浪拜江豚。似象云涛里，流花雪水浑。带纡微顾望，争疾宛追奔。白马风斯下，黄牛气欲吞。雄藩轻一扼，巨峡信为尊。波撼阳台梦，霆驱帝庙魂。舟行时戒马，崖落晚惊猿。鬼凿香难辨，丁移重细论。丹青原有象，壁立等乾坤。

铁门扇 同前

瀼西一舍许，两山势回合。巨石状城门，铁衣护周匝。楚蜀相犬牙，乾坤互辟阖。当关一夫守，万马不敢发。云龛入玲珑，元气深吐纳。风搜群窍开，水树声互答。推蓬暂此清，巫山事杂沓。（《御选明诗》）

编者注：铁门扇：指瞿塘峡之夔门，是瞿塘峡上流入口处。

登瞿塘城望杜工部故迹 明 王廷相

杜子东归滞三峡，秋风茅屋瀼西东。卧龙跃马几回梦，赤甲白盐相对雄。骥足如存看历块，风翎崛起耻因风。长歌激烈悲生事，吾道扁舟异代同。

过瞿塘峡 明 李中

李中（1478—1542），字子庸，因居里名谷平，故学者称谷平先生，吉水（今江西吉水）人。正德九年进士，官至总督。谥庄介。

我来川水平，卷帘观滟滪。如马还如象，可闻不可御。巉岩束洪流，正须弘济具。急橹拔漩汹，舟人亦拮据。知险则知易，何思复何虑。烟外鸡犬闻，结茅见影处。客思翔幽栖，丹霞人厌饫。风浪寂无惊，大观天攸助。顷刻抵巫山，水泛行大遽。有客与同忧，殷勤问由豫。予笑皆天行，一来又一去。君

子动惟时，此之谓不与。(《谷平先生文集》)

瞿塘峡　明　安磐

水下夔门滟滪堆，一山中断两屏开。昭君宅抱琵琶峡，神女祠悬云雨台。侧壁倒崖无鸟过，古藤昏树有猿哀。悬灯夜泊风浪恶，赖此深山月下松。

瞿塘晓发　明　张俭

客当崇阳近，今年去万船。霜华明赤甲，月色满中天。麦送千崖翠，花当二月鲜。星槎近霄汉，何日是登仙。

瞿　塘　明　甘为霖

瞿塘天下险，积雾昼难开。寒峡四时雨，空山十月雷。云开三楚尽，江动万山来。铁锁还千尺，频闻跃马才。

泊瞿塘峡东浦　明　程诰

对垒两崖悬，长青一线天。擢声传谷远，牵路引云偏。蔓弱垂青带，苔园缀紫钱。午时才见日，雨夕只闻泉。客思摇芳草，归心急逝川。明朝经滟滪，蓬鬓转萧然。

夔　关　明　王格

王格，字汝化，湖北京山（今属湖北荆门）人。嘉靖五年进士。穆宗时任太仆少卿。嘉靖十九年前后在世，卒年九十四。

百里夔门道，崎岖不可行。旌旗常挂树，徒旅尽梯荆。秋日风霜变，空山猿狖鸣。王阳固孝子，此地都于证。（《少泉诗集》）

编者注：《汉书·王尊传》：先是琅邪王阳为益州刺史，行部至邛崃九折阪，叹曰："奉先人遗体，奈何数乘此险。"后以病去。及尊为刺史，至其阪，问吏曰："此非王阳所畏道耶?"吏对曰："是。"尊叱其驭曰："驱之！王阳为孝子，王尊为忠臣。"尊居部二岁，怀来徼外，蛮夷归附其威信。

自府治放舟瞿塘　明　靳学颜

皂盖诸侯集，瞿塘六月临。轻风数声櫂，斜日半江阴。拓近蛟龙窟，帆开虎豹林。无由观滟滪，三复松公吟。（《靳雨城先生集》）

瞿塘峡　明　来知德

日月成何事，江山信已秋。往来依塞马，用舍见韩牛。地僻花应老，时清景更幽。水禽如有意，时过荻花洲。

瞿塘峡　明　陈文烛

我闻岷山江，会在瞿塘口。叠嶂两岸悬，万派中流走。俯仰疏凿功，至今称夏后。忆当割据时，锁关惟恐后。霸业总消沉，铁柱今还有。上牢与下牢，日夜江声吼。防隅一水门，清时不为守。白云湿衣裳，黄草满岗阜。天险亦何心，且酌云安酒。兵戈戒垂堂，吾怜瀼西叟。(《二酉园诗续集》)

夔门别袁郡丞 明　张佳胤

幻境相逢自魏都，岁残更复遇夔巫。一行夺我烟霞主，再命看君郡大夫。水落挂帆非象马，风高吹雪下樯乌。酒杯何怕深如峡，楚蜀江天旦夕殊。

夜宿夔门寄提学陈玉叔 同前

轻帆渐入楚天隅，绝塞怀人岁月徂。双鲤云安差可托，卧龙瞿峡晚难呼。秋临张翰心犹在，壁挂陈蕃榻竟孤。此出自知成小草，请君看我一头颅。

编者注："秋临"二句：《世说新语·识鉴》：张季鹰辟齐王东曹掾，在洛，见秋风起，因思吴中莼菜羹、鲈鱼脍，曰："人生贵得适意尔，何能羁宦数千里以要名爵！"遂命驾便归。俄而齐王败，时人皆谓为见机。《后汉书·徐稚传》：徐稚，字孺子，豫章南昌人也。屡辟公府，不起。时陈蕃为太守，以礼请署功曹，稚不免之，既谒而退。蕃在郡不接宾客，惟稚来特设一榻，去则县之。

阻风改乘小舟望夔门山雪 同前

东下瞿塘高浪拍，轻舠翻不避风严。江天雪染成银海，峡

口常迎尽白盐。去雁相牵帆布雨，飞花吹落酒家檐。蜀山此日登临处，指顾应迷万点尖。（《居来先生集》）

瞿　门　明　陈宗虞

瞿门天咫尺，积雾昼难开。不断四时雨，犹闻十月雷。路盘九霄下，江动万山来。客梦茫无绪，啼猿永夜哀。

题陆太守藏瞿塘日暮图　明　袁黄

袁黄（1533/1546—1606/1618），初名表，后改名黄，字庆远，又字坤仪、仪甫，初号学海，后改了凡，魏塘（今属浙江嘉善）人。万历十四年进士，曾官兵部职方主事。

墨妙状空萃，毫端耸峥嵘。未穷崖崿险，但见烟云生。万壑赴荆门，奔涛天际倾。中流滟滪峙，毂转盘涡鸣。三峡蔽阴阳，百牢壮关城。金绳镇地轴，设险何时平。万古走舟车，使人心不宁。我闻十二峰，中天开列屏。高唐隔灵女，云雨空冥冥。恍惚白日暮，猿鸣啸三声。林幽熊虎斗，路暗鬼神争。对此怅不乐，怆然为之惊。波澜起枕石，巇崄生户庭。宋玉竟何为，冥搜造化灵。荒淫归楚襄，自骋文赋名。予悲风骚人，而多山水情。孤吟发慷慨，赠尔陆华亭。

瞿　塘　明　钟惺

至此始称峡，岸束江龃龉。江势有往还，前山几茹吐。两崖何所争，终古常相拒。水石日夜戛，无所触而怒。滟滪根孤危，悍流不能去。立石如堵墙，中劈才一缕。岸回不见江，舟行无乃迕。舟过其隙中，乃知当此户。还顾始此失，怃然警徒旅。

夔门即事十韵 同前

井邑经夔府，川途尽蜀徼。山容皆铁石，民事止渔樵。竹柏岩喧寂，云烟壁晦昭。江流天欲去，舟过峡相招。岸远猿投砾，枝危鸟构桥。菑畬穿石隙，篱舍系峰腰。积碛居难定，颓沙土易峣。冬衣资野葛，晓爨就山条。烧圃蔬为果，烹泉茗杂椒。惜哉形胜地，风物亦萧萧。（《钟伯敬全集》）

编者注：菑畬：《尔雅·释地》：田一岁曰菑，二岁曰新田，三岁曰畬。《易·无妄》："不耕获，不菑畬，则利有攸往。"

次瞿塘峡 明 施敬

施敬，字孟庄，钱塘（今浙江杭州）人。谪居滇。

凿铁开青壁，翻云泻素波。古今流不尽，造化意如何。晚策天边倚，春帆地底过。禹功不可问，日暮独长歌。（《沧海遗珠》）

瞿塘峡 清 宋琬

江入瞿塘窄，乾坤此户枢。高云天一握，断壁阙双孤。鸟避黄龛去，猿依黑树呼。艰危思历览，幽兴不能无。

瞿塘峡口，望舟人牵百丈行，层岩乱树中，垂垂欲坠，瞻顾凛然，因书即目 同前

千寻翠嶂雨濛濛，倒影江流踯躅红。巫山猿声啼不到，榜人身在画屏中。

江　望 清　吕潜

横江阁外数帆樯，立尽西风鬓渐霜。只有乡心不东去，早随烟月上瞿塘。

夔　门 清　魏裔鲁

魏裔鲁，字竟浦，号曦庵，直隶柏乡（今河北柏乡）人，魏裔介（1616—1686）之兄。顺治二年副榜贡生，官至山东盐运使。

峡连数百里，日月隐重峦。彩鹢狎惊浪，轻帆下急滩。山回神女庙，水绕武侯坛。形胜今犹在，伤心望永安。（《国朝畿辅诗传》）

瞿塘关 清　张能鳞

天下山川险，苍崖势相薄。岈缺纳洪涛，高江赴束约。奔峭联突兀，岩崖对铲削。有时喷盘涡，黝流亘石脚。横梁或中断，遗痕犹禹凿。伛偻俯颠腰，崩嵌虚龃腭。数里气微抒，有如解搏格。日入江色明，峡展天面扩。出险带西记，汇群朝巨

壑。却忆去年春，西征历栈阁。登顿虽苦辛，攀缘各附着。舟棹本无根，峡江下弥恶。古人戒垂堂，保身良有托。胡为逐物役，乘陵骇远魄。何时休行迈，名山住芒屩。结庐稳青岩，吟啸向寥廓。（《谷口山房诗集》）

瞿塘峡 清 方象瑛

蜀都天险雄氐羌，西通栈阁东瞿塘。栈山连亘近千里，瞿塘万丈凌穹苍。徜使山灵斗奇怪，嶙峋各出无低昂。昨日放舟出夔峡，危崖阴里埋天光。一门中断江水落，倒撑滟滪横中央。赤甲白盐相向立，高城陡绝连崇冈。王公设险守其国，此中不用资堤防。一夫拒守梯径绝，吞丛终古无典亡。如何五丁既开凿，更姓易代纷靡常。子阳井蛙固尔尔，何论萧李与孟王。前朝傅廖下西蜀，近时叛帅膏戈铓。进修降表成故事，面缚衔璧道路旁。乃知持险非令策，山川岂为人争强。兴废得失何时已，鸦啼猿啸空悲伤。（《健松斋集》）

瞿 唐 清 高层云

高层云（1634—1690），字二鲍，一字稷范，晚号菰村，华亭（今属上海松江）人。康熙十五年进士，历官吏科给事中、太常寺少卿。

连山接巴东，地险势复壮。谁辟鸿蒙开，插天列青障。滟滪立江门，突兀献奇壮。摩挲两铁柱，越历几兴丧。惊涛奔紫崖，鱼龙不敢傍。众山自回合，前行欲何向。初疑水际分，复转天心旷。恍如出甑底，沸釜掀层浪。赤甲与白盐，开阖似屏

障。丹黄苍翠间，日色相摩荡。割据慨当年，雄长不相让。浏览卧龙图，英姿迥堪尚。探奇自兹始，弥觉心神王。（《晚晴簃诗汇》）

舟下瞿塘别陈东海都督 清 王士祯

十月瞿塘峡，孤根滟滪堆。风雷高白帝，云雨暗阳台。朱鹭军中乐，青枫渡口杯。瀼西回望好，欲去且徘徊。（《带经堂集》）

瞿塘峡 清 张衍懿

历数西南险，瞿塘自古闻。水从天上落，路向石中分。如马惊秋涨，哀猿叫夕曛。乘流千里疾，回首万重云。

夔门行 清 周灿

西川之水百千派，大江导自岷山阳。直下夔门三千里，总领诸川汇瞿塘。瞿塘江水势若雷，白帝城边滟滪堆。东指夷陵号三峡，叠嶂重岩一径开。万壑奔腾不肯下，天地为之重徘徊。仰窥青旻如甑口，阴崖落日悲风吼。蛟龙震荡不敢眠，游鱼奋激飞空走。虎头狼尾春水深，黄牛喷浪连白狗。人鲊瓮头望行人，铁作心肝亦半朽。须臾忽过万丈滩，可怜命寄长年手。蜀道之难青天上，扪参历井愁相向。李白昔日为长歌，若令对此犹相让。年来奔走遍天涯，蓟北交南一使槎。今春又解鄱湖缆，宇宙茫茫任浮家。夕阳杯酒孤舟上，坐听高林噪暮鸦。

瞿　塘　清　陈祥裔

瞿塘峡口泛归舟，九载郎官万里游。夙孽未完诗画债，供人好景入愁眸。（《蜀都碎事》）

夔门寄友　清　吴美秀

作客云安县，秋怀入鬓丝。群山风定后，满地月明时。云树关乡梦，飘寒慰素知。天涯劳问讯，何以扳相思。

瞿塘峡　清　朱樟

峡争咫尺天，绝壁挂人面。怒涛决瞿塘，毒龙此鏖战。云销赤甲开，雪洒白盐见。谁夺朝暾来，晴色漏岩畔。舟工谙水脉，顷刻瞥危漩。千涡一饷生，白浡苦目眩。吾闻仗忠信，至理或丱穿。黑石敌千夫，黄嵌合一扇。谁欤望生还，性命此时贱。缓水放归艎，秋程应可羡。

瞿塘峡怀古　清　顾光旭

汶水来何极，千江汇此间。浪化鱼复国，帆影虎牙关。日月愁三峡，风雷劈两山。却看神禹迹，惨淡暮云殷。

鱼涡深不测，一线入南荆。风急黄陵庙，云开白帝城。三分犹汉业，八阵自江声。无限兴亡感，回看铁锁横。

王浚楼船下，桓温战舰过。岂宜如象马，未必不风波。后夜闻吴咏，当年听楚歌。流传破萧铳，秋涨跃雕戈。

不有坤维会，宁为天下溪。鱼龙蟠上下，今古限东西。峡口星河直，涛头滟滪低。杜陵人去后，月落又猿啼。（《响泉集》）

夔门书怀　清　王孙茂

忆余入蜀时，桃花放江戍。今来榿柳凋，青霜变崖簬。日月曾几何，山川倏非故。游子戚不怡，踟蹰事中路。好鸟潜幽林，文鱼扬渊聚。物性迷所欣，吾生独如骛。岩谷寂无声，寒猿夜来呼。蚤发同明星，遄征废朝晡。鱼龙鼓浪来，铁石窘其步。恚激成崩雷，砰訇殷蓬户。喷沫高于人，潺湲落飞雨。舟子触风涛，欹帆赴奔注。一逞有余锋，秋毫疲思虑。感此意凄恻，徘徊发长吁。明日下巴渝，渐见荆门树。巫峡气萧森，丹枫足幽趣。言念素心人，苍茫阻云雾。顾贻双鲤鱼，艰难慎行路。

瞿塘峡　清　张凤翥

断壁连青霭，危崖泻碧流。滩随巴峡尽，地与楚天浮。日月迷归鸟，风烟暗素秋。朝宗原有象，浩气此中收。

瞿塘峡　清　孙元恒

孙元恒，字子常，永春（今福建永春）人，官汉州知州。

白帝荒城带雨昏，瞿塘高浪挟雷奔。双崖积铁封三峡，众水排山争一门。鱼复浦悬鱼鸟阵，虎须滩变虎狼村。卧龙跃马

空回首，壮士当关几并吞。(《四川通志》)

瞿　塘　清　石韫玉

江水出夔门，两岸束如带。咄哉滟滪石，当路矗硠磕。尔无砥柱材，强欲塞其兑。狂澜不齐回，徒为行人害。安得巨灵锄去之，万古畏途一朝泰。

夔门晚泊　清　邵埶

鱼浦雄关势远吞，左连巴僰右湘沅。波涛不泄窥吴恨，云雨谁伸梦楚冤。阵列龙蛇图上见，石成象才马峡前蹲。欲寻老杜题诗处，日落烟寒野色昏。(《晚晴簃诗汇》)

瞿塘峡歌　清　钱林

十月下瞿塘，不用戒舟航。舟航发何早，更忆阳春好。阳春景态最无斜，镜中水绿飞桃花。射干揭车齐吐芽，细若金子铺秋沙。江陵前去一千里，安稳行人直到家。(《玉山草堂续集》)

瞿塘峡　清　张问陶

峡雨濛濛竟日闲，扁舟真落画图间。便将万管玲珑笔，难写瞿塘两岸山。

夔门怀古　清　卓秉恬

云安旧地我重来，独立苍茫首自回。丞相阵图余瓦砾，使君宫址但蒿莱。乔居曾卜东屯宅，陈策还思别驾才。只有江声流不尽，年年三峡暮猿哀。

晓过瞿塘　清　陶澍

望华亭畔净烟芜，櫂响瞿塘下舳舻。一石捍流横马象，双门排险扼鱼凫。溪声近合东西瀼，山色遥连大小巫。谁与高唐报神女，早来迎客有樯乌。（《陶文毅公全集》）

瞿塘峡　清　李惺

地不此间裂，江应无处流。群山开一缝，万里送孤舟。古石黝如铁，秋潭腻似油。自怜非画手，窜取入双眸。（《晚晴簃诗汇》）

瞿塘双崖　清　贝青乔

终古蛟龙窟，巴渠壮此门。涛声摇地轴，石气肃天阍。阴水蟠崖蛰，晴曦照井昏。始知神禹绩，疏凿果留痕。

虎须滩 同前

叱尔山中王，渴饮出林岫。何年化成石，蹲此瞿塘右。森森须戟张，狞威慑百兽。适临龙所宫，两雄怒奔凑。激起鳞之面，爪牙奋相斗。万古会风云，掀天作雷吼。夏涛莫敢撄，哮阚狂若骤。我来撩其须，十月驯伏候。饮羽技不神，入穴步能走。留为他日谈，变色下洪溜。(《半行庵诗存稿》)

瞿塘峡 清 江国霖

万峰攒天天为缩，天落峡底光如烛。夔州诸山逼江来，长江不受山约束。大波歘起山灵惊，豁然峡门辟山腹。惟留滟滪一堆石，千年瘦蜕老龙骨。突兀一夫当雄关，万弩攻之不能仆。峥嵘赤甲与白盐，高于旌幢锐于镞。一峰插云蟠苍蛟，一峰下溪饮麋鹿。峭如奇鬼生搏人，凿牙嶙嶙头有角。散如野叟蹲林间，脱帽露顶坦双足。断壁巉崖不可攀，累然无草亦无木。何人削山使之秃。我知浑沌以前天地心，争险斗怪日相逐。竞欲截江驱倒流，连山势若长城筑。大禹一一疏通之，百神效力声肃肃。巨灵双掌犖难辟，至今山势尚迫促。不然千崖万壑间，何以刀斧椎凿痕犹绿。吁嗟呼，我生真有山水神，天遣奇山尽入蜀。一叶扁舟稳于屋，风留三日峡中宿。大江东去已如斯，何堪西来更有峨眉剑阁褒峡谷。

夔　门　清　刘硕辅

刘硕辅，约活动于道光年间。曾纂《乐至县志》。

险控乌蛮外，雄标白帝间。双崖深裂地，万水怒当关。疏凿乾坤狭，飞腾鸟兽顽。西南钤束固，绕雾下群山。

瞿塘峡　瘦木

险扼瞿塘口，崖碑迹尚存。连山通楚国，奔浪撼夔门。关塞今名地，风云古城屯。猿声凄绝处，贾客黯销魂。

瞿塘峡　清　吴仰贤

吴仰贤，初字慕周，更字牧驺，号萃思，又号鲁儒，别署小匏庵，嘉兴（今浙江嘉兴）人。咸丰二年进士，曾任武定知州。

两山谁劈开，壁立削千丈。江流贯其中，百折走泱漭。滟滪大如象，当关自雄长。舟师奋篙争，欲上不敢上。穿胁费回旋，仰面忽震荡。狞石势攫人，森森巨灵掌。倦鸟择草栖，惊鱼触浪响。陡崖难揽舟，急流不受桨。须臾出戴溪，耳目尚惝恍。

瞿　塘　清　许印芳

瞿塘首尾三十里，二百八江吞腹中。汇水欲成沧海大，捍关遥对剑门雄。山无猿啸引愁思，人有穴居留古风。笑杀酸寒溧阳尉，峡哀吟苦怨天公。

夔门歌 清 王闿运

王闿运（1833－1916），字壬秋，又字壬父，号缃绮，湘潭（今湖南湘潭）人。咸丰二年举人，曾主持成都尊经书院。

石气江流斗消长，崩奔蹈罅俱东向。相争相让两欲休，石起作天江作沟。飞青岌嶪两门外，夺路撞腾万里流。山灵截江意未已，误踏横流探幞起。不甘禹凿巨灵擘，万古题为滟预石。其束三峡一万山，余怒峥嵘汹青壁。蜀土崎岖自一家，天开此路达三巴。瞿塘剑阁一丸塞，坐看公孙成井蛙。（《湘绮楼诗文集》）

编者注：光绪五年（己卯）十二月四日《湘绮楼日记》称：晚泊渡口，巫山地共行二百里，自夔通施，步道所由，今别开新道，稀行此者，忆夔门歌之奇，作诗状之。“蜀土”四句，四日日记作“坚坐中流看客船，盘涡转石踞涛颠。霜射岚光寒日气，春横雪浪漱苔烟”。五日改如右。

夔　门 清 张之洞

张之洞（1837－1909），字孝达，号香涛、香岩，直隶南皮（今河北南皮）人。同治二年进士。官至体仁阁大学士。谥文襄。与曾国藩、李鸿章、左宗棠并称“晚清中兴四大名臣”，时人呼为张香帅。

导河凿三门，导江止一门。赤甲高刺天，瑶姬司其阍。自入湔氐道，骤如万马奔。嘘噏恃一壑，鲠咽不能吞。滟滪抗其间，虎豹当关蹲。荡穴走鲵桓，联臂战猿狲。何人立高艑，指麾滩师尊。哀歌助群楫，犯难穿天根。脐入汩复出，观者失其魂。霜清秋潦降，寒见东西屯。牵挽费百丈，峻壁寒可扪。天建华阳国，人力抉其樊。昔日麻盐通，今日集诸蕃。从来多险图，不得如圈豚。攻者成霸王，守者难自存。流柹破吴都，井蛙蹷公孙。八阵已破碎，日落巫云昏。

夔门怀古 清 王陈锡

夔门地处天之末，蚕丛开蜀巨灵凿。鱼复城头漾落晖，八阵图边风浪恶。如何劈开古战场，多少奸雄咸落魄。直至栈毁柱倾时，始恨从前创意错。可叹公孙井底蛙，霸业不图贻笑谑。拣江铢锁尽成灰，瞿塘峡水量杯勺。千秋惟仰汉君臣，滟滪回澜严锁钥。关寒愁云上下飞，啼鹃连夜声空托。总之世事只如此，羡彼高蹇惟孤鹤。何如满地一渔翁，少陵归去人寂寞。我来夔门廿七年，诗酒无缘徒自薄。有时叫啸亦疏狂，镇日怀愁飧藜藿。须知此外并无求，三间茅屋当楼阁。时乘霁月与光风，只此便是长生乐。

放舟下瞿塘作歌 清 谭宗浚

冬十二月滩水平，澄碧潋滟微风生。我舟忽若蜻蛉轻，一瞥掠波圆镜明。鲸呿鳌掷了不惊，但爱岩壑纷送迎。神峰娟妙尤亭亭，不闻猿声闻鸟声。颇疑志乘多夸称，虎牙人鲊徒强名。吁嗟世事妨翻覆，倏忽波涛起原陆。君不见，瞿塘夏日蛟鳄雄，白浪掀天大如屋。

泊夔门 清 杨锐

万流争一束，远派落夔门。峡势回看鸟，江声正断猿。风霜丹殿肃，云气白盐昏。飘泊东屯老，空山滞旅魂。

瞿 塘 清 刘光第

尽唤蛮山压客舟，甲盐飞去入空遒。双崖云洗肌如铁，一石江穿骨在喉。风静鱼龙排日睡，水还巴蜀接天流。涨时倒海枯时涧，安稳哦诗答棹讴。

瞿塘峡 清 刘明俊

刘明俊，奉节县人，廪生。光绪奉节县志纂修。

群山奔到此，盘折出巴东。江泒千流合，天光一线通。护持夔子国，疏凿禹王功。惟有猿声苦，风涛独夜中。

瞿塘峡 清 伍仲洋

江势何太急，峡势何太逼。万流恣湍悍，并力争阻阨。五月六月时，一涨数百尺。漩为谷杳冥，濆作山崱屴。飞沫正溢涌，凌涛忽湁□。偏厢让中权，西流返迅激。其险不可述，传闻本在昔。我于严冬中，鼓棹学游客。水平溶镜光，山峻凸雪色。两岸多变态，一路快新获。矫矫龙张鳞，翩翩鹤垂翼。蹇蹇马拳毛，昂昂鱼露脊。老象鼻凝凝，文犀角觺觺。雕虎质般般，祥麟神奕奕。天仰翡翠青，海立珊瑚赤。日落玻璃黄，花开菡萏白。霞飞组练红，雨结雷霆黑。星联蟹眼丹，月带蛾眉碧。其上刺青霄，森林排画戟。其下入无地，垒垒竖坚壁。其中藏鬼神，隐隐灵旗觋。其外挂猿狖，空空荒洞坼。远近奇烟涌，左右秋涛隔。四十九渡江，一百八盘石。当年吴道子，仅到嘉陵驿。惜哉大同殿，屏障少奇迹。

瞿塘凝碧　清　张宗世

张宗世，字春江，奉节县人，进士，湖南平江知县。

自吟人鲊瓮头诗，如牛如马想象之。何意瞿塘天下险，化作凝碧日边池。澄同古井无波起，黝似灵湫欲唾疑。料得骊龙方睡熟，放舟急过勿迟迟。

瞿塘峡　清　李超群

李超群，字紫翱，合江（今重庆合江）人。优贡，举人，曾任知县。

蜀江苦被蜀山来，奔流斗入山之腹。滟滪堆前势更横，百万轰雷走深谷。浪花喷薄夔门开，急溜倒射盘涡回。两崖巉峃一千丈，天光不到阴风来。阴风吼过舟如簸，左转右旋飞箭过。狰狞怪石嵌空悬，欲落不落鬼胆破。何人凿壁缘□上，铁锁销沉东去浪。荒唐急说孟良梯，不为公孙一悲怆。公孙霸业今何有，逆滩逆挟白龙走。赤甲山高失险巇，封箱更为谁扃守。忽惊黑石江心立，百旺狂呼飞桡急。一瞥安流下黛溪，回头尚听哀猿泣。

瞿塘即事呈吴明府　清　安邦

安邦，巴县（今属重庆）人，曾官吏部给事中。

晓棹三牛山，夜泊瞿塘峡。石壁排云霄，铁门重锁闼。虎踞百丈关，云屯十万甲。蜀天漫强寇，凫颈复鸟啄。烽火遍西郊，夔阳保洪闸。水势尽雷奔，众形囦卵压。云何无效尤，谁敢肆轻狎。呼酒更无诗，巫山看明月。

瞿塘放舟歌　清　万有正

世人尽说三峡险，兰桡画舫何曾见。两山削玉夔门开，千里金沙泄一线。云根抵触学字流，横冲逆折多洄漩。猜啸常伴云中君，鸟飞不到神女殿。敲钲击鼓催上滩，咿哑千丈长缆纤。朝辞白帝暮江陵，上下总凭风力便。北来剑阁蜀道难，瞿塘东去水千盘。江山一例骇心目，坳堂介舟乃平安。君不见，滟水对面石，建河金钩滩。一篙棹不转，泛舟碎粉看。又不见，延津之黯淡，五溪之清澜。瞥眼数千里，风利无回湍。江川波浪有时作，三峡风力无比恶。险心放下与江平，孤篷一叶任飘泊。

瞿塘峡口　清　樊泽达

樊泽达，字昆来，宜宾人。进士，翰林院侍读，提督广东学政。

谁凭霄汉劈青苍，天险由来古战场。八阵风云连滟滪，三巴门户锁瞿塘。乌蛮塞远江流合，白帝城高草木荒。峡路愁人

从此始，哀猿啼处过飞航。(《蜀雅》)

瞿塘峡 清 金沙

残年容易感他乡，纵不闻猿已断肠。回首故园山万垒，满船飞雪下瞿塘。

久擅神州绝险名，高峰欲上远瑶京。波涛万流轰今古，日月双轮涌晦明。

滟滪柱擎天府地，瞿塘秋锁杜鹃声。秦关燕塞无消息，一任金汤付虏兵。

瞿塘峡 清 马继华

马继华，生平待考。

荆楚居然一苇航，不教滟滪碍瞿塘。秋来藉有襄陵势，七百江程未觉长。

峡门秋月 清 易溥

水落瞿塘迸夜乌，余波荡漾出云衢。双屏插汉夹明镜，匹练开天吐夜珠。曲奏霓裳森桂殿，辉生娥影现冰壶。水光山色浑如昼，人在景中堪画图。

瞿塘峡 李时谦

李时谦，字文茵，垫江人。

峡路萧森第一门，大江东下气雄浑。惊心万里孤州去，极目平沙八阵存。崖腹纷纷鱼艇入，山腰莽莽乱云奔。夔州吟眺增秋兴，石上籐萝记月痕。

欸乃曲 溥汝和

溥汝和，字梅之，奉节人。

瞿塘春水绿，摇橹前溪曲。郎住瀼西头，妾住瀼东麓。三月桃花红，歌声暗相续。暗相续，妾摇船，郎濯足。

夔　峡 徐樾

云气从西来，岷嶓走宠岏。千里势停蓄，蟠亘楚蜀衔。磅礴发奇气，含孕灵潜通。夔巫屹相向，嶙嵲重关雄。入峡复出峡，环抱山万重。叠嶂左右转，江势如游龙。阴岚郁寒翠，削玉森奇峰。泛景压沉碧，答响鸣长谹。石洞现苍健，皴法荆关宗。吾愿留三年，学此造化工。山川信奇伟，斯行亦偶逢。伴我书万卷，豁然开心胸。(《遗园诗集》)

瞿塘行 易顺鼎

两崖插空起如削，一线青冥瞰荆鄂。巫峡千帆地底来，岷江匹练天边落。西方万流气何骄，一柱双门横截腰。关随象马为开闭，石与鱼龙争长消。孤根突出三篙水，峡转轻舟初逦迤。惨淡犹惊虎穴旁，空蒙渐度猿声里。黑石黄嵌俱有情，白盐赤甲更相迎。昔愁滟滪如拳大，今见瞿塘似掌平。

晚泊广溪峡口题壁　同前

青壁无梯响杜鹃，两崖交压客帆偏。风云猿鸟三分地，星斗鱼龙一寸天。阵碛久迷臣亮后，江流犹想帝尧前。时清不用观形胜，奇绝山川付酒边。（《琴志楼诗集》）

早发夔门　金树榕

金树榕（1860—1940），字进庵，晚号渔溪老人，利川（今属四川广元）人。光绪十年贡庠生员，曾官荆州文案。

长江滚滚绕夔门，船势若飞云梦吞。涉险书生经未惯，令人逐浪也销魂。

城临白帝听晨钟，转眼巫山十二峰。多少春光难眺尽，乘风直破浪重重。

瞿塘峡　赵熙

大江入夔门，破费天地才。九天主九地，突立仙人台。琅琅棹歌发，谷响风潭哀。空石疑有人，荀况访由来。最奇风箱峡，人死久不埋。蛮术想万古，重棺叠悬崖。野人取牙硝，石穴去所胎。腰绳缒青天，性命轻微财。春水寸寸碧，大泡生风雷。黑石千万年，废此刀剑材。人烟转峡口，水纵山容开。恍惚历百奇，船头黛溪来。

瞿塘两崖　同前

大斧从根劈太虚，苍崖奇到梦中无。谁知天地开时事，真有荆关画外图。四海一家忘锁钥，全川千古障夔巫。公孙跃马屠江气，争识萧王在帝都。

瞿塘峡　同前

晓发鱼人国，春江红小桃。水鸣双橹健，风急一鹰高。峡口光如窦，崖身截一刀。瞿塘天下险，何地有风涛。

瞿塘峡　同前

竹枝声里白盐寒，小妇登舻指捍关。不是将军军令急，几人摇橹峡中山。

夔门杂咏八首　燕翼

燕翼，字梓才，巴县（今属重庆）人。民国初年在夔关任监督。

宦情薄似秋蝉翼，诗境闲于退院僧。佛号钟声凄绝处，红船白浪看河灯。

微云河汉淡于烟，皓魄当空宝镜圆，今夜夔门好风月，山如合抱水如眠。

编者注：皓魄：指月亮。

可人能至已先期，晨起呼僮索酒卮。一棹烟波何处去，秋风茅屋杜公祠。

孤云带鸟栖山寺，夕照摩崖化血痕。峡口五千年滟滪，不随秋水下夔门。

军师八阵古称雄，汉鼎三分事已空。驻马荒城倍惆怅，西风残照永安宫。

隔江塔受诸峰拜，入峡帆飞一鸟轻。风景河山无限意，半竿黄日下孤城。

编者注：隔江塔：奉节城对岸乌云顶之塔，后更名为文峰塔，十二名景之一。

春梦一场感喟多，红灯书字照江波。此身已误瞿塘贾，更唱南朝玉树歌。

编者注：玉树歌：乐府吴声歌《玉树后庭花》。南朝陈后主曾为之填词，有“玉树流光照后庭”之句。

铜琶铁板何人唱，惊起蛟龙地亦号。冲破岩根开路去，一条雪浪白于刀。

编者注：铜琶铁板：宋俞文豹《吹剑续录》：东坡在玉堂日，有幕士善歌，因问：“我词何如柳七？”对曰：“柳郎中词，只合十七八女郎，执红牙板，歌‘杨柳岸晓风残月’；学士词，须关西大汉，铜琵琶，铁绰板，唱‘大江东去’。”东坡为之绝倒。

夔　门　途穷子

乌带影云飞，秋风却倒吹。雄关扼巴蜀，险堑凿巫夔。岸狭舟行疾，山高日上迟。兴亡无限感，白帝草离离。

原注：蜀中秋风常自西来，是日东风独劲。

夔门守风　罗骏声

罗骏声（1873—1950），字德舆，号伯济。晚以“静远”命斋，故别号“静远”，灌县崇义乡（今属四川都江堰）人。光绪二十八年举人，以教书终其身。晚年主编《灌县志》。

断岸悬千尺，轻舟簇万艘。雪风寒彻骨，云树浅犹毛。路僻夔门峭，江枯滟滪高。嗟哉行不得，珍重涉波涛。

重过夔门　金天羽

夔门折叠势，蔽景含阴色。蹙缩瞿塘波，巉绝波心石。转毂盘涡强，劈箭高浪急。指点夔州城，瞬向烟中失。暄汗天无风，仰见旌竿直。

夔　门　杨圻

一从子美题诗过，夔府关城处处秋。终夜猿啼滩响急，山江一月照孤舟。

瞿塘峡　陈叔通

不信巫峡断，舟人指黛溪。森然成壁垒，何处著阶梯。万绿粘天外，双门扼水西。关心在滟滪，楼阁急高低。

再经夔门 冯玉祥

冯玉祥（1882－1948），原名基善，字焕章，原籍安徽巢县（今安徽巢湖），生于直隶青县（今属河北沧州）。国民革命军陆军一级上将。

打出夔门云，驱逐小倭寇。我曾题此语，刻在崖上头。胜利还都日，此愿果已酬。仍须共争取，和平与自由。

编者注：1939年冯玉祥曾题“踏出夔巫，打走倭寇”八字，后被刻于瞿塘峡粉壁墙上。

瞿塘峡 周子游

巨灵飞一擘，滟滪临江堆。盘王挥大斧，划然青山开。江水茫茫流浩浩，东断洪涛两岸来。云安七月水正急，瞿塘日夜走霹雳。风云千载镇长流，常叫西南成半壁。我来江上喜新秋，孤帆一驾木兰舟。对此河山增感慨，苍茫唯有月临头。天府西负隅，洞庭东飞浪。千城未封一丸泥，谁云如象不可上？赤甲白盐自森然，愁绝猿声非鱼唱。吁嗟夫，禹迹千秋民不忘，鱼腹八阵恨正长。何当地险依人险，凭将正义作金汤。

过瞿塘峡 邓拓

邓拓（1912－1966），原名子健、云特（一说为殷洲），笔名马南邨，福建闽县（今福建福州）人。新闻家、政论家、历史学家、诗人和杂文家。

白帝城孤滟滪危，瞿塘天暂挺雄姿。阵图千载留陈迹，怅望模糊诸葛碑。

十 滟滪

滟滪堆是长江江心的突兀巨礁，位于瞿塘峡口，俗称燕窝石、滟滪石，长约30米，宽约20米，高约40米，其漩流可达5公里，横亘半江航道，为三峡著名险滩。《水经注》：水门之西，江中有孤石，为淫预石，冬出水二十余丈，夏则没，亦有裁出处矣。《十道志》曰：淫豫石与城郭门外石潜通，蜀人往烧火伏石则淫预边沸。《国史补》曰：蜀之三峡，最号峻急，四月五月尤险，故行者歌之：滟滪大如马，瞿塘不可下。滟滪大如牛，瞿塘不可流。淫或作滟，预或作豫。王琦注引《太平寰宇记》：滟滪堆，周回二十丈，在夔州西南二百步蜀江中心瞿塘峡口。冬水浅，屹然露百余尺。夏水涨，没数十丈。其状如马，舟人不敢进。谚曰：滟滪大如马，瞿塘不可下。滟滪大如鳖，瞿塘行舟绝。滟滪大如龟，瞿塘不可窥。滟滪大如幞，瞿塘不可触。《古诗源·淫豫诗》曰：淫豫大如马，瞿塘不可下。淫豫大如象，瞿塘不可上。光绪《奉节县志》卷三十六《艺文志》引南朝梁李膺《益州记》云：滟滪堆，夏水涨没数十丈，其状如马，舟人不敢进，故曰滟滪。又曰犹与，言舟子取途不决水脉，故犹豫也。《乐府》作滛豫，《坤元录》作冘豫。1959年冬疏通长江航道时以20多吨炸药炸除。

滟滪歌 南朝梁 萧纲

淫预大如襆，瞿塘不可触。金沙浮转多，桂浦忌经过。

滟滪堆 唐 杜甫

巨石水中央，江寒出水长。沉牛答云雨，如马戒舟航。天意存倾覆，神功接混茫。干戈连解缆，行止忆垂堂。

编者注：沉牛：水牛。以其喜入水，故名。干戈：指崔旰之乱。垂堂：意为靠近堂屋檐下。因檐瓦坠落可能伤人，故以喻危险的境地。

滟 滪 同前

滟滪既没孤根深，西来水多愁太阴。江天漠漠鸟双去，风雨时时龙一吟。舟人渔子歌回首，估客胡商泪满襟。寄语舟航恶年少，休翻盐井掷黄金。

仇注：此见滟滪水势，而没冒险也。滟滪根没，以水多故也。江天风雨，即太阴愁惨之象。鸟云龙吟，则人不可往矣。回首，见险知止也。泪襟：阻水难下也。少年无赖，逐利轻生，故戒其翻盐以掷金。翻，乃翻飞之意，舟行疾也。掷，挽也，又赌钱也。

重寄别微之 唐 白居易

凭仗江波寄一辞，不须惆怅报微之。犹胜往岁峡中别，滟滪堆边招手时。

滟滪堆 唐 张祜

不远夔州路，层波滟滪连。下来千里峡，入去一条天。树色秋帆上，滩声夜枕前。何堪上危侧，百丈万山巅。

滟滪堆 同前

霜落夔门树，寒江滟滪孤。狂澜须此障，砥柱赖谁扶。入峡愁孤客，当关用一夫。何劳念西域，千载固舆图。

滟滪堆 前蜀 刘隐辞

滟滪崔嵬百万秋，年年出没几时休。未容寸土生纤草，能向当江覆巨舟。无事便腾千丈浪，与人长作一堆愁。都缘不似蟠溪石，难使渔翁下钓钩。

编者注：宗宪武人，多为恣横。隐辞谏不听，遂咏白盐山滟滪堆诗刺之。宗宪怒，将杀刘，后舍之，遂遁去。

滟滪堆 陈祥裔

蜀道而今分外难，江塞滟滪吼狂澜。怪他独立中流里，砥柱翻教不奠安。（《蜀都碎事》）

滟滪堆 宋 冯山

巨石当江冲，江水皆倒还。夏秋水石斗，怒浪高于山。长年欲下峡，防石如防奸。乘流一无备，拳石皆险艰。独使滟滪夸，千载不可删。

滟滪堆 宋 苏辙

江中石屏滟滪堆，鳖灵夏禹不能摧。深根百丈无敢近，落日纷纷凫雁来。何人磊落不畏死，为我赤脚登崔嵬。上有古碑刻奇篆，当使尽读磨苍苔。此碑若见必有怪，恐至绝顶遭风雷。

滟滪堆 宋 王十朋

水涨瞿塘势更危，舟人贪进只嫌迟。天将此石乘深戒，看取形如象马时。

滟滪堆 宋 邓深

水合百源争一关，正须滟滪控奔湍。露机象马浑闲事，合作颓波砥柱看。（《大隐居士诗集》）

滟滪堆 宋 范成大

滟滪之石谁劖镌，恶骇天下形眇然。客行五月潦始涨。但见匹马浮黄湍。时时吐沫作溃淖，瀰瀰有声如粥煎。蜀江西来已无路，凿山作浍方成川。瞿塘之口狭如带，乃欲纳此江漫漫。奔流下赴故逼仄，汝更争道当其前。舟师歙倾落胆过，石孽水祸呼难全。山川丘陵皆地险，惟此险绝余难肩。东城笔端喙三尺，愿与作赋评嘲喧。云非此石峡更怒，臼头忽作倾城妍。我从巫山飞一棹，欢喜偶脱蛟龙涎。是非信否未暇诘，且上高斋清昼眠。

滟滪堆　宋　苏泂

滟滪堆头一叶舟，半年人供水东流。平生快意才如此，不数东南数十州。（《冷然斋诗集》）

过滟滪堆　明　蒋兢

蒋兢，字惟敬，宜兴（今江苏宜兴）人。建文时为文渊阁侍书。成祖时匿山泽，游楚、蜀二十余年。

扁舟两岸玉芙蓉，疏凿由来夏后功。逆濑风高防马象，清秋水冷问蛟龙。家乡已出五千里，山嶂方穿十二重。最是逋臣思惆怅，江流呜咽响淙淙。

滟滪堆　用杜韵　明　林俊

十寻高自倍，百武经仍长。已作中流柱，偏惊下峡航。削塞增突兀，没忧转溟茫。喷薄秋涛壮，容开听雪堂。

滟滪堆 同前

滟滪如马百怆深，走雷喷雪白昼阴。堆精恐是卧龙化，野清梁父闲孤吟。一鹤林槎半湖海，如此烟浪时曾禁。发舡打鼓崖石平，气灵不省江神金。

滟　滪 明　黄衷

瞿塘峡口两崖间，巨石遥当陆海关。粤客谩疑真砥柱，万人夸道小金山。险防如象行忘戒，神避然犀有遁奸。谁谓西游无好兴，也凭奔峭看潺湲。（《矩洲文集》）

滟　滪 明　何景明

霜落夔门树，寒江滟滪堆。狂澜须此障，砥柱赖谁扶。入峡愁孤客，当关用一夫。何劳念西域，千载固舆图。（《大复集》）

滟　滪 明　周复俊

惨淡江光暮，萧森树影雕。峣然奠危石，宛若建孤标。流沫空余襆，悬何倒泻瓢。巴川浮侠子，乘月进轻桡。

三入蜀过滟滪 明　潘恩

潘恩（1496—1582），字子仁，号湛川，更号笠江，南直隶上海县（今上海市）人。嘉靖二年进士，官至左都御史。

滟滪已如象，川行良自伤。一官奄绂冕，三入恋舟航。太浸蛟龙斗，天风鹳鹤翔。嗟嗟远游子，能不念垂堂。（《潘笠江先生集》）

滟滪堆　明　张俭

新秋解缆访瞿塘，隐隐中流滟滪双。一道狂澜真砥砫，三冬孤特仰坚刚。坡翁才大推倾覆，杜老愁多叹混茫。我亦将心付流水，行违元只听苍苍。

滟滪堆　明　邵经济

邵经济，字泉崖，西浙人。嘉靖九年曾为工部主事。

峡口篝风伴客舣，惊看滟滪日冲撞。当关虎豹昼常吼，出水芙蓉秋可双。剑阁西连雄万里，瞿塘东下失三江。巴山蜀道真全胜，砥柱龙门未易降。

过滟滪二首　明　陈昂

风来苍峡底，云去碧峰巅。石壁天开后，波涛禹凿先。牵江临始日，避地记经年。把钓者谁子，安能似汝贤。

万古江心石，悬流不改容。舟行防象马，波起震蛟龙。星斗宵先覆，烟云午亦村。六丁何大力，疏凿尽芙蓉。（《白云集》）

滟滪堆二首　明　陈文烛

长江浩无际，滟滪托孤根。龙蟠引且见，虎须若为蹲。百牢关真险，神物守其阍。大禹岂无力，砥柱中流存。匪徒奠巫峡，将以维乾坤。浪风绝壁转，明月寒涛翻。上有白帝庙，旁有赤甲屯。谁云如象马，往来自朝昏。丈夫多磊落，意气卑昆仑。孤舟望奇石，一拳差可扪。

瞿塘峡口倚城窥，滟滪孤根一突奇。禹凿两崖中尚在，秦鞭千石此难移。亦知深处蛟龙窟，不问浮来象马时。行止垂堂空自忆，寒涛偏共角声吹。

滟　滪　明　张佳胤

东去愁看滟滪根，江心石色插夔门。长年伐鼓开帆泪，失木啼猿断客魂。水纳岷峨流大海，势吞吴楚障中原。喜逢舟楫非如马，瞬息阳台日未昏。

滟　滪　明　屠隆

屠隆（1544—1605），字长卿，一字纬真，号赤水、鸿苞居士，浙江鄞县（今属浙江宁波）人。万历五年进士，曾任礼部主事、郎中等职。

巴江挂天大雷吼，石转沙回急峡走。白虹万道断复续，偃树垂萝崖壁陡。天寒水落象马堆，怒涛喷薄松声哀。两岸群山不留睫，孤帆擘空如箭来。烟栈冥冥没鸟羽，龙气吹波昼多雨。

朗夜高江凉月奔，峡女娇花碧霞举。轻舟浩荡凌大荒，榜人击汰复鸣榔。日冷青枫天际坐，丛薄萧萧猿叫霜。估客回沿浦口宿，水痕斜对庙门一。短衫窄袖隔蓬窗，莫唱青溪小姑曲。蜀道巴江险口关，下无安能千金抵。一壶西冷若耶如，镜铺画桥游舫连。城隅归来兮，清尊臯臯开红蕖。(《白榆集》)

滟滪堆 明 吴礼嘉

滟滪堆，何崔嵬。孤根拔地起，触水响晴雷。成形如马象，上下依相向。秋风号夜猿，贾客神悲怆。夏王凿石通九州，胡不铲之平铺流。常使瞿塘三峡水，一日千里送归舟。嘻嘻，危可平兮倾以易，覆辙翻轮在平地。天留此石作碑铭，炯戒安危千百世。(《四川通志》)

滟 滪 明 王世性

王士性（1547—1598），字恒叔，号太初，临海城关（今属浙江台州）人。万历五年进士，卒于鸿胪卿任上。

一柱当坤轴，盘根逆逝波。夹岸啼虎豹，转毂斗鼋鼍。万古江流在，孤标奈尔何。雪浦春涨恶，雨急夏涛多。浊浪动排空，触石增峨嵯。连山七百里，一夜卷银河。滟滪已如马，瞿塘莫浪过。谁堪重回首，天上泛轻槎。断肠青猿泪，三声髩欲皤。(《四川总志》)

滟滪石 明 黄克缵

黄克缵（1550—1634），字绍夫，号钟梅，晋江梅林（今属福建石狮）人。万历八年进士，曾任刑部、工部、兵部尚书等职。

滟滪何年石，中流一片孤。深根盘地轴，独立战天吴。夜色看浮动，秋涛辨有无。滩声添客泪，兼带峡猿呼。（《补续全蜀艺文志》）

滟 滪 明 吴士奇

孤根夹浪拥江间，百二层峦片石关。急峡倒流三峡水，高滩下指榜头山。形同牛马心逾怖，舟近鱼龙胆讵豩。听说风波前更恶，来潮百丈费牵攀。（《明诗综》）

滟滪堆 明 费尚伊

瞿塘秋水落，滟滪插孤踪。一线江从破，千寻峡欲封。帆樯占象马，窟宅隐蛟龙。清衣扁舟渡，猿啼若个峰。

滟滪石 清 胡世安

委受余千里，岷江尔柱之。洄纹凭日写，苔色与霜宜。固固蛟龙窟，平威象马时。难盈逻卒壑，恃锐竞力锥。（《秀岩集》）

滟滪堆　清　宋琬

江山天设险，锁钥尔当关。霸业兴亡速，舟航上下艰。孤城连白帝，千里控乌蛮。戎马堪流涕，哀鸿几处还。

滟滪堆　清　张能鳞

雾锁江关恨，烟堆滟滪愁。三分思鼎足，一柱砥中流。信是蛟龙窟，还疑犀象游。夏王不凿去，留此镇夔州。（《西山集》）

滟滪堆　清　李念慈

巨石出洪流，独立瞿塘口。孤根蟠水府，龙居闷深黝。险戒象马浮，喧骇鲸鲵吼。长年狎奔涛，气酣如中酒。我来春水平，想象敏捷手。两崖皆削成，延伫眩仰首。三城踞层巅，残堞荆榛久。缅彼雄杰人，霸王今何有。德盛无坚壁，形势亦刍狗。（《谷口山房诗集》）

滟滪堆　清　方象瑛

谁将一拳石，倒塞瞿塘口。危崖两岸分，江声出左右。如象或如马，水落势逾陡。谁云神鬼工，或有蛟龙守。编造始何年，位置谅非偶。虚无根自然，不在天地后。（《健松斋集》）

滟滪堆 清 傅作楫

瞿塘万石塞中流，滟滪孤根屹上游。象马自凭呼大小，井蛙谁与论沉浮。生成西蜀山河秀，死为全川锁钥愁。却怪永安无伴侣，年年风雨曲江头。

滟滪堆 同前

漭漭长江来，谁敢冲其波。奇哉滟滪堆，乃欲吞全河。白盐为犄角，赤甲为长戈。象马战无休，蛇龙哀乞和。涓滴不与海，吾意亦难过，川流能几许，昼夜去如梭。感此障百灵，匪直忧潜沱。瀼溪双铁柱，风雨今如何。

滟滪堆 清 李专

李专（1656—1737），字知山、知三、艺三，号白云居士，黄平（今贵州黄平）人。康熙二十五年拔贡，著有《白云集》。

谁触夔山似不周，轻抛一柱砥中流。大如马日船皆避，削作峰时客尚愁。江势远将辞井络，涛声怒欲扫荆州。那堪绝壁哀猿啸，尽日啼声卒未休。（《蜀雅》）

滟滪石 清 尤世求

尤世求，字念修，长洲（今江苏苏州）人。尤侗（1618—1704）之孙，曾官南充知县。

滟滪大如象，瞿塘不敢上。滟滪大如马，瞿塘不敢下。天生巨石江中央，三峡门户通津梁。永安宫外设兰锜，白帝城东修壁叠。辛苦祁山六出师，空余八阵寒沙里。（《南园诗钞》）

滟滪堆　清　胡期恒

胡期恒，字元方，号复斋，武陵（今属湖南常德）人。康熙四十四年举人，曾为夔州知府、陕西布政使。

大江西来几千里，争入夔门一线天。夔门逼仄不肯受，回波卷浪青云巍。白盐赤甲互犄角，日与水斗寻戈挺。巴蜀雪消春涨发，何人敢放东吴船。奇哉峡口滟滪石，巍然独立江中间。白帝逶迤作屏障，瞿塘环绕如晶盘。千溪万壑雷电激，中流一柱来当前。有时如象又如马，出入变化难言诠。江流纵横迹退听，势穷力竭翻求怜。肯依滟滪别支派，安流而下生回澜。夔门巫峡两百里，本为险地今平川。乃知天地畏倾覆，留此要令江天权。共传禹功费镌凿，巨灵神斧开烟峦。至今有神递呵护，绝顶不敢停鹰鹯。朝宗万派必经此，好与嵩岳名并传。（《晚晴簃诗汇》）

滟滪石歌　清　朱樟

滟滪孤石当夔门，倒喝万流不敢奔。始信昆仑触危柱，送舟时有神鸦翻。舟中之人旦熟视，秀气波折回春峦。挺生似不畏强御，突立太古号其冤。蚕凫命尔守崖岸，玲珑分体非儿孙。仄峰欲起忽欲落，撒发狂喜人消魂。满腹雷霆始一吐，电射直下潜鲸喧。安得女娲炼此补地裂，精卫衔去填忧烦。（《观树堂集》）

滟滪石 清 王恕

王恕，字中安，又字瑟斋，铜梁（今重庆铜梁）人。康熙六十年进士，改庶吉士，官至福建巡抚。有《楼山诗集》。

高峰缥缈白云屯，云气冥濛昼欲昏。江带蜀山奔楚峡，天留巨石捍夔门。蛟龙窟穴根无极，象马分明水有痕。劫火几回燃又熄，瞿塘依旧一卷尊。

滟滪堆 清 姜复基

突立中流柱，涛喧两岸闻。翻腾常作雨，旋绕自成文。信有蛟龙伏，时看象马分。天青光日跃，水石共氤氲。(《东皋诗存》)

过夔州 清 谢锡履

谢锡履，雍正元年为两淮巡盐御史。

拍岸岷江激箭流，长年相戒在新秋。高翻雪浪青天湿，怒触云根白帝愁。滟滪堆淹迷峡口，猿猱声急过夔州。险同叱驭全无恐，一叶飘来水上鸥。

编者注：标题为编者所拟。原题作：七月二十八日过夔州水淹滟滪，石五丈，他舟无敢过者。

滟滪堆 清 姚兰泉

自尔插江底，无人无戒心。鳌灵遗一凿，蛟沫上千寻。沾泪几时歇，行云何处深。我来经象马，三度验浮沉。

滟滪行 清 吴省钦

君不见，白盐赤甲形概雄，两崖逼塞夔门通。峥嵘象马踞江面，没以夏涨浮以冬。盘盘围转廿余丈，插底孤根在龙藏。负厚非关琐碎堆，出奇要作鼎森象。李冰凿不开，秦政鞭不到。昂精圣人乘载初，赦尔东行直下黄陵庙。庙边发船鼍鼓鸣，冷泪峭落猿三声。上船篾缆下船桨，峡口未到魂先倾。是时滟滪状沉腿，飙忽崩涛化平地。同舟同命心力同，汔济宁关石灵庇。今年九月系朽月，漕瀵洞涡悍难制。旬来幸遇天雨霜，阳侯退落十丈强。木兰双棹信沿弄，想见冒花撒发纷狓猖。我归从陆不从水，尔蹤彭亨偃蹇如许。能我戕尔且夷为，黑白青黄壤利与。瀼屯投丰穰不然，结为泰华嵩衡山，肤寸云雨沾人寰。有人却诵老坡赋，谓与岷江屹一柱。江如万骑尽锐西下来，兀遇坚城舍之去。辜疈应酬保障功，文章岂抱回澜誉。欷歔乎哉！君不见，八厶天子盗兵草，遗庙年深委烟碛。惟有放翁揞杖吟，反道丈夫死社稷。

原注：宋黄仁杰《夔州苦雨诗》：九月不虚为朽月。奉节八景有滟滪回澜。

泛滟滪 同前

江落淫豫高，石色肖朽壤。孑立江中央，精锐蓄夔蛃。举头向南岸，如马脱袜鞅。其北逾犷顽，曳尾伺烟桨。桨师群面之，始得傥然往。天寒水清浏，入夏变滃泱。水脉谁为为，习者戒粗莽。老鹰郁余怒，一敝翅生响。仄巇仰悬桧，断流希撒网。

且泊下关城，陟山抗遐想。

滟滪堆 清 顾光旭

谁谓滟滪高，我谓滟滪卑。削根千仞淈地底，漩澴瀺灂石骨摧。如何久踞峡门口，任尔鼓荡波成堆。有人谓是一足夔，万夫莫挠夔门开。世界无独不有对，而此孑立胡为哉？倚恃瞿塘势千丈，欻然如马复如象。一潮水落皮骨皴，赤甲白盐安可仰。我泊瞿塘舟，浪打滟滪头。舟人环顾不敢下，饥蛟昂首江心浮。坡老誉之为作赋，龙门砥柱岂匹俦。洚水滔天愁溟涬，当时滟滪潜深井。不然所至驱象犀，岂肯舍此遗道梗。喧豗震撼势方逞，能令我辈发深省。圣人遗此未竟功，生圣人后得毋警？我欲铲此回洪澜，约束东下平诸滩。呜呼，安得瑶姬玉篆蝌蚪字，忽召百灵听役使。（《响泉集》）

滟滪堆行 清 谷际岐

谷际岐（1740—1815），字凤来，号西阿，云南赵州（今云南凤仪）人。乾隆四十年进士，曾为五华书院主讲。

大江浩荡来峨岷，轻舟利涉无涯津。夔门滟滪一石立，年年翻覆长相巡。昔贤作赋异其说，转言有益于斯人。云水到此仄且隘，石为龃龉乃柔顺。不知水势不畏仄，畏以激搏遭沉沦。蜀江西来四千里，皆缘滩石成邅迍。箭流而东至峡口，正同风火随车轮。张舒两翼徐徐下，势虽猛鸷情和淳。千里一日正快利，正路何取生芜榛。若以孤城当万骑，是犹火烈还添薪。在山过颡不能御，半使其族为游鳞。战胜先已自取覆，况战不胜徒艰辛。惟静可受无事福，事大犹贵恭而恂。今言有石险尚少，岂无此石翻沉湮。思平水势先撼岳，欲重人命逾轻尘。入峡若果不敢怒，新泄险覆将何固。龃龉之说更长傲，讵仅曲护非其真。江固未曾折剑矢，石亦本末轻喧嗔。只缘实逼势处此，无地退守全吾仁。象马沉溺自悯恻，戒彼上下犹谆谆。若论功绩石则有，据彼江要雄千钧。禹昔治水舟过此，叹其险绝凭无垠。因时江神有劳绩，赐为窟宅如城闉。至今此堆万丈下，夔龙三足潜灵神。风雨时时一吟啸，天吴河伯皆藏身。且有敕命令巡缉，无使鬼怪张牙唇。惟其所处至不易，是以凭借权惟均。自兹全江赖锁钥，南条众派皆遵循。乃知此石本天造，别有功德须详伸。所喜河清海复晏，长与盛世称波臣。

滟　滪　清　钱林

万流争汇处，巨石屹当中。半黑惨阴色，孤青插太空。龙喷洞口雹，豚拜浪头风。洗斝一相酹，茫茫疏凿功。

滟滪堆　清　高浣花

高浣花，字澥雪，华阳（今属四川成都）人。杨继端（1773—1817）之弟杨继昂妻，好读书，淹贯史籍。

滟滪真如象，扁舟下峡迟。撑空流欲动，独立势难移。光怪行人惧，安危造物知。平生头角傲，对汝不能奇。

滟滪堆　清　姚椿

姚椿（1777—1853），字子寿、春木，自称蹇道人、樗寮病叟、东畲老民，娄县（今上海金山廊下）人。曾掌教河南开封夷山书院、湖北荆南书院、松江府景贤书院。

河有砥柱山，江有滟滪堆。此皆一当百，转激生风雷。碎石所积成，根结元气胎。崭如太古木，历劫逃天灾。舟舟出当中，一触愁崩摧。如象复如马，涨流益喧豗。吴楚萃珍奇，巨舸嵯峨来。关司启闭严，争逐无迟回。我行良独难，尔何嗜货财。

编者注：传说滟滪堆由碎石积成，非也。碎石岂能成中流砥柱千万年。笔者曾上小滟滪堆查看，其石色铁青，坚硬如铁。

江上偶作　同前

渺尔天涯云，凄然骚客悲。秋风山谷寺，春雨小姑祠。归燕依樯远，神鸦舞櫂迟。萧萧江上曲，还唱竹枝词。（《晚晴簃诗汇》）

滟滪石　清　汪仲洋

云间落怒猊，倒吸夔门浪。腹饱忽痴重，腾风不得上。难从烟雨中，咫尺辨殊相。如马或如牛，由来无定状。何能载酒游，巨眼为开放。

滟滪堆　清　贝青乔

惊涛临峡门，银潢半空吐。巨石屹中央，冲激浩千古。旋涡陷如坑，倒灌河伯府。六丁驱怒雷，鞭起灵虬舞。掀石石不动，劈水成双股。峨峨万斛船，速若箭离弣。直射下关城，中的视兹岨。三老自矜能，性命与之贾。及石始旁折，得毋太莽卤。忠信吾何有，轻身涉险阻。行坐戒垂堂，笑杀守财虏。（《半行庵诗存稿》）

编者注：及石始旁折：下水船要进入夔峡，船头须对准滟滪堆。当接近滟滪堆时，始由堆旁折转而下；如不对准滟滪堆，反会出事故。故传说滟滪堆上有“向我来”字样。

滟滪堆　清　朱臒

朱臒（1794—1852），字丹木，石屏（今云南石屏）人。道光九年进士，曾官安徽绩溪、阜阳知县，陕西按察使。

大江夺隘雄，一石当关勇。鱼龙资弹压，舟楫怀惴恐。东逝任沸腾，中流屹不动。冥冥脚根深，孤立亦何悚。（《朱丹木诗集》）

滟滪堆　清　刘硕辅

云雨接阳台，风涛滟滪堆。门扃千流涌，天划两崖开。荆汉潜飞下，岷峨远抱来。时清江失险，铁锁卧秋苔。

滟 滪 清 沈寿榕

滟滪立孤根，银涛万马奔。皇天留此险，蜀国恃为门。我趁轻帆过，山连暮雨昏。霜红秋树老，凄绝夜啼猿。(《玉笙楼诗录》)

滟滪堆 清 许印芳

三足立千尺，一身通万窍。沃焦海坚强，底柱何竦峭。鼎镇龙伏毒，城鏖水敛暴。流分折合劲，行曲平直踝。狂澜江心抵，浮航峡口导。篙嵌撑审固，舵准捩执要。乘波趁奔腾，捎喷避劢剽。冬喜鲸牙拔，夏忧虎尾蹈。奖功归神明，惩罪示形貌。大频牛马危，小受龟鳖吊。庾公祷或灵，苏子赋惟妙。飞仙挟游敖，盘石坐垂钓。(《晚晴簃诗汇》)

淫预石 清 王闿运

溯峡倦冲涛，亏云见天缺。崖分崩石起，落穷犹嵽嵲。苍素交岚阴，寒光秀园垤。浮烟疑海泡，浅瀑欺江啮。影移盆石玩，响叹渔舟捩。设险岂天心，征帆古飘撇。灵岛通孤焦，三珠若可撷。盘鹰骇飞波，潜虬乐回穴。题兹冠夔巫，标奇慰危陧。(《湘绮楼诗集》)

滟滪堆 清 王陈锡

滚滚飞澜势莫收，屹然一柱砥中流。孤根偏托风涛险，拳石还因宇宙流。潭底蛇龙争倚伏，江心象马任沉浮。缘思神禹垂遗爱，锁钥功勋孰与俦。

编者注：砥柱中流，锁钥夔门，此万世赞滟滪之功者。

淫 预 清 王先谦

孤截奔流势，深嵌太始根。向闻盘峡底，无改状夔门。形质如斯古，波涛任尔吞。连山鳌灵凿，突兀在乾坤。

滟滪石 清 王怀曾

不到瞿塘峡，焉知滟滪尊。群龙翻地轴，一象塞天门。下有支祁锁，旁留阵迹存。忽闻江水啸，风雨下黄昏。

滟滪石 徐樾

一柱挽中流，溜溜去不休。行人惊象马，渔父狎凫鸥。双峡风帆入，孤城水气浮，守关天设险，万古使人愁。（《遗园诗集》）

滟 滪 清 杨锐

沉牛当蜀口，天设重夔门。峡势回看鸟，江声正断猿。愁

歌帆叶过，高触浪花翻。万斛龙骧弩，吞吴未可论。(《杨叔峤先生诗集》)

滟滪石 清 刘光第

滟滪深根出，翻宜近客舟。江枯残雪在，天远太阴愁。尽日摩孤鹘，当年饱万牛。河山今失险，持尔障东流。

滟滪石歌 易顺鼎

眼中见峡不见江，崩崖隔断天为双。青天只在峡门外，峡底窥天如坐窗。眼中见石不见峡，千万云根皆倒插。中横一石怒当关，气与江流起相压。鳖灵凿后此独存，题为滟滪知何人。西帝丸泥封剑阁，南天砥柱并荆门。太阴惨淡西来水，奇路奔流初顺轨。蛟龙误触亦成胔，鸟雀惊飞尽遗失。辛苦当时笑井蛙，瞿塘终被汉兵遮。江关今日无都尉，万里风烟合一家。(《琴志楼诗集》)

滟滪石 赵熙

瞿塘双苍崖，绝地拔天起。奇哉一拳石，锁钥全川水。何时唤滟滪，意自舟人始。立名本惧心，义不旌厥美。不知造化才，生此据何理。儒者称禹功，中古镇受子。疏凿与天然，未究洪荒史。飞鹰着粪白，万古有牛祀。搏搏博山炉，石脚果谁视。无怪白乐天，恐致无名死。

淫预石 同前

片石全川口，孤根独有君。棹歌惩马祥，苔色集鹰群。古鼎藏根脚，潜虬梦雨云。扞关宜此地，谁置习流军。

淫预堆赠李缉庵 同前

黑云在天风吹疆，入水化石经洪荒。夔门大斧劈双扇，当关一马横瞿塘。青城山高万湍泻，一去东流无健者。搏搏鼎足博山炉，李子高名并天下。

滟滪石怀刘裴村先生 同前

片石苍茫太古前，每怀神禹泣当年。长江不尽风波恶，谁柱西南半壁天。

滟滪堆 慕景祖

慕景祖，字寿丰，号忍庵，吴县（今属江苏苏州）人。

险绝瞿塘口，峥嵘巨石蹲。阴崖穿铁锁，湔浪洗云根。远控荆湘势，中通巴蜀门。犹闻如马戒，舟过一惊魂。

滟滪歌 同前

金沙浩淼来昆仑，岷江一气能兼吞。旁收二百八十水，花飞雪舞奔夔门。悲笳落日瞿塘路，广谿曾见郦亭注。榜师不解征其名，伐鼓鸣铙但惊怖。夙传滟滪如夔壮，蹴踏躨跜压高浪。冯夷匿影乘龙愁，牙爪狰狞怒想向。江喷□巨皆成形，为牛为马随人名。夔本灵秀不世见，何缘有状同声称。或言夔状目所瞩，入水搜根实三足。颇如罔象求元珠，幻想雄夸岂真确。此江深及蛟龙鼍，垂绳百尺无能穷。折柁摧帆百千计，利椎莫敢撄其锋。三足之谈亦惝恍，燕跃雀踊难为功。我向瞿塘荡飞桨，左旁更有奇峰两。狮腾虎卧俱尊严，三足神夔适相仿。高门滟滪高凌云，两峰僻处遂无闻。落落孙曹配炎汉，非此无以成三分。江流愈下声愈壮，万峰辟易争相让。滟滪灵根鼎足雄，屹然砥柱狂澜障。扣舷长啸声未终，轻舟已出夔门东。卅丈高标一回顾，只见点墨苍烟中。（《蜀游诗续抄》）

十一　秋兴八首和杜韵

秋兴八首和杜韵　明　黄元白

黄元白，嘉靖二十六年进士。曾官太常寺博士、兵科给事中、刑部左给事中。

鸣榔古渡夹霜林，江水泠泠气自森。三峡开河分楚蜀，满川风物半晴阴。孤根滟滪御杯夜，嘉节茱萸过客心。此道征衣何日澣，高城梧月已秋砧。

卧龙山郭避江斜，景物依然杳翠华。诸葛雄图留阵迹，张骞牛渚忆仙槎。霜空旅雁横秋影，粉堞悲风起暮笳。蓬底不知身是客，一樽谈咲对黄花。

醉揭舲纱看落晖，兼葭渔火隔江微。峭岈寂寞苍龙夜，缰锁翩翻彩鹢飞。烂袂不堪沙迹别，壮游偏与洞庭违。愁边不觉添愁况，绝塞秋深马正肥。

与客消残一局碁，棋中胜负使人悲。应知楚汉空陈迹，惟有江山是旧时。好景不随流水去，豪游偏讶放舡迟。往来萍梗应难定，翠薜苍萝有所思。

赤甲横川万仞山，武侯祠庙出云间。蛟龙怒激千层浪，虎豹雄当百二关。夔府孤城看北斗，云安曲米破愁颜。荒凉旅况舿艬坐，珍重清朝蟒玉班。

黄陵滩水楚江头，二女祠边草木秋。锦缆长牵名利客，潢波不洗古今愁。谁云去路三秋鹗，自信浮生一水鸥。到此两关心事处，故园桑梓北平州。

刊山凿壁万年功，箫鼓楼舡似镜中。百丈洪涛深夜雨，一宵千里片帆风。烟笼细逻迷秋碧，舻撼斜晖乱晚红。欲问阳台何处是，莓苔矶上有渔翁。

行尽瞿塘路更迤，盘涡疑是化龙陂。沉江怪石鼋鼍窟，绝巘长松鹳鹊枝。影倒寒淖看月落，舟回残浦觉山移。乡关何用兼程去，傍险风帆向晚垂。

秋兴和杜韵八首　明　甘茹

甘茹，嘉靖二十六年进士。

大将荒祠宿茂林，停舟展拜貌森森。桃园天日千秋在，铁战风霜五月阴。汉鼎已灭销赤甲，蜀江如镜照丹心。武侯祠屋夔州近，梁父吟中杂暮砧。

滟滪孤根枕郡斜，恍疑玉井捧莲华。舟航杜甫惊如马，牛斗张骞稳泛槎。三峡渔随风弄笛，五溪猿带月闻笳。乾坤不拔中流柱，阅尽人间草木花。

白帝城尖迟落晖，云泺风急署光微。江门细束蛟龙斗，关隘低萦鹳雀飞。跃马已拚功不竞，杖藜应叹愿多违。英雄流寓俱尘土，极目空山黍稻肥。

雄图八阵散如棋，指点空余异代悲。星陨尚怜屯渭日，月明犹记渡泸时。江蓠漠漠游鱼少，津树茫茫旅傍迟。汉贼三分都莫问，百年礼乐系遐思。

峡里楼台山复山，丹梯翠壁非人间。烟炦半没高唐馆，云雨虚疑梦觉关。万里炎荒听白苎，一官奔走损朱颜。前程更有邯郸梦，浮世争夸玉笋班。

秭归蜀尾楚之头，五月江风飒已秋。宋玉总留神女赋，明妃远带汉宫愁。云滩百折飞仙鹞，石磴千盘散野鸥。策马舍舟应骋望，海天红日捧神州。

疏凿三巴赖禹功，黄陵天险乱流中。西吞剑阁千山雪，东卷荆门五月风。古庙碑残芳芷合，神鸦背闪夕阳红。鸣榔几度垂堂戒，惭负矶头把钓翁。

芙蓉双阙路逶迤，回首吾庐釜水陂。阮氏竹林增异代，谢家池草梦连枝。松舟日醉西湖近，玉麈宵谈北斗移。潦倒十年成倦鸟，云霄未许翅仍垂。

秋兴八首　明　郭棐

孤舟微月对枫林，白帝城高万象森。故国别来桑柘尽，美人南去汉江阴。三秋木落半年客，一夜明月千里心。独凭阑干意难写，更看天外送寒砧。

倚树沉吟日已斜，多情常是惜年华。谢公实费登山屐，博望虚来泛海槎。万里客愁霜满鬓，五溪猿带月闻笳。西风一夜秋塘晚，落尽溪头白玉花。

瞿塘峡口弄晴晖，却听疏钟忆翠微。江上不堪频北望，洞庭何处雁南飞。赤叶黄花催客老，白云芳草与心违。悲秋惜月常如此，争得东阳病骨肥。

清簟疏帘看弈棋，北风吹雁数声悲。初开草阁寒光满，卧向巴山月落时。自笑冯唐为宦拙，却嫌陶令去官迟。楚江巫峡半云雨，相望长吟有所思。

一片孤城万仞山，回看巴路在云间。烟波半没高唐观，石磴雄开虎豹关。已见元戈收朔土，绝无刁斗至阛颜。武侯祠堂常陉近，青史谁看继马班。

凤楼宫阙楚江头，白帝城边树色秋。神女乍来云易散，骚人歌罢夜偏愁。欲传幽思凭青鸟，好为裁书谢白鸥。何处相思不相见，古烟高木隔绵州。

江水东流赖禹功，青山空闭御墙中。楚王宫里暮行雨，宋玉门前斜带风。市朝迁变秋芜绿，客省萧条柿叶红。霸业鼎图人去尽，晚停征棹问渔翁。

蜀江明净峡逶迤，树满荒台水满陂。秋草独生行殿处，清猿啼上最高枝。楚宫泯没人何在，陵谷依然世自移。一自高唐赋成后，两朝题柳为歌垂。

原注：和杜集句。

和杜秋兴八首　次原韵　徐樾

峡外维舟江畔林，孤城秋色郁森森。探奇万里人初到，绕郭千家日乍阴。流水不知忧国意，悲歌空抱济时心。无端我亦伤行路，倚櫂低吟答暮砧。

天边疏影柳行斜，梦醒寒江感鬓华。苦忆催耕收牧犊，未容把钓上渔槎。巴山峰紧传蛮檄，夔府城高咽晚笳。水宿风餐为客久，自怜佳节负黄花。

疏林红叶映秋晖，雁过寥天影渐微。鸿鹄冲霄空有志，鹡鸰无日不分飞。心高契稷人垂老，恋切松楸愿久违。遥忆兄弟行乐处，稻香酒熟晚菘肥。

袖手徒伤劫后棋，扬尘终抱陆沉悲。是非龟境疑千载，经济鸿图误一时。津卫重臣飞骑入，扶桑逋客望风驰。江干闻听渔樵话，愁海深沉不可思。

瞿塘滟滪水浮山，白帝荒城缥缈间。估客千帆照寒月，江流万古锁雄关。时人遗宅多愁思，神女高峰黯玉颜。风马云车天上望，森排玉笋拥仙班。

深宵寒柝起船头，神思微茫乡国秋。南海珠光腾夜气，东川云物动羁愁。翩翩羽翼篓中凤，渺渺烟波沙际鸥。千里共看今夜月，几人谈我到夔州。

戎幕频收借著功，未忧孤火出篝中。蚕丛唱凯将驰布，鸡纸挥毫飒起风。月照霜华随地白，野烧猎炬彻天红。高山流水情何恨，输与江湖散发翁。

五羊八桂望逶迤，水绕姑苏万顷陂。杏坞春深新燕语，柳堤秋醉暮鸦枝。旧游如梦风尘倦，久客思归日月移。同是天涯感身世，和吟含泪为公垂。

十二　夔城十二景

夔城十二景　宋　吴潜

吴潜（1195—1262），字毅夫，号履斋，宣州宁国（今属安徽）人。嘉定十年进士，官至左丞相。

隔江见崔嵬，连连众山宗。周孔不在兹，何为瑞彩同。匪昭君长治，宝藏兴其中。眷言媚学子，当为虎与龙，而风云自从。（文山瑞彩）

蜀汉非闰位，我侯亦伊周。况此阵图在，分明几千秋。累卵石为危，江水在悠悠。谁读出师表，而能不泪流，新庙自我修。（武侯阵图）

圣禹经疏过，岷山导此来。遥遥当百折，曲曲又九回。瞿塘第一峡，停涵秀无涯。不尽朝宗意，而适动我怀，逝者如此哉。（瞿塘汇脉）

西蜀尽头地，三峡倒词源。滟滪固天设，中流屹孤尊。观澜我有术，不说象马存。适以戒行舟，而实系斯文，贤者可细论。（滟滪回澜）

七井流无尽，聚精咫尺间。蜀江翻白浪，瞿峡铸银山。旭日始旦时，云气犹闲闲。豪商听鸡发，而莫错跻攀，滟滪可凋颜。（白盐曙色）

黄金谁锁甲，远道跨紫骝。紫骝行且嘶，于焉可休休。晴晖闪相暎，解甲挂山陬。此山名赤甲，而我有赤心，高耸几千寻。(赤甲晴晖)

夔土不宜莲，枯城更无泉。何为地山颠，泛滥自涓涓。此本濯清涟，芬芳远近传。仰知别驾贤，而所爱非偏，风月更无边。(莲池留芳)

草堂随处有，此处草堂真。边涧幽似我，满地碧于茵。孤城斜落日，诗苦更伤神。于今信此老，而实匪谋身，怅怅在吾君。(草堂遗韵)

浦因古鱼复，于今无大鱼。微风行水面，故尔来徐徐。青天飞白燕，非明形色于。我吊楚大夫，而视庸浊徒，清沟映污渠。(鱼浦澄清)

若人自南阳，择主至此岗。蜿蜒见神导，栖息匪遁藏。风云适然会，秀耸压太行。我愿此邦彦，而时若相当，仰止须自强。(龙岗矗秀)

永嘉能当友，孤城可惜守。瞻瞻友若近，静言觉我丑。觉丑诚非丑，梅溪知不朽。东方重吐白，而我复而发，于为国何有。(胜己朝阳)

秋月扬明辉，于此分外奇。我此峡江主，停杯一问之。峡江何时清，西土何时宁。年下何时平，而我尽我能，可与尔争明。(峡门秋月)

原题注：吴守品定，每景赋诗一章，每章九句。

夔城十二名景　清　王知人

无劳樵牧殷勤说，此是当年八阵图。报主不遗生活计，丹

忠犹下死工夫。寒流脉脉萦荒碛，苦雨萧萧走夜芦。浩魂不磨英气在，空林婉转乱啼乌。（武侯阵图）

鼙鼓渔阳势若奔，吞声影老下夔门。青山一带围寒骨，茅屋三椽慰孤魂。邈矣逸怀付断垒，至今诗色满江村。菜花蛱蝶啼鹃泪，为极春风护绿原。（草堂遗韵）

为怜海内文章客，赤甲三年再卜居。遁迹林泉同鹿豕，甘心天地老樵渔。岩前丹嶂将何似，雨后晴霞总不如。最是霜林初醉后，满天枫叶落未疏。（赤甲晴晖）

几杵疏钟度远林，鸡声喔喔夜沉沉。诸峰不定氤氲色，三峡依然浩荡深。疑是层霜覆石骨，更怜晓月到天心。推窗梦断江涛急，指点寒空次第吟。（白盐曙色）

神禹推承造化功，故留突兀大江中。三更出没鱼龙哭，万里奔腾鼓角雄。湘楚有峰皆向北，巴渝无派不朝东。风风雨雨波涛老，峡口依然倚碧空。（滟滪回澜）

石骨苍苍秋不肥，高岩千丈薜萝衣。花酣滩濑无颜色，猿立黄昏说是非。落落孤怀依梦断，疏疏暮雨傍林飞。苔痕扫破摊书坐，拟对江天理钓矶。（瞿塘凝碧）

扁舟晚泊峡门秋，冷月寒山色欲浮。掩映荻花窥石壁，参差枫叶隐飞楼。青猿唤破三生梦，白露重添一段愁。吹彻玉笙银汉曲，东风展翼到丹邱。（峡门秋月）

采得菱窠满画船，兰桡冲破一溪烟。秋水碧痕客能淡，雨后澄波色倍妍。数尽芙蓉千片瘦，闲来鸥鹭一生眠。江村几处黄昏月，梦里渔歌风外传。（鱼浦澄清）

削就峰尖立翠微，文光烛处彩云飞。乾坤擎出江郎笔，绮秀分来织女机。不架珊瑚供玉案，自从奎壁耀彤闱。如椽那假王珣梦，信手烟雾得意挥。（文峰瑞彩）

白帝英灵安在哉，江天寂寥郁崔嵬。霸图已逐东流尽，峦气长凌北极开。绝巘翻留云卧稳，层崖欲逼鸟飞回。扶桑弱水供酬接，凭眺还须杜甫才。（白帝层峦）

乾坤辟处一龙眠，阅尽尘寰岁千年。势际飞腾云雨会，光摇麟甲斗牛边。翠华不辨晴霞里，碧海堪从晓嶂缘。可惜南阳高卧地，空留遗迹冷荒烟。（龙岗耸秀）

几看人世变沧桑，岭上莲池岁月长。太极能开天地秘，名花应遍水云乡。峦风不折田田叶，瘴雨时闻冉冉香。我欲移根西阁下，少陵诗句并流芳。（莲池留芳）

夔城十二景（选五）　清　廖赓谟

廖赓谟，字虞箴，号若村，松江府娄县（今江苏娄县）人。康熙四十二年进士，曾任四川提督学政、翰林院侍讲。

不道才成割据功，徒留八阵识英雄。刚柔直探阴阳秘，筹策难扶理数穷。天险千秋还宇宙，孤忠一点托虚空。江流未尽吞吴恨，月黑哀猿啸晚风。（武侯阵图）

江山奇丽半川东，留滞非关阮籍穷。人自锦官辞幕府，天教名胜属诗翁。一椽吟咏乾坤大，多难登临老病中。孤愤未舒身已死，只传遗韵七哀同。（草堂遗韵）

到处烟鬟媚远天，何来赤甲独颓然。裸裎敢浼先民侧，曝背聊输圣主前。照彻乾坤身是胆，焰销草木地无权。巉岩日射晴光丽，岂止崔嵬壮百川。（赤甲晴晖）

峡口阴深白帝秋，沧涛万派月同流。直教水府鱼龙夜，拟泛仙槎霄汉游。银海天光山间寂，金风玉露浪沉浮。嫦娥应识瞿塘险，不畏车翻竟夕留。（峡门秋月）

奔流万派狎瞿塘，支手谁能障混茫。介石坚贞真砥柱，狂澜旋绕大文章。苍崖喷薄蛟龙怒，白日翻腾雨雹忙。到得朝终波自静，空劳如马戒舟航。（滟滪回澜）

夔城十二景 清 张宗世

岸然张掖竦晴空，袒裸犹存太古风。我正昂头向天外，君先振臂入云中。山肩高耸如人瘦，苔发全无讶尔童。火色漫夸腾上速，日光宠借十分红。（赤甲晴晖）

玉峰初露白于霜，仿佛盐堆万仞岗。润下只疑咸可作，居高偏似淡相忘。好澄银海看潮爽，莫倚冰山抗太阳。须识空中皆幻影，还从平旦发清光。（白盐曙色）

烛龙不照古阴崖，偏有明蟾度岭来。三峡凭将秋送入，双门似被月推开。当关以望珠悬阙，排闼而登镜上台。好景一年刚一见，莫辞风露立苍苔。（峡门秋月）

巴天白帝接金天，箭括门通蜀道间。玉女盆倾三峡水，仙人掌擘五丁山。石城高压公孙垒，铁锁横穿吾彦关。欲把层峦比西岳，彩云多处柱筇攀。（白帝层峦）

自吟人鲊瓮头诗，如马如牛想像之。何意瞿塘天下险，化作凝碧日边池。澄同古井无波起，黝似灵湫欲唾疑。料得骊龙方睡熟，放舟急过勿迟迟。（瞿塘凝碧）

观澜曾到小孤隈，奇境终输滟滪堆。江似文星原喜曲，波如舞袖每重回。排三峡倒非无力，障百川来信有才。君看词源圆折处，滔滔滚滚逼人来。（滟滪回澜）

一别成都锦水边，草堂谁构待名贤。不如归去蓬频转，且住为佳屋数椽。登最高楼看白帝，携惊人句问青天。昔公厌醉

云安酒，却上湖南万里船。（草堂遗韵）

爱莲人凿种莲塘，欲引濂溪到蜀岗。花似来从君子国，池还喜近谪仙乡。廉泉让水滋培久，霁月光风乐育长。玉井虽闻开十丈，何如清远沐余芳。（莲池留芳）

蜀岗形势异隆中，底似南阳有卧龙。三顾起挥熊虎将，一图来定鸟蛇踪。风云气壮西陵峡，吟啸声腾北崦松。欲问茅庐在何处，永安城角最高峰。（龙岗耸秀）

南浦烽烟接固陵，盘涡乱石起崚嶒。当年鱼复曾名县，终古龙门不易登。峡影倒涵千尺练，天光圆浸一壶冰。还闻太史河如镜，照见寰区万象澄。（鱼浦澄清）

神人游戏高深谋，草木兵驱到石头。方阵图留夔子国，阴符秘泄武乡侯。至今迹尚盘龙虎，当日机同运马牛。莫遣初平轻看破，防他一笑起貔貅。（武侯阵图）

倒插凌云笔一枝，画天手段学庖牺。阵图讵足当文战，字水惟堪作砚池。得意秋风垂露日，痴书春雨放花时。南山便是珊瑚架，谁把如椽巨管持。（文峰瑞彩）

十三　夔门铭

夔门铭　清　刘心源

匆险而狃，遏寇安寇。谁与门者，曰惟太守。汝民不圉，

堂阶生虎。厥门胡堵？门乎人乎，夔其振乎！(《瞿塘题壁》)

原注：镌“夔门”二字于石，爰为铭也。

编者注：狃，骄傲。圉，畜养也。

夔门铭 彭聚星

彭聚星（1854—1922），字云伯，一字云石，号绿筠庵居士，别号莲花峰樵云道人，云阳（今重庆云阳）人。同治进士，曾官郎中。擅画兰竹。

浩浩长江，亘七千里。巴蜀吴楚，可通一水。锁钥全川，贯以山峡。高峰刺天，白盐赤甲。砥柱中流，阙惟滟滪。如象如马，岂能飞渡。跃马称帝，下辇自王。亦能建国，不久旋亡。李雄孟昶，一方僭窃。天府益州，急焉澌灭。四岳三涂，是不一姓。表里山河，三家分晋。关中四塞，轵道请降。无恃天堑，南渡覆邦。况今列强，虎视眈眈。倭伺吾东，法窥吾南。西则有英，北则有俄。四门洞辟，莫教谁何。轮舶东来，巨海尺咫。凿山通道，陆有铁轨。九州之险，难限戎马。矧此瞿塘，云不可下。剑阁雄关，蜀之北门。大江东去，辟乾阖坤。无人门焉。虽险奚为？主圣臣贤，金城汤池。敢告司启，以诏无穷。

原注：莲花峰樵撰并书。

编者注：李雄：成汉太宗，306—334年在位。孟昶：后蜀末帝，934—965年在位。

夔门铭 毛子献

壮哉夔门，翠耸烟霾。一江带绕，双轴云排。舟泛擢樯，马过衔橛。比登天难，望之心臲。独夫可当，丸泥可封。天府之国，自古称雄。胡来轮舟，倒流峡水。胡来飞艇，腾空如矢。此而云险，险奚有焉？所凭惟德，周臣三人。精诚团结，能开金石。山稳以愚，海填以翮。卧薪尝胆，破釜沉船。何耻不雪，何敌不歼！兵骄者败，兵忿者灭。直壮曲老，胜负可决。日出东海，没于西方。我当太白，气吞遐荒。全川锁钥，岂容窥视。祸福循环，龟卜数记。蓬莱随波，转轴靡常。瞥见沦泊，濯足扶桑。

编者注：此诗刻石存于白帝城博物馆碑林。摧樯：船倾覆。衔橛：车马倾覆。臲：危，不安。周臣三人：太公、周公、召公。直壮曲老：道义曲直，士力强弱。

附 文

夔州刺史厅壁记 唐 刘禹锡

夔在春秋为子国，楚并为楚九县之一，秦为鱼复，汉为固陵，蜀为巴东，梁为信州。初城于瀼西，后周大总管龙门王述登白帝叹曰：“此奇势可居。”遂移府于今治所。是岁建德五年。隋初，杨素以越公领总管，又张大之。唐兴，武德二年，诏书其以信州为夔州；七年，增名都督府，督黔、巫一十九郡。开元中犹领七州。天宝初，罢州置郡，号云安。至德二年，命嗣道王炼为太守，赐之旌节，统峡中五郡军事。乾元初复为州，偃节于有司，第以防御使为称。寻罢，以支郡隶江陵。桉版图方轮不足当通邑，而今秩与上郡齿，特以带蛮彝故也。故相国安阳公源乾曜，尝参军事，修图经，言风俗甚备。今以郡国更名之，所以然著于壁云。凡书名必以国建置，必以年谨始也。长庆二年五月一日刺史中山刘禹锡记。

滟滪堆赋并序 宋 苏轼

世以瞿塘峡口滟滪堆为天下之至险，凡覆舟者皆归咎于此石。以余观之，盖有功于斯人者。夫蜀江会百水而至于夔，弥漫浩汗，横放于大野，而峡之大小，曾不及其十一。苟先无以龃龉于其间，则江之远来，奔腾迅快，尽锐于瞿塘之口，则其崄悍可畏当不啻于今耳。因为之赋，以待好事者试观而思之。

天下之至信者，唯水而已。江河之大与海之深，而可以意揣。唯其不自为形，而因物以赋形，是故千变万化而有必然之理。掀腾勃怒，万夫不敢前兮，宛然听命，惟圣人之所使。余泊舟乎瞿塘之口，而观乎滟滪之崔嵬，然后知其所以开峡而不去者，固有以也。蜀江远来兮，浩漫漫之平沙。行千里而未尝龃龉兮，其意骄逞而不可摧。忽峡口之逼窄兮，纳万顷于一杯。方其未知有峡也，而战乎滟滪之下，喧豗震掉，尽力以与石斗，勃乎若万骑之西来，忽孤城之当道。钩援临冲，毕至于其下兮，城坚而不可取。矢尽剑折兮，迤逦循城而东去。于是滔滔汩汩，相与入峡，安行而不敢怒。嗟夫，物固有以安而生变兮，亦有以用危而求安。得吾说而推之兮，亦足以知物理之固然。

夔州府东屯高斋记 宋 陆游

少陵先生晚游夔州，爱其山川不忍去。三徙舍，皆名高斋。其诗曰次水门者，白帝城之高斋也；曰依药饵者，瀼西之高斋也；曰见一川者，东屯之高斋也。故又曰：高斋非一处。予主夔州数月，吊先生之遗迹，则白帝城已废为丘墟百有余年，自城郭府寺，父老无知其处者，况所谓高斋乎！瀼西盖今夔州治所，画为阡陌，裂为坊市，高斋犹不可识。独东屯有李氏者，居已数世，上距少陵财三易主，大历中故卷犹存，而高斋负山带溪，气象良是。李氏业进士，名襄，因郡博士雍君大椿属予记之。予太息曰：少陵，天下士也。遭遇明皇、肃宗，官爵虽不尊显，而见知实深，盖尝慨然以稷卨自许。及落魄巴蜀，感汉昭烈帝诸葛丞相之事，屡见于诗，顿挫悲壮，反复动人，其规模志意岂小哉。然去国寖久，诸公故人熟睨其穷，无肯出力，以至夔，容于柏中丞、严明府之间，如九尺丈夫，俯首居小屋下，思一吐气而不可得。予读其诗，至“小臣议论绝，老病客殊方”之句，未尝不流涕也。

嗟夫，辞之悲乃至是乎！荆卿之歌，阮嗣宗之哭，不加于此矣。少陵非区区于仕进者，不胜爱君忧国之心，思少出所学以佐天子，兴贞观开元之治，而身愈老，命愈蹇，坎壈且死，则其悲至此，亦无足怪也。今李君初不践通塞荣辱之机，读书弦歌，忽焉忘老，无少陵之忧而有其高。少陵家东屯不浃岁，而君数世居之，使死者复生，予未知少陵自谓与君孰得失也。若予者，仕不能无愧于义，退又无地可耕，是直有慕于李君耳。故乐与为之记。

乾道七年四月十日记。

入蜀记（夔府部分）　同前

二十六日，发大溪口，入瞿塘峡。两壁对耸，上入霄汉，其平如削成。仰视天如匹练然。水已落，峡中平如油盎。过圣老泉，盖石上一罅，人大呼于旁则泉出，屡呼则屡出，可怪也。晚至瞿塘关，唐故夔州也，与白帝城相连。杜诗云："白帝夔州各异城"，盖言难辨也。关西门正对滟滪堆。堆，碎石积成，出水数十丈，土人云："方夏秋水涨时，水又高于堆数十丈。"肩舆入关，谒白帝庙，气象甚古。松柏皆数百年物，有数碑，皆孟蜀时所立。庭中石笋，有黄鲁直建中靖国元年题字。又有越公堂，隋杨素所创，少陵为赋诗者，已毁。今堂，近岁所筑，亦甚宏壮。自关而东，即东屯，少陵故居也。

二十七日早至夔州。州在山麓沙上，所谓鱼复永安宫也。宫今为州仓，而州治在宫西北、甘夫人墓西南，景德中，转运使丁谓、薛颜所徙。比白帝颇平旷，然失关险，无复形势。在瀼之西，故一曰瀼西，土人谓山涧之流通江者曰瀼云。州东南

有八阵碛，孔明之遗迹，碎石行列如引绳。每岁江涨，碛上水数十丈，比退，阵石如故。（上行）

吴船录（夔府部分） 宋 范成大

乙卯。过午，风稍息，遂行。百四十里，至夔州。余前年入蜀，以重午至夔，鱼复方涨，八阵在水中，今来水更过之，六十四蕝不复得见，颇有遗恨。

……

丙辰。泊夔州。早遣人视瞿塘水势，仅能没滟滪之顶，盘涡散出其上，谓之滟滪撒发。人云如马尚不可下，况撒发耶！是夜，水复骤涨，渰及排亭诸篁舍，亟遣人毁拆，终夜有声，及明走视，滟滪则已在五丈水下。或谓可以侥幸乘此入峡，而夔人犹难之。同行皆往瞿塘祀白帝，登三峡堂及游高斋，皆在关上。高斋虽未必是杜子美所赋，然下临滟滪，亦奇观也。

丁巳。水涨未已，辰、巳时，遂决解维。十五里，至瞿塘口，水平如席。独滟滪之顶，犹涡纹瀺灂，舟拂其上而过，摇橹者汗手死心，皆面无人色。盖天下至险之地，行路极危之时，傍观皆神惊。余已在舟中，一切付自然，不暇问，据胡床坐招头处，任其荡兀。每一舟入峡数里，后舟方敢续发。水势怒急，恐猝相遇，不可解拆也。帅司遣卒执旗，次第立山之上下，一舟平安，则簸旗以招后船。旧图云："滟滪大如襆，瞿塘不可触。滟滪大如马，瞿塘不可下。”此俗传“滟滪大如象，瞿塘不可上”，盖非是也。后人立石辩之，甚详。

入峡百余步，南壁有泉，相传行人欲饮水，则叫呼曰“人渴也”，泉出岩罅，尽一杯而止。舟行速且难稍泊，不暇考也。

峡中两岸，高岩峻壁，斧凿之痕皴皴然，而黑石滩最号崄恶。两山束江骤起，水势不及平，两边高而中洼下，状如茶碾之槽，舟楫易以倾侧，谓之茶槽齐，万万不可行。余来，水势适平，免所谓茶槽者。又水大涨，渰没草木，谓之青草齐，则诸滩之上，水宽少浪，可以犯之而行。余之来，水未能尽漫草木，但名草根齐，法亦不可涉，然犯难以行，不可回首也。

十五里，至大溪口。水稍阔，山亦差远，夔峡之险纾矣。（下行）

重修瀼西草堂记　明　陈文烛

先生当天宝乱后，历秦陇至成都，经三峡，而寓于夔门。其居三徙，有客堂，有东屯，而瀼西尤著。地多平旷，田可水稻。先生出峡，即易其主，而所书手卷，宋元间得而珍之。后日荒圮，万历改元，夔州郭君棐访遗址，檄奉节令罗绣藻新祠事，肖先生像，太守有记述，而又请予碑焉。予奉天子玺书宣教化，例得旌扬古今忠义之士，徘徊祠下，不觉泫然也。先生崎岖入蜀，久客于夔，逆旅之中，经构此堂，有足悲者。而史称先生挺节不污，所为诗歌善陈时事，千汇万状，兼而有之，忠君忧国，每饭不忘。当时韩退之高其文章，光焰至长万丈也，真知言矣。语曰："生无一日欢，死有万世名。"先生之谓乎？先生，襄阳人，与孟浩然友善，襄阳旧有孟亭不存，而岘山祠先生者亦荒。今瀼西更新，比于同谷浣花，可谓无关世教哉！予为迎送神曲，使歌以祀，其词曰：昔飘零兮流寓，叹迁次兮朝暮，侧身来兮参差于旧路。（右迎神曲）三年饱兮烟雾，千载惊兮香炷，尚转蓬兮山灵其呵护。（右送神曲）

编者注：万历间，陈公文烛督学四川，记少陵草堂者凡三处。花溪之草堂，本吕汲公所建，明蜀献王修复之，岁久颓圮，而重结茅堂，题曰"乾坤一草亭"。若瀼西草堂，则陆放翁访其遗迹而不得者，至是则新辟草堂。又有牛头山，属今潼川，即唐梓州境，山在郭门外，少陵尝登其上，所云"五载客蜀郡，一年居梓州"是已。郡守张辉南为堂于山上，陈公皆为之记。又陕西华阴县有少陵祠堂，当时曾为华州司功，至今祀之。

瞿塘峡记　明　王嘉言

峡者何？取以山夹水而为名也。楚蜀之交以峡称者多矣，而三峡为险。三者何？归峡、巫峡、瞿塘峡。三峡同称险矣，瞿塘为最。归，所谓西陵峡者是也。峡在城东十二里，两岸对峙，中贯大江，盖全蜀之门户。峡口石盘上树铁柱二根，山畔岩穴中，有铁索七条。柱高六尺四寸，索长二百七十七丈五尺，盖昔人置以截江者。柱于夏秋水泛则汩，冬春复见。呜呼奇哉！

夫瞿塘之险冠于诸峡者何？盖西南万水总注于斯，而双崖扼束极为狭隘，以故潆洄曲折，龃龉艰难；惊涛奔浪，喧豗訇訇。归舸行艓，一遭风动则上下失势，而此生安危尽付之。撇漩触石，瞬息间矣。虽然，关门一守，百二之势也。明初，以汤、廖两将军绝人之智力，席皇祖之神威，师薄天下，矢石一交而即却。非颖国皆文之捷，水陆交进，以奇取胜，亦难为力矣。今天下熙熙，氛沴久消，雄关险峡，虽依然索柱云存，而山川胜概，只为文儒嬉眺浪吟之县而已。

嗟夫，宗国之忧，虽非恤纬者所宜忧，而处堂之乐达者，亦恒笑夫燕雀之愚，则防御之略，亦可于熙恬中讲求之。

巫 山 卷

巫山高

《巫山高》为汉乐府鼓吹铙歌十八曲之一。《乐府诗集》中存有《巫山高》歌辞："巫山高，高以大。淮水深，深以逝。我欲东归，害不为？我集无高曳，水何汤汤回回。临水远望，泣下沾衣。远道之人心思归，谓之何！"自南北朝至唐代，有多家诗人以《巫山高》命题为诗，成为中国文学的一种特殊现象。

巫山高篇 南朝宋 何承天

何承天（370—447），东海郯（今属山东临沂）人。曾官尚书载丞、吏部郎。其算出圆周率为3.1429，对后世影响深远。

巫山高，三峡峻。青壁千寻，深谷万仞。崇岩冠灵林冥冥。山禽夜响，晨猿相和鸣。洪波迅澓，载逝载停。凄凄商旅之客，怀苦情。在昔阳九皇纲微，李氏窃命，宣武耀灵威。蠢尔逆纵，复践乱机。王旅薄伐，传首来京师。古之为国，惟德是贵。力战而虚民，鲜不颠坠。矧乃叛戾，伊胡能遂。咨尔巴子无放肆。

巫山高 南朝齐 范云

范云（451—503），字彦龙，南乡舞阴（今河南泌阳西北）人。竟陵八友之一，曾官尚书右仆射。

巫山高不极，白日隐光晖。霭霭朝云去，溟溟暮雨归。崖悬兽无迹，林暗鸟忘飞。枕席竟空荡，相望日依依。

巫山高　南朝齐　刘绘

刘绘（458—502），字士章，彭城（今江苏徐州）人。曾官中书郎。

高唐与巫山，参差郁相望。灼烁在云间，氤氲出云上。散雨收夕台，行云卷晨帐。出没不易期，婵娟似惆怅。

巫山高　南朝梁　萧衍

萧衍（464—549），字叔达，小字练儿，南兰陵郡武进县（今属江苏丹阳）人。梁武帝，502—549年在位。

张乐阳台歌上谒，如寝如兴芳晻暧。容光既艳复还没。复还没，望不来。巫山高，心徘徊。

巫山高　南朝齐　王融

王融（466—493），字元长，琅邪临沂（今山东临沂）人。东晋宰相王导六世孙，竟陵八友之一。曾官太子舍人、中书郎。

想象巫山高，薄暮阳台曲。烟霞乍舒卷，蘅芳自断续。彼美如可期，寤言纷在瞩。慨然坐相思，秋风下庭绿。（《古诗纪》）

巫山高　南朝梁　王泰

王泰，字仲通，琅邪临沂（今山东临沂）人。吏部尚书。王僧虔（426—485）孙，王慈（451—491）子。梁天监初，迁秘书丞，又为中书侍郎。

迢递巫山好，远天新霁时。树交凉去远，草合影开迟。谷深流响咽，峡近猿声悲。只言云雨状，自有神仙期。

巫山高 南朝梁 费昶

费昶，江夏（今属湖北武汉）人。曾官新田令。梁武帝天监九年前后在世。

巫山光欲晓，阳台色依依。彼美岩之曲，宁知心是非。朝云触石怒，暮雨润罗衣。愿解千金佩，请逐大王归。

巫山高 南朝梁 虞羲

虞羲，字子阳，一说字士光，会稽余姚（今浙江余姚）人。历始安王侍郎、建安征虏府主簿功曹，兼记室参军。梁天监（502—519）年间，为晋安王侍郎。

南国多奇山，荆巫独灵异。云雨丽以佳，阳台重怨思。勿言在可得，特美君山意。高塘一断魂，光阴不可迟。

巫山高 南朝梁 萧绎

萧绎（508—555），字世诚，小字七符，自号金楼子，南兰陵（今江苏常州）人。梁元帝，552—554 年在位。梁武帝萧衍第七子，梁简文帝萧纲之弟。

巫山高不穷，迥出荆门中。滩声下溅石，猿鸣上逐风。树杂山如画，林暗涧疑空。无因谢神女，一为出房栊。

巫山高 南朝陈 陈叔宝

陈叔宝（553—604），字元秀，小字黄奴，吴兴（今属浙江湖州）人。陈后主，582—589 年在位。

巫山巫峡深，峭壁耸春林。风若朝蕊落，雾岭晚猿吟。云来足荐枕，雨过非感琴。仙姬将夜月，度影自浮沉。

巫山高 南朝陈 萧诠

萧诠，仕陈为黄门郎。

巫山映巫峡，高高殊不穷。猿声不辨处，雨色讵分空。悬崖下桂影，深涧响松风。别有仙云起，时向楚王宫。

巫山高 南朝陈 李孝贞

李孝贞，字元操，小名僧藏，赵郡柏人（今属河北邢台）。出身赵郡李氏，北齐文宣帝高洋（526—559）皇后李祖娥的堂弟。曾官上仪同三司、金州刺史。

荆门对巫峡，云梦迩阳台。燎火如奔电，坠石似惊雷。天寒秋水急，风静夜猿哀。枕席无由荐，朝云徒去来。

巫山高 唐 陆敬

陆敬，两唐书志作凌敬。约唐高祖武德元年前后在世。初仕窦建德为国子祭酒。后归唐。

巫岫郁岧峣，高高入紫霄。白云抱危石，玄猿挂迥条。悬崖激巨浪，脆叶陨惊飙。别有阳台处，风雨共飘飘。

巫山高　唐　郑世翼

郑世翼，一名郑翼，荥阳（今河南荥阳）人。曾官万年丞、扬州录事参军。卒于贞观中。

巫山凌太清，岧峣类削成。霏霏暮雨合，霭霭朝云生。危峰入鸟道，深谷泻猿声。别有幽栖客，淹留攀桂情。

巫山高　唐　阎立本

阎立本（约601—673），雍州万年（今属陕西西安）人。曾为右相，封博陵县男。

君不见，巫山高高半天起，绝壁千寻尽相似。君不见，巫山巪匝翠屏开，湘江碧水绕山来。绿树春娇明月峡，红花朝覆白云台。台上朝云无定所，此中窈窕神仙女。仙女盈盈仙骨飞，清谷出没有光辉。欲暮高唐行雨送，今宵定入荆王梦。荆王梦里爱秾华，枕席初开红帐遮。可怜欲晓啼猿处，说到巫山是妾家。

巫山高　唐　卢照邻

卢照邻（约636—约680），字升之，自号幽忧子，幽州范阳（治今河北涿州）人。初唐四杰之一，曾官益州新都尉。

巫山望不极，望望下朝氛。莫辨啼猿树，徒看神女云。惊涛乱水脉，骤雨暗峰文。沾裳即此地，况复远思君。

巫山高 唐 乔知之

乔知之，同州冯翊（今陕西大荔）人。长陈子昂（659－700）十余岁，曾官右补阙、左司郎中。

巫山十二峰，参差互隐见。浔阳几千里，周览忽已遍。想象神女姿，摘芳其珍荐。楚云何逶迤，红树日葱蒨。楚云没湘源，红树断荆门。郢路不可见，况复夜闻猿。

巫山高 唐 张循之

张循之，洛阳（今河南洛阳）人。武则天时上书忤旨被诛。

巫山高不极，合沓状奇新。暗谷疑风雨，幽岩若鬼神。月明三峡曙，潮满九江春。为问阳台客，应知入梦人。

巫山高 唐 沈佺期

沈佺期（约656—约715），字云卿，相州内黄（今河南内黄）人。上元二年进士，曾为修文馆直学士。

巫山峰十二，环合隐昭回。俯眺琵琶峡，平看云雨台。古槎天外倚，瀑水日边来。何忽啼猿夜，荆王枕席开。

神女向高唐，巫山下夕阳。裴回作行雨，婉娈逐荆王。电影江前落，雷声峡外长。霁云无处所，台馆晓苍苍。

巫山高　唐　张九龄

张九龄（678—740），一名博物，字子寿，韶州曲江（今广东韶关）人。西汉留侯张良之后，西晋壮武郡公张华十四世孙。长安二年进士，开元名相。

巫山与天近，烟景长青荧。此中楚王梦，梦得神女灵。神女去已久，云雨空冥冥。唯有巴猿啸，哀音不可听。

巫山高　唐　刘方平

刘方平，洛阳（今河南洛阳）人。凌烟阁二十四功臣之一邢国公刘政会（？—635）之后，天宝名士。

楚国巫山秀，清猿日夜啼。万重春树合，十二碧峰齐。峡出朝云下，江来暮雨西。阳台归路直，不畏旧家迷。（《诗纪》）

巫山高　唐　皇甫冉

皇甫冉（约718—约771），字茂政，润州（今江苏镇江）人。天宝十五年进士，曾官左拾遗。

巫峡见巴东，迢迢半出空。云藏神女馆，雨到楚王宫。朝暮泉声落，寒暄树色同。清猿不可听，偏在九秋中。（《皇甫冉诗集》）

巫山高　唐　戴叔伦

巫山峨峨高插天，危峰十二凌紫烟。瞿塘嘈嘈急如弦，洄流势逆将覆船。云梯岂可进，百丈那能牵？陆行巉岩水不前，洒泪向流水，泪归东海边。含愁对明月，明月空自圆。故乡回首思绵绵，侧身天地心茫然。（《全唐诗》）

巫山高 唐 李端

李端（737—784），字正己，晚自号衡岳幽人，赵州（今河北赵县）人。大历五年进士，官至兵部侍郎。大历十才子之一。

巫山十二峰，皆在碧虚中。回合云藏月，霏微雨带风。猿声寒过涧，树色暮连空。愁向高唐望，清秋见楚宫。

巫山高二首 唐 孟郊

孟郊（751—814），字东野，湖州武康（今浙江德清）人。贞元十二年进士，曾官溧阳尉。

巴山上峡重复重，阳台碧峭十二峰。荆王猎时逢暮雨，夜卧高丘梦神女。轻红流烟湿艳姿，行云飞去明星稀。目极魂断望不见，猿啼三声泪沾衣。

见尽数万里，不闻三声猿。但飞萧萧雨，中有亭亭魂。千载楚襄恨，遗文宋玉言。至今青冥里，云结深闺门。（《孟东野诗集》）

巫山高 唐 李贺

李贺（约791—约817），字长吉，因居福昌昌谷，后世称李昌谷，河南福昌（今河南宜阳）人。李渊叔父李亮后裔，曾任奉礼郎。有诗鬼之称，与李白、杜甫、王维齐名。

巫山丛碧高插天，巴江翻澜神曳烟。楚魂寻梦风飔然，晓风飞雨生苔钱。瑶姬一去一千年，丁香筇竹啼老猿。古祠近月蟾桂寒，椒花坠红湿云间。

巫山高　唐　陈陶

陈陶，字嵩伯，自号三教布衣，剑浦（今福建南平）人。曾游学长安，唐宣宗大中（847—860）时隐居洪州西山。

玉峰青云十二枝，金母和云赐瑶姬。花宫磊砢楚宫外，列仙八面星斗垂。秀色无双怨三峡，春风几梦襄王猎。青鸾不在懒吹箫，斑竹题诗寄江妾。飘飖丝散巴子天，苔裳玉辔红霞幡。归时白帝掩青琐，琼枝草草迷湘烟。

巫山高　唐　李咸用

李咸用，陇西（今甘肃临洮）人。懿宗咸通末前后在世，曾为推官。

通蜀连秦山十二，中有妖灵会人意。斗艳传情世不知，楚王魂梦春风里。雨态云容多似是，色荒见物皆成媚。露泫烟愁岩上花，至今犹滴相思泪。西眉南脸人中美，或者皆闻无所利。忍听凭虚巧佞言，不求万寿翻求死。

巫山高　唐　于溃

于溃，字子漪，自号逸诗，邢州尧山（今河北隆尧）人。咸通二年进士，一说会昌中乡贡。官终泗州判官。

何山无朝云，彼云亦悠扬。何山无暮雨，彼雨亦苍茫。宋玉恃才者，凭虚构高唐。自垂文赋名，荒淫归楚襄。峨峨十二峰，永作妖鬼乡。（《蜀都碎事》）

巫山高　唐　李沇

李沇，字东济，江都（今江苏扬州）人。昭宗（888—904 在位）时宰相李蹊子。有俊才，文学渊奥，当时公相子弟无能及之。

没天心，开地脉，浮动凌霄拂蓝碧。襄王端眸望不及，似观瑶姬长叹息。巫妆不治独栖望，暗泣红蕉抱云帐。君王妒妾梦荆宫，虚把金泥印仙掌。江涛迅急如相助，十二狞龙怒行雨。昆仑漫有通天路，九峰正在天低处。

巫山高　唐　罗隐

罗隐（833—909），字昭谏，新城（今属浙江富阳）人。屡试不第，曾官钱塘令、司勋郎中、给事中等职。

下压重泉上千仞，香云结梦西风紧。纵有精灵得往来，猃轭䡄轩亦颠陨。岚光双双雷隐隐，愁为衣裳恨为鬓。暮洒朝行何所之，江边日月情无尽。珠零冷露丹堕枫，细腰长脸愁满宫。人生对面犹异同，况在千岩万壑中。

巫山高　唐　齐己

巫山高，巫女妖，雨为暮兮云为朝，楚王憔悴魂欲销。秋猿嗥嗥日将夕，红霞紫烟凝老壁。千岩万壑花皆坼，但恐芳菲无正色。不知今古行人行，几人经此无秋情。云深庙远不可觅，十二峰头插天碧。（《白莲集》）

巫山高　宋　文彦博

文彦博（1006—1097），字宽夫，号伊叟，汾州介休（今山西介休）人。天圣五年进士，北宋名相。谥忠烈。

巫山高不极，高与碧穹齐。朝云常蔼蔼，暮雨复凄凄。仿佛闻珠佩，依稀认绣袿。无能留彼美，徒使梦魂迷。

巫山高　宋　文同

文同（1018—1079），字与可，号笑笑居士、笑笑先生，人称石室先生，梓州梓潼郡（今属四川绵阳）人。文翁之后。皇祐元年进士，曾为湖州知府。

巫山高，高凝烟，十二碧簪寒插天。危岩绝壁已飞动，况复下压万丈之苍渊。波冲浪激作深井，虎眼彻底时一漩。长风澒涌发滟滪，恶色怒势因谁然。我欲截中流虹梁，莫得施蝀蝃。东西相远望不到，两目欲断心将穿。回看高唐庙下洒灵雨，遣我归意常翩翩。（《丹渊集》）

巫山高　宋　司马光

司马光（1019—1086），字君实，号迂叟，世称涑水先生，陕州夏县（今山西夏县）人。宝元元年进士，曾官龙图阁直学士。历仕仁宗、英宗、神宗、哲宗四朝，主持编纂《资治通鉴》。卒赠太师、温国公，谥文正。

巫山高，巫山之高高不极。寒江西来曳练长，群峰森罗十二戟。清狖悲号裂翠崖，老蛟怒门摧丹壁。轻生重利三巴客，一叶直冲高浪白。船头吟啸坐自如，仰视长天不盈尺。丛祠象没俨山椒，巫祝纷纷非一朝。云是高唐神女之所处，至今暮雨常潇潇。我闻神理明且直，兴亡唯观恶与德。安肯来从楚国君，凭依梦寐为淫昏。襄王之心自荒惑，引领日望阳台云。独不思怀王西行不复返，甲光照地屯秦军。蚕食黔中下荆门，陵园宗庙皆烧焚。社稷飘零不复存，嗟嗟若敖蚡冒将，筚路蓝缕皆辛勤。

原注：和王公介甫巫山高。

葛蕴作《巫山高》，爱其飘逸，因亦作两篇　宋　王安石

王安石（1021—1086），字介甫，号半山，临川（今属江西抚州）人。庆历二年进士，北宋名相。谥文。

巫山高，十二峰。上有往来飘忽之猨狖，下有出没瀺灂之蛟龙，中有倚薄缥缈之神宫。神人处子冰雪容，吸风饮露虚无中。千岁寂寞无人逢，邂逅乃与襄王通。丹崖碧嶂深重重，白月如日明房栊。象床玉几金芙蓉，阳台美人多楚语。只有纤腰能楚舞，争吹凤管鸣鼍鼓。那知襄王梦里事，但见朝朝暮暮长云雨。

编者注：葛蕴：北宋诗人，与王安石同时。曾巩《元丰类稿》有《答葛蕴》诗云："得子百篇作，读之为欣忻。大章已逸发，小章更清新。"葛蕴"百

篇作”中，有《巫山高》一诗，属“大章已逸发”者。

巫山高，偃薄江水之滔滔。水于天下实至险，山亦起伏为波涛。其巅冥冥不可见，崖岸斗绝悲猿猱。赤枫青栎生满谷，山鬼白日樵人遭。窈窕阳台彼神女，朝朝暮暮能云雨。以云为衣月为褚，乘光服暗无留阻。昆仑层城道可取，方丈蓬莱多伴侣。块独守此嗟何求，况乃低徊梦中语。

编者注：偃薄：犹卧临，堵塞逼迫之意。

巫山高　宋　周行己

周行己（1067—1125），字恭叔，世称浮沚先生，永嘉（今属浙江）人。元祐六年进士，曾官太学博士。

谁谓巫山高，朝言暮可期。而我有所思，邂逅藐无时。谁能心似石，见此月如眉。款款琴上声，此意人讵知。

巫山高　宋　王铚

王铚（？—约1144），字性之，自号汝阴老民，世称雪溪先生，汝阴（今安徽阜阳）人。曾为湖南安抚司参议官。

十二危峰隐寒雾，旁连三巴下三楚。断崖青黄耸天壁，秀色苍茫接天路。鼓瑟玉京嬉帝傍，下镇九渊称帝女。冥心可见类相求，梦里襄王契神遇。锵然玉佩似可期，倏尔霓旌去无所。天风浩荡吹太清，万里凭虚送飞步。行云行雨终不来，岁月人间几朝暮。那知一戏疑万古，至今不知高唐处。仙兮神兮非与是，流传只有兰台赋。山藏虎兕争怒号，峡束江水翻波涛。舟楫寄命轻鸿毛，犹起羡慕成讥嘲。行人所见日卑浅，仰首弥觉巫山高。

巫山高 宋 曹勋

巫山高，望不极。飞鸿欲度愁无力，我欲绝之乏羽翼。峡江水急荆门远，鱼龙游之不能转。下无舟楫上无梁，我欲济之忧力鲜。

巫山高并序 宋 范成大

湿云不收烟雨霏，峡船作滩梢庙矶。杜鹃无声猿叫断，惟有饥鸦迎客飞。西真功高佐禹迹，斧凿鳞皴倚天壁。上有瑶簪十二尖，下有黄湍三百尺。蔓花虬木风烟昏，藓佩翠帷香火寒。灵游飘浮定何许，时有行人开庙门。楚客词章元是讽，纷纷余事空嘲弄。玉色頩颜不可干，人间错说高唐梦。

原序：余旧尝用韩无咎韵，题陈季陵《巫山图》。考宋玉赋意，辨高唐之事甚详。今过阳台之下，复赋乐府一首。世传嫣姬为西王母女，尝佐禹治水，庙中石刻在焉。

编者注：西真：指神女。楚客句：指宋玉两赋。玉色頩颜：指神女。

后巫山高 同前

凝真宫前十二峰，两峰娟妙翠插空。余峰竞秀尚多有，白壁苍崖无数重。秋江漱石半山腹，倚天削铁荒行踪。造化钟奇矗瑶巘，真灵择胜深珠宫。朝云未罢暮云起，阴晴竟日长冥蒙。瑶姬作意送归客，一夜收潦仍回风。仰看馆御飞楫过，回首已在虚无中。惟余乌鸦作使者，迎船送船西复东。

原注：余前年入峡，尝赋《巫山高》，今复作一篇。十二峰中，东西各一峰最奇，不可绘画，左右前后余峰之可观者尚多，不止十二峰也。不问阴晴，云物常相映带，尤为胜绝。但以涨江湍怒难舣泊，鼓棹而过，不复登庙。前余以水暴涨，得下瞿塘，至巫山县。人云却须水退，始可以入巫峡。一夜水落十余丈，遂不复留滞。

巫山高　宋　邹登龙

邹登龙，字震父，号梅屋，临江（今属江西）人。隐居不仕。著有《震父吟稿》《梅屋吟》。

巫山宠宂巫峡曲，一十二峰浅凝绿。老猿化石悬巅崖，矗矗凌云扫坛竹。九灵少女列仙从，佩玉鸣銮乘彩凤。飞魂走魄归瑶宫，紫箫吹断荆王梦。

巫山高　元　周巽

周巽，字巽亨，一字巽泉，至正初前后在世。尝从征道贺二县猺寇，以功授永明主簿。

峨峨十二峰，上有凌云梯。峰出高唐峻，云来太白低。山鸟飞不过，峡猿愁乱啼。望极魂欲断，梦中心自迷。遥怜楚台语，芳草碧萋萋。

阳台妇　元　杨维桢

杨维桢（1296—1370），字廉夫，号铁崖，绍兴路诸暨州（今浙江诸暨）人。泰定四年进士，曾任天台县尹。

巫山高，十二峰。雨为体，云为容。为云为雨日夕阳台中，君王望南云未从。夜梦见之云朦朦，云妖雨怪瘖以讻。君不见，霸南国，歌南风。一妇在楚宫，一妇称贤九妇同。巫山高，高九峰。（《铁崖乐府》）

原注：即巫山高曲。

巫山高　元　张昱

张昱，字光弼，自号一笑居士，庐陵（今属江西吉安）人。曾为元浙省左司员外郎，行枢密院判官。

巫山高，望不极。惊天微茫十二峰，彩云上蒸灵雨集。中有琼台承翠馆，曼态修容相出入。君王淫荒进神女，直以梦中为白日。洛汭无闻五子歌，宋玉微词讽何及。巫山高，望不极，不比尧阶土三尺。（《张光弼诗集》）

巫山高　元　胡布

胡布，字子申，河南人，一作字建民，盱江人。有才气，善草书。得书法于宋克（1327—1387），或谓与宋克同受学于绍兴老僧。

仿佛巫山高，云雨阳台曲。妖鬼惑襄王，夸辞耽宋玉。风高碧峦静，林远深烟绿。月出秋冥冥，喧声夜猿续。（《元音遗响》）

巫山高　明　顾禄

顾禄，字谨中，华亭（今上海松江）人。约生活于元末明初。

以太学生除太常典簿，后为蜀府教授。

巫山高高十二峰，君王魂梦已成空。上头多少闲云雨，尽在朝朝暮暮中。

巫山高　明　刘基

刘基（1311—1375），字伯温，青田（今属浙江温州）人。洪武三年封诚意伯，正德九年追赠太师，谥文成。

巫山高哉郁崔嵬，下有江汉浮天回。深林日月照不到，洞谷阖辟生风雷。危峰半出赤道中，落日猿狖鸣声哀。虎牙赤甲斗雄壮，风气以之而隔阂。楚王遗迹安在哉？但见麋鹿跳蒿莱。当时忠臣放泽畔，乃与靳尚相徘徊。山中妖狐老不死，化作妇女莲花腮。潜形谲迹托梦寐，变幻涕泪成琼瑰。神灵震怒不可祷，云雾惨淡昏阳台。猛风吹雨洗不尽，假手秦炬歊飞灰。精诚感应各以类，世间妖孽匪自来。君不见商王梦中得良弼，傅岩之美今安匹。巫山何事近楚宫，终古怨恨流无穷。（《诚意伯文集》）

原注：《巫山高》，刺奇后也。庚申君宠高丽奇妃，立以为后，专权植党，浊乱宫闱，故作《巫山高》以讽谏焉。

巫山高　明　戴良

戴良（1317—1383），字叔能，浦江建溪（今属浙江诸暨）人。元末曾任淮南江北等处行中书省儒学提举，元亡，隐居四明山。

巫山望欲极，神女出何迟。朝暮自云雨，君王徒梦思。魂乘林树合，心著峡猿悲。婉娈阳台夜，不知今是非。

巫山高 明 释宗泐

巫山高，望不极，十二危峰倚天碧。阳台神女徒盈盈，艳质妖容果谁识。襄王荒怪不足征，宋玉微词岂堪惜。至今云雨自朝昏，山鬼哀猿叫苍壁。（《三台文献》）

巫山高 明 胡奎

巫山高，高入天，峰头一一相对连。上有朝云万仞之飞鸟，下有暮雨三峡之啼猿。有美人兮山之巅，风裳月佩秋娟娟。悬崖万涧不可见，翠雾参差出宫殿。须庾吹起大王风，朝云飞散暮雨空，依然十二青芙蓉。（《斗南老人集》）

巫山高 明 徐贲

徐贲（1335—1380），字幼文，自号北郭生，南直隶毗陵（今江苏常州）人，后迁平江（今江苏苏州）城北。元末明初画家、诗人。吴中四杰之一，明初十才子之一。

巫山峰十二，一一向阳台。闻说君王梦，曾逢神女来。树色凄离恨，猿声抱余哀。至今云雨里，徒使后人猜。

巫山高 明 高启

高启（1336—1374），字季迪，号槎轩，元末隐居吴淞青丘，自号青丘子，长洲（今江苏苏州）人。吴中四杰之一，明初十才子之一。

巴山西上巫峡深，奇峰十二江之阴。阳云高台不可寻，但见丹枫碧树攒幽林。昔闻瑶姬在其下，月为环玦风为襟。空山久独居，偶感襄王心。楚宫闷秋梦，仿佛来同衾。神仙会遇当有道，岂效世俗成荒淫。千秋遗赋应多恨，暮雨萧萧猿自吟。（《高太史大全集》）

巫山高　明　杨士奇

杨士奇（1366—1444），名寓，字士奇，以字行，号东里，泰和（今江西泰和）人。官至礼部侍郎兼华盖殿大学士，兼兵部尚书。历五朝，在内阁为辅臣四十余年，首辅二十一年。谥文贞。

巫山高高十二峰，连崖叠巘如游龙。当时阳台下神女，翠敛红销空处所。朝朝峡里望氛氲，可怜犹似作行云。相思已下沾裳泪，况复猿声不可闻。

巫山高　明　陈琏

巫山高，高刺天，峰峦十二开青莲。阳台神女竟何在，朝云暮雨犹依然。宋玉微词徒自诧，襄王荒怪益堪怜。山下遗宫总芜没，空余猿狖啸苍烟。

巫山高　明　王偁

王偁（1370—1415），字孟扬，一字密斋，永福（今福建永泰）人。洪武二十三年举人，曾为翰林院检讨、《永乐大典》副总裁。

巫山不可望，望极使人悲。树暗啼猿峡，云空神女祠。秋声留别恨，夜月怅佳期。欲问高唐事，惟应宋玉知。（《闽中十子诗》）

巫山高 明 陆德蕴

陆德蕴，字润玉，华亭（今上海松江）人。隐居北郭，有高行，曾为沈周（1427—1509）老师。

攒峰十二青丛丛，层台曲房雕绮栊。行云逗雨春迷濛，软风吹梦春无踪。兰香滴露啼幽翠，江波粼粼月光碎。老蛟踏波呼木魅，青鸾何处迎飞佩。

巫山高 明 章文仲

章文仲，四明（今属浙江）人。正统间，曾谒沭阳伯金忠（?—1431），与其幕僚周鼎（1401—1487）比试文才。

巫山高，巫山长。群峰四面起，壁立万仞强。飞泉落云破崖石，巨木夷道啼豺狼。中天孤高不垂地，白日卓午如夕阳。再说巫山高，重忆巫山长。容行不乐远，揽辔沾衣裳。（《士林诗选》）

巫山高 明 童轩

童轩（1425—1498），字志昂，鄱阳三庙前（今属江西鄱阳）人。景泰二年进士，以礼部尚书致仕。

巫山高高望不极，叠巘连崖倚天碧。云里芙蓉十二峰，貌如神女晚妆浓。襄王已去今千载，行雨行云尚有踪。朝朝暮暮荒台下，几见行人时驻马。玉佩仙香杳不闻，空有神巫奏歌舞。路入枫林树色青，古祠飞雨乱苔生。相思何处愁魂断，木叶萧萧猿夜声。(《清风亭稿》)

巫山高　明　祝淇

祝淇，一作祺，字汝渊，号梦窗，海宁（今浙江海宁）人。以子萃（1452—1518）贵，封刑部主事。

望望巫山峻，遥遥巫峡长。江涛悲宋玉，云雨暗襄王。深谷念秋气，层岩开曙光。猿声出高桧，游子在他乡。(《履坦幽怀钞》)

巫山高　明　黄衷

巫山高，高几许，手拨丹霞窥万里。凤翥鸾翔十二峰，紫翠堆中插熊耳。挂壁猕猱喘不呼，翠微飞雨满成都。蔽亏日用疑迟速，罗列岗峦勿有无。势趋夔府更奔腾，陆海重关第一层。白帝城头堪骋望，阳台虽胜不须登。(《矩州诗集》)

巫山高　明　周廷用

周廷用（1482—1534），字子贤，号八崖，华容东山（今属湖南岳阳）人。正德六年进士，官至江西按察使。

远望乎，危哉骇人。巫山之高，高高入苍穹。三峡穿地底，群峰出云中。蛾眉与碣石，盘踞峭且雄。东通云梦经湘汉，剑门玉垒环茏岏。龙蟠虎踞天钟美，然后削出十二朵青芙蓉。上有杨枝拂拂无影之木，下有阴崖砉砉清冷之风。羲和日驭驰不能及，夸父欲负难为功。黄牛滟滪飞流淙，洪波迅澓摧鸿厐。荡胸决眥入峻极，奔流侧注声钬钬。千寻万仞不可到，登高望远非吾邦。但闻禽鸟相喧聒，黄熊青兕啼岩矼。又见瀑布飞远壑，注长江。巫山之高，高高入苍穹，令人对此心憧憧。穷天极地孟门险，古来窃据称侯王。公孙刘备皆龙骧，其高也如此，嗟尔神女焉得而徜徉。空山草木而荒凉，朝何云异，暮何雨祥。高唐信阒寂，阳台亦渺茫。空悲宋玉，徒慕楚襄。风流淫靡，万古荒唐。诗人遥托梦，丽赋夸以张。巫山之高，高高入苍穹，泰华衡岳谁低昂。

巫山高 明 何景明

巫山高极青冥间，翠绾参差十二鬟。神女仙裙佩缨动，行云飞入君王梦。含情流盼轻烟中，玉床瑶枕荐君宫。紫罗白縠垂香风，恍惚魂散莫与同。微霜销落高邱树，哀猿孤吟鸟双去。荒淫沦灰竟何为，暮雨冥冥归古祠。

巫山高 明 周道仁

周道仁，字以修，乌程（今属浙江湖州）人。所作拟汉、魏乐府，凡一百三章，原附于所刊孙一元（1484—1520）《太白山人稿》后。

停云时叆叆，冥幽不可穴。山高与水深，窅然伤生别。神女哭秋帏，散作凌空雪。捣练着征衣，千里归魂结。（《乐府一卷》）

巫山高 明 黄卿

黄卿（1485—?），字时庸，号海亭，益都北关人。正德三年进士，历任南京刑罚郎、浙江右参政、江西左布政使。

巫山高，邈难量，望望隔云梦。江汉有舟楫，山深不可穷。珍璧与丹砂，穴深虎豹丛。田居有牖步有筇，无泛洪波兮，无登奇峰。（《海岱会集》）

巫山高 明 蒋山卿

蒋山卿（1486—1548），字子云，号江津，江苏仪真（今江苏扬州）人。正德九年进士，官至广西布政司参政。

高丘迷远望，连天去咫尺。台观郁参差，云雨天行迹。可怜巫山女，来作高唐客。须臾梦寐间，谁言荐枕席。（《蒋南泠集》）

巫山高 明 李濂

李濂（1488—1566），字川父，祥符（今河南开封）人。正德九年进士，曾官山西佥事。

巫山削芙蓉，神女若游龙。雨暗琵琶峡，云吞十二峰。行宫惟雪树，遗庙自霜钟。婉娈难长守，无劳梦里逢。（《嵩渚文集》）

巫山高 明 黄佐

黄佐（1490—1566），字才伯，号希斋，晚号泰泉，祖籍江西，明初定居香山（今广东中山）。正德十五年进士，曾为翰林院编修。

巫山高，高若何，淮水绕之不可以过。骎骢入马锦障泥，我欲渡之，徘徊而骄嘶。阳台有女居迷楼，爱而不见烟云愁。胄有虮虱，户有蛜蝛，嗟我行役今还归。

巫山高　明　薛蕙

薛蕙，字君采，号西原，亳州（今安徽亳州）人。正德九年进士。曾官刑部主事、考功司郎中。

巫山高郁郁，襟带亘天涯。上靡白日阳，下陵青云眉。玄岩何嵯峨，层巘互参差。景象非一状，远望令心悲。献岁出游猎，千乘齐交驰。翠帐罗曲阿，羽盖垂琼芝。龙骑践蕙圃，鹢首戏兰池。回车背中路，娱乐未云疲。置酒景夷台，设礼高唐祠。君王千万岁，岁岁长如斯。

巫山高　明　皇甫涍

巫山十二峰，窈窕映江流。翠壁浓衔日，丹枫远带秋。神惊珠佩杳，魂断玉鸾游。猿响空岩夜，谁堪达曙愁。（《皇甫少玄集》）

巫山高　明　岳岱

岳岱（1497？—1574?），字东伯，自称秦余山人，又号漳余子。先世以军功隶苏州卫。至其父，始好读书，辟草堂于阳山。性狷介，好游，历尽宇内名山。能诗，善画。

巫山高不极，合沓起云屏。仿佛巫山女，偏来感我情。秋风生锦树，云雨昏青冥。楚国徒回首，高丘猿夜声。（《盛明百家诗》）

巫山高　明　皇甫汸

皇甫汸（1497—1582），字子循，号百泉、百泉子，长洲（今江苏苏州）人。皇甫涍弟。嘉靖八年进士，曾官吏部郎中、大名通判。

蜀道连巴水，巫山接楚阳。情来为云雨，愁起见潇湘。枫叶吟秋早，猿声入梦长。何能降神女，仿佛梦襄王。

巫山高　明　薛应旂

薛应旂（1500—1575），字仲常，号方山，武进（今属江苏常州）人。嘉靖十四年进士，曾官南京考工郎中。

巫山高，淮水深。山高多限隔，水深易浮沉。征人涉远道，怀乡无信音。望望来时路，悠悠伤我心。何时能行役，一鼓雍门琴。

巫山高　明　乔世宁

乔世宁（1503—1563），字景叔，自号三石山人，耀州小丘（今属陕西铜川）人。嘉靖十七年进士，因曾任湖广督学，世人称为乔学台。其编纂的《耀州志》，是耀州历史上的第二部州志，为明代陕西县志中八大名志之一。

巫山高，高以寒，不到巫山不见山。长江百丈走其下，上峰十二摩青天，况有滟滪当中间。巫山高，高以寒。朝能作云暮作雨，山精月魅向人语。洪涛欲没滟滪堆，哀猿接挂桄榔树。有时狂飙突起浪如山，蛟斗龙吟更咤汝。往岁曾悲蜀道难，今见巫山心独苦。欲济无梁飞无羽，嗟我胡为赋远游，巫山巫山能久留。

巫山高　明　莫如忠

莫如忠（1508—1588），字子良，号中江，南直隶松江府华亭（今上海松江）人。嘉靖十七年进士，官至浙江布政使。

巫山高，不可招，陆行无车，使我心劳。江水深，杳难寻，欲渡无梁，使我心伤。我思之人，天各一方，山川悠悠，音容渺茫。赤鲤波涛迥，冥鸿关塞长。徒有数行泪，夜夜沾衣裳。相思苟不见，不如两相忘。（《盛明百家诗》）

巫山高　同前

巫山高不极，江流逝安适。欲济津无梁，中心怆以醎。故乡杳何在，目断归飞翼。天长楚泽深，相思梦魂隔。愿为神女云，飘飘近君侧。（《崇兰馆集》）

巫山高　明　王慎中

王慎中（1509—1559），字道思，号遵岩居士，后号南江，因行二，又称王仲子，晋江（今属福建）人。嘉靖五年进士，曾官河南参政。

微流悬溜思鸣佩，血染丹枫想濯裙。十二峰头自翠黛，至今不断雨将云。（《遵岩集》）

巫山高　明　李先芳

李先芳（1510—1594），字伯承，号北山，祖籍湖广监利（今湖北监利），随先祖李文益定居濮州李庄（今山东鄄城县李进士庄），一说濮州濮城（今河南范县濮城镇）。嘉靖二十六年进士，曾官尚宝司丞少卿。

巫山高，高不极。神女来游江水急，顺风翔翱见颜色。愿在云霄常比翼，暮雨朝云胡可得。（《东岱山房诗录》）

巫山高　明　俞允文

俞允文（1512—1579），字仲蔚，自号古初子，昆山（今江苏昆山）人。善书法。

楚国古巫山，上有阳云台。传有神女何时来。楚王昔日多荒淫，神女为之久徘徊。徘徊易阑寝，瑶衾亦已开。千年梦冷云不起，只今唯有空山夜月清猿哀。

巫山高　明　李攀龙

李攀龙（1514—1570），字于鳞，号沧冥，历城（今山东济南）人。嘉靖二十三年赐同进士出身，官终河南按察使。“后七子”领袖，被尊为“宗工巨匠”。

巫山高，自言高。江水深，自言深。勿复相思，君有他心。山以蔚蔚，水以汤汤。何用度之，不用梁。徘徊远望，泣下沾裳。顾托黄鹄，东归故乡。（《沧溟集》）

巫山高 明 黎民表

黎民表（1515—1581），字惟敬，号瑶石、罗浮山樵、瑶石山人，从化韶峒（今属广东从化）人。嘉靖十三年举人，官至河南布政参议。

巫山高不极，远望何芊芊。灵林构郁律，神宇闷冲玄。曳雪翳白日，兴雨蒙层巅。平瞻景夷馆，俯瞰云梦田。芳春展游豫，弭节此山前。精灵尔何感，魂梦屡组迁。晨鸡奏天色，环佩声锵然。空山旷延伫，掩涕方来旋。人神道终异，欢爱难久延。荒淫古有戒，兹乐诚已偏。唯有高唐赋，千载凌云烟。（《瑶石山人稿》）

巫山高 明 魏裳

魏裳（1520—?），字顺甫，蒲圻（今湖北赤壁）人。嘉靖二十九年进士，曾官刑部侍郎、山西副使。

巫山倚天外，地险控荆门。鸟道青萝暗，猿声落日繁。阴晴千壑变，云雨二仪昏。寂寞高塘梦，空传宋玉言。（《云山堂集》）

巫山高 明 梁辰鱼

梁辰鱼（约1521—1594），字伯龙，号少白，一号仇池外史，昆山（今江苏昆山）人。与张凤翼为知己，以李攀龙、王世贞为首的后七子都与他往来，戚继光也曾慕名造访。曾作《红线女》等杂剧，但以《浣纱记》传奇最著名。他是利用昆腔来写作戏曲的创始者，对昆曲流传产生了重大影响。

巫山山高高插天，望中楼阁还依然。花钿归处房栊静，桂酒奠时箫鼓悬。梦中神女竟安在，峰头云雨今犹传。当年作赋诚何用，千古空令过客怜。（《盛明百家诗》）

巫山高 明 吴国伦

吴国伦（1524—1593），字明卿，号川楼、惟楚山人、南岳山人，武昌府兴国州（今属湖北阳新）人。嘉靖二十九年进士，曾官河南左参政。

巫山高，天与际。江水深，曷以济。我欲东归，将从此逝。涂无梁，舟无楫，泱泱漭漭，临水远望，涕下沾裳。久客之人心思乡，谓之何。（《甔甀洞稿》）

巫山高 明 宗臣

巫山高，上摩千层之青天，下渺万丈巫峡之重渊，雪胡为哉生其巅。朝飞去，暮来旋。登山步云，令人神飞，何日可摩，玄龙可骑。下视浮世千万里，苍茫浩荡空烟水。（《宗子相集》）

巫山高 明 陈文烛

巫山高，高以峻。江水深，深以长。绵绵远道，我心死伤。

参差云雨，峙彼高唐。欲往从之何无梁，徘徊远望泣沾裳，愿托晨风吹还故乡。

巫山高 同前

巫山何其高，参差接衡霍。芙蓉出水中，上升开秀崿。望霞光自垂，翠屏青欲落。蜒蜿若登龙，氛氲频聚鹤。灵雨暮净坛，起云朝满壑。飞凤倚松峦，圣泉集仙药。十二峰多奇，神女应堪托。高唐赋尚传，楚王宫寂寞。枕席本虚无，迢迢云梦泽。不知啼猿哀，孤舟依山泊。（《二酉园集》）

巫山高 明 张凤翼

张凤翼（1527—1613），字伯纪，号灵虚，别署灵墟先生、冷然居士，南直隶苏州府长洲（今江苏苏州）人。万历四十一年进士。与弟燕翼、献翼并有才名，时人号为三张。曾官右佥都御史。

巫山高高湘水深，美人一笑千黄金。登高送远泪沾襟，梦魂不来伤我心。屋梁月落夜沉沉，空山不闻瑶华音。（《处实堂集》）

巫山高 明 邓元锡

邓元锡（1529—1593），字汝极，号潜谷，时人称为潜谷先生，南城（今属江西黎川）人。嘉靖三十四年举人，理学家、文学家，乡人私谥他为文统先生。

巫山高，九九天。汉水深，下三三。泉客从何来何往，旃方舟，多风石梁嗟客前。蒸蒸云泽弥坱埏，晨风假之鹤我先。

明月欲赠蛟坠涎，巴陵怆望天亦怜。巫峡安波沅湘美，浅浅兰桴桂棹连。欲镐丰河洛嵩高，延泗水拍泰岱骞，壮夫南游何时还。

巫山高 明 莫是龙

莫是龙（1537—1587），字云卿，以字行，更字廷韩，号秋水，又号后明、玉关山人、虚舟子等，南直隶松江府华亭（今上海松江）人。莫如忠长子。文学家、书画家、藏书家。

巫山高入青冥端，十二峰头云雨寒。谁作朝云谁暮雨，参差谓是阳台女。翩然丽质下峰头，来侍君王梦里游。绮缋罗纨光错落，敛容羞顾心绸缪。欢情未终忽遽称，蕙帐魂销不知处。只今云雨自萧萧，千古荒祠竟寂寥。（《石秀斋集》）

巫山高 明 陈宗虞

巫山高，高不极。上凌青天阂白日，下控绝峡三千尺。有清泠之渊，无数蟠蛟螭泛涛犇湍驶以悍急。又有虎牙齿齿承其下流，滟滪嵎嵎当其上游。嗟远道之人，三朝三暮怆矣。郁忧飞鸟不得度，舍舟即陆抑何阻。修彼拔剑挽弓之子不可求，吁嗟真宰何悠悠。

巫山高 明 屠隆

芙蓉万朵叠峰文，忽变阴晴荡夕曛。神女双鬟迷暮峡，潇湘半幅剪秋裙。人如宋玉毫端赋，衣染荆王台上云。千古楚来

香杜若，相思脉脉水沄沄。（《白榆集》）

巫山高　明　郭庄

郭庄，字还一，徽县（今甘肃徽县）人。郭从道孙。隆庆二年进士。

巫峡之山崔嵬兮，千云并吐芙蓉巅。十二峰峦竦秀兮，瑰如鸣环簪玉间。婵娟当时章华台上兮，细腰落雪曳翩跹。吁嗟哉，襄王何事神游华胥天。自从高唐精灵感梦，怜山中芳树琪花兮，笑日披霞弄粉铅。十二峰峦低昂异态兮，累累犹作望夫篇，又苦亭亭龙影照寒泉。巫峡之山崔嵬兮，只今人去千年陵谷迁，巴流东逝恨绵绵。但见千岩万壑苍苍兮，朝夕云雾濛濛连。苦竹丛中飞杜鹃，年年春风叫破桃花烟。崔嵬兮，巫峡之山巅，高唐遗迹何年。惟有古今骚客兮写江山，文藻流传琅琅兮巫山篇。吁嗟哉，千载王孙作鬼仙。

编者注：鬼仙：夔志载，《巫山高》十余首，唯李长吉“丁香筇竹啼老猿”数句，在唐人，唯长吉能为之。贺唐诸王孙世谓太白天仙，长吉鬼仙，故云。

赋得巫山高　明　区大相

区大相（1549—1616），字用孺，号海目，广东佛山人。万历十七年进士，曾官翰林检讨。

巫山上半空，遥接楚王宫。岩影朝云上，猿啼暮雨中。锦屏千丈瀑，芳树万年丛。灵异信如此，高唐梦未通。

巫山高　明　周履靖

周履靖（1549—1640），字逸之，初号梅墟，改号螺冠子，晚号梅颠，嘉兴（今浙江嘉兴）人。工书善画，通本草及炮制，又精养生、气功。

巫山一何高，云梦一何低。高低不可望，烟雾使人迷。（《闲云稿》）

巫山高　明　胡应麟

阳台出天半，高压大江湄。暮雨连三峡，朝云合九疑。猿啼青嶂急，鸟度翠屏迟。莫作峰头梦，魂迷十二时。

巫山高　明　范守己

范守己，字介儒，洧川（今属河南许昌）人。万历二年进士。因屡奉钦命以学院身份主考江南，人称范学院。

巫山高，尚可陟。江水深，尚可方。勿复相思，君乐他乡。山何岩岩，水何滮滮。何以为乐，渔与搜。踟蹰四顾，乐极生忧。愿归甘泉，及尔优游。（《御龙子集》）

巫山高　明　戴燝

戴燝，字享荣，长泰（今福建长泰）人。戴时宗（1494—1558）曾孙，万历十四年进士，曾官监察御史。漳州七才子之一，有词林宗工之誉。

巫山高高入杳冥，层峰十二如连屏。巴江下与岸争险，波涛震荡鱼龙醒。天开巨灵势巀兀，鸟道巉岩难得经。云烟变态千万状，月出照见峰青青。苍壁丹崖起窈窕，中有神女常娉婷。珠宫洞房玉作扃，闪间一笑窥明星。为云为雨朝还暮，将往如来语复停。襄王自是好荒怪，珊珊摇曳梦中听。东方渐白猿声叫，向来枕席乘风萍。岂若二妃明妆湘水曲，行人时荐藻蘋馨。（《补续全蜀艺文志》）

巫山高 明 公鼐

公鼐（1558—1626），字孝与，号周庭，蒙阴（今属山东临沂）人。万历二十九年进士，官至礼部右侍郎。谥文介。

巫山高，巫峡长，朝云暮雨临高唐。霓旌翠盖纷来羯，阳台瑶席兰若芳。怀玉魂不归故乡，襄王奔播郢城荒。夷陵土黑秦焰张，有梦不到巫山阳。

巫山高 明 公鼒

公鼒（1569—1619），字敬与，号浮来，公鼐弟。举人，官工部主事。山左诗坛的主盟人物。

巫山峰高高几许，十二层峦列秋渚。翠黛如妆冒绿波，峰云一半沉江雨。江雨连天暗楚枫，楚天摇落啼猿中。相思翻愁梦不到，高台月落寒山空。（《山左明诗钞》）

巫山高　明　方承训

方承训，号郯邺，徽州（今属安徽）人，居歙县瀹潭。嘉靖至万历年间人。家世业商，不乐仕进。好为诗，有《复初集》三十六卷。

巫山高高兮，无梯可摄。河水洋洋兮，无舟可楫。两涯望咫尺，隔水逾千里。长风起波涛，弯弓安括矢。临渊病无钩，临阵苦无戈。水深不可测，思归之谓何。

巫山高篇

嗟彼巫山高，云烟时倚附。猿鸟漫悲鸣，虎豹常号怒。杳杳不可期，兽锦悬英赋。枕席荐高台，朝暮敛吾足。（《方郯邺复初集》）

巫山高　明　阮大铖

阮大铖（1587—1646），字集之，号圆海、石巢、百子山樵，怀宁（今安徽安庆）人。万历四十四年进士。官至兵部尚书、右副都御史、东阁大学士。

巫山不可忆，终古但啼猿。荒绝梦中路，青摇空际魂。峡深云有族，江阔雨无痕。静虑抚琴瑟，幽通理自存。

巫山高　明　谈迁

谈迁（1594—1658），原名以训，字仲木，号射父。明亡后改名迁，字孺木，号观若，自称江左遗民。浙江海宁（今浙江海宁西南）人。诸生。终生不仕，以佣书、做幕僚为生。

烟鬟十二飞高空，夜枕推坠黄陵东。楚云迢递不知极，武关北望何由通。四月毒热蒸作雨，玉衣仙仙来神女。细腰宫里露桃枯，高唐馆外哀猿苦。秦女蛾眉君所怜，朝朝暮暮若为妍。

巫山高　明　刘城

刘城（1598—1650），字伯宗，晚号存宗，贵池（今属安徽池州）人。崇祯九年丙子以保举廷试，授知府，不就。与同里吴应箕齐名相善，同为复社眉目，合称为贵池二妙。又与隐居安庆城北大龙山麓的徐纛过从甚密。

巫山高，石岩岩。溪水深，流相环。水日啮山趾，高陵崩似徙。岸谷既移，洪流斯弥。昔与尔绸缪，今与尔仇雠。山川之险使人心忧，欲渡无梁我涕洟，云土云七待何时。

巫山高　同前

巫山青天上，蚕丛日蔽亏。客愁栈道险，吏恃剑门嬉。秦将山方凿，楚臣梦莫疑。往来今有路，容易直如逵。

巫山高　明　陈子龙

陈子龙（1608—1647），初名介，字人中，后改名子龙，字卧子，又字懋中，晚号大樽、海士等，南直隶松江华亭（今上海松江）人。崇祯十年进士，官至兵科给事中。

巫山高，不知高。巫水深，不知深。上有神女寄清音，萦思忼梦情日深。狖啼雨冥风冠林，洄洄滴滴雨淫淫。但得君王无他心，我欲就之，中心孔悲。我欲归来，路远多思。南到苍梧列翠旗，神态恍惚将安居，精魂徘徊不可治。芙蓉纷以华，气理娟妙带女萝，沅湘无梁谓之何。

巫山高　明　罗颀

罗颀，字仪甫，浙江山阴（今浙江绍兴）人。著有《物原》一书，主要介绍我国古代先民的发明创造：如锅子的发明、豆腐的制造等。

巫山高，犹可陟。江水永，限南国。我欲西游，谁为泛舟。我陆无舆，我行安休？翩翩悠悠，郁郁阳台，霭霭朝云。有所思，思美人。美人不可见，猿狖今为群。猿狖隐尔形，鸣声还独闻。黯山谷，惨晨昏。泫予泪，盈衣巾，嗟彼嗷嗷愁杀人。

巫山高　明　徐颍

徐颍，作有《方正学先生墓》。方正学即方孝孺（1357—1402）。

黄金粪牛裂西土，碧钗十二惊折股。巴猿三咽吊瑶姬，行人泪续襄王雨。斫黄蘖，制为篙。蜀江苦，巫山高。

巫山高　明　邓广森

邓广森，字柬之，桐城人，贡生。

巫山峭石与天齐，巫山峡里白云低。行人莫向巫山路，猿到巫山亦夜啼。

巫山高 清 邢昉

邢昉（1590—1653），字孟贞，一字石湖，自号石臼，人称刑石臼，高淳（今属江苏南京）人。曾赴华亭幕府。

巫山巫峡已重重，空中秀出神女峰。东连黄牛西白帝，参差黛色何迢递。襄王昔上阳云台，神女婹娟安在哉。形影梦寐一朝灭，玲珑宫馆沉苍苔。猿声断续高唐路，宋玉虚传有词赋。千秋寂寞望烟峦，空识论朝云往来处。

巫山高二首 同前

巫山上巫峡，列岫最岧峣。明月连江迥，青枫带雨飘。楚云秋正淡，神女暮何娇。独有阳台客，偏知气泬寥。

巫岭与天齐，回看万壑低。江回明月峡，云隐绿萝溪。谷鸟沙边去，巴猿树上啼。因思天畔雨，能令楚王迷。

巫山高 清 胡世安

空际辨寒苍，芙蓉削渺茫。驱车盘鸟道，悬构影鱼梁。猿竞藤游戏，雪将石徜徉。鼎图朝莫态，何事赋荒唐。（《秀岩集》）

巫山高 清 释普荷

释普荷（1593—1673），又名通荷，号担当。俗姓唐，名泰，字大来，又字布史，别署此置子、担当老人等，云南晋宁（今属云南昆明）人。诗、书、画三绝。

巫山高，不可上。巫山重，不可望。神兮恍惚，云何来觋。路亦伊阻，心亦伊违。哀猿凄哽，吾无归。东西南北，是耶非。久客之心思，深谓之何。

巫山高 清 阎尔梅

阎尔梅（1603—1679），字用卿，号古古，又号白耷山人、蹈东和尚，沛县（今江苏沛县）人。崇祯三年举人，为复社巨子。

妾家湘水岸，日日弄湘波。来去逐春云，君王梦奈何。

巫山一拳石，何事恼相思。梦自君王生，云行那得知。

东风牵荡子，处处巫山神。醒来看山色，不是梦中人。

巫山高 清 吴景旭

吴景旭（1611—1697），字旦生，号仁山，归安前坵（今属浙江湖州）人。双溪诗派的代表诗人之一。

巫山高，高以苍。江水深，深以长。我欲从之，渺焉客梁。风雨淫荡，汤汤回回。远道之人，安溯洄瞻望。泣下归来，归来他乡异县，谓之何哉。

巫山高 清 钱澄之

钱澄之（1612—1693），初名秉镫，字饮光，一字幼光，晚号田间老人、西顽道人，桐城（今安徽枞阳）人。曾为翰林院庶吉士。

巫山高不极，遥隔楚江西。峡暗蛟龙护，峰晴雷雨低。半空飞鸟绝，终古有猿啼。目断朝云出，毋劳梦里迷。

巫山高 清 徐缄

徐缄，山阴（今浙江绍兴）人。秀才，与施润章（1618—1683）为同时代人。

巫山何窈窕，万仞绝氛埃。叠嶂云无尽，倾崖雨易来。梦留千古忆，赋竭一生才。朝暮情无限，猿啼共此哀。

巫山高 清 尤侗

尤侗（1618—1704），字展成，一字同人，早年自号三中子，又号悔庵，晚号良斋、西堂老人等，苏州府长洲（今江苏苏州）人。康熙十八年举博学鸿儒，授翰林院检讨。

巫山高，高以奇。湘水深，深以漪。我欲东归，白云间之。明月在天，美人来迟。日暮风吹松花枝，青鬟十二挽参差。步摇珊珊响江祠，兰衣浅捻红胭脂。山有堂兮水有梁，春风夜半迎君王。晓梦飞来杜若香，碧丝斜弄高台凉。（《西堂诗集》）

巫山高 清 毛奇龄

毛奇龄（1623—1716），原名甡，又名初晴，字大可，又字于一、齐于，号秋晴，又号初晴、晚晴等，萧山城厢镇（今属浙江杭州）人。以郡望西河，学者称西河先生。康熙十八年举博学鸿儒科，授翰林院检讨、国史馆纂修等职，参与纂修《明史》。

君不见，巫山重重高插天，前临蜀道回长川。君不见，巫山窈窕似好女，朝见行云暮行雨。朝朝暮暮巫水滨，碧萝红树荆门春。幽岩生风吹雨色，迷却当年梦里人。梦里迢遥渡三峡，十二峰头暗云叶。风起难留巫氏家，山前那遇荆王猎。荆王巫氏相遇稀，春禽暮蝶争飞飞。天半无云妆绿发，风中有雨湿罗衣。罗衣绿发等闲变，谁与荆王便相见。若为淫濒荡人心，判作琵琶蔽君面。琵琶峰畔云影长，汤汤滟滪流瞿塘。共言台下栖神女，共道丘中伴楚王。楚王宫里细腰女，争望阳台起歌舞。不惜高峰化作神，但恨春云变成雨。春云荡荡流满山，椒花红映青苔间。南行若个知才子，空使春云江上还。

巫山高 清 陈维崧

陈维崧（1625—1682），字其年，号迦陵，宜兴（今江苏宜兴）人。明亡后寓居商丘，康熙十八年举博学鸿词科，官翰林院检讨。

三峡幽猿日夜鸣，红泉绿萝腾鼯鼪。中有迷离神女迹，罗袜频飞露草轻。章华殿阁空中起，丹楼翠栋凌湘水。小臣尽解白雪音，后宫半是婵娟子。暮雨朝云怨碧山，沅真缥缈有无间。年年空入君王梦，卷袂相思损玉颜。

巫山高 清 吴兆骞

吴兆骞（1631—1684），字汉槎，号季子，吴江松陵（今属江苏苏州）人。顺治十四年举人。南闱科场案起，以仇家诬陷，谪居宁古塔二十三年。

白帝通巫峡，黄牛对楚台。阳云当日梦，暮雨至今来。树色连冬落，猿声接晓哀。高丘遗庙在，想象佩环回。

巫山高 清 王士祯

巫山高，高际天，蜀江驶如箭吐弦。山高江深自终古，世人谁知五丁苦。五丁力尽黄牛死，巫山蜀江险如此。开府下令求朱提，万人委命当蛟螭。山崩石压水深黑，毒龙腊人如铺糜。贝阙龙堂万灵怪，何轻民命为水嬉。安得五丁更生黄牛出，开山献我金百镒，使我遗黎返家室。

巫山高 清 张实居

张实居（约1634—约1713），字宾公，别号萧亭，邹平（今属山东滨州）人。王士祯内兄。顺治中，卜居于大谷，弹琴咏歌以自娱。工诗，王士祯择其最者三百余篇，结集为《萧亭诗选》。

巫山高，不可步。湘水深，不可渡。水有汹涌漰湃之波，山有屈曲崎岖之路。我欲攀缘狼虎来，我欲徒涉蛟龙怒。想思不相见，沾裳泪如雨。巫山高，空自高。湘水深，空自深。舟车非所愿，但愿人一心。

巫山高　清　方殿元

方殿元，字蒙章，号九谷，番禺（今广东番禺）人。康熙三年进士，曾官江宁知县。

巫山巫山飞鸟度，十二峰头杳无路。终朝无云暮无雨，茫茫神女归何处。襄王不来宋玉去，落日猿啼满山树。（《皇清诗选》）

巫山高　清　陈宝钥

陈宝钥，字绿崖，一字大莱，福建晋江人。南明唐王隆武二年举人，曾为协理礼官。

巫山高峰头，十二真嵯峨。楚王之魂不惮远，乃赴高唐起梦涛。试问神女何姓名，笑而不答若有情。巫山朝朝暮暮雨，遂令楚王神不宁，但恐良缘不偶奇遇难成。赤甲为之关，白帝为之营。铁牛鏁断其精英，遂令宋玉之徒招魂水渚，以瞿塘为相思之城。（《百名家诗选》）

巫山高　清　洪若皋

洪若皋，字叔叙，一字虞邻，临海（今浙江临海）人。顺治十二年进士，官至福建按察司佥事。

巫山高，海水深。山林杳冥兮猿狖哀，海水掠没兮龙蛇猜。欲伐山兮无柯，欲渡海兮无槎。山不高兮失嵚岑，海不深兮徒暗吟。筑潏沸，铲崚嶒。力不坚兮意憎，谋不协兮愿难凭。心怦怦兮忧层层，羡彼仙人兮白日飞腾。（《南沙文集》）

巫山高 清 颜光敏

颜光敏（1640—1686），字逊甫，更字修来，曲阜（今山东曲阜）人。康熙六年进士，由中书舍人累迁吏部郎中。

前登巫山高，杀气薄南斗。绝域标功名，尚恐铜柱朽。荷戟缨旄落，始知去乡久。别时计归程，虑在阳春后。春蚕已成茧，桑叶复垂牖。关关黄鸟鸣，缫车暂停手。（《乐圃集》）

巫山高 清 傅作楫

奇峰高二十，一叶下巴东。冷碧出云上，空清落镜中。江声疏密雨，树色往来风。峡路苍茫里，寒猿听不穷。

巫山高 清 刘廷玑

刘廷玑（1654—?），字玉衡，号在园，先世居河南开封，后迁辽阳，编入汉军旗。曾任内阁中书、浙江括州知府。

巫山望不极，一望一疑猜。云雨随时见，瑶姬何处来。楚王非有梦，宋玉自多才。千古阳台下，猿声日夜哀。

巫山高 清 纳兰性德

纳兰性德（1655—1685），原名纳兰成德，叶赫那拉氏，字容若，号楞伽山人，满洲正黄旗。大学士明珠长子，其母为英亲王阿济格第五女爱新觉罗氏。康熙十五年赐进士出身。与朱彝尊、陈维嵩并称清词三大家，况周颐在《蕙风词话》中誉其为国初第一词手。

江声送客帆，巫峡望巉岩。秋夜猿啼树，霜朝鹤唳岩。花红神女颊，草绿美人衫。阳台不可见，风雨暗松杉。(《通志堂集》)

巫山高　清　周金然

周金然，字广居，号广庵，上海人。康熙二十一年进士，官洗马中允。

三峡连峰峰攒天，袅袅波光吹白烟。朝朝暮暮对嫣然，云雨石头冷翠钱。阳台香草梦连连，新月朔朔叫古猿。丹青碧落江水寒，踯躅残红绝壁间。

巫山高　清　方登峄

方登峄（？—1725/1728），字凫宗，号屏垢，桐城（今属安徽）人。康熙三十三年贡生，曾官工部都水司主事。

腰环环，上高山。山下紫芝犹可采，山上白云不可攀。攀云上天问消息，虬龙百尺，虎豹九关。吹笙擫笛，仙驶斑斑。饮我沉瀣泉，碧碗雕琅玕。与我订后期，慷慨赠以言。但言雾深不藏日，雪积不匿山。我行两足归蹒跚。风吹衣裳动，恍惚梦寐间。巫山高，何巑岏，端居想象巫山颠。

巫山高　清　李调元

巫山高，高入云。云中十二峰，五色何氤氲。琪花玉树纷难详，遥见碧城开天阊。黄金为门白玉墙，中有云鬟日月珰。含情弄态如相望，亦犹藐姑射山旁。飘飘似仙云中翔，阳台何山无斜阳。为云为雨山之常，底事诬山诬襄王。（《童山诗集》）

巫山高赠友人　清　杨岱

巫山高，窟猛虎。白日食人肉，天摧地坼倾西土。碧草幽幽断行客，山魈寂寂啼春雨。巫山高兮悲复悲，游人怨兮君莫知。君行直到万峰里，白石崚嶒光玉齿。峨眉峰下花如云，骏马蹴花城鸦起。（《蜀雅》）

巫山高　清　唐之凤

唐之凤，字武曾，乌程（今属浙江湖州）人。乾隆中前后在世，工诗，有《天香阁诗集》。

十二危峰青插天，濛濛云雨湿碧烟。楚王梦觉含凄怨，神女环佩空珊然。深山夜里群猿啸，古庙阴森栖虎豹。灵旗缤纷扬轻裾，采珠拾翠容窈窕。秋草萋萋秋水长，巴东巫峡接瞿塘。仙踪已往难寻觅，卧听江涛断客肠。

巫山高　同前

巫山饶秀色，翠嶂望如林。空说荆王梦，还看神女云。江声天外落，峡影日边寻。回合幽岩里，哀猿何处吟。（《天香阁诗集》）

巫山高　清　吴翌凤

吴翌凤（1742—1819），初名凤鸣，字伊仲，号枚庵，祖籍安徽休宁，侨居吴郡槐树街（今苏州）。著名藏书家。

巫山高，江水深，阳台不见愁人心。阳台不在江之涘，乃在高高翠微里。襄王去后晓梦空，一片行云为谁起。击巫鼓，弹神弦，估船日莫烧纸钱。庙门沉沉望不极，樯竿老乌接人食。襄兰泣露竹埽风，落日猿声唤秋色。

巫山高　清　孙原湘

孙原湘（1760—1829），字子潇，一字长真，江苏昭文（今江苏常熟）人。嘉庆十年进士，曾官翰林院庶吉士。

屈平见疏靳尚忠，朝云飞入怀王宫。朝云来自巫山颠，变化百态纷婵娟。翻乾覆坤弄秋雨，潇湘万户无人烟。羲和日车走不到，楚台那得瞻青天。巫山遥遥隔汉川，何日却至君王前。君不见，高宗求贤传说用，美人不入深宫梦。

巫山高　清　钱林

巴浪白如鹅，巴船去如马。荻芦吟两岸，急雪霏微泻。忽闻官鼓声，已次巫山下。巫山亘不断，宛似锦屏张。

隐见绿罴挂，参差彩鸟翔。峰窠细攒点，沙尾练浮光。稍焉入苍霭，秋色凝如黛。默失时阴晴，青忘山间背。

云过桧叶香，瀑溅苔花碎。沿流西塞通，极目路难穷。挟

渚片帆远，荆门烟树空。不知寒翠里，何处细腰宫。（《玉山草堂续集》）

巫山高　清　陈文述

陈文述（1771—1843），初名文杰，字谱香，钱塘（今浙江杭州）人。嘉庆时举人，官昭文、全椒等知县。

巫山高，高以奇。翠缥缈，青参差。巫山高，高以秀。春黛浓，秋影瘦。巫山高，高以深。碧青堑，青枫林。巫山高，高更远。望荆台，横楚苑。巫山高，高如何。伫汉女，招湘娥。巫山高，高几许。高髻妆，细腰舞。君不见，巫山之峰高插天，我行已陟巫山巅。巫山之麓低连野，我行还到巫山下。欲迟云起伫云君，除却巫山不是云。（《颐道堂诗选》）

巫山高　清　徐宝善

徐宝善（1790—1838），字廉峰，歙县（今属安徽黄山）人。嘉庆二十五年进士，曾官御史。

何山高无云，何山暮无雨。缥缈十二峰，何处来神女。

巫山高　清　华长卿

华长卿（1805—1881），原名长懋，字枚宗，直隶天津人。道光十一年举人，曾官开原训导。

巫山接云汉，望望有高台。宋玉不作赋，神女何时来。雨气暗巫峡，仙风吹不开。幽梦无迹寻，但闻猿声哀。

巫山高 清 胡凤丹

胡凤丹（1828—1889），初字枫江，后字月樵，一字齐飞，别号桃溪渔隐，永康（今浙江永康）人。曾任湖北督粮道。

巫峡深，不可测。巫山高，不可即。巴江西上十二峰，重峦叠嶂悬江侧。金乌玉兔互蔽亏，七百里长天无色。朝朝暮暮碧云浮，欲觅阳台行不得。阳台神女块独居，烟霞为室风为裾。底事高唐倦游客，蘧蘧一梦来华胥。华胥梦来醒，两岸听猿吟。青山红树长如此，邈矣襄王何处寻。

巫山高 清 王闿运

楚人捕蝉忘黄雀，首战连兵向伊雒。东收鲁越弃夔巫，蜀郡迎来司马错。夏水浮江江右崩，秦兵四日烧夷陵。丞相从容曳珠履，寿春城胞如春冰。屈原含冤宋玉老，年年犹梦高唐好。雨散风离十二峰，瑶姬泪滴云阳草。蛮夷问鼎入中原，敝国伤财不足论。莫矜江汉轮船便，已见风沙印度昏。（《湘绮楼诗集》）

拟巫山高 清 谭宗浚

巫山十二峰，峰峰在烟雾。我欲跻其巅，瑶居杳何处。岭交来去云，涧杂古今树。俯视大江流，滔滔日东去。（《荔村草堂诗钞》）

巫山高　陈所有

万古瞿塘水，潆回十二山。远吞全蜀外，高插碧霄间。猿叫肠堪断，叶飞髩又斑。阳台云雨路，秋至几人还。（《莆风清籁集》）

巫山高　谭峻

巫山高突兀，巫峡气萧森。云雨空为梦，神仙不可寻。猿啼添别泪，雁度怆愁心。极目还家路，斜阳落晚林。（《岭南五朝诗选》）

巫山高二章　程颂万

程颂万（1865—1932），字子大，一字鹿川，号十发居士，湖南宁乡人。曾充湖广抚署文案，在全国率先创办私立湖北中西通艺学堂。

巫山高，巫山低。郎不来，妾自归。昨宵梦坠鸳鸯瓦，脉脉横波珠泪泻。欲化空江一片云，随风吹到阳台下。梦里翻教怨可怜，郎心如藕妾如莲。愿将十二峰头月，长照流黄锦字边。

历代诗人咏巫山

琵琶峡 南朝梁 沈约

沈约（441—513），字休文，吴兴（今浙江湖州）人。官至尚书左仆射，后迁尚书令，领太子少傅。谥隐。

由来历山川，此地独迴邅。百岭相迁蔽，千岩共隐天。横峰时碍水，断岸或通川。还瞻已迷向，直去复疑前。夕波照孤月，山枝敛夜烟。此时愁绪密，荧魂逝九迁。

蜀道难二首 南朝梁 萧纲

萧纲（503—551），字世缵，南兰陵（今江苏常州）人。梁简文帝，为侯景所杀。

建平督邮道，鱼复永安宫。若奏巴渝曲，时当君思中。

编者注：建平：建平郡。刘备征吴失败，巫山一带归属吴国，吴置建平郡，隶属荆州宜都郡，郡治在巫县。督邮：督邮书掾、督邮曹掾的简称，自汉代始置，为各郡的重要属吏。其职责主要是代表太守督察县乡，宣达政令兼检核非法等。

巫山七百里，巴水三回曲。笛声下复高，猿啼断还续。（《古诗纪》）

夜宿巫山 隋 崔仲芳

崔仲方（539—614），字不齐，博陵安平（今属河北）人。北周时曾为范阳县侯，隋时曾为大将军。

荆门秋水急，巫峡断云轻。若为教月夜，长短听猿声。

巫山怀古 唐 刘希夷

刘希夷（约651—约680），字廷芝，汝州（今河南汝州）人。上元二年进士。善弹琵琶，其诗以歌行见长。

巫山幽隐地，神女艳阳年。襄王伺容色，落日望悠然。归来高唐夜，金缸焰青烟。颓想卧瑶席，梦魂何翩翩。摇落殊未已，荣华倏徂迁。愁思潇湘浦，悲凉云梦田。猿啼秋风夜，雁飞明月天。巴歌不可听，听此泪潺湲。（《唐诗拾遗》）

感遇三十八首（选二） 唐 陈子昂

朝发宜都渚，浩然思故乡。故乡不可见，路隔巫山阳。巫山彩云没，高丘正微茫。伫立望已久，涕落沾衣裳。岂兹越乡感，忆昔楚襄王。朝云无处所，荆国亦沦亡。（其二十七）

昔日章华宴，荆王乐荒淫。霓旌翠羽盖，射兕云梦林。揭来高唐观，怅望云阳岑。雄图今何在，黄雀空哀吟。（其二十八）

入东阳峡与李明府船前后不相及　同前

东岩初解缆，南浦遂离群。出没同洲岛，栖泊异汀渍。风烟犹可望，歌笑浩难闻。路转青山合，峰回白日曛。奔涛上漫漫，积水下沄沄，倏忽犹疑及，差池复两分。离离间远树，蔼蔼没遥氛。地上巴陵道，星连牛斗文。孤狖啼寒月，哀鸿叫断云。仙舟不可见，摇思坐氛氲。

编者注：东阳峡在巫山附近。

秋夜巫山　唐　乔备

乔备，同州冯翊（今陕西大荔）人，乔侃之弟，卒于武后长安中。

巫峡裴回雨，阳台淡荡云。江山空窈窕，朝暮自纷氲。萤色寒秋露，猿啼清夜闻。谁怜梦魂远，肠断思纷纷。

巫山　唐　张子容

张子容，襄阳（今属湖北）人。先天元年进士，官乐城令。与孟浩然（689—740）为生死之交。

巫岭岧峣天际重，佳期宿昔愿相从。朝云暮雨连天暗，神女知来第几峰。（《唐诗拾遗》）

感　兴（选一）　唐　李白

瑶姬天帝女，精彩化朝云。宛转入宵梦，无心向楚君。锦衾抱秋月，绮席空兰芬。茫昧竟谁测？虚传宋玉文。

宿巫山下　同前

昨夜巫山下，猿声梦里长。桃花飞绿水，三月下瞿塘。雨色风吹去，南行拂楚王。高丘怀宋玉，访古一沾裳。

巫山枕障　同前

巫山枕障画高丘，白帝城边树色秋。朝云夜入无行处，巴水横天更不流。

题　壁　同前

江行几千里，海月十五圆。始经瞿唐峡，遂步巫山巅。巫山高不穷，巴国尽所历。日边攀垂萝，霞外倚穹石。飞步凌绝顶，极目无纤烟。却顾失丹壑，仰观临青天。青天若可扪，银汉去安在。望云知苍梧，记水辨瀛海。周游孤光晚，历览幽意多。积雪照空谷，悲风鸣森柯。归途行欲曛，佳趣尚未歇。江寒早啼猿，松暝已吐月。月色何悠悠，清猿响啾啾。辞山不忍听，挥策还孤舟。

编者注：标题为编者所拟。原题作：自巴东舟行经瞿塘峡登巫山最高峰晚还题壁。自巴东：此指巴东郡治夔州。即由夔府登舟，经瞿唐峡至巫山县，登巫山最高峰。

观元丹邱坐巫山屏风 同前

昔游三峡见巫山，见画巫山宛相似。疑是天边十二峰，飞入君家彩屏里。寒松萧瑟如有声，阳台微茫如有情。锦衾瑶席何寂寂，楚王神女何盈盈。盈盈咫尺如千里，翠屏丹崖粲如绮。苍苍远树围荆门，历历行舟泛巴水。水石潺湲万壑分，烟光草色俱氛氲。溪花笑日何年发，江客听猿几岁闻。使人对此心缅邈，疑入嵩丘梦彩云。

寄　远（选一） 同前

远忆巫山阳，花明渌江暖。踌躇未得往，泪向南云满。春风复无情，吹我梦魂散。不见眼中人，天长音信断。（《李白集校注》）

古　意 唐　常建

常建（708—?），邢州（今河北邢台）人，后游历长安。开元十五年进士，天宝中，曾任盱眙尉。

楚王竟何去，独自留巫山。偏使世人见，迢迢江汉间。驻舟春溪里，皆愿拜灵言。窈窕见神女，金纱鸣佩环。闲艳绝世姿，令人气力微。含笑竟不语，化作朝云飞。

巫山怀古　唐　鲍溶

鲍溶，字德源，元和四年进士。

十二峰峦斗翠微，石烟花雾犯容辉。青春楚女妒云老，白日神人入梦稀。银箭暗凋歌夜烛，珠泉频点舞时衣。谁伤宋玉千年后，留得青山辨是非。

巫山石　唐　李德裕

李德裕（787—850），字文饶，赵郡赞皇（今河北赞皇）人。李吉甫之子，武宗时拜相。梁启超将他与管仲、商鞅、诸葛亮、王安石、张居正并列，称他是中国六大政治家之一。

十二峰前月，三声猿夜愁。此中多怪石，日夕漱寒流。必是归星渚，先求历斗牛。还疑烟雨霁，仿佛是嵩丘。（《李卫公会昌一品集》）

神弦别曲　唐　李贺

巫山小女隔云别，松花春风山上发。绿盖独穿香径归，白马花竿前孑孑。蜀江风澹水如罗，坠兰谁泛相经过。南山桂树为君死，云衫浅污红脂花。

巫山下作　唐　唐求

细腰宫尽旧城摧，神女归山更不来。惟有楚江斜日里，至今犹自绕阳台。

巫　山　唐　苏拯

苏拯，光化中人。

昔时亦云雨，今时亦云雨。自是荒淫多，梦得巫山女。从来圣明君，可听妖魅语？只今峰上云，徒自生容与。

望巫山　唐　张乔

张乔，池州（今安徽池州）人。咸通中进士，与许棠、郑谷、张宾等东南才子称“咸通十哲”。后隐居九华山以终。

溪叠云深转谷迟，暝投孤店草虫悲。愁连远水波涛夜，梦断空山雨雹时。边海故园荒后卖，入关玄发夜来衰。东归未必胜羁旅，况是东归未有期。

巫山旅别　唐　崔涂

崔涂，字礼山，江南（今属浙江）人。光启四年进士。壮游巴蜀，老游陇山，多离怨之作。

五千里外三年客，十二峰前一望秋。无限别魂招不得，夕阳西下水东流。

宿巫山寄远人　唐　梁琼

梁琼，唐代女诗人，生平无考。

巫山云，巫山雨，朝云暮雨无定所。南峰忽暗北峰晴，空里仙人语笑声。曾侍荆王枕席处，直至如今如有灵。春风澹澹白云闲，惊湍流水响千山。一夜此中对明月，忆得此中与君别。感物情怀似旧时，君今渺渺在天涯。晓看襟上泪流处，点点血痕犹在衣。

巫山公署壁有无名氏戏书二韵 宋 王周

南陵直上路盘盘，平地凌云势万端。堪笑巴民不厌足，更嫌山少画山看。

原注：施州路一百八盘。

巫 山 宋 苏轼

瞿塘迤逦尽，巫峡峥嵘起。连峰稍可怪，石色变苍翠。天工运神巧，渐欲作奇伟。坱轧势方深，结构意未遂。旁观不暇瞬，步步造幽邃。苍崖忽相逼，绝壁凛可悸。仰观八九顶，俊爽凌颢气。晃荡天宇高，奔腾江水沸。孤超兀不让，直拔勇无畏。攀缘见神宇，憩坐就石位。巉巉隔江波，一一问庙吏。遥观神女石，绰约诚有以。俯首见斜鬟，拖霞弄修帔。人心随物变，远觉含深意。野老笑我旁，少年尝屡至。去随猿猱上，反以绳索试。石笋倚孤峰，突兀殊不类。世人喜神怪，论说惊幼稚。楚赋亦虚传，神仙安有是。次间扫坛竹，云此今尚尔。翠叶纷下垂，婆娑绿凤尾。风来自偃仰，若为神物使。绝顶有三碑，诘曲古篆字。老人那解读，偶见不能记。穷探到峰背，采斫黄杨子。黄杨生石上，坚瘦纹如绮。贪心去不顾，涧谷千寻缒。山高虎狼绝，深入坦无忌。溟濛草树密，蓊蒨云霞腻。石窦有洪泉，甘滑如流髓。终朝自盥漱，冷冽清心胃。浣衣挂树梢，磨斧就石鼻。徘徊云日晚，归意念城市。不到今十年，衰老筋力惫。当时伐残木，牙糵已如臂。忽闻老人说，终日为叹喟。神仙固有之，难在忘势利。贫贱尔何爱，弃去如脱屣。嗟尔若无还，绝粮应不死。

戏题巫山县 用杜子美韵 宋 黄庭坚

黄庭坚（1045—1105），字鲁直，号山谷道人，晚号涪翁，洪州分宁（今江西修水）人。治平四年进士，曾为太和县知县、宣州知州。谥文节。为江西诗派开山之祖，与杜甫、陈师道、陈与义素有“一祖三宗”之称，与张耒、晁补之、秦观合称为“苏门四学士”。生前与苏轼齐名，世称苏黄。

巴俗深留客，吴侬但忆归。直知难共语，不是故相违。东县闻铜臭，江陵换夹衣。丁宁巫峡雨，慎莫暗朝晖。（《豫章黄先生文集》）

题巫山图 宋 贺铸

贺铸（1052—1125），字方回，又名贺三愁，人称贺梅子，自号庆湖遗老。祖籍山阴（今浙江绍兴），出生于卫州共城县（今河南辉县）。曾任右班殿直，元祐中曾任泗州、太平州通判。晚年退居苏州，杜门校书。

巫山彼美神，秀色发朝云。绚丽不可挹，飘飘去无痕。楚梦一夕后，苍山秋复春。目断肠亦断，往来今古人。

巫山图歌　宋　吕本中

吕本中（1084—1145），字居仁，世称东莱先生，寿州（治今安徽凤台）人。曾官中书舍人。

君不见，我家壁上六幅图，淡墨寒烟半江水。上有巉然十二峰，乃似突兀当空起。幽花妩媚闭泥土，乱石峥嵘入荆杞。巫山县下水到天，神女庙前江接连。溪流去与飞瀑乱，屋角却对寒崖悬。阳台昨梦不知处，只今饥鸦迎客舡。饥乌受食不肯去，舟子欣然得神护。晓镜新妆敛旧屏，亦有余红点荒树。病夫坐稳便幽禅，每见此画心茫然。文章事业已罢倦，少日气味无寅缘。楚王不作宋玉死，暮雨朝云千万年。

巫山曲　宋　周紫芝

周紫芝（1082—1155），字少隐，号竹坡居士，宣城（今安徽宣城）人。绍兴十二年进士。曾为枢密院编修官、右司员外郎。

楚宫夜半旌旗动，晓逐君王猎云梦。君王醉挽金仆姑，笑射双雕落飞鞚。霜风猎猎吹白羽，狨鞍下时日未午。天上台高翠被寒，雨湿烟霏梦神女。行云飞去不可留，却望阳台无处所。魂凝睇远烟凄迷，猿啼巫峡东复西。江边猎火一万炬，貂裘醉拥君王归。华章千门复万户，侍女焚香迎辇步。君心谁能念旧恩，忍泪悲啼不成语。愿寿君王一万年，常向阳台梦云雨。（《太仓稊米集》）

巫山对月怀湖外亲友　宋　宇文虚中

宇文虚中（1079—1146），初名宇文黄中，字叔通，别号龙溪居士，成都府广都（今成都双流）人。大观三年进士，翰林学士，兼太常卿。

众壑敛新雨，孤舟增暮寒。巫山今夜月，湘水几人看？不得临湖醉，惟恐下峡难。双鱼凭寄远，尺素劝加餐。

巫山一何高　宋　李流谦

巫山一何高，片片朝云飞。灵雨满旗神女云，夜月吹笙神女归。

巫山一何高，积翠拥阳台。欲向楚臣诛绮语，莫问襄王来不来。

巫山一何高，鸾停鹄飞岸。上天有路通紫霄，还恐朝云从此去。

巫山一何高，山空夜寥寥。我有石餐烟火句，黄冠留作步虚谣。

巫山一何高，羽衣飘婀娜。归宁金媪到瑶池，烂熟蟠桃求一颗。

巫山一何高，骀荡壶中春。玄猿莫遣上山去，偷饮仙浆醉搅人。

巫山一何高，晓雨发黛青。痴儿休作髻鬟看，浪起矛戟生心兵。

巫　山　宋　曾慥

巫山不可见，翠岫几重重。云外藏三岛，江头认九峰。淡烟迷曙色，疏雨浥秋容。目断凝真路，松风传暮钟。

佚　题　宋　何麒

何麒，绍兴四年任开县军州事，绍兴六年立《开州守廨题名记》碑。

舟师告我巫山下，不见图经闻古语。庙嘶白马舞黔乌，壁挂朱猿穴苍鼠。可怜巫子分毛鬣，岂有神仙饱荤茹。我然沉水荐寒泉，作送迎章沐云雨。

玉虬旖旎怀全楚，羽帐淋漓笑神女。去去来来刺史诗，朝朝暮暮高唐雨。尘埋藓渍墉城录，断石斑斓谈空庑。肃然生敬摄邪心，云是瑶姬曾佐禹。（《蜀中名胜记》）

登罗护关　宋　王十朋

西来水陆备艰辛，只为君恩不为身。为问巫山神女道，莫将云雾恼行人。

编者注：标题为编者所拟。原题作：初入巫山界，登罗护关，云雾晦冥，默祷之，因成一绝。

雾开复成一绝　同前

关登罗护饭邮亭，云雾迷人昼晦冥。神女有灵应即应，廓然山色为吾青。

寄巫山图与林致一喻叔奇　同前

图画巫山十二峰，缄题遥寄旧游从。烦君仔细看山色，不似老夫归意浓。

数千里外共明月，十二峰头望故乡。我对此山无梦寐，梦魂只在雁山傍。

将至巫山遇雨　宋　范成大

峡行水落惟忧雨，通昔淋浪怨行旅。千山万山生白烟，阳台那得云如许。笺词腾告翠帷仙，匄我一晴翻手间。放开十二峰头色，重赋碧丛高插天。

原序：数日快晴，水落丈余，舟人方以为喜。雨作，即水又涨矣。

次韵韩无咎题陈季陵巫山图诗　同前

瑶姬家山高插天，碧丛奇秀古未传。向来题目经楚客，名字经度岷峨前。是耶非耶莽难识，乔林古庙常秋色。暮去行雨朝行云，翠帷瑶席知何人。峡船一息且千里，五两竿头见幡尾。仰窥仙馆至今疑，行人问讯居人指。千年遗恨何当申，阳台愁绝如荒村。高唐赋里人如画，玉色頩颜元不嫁。后来饥客眼长寒，浪传乐府吹复弹。此事牵连到温洛，更怜尘袜有无间。君不见天孙住在银涛许，尘间犹作儿女语。公家春风锦瑟傍，莫为此图虚断肠。

编者注：此诗原题作："韩无咎检详出示所赋陈季陵户部巫山图诗，仰窥高作，叹息弥襟。余尝考宋玉谈朝云事，漫称先王时，本无依据。及襄王梦之，命宋玉为赋，但云：'頩颜怒以自持，曾不可乎犯干。'后世弗查，一切溷以媟语。曹子建赋宓妃，亦感此而作，此嘲谁当解者？辄用此意，次韵和呈，以资抚掌。"今题为编者所拟。

巫山县 同前

借马巫山县，盘舟掉石滩。梅肥朝雨细，茶老暮烟寒。门对高唐起，江从滟滪难。流堆三尺在，旅梦一枝安。

原序：自此复登陆，至夔门，县前掉石滩最险，登岸以过舟，谓之盘滩。城楼曰高唐门，此去瞿塘不百里，县人以郭西流石堆为水信，流石没，则滟滪如马矣。

泊驿中 同前

巫山信是阳云台，客行五日云不开。阴晴何常有朝暮，夜雨少息明复来。今朝水涨不知数，没尽山根苍石堆。东矶西矶尽如削，大滩小滩俱若雷。不知瞿唐复何似，想见万顷淙一杯。只今水剂已壮矣，闻道陆程尤艰哉。摩围隘口石生角，踢飒坡前泥似醅。眼前安得故园路，江沙江草便青鞋。

编者注：标题为编者所拟。原题作：自巫山遵陆以避黑石诸滩，大雨不可行，泊驿中一日，吏士自秭归陆行者亦会。

佚　题　宋　冉居常

朝云夕雨自虚无，玉岌亲传昏垫初。夏后已通三峡水，巴人唯省九天书。烟峦杳杳藏旌仗，江月沉沉想佩裾。千古文章愁宋玉，可无一字及其鱼。（《蜀中名胜记》）

巫山歌　宋　孙应时

平生想巫山，奇绝冠三峡。及兹饱双眸，无乃天下甲。远看插天碧丛丛，近看玲珑金玉峰。垠岩光彩相映发，交络紫翠疏蒙茸。云华夫人瑶池女，何物才至得奇遇。我来初日明轻霞，更胜朝云暮行雨。水转峰回无定姿，地灵天巧奇复奇。少陵山谷不著语，浪作推敲君定痴。

佚　题　宋　吴宗旦

吴宗旦，淳熙十二年为大理卿。

长江出蜀初入荆，巫山十二开翠屏。云华夫人王母女，东朝海若窥沧溟。金银宫阙照水府，琼壁珰楹侔帝庭。江灵河伯随班立，龙女仙娥傍辇迎。眼看日御出旸谷，身乘气跻反金城。玉楼一似巫峰起，飙轮略为巫峰停。鸿涛沃天帝忧顾，重瞳殛鲧禹嗣兴。悲风撼石从空落，苍崖自裂无人擎。水工叫啸愁白日，孤臣涕泣哀空生。两山攒束一遇圣，心惊目骇遥乞灵。传呼侍女诏侍从，指授神策驱神兵。黄魔披发导狂翳，童律掸舌同虞庚。朝云暮雨满空碧，飞鹤游龙翔太清。却疑魑魅逞妖怪，披文宝鼎防依凭。律前面对鬼神问，禹乃悟见虚空形。昔师三元授素书，今领玄教居玉瑛。实号云华上宫主，亦是西华少阴精。在人为人人莫识，在物为物物莫名。事知真仙次于圣，力披悃款祈扣扃。楼台缥缈迭云上，观阙巀嵲飞瑶琼。抱关狮子虬彩发，启途天马垂朱缨。灵官仙童淡容与，毒龙猛兽光晶莹。瑶台燕坐凝玉质，龙衮拂地传真经。汝功汝能幸及物，日希日夷犹未聆。欲超大海飙为驭，欲度飞沙云作軿。沙高无軿路将绝，海阔无驭空难腾。宝书吾来自寥廓，伏读汝可叱幽冥。出入水火缚虎豹，倒插五星呼六丁。回眸笑指丹玉笈，素手捧出容华绫。水行乘舟山乘樏，巨石自擘川自平。龙蟠蛇结除毒螯，巢穿穴墐苏黎蒸。山形半破余斧迹，鬼工崭凿非人程。玄圭帝余彰水德，真人号位居紫庭。重瞳荐天付大宝，上日若帝仍百龄。藤萝岁长荫古庙，梅梁昼飞縻铁绳。峡祠万里跨江汉，血食千秋如弟兄。遂封真人行极妙，远配复后功相仍。云何肯入楚王梦，作赋翻令宋玉矜。广寒羿妃月色莹，藐姑处子雪肌轻。月关婵娟窥秀户，雪呈体态入疏棂。身行天上渺无迹，梦着人间容有情。前贤摭实言语妙，今我复以歌诗鸣。晴岚空翠不改色，回流蓄水不相萦。剪刀剪云向空住，扫竹扫叶随风零。仙人峨冠上玉砌，仙姑举帔摇玉铃。众蜂翼张浮翠葆，国手国画传丹青。数从黄冠拜行殿，甫逐祝史祠郊坰。当阶文石向珞珞，入门青盖高亭亭。元臣授策功照耀，小儒学道心精诚。愿闻秘诀换凡骨，径参律辈骑长鲸。（《蜀中名胜记》）

上巳从史巫山祓饮江皋　宋　李埴

李埴（约1161—1238），字季允，一作季永，号悦斋，眉州丹棱（今四川丹棱）人。绍熙元年进士，曾为四川制置使兼知成都府。

风沙一夕卷冥冥，晓色曈曚上翠屏。薄宦驱人成老大，佳时得酒慰飘零。红余晚树迷幽谷，绿涨晴波失远汀。却是崇山兼峻岭，看来浑不减兰亭。

离巫山晚泊跳石滩　同前

黄昏风雨阻江滨，翠绾群峰暮色匀。一夜子规啼到晓，孤舟愁杀未归人。

佚　题　宋　范子长

范子长，字少才，号双流，丹棱（今属四川）人。淳熙间进士。嘉定三年为湖北转运判官。

峡山多奇峰，擢秀推二六。云容矗天宇，冈脉蟠地轴。晨暾照粉黛，宿雨留膏沐。岷江寄经来，一带几萦曲。岩隈著丛祠，瑶席荫嘉木。古初奉帝命，福地任司牧。疏凿佐禹后，鬼神受要束。洪流建沧海，明德被全蜀。陋哉儿女见，幽独在空谷。甚者雕虫人，绮语诳流俗。女娲补天手，相望继高躅。难以形色求，矧乃梦寐渎。九章述明祀，千载起祇肃。若为女岐事，天问缀篇牍。灵均尚好奇，何怪门人玉。杖藜款祠宫，采

芹荐清馥。斐章固无取，聊以谂巫祝。（《蜀中名胜记》）

十月晦过巫山　宋　洪咨夔

巫峡逢初度，平生一段奇。江山襟抱写，岁月鬓毛知。神女翻旗下，冯夷叠鼓随。直须豪举酒，捩拖不妨迟。

客里年华老，舡头日色曛。天寒催雨雪，地远隔飞云。为吏徒三尺，于民未一分。重惭豪杰士，度外立奇勋。

和全父弟巫山峰韵　宋　阳枋

巫峰十二最高头，岚色烟光翠欲流。举首半空不可到，依稀绛阙与琼楼。

巫　山　宋　华岳

华岳，字子西，自号翠微，贵池（今属安徽）人。嘉定十年登武科第一，为殿前司官属。

碧簪千丈倚巴江，暮雨朝云总是常。山势插天宫殿少，不知何处是高唐。

初经巫峰　宋　吴潜

孤城万里瞻瞻近，云雨苍苍系我心。试问山灵如昨梦，依然草木漫成林。草树芰繁长好枝，楚怀难定我心期。此峰十二亦奇特，华盖清风又短诗。

题巫山瞻华亭 宋 邓谏从

邓谏从，邓洵武曾孙。邓洵武，字子常，成都双流（今属四川）人，徽宗政和六年封莘国公。

崚嶒玉削三千丈，翠泼岚光冷相向。风含太古云气长，变化溟濛纷万象。阴晴一日具四时，天籁鞷深虚自响。神山娟妙擢群参，锦绣铺张献奇状。蟠根积铁汇百川，龙矫蛟翻饶跌宕。势连三楚此开国，故垒荒宫带溪瀼。楼台井邑老风烟，环佩清闻驻仙仗。竹林风味便读易，久与江山为辈行。鸣弦余暇豁心眼，戏著飞栏云雨上。爽明自可达壅蔽，野获又何劳草创。政和民气长似春，景迥心平过于掌。征鸿明灭志何杳，黄鹄追随意尤放。当年李杜经行处，太史银钩刻青嶂。宝刀珠瑟出耕垦，曲水纤腰迷草莽。牢盆古隶杂秦篆，飞动闲摹永平样。珊瑚交柯炯不蚀，仿佛将军勋业壮。英雄繁盛随流水，时有竹枝赓牧唱。孔泉文物起骚经，国色明妃守孤尚。我家峨眉紫翠间，为爱奇峰甘蒟酱。秋风野水忆丝莼，击汰夷犹理烟榜。

巫山图 元 姚燧

姚燧（1238—1313），字端甫，号牧庵，河南（今河南洛阳）人。官翰林学士承旨、集贤大学士。

女神行云安在哉，当年魂梦费兰台。绝痴更有杜陵叟，尚想空山幽佩哀。（《牧庵集》）

巫山图　元　刘因

刘因（1249—1293），字梦吉，号静修，雄州容城（今河北徐水）人。曾为承德郎、右赞善大夫。谥文靖。

朔风卷地声如雷，西南想见巫山摧。江南图籍二百年，一炬尽作江陵灰。不知此图何所得，眼中十二犹崔嵬。猿声髣髴余山哀，行云欲行行复回。神宫缥缈望不极，乘风御气无九垓。区区云梦蹄涔尔，岂知更有阳云台。（《静修集》）

题巫山图　元　吴澄

吴澄（1249—1333），字幼清，晚字伯清，学者称其为草庐先生，抚州崇仁（今属江西乐安）人。曾官国子监丞、翰林学士。谥文正。

生平想像高唐赋，不识巫山十二峰。忽有奇观来眼底，一时疑似梦魂中。

抱遗老人书巫峡云涛石屏志　元　陆仁

陆仁，字良贵，号樵雪生，又号乾乾居士，河南人，客居昆山，是在野的大名士，与杨基（1326—1378）为同时代人。

巫山十二多云雨，暮暮朝朝怨神女。江流峡束卷奔涛，几点英容隔洲渚。白云自飞明月高，黄牛滟滪争雄豪。峡口犹思弭征櫂，霜寒夜听惊猿号。君家石屏何处得，冥冥造化春无迹。却怜宋玉老多才，望断阳台楚天碧。

阅巫山　明　宋讷

宋讷（1311—1390），字仲敏，号西隐，滑县（今属河南）人。元至正进士，明洪武年间任翰林学士，改文渊阁大学士，再迁国子监祭酒。

翠峰十二列云端，郑重禅僧仔细看。神女一方灵爽在，襄王千古梦魂单。平林虎啸风声冽，别岭猿号月色寒。暮雨朝云踪迹杳，高唐赋咏思漫漫。

过巫山　明　史谨

一剑长悬万里身，偶经巫峡又逢春。路旁多少娉婷女，谁是襄王梦里人。

闻子规　同前

声声何苦劝人归，不管行人听转悲。十二峰前云树里，几番啼到月明时。（《独醉亭集》）

巫山隐　明　杨基

杨基（1326—1378），字孟载，号眉庵，原籍嘉州（今四川乐山），大父仕江左，遂家吴中（今江苏苏州）。吴中四杰之一。

巫山青十二，一一楚江滨。自入山中隐，都忘梦里身。玉冠苍水配，鹤氅紫荷巾。愧我方为客，秋风满面尘。（《眉庵集》）

巫山猿啼歌 明 林鸿

林鸿，字子羽，福州府福清县（今福建福清）人。洪武十六年前后在世。曾官将乐训导、礼部精膳司员外郎。善作诗，诗法盛唐，为闽中十才子之首。

巫山巫峡连三巴，猿啼三声客思家。停舟听之声未了，却过青枝犹袅袅。野人乍来锦官城，清秋满峡啼猿声。黄牛滩上怨枫落，白帝祠前哀月明。商声清冽羽声乱，倏忽东崖复西涧。久客闻之泪欲干，壮夫听此魂亦断。故人归卧越山云，忆得啼猿歌送君。扁舟独宿剡溪夜，叫月三声谁共闻。（《闽中十子诗》）

巫　山 明 孙蕡

巫山高高知几重，朝云暮雨楚王宫。人心对面有巇险，更胜高唐十二峰。（《西庵集》）

巫山天下无 明 解缙

夏云岧嶤影空翠，十二巫云坠平地。化作奇峰天下雄，飞入西川作形势。楚襄微事何足云，宋家小子雕虫文。君不见，今古兴亡几番雨，世间何事不浮云。（《盛明百家诗》）

题巫山图卷 明 朱有燉

朱有炖（1379—1439），号诚斋，又号锦窠老人、全阳道人等，凤阳府（今安徽凤阳）人。朱元璋第五子定王朱橚的长子，袭封周王，谥宪，世称周宪王。

春风缥缈绿汀洲，忆得巫山是旧游。回首朝云无处觅，楚江空自向东流。

堆蓝叠翠倚晴空，晓色才分十二峰。已是世间奇绝处，可知谁与众山同。

二六峰头紫翠烟，为云为雨事堪怜。春风别有多情处，不是襄王梦里仙。

自别阳台数十程，楚云湘水不堪情。残春谁道无佳景，尚有莺啼四五声。（《诚斋录》）

巫峰二首 明 黄衷

两两迎船出，相看慰远游。摇簪浮楚峡，列戟入夔州。思带融春丽，姿凝宿雾幽。王程殊未暇，曾为数回头。

旧爱江郎石，层阴照眼明。天教闲玩览，山岂惮将迎。不改古今色，宁含云雨情。从来岑寂意，未可少猿声。（《矩州诗集》）

巫山天下奇 明 周洪谟

灵鳌一动海水翻，三山漂流无定根。黛舆忽失十二峰，万流飞坠夔之门。仰挹银汉洗清黛，俯瞰长江似衣带。地森玉笋青云端，大开罨画彩虹外。山间神女栖阳台，芙蓉为貌玉为腮。如何朝暮弄云雨，却使怀襄相继来。无乃宋玉善蛊惑，托为怪诞荒淫说。只今高崖紫蔓间，惟有猿哀声不绝。

巫山感怀 明 刘节

秋风孤舫出乡关，未忍君恩持诏还。十二巫峰皆动色，八千云迹亦开颜。喜于胜地留题刻，栖彼高人共饮攀。鸡唱唤回连夜梦，乾坤便不放人间。

巫山书事 明 应大猷

应大猷（1487—1581），字邦升，号容庵，台州仙居（今浙江仙居）人。正德九年进士，曾官南京刑部主事。

人间每苦浮生短，客里翻嫌白昼长。漫卷疏帘通物候，闲凭本草觅丹方。高唐玉女空陈迹，绝塞金华感故乡。久拟英春过苍岭，岂知四月隔潇湘。

顺流不觉瞿塘险，久泊方知巫峡长。回首烟云迷白帝，多情草树送青皇。沿江竹舍纷成市，远浦渔灯别有乡。已苦炎天辞六诏，那教暑雨度三湘。

登巫山 同前

巫山绝顶晓来登，万丈悬崖快一凭。经行三巴浑咫尺，俯临诸岛似云仍。长江匝地晴铺练，野鹤迎人暂作朋。却信浮生俱是梦，阳台何事漫多情。

巫山感怀　明　邱道隆

邱道隆，字懋之，上杭（今福建龙岩）人。正德九年进士，曾为江南道御史。

黄泥随步下云霄，楚蜀分封只小桥。火种刀耕悬画轴，石崖草盖寄鷦鷯。七年饥色真成菜，三月天河未借瓢。揽辔西来孤剑冷，升平何以答清朝。

巫　山　明　皇甫涍

弱鹢凌翻羽，林日丽施翼。清晨过巫山，冉冉趣非一。诸峰叠奇翠，岚下朝云出。岩空阴风长，峡古石苔密。春花秀灵宇，玉涧湍遐术。江飘鸾佩声，霞媚衣裳色。客魂惊猿狖，王梦久萧瑟。寻仙画图上，聚鹤养芝术。

巫山道中　明　王格

久别荆台卧，今为蜀道行。寒风吹病客，秋雨敝遥旌。回首思乡梦，赍身报主情。蓉城几千里，仿佛望中明。

巫山道中　同前

杖别聊为万里游，蜑云江月路悠悠。二龄独抱相如病，四望空含平子愁。巴国山川迎风辔，郢门花鸟笑羊裘。山人何意贪荣禄，南顾新闻圣主忧。

巫山三首　同前

绮罗无数满花宫，何事妖娆戏梦中。三楚河山天下险，襄王淫乐不争功。

宋郎词赋世无俦，不解贞心为国忧。楚国但须云雨治，屈原何必赴湘流。

西望巫山十二重，重重花树锦霞封。襄王云雨犹朝暮，我向高唐却未逢。（《少泉诗集》）

巫山云　明　李时行

李时行（1514—1569），字少偕，番禺（今广东番禺）人。嘉靖二十年进士。因官至南京兵部车驾司主事，故又称李驾部。

十二峰头映晚晖，非烟非雾转霏微。因风吹入襄王梦，带雨乱飘神女衣。野树影中寒不散，啼猿声里湿还飞。不知秋去天如洗，万里悠悠何处归。（《南园后五先生诗》）

湘水巫云曲　明　沈明臣

沈明臣（1518—1596），字嘉则，号句章山人，宁波鄞县（今浙江鄞县）人。甬上诗坛耆老，在嘉靖、万历诗坛占有重要地位。

湘江之水巫山云，朝暮相思那得分。渺渺高堂怨巫女，斑斑楚竹恨湘君。湘君巫女知何处，水中月色烟中树。只解春来幻作花，不解花飞没春路。阳台故道竟微茫，黄陵古庙久荒凉。鸳鸯锦水偏齐翼，鹦鹉芳洲空断肠。断肠复断肠，问君苦不苦？

解佩江边忆楚妃，采莲渡口思交甫。草色如天染绿尘，杨花似雪扑青蘋。水为帝子眼中泪，云是襄王梦里人。梦里眼中俱不见，非烟非雾犹相眷。十二峰头画不成，三湘七泽俱流遍。采得蘋花不自由，更何人共木兰舟。曲终歌罢谁无泪，水远山长空独愁。天边属玉双双起，茜红裙色谁家女？欲言不言来不来，云不成云雨不雨。烟波尽日浩空津，明月当天似镜新。畴能良夜偏忘夜，若云逢春不怨春。怨春愁夜何时歇，岁岁春魂化啼渼。鹧鸪啼破九嶷天，王孙泣断苍梧月。

过巫山望十二峰不见感而赋之　明　魏文焲

魏文焲，字德章，号南台，侯官（今福建福州）人。嘉靖二十三年进士，曾官四川参政，备兵松潘。

神女芳踪何处求，青山缥缈白云浮。盈盈一水不得免，便我伫立空凝眸。皎如风前临玉树，粲若仙馆之琼楼。玉树珊珊杂佩环，琼楼隐隐下银钩。神女飘飖在何许？朝为行云暮为雨。雨色山前几晦明，云行已散还复聚。惟有兹峰奠楚阳，岷峨剑阁遥相望。东开白帝之玉阙，西当参井凌苍苍。凝如端冕罗剑戟，肃如搢笏朝东皇。擎天砥柱曷狂澜，上应太白同精光。贞心耿耿永不灭，阳台之梦何荒唐。（《石室私抄》）

巫山寄陈于韶宪使　明　陈文烛

词客中原岂易逢，锦屏山色若为容。别来愁鬓三千丈，忆尔高情十二峰。北望塞垣还牧马，可知湖海起元龙。玄高向晚投车辖，冉冉春去渺云踪。

立春前二日宿巫山县二首　同前

系舟当蜀缴，岁序感深冬。风和笠篌峡，天开云雨峰。惊心春又到，览镜雪相从。无赖高唐观，霜凄子夜钟。

积雪人千里，孤舟地一隅。雄风江上至，神梦夜来无。乡树遥遥楚，山形巧作巫。阳台儿女俗，箫鼓对当垆。（《居来先生集》）

小　至　明　张九一

风土虽云恶，经过亦壮哉。云移神女馆，城抱楚王台。岷岭夏食雪，巫山冬出雷。娟娟峰十二，春色画图开。

原注：蜀峡诸题，最易作亦最难作，易作有高唱在前，难作无剩义可袭。

巫山漫兴　同前

峡里天何细，沙间路转纡。云从江面起，雨到岭头无。乡国辽东鹤，朝廷叶县凫。即今违旅病，不是著潜夫。

山县移人迹，空亭满落霞。霜花惟径菊，寒鸟只林鸦。岚气流晴市，波光竞暮沙。江村新丧乱，萧瑟两三家。

芜没成都隐，飞扬渝蜀才。风尘淹卜肆，山水赴云台。耆旧人谁在，文章众所猜。千秋留故宅，不剪旧蒿莱。

板屋缘江架，刀耕刺石深。高峰秋已雪，绝域昼长阴。伐木悲交态，飞蓬见客心。琴鸣山在眼，念尔独知音。（《绿波楼诗集》）

巫山辞 明 陈应魁

陈应魁，字孚元，莆田（今福建莆田）人。嘉靖十七年进士，嘉靖三十一年时在浙江副使任上。

阳台零落楚江分，东望苍梧不见云。唯有黄陵庙里竹，至今犹在沅湘溃。（《蒲风清籁集》）

巫山放舟二首 明 陈昂

落日过三峡，狂涛戏一舟。浪高迷白狗，云府罩黄牛。目眩芦花色，神随竹箭流。寒威钟此地，风气冷飕飕。

舟离鱼凫国，涛飞云雨乡。三更眠滟滪，八月下瞿塘。天地摇如覆，雷霆吼更长。禹功饶片石，明德叹殊常。（《蒲风清籁集》）

巫山小画 明 于慎行

于慎行（1545—1607），字可远，又字无垢，东阿（今山东平阴）人。隆庆二年进士，曾官礼部尚书。谥文定。

霞作绡衣雾作裙，恍疑神女降氤氲。明朝试向阳台望，只是寻常一段云。（《穀城山馆集》）

巫　山 明 王世性

朝云不归山，暮雨不近壑。连翩十二峰，苍翠莽参错。山川自朝暮，秋空渍如漠。奈何劳梦思，钟情寄寥廓。洛浦环佩杳，湘筠泪痕落。楚客竞修辞，在所凭谐谑。遂命姑射山，妄作妖女托。我来思美人，搴芳羞杜若。云雨不堪疑，青冥迥犹昨。（《四川总志》）

巫　山　明　费尚伊

巫山十二高插天，上有绰约窈窕之飞仙。翠翘金钏杂玉环，琼楼绛阙掩青烟。含情忽忆湘水边，暂驱云雨来人间。龙笙凤管吹喧阗，锦衾绣褥乐婵娟。天鸡奏晓晨星残，与君安得长周旋。还君瑶枕跨紫鸾，天风佩玉风珊珊。彩云一去不复还，我来吊主空茫然。飞花满地苔痕斑，青山尽日闻啼猿。

巫　山　明　傅光宅

傅光宅，字伯俊，别号金沙居士，聊城人。万历五年进士，曾官四川按察司提学副使。

曾读高唐赋，深怜宋玉才。孤舟转楚甸，片雨下阳台。世事梦中尽，江流天际来。萧条千载后，春到野花开。

巫山吟　明　吕时臣

吕时臣，一名时，字中父（一作仲父），宁波鄞县（今浙江鄞县）人。工诗，亦工散曲。为人贞介廉洁，万历中以诗游于诸王间。客死涉县，卒年七十。有《甬东山人稿》。

山高高莫极，气色几朝昏。峡静浮春雨，江空响夜猿。襄王今夕梦，神女古时魂。宋玉千年后，风流谁复言。（《盛明百家诗》）

题祝山人树谯楼云轩（选一） 明 胡应麟

十二巫峰挂楚台，高唐新赋定谁裁。莫言神女朝行倦，夜夜闲云卧榻来。

巫山绝句八首 明 黄辉

君自瑶姬梦，瑶姬讵梦君。可怜黄棘泪，无复到朝云。
巫峡片石梦，章华无限情。舞腰方愧柳，更解商云行。
摇落悲秋客，随风亦上台。何期千乘出，只为片云来。
自有高唐赋，人间梦更沉。情知终作雨，无那彩云深。
朝朝云苦暖，暮暮雨愁寒。唯有昼夜寝，能齐朝暮欢。
阳台花一片，落尽楚宫春。西家空作赋，原是梦中人。
帝子不可见，阳台空昔游。阿谁干薄怒，波响日箜篌。
搣搣巫阳雨，从教梦外飞。峡风吹去好，留月伴人归。

巫山道中 同前

白雪开天宇，红林照石门。仰泉方接鹿，倒树忽接猿。云去峰争攫，溪来峡尽吞。杖藜穿谷口，别有一乾坤。

巫山界岭 同前

野马荒前埃子开，开青独上客衣来。美人若有相思梦，云雨何曾隔楚台。

巫山道中四首 同前

狂云也自乐朝朝，老雪封春未肯消。鹰嘴啄成三角路，老虎衔出半边桥。

未曾五里已三溪，几许寒崖挂断霓。乱石垒成春雪碓，断桥横作上天梯。

悬梯东折复西还，双磴斜开碧玉关。不雨不晴天睡著，冷云横出梦中山。

星星冷炬拂云堆，夜踏偏桥半欲摧。人队似猿穿岭去，犬声如豹透林来。（《楚风补》）

巫　山 明　吴士奇

胜景饶佳色，空山自好音。云来疑有意，雨度本无心。妖梦岂能践，女郎何处寻？荒台朝复暮，今古几登临。（《绿滋馆稿》）

题巫山图 明　谢肇淛

吾闻巫山十二峰，攒青削翠浮芙蓉。为云为雨互变幻，虚无合沓藏仙踪。云翻雨覆朝复暮，鹤驾鸾骖杳何处。宝地空瞻神女祠，行人解诵高唐赋。高唐主人张令君，政成五载天下闻。柱后已寒乌府柏，梦中犹忆巫山云。披图仿佛见神女，神光离合共谁语。有时骢马载云行，四海苍生待霖雨。

雨行巫山　明　钟惺

我行近巫山，欲识巫山面。此峰名十二，一峰了不见。白云如积水，怀山浩似瀚。云满谷皆波，两崖才若岸。

至巫山　同前

不历巫山曲，焉知楚塞长。巴东行二日，才到古高唐。（《隐秀轩集》）

巫山图　明　陈勋

陈勋，字元凯，闽县（今福州）人。万历二十九年进士，曾官户部主事。

高唐杳霭翠华开，神女飘飘梦里来。云雨一朝迷楚望，江山千古是阳台。荒游更广襄王意，作赋空传宋玉才。丽藻雄风双寂寞，断猿幽鸟若为哀。（《陈元凯集》）

僧过巫山　明　释法天

孤舟过峡片帆开，蜀水东流雪浪堆。两岸野猿看不尽，一江沙鸟去还来。巫山十二峰前庙，神女三香上楚台。幻化古今无著相，尔僧过此勿徘徊。

巫　山　清　熊文举

一片巫山雨，人间识异香。才华怜宋玉，婉娈逐襄王。古庙余萧飒，孤舟泛混茫。不知游子梦，偏只在江乡。

雨　清　宋琬

系缆巫山县，空濛霁色分。帆欹三峡雨，衣湿五溪云。攀陟输筋力，经过骇见闻。登车思喻蜀，深愧马卿文。

巫山对月二首　同前

巫峡江深苦无月，巫山见月出江津。长江淼淼临孤岸，新月娟娟似故人。吹笛中宵乌鹊起，眠沙千点白鸥驯。峨眉秋色应相待，醉倚青天揽桂轮。

渚清沙白载行厨，此夜南楼兴不孤。春水映来同淡荡，浮云破尽失崎岖。素娥清影无今古，神女高唐定有无。惆怅片帆冲滟滪，烦君相送到巴渝。

巫　山　清　李念慈

巫岭临深江，连峰名娟妙。天作十二楼，削成带奔峭。宵宇延虚碧，晴日开朗曜。神女来何峰，行云日罩罩。丽词宋玉笔，荒淫楚王好。阳台事有无，时俗空妄冒。估灵冥情识，蹑景遗世乐。晚略传疑讥，顾向洛神笑。漾舟下春峡，仰首一凭

吊。洁斋伫高真，驰情爱云峤。(《谷口山房诗集》)

巫山词 清 屈大均

巫山十二一峰无，削出芙蓉十一孤。知向高唐行雨去，自来神女本无夫。

相对青螺十二环，荒祠烟翠有无间。一峰定化瑶姬去，千载行云竟不还。

十二依稀似九疑，一峰娟妙一峨眉。峰峰相去二三里，神女无情易别离。

帝女何年化石来，阳台亦是望夫台。一峰自入襄王梦，香雨氤氲更不开。

行行数数总无双，一朵芙蓉影入江。光采无人知玉女，水中来去见仙幢。

巫山秀耸不曾高，朝暮阳台亦未劳。可惜湘累哀怨后，美人无命入离骚。

三楚荒淫只梦思，灵均弟子善微词。巫山神女湘君似，好色都于讽谏宣。

原序：有客尝自巫山，言巫山只有十一峰，千百人数之皆得十一，不知何以曰十二峰也。每峰相去数里，在绝壁上，亦不甚高，神女庙与相对云。

巫　山 同前

巫山亦有望夫台，神女何年化石来。一自襄王魂梦接，至今云雨不曾开。

一峰终古一相思，绝似哀猿无尽时。神女风流在何处，芙蓉十二是峨眉。

巫山县　清　方象瑛

奇绝山成字，应知县姓巫。高城千嶂合，绝壁一峰孤。峡底波澜静，天边鸟雀呼。阳台空怅望，神女在还无。

巫山阻风辞　清　朱尔迈

朱尔迈（1632—1693），字人远，号日观，浙江海宁（今属浙江嘉兴）人。弱冠补博士弟子员，诗与屈大均称南国二家。康熙中，王士祯等先后招致，入都馆李天馥邸。

一日下瞿塘，两日泊巫峡。峡云如白盐，巫雨连赤甲。三暮复三朝，十行九未遂。殷勤石龙风，如传神女意。神女绝代无，独立渺空翠。何处问妾家，点画成巫字。

巫山曲　同前

巫山一何盘盘，东山初日团圞。照我绿波增洶，盈盈彼美云端。彼美蹇騃无言，玉窗金屋晨闲。乍回舞袖惊鸾，欲卷珠帘未前。似与细腰争妍，宫女如花可怜。楚王午梦未还，阳台云雨犹悬。珀枕牙床俨然，风流一散如烟。临风寂寞朱颜，与君相隔各天。与君相思泪斑，不及巫山连绵。霞裳雾縠烟鬟，朝朝暮暮情牵。参差极浦芳兰，折得琼枝露鲜。脉脉高唐观边，微波通辞倍难。巫山之曲空传，兴怀彼美婵娟。借此春风盛年。

黛　溪　清　王士祯

策杖寻源去，灵溪一径穿。激飞时激石，花闭屡通泉。初日光斜照，文鱼影倒悬。他年皈白社，终倚黛溪偏。

有怀巫山书屋　清　傅作楫

三更推枕忽狂叫，芙蓉照眼青蒙蒙。巫峰十二离云峤，远来就我青门东。江头神禹驱鬼斧，凿开混沌分天柱。雷霆日月双壁行，老龙出穴嘘风雨。大门奇险急瞿塘，柴扉斜对绿苍茫。爱向千峰结书尾，书灯隐射波涛光。正月桃花红烂漫，岷峨春涨迷高岸。苇叶横飞下九霄，峭壁悬崖削天半。之官一舸类浮家，亭午天开落日霞。把酒临风浑似昨，等闲孤负东篱花。巫峰矗矗云之表，青山苍海催人老。借问窗前旧啼莺，可见朱颜长美好。

巫　山　同前

奇峰高十二，一叶下巴东。冷碧出云上，空青落镜中。江声疏密雨，树色往来风。峡路苍茫里，寒猿听不穷。

送章晓宫宰巫山　清　朱樟

赋就三都拟左思，阳台神女愿通辞。愁予水复山重处，梦尔朝云暮雨时。千里牙樯移峰远，一厅红药放衙迟。莫嫌此地清贫甚，仙使何曾为茧丝。

十二峰开绕讼堂，吴船只隔秭归乡。幽兰添怨湘君草，山杏红窥宋玉墙。傲史逢时元磊落，春江泻影太苍茫。遥知别恨牵人处，鹤檠灯前语夜长。（《观树堂诗集》）

泊巫山县有怀　同前

回首江城隔楚波，古厅帘卷乱云过。五千三字经难读，一百八盘山更多。红叶无情秋易晚，彩云方散恨如何。高唐门外销芳念，只倚危栏和櫂歌。

编者注：五千三字经：指老子《道德经》。一百八盘山：县东南陵山百八盘。高唐门：在县城楼内。

巫山县北行是峡背最高处也　清　甘运源

甘运源（1718—1794），一作甘源，字道渊，号啸岩，自称我道人，又称十三山外史，汉军正蓝旗人。著有《长江万里集》《西域集》《啸岩诗存》。

连峰亘峡背，重峦悉隩阻。廉利削堂皇，丰隆积廪庾。石齿凿精镠，千仞无负土。空骑尽喘汗，行人病伛偻。拔地蹑丹梯，到天不尺堵。遥指岷江蟠，微茫白一缕。时见巨壑云，去作阳台雨。

巫　山　同前

巫山倚白云，云画巫山断。举头闻猿啼，忽见巫山半。

巫山玩云　清　吴省钦

巫山十二峰，峰峰如美人。一峰最旎嫞，中有阳台云。朝云巫峡云，暮云巫峡雨。沉沉暗楚天，美人渺何许。云态既嫕娟，云情尤缥缈。何山不出云，只有巫云好。玩深欲忘食，玩久还忘归。云亦知我意，近我殊依依。怜香戒轻浮，惜玉须珍重。我吟巫峡云，不信阳台梦。

原注：钱塘高迈庵树珵画。

巫山县　清　李调元

小小巫山县，云峰密似麻。天宽才一线，地仄控三巴。瀑挂山山树，溪流处处花。瞿塘天下险，莫更说褒斜。

夜泊巫山　同前

自入巫山县，生涯总是滩。一江吞石怒，万树入山寒。茶老忙瘿妇，城孤卧县官。高堂门尚倚，旅梦敢云安。

巫　山　清　杨岱

落日巫山峡，孤舟万里风。石寒神女馆，涛没楚王宫。叠嶂飞青霭，高城上碧空。何年成蜀道，刳木往来通。

灵风观 清 石韫玉

蜀山万叠塞杳冥，姒后导江驱六丁。凿开巫峡通东冥，云峰十二张翠屏。楚王曾此逢娉婷，我今访古征櫂停。攀陟危磴高岭𡾊，山颠丛祠竹柏青。庑门泡钉熠繁星，中有神人坐明庭。丱妙二八侍玉軿，炉烟袅袅春昼扃。时有幽鸟窥虚棂，空山无人语铎铃。花气醉人午不醒，石笋久竹生青宁。神鸦迎客雕修翎，洞房明结尘不到。灵山草木都含馨，我闻瑶姬生帝庭。左右玉女给倏令，出入风雨走雷霆。太阴贵真自练形，岂向浊世侪尹邢。洛川有妃湘有灵，骚人微词多不经。曲士妄言亦妄听，朝云暮雨讹千龄。我欲驰烟向山庭，削出旧迹镌新铭。山灵闻言若首肯，世间绮语定膻腥。

巫山县夜雨 清 钱林

浮凉遽不禁，头苦共涔涔。碎滴巴舲梦，繁催郢国砧。蛩鸣孤驿静，人坐一灯深。谁送乌程酿，中宵费独斟。

巫 山 同前

三峡七百里，巫山十二峰。清光展园绣，彩色飞杉松。石裂苔缠古，泉春乳滴浓。岷峨那抗此，林路当无踪。

大溪口守风 清 张问陶

伏枕千峰底，江声午夜寒。雪花鱼腹垒，风力虎须滩。峡通天真小，途长岁易残。妻孥应笑我，日日著诗难。

村谷通人迹，山田界雪痕。风声夔峡动，龙气楚江昏。夜黑舟逾重，炉火酒自温。竟思寻杜老，饯岁古东屯。

云雪英英白，奇峰高刺天。四围山斗绝，五色树莺然。石泐泉香细，村藏竹影园。恨无荆浩笔，画此峡中船。

细看瞿塘峡，船窗双眼明。人心怖风色，天意缓诗情。雨止孤云落，山繁一水争。五更归梦急，青壁杜鹃声。

编者注：大溪，亦名黛溪。大溪口，是夔州奉节县与巫山县的分界处。属巫山县。守风：风大船不能行。

舟中遥望巫山 同前

倚枕滩声急，开头雨气新。官闲畏津吏，食俭愧厨人。峡断前山坼，江流古县春。迎舟峰一簇，在远益丰神。

直抵瞿塘秀，巫山十二峰。灵祠春梦晓，古峡雨痕浓。石气围孤艇，江声走毒龙。阳云台自好，林壑暮重重。

舟中守岁 同前

守岁巫山县，悬灯照不眠。逆风留过客，流水送残年。酒脯忙终日，妻孥隘一船。东川杳何处，回首万峰前。

渐苦中年近，真愁路客长。酒悲神黯淡，诗急梦张皇。风雪已今夕，山川犹故乡。莫辞巫峡酒，开缆即荆襄。

鱼得厨人喜，深杯酒不辞。客心常草草，春色故迟迟。语静邻船怪，诗灵上帝知。残年荒峡底，踪迹溷舟师。

南雪不到地，山头终夜明。悚然诗酒兴，清绝兄弟情。小艇茶春帖，千峰答爆声。头颅忽三十，役役叹浮生。

风逆中泊巫山县　同前

山驿多寒雨，停桡待好风。朝云神女庙，春草细腰宫。雪净峰全出，帆低峡暗通。清猿声断续，枫叶半江红。

楠木园　同前

花发碧崖口，春生楠木园。小船来售肉，落日不闻猿。野唱传天籁，茶香悟水源。晚亲渔父醉，灯火故相喧。

楠木园风夕　同前

才拍轻桡又舣舟，逆风知我爱勾留。故乡此别归何日，流水无情去不休。五夜梦魂天地阔，一灯诗酒弟兄愁。江猿峡鸟真怜汝，只恐重来易白头。

编者注：楠木园，在巫山县建楼乡。

巫山县　清　何人鹤

县以峡为郭，居人近百家。蛟龙蟠水府，猿鸟入官衙。岸绝舟难系，天荒日易遮。此中真太古，何处访桃花。

巫山道中得异卉似瑶草也　清　陈文述

是否呼龙种，亭亭护石阑。分明一茎草，能化九还丹。花里琼田熟，池边岸水寒。仙山珍绛实，不复咏湘兰。

原序：《高唐赋序》：帝之季女名瑶姬，未行而亡，封于巫山，精神化为草，故名瑶草，类珊瑚树，仙家用以合丹。

宿巫山下怀李白　同前

三宿巫山下，猿声处处闻。不知前夜雨，隔断几峰云。凝黛青山色，飞花绿水纹。相思不相见，高咏最怀君。（《遗道堂诗集》）

舟中独卧玩巫山枕障　同前

巫山十二峰，峰峰各有态。婵娟第一美人峰，秀出群峰凝翠黛。美人之峰如美人，巫山还有阳台云。朝为行云暮行雨，巫山美人古神女。楚王梦寐何足凭，宋玉词赋尤荒淫。文人好色古为累，几辈轻薄通琴心。栖凤凤亦栖，聚鹤鹤长聚。下有激石之回波，上有悬崖之古树。巫山字如巫，巴江亦如巴。阳台台前云作霞，细腰宫里啼寒鸦。荆门夜静上明月，楚天清远横章华。金尊笑学青莲饮，画舫凝香如燕寝。倦扶残醉梦游仙，彩云飞入珊瑚枕。

巫山月 清 陶澍

巫山女儿艳如雪，双鬟巧作同心结。踏花从未越香溪，少小焉能识离别。东家昨夜聘钱来，百辆门前差欲发。阳台咫尺睹行云，欲问分明口难说。西邻女伴亦妖娆，短箫为试鬓边铁。含情默语如琵琶，一声吹裂关山月。空江应有卧听人，遥夜孤篷霜欲白。

原序：巫山女子善笛，将嫁之夕，邻女群集吹以送别。为作巫山月一首。

巫　山 清 李惺

十二巫峰青欲流，清江处处起渔讴。争看鬼斧留奇迹，会有仙人住上头。水鸟盘空接残食，山猿掷石打孤舟。黄昏催泊荒城晚，已见疏灯出酒楼。

入巫山县界 同前

鸿沟划断渺茫中，楚蜀分音小异同。水曲忽分风上下，山多难定日西东。划崖架屋人家窄，椓石梯空鸟道穷。行雨行云更何处，无边岚翠湿孤篷。

巫山水宿 清 刘硕圃

刘硕辅，字孟舆，德阳（今四川德阳）人。道光八年副贡。有《涘江诗钞》。

乱峡划苍穹，全川水注东。坏云堆鸟道，腥气涌蛟宫。石角乾坤小，崖阴日月空。啼猿声不断，梦落大江风。

巫山县 清 贝青乔

东川此门户，小邑势全收。危堞峰三面，通衢峡两头。天容常若夜，地气只宜秋。指点高唐观，云华处处愁。

戴 溪 清 沈寿榕

前山日出鸡子黄，后山云起如白羊。帆影乱时风上下，滩流突处船低昂。睡乡已熟呼不觉，故国难归愁更长。客心无定水无定，水边飞过双鸳鸯。（《玉笙楼诗录》）

九月十五夜舟入巫山界观月 赵树吉

十年不饮岷江水，寝随江月归乡里。今宵真在故乡看，江水悠悠如寝耳。我家只在此江上，月出群峰静如洗。遥知亲舍应未眠，笑说归人风露里。巫峡霜高夜响阑，江流浩淼涌风湍。山棚人静灯火暗，玉宇云敛星光寒。我行青阳徂素节，扁舟几里月盈缺。明年更向何处看，露滴寒篁湿黄雪。

巫 山 清 许光树

巫山千万峰，峰峰各争长。争长不相下，都作矗空想。太空信无碍，任尔互标榜。一片碧玲珑，依然仰面仰。看似不盈尺，扪究不计丈。汝曹纵支撑，莫成凶顽象。半山有罡风，鸟飞不能上。山侧无佳果，猿啸安能养。童童竟何为，落落真堪赏。激水翻怒涛，白日雷霆响。恐骇过来人，欲前不敢往。我欲诉真寄，挥霍散其党。融以共工头，擘以巨灵掌。撼以祖龙鞭，排以夸父杖。要驯桀骜气，勿令再粗犷。西陵七百里，忽地见清朗。独留神女峰，亭亭立天壤。鸣佩朝白帝，金碧烂仪仗。云散万景呈，雨收百灵享。好看江上船，从容打兰桨。

神女峰 清 郑知同

敻绝神女峰，独秀众峰里。烟鬟拴云上，罗袜凌波起。真灵传瑶姬，幻化莫能拟。妙用擅尊号，方神所驱使。九疑争来迎，江斐未容齿。巴夔仰呵禁，千载共祠祀。蛟螭蟠水府，魍魉足荒鄙。天恃假神柄，镇服及千里。旧闻赤帝女，卒葬巫阳址。或云王母息，禹功实赖倚。遂大渺难稽，荒忽定谁是。洛水降宓妃，君山栖帝子。位业将无同，余意殊不尔。磅礴萃精灵，何用托诙诡。岂非宋大夫，谲谏造伊始。云雨寄高唐，寓言成实纪。后来争附和，益复逞环玮。却验神所在，总出人意指。荐享多历年，凭依固其理。徒登白蘋望，未进谒玉几。想见天人姿，容光溢江水。安得调丝簧，下逮尘俗尔。（《屈庐诗稿》）

编者注：标题为编者所拟。原题作：巫山十二峰，舟中不能尽见，唯神女峰足持江干，高出数峰之表，景色毕露，词宇在其麓，焕然一新。虽大苏诗专美于前，不可无以纪之。

巫山天岫峰诗 清 王闿运

圣师启石林，帝女掌瑶芝。连峰隔人境，峻丽绝攀阙。真尝世所见，神光固不亏。临泛经三宿，旸雨皆旷怡。空翠果难名，仙幻为谁施。一穴巧通天，云日影逶迤。崟嵚袭气母，瑰质尽灵奇。园岫出青霄，探陟路无阶。羽化未始寻，矧彼猿鸟微。

青石洞望巫山作 同前

神山夙所经，未至已超夷。况兹澄波棹，翼彼祥风吹。真灵无定形，九间异国亏。晴云穴内蒸，积石露嵌奇。江潮汩无声，浩荡复逶迤。呼风凌紫烟，漱玉吸琼脂。赏心不期游，谁织道层累。若有人世情，暂来袚尘羁。

舟中望巫山 清 赵惟熙

赵惟熙（1837—1885），字益臣，宜宾（今四川宜宾）人。咸丰十一年贡生，曾任上高知县。

闻说凌波绝世姿，思量觌面诉相思。半醒半醉逢所日，为云为雨入梦时。大抵楚宫多阙事，遂教宋玉有微词。巫峰十二分明在，姑妄言之妄听之。

巫 山 清 王先谦

阳台望不极，神女有余悲。鸟灭寒天外，猿啼落日时。江湖留旧梦，云雨洗新词。再唱巫山曲，悠悠远道思。

巫山县　清　李超琼

李超琼（1846—1909），字紫璈，号惕夫，合江（今四川合江）人。光绪五年举人，曾官溧阳知县。

小县千峰底，重闉百仞颠。连桥岩作路，入笕雪城泉。暮霭从江上，春镫共斗悬。不闻神女佩，新月正娟娟。

神女峰和宋荔裳韵　清　徐樾

万古江流不肯平，危舟一日几回惊。飞涛骇浪连天起，红树青山伴我行。过客难成秋夜梦，寒滩如和楚歌声。巫峰好在人何处，云雨迷离峡外城。（《遗园诗集》）

编者注：宋苏裳：即宋琬。

望夫石　同前

山石嵯峨古峡前，碧鬟苍佩影娟娟。冰心一片应常在，望眼千年总未穿。客话只愁深浅水，江流劳盼往来船。推篷我为回头看，错认端州夕照边。

编者注：“错认”句：羚羊峡亦有望夫石。

峡中杂诗　清　王怀曾

巫山十二峰，三峰渺难望。其余九峰者，秀拔如天仗。阳台云荒凉，绝险飞猱上。花落神女坛，春心柳幽旷。行云变朝昏，殊诡未能状。烟雨行空濛，群峰各飘飏。山灵如画工，顷刻幻百相。峰峦既诡异，林势亦奇变。粲粲雪花飞，落落明珠溅。巨鳌地底来，鳞甲忽开煽。水石电雨风，迸作万古战。大船长十丈，未能塞一旋。巨浪过人首，似闪空中电。滩声一瞬遥，波光静如练。使梢如使剑，横绝刺船汉。一击奋中流，立砍涛头断。长篙左右争，水力不能捍。遂令滩边石，万孔如虫钻。凭河蛇经过，引缆鱼同贯。铁索山攀援，山精躲岩半。倏忽又扬帆，风樯扑云乱。荡荡青摩天，洞古石门关。四顾渺无睹，但有灵芝斑。高鸟飞不上，猿狂何处攀。惟古日月出，朝昏过去闲。瑶卓采未得，无乃天地悭。仰为发叹息，空似望蓬山。绝壁一万仞，上有采樵子。我疑是仙人，不然那到此。侧足踏云雾，腰斤斫楠梓。但博沽酒钱，不畏一跌死。叹息忽自笑，大险在朝市。念彼垂堂人，不见不齿齿。天如一匹练，白日苦坠甑。仰高发长啸，四壁空雷应。沧波为之翻，落叶惊不定。疑有万鼓鼙，乃在地中孕。骇绝不敢声，小语忽如磬。莫读惊人诗，恐有毒龙听。黄昏入混沌，未午日已落。隔岸见数火，北斗坠岩脚。静夜忽风涛，鼓荡万籁作。翘首望星河，明灭飐微爝。漆城何荡荡，闷死不可凿。谁敢夜出舱，怕有山鬼抟。

寄王南洲泊舟巫山　清　李伟生

李伟生，字鹿门，成都人。诸生。有《邃谧轩诗草》。

君自官吴楚，何时返故园。江风吹刡鹤，山月照啼猿。客路人千里，家书酒一樽。明朝望巫峡，滟滪逼夔门。

巫　山　易顺鼎

墉城居处郁岧峣，千丈青霞似建标。童律神功闻佐禹，巫咸仙术想传尧。月明鸾鹤音常肃，春静龙鱼气不骄。何必云霄辨优劣，即论词赋已难祧。

望巫山　同前

瑟瑟三分水，苕苕十二峰。日光明素瀑，岚色茂青松。神女今何在，巫咸不可逢。惟应云气异，缥缈见行踪。（《琴志楼诗集》）

夜宿巫山　金树榕

孤舟清夜泊巫山，朗朗星光水一湾。游子思亲凭屈指，高堂八日隔慈颜。

深宵静坐听猿啼，不是怨秋也恻凄。一夕苍岩声未断，江村报晓又闻鸡。

巫山绝顶　徐炯

徐炯（1862—1936），字子休，号蜕翁，华阳（今属成都）人。创办四川通省师范学堂，民国时任四川教育会会长。

忽惊西北临旷野，百里千里天光泻。俯视谷底群峰攒，方知我踏最高者。峰顶忽如拜万佛，佛头嶷嶷高复下。山石之形为何形，灵犀怒猊撞奔马。山石之色为何色，深青浓黝杂微赭。忽然翻作战斗状，拥盾持矛争相向。兹山之奇无不有，亭亭仙人弹玉手。手手屈指指大地，四壁凹成蝌蚪字。又如平沙插万刀，羽土罗拜高其尻。又如老人缀瘿瘤，既笑且咳曲其脰。又如群蛙跳波内，上溯急流露其背。又如中坐伟丈夫，群儿环抱摩其颅。又如毒虬凶且狡，厉角如刃触龙爪。又如高累鹦鹉卵，捏沙作峰峰不散。又如雨湿千叠纸，卷卷竖之偏复倚。千形亿态难俱论，最西如屏山势尊。神女无神山鬼喧，劚虎守门双虎蹲。虎啸呼风云气昏，轩然作势雨翻盆。冲雨悄坐青枫根，赤牛白马空崩奔。色悸心摇震精魂，我时欲言声色吞，安能复知有乾坤。

巫　峰 清　骆成骧

十二巫峰见九峰，三峰飞去表梁雍。瑶姬坛冷烟霞古，玉女窗明翠黛浓。南纪滔滔尊蜀镇，北流活活让秦封。凤凰再举知天地，莽苍山川路几重。

巫　山 赵熙

长乐花深一枰钟，楚中耆旧亦相逢。老来屈宋真方驾，劝望巫山十二峰。

巫山曲 同前

巫山春草长，燕子话年芳。新月窥人坐，桃花拂水香。酒痕红似玉，微醉坠钗梁。晓梦无处寻，春心远自将。

夔巫舟中　同前

出峡如出梦，江村闻午鸡。红云麝香北，绿浪虎滩西。地僻犹春帖，人耕过黛溪。施南绿嶂去，望极与天齐。

碚　石　同前

楚蜀州分疆，无猿亦断肠。两山留缺口，一步即他乡。归信今应到，京程梦里长。来舟谈上峡，七日发宜昌。

编者注：碚石：在巫山县，楚蜀分界处。

巫山巫峡行　吴芳吉

巫山长，巫山高。鹃啼如怨心忉忉。老母六十儿三朝，何处得钱济腹枵？山回路转不能逃，将军如虎士如獒。白日牵缆夜持篙，石角齿齿劲如刀。山风卷地浪陡立，利刃千簇破舟腰。舟人挽舵或戒桡，横撑直刺移寸摇。上有盘空之怪雕，下有张吻之老蛟。催促人命不相饶，挖骨为脂血为膏。欲死不死仰天号，念我妻子心如熬。战场人马风萧萧，化为白骨匝蓬蒿。安得入水从鬼伯，冷风吹魂返故室。

巫峡昏，巫峡晚，猿啼三声肠万转。将军来时方昧旦，驱马五千兵十万。棘为鞭，铁为练，破柴门，行调遣。母伏床头避，妇惊灶下窜，缚手弃家赴兵站。老者运粮，少者肩弹，肩弹最要速，运粮不妨慢。危岩千寻，狭路如线，依瞰深谷，怦怦目眩，目眩失足，委身藤蔓。风紧云横，飞石如霰。拨山摧木，万夫胆颤。行行复行，三日有半。鸟飞绝，人迹乱。军今严，谁能怨。夜无隔缩，日无餐饭。老男呕血死，瘦男骨折断。壮男独笑言，背地指天叹。愿娘忽念，愿妻勿恋，今生已矣来生见！入山何所畏，猛虎残食人。虎不食，忠孝人，将军苦吾民。

一　神女庙

巫山神女　唐　刘方平

神女藏难识，巫山秀莫群。今宵为大雨，昨日作孤云。散漫愁巴峡，徘徊恋楚君。先王为立府，春树几氛氲。

谒巫山庙　唐　薛涛

乱猿啼处访高唐，路入烟霞草木香。山色未能忘宋玉，水声犹是哭襄王。朝朝夜夜阳台下，为雨为云楚国亡。惆怅庙前多少柳，春来空斗画眉长。

巫山神女庙　唐　刘禹锡

巫山十二郁苍苍，片石亭亭号女郎。晓雾乍开疑卷幔，山花欲谢似残妆。星河好夜闻清佩，云雨归时带异香。何事神仙九天上，人间来就楚襄王。

题峡中石上　唐　白居易

巫女庙花红似粉，昭君村柳翠于眉。诚知老去风情少，相见争无一句诗。

书巫山神女祠　唐　繁知一

繁知一，曾官秭归令，与白居易为同时代人。

忠州刺史今才子，行到巫山必有诗。为报高唐神女道，速排云雨候清词。（《山西通志》）

编者注：按，雍正《山西通志》卷二二九引《云溪友议》：白居易除忠州刺史，自峡沿流赴郡。时秭归县繁知一闻居易将过巫山，先于神女祠粉壁大书曰："忠州刺史今才子，行到巫山必有诗。为报高唐神女道，速排云雨候清词。"居易睹之怅然，邀知一至，曰："历山刘郎中禹锡，三年理白帝，欲作一诗于此，怯而不为。罢郡经过，悉去诗板千余首，但留沈佺期、王无竞、皇甫冉、李端四章而已。此四章，古今绝唱，人造次不合为之。"与知一同济，卒不赋诗。

神女祠　唐　许浑

许浑（约791—约858），字用晦（一作仲晦），润州丹阳（今江苏丹阳）人。大和六年进士，曾官监察御史。

停车祀圣女，凉叶下阴风。龙气石床湿，鸟声山庙空。长眉留桂绿，丹脸寄莲红。莫学阳台伴，朝云暮雨中。

宿巫山庙二首　唐　李群玉

寂寞高唐别楚君，玉人天上逐行云。停舟十二峰峦下，幽佩仙香半夜闻。

庙闭春山晓月光，波声回合树苍苍。自从一别襄王梦，云雨空飞巫峡长。（《沅湘耆归集》）

巫山神女庙　唐　温庭筠

温庭均（约812—约866），本名岐，艺名庭筠，字飞卿，因文思敏捷，有温八叉之称，并州祁县（今山西祁县）人。官至国子监助教。

黯黯闭宫殿，霏霏荫薜萝。晓峰眉上色，春水脸前波。古树芳菲尽，扁舟离恨多。一丛斑竹夜，环佩响如何。

题巫山庙　唐　刘沧

刘沧，字蕴灵，汶阳（今山东宁阳）人。比杜牧、许浑年辈略晚，唐懿宗咸通中前后在世。大中八年进士，调华原尉，迁龙门令。

十二岚峰挂夕晖，庙门深闭雾烟微。天高木落楚人思，山迥月残神女归。触石晴云凝翠鬓，渡江寒雨湿罗衣。婵娟似恨襄王梦，猿叫断岩秋藓稀。（《四川通志》）

巫山庙　唐　崔涂

双黛俨如颦，应伤故国春。江山非旧主，云雨是前身。梦觉传词客，灵犹福楚人。不知千载后，何处又为神。（《才调集》）

题巫山神女庙　宋　吴简言

吴简言，字若讷，长汀（今属福建）人。端拱二年进士。曾官祠部郎中。

惆怅巫娥事不平，当时一梦是虚成。只因宋玉闲唇吻，流尽巴江洗不清。（《永乐大典》）

编者注：按，《永乐大典》卷七八九四《十九庚汀·汀州府·名宦》引《临汀志》载吴简言经巫山神女庙题绝句事，并云："是夜梦神女来见，曰：'君诗雅正，当以顺风为谢。'明日解缆，果然。"

巫　庙　宋　王周

巴水走若箭，峡山开如屏。汹涌匹练白，峭崒浓蓝青。崖空蓄云雨，滩恶惊雷霆。神仙宅幽邃，庙貌横杳冥。隐约可一梦，缥缈余千龄。名利有所役，舟楫无暂停。窸窣垂肸蚃，祠祷希安宁。鸦鸦尔何物，飞飞来庙庭。纷纷飏寥泬，远近随虚舲。铁石砺觜爪，金碧辉光翎。翔集托阴险，鸹啄贪膻腥。日既恃威福，岁久为精灵。依草与附木，诬诡殊不经。城狐与社鼠，琐细何足听。况乎人假人，心阔吞沧溟。

巫山庙　同前

庙前溪水流潺潺，庙中修竹声珊珊。襄王一梦杳难问，晚晴天气归云闲。

神女庙　宋　苏洵

巫阳仙子云为裾，高情杳渺与世疏。微有薄酒安足献，愿采山下霜中蔬。仙坛古洞何清虚，中有琼楼白玉除。江山洗荡谁来过，闻道琴高驾鲤鱼。

神女庙　宋　苏轼

大江从西来，上有千仞山。江山自环拥，恢诡富神奸。深渊鼍鳖横，巨壑蛇龙顽。旌阳斩长蛟，雷雨移苍湾。蜀守降老蹇，至今带连环。纵横若无主，荡逸侵人寰。上帝降瑶姬，来处荆巫间。神仙岂在猛，玉座幽且闲。飘萧驾风驭，弭节朝天关。倏忽巡四方，不知道里艰。古妆具法服，邃殿罗烟鬟。百神自奔走，杂沓来趋班。云兴灵怪聚，云散鬼神还。茫茫夜潭静，皎皎秋月弯。还应摇玉佩，来听水潺潺。

庙　乌　同前

群飞来去噪行人，得食无忧便可驯。江上饥乌无足怪，野鹰何事亦频频。

编者注：标题为编者所拟。原题作：巫山庙上下数十里，有乌鸢无数，取食于行舟之上，舟人神之，故亦不敢害。

巫山庙乌　宋　苏辙

巫庙真人古列仙，高心独爱玉炉烟。饥乌巧会行人意，来去纷纷噪客船。

巫山庙　同前

山中庙堂古神女，楚巫婆娑奏歌舞。空山日落悲风吹，举手睢盱道神语。神仙洁清非世人，瓦盎倾醪荐麋脯。子知神君竟何自，西方真人古王母。飘然乘风游九州，揭渡西海薄中土。白云为车驾苍虬，骖乘湘君宓妃御。天孙织绡素非素，衣裳飘飖薄烟雾。泊然冲虚眇无营，朝餐屑玉咽琼乳。下视人世安可据，超江乘山去无所。巫山之下江流清，偶然爱之不能去。湍崖激作相喧豗，白花翻翻龙正怒。尧使大禹导九州，石陨山坠几折股。山前恐惧久无措，稽首山下苦求助。丹书玉笈世莫窥，指示文字相尔汝。擘山泄江幸无苦，庚辰虞余实相禹。功成事定世莫知，空山俄顷千万古。庙中击鼓吹长箫，采兰为飧蕙为肴，玉缶荐芰香飘萧。龙勺取酒注白茅，神来享之风飘飘。荒山长江何所有，岂有琼玉荐沉寥。神君聪明无我责，为我驱兽攘龙蛟。乘船入楚溯巴蜀，渍旋深恶秋水高。归来无恙无以报，山上麦熟可作醪。神君尊贵岂待我，再拜长跪神所劳。(《三苏全集》)

巫山神女诗 宋 华镇

华镇，字安仁，号云溪居士，会稽人（今浙江绍兴）。元丰二年进士，官至朝奉大夫，知漳州军事。

巫娥美无度，绰约姑射伦。冰雪照肌骨，被服丹霞裙。兰膏皆臭腐，天香自清芬。手提瑶华杖，乘鸾弄氤氲。缅邈相光彩，杳然丧尘纷。楚王梦见之，三岁情如醺。伊人竟何许，宛在阳台下。宋生未见称，朝暮自云雨。

神女庙 宋 唐耜

唐耜，绍圣以后人，曾知邛州。约与晁公武（1105—1180）同时代。撰有《唐氏字说解》一百二十卷。

楚泽隐巫山，翠壁开鸿濛。万流束长峡，怒浪日簸舂。朝晖澹高唐，岩阿闷彤宫。罘罳散烟雾，荣光绕长虹。恭闻云华君，少阴体冲融。受道紫清阙，飞化凌三空。徜徉江海上，千骑驰苍龙。羽节回天津，央央弭层峰。凄恻下土人，昏垫无所容。宝书授神禹，百灵倏奔从。蛟螭委鞭策，山川奠西东。九州免为鱼，遂成万世功。嗟余晚闻道，蓬心蔽倥侗。维舟垂崖边，再拜望遗踪。嶙峋山头石，云衣尚溶溶。缥缈玉瑛台，如在指顾中。童律不可问，至言谁击蒙。仰首天坛下，松柏悲回风。

神女庙　宋　王十朋

功开神女言何妄，梦恼襄王事易非。客下祠荒人少到，峡中舟过有乌飞。

原注：每舟过，有乌自岸飞下，舟人掷饼饵与之，衔去复来。

谒巫山庙　宋　陆游

真人翳凤驾蛟龙，一念何曾与世同。不为行云求弭谤，那因治水欲论功。翱翔想见虚无里，毁誉谁知溷浊中。读尽旧碑成绝倒，书生惟惯谄王公。

编者注：标题为编者所拟。原题作：谒巫山庙，两庑碑版甚众，皆言神佐禹开峡之功，而诋宋玉《高唐赋》之妄，予亦赋诗一首。

闻　猿　同前

瘦尽腰围不为诗，良辰流落自成衰。也知客里偏多感，谁料天涯有许悲。汉塞角残人不寐，渭城歌罢客将离。故应未抵闻猿恨，况是巫山庙里时。

感　昔　同前

负琴腰剑成三友，出蜀归吴历百城。最是客途愁绝处，巫山庙下听猿声。

感　昔 同前

神女祠前猿夜鸣，相公溪上草初生。重游惟有西窗梦，一点灯青梦不成。

巫山祠梳洗楼 宋　孙应时

山川楚国六千里，云雨阳台十二峰。神女可无哀郢意，强教梳洗为谁容。（《烛湖集》）

大仙庙 宋　苏泂

为云为雨话头长，十二峰前事渺茫。尽道翠眉愁未展，不应犹忆楚襄王。

风木哀鸣想佩环，飞鸾何在古祠闲。无端牢落悲秋客，刚把人间比梦间。（《泠然斋诗集》）

神女祠 宋　汪元量

野庙凄凉向峡中，断岸无路一从容。楚王神女知何在，云锁巫山十二峰。

巫　女 明　史谨

妾住阳台下，何曾梦楚宫。朝云吹不散，任尔大王风。（《独

醉亭集》)

巫女行云 明 胡奎

楚云如梦梦如云，云梦相牵两不分。妾若是云君是梦，云当为妾梦为君。(《斗南老人集》)

神女行云 明 瞿佑

瞿佑（1347—1433），一作祐，字宗吉，号存斋，钱塘（今浙江杭州）人，一说山阳（今江苏淮安）人。曾为宜阳训导。

神物何尝与世通，书生自欲谄王公。已将云雨诬幽梦，更把雌雄诳大风。

巫山神女祠 明 陈琏

石为础兮枫为柱，梅为梁兮萝为宇。朝行云兮暮行雨，空山寂寥兮谁共语。奠椒浆兮荐芳芷，进女巫兮笙竽盈。耳目盼兮杳冥，瞻翠鸾兮云里。郁阳台兮山陬，竖灵旗兮来游。风肃然兮云收，冀少留兮夷犹。无遄返兮使我烦，忧桂花发兮露零。秋山空兮月明，玄猿哀兮白鹤鸣，怅望不及兮使我凝情。

神女庙 明 蒋兢

环佩依然赋不虚，千秋一梦致人思。襄王此日知何处，空见朝云暮雨时。

神女祠　明　罗宽

云华帝女自葱苍，峡雨何关楚泽郎。韵士深情聊托讽，痴人梦说浪换妆。曾输神力勯明德，肯许游魂惹暗香。为醒登临作述者，勿仍尚鬼附前王。

巫山神女图　明　倪宗正

倪宗正，字本端，余姚（今浙江余姚）人。弘治十八年进士，官终南雄府知府。谥文忠。

巫山有神女，十二峰模糊。为云又为雨，倏有而倏无。意态春空满，姿容新月孤。造化亦何意，神仙本凌虚。尘梦既已妄，文藻成其诬。私邪附丹青，至今传画图。（《倪小野先生全集》）

神女祠　明　刘玉

刘玉，有《寄挽陆水村》诗。陆水村即陆完（1458－1526），字全卿，号水村，曾官吏部尚书。

巫山绰约似新妆，江水萦回空断肠。花落石坛遗庙在，鹤归郢树故城荒。更无辞客瞻云气，犹有诗人识雨香。欲向麻姑问消息，千年谁见海尘扬。

神女庙　明　李仁

李仁（1489—1552），字元夫，号吾西，东阿（今属山东聊城）

人。嘉靖二年进士官至都察院右副都御史。

千载阳台路，难招宋玉魂。精灵云雨散，庙貌女郎存。古木临风拱，危峰枕坏垣。当时梦中语，只共楚王言。

神女词 明 潘恩

襄王已寤高唐梦，此地空传神女宫。楚泽巫山悲阒寂，朝云暮雨自冥濛。风吹碧石虚环佩，泉滴秋花坠粉红。日夕不堪频寄目，青天摇落送归鸿。

夜泛巫江 同前

击汰苍茫夜，瞻峰紫翠重。虚无神女馆，孟浪楚王风。伯业随沤尽，铅华逐镜空。冯流发长啸，月色拥鱼龙。（《潘笠江先生集》）

神女祠二首 明 孔天胤

孔天胤（1505—1581），字汝阳，号文谷子，又称管涔山人，汾州文同里（今属今山西文水）人。嘉靖十一年进士，曾官河南按察司佥事。

神女姣丽，阳台之下。雾縠徐步，霓裳屡舞。朝行为云，暮行为雨。忽而斋兮，草木莽莽。

艳逸洛妃，于洛之浦。游龙蟺蜒，惊鸿扬诩。左采明珠，右拾翠羽。忽而逝兮，不知何许。（《孔文谷集》）

巫山神女歌送客之巴中　明　方问孝

方问孝，字胥成，歙县（今安徽歙县）人。与汪道昆（1525—1593）为同时代人，隆庆中前后在世。

君不见，女郎家在巴阳路，千载荒凉自朝暮。远客观登云雨台，时人但读高唐赋。高唐古木猿鸣哀，阴岩削壁青崔嵬。人间无复襄王在，峰际还疑神女来。女神新妆红粉颜，霓裳玉佩黄金环。仙风倏忽那可见，寸心往往游其间。亡楚不回江上水，浮云常变庙前山。古来遗迹今已矣，君爱巫山兴初起。心悲凄，壮诗耻作儿女啼。日暮茫茫大江上，百尺风帆直向西。（《苍耳斋诗集》）

巫山神女　明　万道光

万道光，字日章，临川（今属江西）人。隆庆中前后在世。

古来香骨地，长峰列翠楼。朝云浓野色，暮雨带春愁。一枕襄王梦，千年帝子羞。是悲何足辩，谈笑亦风流。（《交翠馆集》）

书高唐神女赋后　清　胡世安

纵笔巫阳诩逸游，诬辞作俑熗千秋。色荒或有淫魂感，楚国君臣梦聚尘。（《秀岩集》）

神女庙　清　张能鳞

相传有神女，凭梦入高唐。世人皆不察，狎亵于词章。猥以儿女态，阳台作洞房。误识兴云雨，诬蔑楚襄王。试读宋玉赋，意旨深且长。事君不敢谏，托讽以自伤。山川有鬼神，当以敬意将。瞻拜礼未毕，风云绕瓣香。峰头猿啼月，峡岸郁苍茫。云峦叠出奇，森森气悲凉。王命不自由，驱驰久异乡。思乡心有泪，无声亦断肠。秉节幸稍稀，归舟足徜徉。寄语经过者，慎习语郎当。(《西山集》)

神　女　清　赵士麟

赵士麟（1629—1699），字麟伯，号玉峰，河阳（今云南澄江）人。康熙三年进士，曾官吏部左侍郎。

巫山峰十二，秀色类名姝。碧云窝宝髻，青莲插鬓苏。锦江濯素练，采霞牵华裙。此中有灵气，飘渺不可呼。胡为高唐赋，宋玉肆矫诬。谓有楚襄王，朝暮谬欢娱。琼姿澄秋水，飞步上清都。掩泣诉天帝，帝听亦嘻吁。神鞭鞭其背，雷火火其躯。传语轻薄者，勿言理所无。

神女庙二首　清　方象瑛

琵琶峰畔峡江分，神女祠边落日曛。寂寞章华哀草没，更从何处问行云。

暮雨朝云梦已阑，巫山巫峡望中看。荒祠非复阳台旧，环佩萧萧夜月寒。

原注：旧在峡中，今移琵琶山下。

戏为神女解嘲 同前

未必高唐梦果真，玉钗罗袖本骚人。河东牛女都无据，不见陈思赋洛神。

神女庙 清 王士祯

箜篌山下路，遗庙问朝云。冠古才难并，流波日易曛。玉颜空寂寞，山翠自氤氲。东望章华晚，含情尚为君。

编者注：箜篌山句：《蜀道驿程记》：巫峡东，一山枕江岸之北，与巫山隔江相望，曰箜篌山。山前复有小山，其颠即神女庙。《渔洋诗话》：巫峡中神女庙在箜篌山麓，茅茨三间，而神像幽闲，婉娴可观，其西即高唐观也。冠古：杜甫《雨》中有“楚宫久已灭，幽佩为谁哀。侍臣书王梦，赋有冠古才”句。

神女馆 朱樟

瑶姬曾佐禹功饶，来往行云王节飘。绝顶留仙同弄月，居人嫁女亦吹箫。珊珊环佩皆香雾，一一芙蓉飐翠翘。欲荐芳兰吟水调，幽魂不藉楚词招。

原注：《入蜀记》：八月十五夜月明时，丝竹往来达旦方止。巫山嫁女多吹箫，本神女事。见蜀志。

编者注：今名疑真观，妙用夫人尝佐禹治水有功。

鬼错路 同前

迷猴跳石苦危津，云雨祠边欲误身。峡鸟只啼行不得，鬼尤错路况于人。

神女庙 清 任端书

瑶姬长恨黛蛾羞，缥缈峰前十二楼。应别上元临绛水，不随湘姊住芳洲。雨云魂梦曾无着，词赋高唐会久留。玉薢明珰锁罗幕，烟扉蔼蔼蕙花秋。

江渎油 同前

南纪开巫峡，沧波万里通。旌幢朝水府，云露閟灵宫。风晚神鸦集，霜深古柏红。长樯纷估客，歌舞岁时同。

神女庙二首 清 杨潮观

杨潮观（1712—1791），字宏度，号笠湖，江苏金匮（今江苏无锡）人。乾隆元年举人，官至泸州知府。

神女祠前落日曛，千秋禹绩殿诗闻。君王一梦浑闲事，何处山川不出云。

终古川灵列障开，楚王宫殿倏成灰。今朝十二峰头雨，自为三农布泽来。

雨霁登巫山绝顶还过神女庙　清　方积

扶杖试登还怅望，悬梯绝磴迥无尘。猿穿风雨三声旧，雕贯虹霓五色新。西上峰峦尊白帝，东来舟楫及青春。崖花涧草通灵否，合向神祠小荐蘋。

神女庙　清　焦懋熙

焦懋熙，与吴钟（1732—1822）为同时代人，纂有乾隆《大宁县志》四卷。

自昔颂平成，独何推夏后。蛟龙争窟宅，极溺心如疚。赖有仙真来，宝文敕侍开。神功运鬼斧，昏垫永无灾。我诣云华祠，整冠瞻圣化。临流思伟绩，功不在禹下。

原注：一作云华祠。

神女庙歌　清　钱林

枫落楚江晚，萧萧江上祠。残香萎露蕊，疏影亚风枝。不听茜裙唱，荃桡欲拔迟。

神女庙赛神歌　同前

水上神鸦自作群，翩翩落叶远难分。云鬟雾鬓知何处，竹色兰香一奠君。（《玉山草堂续集》）

壬子除夕与亥白兄神女庙祭诗作 清 张问陶

黑夜携诗入破庙，一衲惊呼千鬼笑。秉烛方知神女祠，风裳水佩殊清妙。神女佐禹成大功，功与同律庚辰同。不知宋玉是何物，敢造梦呓污天宫。楚人语妄蜀人辟，二苏兄弟真英雄。我辈能知神，必为神所福。况有奇诗神可读，祭诗敬借神前烛。神女奇诗共一灯，灵光万丈腾山谷。兄诗一百九，弟诗一百五。开卷古墨香，献神神不吐。一年心血呕可怜，疏凿还如禹功苦。丹书玉笈争千古，神目盼兮喜欲舞。己酉祭诗张果洞，仙人乍来白雪重。庚戌祭诗椒山祠，忠魂飒飒捻吟髭。天遣今年到巫峡，两枝笔健千山杂。不抄古人书，我自用我法。狂吟忘朝饥，冥想惊梦魇。只镂肝肠不报功，人间何必生鹅鸭。白鱼朱桔次第陈，一杯慰劳吾精神。蜀酒禁愁利胸膈，来年口腹重清新。今夕已除夕，行乐当及辰。眼前亭亭立监史，云华上宫之夫人。我醉猖狂神不怒，人能痛饮诗方真。弟劝兄酬爵无算，奇峰十万争来看。明日开船去不辞，好风送出巫山县。

神女庙题壁 清 陈文述

瑶姬古神女，巫峡伫灵芳。芝盖潇潇雨，华旗漠漠云。西池讯金母，东岳配元君。何事高唐赋，流传宋玉文。

晓登神女庙

偶登神女庙，极目望朝云。远与明霞合，遥从翠黛分。露华凝汉佩，雨气湿湘裙。天末人何处，徘徊最忆君。

编者注：标题为编者所拟。原题作：晓登神女庙，极目望朝云，寄姬人湘霞吴门。

重修巫山神女庙落成书事　同前

右英姊妹侍瑶池，更有瑶姬绝世姿。碧海秾花簪凤髻，玉天新月画蛾眉。金台宝箓传娇女，石室璇图秘少姨。闲与麻姑话尘世，春红又上万年枝。

当年文命导江流，天险瞿唐路阻修。穴底波涛龙蟒起，峡中风雨鬼神愁。云軿暂驻群灵集，玉篆亲书万怪休。绝似兵符授元女，轩皇鼙鼓靖蚩尤。

梦寐由来事渺茫，骚人词赋太荒唐。频将天上金仙品，写作宫中采女行。高髻解妆云片湿，细腰罢舞雨丝凉。楚风多谲由来久，曾有桃花怨夕阳。

羽衣侠侍总如花，鸾拥春旗凤拥车。兰死陈根出瑶草，蕙榜新字篆云华。斑麟辇过留遗迹，青鸟书来忆旧家。十二碧峰都历历，玉笙吹散暮天霞。

巫山道中望十二峰　同前

峦回嶂复路千盘，始信人间蜀道难。石气拂空青粱黛，江流倒影翠生澜。楚王宫殿云中见，神女楼台雨后看。欲载奇峰湖上去，碧城尚有曲栏干。（《颐道堂诗选》）

原注：峡中奇石林立，极玲珑窈窕之致。置之江左，园林仇池、九华也。

神女庙 清 德克金布

德克金布（1772—1840），伊拉里氏，满洲旗人，曾任乌鲁木齐提督、荆州将军。谥勤勇。

庄严正大蕊宫仙，楚客无端赋乱传。一十二峰沾惠泽，朝云暮雨润桑田。

舟过神女庙 清 陶澍

峡气袭人秋耿耿，岩回岫复殊人境。山静微闻鹳鹤声，潭空俯觑蛟龙影。一枝桑橹摇浪花，仙风吹落香云冷。

神女庙 清 司为善

司为善，字乐斋，巫山（今属重庆）人。嘉庆七年进士。道光三年至四年曾为威宁州知州。

巴国山川此尽头，灵祠高锁蜀门秋。授书入梦浑闲事，一任长江泾渭流。

舟中望神女庙感而有作 清 沈寿榕

十二峰前女神祠，斜阳初下卸帆时。波平似镜秋光烂，暮雨朝云总不知。

红墙半角翠微弯，楼阁虚无缥缈间。千古画图难画处，生成雾鬟与风鬟。

夜凉自惜苦吟身，喜见蛾眉月样新。二十七年前旧梦，高楼独立又何人。(《玉笙楼诗录》)

原注：道光癸卯夏秋间，余屡梦至大江之滨，两岸危峰壁立，上有高楼，窗牖四启，一美人着五色衣独立其中。

神女庙 清 陈浚

陈浚，字华哲，一字心泉，闽县（今属福建福州）人。道光二十七年进士，曾官御史。

东南佳气散层霄，万仞芙蓉挂泬寥。锦树秋飞珠佩近，石屏春转玉台遥。乍疑举袂云连雨，却道含情暮复朝。采采涉江花落去，最怜无路报琼瑶。

云华夫人祠 清 许印芳

三峡绵联障江口，蛇龙窦窳萃渊薮。伯禹导江智计穷，太行安得移愚叟。神授宝书召百灵，童律庚辰侍左右。妖魅驱除斤斧施，劈山千里江奔走。从兹万化生于手，号称神禹神为友。阴精能赞平成功，巫山别馆犹栖守。至哉坤元材富有，天妃治海姥司斗。炼石断鳌女希氏，体尧踏舞宣仁后。皇家再兴赖皇母，金波两轮夹辅久。兹安文德慈禧武，救民水火恩深厚。舟行沥酒奠云华，回樽遥上璇宫寿。

云华祠 清 宋书

帝女乘鸾下碧空，曾闻佐禹奏天工。当年秘授元文册，此日空余玉蕊宫。云佩三千飞黛雨，霓裳十二落丹枫。江山自是多佳丽，不信飘零入梦中。

舟过巫峡 曾懿

曾懿（1832—1927），又名朗秋，字伯渊，华阳（今属成都）人。清末名医，著有《医学篇》《女学篇》《中馈录》，合辑为《古欢室全集》刊印于世。其子袁励准为宣统皇帝溥仪的老师，现“新华门”匾额为其亲笔手书。

琅琅天风壮，嵯峨十二峰。飞云翔婉娈，悬瀑响琤淙。景富诗偏迥，愁多梦亦庸。纤秾宋玉赋，千古忆仙踪。

编者注：标题为编者所拟。原题作：舟过巫峡，见十二峰高插霄汉，神女峰尤为纤丽峻峭。神女庙在山之颠。

壁立双峰合，直成一线天。烟鬟浮翠黛，霞彩媚华巅。人语隔山应，江流急箭穿。楚王今忆渺，神女为谁妍。（《晚晴簃诗汇》）

巫山庙 徐樾

玉貌曾承楚国恩，阳台深处度朝昏。春风野草侵宫壁，落日寒鸦噪庙门。十二峰峦留黛色，一天云雨引香魂。宋卿不作襄王死，愁绝罗衣拭泪痕。

神女行云 同前

巫山十二势嶙峋，行雨行云梦里身。怪底离宫三十六，一时愁杀细腰人。

箜篌山神女庙　效庾体　易顺鼎

落帆琵琶峡，弭棹箜篌岑。灵踪传自古，高文征在今。碧瓦明青嶂，红墙表素浔。恭闻神女祀，犹知宋玉心。淑女求君子，贤臣畏孔壬。倾怀二姚远，属想九侯深。郑袖非专宠，怀王岂见禽。秦昏终莫恃，楚怨有遗音。从来哀窈窕，匪曰进荒淫。国风能好色，朝云亦献箴。仙軿常引鹤，神弦每出鲟。江流环玉帐，巫峡起春阴。

神女庙　赵熙

词赋高唐重，山光窈窕青。浣衣村女秀，立庙楚王灵。蜀徼才难尽，瑶姬语不经。年来多恶梦，猿鸟唤初醒。

神女庙　黄宪度

黄宪度，字融昭，江苏阳湖人。

白云深处访高唐，祠宇巍然柏绕廊。涧水潺湲鸣古佩，岸花零落褪残妆。月轮暮转岩前影，仙驭朝破雾里香。妙用远追神禹迹，至今何事说襄王。

神女祠次刘禹锡原韵　佚名

云华帝女自葱苍，峡雨何关楚泽郎。韵士深情聊托讽，痴

人梦说浪摸妆。曾输神力勖明德，肯许游魂若暗香。为醒登临作述者，勿仍尚鬼附前王。（1619 年刊刻《补续全蜀艺文志》）

二　高唐观

有感　唐　李商隐

非关宋玉有微辞，却是襄王梦觉迟。一自高唐赋成后，楚天云雨尽堪疑。

过高唐驿　明　沐昂

翠拥岚光十二层，薄云将雨又开晴。宋玉自赋高唐后，闲雨闲云似有情。（《素轩集》）

望高唐　明　程诰

十二芙蓉霭翠重，楚王宫殿杳无踪。舟人指点行云处，神女祠前第一峰。

登高唐观　明　许应元

许应元（1506－1565），字子春，钱塘（今属浙江杭州）人。

嘉靖十一年进士，官至广西布政使。

一上高台万古情，窗中历历楚山横。烟峰对似低帷帘，江水看疑入县城。别浦何人伤解佩，晴云欲俟驻吹笙。晚来风起青蘋末，只待扬雄拟赋成。（《陭堂摘稿》）

高唐观　明　郭棐

敞席高登最上峰，凉飙淅沥入帘栊。三川绕郭秋声急，九日看花客思浓。对酒莫辞鹦鹉盏，题诗须寄紫荷筒。感时怀古心俱切，云暗阳台十二重。

高唐观　清　方象瑛

见说襄王入梦来，片云还自傍阳台。行人争问高唐观，谁识当年作赋才。

登高唐观　清　王士祯

西上高唐观，阳云对旧台。瑶姬何处所，望远独徘徊。恍忽荆王梦，芳华宋玉才。细腰宫畔柳，并作楚人哀。

九日登高唐　清　傅作楫

不是龙山会，翩然侧帽来。峰环巴子国，云出楚王台。胜地耽诗思，怀人托酒杯。遥知兄与弟，笑对菊花开。

高唐观 清 顾光旭

朝云暮雨自高唐，宋玉微词讥楚襄。岂谓骚人真弟子，只将词赋媚君王。千秋文藻归残梦，八月天河落晓霜。惆怅荒台寻不得，郢门烟树郁苍苍。

高唐观 清 陈文述

天末依然拥翠鬟，阳台何处可追攀。悠悠暮雨虚无外，脉脉朝云缥缈间。此梦至今传楚国，有人终古望巫山。离骚亦是灵均意，应悔微词误玉颜。（《颐道堂诗选》）

高唐怀古 清 杨宇海

高唐千古说丽佳，若有人兮水之涯。神女授书神力排，童律庚辰俱受差。顿教长峡会清淮，练石功同补女娲。楚王西来起阴霾，宋玉寓言自诙谐。不妨信手摹云崖，旷乎若携升仙鞋。仿佛登临拾遗钗，游心缥缈隔瑶斋。遽然一梦接天阶，藐姑谁为辨根荄。香草美人屈子怀，英皇女娥托匹齐。汉皋解佩共沉埋，讵类秦楼与楚娃。万仞巉岩禹迹皆，惟见长江水湝湝。

编者注：神女授天书于夏禹，助禹治水。童律、庚辰：治水者。清淮：清江，在湖北宜都流入长江。淮河，在江苏江都流入长江。起阴霾：指楚王梦神女事。藐姑：《庄子》中所说藐姑射山的仙子。英皇、女娥：舜的两个妃子，女英和娥皇。汉皋解佩：《韩诗内传》：郑交甫沿汉皋台下行走，遇二女，请女之佩，女与之，郑受而怀之，十步后循探之，即亡矣，回顾二女，亦即亡矣。

登高唐读缪公诗 清 陈杏昌

一望高唐县治西，肩舆直上快攀跻。碑悬古句披吟后，压倒诗人未敢题。

三 阳台

江南弄·朝云曲 南朝梁 沈约

阳台氤氲多异色，巫山高高上无极。云来云去长不息。长不息，梦来游。极万世，度千秋。

登古阳云台 唐 张九龄

庭树日衰飒，风霜未云已。驾言遣忧思，乘兴求相似。楚国兹故都，兰台有余址。传闻襄王世，仍立巫山祀。方此全盛时，岂无婵娟子。色荒神女至，魂荡宫观启。蔓草今如积，朝云为谁起。(《广东诗粹》)

送王七尉松滋得阳台云 唐 孟浩然

巫山神女作行云，霏红沓翠晓氛氲。婵娟流入楚王梦，倏忽还随零雨分。空中飞去复飞来，朝朝暮暮阳台下。愁君此去为仙尉，便逐行云去不回。

古　风（选一）　唐　李白

我行巫山渚，寻古登阳台。天空彩云灭，地远清风来。神女去已久，襄王安在哉。荒淫竟沦没，樵牧徒悲哀。（其五八）

杂　诗（选一）　唐　权德舆

权德舆（759—818），字载之，天水略阳（今甘肃秦安东北）人，后徙润州丹徒（今江苏镇江）。唐宪宗时，累迁礼部尚书、同平章事。谥文。

阳台巫山上，风雨忽清旷。朝云与游龙，变化千万状。魂交复目断，缥缈难比况。兰泽不可亲，疑情坐惆怅。

杨柳枝　唐　刘禹锡

巫峡巫山杨柳多，朝云暮雨远相和。因想阳台无限事，为君回唱竹枝歌。

宿阳台观　唐　马戴

马戴（799—869），字虞臣，定州曲阳（今河北曲阳）人。会昌四年进士，曾为国子太常博士。

玉洞仙何在，炉香客自焚。醮坛围古木，石磬响寒云。曙月孤霞映，悬流峭壁红。心知人世隔，坐与鹤为群。

咏史诗·阳台　唐　胡曾

楚国城池飒已空，阳台云雨过无踪。何人更有襄王梦，寂寂巫山十二重。

相和歌辞·朝云引　唐　郎大家宋氏

巴西巫峡指巴东，朝云触石上朝空。巫山巫峡高何已，行云行雨一时起。一时起，三春暮，若言来，且就阳台路。

朝阳台　元　吴师道

神娥缥缈高唐上，楚宫楼阁森相向。丹枫苍桂涌孤阙，锦石清江簇连嶂。行云漠漠飞雨寒，孤猿咽咽秋花间。翠旂龙驾杳何处，断魂残梦愁空山。微臣宋玉夸能赋，当日襄王岂真遇。千古秋风恨未平，高泉飞落三巴怒。（《元诗选》）

朝阳台　元　岑安卿

岑安卿（1286－1355），字静能，自号栲栳山人，余姚上林（今属浙江慈溪）人。志行高洁，穷阨以终。

巫峰十二青参差，石形俨现仙娥恣。苍藤翠木怯凄凉，精诚夜感襄王思。仙衣缥缈仙裙湿，云影飘飘雨声急。阳台朝暮不胜情，高唐想象愁无极。梦中奇遇事杳冥，公子雕词亦胸臆。

荒凉古庙立江干，台空不见行云迹。游人怅望尚徘徊，古碑寂寞荒莓苔。（《石仓历代诗选》）

朝阳台　元　叶懋

叶懋，字德新，鄱阳（今属江西）人。官至嘉兴路总管。子叶兰，字楚庭，号醉渔，元太常寺礼仪院奉礼郎。明太祖召之，投水死。

仙人乍拂朝阳台，碧波浸月芙蓉开。晓日肌肤湛冰雪，秋云罗袜生尘埃。荆王好色轻楚国，飞观玲珑起千尺。乾坤大梦一浮沤，父子垂情两昏惑。楚江日落啼清猿，楚宫城阙空云烟。微臣宋玉骨已朽，何人为赋招魂篇。

阳　台　明　史谨

南控衡庐北剑关，千年遗迹后人攀。不知梦里人何在，为云为雨过别山。（《独醉亭集》）

阳台曲　元　杨维桢

月落望夫山，高台十二鬟。楚宫多妒女，云雨梦中还。

昭阳曲　同前

美人初睡起，内史报兰汤。散尽黄金饼，无寻赤凤凰。

朝阳台　明　金涓

金涓（1306—1382），字德原，义乌（今浙江义乌）人。教授乡里，隐居青村。

楚王昔日游台上，前望巫峰近相向。青枫锦石丛古祠，暮雨朝云依叠嶂。蔓长古木多春寒，翠障仙佩非人间。神功治水佐禹迹，至今石刻巍如山。词臣错写高唐赋，刚到朝云梦中遇。千尺黄湍洗不清，水声犹望台前怒。（《青村遗稿》）

阳　台　明　徐贲

昔闻阳台名，今上阳台路。我因兴古怀，驱车暂停驻。余其尚突兀，云雨自朝暮。哀猿失故声，野色剩孤树。当时襄王梦，曾与神女遇。幽冥事莫测，万载谁能悟。平原亘千里，巫山渺何处？凄凉宋公子，深情见遗赋。

阳　台　明　陈琏

襄王巡游乐无度，鸾旗直指巫山路。群臣扈从多如云，宋玉才高擅词赋。高唐赋罢人何处，空有高台锁烟雾。梦中之事是耶非，为雨为云自朝暮。翠华东归竟不来，山色青青宛如故。花开花落年复年，杜鹃啼老台前树。

巫阳台 明 李璋

李璋，字政虹，一字宗祊，号嗜泉，又号鹿城，海盐（今浙江海盐）人。成化二十二年举人。曾官尤溪知县。

巫峰十二势缥缈，行雨行云自窈窕。安得枕席侍襄王，但见巍巍插天表。神已难知梦复幻，排空螺髻凌飞鸟。当年宋玉寓微意，人世徒夸颜色儫。筇竹深深带泪斑，椒花点点明妆晓。雨为云兮云为雨，朝暮巫峰四面绕。从来粉黛皆如梦，一梦千年犹未了。（《嗜泉诗存》）

朝阳台 明 张邦奇

朝阳堂外雨初晴，中有仙郎作凤鸣。满地黄花秋雁影，一帘凉月夜江声。青毡味合琴书古，宝篆香吹枕簟清。银烛剔残更漏永，梦魂时复到承明。（《石仓历代诗选》）

阳　台 明 黄辉

千里猿声巴峡东，半篙明月舞春风。楚天何处无云雨，独有阳台是梦中。

赋得阳台 明 陈子壮

陈子壮（1596—1647），字集生，号秋涛，广东南海（今属广州白云）人。万历四十七年探花。崇祯年间官礼部右侍郎。谥文忠。

巫峰一十二，流媚楚江滨。梦里朝兼暮，台边妾是神。君王思绝代，词赋纪青春。泥杀分香伎，西陵穗帐尘。

高阳台 明 林彦华

秦蚕欲食鼋鼍国，天遣湘累葬鱼腹。灵修不复入修门，梦罢高唐赴函谷。侍臣秉笔赋聚鹿，神娥千载空包羞。峡云冥冥山鬼哭，江花黯黯汀猿愁。孤魂缥缈瞿塘路，多少行人望朝暮。

阳　台 清 谢道承

谢道承（1691—1741），字又绍，号古梅，闽县（今福建福州）人。康熙六十年进士，官至内阁学士。

神女巫山谲谏深，忍今云雨进荒淫。高唐赋继离骚后，犹是灵均一片心。（《小兰陔诗集》）

朝阳台 清 商盘

谲谏主文多微词，凭空结撰神俄姿。楚人垒土高百尺，丹壁雕盈卓翠旗。十二峰头重云锁，绣靴细踏云贴妥。冉冉轻魂入梦中，芙蓉雨湿胭脂朵。青螺点点垂烟鬟，碧涧琤琤响佩环。神去神来憺容与，断猿啼月愁空山。江水如罗不盈幅，荒唐一赋留南服。襄王朝暮在高唐，有女西邻窥宋玉。（《质园诗集》）

阳台山　清　毕沅

毕沅（1730—1797），字纕蘅，亦字秋帆，自号灵岩山人，江苏镇洋（今江苏太仓）人。乾隆二十五年状元，曾官湖广总督。

数折春山似画图，神祠亭榭绿云扶。几年信宿阳台下，偏是闲宵一梦无。

原注：阳台山：上有神女庙。

朝阳台　清　顾光旭

十二峰头梦复朝，如何云雨欲学妖。楚天残梦醒何处，湘水微波怨未销。直自大五风不竞，慢教神女夜相招。秭归城上犹祠庙，江月年年照寂寥。

阳　台　清　舒位

舒位（1765—1816），字立人，小字犀禅，号铁云，自号铁云山人，直隶大兴（今属北京）人。乾隆五十三年举人。作画师徐渭，有《瓶水斋诗集》《瓶笙馆修箫谱》等行世。

芙蓉十二高唐女，入梦微闻楚臣语。钿床绣枕夜相邀，云者行行欲为雨。别有深宫锁细腰，加餐不敢暮还朝。朝朝暮暮长如此，抱月飘烟为君死。（《瓶水斋诗集》）

朝阳台　清　胡敬

胡敬（1769—1845），字以庄，号书农，仁和（今浙江杭州）

人。嘉庆十年进士，曾官翰林院编修。

十二峰前云出门，才行暮雨又朝暾。谁将宋玉篇中句，误入襄王梦里魂。使奉汉槎直凿空，神游洛甫竟迷源。参差题壁高唐句，分付词人莫浪言。

朝阳台　同前

美人香草拟师门，艳写扶桑上晓暾。此日连娟曾入梦，他年盛鬋与招魂。巫山云雨神无迹，湘水兰荪学有源。不比感甄题旧在，东阿哀怨托谰言。（《扫江亭吟稿》）

瑶　台　王遒

仙梦香魂不久留，满川云雨满宫愁。直须待得荆王死，始向瑶台一处游。

寻阳台解宋玉梦　陈杏昌

天降仙娥助禹功，是谁一梦太朦胧。我来仙去台何在，毕竟台空梦亦空。

阳台谣　佚名

冷月苍苍晕一规，未知肝胆况须眉。如何乾德年间扬，惆怅铜官没字碑。

倚风盘龙旧梦孤，一言拟问镜当初。水精帘下梳头影，曾照佳人绝代无。

菩提树下一尘生，佳丽芙蓉梦未成。正是郎君羞妾面，幸亏相对不分明。

四 楚宫

楚 歌（选一） 唐 元稹

惧盈因邓曼，罢猎为樊姬。盛德留金石，清风鉴薄帷。襄王忽妖梦，宋玉复淫辞。万事捐宫馆，空山云雨期。

编者注：邓曼：春秋时楚武王夫人。武王伐随心荡，邓曼曰：王禄尽矣，盈而荡，天之道也。王果卒。樊姬：楚庄王好猎，夫人樊姬谏不听，遂不食肉。王改过，勤于政事，三年称霸。

楚宫怨 唐 许浑

十二峰晴花尽开，楚宫双阙对阳台。细腰争舞君沉醉，白日秦兵天上来。

猎骑秋来在内稀，渚宫云雨湿龙衣。腾腾战鼓动城阙，江畔射麋殊未归。

送客归峡中　同前

津亭多别离，杨柳半无枝。住接猿啼处，行逢雁过时。江风飑帆急，山月下楼迟。还就西斋宿，烟波劳梦思。（《丁卯集笺注》）

楚　宫　唐　李商隐

湘波如泪色漻漻，楚厉迷魂逐恨遥。枫树夜猿愁自断，女萝山鬼语相邀。空归腐败犹难复，更困腥臊岂易招。但使故乡三户在，彩丝谁惜惧长蛟。

过楚宫　同前

巫峡迢迢旧楚宫，至今云雨暗丹枫。浮生尽恋人间乐，只有襄王忆梦中。

咏楚王宫　同前

十二峰前落照微，高唐宫暗坐迷归。朝云暮雨长相接，独有君王憾见稀。

楚　王　宋　张耒

张耒（1054—1114），字文潜，号柯山，人称宛丘先生、张右史。原籍亳州谯县（今安徽亳州），后迁居楚州（今淮安楚州）。熙宁六年进士，曾官太常少卿，知汝、颍二州。“苏门四学士”之一。

十二巫峰耸翠峦，楚王宫殿玉巑岏。定知为云为雨处，不是当初梦里看。

襄王梦　元　虞集

虞集（1272—1348），字伯生，号道园，祖籍仁寿（今四川仁寿），生于衡阳（今湖南衡阳）。虞允文五世孙，曾为国子助教、奎章阁侍书学士。

梦寻巫峡雨，云入楚王宫。何以永今夕，倏然随晓风。

咏楚王宫　明　缪宗周

缪宗周，号碌溪，通海（今属云南玉溪）人。约正德十六年进士，曾官四川布政使司右布政使。

云雨台荒何处宫，长途暮日映山枫。浮生往来浑闲事，不独襄王是梦中。

楚王宫　清　傅作楫

四望烟风里，苍茫野色齐。山犹开踯躅，春自发棠梨。乱石江云卷，藤萝夜雨迷。一从亡国后，空有鹧鸪啼。

楚离宫　清　朱樟

妙舞纤纤下玉除，瘦来不为减宫厨。细腰占得春多少，也赚襄王入梦无。

妆楼曾贮楚王妃，坏址悲凉小蝶飞。今日池头寻楚碧，裙腰细草不能肥。

原注：楚离宫：在巫山县称细腰宫。

细腰宫 清 吴省钦

何事君王爱细腰，楚宫遗址旧山椒。也知翘凤新妆称，省识惊鸿舞态娇。束处薰罗垂素练，缓来香袜弹红绡。阳台自古销魂地，添种春风柳万条。

原序：《山堂肆考》曰：古楚宫在夔州府巫山，楚怀王所游守，宋黄庭坚有石刻，所谓细腰宫是也。因玩巫山枕障，忆而赋之。

中　秋 清 顾光旭

四十余年汗漫游，细腰宫畔过春秋。归来应得高堂笑，无那痴儿已白头。

咏楚王宫 清 德克金布

传说荒台是楚宫，苍凉惟见一林枫。漫夸云雨高唐赋，宋玉襄王皆梦中。

楚王宫 清 司为善

云雨荒唐何处宫，空劳宋玉说雄风。怀王一死襄王继，君臣千古梦魂中。

楚王台 清 余敦典

余敦典，著有《云台山馆诗草》。

楚王遗迹剩高台，雨后登临眼界开。大井寒流犹浩渺，荒城旧垒尚崔巍。村边树影旌旗动，江上涛声鼓角哀。千古离骚悬日月，不随霸业隐蒿莱。

原注：楚王台：在州治前隔江。

楚王宫 清 乌拉灵寿

楚宫已作梵王宫，苍翠回环万树枫。变幻从来原是梦，登高唐读缪公诗。

楚王宫 清 修仁

荒山何处觅琳宫，一片斜阳醉晚枫。翻笑高唐徒作赋，神仙不在世情中。

楚王宫 陈杏昌

漫道高阳楚有宫，空山仅睹两三枫。君王也被荒谈误，怎怪痴人在梦中。

五 巫山十二峰

巫山十二峰十二首 宋 吴世延

吴世延，福建人，宝元元年进士。

披图占圣谒荣华，初见灵峰冠彩霞。拂拭尘容开眼膜，舟人指点到仙家。（望霞峰）

四合藤萝羽葆垂，远烟蒙覆画屏围。青冥向上凝神望，似叩天关第二扉。（翠屏峰）

清晨缥缈结层阴，掩映真灵洞府深。不是各书丹玉爱，上清宫阙若相寻。（朝云峰）

无名草木易凋零，独立盘云偃盖青。任是雪霜深蔽翳，也应根柢有精灵。（松峦峰）

左邻白帝右红岩，中有瑶池阿母家。笑饮蟠桃丹树下，一杯时与醉流霞。（集仙峰）

方怜病羽困樊笼，仰见胎禽唳远空。明月不知缑岭夜，一声声入白云中。（聚鹤峰）

巍巍盘石拔天成，拂拂修篁助洁清。一息斋宫浑不寐，九霄闻彻步虚声。（净坛峰）

蓬莱方丈阔沧溟，高楫松乔此得明。白日青天殊不远，瑶台玉阙一层层。（上升峰）

汕云肤寸起丛霄，变化须臾雨泬寥。舒卷无心神莫测，去来谁谓帝乡遥。（起云峰）

碧梧修竹翠微间，刷羽朝阳不可攀。寄迹云林飞有处，会朝河阁迩天颜。（栖凤峰）

三分泉下九渊深，直上清螺碧玉林。怪得雨风长庇护，有时飞作旱天霖。（登龙峰）

白崖一注泻青云，练带萦回玉溜奔。酖毒宴安人不觉，谁知此物养灵根。（圣泉峰）

次袁尚书巫山十二峰二十五韵　宋　毋丘恪

毋丘恪，字厚卿，南部（今属四川）人。绍兴间进士。庆元中为夔州路安抚使。

缣素巧貌溪山姿，宝藏昔笑虎头痴。何人夜半胠箧去，信为羽化无疑迟。魏明不惜万夫力，凿山累土夸神奇。景阳突起芳林苑，谷城文石光参差。叶公好龙广射虎，大方安能不笑之。至人于物特寓目，远家过眼心弗随。我公看山正如此，肯趁无穷脚力疲。胸中五岳镇地轴，眼底三辰昭旂旗。辍由汉庭宠分钺，来抚蜀土初褰帷。巫山一览窥妙处，写入长歌赓竹枝。坐令十二峰增重，已觉气压嵩华低。太室少室敢辈行，小孤大孤何儿嬉。岱宗日观峻徒尔，昆仑天柱高安为。出云作雨均有是，泥金镂玉彼一时。所谓造化一尤物，不在九华真在兹。中山前言恐遂废，公之妙论已四驰。半语犹存大公正，蟠胸经济看设施。要令利泽均四海，无间山岩与水湄。只今苍生方属望，休戚在公颦伸眉。愿公更为天下重，所养自养观诸颐。量陂谁复能澄挠，德表居然无磷缁。岩石巍巍具瞻在，孰不叹仰声噫嘻。

又何必东望瀛，南望嶷，北有天后之剑岭，西有云表之峨嵋。与公高名并不朽，配以今日巫山诗。

次袁说友巫山十二峰古风二十五韵　宋　丁逢

丁逢（1140—?），字端叔，晋陵（今江苏常州）人。乾道二年进士，曾知郴州。

半雨半晴山弄姿，湿云吹风不成痴。蘼芜渐遍楚宫碧，葡萄未涨巴江迟。西南大尹初涉境，山川效职加瑰奇。翠屏窥窗故娟妙，松峦映掩相参差。浮云击汰睆青壁，灵君一去今安之。吟情浩荡隘宇宙，万景敢云骄莫随。当年楚境半天下，孱王醉梦方昏疲。珊瑚玉佩赤帝女，星翳羽盖蜺旌旗。锡符赐荣岂无意，侍臣托讽褰帱帷。尹令文采继骚雅，梦得诗魂羞竹枝。吾行一百八盘上，钻天但觉天云低。荒荒野驿虎豹怒，阴阴岭树猿猱嬉。危登险陟倦三伏，口呿背浃嗟期为。岂知舟行有奇观，山灵秘惜留归时。青帘白舫夙已具，芒鞋布袜将从兹。胸中丘壑未尘土，头上岁月从驱驰。虽无胜具逐支许，尚有乐趣同周施。何当投劾便归去，发船打鼓清江湄。更催尺一唤公覲，同看二六浮修眉。常山蛇阵想鱼腹，建溪龙焙倾蟆颐。摊钱昼浪看三老，杖藜晚岸寻名缁。昔人汶岭寄书帖，更歌蜀道先吁嘻。未若尹外岳牧，中丞疑，惠爱春江之赴沧海，清明秋月之挂峨眉。尽驱三峡波涛笔，第入思齐访落诗。

次袁尚书巫山十二峰二十五韵　宋　黄人杰

黄人杰，字叔万，南城（今属江西）人。乾道二年进士。著有

《可轩曲林》一卷。

文昌老仙绝俗姿，爱山成癖非儿痴。胸中况自有丘壑，揽结瑰异常恐迟。坤维谋略出分阃，江山致助争出奇。寻幽选胜上巫峡，断崖怪石悬参差。十二峰前弭征楫，枝藤直上穷所之。云烟变态千万状，过眼神动惊天随。人疑跻攀脚力尽，公自乐此良不疲。瑶华真妃似夙驾，风马昼下扬幡旗。层峦好处起苍壁，丹霞望门开赤帷。登坛定可拾瑶翠，却老未应无玉枝。仰天一笑睨寥廓，俯视培塿丘陵低。颇疑游龙出飞跃，恍若栖凤犹娱嬉。乔松跨鹤远近集，云雨济人朝暮为。坛维野翠有余润，泉拖修帛无穷时。一经眄睐便改观，阳台价重当由兹。惜哉牙纛不久驻，鹢首未转樯乌驰。轻缣素练欲摹写，画师难著五彩施。笔端机杼始潜运，悠然寄兴沧洲湄。章成密间绣衣使，绣衣翰墨今白眉。珠酬玉唱两相尚，三叹尽解骚人颐。好刊苍珉示千古，磨而不磷涅不缁。纷纷我辈小巫耳，健读数过徒噫嘻。待从两公奠西极，安南嶷，收关河百二之险，剗岷峨万仞之眉。大书有宋中兴颂，东还更和巫山诗。

巫山十二峰诗　宋　阎伯敏

阎伯敏，字子功，晋原（今四川崇州）人。约宁宗时人，曾官眉州通判。

东皇君来流晓霞，莫看西北王母家。云华夫人王母女，肯为庙食留三巴。（望霞峰）

秋山黄落春山青，不识仙家云锦屏。六铢天衣下拂石，香风馥郁朝真亭。（翠屏峰）

山头行云自朝朝，阳台暮色连云霄。朝来暮去变云雨，送

老行客无回桡。(朝云峰)

舟船摇摇大巫前，松间丝萝望缠绵。屏风角转恰匝背，心在山头人倚船。(松峦峰)

绿蓑鞋系青行缠，束薪缊火开山田。云间似听仙佩响，蓬鬓拂掠烧畲烟。(集仙峰)

望夫石女春复秋，巴歌楚舞随遨游。夜深九皋清泪响，仙禽亦替离人愁。(聚鹤峰)

山头枝枝竹扫坛，舟子竹枝歌上滩。炷香上庙掷杯珓，但乞如愿舟平安。(净坛峰)

黄魔白马功告成，云华夫人朝玉京。禹后夏后引音节，高低峡船摇橹声。(上升峰)

钗头袅娜山花枝，裙尾旧缬山麻衣。朝随云起采薪去，暮趁女伴穿云归。(起云峰)

山头凤鸣求其凰，山前家家背竹筐。竹花结实未忍食，刀耕火种五里香。(栖凤峰)

散而成章合而龙，回风混合游鸿蒙。舟人上下神女借，俗妆铅粉胭脂红。(登龙峰)

灵泉一泒瑶池分，洒落棹石随东奔。楚人但爱香溪水，溪边为有昭君村。(圣泉峰)

巫山十二峰　宋　苏泂

画图曾识巫山面，今日亲临十二峰。万里平生无此梦，却疑身在画图中。

巫山十二峰古风二十五韵 宋 袁说友

巫山磊块山林姿，一邱一壑贪成痴。寸峰拳石瞥眼过，张皇攫觅惟忧迟。东南佳山多秀丽，就中所欠雄与奇。饱闻巫山冠巴峡，奇峰十二相参差。昔年图画常一见，欲见此山无路之。扁舟西溯上三峡，千岩万壑争追随。终朝应接已不暇，心目洞骇具忘疲。蓦然钟鼓高唐上，峰峦二六排旌旗。一峰霞彩迥在望，一峰展翠开屏帷。无心出岫云吐色，偃盖平峦松并枝。仙踪鹤驾羽衣近，坛石瑶台阊阖低。白云一起凤皇下，清泉四合蛟龙嬉。群峰角立变态异，一一大小乾坤为。外堪击附试声律，中含造化分四时。天下名山亦多矣，未有列岫奇如兹。九华一景固天巧，惜与江流相背驰。南北两峰喧众口，妆抹却恨同西施。何如此峰无限好，行行列列临江湄。烟云漠漠出寸碧，风雨时时横黛眉。舟人渔子漫回首，骚士墨客劳支颐。我来穿水入天去，貂裘章甫生尘缁。昂头见此大奇特，跻攀不上空嗟嘻。吾将欲访三岛，登九嶷，上蓬莱道山之壁，绝泰华终南之嵋。飞凫去舄啸沧海，却来巫峡温前诗。

次韵奉寄 宋 许及之

许及之（？—1209），字深甫，号涉园，温州永嘉（今浙江温州）人。隆兴元年进士，官至同知枢密院事、参知政事。

岩壑岂是钟鼎姿，出处相较黠与痴。我家浉东山水窟，闲窥壶中日月迟。坎蛙固守井底见，雁荡断云天下奇。坐想天柱高突兀，使觉穹障排参差。归胡不归归未得，吾非故吾吾何之。

南宦祝融常在眼，北征太行长相随。每欲拓关令混一，其奈意广怜庸疲。故人将指填巴蜀，大江扬舲张虹旗。纪行先要实古锦，及境始事褰赤帷。阳侯似知公得句，吴榜娄舞下折枝。有客传诵巫山高，长安那复纸价低。襄王胡为爱文赋，宋玉大似供戏嬉。山川本以灵雨祀，神明何乃亵渎为。牵牛织女谤自古，小始彭郎讹一时。剩喜新篇有如此，洗空遗恨从今兹。蜀道谁云在天上，政誉已逐诗声驰。世情响背南北沅，人物妍丑东西施。愿君沧溟恢宇量，听彼瓶罂居井湄。已为下户代输额，更要全蜀俱伸眉。西都父老久延颈，关外士卒宽张颐。访寻恐有玄尚白，流落宁无素染缁。规抚所至欣济济，民俗定自臻嘻嘻。政成得政公何疑，无人风月镌峨嵋。归来要续浯溪颂，吾上中和宣布诗。

编者注：标题为编者所拟。原题作：客有自成都来者，传制帅华学尚书年丈巫山诗，辄次韵奉寄。

次袁说友巫山十二峰古风二十五韵 宋 张缜

化工神伟开物姿，劖石万仞不作痴。巍峰耸立威风举，急挟怒流奔马迟。隐然万里形胜重，信矣四海游观奇。天开匹练势巀嶪，云拥列嶂青参差。舆图悚视天设险，舟楫竞与江东之。何年宇宙此盘踞，远览泰华宜肩随。胸吞云梦荡物表，眦决飞鸟忘神疲。元戎授任盛节制，列舰径度罗旌旗。天香来时满衣袖，讲殿几日辞书帷。词源浩荡春峡水，句律飘扬秋桂枝。天门有路穿水底，笔力到古群峰低。远参退之赋山囿，下随樊川娱水嬉。有神相宅理应尔，梦赋靡曼奚其为。流转石根怜已久，高咏取正今建时。昔年飞挽忝将指，异境名言犹念兹。大篇巨轴窥胜赏，赤甲白盐神坐驰。有从绝唱发奇伟，众作绚采同彰施。德风草偃阃以外，观颂下转江之湄。宁须三年秦汉计，行复八彩瞻尧眉。慈恩论契肯隔面，草堂枉驾忽解颐。我方卧云书自伴，公咏入相衣宜缁。少须凋瘵尽摩抚，大赈廪粟歌噫嘻。会看丹诏来北阙，更上岷岭登峨眉。江山助协此嘉会，赓载归写明良诗。

次袁尚书巫山十二峰古风二十五韵　宋　钱鍪

钱鍪，知衡州。与韩侂胄（1152—1207）为同时代人。

文昌仙伯天人姿，爱山寻胜如书痴。忽摩台符历参井，麾幢溯峡春迟迟。山灵川后总效职，万壑千岩俱献奇。就中巫山绝雄胜，插天紫翠相参差。神妃来下佩声远，驻此名地相安之。峰旋地转自前后，屹立万马如追随。两山有川幻天巧，禹功到此神应疲。仰天照眼如匹练，舟行电掣翻云旗。迅帆竞惜峰峦过，艅艎望眼裳褰帷。悬岩下有欲落石，古木上有参天枝。龙登鹤聚仙既集，云升雨暗天如低。从来三峡号至险，高牙稳泛如游嬉。扬旌一览天下胜，词源倒峡知优为。尝闻奇观天亦惜，遇贤辄与因其时。少陵寓此虽穷寂，妙语惊人多在兹。雕镌万象发天闷，衙官屈宋声争驰。公今曳履星辰上，调元妙手行将施。天教来作东道主，欢声和气生江湄。公来顿觉雪山重，青城增气联峨眉。首驱巫阳入新句，一洗前作堪解颐。英词从此偏蜀道，迥出尘表无纤缁。尝忧此地难久驻，转首绝境成嗟嘻。直欲使拂素练，图翠嶷，写松峦起云之状，模翠屏栖凤之嵋。终朝诵公有声画，却来看此无声诗。

次袁尚书巫山十二峰古风二十五韵　宋　李嘉谋

李嘉谋，双流（今属四川成都）人。进士。绍熙五年知襄阳府。

道人爱山出天姿，自谓计黠人嫌痴。独游名山看不足，每得胜处行为迟。谁人能知物外赏，世上自有壶中奇。一行作吏困汩没，便与好境相参差。脱兔投林今适愿，穷猿得木吾何之。芒鞋竹杖恣如往，烟蓑雨笠长相随。青山愈好足力尽，此意未止驽骀疲。路逢行人说大尹，正见谕蜀扬舲旗。好贤招邀每虚席，问俗疾苦时褰帷。才华落落清庙器，诗笔粲粲珊瑚枝。胸吞楚泽八九尽，气压巫峡群山低。大峰联娟争媚妩，苍壁徙倚供游嬉。巴东巴峡古所重，作云作雨今胡为。有情飞鸢送迎客，无数棹歌来去时。昔日画图曾见者，何意忽此今逢兹。迩来丰碑在人口，已与流水争东驰。政用中和得大体，智出毫末非全施。不独英声流上国，已有诗卷传江湄。狼烽长闲士鼓腹，耕陇不见愁生眉。都门仿佛记分袂，蜀道修阻常支颐。持谒见公敢论旧，抚髀顾我清无缁。樽俎频开闲共语，歌讴聊与民同嘻。忽然晨日在东壁，但见山月来峨眉。行吟何独壮三峡，在处山林来乞诗。

次袁尚书巫山十二峰二十五韵　宋　闾丘泳

闾丘泳，早年游宦江湖间，曾为编修。

舟行观山无定姿，篷底兀坐真儿痴。层崖复岭正杂遝，平冈横阜俄逶迟。晴岚参天固竞秀，深崖挺石尤多奇。遥岑浮眉绿点点，飞瀑悬剑锋差差。饱闻巫山妙天下，今诵公诗如见之。蓬仙来应人间世，妙龄便有声名随。日谈经术辅主圣，久领国计嗤驽疲。共推经邦济川楫，暂建分陕元戎旗。百城听命仰赐履，三边制胜如筹帷。长江高唐神女峡，万里昆仑分一枝。峰峦森立入霄汉，塔庙选胜居高低。响山猿啼声若啸，迎棹鸦舞来如嬉。金母分畀神灵职，孰云朝暮阳台为。琅函蕊笈发天秘，赞禹治水唐虞时。英辞一洗千载陋，写之琬琰宜自兹。人思传本快先睹，蔡邕石经车马驰。北畅威名被沙漠，西奠夷落连黔施。帝遣云軿镇南极，祠宫姑寓江之湄。湘君时过鼓瑶瑟，宓妃岂复扬蛾眉。金阙已俤佐少广，丹经孰授逾期颐。野人尘容粗知学，素守亦复涅不缁。蝎来乘轺职飞挽，两见祈谷歌噫嘻。疲氓崎岖上转粟，旧业荒落南窥疑。劳生屡已度剑栈，清游颇念登峨眉。从今嵩高雅颂手，那数韩子南山诗。

巫山十二峰　宋　阳枋

真灵间气巧蟠融，天下应无似此峰。笑杀襄王凡俗骨，妄生狂梦想仙踪。

心与巫山异景融，危岑天际骇奇峰。苍茫草木晴云外，有似乘鸾跨鹤踪。（《字溪集》）

过十二峰　明　陈员韬

陈员韬（1399—1452），字从周，一字从熙，号勿斋，临海（今属浙江台州）人。宣德五年进士，曾官监察御史。

荆南路尽入夷陵，骢马西从蜀道行。巫峡秋高霜气肃，啼猿不作断肠声。

经巫山十二峰 明 蔡汝楠

十二高峰接紫氛，绿江面面沓峰文。扁舟晴日经巫峡，何处还藏神女云。(《自知堂集》)

舟行望十二峰 明 张佳胤

是处山灵颇见知，岂应轻顾鹤书期。布帆秋水夔门过，锦石江声楚岫移。屐齿携来双不到，峰形非但九堪疑。留连无奈烟霞癖，云雨何曾入梦思。(《居来先生集》)

巫山十二峰 明 杜应芳

宝钿螺髻出房栊，环佩珊珊落地空。不是赤城能绚彩，芙蓉脸晕自微红。(望霞峰)

斜倚临风意似痴，不堪春怨与秋悲。阳台一去无消息，恰是湖阳背听时。(翠屏峰)

晓开明镜理新妆，绿鬓生风舞袖长。日暮天寒归绣幙，珊瑚枕上忆襄王。(朝云峰)

上采飞花下斸苓，秦封汉禅九曾经。郎心不似烟云薄，妾意还如冬夏青。(松峦峰)

寂寞瑶台恨落花，且将心事共嗟呀。三三两两知谁似，惟有杨家及赵家。(集仙峰)

朝骖霞驭莫云軿，刷羽齐飞响似璜。若得成双鹣亦好，空随

子晋听吹笙。（聚鹤峰）

无奈春心不肯降，忍将动定辨风幢。假饶舌上莲花发，只恐莲花蒂亦双。（净坛峰）

非霞非雾亦非烟，深锁重封不计年。欲问妾家此处是，莫教扫去待君眠。（起云峰）

终日望夫不见夫，年年春草隔江芜。芳心且为闲收起，撇下玄霜在玉壶。（上升峰）

世间好事实难几，镜里孤形相对欷。试按洞箫理衷曲，可怜箫史不同归。（飞凤峰）

锦鞯金辔玉靰头，郎若乘时莫久留。不信比来长寂寂，高唐云雨一齐收。（登龙峰）

珠帘掩映楚宫腰，迨吉其如梅已标。莫道银河不可近，曾闻乌鹊自填桥。（圣泉峰）

望十二峰　清　方象瑛

嶒崖处处削芙蓉，争指巫山十二峰。神女祠荒环佩冷，天边妒杀美人峰。（《健松斋集》）

巫峡中望十二峰　清　王士祯

十二峰娟妙，轻舟望是非。青天半云雨，夕日乱烟霏。瀑水临江合，神鸦出洞飞。朝云无处所，应待楚王归。

编者注：《吴船录》：神女庙前有驯鸦，客舟将来，则迓放数里外，舟过亦送数里。

美人峰　清　朱樟

远貌亭亭立翠微，细腰人里见应稀。渌昏山叶疑钗脚，红㮈秋霞想画衣。佳梦难寻朝复暮，芳心不动是邪非。玉屏只写凡间恨，谁送仙舆一度归。

望夫峰　同前

使君何放戏罗敷，巫岫多情号望夫。腻颊照人悬菡萏，秋山斗草怨蘼芜。风移翠篆坛生埽，石唾珠泉泪未枯。又似忠州台畔路，有谁曾问藁砧无。

过十二峰　同前

神女庙前吐玉蟾，西池旧物满香奁。风鬟雾鬓元无算，略数瑶簪十二尖。

归舟东下急如梭，坐惜青泅过去何。一折水帘山一面，巴僮见惯只愁多。

原序：守田弟谓奇峰合沓可观者不止十二，作绝句诗以合其意。

巫山十二峰　清　徐文驹

行雨行云事渺茫，漫将神女赋高唐。空山叶落寒山里，哀感清猿叫夕阳。（《师经堂集》）

十二峰 清 李芝

长江万里走峨岷，连山抗手争嶙峋。玉垒岷峨泄未尽，巫山十二会群真。森森笋立几千丈，纵有仙梯无可上。云雨仿佛难为容，各自雄长不相让。一峰卓然无可同，回光倒射冯夷宫。有如端拱坐清殿，群侯奔走朝西东。一峰袅妙如欲语，疑是天阶降神女。灵风恍惚踏波来，何处潇湘去行雨。左右数峰益奇绝，壁立嵌空淬寒铁。阴壑长留太古云，阳岩尚贮千年雪。其余可象无端倪，波光日气浮玻璃。帆樯贾客频来往，何殊瓮底坐醯鸡。我欲骑龙到沧海，琼楼十二纷杳蔼。谁为此地凿玲珑，无人直上叩真宰。天风瑟瑟水茫茫，兰台何处吊襄王。长空飞鸟不可度，望帝一去天沧凉。如此江山逢一偶，更欲乘风摘星斗。推篷时酬郫筒酒，峡涛寒听蛟龙吼。

巫山十二峰 清 周厚辕

周厚辕（1746－1809），字驭远，一字驾堂，号载轩，湖口（今江西湖口）人。乾隆三十六年进士，嘉庆皇帝的老师。

九峰娟好旧评论，我并三峰背面吞。线转白云风在下，溜穿红树雨初昏。游人寂寞空今古，词客荒唐似妙言。莫漫腰肢夸楚舞，面斑犹有灼余痕。

编者注：标题为编者所拟。原题作：巫山十二峰，舟中可见者九，予陆行，并经其三有作。

过十二峰 清 席蕙文

席蕙文，字兰枝，一字耘芝，吴中（今属江苏苏州）人。清溪县知县席绍元女，常熟秀才戴安妻。乾隆到嘉庆年间人，吴中十子之一。

哀猿啼处树重重，云锁高唐旧楚宫。人在夕阳疏影外，淡烟微雨过巴东。（《国朝闺阁诗钞》）

巫山十二峰歌 清 石韫玉

频年橐笔元戎幄，马带胡缨人剑服。往来六度此山中，未识山灵真面目。扫尽欃枪入帝京，郡符一解即遄行。今朝篷底看山色，此身暂喜无官轻。大江滔滔东入楚，云安三峡如门户。涉世方知鸥梦恬，归人不觉猿啼苦。翠屏一峰插天半，诸峰窈窕若为伴。仿佛锦屏十二钗，各斗婵娟梦中看。我行西蜀家东吴，万里江山入画图。平生览胜兴不孤，巫山之奇天下无。呜呼，巫山之奇天下无。

望神女峰 清 钱林

神女峰婵娟，搴帱独立边。桂熏霏水雾，鬟翠擢秋烟。凝黛南湘远，含愁北渚连。高唐更何许，临望但千千。

晓发巫山望十二峰　清　陶澍

神女庙前朝扣舷，高唐观上绿浮烟。七千运道岁将暮，十二好峰秋更妍。为雨为云殊窈窕，听风听水奈缠绵。巴东两岸猿声合，何处相思不可怜。

舟过神女峰　同前

峡气袭人秋耿耿，岩回岫美殊人境。山静微闻鹳鹤声，潭空俯觑龙蛇影。一枝柔橹摇浪花，仙风吹落香云冷。

望巫山十二峰　清　姚莹

十二神峰缥缈奇，髯翁庄论解瑶姬。为云为雨皆灵泽，敢作寻常讽喻辞。

巫峡舟中望十二峰　清　沈寿榕

白盐赤甲横夔东，相望十二交层峰。洪钟铸造撑铁壁，大斧劈开惊鬼工。胚胎万象纷何处，木魅深藏吐阴雾。画师搁笔恐难成，高浪齐崖那能渡。我从八月下瞿塘，镜波荡澜漾青螺光。梦思神女枉朝暮，问人宋玉真荒唐。山外有山入云里，别有山从云外起。不知云山空处有仙无，但见水势连天天接水。水中看山山益奇，倒垂五色明琉璃。痴龙抱珠醒犹睡，老猿断肠行复啼。晚虹乍落余霞散，轻帆飘瞥如飞电。两三星火半城烟，昏黄已近巫山县。

巫山十二峰 清 曾朝柱

曾朝柱，富顺（今四川富顺）人。曾官训导。

殿溢朱霞记瑞年，金光突掣翠微巅。望来不觉诗情动，叉手山头欲问天。（望霞峰）

山光如镜净于揩，翡翠屏开照水涯。更有诸峰皆入画，儿孙罗列四围排。（翠屏峰）

旭日曈昽霁色华，山光云影突交加。只疑神女冤难白，气郁阳台吐晓霞。（朝云峰）

一自秦封轶众材，龙须虬角荫层嵬。涛声夜半随风吼，疑是巴江涌水来。（松峦峰）

高会群仙序禁仪，蓬瀛境上复何疑。倘教月下排云出，彩耀芙蓉别有姿。（集仙峰）

轩郎丹骨逐鸥凫，群聚同峰立不孤。自去自来谁是主，居然有信叶中浮。（聚鹤峰）

天教法雨洗尘埃，为净吟坛待客来。料得春风秋月夕，众仙同咏扫苍苔。（净坛峰）

云梯步步快跻攀，一览横空小众山。升到九重高极处，分明天上说人间。（上升峰）

漫去祈祷补天功，瞻望云霓处处同。触石突以天半出，油然草莽起长空。（起云峰）

世际昌明圣瑞期，飞来一凤少人知。巫山合与岐山比，于彼高冈振羽仪。（栖凤峰）

夙愿登瀛恨莫从，今朝何幸得登龙。蜿蜒曲挽三巴水，锁

钥夔巫第一重。（登龙峰）

不饮贪泉饮圣泉，人情同好总无偏。出山更觉清而冽，分润犹能及稻田。（圣泉峰）

巫山十二峰分韵 清 沈鸿逵

沈鸿逵，桐乡（今浙江桐乡）人。

蔚蓝天际绚明霞，试上奇峰入望赊。东指方城余爽气，西来巴水映丹沙。高标近接阳台幻，孤鹜遥从鸟道斜。旦晚总宜千里目，莫将返照大江夸。（望霞峰）

看山可以永今朝，最爱云峰上碧霄。知与晨星分几点，肯输旭日占高标。非烟漫说仓囷似，复旦何嫌纪缦遥。不羡夕阳成彩笔，露浓五色半岩饶。（朝云峰）

层峦佳木悦葱茏，况复山明对雪松。自愿凌寒标劲节，却缘得地稿高踪。森森宜向峰头望，谡谡还疑岭下逢。此去桃源应未远，何年种作老鳞容。（松峦峰）

方丈瀛洲集众仙，何来巫岫拍洪肩。也知海上无多地，更觅壶中有一天。控鹤乘鸾凌鸟道，餐霞吸雾倚云边。阳台神女虽云幻，那似层城路几千。（集仙峰）

极目层峦似卧龙，就中高处彩云从。光腾恍跃平津剑，鳞老还疑偃盖松。一树五花资豢养，崇朝千里任横踪。谁知变化飞升后，北峰依然第五峰。（登龙峰）

岷峨洙泗蜀争传，况有巫岸出圣泉。止水一泓澄道岸，飞流万派浸书田。江湖共识根源盛，日月曾经沐浴旋。可是岱宗移屐齿，更标孔子照东偏。（圣泉峰）

建平东望飞凤升，不尽朝阳十二层。阿阁成巢侪逸鹤，丹

山振羽绝云鹏。四灵却擅三文丽，九子还将万里腾。最是扬雄传吐白，独钟秀气此先登。(飞凤峰)

巫山四面屏无二，却望东南欲滴翠。碧色分明云母光，清辉掩映琉璃器。五方不藉赤黄兼，六扇依稀图画媚。收拾烟峰在锦□，金鹅梦里增诗思。(翠屏峰)

猿声巫峡愁飘泊，别有高峰招野鹤。松径兰崖任往还，雪瓴砂顶相依托。空疑子晋扶箫笙，谁道令威歌城郭。自是凌霄擅异姿，白云一望天边廓。(聚鹤峰)

三清世界翠微巅，谁筑仙坛不计年。自有层城瞻紫气，更无纤翳累丹田。箫笙响奏瑶台月，锦绣文开玉宇泉。寄语江边名利客，一峰高处好参元。(净坛峰)

鬓耸巫山何处起，兹峰竟说封中似。须臾一片乍飞腾，倏忽千崖被朱紫。极目烟岚欲烧空，荡胸石壁疑翻水。起云云复起奇峰，变幻无端从此始。(起云峰)

何处飞来最上乘，峡中南望一峰腾。云开恍睹垂天翼，烟点谁施系旧绳。试负江边疑易举，将移谷口却无凭。新诗忽引家山兴，欲步点亭屐齿升。(上升峰)

巫山十二峰　清　徐朝纲

徐朝纲，邑都司。

乾坤何处不烟霞，为爱峰高望莫遮。满目晴光佳气远，一川图画夕阳斜。遥连楚岫飞孤鹜，近接瞿塘翻乱鸦。信有文章成五色，丽天分却赤城赊。(望霞峰)

节被层峦翠万重，何年蟠结几株松。苍烟日午高冲雁，老干春深影化龙。啸雨半空声谡谡，吟风长峡韵淙淙。岁寒劲节

历千古，不羡桃源挹露浓。(松峦峰)

万仞宫峣耸碧霄，白云旦起景偏饶。峰头回合迎曦日，天际参差逐晓飙。如单如困浑比类，为霖为雨不崇朝。孤高自是长游处，莫诬阳台返翠轺。(朝云峰)

维石宕宕降列仙，置身高处五云边。不于蓬莱消灵蜕，来共巫峰证旧缘。飞鸟草间飘玉舄，浣花溪畔洗朱铅。三千年去春常在，回首沧桑几变迁。(集仙峰)

青峰隐隐势犹龙，灵气偏于此地钟。若向沧溟舒变态，直从云汉振鹏锋。迷江霞艳锦鳞映，石壁烟开紫电冲。待用为霖才一跃，禹门犹未见行踪。(登龙峰)

天上灵禽下翠微，暂停六翮刷丹衣。九□日暖峰头焕，五色春深峡口辉。栖迹无心侪鹤去，朝阳有意共鸾飞。芙蓉十二翱翔遍，一峰行看昭圣机。(飞凤峰)

奇峰崛起万山巅，混混飞流号圣泉。知与洙源分一派，发从巫屿毓多贤。即今童子能拈笔，几令高人叹逝川。我有诗癖尘欲濯，挹来调玉得思鲜。(圣泉峰)

乱山高耸岌嵱出，环列如屏饶雅至。叠嶂回笼霁色新，丛林掩映岚光媚。春回霭霭杂绮罗，雨后苍苍呈翡翠。我欲开窗放入帘，持杯领取烟霞意。(翠屏峰)

华表峰高云水廓，年年岩树常栖鹤。冲烟来去自清闲，背月翩跹真璎落。上界闻天下界应，南枝警露北枝作。几回绝顶起箫声，如向缑山践夙约。(聚鹤峰)

谁开秘醮气还丹，觅是浮丘筑玉坛。一自功名开碧落，几经花发遍琼阑。霞浓常护朝元石，日丽犹翔听法鸾。闻说月明风静夜，步虚声下五云端。(净坛峰)

不识巫云何处起，今知却是兹峰始。罅堆冉冉净中生，岳

仞层层空际累。贴破清光万里天，泛开长峡千重水。无穷变化一卷间，宇宙奇观无过此。(起云峰)

超出烟霞第一层，壶中端的孰先登。神山陆地夸方丈，灵境峡中羡武陵。违举凭□青雾拥，飞移疑架彩虹腾。广寒如果通仙岛，愿历云岩著屐升。(上升峰)

巫山十二峰 清　金松岭

峡里风涛雨更酣，仙云灭没护高岚。巫山神女朝天去，遗得双鬟碧玉簪。

高房山巫山十二峰图赵松雪题十二峰词 裴景福

裴景福（1854—1924），字伯谦，安徽霍邱人。光绪十二年进士。曾为南海县令。

郑艳秦娥实满宫，罗帱珠被大王风。却怜荐枕高唐女，云来云去只梦中。玉貌王孙雪里松，墨池点笔起蛟龙。闲将一掬铜山泪，写入巫山十二峰。

十二峰 赵熙

峡中千万山，凡山无一似。乍观十二峰，峰峰仪观止。天成水苍玉，日照石光紫。夷犹岩暮云，玲珑化秋水。雨浓情更佳，前去后方起。中空含皱瘦，众妙殊远迩。美人何娟娟，绰约貌姑子。片石得真秀，天痕入肌理。仙心使人远，梦境将谁魂。作诗无一肖，强名苦是非。不知前路山，西陵可如此。回首惊瞿塘，井蛙良有以。

巫山十二峰峰名联句四首　佚名

云霞朝起蔚松峦，鹤驭仙灵倚翠阑。瑶佩已升萧凤辇，圣泉空净法龙坛。峰高十二耽行雨，腰细三千忘授餐。总为芳魂关不住，赋成梦泽怆余欢。

翠屏百丈起云烟，远望霞光照圣泉。聚鹤漫夸千载胜，登龙疑到九重天。朝云有雨还飞凤，净坛无路可集仙。试问松峦樵子径，上升风月数峰环。

神女朝云千古谈，聚鹤过江飞集仙。翠屏青葱松峦绿，飞凤授书瑶姬传。登龙腾空六峰攒，狮子银牌饮圣泉。起云上升可处去，小溪河畔访净坛。

曾步净坛访集仙，朝云深处起云连。上升峰顶望霞远，月照翠屏聚鹤还。才睹登龙腾汉宇，遥望飞凤弄晴川。两岸不住松峦啸，料是呼朋饮圣泉。

六　巫山一段云

巫山一段云　唐　李晔

李晔（867—904），初名李杰，后改名李敏、李晔，出生于长安（今陕西西安）。唐昭宗，888—904 年在位。

缥缈云间质，盈盈波上身。袖罗斜举动埃尘，明艳不胜春，

翠鬓晚妆烟重，寂寂阳台一梦。冰眸莲脸见长新，巫峡更何人。

巫山一段云　唐　李珣

李珣，字德润，其先为波斯人，家梓州（今四川三台）。昭宗乾宁中前后在世。

有客经巫峡，停桡向水湄。楚王曾此梦瑶姬，一梦杳无期。

尘暗珠帘卷，香销翠幄垂。西风回首不胜悲，暮雨洒空祠。

古庙依青嶂，行宫枕碧流。水声山色锁妆楼，往事思悠悠。

云雨朝还暮，烟花春复秋。啼猿何必近孤舟，行客自多愁。

巫山一段云　前蜀　毛文锡

毛文锡，字平珪，南阳（今属河南）人，一说高阳（今属河北）人。十四岁进士及第。前蜀永平四年迁礼部尚书，判枢密院事。

貌掩巫山色，才过濯锦波。阿谁提笔上银河，月里写嫦娥。

薄薄施铅粉，盈盈挂绮罗。菖蒲花役魂梦多，年代属元和。

雨霁巫山上，云轻映碧天。远风吹散又相连，十二晚峰前。

暗湿啼猿树，高笼过客船。朝朝暮暮楚江边，几度降神仙。

巫山一段云　蜀　欧阳炯

欧阳炯（896—971），益州华阳（今属四川成都）人。仕蜀，

为中书舍人，归宋后，为散骑常侍。花间派代表人物。

绛阙登真子，飘飘御彩鸾。碧虚风雨佩光寒，敛袂下云端。

月帐朝霞薄，星冠玉蕊攒。远游蓬岛降人间，特地拜龙颜。

春去秋来也，愁心似醉醺。去时邀约早回轮，及去又何曾。

歌扇花光黦，衣珠滴泪新。恨身翻不作车尘，万里得随君。

巫山一段云（巫山十二峰十二首） 元 赵孟頫

赵孟頫（1254—1322），字子昂，号松雪道人，又号水晶宫道人、鸥波、孟俯，吴兴（今浙江湖州）人。宋太祖赵匡胤十一世孙。曾官济南路总管府事、翰林学士等。谥文敏。

叠嶂千重碧，长江一带清。瑶坛霞冷月胧明，欹枕若为情。

云过船窗晓，星移宿雾晴。古今离恨拨难平。惆怅峡猿声。

（净坛峰）

片月生危岫，残霞拂翠桐。登龙峰下楚王宫，千古感遗踪。

柳色眉边绿，花明脸上红。欲寻灵迹阻江风。离思杳无穷。

（登龙峰）

松鹤堆岚霭，阳台枕水湄。风清月冷好花时，惆怅阻佳期。

别梦游蝴蝶，离歌怨竹枝。悠悠往事不胜悲。春恨入双眉。

（松峦峰）

云里高唐观，江边楚客舟。上升峰月照妆楼，离思两悠悠。

云雨千重阻，长江一片秋。歌声频唱引离愁，光景恨如流。

（上升峰）

绝顶朝云散，寒江暮雨频。楚王宫殿已成尘，过客转伤神。

月是巫娥伴，花为宋玉邻。一听歌调一含颦，幽怨竹枝春。

（朝云峰）

雨过苹汀远，云深水国遥。渡头齐举木兰桡，纤细楚宫腰。

映水匀红脸，偎花整翠翅。行人倚棹正无聊，一望一魂销。

（集仙峰）

碧水鸳鸯浴，平沙豆蔻红。云霞峰翠一重重，帆卸落花风。

淡薄云笼月，霏微雨洒篷。孤舟晚泊浪声中，无处问音容。

（望霞峰）

芍药虚投赠，丁香漫结愁。凤栖鸾去两悠悠，新恨怯逢秋。

山色惊心碧，江声入梦流。何时弦管簇归舟，兰棹泊沙头。

（栖凤峰）

碧水澄青黛，危峰耸翠屏。竹枝歌怨月三更，别是断肠声。

烟外黄牛峡，云中白帝城。扁舟清夜泊苹汀，倚棹不胜情。

（翠屏峰）

鹤信三山远，罗裙片水深。高唐春梦杳难寻，惆怅到如今。

十二峰前月，三千里外心。红笺锦字信沉沉，肠断旧香衾。

（聚鹤峰）

晓色飘红豆，平沙枕碧流。泉声云影弄新秋，触处是离愁。

脸泪横波漫，眉攒片月收。佳人欲笑卒难休，半整玉搔头。

（圣泉峰）

袅娜江边柳，飘摇岭上云。卸帆回棹楚江滨，归信夜来闻。

欲拂珊瑚枕，先董翡翠裙。江头含笑去迎君，鸾凤尽成群。

（起云峰）

编者注：按，《全蜀艺文志》引杨升庵语曰：巫山十二峰在楚蜀之交，余尝过之。舟行迅疾，不及登览。近巫山尹王道于峰端摹得赵松雪词十二首传之。其祠集中不载。以乐府《巫山一段云》按之，可歌也。古诗记称，帝之季女，名曰瑶姬，精魂作草，实为灵芝。宋玉本以此托讽，后世词人转加录饰，兹为黩矣。重葩累藻，不越此意。余爱老崧之语，谓："秀峰叠崿，奇构异形，林木萧森，离离蔚蔚，乃在霞气之表。仰瞩俯睇，不觉忘返。自所履历，未始存也。山水有灵，亦当惊知己于古矣。”寻此语意，使人神游八极，而脱然自濯于晔花温莹之外。暇日，因录松雪词，并附袁语于后，以洗名山之诬，而识余未登之慊云。

和赵子昂十二峰词 明 郭棐

山色连天碧，江声绕峡清。彤坛夜景七星明，揽辔重含情。

漏报瑶窗曙，峰涵翠黛晴。哀猿啼处思难平，偏到枕边声。

（净坛峰）

绮霞生列树，碧月横焦桐。登龙截嶪有行宫，雨云几迷踪。

巧语莺为舌，芳姿蕊作红。一宵香袭楚王风，千载思难穷。

（登龙峰）

鹤翮翻青嶂，松风皱绿湄。一声清泪月明时，把袂是星期。

旧思书花叶，新愁咽竹枝。高唐遗调雨声悲，惆怅敛蛾眉。

（松峦峰）

仙观丹霞袂，沧波罨画舟。上升峰顶敝层楼，佳夕思悠悠。

月白清如水，云容淡似秋。离多会少不胜愁，别恨付东流。

（上升峰）

水色涵虚碧，猿声入夜频。朝云峰阙暗流尘，楚客总凄神。

月下琵琶调，花前窈窕邻。瑶姬何处更含嚬，寂寞度芳春。

（朝云峰）

玉佩飘声远，银河去路遥。集仙从里促兰桡，袅怯楚姬腰。

弄笛寒金钏，移衾枕翠翘。离鸾别鹤两无聊，红脸为春消。

（集仙峰）

瑶水蘼芜绿，沧州菡萏红。望霞峰蔚锁千重，香散楚江风。

为雨飘长袖，行云逐短蓬。霞光飞薄碧山中，恍惚见芳容。

（望霞峰）

豆蔻封朝信，芙蓉结暮愁。紫鸾碧落影悠悠，春恨不禁秋。

山月连江碧，川云带月流。清宵无语依兰舟，双鸟落沙头。

（栖凤峰）

绿涨三千界，青连十二屏。翠峰孤月度寒更，何处有猿声。

雨恼襄王梦，云横燕子城。一双㶉鶒起前汀，怅望若为情。

（翠屏峰）

眉扫巫山黛，裙拖湘水深。云迷聚鹤阻相寻，契阔到于今。

碧海年年梦，青天夜夜心。玉楼金箭漏初沉，独永惜寒衾。

（聚鹤峰）

峡口风偏肃，宫前水漫流。望泉峰月一轮秋，照彻梦中愁。

金井梧初落，瑶天雨乍收。怜香惜玉思难休，伫眺碧峰头。

（圣泉峰）

十二峰头月，三川峡口云。棹歌呜咽满江滨，妆阁可能闻。

憾凝桃叶渡，泪暗藕丝衾。怅把琼枝独忆君，鼓瑟怨离群。

（起云峰）

七　巫山八景

巫山八景　清　陈益襄

陈益襄，重庆府廪贡生，巫山县训导。

当年秋兴老诗人，此日南陵值晓春。巫峡云开峰掩映，高唐雨过雾停匀。鸟从啼处惊花发，柳到垂时耐雪新。踏碛名流

知共在，我来有幸接芳邻。(南陵春晓)

胜迹由来说秀峰，今存遗址认何从。数株古柏盘溪岸，一片颓垣隐砌蛩。养性已难逢宝阁，悟空犹讶听疏钟。盛衰世事俱如此，抚境宁亏旷达胸。(秀峰禅刹)

讵易红尘到此违，前溪低处有鱼矶。放情不羡披裘伴，寄兴何心结网围。水面游鱼看隐约，枝头好鸟任高飞。遗贤圣代原无迹，钓得璜来好载归。(青溪渔钓)

一带荒江古渡头，雒门发派自分流。地当日出朝烟敛，水为波平晚雾浮。讵有征鞍鸣隔岸，将无倦容静倚舟。二三结伴情何限，指点宁河笔底收。(宁波晚渡)

化石亭亭孤岭旁，女容顿改旧时妆。何年夫去心随去，此地身亡志不亡。夜静鹃啼堪作伴，日高蝶舞愿同翔。世间无数冰霜节，怎似形留草木香。(女观贞石)

潭傍万仞耸峥嵘，秋色澄江彻底清。枞举本从天际望，归来却向水中明。排云雁过还留影，吸露蝉栖不断声。漫道初更寒莫胜，一轮高起众峰迎。(澄潭秋月)

大江高岸日西驰，霞映南峰返照时。五色似飞还似住，九光将合却将离。升平州畔分鸦背，遐举冈前灿凤枝。每爱山阴道上过，此间丽景想同知。(夕霞返照)

百丈阳台照水滨，云过即雨象无伦。当年果入襄王梦，此日谁尊帝女神。佐禹灵符非小就，育民膏泽见深仁。嗤他宋玉词诬甚，朝暮同前事失真。(阳台暮雨)

巫山八景诗　佚名

千条白练罩江边，无数歌声透晚烟。棹到中流直自在，浑

如天上坐春船。（宁波晚渡）

原注：古号巫溪，水接大江，二流日暮时，烟雾横江，银光灿烂，波平如镜，橹声咿轧，纵闻两岸，化机也，亦画景也。

瞻波淇澳，绿竹猗猗，风其吹之，其钓维何。（青溪渔钓）

原注：青溪在石柱下里许，两山交错，曲折盘旋。溪边绿竹夹涧，半露石桥，微风披拂，低垂若钓竿，李白谓“风泉韵绕幽林竹”，颇近似之。

来鹤峰高最上头，满城暮雨满地秋。梵声隐约疑幽渺，钟韵铿锵听软柔。路径弯环寻古刹，乔松苍翠认前游。楚王空有阳台梦，若得骚人咏不休。（阳台暮雨）

原注：城西北半里许，山名高都，为阳台故址。旧有古高唐观，殿宇苍凉，松桶七檐，绿竹苍松，四周环绕，日暮则烟霏雾结，落雨数点，真奇景也。

南山峨峨，巫峡千寻。如将有闻，载瞻星辰。疏雨相过，如铅出银。碧桃满树，如写阳春。（南陵春晓）

原注：巫山对岸，山最高，山耸多白石，雨后暄如水银泻地，值立春后，桃红杏白，互相耀映。又此山每晨鸡报晓独先。

石柱擎天起，霞光一线通。苍苍横翠黛，疑是赤城中。（夕霞返照）

原注：城隔岸东南，山平远，当夕曛时，对山耸峙，光被全遮，唯杨柳坪石柱双立，红霞一线，绿树千丛，正钱郎所谓山爱夕阳时也。

月华光如昼，潭心一样明。伊谁分上下，曾不判阴晴。籁寂飞天镜，秋高混太清。筌篌遥射影，弹指画无声。（澄潭秋月）

原注：巫溪东岸筌篌沱，上阔数丈，深千尺，澈底清澄，秋夜有月上下齐辉，若阴云遮蔽，潭内仍是光明，洵佳景也。

古诗今虽邈，残碑日照光。塔仍悬归影，址仅认荒凉。佳木莺空啭，苍山草自香。梵宫兵燹后，莫枉说前唐。（秀峰禅刹）

原注：秀峰寺在城东二里许五凤山上，殿宇廊庑数十檐，随山高下，翠柏苍松周遮丛密，岚光风影，变化烟云。鸟语莺歌，婉转不绝。春来游眺，山空境静，俗虑尘心洗涤殆尽矣，惜至今不存。

琼佩立山冈，坚贞厉苦节。千秋呼不转，此心真如铁。（女观贞石）（光绪《巫山县志》）

原注：离城四里许，女观山有石屹立，似望夫而化之状，虽雨淋日炙，万古不磨，懔然也。

八　巫峡

折杨柳　南朝梁　萧绎

巫山巫峡长，垂柳复垂杨。同心且同折，故人怀故乡。山似莲花艳，流如明月光。寒夜猿声澈，游子泪沾裳。

过巫峡　唐　杨炯

三峡七百里，惟言巫峡长。重岩窅不极，叠嶂凌苍苍。绝壁横天险，莓苔烂锦章。入夜分明见，无风波浪狂。忠信吾所蹈，泛舟亦何伤。可以涉砥柱，可以浮吕梁。美人今何在，灵芝徒自芳。山空夜猿啸，征客泪沾裳。

编者注：美人：即神女。

十三四时尝过巫峡他日偶然有思 唐 沈佺期

小度巫山峡，荆南春欲分。使君滩上草，神女庙前云。树悉江中见，猿多天外闻。别来如梦里，一想一氛氲。

过巫峡 唐 李频

李频（818—876），字德新，睦州寿昌（今属浙江建德）人。太中八年进士。曾任武功令、建州刺史。

拥棹向惊湍，巫峰直上看。削成从地底，峻极在云端。暮雨晴归少，啼猿渴下难。一闻神女去，风竹扫空坛。（《巫山县志》）

巫 峡 唐 曹松

曹松，字梦徵，舒州（今安徽潜山）人。光化四年进士，特授校书郎。

巫山苍翠峡通津，下有仙宫楚女真。不逐彩云归碧落，却为暮雨扑行人。年年旧事音容在，日日谁家梦想频。应是荆山留不住，至今犹得睹芳尘。（《四川通志》）

巫峡 唐 陆龟蒙

巫峡七百里，巫山十二重。年年自云雨，环佩竟谁逢。

巫峡听猿 唐 吴商浩

吴商浩，明州（今浙江宁波）人。唐时在世。《全唐诗》存诗9首。

巴江猿啸苦，响入客舟中。孤枕破残梦，三声随晓风。连云波澹澹，和雾雨濛濛。巫峡去家远，不堪魂断空。（《才调集》）

巫　峡 宋 王安石

神女音容讵可求，青山回抱楚宫楼。朝朝暮暮空云雨，不尽襄王万古愁。

巫　峡 宋 王十朋

三峡江流七月平，全家东下叶舟轻。阳台得得收云雨，歌尽峰峦照眼明。

峡中七月行舟断，我仗孤忠尽室行。寄语后人宜自戒，莫因幸免遂轻生。

正是瞿塘莫下时，却将行止问舟师。老夫也是归心急，不记前吟滟滪诗。

过风口望巫峡岩嶂 同前

十二巫山钻白云，岩如雁荡列江滨。谁名雁荡经行峡，定是经行峡里人。

编者注：标题为编者所拟。原题作：过风口，望巫峡岩嶂，如雁山祥云峰经行峡烟霞障。

初入巫峡 宋 范成大

钻火巴东岸，扨金峡口船。束江崖欲合，漱石水多漩。卓午三竿日，中间一罅天。伟哉神禹迹，疏凿此山川。

巫山峡 宋 苏泂

山木无端又一秋，夕阳和影上扁舟。旧时十二峰前路，惟是猿声共客愁。

巫秀丽为四川之奇观其一晴 宋 高吉

高吉，宋诗人，生平不详。

巫峡秋深景最幽，山岚泼翠淡烟浮。看来不复成云雨，空锁襄王旧日愁。

巫峡图 元 傅与砺

傅与砺（1303—1342），初名汝砺，字若金，以字行，新喻（今江西新余）人。少孤贫，刻励于学。工诗文，以诗名东南。卒于广州路教授任上。

十二峰前江水东，上疑三蜀路相通。青天鸟影连巴峡，落日猿声近楚宫。每有客舟来系树，岂无仙袂去乘风。古来奇绝空传尽，何日何人赋最工。

巫峡秋怀　明　黄哲

黄哲，字庸之，番禺（今广东番禺）人。通五经，能诗。人称雪蓬先生，与孙贲、王佐等被称为岭南五先生。元末明初曾官翰林侍制，侍太子读书。洪武时官至东平通判。

白帝孤城蜀汉间，锦江秋色隔巴山。霜清滟滪轻波动，雨散阳台紫翠环。王事归心俱未已，世情歧路总相关。扁舟偶系枫林下，卧听猿声泪暗潸。（《岭南五朝诗选》）

出巫峡　明　史谨

历险下中流，非同雪夜舟。滩声两岸石，枫叶万家秋。云雨襄王梦，江山宋玉愁。一时经数驿，几日到神州。（《独醉亭集》）

郭忠恕出峡图　明　贝琼

贝琼（1314—1379），初名阙，字廷臣，一字廷琚、仲琚，又字廷珍，别号清江，殳山（今属浙江海宁）人。元末隐居教授，后领乡荐。明初举明经，曾任国子助教、中都国子监等。

巫峡何危哉，夹拱如龙门。禹治九州不到此，峡口水作雷霆奔。问汝江中人，几日三巴去？峨眉五月销古雪，滟滪堆深虎须怒。巫峡之险安可攀，胡为吴樯楚柁日日来往乎其间？高堂中有如花颜，银屏翠箔青春闲。涉此万里道，经年犹未还。黄金不买死，直欲高南山。汝舟非龙汝非虎，鼋鼍出没馋蛟舞。

前者已脱后者号，江神无情天又雨。石巉岩兮利刃攒，一叶宛转行千盘。睹此魂魄悸，岂待杜宇夜叫猿声酸。安得凿之尽平土，万古不识风波苦。（《清江诗集》）

过巫峡湍 明 张羽

张羽（1333—1385），字来仪，更字附凤，号静居，浔阳（今江西九江）人，后移居吴兴（今浙江湖州）。吴中四杰之一，北郭十才子之一，亦为明初十才子之一。官至太常丞。

两山束飞涛，盘涡千百变。舟樯一失势，倾霞如转电。道人有定力，忘己兼忘物。睽险独夷然，篷窗坐超忽。

巫峡怀秋 明 孙蕡

淅淅金风霄汉间，火云犹自绕巫山。雨余神女改旌旆，月朗明妃响佩环。万顷波光人鲊瓮，一天秋色鬼门关。吟魂未向三巴断，尚遂东吴画舸还。

八阵图连滟滪堆，永安宫下水萦回。风云旧迹森犹列，行在荒台久已颓。铁马跃云嘶冻雨，木牛遗恨吼惊雷。英雄一去今千载，残照西风首重回。

汉相祠西江水烟，晚风平楚送归船。千重古锦云端石，一带空青峡里天。诗思每怀秋放鹤，客心那更夜闻鹃。凭谁为写高唐赋，谱著朝云蜀国弦。

阅巫峡湍 明 李翀

李翀，洪武十五年曾为翰林。

骇浪奔冲滟滪堆，舟人荡桨此迟迟。两崖山影苍云裂，一派江声铁马驰。冷雾空濛元气混，春涛汹涌雪山移。翠峰十二烟鬟列，山水相辉景更奇。

巫　峡 明 潘希曾

潘希曾（1476—1532），字仲鲁，号竹涧，金华（今浙江金华）人。弘治十五年进士，曾官兵部左侍郎。

下峡初惊滟滪过，厌船压岫郁嵯峨。荒唐事往余云雨，欸乃声高出漩涡。三蜀规模诸葛在，百年感慨杜陵多。酒醒日暮长安远，愁听渔翁作楚歌。（《竹涧集》）

巫峡秋兴 明 何景明

蜀中形胜千年在，峡树江花照使袍。神女庙深虚暮雨，汉王台迥落秋涛。渔人东望沧浪阁，客子西来滟滪高。不见啼猿系舟处，风波遥夕梦魂劳。

巫峡行 明 张佳胤

北斗阑干渐欲坠，朝云晓待扁舟过。长年一唱千壑传，箜篌琵琶递相和。十二高峰生眼前，晴光次第开苍烟。危石曲藏古老洞，断岩倒挂飞来泉。江深百丈清且寒，下见窟宅蛟龙蟠。须臾巨浪蹴天起，云霾四塞迷巑岏。峡尽更有峡难下，还复滩借问杨帆。前路风波犹未已，空舲使君君试看。

巫峡夜宿 明 魏文焲

巫峡江流下楚湘，猿声凄切断人肠。无端惊起三更梦，恍忽犹疑似故乡。（《石室私抄》）

巫峡书所见 明 姚汝循

姚汝循（1535—1597），初名理，字汝循，后改字叙卿，别号凤麓，江宁（今江苏南京）人。嘉靖三十五年进士，曾知大明府。

巫山万仞郁嵯峨，巫峡嘈嘈涌白波。多少行人齐下泪，渔郎尤唱竹枝歌。（《明诗综》）

巫山峡 明 陈宗虞

巫山凌霄势若擎，孤舟中夜旅魂惊。山分削壁双门立，水束奔涛一练行。绝顶只容飞鸟到，半空时落断猿声。朝云暮雨无消息，十二峰头白日情。

巫 峡 明 钟惺

瞿唐隘已甚，而匪三峡列。不知三峡者，当何如峻迫。舟经巫山下，川谷信轧茁。仰眺已怳然，矧敢言登蹑。巫山峰十二，历历在眉睫。猿鸟向人言，云烟影已灭。急岸辞迅流，如矢离弦决。黑哉江如鉴，滩下已数折。视前万万峰，忽复逢岩缺。

巫山峡 明 尹纫兰

尹纫兰，字少君，宜宾（今四川宜宾）人。尹伸（1578—1646）之女，明末蜀中才女。

大江日夜流，群山横积翠。瀑布吹晴雪，十二峰头坠。

巫山峡 同前

一往深如许，孤光拖积翠。满江波声急，十二峰清媚。少焉岸如劈，孤烟顶上腻。瀑布吹晴雪，响与江声一。（《翠楼集》）

巫　峡 清 范汝梓

一入巫山峡，江流气愈骄。皃光只亭午，猿啸却通宵。雪霁岑文露，烟褰树霭遥。阳台凝眺处，云片自朝朝。（《补续全蜀艺文志》）

巫　峡 清 吴伟业

吴伟业（1609—1672），字骏公，号梅村，别署鹿樵生、灌隐主人等，太仓（今江苏太仓）人。崇祯四年进士，顺治时官至国子监祭酒。

高深积气浮，水石怒相求。胜绝频宜顾，奇情不易留。苍凉难久立，浩荡复谁收。诗思江天好，春云满益州。（《梅村集》）

巫 峡 清 陈周政

陈周政，号蝶庵，营山（今四川营山）人。崇祯四年进士。顺治二年任江南省宁国府知府。

岩壑沿江矗，重关绝壁分。楚王原是梦，词客枉为云。树色晴光见，猿声夜月闻。高峰有麋鹿，不与世人群。

跳石滩 清 宋琬

神女峰前江水平，危滩忽报客心惊。舟从豺虎须边过，人踏鼋鼍背上行。鸟道孤悬惟一发，猿啼恨少第三声。高唐云雨空回首，霞气霏微似赤城。

编者注：此上为虎须子滩，尤险。

巫 峡 清 李念慈

回合疑无路，奔流入峡深。两崖峰峭削，三月气萧森。云雨迷朝暮，江山亘古今。禹功谁复念，空自羡荒淫。

送人入巫峡 清 屈大均

看杀芙蓉十二图，黄牛朝暮一人孤。生当绝峡谁求女，化作名峰亦望夫。辞赋不愁仙客少，梦魂得以楚王无。香溪更与高唐接，莫吊明妃泪似珠。

巫　峡　清　方象瑛

亭午曰微日，方知巫峡高。峰横江路断，岸转朔风号。野鹘啼虚壁，吟猿度石槽。舟行乘水涸，未敢狎波涛。

巫　峡　清　张衍懿

峡自夷陵来，江从白帝悬。两岸如剑立，百丈入云牵。石出疑无路，云开别有天，往来频涉险，千里正茫然。(《四川通志》)

巫山峡　清　尤世求

舟移两岸山，景象万千变。餐胜心自开，观妙目屡眩。生成十二峰，迤丽江之畔。疑雨复疑云，瞻仰未及半。层层崖谷深，累累�乱。峭壁走猿猱，老松巢鹤鹳。滩高怒流奔，涧曲回波漩。扬帆飞似云，击汰疾于箭。昔慕陶彭泽，今作潘怀县。壁琴鼓何时，庭花落风片。薄醉安乡酒，饱食固陵面。笔墨岑岩篇，丹青都历卷。行事当有恒，居心慎无倦。公正得人和，忠爱荷天眷。此念未为奢，斯言倘可践。忽听风涛声，放笔一笑粲。(《南园诗钞》)

巫　峡　清　许汝龙

放舟下巫峡，心在十二峰。云山互亏蔽，苍翠殊形容。初见如展旗，稍进或张篷。狮象有形似，楼观皆玲珑。美人绾高髻，对面青芙蓉。谁掷金剪刀，锦绣裁空濛。其余各巧匿，半面难相逢。奇峭无穷极，人兽两绝迹。森秀山木多，变灭烟云重。盘涡送舟楫，俄顷异西东。古人有佳咏，欲赋难为工。（《四川通志》）

巫　峡　清　朱樟

阳台高难穷，钿朵秀屼嵲。孤舟惊电过，柔橹不暇撇。玲珑冠青霞，好音弄环玦。玉颜不可干，绝顶缀秋雪。乃知飘缈云，若为仙子设。词赋祖荒唐，幽梦自怡悦。朝暮本无情，敢以儿女亵。修岩孤鹤蟠，阴洞水帘折。大块泄文章，重险反奇绝。良遇古所艰，劳人心郁结。（《观树堂集》）

巫山峡　清　岳钟琪

岳钟琪（1686—1754），字东美，号容斋，成都（今四川成都）人。岳飞二十一世孙。曾官川陕总督、四川提督，乾隆帝赞其为三朝武臣巨擘。谥襄勤。

归帆高挂晓风清，十二奇峰面面迎。神女庙荒春雨过，圣泉山断碧云横。还家路胜三千里，送客猿添四五声。一线江天疑岸合，两边山木夹舟行。

巫峡梦　清　郑方坤

郑方坤（1693—?），字则厚，号荔乡，长乐（今福建长乐）

人。雍正元年进士，曾知景州。

骋妍抽袖写纤秾，惝恍难云悦己容。谁遣细腰都饿死，行云空自梦巫峰。

巫　峡　清　商盘

巫峡思姚女，轘辕望宓妃。情花连理结，四鸟一双飞。并擢芳蘅老，当门皂荚肥。车前曾掷果，窗外正缝衣。绿绮看征曲，青绫听解围。千秋扶锦下，五日采兰归。族望通青琐，郎官近紫薇。区眠中好觉，晏起外人讥。短梦留莺语，高禖许燕祈。司花纳素薄，拜月额黄微。剪彩新成胜，呼卢笑赐绯。芙蓉千叠流，芍药九张机。去速嗟投袂，归迟怨佩韦。已惊新病瘦，敢谓硕人颀。古树鸟方宿，中庭蚕又饥。寄声银汉远，相见晓星稀。薄命身将老，多想泪易挥。兰苕擒翡翠，江汉拾珠玑。青冢他年是，红墙旧事非。春光偏晴陌，一一问芳菲。

峡中久雨　清　胡定

胡定（1709—1789），字登贤，广东保昌人。雍正十一年进士，乾隆五年考选陕西道监察御史。

巫峡长云雨，乾坤岂性情。青冥悬驿路，赤坼怒江声。使者谁留驭，王孙汝得名。惊心望乡垄，明日是清明。（《补续全蜀艺文志》）

巫　峡　清　杨潮观

峡行七百里，打鼓上滩声。暮夜黄陵庙，朝晖白帝城。连山云不断，叠石浪难平。尽日千波上，邮签莫问程。

舟过巫峡　清　卢谦

卢谦（1713—1785），字撝之，号蕴斋，山东德州人。乾隆二十三年援例官刑部陕西司郎中，后改湖广司郎中，二十九年升湖北分守武汉黄德道。

日落瞿塘上，猿啼两岸空。山藏神女庙，浪接楚王宫。飞峡云容白，悬江树影红。推篷才一瞬，已过万峰中。

峡中寄远　清　王鸣盛

王鸣盛（1722—1798），字凤喈，一字礼堂，别字西庄，晚号西江。江苏嘉定（今属上海）人。官侍读学士、内阁学士兼礼部侍郎、光禄寺卿。为“吴派”考据学大师。撰《十七史商榷》百卷，为传世之作。

缥缈阳台隔九疑，楚峰十二碧参差。鹧鸪啼遍黄陵庙，肠断空滩落雨时。漂泊真怜汗漫游，五湖烟景滞归舟。泪痕都是嘉陵水，长绕巴江碧玉流。

自夔门过巫峡　清　曾日唯

曾日唯，字贯之，江都（今江苏江都）人。活动于乾隆年间，善楷书。

滟滪当江一片尊，严关天设度夔门。风箱炼石丹砂出，兵峡传书剑气浑。梯入孟良千仞壁，云回神女万家村。乾坤我亦词源客，系缆阳台咏酒樽。

巫　峡　同前

巫峡连云草木寒，春风三月送芝兰。天生十二峰如画，多少行舟仰面看。

巫　峡　清　何明礼

夔门通一线，怪石插流横。峰与天关接，舟从地窟行。乱猿昏月色，残叶冷江声。神女知何处，时时云雨生。

巫　峡　清　左辅

东西渡瀼溪，溪转峡角对。奔腾逐江来，飞舞与人合。中蓄万古灵，排空障旌旆。根穿潜虬宫，石压飞鸟背。荡摩出宝气，倏忽走光怪。神仙归有所，云雨出其内。势极衡湘长，高与天谷配。何年破山腹，放此纳万派。讹传鳖灵凿，转忘禹功大。屹为巴西门，险绝蜀东塞。（《晚晴簃诗汇》）

巫　峡　清　张问安

七日行夷陵，即次异闻见。西上指巫峡，山势乃一变。崭岩但绝壁，峭拔倚天半。下有虚无根，倒浸皮浩瀚。狰狞欲崩石，骇露压人面。仰窥绝佳景，芜昧天一线。怪鸟时惨啼，樛葛益凌乱。萧森冷毛发，昧晦暗昏旦。石气黯然青，凄甚集风霰。白日行当空，始觉阴气散。巴江从西来，来急势僄悍。大哉舟楫功，吾宁有忧患。行路多艰虞，展目穷壮观。永怀郦元经，当境起三叹。

巫峡有感 清 李鼎元

李鼎元，号墨庄，四川罗江（今四川德阳）人。李调元从弟。乾隆四十三年进士，官兵部主事。

蜀江天上来，浩浩去不息。巫峡排双扉，锁住青天色。削壁铁铸成，镆铘怒相逼。日选一线光，云埋千嶂黑。潜蛟窥客船，暗石不可测。我行匝一月，始知别故国。山川亦何殊，乡音渐难识。侧闻楚襄王，神女事幻惑。屈平既见放，宋玉乃侍侧。艳词斗新声，放道岂云得。去去勿复言，世情忌悻直。（《童山诗集》）

巫峡闻猿歌 清 钱林

人听猿鸣悲，我听猿鸣喜。迢迢枕上数行程，历尽巴巫一千里。（《玉山草堂续集》）

过巫山峡 清 温承恭

清风吹入峡，一片布帆寒。水似从梯上，天如在井观。人生呼石应，山势作蛇蟠。卧起愁孤客，猿啼夕照残。（《岭南群雅》）

癸丑元日入巫峡　清　张问陶

一年第一日，携酒看巫山。晴雪照三峡，春风吹百蛮。倚天双壁破，迎岁万峰间。冷绝高唐观，朝云自往还。

巫峡同亥伯兄作　同前

云点巫山洞壑重，参天乱插碧芙蓉。可怜十二奇峰外，更有寒星百万峰。

船头春色近南蛮，元日看山想故山。安得倒流三峡水，扁舟一夜便西还。

瞿塘巫峡　同前

瞿塘蟠天壁，巫峡削千峰。处处奇相敌，山山妙不重。诗随林壑变，天辟画图浓。何日真游遍，穿云策短筇。

由三分水至楠木园出巫峡　同前

船窗低压小栏杆，竟日有山画里看。奇绝一丛璎珞水，更无人处自珊珊。

石走山飞气不驯，千峰忽作乱麻皴。变他三峡成图画，万古终无下笔人。

倚天小立玉芙蓉，秀绝巫山第一重。我欲细书神女赋，薰香独赠美人峰。

江山蟠曲乱山开，天半濛濛万古苔。千丈奇峰立如壁，蛟龙窟里一帆来。

急峡层层蔽石门，奇纹如绣织山根。摩天插水真愁绝，斧壁痕兼屋漏痕。

泊横石 同前

元日泊巫峡，数峰环水东。好山孤艇得，此日万方同。举酒邀神女，听猿吊楚宫。吞舟声浩荡，雄绝大王风。

巫峡道中 清 孙云凤

孙云凤（1764—1814），字碧梧，仁和（今浙江杭州）人。袁枚（1716—1797）女弟子，父孙嘉乐曾任四川按察使。有《湘筠馆诗》。

蜀门西望处，直是上青天。路出重云里，人来夕照边。秋风三峡水，暮雨百蛮烟。丞相空祠庙，千秋一黯然。

径仄盘涡回，泉流峭壁分。晚风牛背笛，残雨马头云。故垒生新草，荒碑失旧文。客程行未已，杜宇莫教闻。

天外几归舟，征人怅远游。猿声知客恨，灯影散江流。日正千山白，风号万壑秋。巴歌何处起，不寐迥添愁。

秋江木叶下，客子独徘徊。瘴起浓云合，滩鸣骤雨来。凄凉庾信赋，寂寞楚王台。俯仰乾坤里，悲歌亦壮哉。

入　峡 同前

风急暮烟起，水寒残照沉。插天双壁峭，入峡一江深。见雁多愁思，闻猿动客心。巫山霜信晚，木叶尚森森。

出　峡 同前

两岸啼猿厌客闻，西风霜叶晓纷纷。橹声一夜出巫峡，十二碧峰空白云。

巫　峡 清　陶澍

奇气由天纵，峰峦不可寻，浦连鱼复黯，山凿鳖灵深。万古崖边月，三秋海上心。清冷流水意，好入伯牙琴。（《巫山县志》）

巫　峡 清　汪仲洋

瞿塘洵清雄，巫峡更奇秀。元黄墋黩余，鸿濛意匠构。天才不复袭，文心自奋斗。神工与鬼斧，敛手骇镌镂。鳖灵及帝禹，疏凿那得就。上刺高天高，下裂厚地厚。峰影略辨认，参差露清瘦。诡谲不全见，谛视忽已又。恍惚欣有得，云气陡卷覆。迷离怅若失，岚光忽通透。亦拟因名求，缥缈滋误缪。翩然神女来，含羞欲弄袖。险哉穿心石，横空有虚窦。绝顶饶奇观，两崖备希觏。有若昆仑图，生面偶邂逅。横扫五岳真，远洗三山旧。微茫入幽眇，细腻不奔骤。斧擘痕斩新，麻皴法繁凑。

窈窕开玉城，琤玐滴红溜。丹青此鼻祖，顾陆昧推究。又若锦战袍，女红难逼僦。陆离五杂组，彩错十绫绣。银泥细细铺，金缕丝丝扣。突作海水立，层罘鱼纹皱。中嵌桫椤花，点缀皆中腠。针夺天孙巧，帖岂王母授。我愿变神鸦，烟岚自哺鷇。船头听櫂歌，攫肉引群噣。并愿为猿猱，岩冗啼清昼。撩引沾裳泪，不用雍门奏。（《心知堂诗稿》）

便风入巫峡，泊神女峰下，明日仍乘风出峡　清　姚莹

神女峰前夜梦清，篛蓬呜咽秋江声。却将云雨无穷意，换作东风送客行。

巫峡忆家　清　姜兆璜

姜兆璜，字渔生，新繁（今属四川成都）人。道光五年拔贡。曾官江安教谕。

十二奇峰露翠鬟，高唐神女意闲闲。双崖裂缝天如线，孤艇冲风浪作山。为惜别离疏酒盏，却愁归去爽刀环。客中纵有还家梦，只在朝云暮雨间。

巫　峡　清　贝青乔

水势高建瓴，峡形深入瓮。百里下锁江，昼行若宵梦。奇僵面削瓜，树根若无孔。下翳气阴森，人鬼一途共。螭夔所巢窟，船石相磨砻。耳后起蛰雷，砅㧋舵尾送。搀入邪许声，万

窍应成閧。侮人多巨猿，瞑泊辄椰弄。投石千仞上，篷背力能洞。相戒乘夕阳，争避出山缝。回瞰十二峰，宿云亘如冻。

吊鳖令 同前

故国何堪问蜀门，孟涂分绩此留痕。君臣同抱千秋恨，啼尽空山杜宇魂。(《半行庵诗存稿》)

编者注：标题为编者所拟。原题作：《水经注》载，望帝相鳖令凿通巫峡，功不在禹下。惜无好事者俎豆之，故吊以诗。

入巫峡 清 张树英

张树英，陕西潼关厅举人。曾官刑部员外郎，与左宗棠（1812—1885）为同时期人。

不知巫峡险，陡觉得奇观。山在云边出，天从井底看。万篙争隙地，一发引危滩。当日阳台路，梦魂何处安。

巫峡雨望 清 彭瑞毓

彭瑞毓（1821—1877），字子嘉，号姜畦，又号艺泉，江夏（今湖北武汉）人。咸丰二年进士。曾提督山西学政，后转云南督粮道。

白云与我分青山，冰纨半掩香螺鬟。藐姑相望不相见，仙风吹泪空斓斑。林昏谷暗波浪起，猿鸟悲啼鱼鳖喜。天道阴晴那可知，会见朝暾照窗儿。

出巫峡 清 陈昆

陈昆，一作陈坤，字友崧，又字学山，开县（今四川开县）人。道光二十五年进士。曾官宜春知县。

瞿塘才放棹，瞬息出夔巫。山势趋牛口，滩声惊虎须。崖峦春淡宕，云雨梦模糊。照水时相问，尘襟涤尽无。

宿巫峡口 清 郑知同

余冬浪静以安便，寒碧侵人尚瘁然。逼仄难飞千里梦，阴沉悦坠九幽眠。夜深缺月低窥峡，风残微波软濑船。明日石尤毋作恶，奇峰十二迟佳篇。（《屈庐诗稿》）

巫峡夜泊险遇盗劫聊纪其事 左锡嘉

左锡嘉（1831—1894），字韵卿，一字小云，又字浣芬，嫠居后易字冰如，阳湖（今江苏常州）人。工诗善绘，学恽寿平没骨法。

孤舟无伴侣，夜泊巫山下。峡风卷怒涛，星影漏厍厍。严霜削肌骨，猿啼怛人鲊。水宿凄不眠，青灯光未灺。长年隔窗语，桥舌汗盈把。群盗隐山隙，此舟安肯舍。言者声战栗，闻者颜渥赭。独我按剑坐，寂寂效聋哑。临事岂弗惧，当几怀智者。处纷虽镇定，声威安可假。鸣钲震山谷，明燎烛流泻。设疑豫事防，魑魅竟解瓦。达旦抚灵恸，天亦怜孤寡。

过巫峡感宋玉为楚襄王赋神女事四首 清 许印芳

云梦泽西云尚飞，先王感梦是耶非。朝朝暮暮阳台下，一入秦关遂不归。

比境都禄幻想楚，珊珊似听拂墀声。高唐赋罢五心荡，为雨为云梦又成。

十九寓前通讽谕，楚骚门户漆园开。巫山神女亡何有，引得痴儿说梦来。

楚国淫昏咈谏臣，楚疆筦治赖明神。瑶姬助顺如玄女，不是怀襄梦里人。

巫峡寄刘道钤 同前

臱臱线悬天，沉沉井穿地。仰高帽为落，侧深筹靡计。坤舆水载水，积块形色气。上愁江肠回，下闷海眼闭。谁能破隔膜，骤使合两势。峡山溟涨通，浮叶混茫际。阴隐携嘉客，梯山恣游戏。君看巫山长，人苦隘巷寘。道里少百六，峰峦多十二。雄猛杂奸妍，怪变斗新异。直面巧自匿，弄色故相媚。目饥啖紫霞，心谒饮泉翠。云来千态生，雨集万灵翠。豪杰思圣哲，昏蒙感精魅。姑射耀雪肤，汉皋鸣玉佩。寻陟竞举足，邂逅失交臂。一握笑缘悭，九死畏途备。纸船石罅行，鸡骨蟒穴寄。岩颓顶欲压，涝吹魂屡悸。风力出坎窞，梦境惊摇曳。危机何忍蹈，胜情吾善济。累卵得奇观，食蔗未满意。弭楫祀孟涂，题诗贻好事。（《五塘诗草》）

巫峡下 清 王闿运

大峡连百六，神峰疑十二。未若青石巘，拔奇江北裔。云肤丽寒骨，烟想穷天背。连峰岂竞高，千霄各有势。真形任园削，秀色非空翠。从来绝跻践，何必远人世。翔仙尚孤危，飞鸟讵相企。灵境傥不迷，津途待重至。

编者注：标题为编者所拟。原题作：巫峡下青石洞诸峰奇秀，图经所不载，留尝兴咏。

入巫峡 同前

入峡平流稳，江山信美哉。涛空荡琴响，鸟语似仙来。日月灵光曙，萧寒障雾开。古今传乐府，谁信楚臣哀。

春日下峡重咏巫山 同前

和风吹灵波，复泛神仙舟。青华媚紫烟，识我今来游。峡情自空泠，霞想宕夷犹。欣然忘天地，坐与春江流。岩虚石莘莘，霄峻松修修。思心是往来，未若对萧翏。翕忽仙气还，云明谷旸幽。

编者注：谷旸：神话中的日出处。

过巫峡 清 钟体志

钟体志（1840—?)，字泽生，射洪（今四川射洪）人。同治六年举人，曾从戎黔营，后签发江西，历官县、府。

万里蚕丛事，都归此浪淘。大江形若束，两壁势争高。石脚穿云立，山腰结屋牢。萧森今昔感，长啸起飞涛。（《晚晴簃诗汇》）

巫　峡　郑观应

郑观应（1842—1922），本名官应，字正翔，号陶斋，别号杞忧生，晚年自号罗浮偫鹤山人，广东香山（今广东中山）人。历任上海电报局总办，轮船招商局帮办、总办，撰有《盛世危言》一书。

蒲帆飞渡靖江边，莺粟花开一望田。峭壁苍岩疑积雪，危滩急流打行船。推篷欲看兵书峡，欹枕遥听瀑布泉。十二巫峰云外立，高唐何处觅神仙。

官渡口回望巫峡　清　毛澄

毛澄（1843－1906），字叔云，号瀚丰，仁寿（今四川仁寿）人。光绪六年进士，十九年为泰安令。

舟从阴窟来，始知天宇空。回顾金碧乱，洞口深濛濛。水气接夕阳，山岚成彩虹。不缘甫身历，谓与桃园通。峰远愈娟妙，岩高隐穹窿。但闻青霭奔，錾翠雷雨风。西上峡势交，溯江如已穷。云鬟更有恨，不见烟雨中。

巫　峡　清　谭宗浚

一出阳台外，峰峰列笋齐。不知千万岫，何处接丹梯。古木乱无汎，冷猿时一啼。莫愁江路险，锁钥重川西。

巫　峡　清　曾国才

曾国才（1848—1918），字华臣，简阳（今四川简阳）人。尊经书院肄业，主讲简阳凤鸣、凤翔两书院。有《橘园诗抄》六卷。

琵琶峡尽锦屏开，雨湿椒花猿啸哀。零落细腰宫畔路，只余飞鸟上阳台。

云叶坛空石乳悬，藤萝塔暗鬼灯燃。只愁万壑千岚影，今夜月明高压船。

巫　峡　清　徐樾

群峰高攒天，狂流怒撼地。波随断岸曲，石逼骇湍沸。连山行逶迤，蓬底岚影坠。渟滢泛寒碧，巉岩闭幽邃。青嶂屡回合，宛转出林蔚。划然石壁开，豁朗天色异。峡口长风来，轻舟出苍翠。巫山粲可数，何止峰十二。神女本顽石，青螺染双髻。谁知宋玉悲，云雨托荒思。逐客吟秋猿，哀歌空陨涕。（《遗园诗集》）

巫　峡　清　舒云逵

舒云逵，字次鸿，射洪（今四川射洪）人。同治十二年举人，曾官南江训导。

此境难飞渡，长江澒洞连。水波横啮石，云气上粘天。雨细帆高矗，松孤壁倒悬。欲从巫峡顶，一览万峰巅。

巫峡石 清 刘光第

回楫转峡江，命轻兴能富。涛波压秋帆，云雨割荒岫。韵分九草高，骨挟万古瘦。尺腹藏风雷，百怪入空漏。元精吐殊形，运势含众皱。文章善争奇，方寸鬼神斗。厥中有平淡，无复关雕镂。美人秋江上，倚天扬翠袖。心坚气自泽，春力不可透。笑我穷且痴，寒饿对天秀。

巫 峡 同前

大舶橹声声，巫山过古城。天形随岭破，雪意向人轻。云雨诚荒海，江山有艳情。波间屈原塔，今古尚余情。

忍尽经天泪，猿声不可求。大江随客子，万里送春愁。云散川湘雨，风盘细弱舟。艰危多感慨，剩欲傲沧州。

峡中见桃花 同前

谁种白桃向青壁，花光石色相鲜新。系舟江水无情地，到眼阴崖一笑春。却说行云托神女，颇惭空谷有佳人。故山烂漫堆城锦，犹是彩中来往身。

巫峡舟中望江上九峰 同前

九峰含万古，三月落孤舟。异境随人没，春江自水流。忆青行客眠，看白美人头。雪里奇情在，当年此快游。

峡中阻雨 同前

诗心宜曲峡，更好雨如烟。江白孤槎客，云乌一发天。夜涛雷鼓沸，阴壁鬼车悬。百怪增奇气，文章自古传。

巫峡行 清 骆成骧

蜀山不放江东注，蜀江不让山南波。江山争雄不肯降，江急龙蟠山虎踞。瞿塘两崖高插天，日月恐坠蛟龙渊。滟滪如马回万牛，独立江心江退流。阳渍阴洑左右漩，死生呼吸路一线。直来斜去如有神，万斛龙骧弦上箭。虎须东下七十滩，滩滩逆折寸寸难。石门横锁忽中断，千雷万马随奔湍。高唐一壁六十里，渴猿不下虚无底。崆岭摩霄浪击天，飞空隔断金鳞鲤。此非人境神所庭，是谁举手开天扃。春秋爻象破幽奥，梼杌饕餮通顽冥。雄风万里蛟涎腥，中有云雨藏飞霆。鼋鼍虎豹屹相向，爪牙拳曲心不宁。瑶姬下视如明星，诙诡谲怪争露形。山经禹鼎漏名字，乘险弄幻夸威灵。纵横八阵出无路，重重剑戟围青屏。三朝三暮挽不上，一跌千仞如建瓴。五阳不叱九折坂，韩愈亦哭华山陉。胡不自惜抱忠信，出没波涛身七经。四岳三途游陟尽，归来尚畏极天峻。不见龙门斧凿人，空闻闭汉还开晋。天际飞车已自由，兴亡莫更怨金牛。楼船不作龙骧计，辜负长江万里流。

巫　峡　同前

久厌巴东路，高唐今又逢。双飞舟不翼，三过水无踪。坐卧日千里，奔腾山万重。重重带云雨，神女是何峰。

编者注：神女峰本名望霞峰，每日第一个迎来和送走朝晚霞，又因亭亭玉立，宛若少女，故名神女。传神女乃西王母女，名姬，曾助禹治水。今神女峰下有授书台，传即神女授书夏禹处。巫山城东有神女庙，后改为凝真观。

过　峡　同前

小巫山尽大巫来，翠障红屏旋逦开。七十二滩凡几转，江云峡雨楚王台。

山到夷陵两扇开，扁舟七十二滩来。无边雁影连天落，不复猿声动地哀。

编者注：楚阳台，即楚王台，巫山县西北半里，山名高都，为阳台旧址。有古高唐观，阳台暮雨为巫山八景之一。夷陵：春秋楚王墓地。

巫　峡　清　周庄

周庄，字六衢，涪州（今重庆涪陵）人。举人，主讲涪陵桂馨书院。

行行至青石，异景开鸿濛。逋峭插天际，仰见十二峰。峰尖峰争出，峰峰尖不同。小峰尤秀削，突出峰当中。离立抽玉笋，盘亘攒芙蓉。凌霄犖健骨，出尘有英峰。乾坤萃精魄，因之灵秀钟。乃知位置高，呵护在化工。

巫　峡　清　李钟峨

李钟峨，字雪原，通江人。进士，官至太常寺少卿。

巫峡天下险，崖阴水气昏。猿啼云外树，客断雨中魂。神女灵旗动，骚人艳赋存。无穷怀古意，独自向江村。

巫　峡　清　丁芝润

云锁碧芙蓉，巫山十二峰。回波流曲曲，积翠湿重重。两岸猿声苦，长途客思浓。欲瞻神女庙，惆怅隔山踪。

进巫峡　徐汝为

千仞巉岩两岸分，猿声凄绝不堪闻。巫山神女知何处，惟见峰头布白云。

旧游忆巫峡　宋育仁

十二云鬟点夕晖，山阿扬袂坐朱帏。朝朝暮暮成终古，怅望灵修竟不归。

巫　峡　黄宾虹

秋随鸥梦到江渍，晴巘阴崖楚蜀分。十二峰前舟驶疾，巫山娟秀恋朝云。

巫　峡　吴凤翥

吴凤翥，字玉书，成都人。诸生。与吴隐（1867—1922）为同时代人。

天半撑双壁，江流吼一条。岭猿悲古木，孤客感征桡。斧凿痕犹在，鱼龙势太骄。荒唐神女梦，云雨自朝朝。

巫　峡　陈叔通

楚尾才通蜀，江流竟属谁。荒唐神女赋，萧飒少陵诗。螺出云天迥，猿空洞壑奇。岂惟峰十二，不尽接峨眉。

附文

高唐赋并序 楚 宋玉

昔者，楚襄王与宋玉游于云梦之台，望高唐之观，其上独有云气，崒兮直上，忽兮改容，须臾之间，变化无穷。王问玉曰："此何气也?"玉对曰："所谓朝云者也。"王曰："何谓朝云?"玉曰："昔者先王尝游高唐，怠而昼寝，梦见一妇人，曰：'妾，巫山之女也，为高唐之客。闻君游高唐，愿荐枕席。'王因幸之。去而辞曰：'妾在巫山之阳，高邱之岨，旦为朝云，暮为行雨。朝朝暮暮，阳台之下。'旦朝视之，如言。故为立庙，号曰'朝云'。"王曰："朝云始出，状若何也?"玉对曰："其始出也，晰兮若松榯；其少进也，晰兮若姣姬。扬袂鄣日，而望所思。忽兮改容，偈兮若驾驷马、建羽旗。湫兮如风，凄兮如雨。风止雨霁，云无所处。"王曰："寡人方今可以游乎?"玉曰："可。"王曰："其何如矣?"玉曰："高矣显矣，临望远矣；广矣普矣，万物祖矣。上属于天，下见于渊，珍怪奇伟，不可称论。"王曰："试为寡人赋之。"玉曰："唯唯。"

惟高唐之大体兮，殊无物类之可仪比。巫山赫其无畴兮，道互折而曾累。登巉岩而下望兮，临大阺之稸水。遇天雨之新霁兮，观百谷之俱集。濞汹汹其无声兮，溃淡淡而并入。滂洋洋而四施兮，蓊湛湛而弗止。长风至而波起兮，若丽山之孤亩。势薄岸而相击兮，隘交引而却会。崒中怒而特高兮，若浮海而望碣石。砾磊磊而相摩兮，巆震天之磕磕。巨石溺溺之瀺灂兮，沫潼潼而高厉。水澹澹而盘纡兮，洪波淫淫之溶滴。奔扬踊而相击兮，云兴声之霈霈。猛兽惊而跳骇兮，妄奔走而驰迈。虎豹豺兕，失气恐喙；雕鹗鹰鹞，飞扬伏窜。股战胁息，安敢妄挚？于是水虫尽暴，乘渚之阳，鼋鼍鳣鲔，交织纵横。振鳞奋翼，蜲蜲蜿蜿。中阪遥望，玄木冬荣，煌煌荧荧，夺人目精。烂兮若列星，曾不可殚形。榛林郁盛，葩华覆盖。双椅垂房，纠枝还会。徙靡澹淡，随波暗蔼；东西施翼，猗狔丰沛。绿叶紫裹，丹茎白蒂。纤条悲鸣，声似竽籁。清浊相和，五变四会。感心动耳，回肠伤气。孤子寡妇，寒心酸鼻。长吏隳官，贤士失志。愁思无已，叹息垂泪。登高远望，使人心瘁。盘岸巑岏，裖陈硙硙。磐石险峻，倾崎崖隤。岩岖参差，纵横相追。陬互横忤，背穴偃跖。交加累积，重叠增益。状若砥柱，在巫山下。仰视山巅，肃何千千。炫耀虹蜺，俯视崝嵘，窐寥窈冥，不见其底，虚闻松声。倾岸洋洋，立而熊经，久而不去，足尽汗出。悠悠忽忽，怊怅自失。使人心动，无故自恐。贲育之断，不能为勇。卒愕异物，不知所出。缕缕莘莘，若生于鬼，若出于神。状似走兽，或象飞禽。谲诡奇伟，不可究陈。

上至观侧，地盖底平。箕踵漫衍，芳草罗生。秋兰茝蕙，江离载菁。青荃射干，揭车苞并。薄草靡靡，联延夭夭。越香掩掩，众雀嗷嗷。雌雄相失，哀鸣相号。王雎鹂黄，正冥楚鸠。秭归思妇，垂鸡高巢。其鸣喈喈，当年遨游。更唱迭和，赴曲随流。有方之士，羡门高溪。上成郁林，公乐聚谷。进纯牺，祷琁室。醮诸神，礼太一。传祝已具，言辞已毕。王乃乘玉舆，驷仓螭，垂旒旌，旆合谐。䌷大弦而雅声流，冽风过而增悲哀。于是调讴，令人惏悷憯凄，胁息增欷。

于是乃纵猎者，基趾如星。传言羽猎，衔枚无声。弓弩不发，罘罕不倾。涉漭漭，驰苹苹。飞鸟未及起，走兽未及发。弥节奄忽，蹄足洒血。举功先得，获车已实。王将欲往见，必先斋戒。差时择日，简舆玄服。建云旆，霓为旌，翠为盖。风起雨止，千里而逝。盖发蒙，往自会，思万方，忧国害，开贤圣，辅不逮，九窍通郁，精神察滞。延年益寿千万岁。

神女赋并序　同前

楚襄王与宋玉游于云梦之浦，使玉赋高唐之事。其夜玉寝，果梦与神女遇，其状甚丽，玉异之。明日，以白王。王曰："其梦若何?"玉对曰："晡夕之后，精神恍忽，若有所喜，纷纷扰扰，未知何意？目色仿佛，乍若有记：见一妇人，状甚奇异。寐而梦之，寤不自识；罔兮不乐，怅然失志。于是抚心定气，复见所梦。"王曰："状何如也?"玉曰："茂矣美矣，诸好备矣。盛矣丽矣，难测究矣。上古既无，世所未见，瑰姿玮态，不可胜赞。其始来也，耀乎若白日初出照屋梁；其少进也，皎若明月舒其光。须臾之间，美貌横生：晔兮如华，温乎如莹。五色并驰，不可殚形。详而视之，夺人目精。其盛饰也，则罗纨绮缋盛文章，极服妙采照万方。振绣衣，被袿裳，秾不短，纤不长，步裔裔兮曜殿堂，忽兮改容，婉若游龙乘云翔。嫷披服，侻薄装，沐兰泽，含若芳。性合适，宜侍旁，顺序卑，调心肠。”王曰：“若此盛矣，试为寡人赋之。”玉曰：“唯唯。”

夫何神女之姣丽兮，含阴阳之渥饰。披华藻之可好兮，若翡翠之奋翼。其象无双，其美无极；毛嫱鄣袂，不足程式；西施掩面，比之无色。近之既妖，远之有望，骨法多奇，应君之相，视之盈目，孰者克尚。私心独悦，乐之无量；交希恩疏，不可尽畅。他人莫睹，王览其状。其状峨峨，何可极言。貌丰盈以庄姝兮，苞湿润之玉颜。眸子炯其精朗兮，瞭多美而可视。眉联娟以蛾扬兮，朱唇的其若丹。素质干之实兮，志解泰而体闲。既姽婳于幽静兮，又婆娑乎人间。宜高殿以广意兮，翼故纵而绰宽。动雾以徐步兮，拂声之珊珊。望余帷而延视兮，若流波之将澜。奋长袖以正衽兮，立踯躅而不安。澹清静其兮，性沉详而不烦。时容与以微动兮，志未可乎得原。意似近而既远兮，若将来而复旋。褰余而请御兮，愿尽心之。怀贞亮之清兮，卒与我兮相难。陈嘉辞而云对兮，吐芬芳其若兰。精交接以来往兮，心凯康以乐欢。神独亨而未结兮，魂茕茕以无端。含然诺其不分兮，喟扬音而哀！薄怒以自持兮，曾不可乎犯干。

于是摇佩饰，鸣玉鸾；奁衣服，敛容颜；顾女师，命太傅。欢情未接，将辞而去；迁延引身，不可亲附。似逝未行，中若相首；目略微眄，精采相授。志态横出，不可胜记。意离未绝，神心怖覆；礼不遑讫，辞不及究；愿假须臾，神女称遽。徊肠伤气，颠倒失据，黯然而暝，忽不知处。情独私怀，谁者可语？惆怅垂涕，求之至曙。

巫山赋 宋 苏辙

过瞿唐之长江兮，蔚巫山之嵯峨。云孤兴其勃勃兮，北风慨其扬波。山嵚崟而直上兮，越至神女之所家。峰连属以十二兮，其九可见而三不知。蹊遂芜灭而不可陟兮，玄猿黄鹄四顾而鸣悲。览松柏之青青兮，纷其若江上之菰蒲。维其大之不可知兮，有梼云之修柯。蔓草蒙茸以下翳兮，飞泉洁清而无沙。亭亭孤峰其下丛木交错而不明兮，若有美人惨然而长嗟。敛手危立以右顾兮，舒目远望恍然而有所怀。严峨峨其有礼兮，盛服寂寞而无哗。临万仞之绝险兮，独立千载而不下。颠追怀楚襄之放意肆志兮，溯江千里而远来。离国去俗兮，徘徊而不能归。悲神女之不可以朝求而夕见兮，想游步之逶迟。筑阳台于江干兮，相氛气之参差。惟神女之不可以求得兮，此其所以为神。湛洋洋其无心兮，岂其犹有怀乎世之人。朝云尉其晨兴兮，暮雨纷以下注。变化倏忽不可测兮，俄为鸟而腾去。忽然而为人兮，佩玉锵以琅琅。爱江流之清波兮，安燕处乎高唐。彼蛟龙之多智兮，尚不可执以罘罝。高丘深其苍苍兮，恍谁识其有无。

入蜀记（巫山部分） 宋 陆游

二十三日，过巫山凝真观，谒妙用真人祠。真人即世所谓巫山神女也。祠正对巫山，峰峦上入霄汉，山脚直插江中，议者谓太华、衡、庐皆无此奇。然十二峰者不可悉见，所见八九峰，惟神女峰最为纤丽奇峭，宜为仙真所托。祝史云："每八月十五夜月明时，有丝竹之音，往来峰顶，山猿皆鸣，达旦方渐止。"庙后，山半有石坛平旷。传云，夏禹见神女授符书于此坛上。观十二峰，宛如屏障。是日，天宇晴霁，四顾无纤翳，惟神女峰上有白云数片，如鸾鹤翔舞徘徊，久之不散，亦可异也。祠旧有乌数百，送迎客舟，自唐夔州刺史李贻诗已云"群乌幸胙余"矣，近乾道元年复不至，今绝无一乌，不知其故。泊清水洞。洞极深，后门自山后出，但黦暗，水流其中，鲜能入者。岁旱祈雨颇应。

二十四日早，抵巫山。县在峡中，亦壮县也。市井胜归峡二郡。隔江南陵山极高大，有路如线，盘屈至绝顶，谓之一百八盘，盖施州正路。黄鲁直诗云："一百八盘携手上，至今归梦饶羊肠。"即谓此也。县廨有故铁盆，底锐似半瓮状，极坚厚，铭在其中，盖汉永平中物也。缺处铁色光黑如佳漆，字画淳质可爱玩。有石刻，鲁直作盆记，大略言：建中靖国元年，予弟叔向嗣直自涪陵尉摄县事。予起戎州，来寓县廨。此盆旧以种莲，余洗涤乃见字云。游楚故离宫，俗谓之细腰宫。有一池，亦当时宫中燕游之地，今埋没略尽矣。三面皆荒山，南望江山奇丽。又有将军墓，东晋人也。一碑在墓后，趺陷入地，碑倾前欲压字，才半存。

二十五日。晡后，至大溪口泊舟。出美梨，大如升。

吴船录（巫山部分） 宋 范成大

七十里，至巫山县宿。县人云："昨夕水大涨，滟滪恰在船底，故可下夔峡。至巫峡则不然，则须水退十丈乃可。"是夕，水骤退数丈，同行者皆有喜色。

戊午。乘水退下巫峡，滩泷稠险，濆淖洄洑，其危又过夔峡。

三十五里，至神女庙。庙前滩尤汹怒，十二峰俱在北岸，前后蔽亏，不能足其数。最东一峰尤奇绝，其顶分两歧，如双玉篸插半霄，最西一峰似之而差小。余峰皆郁嵂非常，但不如两峰之诡特。相传一峰之上，有文曰"巫"，不暇访寻。

自县行半里，即入峡。时辰巳间，日未当午，峡间陡暗如昏暮，举头仅有天数尺耳。两壁皆是奇山，其可拟十二峰者甚多。烟云映发，应接不暇，如是者百余里，富哉其观山也。十二峰皆有名，不甚切，事不足录。

神女庙乃在诸峰对岸小冈之上，所谓阳云台、高唐观，人云在来鹤峰上，亦未必是。神女之事，据宋玉赋云以讽襄王，其词亦止乎礼义，如“玉色頩以赪颜”、“羌不可兮犯干”之语，可以概见。后世不詧，一切以儿女子亵之。余尝作前后巫山高以辩。今庙中石刻引《墉城记》：瑶姬，西王母之女，称云华夫人，助禹驱鬼神，斩石疏波，有功见纪，今封妙用真人。庙额曰凝真观，从祀有白马将军，俗传所驱之神也。

巫峡山最佳处，不问阴晴，常多云气，映带飘拂，不可绘画，余两过其下，所见皆然。岂余经过时偶如此，抑其地固然，“行云”之语，亦有所据依耶？世传巫山图，皆非是。虽夔府官廨中所画亦不类。余令画史以小舠泛中流摹写，始得形似。今好事者所藏，举不若余图之真也。

庙有驯鸦，客舟将来，则迓于数里之外，或直至县。下船过，亦送数里。人以饼饵掷空，鸦仰喙承取不失一。土人谓之神鸦，亦谓之迎船鸦。

二十里，至东奔滩。高浪大涡，巨艑掀舞，不当一槁叶，或为涡所使，如磨之旋。三老挽招竿叫呼，力争以出涡。（巫山部分）

巫山解　清　吴省钦

巫山，一在卢氏县东北，今济南肥乡县西北七十五里，“齐灵公登巫山以望晋师”是也。一在巫峡，为秦巫县地，楚曰巫郡。山之峰有十二，合沓百六十里。上有刘女祠，相传亦帝女嫋姬，行水而卒，葬于是山之阳，故宋玉赋谓之巫山之女。昔殷太戊、祖乙时，巫咸、巫贤，世济其美，书传谓以巫为氏。而马、郑二氏，顾以谓殷之巫官、巫风、歌舞，儆自《尹训》，咸苟父子为巫官，《君奭》必不屑与伊陟并论。特殷人尚鬼，宛邱去殷不远，婆娑击鼓，郑注谓其好巫觋祷祈鬼神。殷巫之名，斯由以起。至南人尚巫尤甚，故曰“人而无恒，不可以作巫医。”医本从毉，其从酉者，酉即酒也，酒以降神，药得酒而行，殆不止祝，由之有其料，而《周礼》簭人之九簭之簭，并读如巫，斯“巫彭作毉，巫咸作筮”之说，皆乐附于巫，纷如而不可以诘。屈子彭咸之所居，犹以巫迹而已。

巫之为工，女则直为巫，男巫亦曰觋，一事阳神，一事阴神。《九歌》中《湘君》、《湘夫人》，皆女巫所致之神，余七者则男巫所致。汉郊祀、宗庙之祭，用伪饰女伎，不经已甚，抑且并巫觋之实黩之。《说文》：“巫，视（应作祝）也，女能事无形，以舞降神者也。”楚俗尚女巫，则其所谓神必神女。丹阳为楚故都，“椒糈之要”比户而是，惝恍媠嫿之态，尤人所乐称。曰巫峡、曰巫郡、曰巫山，大都以巫起义，彼不学三徒，谓巫山之名，以山形若巫字然，较巴水曲折如巴字三说，更无据矣。

宋玉《高唐赋》言楚先王梦见巫山之神女，赋复言其夜襄王果梦与神女遇，浮涎之失，几类聚麀，而又从而神之。宋范致能、陆务观所载神女之灵，则江河清水神往往类是，若瑶姬治水之说，不将与黄牛神争血食耶？是故巫之始在殷，巫之纷在楚，有是巫有是神，而后有山有是郡县。至《山海经》所载黑水南之巫山，与《汉志》安道县东（应作南）之巫咸山，与此无与，吾不复援以为断。

巫山见于《高唐赋》，其名古矣。以山名县，古人常例。商之巫咸、巫贤，书未言其为巫山人，《伊训》之巫风、歌舞，《周礼》之男巫女巫，通行于天下，不止在一方。宛邱之婆娑击鼓，在陈而不在楚。《楚辞》之《湘君》、《湘夫人》，在湘而不在夔，与巫山何涉，此皆附会之谈。

巴东卷

寇准在巴东

遣　怀

乘轺偶将命，抚俗烟江湄。地僻接穷峡，务简稀公期。秋兴任无趣，野怀良自宜。月白夜蝉响，池晴风荷衰。溪云入破牖，山菊开疏篱。贳酒不能醉，乡园空结悲。徘徊独凝望，目极长天涯。

编者注：标题为编者所拟。原题作：庚辰岁将命至巴东，时已秋序，霜荷索然，偶赋是章，用遣幽怀。

楚江夜怀

西风生远水，萧飒度吟台。明日夜还满，故人秋未来。寒蛩啼暗壁，败叶下苍苔。谁念空江外，年年首重回。

夜泊江上

岁暮峡中村，维舟古树根。群峰初落日，夜后独闻猿。流水自无尽，客愁那可论。平明离楚岸，迢递指吴门。

新　蝉

寂寂宫槐雨乍晴，高枝微带夕阳明。临风忽起悲秋思，独听新蝉第一声。

秋日书怀

官路时风渐识情，一悲前计远愁生。深秋寒气侵灯影，半夜疏林起雨声。县印终年拘吏役，烟蓑何日避浮名。穷通休问巢莲骨，大抵无徒是至清。

春郊闲坐

风骚高处谢知音，公退何妨纵野吟。弱柳不能牵别恨，片云应念识闲心。沙平古岸春潮急，门掩残阳暮草深。凝望江皋动幽兴，数声钟磬出西林。

雨中书事

一雨起前浦，霏微向暮秋。谁方眠钓艇，我独在江楼。山晦峰峦隐，烟凝岛屿幽。何当见晴旭，一得泛回舟。

秋夜怀归

背窗寒烛影沉沉，楚客乡思欲不禁。板阁漏残人自远，水萤光淡夜方深。牵愁闻雨眠疏屋，归梦随云彻故林。忆著烟村旧风景，柿红时节又鸣砧。

夏夜闲书

雨濛村落野梅黄，茅阁长吟水气凉。幽鸟远声来独树，小荷疏影占前塘。闲心终不忘鱼钓，澹水真宜习老庄。报国自知无世用，烟蓑何日卧清漳。

宿江西寺

独宿西林夜，凝然静拥袍。巫云秋暝峡，楚月冷生涛。莎败蛩犹噪，乡遥梦亦劳。霜风开落叶，还欲续离骚。

闻杜宇

曾为深冤无处雪，长年江上哭青春。平林雨歇残阳后，愁杀天涯去国人。

巴东寒食

春雨萧萧寒食天，远行犹在楚江边。人思故国迷残照，鸟隔深花语断烟。薄宦未能酬壮节，良时空自感流年。因循未学陶潜兴，长见孤云倍黯然。

春晚书事

春尽江天景寂寥，思乡还共楚云过。林花经雨香犹在，堤柳无风絮自飘。水国独惭临县邑，烟郊争合负渔樵。青梅时节迟归计，且逐余芳殢酒瓢。

月夜怀故人

清夜月初满，藓庭吟更幽。梧桐疏影老，蟋蟀乱声秋。旧国情何极，空江思欲流。故人今底处，危坐独凝愁。

和赵渎监丞赠隐士

不爱簪裾陪盛列，终年深隐养天机。静闻风雨眠渔艇，闲称林泉挂道衣。门接水村多野色，鹤当莎径立残晖。高吟幽赏无羁束，始觉趋时事事非。

雨夜书事

离人听积雨，滴滴动乡心。故国程犹远，重门夜正深。气昏濛烬烛，巢冷语栖禽。遥想江南岸，余花委故林。

归州留别傅君

杨柳如丝拂画桥，此中留语欲魂销。还愁别后巴东馆，独听空江半夜潮。

秋晚闲书

吟情自觉都无趣，况复离居感物华。厌读群书寻野径，闲收落叶煮山茶。烧残寒菊花犹在，霜过香橙味转加。因想前期重搔首，不堪秋思极长沙。

闻　笛

平野人归后，孤城日落时。西风闻一笛，惆怅忆桓伊。

县斋春书十二韵

县幽无俗事，公退只高吟。江到荆门阔，山连蜀国深。峡云长映日，蛮雨易成霖。群雀鸣春院，饥猿叫夜岑。庭荒多古木，地僻见沙禽。印锁残阳后，人归叠翠阴。思乡空索寞，素分信浮沉。乐静稀尘累，甘闲负壮心。衰容常懒栉，病发岂胜簪。寡欲慵求友，防邪每自箴。浇风终耻合，前事固难谌。望断天涯外，离魂欲不禁。

游三闾故里

人生苦远游，多是悲登眺。况复念三闾，遗踪良可吊。道直出章华，才高逐边徼。冤声啧夜江，愁色迷烟峤。断碑没败莎，古木吟荒庙。祠正少来奠，岸峻稀停棹。神容渍老苔，坏壁通残照。旧径失朱门，空庭起寒烧。余基虽索寞，清问长光耀。旌贤谁再兴，勿使过者诮。

编者注：标题为编者所拟。原题作：暇日游建平三间故里，庙秋荒凉，惨动耳目。噫！贤者之祀，世不绝享，郡无正人，遗弃若是。感世伤俗，因留斯句。

成安感秋

蝉噪木叶下，远客忽惊秋。凝恨悲晚候，万绪皆如抽。芳时同梦幻，急景如奔流。念我何为者，年来生百忧。贫居负胜事，壮岁伤羁游。临民惭墨绶，垂钓思沧州。达则济天下，穷当守一丘。胡能效时辈，靦冒随沉浮。

春日登楼怀归

高楼聊引望，杳杳一川平。野水无人渡，孤舟尽日横。荒村生断霭，深树语流莺。旧业遥清渭，沉思忽自惊。

春初夜书

水国淹留岁月空，云山东去阻千重。欲令遥夜春愁薄，须赖黄醅腊酒浓。南浦有潮春栅锁，西窗无睡怯岩钟。谁家几点畲田火，疑是残星挂远峰。

题巴陵寺

寺在啼猿外，门开古涧涯。山深微有径，树老半无枝。望远云长暝，谈空日渐移。恐朝金马去，还失白莲期。

巴东有感

长岁天涯悲断梗，逢君无处不伤情。那堪日落红楼畔，更听萧萧杜宇声。

和李逢同年水阁闲坐

务简凭危槛，凝然感物华。孤村经野烧，极浦见渔家。滩急舟难渡，山高日易斜。明时如道在，焉复痛怀沙。

喜吉上人家

�北至夔城，三千里外程。劳寻苦吟伴。独入乱山行。楚水秋无际，巴猿夜有声。逢师不能寐，因话故乡情。

巴东驿秋日晚望

楚驿独闲望，山村秋暮天。数峰横夕照，一笛起江船。遣恨须言命，冥心渐学禅。迟迟未回首，深谷暗寒烟。

巴东书事

乡思终日有，孤淡厌琴樽。众木侵山径，寒江逼县门。浪沉滩见脊，雨过壁生痕。憔悴悲兰蕙，因思楚屈原。

池上秋书

虚斋独语复书空，闲对林塘思少同。霜叶声干飘夕照，露荷香冷泣秋风。时平偶作青衫吏，心老浑如白发翁。昨夜渭川归好梦，一船烟雨打孤篷。

秋寄江上吟僧

挂锡在荆楚，杜门无往还。潮声到孤寺，月色遍前山。一雁惊幽思，西风惨病颜。何当重携手，高步白云间。

峡中春感

二年穷峡外，不见帝城春。览照知年老，逢花感恨频。浮荣何足贵，幽别转难伸。终忆归清渭，林泉卜旧邻。

东归再经峡口

复命经三峡，波澜极目愁。片云生断壁，孤石碍中流。道路连巴塞，风烟接楚丘。重来登望处，因念昔年游。

江上晚行

秦川不得却归耕，奉诏年来在楚城。孤寺残钟催夕照，汀洲疏苇送秋声。西风独起湖山思，久客应知寂寞情。野鹤渐无惊弋意，对人孤立水烟平。

巴东县斋秋书

讼庭终日静，琴鹤亦长闲。晚树生凉吹，秋思在远山。水穿吟阁过，苔绕印床斑。幸有江云看，何须卜往还。

江行书事

孤棹沿流岸，凝怀似旧游。朝云生岳顶，斜月动江流。贱节难干世，离心易感秋。因思六朝事，千古有遗愁。

楚江有吊

悲风飒飒起长洲，独吊灵均恨莫收。深岸自随浮世变，遗魂不逐大江流。霜凄极浦幽兰暮，波动寒沙宿雁愁。月落烟沉无处泊，数声猿叫楚山秋。

秋雨怀友生

江城秋雨歇，孤坐役吟身。草色荒三径，虫声满四邻。边鸿来已近，庭叶落还频。对此空搔首，无由面故人。

春望书事

因晴每日向吟台，纵目山城景象开。白鸟静投沙浦去，落花闲逐野泉来。客愁已被杨烟染，春色难甘蜀魄催。看即流芳无处问，但将余兴殢黄醅。

送　人

客亭残照里，歌阕独南行。芳草无断色，离人多别情。远途方极目，长笛更飞声。莫动乡关念，徒令白发生。

早　春

溪水觉暖微函碧，山杏经春半吐红。不向此时拚一醉，到头无计奈春风。

省夏书事

窗户经初雨，风清野景饶。闲庭犹戏蝶，高树已鸣蜩。世态贫中觉，乡思醉里销。纵吟还独步，时复过溪桥。

荆南秋望

西风吹户牖，犹自客荆蛮。积水浮秋汉，微阳淡远山。蝉稀疏叶尽，雨歇片云闲。何日忘簪绂，深居石室间。

晚望有感

出门望寒野，四顾惟椒坡。忆昔楚大夫，还此情如何。残阳半明雨，水落西风多。因同下蔡恨，不觉增悲歌。

长郊雨余自遣

遥山夏雨歇，远树凉风至。凭栏偶开襟，新蝉动秋思。沙溪洁细流，庭木惊疏翠。节候又复然，幽忧斯所萃。芳岁若奔流，羲光不停辔。感物悼前期，谁知此时意。

编者注：标题为编者所拟。原题作：长郊雨余，远树减翠，新蝉忽鸣，激耳嘹唳，久客孤坐，情如何哉！形之于文，聊以自遣。

江南春

波渺渺，柳依依。孤村芳草远，斜日杏花飞。江南春尽离肠断，蘋满汀洲人未归。

江　上

古岸萧萧闻去雁，平芜杳杳更斜晖。空江极目望不尽，枫叶半红人未归。

夜　望

南亭闲坐欲忘机，望久前村岛屿微。数点寒灯起烟浪，江艇应见夜渔归。

残　月

半夜沉清影，宵残犹伴吟。已甘垂树杪，由得挂天心。淡色迷蓬户，余光映宿禽。谁家伤早别，凝思共沉沉。

柳

晓带轻烟间杏花，晚凝深翠拂平沙。长条别有风流处，密映钱塘苏小家。

水阁晨起

板阁常晏眠，偶独起清旦。月落檐鸟语，烟开客船散。长江色自澄，汀树声空乱。群动又复然，劳劳可长叹。

历代诗人咏巴东

初入峡苦风寄故乡亲友　唐　陈子昂

故乡今日友，欢会坐应同。宁知巴峡路，辛苦石尤风。

编者注：石尤风：船遇打头逆风，叫石尤风。

送朱去非游巴东　唐　孟浩然

岘山南郭外，送别每登临。沙岸江村近，松门山寺深。一言予有赠，三峡尔将寻。祖席宜城酒，征途云梦林。蹉跎游子意，眷恋故人心。去矣勿淹滞，巴东猿夜吟。

江上寄巴东故人　唐　李白

汉水波浪远，巫山云雨飞。东风吹客梦，西落此中时。觉后思白帝，佳人与我违。瞿塘饶贾客，音信莫令稀。

寄卢八泉　唐　崔颢

崔颢（704—754），汴州（今河南开封）人，开元十一年进士。

官至太仆寺丞，天宝中为司勋员外郎。

客从巴水渡，传尔溯行舟。是日风波霁，高唐雨半收。青山满蜀道，绿水向荆州。不作书相问，谁能慰别愁。

次下牢 唐 戴叔伦

独立荒亭上，萧萧对晚风。天高吴塞阔，日落楚山空。猿叫三声断，江流一水通。前程千万里，一夕宿巴东。

经巴东岭 同前

巴山不可上，徒驭亦裴回。旧栈倚难度，朝云湿未开。瀑泉飞雪雨，惊兽走风雷。此去无停候，征人几日回。（《湖广总志》）

酬人贻巴峡图 唐 薛涛

薛涛（约768—832），字洪度，京兆长安（今陕西西安）人。成都乐妓，与卓文君、花蕊夫人、黄娥并称蜀中四大才女。

千叠云峰万丈湖，白波分去绕荆吴。感君识我枕流意，重示瞿塘峡江图。

入峡次巴东 唐 白居易

不知远郡何时到，犹喜全家此时同。万里王程三峡外，百年生计一舟中。巫山暮足沾花雨，陇水春多逆浪风。两片红旌数声鼓，使君艛艓上巴东。

巴江夜猿　唐　马戴

马戴（799—869），字虞臣，定州曲阳（今河北曲阳，一说江苏东海或陕西华县）人。会昌四年进士，曾官太常博士。

日饮巴江水，还啼巴岸边。秋声巫雨断，夜影楚云连。露滴青枫树，山空明月天。谁知泊船者，听此不能眠。

八月上峡　唐　李频

万里巴江水，秋来满峡流。乱山无陆路，行客在孤舟。汹汹滩声急，冥冥树色愁。免为三不吊，已白一生头。

宿巴江　唐　栖蟾

栖蟾，唐昭宗乾宁中前后在世。居屏风岩，与沈彬为诗友。

江声五千里，泻碧急于弦。不觉日又夜，争教人少年。一汀巫山月，两岸子规天。山影似相伴，浓遮到晓船。

送僧上峡归东蜀　唐　吴融

吴融（850—903），字子华，越州山阴（今浙江绍兴）人。龙纪元年进士。官至中书舍人。

巴字江流一棹回，紫袈裟是禁中裁。如从十二峰前过，莫赋佳人殊未来。

过巴峡 宋 希昼

希昼，剑南（今四川成都）人。宋初诗僧，与惠崇（965—1017）等合称九僧。

远望知无极，穷秋日向残。孤泉泻空白，众木倚云寒。静想啼猿苦，危闻客过难。寸心宁可寄，前去雪漫漫。

巴峡闻猿 同前

倚棹望云际，寥寥出峡清。心如无一事，愁不在三声。带露诸峰迥，悬空半月明。何人同此听，彻晓得诗成。

巴江秋夕 宋 保暹

保暹，字希白，金华（今浙江金华）人。著名诗僧。景德初直昭文馆。

巴水寒声去渺茫，半空云树落秋光。离人此夜和愁眠，不听猿声亦断肠。（《圣宋高僧诗选》）

泊巴东 宋 王周

偶泊巴东古县前，宦情乡思两绵绵。不堪蜡炬烧残泪，雨打船窗半夜天。

巴　江　同前

巴江江水色，一带浓蓝碧。仙女瑟瑟衣，风楼晚来织。

路次覆盆驿　同前

曾上青泥蜀道难，架空成路入云寒。如何却向巴东去，三十六盘天外盘。

舟次巴峡　宋　陈襄

陈襄（1017—1080），字述古，因居古灵，故号古灵先生，福州侯官（今福建福州）人。庆历二年进士，曾官枢密院直学士、提举司天监等。

江流何险阻，次第入三巴。崖断时无路，山深更有家。邻蔬饶竹笋，乡果足枇杷。况有荆州醖，淹流不用嗟。（《石仓历代诗选》）

题荣首座巴东三峡图　宋　王灼

王灼（1081？—1160?），字晦叔，号颐堂，遂宁府小溪县（今四川遂宁）人。曾寄人幕下为吏师。

白帝城高鼓角罢，巫娥庙冷云雨空。只知楚塞明双眼，不觉神游尺素中。

续巴东三峡歌　宋　曹勋

巴东三峡巫峡长，猿鸣三声泪沾裳。月明夜寒寒雨霜，相望客在天一方。安得身有羽翼如鸳鸯，千里同相将。

泛溪船至巴东　宋　陆游

溪船莫嫌迮，船迮始相宜。两桨行何驶，重滩过不知。荒村寇相县，破屋屈平祠。不奈新愁得，啼猿挂冷枝。

巴东遇小雨　同前

暂宿清溪伴钓翁，沙边微雨湿孤篷。从今诗在巴东县，不属灞桥风雪中。

两游万里亦何为，欲就骚人乞弃遗。到此宛然诗不进，始知才分有穷时。

巴东西　元　仇远

仇远（1247—1326），字仁近，一字仁父，自号山村、山村民，人称山村先生，钱塘（今浙江杭州）人。曾任溧阳儒学教授。其诗近体学唐人，古体效法《文选》。与白珽并称于两浙，人称仇白。

巴东有杜鹃，杜鹃啼春花正妍。巴西有杜鹃，杜鹃啼血花可怜。巴东巴西久为客，日断江南归来得，月明满地山花白。（《山林遗稿》）

题巴船出峡图 元 吴莱

吴莱（1297—1340），本名来凤，字立夫，浦阳（今浙江浦江）人。曾为礼部编修，门人私谥渊颖先生。

巴山一带高崔嵬，巴江万里从天来。前夫疾挽后夫催，黄牛白狗遽船开。晓风东回水西上，滟滪堆头伏如象。盘涡鸟道怕张帆，汩没龙渊惊掉桨。世人性命重涛波，吴盐蜀麻得利多。怪石急流须勇退，贪夫险魄漫悲歌。神禹酾江江更恶，五丁凿路空岩崿。舟船可坐尚发危，栈阁能行终泪落。嗟兹举目无不然，直怨平地即山川。至喜亭边聊酹酒，长年三老好摊钱。（《积书岩宋诗选》）

江上寄巴东故人 明 林鸿

我忆巴东客，长为江上吟。楚云将夜梦，湖月寄愁心。落日青枫树，秋风白帝砧。遥传一纸泪，读罢想沾襟。

游山寺 明 谭思敬

谭思敬，巴东（今属湖北）人。洪武二十三年以贡任四川大竹县知县，征授兵科给事中。

乾坤清味在闲行，莫遣蹉跎节序更。携客有怀随一榼，逢僧无暇问三生。江山极爱人禽乐，昼夜从教蝠燕争。薄晚马嘶芳草路，花前新月隔溪明。

泊巴东县 明 沐昂

巴江水初落，正是泊舟时。洗盏闲尝茗，挑灯漫弈棋。渔人归远浦，宿鸟集深枝。客路多清事，能无一赋诗。(《素轩集》)

巴 峡 明 王廷相

巴峡何年凿，千流会入夔。禹功终古赖，天险蜀人私。山断黄鱼浦，江沉白马碑。英雄常失据，休说寄安危。

望 峡 同前

扬舲巴峡外，幽绝未能言。薄采秋江芷，时闻芳树猿。惊波白帝险，暮雨楚峰昏。谢客能来此，应怜胜石门。

秋日巴中旅行 同前

巴东秋色中，行客已凄凄。江险深三峡，云寒暗五溪。中原无雁至，异国足猿啼。况近乌蛮塞，连年尚鼓鼙。

过巴东泊舟二宿漫兴（五首录三） 明 侯启忠

侯启忠（1476—1535），字汝弼，叙州府长宁县（今属四川宜宾）人。弘治六年进士，曾为浙江布政司左参政。

信宿巴东峡，萧萧落木霜。僧巢青石峤，猿啸白云乡。野渡鸣兰楫，渔村暗药房。不知江上水，烟景即沧浪。

云崖凄锦树，江阁梅丹梯。栖息风烟迥，翱翔星汉低。水痕行石峡，木叶净萝溪。乡国三千里，巴山西更西。

鼓枻浮天地，须臾到十洲。踟躅仍旅食，浩荡及边愁。峡隘鱼龙夜，山深草木秋。更堪戎马日，指点戍江浦。

送顾马湖孔昭二首　明　徐祯卿

徐祯卿（1479—1511），字昌谷，一字昌国，吴县（今江苏苏州）人。弘治十八年进士，曾为大理左寺副。人称吴中诗冠，是吴中四才子（亦称江南四大才子）之一。

巴东明月巴西歌，两岸梅花羌笛多。一曲停桡双落泪，猿声三峡若为过。

锦水由来胜若耶，兰桡三月泛桃花。巴儿见客能歌舞，蜀女明妆笑浣纱。

巴东峡　明　田登

田登，长安（今陕西西安）人。弘治十八年进士。官至河南布政司右参政。

晚泊孤舟春水生，远滩双棹片帆轻。消魂一觉乡心梦，卧听四山风雨声。

巴　风　同前

山腰刚咫尺，楼阁每重加。物色常看树，生涯广种茶。山行晴附蚁，泉落远惊蛇。记得登临日，春风桃李花。

巴东峡中　同前

去时冰雪深，归来桃李艳。短棹羁春愁，云深江路暗。（《石仓历代诗选》）

巴东馆晚坐　明　周复俊

蜀客干旌忆旧游，巴童舟楫趁高飕。山横碧瀼东西影，云带清江上下流。三户依稀供晚眺，一尊清冷散春愁。只今吟览皆王事，欲赋西征可自由。（《泾林诗文集》）

次巴东牛口峡　明　王格

□辔尊遥渚，停骖宿野城。戍楼更吹发，江市晚灯明。峡暗巴舟少，少鸣楚客惊。无由托乡雁，东望独含情。

巴东早发　同前

山亭晨促惊，晓色正熹微。松雨滴征盖，溪云上客衣。玄蝉夹路响，白鸟掠江飞。无那南天远，空瞻北雁归。（《少泉诗集》）

巴东道中　明　赵贞吉

赵贞吉（1508—1576），字孟静，号大洲，内江（今四川内江）

人。嘉靖十四年进士，曾为文渊阁大学士。谥文肃。

香魂吹转杜鹃风，叹息离居忆断蓬。长峡独逢梁燕在，远峰思与故人同。荒台立马愁神女，乱溆流花下楚宫。梦里一声猿啸落，暗随云雨过巴东。（《赵文肃公文集》）

巴东道中　明　张瀚

张瀚，字子文，号元洲，仁和（今浙江杭州）人。嘉靖十四年进士，官至吏部尚书。

巴东百里道，信马踏江漘。小队投林麓，孤亭宿水云。市灯星共灿，客帆语相闻。后夜巫山月，回看梦蜀分。（《奚囊蠹余》）

巴东雨　明　陈文烛

山阁吹秋雨，乡心此倍生。百泉飞树杪，一夜走江声。历尽石山险，传闻前路平。明朝叱驭去，缭绕望新晴。（《楚风补》）

宿巴东　明　张佳胤

水宿巴东驿，犹歌蜀道难。江声从枕得，峡气傍人寒。雁帛知谁托，村醪强自宽。明朝帆似马，定避使君滩。（《居来先生集》）

发巴东　明　张九一

风激三潮涧，天迷百里荒。山名多借水，人语各依方。晚

景黄花嫩，阳坡绿篆长。霏微横雨色，无乃近高唐。（《梁园风雅》）

编者注：似子美诗，是巴东景，觉陆放翁《入蜀记》尚未尽。

天桥山 明 杨培之

杨培之，阆中（今四川阆中）人。巴东训导。嘉靖三十年与知县许周重纂《巴东县志》。

玉阁系何许，遥望高无极。跬步登兹桥，风雨在瞬息。

红葵山 同前

地接昆仑远，云蒸斗极间。野花开有意，向日寸心丹。

和游归县 明 盛杲

盛杲，字启东，临安（今属浙江杭州）人。嘉靖三十一年乡贡。邑令。

旧县经今几百秋，偶因公暇暂停驺。荒基有客开新业，佳节无人续胜游。雨过好山添秀色，风生幽涧响清流。夕阳未尽登临兴，何日重来豁壮眸。

游山寺 明 杨遇春

杨遇春，字绍复，别字峻冈，仁都（今环城区）人。嘉靖三十四年武进士。授赞画官，官至广西南宁参将。

春晴踏翠过清溪，茂树轻风幽鸟啼。弱柳几丝临浅水，落

花数片点香泥。莓苔曲径逢僧话，寺壁浮埃待客题。兴废不知山简醉，夕阳归马小桥西。（《楚风补》）

巴　东　明　黄辉

巴东石缝地无多，种得茶林当种禾。商舶不来山寂寞，今年空唱采茶歌。

晓发巴东　同前

霜枕村鸡兼竹鸡，出户便踏三层梯。沙崩桥折不可度，耐何船行当桥路。下坡唤取槲叶舟，捉桡推山山逆流。水急桡疏势难止，觅得枯篙才二丈。船无羊耳凭谁牵，仓猝系之桨斗边。岸转岩倾石相戏，仰看山路如篙细。滩头白勃是平生，者回始踏朝云行。那知白日高唐梦，犹带寒江半里程。

夜次巴东陈参知招饮　明　费尚伊

巴江东下日悠悠，向晚孤槎次水头。两岸烧灯摇极浦，千峰挂笏枕晴流。山城永夜唯闻柝，薇省何人为驻驺。自是元龙多逸兴，更携尊酒到沧州。

巴东漫述　陈维直

陈维直，洪雅（今属四川眉山）人。万历七年进士。

秋风引归兴，驰辔到巴东。寥落三家市，巉岩万仞峰。江平思夏后，柏古忆莱公。感慨凭谁语，遥看天外红。

巴东署中 明 王三善

梅子岭上望江流，石门滩下系行舟。猿声不断巫山月，树到梧桐别馆秋。

壬寅秋县斋感赋 明 张尚儒

张尚儒，北直隶景州（今河北衡水）人。万历中为归州知州。

巴东之邑如丸小，叠嶂巉岩江浩淼。霪雨侵寻石乱崩，祝融煽燹居为燎。长官西来守此方，蚤起开衙天未晓。阴霾濛濛万壑哀，山风飒飒千帆绕。顽民那解急田租，侪俗常思脱缯缴。满户萧条白发孤，一经寥落青云杳。莱公双柏无遗枝，杜子草堂唯啼鸣。谁问秋风与白云，坐看明月巴山皎。

白云窝吟 同前

昔道巴东胜，白云亭最幽。今入巴东境，亭榭成荒坵。亭去云存山不改，梅子坡前常叆叆。居人为筑白云窝，云与梅花斗光彩。余向山中访白云，坐卧却同麋鹿群。手把梅花弄水月，白云冉冉梅如雪。须知此处白云深，不比浮华倏起灭。誓共云树两悠悠，徜徉天地复何求。

原序：梅子坡当楚蜀通衢，素称险阻，行者苦之。余率土人作大土庵于坡腰，以便行旅栖息，每见白云起于檐阿，因而漫题。窃比昔之白云亭也。

连理枣歌 同前

巴山高峙雄楚塞，草木蓊郁云叆叇。有客忽闻枣连理，余色欣欣强为对。君不见，西王玉文味绝嘉，四时不凋千岁花。安期海上大如瓜，延年却老献王家。又不见鄱阳内史风化好，百鸟来集郡亭枣。令公婆娑人绝倒，旋登宰辅致身早。何如巴东枣独奇，两干交合称连枝。永茂官衙傍山麓，离离朱实甘如饴。生来不畏贵戚取，落地莫令廉士吐。若个惟充藜藿肠，从前双柏堪传伍。

甲辰署前谯楼成，司理王公题额耒江，喜而赋此 同前

荒邑连西塞，高楼逼上台。窗含台柏阴，帘卷洞云开。山色千岩合，江流万里来。佳名应共赏，传自伴宣裁。

履亩长丰宿沿渡河谭家庄对月 同前

骤雨新凉月正圆，村人携酒话尊前。劝将山顶勤栽树，好向溪边学引船。

巴东道中 明 钟惺

山中未必雨，云起已生愁。峡窄天多暮，江高地易秋。连朝皆陟巘，兹路独临流。欲尽瞿唐胜，归途定觅舟。

巴东道中 同前

一带高深处，明朝次第行。且从人指点，未必客心惊。此去皆山水，同游况兄弟。为谁志远道，所赖共幽情。(《隐秀轩集》)

晚次巴东 明 郭士望

郭士望，湖广黄州蕲水（今湖北浠水）人。万历三十二年进士。

驿路多忘日，杨枝最惹春。岚烟拂旭景，江色滋文茵。隔岸送征牡，县崖结鲛人。为舒蜀父老，岂间临邛尘。

编者注：标题为编者所拟。原题作：万历丙午二月，余以使事入蜀，从陵陵下上山涧，历飞崖特岭，色甚难之，颇有乘危登高之戒。且归州一路，披山带水，磴道俯瞰江湖间，有受其啮者，必益怖焉。然念叱驭者何人，而敢惮此乎。晚次巴东，见其邑，岩岩于叠嶂之麓，若掌大，翠微隐见，在山色有无中，而于役君子四壁留咏烂可睹也。余小子何敢默焉。

巴 东 明 陈晖

陈晖，字旭之，号浮庵，晋江（今属福建）人。父荆生，万历间以诗画名一时。

不惮崎岖险，巴东古道西。山田盘子大，驿路竹枝低。鸟道腾云去，猿声向客啼。千寻梅子岭，似欲与天齐。(《十五国风高言集》)

泊巴东　明　戎玠

戎玠，字孟常，鄞县学生。

昔行指川北，今始诣巴东。山县无重郭，江天有断虹。乱峰云欲暝，官波火初红。剪烛供清话，萧萧暮雨中。（《明诗综》）

巴阳夜泊　明　施敬

施敬，字孟庄，钱塘（今浙江杭州）人。明代诗人。生平不详。

独棹三巴夜，秋高片月孤。滩声将客梦，万里下东吴。

游山寺　明　王玺

王玺，巴东（今属湖北）人。官通判。

小斋清暇了无愁，闲访云中山寺幽。邃空谷相传白鹿，远古诗犹喜碧缁。翱翔绝顶寻仙客，谈笑芳尊学醉刘。半日清欢吟不尽，花风香暖鸟喧啾。

寿宁寺　明　陈所学

陈所学，巴陵（今属湖南岳阳）人。曾官县教谕。

梵刹苍烟白石巅，漫随清磬入遥天。倦游尘劫三生梦，闲觅空门一味禅。洞口青松巢野鹤，云中丹磴涌寒泉。微薰殿阁心初定，头倚山僧半榻前。

游寿宁寺 明 朱登用

朱登用，巴东（今属湖北）人。荣昌主簿。

李白桃红斗春丽，禽声百合香风细。胜景撩人逸兴生，踏翠溪头笑连袂。一杯酒胜身后名，春光肯遗蹉跎逝。狂歌大笑出山门，岩穴云归雨初霁。

游山寺 明 王俭

王俭，巴东（今属湖北）人。曾为御史。

宝坊檐外响风铃，晴泛春光玉宇清。徐踏苍苔寻放迹，先鸣白鹿喜遗声。山花隔水含红锦，溪岛藏云展翠屏。老衲扫门迎墨客，香消宝鸭掩残经。

游山寺 明 扫相

扫相，巴东（今属湖北）人。助教。

寻幽览胜爱携朋，小店馨香酒瓮澄。花笑溪头遥迓客，马穿云里屡逢僧。游人癖有风骚乐，老衲空谈大小乘。坐石山门看绝景，古松高挂到天藤。

次冠公题山寺诗 明 向九州

向九州，巴东（今属湖北）人。丰都知县

青山环古寺，江水沓津涯。倦鹤投孤屿，惊猿过别枝。花香风外渺，树影月中移。骚客分宿供，残钟不失期。

旧　县　明　思荣

思荣，长洲（今江苏苏州）人。教谕。

人家仍在瀼西东，兵火迁移旧县空。山鸟不知兴废事，野花枝上语东风。

宿巴东县　明　马廷用

马廷用，西充（今四川西充）人。曾官侍郎。

县古临高岸，荆南第一程。云从岩畔宿，月向树梢明。迢递思乡梦，安闲去国情。明朝将出峡，�酒听欢声。

和游归县　明　谭禄

谭禄，巴东监生。

雨歇凉生天霁秋，纷纷冠盖拥行驺。一川野草添新色，两岸啼莺感旧游。芒屦踏穿寻古迹，残碑读罢羡名流。秋风亭下徘徊久，不尽云山快远眸。

和游旧县　明　谭鹏

谭鹏，巴东贡生。

淅沥金风报早秋，不辞驱蹇附鸣驺。花前醉饮舒高兴，亭上留题纪胜游。冉冉行云经岫宿，潺潺活水赴溪流。伤心多少兴亡事，指点江山一放眸。

题寺壁 明 向体观

向体观，邑贡生。

潜移星象年华换，新春堪赏兼堪玩。红锦烟桃开正鲜，青丝风柳吹不断。追思秉烛古人游，取醉尊前爵无筭。僧童扫壁请留题，却笑瞿昙识词翰。

题山寺 明 徐佩

徐佩，邑庠生。

计日一年三百六，冷笑粗人常碌碌。险怪瑰奇山水州，不及闲行鬓已秃。狂予追逐二三友，带酒携诗扣僧屋。斜日溪头兴未阑，穷幽还借孤峰宿。

巴东县 清 熊文举

乱山无主绿云生，绝壁悬崖赴锦城。残驿久荒更漏静，独歌孤枕听猿鸣。

寿宁寺张明甫招隐 清 张懋德

张懋德，云南人，熹宗时为把总，曾官荆州同知。

峰峦才雨过，紫翠望中横。危石稀人迹，幽溪听鹿鸣。云封祇树迴，花傍绮筵明。徒倚情□恨，何时续旧盟。

巴东舟中　清　李念慈

轻舟下高峡，急桨趁朝晴。滩响犹岷涨，邮签已楚程。江山延胜赏，衰病厌长征。不尽烟霄兴，还同春水生。

长　江　同前

长江下三峡，水色碧于油。濑浅浪花恶，夜深猿啸愁。飏旗防汛卒，急鼓上滩舟。出险心初放，平原见峡州。(《谷口山房诗集》)

巴东县　清　方象瑛

舣棹古巴丘，孤城俯急流。人家依断岸，官舍出高楼。近蜀犹天末，浮荆正上游。归程应不远，还恐北风愁。(《健松斋集》)

巴东县　清　赵宏览

赵宏览，剑州（今属四川）人。顺治十五年进士，曾官虹县知县。

大江横楚塞，蜀客问归程。堠火林间出，人烟乱后生。有岩皆架屋，无地可容城。疏凿真何意，巴东自古名。

巴东县 清 贾应昌

贾应昌，字醇庵，新繁（今属四川成都）人。康熙三年贡生，官寿阳知县。

一到巴东县，萧条唤奈何。橹摇江水阔，山杂楚云多。旅馆依危岸，荒城停险坡。骑牛谁氏女，犹唱竹枝歌。

赠别姚士彦赴野三关 清 齐祖望

齐祖望（1645—1704），字望子，号勉庵，鸡泽（今属河北邯郸）人。康熙九年进士。曾为巴东令。

见君方恨晚，君去奈愁何。鸟道云中绝，人家树杪过。远天知雁少，清衣况蝉多。不厌风尘客，还期对酒歌。

久雨寄怀严公伟总戎二首 同前

雨洗山光细，空阶暗绿莎。江干谁载酒，海内正投戈。名士风流远，穷途感慨多。思君三峡下，烟水奈愁何。

寂寂连宵雨，松关草色迎。江添两岸阔，云合万山平。剑光凌霜古，灯花入夜明。西陵知己贵，惆怅此时情。

巴东守戎陈玉泉以迁秩去赋此赠之 同前

我以巴江水，送君东去舟。我以巴山月，伴君下洪州。江声山色两萧索，猿啼峡中泪双落。何人为唱阳关词，使我对酒不能酌。不能酌，思彷徨，黄牛白马烟水长。知君明日西陵道，回首巴东亦断肠。

将赴巴东留别长安诸友　同前

蜀道还闻战马鸣，孤帆云外指荒城。开尊且共三更醉，仗剑何辞万里行。燕市楼台迷雁影，荆门山水入猿声。丈夫离合寻常事，无奈巴江夜雨情。

柬喜赠十八韵　同前

鲸氛方窃命，龙种事专征。阃外饶长策，江干罢戎兵。寇穷仍负固，庙算薄攻城。西蜀扬雄檄，南荒陆贾缨。时贤难此选，世望属吾兄。金殿传天语，银台发使旌。乘轺初出洛，仗节遂临荆。暗结乌蛮境，遥宣紫禁声。三巴旋向义，六诏渐归诚。却指巫山秀，还窥锦水清。鸽飞秋雨急，雁下晓云平。朱毂名臣至，青衫俗吏迎。弟昆真快聚，羁旅动欢情。邑产分黄桔，家厨进素粳。不知身万里，相对月三更。翻若会时促，常怀别后惊。宦心筹国步，客意数王程。努力麒麟阁，垂光照帝京。

峡　雨　清　傅作楫

芙蓉三万朵，飞翠晓蒙蒙。一过隔山雨，横生众壑风。苍龙飞郡北，紫电掣巴东。叶叶渔舟去，高堆白浪中。

巴东县 清 朱樟

城隅山木合，出郭晚云连。破廨官无味，残秋虎有权。刀滩舟不利，牛口室如悬。双树知何在，长悲借寇年。

原注：县为莱公故治，双柏树今枯。

同舍弟守田赋 同前

才翦秋叶下叶滩，小红今见洞庭丸。一家掷果分香至，半日停船买树看。鸟啄紫门江岸晚，枝摇胡雪小国残。人生最是还乡乐，鱼复他年颂桂官。

编者注：标题为编者所拟。原题作：牛口小泊尉厅，双橘树果熟可爱，顿有故国之感，同舍弟守田赋。

题巴船出峡图 清 沈德潜

千丈危崖裂，巴船石罅行。忽从天上落，惊定贺重生。

巴 东 清 陈沂震

陈沂震，字起雷，号狷亭，吴江（今属江苏苏州）人。康熙三十九年进士，曾官给事中。

征人日夜逐征鸿，乍过川中入楚中。版籍已知邦国异，人民仍觉语音同。五年三峡风波路，万里孤舟老病翁。谁信书生遇天幸，平安八口出巴东。

巴　东　清　商盘

絮雨缯云劝小留，山城如带暂维舟。唤回吴苑三生梦，来共巴猿五夜愁。木末芙蓉长在手，天涯霜雪渐盈头。秋风亭下秋风客，潦倒秋风是此游。

巴东旅夜读程二鱼诗　同前

何人旗鼓最堂堂，旷代称诗得孟阳。吟到灵禽秋梦句，南施北宋总寻常。

流苏斗帐罣横陈，灯影疑回劫后身。便使钟中金翠在，可能重见李夫人。

韩信台前波淼淼，秋皋里畔雨霏霏。落帆相访逢初夏，尺半鲥鱼入馔肥。

一听猿声夜气孤，通词何日到珠湖。再烦渊颖先生笔，题取巴船入峡图。（《质园诗集》）

禹　庙　清　任端书

停舟寻禹庙，桧柏苍山空。石马迷岁月，玉座莓苔浓。龙蛇走画壁，云气森青红。侍臣左右列，俨若肃且雄。尚想治水初，疏凿继黄熊。一朝经营毕，四海歌会同。明德遍宇宙，余迹留巴东。峡岸高亭亭，峡水飞重重。江豚吹白浪，冷日摇丹枫。过客各再拜，千载思神功。

过巴东县　清　谢锡履

满耳猿声在，宽心鸟道过。幸能离险阻，更莫玩风波。滩急水犹怒，山开天始多。回头望峡口，云雨带嵯峨。

宿巴东　清　吴省钦

白云亭不见，何况筑亭贤。水急龙鼍横，风高鹳鹤偏。一寒成峡俗，九死落吴船。莫惹秋猿唤，声声禁客眠。

巴东晚泊　清　李调元

欲下吴江棹，聊停蜀客船。夜长闻击柝，寒逼想衣绵。树落山山雨，林飞处处泉。寇公遗庙在，松柏尚苍然。(《童山诗集》)

泊　舟　清　杨岱

夜船将泊棹歌齐，芳草凄凄野路迷。只有断猿无宿处，最高枝上彻夜啼。(《蜀雅》)

铁锤诗　清　李拔

李拔，西蜀人。乾隆年间曾为荆南观察使。

巴峡注楚东，奋迅同奔驰。中间有石秤，绵亘沉江底。相传水涸时，秤杆常隐起。激射或为灾，潦滞犹积痞。县尹寇公来，妙术诚难比。制锤镇水湄，回祸更增美。内外历清华，闻誉从兹始。刘令为我言，啧啧生狂喜。余独不谓然，斯论殊谲诡。莱公宰相才，大贤屈百里。抱负足盐梅，运筹孰纲纪。事权较重轻，人物分臧否。以我衡众材，平准亦如此。轩轾本无心，寓意聊复尔。中书与北门，推尊良有以。矫首仰清风，明月照窗几。

石　门　同前

石门何崒嵂，刁斗更增雄。俯祀千寻碧，高瞻万仞崇。烽烟占永息，智勇想俱空。在德非关险，含思正不穷。

巴东二首　清　张问安

春岸无波落涨痕，竹篱隔水自成村。秋风亭址迷荒础，依旧寒门逼县门。

双桥飞跨县东西，寂寂春山杜鹃啼。峡色渐分夔子国，泉声空绕相公溪。

巴　东　清　张问陶

江头小县如村落，云水荒凉古戍闲。莫指前峰问三老，巴东已是楚人山。

编者注：巴东：湖北最西一个县。古属巴国治，战国后属楚。东汉末设巴郡，隋改为巴东县。三老：过去长江三峡中称篙师为长年，柁工为三老。

石门关 同前

小崖斜插水，崖断石门空。时有樵人出，一肩山叶红。

上真观 同前

缥碧断崖小，深红古庙寒。春风吹塔影，一簇好林峦。

巴　东 清　严烺

严烺（1774—1840），字小农，仁和（今浙江杭州）人。嘉庆中入资为通判，累擢徐州道。

万里巴江水，芒芒楚甸开。烟波三峡暗，风雨一猿哀。潮落鱼龙蛰，山空麋鹿来。迢遥天外路，日夕数峰回。（《红茗山房诗存》）

巴东怀古 清　汪仲洋

一道寒江逼县门，秋风销尽相公魂。孤舟可渡无人问，叠翠闲归有屐痕。力捧黄旄临朔漠，行知白雁到中原。残阳万里供吟眺，蜡泪成堆莫更论。（《心知堂诗稿》）

出峡泊石门 清　顾槐

顾槐，字南林，祖籍昆山（今江苏昆山）。曾任东湖县令。道光皇帝的老师。子顾嘉蘅，道光二十年进士。

路尽巫山一线天，江流洊湃望无边。经过峡口无滩险，欸乃声声入暮烟。

清歌欲唱大江东，画舫兰桡荡漾中。指点前头将泊岸，挂帆不用满篷风。

三　峡　清　姚莹

行尽巴东峡里程，未闻青壁夜猿声。应知客已无肠断，不忍舟前啸月明。

巴东县山行　清　贺熙龄

贺熙龄（1788—1846），字光甫，号庶龙，善化（今湖南长沙）人。嘉庆十九年进士。曾为河南道御史。

十月严风拂曙袍，飘飘直送万峰高。雪光一白混天碧，云气乱驱如海涛。石骨横撑山腹裂，冰花寒结树根牢。谁能一铲嵚崎险，遍种民田万顷膏。

宿巴东县三尖观营房　同前

万里朔风号，峰巅置屋牢。炮声惊虎豹，霜风逼弓旄。抖擞征裘雪，摩挲宝匣刀。洒酣呼退卒，灯下说龙韬。

巴东夜泊　清　黎兆熙

黎兆熙（1810—1852），字仲咸，号寿农，遵义（今贵州遵义）人。国子监生员。

腊日辞家常作客，高歌独对寒天碧。猎猎江风吹破裘，愁共波高一千尺。

牛口滩头霜月明，秋风亭下暮涛生。急樯夜泊巴东县，听尽哀猿冷雁声。（《晚晴簃诗汇》）

舟次巴东见山居者　清　百保

百保，萨古达氏，字友兰，满洲旗人。瓜尔佳延祚（1809—1830）妻。有《冷红轩诗集》。

谁家岩畔结蜗庐，门对江流画不如。茅屋数椽丛树绕，芋田人背夕阳锄。（《晚晴簃诗汇》）

巴东县　清　贝青乔

小邑悬崖上，人烟一抹横。截滩聊作户，守土不须城。绝磴采樵路，寒墟捣练声。云安行已尽，犹有杜鹃鸣。

经公孙述锁江处　清　李映棻

浮桥空锁蜀东门，跃马蚕凫妄自尊。一自三分得昭烈，更无人记说公孙。

巴山怀古　清　薛德玉

巴星联楚焕天章，山势纵横接渺茫。巫字云从金字落，夔门水注石门狂。猿声三峡啼秋雨，鸿迹千年胜草堂。我上古亭一凭眺，芙蓉围绕是归乡。

秋日亭怀古　同前

孤亭危峙亘千秋，宋代功臣第一流。存去后思绵俎豆，得天下好想勋猷。当年野水吟情寓，此日荒陬遗爱留。瞻仰高风欲歌舞，莫将往事说雷州。

巴山夜雨　同前

电走雷奔万壑间，连宵淋雨响巴山。涨平秋水泉如吼，泼灭渔灯雾未删。茅屋寒侵清梦醒，兰阶滴破旅愁环。联床剪烛忘听久，声动蒲牢彻远鬟。

村寺晓钟　同前

晨光乍透碧芙蓉，古寺泠泠响梵钟。韵破朝烟惊洞鹿，音催晓漏滴铜龙。茅檐梦警人初觉，山碓声连水自舂。敲罢铿鲸红日上，孤亭残月尚溶溶。

古亭秋月 同前

山亭阅尽古今秋，最好团圞月色幽。野水连天拖雪练，银河澈地滚晶球。当年皓魄孤舟系，此夜荒祠一镜留。槛外蟾华正清朗，櫓声帆影泊江洲。

官渡晴帆 同前

官渡峡开江水平，征帆来去趁新晴。波澄远浦云初敛，船压中流浪不惊。片幅直凭风信递，一旌高挂日光明。艄人笑向巴山指，溪口斜阳钓艇横。

瀼溪渔火 同前

轻舟夜静泊瀼溪，渔火参差望不齐。然蟹光摇沉远浦，流萤影乱杂长堤。一湾荻港分明见，两岸苔矶倒映低。照澈通宵人钓罢，前山洞口晓云迷。

兀洞仙泉 同前

此洞何年驻列仙，危崖突兀泻灵泉。斜痕散湿酣朝露，远势飞流破晚烟。一幅晶帘云外挂，千重雪练岭头悬。潺湲听罢歌声沸，疑是山中别有天。

石门樵唱　同前

樵蹊高矗傍云根，野调村腔遍石门。人籁远连松籁起，歌声直共斧声喧。芙蓉对峙清讴接，棫朴新芟绿荫繁。青色满肩归唱晚，滩头日落正黄昏。

牛口滩声　同前

鲸奔鼍吼涌狂澜，牛口江流阻巨滩。雪浪惊翻天影黯，银涛怒撼月光寒。名垂更比龙门险，势急应同虎渡难。巴水巴山饶胜迹，题来留与古今看。

编者注：以上八首，可谓巴东八景。

巴　东　清　路朝霖

路朝霖，字访崖，一字覃叔，毕节（今贵州毕节）人。光绪二年进士，官至河南侯补道员。

竹枝声共夕阳红，大舸轻帆趁晚风。满树猿啼江草绿，行人四月过巴东。

阵图聚石空陈迹，秋兴歌诗足感伤。词客英雄两销歇，江声和月下瞿塘。（《晚晴簃诗汇》）

东望巴巫　清　许光树

百二江程路未赊，巫山巴峡尽东遮。岩悬罗刹纷纭攫，滩走雷霆震叠挝。神女控鸾静云雨，旌阳飞剑荡津涯。会须出入和坡老，十二峰头手八叉。

编者注：罗刹：佛教中恶鬼通称罗刹。旌阳：传说许真君成仙前曾为旌阳令，故名。手八叉：两手相拱为叉，言才思敏捷。温庭筠叉手八次，成八韵，时人称温八叉。

禹　庙　清　刘光第

万流浑浑超三峡，劈出西南半壁天。石破山惊神斧大，猿啼鸥叫古祠穿。奇功谁辟洪荒后，过客常怀疏凿年。今日萦流无正轨，谁能四载向神渊。

巴东舟中　清　孔祥淑

猿啼两岸夕阳催，江上何人赋落梅。山影漫随烟霭去，钟声时杂雨风来。鸟穿叠嶂阴云合，舟入重岩石壁开。到此蓬来知不远，我今新自蜀东回。（《晚晴簃诗汇》）

宿巴东　清　徐韦

徐韦，字仲韦，孝感（今湖北孝感）人。

独卧巴东夜，孤灯照客愁。万山青作县，六月冷如秋。峡险黄牛出，城高白帝浮。猿声多少泪，洒向大江流。（《晚晴簃诗汇》）

题巴东县署 清 胥遇

胥遇，遂宁（今四川遂宁）人。曾官兴山县令。

余来巴东二百日，江自澄清山自高。琴剑仍旧兴邑署，一帘明月听松涛。

原注：时署县事。

巴 东 清 邓策勋

邓策勋，字玉潭，犍为（今四川犍为）人。岁贡生。

见说巴东县，居民仅百家。无城缘埠起，有市逐江斜。土瘦谁栽竹，山高未著花。莱公遗迹杳，回首暮云遮。

归 兴 清 张轩鹏

张轩鹏，荣县（今四川荣县）人。巴东令。

久作悲秋客，归期究若何。门闲同鹤懒，山乱比人多。巫峡绵绵雨，巴山缓缓波。猿声听不得，日日蜀船过。

巴东杂感 同前

楚蜀界分驿几程，依山作县本无城。莱公旧治留遗爱，张翰秋风动远情。地广可怜皆瘠土，民穷无奈易轻生。一官自缚终何补，只觉争来岁月赢。

开　荒 同前

开荒种田半弓宽，晴雨休同沃壤看。高处喜晴低要雨，巴东培觉做天难。

编者注：标题为编者所拟。原题作：巴东所辖地水田甚少，居民开荒山依地形凹凸垦作，旱田不能成亩。高山苦寒，晴则气暖，种物易生。低山少积水，地常苦燥，故时宜小雨润之，与他处高田苦旱、低田苦涝相反。

题白鹿洞 清　张怀谦

张怀谦，巴东候选州判。

一枕潺湲水压庐，荒苔鹿迹认模糊。不知洞里幽香满，更有诗僧扫径无。

野　望 清　乔毓芬

乔毓芬，巴东候选教谕。

极目沧波外，山横夕照时。暮云三间宅，野水寇公诗。橹下风帆急，人来鸟语迟。此中无限意，天鹭夜猿知。

巴　山 同前

莫对青天首乱搔，巴山登去与天高。便携谢眺惊人句，须饮裴公换骨醪。万里长江低似线，半峰虬来小于芼。谢他绝顶休教上，怕惹银河起怒涛。

峡中晚眺　同前

峭壁临空起，青偷一线天。帆收山脚雨，篷锁渡头烟。野草依岩秀，蛮花傍水鲜。樵归红叶路，家在白云巅。断碣枯藤绾，长桥古木填。钟沉深涧底，网晒夕阳边。倦鸟争栖树，闲鸥懒避船。暮看苍蔼合，石齿漱清泉。

山　行　同前

朝傍白云游，夜就苍苔宿。不见采樵人，山鸟鸣古木。

巴东入巫峡有感　赵熙

苍山百里入巫阳，客子归心正缈茫。我已经时才入峡，君今何日得还乡。粤东地暖棉花白，楚塞天寒木叶黄。愁绝海风浸肌骨，近来江露渐成霜。

巴　东　同前

入楚先兹县，莱公有翠微。一江沉水瘦，小市住人稀。土谚沿巫徼，乡风接秭归。无亭能望蜀，空见白云飞。

苍苍楚西邑，明日是重阳。客路无芳草，猿声近故乡。秋风亭不见，江月夜留光。几度崖关泊，人生正渺茫。

十里滩声响县堂，莱公治绩旧年荒。依然春水无人渡，转角猿声即故乡。

白云深处引秋风，何处荒亭觅寇公。一疏澶渊存绝业，千年山色重巴东。

官渡口 同前

晓发瞿塘乡思浓，暮看官渡楚人踪。夕阳红遍西川路，回首青天塞万峰。

编者注：官渡：在巴东县，至此巫峡尽矣。

宿巴东县 韦宪文

韦宪文，长史。

山路沿江得驿邸，巴城俯瞰急湍西。天边楚峤批鸿断，峦上川云罩树低。烽火夜明催犬吠，叶声秋急应猿啼。看诗壁上多磨灭，欲何高崖大字题。（《岭南文献》）

巴山怀古（四首有二） 清 傅家瑜

傅家瑜，归州（今属湖北宜昌）人。庠生。

万峰磅礴一江通，锁钥荆襄气势雄。田野纵横千嶂里，人烟错杂半山中。堂前草绿思工部，桥下泉清忆相公。手植甘棠今在否，孤亭飒飒撼秋风。

莱公声闻今犹昔，夔子民人是也非。剥枣曾思连理阁，望梅欲入白云扉。见龙桥下龙谁见，飞凤山前凤不飞。天敝西南风景好，金山灿烂锁斜晖。

学舍二首 清 严承启

严承启，黄冈（今湖北黄冈）人，巴东教谕。

檐低屋矮竹编篱，土砌山墙已半攲。破瓦打头和雨坠，小窗无纸听风吹。欲安几处通穿壁，恰好官来是老师。未识东坡题句日，宛郢学舍可如斯。

水半江湄又海湄，悬岩倒壁杜工祠。层阶去地三千尺，一日登山十二时。醉里扶筇须拄铁，忙来著履厌缝皮。眼花更有耽心处，雪子跳珠雨落丝。

九日登山朝观四首 同前

计饮茱萸又一年，登高拟合到华巅。半空落叶都飘雨，一路寒花欲上天。白雪竞堆双扉外，黄州遥隔大江边。举杯不得东篱菊，惆怅西风忆稚川。

记得攀花到舞筵，三朝老桂不知年。似曾月殿惊瑶曲，谪向禅门作树仙。他日酒空和露饮，今朝香不为人传。只余数朵重开粟，犹抱寒晖洒茗前。

原注：八月有人至此赏桂。

发短可曾笑正冠，四围山胜两峰看。我惊绝壁重阳冷，人道丛林六月寒。云气远生分岭树，水声遥听隔溪滩。一樽肯为谁公醉，要把樊江缩项餐。

原注：时恰有鳊鱼佐饮，味比樊江为近。

饮罢山明日渐斜，呼儿同返上来车。云侵草岸栖闲蝶，暮霭枫林有宿鸦。虚白我羞佛弟子，昏黄人怕路杈枒。叮咛不尽诸生嘱，好听钟声诵法华。

题山寺 朱相

朱相，巴东（今属湖北）人。

春檐哓鹊声错落，一洗江天散云幕。爱取梨花春酒香，携樽无负山中约。花盈高树柳盈川，寻芳自有春风乐。歌残酒散唤奚奴，荷锄云里寻灵药。

题山寺 谭光启

谭光启，巴东（今属湖北）人。

黄金沙界倚云边，遥滴长江一镜天。鹿洞烟霞偏杳霭，禅窗风月自清妍。石泉酌泌诗脾冷，松柏挥聆象教泫。此日高歌狂我得，千峰尽落酒杯前。

巴峡吟 佚名

飞岫巉岩半空起，银河倾倒巴江水。两岸分开片片云，直泻岷峨五千里。喷涛驾雪如建瓴，万派潆洄急于矢。中开一罅才见天，岭上接天天若咫。回头瞬息过几滩，荡漾行舟看徙倚。蜀水飞来楚峡流，楚山包裹蜀峰里。长年不见峡水平，垂纶休羡江鱼美。梅雨滂沱势急奔，冲泉蹶石走溜浑。连朝激磕且震撼，铁衣捍敝双城门。崩崖滚濑乱湍转，列齿摩牙不可扪。岭上月水面云望，中忽吞吐眼底长。氤氲飞鸟隔天杳，难踱猱猿援木时。成群天马行空走，万骑掣电轰雷疾。如鸷已西又到东，送过巫山峰十二。混沌行来不自由，青山见人几行泪。世上风波处处有，不似归巴当蜀日。君不见，芦花浅水漫行舟，潦倒清宵一尊酒。

巴山夜雨　佚名

轻帆停晚泊巴山，月掩长亭夜雨潜。浪吼浑疑牛口闭，雷轰窃讶石门关。涨平秋水泉声乱，泼灭渔灯雾霭环。短烛危床忘久坐，梵钟响彻白云湾。

巴东县市　集唐　佚名

县僻又无城姚合，诸峰雾露生曹松。海山藏日影任蕃，雨雪杂江声马载。戍鼓和烟暗司空图，幽林采药行宋之问。微官是何物钱棨，斟重此时情王维。

宿巴东公署　佚名

驻马江楼望，萧然夜已深。星疏隔岸影，月小近城阴。夕艇摇渔唱，寒空过鸟音。凭轩聊命斝，一慰旅游心。

一　莱公祠

过巴东县有莱公遗迹　宋　苏轼

莱公昔未遇，寂寞在巴东。闻道山中树，犹余手种松。江山养豪俊，林薮困英雄。执板迎官长，趋尘拜下风。当年谁刺史，应未识三公。

谒寇忠愍祠堂六首　宋　李纲

亲征决策幸澶渊，南北欢盟有本原。丞相莱公功第一，犹将孤注作谗言。

一幸江南一蜀中，奋然廷议斥群公。挽回天步虽良策，元是真皇听纳功。

南阳庙尘致云云，赖有嘉言为解纷。叹息今人不如古，久无庆忌救朱云。

平生爱看拓枝舞，宾燕多余密炬堆。富贵在公真末事，谁云缘此故南来。

海邦去海只十里，山路过山应万重。诗谶告人元已久，未应马援坐梁松。

凿井得泉今尚美，挂钱插竹后成林。精忠感动无情物，不解潜销谗妒心。

宿巴东县怀寇忠愍　宋　王十朋

制锦工夫早不同，至今人道寇巴东。澶渊一段奇功业，可在孤舟野水中。

堂前双柏今何在，渡口孤舟依旧横。不识公安插竹处，凛然容貌尚如生。

寇莱公祠　同前

油水江头寇相祠，凛然如坐庙堂时。精忠一点不负国，枯竹知公人不知。

吊寇莱公　同前

莱公经济业，志在巴东诗。斯人不复见，亭上秋风悲。

原注：比过公安，谒莱公祠，盖枯竹再生处也。巴东祠废，可谓缺典。因成二绝，以示邑官。

题寇莱公插竹图　元　胡祗遹

胡祗遹，字绍开，一作绍闻，号紫山，磁州武安（今属河北）人。曾为荆湖北道宣慰副使。与阿合马（？—1282）为同时代人。

忠贞汗雨湿乡房，一箭星驰挞览亡。后土皇天自明鉴，竹枝生死两无伤。

无根枯竹发新娟，尽道忠贞可动天。辛苦雷州老司户，立朝安用直如弦。

大雨反风禾尽起，云开衡岳鲸鱼迁。更看寇相青青竹，人力穷时亦有天。(《紫山大全集》)

莱公祠 明 屠滽

屠滽（1440—1512），字朝宗，号丹山，鄞县（今属浙江宁波）人。成化二年进士，官至吏部尚书。谥襄惠。

铁石胸襟玉雪姿，巴山高处有公祠。六军定策亲征日，百辟闻风股栗时。庭外雨□初种柏，世间人诵旧题诗。时巡昔过公安日，更有青青竹一枝。

莱公祠 明 卢雍

祠下春深碧草齐，祠前香火走群黎。秋风古柏怀遗惠，野水横舟感旧题。大计手扶河北辇，孤忠心系洛阳犀。芳蘋一荐情何限，巫峡云帆西复西。(《三峡通志》)

莱公祠 明 马廷用

登登石磴上巴东，北地曾经宰寇公。锁钥望隆终胜敌，澶渊谋决竟成功。要知枯竹千茎活，须问舟心一点通。岭海间关君国误，可怜宋室坠奸中。

编者注：末二句又作：岭海间关君不惜，百年青史照孤忠。

寇　准　清　赵士麟

寇公乃奇才，饮博事已辨。劝驾幸澶渊，渡河尽欢忭。军声夺契丹，称臣遮无憾。人言准挟兵，千古能无叹。岁币初仪加，奉命不为限。特召利用还，逾约齿吾剑。谁谓公不学，胸中有成算。晚节附天书，徒负门人谏。夫天何言哉，一语胜千万。

寇莱公祠　清　方象瑛

莱公遗泽在，双柏隐荒祠。不及公安行，年年感旧思。

谒莱公祠呈大恭章公　清　齐祖望

双柏今何在，遗祠野草连。披云寻断碣，扫石拜先贤。峡水平犹怒，山花老正妍。登临怀往事，独有寇公传。

咏寇莱公古迹　清　朱樟

星轺曾自峡州回，胜事空余蜡泪堆。目送白云归晚岫，相公无地起楼台。

原注：白云亭为巴东亭榭之冠，宋人谓准曰：此无地起楼台相公也。

双柏丸丸晚翠成，寇巴东缔岁寒盟。不知黛色销何处，只让雷州竹再生。

登巴山谒寇莱公祠 清 陈大文

陈大文（1742—1815），字简亭，号研斋，杞县（今属河南）人。乾隆三十七年进士，曾为两江总督。

一鞭残照踏山巅，丞相祠堂碧草连。舟楫济川诗有兆，澶渊决胜策能全。早凋双柏空棠荫，老去孤身死瘴烟。最是秋风亭外月，清光常映楚江边。

谒寇莱公祠四首 清 周向青

周向青，字苏门，钱塘（今浙江杭州）人。嘉庆十二年举人，官汉阳知县。

尚留祠庙傍崇冈，草径縻芜断碑荒。古木秋风犹突兀，孤舟野水自苍凉。少年科第传鸣鹿，老去英雄剩馈羊。莫笑霍光无学术，累公事业只因刚。

少年方得一官除，舟楫襟期已不虚。进绌不教成列簿，持衡兀自论中书。樗蒲谈笑轻临敌，社稷安危首建储。若果北门留锁阴，富强犹见太平初。

南迁几坠三朝业，北狩将蒙五国尘。楚蜀力争排众议，春秋巧引误谗人。过河胜算成孤注，投海精忠信夙因。诰册宠嘉存直道，幽泉遗痛尚教伸。

啼鹃桥上南人相，饮马河边北敌惊。臣子直前呼进辇，君王旋复耻盟城。极天事业同输博，穷海冤诬起拂羹。今日中兴论贤相，千秋韩富共勋名。

莱公祠 清 李映棻

荒峡难堆蜡泪红，巴东人尚说莱公。使君滩上查波水，比似雷州同不同。

巴东题寇忠愍公祠 清 许印芳

秋风亭上斜日悬，作宰巴东想妙年。将相始基学制锦，渔樵有梦感钧天。奇才漫比霍光陋，知己难遭五旦贤。野渡横舟人去后，谁堪孤注寄澶渊。（《五塘诗草》）

巴东寇莱公祠 清 冯誉骢

直言一代最铮铮，蜡泪何曾系重轻。平地楼台无处起，北门销钥本天生。拂须空召千秋感，料敌争呼万岁声。祠庙经过怀往迹，几人孤注博功名。

寇 准 清 罗惇衍

罗惇衍，字椒生，顺德（今广东顺德）人。道光十五年进士，曾为刑部侍郎。谥文恪。

銮舆危逼幸澶渊，远虑焉能计百年。从此中原无北伐，坐教末叶痛南迁。敌人称诵楼台句，故相沉沦岭海边。叹息公安归葬日，笋生枯竹庙祠前。

过莱公祠　谭必章

谭必章，巴东贡生。

当时锁钥想奇才，何代孤忠付草莱。一夕秋风边瘴靖，千年白鹿洞花开。长江犹常清流色，古木惟余劫火灰。地老天荒谁坠泪，知音知向岘山回。

二　白云亭、秋风亭

《湖北通志·古迹》：白云亭在县治西，宋寇准建。巴东白云亭，天下之幽奇绝境也。群山环拥，层出叠见。古木森然，往往二三百年物。阑外双瀑泻石涧中，跳珠溅玉，冷入肌骨。其下是为慈溪，奔流与江会。

秋风亭在县治西，亦寇准建。陆放翁两过巴东，曾登秋风、白云二亭，观莱公手植桧。

秋风亭　宋　苏辙

人知惠公在巴东，不知三朝社稷功。平日孤舟已何处，江亭依旧傍东风。

秋风亭拜寇莱公遗像　陆游

江上秋风宋玉悲，长官手自葺茅茨。人生穷达谁能料，蜡泪成堆又一时。

豪杰何心后世名，材高遇事即峥嵘。巴东诗句澶州策，信手拈来尽可惊。

巴东令廨白云亭　同前

寇公壮岁落巴蛮，得意孤亭缥缈间。常倚曲阑贪看水，不安四壁怕遮山。遗民虽尽犹能说，老令初来亦爱闲。正使官清贫至骨，未妨留客听潺潺。

巴东秋风亭怀寇公　宋　孙应时

秋风亭上思悠哉，想见鸣琴日日来。野水孤舟故如昨，为公长啸一徘徊。

袖手穷山一少年，何曾有梦到澶渊。英雄正自无人识，盖世功名却偶然。（《烛湖集》）

题巴东县秋风亭　宋　程公许

万山寂寂巴东县，千古堂堂寇长官。野水可无诗问讯，秋风长对泪泛澜。著楼无地尽渠诧，折箠立功非我难。君看公安一梢竹，向来许国寸心丹。（《沧洲尘缶编》）

巴东秋风亭谒寇莱公祠二首　清　王士祯

秋风亭上望，摇落值秋风。巫峡千帆上，荆门一水通。清猿吟楚塞，客泪落巴东。故相还祠庙，凄其伏腊同。

寿宁何代寺，犹说相公泉。澹滟清江去，凄凉古佛前。传芭哀楚些，特笔记澶渊。不见雷阳竹，中书事可怜。

秋风亭　清　吴省钦

孤亭百转逗斜曛，为道秋风胜白云。山县无城高树见，峡江何路断猿闻。符移清净人蒙福，锁钥庄严史策勋。安得一堆红蜡影，拂须重与荐羹芹。

原注：今为寇莱公祠。

题秋风亭　清　曾衍东

曾衍东（1750—?），字青瞻，一字七如，号七如居士、七道士，祖籍山东嘉祥，为曾子第67代孙。乾隆五十七年举人，曾为巴东令。

一到巴东县，乱山不断看。无人横野渡，有客上空亭。僻地无城郭，孤踪留典刑。寇公歌颂在，衡石镇江灵。

题巴东秋风亭　清　陶澍

巉崖叠叠走巴东，木叶沿江斗老红。万里沧江正摇落，又

从亭上见秋风。（《陶文毅公全集》）

秋风亭怀寇莱公　清　贝青乔

可惜澶渊应变才，偏教迁谪到江隈。苦衷难向谗人白，豪举能为老婢裁。驿路竹枝犹解箨，神筵蜡泪自成堆。伤心南渡诸名将，孤注无从掷一回。（《半行庵诗存稿》）

题秋风亭　清　郭望安

郭望生，嘉义（今属福建）人。道光十五年进士，曾为巴东令。

英气满天地，秋风剩古亭。江山信壮险，今昔事飘零。俯仰成陈迹，瞻依式典型。惟公初释褐，斯邑试新硎。未揽澄清辔，先扬逼仄舲。黄魔迎水窟，白鹿候林陉。但见门县牒，旋看政省刑。孤舟闲野渡，双柏荫官厅。实惠敷郊鄙，循声达禁廷。起居依日月，号令肃雷霆。巨识明时势，良谟足纬经。狼烟来铁骑，龙驭整云辀。刻旦巡黄屋，诸州会紫缨。一人申讨伐，万里扫膻腥。力使金瓯正，功堪宝鼎铭。盛名齐富范，隐祸触五丁。忠悃难长保，谗言易动听。丝纶辞丙苑，锁钥镇边庭。贬谪伤飞鸟，迁流叹泛萍。何当朝北阙，从此徙南溟。归榇洒盈路，焚钱竹满坰。毕生心秉赤，千载史垂青。威望传中外，光华炳斗星。后民怀旧泽，到处妥神灵。僻坏思尸俎，危涯共建瓴。桂椒营爽垲，蘋藻荐芳馨。蔼蔼森乔木，匆匆换荚蓂。碧苔欹败础，翠蔓罥疏棂。栋折巢啼鸩，堂虚卧老黮。登陛枝楚樾，翘首慨榛苓。修屋涂丹漆，张筵酹绿醽。对兹帷邃穆，恍睹佩珑玲。凭吊情何极，尚论意忽醒。嫉邪原有道，处恶贵无形。莫测胸藏剑，还应口守瓶。身虽甘詈阱，国已损藩屏。奈势终秦越，于情更渭泾。当知关剥复，漫咎露畦町。纵览衣高振，狂吟笔不停。悠然望三峡，逸兴入苍冥。

秋风亭 清 张之洞

莱公作县种松成，静对孤舟野水生。三峡渔樵淹壮志，千年亭榭被高名。时平自向北门卧，学晚终嗟岭外行。安用楼台从地起，西州魏野识高清。

秋风亭故址 清 司世教

司世教，宁晋（今属河北邢台）人。曾为巴东令。

秋风亭上秋风起，风散荒亭咽江水。临风怀想构亭人，将相勋名垂宋史。于今宋祚已成空，漫道雷阳老寇公。惟有巴山头上月，年年依旧伴秋风。

戊寅秋仲谒秋风亭展拜率成一律 清 严承启

昔公发迹此山川，岭峙危亭日月悬。小节不需拘锁钥，大功何止在澶渊。风余百里秋犹壮，水渡孤舟岁已迁。拜起凭栏高处望，满滩云逐一江烟。

秋风亭祭寇莱公因访白鹿洞遗址　清　张轩鹏

公每诣寺寺僧迎，胡知公又曳履行。洞中有鹿特先鸣，鹿匪献媚娱公情。豚鱼之格感以诚，吁嗟我公人中英。性情豪迈气纵横，张筵剪烛蜡堆成。蒱樗一掷决输赢，肯拘小节守硁硁。瑕不掩瑜质弥精，澶渊劝驾亲出征。不出何以振威声，幸从公计虏大惊。和好许通中外盟，毋使敌人太我轻。朝廷犹幸赖有卿，孤注谤语相轧倾。谪往雷州万里程，哀哉公死尚如生。焚楮哭公泪盈盈，莱国褒封忠愍旌。公曾宰兹弹丸城，遗爱犹存颂神明。山亭高耸秋风清，铁锤低压江水平。我今望公徒眼瞪，拜奠杯酒洁粢盛。公灵陟降驾云軿，恍骑白鹿来食苹。

原注：署内有铁锤，俗传公以留锁水患。

题秋风亭二首　清　于克

荦确荒祠在，苍烟日暮生。洞中余鹿迹，峡里听猿声。锁钥金墉固，澶渊战绩成。清芬长不灭，百世仰贤名。

牛刀才小试，伟业满乾坤。谁识巉岩里，犹征遗爱存。勋劳无懋赏，好佞有谗言。太息入州路，灵昭枯竹根。

巴东秋风亭怀寇莱公　易顺鼎

学术深时心术亡，澶渊相业自堂堂。诸公解读霍光传，更请从头读孔光。

访白云亭不得 同前

白云亭子天下无，巴东峡里雄夔巫。千岁危柯虎伸爪，四时飞瀑龙垂胡。登临输与鉴湖客，今日荒亭已无迹。江山寂寞我来迟，惟见青天片云白。（《琴志楼诗集》）

编者注：标题为编者所拟。原题作：陆务观《入蜀记》极言巴东白云亭之胜。今访之不得，怅叹赋此诗。

斋明府招饮秋风亭即席赋赠 谭明命

谭明命，巴东（今属湖北）人。贡生。

秋色萧疏酒倍清，共将怀古到荒城。两京惟说平章业，一度仍孚寰海情。昔有鹿从山下过，今无虎向槛中行。匡时莫谓输前武，先后金瓯第几名。

三　巴东十景

渔关晚眺 陈清源

晚步前营外，迎眸列画屏。溪流通峡白，山势入关青。樵出崖边路，渔归柳外汀。忽来风一线，半带藕花馨。

渔关晚眺　王清晖

渔唱起渔关，悠然震市阛。新腔犹隔岸，斜日半街山。烟景迷离处，歌声欸乃间。横江长笛起，缥缈野云间。

书院夕照　乔守中

楼阁起山巅，参差落照边。书声出粉院，日影度化砖。志切分阴惜，情因薄暮牵。余霞天际散，艳惹笔花鲜。

书院夕照　向日晖

艺院起高冈，余晖射夕阳。楼头蒸返景，山色透岚光。风送芸篇味，霞舒彩笔芒。举头真近日，长啸读书堂。

湾潭秋月　乔向中

湾潭湾里月，清尝最宜秋。野旷光先到，波平影不流。幽添骚客趣，远触故乡愁。三载山城寄，良宵忆此游。

城河春涨　王清晖

春雨过春城，春潮拍岸生。山随波影动，石激浪花生。雉堞余寒气，鲸涛作吼声。石梁桥上望，一带晓云横。

菩提积雪 王清晖

雪满菩提顶，云开日秋林。天寒无睡鹤，寺古有归僧。檐溜滴残雨，溪流带断冰。梅花何处访，香在最高层。

菩提积雪 李焕春

寨起菩提峻，山头雪积琼。阴凝千仞岭，寒逼五峰城。玉蕊非无树，银花尚有英。寻梅驴背稳，高处寄诗情。

壶瓶滴翠 李焕春

山耸壶瓶样，高将黛色描。青流冰已解，翠滴冻初消。艳送花千树，浓倾酒一瓢。安能提挈去，作画绘鲛绡。

石柱排云 李焕春

天柱价当折，犹看石削成。云来千尺接，日落九根撑。斧凿痕都化，虚空势独擎。随时觇础润，霖雨慰苍生。

白溢晴岚 李焕春

岚光开白溢，晴景望嵚奇。浅翠雄关滴，浓春大塞滋。人家屏嶂列，帅府画图披。古迹堪凭吊，山留夕照时。

后冲夕照　田岭南

陌上人驱犊，村边树集鸦。高冈通大道，落日照残霞。才觉炊烟暝，旋看月影赊。山林多乐事，烧烛话桑麻。

天雰晚钟　田岭南

落日淡危楼，凫钟过耳幽。声从天外落，僧在月边游。摇荡余音远，苍茫暮霭浮。此时茅店客，欲去复淹留。

附 文

寇忠愍公祠记 宋 王十朋

诗言志，非谓其必出于作者之手而后见其志也。后之人有取于古诗一章一句而赋咏之，亦足以见焉。国朝太平兴国寇莱公巴东令，有“野水无人渡，孤舟尽日横”之句，识者知其必有大用。然世知诵公诗而不知是诗本出于韦应物公，取其七字折而增之。应物虽能道是语，而官止于郡刺史，不见于设施，殆不过为词人之诗而已。及公取而用之，则果能舟楫巨川，是岂后人因其已试之效而为傅会之说耶？盖公雅存济世之心，与舟横野渡之意合，正犹郑七子之徒取风人之章而赋之，言发诸口而肺腑之隐洞然可见，志之善恶、身之吉凶祸福皆不能逃赵孟之所料也。公为是邑时年方逾冠，有爱在民，世呼为寇巴东。其后致身宰相，践其所言，景德澶渊之功尤为俊伟。当时，苟从建议之臣幸蜀以南，则三光五岳之气必分，公独毅然决亲征之策，銮舆一动，社稷安于泰山，天下混一者二百年，较其功烈，与傅岩之人任舟楫之寄中兴有商未可得而轻重。然性素刚直，不与物浮沉，晚节为奸邪所挤，流落南荒以死，天下至今哀之。

十朋顷过公安，问枯竹再生处，有祠在焉，因诗吊之。过巴东旧治，访其祠，则已废矣。惟秋风亭尚存，则又赋诗，有不似公安之叹。县尉王宁孙者，永嘉人也，因命其建祠塑像，宁孙即亭祠之。既成，以其图来，有毛君恕者令是邑，集公诗百余篇，并刻余诗以寄，且请记之。余平生欣慕公之为人，每叹靖康间复有如公者出，则南北岂至于分裂耶！公之事，固余所乐书，尚奚俟乎再三之请。然巴东古祠遗像废而复兴，残篇断稿散而复集，江山增气如公更生，虽发端于秦而卒成之者，令与尉也，皆不可以不书。（《湖广通志》）

入蜀记（巴东部分）　宋　陆游

二十一日。舟中望石门关，仅通一人行，天下至险也。晚泊巴东县，江山雄丽，大胜秭归。但井邑极于萧条，邑中才百余户。自令廨而下皆茅茨，了无片瓦。权县事秭归尉右迪功郎王康年、尉兼主簿右迪功郎杜德先来，皆蜀人也。谒莱公祠堂，登秋风亭，下临江山。是日重阴微雪，天气飕飘，复观亭名，使人怅然，始有流落天涯之叹。遂登双柏堂、白云亭。堂下旧有莱公所植柏，今已枯死。然南山重复，秀丽可爱。白云亭则天下幽奇绝境，群山环拥，层出间见，古木森然，往往二三百年物。栏外双瀑泻石涧中，跳珠溅玉，冷入人骨。其下是为慈溪，奔流与江会。余自吴入楚，行五千余里，过十五州，亭榭之胜，无如白云者。而止在县廨听事之后，巴东了无一事，为令者可以寝饭于亭中，其乐无涯；而阙令动辄二三年，无肯补者，何哉?

二十二日。发巴东，山益奇怪。有夫子洞者，一窦在峭壁绝高处，人迹所不可至，然仿佛若有栏楯，不知所谓夫子者何也。过三分，泉自山窦中出，止两泒。俗云:“三泒有年，两泒中熟，一泒或绝流饥馑。”泊疲石，夜雨。

重修秋风亭碑记 清 黄桂

桂筮仕楚疆而权巴篆，巴邑古信陵，寇莱公之旧治也。风流善政，数百年来，父老子弟讴歌颂祷，迄今弗替。桂耳熟其政声，心敬志之，询其遗迹，重为修理，惧其年久而讹其传也。爰举事之足据，泽之入人深者，泐之于右，志之以诗，俾籍古者得所考核焉。

邑上联巫夔，下通荆郢，浪骇涛惊，险滩林立。而治前滨江畔，潜有怪石，绵亘波腹，如持衡然，工人以石秤呼之。银翻冰立，剑倚戟排，舟行之此咸苦阳侯虐。公谓衡之不平，燕雀之所以需五六也，凿石如锤以镇之，风帆占利济焉。盖以平正之心平水，安水之患宁民，夫岂后世星术家厌禳小枝所得拟其一二哉?

巴四面皆山，艰于种植，公使无旷地，无游民，觇其土之所宜导之树蓄，择地建劝农亭，躬为督率井里桑麻，今称沃壤。俾此邦之人，咸安耕凿，得以乐其乐而利其利，厥功亦云伟矣。

桂才惭制绵，官等系匏，景仰芳踪，嗟咨遗爱，睹春水之安澜，听春耕于叱犊。虽不敢谓克继瓣香而祖前述往，尽忠补过之私衷，窃怦怦一动之，是为序。

长江三峡诗集

（下册）

谭戍夔 编著

巴蜀书社

归 州 卷

《水经注》：又东，过秭归县之南。

县故归乡，《地理志》曰："归，子国也。"《乐纬》曰："昔归典叶声律。"宋忠曰："归即夔，归乡盖夔乡矣。古楚人嫡嗣有熊挚者，以废疾不立而居于夔，为楚附庸，后王命为夔子。《春秋》僖公二十六年，楚以其不祀，灭之者也。"袁山松曰："屈原有贤姊，闻原放逐，亦来归，瑜令自宽全。乡人冀其见从，因名曰秭归，即《离骚》所谓女媭婵媛以詈余也。"

县城东北，依山即坂，周回二里，高一丈五尺，南临大江。古老相传，谓之刘备城。盖备征吴所筑也。

县东北数十里，有屈原旧田宅，虽畦堰縻漫，犹保屈田之称也。县北一百六十里，有屈原故宅，累石为室基，名其地曰"乐平里"。宅之东北六十里有女媭庙，捣衣石犹存。故《宜都记》曰："秭归盖楚子熊绎之始国，而屈原之乡里也。"原田宅于今具存，指谓此也。

江水又东，径城北。其城凭岭作固，二百一十步，夹溪临谷，据山枕江，北对丹阳城。城据山跨阜，周八里二百八十步，东北两面，悉临绝涧，西带亭下溪，南枕大江，险峭壁立，信天固也。楚子熊绎始封丹阳之所都也。《地理志》以为吴之丹阳。论者云："寻吴楚悠隔，繿缕荆山，无容远在吴境，是为非也。又楚之先王陵墓在其间，盖为征矣。"

江水又东南，径夔城南。跨据川阜，周回一里百一十八步，西北背枕深谷，东带乡口溪，南侧大江。城内西北角有金城，东北角有圆土狱，西南角有石井口，径五尺。熊绎始治巫城，后疾移此，盖夔徙也。《春秋左传》"僖公二十六年，楚令尹子玉城夔"者也。服虔曰："在巫之阳，秭归乡矣。"

长江流入归州

一　人鲊瓮

人鲊瓮　宋　范成大

怀沙祠下铁色矶，中流东湍张祸机。与赍俱入彼可吊，乘流而下吾亦危。江河难犯一至此，天地好生安取斯？朝歌圣母古尚讳，我其覆醢航秭归。

原序：在归州郭下，长石截然，据江三之二。水盛时，濆淖极大，是峡下最险处。东岸即屈原宅，自此复登舟至巫山。

经人鲊滩　明　史谨

远承仙诏出乌蛮，春色相随万里迎。一舸又经人鲊瓮，全家如过鬼门关。舟师捩柁仓皇际，鱼腹葬身顷刻间。到岸不须谈往事，且宜携酒看青山。

闻　猿　同前

几处空山啸月明，不堪闻过两三声。谁知万里南迁客，一

夜孤舟梦不成。（《独醉亭集》）

人鲊瓮　清　朱樟

圆穹主好生，厚坤俯职载。精锐走为雷，发声令人悔。适来黄魔滩，怪石学棋垒。风姨助其虐，摇扇已相待。问名何不祥，盈贯恶惮改。哀哉人为鲊，入瓮有何罪。报荒足魂销，况乃啼鬼馁。四顾手足寒，弗信我辰在。敢封陶母鱼，亟覆尼父醢。狂吟少陵诗，吾将罪真宰。

黄魔神庙　清　吴省钦

黄魔残不魔，名不隶祆正。血食归峡间，力与黄牛竞。宏宪移播州，遂谢忠州柄。巴船掉尾来，恍惚致扶迎。咸通萧拾遗，溯江入深阱。梦见灵之来，恳款达名姓。及佑莱国公，巴东往从政。李寇真相才，萧也死非命。大力苟来倾，安稳导乌榜。立庙垂至今，香火拜嘉庆。州西有吒滩，滩势极凶横。亦名人鲊瓮，人力失方泳。鲰生薄后福，焉敢致祈请。神号虽未详，物理且推证。魔者圣之敌，黄者工之性。克水要在土，降魔乃成圣。吕梁恃忠信，蛮貊行笃敬。纷纷记载家，识小乏裁评。岂其等怪游，或可假神听。翊我毋我恫，燃犀我能侦。

原注：在吒滩。

人鲊瓮　清　汪仲洋

滩恶非寻常，闻名使心恫。奈何人与鲊，径欲驱同瓮。拨棹当其冲，先闻水声哄。篙工及游子，性命各轻送。凛凛相戒严，一尝蛟鱼弄。前波冲石过，后浪驾风控。势急怒纡回，盘涡中反空。初如一间屋，旋成千丈洞。夷然流欲合，突起乱峰纵。处处幻无端，时时真有恐。巧避耳目眩，翻然多误中。吾生付舵工，不若姑懵懵。

人鲊瓮 清 许印芳

波涛汹汹鸣巨瓮，鳞介嘻嘻吞裸虫。冬深忽化雁鹜宅，水涸下瞰蛟龙宫。古魂沉酣迷醉骨，客怀呕恶闻腥风。楚江危险无过此，但见黄魔济寇公。

人鲊瓮 赵熙

滩名可骇人，瓮大不近理。自从刳木来，人鲊积在此。想当四五月，一雨洪波起。小船不敢前，大船薄于纸。以卵掷石头，不碎将何恃。未知屈宋在，是滩可如是。我行水方落，篙尖及瓮底。练练沙水情，矶边坐渔子。长年笑呼呼，一瞬隔数里。回望归州城，裹入青山里。峡中富见闻，客意杂悲喜。作书报老亲，出瓮我不死。

二　白狗峡

白狗峡　宋　范成大

江纹圆复破，树色昏还明。连滩竹节稠，汹怒奔夷陵。石矶铁色顽，相望如奸朋。踞岸意不佳，当流势尤狞。山回水若尽，但见青𡶴嵘。惨惨疑鬼寰，幽幽无人声。颠沛安危机，艰难古今情。俯窥得目眩，却立恐神惊。白云冒岩扉，下维玉虚庭。神仙坐阅世，应笑行人行。

原注：陆路亦白峡上，过西岸有玉虚洞。

白狗峡　清　朱樟

孤峰插无底，瘦狗嗥秋崖。古洞留卷帙，天风吹一开。卧龙贮残书，疑待经世才。孑身处囊底，一掷真危哉。裹风柁无力，撞击声喧豗。前舟既失利，后舟为之哀。群凶肥嗜欲，斧斯均其材。天良已沦丧，何以救溺为。尧跖争一间，毋乃名实乖。束发学经济，至此心逾灰。脱非蜀道难，王阳车岂回。动色戒同志，鼓枻歌归来。

三　兵书宝剑峡

兵书峡　明　林俊

巫峡山西来，昂伏知几变。扶舆转磅礴，浑沌开生面。中擘行悬流，晴碧天一线。石根浪文折，龛窦相贯穿。最高壁斗间，衣褶横素练。参差缀红雪，黄云覆葱蒨。其巅翳丛木，深窈几古殿。三窍连嵌崟，残简隐约见。世传此兵书，异人之所撰。大始留至今，文字磨灭半。坤灵护取将，赤日下雷电。吾闻蜀汉地，吴魏经百战。赵宋亦后服，俘囚始郡县。皇明取明升，旋凯不遗箭。急峡掌为平，安流歌禹甸。只今芗溪航，上下日百遍。谁悲蜀道难，烟景有余恋。理极乱恒倚，黄巾熖微煽。正书数上闻，宵旰重西眷。素翁六收局，诏起填行院。兵奇老一身，支撑出门倦。仗剑追昔游，征衫泪为溅。辞家日千里，许国心一片。濒春雨绵密，溯峡风良便。愿言扫妖氛，黄石授终卷。

兵书峡　明　黄衷

石门遥瞩仅容车，绝壁欹岩画不如。峡道问知天险壮，江霾犹蔽日光初。幽探怕有蛟龙宅，峻览曾无鹳雀居。底月风雷

长护守，人间那读古兵书。(《矩州诗集》)

兵书峡　明　何景明

空岩一卷书，绿台字应灭。志决功不成，千秋有余烈。(《大复集》)

兵书峡　明　皇甫涍

孤征出瞿唐，抚迹多怀旧。峡花泛凄响，霜壁蒸灵秀。风云翳江沙，管乐沉崖窦。春山仰卧龙，月林鸣哀狖。

兵书峡　明　徐㶿

兵书高閟蜀中山，万古千秋杳莫攀。国鼎三分炎祚促，恐留遗册误人间。

兵书峡　清　方象瑛

层岩千万叠，寸寸束兵书。黄石圯桥授，阴符渭水余。何人封宝笈，终古閟孤虚。我欲采灵奥，龙威山隐居。

兵书峡　清　余国榗

几束岩边简，传为蜀相留。平分三峡险，坐看众江流。秘诀龙为首，深藏鬼共谋。只今经上客，犹说汉春秋。

兵书峡 清 吴省钦

峡江引如线，峡天展如幅。天旋江亦转，顾影变平陆。悬崖拔万寻，怒流就一束。坐使川渎灵，穷效阮生哭。稍近境销开，如镜裂函目。丹黄孕怪伟，失势坠沉绿。溶溶轨中亶，左右戒旁触。风毛挂杂树，强半桧松槲。礫礫鹳鹊盘，蠢蠢鼋鼍伏。遥指千仞巅，纵横露装轴。纵非兵家言，治水或须读。推枕飙飙然，津鼓震涂毒。

兵书峡 清 石韫玉

风后剑握奇，轩皇平六寓。维时兵寓农，征东按籍数。八家居同井，八阵出同伍。但有守望勤，而无征调苦。战国井田废，其法稍变古。孙子十三篇，实为岳家祖。其余韬与略，智巧各覼缕。郢书而燕说，虽多亦奚补。伟哉起武灵，戎服夸予武。变东以为骑，击剌如风雨。厥后兵家流，习此以御侮。八门武侯图，五花药师谱。或员而中规，或方而成矩。非无少异同，孰敢相奴主。可知主兵法，一废不再举。不见房太尉，误读东攻诂。义军四万人，尽化成陶土。大江东南流，诸峡如蚕丛。相传兵书峡，秘笈藏其中。稗乘嘉附会，地志多雷同。嗟彼耳食流，何以开其蒙。自古知兵人，岂由故纸攻。运用在一心，神奇出无穷。岳侯好野战，所向亦成功。赵括读父书，临事终昏懵。况乃索隐怪，天岂诱其衷。试观黄石略，平易六经同。

兵书峡　清　张问陶

天上阴符定不同，山川终古傲英雄。奇书未许人间读，我驾云梯欲仰攻。

原注：兵书峡在香溪和青滩之间，长四公里。

兵书峡　清　朱琦

朱琦（1803—1861），字伯韩，广西临桂人。道光十五年进士，官至御史。

两山束怒涛，峭壁如削铁。云是兵书峡，万古閟石穴。神猿昔巢此，夜半思盗窃。六丁忽摄去，荒崖中断裂。至今绝梯援，天巧不妄泄。我闻发微叹，神兵岂留诀。幻想托鬼峪，望眼还嵲嵲。颇疑兹岩底，下有老蛟窟。乱石淬剑芒，惨淡斗霜雪。艰危懔可怖，一帆去如瞥。

兵书峡　清　贝青乔

武乡不善兵，陈寿笔诸史。安肯误后人，韬略谈满纸。如何危峡上，灵笈竞遥指。谓有握奇经，千秋水庋此。我昨白帝城，八阵访遗垒。沙碛锁风云，滚滚走江水。今复睇层崖，怪事益难揣。金縢或可开，玉钤何是侈？运用在一心，神算有微旨。赵括读父书，赍恨长平死。

兵书峡　清　李映棻

兵法在一心，兵书言总固。弃置大峡中，恐把后人误。

兵书峡　清　李成芳

纸上谈兵总是空，不师古法乃英雄。阴符万卷皆糟粕，何事珍藏绝壁中。

兵书峡　赵熙

崔崔牛头雄，兀兀龙角秃。危乎两高山，窅矣一幽谷。金崖作土色，有骨无寸肉。北壁一窦圆，近想大于屋。其中积何物，非石亦非木。层层累高空，叠叠象篇幅。疑古洪水时，夏涨及崖腹。舟行纪所历，遗踪托樵牧。篙工谓不然，浪语君毋黩。山崩出石碑，水涸沉书椟。皆系孔明为，未来不先卜。此是蚩尤魂，旁有山魈伏。阴符最初本，奇字吓凡目。动之雷雨作，静极鬼神哭。问谁果探视，高曾云耳熟。我来香溪口，浪巨风水速。出峡即新滩，性命寄毫粟。妄言姑听之，出脸力当戮。请将酒钱给，再劈不函读。

兵书峡　金天羽

谲绝阴符秘，端宜大谷藏。崇高三峡险，驱策六丁忙。风后来云表，巫咸滴帝旁。弥天消巨劫，设计换沧桑。

四　新滩

滩　声　唐　白居易

碧玉斑斑沙历历，清流决决响泠泠。自从造得滩声后，玉管朱弦可要听。

新滩行　宋　刘攽

巴江之水西南来，峡束川壅声若雷。瞿塘五月不敢下，滟滪中流大如马。风波虽恶石不去，太古以来怨行者。君不见，前日巴东岭摧裂，万仞臬兀冲中绝。孟冬水涸石角见，上流下流尽精铁。当时长年皆有语，后来艰危从此数。上天设险知为谁，但恐防人如滟滪。（《彭城集》）

新　滩　宋　苏轼

扁舟转山曲，未至已先惊。白浪黄江起，槎牙似雪城。番番从高来，一一投涧坑。大鱼不能上，暴腮滩下横。小鱼散复合，瀺灂如遭烹。鸬鹚不敢下，飞过两翅轻。白鹭夸瘦捷，插脚还歌倾。区区舟上人，薄技安敢呈。只应滩头庙，赖此斗酒盈。

新滩阻风 同前

北风吹寒江，来自两山口。初闻似摇扇，渐觉平沙走。飞云满岩谷，舞电穿窗牖。滩下三日留，识尽滩前叟。孤舟随鸦轧，短缆困牵揉。尝闻不终朝，今此何其久。只因晋远人，此意固亦厚。吾今幸无事，闭户为饮酒。

新滩行 宋 刘敞

忆昔秭归之山崩，震惊千里如雷霆。江水逆流洞庭竭，至今蓄怒犹腾凌。洄渊沉沉色如墨，仿佛半露峰峦形。悬波一泻三百仞，鱼鳖蛟龙俱不宁。天公高居满天隔，无故设险忧群生。时无伯乐真已矣，坐念疏凿何由能。（《公是集》）

新滩三首 宋 李流谦

从祠风俗尊淫祀，滩户生涯利客船。倏忽未兴酬德意，不知曾有此山川。

渔父长歌招屈子，女儿高髻学昭君。虽存九辨欲谁继，便有琵琶那忍闻。

蜀船南来去未休，吴船西上到沙头。人生能著几两屐，三峡风烟替往愁。

新滩舟中作　宋　陆游

江路桃花浪已生，新滩稳过失峥嵘。九年行半九州地，三峡归无三日程。系缆便增筇杖兴，倚窗时听棹歌声。衰迟未觉诗情减，又襞吴笺赋楚城。

原注：下峡时作，三峡新滩尤险，今已平矣。

新安驿　同前

孤驿荒山与虎邻，更堪风雪暗南津。羁游如此真无策，独立凄然默怆神。木盎吸江人起早，银钗簇髻女妆新。蛮风弊恶蛟龙横，未敢全夸见在身。

原注：晚抵新滩，登岸，宿新安驿。

过东瀼滩入马肝峡　同前

书生就食等奔逃，道路崎岖信所遭。船上急滩如退鹢，人缘绝壁似飞猱。口夸远岭青千叠，心忆平波绿一篙。犹胜溪丁绝轻死，无时来往驾艟艚。

编者注：艟艚：小船。

泊虎头滩下　同前

大舟已泊灯火明，小舟犹行闻橹声。虎头崔嵬鹿角横，人生实难君勿轻。

编者注：虎头：虎头滩，又叫狼头滩、流头滩。鹿角：鹿角滩，一名支水。

新滩阻风 宋 邓深

高浪惊人处，新滩复眼中。虽无曳尾淖，奈有打头风。秉烛破春暗，看山坐雨濛。终朝收足坐，兀兀与僧同。

过新滩百里小驻峡州城 宋 袁说友

明朝上巴江，日日峡中行。天险三峡路，峡险滩头程。就中十二滩，新滩犹可惊。父老记往时，此地江流平。一朝陵谷变，崩裂山峥嵘。大崖江星卧，小石江心横。作此一大滩，水石相吞并。涛雷殷昼夜，浪雪听轩轰。空山十里遥，已接千鼓声。末流到山尾，犹作汹涌鸣。朝家忧病涉，遣使劳经营。辇石竟无谋，舟至不敢征。东来西上者，因有盘滩名。我来滩水傍，滚沸如煎烹。众畏岂不畏，稚老栖檐楹。遐观一舟来，掀浪嘈鼓钲。群夫山下蚁，百丈风中筝。冲涛已飐滟，转柁犹欹倾。戛戛到龙门，艰苦如颉羹。须臾近平峡，便觉天地清。栖拏稳乘舟，相庆如更生。蜀道登天难，于此论始明。况我衰病余，怀此忧惧情。国恩念未报，一叶身为轻。小臣抱孤忠，思有称使令。举酒望星河，作诗聊自评。

峡中闻杜鹃　同前

春风破晓晴岚湿，客子跉跰去程急。空山两两杜鹃声，回首家乡无羽翼。劝归不归声厌多，旅怀剌剌空奈何。君不见，秭归城上今啼否，多少行人满江口。

新滩见桃李书事　宋　孙应时

今晨明客眼，桃杏照江红。鸟哢苍山曲，人声翠竹中。独游空远思，一笑负春风。便想荆州道，簪花醉渚宫。

舟中晚思　同前

山郡寒仍少，江材晚易昏。柚花浑雪色，树影半云根。远役竟何事，壮怀谁与论。布帆无恙在，长啸下荆门。（《烛湖集》）

连日过滩　宋　李曾伯

一滩才过一滩催，虽若危哉亦壮哉。白狗甫随狼尾去，黄牛又逐虎头来。狂澜逐淖几成沸，坠石穿江乱作堆。堪笑舟人诧春涨，溯流难及顺流回。

过新滩作出峡行　同前

蜀道登天难，尤难溯流入。自峡上夔渝，江险滩节密。前年冲寒来，水落且石出。寄命竹一缕，寸挽退或尺。旬宣愧罔功，征戍幸逭责。仁哉圣主恩，有诏许旧佚。匆匆乘月下，初值朱明律。常年桃涨后，此际海潦溢。危漩若釜沸，惊湍如矢激。今年独何异，水势平放席。仅添半篙缘，稳泛万顷碧。纵横顺濆淖，隐见辨沙碛。毋庸事盘滩，了不惧触石。一日涪州岸，三宿云安邑。滟滪露山骨，底柱屹中立。巫峰披宿雾，奇哉翠欲滴。建瓴高屋易，百里一瞬息。安然中流坐，恍若前山失。舟轻蜚鸟过，岸驶脱兔疾。伊滩以新名，此水虑微涩。黎明报船步，数尺长一夕。波臣信有助，掉师喜何剧。前竿与后枕，橹六视听一。招呼左右向，心手应相得。所取无厘差，其矢如绳直。载瞻洺川祠，不远西陵驿。倏焉飞廉怒，卷起浪涛白。篙篷掀欲舞，绠缆系惟亟。凡我同舟人，相顾几动色。兴言大川涉，畴为讯诸易。古谚固有云，飘云不终日。须臾掉头发，安危在漏刻。衰迟嗟我生，险阻几身历。萍梗遍江海，星霜老疆埸。此行亦良苦，岂敢计终吉。始入凡四旬，今出仅更浃。野止非人为，挟持有神力。瓣香存牲酒，对越寸衷赤。自兹丘樊归，谨无以形役。晚来贺平善，诗以纪其实。

叶　滩　明　韩守益

浑沌天开凿大坤，名滩奇状若为论。惊涛转漩蛟龙出，怪石连群虎豹蹲。禹迹竟遗三峡险，胥灵那数怒涛奔。驰波直欲归沧海，浩荡东隅浴晓暾。

新滩 明 王恕

峡路行将尽，江流不肯平。撼山高浪卷，怒石险滩横。深谷蛟龙起，晴天风雨声。过来忧患释，犹觉梦魂惊。（《蜀雅》）

南沱 明 张邦奇

扁舟峡口又南沱，黑石青滩涉历多。莫通越人初到蜀，少陵诗里几经过。

滩 上 明 郑善夫

雪喷雷轰三百滩，临川力拟障回澜。溯奔险过瞿塘峡，细看中流砥柱湍。

雷鸣洞 明 张尚儒

江挟山兮两水濚，波声激磕若雷鸣。千层怒浪莲花漩，万斛行舟鸟羽轻。洞口石开消急渍，瓮头人过得余生。孤城更喜天门辟，举首常瞻叔度名。

编者注：新滩上有险石，张知归州，命工镌凿以便船支通过，并开凿雷鸣洞以改善航道。故秭归城下大礁石上，刻有开凿经过。抚治都御史黄公祀贤，檄治州张尚儒，开凿雷鸣洞下口，以杀其势。凿去大横石梁前阔七丈，后阔五丈三尺，高深二丈六尺，横厚七丈五尺。凿去二珠石梁高深二丈五尺，横厚三丈。工费约用二百六十余金，偿赀用之饶，将新旧口中大石块尽凿，则江水直绕州城。

新　滩　明　钟惺

三峡险匪今，兹滩成近世。所以名新滩，舟楫往往踬。伏石激横流，以待舟相值。天意非人力，工亦有钝利。利存每批隙，审择而趋避。其间不容发，失非惟恐泥。三峡归峡剧，三滩兹滩厉。巍巍神禹后，凿山有望帝。连亘七百里，疏决成既济。片石距通津，智勇莫能计。吁嗟平陂里，真宰难思议。

新　滩　清　胡世安

殷雪亘州里，午櫂快江晴。近埠呼牢杙，跻崖俯超声。阈流资土著，负载错山征。独有鸬鹚侣，往来逐浪轻。

原序：巨石亘流，空舲越渡。昔有行僧发弘愿，欲槽石梁以通利涉。江神夜告之曰：此天所以养斯地穷黎也。如公约，民不聊生矣。遂已之。盖放舟剥远皆贷力于土人耳。

新滩观捕鱼歌　清　余淼

余淼（1606—1685），字生生，祖籍四川青神。明诸生，世袭锦衣卫。

君不见，新滩奇险天下闻，惊涛怒浪如山立。上下舟行实畏途，放舟须仗滩人力。上滩牵挽终日劳，逆流直上百余尺。束舟委浪下更难，撇漩擎波如箭疾。滩际洄流急且深，承流鼓浪鱼竞集。渔人举罩百不失，烝然罩之如俯拾。伤鳞破额委泥沙，惨然腥风起朝日。跳波脱漏时有之，潜迹江潭秘呼吸。滩人竹篓满背归，户户门前盈百十。霜刀直下乱雪飞，弃置头颅人不食。枯鱼尾尾挂满壁，腥臭漫漫逼人泣。谁云烹鲜世所珍，见之悲恻情罔极。呜呼廿年杀戮人民空，今复毒流鳞介中。(《诗观》)

新滩歌 清 宋琬

江水远赴瞿塘门，建瓴而下势欲吞。东过秭归峡逾逼，双崖突起成藩垣。神龙在槛虎被缚，自然拏攫还腾奔。巨石中央列戈戟，云霾雨蛰盘孤根。潆洄未肯注东海，朝宗讵识天王尊。天吴九首作窟宅，当年割剧哀公孙。老蛟昼号猿夜啸，估客万里伤心魂。疑是共工怒，头触崑峇折天柱。又似樊将军，毛发冲冠皆倒竖。丛祠血食饱淫昏，开凿无人念神禹。岸边林立黄头儿，负载装囊半村女。攀萝扪葛胜丁男，头上银钗已非古。行旅纷纷学鱼贯，邻船隔舫更相呼。一舟才过万人呼，沙头杂坐忘餐饭。西来艟艚去如箭，死丧之色人人面。涛声断处即安澜，咫尺分明割乡县。舟人酌酒妻孥喜，历尽惊湍观已止。艰危莫漫数黄牛，鹿角狼头曹桧耳。

捕鱼行 同前

新滩之险天下无，瞿塘以东称畏途。波涛壁立走雷电，下瞰疑是蛟龙都。骤窥澒洞破心胆，坐观笭箵成欢娱。渔人取鱼逐滩响，不劳乌鬼家家养。年年巴蜀雪消时，千百为群鱼大上。喷珠跋扈气成龙，触石惊跳力如象。腾身争如挟云飞，红鬐翠鬣翻银浪。死生祸福只须臾，早见修鳞出罾网。已困泥沙尾尚摇，半衔苇索头还抢。宁论鳊鲤与鲦鲙，百钱贱卖充糇粮。不分流膏兼饲犬，可怜登俎共牴羊。我行见此欲掩鼻，鲍鱼之肆古所伤。落日回舟召亲友，吾侪幸脱鲸鲵口。计日应尝丙穴鱼，为君满酌郫筒酒。

新　滩　清　许儒龙

许儒龙，字水南，郫县人。活动于清前期。

楚蜀足千滩，此滩尤不测。乱石挟巑岏，深涛看洞黑。盛夏水奔流，严冬行阻塞。水作雷霆声，人有蛟鳄色。千夫奋篙橹，祸福付顷刻。我来值冬季，有路在江侧。登岸看行舟，快于生羽翼。理水称昔贤，谁能举其职。嗟尔往来人，但颂江神德。（《蜀雅》）

新　滩　清　方象瑛

天寒水落峡江平，何处崩雷万壑鸣。自去钱塘刚十载，今宵听彻早潮声。

峡险无如此地难，飞涛十丈涌危湍。轻舟出没波光里，不数延州黯淡滩。（《健松斋集》）

新滩二首　清　王士祯

上滩嘈嘈如震霆，下滩东来如建瓴。瞥过前山才一瞬，鹧鸪啼处到空舲。

兵书峡口石横流，怒敌江心万斛舟。蜀舸吴船齐著力，西陵前去赛黄牛。

原注：诗人过滩，船触石沉，行李诗囊尽没。幸诗人先下船陆行，得全性命，能记些事，此亦幸也。

新滩谣 清 朱樟

呀坑陷雪城，水势犹未落。巴人利坎窠，以滩为畊凿。冬春看打盘，客钱尤横索。风隘固不醇，石亦济其恶。昌黎如再生，秉笔肆雄作。吏与荦确争，功用并统鳄。谁权救生船，朵颐啗囊橐。汨彼溺人笑，将谓覆舟乐。救时霁良臣，请以猛政药。高峙峡口碑，禹鼎铸不若。哀猿知我意，攀枝亦朋跃。缀此危苦词，行吟落狂魄。

原注：水涸时客货陆远曰盘滩。

青 滩 清 陈祥裔

为避青滩险，登岸舍舟行。浪高知触石，水陡□悬泓。过客愁无极，居民赖此生。苍茫前路暗，渔舍一灯明。

原注：青滩之险较诸滩独甚。其水势三级，每级相去丈余，陡削如瀑布。凡舟至此，皆必搬空行李沿江而走，其舡头以席封之，又必以绳周船扎紧，防颠碎也。舟子亦皆不识水性，必另外请本滩之居人，称之曰滩师，然后可。不然，无不倾覆者。若七八月江水甚涨时，则反平不险矣。故谚云：有青无叶，有叶无青。

三峡歌 清 陆载霍

鹭子尖尖上水撑，钩辀叫断若为情。新滩过后愁津吏，不付红纤不放行。（《洛如诗钞》）

发新滩 清 张汉

白狗黄牛一叶舟，波恬风细浪花柔。窗含近岭云飞动，石翦长江水却流。破晓速行秭归曲，负喧直过夸陵州。渐开两岸平川远，放眼青天汗漫游。

新滩歌 清 凌如焕

风瑟瑟，树萧萧，泄滩水落新滩高。蜀道青天不可上，横飞白练三千丈。居人喜欢旅人愁，千盘万折过陇头。

泄滩歌 同前

北风消，南风作，新滩水平泄滩恶。中流伏石如蛟龙，纸船全赖铁梢公。旅人色消居人利，石出百钱取如寄。

入峡一首 同前

万仞峰攒四望遮，西来客路近三巴。直疑井隘窥天上，始信山颠即水涯。古戍迎人吹觱篥，渔舟打鼓上嵯岈。分明旧日蚕丛国，南楚东吴共一家。

新滩书事 清 蒋业晋

蒋业晋（1728—1804），字绍初，号立崖，长洲人。乾隆二十一年举人，曾为汉阳县知县候补同知。

上滩之难如登天，千夫力挽一绠悬。下滩之险疾于箭，奔波直下逐流电。行人到此心胆惊，性命真比鸿毛轻。滩边最能惯入水，不利人生利人死。昨客不戒沉厥舟，谁与援手心烦忧。有人翻身却下手，攫得钱力撇波走。走归召党酒相贺，日夕驾浪同船过。（《湖海诗传》）

新 滩 清 吴省钦

峡江七百里，两滩名特豪。顷我经泄滩，如掌舞一舠。有新故无泄，计量才分毫。放流及半晌，鹭羽冲飞涛。訇訇聒双耳，直战昆阳鏖。水为石丈掀，石为水府熬。崚嶒变奇相，为鬼为玃猱。轩然弄大波，灭顶凶焉逃。如连褊悍人，隘路争呼謷。官漕在南岸，上水点竹篙。为言天圣间，一柱崩六鳌。塞江江不流，不比沙能淘。起公知是州，俾凿雕连尻。稍稍去客马，方可通下牢。自东徂首春，江水逢复艚。夏令禁行舟，汔用休民劳。惮险避从陆，放溜篙还操。梁然萧落叶，震荡随惊飈。孤寒到心胆，人命非鸿毛。过滩托神佑，回首纷牲醪。

新　滩　清　何明礼

数里涛声先荡魄，艨艟一叶浪花翻。舲空怕触蛟龙怒，路转还逢虎豹蹲。衰草寒烟迷故鬼，悬岩落日老啼猿。前途八九罗云梦，试把长江一气吞。（《蜀雅》）

新　滩　清　左辅

奔流冲石去，石立不水受。水怒不亦险，相迫吞嘬久。回流忽漩舞，蓄极力愈厚。壮与蛟鳄腾，声挟风雨吼。牵舟撄水怒，石险乘水后。水静不怒石，挟石为伍偶。火仗操百人，移晷尚滩口。上滩如上山，滩立如山陡。畏水更畏石，石去水可狃。使君与空舲，行者戒勿苟。胡为设巨险，汔济畏濡首。其中多不平，激荡固所有。谁能安其澜，时无五丁手。

青　滩　清　石韫玉

江天殷殷倏闻雷，舟人告我青滩来。江中乱石若棋布，水石相激声喧豗。舟行一落忽千丈，稍有不戒如枯摧。我闻古孝子，九折之坂回其轫。从来坦坦幽人涂，我独何为行至此。舟子粲然笑，使君未达理。上滩复下滩，万舶集如市。上滩有如鱼上竿，下滩有如弩激矢。走者自徜徉，来者方未已。不见宦海中，无风波澜起。视此险孰多，望西而笑人皆喜。人生吉祥在知止，世上畏途不在是。

新滩寓楼 清 孙原湘

飞飞乌鹊绕南枝，万象初呈月上迟。云吐碧峰同缥缈，水吞丹树倒离奇。大江东去秋如画，爽气西来夜入诗。楼下滩声楼上梦，三□鸿爪悟前期。

南沱晓发 同前

残月相思正满船，晓风吹得楚帆偏。山邻巫峡多疑雨，路出空舲半上天。屈女寒砧秋自写，江妃瑶瑟梦难传。美人一赋分明在，叶叶幽兰似汝妍。

黄泥三堆守风歌 清 钱林

檣乌悄自语，今朝天气寒。儿郎且安坐，慎莫下新滩。

如亩作大浪，吹尘起飂风。风头拢双手，只欲骂滩公。

原注：峡船前招后柁，司招者呼曰滩公。

候风候一日，冥然风不住。即便附来舟，直帆归巫去。

新滩歌 同前

西望咨嗟蜀道难，清亭十月北风寒。劝君且莫推辞醉，险绝新滩胜涩滩。

新　滩　李鼎元

有滩莫不险，险到新滩绝。涛声四序雷，浪花百尺雪。积石横江心，神禹不能抉。强凿南北槽，敢曰功来烈。秭归弄船儿，玩水计何拙。性命轻鸿毛，争利鼋鼍窟。孽龙何自来，神波肆奔突。怪我书满船，撮弄三峡月。欲薄我于险，乘危乃迅发。舟人如死灰，驰马竞一蹶。我时坐滩头，惊浪溅毛发，仆来幸舟完，此险慎毋忽。

原注：是日船触石破。

蜀江船　同前

蜀江船身直如弦，楼短头长柏板坚。水行恍讶虫百足，四十把桡齐向前。船之大者长楫添，矫如紫蟹双螯尖。纤以火掌车轮旋，一帆百布空中悬。船之小者当减半，下水帆纤都弃捐。长年三老勇且便，开头捩柁目无全。水涨神速更莫比，千里江陵一日还。我从武昌归故山，已见明月两回圆。每逢险滩破巨浪，大船微侧小船颠。忽尔触石尤堪怜，木片片飞无完船。乃知涉险祸最烈，不如归卧云龙颠。

编者注：火掌：连竹片为繂，曰火掌。

新　滩　清　程含章

程含章（1763—1832），又名罗含章，字月川，云南景东人。

乾隆五十七年举人，曾为江西巡抚。

磳硋怪石何顽凶，恣睢哽咽供流中。簸弄狂澜三百尺，惊涛激浪排虚空。我来雪霁涨春水，一滩不息一滩起。喧豗争下声如雷，七百桡夫怕欲死。敝艛破艇纷如麻，沉沉黑色蛟龙家。长鲸巨鳖争馋嚼，浮尸泛泛鸣乌鸦。此滩闻道起嘉靖，归峡崩摧山石陨。鳖灵一去几千秋，谁向江心凿石笋。

神　鱼　同前

客言秭归山下水，中有神鱼长不死。蜃蛤鼋鼍奴隶间，巨鳖长蛟共指使。当年屈子投汨罗，神鱼衔送归桑梓。扬鬐鼓鬣天冥冥，瞬息风雷走千里。归山南北双崔嵬，忠臣青冢丰碑起。神鱼一岁一来游，水静风平众可指。苍苔斑驳浑无鳞，藻荇缤纷异常鲤。我来杯酒酹忠魂，何处投诗吊屈子。神鱼呼吸与神通，频送泪珠空庙里。

下新滩二首　清　张问陶

大船侧柁推官漕，小船直下龙门高。一丈悬流万堆雪，惊天如看广陵涛。

归州长年绝神俊，日日放滩如弄潮。雪浪如雷倏崩散，青天乍落一声桡。

编者注：新滩，又名青滩，在兵书峡和牛肝马肺峡之间。官漕在新滩南，龙门在新滩北。

新滩舟夜 同前

积雪明千幛，颓岩压短篷。滩声终夜满，石气万船空。心若知天意，江危忆禹功。水窗风竹细，愁绝满山中。

新　滩 清　陶澍

崭崖高不极，望望绝因依。峡逼云多坠，峰斜石竞飞。马肝绝古挂，鹿角远山围。诸葛兵书在，犹疑白羽挥。

编者注：新滩上即武侯兵书峡。

新　滩 清　汪仲洋

见水不见石，搏山如搏云。飞龙有奇力，破壁自古闻。耳目未到处，信否真难云。及此得遗迹，乃知神物神。峨峨千丈峰，坏裂三十里。一半撑江干，一半沉江底。撑者势将崩，沉者浮欲起。化作轩波翻，中流立而峙。嗟哉凭两桨，命与水石争。幸有悬岩路，可以避险行。遂着谢公屐，猿猱登不平。却从千仞上，俯看放舟轻。舟如箭离弦，水如云迸电。龙门千丈强，一落蓦无见。练飞悬溜春，雪涌浪花眩。心惊魂自招，胆破色皆变。忽复下游中，帆墙出水面。欢言得无恙，疾走呼余皇。舟人相顾谓，生全谢上苍。斗桶并力汲，一浪在船仓。系缆复解缆，行色何忽忙。滩声如雷急，怕有龙飞翔。

原注：《蜀道驿程记》：嘉靖间，龙起山崩，水势腾涌，因名。按，放翁已谓新滩峡中最险处，由来旧矣，云云。考之苏诗有新滩阻风之作，又在放翁前。

新　滩 清　李惺

长江万里来蜿蜒，破空直下岷峨巅。瞿塘一门塞不得，到此抵挡相关键。横截崩湍插复闸，力撼三峡回百川。长江毕竟要东去，不随西日入虞渊。两不相容肆搏击，水性逾悍石逾坚。冬水落漕不肯露，峨舸大艑纷连延。我来舍舟沿岸走，耳鸣目眩心旌悬。抚掌无端作奇想，欲铲其脊舂其咽。一椎一凿败人意，快意欲供秦皇鞭。岂惟水中之石平其险，直须一扫群峰如轻烟。驱置河南更河北，两两夹峙横流过。河不为灾江出险，遂教两界俱安然。世事那得快人意，一快往往多后艰。不如安坐任夷险，一任水中有山心无山。

新　滩 清　金科豫

传闻天圣中，山崩归峡口。江波潺湲逆不流，断巘离披纷厄纽。行人无计达重渊，帆樯坐困迷津久。迨历皇祐三年初，都官员外膺简书。用工累月殚全力，疏通未尽遗崎岖。至今鸡肝突江面，孤峰转向奔涛战。掀天白浪竞喧豗，扁舟直下疾如箭。随风旋折临飞洄，山鸣谷应声淙淙。回溶左右势激荡，簸扬一叶轻飘蓬。二滩三滩复在望，鲸鲵怒卷遥相向。榜人大叫声力俱，一挥棹破连天浪。噫嚱危乎蜀道难，冲破逆折如云攒。沦没倏忽固天命，使人对此生悲叹。君不见，益州刺史晋杨亮，使君滩下神怏怅。万里艰辛奉命来，几将忠血埋寒涨。我行正值朔风凄，满山雪压猿猴啼。布帆遥指幸无恙，秭归有客相招栖。满斟黄柑且痛饮，一任江声汩汩吼空堤。（《行吟杂咏》）

原注：时归州判官茹承先招饮署中。

新　滩　清　贝青乔

初崩在炎汉，再崩在弱晋。有明嘉靖年，龙起复一震。遂令沸水底，崩石森成阵。官漕双溜恶，蹇墟三级峻。舟行莽突冲，刳腹背出刃。舵师怯所经，隔宿先戒慎。舟尾系双筰，悬崖倒牵引。绞石石棱挫，火星乱飞烬。审定陡放行，一掷不逾瞬。浪驾楼千层，涡跃井九仞。恍推霹雳车，风雨共神迅。前舟望无踪，后舟始追趁。犹恐避不及，两舟或腾蹦。我时豫登陆，骇此川途进。舌桥不能下，股栗强相镇。势撼岭石摇，压焉侨将殉。

原序：一名新崩滩。渔洋山人分为二，谓一在巴峡之间。余历询川船三老，皆只知有一滩。滩在兵书峡口，有南北两漕，古名龙门官漕，中峙鸡心石，为峡江首险，一岁坏船以百数。土人利之，据若肥产，有欲开凿者，辄百法阻挠。近设一司马专辖之，于是水甲水摸托名在官，强梁滋甚，行旅过之，畏如盗薮焉。附志数语，以冀当事一闻耳。

惊定作　同前

欻见风樯逐浪摧，无多行李夺难回。书生若说贫如洗，只我今朝洗过来。

百条生命一条存，哀绝江头泪暗吞。不道酬神前夜酒，满船辍饮尽残魂。

最惜诗囊手自删，半生搜斡鬓成班。苦吟偏触阳侯忌，不许长留天地间。

飘蓬身世复何之，凄切邻船附载时。只是归装无一物，入门未免骇孀慈。

编者注：标题为编者所拟。原题作：下滩船破，人物荡然，幸先在麓，一身仅存，惊定作诗。

再上新滩　同前

一船误放滤，粉碎逐波练。一船衔尾来，柁折入回旋。落后又一船，覆若奔而殿。三船呼吸间，楼橹不存片。惟闻号救声，仓黄满江面。却有救生船，一叶去如箭。凫没浪打头，中流倏不见。可怜从井仁，亦复遭鬼谴。此吾昨所经，再至色犹变。譬如兵燹场，宿将话前战。偏体抚疮瘢，心胆有余颤。岸民无用耕，旁掠以为膳。来船日磕沉，溺多不遑援。遘患曾几人，存活返乡县。我独去复回，仰天泪如霰。

再下新滩　同前

我生不免溺人笑，如此险途再三蹈。只闻山贼乘人危，枉聘滩师作乡导。前贺大船触石沉，今复小船当石临。放船大小异趋避，最防一石冲鸡心。凛凛峡行守语忌，纷纷鱼腹葬无地。他年誓凿此石平，敢告山神无怒睨。呜呼除患力弗振，生还幸荷天赦仁。回首三重风浪里，龙门放过一诗人。

旅　感　同前

惊弦困翼远投林，吊影风前泪满襟。此日雄心随路尽，连

宵噩梦落江沉。事无可夸唯求醉，诗不能亡尚补吟。只恨乡关天共远，岁阑东望结穷阴。(《贝青乔集》)

新　滩　清　江国霖

群山围绕气崚嶒，短榻萧然感不胜。伏枕滩声疑过雨，开窗风势欲摇镫。梦回孤掉天无月，咏别深宵砚有冰。争似谪仙才力建，轻舟一日到江陵。

上　峡　清　刘文麟

连山筑长围，众水含积怒。无地恣披猖，勉强循轨度。纡折千百回，其意在东注。砉然门户开，并力尽一赴。万马横空来，惊愤不反顾。我舟当其冲，逆进相触忤。百夫贯一缆，累时拔寸步。倒掷脱不虞，此身竟安付。昨有估客船，咋指惊一误。木石相冲撞，破碎等瓜瓠。崖畔余梯存，不忍目垂驻。吁嗟造物意，设险独何故。夕泊江之涯，惊定有余怖。月黑鸺鹠鸣，悲风振岩树。远闻洪涛声，前滩尚无数。

新　滩　同前

江从归峡来，万派争一窦。横石互其前，直下泻悬溜。欲下不下时，其势犹未骤。陡跌忽仰翻，直驰更回斗。白日生雷霆，雹雨忽奔凑。深冥不测底，淘刷厚坤透。长年素习险，到此俱眩瞀。人声杂水声，飞沫溅襟袖。深疑咫尺间，鬼伯已预候。出险如再生，惊喜念交辏。舟师擂大鼓，牲醴谢神佑。具

道过此滩，往往遭倾覆。上滩须顾前，下滩须顾后。上滩力可施，下滩力难求。（《晚晴簃诗汇》）

上　滩　清　沈寿榕

上滩未见滩，滩声先如雷。过滩未见滩，滩声随船来。滩前立怪石，滩后奔流沙。石激水横立，沙飞风倒斜。我时坐舟中，敛衽无一语。壮哉远游人，宛然深闺女。（《玉笙楼诗录》）

新　滩　清　李映棻

卷地万堆雪，惊天百道雷。楚江殊太恶，神禹不难开。客过蛟龙喜，天晴风雨猜。如何一弹指，轻易下滩来。

新滩　清　许印芳

衈然观水不见水，蚩尤族气三滩连。饿狼八千守津要，毒龙五百蟠深渊。鹰鹯翔舞杀机动，沸唇吹鼎愁烹煎。冬雷震震出波面，火镜吐火飞白烟。大声发处鬼破胆，钓竿鱼网偏安闲。客艘避险尽起拔，耦担奇负官漕边。滩师放滩手滑利，朽索驭马何其神。下滩回视浪犹涌，□□□□□未穿。乃知石林排剑戟，江心藏祸如老奸。阳月江涸底里露，水石交斗雠亿年。故乡战伤急在眼，骨病魄伤诸忿躅。不战而胜喜可贺，黄崖月上开新筵。

下新崩滩赠汏工一首　清　王闿运

东归泛平潮，绝险系江徼。崩石积千载，哀涛苦惊噪。杨舲既夷犹，傍流骇回眺。习坎信有期，需沙且诒诮。虚舟纵所如，奔浪反知桡。迅急乘直波，从容顺回瀠。滥觞盘涡中，曲折赵湍峭。峡山转晨光，崖云涌云曜。涉险慰众心，探奇媚孤棹。虽惭郢人质，颇识飞流妙。将从吕梁游，方逢断轮芙。（《湘绮楼全集》）

新　滩　郑观应

大禹疏岷江，凿山通大海。尚留斧凿痕，色泽成苍霭。连山多宝藏，独惜无人采。堪笑江心石，俗谓天主宰。新滩最难行，急溜建瓴水。土狙引为利，有司莫能改。谁当平此患，功德垂万载。

洛碛舟中听雨　同前

暴雨连宵涨碧溪，江流如箭没平堤。扁舟只在寒烟里，巴蜀云山一望迷。

和吴翰涛大令蜀江杂咏原韵　同前

蜀道难行信不诬，山重水复断平途。上滩越岭须牵缆，一叶轻舟数十夫。

两岸高低尽石田，茶亭酒市傍江边。老夫稚子滩头坐，待唤牵舟得几钱。

砥柱中流浊浪多，刚肠如铁奈人何。半生历尽风波险，河伯休扬水上波。

十二峰高碧汉齐，一弯新月草萋萋。山头神女今何在，惟有猿声不住啼。

月见庚方气象新，笑看牛女倍精神。滩声恰是初潮水，坐待渔翁钓碧鳞。

得脱危滩水火惊，同舟相庆到酆城。那知菱角遭芒刺，风雨潇潇石上行。

底事酆都破客船，前生石上有因缘。欲除三峡行舟险，早剁飞轮渡锦川。

化险为夷各有神，但愿忠信历艰辛。祝融风伯休相试，我是英雄退步人。

新　滩　清　刘光第

数里滩飞上，风连峡响移。大波颓作阱，长舸立如锥。水势相天地，人心一险夷。空舲打箭过，翻容鬼门奇。

水也阴平道，悬舟一陷之。吾生始飘泊，险地验操持。虎豹飞天静，蛟龙嘿客疑。无言命穷薄，万里旧心期。

九月过青滩叶滩　徐樾

昔闻三峡水，倒流来从天。悲歌蜀道难，行客心凄然。古有夔子国，远在楚江边。秭归送屈原，遗恨留千年。化为滩上石，激水水回旋。化为滩中水，触石石钩连。水石相激触，此恨长绵绵。云峰崛平地，崩涌状万千。雪龙游铁河，滚舞相交缠。我舟舣其下，惶恐不敢前。怒力争上游，当进不自怜。蜀道尚未至，客愁空为牵。奇险乃在楚，千古无人传。李杜昔过此，惜哉无名篇。侁俯吊古今，低吟一扣舷。(《遗园诗集》)

编者注：标题为编者所拟。原题作：青滩、叶滩为入蜀至险处，瞿塘、滟滪无以尚之。戊戌九月经过，为赋此诗。

新　滩　易顺鼎

左滩如青龙，右石如白虎。龙爪攫虎头，虎牙啮龙股。一龙欲蜿蜒，万虎相龃龉。十里先饱闻，当前复惊睹。人怒尚难患，况犯两雄怒。舟师尔阿为，孤注真莽卤。冰雪搏天衢，雷霆穿水府。长年绝叫呼，挽卒纷伛偻。百危百尺缆，勇怯三通鼓。向天舟忽仰，据地人皆俯。追寸退反寻，完十坏犹五。发船未及卯，出坎已逾午。龙门与官漕，险自南宋古。或言此潭下，血肉积腥腐。得鱼讵敢餐，恐有魂一缕。千年老怪物，杀人终不吐。谁挥孝侯剑，还借秦皇弩。平生爱九折，讵拟轻一赌。示暇坐胡床，中干仍不武。却顾舟中人，五色都无主。外物岂滑和，临风想神禹。

原注：新滩南曰龙门，北曰官漕。

新滩度岁口号　同前

乱滩声里泊巴船，风味萧然水驿边。何似南山看射虎，短衣匹马送残年。(《琴志楼诗集》)

新　滩　赵熙

晓上新滩纤力加，平明津鼓振江沙。渔翁石山携儿坐，如此风波有世家。

新滩三滩不可涉，头摊二摊紧相接。三滩过尽试回头，一线生死判眉睫。此地在古本无滩，晋朝山崩石重叠。从此人间添鬼门，水底老蛟日张颊。是维峡中第一险，客请行舟远行箧。壮心拒谏色不挠，谬语江神夜通牒。果然众力振衣袂，拼将一命付舟楫。飙如闪电划奔云，疾甚狂风吹落叶。前山已去十里外，万人争羡孤舟捷。欢言沽酒奖劝劳，默悔轻身诩豪侠。咄哉船娘笑靥圆，半日谀官语喋喋。

新滩下沿江诸山　同前

寒莱绿成畦，谁家绝巘栖。远烟知饭熟，怪鸟作儿啼。峡影悬肝肺，滩声动鼓鼙。谁寻鬼谷子，此地或清溪。

新　滩　罗骏声

骇浪端无际，奔雷怒有余。水归三峡急，人避一船稀。舟子方飞鹢，村童竞晒鱼。荆梁此关键，滩险几时疏。

五 牛肝马肺峡

过东瀼滩入马肝峡 宋 陆游

书生就食等奔逃，道路崎岖信所遭。船上急滩如退鹢，人缘绝壁似飞猱。口夸远岭青千叠，心忆平波绿一篙。犹胜溪丁绝轻死，无时来往驾艟艚。

编者注：马肝峡在秭归东三十里。

马肝峡 清 朱樟

坏壁产石芝，刻划肝肺状。隔水唤樵夫，挟之供仙掌。
端溪选砚材，石体远相似。秋崖多猕猴，楚草半兰芷。

马肝峡 清 姚椿

暝色落我前，夜卧入寒曲。素灵迭明晦，深秀藏峰绿。平沙一微步，硖影峻遥瞩。石子贯铿然，倾听久乃续。泉源引虚籁，泠泠何相属。梦醒空中弦，天风戛珠玉。翻嫌人语动，乱此幽响触。山泉赴江水，我梦隔凡俗。（《晚晴簃诗汇》）

牛肝马肺峡　清　刘光第

金马黄牛路，同舟诡说新。怪奇归造物，割裂笑斯人。险境耽吟地，屠门大嚼身。客行几一月，江岸野花春。

六　空舲峡

宿空舲峡青树村浦　唐　陈子昂

的的明月水，啾啾寒夜猿。客思浩方乱，洲浦寂无喧。忆作千金子，宁知九逝魂。虚闻事朱阙，结缓骛华轩。委别高堂爱，窥觎明主恩。今成转蓬去，叹息复何言。

空舲峡　清　宋琬

三日行恶滩，魂惊面多垢。忽见翠芙蓉，高撑干列宿。白帝飨钧天，兹焉为苑囿。绛阙金银台，故遣熊罴守。嵯峨削碧城，灿然出新甃。鬼神逞余巧，能事有雕镂。或如古鼎彝，诘曲横篆籀。或如帅武臣，羽林擐介胄。西南八九峰，婵娟舞罗袖。岩端结石芝，古铁开三秀。微风吹绿波，片片龙鳞绉。容心澹容与，瞻望屡回脰。新月出层云，吾其听哀狖。

送人自归州入蜀　清　屈大均

空舲最险复兵书，白狗黄牛尽不如。二峡已愁朝暮上，三巴唯见水云余。哀猿生长悲秋地，落木飘萧入蜀初。多作竹枝供起汕，西陵春暖正鱼多。（《翁山诗外》）

空舲峡　清　方象瑛

才过三滩险，空舲水势分。峡宽初见日，江暮欲蒸云。健鹘舟首落，哀猿石上闻。朝来朔风静，细浪碧成文。

空舲峡　清　王士祯

月吐空舲峡，流光楚塞旁。渔灯摇宿鹭，篷背受新霜。青草烟波阔，黄牛朝暮长。曾为云梦客，回首忆高唐。

编者注：青草：青草湖。

空舲峡　清　潘问奇

众峰高处望巫阳，天下奇峰尽此乡。楚国种田皆在岭，巴童看虎只如羊。潮添水势吞沙迹，黛合云梢露石梁。夜静猿声听不见，古人文字恐荒唐。

空舲峡 清 盛锦

出峡复入峡，两岸插青冥。中流逐狂飙，奔腾万马声。下滩梭一掷，触石危樯倾。逆挽劳百夫，十步九倒行。力尽听所止，刺篙就回汀。爱此民居壮，凌空驾轩楹。宿云出洞户，古木撑岩屏。惊猿或挂树，怪鸟时一鸣。扪萦上绝壁，山风动冠缨。呼童拾锦石，信手扳杂英。兴幽忘涉险，触目多怡情。前途苦逼仄，绝境难久停。过午岩日晦，磊落见数星。崖黑畏突虎，蛮语频丁宁。移舟近湍激，拍枕声铿訇。骨肉缘久断，中宵梦亦清。狂吟出险句，那顾邻舟惊。

归州入峡 清 龙为霖

路入空舲意渐安，峡空处处好寻看。戏憎崖穴投山石，巧爱江乌接饭丸。云护林梢藏神寺，风来竹尾扫仙坛。传闻更有莱公迹，古柏森森叶来干。

空舲峡 清 苏汝砺

苏汝砺（1720—1762），字商弼，号漱亭，乾隆拔贡，曾知湖北远安县。

行路难多怆客心，况当绝峡气潇森。黄牛壁上无朝暮，白帝云间自古今。桔树香清征楚颂，竹枝调苦识巴音。茫茫岚色迷寒旭，才照中天影欲沉。

空舲峡望埵灶　清　吴省钦

灶唇谓之陉，其窗谓之突。突下谓之甄，禅也坐兀兀。炼丹封丸泥，煮茶焠才柮。烟过黑潭潭，焰生红勃勃。或令夷使平，或令修网缺。云何以埵称，流传太恍惚。峡山入重云，万仞状凹凸。猿鸟力不到，宁论采樵卒。我行下空舲，三老语咄咄。牛肝与马肺，两两挂岩窟。其旁一灶鲋，稽古帝尧日。怀襄草昧初，有舟兹出没。倚滩爨薪蒸，举栎熟麸籺。公然效猱升，偶尔肖狐搰。饮罢壑竟藏，遗踪尚昭揭。请观辰溪边，穷崖掩门橛。亦越武夷峰，悬棺闷高樾。谓由水未平，避水似巢鹘。岷江虽建瓴，岂递汩层崒。室其一叶轻，而敢犯溟渤。撒手势既难，到眼惊已猝。造物巧设施，怪伟未消歇。庶乘夏涨高，微睇察芒忽。忽念产蛙乡，木处惧颠越。

宿空舲峡　同前

朵朵乌云压岸青，青枫江冷酒初醒。孤舟如叶灯如豆，不见鳇鱼起汕腥。

急箭滩流下秭归，月明江岸守芦碕。十年坠雨空泠梦，莫为哀猿更湿衣。

竹枝歌起断不连，十月关河客废眠。留取诗情冠三峡，依稀驴背灞桥年。

从兵书峡入空舲峡 清 钱林

才忘三峡险，入险忽茫然。埵灶氛浓集，呀阬水怒填。漩深群舸避，影凸一峰悬。拟续山居赋，奇情愧不传。

空舲峡 清 李鼎元

夜寒人静双崖黑，水落天高一线青。渔父香溪沽酒去，扁舟载月度空舲。

空舲峡 清 张问陶

山头晴雪玉珑玲，金翠迷离好画屏。两岸峰峦争秀拔，随江九折看空舲。

编者注：空舲峡在西陵峡中段，峡中险滩名空舲滩。江心卧一石梁，将航道分为南北两漕，暗礁密布，船过此务空其舲，然后得过。川江上流传："青滩泄滩不算滩，空舲才是鬼门关。"

出空舩峡野泊 同前

九畹溪南路，村村露酒旗。众山低可笑，一水淡无奇。出险停舟早，思乡得句迟。远峰如送客，天半立多时。

空舲滩 同前

空舲泠响恶，滩底毒龙蟠。怪石千层通，奔流一折难。柁灵人气活，桡急水花残。瞥过沉舟侧，猿声落日寒。

腰站河 同前

江到无人处，溶行炎不流。坦迤才百里，朝暮看黄牛。小艇厨香细，斜阳树影浮。使君滩下泊，辛苦峡中舟。

空舲峡 清 陶澍

归裴无陆贾，问路有空舲。流水如相识，荒江此乍经。峡深藏日月，滩急走雷霆。酾洒黄牛近，来朝至喜亭。

原注：至喜亭在宜昌，欧阳公记言，蜀舟至此而喜也。

空舲峡 清 姚莹

滩流渺渺入空舲，晚色侵山分外青。忽见崖前风浪里，飞雷走雨满天鲲。

原序：在黄牛庙北五十里，俗名黑崖子。空舲峡，惊浪雷奔，浚同三峡。

编者注：据《水经注》，晋时秭归、巴东皆蜀地。

舟中口号 同前

奇峰峭霭接苍旻，千里如张万叠屏。安得斋前分一角，朝晴暮雨对空青。

所见 同前

石室万猿穴，长江作涧沟。飞星槛下过，响瀑席间流。种芋披云叶，开帘倩月钩。神仙在人世，何必避秦游。

壮 游 同前

男儿骨相不封侯，也合身经万里游。鳌背东迎桑海日，峨眉西饮雪山流。未知增减人千劫，已分贤愚貉一邱。蜀道从来天下险，杜鹃声里过行舟。

黑岩子 清 俞汝本

俞汝本（1791—1848），字秋农，新昌人。道光十六年进士，曾为天柱知县。

新滩既已下，黑岩当吾前。一石挺中流，崱屴撑青天。石既与我拒，水亦与之缠。水石相击撞，腥拥蛟龙涎。径路仅一线，我舟如针穿。云此忽十里，两岸浮炊烟。舵楼亦晚饭，嬉笑问长年。

空舲三硃石　同前

空舲险莫匹，其下连三珠。空舲宜迅速，三珠宜纡徐。我闻舟人言，潭底通三吴。不知几千里，荒诞惊乡愚。我行殊一瞥，岂有神明扶。惟兹石三珠，曲折不一途。穿穴似蚁附，转磨宜牛纡。去此而适彼，凶避而去趋。弓躁手自柔，驾轻车不逾。于慈悟妙理，吾学射御乎。

空舲峡　清　贝青乔

险逾新崩滩，陡下射洪碛。鹢首昂然临，闯出峡门窄。戙楫如翅张，浪头飞拍拍。累石阻当流，鼎峙波臣宅。埵灶古所称，余烬义难绎。改名戒行船，惩此三珠石。楚艑与吴艎，赀装多滞役。分运赁小舠，榎织渡沙脊。或募土滩师，呼之作将伯。迸命放一滤，坠苦飘无踪。所以阱获愁，行旅多踞蹐。我橐靡孑遗，来此忧转释。空空下空舲，江神皆辟易。

晓上空舲峡　清　王闿运

猎猎南风拂驿亭，五更牵缆上空舲。惯行不解悲风水，瀑布滩雷只卧听。

编者注：空舲峡在湖北秭归县庙河与黑岩子之间，全长五里。

空舲峡　清　吴仰贤

大江发岷峨，一泻千里并。众山塞夔巫，窘束不得逞。自从归州东，稍觉滩声静。殷地忽雷车，遥听客心惊。云根优中流，江脉为小梗。郁怒两相急，水顽不尤犷。大舟冲浪过，泛泛以飘荇。小舟不敢前，投榜事退屏。一掷恃孤注，忠信成灾眚。我舟下水来，滩师乘间请。愿毋触水怒，登岸足游骋。行装数敝簏，羸负若笭箵。虚舟任所投，出险只俄顷。但闻欢贺声，此行徼万幸。回看月子生，娟娟挂高岭。

过峡不闻猿声戏书　同前

十年来往锦官城，前数山程后水程。夜雨晓烟餐宿地，不曾听得一猿鸣。

莫讶猿声断此间，乘轩老鹤也忘还。想因臂有封侯相，引得山公尽出山。

空舲峡　清　张之洞

叠巘阴深插虎牙，猿猱行处见人家。秋烟摇尽巴人橹，一夜滩歌两鬓华。

原注：行峡江，皆蜀船，棹歌最哀。

空舲峡 清 沈家本

三峡猿声午夜闻，竹枝唱彻楚山云。诗家妙语新城老，言象胥忘自不群。

空舲峡 清 毛澄

滩雪逐我下，峡云抠我上。陂陀坑不平，低昂不如长。连峰耻相似，万汇盈一想。宁识鸿荒初，嚣物已成象。花开霞外明，枫落日边响。赤峤山君眠，红泉木客赏。菌芝结华盖，药草挺仙杖。腰斧寻黄杨，行矣吾独往。

泊空舲岩上杜公亭 清 释敬安

杜老留题处，征帆又此停。水痕侵岸白，岳色向人青。樯燕飞何处，江猿不可听。竭来一凭眺，落叶满空亭。

峡中诗 清 舒云逵

一过空舲峡，山川突异形。树孤蟠老铁，天远划虚青。岩势搏奇鬼，滩声轰迅霆。纵无烟雨渍，常觉昼冥冥。

甫泊 同前

到耳滩犹吼，洪波涌沸腾。山光随柁转，水力与篙争。颓岸沙分坼，撑空石倒棱。缆牵牢系树，霜月破烟升。

晚　泊　同前

小泊荒江地，宵长梦不成。一方悬月色，意夕走滩声。归路逢残腊，孤帆送远程。艰难经世久，风浪莫相惊。

行山峡中　同前

苍岭四回合，奇峰眩百怪。曲行双峡间，云气满衣带。盛夏蕃草木，族生滋晻暖。人家倚终壁，石泉漱清濑。鸡鸣高树巅，鸟没夕日外。虽苦登顿疲，藉豁心目快。披襟乘好风，侧身听天籁。

空舲峡　清　刘光第

怪岭蛇身斗，阴林虎迹斑。惨凄人鲊瓮，生死鬼门关。在水荆榛苦，何人楚蜀还。头珠幸未出，安稳唱刀环。

上滩两首　赵藩

赵藩（1851—1927），字樾邨，一字介庵，别号爱仙，晚号石禅老人，剑川（今云南剑川）人。光绪元年举人，曾为酉阳直隶州知州。成都武侯祠“能攻心，则反侧自消，从古知兵非好战；不审势，即宽严皆误，后来治蜀要深思”之名联，即出于其手。

严冬涨斗落，湍濑纷纵横。低仅限门阈，高或垂甗瓴。前波倏奔退，后浪争趋迎。飞花溅冰雪，疾鼓轰雷霆。艰哉上滩舟，步步升天行。齿牙虎豹怒，涎沫蛟龙腥。掀簸随隆洼，左右忙揞撑。孤绳缆众命，一断吾何凭，世途同一危，破坼心胆惊。

男儿可怜虫，谋生各有道。嗟尔负篙人，敢诧身手好。短衣蔽腰腹，悬崖勾趾爪。晓缘蟹爬沙，夕卧牛藉稾。竭蹶营饔飧，少许春翁媪。严凝雪霏霏，炎威日杲杲。百年几筋力，一世杂傭保。吾侪曳华裾，颇恚名位小。无功偷太仓，岂异鼠雀饱。相彼食力徒，中心惄如捣。

空舲峡　赵熙

归州城下雨冥冥，满月涛花照石青。柔橹声中行一日，一钩新月挂空舲。

兹山金碧姿，峭拔瑶华岛。初阳化水气，苔石媚苍昊。岩端仙者居，绿滴金光草。鹰声下绝壁，海色入幽抱。横云山外山，奇势回大造。峨峨几百里，下走施南道。山根潄飞涛，乱石声浩浩。喷流三折路，万古行人老。悠悠老渔父，霜鳊寻酒保。樵歌石隙生，似啖如瓜枣。奔波谁使然，避世苦不早。灵山日所经，空舲天下好。

出空舲舟中　同前

竹枝声里赛黄牛，江势心知古峡州。北岸山山如乱发，南行二月转初头。故乡此日春耕急，夹岸无花客子愁。白鹭惊人飞石下，小黄旗影挂扁舟。

九畹溪　同前

灵均曾忆否，荦确一荒町。何地无芳草，随山证水经。黄茅喧稚子，清晓饭空舲。重是兰花祖，离骚自诵听。

庙河二首　同前

九畹兰花拜左徒，大山如玉倚云孤。滩声似有离骚怨，谁写空舲夜泊图。

江月空舲挂绿萝，水花圆处认鱼窠。风吹五里新滩响，一枕鸡鸣发庙河。

入崆舲峡　刘肇坤

刘肇坤，山西人，武昌盐法道。

峭壁千寻并，群峰一线开。江声唤岩走，山型压船来。

督邮石　吴英

吴英，字简舟。不第，专事著述。

帝治无中外，神功莫九州。督邮何太苦，化石不回头。

编者注：《水经注》：江水自建平至东界峡，盛弘之谓空泠峡。峡甚高峻，即宜都、建平二郡界也。其间远望，势交岭表，有五六峰参差互出。上有奇石，如二人像，攘袂相对，俗传两郡督邮，争界于此，宜都督邮，厥势小东倾，议者以为不如也。

咏屈宋

感遇（选一）　唐　李白

宋玉事楚王，立身本高洁。巫山赋彩云，郢路歌白雪。举国莫能和，巴人皆卷舌。一感登徒言，恩情遂中绝。

宋玉宅　唐　杜甫

摇落深知宋玉悲，风流儒雅亦吾师。怅望千秋一洒泪，萧条异代不同时。江山故宅空文藻，云雨荒台岂梦思。最是楚宫俱泯灭，舟人指点至今疑。

过三闾庙　唐　戴叔伦

沅湘流不尽，屈子怨何深。日暮秋风起，萧萧枫树林。

谒三闾庙　唐　窦常

君非三谏寤，礼许一身逃。自树终天戚，何禆事主劳。众鱼应饵骨，多士尽餔糟。有客椒浆奠，文衰不继骚。

楚 怨 唐 孟郊

秋入楚江水，独照汨罗魂。手把绿荷泣，意愁珠泪翻。九门不可入，一犬吠千门。

湘 中 唐 韩愈

韩愈（768—824），字退之，自称郡望昌黎，世称韩昌黎、昌黎先生，河南河阳（今河南孟州）人。贞元八年进士，曾为中书舍人。唐宋八大家之首。谥文。

猿愁鱼踊水翻波，自古流传是汨罗。苹藻满盘无处奠，空闻渔父叩舷歌。

读 史 唐 白居易

楚怀放灵均，国政亦荒淫。彷徨未忍决，绕泽行悲吟。汉文疑贾生，谪置湘之阴。是时刑方措，此去难为心。士生一代间，谁不有浮沉。良时真可惜，乱世何足钦。乃知汨罗恨，未抵长沙深。

表夏十首（选一） 唐 元稹

灵均死波后，是节常浴兰。彩缕碧筠粽，香粳白玉团。逝者良自苦，今人反为欢。哀哉绚名士，没命求所难。

编者注：浴兰：浴于兰汤。唐韩鄂《岁华纪丽二》曰：端午，角黍之秋，浴兰之日。

三闾庙 唐 张祜

谗胜祸难防，沉冤信可伤。本图安楚国，不是怨怀王。碣古碑无字，渊晴蕙有香。独醒人尚少，谁与吊椒浆。

宋 玉 唐 李商隐

何事荆台百万家，惟歌宋玉擅才华。楚辞已不饶唐勒，风赋何曾让景差。落日渚宫供观阁，开年云梦送烟花。可怜庾信寻荒径，犹得三朝托后车。

三闾庙 唐 汪遵

汪遵，宣州泾县（今属安徽宣城）人。咸通七年进士。

为嫌朝野尽陶陶，不觉官高怨亦高。憔悴莫酬渔父笑，浪交千载咏离骚。

招屈亭 同前

三闾溺处杀怀王，感得荆人尽缟裳。招屈亭边两重恨，远天秋色暮苍苍。

屈　祠　同前

不肯迂回入醉乡，乍吞忠鲠没沧浪。至今祠畔猿啼月，事事犹疑恨楚王。

郢　中　同前

莫言白雪少人听，高调都难称俗情。不是楚词询宋玉，巴歌犹掩绕梁声。

吊屈原　唐　崔涂

舟过三闾里，年深庙宇荒。怨随湘水远，愁逐楚云长。瘦石形应怪，孤松色正苍。江波清彻底，我欲荐芹香。

三闾大夫　唐　刘威

三闾一去湘山老，烟水悠悠痛古今。青史已书殷鉴在，词人劳咏楚江深。竹移低影潜贞节，月入中流洗恨心。再引离骚见微旨，肯教渔父会升沉。

题屈原祠　唐　洪州将军

苍藤古木几经春，旧祀祠堂小水滨。行客谩陈三酹酒，大夫原是独醒人。

编者注：宋刘斧《青琐集》记载：唐末洪州将军做此诗，“自后，能诗者不敢措手”。

吊屈原 宋 张咏

张咏（946—1015），字复之，号乖崖，濮州鄄城（今山东鄄城）人。太平兴国五年进士，曾知益州。为太宗、真宗两朝名臣，尤以治蜀著称。谥忠定。

楚已不识圣人风，纵有吴贤志少通。可惜灵均好才术，一身空死乱离中。（《乖崖集》）

吊屈原 宋 希昼

抱清谁可群，委质在湘濆。今日不问楚，无人更似君。沧波沉夜魄，古庙聚寒云。吊罢踟蹰处，渔歌忍独闻。（《圣宋高僧诗选》）

宋玉 宋 刘筠

刘筠（971—1031），字子仪，大名（今属河北）人。咸平元年进士，曾以龙图阁直学士知庐州。文与杨亿齐名，当时号称杨刘。谥文恭。

楚国骄荒日已深，山川朝暮剧登临。曾伤积毁亡师道，只托微辞荡主心。江草东西多恨色，峡云高下结层阴。潘郎千载闻遗韵，又说经秋思不任。

宋 玉 宋 杨亿

杨亿（974—1020），字大年，建州浦城（今福建浦城）人。淳化中赐进士。官至工部侍郎。谥文。

兰台清吹拂冠緌，薙草新居对渺弥。丽赋朝云无处所，羁怀秋气动赍咨。三年送日愁邻媛，七泽迷魂怨楚词。独有江南哀句在，更传余恨到黄旗。

宋 玉 宋 钱惟演

钱惟演（977—1034），字希圣，钱塘（今浙江杭州）人。吴越王钱俶第七子。预修《册府元龟》，官终崇信军节度使。谥思，后改谥文僖。

章华清宴重游陪，已有微词更有才。神女梦灵因赋感，屈平魂怨待招回。悲秋千古情难尽，障袂何时望可来。祇用大言君自许，景差无计上兰台。

屈 原 宋 李觏

李觏（1009—1059），字泰伯，号盱江先生，建昌军南城（今属江西抚州）人。曾为太学直讲。

秋来张翰偶思鲈，满箸鲜红食有余。何事灵均不知退，却将闲肉付江鱼。

宋　玉 同前

世间佳丽每专房，一顾多应万事荒。梦里若无真实处，不妨频为赋高唐。

屈　原 宋　司马光

白玉徒为洁，幽兰未谓芳。穷羞事令尹，疏不忘怀王。冤骨销寒渚，忠魂失旧乡。空余楚辞在，犹与日争光。（《传家集》）

屈　平 宋　沈辽

沈辽（1032—1085），字睿达，钱塘（今浙江杭州）人。皇祐元年进士。曾知开封府。擅长诗文，尤工翰墨，熙宁十才子之一，与堂叔沈括、胞兄沈遘合称吴兴三沈。

屈平已放逐，行吟成九歌。孤心抱幽恨，君王将若何？才调固洒落，胡为情虑多。哀哀抚长铗，轧轧感女萝。彼已不我待，吾将怀彼那。空令汨罗水，予客泣清波。（《云巢编》）

屈　平 宋　郭祥正

郭祥正（1035－1113），字功父，一作功甫，自号谢公山人、醉引居士等，当涂（今属安徽）人。皇祐五年进士，曾为汀州通判。

进居卿相谋何拙，退卧林泉道未降。堪笑先生不知命，褊

心一斥便沉江。(《青山续集》)

屈原塔 宋 苏轼

楚人悲屈原，千载意未歇。精魂飘何处，父老空哽咽。至今沧江上，投饭救饥渴。遗风成竞渡，哀叫楚山裂。屈原古壮士，就死意甚烈。世俗安得知，眷眷不忍决。南宾旧属楚，山上有遗塔。应是奉佛人，恐子就沦灭。此事虽无凭，此意固已切。古人谁不死，何必较考折。名声实无穷，富贵亦暂热。大夫知此理，所以持死节。(《苏轼诗集》)

屈原庙 宋 李复

古庙荒山暗水云，岁时歌舞感乡民。几伤谗口方离国，欲悟君心岂爱身。惨惨飞魂号帝阙，冥冥赍志托江神。千年自有遗文在，光焰长如日月新。

宋 玉 宋 张耒

云雨朝朝峡里兴，可能无复梦中情。巫峨若问谁为赋，敢乞君王道宋生。

屈 原 同前

楚国茫茫尽醉人，独醒唯有一灵均。哺糟更使同流俗，渔父由来亦不仁。(《柯山集》)

楚三闾大夫屈原 宋 李纲

楚怀所秦诳，身作咸阳鬼。当时屈原争，坐困椒兰毁。襄王复不悟，远作江南徙。行吟沅湘间，形槁颜色悴。著书称离骚，风雅齐厥理。鸱鸮况小人，鸾凤喻君子。眷眷不忘君，一篇三致意。纫兰采杜若，冠佩空自伟。举世混浊中，谁与同乐此。忠臣会遇难，千古共一轫。人情疏鲠亮，物态使软美。存亡反复间，悔及良晚矣。嗟嗟屈子心，芳洁畴与比。日月可争光，尘垢安能滓。聊从太史卜，肯逐渔父醉。甘葬鱼腹中，怀沙汨罗水。千秋身后名，芬馥同茝芷。夫岂椒兰徒，据势长不死。

题屈原 宋 刘弇

刘弇，字伟明，安福（今江西安福）人。元丰二年进士，曾知峨眉县。

直魄忠魂不复生，后来谁与继英声。只因一派潇湘水，千古澄波伴独清。（《龙云集》）

过屈平昭君故宅 宋 张嵲

夔州之山皆入云，夔女寝陋男不文。山川历历应如旧，昭君屈平犹荒村。三百篇后无继者，始作离骚绍风雅。君门九重难叩阍，欲登阆风聊蹀马。精衷写尽君不闻，徙倚怀沙汨盈把。汉家靡曼盈六宫，明妃容与如春风。琵琶何能慰行路，槛槛毡车随去鸿。椒兰得得在修门，独任先生作放臣。妃嫔无数贮金屋，只遣王嫱妃塞尘。万古江山虚秀气，二人贤色皆钟美。天之生此谅应难，一弃单于一沉水。远色苍苍难致极，吊古徘徊泪沾臆。二宅遗基自古存，石岩天深秋日昏。沧波渺渺流遗恨，后人谁为赓天问。（《紫微集》）

楚语为屈平作　宋　曹勋

瞻荆颖兮盘盘，悲淮流兮潺湲。彼何人兮独安，此何人兮独难。悼哲人之不返兮，抗灵辔于江干。

屈大夫故里　金　李之翰

李之翰，字周卿，济南（今山东济南）人。宣和末进士，入金曾守宁州。

流水去滔滔，清风异代主。孤臣忠楚泽，哀怨记离骚。天远人难问，山荒鬼自号。我今来故里，涕泪洒蓬蒿。

题屈原庙　宋　王十朋

自古皆有死，先生死忠清。故宅秭归江，前山熊绎城。眷宫怀此都，不比异姓卿。六经变离骚，日月争光明。

三闾大夫　同前

大夫楚忠臣，哀哉以谗逐。遗庙大江滨，清醒古今独。

屈平庙 宋 陆游

委命仇雠事可知，章华荆棘国人悲。恨公无寿如金石，不见秦婴系颈时。

楚 城 同前

江上荒城猿鸟悲，隔江便是屈原祠。一千五百年间事，只有滩声似旧时。

宋玉宅 宋 范成大

悲秋人去语难工，摇落空山草木风。犹有世人传旧事，酒垆还在宋家东。

原注：相传秭归县治即其旧址。县左旗亭，好事者题作宋玉东家。

宋玉宅 金 李俊民

李俊民（1175/1176—1260），字用章，自号鹤鸣老人，泽州晋城（今山西晋城）人。承安五年进士，曾官应奉翰林文字。谥庄靖。

离骚经里见文章，水绿山青是楚乡。往事一场巫峡梦，秋风落叶正东墙。

独醒亭 宋 洪咨夔

今来古往江山老，地尽天穷草木愁。为问大夫能饮否，芙蓉落尽菊花秋。

过屈大夫清烈庙下 宋 魏了翁

魏了翁（1178—1237），字华父，号鹤山，邛州蒲江（今属四川）人。庆元五年进士，曾知嘉定府。

以是观离骚，庶几原小乎？或云芷蕙等，岂必皆名氏。骚者诗之余，毋以词害意。仲尼作春秋，定哀多微词。楚之嬖小臣，况亦有不知。

屈 原 宋 刘克庄

刘克庄（1187—1269），初名灼，字潜夫，号后村，莆田（今福建莆田）人。曾为工部尚书。谥文定。

芊姓且为掳，累臣安所逃。不能抱祭器，聊复著离骚。（《后村集》）

屈 原 宋 徐钧

徐钧，见心，字秉国，兰篠人。

托兴妃嫔疑亵嫚，幻言神怪似荒唐。若无一点精忠节，未必文争日月光。（《史咏诗集》）

屈　原　宋　陈普

陈普，字尚德，号惧斋，闽宁德石塘人。

仲尼死后百年期，定把离骚继四诗。占断江南烟雨绿，历山穷子与湘累。（《石堂先生遗集》）

汨罗庙　宋　赵彦政

赵彦政，曾为县丞。

所历登临尽，愁新屈子居。青修一嶂远，红蓼几花疏。直节乾坤外，骚文雅颂余。殷勤酹江月，生气凛如初。

汨罗庙　宋　赵希鄂

赵希鄂，曾为知县。

怀沙一死固堪伤，千载修名实未亡。举国无人君不悟，斯文有幸日争光。谗言枉以艾萧恶，正论终归兰芷香。解印欲辞罗水去，只倾罗水奠离觞。

吊屈原祠　元　滕毅

褶帷褰薄暮，回飙吹白云。下有栖神宇，渗淡临江渍。行吟既不返，遗响宁再闻。缘荥并丹采，婉尔含清芬。沐芳正冠佩，酌水世夕曛。长歌灵谷应，眷思何芬芬。愿言十琼芳，巫咸不可群。渚宫望仪羽，再拜云中君。（《湖广总志》）

屈原庙　明　史谨

江边遗庙掩松筠，檐际云霞互吐吞。地接武关龙去远，枭临阿阁凤难存。湘兰日老春风佩，楚些谁招月夜魂。留得生前诸制作，千年光焰烛乾坤。（《独醉亭集》）

谒三闾祠　明　黎贞

黎贞（约1358—约1416），字彦晦，号陶陶生，晚号秫坡，新会（今广东新会）人。洪武八年以明经辟荐入京。

几家茅屋楚江皋，遗庙丹青俯碧涛。惆怅独醒人已远，空余哀怨寄离骚。

春日潜行楚水隅，浩歌弹铗访三闾。客怀落落知多少，欲拟先生问卜居。（《秫波先生诗集》）

宋玉墓　明　觉慧

觉慧，明永乐间僧人。

雄风吹冷暮云村，词客千秋迹尚存。君为三闾曾痛哭，我歌九辩复招魂。空林落日啼山鬼，白芷红兰泣墓门。云雨荒台俱是梦，临江遗宅不须论。（《沅湘耆旧集》）

屈　原　明　童轩

贝锦生谗自古然，但将心事付苍天。何须葬入江鱼腹，湘

水无情肯见怜。（《清风亭稿》）

宋玉宅 明 何乔新

何乔新（1427—1502），字廷秀，号椒丘，又号天苗，广昌（今江西广昌）人。景泰五年进士，曾为刑部侍郎。谥文肃。

旧宅萧条泮水隅，骚人曾此托幽居。荒台日暮无行雨，废圃春深有揭车。茂树樠槮摇落后，姱辞晥朗变风余。巫阳歌罢秋天迥，应有遗魂返故墟。（《椒丘文集》）

原注：即安陆州学。

屈原像 明 沈周

沈周（1427—1509），字启南，号石田，白石翁等，长洲（今江苏苏州）人。明代文人画“吴派”的开创者，明四家之一。

逐迹遑遑楚水长，重华虽远未能忘。鲁无君子斯当取，殷有仁人莫救亡。鱼腹何胜载忧怨，凤篯终不蔽文章。忠贞那得消磨尽，兰芷千年只自芳。（《石田诗选》）

屈原二首 明 刘忠

刘忠，字摅诚，濮州鄄城（今山东菏泽）人。景泰二年受乡荐，任广西御史。

两世谗媢叹不逢，汨罗清泚照孤忠。愿将一死昭心事，万一君王感悟中。

何日甘心向楚渊，冯夷避舍借宫眠。乘龙欲上钧天所，却把谗夫清帝前。

吊屈子祠并怀宋玉 明 林大辂

林大辂（1487—1560），字以乘，莆田（今福建莆田）人。正德九年进士。曾官湖广巡抚。

泽畔行吟思黯然，飞鸠鸣鸩暮云天。江潭何处臣心苦，关陇频年使节传。适海旌旗还旧泪，怀人兰芷自遗编。独怜汉水秦明月，不照三闾玉佩捐。

翩翩文藻高唐赋，神女阳台总梦魂。夫子未忘哀郢恨，先生应念入宫恩。空山啼鸟悲遗陇，旧雨鸣钟咽远村。地下从师知不异，浮云惆怅易黄昏。

宋 玉 明 杨慎

文藻三闾并，幽怀九辩知。云为巫峡赋，雪作郢中词。茅屋还遗址，兰台异夕时。鸿哉谁猎艳，空自拾江蓠。

吊屈原 明 苏志皋

国士谁怜万古名，汨罗江上茝兰生。天阴月黑黄陵庙，山鬼时来傍岸行。（《寒邨集》）

屈 平 明 谢榛

谢榛（1495—1575），字茂秦，号四溟山人、脱屣山人，临清

（今山东临清）人。后七子之一。

初著离骚去国年，独醒怀抱转凄然。汨罗不作西流水，终古愁云在楚天。

屈　原　同前

放逐孤臣泪满缨，离骚当日寄深情。汨罗江上愁云起，万古蛟龙气不平。（《四溟集》）

谒屈子祠　明　朱鸣阳

朱鸣阳，字应周，正德六年进士，曾官浙江左布政史。

西风萧索楚江浔，欲吊湘灵泪满襟。兰蕙无香秋色老，溪山有恨暮云深。漫看旧国沦荒壤，独善层宫耸碧岑。忠愤岂徒人感激，鱼龙也识此生心。（《蒲风清籁集》）

题屈原问津图　明　汪应轸

汪应轸，字子宿，号青湖，山阴（今浙江绍兴）人。正德十二年进士，曾为江西提学佥事。乡人私谥清献先生。

纷纷马首皆欲东，江蓠绿映芙蓉红。四时不断楚天雨，万里长吹巫峡风。行吟泽畔色枯槁，青天白日怜孤忠。行藏何必问詹尹，鹤长凫短云千重。秦心变诈不可测，怀王愤气横秋空。谁信三户终翘楚，隆准真人天下同。子胥宰嚭适吴国，一蛇为祟一为龙。紫阳千载托知己，我今读罢离骚吾周从。（《青湖文集》）

三闾大夫庙　明　程诰

楚臣遗庙楚江头，客子独来悲昔游。采采秋风想兰佩，年年午日竞龙舟。土人时荐椒浆洁，山鬼偏依薜荔幽。仰溉余膏千载下，郢云湘水使人愁。(《霞城集》)

过屈原宅　明　蔡汝楠

灵均故宅秭归乡，江草无人独自芳。楚些招魂何处在，唯应长与日争光。(《自知堂集》)

吊屈子二首　明　胡松

胡松（？—1566)，字汝茂，号柏泉，南直隶滁州（今属安徽滁州）人。嘉靖八年进士，官至吏部尚书。谥恭肃。

美人何处所，公子未云旋。怅望湘潭水，含凄赋颂编。孤忠君不寤，太法也谁怜。只有心如日，悠悠长共悬。

萧艾时盈握，江蓠众共遗。以兹君独痛，故致我尤悲。雅志三仁合，流风百世师。累累兰与芷，忉怛切予思。(《胡庄肃公文集》)

咏屈原　明　徐师曾

徐师曾（1517—1580)，字伯鲁，号鲁庵，苏州府吴江（今江苏吴江）人。嘉靖三十二年进士。曾为兵科给事中。

怀沙赴水自湛身，同姓原非异姓臣。若道湘累应不死，比干焉得列三仁。

屈原祠 明 张瀚

群峰合沓接梁岷，万壑西来汇巨津。忠谏无裨宗国丧，山川何意育灵均。（《奚囊蠹余》）

归州吊屈原昭君并序 明 魏文焲

秭归山水郭，盘薄亦多姿。地孕扶舆淑，人称绝代奇。入宫翻见妒，愤国转生疑。度曲飞胡骑，行吟滞楚累。魄归青草冢，魂逐绿江湄。千载空遗恨，临风洒吊词。（《石室私抄》）

原序：归州为汉秭归邑，在荆楚两裔，屈原王嫱故居处也。彼其以才见疏，以色被毁，卒为楚江之魂，异城之鬼。悲哉，呜呼！古今贤豪贯此多矣，过而吊之。

三闾大夫祠 明 黄谦

黄谦，字亨夫，莆田（今福建莆田）人。嘉靖三十九年进士，曾为户科给事中。

江上清风开古祠，风前瘦影尚当时。秋深芳芷三湘变，日落浮云七泽垂。远水有魂招独往，高天无路问谁知。投书亦是南迁客，今古孤心总可悲。（《莆风清籁集》）

吊屈大夫 明 佘翔

佘翔，字宗汉，号凤台，莆田（今福建莆田）人。曾为金椒知县。万历初前后在世。

汨罗江畔草萧疏，千古怀沙恨有余。日暮哀猿正凄切，不知何处吊三闾。（《薜荔园诗集》）

屈 平 明 费尚伊

洗荡天难问，孤危主不明。楚氛方欲恶，湘水岂无情。宗国千年恨，离骚一代名。至今悲郢曲，京些有谁赓。

过屈平祠漫赋八绝吊之 明 龚文选

龚文选，蜀人，万历二十四年任应天巡抚。

一生抱鲠骨，九死等鸿毛。独恨蛾眉妒，汨罗涌怒涛。

不因嗔逐客，只为悟怀王。自葬江鱼腹，清流忠义长。

离骚千古笔，俎豆万年觞。多少游人泪，点点滴湖湘。

义胆藏波月，丹心贯斗墟。试听飞渡曲，楚楚吊三闾。

忠魂归故里，遗像凛山陲。玉米田无有，可供伏腊粢。

惨淡江云色，哀号右浪声。衔悲风树鸟，若为大夫鸣。

已毕捐躯志，难酧报国恩。依然生气在，寒夜泣江蓠。

公名天地老，庙貌薜萝荒。萧瑟苍烟里，焚香泪染裳。

吊屈大夫三首 同前

有道身危正气留，先生庙食几千秋。长江近日惟东逝，独有忠魂溯上流。

宪令裁成如嫉形，行吟泽畔叹伶仃。瑶台偃蹇皆沉湎，可许先生号独醒。

独醒人放秭归来，吊古无如宋玉哀。西望巫峰空寂寂，汨罗还胜楚阳台。

屈 原 明 李达

箕子披发晚，微子抱器迟。伤心宗国亡，宁无黍离悲。商於本秦地，如何岌所欺。既失临淄欢，敢云报张仪。君侯失其明，萋菲因来兹。杜蘅辟江行，不与靡靡期。谣诼谓善淫，贞女徒涕洟。彭城有遗则，从之亦可为。远游既无所，卜居良非宜。渔父虽至言，决绝哺糟醨。感魂作大招，长与君王辞。夫子匪孤洁，聊以申所思。比士固三仁，宁至事周姬。吁嗟怀搞日，子兰安得知。

吊屈左徙 明 夏完淳

夏完淳（1631—1647），乳名端哥，别名复，字存古，号小隐，又号灵首，松江府华亭县（今上海松江）人。幼有神童之誉，十五从军，十七殉国。

江汉有美人，泛舟游极浦。缓歌发清商，萧瑟悲激楚。药房辛夷室，冥冥湘灵语。渺渺苑梧间，帝子空延伫。弦绝响更悲，曲罢泪如雨。

三闾大夫庙　清　宋琬

屈子湛身后，凄凉石屋存。青山环梓里，白日暗湘沅。悱恻彭咸意，殷勤渔父言。问天怀侘傺，哀郢泣烦冤。竟掩重华袂，难招万古魂。九歌悲帝子，三秀忆王孙。小雅兼骚体，长江写泪痕。切云冠岌岌，緤马辔翻翻。春雨兰荪长，秋原桂树繁。有时乘赤豹，归去媵文鼋。巫觋吹新籥，椒浆飨故园。传芭闻楚些，击汰向夔门。终愧长沙傅，神其饮桂樽。

屈　原　清　彭孙贻

彭孙贻（1615—1673），字仲谋，一字羿仁，号茗斋，自称管葛山人，海盐武原（今浙江武原）人。崇祯十六年以贡生首拔于两浙。明亡不仕。门人私谥孝介先生。

沅湘流不已，谁复念三闾。君王既信谗，夫子何其愚。悲歌激楚俗，巫觋日歌呼。宗社墟山鬼，文藻沉江鱼。惟余径寸心，独许彭咸知。谀言宋玉流，云雨骋荒祠。坐观虎狼秦，剪我熊绎都。芳兰自满野，大国已平芜。（《茗斋集》）

屈大夫原　清　尤侗

我视屈大夫，宛若芳兰草。众人目以茅，弃捐在中道。秋风江水深，馨香不自保。山鬼哭幽篁，湘君愁眇眇。

屈　平　同前

孤忠直与楚江流，下土巫阳不可求。千古骚人原有祖，一时香草尽含愁。道存宗国宁忘谏，身隔谗言枉见雠。留得离忧传弟子，又将摇落赋悲秋。

楚宋玉　同前

湘累江上吟，江流日夜哭。何似梦行去，解赋阳台曲。至今东家子，招之不停目。有美自荆山，所以名为玉。(《西堂诗集》)

三闾大夫庙　清　程可则

程可则（约1624—约1673），字彦揆，别字周量，又字湟溱，号石曜，九江镇大同（今属广东佛山）人。顺治九年会试第一，历官内阁中书、户部主事员外、兵部郎中、桂林知府等职。

往读离骚赋，曾怜泽畔吟。山川连雨雪，祠庙失登临。江阔黄沙晚，天寒白日沉。如何非贾谊，流涕亦沾襟。

宋　玉　清　屈大均

屈大均，初名绍隆，字翁山，介子，番禺人。因乱为浮屠，后返初服，改今名。

荆南多巧说，宋平尚微辞。神女空魂梦，湘累以别离。荒淫言是托，摇落气何悲。师弟皆忠爱，襄王自不知。

赋得摇落深知宋玉悲 同前

无端宋玉始悲秋，萧瑟长令异代愁。楚国大夫多丽则，湘累弟子更风流。美人不向离骚取，神女频从梦寐求。辞客最知摇落早，况闻猿啸满林丘。

萧条草木变衰时，秋气悲哉汝更悲。感梦空劳天帝女，招魂不返水仙师。三闾哀愁多高弟，南楚荒淫点寓辞。我亦佯狂能讽谏，多惭山鬼善相思。

天生芳草作衣裳，辞赋还争日月光。楚水兰荪从此盛，巫山云雨至今香。三闾尸谏因同姓，千载魂归为哲王。辛苦大夫歌九变，泬寥天气感潇湘。

一代离忧写未央，无穷芳草在文章。骚经自可为诗传，逐客繇来是楚狂。风雅再教高弟变，童蒙先拾大夫香。大招亦解惊魂魄，岂是悲秋易断肠。

秭归乡里满梧楸，宋玉悲深此地秋。枻影依依渔父在，砧声隐隐女媭留。泪成玉米田何处，身别龙门夏已秋。临水登山归莫送，泪罗南望断离愁。

风高气肃水泉清，憭栗增人志不平。海燕翩翩频失影，山蝉咽咽早无声。生悲楚地元多怨，死恨秋天不肯明。自作辞骚招一变，江南哀罢有余情。

萧萧秋气满枫林，一片离忧托素琴。好色只知神女丽，微辞难得大夫深。玉钗罗袖徒为尔，秋竹幽兰不忍侵。笑为君王陈讽赋，与师芳洁有同心。

自来南楚好才华，祖述风骚始宋家。渔父歌声同缥缈，接舆辞采共纷葩。湘江水冷长含雪，巫峡山多易变霞。一自悲秋成九辩，至今哀怨满星沙。

阻风屈沱谒三闾大夫庙　清　方象瑛

三湘东望远，故宅叩灵均。苦忆行吟日，谁为独醒人。猿声归峡晚，梅花楚江春。欲寄招魂曲，无由问水滨。

宋玉宅　同前

骚赋源流屈左徒，招魂九辩问荆巫。悲秋感慨思何限，神女高唐事有无。

五更山行之屈沱谒三闾大夫庙　清　王士祯

斜日楚山外，寒江初上潮。左徒遗庙在，未惜马蹄遥。国破怜哀郢，魂归赋大招。云旗空怅望，回首木兰桡。

题三闾大夫四首　同前

怀沙千古恨，弭楫吊灵均。渺渺思公子，依依问楚人。扫魂龙贝阙，遗恨虎狼秦。愁绝涔阳浦，年年杜若春。

湘累哀怨地，自昔有遗音。晓日空船岸，孤帆枫树林。数穷詹尹策，魂断女媭砧。欲问离骚意，巴东猿夜吟。

编者注：湘累：不以罪死曰累。屈原赴湘死，故曰湘累。詹尹：太卜郑詹尹。

久客怀往路，还登江上祠。美人惜珍髢，众女妒娥眉。楚泽凋兰叶，巴巫唱竹枝。九歌何处所，宋玉有微词。

鹈鴂鸣何早，鸟飞思故乡。如何怀郢路，终自弃沅湘。三户余秋草，千山满夕阳。武关呜咽水，犹怨楚怀王。

编者注：怀郢路：言屈虽被放，而心在楚。武关呜咽水：楚怀王被诈入秦过武关至咸阳，卒于秦。李义民诗：如何一梦高唐雨，身此无心入武关。

宋玉宅 同前

登山临水客将归，及到归乡又落晖。宋玉宅边秋水急，似闻九辩泪沾衣。

编者注：归乡：归州古名归乡。

宋玉故宅 清 朱樟

故宅曾留病叶红，窥墙更在酒旗东。当时穿径临江府，为赋高唐住峡中。

文藻虚名到弊庐，楚王台榭且丘墟。归乡正是悲秋宅，不借江南庾信居。

原序：《入蜀记》曰：宋玉宅在秭归县东，今为酒家。荆州亦有宋玉宅，庾子山房也。

屈沱 同前

朝行闻屈鸟，暮雨寻屈田。彼美不可见，英风犹洒然。我怀怀沙客，隐德耀潜渊。招魂巫阳下，披发重华前。故乡少凡草，佩赠惟秋兰。馨香不自闭，謦咳皆芳言。志士不惜死，谗口天下冤。贱此鸡鹜食，高与鸾凤肩。至今屈沱水，哀怨如湘弦。临流一挥涕，儒雅师前贤。

怀屈子 清 吕履恒

吕履恒（1650—1719），字元素，号坦庵，新安（今河南新安）人。康熙三十三年进士，官至户部侍郎。

尝思痛饮读离骚，万古伤心在二毛。风雅以还兼正变，怀襄之际独忧劳。同官已妒能文宠，弟子犹传和曲高。此日九原难可作，东风隐隐见蓬蒿。（《梦月岩诗集》）

三闾大夫祠 清 商盘

触目黯如此，非关秋气深。宗臣委鱼腹，遗庙在枫林。邃古天难问，传葩祭或歆。薜萝山鬼杳，何处遇知音。

渺渺思公子，千秋有怨嗛。景差今亦少，靳尚尔何谗。楚畹珊珊佩，湘波叶叶帆。招魂赓只些，远意托巫咸。（《质园诗集》）

三闾祠 清 吴镇

吴镇（1721—1797），字信辰，一字士安，号松崖，别号松花道人，甘肃狄道（今甘肃临洮）人。乾隆三十四年举人，累官湖南沅州知府。

三闾祠近楚王城，芳草年年绕砌生。雷雨若通山鬼路，丹青宜榜水仙名。西邻狼虎原无信，南浦蛟龙岂有情。莫以独醒看众醉，一樽椒酒为君倾。

左徒庙　清　吴省钦

江别沱标屈，田存里讳平。彭咸赍远恨，昭景峙崇闳。属草恩原洽，锄兰听已倾。漫求初服返，惨送武关行。照影江潭悴，离忧郢路萦。室中贤秭詈，朝未旧徒迎。遂决怀沙计，空传变雅声。葬沉鱼腹厚，谗渍鸩谋成。封墓三湘渺，遗区七顷并。峡随神女转，庙始守臣营。山鬼宵窥壁，溪渔昼啸楹。禾香还捣玉，芳洁孰抽琼。举目山河异，盟心日月争。桂椒长肸蚃，萧艾太纵横。竞渡遗荆俗，投书迟贾生。左徒官号俨，题罢识宗卿。

三闾大夫庙四首　清　李文藻

李文藻（1730—1778），字素伯，号南涧，山东益都（今山东青州）人。乾隆二十六年进士，官至广西桂林府同知。

久读怀沙赋，天边吊汨罗。湘兰遗佩在，楚菊落英多。湖口浮孤庙，涛头答九歌。黄陵才一舍，当日泪滂沱。

博学宁多累，谗人口是刀。何曾成宪令，翻使作离骚。栋叶随流尽，云旗与浪高。独醒亭畔路，应为饮醇醪。

空听沧浪曲，其如察察身。身先三户灭，情向二姚陈。野水连青草，秋风荐白蘋。大招谁解读，贾傅最沾巾。

免脱张仪去，难翔郑袖贤。问天天不答，抱石遂投渊。啼啸惊山鬼，精灵托水仙。怀王徒有墓，寂寂委荒烟。

屈原故里　清　宋思仁

宋思仁（1730—1807），字蔼若，号汝和，长洲（今江苏苏州）人。曾官山东粮道。

茫茫湖水漾空虚，昔日灵均此卜居。秦地可曾忘六里，楚臣徒自放三闾。汀洲香草情难尽，岸浦丹枫怨未除。万古女魂招不得，长沙风景又何如？

归州三闾大夫庙　清　顾光旭

归州本是三闾宅，万古湘江怨子兰。魂返枫林渔火白，砧吹蕙带暮风寒。文狸赤豹惊涛岸，桂櫂荪桡脱叶滩。雨泊大夫祠墓下，美人迟暮夜阑干。（《响泉集》）

原注：庙后有屈坟。

归州谒三闾大夫庙　清　李调元

汨罗遗迹峡江头，欲赋怀沙泪已流。肠断女媭空见詈，数穷詹尹复何尤。只今三户余秋草，剩有千山送客舟。愁绝涔阳南浦上，年年杜若老芳洲。（《童山诗集》）

宋玉宅　清　徐志鼎

徐志鼎（1745—1799），字调元，号春田，又号红亭，别署玉雨主人，嘉兴（今浙江嘉兴）人。乾隆四十年进士。曾官四川南溪知县。

西陵峭壁锁归州，剩有墙东水上楼。地爱高唐思作赋，山连巫峡惯悲秋。江声终古流无尽，词客千年恨未休。文藻于今空故宅，苍梧白芷动离愁。

屈公祠题四首 清 王沛膏

王沛膏，乾隆五十一年时任荆州知州。

虽工宪令合机宜，怎奈青蝇害日滋。二十五章忧国赋，行行尽是独醒词。

察察为心品自高，今人千载仰清操。知余遗怨消难得，风蹴湘流起怒涛。

先生忠胆照千秋，灵爽长偕叠嶂留。庙貌虽往绵祀享，形容终带旧时忧。

泽畔哀逾王子歌，名当没世岂消磨。谗人今尚高张否，太傅何须吊汨罗。

秭归怀古 清 张敏求

张敏求，字夔臣，号勖园，乾隆六十年举人，曾为奉贤知县。

憔悴灵均写怨思，荒唐宋玉托微词。云雨一梦江山弱，文藻千秋草木悲。可惜靳差无著作，本来荆楚有风诗。湘流何限英娥泪，不为哀累洒竹枝。

三闾大夫庙 清 钱林

掩涕沾余襟，峨眉谓善淫。灵修迄不悟，淫诼恨何深。淼淼丹阳水，萧萧楸树林。渔歌晚忽断，凄入女媭砧。

谒屈大夫祠口占 清 杨怿曾

杨怿曾（1763—1833），字介坪，又字咸甫，号成夫，安徽六安州（今安徽六安）人。嘉庆六年进士。曾为湖北巡抚。

扁舟一叶抵原沱，路转新滩水不波。归宅久埋荒草径，新祠卓立楚山阿。寒潮终古流三峡，幽愤千秋述九歌。为谒墓门绿石磴，白云深处几扪萝。

书屈贾列传 清 舒位

夜读离骚心恻恻，又观贾生长叹息。美人香草怨如何，斜日寒林看不得。左徒太傅自孤忠，一片丹心异代同。宣室鬼神虚半夜，洞庭木叶对西风。楚宫汉殿容明哲，宠任曾属大夫列。积薪且欲图久安，树蕙何曾伤萎绝。一自蛾眉淫诼来，赋成鹏鸟总堪哀。三年谪宦徒为尔，五日招魂安在哉。洛阳年少高阳裔，辞令何如沾安计。怨深休恨楚怀王，恩薄犹怜汉文帝。君不见，长风万里大江横，波浪兼天我旧经。屈子行吟贾子哭，千秋并作断肠声。

屈　原　同前

一部离骚即楚风，美人香草老诗翁。恨他生及春秋后，不得删同郑卫中。十万荆台留宋玉，八千寄字畔扬雄。文词何与人家国，倾倒龙门太史公。（《国朝畿圃诗传》）

屈原宅　清　陈文述

读罢离骚四壁哀，左徒奇服自徘徊。世将忠爱归吾辈，天为文章赋此才。帝子云旗虚夜月，美人香草涴秋苔。水仙配食今谁是，更为招魂酹一杯。

宋玉墓　同前

景差唐勒总知音，争似先生感倍深。讽谏偶因神女赋，离骚依旧左徒心。招魂楚些悲兰畹，遗宅兰成问竹林。惆怅荆台埋骨地，半钩黄土吊青琴。

贾谊祠　同前

经术休论董仲舒，文章亦过马相如。岂知宣室劳前席，翻使长沙赋谪居。远虑不关秦二世，离骚曾吊楚三闾。少年自古多才患，光范门前莫上书。

送云庄入蜀并寄白舫用太白韵 同前

辛苦巴江路，劳君为我行。孤舟秋涨急，古骚著云生。衰草黄牛峡，斜阳白帝城。相逢范孟博，为我说生平。（《颐道堂诗选》）

归州宋玉故宅 清 陶澍

传闻宋玉宅，门对老归州。剔藓悲遗穴，诛茅胜酒楼。青山庾信泪，白发杜陵秋。异代偏多感，辽辽动客愁。

原注：宋玉墓在沣州安福县，讹为宋玉城，唐李群玉诗有：西蚀玉文旁，设点至今，错认宋玉城之句。近为居民掘没，予曾言诸当事复云。故址今为酒楼。

屈沱题三闾大夫庙 同前

三户依稀见楚民，左徒遗庙枕江滨。薜萝夜月啼山鬼，兰芷秋风怨美人。至竟蛾眉难悟主，可怜鱼腹去藏身。女媭砧下滩声急，呜咽千年水不春。（《陶文毅公全集》）

宋玉墓 清 张维屏

摇落清秋日，萧条楚水乡。风骚追屈子，云雨动襄王。坏藓埋青冢，秾花失古墙。大招犹可续，不必问高唐。（《松心诗录》）

题三闾大夫离骚后 清 谢兰生

谢兰生（1804—1898），字厚庵，号㓨行，武进（今属江苏常州）人。曾官浙江候补知县。

瓦釜既用事，黄钟故应弃。众醉乃独醒，尤为同列忌。主听复不聪，孤臣数益穷。疏后旋见谪，谁能鉴其衷。卜居以明心，离骚以寄慨。终与汨罗沉，扑忠何由遂。至今沅湘间，悲风绕荒寺。（《晚晴簃诗汇》）

屈沱谒三闾大夫庙 清 贝青乔

湘累千古恨，呜咽楚江声。芳草有时歇，愤流何日平。故居三户在，遗祀九歌迎。歧路谁凭吊，投书感贾生。

女媭证 同前

霜砧催倦客，辨古入支祠。莫解当时詈，空滋后世疑。孤臣葬鱼腹，众女妒娥眉。为采椒兰荐，何须怨菉葹。

编者注：标题为编者所拟。原题作：庙后一龛，祔祀女媭。碑称清烈夫人，谓是灵均之室。不学可笑，姑证以诗。

屈原故宅 清 袁瓒

袁瓒，字帘淑，拔贡，候选直隶州州判。与伍继勋同修《兴山县志》。伍继勋道光八年入曾国藩幕，与曾国藩（1811—1872）为同时代人。

碧霞一片压水光，丛兰簇簇秋风香。花开花落岁月长，两千年来谁颉颃？垣颓宇圮莓苔藏，三间大夫居此乡。离骚一卷珍琳琅，菱荷之衣芙蓉裳。江蓠岸芷郁素芳，耿耿此心叩上苍。亲权幸者疏忠良，行吟憔悴游潇湘。蟏蛸在户故宅荒，岁岁燕泥落空梁。后有作者赋词章，宋玉入室余升堂。清泉激激山苍苍，奠以桂酒与椒浆。三椽野屋围松篁，时废时兴迭更张。我今访古登崇岗，遥望彼美天一方。万字栏干磬折廊，白鹤上下青鸾翔。女媭有庙庙在旁，捣衣砧上苔花黄。黄花开遍天已霜，独立宇下心傍徨，杜鹃一声山月凉。

屈　原　清　罗惇衍

天问茫茫局又新，落英满地吊灵均。穷愁首创文人例，时命谁哀逐客身。太傅赋投同困楚，离骚书护未焚秦。独怜兰芷群芳歇，鹍鴂先鸣草不春。

宋　玉　同前

高唐神女讽词耳，白雪阳春孰和之。台上言能摛大小，宫中风亦辨雄雌。文穷七泽三湘变，世岂鲸鱼凤鸟知。谲谏奇才忠悃出，少陵怅望不同时。

祭屈祠　清　刘鸿庚

刘鸿庚，道光中曾为归州知州。

被放孤臣去不回，独留祠宇峡口隈。谗因宪令才为累，悲到离骚命可哀。列传惟应司马作，投书难得贾生来。谁知今日菖蒲酒，我向阶前奠一杯。

屈大夫祠 清 乔守中

乔守中，道光二十四年在长乐县令任上。

离骚阐楚风，屈子命何穷。鱼腹冤难剖，娥眉谗自工。招魂空泽畔，遗恨在兰丛。欲识行吟处，隔江霜叶红。

屈大夫祠 清 聂光銮

昔读左徒传，今瞻屈子祠。山川非故国，风雨尚灵旌。莫遂披鳞志，空遗赋鹏悲。宗臣无限恨，只有汨罗知。

屈子祠 清 张锡谷

张锡谷，道光年间纂有《天门山志》。

自抱孤忠向汨罗，光齐日月托哀歌。大江忍作胥潮怒，千古如闻楚壁呵。应与招魂陈酒醑，底须投粽避蛟鼍。美人香草分明在，鄂渚西风可奈何。

屈原宅 清 吴仰贤

问讯三闾宅，闲月向水邨。门前春草绿，不见楚王孙。以我离乡感，怜君去国冤。独醒何太苦，聊复倒清尊。

读屈子传 清 胡凤丹

哀哉屈子多离忧，呵壁问天天为秋。只今词赋悬日月，长卿子云非其俦。初为左徒明治乱，博文强识工文翰。一从上官谗言生，君臣交疏道不行。忠而被谤信见疑，丹心碧血苍苍知。解组归田犹恋阙，上书泣谏诛张仪。误国何来公子兰，殷勤劝结强秦欢。反欢为怨忽割地，王乃客死留函关。心系怀王恨不返，行行泽畔秋风晚。王听不聪可奈何，拨发长吟嗟偃蹇。澧兰沅芷香无尘，江湖满地渔为邻。憔悴形容罕相识，三闾大夫名未湮。独清独醒湘江曲，余生甘葬江鱼腹。孤臣孽子操心危，一字一泪怀沙哭。我闻贾谊才而狂，投书凭吊舟浮湘。国风喜怨怨不怒，愠于群小心忧伤。古调独弹后人祖，薰香摘艳珠玑吐。节义文章两不磨，耿耿元精照千古。(《退补斋诗存》)

读《史记》三首录一 清 王星诚

王星诚（1831—1859），字孟调，一作平子，山阴（今浙江绍兴）人。咸丰九年副贡。游幕河南，著有《西凫残草》。

湘水长流恨不消，美人香草思无聊。剖心未见怀襄悟，法志空争日月昭。弟子放歌悲白云，贾生收泪吊寒涛。当年魂魄归来否，痛饮江楼续大招。

归州屈沱题清烈公二首 清 许印芳

楚宗卿象殷王子，志轻去就同生死。论仁不遇鲁司寇，表忠惟凭汉太史。当年汨罗沉江石，度世登仙寓言耳。郧忽欲归屈沱游，□魂为变非常理。鱼腹还尸女媭殉，义烈复见聂嫈姊。祠后千龄瘗双璧，体定如故嗟怪伟。茫茫宇宙无不有，呵壁问天意如此。毁誉百端总尘土，精白一心绝泥滓。风雅况争日月光，俎豆宜从孔孟祀。后儒綦刻务排挤，谓公露才而扬己。若辈标榜道学名，空谈性命比比是。托足高门入孔庙，贪喂妄食公所耻。人生大节重贯谦，馁鬼宁爱若敖氏。午日吊屈遍闾阎，民行直道差胜士。拯溺徒知竞渡乐，湘累抱病入骨髓。三沧滩激怒浪飞，亡国之恨何时已。

离骚言志继诗体，悟君改俗明大指。上称帝喾下齐桓，愿罗众芳翦荆杞。楚地纵横达九野，昔处膜外今复里。三乡七泽多豪杰，惟帝知人善任使。高村远筹殄鲸鲵，中次分符振纲纪。沣兰沅芷布天下，广遂前画非虚拟。清烈公神游故国，安用招魂歌些祇。瓦缶声废黄钟鸣，嫫母首伏西施起。瘦貌忽肥笑掀髯，万古牢愁空一洗。却顾江滩路崎嵚，步步崤函集骇水。天留绝险示倾覆，琼艘瑶楫敢矜侈。贾生吊公吾贺公，更望诸贤善始终。南桔北枳且休问，实庭百草摇东风。

原注：祠前有滩曰屈原三沧。祠前江水自全盘碛以上十里内凡十余险滩，人鲊瓮为最险。古志云：步仞亦崤函，寻常以天堑也。

屈大夫庙　清　张之洞

心忧三户为秦虏，身放江潭作楚囚。在处芳兰澌涕泪，至今寒桔落沙洲。婵媛兴叹终无济，婞直危身亦有由。宋玉景差无学术，仅传词赋丽千秋。（《广雅碎金》）

吊三闾大夫读书处 清 洪锡爵

洪锡爵（1839—1904），字桐云，一字尊彝，四川华阳（今属四川成都）人。曾权兴山县事。

云梦潇湘国已墟，荒隅犹剩左徒居。浪涛明月长埋骨，叶落秋林此读书。何处招魂歌楚些，当年遗恨割商於。青山六里今谁属，一抹寒烟旧有庐。

撇开薜翠访岩阿，昔日累臣此啸歌。故国销余三户在，悲风吹出九原多。苍烟几点欷山鬼，碧血千年化女萝。一卷离骚一樽酒，酣吟痛醉两摩挲。

屈子祠 清 向鸿翥

向鸿翥，晚清拔贡，向国庠（？—1844）之子，与骚坛诗社副社长谭启文（1836—？）为挚友。

直欲排云阊阖呼，鸩媒何事妒鸿儒。贤徒几辈骚相祖，令秭千秋祀与俱。白水盟心终自洁，丹心贯日究非诬。至今祠宇从清烈，忠节犹堪起懦夫。

谒三闾大夫祠 清 谭宗浚

媭砧仍在否，遗像仰精灵。词赋开三楚，文章俪六经。江蓠非故园，岸芷有遗馨。彼美如升降，应宜驾翠軿。

屈沱谒三闾大夫庙　清　曾国才

终古离骚恨未伸，楚沱遗庙尚迎神。灵旗日落号山鬼，香草春风哭美人。詹尹犹知骐骥轭，怀王不信虎狼秦。荒凉一角巴东水，烟火当年屈氏邻。

原注：屈子宅在此。

屈原庙　同前

郁郁秭归城，扬舲吊屈平。投荒哀窈窕，多难出忠臣。兰叶怀人句，渔歌变徵声。焚膏终自误，兼惜洛阳生。

宋玉宅　同前

木叶下亭皋，铜环闭寂寞。婵娟空绝代，云雨为谁娇。臣里达芳蹋，君恩宠细腰。吟魂随冷雁，云落不堪招。

思屈大夫祠　清　王树桐

泽畔行吟远帝阍，三闾心情向谁论。地亡空自余臣愤，天问终难悟主昏。只许贾生堪合传，却怜宋玉为招魂。美人香草传忠爱，赖有离骚一卷存。

吊屈原 清 秋瑾

秋瑾（1875—1907），祖籍浙江山阴（今浙江绍兴）。辛亥革命先驱，中国女权和女学思想的倡导者。

楚怀本孱主，乃同聋与瞽。谤多言难伸，虫生木自腐。臣心一如豸，市语三成虎。君何喜谄佞，忠直反遭忤。伤哉九畹兰，下与群草伍。临风自芳媚，又被薰莸妒。太息屈子原，胡不生于鲁。

过屈原沱 清 周蓉

周蓉，字静居，平湖（浙江平湖）人。工韵语，善写生。

萧瑟孤舟雨气昏，秭归江上落潮痕。翳篁山鬼嗔吟客，骖蜺湘君恋帝阍。樯外影迷回过雁，峡门啼冷挂哀猿。杜蘅几度为谁采，作赋谁招万古魂。

熊两溟建三闾祠招余及同人落之 清 张廷弼

张廷弼，清人，曾游梧桐泉寺，作《梧桐仙境图》。

大雅不曾歇，流风怀左徒。美人南浦远，仙草此山枯。独醒胸逾苦，行吟气早孤。秭归无恙在，破庙走村巫。

屈洞寒烟 清 姚治纪

姚治纪，湖北兴山人，恩贡。

寒烟暗淡倦晴空，泪洒涔阳一望中。秋菊秋兰渺无色，离骚读罢白云封。

屈洞寒烟 清 杨之标

杨之标，湖北汉川人，兴山教谕。

江流淘不去忠魂，化作愁烟锁洞门。萝薜有情治碧润，蕙兰无主怨黄昏。牵风难写缠绵致，带雨疑飘涕泪痕。欲访遗迹嗟杳渺，寒砧凄绝女媭村。

屈大夫读书处 清 范昌棣

范昌棣，字季常，湖北蕲水人，举人。

不见读书客，寒烟古洞存。我来秋正老，黄叶满前村。三户无全祚，孤臣有泪痕。多才原自误，遗憾与谁言。

过屈里 清 黄大鸿

黄大鸿，字湘浦，湖北枝江人。

仿古屈原宅，犹传名字香。寒烟笼户碧，斜日映溪黄。忠骨埋荒土，吟魂绕故乡。离骚重细读，一字一心伤。

经屈宅 清 吴锦章

吴锦章，湖北兴山人。优贡，曾为衡永彬桂兵备道。

秋云护女萝，山月啸猿多。过客怀三户，村童唱九歌。精灵湘水岸，草藻楚江河。应有悲风起，哀音接汨罗。

屈原宅　清　邱春林

邱春林，湖北兴山人，文童。

秋风袅袅洞庭波，七泽三湘唱楚歌。目断涔阳烟树阔，心忧宗国泪痕多。美人自昔怜香草，故宅于今有女萝。底事婵媛增太息，捣衣砧畔暮云过。

屈子祠　清　姚春

姚春，字子寿，号春木，娄县（今上海松江）人。监生，举孝廉方正。

荆楚邱墟废，湖湘日夜流。异朝余涕泪，同姓托危忧。败壁难为古，寒花易感秋。征余循枉渚，浩荡驾螭虬。

吊屈贾祠　清　王永吉

王永吉，高邮人。

贾傅恩殊楚放臣，吟骚投赋总酸辛。长疑怨诽传班史，悔值虚怀问鬼神。岳麓岚闲祠树古，昭潭浪卷棹歌春。悲笳万古湘君泣，野老依然荐采蘋。

屈左徒祠　清　刘玉森

曾排阊阖九重开，天鉴孤忠莫浪猜。遗像尚存夔子国，招魂犹对楚王台。兰为香祖离骚笔，草是王孙作赋才。闻道云軿持使节，灵旗缥缈故乡来。

屈老洞 清 刘耀藜

孤忠谁表大夫风，垂涕曾闻太史公。哀问悲于秦哭惨，文章作到楚骚穷。招魂酒洒空江冷，遗舍灯摇野铺红。一缕寒烟三峡雨，读书声泪落长空。

屈 溪 赵熙

正则留苗裔，溪边树几枒。避滩聊散步，适野便思家。白坞疑兰若，香风过菜花。采芳人去远，细履印平沙。

三闾大夫庙 同前

湛湛长江枫树林，千秋香草美人心。行芳志絜兼风雅，古庙荒山亘古今。师法一生传宋玉，水经沿路考桑钦。女媭不愧灵均姊，滩上猿声何处砧。

宋玉宅 同前

当日诛茅在此无，临江枫叶照庭除。经途证古高唐赋，旷代知音太史书。临水登山悲九辩，风流儒雅似三闾。樊南亦是伤心客，解道江关庾信居。

楚国伤心地，归州阴雨时。徘徊江上宅，犹傍屈原祠。海气长鲸恶，秋风山鬼悲。萧萧猿狖作，摇落极荒陂。

屈原祠 同前

细雨欲成雪，青枫江上祠。美人犹有恨，宋玉独承师。秀气空山掩，荒城异代悲。滩声入梦里，言折楚江蓠。

宋玉宅感怀富顺 同前

楚国苍山外，风流望我师。憭栗翻在远，憔悴竟同时。积雨冥冥晦，招魂湛湛悲。菱然琼佩蔽，西海定为期。

编者注：富顺：指刘光第。

峡 夜 同前

天黑峡中迷，香溪何处溪。连峰啼怪鸟，一水截奔猊。夜雨增衾薄，乡书按驿题。青枫宋玉宅，人指断崖西。

屈 原 毛子献

举世独浊我独清，清者难与浊相争。世人皆醉我独醒，醒者难与醉相形。相争相形驯相倾，楚疏屈平誓不生。离骚一赋泣鬼神，汨罗潮含忠愤声，至今风雨空山鸣。

吊三闾大夫　佚名

灵均一去赋招魂，千载孤忠吊郢门。最是落英岁已老，黄陵庙口淡烟痕。

题屈大夫庙　佚名

峡有高坪江有沱，忠臣祠宇对嵯峨。谗夫敌国生悲愤，沅芷沣兰发浩歌。汨水自投身已矣，秦峤不返怨如何。烟云漠漠生三楚，秭氏归来感慨多。

咏昭君

怨　词　汉　王嫱

秋木萋萋，其叶萎黄。有鸟处山，集于苞桑。养育毛羽，形容生光。既得升云，上游曲房。离宫绝旷，身体摧藏。志念抑沉，不得颉颃。虽得委食，心有徊徨。我独伊何，来往变常。翩翩之燕，远集西羌。高山峨峨，河水泱泱。父兮母兮，道里悠长。呜呼哀哉，忧心恻伤。

编者注：《乐府解题》曰："王嫱，字昭君。《琴操》载：昭君，齐国王穰女。端正闲丽，未尝窥门户。穰以其有异于人，求之者皆不与。年十七，献之元帝。元帝以地远不之幸，以备后宫。积五六年，帝每游后宫，常怨不出。后单于遣使朝贡，帝宴之，尽召后宫。昭君盛饰而至，帝问欲以一女赐单于，能者往。昭君乃越席请行。时单于使在旁，惊恨不及。昭君至匈奴，单于大悦，以为汉与我厚，纵酒作乐。遣使报汉，白璧一只，騄马十匹，胡地珍宝之物。昭君恨帝始不见遇，乃作怨思之歌。

王明君　晋　石崇

石崇（249—300），字季伦，小名齐奴，渤海南皮（今河北南皮东北）人。石苞第六子，曾为安阳乡侯、荆州刺史。

我本汉家子，将适单于庭。辞诀未及终，前驱已抗旌。仆御涕流离，辕马为悲鸣。哀郁伤五内，泣泪沾朱缨。行行日已远，遂造匈奴城。延我于穹庐，加我阏氏名。殊类非所安，虽贵非所荣。父子见凌辱，对之惭且惊。杀身良不易，默默以苟生。苟生亦何聊，积思常愤盈。愿假飞鸿翼，弃之以遐征。飞鸿不我顾，伫立以屏营。昔为匣中玉，今为粪上英。朝华不足欢，甘与秋草并。传语后世人，远嫁难为情。

编者注：《乐府诗集》卷二十九《相和歌辞四》曰：《王明君》，一曰《王昭君》。《唐书·乐志》曰："《明君》，汉曲也。元帝时，匈奴单于入朝，诏以王嫱配之，即昭君也。及将去，入辞，光彩射人，悚动左右，天子悔焉。汉人怜其远嫁，为作此歌。晋石崇妓绿珠善舞，以此曲教之，而自制新歌。"按此本中朝旧曲，唐为吴声，盖吴人传授讹变使然也。《西京杂记》曰："元帝后宫既多，不得常见，乃使画工图其形，案图召幸。宫人皆赂画工，多者十万，少者亦不减五万。昭君自恃容貌，独不肯与。工人乃丑图之，遂不得见。后匈奴入朝，求美人为阏氏，帝按图以昭君行。及去召见，貌为后宫第一，善应对，举止闲雅。帝悔之，而名籍已定，方重信于外国，故不复更人，乃穷按其事。画工有杜陵毛延寿，为人形，丑好老少，必得其真。安陵陈敞，新丰刘白、龚宽，并工为牛马飞鸟。众艺人形好丑，不逮延寿。下杜阳望、樊青，尤善布色。同日弃市。籍其家资，皆巨万。京师画工于是差稀。"《古今乐录》曰："《明君》歌舞者，晋太康中季伦所作也。王明君本名昭君，以触文帝讳，故晋人谓之明君。匈奴盛，请婚于汉，元帝以后宫良家子明君配焉。初，武帝以江都王建女细君为公主，嫁乌孙王昆莫，令琵琶马上作乐，以慰其道路之思，送明君亦然也。其造新之曲，多哀怨之声。晋、宋以来，《明君》止以弦隶少许为上舞而已。梁天监中，斯宣达为乐府令，与诸乐工以清商两相闲弦为《明君》上舞，传之至今。"

王昭君　佚名

自君信丹青，旷妾在掖庭。悔不随众例，将金买帷屏。惟明在视远，惟聪在听德。奈何万乘君，而为一夫惑。所居近天关，咫尺见天颜。声尽不闻叫，力微安可攀。初惊中使入，忽道君王唤。拂匣欲妆梳，催入已无算。君王见妾来，遽展画图开。知妾枉如此，动容凡几回。朕以富宫室，美人看未毕。故勒就丹青，所期按声实。披图阅宫女，尔独负俦侣。单于频请婚，悠忽谈相许。今日见娥眉，深辜在画师。故我不明查，小人能间欺。掖庭连大内，尚敢相蒙昧。有怨不得伸，况在朝庭外。往者不可追，来者犹可思。郁陶乎余心，颜后有忸怩。所谈不容易，天子言无戏。岂缘贱妾情，遂失边番意。二八进王宫，三十和远戎。虽非儿女愿，终是丈夫雄。脂粉总留着，管弦不将去。女为悦己容，彼非尝心处。礼者请行行，前驰已抗旌。琵琶马上曲，杨柳塞垣情。抱案啼未已，牵马私相喜。顾恩不告劳，为国岂辞死。太白食毛头，中黄没戍楼。故马不南牧，汉君无北忧。预计难终始，妾心岂期此。生愿匹鸳鸾，死愿同蝼蚁。一朝东塞门，心存口不论。纵埋青冢骨，时伤紫庭魂。绵绵思远道，宿夕令人老。寄语输金者，玉颜常自保。（《敦煌残卷·安雅词》）

编者注：安雅词：安息国所奏雅乐。

王昭君怨诸词人联句　佚名

掖庭娇幸在蛾眉，争用黄金写艳姿。始言恩宠由君意，谁谓容颜信画师。微躯一自入深宫，春华几度落秋风。君恩不惜更衣处，妾貌应殊画壁中。闻道和亲将我撇，选貌披图遍宫掖。图中容颜既不如，选后君王空悔惜。始知王意本相亲，自恨丹青每误身。昔是宫中薄命妾，今成塞外断肠人。九重恩爱应长谢，万里关山愁远嫁。飞来北地不胜春，月照南庭空度夜。夜中含涕独婵娟，遥念君边与朔边。毳幕不同罗帐日，毡裘非复锦衾年。长安高阙三千里，一望能令一心死。秋来怀抱既不堪，况复南飞雁声起。（《敦煌残卷》）

昭君辞　南朝宋　庾徽之

庾徽之，字景猷，颍川鄢陵（今河南鄢陵）人。庾仲容（475—548）祖父，曾官御史中丞。

联雪隐天山，崩风荡河澳。朔障裂寒笳，冰原嘶代駥。

王昭君　南朝宋　鲍照

鲍照（414—466），字明远，东海郡（今属山东临沂）人。曾为中书令。因出任前军参军，世称鲍参军。

既事转蓬远，心随雁路绝。霜鞞旦夕惊，边笳中夜咽。

楚明妃曲　南朝宋　汤惠休

汤惠休，字茂远，孝武帝（453—464年在位）时官至扬州从事史。

琼台彩楹，桂寝雕甍。金闺流耀，玉牖含英。香芬幽蔼，珠彩珍荣。文罗秋翠，纨绮春轻。骖驾鸾鹤，往来灵仙。含姿绵视，微笑相迎。结兰枝，送目成，当年为君荣。

昭君怨 南朝梁 沈约

朝发披香殿，夕济汾阴河。于兹怀九逝，自此敛双蛾。沾妆如湛露，绕脸状流波。日见奔沙起，稍觉转蓬多。胡风犯肌骨，非直伤绮罗。衔涕试南望，关山郁嵯峨。始作阳春曲，终成苦寒歌。唯有三五夜，明月暂经过。（《七十二家集》）

昭君怨 南朝梁 何逊

何逊（472—519），字仲言，东海郯（今属山东兰陵）人。何承天曾孙。官至尚书水部郎。诗与阴铿齐名，世号阴何。文与刘孝绰齐名，世称何刘。

昔闻白鹤弄，已自轸离情。今来昭君曲，还悲秋草生。

昭君怨二首 南朝梁 沈满愿

沈满愿，沈约孙女，范靖（一作静）妻。约梁武帝大同中前后在世。

早信丹青巧，重赂洛阳师。千金画蝉鬓，百万写蛾眉。

今朝尤汉地，明旦入胡关。高堂歌吹少，游子梦中还。（《玉台新咏》）

昭君怨 南朝梁 萧纲

玉艳光瑶质，金钿婉黛红。一去蒲萄观，长别披香宫。秋

檐照汉月，愁帐入胡风。妙工偏见诋，无由情恨通。（《七十二家集》）

昭君怨 南朝梁 萧纪

塞外无春色，巴城有夙霜。谁堪览明镜，持许照红妆。

明君词 南朝梁 陈昭

陈昭，义兴国山（今江苏宜兴）人。陈庆之（484—539）子。袭封永兴侯。

跨鞍今永诀，垂泪别亲宾。汉地随行尽，胡关逐望新。交河拥塞路，陇首暗沙尘。唯有孤明月，犹能远送人。

昭君怨 南朝梁 施荣泰

垂罗下椒阁，举袖拂胡尘。寂寞抚心叹，蛾眉误杀人。

明君词 南朝梁 王叔英妻刘氏

一生竟何定，万事良难保。丹青失旧仪，玉匣成秋草。想妾辞关泪，至今犹未燥。汉使汝南还，殷勤为人道。

明君词 北周 王褒

王褒（约513—576），字子渊，琅邪临沂（今山东临沂）人。

王导之后，梁元帝时累迁吏部尚书，开府仪同三司。保定中除内史中大夫，授太子少保。

兰殿辞新宠，椒房余故情。鸿飞渐南陆，马首倦西征。寄书参汉使，衔涕望秦城。唯余马上曲，犹作出关声。

王昭君　北周　庾信

拭啼辞戚里，回顾望朝阳。镜失菱花影，钗除却月梁。围腰无一尺，垂泪有千行。绿衫承马汗，红袖拂秋霜。别曲真多恨，哀弦须更张。（《楚风补》）

昭君辞　同前

敛眉光禄塞，还望夫人城。片片红颜落，双双泪眼生。冰河牵马渡，雪路抱鞍行。胡风入骨冷，明月照心明。方调琴上曲，变入胡笳声。（《七十二家集》）

昭君怨　南朝陈　张正见

张正见，字见赜，武城人。曾官通直散骑侍郎。陈宣帝太建中去世。

塞树暗胡尘，霜楼明汉月。泪染上春衣，忧变华年发。

昭君词　隋　何妥

何妥，字栖凤，西域人。曾为国子博士。隋初人。

昔闻别鹤弄，已自轸离情。今来昭君曲，还悲秋草并。

王昭君 隋 崔仲方

崔仲方（539—614），字不齐，博陵安平（今河北定县）人。隋文帝时为代州总管。

猗兰恩宠歇，昭阳幸御稀。朝辞汉阙去，夕见胡尘飞。寄语秦楼下，因书秋雁归。

昭君词 隋 薛道衡

薛道衡（540—609），字玄卿，河东汾阴（今山西万荣）人。隋炀帝时为番州刺史。

我本良家子，充选入椒庭。不蒙女史进，更失画师情。蛾眉非本质，蝉鬓改真形。专由妾命薄，误使君恩轻。啼沾渭桥路，叹别长安城。夜依塞草宿，朝逐转蓬征。却望关山迥，前瞻沙漠平。胡风带秋月，嘶马杂笳声。毛裘易罗绮，毡帐代金屏。自知莲脸歇，羞看菱镜明。钗落终应弃，髻解不须萦。何用单于重，讵假阏氏名。驮骎聊强食，筒酒未能倾。心随故乡断，愁逐塞云生。汉宫如有忆，为视旄头星。（《湖广总志》）

昭君怨 南朝陈 陈叔宝

图形汉宫里，遥聘单于庭。狼山聚云暗，龙沙飞雪轻。笳吟度陇咽，笛转出关鸣。啼妆寒叶下，愁眉塞月生。只余马上曲，犹作别时声。

昭君怨　唐　张文琮

张文琮，贝州武城人。曾为治书侍御史。贞观十四年前后在世。

戒途飞万里，回首望三秦。忽见天山雪，还疑上苑春。玉痕垂粉泪，罗袂拂胡尘。为得胡中曲，还悲远嫁人。

王昭君　唐　上官仪

上官仪（608—665），字游韶，陕州陕县（今河南陕县）人。贞观进士，曾官秘书郎。

玉关春色晚，金河路几千。琴悲桂条上，笛怨柳花前。雾掩临妆月，风惊入鬓蝉。缄书待还使，泪尽白云天。

昭君怨二首　唐　董思恭

董思恭，吴（今江苏苏州）人，高宗时为中书舍人。

琵琶马上弹，行路曲中难。汉月正南远，燕山直北寒。髻鬟风拂乱，眉黛雪沾残。斟酌红颜改，徒劳握镜看。

新年犹尚小，那堪远聘秦。裙衫沾马汗，眉黛染胡尘。举眼无相识，路逢皆异人。唯有梅将李，犹带故乡春。

昭君怨　唐　卢照邻

合殿恩中绝，交河使渐稀。肝肠随玉辇，形影向金微。汉宫草应绿，胡庭沙正飞。愿逐三秋雁，年年一度归。

昭君怨　唐　骆宾王

骆宾王（约638—684），字观光，义乌（今浙江义乌）人。曾为临海丞。初唐四杰之一。

敛容辞豹尾，缄怨度龙鳞。金钿明汉月，玉箸染胡尘。妆镜菱花暗，愁眉柳叶颦。惟有清笳曲，时闻芳树春。

王昭君三首　唐　郭元振

郭元振（656—713），名震，字元振，魏州贵乡（今河北大名）人。咸亨四年进士，曾为吏部、兵部尚书。

自嫁单于国，长衔汉掖悲。容颜日憔悴，有甚画图时。

厌践冰霜域，嗟为边塞人。思从汉南猎，一见汉家尘。

闻有南河信，传闻杀画师。始知君惠重，更遣画蛾眉。（《唐诗纪》）

王昭君　唐　沈佺期

非君惜鸾殿，非妾妒蛾眉。薄命由骄虏，无情是画师。嫁来胡地日，不并汉宫时。心苦无聊赖，何堪上马辞。（《唐诗纪》）

昭君怨三首　唐　东方虬

东方虬，武则天（690—705年在位）时为左史。

汉道方全盛，朝廷足武臣。何须薄命妾，辛苦事和亲。

掩泪辞丹凤，衔悲向白龙。单于浪惊喜，无复旧时容。

胡地无花草，春来不似春。自然衣带缓，非是为腰身。

昭君怨 唐 顾朝阳

顾朝阳，开元（713—741）中人。

莫将铅粉匣，不用镜花光。一去边城路，何情更画妆。影销胡地月，衣尽汉宫香。妾死非关命，都缘怨断肠。

衔悲出汉阙，落泪洒胡鞍。关榆三夏冻，塞柳九春寒。眉任愁中结，腰随带里宽。别曲易凄断，哀弦不忍弹。

王昭君 唐 崔国辅

崔国辅，吴郡（今江苏苏州）人，一说山阴（今浙江绍兴）人。开元十四年进士。曾官礼部员外郎，天宝十一载贬竟陵司马。

汉使南还尽，胡中妾独存。紫台缔望绝，秋草不堪论。

一回望月一回悲，望月月移人不移。何时得见汉朝使，为妾传书斩画师。

王昭君二首 唐 李白

汉家秦地月，流影照明妃。一上玉关道，天涯去不归。汉月还从东海出，明妃西嫁无来日。燕支长寒雪作花，蛾眉憔悴没胡沙。生乏黄金枉图画，死留青冢使人嗟。

昭君拂玉鞍，上马啼红颊。今日汉宫人，明朝胡地妾。

明妃曲四首 唐 储光羲

储光羲（约706—763），祖籍兖州（今属山东）。开元十四年进士，曾为监察御史。

西行陇上泣胡天，南向云中指渭川。毳幕夜来时宛转，何由得似汉王边。

胡王知妾不胜悲，乐府皆传汉国辞。朝来马上箜篌引，稍似宫中闲夜时。

日暮惊沙乱雪飞，傍人相劝易罗衣。经来前殿看歌舞，共待单于夜猎归。

彩骑双双引宝车，羌笛两两奏胡笳。若为别得横桥路，莫引宫中玉树花。

昭君墓 唐 常建

汉宫岂不死，异域伤独没。万里驮黄金，蛾眉为枯骨。回军夜出塞，立马皆不发。共恨丹青人，坟上哭明月。（《唐诗类苑》）

咏怀古迹（选一） 唐 杜甫

群山万壑赴荆门，生长明妃尚有村。一去紫台连朔漠，独留青冢向黄昏。画图省识春风面，环佩空归夜月魂。千载琵琶作胡语，分明怨恨曲中论。

王昭君 唐 刘长卿

刘长卿（约 726—约 786），字文房，河间人。进士，终随州刺史。

自矜娇艳色，不顾丹青人。那知粉绘能相负，却使容华翻误身。上马辞君嫁骄虏，玉颜对人啼不语。北风雁急浮清秋，万里独见黄河流。纤腰不复汉宫宠，双蛾长向胡天愁。琵琶弦中苦调多，萧萧羌笛声相和。可怜一曲传乐府，能使千秋伤绮罗。（《刘随州集》）

昭君怨 唐 杨凌

杨凌（？—约 790），字恭履，虢州弘农（今河南灵宝）人。大历（766—779）中进士。曾任协律郎。为韦应物女婿。

汉国明妃去不远，马驮弦管向阴山。匣中纵有菱花镜，羞对单于照旧颜。

巫山之阳香溪之阴明妃神女旧迹存焉 唐 蒋冽

蒋冽，常州义兴（今江苏宜兴）人。开元中进士，官终尚书左丞。蒋涣（？—795）兄。

神女归巫峡，明妃入汉宫。捣衣余石在，荐枕旧台空。行雨有时度，溪流何日穷。至今辞赋里，凄怆写遗风。

昭君怨 唐 僧皎然

僧皎然（730—799），俗姓谢，字清昼，湖州（今浙江吴兴）人。谢灵运十世孙，吴兴杼山妙喜寺主持。

自倚婵娟望主恩，谁知美恶忽相翻。黄金不买汉宫貌，青冢空埋胡地魂。

昭君词 唐 戴叔伦

汉宫若远近，路在寒沙上。到死不得归，何人共南望？

昭君词 同前

汉家宫阙梦中归，几度毡房泪湿衣。惆怅不如边雁影，秋风犹得向南飞。

昭君词 唐 李端

李陵初送子卿回，汉月明明照帐来。忆著长安旧游处，千门万户玉楼台。

咏 史 唐 戎昱

戎昱（744—800），荆南（今湖北江陵）人。官至辰、虔二州刺史。

汉家青史上，计拙是和亲。社稷依明主，安危托妇人。岂能将玉貌，便拟静胡尘。地下千年骨，谁为辅佐臣。

王昭君 唐 令狐楚

令狐楚（766/768—837），字壳士，自号白云孺子，宜州华原（今陕西铜川）人。贞元七年进士，官至检校尚书右仆射。谥文。

锦车天外去，毳幕雪中开。魏阙苍龙远，萧关赤雁哀。

王昭君 唐 张仲素

张仲素（约769—约819），字绘之，符离（今安徽宿州）人。贞元十四年进士，官至中书舍人。

仙娥今下嫁，骄子自同和。剑戟归田尽，牛羊绕塞多。

王昭君二首 唐 白居易

满面胡沙满鬓风，眉销残黛脸销红。愁苦辛勤憔悴尽，如今却似画图中。

原注：时年十七。

汉使却回凭寄语，黄金何日赎蛾眉。君王若问妾颜色，莫道不如宫里时。

过昭君村 同前

灵珠产无种，彩云出无根。亦如彼姝子，生此遐陋村。至丽物难掩，遽选入君门。独美众所嫉，终弃于塞垣。唯此希代色，岂无一顾恩。事迫势须去，不得由至尊。白黑既可变，丹青何足论。竟埋代北骨，不返巴东魂。惨澹晚云水，依稀旧乡园。妍姿化已久，但有村名存。村中有遗老，指点为我言。不取往者戒，恐贻来者冤。至今村女面，烧灼成瘢痕。

原注：村在归州东北四十里。

青　冢 同前

上有饥雁号，下有枯蓬走。茫茫边雪里，一掬沙培塿。传是昭君墓，埋闭蛾眉久。凝脂化为泥，铅黛复何有。唯有阴怨气，时生坟左右。郁郁如苦雾，不随骨销朽。妇人无他才，荣枯系妍否。何乃明妃命，独悬画工手。丹青一诖误，白黑相纷纠。遂使君眼中，西施作嫫母。同侪倾宠幸，异类为配偶。祸福安可知，美颜不如丑。何言一时事，可戒千年后。特报后来姝，不须倚眉首。无辞插荆钗，嫁作贫家妇。不见青冢上，行人为浇酒。

昭君怨 同前

明妃风貌最娉婷，合在椒房应四星。只得常年备宫掖，何曾专夜奉帏屏。见疏从道迷图画，知屈那教配虏庭。自是君恩薄如纸，不须一向恨丹青。

昭君怨　唐　施肩吾

施肩吾（780—861），字希圣，号东斋，睦州（今属杭州）人。元和十五年进士。登第后归隐。

马上徒劳别恨深，总缘如玉不输金。已知贱妾无归日，空倚君王有悔心。

王昭君　唐　胡令能

胡令能（785—826），郑州中牟人，人称胡钉铰。隐居圃田。

胡风似剑锼人骨，汉月如钩钓胃肠。魂梦不知身在路，夜来犹自到昭阳。（《闽诗录》）

昭君怨二首　唐　张祜

万里边城远，千山行路难。举头唯见日，何处是长安。

汉庭无大议，戎虏几先知。莫羡倾城色，昭君怨最多。

赋昭君冢　同前

万里关山冢，明妃旧死心。恨为秋色晚，愁结暮云阴。夜切胡风起，天高汉月临。已知无玉貌，何事送黄金。（《张承吉集》）

王昭君 唐 李商隐

毛延寿画欲通神，忍为黄金不为人。马上琵琶行万里，汉宫长有隔生春。

解昭君怨 唐 王睿

王睿，自号炙毂子，蜀中新繁县（今四川彭州东南）人。进士，活动于唐宣宗至僖宗之时，年八十卒。

莫怨工人丑画身，莫嫌明主遣和亲。当时若不嫁胡虏，只是宫中一舞人。

王昭君 唐 李咸用

古帝修文德，蛮夷莫敢侵。不知桃李貌，能转虎狼心。日暮边风急，程遥碛雪深。千秋青冢骨，留怨在胡琴。

青 冢 唐 胡曾

玉貌元期汉帝招，谁知西嫁怨天骄。至今青冢愁云起，疑是佳人恨未销。

汉 宫 同前

明妃远嫁泣西风，玉筋双垂出汉宫。何事将军封万户，却

令红粉为和戎。(《胡曾咏史诗》)

昭　君　唐　汪遵

汉家天子镇寰瀛，塞北羌胡未罢兵。猛将谋臣徒自贵，蛾眉一笑塞尘清。

过昭君故宅　唐　崔涂

以色静胡尘，名还异众嫔。免劳征战力，无愧绮罗身。骨竟埋青冢，魂应怨画人。不堪逢旧宅，寥落满江滨。

昭君冢　唐　蒋吉

蒋吉，家居江南，曾游历长安、金陵等地。

曾为汉帝眼中人，今作狂胡陌上尘。身死不知多少载，冢花犹带洛阳春。

王昭君　唐　吴商浩

猗兰恩宠歇，昭阳幸御稀。朝辞汉阙去，夕见胡尘飞。寄信秦楼下，因书秋雁归。

王昭君　唐　梁献

梁献，爵里未详。

图画失天真，容华坐误人。君恩不可再，妾命在和亲。泪点关山月，衣销边塞尘。一闻阳鸟至，思绝汉宫春。（《唐诗纪》）

昭君怨 唐 梁琼

自古有和亲，贻灾到妾身。朔风嘶去马，汉月出行轮。衣薄狼山雪，妆成雁寒春。回看父母国，生死毕沙尘。（《才调集》）

昭君怨 唐 董初

新年犹尚小，那堪远聘秦。裾衫沾马汗，眉黛染胡尘。举眼无相识，路逢皆异人。唯有梅将李，犹带故乡春。

明妃词 唐 王偃

北望单于日半斜，明君马上泣胡沙。一双泪滴黄河水，应得东流入汉家。

王昭君 唐 广利王女

雪里穹廷不见春，汉衣虽旧泪常新。如今最恨毛延寿，爱把丹青错画人。

明 妃 后梁 徐寅

徐寅，字昭梦，莆田（今福建莆田）人。乾宁元年进士，曾为秘书省正字。

不用牵心恨画工，帝家无策及边戎。香魂若得升明月，夜夜还应照汉宫。

过昭君故宅 前蜀 张玭

张玭，字象文，清河人。乾宁二年进士，仕前蜀为金堂令。

倾国可能胜敌国，无劳冥冥更思回。太真虽是承恩死，只作飞尘向马嵬。

王昭君 南唐 李中

李中，字有中，陇西人。仕南唐为淦阳宰。与韩熙载（902—970）等多有唱酬之作。

蛾眉翻自累，万里陷穷边。滴泪胡风起，宽心汉月圆。飞尘长翳日，白草自连天。谁贡和亲策，千秋污简编。（《全五代诗》）

王昭君 南唐 陈贶

陈贶，闽南人，隐居不仕。

胡风似剑镂人骨，汉月如钩钓胃肠。魂梦不知身在路，夜来犹自到昭阳。（《闽诗录》）

昭君辞 宋 释智圆

释智圆（976—1022），字无外，号潜夫，又号中庸子。俗姓徐，钱塘（今浙江杭州）人。天台宗山外派著名学者，人称“孤山法师”。

昭君停车泪暂止，为把功名奏天子。静得胡尘唯妾身，汉家文武合羞死。

和介甫明妃曲 宋 梅尧臣

梅尧臣（1002—1060），字圣俞，宣州宣城（今安徽宣城）人。皇祐三年赐同进士出身，累迁尚书都官员外郎。

明妃命薄汉计拙，凭仗丹青死误人。一别汉宫空掩泪，便随胡马向胡尘。马上山川难记忆，明明夜月如相识。月下琵琶旋制声，手弹心苦谁知得。辞家只欲奉君王，岂意蛾眉入虎狼。男儿返覆尚不保，女子轻微何可望。青冢犹存塞路远，长安不见旧陵荒。（《宛陵集》）

依韵和原甫昭君辞 同前

武帝常勒兵，北登单于台。始欲以威服，竟亦惭怀来。徒令出塞师，万里求龙媒。未弭后世患，玉颜困黄埃。丹青不足恨，谋虑少徘徊。月如汉宫见，心向胡地摧。在昔李少卿，听笳动悲哀。壮士尚如此，蛾眉安得开。情语既不通，岂止肠九回。初冬诚难保，死不如草莱。

再依韵 同前

一嫁异域去，不复临镜台。念昔辞家时，岂为单于来。适遐固亦命，配丑非由媒。始欲并日月，今嗟随风埃。仆侍共惨戚，山川空徘徊。鸿雁为之悲，肝肠为之摧。宁闻琵琶乐，但闻琵琶哀。休言羊酪甘，谁喜毡庐开。故国万余里，此生那得回。乃知女子薄，莫比原上莱。

明妃小引　宋　欧阳修

汉宫诸女严妆罢，共送明妃沟水头。沟上水声来不断，花随水去不回流。上马即知无返日，不须出塞始堪愁。

明妃曲和王介甫作　同前

胡人以鞍马为家，射猎为俗。泉甘草美无常处，鸟惊兽骇争驰逐。谁将汉女嫁胡儿，风沙无情貌如玉。身行不遇中国人，马上试作思归曲。推手为琵却手琶，胡人共听亦咨嗟。玉颜流落死天涯，琵琶却传来汉家。汉宫争按新声谱，遗恨已深声更苦。纤纤女手生洞房，学得琵琶不下堂。不识黄云出塞路，岂知此声能断肠。

再和明妃曲　同前

汉宫有佳人，天子初未识。一朝随汉使，远嫁单于国。绝色天下无，一失难再得。虽能杀画工，于事竟何益。耳目所及尚如此，万里安能制夷狄。汉计诚已拙，女色难自夸。明妃去时泪，洒向枝上花。狂风日暮起，飘泊落谁家。红颜胜人多薄命，莫怨东风当自嗟。

和王昭君　宋　韩维

韩维（1017—1098），字持国，开封雍丘人。曾为开封知府。

汉宫姝丽地，华观连珍台。娥眉三千人，皆自良家来。昭君乃独出，负色羞自媒。一为丹青误，白雪成缁埃。结欢万里外，不得少徘徊。车马怅不前，观者为悲摧。空令琵琶曲，千载传余哀。物生美恶混，天意未易回。兰茝苟不珍，且愿生蒿莱。（《南阳集》）

王昭君四首　宋　文同

不惜将黄金，争头买颜色。妾貌自可恃，谁能苦劳力。

绝艳生殊域，芳年入内庭。谁知金屋宠，只是信丹青。

几岁后宫尘，今朝绝国春。君王重恩信，不欲遣他人。

极目胡沙满，伤心汉月圆。一生埋没恨，长入四条弦。

明妃曲二首　宋　曾巩

曾巩（1019—1083），字子固，建昌军南丰（今江西南丰）人。嘉祐二年进士，官至中书舍人。

明妃未出汉宫时，秀色倾人人不知。何况一身辞汉地，驱令万里嫁胡儿。喧喧异俗方满眼，皎皎丹心欲语谁。延寿尔能私好恶，令人不自保妍媸。丹青有迹尚如此，何况无形论是非。穷通岂不各有命，南北由来非尔为。黄云塞路乡国远，鸿雁在天音信稀。几成新曲无人听，弹向东风空泪垂。若道人情无感慨，何故卫女苦思归。

蛾眉绝世不可寻，能使花羞在上林。自信无由污白玉，向人不肯用黄金。一辞椒屋风尘远，去托毡庐沙碛深。汉姬尚自有妒色，胡女岂能无忌心。直欲论情通汉地，独能将恨寄胡琴。但取当时能托意，不论何代有知音。长安美人夸富贵，未央宫殿竞光阴。岂知泯泯沉烟雾，独有明妃传至今。(《元丰类稿》)

和王介甫明妃曲　宋　司马光

胡雏上马唱胡歌，锦车已驾折橐驼。明妃挥泪辞汉王，汉主伤心知奈何。宫门铜环双兽面，回首何时复来见。自嗟不若住巫山，布袖蒿簪嫁乡县。万里寒沙草木稀，居延塞外使人归。旧来相识更无物，只有云边秋雁飞。愁坐泠泠调四弦，曲终掩面向胡天。侍儿不解汉家语，指下哀声犹可传。传遍胡人到中土，万一佗年流乐府。妾身生死知不归，妾意终期寤人主。目前美丑良易知，咫尺掖庭犹可欺。君不见白头萧太傅，被谗仰药更无疑。(《两宋名贤小集》)

明妃曲　宋　王安石

我本汉家子，早入深宫里。远嫁单于国，憔悴无复理。穹庐为室旃为墙，胡尘暗天道路长。去住彼此无消息，明明汉月空相识。死生难有却回身，不忍回看旧写真。玉颜不是黄金少，爱把丹青错画人。朝为汉宫妃，暮作胡地妾。独留青冢向黄昏，颜色如花命如叶。(《王介甫先生集》)

明妃曲二首 同前

明妃初出汉宫时，泪湿春风鬓脚垂。低徊顾影无颜色，尚得君王不自持。归来却怪丹青手，入眼平生几曾有。意态由来画不成，当时枉杀毛延寿。一去心知更不归，可怜着尽汉宫衣。寄声欲问塞南事，只有年年鸿雁飞。家人万里传消息，好在毡城莫相忆。君不见咫尺长门闭阿娇，人生失意无南北。

明妃初嫁与胡儿，毡车百两皆胡姬。含情欲语独无处，传与琵琶心自知。黄金捍拨春风手，弹看飞鸿劝胡酒。汉宫侍女暗垂泪，沙上行人却回首。汉恩自浅胡恩深，人生乐在相知心。可怜青冢已芜没，尚有哀弦留至今。（《临川先生文集》）

昭君怨戏赠 宋 刘攽

武皇听歌长太息，倾城不难难绝色。连娟修嫮果自得，三十六宫宠无敌。君不见，孝宣既没王业哀，优游时事牵文辞。延寿丹青最叵信，无监侍侧捐毛施。此时昭君去宫掖，边风侵肌雪满碛。穹庐旃墙烧鼎镭，琵琶怨思胡笳悲。犹怜敌情不消歇，子孙累世称阏氏。传闻汉宫翻可愁，纨扇绿衣长信秋。燕啄皇孙两凄恻，当时无事成深仇。覆杯反水难再收，深渊瞬息为高邱。尘沙萧条猛虎塞，边民独记和亲侯。（《彭城集》）

昭君操 宋 沈辽

王昭君，汉宫女。汉宫女，嫁配虏。生如桃李花，皖皖托朝霞。春风一吹折，零落在泥土。君山委心事匈奴，不知匈奴在何处。黄门扶我上车去，遥望汉君隔烟雾。十年帘下学画眉，不知还为娥眉误。当时恩怨或易忘，今日悲愁那可诉。梦中往往作歌舞，满目异类与谁语。但见惊风吹尘沙，岂认春还复秋暮。山林强鬼向夜哭，夜夜毡车宿荒戍。胡人从来不照镜，但见白发垂双缕。念之此意终不传，独自援瑟弹作谱。弹作谱，寄语汉宫人，一曲未终泪如雨。（《沈氏三先生文集》）

昭君村　宋　苏轼

昭君本楚人，艳色照江水。楚人不敢娶，谓是汉妃子。谁知去乡国，万里为胡鬼。人言生女作门楣，昭君当时忧色衰。古来人事尽如此，反复纵横安可知。

昭君村　宋　苏辙

峡女王嫱继屈娶，入宫曾不愧秦姝。一朝远逐呼韩去，遥忆江头捕鲤鱼。江上大鱼安敢钓，转柁横江筋力小。深边积雪厚埋中，两处辛勤何处好。去家离俗慕荣华，富贵终身独可嗟。不及故乡山上女，夜从东舍嫁西家。

王昭君　宋　刘敞

刘敞，字原父，临江新喻人。庆历进士。曾通判蔡州，直集贤院，判尚书考功。

婵娟巫峡女，秀色倾阳台。昔为一片云，飞入汉宫来。明钟徒自妍，幽兰谁为媒。丹青固难恃，远嫁委尘埃。十步一反顾，百步一徘徊。出门如万里，泪下成霰摧。左右相娱乐，丝竹声正哀。岂不强言笑，郁郁不可开。黄河入东海，还从天上回。嗟尔独抱恨，一往掷蒿莱。

明 妃 宋 孔武仲

孔武仲（约1041—约1097），字常父，临江军新喻（今江西新余）人。进士，曾为礼部侍郎。

碧落千万里，轻云何处来。仙衣行缥缈，海鹤去徘徊。映日低秦岭，随风过楚台。茅檐看不足，更欲上崔嵬。

王昭君 宋 孔平仲

孔平仲，字义甫，也作毅夫、义父，临江军新喻（今江西新余）人。孔武仲弟。治平二年进士，曾为集贤校理。

昭君十五入汉宫，自倚花艳如芙蓉。黄金不买画者笔，西子变作嫫女容。羊车忽略久不幸，夜夜月照罗帏空。娇痴怨恨掩袂泣，常恐兰蕙摧霜风。不堪坐守寂寞苦，遂愿将身嫁胡虏。神仙缥缈下朝阳，再拜玉墀辞汉王。天颜惊顾初相识，自起欲留留不得。吁嗟拂袖归禁中，却看飞燕无颜色。婵娟去去阴山道，几日风沙貌枯槁。千秋万古恨何穷，坟上春风无寸草。

王昭君 宋 刘中叟

范祖禹（1041—1098）有《答刘中叟》诗，黄庭坚（1045—

1105）有《和答刘中叟殿院》，知刘中叟约为范祖禹、黄庭坚同时代人。

敛袂出明光，琵琶道路长。初闻胡骑语，未解汉宫妆。薄命随尘土，元功属庙堂。蛾眉如有用，惭愧羽林郎。

昭君村　宋　张商英

张商英（1043—1121），字天觉，号无尽居士，蜀州新津（今属四川）人。治平二年进士，曾知南川县。

归州男子屈灵均，归乡女儿王昭君。山穷林薄不肥沃，生尔才貌空绝群。男为逐臣沉湘水，女嫁穹庐天万里。汉宫无色楚无人，丑貌险邪空自喜。

昭君行　宋　黄裳

黄裳（1044—1130），字冕仲，一字道夫，号演山，延平（今福建南平）人。元丰五年进士，官至端明殿学士、礼部尚书。

良家有子惠而秀，昔在汉宫谁更有。入宫见妒人不传，咫尺君王望恩久。奈何赋分薄如人，却属画工为好丑。千金买笑那敢当，无赂应嗟落人后。俄闻召见喜且惊，自以闲雅□文轻。将谓君王必回顾，行且遂承恩与荣。权兼天下失所制，女子未免匈奴行。此身既系国休戚，君王虽悔难复更。雪怨云愁竟何语，自小谁知北征苦。既知中华栖上清，乃托胡人为死生。平居怅望一成梦，用傣遐荒寻去程。胸前但殒默默泪，门外已抗悠悠旌。辕马悲鸣日云远，行经几处单于城。平沙莽莽春不青，顽阴漫漫天不明。随无鸳鸯欢悦情，送有琵琶哀怨声。大抵言意非吾类，眷眷向前愁益并。宁落家乡作孀妇，焉用阏氏尊于名。人为适性乃有乐，未必膏粱胜藜藿。当时将相若为策，岂意安边用颜色。君虽不幸功可称，莫怪佳人只倾国。思归曲在人已非，青冢空悲塞南客。

王昭君　宋　秦观

秦观（1049—1100），字少游，一字太虚，高邮（今属江苏）人。元丰八年进士。曾为礼部尚书。苏门四学士之一。

汉宫选女适单于，明妃敛袂登毡车。玉容寂寞花无主，顾影低回泣路隅。行行渐入阴山路，目送征鸿入云去。独抱琵琶恨更深，汉宫不见空回顾。

明妃引　宋　邢居实

邢居实，字敦夫，郑州阳武（今河南原阳）人。熙宁年间进士，曾为龙图阁学士。

汉宫有女颜如玉，浅画蛾眉远山绿。披香殿里夜吹笙，未央宫中朝理曲。绛纱蒙笼双蜡烛，箫鼓声传春漏促。玉辇三更别院归，夜深月照黄金屋。苍苔满院无行迹，总为君王未相识。天上天仙管格别，人间画工画不得。嫣然一笑金舆侧，玉貌三千敛颜色。罗帏绣户掩香风，一朝反嫁单于国。金凤罗衣为谁缕，长袖弓弯不堪舞。一别昭阳旧院花，泪洒胭脂作红雨。回头不见云间阙，黄河半渡新冰滑。马蹄已踏荒徼尘，天边尚挂长门月。黄沙不似长安道，薄暮微云映衰草。羌人马上鸣胡笳，绿发朱颜为君老。西风萧萧易水寒，啼痕不断几阑干。年年看尽南飞雁，一去天涯竟不还。少年将军健如虎，日夕撞钟捶大鼓。宝刀生涩旌旗卷，汉宫嫁尽婵娟女。寂寞边城日将暮，三尺角弓凋白羽。安得猛士霍嫖姚，缚取呼韩作编户。

王昭君 宋 刘次庄

刘次庄，字中叟，潭州长沙（今属湖南）人。熙宁七年赐同进士出身，曾为殿中侍御使、江南西路转运判官。

敛袂出明光，琵琶道路长。初闻胡骑语，未解汉宫妆。薄命随尘土，元功属庙堂。娥眉如有用，惭愧羽林郎。

明妃曲 宋 唐庚

生男禁多才，长沙伴湘累。生女禁太美，阴山嫁胡儿。长沙虽归如不归，阴山亦复归无期。绛灌通侯延寿死，琵琶休怨汉天子。（《眉山诗集》）

明 妃 宋 陈起

陈起，字宗之，号芸居，一号陈道人，临安钱塘（今浙江杭州）人。宁宗（1194—1224）时举人，与福建建安余氏，并称宋代刻书两大家。

汉宫眉斧息边尘，功在貔貅百万人。好把香闺旧脂粉，艳妆颜色上麒麟。

昭君曲 同前

御戎岂别无经纶，娄敬作俑言和亲。或结或绝患不已，至呼韩邪朝竟宁。稽首愿得婿汉氏，秭归有女王昭君。临时失捐画工赂，蛾眉远嫁单于庭。玉容惨淡落紫塞，粉泪阑干挥黄云。下马穹庐移步涩，弹丝谁要胡儿听。年年两军苦争战，杀人如麻盈边城。若藉此城赎万骨，甘忍吾耻縻一身。闻笳常使梦魂惊，倚楼惟恐烽火明。狼子野心何可凭，呜呼，狼子野心何可凭。

昭君词 同前

琵琶马上去踌躇，不是丹青偶误渠。会得吴宫西子事，汉家此策未全疏。（《江湖小集》）

题罗畴老家明妃辞汉图 宋 王庭珪

王庭珪（1079—1171），字民瞻，号泸溪真逸，古州安福（今属江西）人。政和八年进士。除直敷文阁。

明妃辞汉出宫门，丰容靓饰朝至尊。至尊左右皆动色，明妃欲语咽复吞。三千娥眉塞天阍，帝独不识王昭君。顾影徘徊复良久，尚冀君王一回首。当时自倚绝世姿，不将赂结毛延寿。可怜朱网画香车，却来远嫁呼韩邪。不如夔州归村女，三幅罗裙两髻丫。陌上花开大堤暖，细雨春风归缓缓。宁从禁制落胡沙，长路漫漫碧云断。忽看汉月照毡裘，泪湿弹丝锦臂韝。龙眠会作无声句，写得当时一段愁。

题昭君图 宋 王灼

朔风吹鬓影，犹抱琵琶立。胡儿在何许，边头羽书急。

昭君行 宋 周紫芝

汉宫侍女知几千，争妍取宠俱可怜。谁知恩爱托画手，黄金买得昭阳眠。昭君自恃玉颜好，未信光阴镜中老。不知万里嫁单于，憔悴蛾眉葬秋草。忆得昭君初嫁时，含羞忍泪无人知。朔天漫漫沙漠远，空抱琵琶说别离。捐金得宠固可耻，委身绝域不如死。世间妍丑何曾分，自古贤愚亦如此。（《太仓稊米集》）

明妃曲 宋 李纲

昭君自恃颜如花，肯略画师丹青加。十年望幸不得见，一日远嫁来天涯。辞官脉脉洒红泪，出塞漠漠惊黄沙。宁辞玉质配夷虏，但恨拙谋羞汉家。穹庐腥膻厌酥酪，曲调幽然传琵琶。汉宫美女不知数，骨委黄土纷如麻。当日抉意虽可恨，犹得千古诗人夸。

昭君怨 宋 吕本中

延寿无金翠钿销，铜丸擿鼓晚来朝。宁为龙塞青青草，不作昭阳细细腰。

明妃曲　宋　王洋

王洋（1087—1154），字元渤，原籍东牟（今山东蓬莱），侨居楚州山阳（今江苏淮安）。宣和六年进士。曾官知制诰。

汉宫沉沉凝紫烟，妾身一入知几年。楼高秋月照清夜，亭暖春花熏醉眠。忆初送我辞亲戚，便拟光华列旌戟。君门安得似人间，咫尺千山万山隔。花月朝朝空暮暮，长恋朱颜不如故。内家车子散金钱，安得此身沾雨露。忽闻花宫选罗绮，单于来朝汉天子。但言妾欲嫁单于，万一君王赏桃李。大明宫内宴呼韩，出水芙蓉鉴里看。徘徊顾影花颜靓，绰约丰容广殿寒。当日君王喜且惊，欲留失信去关情。若教不杀毛延寿，方信蛾眉画不成。茫茫汉塞连沙漠，柳色阳关断肠处。故乡阡陌想依然，马上琵琶向谁语。命薄身存有重轻，天山从此静埃尘。山西健将如君否，此日安危托妇人。人生景物疾如驰，翻覆由来万事非。莫笑巫山女粗丑，朝寻楚宫暮柴扉。男儿莫厌款段马，女儿莫羡金缕衣。君不见，巫山歌舞赛神罢，野老至今怀秭归。
（《东牟集》）

咏昭君　宋　朱翌

朱翌（1097—1167），字新仲，号潜山居士、省事老人。舒州（今安徽潜山）人。曾为中书舍人。

当时夫死若求归，凛然义动单于府。不知出此更随俗，颜色如花心粪土。

王昭君 宋 曹勋

好恶由来各在人，况凭图象觅天真。君王视听能无壅，延寿何知敢妄陈。

昭君怨四首 同前

人生无定端，万事固难料。美好招世患，谗谄过忠告。正淑不自媚，私谒事妍笑。入宫逾十年，嫉妒掩称道。疏贱难来容，况复昧倾巧。一朝见排弃，众笑蛾眉好。驱车临出门，盛饰舒怀抱。不怨君王远，不怨父兄老。唯怨蛾眉误一生，荣枯不得同百草。

再拜升车望已过，却教红粉保山河。当时岂止毛延寿，对面欺君事更多。

从来贫贱少先容，况复娇痴入汉宫。一朝掩面辞君去，始悔无金买画工。

盛饰容仪舍掖庭，岂知妍丑误丹青。不羞见辱单于室，羞见丰名作竟宁。

昭君怨 宋 郑樵

郑樵（1104—1162），字渔仲，兴化军莆田（今福建莆田）人。曾为枢密院编修。博学无前，著有《通志》等。

长谢椒房草，终为薄命身。那教兰蕙质，翻与雪霜亲。脸腻匀脂浅，妆残促恨嚬。故知关北夜，无分汉南春。红泪残胡月，轻衣半洛尘。琵琶凄切语，愁杀路傍人。

昭君解 同前

巫山能雨亦能云，宫丽三千杳不闻。延寿若为公道笔，后人谁识一昭君。(《夹漈遗稿》)

昭君村 宋 王十朋

十二巫峰下，明妃生处村。至今粗丑女，灼面亦成痕。

原注：按《图经》，昭君村在归州兴山县，而巫山亦有之，在十二峰之南神女庙下，未知孰是。杜少陵诗云：若道巫山女粗丑，安得有此昭君村。刘梦得《竹枝词》云：昭君村中多女伴，永安宫外踏青回。则在巫山者是也。

编者按，非是。

明妃曲 宋 陆游

汉家和亲成故事，万里风尘妾何罪？掖庭终有一人行，敢道君王弃憔悴？双驼驾车夷乐悲，公卿谁解和戎非！蒲桃宫中颜色惨，鸡鹿塞外行人稀。沙碛茫茫天四围，一片云生雪即飞。太古以来无寸草，借问春从何处归？

昭君台 宋 范成大

天生尤物元无种，万里巴村出青冢。高台望思台已荒，东风溪涨流水香。婵娟钟美空万古，翻使乡山多丑女。灸眉作瘢亦不须，人人有瘿如瓠壶。

原注：在兴山界中，乡人怜昭君，筑台望之，下有香溪。

青冢 金 王元节

王元节，字子元，号遁斋，弘州（治今河北阳原）人。天德三年进士，曾官密州观察判官。

环佩魂归青冢月，琵琶声断黑山秋。汉家多少征西将，泉下相逢也含羞。

明妃曲 宋 游少游

游少游，字希乡，南丰人。隆兴进士。曾为永兴令。

马背东风去路赊，几多幽意寄琵琶。妾身若是能倾国，尽卷胡沙入汉家。

明妃曲 宋 罗椿

罗椿，字永年，自号就斋，永丰（今江西广丰）人。杨万里高足。

画工有罪似无心，说着和妾气拂膺。千古琵琶梨叶曲，声声应是怨长陵。

明妃曲 宋 陈造

陈造（1133—1203），字唐卿，高邮（今属江苏）人。淳熙二年进士，曾为淮南西路安抚司参议。

汉宫第一人，只合侍天子。四弦春风手，可用入胡耳。天生国艳或为累，金赂画工宁不耻。玉颜初作万里行，朔风黧面边城昏。路人私语泪栖睫，况妾去国怀君恩。穹庐渐耐胡天冷，政复难忘心耿耿。夜深拜月望长安，顾叹当时未央影。胡雏酌酒单于舞，铭肺千年朝汉主。传闻上谷与萧关，自倾剩桑皆乐土。向来屯饷仍缯絮，庙算年年关圣虑。但令黄屋不宵衣，埋骨龙荒妾其所。（《江湖长翁集》）

明妃曲 宋 薛季宣

薛季宣（1134—1173），字士龙，号艮斋，永嘉（今浙江温州）人。官至大理寺主簿。

阙下乌云暗黑旗，未央高会送将归。天子传觞从官劝，奉眷建策至今时。上林关锁多芳菲，王嫱困睡花葳蕤。中人惊起道宣唤，和戎却自拚蛾眉。徘徊顾景伤春啼，秀色误身生不知。工师万死未足谢，丹青始信君难欺。冤莫冤兮长别离，盟莫渝兮徒自疑。毡车未免下宫殿，记得当年初入时。眉山淡扫双螺垂，拟高门户生光辉。姑姊提携父母送，不教含涕登丹墀。赭黄有泪濡龙衣，此身虽是触事非。风沙万里少花木，胡中争看真阏氏。言语不通心尽悲，琵琶琢就弹哀思。君门万里不易到，檀槽拨断商弦丝。穷寒绝塞人迹稀，时有天边霜雁飞。凭谁说与汉卿相，西施莫忘真元龟。（《浪语集》）

昭　君　宋　姜特立

姜特立，字邦杰，号南山老人，浙江丽水人。官终庆远军节度使。卒于光宗绍熙中。

汉宫胡地真天壤，一别长门隔塞云。莫谓琵琶慰行役，琴心不比卓文君。

昭君村　宋　苏泂

却将心事与琵琶，青冢魂归路转赊。赢得故乡儿女子，至今头白不离家。

昭君词　宋　徐照

琵琶弹得是胡音，上马低蛾泪滴襟。画匠枉教延寿死，相如作赋得黄金。（《芳兰轩集》）

咏昭君　宋　舒邦佐

舒邦佐（1137—1214），字辅国，一字平叔，号双峰，隆兴府靖安（今属江西）人。隆兴元年进士，曾为资政殿大学士。谥宣献。

奉春前日策和亲，夷夏雌雄恰始分。今日呼韩朝渭上，如何万里嫁昭君。

明妃曲　宋　王炎

王炎（1137—1218），字晦叔，号双溪，婺源人。乾道五年进士，官至军器监。

掖庭国色世所稀，不意君王初未知。欲行未行始惊惋，画史乃以妍为丑。约言已定不可悔，毡车万里随单于。玉鞍红颊空回首，乌孙公主王明妃。高皇兵败白登下，归遣帝子称阏氏。欲平两国恃一女，乌乎此计何其疏。至今和亲踵故事，延寿欺君何罪为。此生失意甘远去，此心恋旧终怀归。塞云惨淡气候别，风沙四面吹穹庐。琵琶曲尽望汉月，塞雁年年南向飞。（《双溪类稿》）

明妃曲　宋　王阮

胡尘漠漠风卷沙，明妃马上弹琵琶。琵琶一曲思归谱，明妃泪尽胡儿舞。胡儿不道思归苦，更问汉宫余几许。古来和戎人似铁，汉家和戎人似雪。午窗一抹春山横，万里关河不须设。燕支帐寒秋复春，翠被不禁愁杀人。人生不可无黄金，无黄金兮死沉沦。明妃也莫怨青冢，死有佳名生有用。君不见秦楼当日卷衣女，一一空随宿草腐。（《义丰集》）

王昭君　宋　赵蕃

赵蕃（1143—1229），字昌父，号章泉，侨居信州玉山（今属江西）。官终直秘阁。

绝代方能入汉宫，画图何必更求工。纵令得幸因图画，已落君王疑信中。(《淳熙稿》)

昭君词 宋 袁燮

袁燮(1144—1224)，字和叔，庆元府鄞县(今浙江宁波)人。淳熙年间进士，官至礼部侍郎。

昭君天赋倾城色，何事君王未曾识。徘徊顾影无计留，一朝远嫁匈奴国。匈奴风日暗飞尘，昭君绝艳惊国人。单于骇叹昔未睹，甘心保塞为藩臣。从来败德由女美，褒妲骊姬及西子。玉环飞燕更绝佳，遗臭千载堪咨嗟。毛生善画古无有，强把丹青倒妍丑。却教尤物摈绝域，能为君王罄忠益。闻说昭君出塞初，朔风萧飒吹衣裾。聊将琵琶寄离恨，痛绝玉颜嫔老胡。老胡死矣义当返，慷慨怀归曾上书。君王有诏从胡俗，恸哭薄命终穹庐。自古佳人多命薄，亦如才士多流落。人才有益尚疏外，佳人无补何可怼。君不见萧生堪猛岂不忠，君王疑信相半终不容。(《絜斋集》)

昭君村 宋 沈继祖

黄沙漫空天一色，漠北阴山断行迹。明妃辞汉适单于，委骨胡沙无来日。心事欲向瑟琶传，天荒地老何人识。胡雁经年去会还，汉月几夜圆复缺。雁飞那解寄音尘，月明不管人愁绝。冢上千年不改青，怨入边风与羌笛。谁为君王设此谋，纵杀画工果何益。至今犹使昭君村，有女炙面殊不惜。汉已无策唐效之，公主沦弃豺狼域。何不设备御狂胡，人言仲舒计已疏。不以女色媚穹庐，圣宋之德千古无。

题昭君图　宋　裘万顷

裘万顷（？—1219），字元量，号竹斋，洪州新建（今江西南昌）人。淳熙十四年进士，曾为大理司直、江西抚干。

纷纷争赂毛延寿，今日丹青竟不传。万事无过真实处，后人赢得写婵娟。（《竹斋集》）

同潘德久作明妃曲　宋　姜夔

姜夔（1154—1221），字尧章，号白云道人，饶州鄱阳（今江西鄱阳）人。诗词、散文、书法、音乐，无不精善。

明妃未嫁时，满宫妒蛾眉。一朝辞玉陛，人人泪双垂。
年年心随雁，日日穹庐中。遥见沙上月，忽忆建章宫。
身同汉使来，不同汉使归。虽为胡中妇，只着汉家衣。

过昭君村赋诗　宋　李壁

王嫱南郡良家子，靓饰丰容照江水。何人引入光明宫，绿鬓云鬟朝暮理。增成亦拟备充依，反向阴山嫁胡儿。阴山一去归无期，塞雁南翥马北嘶。当时送往穹庐底，安得属车藏豹尾。何如滩头媲东家，石上持竿钓游鲤。

读昭君曲 宋 赵汝譡

赵汝譡（？—1223），字蹈中，号懒庵，居余杭（今浙江余杭西南）。嘉定元年进士，曾知温州。

昭君死作千年土，曲在人间调不同。绝塞烟沙空玉质，深宫日月自春风。当时有恨传骚客，往事无心论画工。已分二坐终寂寞，雁飞曾过上林中。

昭君出塞图 金 赵秉文

赵秉文（1159—1232），字周臣，磁州滏阳（今河北磁县）人。大定二十五年进士，官至礼部尚书。

无情汉月鲜随人，羞向天涯照妾身。闻道将军侯万户，已将功业上麒麟。（《闲闲老人滏水文集》）

明妃曲 宋 徐得之

徐得之，字思叔，临江军清江（今江西樟树）人。淳熙十一年进士，官至通直郎。

妾生岂愿为胡妇，失信宁当累明主。已伤画史忍欺君，莫使君王更欺虏。琵琶却解将心语，一曲才终恨何数。朦胧胡雾染宫花，泪眼横波时自雨。专房莫倚黄金赂，多少专房弃如土。宁从别去得深嚬，一步思君一回头。胡山不隔思归路，只把琵琶写辛苦。君不见，肖言不食古高辛，生女无嫌嫁盘瓠。

明妃曲 宋 武衍

武衍，字朝宗，原籍卞梁（今河南开封），后居临安（今浙江杭州）。工诗，著有《适安藏拙余稿》等。理宗淳佑元年曾自序其集。

中国无人虏肆轻，六宫挥泪别倾城。当时谁议诛延寿，益重君王好色名。

马上风沙乱鬓蝉，膻乡同地不同天。琵琶何用弹深怨，出降乌孙更可怜。

昭君行 宋 释居简

释居简（1164—1246），字敬叟，号北涧，潼川（今四川三台）人。俗姓龙（一说姓王）。有《北涧集》十卷。

楚山有美倾人国，家傍江城逐臣宅。逐臣赋并日月明，琵琶遣入穹庐鸣。哀弹不作胡儿语，写汉遗音吊亡楚。泪如铅水湿春风，苦心只与春风诉。曲中愁绪乱风丝，因风寄雁云南飞。汉家弹作昭君怨，试问昭君别怨谁。天生尤物天还如，仰天自笑蛾眉误。不如强醉枕琵琶，暂时栩栩梦还家。昭阳未有承恩地，阏氏孰与宁胡贵。不须频下思家泪，汉女雄猜如何雌。

昭君曲 宋 刘宰

刘宰（1167—1240），字平国，号漫塘病叟，金坛（今属江苏）人。绍熙元年进士，曾为籍田令。

朝日曜兮春花，玉壶炯兮清冰。耿余心兮不欺，付妍丑兮丹青。君王兮宵衣，壮士悲歌兮战死。岂余身兮惮殃，抗风沙兮万里。崔嵬兮增城，璀璨兮昭阳。羌末路兮多艰，幸朕时之不当。毡裘兮娱嬉，穹庐兮容与。怨群胡兮我欺，谂九天兮谁许。南风兮徐来，掩涕兮无语。四十五十兮无家，抑有惭兮嫠女。

昭　君　宋　陈宓

陈宓（1171—1226），字师复，兴化人。曾知南康军，改南剑州，创延平书院。

永巷锁芳菲，春归入燕泥。粉身能报国，妾不爱娥眉。

和徐绍奕昭君图　同前

汉家无计饵单于，掖庭为出千金姝。秀色妍姿玉不如，天子一见先嗟吁。三千粉黛尔殊绝，谋身独拙何蠢愚。梨花带雨辞殿隅，遗恨画工犹可诛。世人重色多欷歔，不思婉娈同戈殳。君王蚤识应耽误，皇天为遣投穹庐。乃知汉计自不疏，画工忧国非奸谀。君不见，后世佳人号太真，坐令九鼎污胡尘。当时早解挤妖丽，长作开元一圣君。

昭君曲　宋　赵汝鐩

赵汝鐩（1172—1246），字明翁，号野谷，袁州（今江西宜春）人。宋太宗八世孙。嘉泰二年进士，曾知安吉州。

御戎岂别无经纶，娄敬作俑言和亲。或结或绝患不已，至呼韩邪朝竟宁。稽首愿得婿汉氏，秭归有女王昭君。临时失捐画工赂，蛾眉远嫁单于庭。玉容惨淡落紫塞，粉泪阑干挥黄云。下马穹庐移步涩，弹丝谁要胡儿听。年年两军苦争战，杀人如麻盈边城。若藉此行赎万骨，甘忍吾耻靡一身。闻笳常使梦魂惊，倚楼惟恐烽火明。狼子野心何可凭，呜呼，狼子野心何可凭。（《野谷诗稿》）

昭君行　宋　洪咨夔

红嫣翠湿平阳里，轳辘游车汛流水。苍头拥骑知谓谁，草草人家寄生子。君王神武重边功，不爱秾华胜桃李。青鸾扶下五云车，颠倒衣裳冠荐履。赏功未了说和亲，又堕蛾眉芳梦里。平章三十六宫春，遣似天骄买欢喜。朔风吹雪胡马嘶，猎归月淡龙城西。重旃穹窿压斗帐，泛盎快揽金留犁。细调弦索为郎鼓，手未推却眉先低。林深人静孤啄木，春尽树暗双黄鹂。大居次吹梅花老，小居次舞杨花迷。屠牙勃窣起为寿，一粲相对酣如泥。子卿海上亦良苦，牧羝未乳儿先乳。信道天涯共此情，谁谓姬姜必齐鲁。妾身不为汉婕妤，下嫁犹获当单于。从来蕃汉等昆弟，得婿渠不如家奴。君不见冢象庐山谁比数，青冢名传千万古。（《平斋文集》）

偶记赋王昭君漫录之　宋　郑清之

郑清之（1176—1251），字德源，初名燮，字文叔，庆元道鄞县（今浙江宁波）人。嘉泰二年进士，先后四次出任宰相。谥忠定。

伐国曾闻用女戎，忍留妖丽汉宫中。如知褒姒贻周患，须信巫臣为楚忠。青冢不遗芳草恨，白沟那得战尘空。解移尤物柔强虏，延寿当年合议功。

明妃曲　宋　胡平仲

胡平仲（1180—?），字文表，号虎溪，浙江缙云人。

两鬓胡风玉筋垂，平城之下转伤悲。想应不恨毛延寿，恨杀陈平计太奇。

题昭君像　宋　曾极

曾极，字景建，号云巢，临川人。曾宰曾孙。博学强记，无所不通。与刘克庄（1187—1269）为友。

画史那知出塞心，尘沙漠漠玉颜侵。当年曾被丹青误，却倚丹青得到今。（《金陵百咏》）

酬昭君怨　金　杨奂

杨奂，字焕然，乾州奉天人。著有《还山集》。谥文宪。与耶律楚材为同时代人。

玉貌辞金阙，貂裘拥绣鞍。将军休出战，塞上雪偏寒。

明妃曲　宋　赵君玉

刘克庄（1187—1269）有《长溪陈梦雷携表弟赵君玉书相访》

诗，未知是此赵君玉否。

咫尺天颜一见难，见时那得许呼韩。不妨更写丹青本，留与君王别后看。

过青冢次贾搏霄韵 金 耶律楚材

耶律楚材（1190—1244），字晋卿，号玉泉老人、湛然居士。曾官中书令。谥文正。

延寿丹青本诳君，和亲犹未敛胡尘。穹庐自恨嫔戎主，泉壤相逢愧汉臣。玉骨香消青冢底，香魂犹绕黑河滨。愁云暗锁天山路，野草闲花也怨春。

过青冢用先君文献公韵 同前

汉室空成一土丘，至今仍未雪前羞。不梦出塞涉沙迹，最恨临轩辞冕旒。幽怨半和青冢月，闲云常锁黑河秋。滔滔天堑东流水，不尽明妃万古愁。

昭君怨 宋 严粲

严粲，字坦叔，一字明卿，号华谷，邵武（今属福建）人。与严羽是同宗兄弟。进士，曾为全州清湘令。

欲洗铅华净，那须画手工。玉颜翻自误，不似旧图中。

吊青冢 宋 林希逸

林希逸（1193—1271），字肃翁，一字渊翁，号竹溪，又号鬳斋，福清（今福建福清）人。端平二年进士，官终中书舍人。

谁吊千年冢，芳魂唤不醒。雪连沙外向，春带塞南青。一酹嗟何及，重泉恨莫扃。花曾辞汉苑，草不似边庭。妾死匈奴在，风悲壮士经。遥怜斑竹泪，鼓瑟和湘灵。（《竹溪鬳斋十一稿续集》）

明妃曲　宋　白玉蟾

白玉蟾（1194—?），本名葛长庚，字白叟、如晦等，号海琼子、神霄散使等，居福建闽清。金丹派南五祖之一。

行行莫敢悲，一死复千怨。脱身歌舞中，姊姒不足恋。蛮帐紫茸毡，虽卑固不贱。昔在后宫时，几见君王面。君王有凤偶，不数芹边燕。傥曾赐御览，岂为画所幻。粉黛相嵚巇，亦惧人龥变。但念辞乡国，远适堪慨叹。此时汉无策，聊塞呼韩愿。非无霍嫖姚，两国虑涂炭。欲宽公卿忧，只影非所羡。敬将金缯行，不觉泪珠溅。请行安得辞，心心存汉殿。所怜毛延寿，既杀不可谏。马蹄蹴胡尘，晓月光灿灿。凄怆成琵琶，千古庶自见。他时冢草青，汉使或一奠。

昭君溪　宋　李曾伯

李曾伯（1198—1268），字长孺，号可斋，居嘉兴（今属浙江）。曾官四川宣抚使。

巴峡向来惟屈姊，汉宫奚事出明姬。当时手有平戎术，中国难容绝世姿。忍死定仇娄敬策，惜身不遇武皇时。后人却恨毛延寿，断送春风入远夷。

明妃曲　宋　赵崇嶓

赵崇嶓（1198—?），字汉宗，号白云，居南丰。嘉定十六年进士，官至大宗正丞。

丹青未必误君王，倾国无人汉道昌。后二十年储祸水，冢头青草死犹香。

昭君怨　宋　叶茵

叶茵（1199—?），字景文，笠泽（今江苏苏州）人。曾出仕，后退居同里。

塞上将军且罢兵，一身万里自经营。将军歌舞升平日，却调琵琶寄怨声。

明　妃　宋　许棐

许棐，字忱夫，号梅屋，海盐（今属浙江）人。嘉熙中隐于秦溪，有《梅屋诗稿》等。

汉宫眉妩息边尘，功压貔貅百万人。好把香闺旧脂粉，艳妆颜色上麒麟。（《梅屋集》）

阅明妃传　宋　华岳

一万边兵不立功，却令娄敬自和戎。犬羊不伏称臣妾，甘拜君王作妇翁。

汉家金帛作山堆，无奈酋奴眼不开。今日单于恭子婿，方知娄敬是良媒。（《翠微南征录》）

和阅明妃传　宋　赵希逢

赵希逢，一作希蓬，字可久，一作可父，太祖九世孙。南省锁试第一，曾为建安法曹。与华岳（嘉定十年武科第一）诗词酬唱往来。

安边良将不收功，公主如何嫁犬戎。若使外孙知大义，单于不自杀其翁。

青冢今成土一堆，娇容埋玉恨难开。无端当日毛延寿，轻把毫端巧作媒。

明妃曲　宋　彭复雅

彭复雅，与萧立之（1203—?）为同时代人。

一曲琵琶梨叶怨，两行玉箸汉庭春。愿君更订防胡计，莫倚平安在妾身。

王昭君　宋　盛世忠

盛世忠，字景韩，清源（今山西清徐，一说今福建泉州）人。与胡苇航（宋末元初人）有交。有《松坡摘稿》，已佚。

汉使南归绝信音，毡庭青草始知春。蛾眉却解安邦国，羞杀麒麟阁上人。

明　妃　宋　车若水

车若水（约1209—1275），字清臣，号玉峰山民，黄岩人。著有《脚气集》。

万里来朝拜宠归，琵琶下马册阏氏。虚传千古和戎话，不道当年虏自衰。（《士林诗选》）

题王昭君　宋　姚勉

姚勉（1216—1262），字述之、成一，号雪坡，古天德乡（今属江西宜丰）人。宝祐元年进士。曾为校书郎。

谢却君恩入塞尘，宫花从此不能春。丹青莫恨毛延寿，娄敬是为作俑人。（《雪坡集》）

昭君图　宋　柴随亨

柴随亨（1220—?），字刚中，号瞻岵居士，江山（今属浙江）人。宝祐四年进士，曾知建昌军。

红颜虽命薄，犹是汉宫人。一上玉关道，天涯沦落身。

读明妃引　宋　陈僴

陈僴，字子宽，号月塘，淳祐三年曾为县尉。

骊山举燧因褒姒，蜀道蒙尘为太真。能遣明妃嫁夷狄，画工原是汉忠臣。

明　妃　宋　程鸣凤

程鸣凤（1225—?），字朝阳，号梧冈，北乡善和人。宝祐元年武状元。曾为广东知府。

汉宫粉黛应无数，明妃却向毡城路。自怜倾国不用金，翻被一生颜色误。世间那有真妍媸，明妃马上休伤悲。不信但看奇男子，多少尘埋未见知。

昭君怨　宋　吴龙翰

吴龙翰（1229—?），字式贤，歙县人。咸淳中贡于乡。曾为编校国史院实录。

汉家金屋贮蛾眉，六宫何啻三千姬。中有一姬倾国色，可怜不到君王知。毛生笔下真少恩，玉颜黑子迷妍媸。君王按图不入眼，出身远嫁单于妻。盈盈泪眼边月照，萧萧愁鬓胡风吹。不忧死作龙城鬼，贞魂长在深宫里。犹胜男儿未贵时，咫尺金门如万里。（《古梅遗稿》）

昭君词　宋　萧澥

萧澥，字泛之，号金精山民，吉水（今属江西）人。淳祐七年进士。著有《竹外蛩吟稿》。

琵琶马上去踌躇，不是丹青偶误渠。会得吴宫西子事，汉家此策未全疏。

写东府昭君怨后 同前

古今题品几词人，莫怨边风两鬓尘。不是丹青曾汝误，琵琶到老一宫嫔。

昭君怨 宋 陈杰

陈杰，字焘父，洪州丰城（今属江西）人。淳祐十年进士，曾为江南西路提点刑狱兼制置司参谋。

玉箸晕深宫领巾，金槽夜琤出塞新。风沙陇上岁摇碧，一掬犹残长乐春。六奇计丑书来慢，曾是控弦三十万。沼仇无术遣蛾眉，此日天骄更须豢。黄鹄传歌天为悲，边笳按拍鹊南飞。琵琶远恨无人省，灼面东家晓妆影。

昭　君 同前

千古和戎恨，冢青今尚闻。汉朝三尺草，埋没几昭君。

昭君行 宋 黄文雷

黄文雷，字希声，盱江（今属江西抚州）人。淳祐十年进士。曾为临安酒官。江西四大诗人之一。

君不见，未央前殿罗九宾，汉皇南面呼韩臣。无人作歌继大雅，至今遗恨悲昭君。丙殿春闲斗冯傅，掖庭新花隔烟雾。票姚枉夺燕支山，玉颜竟上毡车去。人生流落那得知，不应画史嫌蛾眉。痴心只共琵琶语，归梦空随鸿雁飞。穹庐随分薄梳洗，世间祸福还相倚。上流厌人能几时，后来燕啄皇孙死。野狐落中高台倾，宫人斜边曲池平。千秋万岁总如此，谁似青冢年年青。

王昭君 宋 徐钧

徐钧，字秉国，号见心，兰溪（今属浙江）人。生卒年均不详，约宋度宗咸淳末前后在世。

画工虽巧岂堪凭，妍丑何如一见真。自是君王先错计，爱将耳目寄他人。

昭君曲 宋 宋无

宋无，原名尤，字希颜，宋亡改字子虚，吴人。以诗跋涉南北。

毡城万里风雪寒，妾行虽危汉室安。汉室已安妾终老，妾颜穹庐岂长好。

汉家将相多良策，更选婵娟满宫掖。单于世世求和亲，汉塞自此无风尘。（《翠寒集》）

明妃曲 宋 何筹斋

何筹斋，生平不详。

春到穹庐雪未融，日高毡帐暖如烘。当时不是毛延寿，应叹孤眠老汉宫。

明妃二首　元　耶律铸

耶律铸（1221—1285），字成仲。耶律楚材次子。曾为中书左丞相。谥文忠。

汉使却回凭寄语，汉家三十六将军。劝君莫话封侯事，触拨伤心不愿闻。

散花天上散花人，谁说香名更未闻。薄命换移仙寿在，不须青冢有愁云。

明妃曲　元　郭天锡

郭天锡（1227—1302），字佑之，号北山，天水（一说大同）人。著有《郭天锡日记》等。

君不见，王昭君，家住子规啼处村。生来近住离骚国，悲歌慷慨恶离群。纫兰结茝佩蘅芷，芝泽頮面薇骨熏。瑶琴惯识九歌谱，怀感远道偏消魂。（《快雪斋集》）

王昭君出塞图　元　王恽

王恽（1227—1304），字仲谋，号秋涧，卫州汲县（今属河南）人。生平凡五任风宪，三入翰林，《元史》卷一六七有传。

绝色当年冠汉宫，谁移尤物使和戎。流连不重君王欲，延寿丹青似有功。

朔漠风沙异紫台，琵琶心事欲谁开。人生正有新知乐，犹胜昭阳赤凤来。（《秋涧先生大全文集》）

明妃曲 元 宋伯仁

宋伯仁，字器之，号雪岩，广平（今河北广平）人。嘉熙（1238—1240）时善画梅花。

泪滴宫衫别汉墀，镜中偷画汉宫眉。君王虽恨丹青手，也恨丹青未画时。

题明妃图 元 王旭

王旭，字景初，东平（今属山东）人。至元到大德年间活动。有《兰轩集》。

妲己倾殷褒丧周，女戎伐国胜戈矛。丹青枉罪毛延寿，嫁祸穹庐本善谋。

汉宫佳丽知何限，去一蛾眉未足哀。不见千年靖康后，毡车尽载六宫来。

无盐丑女后齐宫，绝色明妃嫁远戎。世事由来有翻覆，人生何处问穷通。（《兰轩集》）

昭君出塞 元 元淮

元淮，名仲泉，讳淮，字国泉，号水镜，江西抚州崇仁人。元初以军功授武德将军。

西风吹散旧时香，收起宫装换北装。绒帽貂裘同锦绮，翠眉蝉鬓怯风霜。草白云黄金勒短，旧愁新恨玉鞭长。一天怨在琵琶上，试倩征鸿问汉皇。

吊昭君　同前

昔年上马衣貂裘，不惯胡沙万里愁。阁泪无言窥汉将，偷生陪笑和箜篌。环佩影摇青冢月，琵琶声断黑河秋。当时若贿毛延寿，安得高名满蓟幽。

昭君出塞图　元　艾性夫

艾性夫，一作艾性，字天谓，江西东乡（今属江西抚州）人。元世祖至元中前后在世。

长门写遍泥金贴，春风暗老如花靥。臂纱尚护红守宫，妾命君恩尽如叶。一朝结束嫁荒陲，一马前导五马随。老奚并辔相笑语，双袖自抱琵琶啼。边风吹碎心如梦，云长只有孤鸿送。早知毡帐是羊车，却把黄金博青冢。向来玉锁摇铜环，咫尺不得窥天颜。只今堕在万里外，日光那到祁连山。女色自矜还自娱，画史欺君君莫怒。甘向匈奴作妇翁，而翁首祸羞千古。

明妃出塞图　元　胡祇遹

自矜绝色冠谁宫，不著黄金买画工。说与明妃莫惆怅，世间蒙蔽更无穷。

妍丑分明在笔端，陛辞垂泣漫辛酸。画师知以钱为计，安敢深期不面谩。

两龙雄策在山河，一女区区可结合。若使张敖得天下，六宫脂粉只愁多。（《紫山大全集》）

昭君二首 元 尹廷高

尹廷高，字仲明，号六峰，遂昌（今属浙江）人。宋亡二十年始归故里，曾掌教永嘉。

身往天涯恨未平，昏昏漠月度龙城。琵琶马上千年意，只有诗人画得成。

草色犹能白变青，怪渠妍丑一毫争。自缘谋国无长策，枉使毛生受恶名。（《玉井樵唱》）

明妃引 元 孙嵩

孙嵩（1238—1292），字元京，休宁（今属安徽）人。以荐入太学，宋亡隐居，自号艮山。

明妃如花颜，高出汉宫右。可怜君王目，但寄丹青手。寂寂保孤妍，悠悠成伪丑。坐此嫁穹庐，流落无时回。无时回，琵琶未阕边笳催。哀弦流入千家谱，明妃只作阏支舞。年年犹借南来风，吹得青青一抔土。君不见汉家嫁得几娉婷，不闻一一琵琶声。祸起当年娄敬谬，后人独恨毛延寿。

昭君怨 同前

万里劳边算，堪嗟孤冢青。君王行不悟，咫尺是宫廷。（《新安文献志》）

昭君出塞图　元　王思廉

王思廉（1238—1320），字仲常，真定获鹿人，官终正奉大夫。

黄沙飞雪暗龙庭，马上琵琶掩泪听。汉室御戎无上策，错教红粉怨丹青。（《中州集》）

昭君图　元　赵文

赵文（1239—1315），字仪可，号青山，庐陵（今江西吉安）人。入太学为上舍，宋亡依文天祥，后为东湖书院山长，南雄郡文学。

蜀江洗妍姿，万里献君王。君王不我幸，弃置何怨伤。君王要宁胡，借问谁能行。女伴各惧怯，畏此道路长。慨然欲自往，讵忍别恩光。倘于国有益，尚胜死空房。行行涉沙漠，风霜落红妆。得为胡阏氏，揣分已过当。单于感汉恩，边境得安康。一朝听夭死，掩泣涕沾裳。胡俗或妻母，何异豺与狼。仰天自引决，爱此夫妇纲。大忠与大义，二者俱堂堂。可怜千古无人说，只道琵琶能断肠。（《青山集》）

原序：《琴操》载：明君，夔王穰女，端正闲丽，穰献于元帝。帝不幸，积五六年，每游后宫，常怨不出。后单于遣使朝，帝宴之，召后宫，昭君盛饰出。帝问欲以一女使单于，能者往。昭君越席愿往。时单于使在旁，帝惊恨不及。昭君至，单于大悦，以汉厚我，报汉珍宝。昭君恨帝不见遇，作《怨歌》。单于死，子世达立。昭君谓之曰：为胡老妻母，汉者更娶。世达曰：欲作胡。昭君以服药死。荆公云："汉恩自浅胡自深，人生乐在相知心。"盖用《琴操》本意，而诸者往往不查。

王昭君 元 连文凤

连文凤（1240—?），字百正，号应山，三山（今福建福州）人。咸淳间入太学。

使者相随出汉宫，辞君马上去匆匆。只因自恃颜色好，不把金钱买画工。（《百正集》）

昭君墓 元 汪元量

一昔王昭君，远嫁单于去。上马出宫门，琵琶语如诉。昔为汉宫妃，今作胡虏妇。别来岁月深，竟入泉下路。还知身后名，青草变孤墓。

昭君叹 元 郑思肖

郑思肖（1241—1318），字忆翁，号所南，连江（今福建连江）人。曾以太学上舍生应博学鸿词试。

汉朝远人来入使，当时公卿短奇计。紫清殿内一朵花，狂风妒春吹落地。命坠穷阴鬼为侣，回首玉皇紫清里。旧愁新愁东海深，黄鹂云破伤春事。江南绝色天下夸，元贼尽虏归胡沙。或以嫁之鬻伪爵，于飞马背行天涯。年深乐与生子女，情热比翼忘咨嗟。果知礼义不忍去，亦有一死魂还家。德佑百官人稷契，腹饱理学纵横说。尚弃君父从背叛，乃数妻妾学贞烈。男儿或老不晓事，女子正少欲守节。天生至性教不得，时危罕见人中杰。能尽妇道能诲儿，王陵之母王凝妻。世间妇人谁及之，

空恨昭君上马时。颜色日老单于死，万里魂归身不归。广寒嫦娥今尘土，应见青冢双泪垂。（《宋郑所南先生心史》）

王昭君五首　元　陈普

陈普（1244—1315），字尚德，号惧斋，宁德（今属福建）人。曾主云庄书院。

昭阳柘馆贮歌儿，恨杀陈汤斩郅支。胡草似人空好色，春光不到二阏氏。

宁胡名号正当时，且有安栖得哺儿。胡草似人空好色，青青合为故阏氏。

出嫁毡裘得几时，昭阳柘馆贮歌儿。娥眉莫怨毛延寿，好怨陈汤斩郅支。

呼韩骨冷复雕陶，夜夜穹庐朔月高。为问琵琶弦底话，得无一语诉腥臊。

甫出车延玉座倾，黄金无复赎娉婷。骚人更望胡人返，不识松楸拱渭陵。

明　妃　元　黄庚

黄庚，字星甫，天台（今属浙江）人。以游幕和教馆为生，与仇远（1247—1326）等多有交往。

和戎何惜遣娥眉，悔恨徒然杀画师。汉主深恩如可报，安身死虏亦无辞。

一函香骨埋沙漠，魂魄多应绕汉庭。惟有春风知此恨，年年吹拂草痕青。（《月屋漫稿》）

明妃曲　元　刘因

初闻丹青写明眸，明妃私喜六宫羞。再闻北使选绝色，六宫无虑明妃愁。妾身只有愁可必，万里今从汉宫出。悔不别君未识时，免使君心怜玉质。君心有忧在远方，但恨妾身是女郎。飞鸿不解琵琶语，只带离愁归故乡。故乡休嗟妾薄命，此身虽死君恩重。来时无数后宫花，明日飘零成底用。宫花无用妾如何？传去哀弦幽思多。君王要听新声谱，为谱高皇猛士歌。

昭君扇头二首　同前

武皇重色思倾国，赵氏承恩亦乱宫。自售悬知非静女，汉家当论画师功。

不忍纷纷丑女颦，百年孤愤汉宫春。一身去国名千古，多少名臣学妇人。（《静修先生文集》）

读明妃引　元　于石

于石（1250—?），字介翁，号紫岩，兰溪人。有《紫岩诗选》。

周求莘女终亡纣，越献西施竟灭吴。马上琵琶徒自恨，不思强汉弱匈奴。

题昭君画卷五绝　元　陆文圭

陆文圭（1252－1336），字子方，号墙东，江阴（今属江苏）

人。咸淳初中举。著有《墙东类稿》。

当时随例与黄金，不遣君王有悔心。近使来传延寿死，回思终是汉恩深。

妍丑何须问画工，美人终日侍宫中。奉春初计真堪恨，欲望单于敬外翁。

青冢千年恨不埋，琵琶马上几时回。宇文高氏争雄日，突厥柔然献女来。

已恨丹青误妾身，何消柔与妾传神。那知塞北风尘貌，不似昭阳殿里人。

啮雪中郎妾不如，脱身无计谩相于。劝君莫射南飞雁，欲寄思乡万里书。

明妃曲　元　方一夔

方一夔（1253—1314），一作方夔，字时佐，号知非子。浮安人。曾为严州教授。

明妃去时载橐驼，金环珠络红锦靴。燕支山北万蹄马，半夜剑槊锵横磨。老胡须鼻极殊状，黄羊乳酪毡裘帐。此生赋分逐飞走，一回起坐一惆怅。当初自持颜如花，不嫁比邻来天家。掖庭咫尺隔万里，十年不复逢宫车。画工不信能相误，一朝流落天涯去。汉使年年去复来，长安不见低烟雾。寒沙击面雁飞秋，手抱琵琶泪暗流。上弦泠泠写妾苦，下弦切切写汉羞。妾身生死何须道，汉人嫁我结和好。曲终准是知音人，断魂去作坟头草。

题昭君图　元　张之翰

张之翰，字周卿，晚号西岩老人，邯郸（今属河北）人。曾为御史台掾，与赵孟頫（1254—1322）有唱和之作。

汉元宫中谁第一，最是王嫱好颜色。当时无金买画工，按图远嫁悔何及。黄沙白草塞外情，酸风吹入琵琶声。死为万里异乡鬼，至今青冢愁云生。君王枉杀毛延寿，似此妒贤人尽有，又有过于画师乎。（《西岩集》）

昭君曲　元　宋无

宋无（1260—1340），字子虚，号晞颜，苏州（今江苏苏州）人。举茂才，以奉亲辞。善墨梅。

毡城万里风雪寒，妾行虽危汉室安。汉室已安妾终老，妾颜穹庐岂长好。汉家将相多良策，更选婵娟满宫掖。单于世世求和亲，汉塞自此无风尘。

题明妃图　元　王逢

王逢（1265—1334），字原吉，自号席帽山人，江阴（今江苏江阴）人。隐居乌泾，歌咏自怡。著有《梧溪集》。

忍辞汉月载胡天，雁带边声落马前。地出黑河非故国，草生青冢自常年。朔风寒雪凋双鬓，旧思新愁写四弦。闻道至今魂不返，夜深直上气苍然。（《梧溪集》）

昭　君　元　袁桷

鬓影愁添塞雪，花枝羞杀宫春。谁道佳人倾国，解从绝域和亲。（《清容居士集》）

题昭君出塞图　元　虞集

天下为家百不忧，玉颜锦帐度春秋。如何一段琵琶月，青草离离咏不休。（《道园学古录》）

明妃曲　元　王结

王结（1273—1334），字仪伯，易州定兴人。曾参议中书省事。

巫山处子入汉宫，汉宫桃李无纤秾。丰容靓饰照宫阙，秋波迥立玉芙蓉。天子深宫初未知，更堪宫女妒娥眉。黄金争赂毛延寿，丹青竟误真妍媸。一朝远嫁难复留，空使君王诛画史。天心恻恻难食言，重感君恩为君死。塞云漫漫塞草黄，羌笛一曲助悲凉。回头遥望汉宫月，照影依依还自伤。妾生不及雁随阳，茕茕终老天一方。琵琶聊写思归意，传与中州能断肠。南北寝兵心自足，托身异域宁辞辱。君不见，乌孙公主汉懿亲，西风万里歌黄鹄。（《王文忠集》）

明妃曲　元　周权

周权（1275—1343），字衡之，号此山，处州（今浙江丽水）

人。通经史，工于诗，游京师，以袁桷为师。

逝水无回波，去箭无返筈。十载昭阳春，万里龙荒月。风沙满宫衣，惨淡余香歇。哀弦湿丝泪，泪尽弦亦绝。寄语汉飞将，此计诚太拙。蛾眉岂长好，不久为枯骨。（《此山诗集》）

王昭君图 同前

窈窕佳人绝代无，一辞汉殿尽嗟吁。丹青若恨毛延寿，勾践何功得破吴。（《霞外诗集》）

昭　君 元　马祖常

马祖常（1279—1338），字伯庸，光州（今河南潢川）人。延祐二年廷试第二，曾官监察御史。

旃车百辆入单于，不恨千金买画图。争似山中插花女，傍家只嫁一田夫。（《石田先生文集》）

题王昭君出嫁图 元　洪希文

洪希文（1282—1366），字汝质，号去华山人，莆田（今属福建）人，曾官训导。

平生惯读明妃怨，老来却向图中见。看诗只见古人心，看画又知古人面。当时初选入汉宫，亭亭秋水环芙蓉。芙蓉照水矜颜色，自信年少常春风。一朝引见辞君去，此心已作杨花絮。黄河一去不回头，泣损花容留不住。辎车重载汉宝归，骊黄嚼啮黄金羁。媵臣尚作首鼠杰，居延万里行迟迟。居延渐近汉渐远，胡使悲歌落日晚。人生失意何足云，蛴首蛾眉难自遣。琵琶韵绝心悠悠，毡庐未到眉先愁。毡庐愁愁愁几种，胡恩终薄君恩重。哈敦般铎春草生，尚有行人吊青冢。（《续轩渠集》）

原注：韩安国曰：何为首鼠两端？首鼠，云哈敦，娘子也。般铎，墓也，理或然也。哈音曷，铎音卓。

昭君出塞图二首　元　吴师道

平城围后几和亲，不断边烽与战尘。一出宁胡终汉世，论功端合胜前人。

巫峡故山花树红，村村婚嫁乐春风。琵琶马上无穷恨，最恨当年误入宫。

明妃出塞图　元　陈旅

陈旅（1288—1343），字众仲，莆田（今属福建）人。曾官国子监丞。

昭君北嫁呼韩国，巫山更有昭君村。黄金镂鞍玉骢马，分明载得巫山云。凉风吹动钗头雕，一曲琵琶写幽怨。沙草遥连鸡庭塞，野花不种鸳鸯殿。内家日日选娉婷，泪痕满袖空多情。汉庭自此恩信重，美人身比鸿毛轻。（《元诗选》）

王　嫱　元　杨维桢

王女自倚颜如花，黄金不上肯买图画。玉颜一夜生疵瑕，宫中未识天子面。一识五马纡龙沙，天子重信不得夺，画工之

死空如麻。蛾眉既出塞，无盐在宫中。画工意则缪，画工事则忠。（《铁崖古乐府》）

昭君曲 同前

胡月生西弯，明妃西嫁几时还。不见单于谒金陛，但见边烽驰玉关。汉家将军高筑坛，身骑乌龙虎豹颜。何时去夺胭脂山，呜呼，何时去夺胭脂山。（《铁崖古乐府》）

胡雁向南飞，明妃西嫁几时归。胡酥入馔捐汉食，胡风中人裂汉衣。胡音不通言语译，分死薄命穹庐域。君不见越中美人嫁姑苏，敌国既破还陶朱。嗟嗟孤冢黄草碧，只博呼韩双白璧。（《石仓历代诗选》）

题昭君出塞图 元 张渥

张渥（？—1356），字叔厚，号贞期生，淮南（今安徽合肥）人，一说为杭州人。善画，有《雪夜访戴图》等。

黄沙漫海燕云高，燕山雪冻春不毛。胡雏生长犷如枭，毡处肉食胆气豪。角弓羽箭花纹刀，踊跃快马腾飞猱。玄旗树日惊霜飙，云是使者来汉朝。汉宫佳人颜色娇，蛾眉憔悴发无膏。手挥琵琶响檀槽，声声呜咽写郁陶。穹庐不暖乡梦劳，边月长照非良宵。天寒赐著灰色貂。双壶滟滟倾蒲桃。金门玉殿心旌摇，长安烟水空迢遥。群胡蹋歌嗾犬獒，自怜耳绝闻箫韶。画工爱赂死莫逃，笔底妍丑移分毫。掖庭旧好恩不交，杳如落叶辞枝条。甘将女宠饵天骄，毋乃有愧霍嫖姚。庙堂老将蜀锦袍，玉帐坐爵麾赤旄。贪天之力功已邀，白狼朱鹭歌短箫。北风动地吹黄茅，独留青冢狐狸号。流魂千载谁能招，呜呼，流魂千载谁能招。

题昭君图　元　丁复

丁复，字仲容，号桧亭，天台（今属浙江）人。延祐初游京师。

曲逆老失计，娄敬因自侯。深宫如花人，远嫁龙沙头。龙沙万里远，远嫁不复返。长思汉宫中，怨泪日在眼。泪眼不可止，娇姿看转美。琵琶寄深怨，繁声纷在指。（《桧亭集》）

昭君怨　元　萧国宝

萧国宝，字君玉，号辉山，山阴人。以乡举官吴江。其嗣子英所编《辉山存稿》有至顺二年孔涛序。

临别君门上玉鞍，胡王辮发驾高骖。一时许国笳声动，沙漠悲风万里寒。

昭君出塞图　元　李祁

李祁，字一初，号希蘧翁、不二心老人等，茶陵州（今湖南茶陵）人。元统元年进士，曾为江浙儒学副提举。

朔风吹沙天冥冥，愁云压塞边风腥。胡儿执麾背人立，传道单于令行急。蒙茸胡帽貂鼠裘，谁信宫袍泪痕湿。汉家恩深幸不见，此身终向胡中老。此身傥负汉宫恩，杀尽青青原上草。

昭君怨 元 张宪

张宪，字思廉，山阴（今属浙江）人。曾官枢密院都事。元惠宗至正初前后在世

四弦嘈嘈弹，北风胡马嘶。回头望汉月，遥落长安西。白草没行路，万里春凄迷。谁谓秭归女，去作单于妻。抆泪入穹庐，频眉向羊酪。敢恨君恩轻，谁怜妾命薄。嫁女媚夷狄，良为中国羞。谋臣自无策，画史不须尤。（《玉笥集》）

昭君怨 元 周巽

汉宫佳人列仙姝，颜如舜华雪作肤。玉凤搔头金缠臂，琇莹充耳双明珠。美目清扬含百媚，同心绾结青珊瑚。三千宫女谁第一，当时王嫱绝代无。天子按图初未识，承恩远嫁南单于。朝辞皇都去日逐，胡马驰边塞几千。千里行行但长吁，心中万恨向谁诉。马上琵琶聊自娱，鸿雁南飞汉月远。骅骝北去燕草枯，朔风吹沙砭人骨。寒云雨雾断胡须，银瓮蒲萄初出酒。宝车𫐓驼新取酥，帐中强饮解愁思。情至酒酣愁未纾，明月流光照毡毹。关路迢迢不可逾，几回梦想乘黄鹄。飞入长门侍玉舆，胡情不似汉恩重，妾意终怜君宠疏。君不见，红颜命薄何足惜，长恨和戎计策迂。四弦不尽昭君怨，千古空留青冢孤。

明　妃 元 邵亨贞

邵亨贞（1309—1401），字复孺，号清溪，原籍严陵（今浙江

桐庐）。曾为松江训导。

汉代明妃余所耻，遗迹犹存图画里。当时只恨失蛾眉，千舌相传关国体。佳人命薄何足论，大国礼重当自尊。堂堂卯金亦左计，孰谓夷虏能怀恩。古今多少明妃曲，万语千言题不足。独余哀怨在琵琶，近日音声转烦促。君不闻，樊舞阳霍与票鹞，英略奇谋竦廊庙。精兵十万可横行，殄灭强梁在谈笑。吁嗟此志何因循，汉庭遂有匈奴尘。（《蚁术诗选》）

题昭君出塞图　元　卢昭

卢昭，字伯融，闽人，侨居东沧。从明师为举子业，诗文尤有法度。与顾瑛（1310—1369）为友。

草黄沙白马如云，落日悲笳处处闻。此去妾心终许国，不劳辛苦汉三军。

关山北上几时还，一曲琵琶掩泪弹。独倚穹庐望征雁，举头见月似长安。

题明妃图　元　陈高

陈高（1314—1366），字子上，温州平阳人。惠宗年间进士。

明妃出嫁离长安，拨尽琵琶悲远天。自是生为延寿误，至今死后图画传。（《不系舟渔集》）

昭君出塞图　元　高明

高明，字则诚，永嘉平阳人。至正进士，所著有《琵琶记》及

《柔克斋集》。

竟宁阏氏出塞城，鼙婆声断凄龙庭。边云竟与汉月隔，野草空作春风青。汉庭公卿无远举，却使娇姿嫁□□。岂知刘白与杨樊，复把丹青罔人主。当时国计不足论，佳人失节尤可叹。一从雕陶莫皋立，回首不念稽侯栅。纲常紊乱乃至此，千载玉颜犹可耻。蛾眉傥不嫁单于，灭火安知非此水。良工妙画不必观，勿因一女讥汉元。宫闱制驭苟失道，肘腋变起非一端。君不见，玉环自被胡雏污，岂是丹青解相误。

照君图 元 李昱

李昱，字宗表，号草阁，钱塘人。曾为国子监助教。元末前后在世。

明妃汉家人，自小生金屋。金屋花连春昼长，东风养得颜如玉。一身愿作阳台云，琥珀枕边常梦君。谁知闲门跬步地，年年草色生罗裙。边城昨夜悲笳起，单于求亲汉天子。黄金不买毛延寿，翻作无盐画图里。画图妾貌两不同，玉鞭催上浮云骢。番官喜舞天子惜，臂上犹存红守宫。胡云茫茫天万里，白草离离塞烟紫。回首长安何处家，琵琶声中泪如水。单于发黄双眼青，嗢咿遣译通丁宁。毡庐寒月射秋梦，安得风吹归汉庭？妾身不惜安边计，妇人岂足扬兵气。单于那知甥舅恩，貔貅百万能无愧。明妃冢前青草肥，宫衣化作彩云飞。生无羽翼度关塞，死后魂随秋雁归。（《草阁诗集》）

明妃曲 元 徐履方

徐履方，字则闻，里贯官爵不详。

汉家威德震八区，槁街权致穷单于。材官驺发一当百，郅支桀黠干先诛。呼韩生全恩已殊，翻令画史图名姝。佳人饮恨心语口，事有倒置令人吁。粪溷飞花尚可惜，久矣胡人轻汉室。肯援骨肉餧饿狼，长立幸存徽老力。当时隆准岂孱主，忍许娄敬开下策。赂遗犬马古有之，贵贡何尝及颜色？殷勤为托舅甥恩，不见头曼毙鸣镝。

昭　君 明 梁兰

梁兰（？—1410），字庭秀，又字不移，号畦乐，泰和（今属江西）人。入明归隐，有《畦乐先生集》。

宫廷恩幸少，临别见容姿。汉方愁无尽，单于喜自知。雕鞍催起早，玉辇送行迟。泪眼持杯酒，三军鼓角悲。

王昭君 明 刘基

刘基，字伯温，青田人。进士，太史令，御史中丞。

汉庭不赏徼功士，昭君却向胡中死。昭君辞汉入胡中，胡女悲愁汉嫔喜。含情欲怨当语谁，手弹琵琶泪沾衣。掖庭望幸从此绝，巫山有路他生归。殷勤说与上林雁，好在明年再相见。汉恩如海长自深，妾自生来命如线。贱妾一身何足惜，可惜当年娄敬策。遂令上策重和亲，欲倚红颜清塞尘。只恐妾身先草

露，汉宫无复如花人。（《诚意伯文集》）

昭君图 明 陶安

陶安（1315—1368），字主敬，当涂（今属安徽）人。至正四年中乡试，曾为明道书院山长。

龙沙月照汉宫词，毳锦衣裘换陆离。君命和亲劳敢惮，夫纲定分死难移。春随骄马观胡队，玉立诸姬拜女师。花貌承恩多见弃，长安金屋亦何为？（《陶学士集》）

明妃曲 明 刘炳

胭脂马，雕鹰旗，狐裘蒙茸金络羁。白玉作鞭双袖垂，手抱琵琶红泪滋。黛云点鬓颜如玉，春娇学得娥眉绿。自拟将身宠汉宫，谁怜薄命归殊俗？穷阴绝漠易悲辛，落日哀笳处处闻。严霜夜锁关头月，朔气寒飞碛里云。鸿雁蔽天斜作字，骆驼连塞动成群。汉家君臣亦良苦，却将嫱比乌孙主。庙堂肉食列重裀，汗简如何照今古？妾身分得君王忧，万死边尘心亦休。肠断年年边地梦，心悬日日汉宫愁。百年一身何足道，妾容不似花容好。汉家三十六宫春，倾国倾城更有人。君王故杀毛延寿，特遣单于贵妾身。（《刘彦昺集》）

题明妃出塞图 明 史谨

琵琶声断雪纷纷，三月龙沙不见春。回首汉宫云一片，承恩今日是何人。（《独醉亭集》）

昭　君　明　刘崧

刘崧（1321—1381），字子高，泰和（今属江西泰和）人。官至吏部尚书。

承诏辞金阙，衔悲入塞城。可怜沙上月，浑似汉宫明。（《石仓历代诗选》）

题王昭君　明　谢肃

谢肃，字原功，浙江上虞人。洪武十九年举明经，授福建按察司佥事。

君不见，汉道昌，单于朝建章。君不见，汉道衰，宫女嫁胡儿。胡汉和亲自高帝，以色媚人非远计。遂令留患及子孙，内家又遣王昭君。昭君本是巫山女，预恐蛾眉妒云雨。一入深宫长闭门，好梦何曾著人主。宁期粉绘误婵娟，玉殿辞君君始怜。空抱哀弦写忧怨，风沙万里向胡天。胡天苍茫岁月促，夫死毡城更从俗。一寸良心不自持，安用红颜美如玉。画里传看出塞时，胡骑萧萧汉日低。即此堪为中国叹，不唯青冢草萋萋。（《密庵集》）

昭君出塞　明　胡奎

玉颜一别汉宫花，雁背霜寒万里沙。说与当时边上将，铙歌只合奏琵琶。

题昭君 同前

妾无黄金买辞客，妾无明珠赂画师。妾有一身能报主，六宫不用妒蛾眉。(《斗南老人集》)

王昭君 明 高启

都门尘拂春风面，临别看花泪如霰。君王惆怅惜蛾眉，不似前时画中见。白发呼韩感汉恩，宁胡谩号阏支尊。毡裘肉食日胜贵，不如但嫁巫山村。黄沙白雪无城阙，手冷鹍弦夜弹歇。相随万里到穹庐，只有长门旧时月。妾语还凭归使传，妾身没虏不须怜。愿君莫杀毛延寿，留画商岩梦里贤。(《高太史全集》)

昭君五首 明 孙蕡

莫怨婵娟坠虏尘，汉宫胡地一般春。皇家若起凌烟阁，功是安边第一人。

晓来毡帐理铅华，对镜偷怜复自夸。如此玉颜君不顾，更从何处选良家。

阊阖龙鳞开玉阶，嫖姚马影度旌旗。谁怜汉道升平日，是妾漂流薄命时。

回使殷勤莫寄辞，君王此去苦相思。容华自昔能倾国，只为风沙远别离。

玉颜啼泪湿龙沙，东望长安不见家。月满穹庐愁似海，强将心事付琵琶。

昭君叹 同前

忆初少小入宫时，风鬟雾鬓绿葳蕤。自言佳色已无匹，不谓官家犹未知。十二琼楼动光彩，三千彩女妒蛾眉。鸳帏不作春宵梦，红叶常题秋日诗。画工不识嫣妍趣，却遣丹青故相误。买工不是吝黄金，黄金已尽相如赋。早知容貌世稀有，临别夫君犹可顾。翻将寂寞倚门悲，啼问迢迢去乡路。穹庐雪落似梨花，五月天山草木芽。镜玉昏尘孤凤影，臂江香冷守宫砂。长门无复沾恩泽，绝域谁知有岁华。不恨边沙埋绝色，还闻汉国送良家。人言北狩封姑衍，尽日凝妆候金辇。憔悴虽缘别恨添，娉婷尚胜良家选。五云迢迢山宛宛，日近长安一何远。新爱虽浓独百怜，旧恩未断谁能遣。琵琶一曲苦从军，调苦单于醉不闻。霜压氍毹秋欲半，月底弦牵夜将分。溶溶泪湿龙香拔，冉冉愁看雁寒云。病里常思霍去病，梦中犹诅奉春君。(《西庵集》)

明　妃 明　朱朴

笑拂蛾眉出镜中，君王遣妾为和戎。后宫粉黛三千辈，谁有长城尺寸功。

明妃出塞图 明　陈伯康

陈伯康，字仲进，长乐人。洪武中，以明经荐授宜阳县丞。著有《南雅集》。

昭君生长昭君村，汉宫选入昭阳门。倾城自负颜色好，薄命不得承君恩。朔风吹动毡车发，万里远嫁单于国。香梦空迷紫塞云，蛾眉愁对穹庐月。关山阻隔归无缘，含情掩抑鸣哀弦。虎头将军骨已朽，独余青冢留千年。

昭君图 明 赵介

赵介（？—1389），字伯贞，番禺人。有《临清集》。

玉筋啼红别汉京，天骄含笑似长城。傍人莫讶腰肢瘦，犹胜嫖姚十万兵。

昭君出塞 明 瞿佑

独携琵琶泪洒襟，胡恩宁比汉恩深。它年冢上青青草，绝似吴姬一片心。

明妃曲 明 马景约

马景约，字目牧，闽县（今福州）人。永乐中布衣，与高廷礼（1350—1423）友善，卒年五十六。私谥安素先生。

家国关河在，风沙满目愁。惟余天上月，还似汉宫秋。

昭君词 明 黎贞

妾命薄，自叹生死怀抱恶。谋臣猛士食千钟，使我飘零嫁沙漠。乌纱帐底愁别离，东望长安隔山岳。毡裘百袭徒自温，乳酒千钟强自乐。深睛高鼻筋骨拳，白发丝丝犹矍铄。回头仰

看转心酸，涕泪滂沱怀抱恶，涕泪滂沱怀抱恶。（《秝坡先生诗集》）

昭君图　明　董纪

董纪，字良史，更字述夫，上海人。洪武中任江西按察佥事。

莫恨丹青画不真，后宫那得更无人。和亲果是安边计，何惜区区妾一身。

明妃怨　明　漏瑜

漏瑜，字叔瑜，一字大美，别号越南，吴兴郡（今浙江吴县）人。建文初年曾官至河南道监察御史。

万里黄云塞草枯，琵琶无语月明孤。玉关回望将军寨，锦帐氍毹夜博庐。（《明诗综》）

明妃引　明　李祯

李祯（1376—1452），字昌祺，庐陵（今江西吉安）人。永乐二年（一说元年）进士，曾为广西布政使。

年少如花在掖庭，谁能不战屈人兵。黄金莫铸将军印，妾去防边万里城。

昭君怨　明　朱有燉

自信花颜独占春，那知飘泊委胡尘。驼毛帐外饶风雪，不似春宫雨露臻。（《诚斋录》）

王昭君　同前

八月风高动虏尘，玉门关外阵云屯。汉家空有兵千骑，不及峨眉只一人。

寒凝毡帐玉颜酡，一曲琵琶马上歌。汉将几年闲士马，功勋不及画工多。

王昭君歌　明　萧仪

萧仪（1384—1423），字德容，号蘗庵，乐安（今属江西）人。永乐十三年进士，曾官吏部主事。

北风萧萧胡草干，胡沙漠漠冰雪寒。琵琶岂暇按宫徵，弦将手语聊自谈。玉纤冰涩未成曲，掩袂临风泪相续。早知画笔能误人，当时岂惜捐金玉。别来几度毡城春，纤腰瘦尽双肩颦。娇颜本望汉宫宠，岂期却累千金身。君不见，玉环专夜宠已极，马嵬腥血无人惜。何如青冢至今传，犹胜妖淫解亡国。

明妃曲　明　王恭

王恭，字安中，长乐人，一说闽县人。永乐四年，以荐待诏翰林。年六十余，与修《永乐大典》，授翰林院典籍。闽中十才子之一。

行行出塞门，饮血思长安。穹庐冻不暖，雪飞边草干。汉国回头没，严霜镜中寒。金铛煮羊酪，强接单于欢。夜半雁声急，琵琶哀自弹。（《白云樵唱集》）

王昭君 同前

行辞女伴出深宫，玉泪双垂向白龙。几度毡庐歌酒夜，胡王空惜旧时宫。（《草泽狂歌》）

昭君曲 明 高璧

高璧，字贵朋，山阴（今属浙江）人。永乐时著有《逊庵集》。

奉诏事和亲，从容出禁宸。缘知平国难，犹胜奉君身。

明妃怨 明 郑珞

郑珞，字希玉，闽县人。永乐十三年进士。曾官刑部主事。

家国知何在，风沙满目秋。惟余天上月，还是汉宫秋。

明妃 明 李孟璿

李孟璿，名均，以字行，号南庄，海盐人。李衎（1245—1320）孙。永乐十五年以明经授嘉兴县学训导。

玉筯双垂出汉朝，边尘满骑路迢迢。琵琶曲终肠应断，环佩魂归恨不销。沙起黑河风冽冽，云埋青冢草萧萧。黄昏独有荆门月，长向空村照寂寥。

昭君怨 明 王翰

王翰，字进举，钧州（今河南禹州）人。明初为周王长史。周王败，翰未获罪，起用为翰林编修。

回首长门泪暗流，毡城春似汉宫秋。琵琶强劝单于酒，酒正浓时妾正愁。

王明君 明 苏平

苏平，字秉衡，海宁人。永乐中，举贤良方正。景泰中有诗名，与汤允绩（？—1467?）有唱和。宣宗宣德末前后在世。

柔远藉蛾眉，承宣出禁闱。玉颜轻画史，珠泪湿罗衣。恋主心徒在，和亲事已非。相随惟汉月，万里到金微。

王昭君词 明 陈贽

陈贽，字维成，浙江余姚人。宣德皇帝称其有史才。官至太常寺少卿。

丹青岂相误，难貌倾城人。可怜汉宫娇艳质，却作穹庐憔悴身。泣上雕鞍向边去，蹙损娇娥对谁语。风沙萧飒塞草秋，回盼秦云双涕流。未得君王一朝宠，空与琵琶千古愁。琵琶转弹愁转多，玉颜博得天骄私。至今冢上青青草，能使行人哀绮罗。

明妃词 同前

雪片纷纷帐外飞，晓寒微透缕金衣。汉宫迢递知何处，只有清霄一梦归。

晚临粉镜默含悲，还把琵琶写怨词。玉颜可怜憔悴尽，如今不是汉宫时。

明妃曲 明 彭华

彭华，字彦实，安福（今属江西）人。景泰五年会元，曾任文渊阁大学士。

抱得琵琶不忍弹，胡沙猎猎雪漫漫。晓来马上寒如许，信是将军出塞难。

明妃曲 明 邱浚

邱浚（1418—1495），字仲深，琼山（今属海南）人。景泰五年进士，曾为户部尚书。谥文庄。

塞雪雕宫鬓，胡霜裂汉裙。画工虽可恨，不似奉春君。

娇态能倾国，蛾眉解杀人。妾身亦何幸，为国净边尘。

骨已成边土，魂犹恋汉庭。千年遗恨在，孤冢草青青。

明妃图 同前

生长阳台下，分明见汉君。孤弦弹破梦，恍惚一行云。使

回烦寄语，莫杀毛延寿。君王或梦思，留画商岩叟。（《中晚唐诗叩弹集》）

题明妃图　同前

莫问西风怨画师，从来旸谷日光遗。当时不遇毛延寿，老死深宫谁得知。

昭君词翻白乐天诗案二首　同前

奉命将身事朔酋，出门已分此生休。使回致语无他嘱，但愿君王惜好逑。

受醮登车不敢违，嫁鸡直合与鸡飞。黄金留作边功赏，纵赎妾身难再归。

明妃二首　同前

远从南国入京师，又越边关出北陲。弃置拚为胡地妾，哀吟犹托汉宫词。大防自决嗟何及，覆水难收体已亏。不是君王不相赎，赎将归去亦奚为。

堂堂中国使天威，雷令风行孰敢违。却把蛾眉为虏饵，不羞巾帼代戎衣。知心只计恩深浅，论事却忘理是非。岂是汉家生女子，桑孤蓬矢挂宫闱。（《重编琼台稿》）

明妃怨　明　童轩

万里黄云塞草枯，琵琶无语月明孤。玉关回望将军寨，锦帐氍毹夜博卢。

明妃引　同前

阴风烈烈吹黄沙，稽落山下愁云赊。明妃马上面如玉，万里去适单于家。玉关渐远人烟绝，回首汉宫唯见月。琵琶掩恨去路长，塞雁叫寒天欲雪。天欲雪，狐兔愁，殷柽萧萧古塞秋。愿将一掬思乡泪，寄与黄河东去流。君不见，古来战士长城死，白骨累累多似蚁。妾身虽辱亦不辞，忍使健儿为舆尸。（《清风亭稿》）

赵松雪昭君图　明　张宁

张宁（1426—1496），字靖之，号方洲，海盐（今属浙江）人。景泰五年进士，曾出知汀州。

白登危急神龙惊，风云变态和亲成。尔来一百七十载，汉宫儿辈匈奴行。稿街景头致支斩，呼韩欲落单于胆。自陈欲作汉家婿，故事相沿应不远。掖庭待诏方年少，玉颜花貌当三千。征夫不复顾乡井，天子岂肯私婵娟。谁言粉黛能倾国，淑女从来无媚色。琵琶再上莫皋弦，画图莫怪毛生笔。往事悠悠已若兹，佳人一去古今思。共怜青冢蛾眉怨，不记乌孙公主词。（《国雅》）

明妃曲　明　何乔新

宁胡阏氏汉宫女，为国和亲嫁骄虏。毡车轧轧向阴山，回首长安泪如雨。黄沙白草路漫漫，萧瑟惊飙彻骨寒。万缕幽怀共谁语，鹍弦弹罢泪阑干。身轻岂不如飞燕，十年不睹君王面。姿态未必惭子夫，更衣不得承欢娱。妾命薄，妾自嗟，承恩原不在绝色。辜负春风满面花，寄声良娣与昭仪。莫惜黄金贿画师，昭阳隆宠系图绘，冠世容姿那得知。

王昭君　同前

昭君在掖庭，皎皎冰玉姿。绝色恒自负，不肯赂画师。君王不识面，远嫁与胡儿。爱恶原有命，不在妍与媸。名花萎荒秽，小草植轩墀。古来尽如此，悲叹亦奚为。（《椒邱文集》）

昭君怨和沈一侍诗　明　沈周

沈周，字启南，号石田，白石翁，长洲人。明四家之一，诗书画俱佳。

分入深宫无出时，单于今日见娥眉。干戈信仗娥眉息，甘让他人买画师。

王昭君　同前

妾能当国事，不复怨毛生。万里一身远，三边独梦惊。草连胡地白，月似汉宫明。不是君恩少，苍生厌甲兵。

明妃图 同前

毛生本是丹青人，却托丹青为谏臣。欲令绝色去君侧，故把婵娟图不真。婵娟无复能倾国，远嫁还能破强敌。天子都消黩武心，单于永感和亲德。佳人命薄不须悲，悲在安边十万儿。解甲归来事歌舞，论功无地鬓如丝。

昭君怨 明 王弼

王弼，有《次吴少宰下邳见山韵》，知与吴宽（1435－1504）为同时代人。

明妃掩袂辞金锁，雨泪盈盈向空洒。生来不省出罗帏，万里谁教学骑马。待罪长门岁已深，朱颜绿鬓坐销沉。君王对面尚如此，安有异域能知心。一死可辨不足惜，但念无名死何益。未说黄云出塞愁，妾有甚难衷在臆。琵琶曲谱君勿传，薄命流落空自怜。汉宫若奏房中乐，自有关雎樛木篇。

明妃词六首 明 黄仲昭

黄仲昭（1435－1508），名潜，莆田（今属福建）人。成化二年进士，曾任江西提学佥事。

愁抱琵琶别玉除，可能谈笑镇西都。宫中多贮如花女，胜筑长城万里余。

风起遥天满面沙，举头何处望中华。早知身被丹青误，但嫁巫山百姓家。

长似承恩老汉宫，谁知骑马出秦中。只缘命薄应无怨，圣主何须杀画工。

宫衣拭泪出金銮，万里边风拂面寒。举目不堪风土别，梦魂夜夜绕长安。

单于慰藉恩虽厚，异域荒凉心自悲。唯有庭前清夜月，相随无改汉宫时。

入夜单于初罢猎，云鬟强整出宫迎。马前歌管声嘈杂，不似长扬旧乐声。（《未轩文集》）

明妃怨 明 张泰

张泰（1436—1480），字亨父，太仓（今江苏太仓）人。天顺八年进士，官至翰林院修撰。

黄金不买美人图，留得倾城事羯胡。翠居有春宁失宠，毡裘虽暖若为娱。琵琶泪落边风苦，环佩魂归汉月孤。遗恨沙头封骨草，年年青似渭陵芜。（《沧州诗集》）

明君曲 明 莫止

莫止，字如山，号南沙，无锡人。生于正统间，善诗画。

但使胡尘静，蛾眉敢爱身。千年青冢在，犹是汉宫春。

明妃 明 汪循

汪循，字进之，休宁人。弘治九年进士，官至顺天府通判。

将军仗钺妾和番，一样承恩出玉关。死战生留皆为国，敢将薄命怨红颜。

明妃二绝　明　马中锡

马中锡（1446—1512），字天禄，号东田，祖籍大都，徙故城（今属河北故城）。成化十一年进士，官至右都御史。

琵琶送酒单于醉，毳帐生寒夜雪深。若道汉恩真不浅，此时当秉子卿心。

徒令元帝诛延寿，毕竟明妃愧子卿。假使当年留得住，争知一顾不倾城。

明妃怨　同前

莫道单于尽虏人，阏氏元是汉宫亲。始知错杀毛延寿，娄敬和戎误妾身。（《马东田漫稿》）

明妃曲　明　倪宗正

昭君恃玉颜，不肯烙黄金。黄金迷世路，玉颜冤抑深。远嫁同弃置，终身抱苦心。玉颜一朝埋，指点汉婵娟。青青芳草故乡色，东风岁岁还相怜。（《倪小野先生全集》）

明妃怨　明　李东阳

李东阳（1447—1516），字宾之，号西涯，茶陵（今属长沙）

人。天顺八年进士，曾官吏部尚书。谥文正。

莫倚朱颜好，妍媸无定形。莫惜黄金贵，能为身重轻。一生不识君王面，不是丹青谁引荐。空将艳质恼君怀，何似当时不相见。君王幸顾苦不早，不及春风与秋草。却羡苏郎男子身，犹能仗节长安道。休翻胡语入汉宫，只恐伶人如画工。画工形貌尚可改，何况依稀曲调中。

读明妃曲 明 吴希贤

吴希贤，曾官侍讲学士，并为李东阳《聊句录》复辑题名。

马上琵琶泪眼枯，黄云沙碛隔单于。从来妖艳倾人国，在汉何如远在胡。

昭君怨 明 杨一清

杨一清（1454—1530），字应宁，祖籍云南安宁。成化八年进士，官至内阁首辅。谥文襄。

马驼弦管去不还，朔风吹雪暗阴山。髻鬟缭乱眉黛损，生世岂识燕支寒。自倚朱颜天升美，不烙丹青心不悔。黄金有神解移人，何止妍媸能夺真。玉鞍惨淡啼红颊，惊沙扑马马不发。马上遥传胡地辞，如诉如怨声呜咽。君王莫更伤娥眉，妾自薄命非人为。自从汉女嫁胡儿，汉塞已省防胡师。亦知和亲非得策，汉家将军空虎貔。人生于世贵有益，玉骨胡尘岂轻掷。君不见，宫中多少如花颜，烟雾销沉谁为惜。

明妃怨　明　邵宝

邵宝（1460—1527），字国贤，号二泉，江苏无锡人，成化二十年进士，曾官户部侍郎。

无金赂画师，幸免入宫妒。谁知出塞愁，却以无金故。望望紫台沙万里，妾无一生有一死。一死绝胡人，一死谢天子。谋身不易谋国难，咫尺眼迷青与丹，琵琶合向娄生弹。（《容春堂续集》）

明妃辞　同前

妾行入虏帐，宠爱非汉宫。妾心有怨恨，千古无终穷。妾生汉宫人，妾死汉陵土。君王不知妾，妾心良独苦。去有路，还无期，君命妾，焉逃之。我思古人非我时。我恨娄奉春，不恨毛画师。（《盛明百家诗》）

明妃曲　明　毛纪

毛纪（1463—1545），字维之，号砺庵，掖县（今山东莱州）人。成化年间进士，曾官礼部尚书。谥文简。

出塞黄云满目悲，百年幽恨寄双眉。妾身流落何须惜，愿博疮痍十万师。

泪湿琵琶向朔风，昭阳回首日初红。汉恩谁道于侬浅，多少佳人闲后宫。（《鳌峰类稿》）

明妃曲 明 唐皋

唐皋（1469—1526），字守之，歙县（今属安徽黄山）人。正德年间状元。官至侍讲学士兼经筵讲官。

黄金不买图画中，从此春花闭汉宫。到得君王识倾国，无人主议罢和戎。

明妃曲 同前

自昔婵娟解误人，风沙万里去和亲。琵琶尽谱胡儿曲，冢草犹含汉国春。

明妃曲 明 陈沂

陈沂（1469—1538），字宗鲁，鄞县（今浙江宁波）人。正德十二年进士，以行太仆卿致仕。

玉门道上黄尘迷，汉妾嫁为胡虏妻。朝廷妙谟本为国，不复敢怨收双啼。毳袖挥鞭万余里，马数掉头嘶不止。如云猛将皆熊罴，薄躯那足为生死。官家云是轻颜色，何用画图劳按索。宁枉蛾眉葬虏尘，莫因图画倾人国。（《拘虚集》）

昭君琵琶 明 唐寅

唐寅（1470—1524），字伯虎，号六如居士，吴县（今属江苏苏州）人。弘治十一年乡试第一。善书画，与沈周、文徵明、仇英并称吴门四家，与祝允明、文徵明、徐祯卿并称吴中四才子。

高抱琵琶障冷风，淋漓衫袖湿啼红。安边至用和亲计，驾驭英雄似不同。

明妃曲　明　文徵明

文徵明（1470—1559），原名壁（或作璧），字徵明，号衡山居士，长洲（今属江苏苏州）人。官至翰林院待诏。诗文书画无一不精，吴中四才子之一。

汉廷议和亲，佳人使绝域。明妃随例行，只谓掖庭职。一朝临遣动天子，始信深宫未曾识。当日丹青亦等闲，今知不得黄金力。正缘平日怀贞素，非敢从前恃颜色。由来颜色不自知，爱惜自是君王私。君王顾妾恩何厚，竟按臣工戮延寿。佳人自有命，画工何能为。长信宫中长别离，当时岂亦有人欺。悠悠青冢胡沙里，千载终为汉家死。红颜命薄古云然，不恨臣工况天子。

昭君图　同前

琵琶弹泪翠眉颦，白草黄花暗虏尘。几度穹庐明月夜，梦魂犹忆汉宫春。

明妃怨三首　明　张凤翔

张凤翔（1473—1501），字光世，洵阳（今陕西旬阳）人。弘治十二年进士，官至户部主事。

胡雏走马来讲和，婚姻世结求娇娥。汉宫清丽三千人，就中殊色生昭君。君王传令出当遣，画师图貌妍丑分。六宫买免赂金缯，昭君恃色如不闻。妒娥射御可奈何，御前揾涕凋双峨。君王重色亦重信，临行目送横急波。君王信重妾身轻，愿君世世无战争。妾死龙沙不足惜，君臣父子同康宁。朝出长安门，暮涉榆林道。长安日远胡日近，四睇茫茫但白草。抱忿马上日渐晡，继儿跃马声含胡。弯弓射落两白雁，吹笳弄拍呼乌乌。穹庐野宿毡雪帐，马湩牛酪餐所尚。胡人自喜妾自悲，衣衫湿尽宫中样。边月凄凉芦琯吹，潜悲坐到天河移。乾坤何限妾独苦，中原那有生还时。岁华荏苒蛾眉老，可怜名姓随阏氏。妾身在胡心在汉，南山可移石可烂。竹死文直兰死香，青冢千年如一旦。汉道陵迟诚可伤，公主远嫁乌孙王。安得卫霍披死力，横行匈奴开边疆。长缨手系虏王颈，报冤雪耻酬百王。报冤雪耻酬百王，免教后世哀王嫱。

明妃选入深宫里，艳态奇姿比西子。何事君王独未知，一朝远嫁名阏氏。画图巧出毛郎手，坐使蛾眉老成丑。唯知规利且误人，岂知误人翻误身。古来误国亦如此，黄金杀身由人耳。追思君王送别时，肠轮万转情若为。汉宫从此断生路，愁入胡天独谁诉。啼痕不住眼欲枯，惊沙满面日易晡。玉容怛悴寸肠断，马上琵琶寄愁怨。声声似诉仍似悲，胡儿环□芦琯吹。戎王听之醉欲舞，□□幽情唯汉土。宁教金屋贮阿娇，愁从胡马闻喧嚣。胡后不知汉侍女，人生乐在逢真主。琵琶遗憾传中原，汉王听此当销魂。孤心在汉死不变，冢上年年青草遍。画图千载尚传摸，可怜不是当时面。画工画喜难画悲，休教人妒死蛾眉。多少王嫱不得死，悠悠千载徒相思。

黄云碍眼汉天杳，猎猎胡风吹白草。纷纷鸣雁各有俦，长雏应候归南州。阏氏何事独愁苦，满面黄沙逐胡虏。焉能一日生羽衣，也随鸿雁天南飞。天胡不仁独羁我，霜雪风饕悴花朵。十年不识汉宫春，狼贪蛇毒愁杀人。惟有琵琶写衷曲，万里何人念幽独。何日将军出塞关，捣巢月氏擒呼韩。盼盼徒令玉容老，无媒能入长安道。仰面旃头箒尾粗，可怜白骨委羌胡。冢草年年青不灭，一点贞心死如铁。

明妃词　明　顾鼎臣

顾鼎臣（1473—1540），字九和，昆山（今属江苏）人。弘治十八年状元，官至礼部尚书。谥文康。

良工自误妾，妾心终不移。他生誓相见，幸得被恩私。

妾身那足惜，其如国事何。防胡贵良士，尤虑画工多。（《顾文康公诗草》）

昭君怨　明　朱希周

朱希周（1473—1557），原名朱璞，字懋忠，号玉峰，直隶昆山（今江苏昆山）人。弘治九年进士，官至南京吏部尚书。

掩泪向边州，君恩此日休。身随胡地远，心在汉宫愁。雁塞君难到，龙堆草易秋。玉容何足贵，翻作羽林羞。（《闽中十子诗》）

和昭君词二首　明　黄衷

下马穷庐拂领巾，伤心无复故宫尘。可怜却是闲花草，才到开时不是春。

金河南望树森森，桐酒那堪带恨斟。本是天生最神圣，未应全信画工心。

读明妃曲　同前

汉室徒闻重拓边，安危曾是倚婵娟。万千香骨随芳草，只有明妃一曲传。(《矩洲诗集》)

题明妃图　明　陈洪谟

毡帐春深面欲醺，琵琶拨尽不堪闻。筹边将士浑无策，远色君王信好文。

读明妃传　同前

紫台春少颊啼红，豺虎鹓鸾类岂同。莫把哀弦咎图史，由来失策在和戎。

昭君出塞图　明　边贡

边贡(1476—1532)，字庭实，号华泉，历城(今山东济南)人。弘治九年进士，曾官南京户部尚书。

帝遣人才出汉宫，远投殊域为和戎。琵琶晚映娥眉月，觱篥寒吹粉面风。终夜苦心悬北斗，隔年归信托南鸿。征鞍倦倚聊成寐，犹在长门女伴中。

明　妃　同前

绝漠琵琶汉苑心，胡雏漫听岂知音。白缘花貌浑难画，不是丹青故索金。（《东田遗稿》）

昭君写真图引　明　顾璘

顾璘（1476—1545），字华玉，长洲（今江苏吴中区）人。弘治间进士，官至南京刑部尚书。

汉宫九重类天居，宫中美人粲璃琚。娉客淑态意非一，网户文窗烟雾虚。就中绝代称明君，锦江波浪巫山云。素月嫦娥独光彩，明星玉女徒缤纷。君王行幸恣欢昵，蛾眉短长难具悉。可怜睇盼隔重霄，竟使画图欺白日。金珠不操静女手，丹青更甚谗夫口。妍媸反复在缁铢，移爱为憎忍相负。明珠万里沉胡沙，哀歌一曲留琵琶。今看青冢千年草，岂是夭桃三月花。君不见，无盐入宫粉黛羞，齐宣美誉雄诸侯。樊姬进女虞丘罢，楚庄持麾霸天下。君王重色后隐贤，吁嗟画史欺婵娟。古来治乱各有始，为君三复关雎篇。

明妃怨　同前

掩抑哀弦别上都，玉颜那遣嫁匈奴。人生觌面犹相忽，何况君王隔画图。（《息园存稿诗》）

昭君怨 明 刘节

几回鸾镜画春山，锦袖追随翠辇攀。灯火元宵明月下，笙歌七夕彩云间。按图出诏承恩去，解宠和戎拜命还。辞却宫妆登塞马，琵琶声彻玉门关。（《梅国前集》）

王昭君 明 陆深

却抱琵琶别汉宫，长城万里戍楼空。一身远嫁从明主，半面新妆付画工。云外不殊青琐月，塞前初紧黑山风。异乡景物新相识，无恨悲欢晓角中。（《俨山集》）

明妃篇并引 明 唐龙

唐龙（1477—1546），字虞佐，号渔石，兰溪人。正德三年进士，曾为刑部尚书。

美人如花还如云，自恃弗肯抛黄金。画工怪不施丹青，空有颜色倾人城。单于书至强索婚，美人以图属当行。天子见之光鉴人，欲留又惧单于嗔。流泪拥出昭阳门，琵琶马上呜呜呜。康瓠朝饮天马酪，毳被夜宿穹庐冰。强将一死委青草，可怜万古污黄尘。吁嗟不独画工尔，自古谗恷皆如此。上官鼓舌三闾沉，宰嚭游辞子胥死。天生尤物国之魔，蔽人之貌犹足多。方正倒植天地塞，蔽人之贤将奈何。（《渔石集》）

原序：渔石子访午谷子。午谷子出《明妃图》以观渔石子。渔石子曰：“恶观乎是？夷狄之炽，中国之衰，君政之否，女德之辱也。恶观乎是？虽然，有鉴之理焉。元帝德衰，后宫色盛。诸美人竞辇金帛，以售画工。图朝入，夕召幸矣。妃独恃其美艳，讫弗旋赂，而画工蔽之，乃寝见掖庭，出嫁异域。人至于今悲焉，抑谗夫惍人蔽人之贤犹□夫是也。是故屈原匡楚，上官间其直；子胥强吴，宰嚭疵其忠。汨罗自沉，楚随之削；属镂赐死，吴亦以亡。是可以鉴矣。”

昭君怨　明　陈霆

陈霆（约1477—1550），字声伯，德清（今属浙江）人。弘治十五年进士，曾官山西提学佥事。

出塞风尘万里行，仰看飞雁向南征。玉关自善无宵惊，不道琵琶泣月明。（《水南稿》）

王昭君　明　徐祯卿

金装娇玉骢，结束事和戎。独去白云道，遥将黄鹄同。紫台留汉月，青冢落胡空。万里琵琶曲，流悲入汉宫。（《迪功集》）

辛苦风沙万里鞍，春红微淡黛痕残。单于犹解怜娇色，亲拂胡尘带笑看。

题昭君画　明　张含

玉颜常恨汉宫鸦，朔汉风烟转是家。寂寞龙庭归老上，流连凤阙出昆邪。紫台雪满还闻雁，青冢春深不见花。魂梦渺茫环佩冷，流年双泪落琵琶。

王昭君 明 崔桐

崔桐（1479—?），字来凤，海门（今属江苏）人。正德十三年进士，曾官礼部右侍郎。

粉黛淡新妆，含泪别君王。君王不相识，神采射明光。沙霾黄迹古，雪压白龙长。千载琵琶恨，令人思不忘。（《崔东洲集》）

王昭君 明 胡缵宗

胡缵宗（1480—1560），字孝思，号可泉。秦州秦安（今甘肃秦安）人。正德三年进士，曾官苏州知府。

十年备后宫，薄有好容姿。君王恩宠博，被名当有时。纵有美黄金，胡为贴画师。一朝奉君敕，为君西事夷。按图分当行，何用嗟蛾眉。上马奏琵琶，下马拜阏氏。愿言重君命，不为单于嗤。故乡虽云迈，惙惙心内思。当时苏子乡，头白节不移。（《拟汉乐府》）

昭君怨 明 孙承恩

孙承恩（1481—1561），字贞甫，松江（今属上海）人。正德六年进士，官至礼部尚书。

闻说中朝丧二师，安边宁有嫁蛾眉。妾今远嫁何须计，可惜君王损国威。

掩泣临行致一言，妾身万死不须怜。圣朝不杀毛延寿，还有奸人学蔽贤。（《文简集》）

明妃引　明　何景明

明妃绝色世无邻，粉黛那数三千人。咫尺宫门接前殿，君王只向图中见。当时自恃如花容，美丑谁知由画工。单于日近汉日远，万里风沙魂不返。琵琶马上再三弹，翠袖朝啼关塞寒。皓齿明眸葬胡地，千秋遗曲犹悲酸。燕支暮云白浩浩，胡儿吹笳雪飞早。山前孤冢高嵯峨，岁岁春风长青草。古来抱节本难遇，况复蛾眉人所妒。君不见，长门宫，不用黄金买词赋，纵有朱颜君不顾。（《大复集》）

明妃曲　明　孟洋

孟洋（1483—1534），字望之，号有涯，信阳人。弘治十八年进士，官至南京光禄寺卿。

朝辞凤城阙，暮出雁门关。汉音闻渐少，胡语辨应难。玉筋军中落，琵琶马上弹。宫闱闲冶态，遮莫外人看。（《孟有涯集》）

明妃曲　明　郑善夫

明妃初出塞，宛转意何穷。马上琵琶曲，流悲入汉宫。自言妾薄命，万里去和戎。今日蘼芜草，青青向陇中。

王昭君　明　蒋山卿

拭泪新装束，朝来殿里辞。何堪辞诀日，却是见怜时。汉

骑临关少，胡笳出塞迟。琵琶写哀怨，凄切转添悲。（《蒋南泠集》）

明　妃　明　李奎

李奎，字伯文，号珠山，归安（今浙江吴兴）人。曾为锦衣从事。与沈仕（1488—1565）等人交游。

结束辞金殿，含啼入虏群。琵琶悬汉月，宫髻挽胡云。草白春难辨，沙黄路不分。回头望关塞，谁是霍将军。

昭君图　同前

朔雪胡云万里寒，北风吹泪湿毡鞍。却怜清禁蛾眉月，犹向阴山马上看。

王昭君　明　李濂

边雪损铅华，胡风卷白沙。无金买画图，有泪湿琵琶。强酌和亲酒，愁登出塞车。世途皆用贿，错倚面如花。

明妃曲二首　同前

抆泪辞金殿，巾车出玉关。自知妾薄命，不在画图间。

艳质伤无主，芳魂去不招。百年孤冢在，夜雨长青蒿。（《嵩渚文集》）

明妃出塞 明 陈钧

陈钧，字德衡，闽县人。成化中岁贡。曾为训导。

淡扫蛾眉出九重，徘徊马上顾飞鸿。月赊金屋繁华外，雪满毡庐朔漠中。若使稽图刑画士，何如申法戮元戎。黄云青冢空埋玉，终古香魂返故宫。

王昭君 明 江源

江源，番禺（今属广东）人。成化二十年擢为江西佥宪。

玉颜无分住天家，愁倚西风望翠华。万里龙沙休恨远，长门宫里即天涯。

王昭君墓 同前

汉策御戎何太拙，却令红粉事和亲。婵娟一去不复返，卫霍空惭作虎臣。环佩归魂随汉月，琵琶弹泪湿胡尘。曲中不怨毛延寿，千载哀音怨奉春。

咏王昭君 同前

渺渺天涯君去时朱放，黄金何日赎峨眉白乐天。谁知粉绘能相欺刘文房，尚得君王不自持王介甫。青冢路边南雁尽李义山，黄龙塞上北风吹瞿宗吉。琵琶却解将心事徐思叔，乐府皆传汉国辞储光羲。

王昭君 同前

一适单于庭，千秋汉宫别。不怨丹青人，但嗟薄命妾。薄命不足怜，万里度居延。风沙暗玉色，不似汉宫妍。汉使归时传妾语，自惜倾城汉家女。虽然赠我阏氏名，殊类终非妾俦侣。羌笛萧萧古塞秋，琵琶泪迩黄河流。君王莫再和亲议，万古终为大汉羞。

王明君 明 夏锳

夏锳，字德树，天台人。成化二十三年进士，官至南京大理寺左评事。

情爱戎荒有，毡帷枉自深。眼看边月满，夜夜汉宫心。

原注：读王半山明妃曲因作。

昭君出塞 同前

黄云塞草路三万，紫袖银鞍急如箭。应有前时鸿雁飞，右衿不似宫中见。谁令香泪湿胡衣，至今风日含清冤。虽然岂少宫人窾，孰与青冢传千年。（《赤城先生文集》）

昭君引 明 李廷仪

李廷仪，字鸣凤，闽县人。弘治三年进士。曾为定海令。

晓承明诏别金銮，上马啼红玉颊寒。寄语高坛休拜将，空凭粉黛博粗安。

昭　君　明　罗柔

罗柔，字文徽，江苏无锡人。弘治三年进士。曾为建宁府知府。

天颜才咫尺，未识如花人。自言画笔能传影，谁信黄金可买身。万里承恩嫁胡虏，拨尽琵琶不成语。沙碛茫茫古塞秋，南来无使月西流。羌管徒闻折杨柳，酪浆难解望乡愁。满抱春风近日多，于阗草木借阳和。寻常不惯穿狐貉，犹看宫中旧赐罗。

昭　君　明　郑鹏

郑鹏，字子汉，闽县人。弘治十四年举人。除淮安教授。有《编苕集》。

黄金底事赂传神，未必丹青胜似真。只道君王明万里，宁知不识掖庭人。

明妃曲　明　田登

明妃远嫁靖边尘，一曲琵琶万里身。惆怅西风千古恨，封侯谈笑是何人。

昭君怨 同前

汉腊殊未暖，胡沙不苦人。毡车旌悠悠，系我眼阳鞶。八岁入深宫，消系感君仁。一朝赐出塞，诏罢羽林军。妾去六军逸，况复天王欣。猎猎北风寒，吹我鬐上尘。纥于萎白草，日夕天黄云。塞鸟间关鸣，嫣花寂寞春。造化无脆腴，寔命有邅迍。单于近款塞，无念妾身沦。

明妃咏 明 黄省曾

黄省曾（1490—1540），字勉之，吴县（今江苏苏州）人。嘉靖十年举人。学诗于李梦阳。

凄诀翠华宫，言归异域戎。选图才易与，惊貌美无同。绝代留长恨，黄金失至公。影迟随北马，声咽羡南鸿。魄玉销胡月，颜花殒寒风。恩违春不到，愁乱雪偏濛。梦国多逾切，怀乡久益浓。蛾残香减黛，桃落粉凋红。毳幕魂孤寓，琵琶拍自通。泪悬青海上，啼尽不流东。（《五岳山人集》）

明妃怨 明 戴钦

戴钦（1493—1526），字时亮，马平（今广西柳江）人。正德九年进士，曾任刑部郎中。

自倚颜如玉，谁知画失真。却怜胡地妾，虚作汉宫人。泪泣龙沙月，魂栖凤辇尘。翻思黄鹄鸟，连翼上林春。

昭君曲 明 陈九川

陈九川（1495—1562），字惟浚，号明水，临川（今属江西）人。曾为礼部郎中。

纷纷荆门村，馌饷邻家女。父母生妾时，忍将汉宫去。

王昭君 明 张之象

张之象（1496—1577），字月鹿，又字玄超，龙华里（今属上海）人。太学生。其诗尔雅冲淡，有魏晋风度。

鸾殿一朝别，龙沙万里行。梦随秋雁返，愁逐暮烟生。玉筋风前泪，胡笳马上声。惟余汉宫月，长照妾心惊。

王昭君 明 皇甫涍

已恨君恩绝，仍怜远道难。尘经兰麝歇，霜染翠娥残。毳帐催晨发，悲笳惨夜寒。玉颜常自惜，休倚镜中看。（《皇甫少玄集》）

昭君怨 明 皇甫汸

含悲辞凤掖，结束事龙庭。环佩从此远，琵琶讵忍听。泣将蛾眉恨，仰视旄头星。独有长门草，犹向夜台青。（《皇甫少玄集》）

明妃词 明 陈良珍

陈良珍，字聘之，福建长乐人。正德十二年进士，曾官南京户部主事员外郎。

汉有毛延寿，千古蛾眉妒。蛾眉岂乏千金笔，绝色人间画不得。不信朱颜信画工，一朝马上泣西风。琵琶拨尽腰支瘦，犹胜丹青画里容。玉颜皎皎如霜雪，万里含凄辞汉月。汉月萧萧陇水鸣，胡笳吹泪落红冰。佳人不向胡天去，胡地那知草亦青。

明妃怨 明 杨钲

杨钲，武进（今属江苏）人。正德十四年曾修《毗陵前黄杨氏族谱》。

自小赋闲丽，何曾窥户阈。十七献君王，无由奉颜色。一朝嫁单于，遂弃父母国。迢迢向飞狐，脉脉祁连北。不及南来雁，雌雄两相逐。马上闻边声，为君转于抑。宠非君所移，命岂君所逼。妾身自薄命，丹青恨靡忒。永夜月同孤，琵琶写心意。

明妃怨四首 明 童承叙

童承叙（？—约1542），字士畴，一字汉臣，沔城（今属湖北）人。正德十五年进士。嘉靖皇帝老师。

边马黄尘涌，胡笳黑水赊。汉家薄命妾，无语泪琵琶。

落川愁怜病，征衣瘦欲春。强来胡井照，翻愧画中身。

堪爱黄金贵，媸妍无定形。曾将买辞赋，空悔薄丹青。

月侵长门夜，霜凝汉苑秋。向来悲绝地，犹胜嫁毡裘。

昭君图 明 敖英

敖英，字子发，清江（今属江西）人。正德十六年进士，官至江西右布政使。

啼红远别汉宫春，满袖胡沙满鬓尘。若论琵琶能靖虏，玉颜应合画麒麟。

昭君词 明 栗应宏

栗应宏，字道甫，潞安府（今山西长治）人。嘉靖四年举人，曾为南阳府通判。

俄出远从戎，沉渊宝自轻。可怜金屋贮，憔悴玉关行。宫月窥弦动，胡沙拂面惊。芙蓉任摇落，那得杂榆生。

昭君怨 明 吕希周

吕希周，字师旦，崇德人。嘉靖五年进士，官至通政史。

离宴开金殿，和亲回玉关。曲中照紫塞，弦促损红颜。陇阪云为帐，燕支雪作山，羁身如断雁，春尽不知还。

昭君词 同前

绝塞照行役，琵琶洒别词。胡沙塞正极，汉月暖犹随。舞雪毡成片，飘风鬓成丝。君恩殊自厚，传报杀毛师。（《东汇诗集》）

反明妃怨 明 张意

张意，字诚之，号余峰，昆山人。嘉靖八年进士，曾官南京职方郎中。

明妃颜如玉，并美荆山璞。良玉翻为卞氏灾，三献两刖真可哀。傍人共嗟妾薄命，汉恩日远胡日近。妾心自安妾命薄，宠极不过贮金屋。一朝旧爱移新人，日影不及寒鸦亲。岂如远嫁单于王，坐令烽息安边疆。君怜人命重女色，和戎自是一长策。筑城不须劳万丁，妾身仍是万里城。卫霍不须出塞时行，妾身可当百万兵。百万兵，万里城，谁云一笑再笑城国倾。

昭君出塞 同前

看取殷国衰季世，多因女祸煽宫中。君王远色明妃遣，名是和戎实祸戎。

明妃叹 明 沈恺

沈恺，字舜臣，号凤峰，华亭（今属上海）人。嘉靖八年进士，穆宗时官至太仆少卿。

画工爱金不爱贤，黄金白日移玉颜。吁嗟乎，西子何丑母何妍。眼前好恶不复辨，何况出门万里归燕然。琵琶一曲关山月，此心不逐胡尘没。千年为汉青草知，只恨玉容翻误妾。

明妃曲　明　王梃

王梃，字子长，象山人。嘉靖十一年进士，官至湖广参政。

妾命如秋叶，君恩似谷风。生来不相值，宁复计西东。有份投胡虏，无因谢画工。以身安徼塞，犹胜作飘蓬。

王昭君　明　来汝贤

来汝贤，字子禹，萧山人。嘉靖十一年进士，官至礼部主事。

双泊黄云道，重重恨不胜。玉颜难自惜，国计当谁凭。永夜昭阳月，西风紫寒冰。此生都失意，千载薄金陵。（《菲泉先生存稿》）

明　妃　明　万虞恺

万虞恺，字懋卿，号枫潭，南昌人。嘉靖十七年进士，曾官布政使。

州云千里暗沙场，白草凄凄满地霜。心在汉宫心既死，还将青冢谢君王。

题昭君　明　潘滋

潘滋，徽州婺源人。嘉靖年间任江西南安府推官。

燕支堤上石榴裙，新草犹含旧泪纹。见说君王思汉将，麒麟端合写昭君。

明　妃　明　张元凯

张元凯，字左虞，吴县（今江苏苏州）人。以世职为苏州卫指挥。明世宗嘉靖三十三年前后在世。

白龙堆里塞云昏，黄鹤歌残马上论。自恨良家充内选，也同公主嫁乌孙。

明　妃　同前

单于愿称婿，空女出良家。犀带黄金饰，旃裘白雪花。照来犹汉月，看去已胡沙。握发羞明镜，飞蓬恨未华。（《伐檀斋集》）

昭君怨　明　俞寰

俞寰，字允宁，华亭（今上海松江）人。工词赋，旁通医、卜等。曾为嘉靖三十三年死于抗寇的义士设木主于城东濠之左。

玉颜元自近瑶墀，不任重瞳任画师。埋没胡沙千古恨，一丘春草是相知。

昭君怨　明　魏学礼

魏学礼，字季朗，长洲人。嘉靖中以岁贡选镇江训导。与刘凤（嘉靖二十三年进士）合刻诗曰《比玉集》。

翠袖辞金殿，青苔闷紫宫。香寒罗帐晓，春尽玉阶空。明月琵琶曲，惊尘朔漠风。君恩原未薄，妾梦向来同。

明妃二首 明 陈鹤

陈鹤（？—1560），字九皋，山阴（今浙江绍兴）人。袭祖荫得百户。

望望复行行，风沙蔽汉旌。但将身迢虏，不惜貌倾城。罗绮霜前色，琵琶塞外声。心如陇头水，日夜向西京。

恩遗三殿宠，貌取一朝怜。独以无穷恨，遥征不尽天。胡云愁里度，汉月梦中圆。芳意无人达，年年托雁传。

明 妃 明 郑若庸

郑若庸，字中伯，号虚舟，昆山人。诸生，为赵王朱厚煜聘入邺。嘉靖三十九年居清源。

不为蛾眉惜画图，要将尤物乱强胡。当年济济凌烟阁，曾有良工此策无。（《蛣蜣集》）

明妃叹 明 苏志皋

汉宫久索莫，出嫁单于王。风霜改容鬌，恨与流水长。毡裘不可衣，胾酪不可尝。骑马从游猎，驰驱千仞冈。落泪洒红雨，点点湿明妆。身虽滞朔漠，心逐南雁翔。已为玉颜累，琵琶空断肠。（《寒村集》）

昭君出塞图　明　许宗鲁

许宗鲁（1490—1560），字伯诚，一字东侯，号少华山人。咸宁（今属陕西）人。正德十二年进士，曾官监察御史。

昔被丹青误，今留图画新。含情辞汉阙，释宠向故城。总为妍生妒，何须色胜人。古来妾薄命，披览一伤神。

明妃曲　明　苏祐

苏祐（约1493—1573），字舜泽，濮州（今属河南）人。嘉靖四年进士，官至兵部尚书。

琵琶声断朔云横，鞑鞨腥分边马鸣。粉黛可怜翻结虏，蛾眉谁道尽倾城。

明妃曲　明　金銮

金銮（1494—1587），字在衡，号白屿，陇西人。性任侠，解音律，有《萧爽斋乐府》。

铁骑暗边尘，红颜惜此身。虽为胡地妇，胜作汉宫人。独见黄沙月，谁闻白草春。赐来宫锦旧，留得泪痕新。

明妃曲　明　吴子孝

吴子孝（1495—1563），字纯叔，号海峰，晚号龙峰，南直隶苏州府长洲（今江苏苏州）人。嘉靖八年进士，曾为湖广参政。

汉宫爱恶信画工，明妃绝世难为容。耻荐黄金空自重，汉女宫中日于宠。昔日琵琶谁怨嗟，身远胡沙心汉家。愤古千年惜青冢，至今谁问宫人斜。

明妃词　明　谢榛

风阙虚归梦，龙城重远愁。黄沙连塞起，黑水入荒流。泪尽琵琶夜，魂消觱篥秋。谁怜万里外，风雪满貂裘。(《梁园风雅》)

昭君怨　明　薛应旂

妾貌苦不知，妾命苦不逢。对镜理红妆，自谓冠后宫。日望君王宠，宁知赂画工。丹青一失真，鬒腻成飞蓬。掖庭未招见，妍丑按图中。枉教殊绝姿，万里去和戎。登车出国门，玉筋垂双瞳。洒泣长城阙，塞草烟濛濛。行行复转盼，黄河高接空。缠首复裹足，飒飒悲胡风。追想毛延寿，立心良亦忠。岂为倾国城，驱之羊犬丛。不知妾有心，不与褒姒同。妾身不足惜，妾心还自恫。但愿汉天子，自兹慎厥终。百度尚稽阅，毋为左右蒙。

昭君怨　明　张时彻

张时彻（1500—1577），字维静，号东沙，鄞县（今属浙江宁波）人。嘉靖二年进士，官至兵部尚书。

自知心似石，况以貌如花。讵意君王误，和戎不在他。惊魂回汉塞，血泪坠胡笳。青冢青遗骨，单于莫浪夸。

虏帐风沙粉黛摧，空将青冢瘗娥眉。人生不用如花貌，只把黄金买画师。

明妃词　同前

缪以娇容简画师，按国那复辨妍媸。未谈白草心先折，欲别彤庭泪横垂。庙算不须论得失，微躯何足寄安危。玉门关外黄沙路，忍听胡笳日夜吹。

明妃曲四首　同前

毡裘初着体如麻，偷看胡王惜似花。歌舞百般都不会，强将纤手弄琵琶。

君王莫惜理师偏，妾貌于今不似前。最恨通宵胡地月，娟娟一似汉宫园。

时将红泪浥胡尘，百草连天不见春。自是娇姿元薄命，非关汉主误和亲。

连营鼙鼓暗风沙，五月天山雪作花。惯是空中调锦瑟，却教马上奏胡笳。（《芝园全集》）

咏昭君村　明　缪宗周

贤村江畔夕阳斜，生长明妃未有家。自出金扉仍汉骨，年年青冢照胡沙。（《巫山县志》）

明妃曲六首　明　赵统

赵统（1500—?），字伯一，临潼人。嘉靖十四年进士，官至户部郎中。万历十一年作《风灾比辞》，时年八十四岁。

黄金妾自寡，不道色倾城。忽喜承中使，翻惊锡北行。断山云恋别，孤雁月增明。斟酌君王爱，或怜远嫁情。

丹青应不亮，妾岂爱黄金。去国怜无色，怀君怨有心。谁言胡俗恶，自信汉恩深。耳语椒房侣，殷勤侍抱衾。

贱妾良家子，愁禁塞地寒。按图疑不类，辞阙恨无端。那敢惜颜色，真成失肺肝。凄凉琵琶曲，休自马头弹。

内家艳粉黛，送我远和戎。属国迎胡马，征人梦汉宫。玉颜宁自误，金屋倩谁通。薄命嗟何及，君恩寄画工。

胡地见秦月，乞金问画师。雁来或有信，鱼贯已无时。不误入宫妒，空余出寒痴。长门多少恨，应赋长卿词。

远别难为决，泪颜妆不妆。亦知惭姊妹，尚欲媚君王。汉使留传信，胡姬妒断肠。他时北征旅，生死返王嫱。（《骊山集》）

明妃引　明　袁袠

袁袠（1502—1547），字永之，号胥台，长洲人。嘉靖五年进士，曾为刑部主事。

少小禀贞淑，说礼且明诗。托身充后宫，艳色世所稀。按图以召幸，倾赀赂画师。无媒难自通，窃矜妖冶姿。诏下选掖庭，和亲嫁单于。妾当事遐征，永与君王辞。光辉动左右，被服何逶迤。仆御感叹息，胡马亦伤悲。前旌措沙漠，去去无还期。一郁何由愬，哀感不自持。胡服衣我身，穹庐为我居。食我以羌酪，号我为阏氏。语言多难晓，嗜欲苦不齐。腥膻耻移辱，丑类相诟欺。犬羊蔑礼义，苟生亦何为。生为异域人，死复葬蛮夷。饮恨黄泉下，青冢何累累。君恩谅不薄，妾命宜若兹。自古畏蒙蔽，蒙蔽易妍媸。蛾眉众所嫉，达者无复疑。（《胥台先生集》）

明妃怨四首　明　施峻

施峻，字平叔，归安人。嘉靖十四年进士，曾官青州府知府。嘉靖二十九年前后在世。

少小征歌入汉宫，梦回清漏隔花丛。今朝中使催妆急，贱妾初疑薄命通。

宝钏罗襦下紫台，春风离思渺难裁。千官领得君王意，不惜黄金赎妾回。

沙白云黄碛草长，琵琶留恨暗沾裳。红颜鬒发看花落，早选名家入未央。

美人自古易倾城，愿托和戎出汉京。莫问将军专节钺，孤征难比妾身轻。（《琏川诗集》）

明妃词二首　明　许谷

许谷，字仲贻，号石城，上元人。嘉靖十四年进士，官至南京尚宝卿。嘉靖二十九年前后在世。

黄屋和亲意，红颜入虏情。心摧回纥马，梦断上林鹦。朔气朱弦动，胡尘玉面生。翠华瞻渐远，空忆属车声。

捐宠辞龙陛，含愁赴貉乡。花飞颜共坠，天远恨俱长。碛草连沙白，关云出塞黄。多情汉宫月，流影照毡裳。(《省中稿》)

明妃曲二首　明　张链

张链，字伯纯，自号太乙，武功人。嘉靖二十三年进士。官至湖南按察司佥事。嘉靖三十五年前后在世。

马上思归引，征人掩泪听。自怜妾薄命，非敢怨丹青。

榆塞起黄云，玉门飞白雪。琵琶强欲弹，风寒污隔绝。

昭君怨　同前

万里度交河，琵琶怨恨多。胡风吹玉貌，边月冷宫罗。五戍烽烟起，三城驿使过。传言汉天子，冒顿尚横戈。(《太乙诗集》)

明君词　明　江瓘

江瓘（1503—1565），字明莹，歙县（今属安徽黄山）人。编有《名医类案》。

玉貌含情出禁迟，君王莫恨出蛾眉。艳妻一笑倾周室，误杀忠贞老画师。(《江山人集》)

昭君词十八首　明　罗洪先

罗洪先（1504—1564），字达夫，号念庵，吉水（今江西吉水）人。嘉靖八年状元，官至左春坊赞善。谥文庄。

身在三千误有名，一朝诏下出长城。相逢惟有关山月，曾照宫中弄影情。

长秋才引到帘前，名姓谁知外国传。记得君王回盼处，肯令相识不相怜。

行人驻马莫惊嗟，处处溪流有落花。不待今朝悲远嫁，长门风雨即天涯。

淡扫蛾眉耻乞怜，几回春色负华年。而今不恨天涯别，恨不遭逢未别前。

情知马上去无还，遥指干旌认汉关。纵使生前胡地老，归魂犹得见南山。

使臣何日发长安，乍到边头可奈寒。多谢监宫频慰藉，得恩何似得归难。

愁向胡天别塞垣，一闻南雁一销魂。妾心纵得随明月，解近君王不解言。

不是君王爱不均，妍媸自古易迷真。明光咫尺犹难辨，何况飘零万里人。

翠华相望不相闻，空却巫山一片云。何事梦中还万里，竟令无路近明君。

谁将弦管奉君王，明月楼中夜未央。出塞声高调不得，由来此曲断人肠。

鹂鹈泉上髑髅残，满地黄云覆草寒。遇得花枝那忍弃，弃时容易遇时难。

凤钗鸾镜久生尘，三月胡天不识春。寄语女郎须爱惜，从来脂粉误人生。

马前双臂海东青，擒得哀鸿不忍听。我欲南归无羽翼，问渠何事度龙庭。

见说苍梧杳霭间，风流帝子几时还。胡沙恨是无湘竹，泪洒千行不作斑。

八月天山雨雪重，梦中犹记采芙蓉。当时水殿争凉处，同伴如今可忆侬。

夜夜秋风帐外惊，黄河东去带悲声。无情只有西流水，下陇何因诉不平。

天无穷尽地无边，此日愁心亦复然。赖得琵琶解传语，凄凉惟有后人怜。

黄金纵买毛延寿，玉貌当如薄命何。多少佳人怨憔悴，算来不属画图多。（《念庵文集》）

原序：王嫱事本不足传，古今作者多主悲怨。至所谓“汉恩自浅胡自深，人生乐在相知心”，斯于忠信也薄矣，予实病焉。间尝有拟窃取哀而不伤之义，辞不尽达，览者自正之。

反明妃怨 明 张意

张意（1504—1570），字诚之，号余峰，昆山（今属江苏）人。曾为山东布政副使。

明妃颜如玉，并美荆山璞。良玉翻为卞氏灾，三献两刖真可哀。傍人共嗟妾薄命，汉恩日远胡日近。妾心自安妾命薄，宠极不过贮金屋。一朝旧爱移新人，日影不及寒鸦亲。岂如远嫁单于王，坐令烽息安边疆。君怜人命重女色，和我自是一长策。筑城不须劳万丁，妾身仍是一长城。（《国雅》）

明妃怨 明 程诰

汉甲防秋急，胡笳彻夜闻。蛾眉作公主，侯骨属将军。宝

镜悬宫月，毡墙拂塞云。烽尘行可息，持此报明君。（《霞城集》）

明妃四首 明 范钦

范钦（1506—1585），字尧卿，号东明。嘉靖十一年进士，官至兵部右侍郎。

诏下龙荒去，阴山雪作花。君恩深似海，临发赐琵琶。
骄虏放横行，天家积苦兵。和亲今属妾，顿觉一身轻。
旷望蜚孤塞，黄云黯不开。只应天上月，还以汉宫来。
五月拥毡裘，芦河直北流。何言汉飞将，万里欲封侯。

原注：行由明妃自请不当以怨言。

昭君怨 明 沈链

沈链（1507—1557），字纯甫，号青霞，会稽人。嘉靖十七年进士，除溧阳知县，曾为锦衣卫经历。

贱妆罗衣薄，君王寝殿深。何须矜颜色，不自用黄金。马上千行泪，宫中一片心。琵琶弹不尽，总向玉关寻。

明君曲 同前

平生矜艳色，不得侍君王。独为黄金客，凋零白玉妆。出宫多夜月，上马尽秋霜。一奏琵琶曲，征人总断肠。（《青霞集》）

明　妃　明　陈鎏

泣尽琵琶泪，关山已入胡。飘飘此风雪，吹向汉宫无。（《已宽堂集》）

题明妃图　明　莫如忠

琵琶马上不胜秋，目送交河出寒流。悔乏黄金买颜色，忍膏青草谢旃裘。宫人掩镜千行泪，甲士和戎万户侯。独有无期妾薄命，玉关心断大刀头。（《崇兰馆集》）

明妃曲二首　明　王慎中

君王无计慰销兵，借妾和戎讲舅甥。幸以香肌当破敌，免传玉貌只倾城。

掩抑琵琶马上羞，未搊玉指泪先流。关月犹同边地色，朔风争似汉宫秋。

明　妃　明　范惟一

范惟一（1510－1584），字于中，一字允中，号中方。华亭（今属上海）人。范仲淹十六世孙。嘉靖二十年进士，曾为工部郎中。

罢妆临远道，为国赴和亲。既奉君王命，那私贱妾身。黄云胡地泪，青冢汉家人。不必诛延寿，还应耻具臣。

明妃怨二首　明　李先芳

蛾眉不可恃，鸿翼竟难寻。前殿更衣夕，边庭驻马心。春悲胡地草，秋忆汉宫砧。纵使黄金赂，其如妒忌深。

十载未谒面，椒庭空绮罗。当辞才一顾，承恩岂在多。讵知薄命妾，能使汉边和。千古琵琶曲，流传塞上歌。（《三台文献》）

明妃曲　同前

弹来塞上曲，本是汉宫词。胡女无华色，蛾眉处处疑。（《东岱山房诗录》）

明妃曲　明　董份

董份（1510—1595），字用均，乌程（今浙江湖州）人。嘉靖二十年进士。曾为翰林学士。

天山雪后北风寒，抱得琵琶马上弹。曲罢不知青海月，徘徊犹作汉宫看。

题昭君画　同前

佳人称绝代，早入汉宫中。玉辇原非远，何须恨画工。（《泌园集》）

明妃词 明 朱衡

朱衡（1512—1584），字士南，万安人。嘉靖十一年进士，曾官南京刑部尚书。

夙向椒庭日，宁知事远边。含啼趋渭水，抱恨陟祁连。泪下催芳蒨，欢来嗟盛年。胡尘何日静，汉月几时圆。芳意随征雁，愁心逐断弦。惟应春风至，吹梦度三川。

明妃曲二首 明 张重华

张重华，字虞侯，华亭（今属上海）人。姜宝（约1513—1593）曾为其《沧沤集》作序。

自怜红粉泣和戎，戎服翩翩出汉宫。鸿雁若还报天子，妾方搔首学飞蓬。

胡尘扑面马蹄赊，金鼓萧关泣汉家。妾死妾心看妾墓，百年相殉一琵琶。

明妃曲 明 李时行

一自辞金屋，谁怜度玉门。沾衣今日泪，奉帚旧时恩。见月空凝思，闻笛欲断魂。早遂安边愿，妾身宁足论。

王明君吟 明 李攀龙

我系良家子，承恩入汉宫。光彩射绮罗，语笑生春风。君王希召幸，在远谁为通。汉宫三十六，处处种梧桐。美女八千名，各各分当熊。黄金买颜色，丹青为益工。宁知佳丽人，不出所图中。黄金犹粪土，丹青复何功。颜色非可恃，粉黛故难同。因念长门赋，夙昔亦相蒙。君王宠自误，贱妾以和戎。岂惜贱妾去，但惜长门空。涕泣顾长门，从此逐秋蓬。

明妃词 明 方问孝

毳帐胡王夜宴终，平原猎火烧云红。琵琶弹罢边风起，一段伤心在画工。

明 妃 同前

六宫花色问谁忧，一笑能教粉黛羞。长门有恨春风远，绘笔无情怨气流。心悬汉月愁云掩，肠断胡尘出塞秋。可怜玉筋风前洒，千古清魂恨不休。（《苍耳斋诗集》）

明妃怨 明 宋仪望

宋仪望（1514—1578），字永之，永丰（今江西永丰）人。嘉靖二十六年进士，官至大理寺卿。

汉家全盛日，贱妾事和戎。敢谓君恩薄，还怜妾命穷。琵琶随夜月，衣带缓秋风。寄语明天子，无劳杀画工。（《华阳馆文集》）

明妃词 明 黎民表

大漠吹沙风浩浩，白日黄尘暗衰草。边城戍鼓遏云喧，佳人怅别关山道。欲行不行征马鸣，含颦漫把琵琶抱。别调哀弦不忍弹，可怜行路曲中难。金钿晓菁商飙冷，翠黛寒沾朔雪残。玉关万里无春色，穹庐毳幙为谁欢。生来不愿离金阙，一去那知嫁胡羯。梦中犹绕汉宫云，天边独望长门月。却叹容华不似前，遗恨丹青犹未歇。几对菱花羞不语，泪湿胭脂作红雨。白雁音书行断绝，青冢幽幽在何处？朱颜命薄古云然，空有风流画史传。卫霍功多谁复见，汉家徒为筑祁连。

明妃曲 明 罗汝芳

罗汝芳（1515—1588），字惟德，南城人。嘉靖三十二年赐同进士出身，曾官右参政。

断肠琵琶出汉关，汉家宫苑梦中还。人生好恶无真态，只在丹青一点间。（《明德集》）

明妃怨三首 明 方宏静

方宏静（1516—1611），字定之，歙县人。嘉靖二十九年进士，官至南京户部右侍郎。

黄金何足惜，宁受傍人嗤。关雎有真性，非为忭蛾眉。

六宫皆拭泪，何处玉关路。不嫁万里天，君王讵回顾。

万里遥相怜，宫中不得御。命薄古尽然，未必画师误。

明妃咏三十九首　同前

罗袖拂胡沙，琵琶弹汉月。颇是深宫时，三秋芳草歇。
王庭一万里，一里三返顾。却怜塞垣草，犹戴汉宫露。
阏支非不贵，不愿辞汉宫。汉宫九万里，翻落画图中。
重重塞外去，滚滚碛中雪。未闻春鸟声，夜夜杜鹃血。
蛾眉宁碎尘，马首恒戴月。胡草几时青，红颜易白发。
五更刁斗声，万骑立未发。惟有天山云，能捧汉宫月。
貂帐三更月，单于罢猎时。胡笳十八拍，尽唱汉宫词。
朔雁稍稍飞，黄云暗沙漠。何处采春芳，梅花曲中落。
后庭各结伴，芳草亦知春。永日千门里，何殊万里人。
汉虏事和亲，普天同所欲。何能惜蛾眉，不见悲黄鹄。
汉宫春到时，相将踏芳草。已愆玉辇期，讵识榆关道。
已过阳春候，只看霜雪飞。君恩良不薄，犹赐汉宫衣。
试诵须人诗，欣欣不知美。齐后立无盐，宁复由画史。
强侍单于宴，难排憔悴容。亦知未央阙，不报甘泉烽。
自到云霄阙，空怀蓬荜居。适闻汉使至，亦有故乡书。
由人复由天，苦相何咄咄。乃知邯郸宫，翻重厮养卒。
普天是王土，万里不逾阈。春叶辞秋條，安能簸所即。
风沙今日静，镜里试图黄。焚香拜新月，南向祝君王。
塞草三春日，胡云万里黄。貂裘非不贵，半学汉宫妆。
稍化毡裘俗，争看罗绮裳。风尘虽易敝，犹凝汉宫香。
单于休惊门，出塞减容华。汉宫三千人，一一颜如花。
重失殊方谊，轻离绝代姿。木兰能贾勇，冢草讵念悲。
殷王梦良弼，旁求默有神。不闻窈窕女，乃属丹青人。

平城七日围，解以图中女。太史陋不书，谋臣嗟何所。

冢草何萋萋，巫咸招可起。似闻云雨神，乃是桑榆里。

列女有苦行，词人无贞心。谁能斓白石，只谓乏黄金。

幸结两国欢，无伤万里没。冢草年年青，幽芳终不歇。

本是巫山下，犹疑梦里云。君王自惆怅，未使大夫闻。

图中他日见，殿上暂时分。不知真与妄，若个定为云。

只信图中貌，空疑梦里身。惟应孤冢草，犹作六宫春。

宠赂宫中彰，仁贤郊外伏。茗能辨忠谗，回夷自倾服。

拂黛易双颦，含珠难一笑。镜中今日看，图上当时肖。

工人见黄金，苟得亦无惑。门内不用明，何以照四国。

汉月欲怜人，胡云乍能白。试写汉宫愁，不断胡笳拍。

竞奏思归引，难招出塞魂。蛾眉强一扫，玉筋已双痕。

二妃千载泪，湘竹至今斑。亦有冢上草，年年春自还。

齐女生望齐，遗冢望齐山。更怜青草冢，遥对玉门关。

宁为长信草，羞作玉沟叶。逆雁向南飞，正待单于猎。

苏家十九年，犹秃归时节。一坠九霄云，已佩千秋玦。（《素园存稿》）

原序：咏明妃者多矣，咸惜其靳黄金而恃美色耳，余为明其志焉。

咏昭君八首　明　徐师曾

一自君王选入宫，痴心日夜望春风。单车忽遣嫁胡虏，不怨君王怨画工。

月满长门琐闼开，无缘不遇汉王来。今朝承命趋河漠，依旧丹心恋紫台。

不向椒兰拜倢伃，也来毡毳作月氏。妾身富贵生前命，但恨华夷负宿期。

汉家何道伏穹庐，上策全凭定国书。但愿单于怀皦日，不妨异域独捐予。

生子当为汉外孙，舅家风格自应存。看渠不逞豺狼性，始信平胡在结婚。

王度宽容天地如，不教徒旅灭穹庐。只愁和议原无益，空使琵琶怨乘舆。

尽道琵琶怨汉皇，岂知奴命合投荒。若还不遇毛延寿，毕竟无人嫁异乡。

莫向辕门解阵行，欲凭来使报君王。边关若漏真消息，宁使余生失凤凰。（《湖上集》）

昭君怨　明　胡直

胡直（1517—1585），字正甫，号庐山，泰和（今江西泰和）人。嘉靖三十五年进士，官至福建按察使。

毳幕易璇房，毡裘挂锦囊。雪悲调粉白，云想换流黄。未荷龙颜顾，曾传鸡舌香。得还故宫冷，犹是沐恩光。

王昭君　同前

冰雪凋蝉鬓，风沙涴绮裳。愁客无复理，不为学新妆。
泪作冰霜结，愁添塞草翻。断肠那假寐，有寐是归魂。
自向金微去，几度阅黄河。妾心将妾泪，点点逐东波。
愿作随阳鸟，秋风一度翔。无恩承汉宠，只忆见君王。
传闻汉帝怒，遣将靖边氛。安得从俘虏，南随霍冠军。（《衡

庐精舍藏稿》）

原序：自石季伦以后，咏昭君者多矣。唐宋人独取白乐天二绝句，以其语有眷国怀土之忧，读之良然。最后读郭代公诗，乃知乐天有所祖。郭诗云：“容颜日憔悴，有甚画图时。”又云：“始知君惠重，更遣画蛾眉。”斯其蔼然，忠爱形言表矣。今大盖绝唱云友人欧阳曰。守示余白之作，余因尾作五章，非将以追步逸响，聊亦各宣其所睹焉尔。

明妃曲　明　沈明臣

妾本汉宫人，何堪冒虏尘。君王有明诏，不敢惜微身。
妾有和戎策，持为安汉功。春风不相待，长得似花红。
妾在汉宫门，原承圣主恩。敢同黄鹄怨，远恨嫁乌孙。

明君怨二首　同前

玉颜云鬓老风尘，愁断长安几度春。岂谓中原无壮士，汉家长策在和亲。

罢猎从归只自怜，舞衣宫髻不胜编。看来今夜胡天月，谁共团团汉殿前。

青　冢　同前

香魂不可招，艳骨久已腐。汉草至今青，明妃一抔土。（《丰对楼诗选》）

明妃词 明 张瀚

一被椒庭选，流光只自怜。素心明月解，春恨落花传。薄命悲颜色，长门惜画钱。君王幸相顾，不复怨胡天。

昭君村 同前

孤村寂寞草蒙茸，犹说明妃入汉宫。为问区区薄命妾，何如卫霍定边功。（《奚囊蠹余》）

明妃曲 明 郑玄抚

郑玄抚，嘉靖十九年曾刊刻《玉台新咏》。

一朝辞凤辇，万里度龙城。汉地愁中尽，胡冰泪下生。风霜容易改，歌舞怨难平。落晚甘尘没，归心向月明。

明妃词 明 丘云霄

丘云霄，字凌汉，号止山，崇安（今福建崇安）人。嘉靖间贡士，以明经授柳城知县。曾纂修《黎阳大安邱氏族谱》。

明妃悲篅发，残妆待腊归。学成胡地舞，羞着汉宫衣。

明妃曲三首 明 魏裳

琵琶多怨别，秋色转愁侬。单于空自喜，不是画来容。

自矜颜色好，不结单于亲。谁知天子诏，不是色衰人。

妾命由来薄，君恩本自深。长门谁有怨，传语到于今。（《雪山堂集》）

题昭君出塞图二首 明 徐学谟

徐学谟（1521—1593），字叔明，一字子言，号太室山人，南直隶苏州府嘉定（今属上海）人。嘉靖二十九年进士，官至礼部尚书。

交河初过虏尘昏，马上琵琶不可闻。解得红颜多薄命，古来谁是汉明君。

腥酪膻帷是洞房，汉宫虽冷胜胡乡。一声羌笛思归引，懊恼年年秋夜长。（《归有园稿》）

昭君怨 明 方承训

宫庭适绝国，仙女谪风尘。蘼芜歌且怨，合欢裂此辰。昔掩美目盼，今惜玉颜新。玉颜何足惜，所悲汉宫人。表表侍君侧，毡帐耻辱身。宁为汉氏妾，愧作单于嫔。即蒙一顾重，悠悠思所亲。

昭君叹 同前

昭君适单于，画图韬其美。容貌生不辰，远适匈奴里。尝为匣中玉，今为道上水。穹庐安不宁，腥膻食何旨。琵琶徒悲鸣，默默且没齿。善为贝奇计，就道胡惜死。（《方鄈邮复初集》）

昭君怨 明 王宗沐

王宗沐（1523—1592），字新甫，临海城关人。嘉靖二十三年进士，曾为刑部左侍郎。

琵琶归曲调，掩抑泪痕消。徒闻红粉出，未减赤孤骄。容委黄沙尽，魂依贝阙遥。君王真惜我，薄命当嫖姚。

抱恨岂丹青，容华只误生。独少千金力，翻为万里行。胡云迷雁影，汉月照边声。甘作长门弃，何须阏氏名。（《敬所王先生文集》）

王明君 明 吴国伦

妾本良家子，垂发入汉宫。六年处金屋，形影依房栊。仓皇应明诏，万里远和戎。上殿辞我主，咫尺意未通。下殿引节旄，含悲出铜龙。辕马逝如驶，琵琶曲难终。呜咽陇头水，具流各西东。骎骎入穹庐，愤悒填心胸。阏氏美我名，胡母分亦崇。异俗非所安，旃裘难为容。何当有羽翼，南征从北风。微躯不自保，涕泪瞻飞鸿。昔若盘中珠，今为水上蓬。前朝乌孙主，遗恨良相同。红颜故薄命，岂必由画工。

昭君辞二首 同前

雪拥关云暗，春深塞草黄。可怜胡地雁，日日向西翔。

截管吹胡曲，烧腥劝酪浆。帐前椎髻女，翻笑汉宫妆。

明妃曲六首　同前

奉诏平明出汉宫，鸾车万里独和戎。君王一顾恩多少，只是红颜负画工。

汉家百万羽林师，遣妾和亲妾未知。纵使单于尊汉约，玉容难比入宫时。

五彩纤丝耀日光，入宫曾刺五云裳。一朝篚笥无颜色，耻向旃裘理故妆。

西风揽镜独含悲，尚忆宫门望峰时。几日边尘吹满面，不教胡女妒蛾眉。

玉关西去马长鸣，不独琵琶作苦声。最恨胡儿夸往事，汉家曾困白登城。

胡风吹雪暗阴山，马上惊逢汉使还。为报君王休北顾，六宫犹自有红颜。(《甑甀洞稿》)

昭君解　明　来知德

北风寒月摧胡草，琵琶一曲娉婷老。自甘命薄付红颜，玉黛金钿长不扫。(一解)

空斩摸形旧画师，世上钱神解画眉。黄金尽处无颜色，佳人妍者自然媸。(二解)

弱质从来逐鸡狗，甘酸苦乐无好丑。长门且欲赋千金，秋人不独髯胡有。(三解)

尚忆当年锁暮妆，年年岁岁怨昭阳，身在汉宫如失志，也与胡姬共断肠。(四解)

明妃曲　明　张凤翼

少小蛾眉选入宫，许身已自付当熊。和亲亦莫非王事，错把琵琶怨画工。

题明妃出寒图　同前

空将淑质付天骄，漠漠风尘紫塞遥。青草自存胡地冢，黄金莫赎汉宫腰。云中环佩魂难返，马上琵琶曲未调。惟有蛾眉常锁恨，却疑彩笔未能描。

题明妃出塞图　同前

君王不画在和亲，雁外鹍弦马上尘。莫认琵琶作胡乐，明妃元是汉宫人。（《处实堂集》）

明妃曲二首　明　孙七政

孙七政（1528—1600），字齐之，虞山（今属江苏常熟）人。与王世贞、汪道昆等人游，以文采知名。

向来青镜未曾亲，为度交河照妾身。一自影随胡马去，便年更作汉宫人。

一朝辞汉向天骄，弹尽繁弦恨未消。画里不沾金屋宠，曲中空怨玉关遥。

明妃词 明 郭棐

郭棐（1529—1605），字笃周，号梦兰，广东南海人。嘉靖四十一年进士，曾官光禄寺正卿。

大漠霜花缭乱飞，御寒犹着汉宫衣。此时紫塞和戎毕，何日黄金赎妾归。

妆镜朝开只自悲，琵琶哀怨写新词。可怜玉貌都憔悴，不似君王顾盼时。

明妃曲 同前

毛生画笔真超脱，能使绝代佳人辞。汉阙佳人岂乏千，黄金不肯低眉潜。汉王重信亦重色，临行见之三叹息。约书已定可奈何，两情脉脉付泪波。西风马上吹红雪，拨尽琵琶哀转多。妾身虽沾胡地雪，妾心终忆汉宫月。回弦再拨三两曲，曲曲声声愁欲绝。胡王强相亲汉帝，深情原上青青草，犹见当时恋乡心。

明妃引 明 董传策

董传策（1530—1579），字原汉，号幼海，华亭（今属上海）人。嘉靖二十九年进士，曾官南京礼部右侍郎。

汉家美女颜如花，秋风青草吹胡沙。不怨丹青换丑好，妾身自合弹琵琶。君王重门深几许，妾心不逐东流水。白璧谁能计瓦全，万里胡尘没皓齿。画工借令画妾真，合殿春披清路尘。

博山香炉爇烟火，那得和戎报主恩。琵琶声凄汉宫冷，君王漫复怜孤影。红颜何事最关情，胡马骄嘶边未靖。世上蛾眉尚满宫，不忍低看买画工。君王且自悬明鉴，莫教妾辈更和戎。(《采薇集》)

明　妃　明　周恩兼

周恩兼，字叔夜，号莱峰，华亭（今属上海）人。嘉靖二十六年进士，嘉靖三十三年补湖广按察司佥事。

晨妆远行迈，立马相征裘。汉月承恩夜，胡笳出塞秋。曲中乡梦杳，陇省乱云愁。遥想宫中草，时随玉辇游。(《周叔夜先生集》)

昭　君　明　彭辂

长门虽寂寞，犹听未央钟。一去萧关外，云山几万重。胡笳堪饮泪，穹帐若为容。青青汉宫草，春不到卢龙。

朔漠非吾土，单于宠漫深。宫妆将雪映，蝉鬓耐尘侵。指涩琵琶曲，神伤觱篥吟。早知行万里，悔不费黄金。(《冲溪先生集》)

题昭君　明　潘滋

燕支堤上石榴裙，新草犹含旧泪纹。见说君王思汉将，麒麟端合写昭君。

昭君怨 明 李蓘

李蓘（1531—1609），字于田，号少庄，祖籍邓州长乐（今属河南邓州）。嘉靖三十二年进士，曾为礼部仪制司郎中。

君王日深居，贱妾无由见。下阶一顾恩，犹使终身恋。十二楼前花，低头深宫白。□日已先秋，笮簾声高玉。心死燕支山，□冷朱颜愁。朱颜日日非昔时，青海年年雁影迟。乌孙公主汉家女，贱妾琵琶枉自悲。（《于田文集》）

明妃词 同前

翠袖啼痕日日新，回看汉月远随人。不知世上黄金贵，空信朱颜镜里春。

明 妃 明 沈一贯

沈一贯（1531—1615），字肩吾，又字不疑、子唯，号龙江，又号蛟门，鄞县（今属浙江宁波）人。隆庆二年进士，曾为首辅。

鸣钟清渭五云遥，解辫单于入汉朝。武帝崩来貔虎尽，边人争说女嫖姚。

明妃曲 明 严济

严济，江苏常熟人。严讷（1511—1584）子。善书。

贱妾宁辞嫁远天，君王红粉自三千。若知别后春风面，但看胡沙秋月圆。

明妃曲 明 吴文奎

吴文奎，字茂文，歙县人。受业于吴国伦（1524—1593），有《荪堂集》。

单于击鼓迎和亲，上马红颜减尽春。寄语防秋谁卫霍，妾身嫁后更何人。

汉宫雨露为谁新，贱妾和戎雪涕频。试向先朝寻故事，妇人几得画麒麟。（《荪堂集》）

明妃曲 明 肖端蒙

肖端蒙，字曰启，潮阳人。嘉靖三十年进士，授山东道御史。

朔雪胡沙拂羽旌，君王命重妾身轻。和戎本为苍生计，放惮焉支万里行。

绣辇东来琛骑驰，蛾眉亦自系安危。如今塞上无遗镞，不说军中有二师。

羌塞翩翩三十春，毦裘湩酪亦甘温。自从冯传纷纷后，始司余生是主恩。

秋叶萎黄思不禁，灞川荆峡两幽沉。游魂不俟偏南绕，冢草青青见妾心。

昭君图 明 何东序

何东序，字崇教，号肖山，猗氏人。嘉靖三十二年进士，以右佥都御史巡抚延绥。明穆宗隆庆二年前后在世。

才出荆门宠汉宫，锦轮无奈促和戎。极知娄策非三策，地忍春风向朔风。半面遮槽嘶塞马，双沾啼粉唳征鸿。从来凤女多芜没，独挺孤魂白草中。（《九愚山房诗集》）

昭君怨 明 温纯

温纯（1539—1607），字景文，三原人。嘉靖四十四年进士，曾官左都御史。

长门回首泪盈襟，琵琶只弹薄命吟。休问丹青受金否，丹青得无用意深。君王万几日日有，忍令粉黛惑其心。况因丹青力，暂受君王恻。和戎苟有利，在胡犹在国。一时丹青手，但易妍媸色。古来更有如簧舌，鹿可为马白可黑。吁嗟呼，鹿可为马白可黑，如此丹青杀亦得。（《温恭毅集》）

明妃曲 明 李言恭

李言恭（1541—1599），字惟寅，盱眙（今属江苏）人。袭爵临淮侯。

和亲戎马息，薄命路漫漫。笳鼓秋风肃，琵琶夜月寒。青年之塞北，白骨梦长安。归雁春方觉，愁人不忍看。

明妃曲四首 明 余翔

余翔，字宗汉，号凤台，莆田人。嘉靖三十七年举人，曾知全椒县。

燕支一望白云秋，马上红颜双泪流。雁自南飞人北去，琵琶不解汉宫愁。

北风吹雪暗天山，憔悴蛾眉去不还。薄命便教边地老，归魂应度玉门关。

朝辞合殿暮交河，泪满宫衣泻素波。顾影自怜肠欲断，长门幽怨较谁多。

青海寒云散作风，谁怜粉黛逐飞蓬。亭亭一片中天月，仿佛清光照汉宫。（《薜荔园诗集》）

王昭君二首　明　姚舜牧

姚舜牧（1543—?），字虞佐，乌程人。万历元年举人，历官新兴、广昌知县。

自是妾命薄，休将别泪弹。只羞全盛汉，奉女结胡欢。

名已充下陈，君应自晋接。必以画见收，宁甘胡地妾。

有责昭君不忆汉者　同前

芳容靓丽一时珍，诏赐胡儿固失伦。决裂此行无限恨，阏氏羞忆汉宫春。（《乐陶吟草》）

明妃曲　明　于慎行

妾本名家子，十五颜如玉。罗绮闭重闺，羞道黄金屋。君王选秀色，早岁入深宫。三年不召见，憔悴泣春红。同时入宫人，一一锦屏中。芳颜自倚能倾国，肯学他家买画工。只怜寂寞深宫里，不道风尘边塞起。君王一顾不可留，蛾眉远嫁三千里。红颊两行啼，边城草色萋。今朝胡地月，昨夜汉宫鸡。汉宫桃李春如雪，此时缄怨辞丹墀。但使君心悟画图，不惜龙沙愁夜月。

昭君怨 同前

掩泪抛长袖，从今歌舞稀。肯将边地月，来照汉宫衣。（《谷城山馆集》）

昭君怨 明 华善述

华善述，字仲达，无锡人。万历十年前后在世。华善继（1545—1621）之弟。

六宫皆恃赂，妾独恃蛾眉。所愿奉明主，翻教杀画师。强临金镜饰，羞向玉阶辞。骏马无双璧，红颜长价时。（《被褐先生诗文稿》）

明妃曲 明 刘克修

刘克修（1548—1611），字少己，号粤愚，番禺人。万历十年举人。曾官海州知州。

霜凋青草枯，玉貌委泥途。妾泪空盈掬，君恩只按图。

明妃怨 明 梅鼎祚

梅鼎祚（1549—1615），字禹金，号胜乐道人，宣城（今属安徽）人。嘉靖间进士，曾官给事中。

自倚能倾国，翻成远嫁夷。主恩应不浅，犹得作阏氏。（《鹿裘石室集》）

昭君叹 明 周履靖

弱质嫁胡虏，含愁出汉关。此时一为别，何日得重还。

明妃曲 同前

万里扫胡尘，全凭妾一身。汉家多将士，不及画眉人。

昭君怨 同前

画图君未识，薄命总堪伤。上马含新恨，离宫忆旧妆。朔云治泪湿，边月蹙眉长。唯有青丘草，年年徒自芳。（《梅颠稿选》）

王明君 明 吴稼竳

吴稼竳，字翁晋，孝丰人。曾为云南通判。与吴应旸、臧懋循（1550—1620）游。

玉关烽火接西京，辛苦蛾眉事远征。不分红颜胡地老，只悬明月汉宫情。朔风夜夜吹愁起，秋草年年与恨并。多少人间妾薄命，凄凉那入琵琶声。（《玄盖副草》）

明妃怨 明 邹迪光

邹迪光（1550—1626），字彦吉，号愚谷，无锡人。万历二年进士，曾官湖广提学副使。

黄金世所重，美丑无定持。明妃自不省，遂令丹青欺。腥膻为我食，穹庐为我居。加我阏氏名，虽贵安所施。不若巫山村，伉俪田家儿。举首骨肉远，汉月独追随。吞声望汉月，恻恻不相知。远嫁难为情，绝域那不悲。

昭君怨 同前

昨日汉宫姬，今朝胡地妇。珠玉委泥沙，人情不相顾。汉主烦战烦民力，轻掷蛾眉去绝域。由来颜色重黄金，却被黄金误颜色。妾身十五入君门，学得琵琶曲调新。本期侍宴昭阳殿，谁料携来向虏尘。腥羶为食毳为裘，胡天六月胡云愁。宁留长信啼红颊，不愿阏氏共白头。单于叹息颜如花，只今甥舅情无他。烽燧未消征战急，妇女原难定国家。（《郁仪楼集》）

明妃曲 明 胡应麟

骢马载蛾眉，明妆出帝畿。含颦辞玉阙，结恨向金微。月疑秦地镜，云忆汉宫衣。传书寄鸿雁，一为报龙旂。

日断长安汉使来，五云何处是蓬莱。龙沙月色三千里，独抱琵琶上紫台。

后明妃曲 同前

出塞啼沾襟，遥望阴山阴。旧宠汉宫薄，新恩胡地深。紫骝涉长道，黄鹄寄哀音。千载琵琶曲，谁明去住心。

王昭君 明 邢侗

邢侗（1551—1612），字子愿，临邑（今属山东德州）人。万历二年进士，官至陕西太朴寺少卿。

单于非重色，汉王为和亲。薄命悲蝉翼，君恩想月轮。暮愁沙雪乱，夜语芦笳频。寄谢昭阳侣，新欢难及晨。（《来禽馆集》）

明妃曲三首 明 周如纶

周如纶（1552—1601），字叔音，即墨人。万历十四年进士，官终山西代州同知。

有旨明朝出汉宫，灯前偷拭泪痕红。花开花落寻常事，不悔当时忤良工。

未央入谢太匆忙，似觉君王欲断肠。为语东风漫相惜，生来无份到昭阳。

貂帽羔裘文革鞴，宫娥相送转相怜。掖庭不谓饶知己，纵老胡尘亦輾然。

昭　君　同前

龙荒夜半起悲风，坐悔容颜傲画工。一曲琵琶寒月落，愁看孤雁入秦中。（《四溟集》）

明妃怨二首　明　李化龙

月白天空夜有霜，寒风如雨洒长廊。窗前鹦鹉呼难起，浪说吹箫引凤凰。

乱草愁云沙作风，那堪一骑独和戎。夜来犹笑深宫女，错把黄金买画工。（《李于田诗集》）

王昭君　明　汪淮

汪淮，字禹乂，休宁人。工书法。尝书阳山寺额，董其昌(1555—1636)过休宁见之，叹曰："此中有人。"

妆成出汉宫，嫁作胡人妇。回头问汉将，胡兵今退否。

昭君怨　明　支大纶

支大纶，字华平，嘉善人。万历二年进士，官终奉新知县。万历十七年前后在世。

念我二八初，承恩入汉宫。文怜班史续，忠拒婕好熊。自怜颜色丽，颦笑生春风。且讶相如赋，安能赂画工。畴知钱有神，黄金解为容。丹青惨以淡，重瞳忽以朦。不期天可汗，乃识画图中。和戎非所愿，缘此发幽悰。呈貌披香殿，孔壬术甫穷。贼赇纷委籍，陈尸两市中。尽拚绝世姿，为王达四聪。八千长门侣，从兹得上通。稽首辞君王，勿为谗佞蒙。

明妃怨二十四首 同前

清昼深沉扃钥鱼，鸾镳辘辘是宫车。假饶得倘椒房役，未必当熊让婕妤。

经路无媒不自由，明珠忍向暗中投。蛾眉自昔多娇妒，几个承恩到白头。

曲房长夜听秋砧，绝旷由来志念深。辨取赤心事明主，赂工何处得黄金。

千金才得备朱轩，百万方能近至尊。陈后昔年多宠盛，也须司马赋长门。

染就香肌粉未匀，黄金一着倍生神。本来妍丑谁还识，涂抹由他笔下真。

女史无阶进彤管，狡工任意舞毫端。何当自献披香殿，请取君王仔细看。

自倚芳姿彻骨真，好修那忍黩钱神。今朝上马肝肠断，却悔花容解误身。

缄恨含颦怯诉春，下陈旧点妾身新。侬家自被丹青误，岂是丹青欲误人。

敢怨生身命不犹，敢嗟粉缋故相仇。踽踽株守离宫下，纵有恩波那得周。

帷幄原非乏远筹，封疆应也足戈矛。自怜应被昭阳役，拚取微躯共国谋。

妾有真心主有明，笔端谁道巧相倾。当筵奏对天颜悔，始信君恩本不轻。

毡裘毳结若为容，羞对菱花泣北风。玉质任教憔悴尽，也应不似画图中。

宫人负宠如云骞，画工摇笔如风翻。而今不用更相妒，已抱琵琶出玉门。

漠漠黄河黯黯阴，琵琶咽咽恨沉沉。胡人不解思君调，笑道全胜僸袜音。

朱颜尽奈黑风吹，一寸丹心男子奇。若比祁连山上石，沙埋云锁不轻移。

飘飘艳质向谁荣，损我容华益我名。试向宫人斜上望，和戎若个更驰声。

自从骑马出瑶林，万里烽烟接塞阴。不是君王刚弃妾，妾缘自浅圣恩深。

拚却微生靖虏尘，只愁腥虏未堪亲。白登止是传空影，见说阏氏已沸唇。

爱生不逐犬羊腥，万死终须死汉庭。记取他时原上草，千秋应作汉家青。

帝家女伴三千侣，北使萧萧不寄声。若问妾心天外月，照将瀚海色逾清。

右贤王信自龙庭，传道丹青尽伏刑。穷海只今知汉德，却从油幕听和铃。

织得回文献紫宸，帛书血缕染胡尘。君王只道边陲靖，未解沙场饮恨人。

南飞征雁寄遗音，万里风尘紫禁深。合殿由来知己少，谁人剖取岁寒心。

泪渍纤罗字有痕，红妆凋尽汉环存。妾心便诉君王道，未必边尘解断魂。（《支华平先生集》）

明君吟 明 费尚伊

汉道本无外，匈奴独不臣。一朝罢征战，冠盖结和亲。不耻中国弱，但使单于宾。行行辞眷属，远去涉胡尘。黄沙蔽白日，塞草见青春。红颜日凋换，中道常悲辛。黄猿为我号，斑马为我鸣。琵琶多苦调，蛾眉空误人。毡裘岂不暖，所恋褥与茵。湩酪岂不饱，所贵鼎与珍。昔为谷中兰，今为爨下薪。嫁女与乌孙，不如贱且贫。

明妃怨 同前

已被丹青误，宁将粉黛施。和亲空有约，嫁妾欲何为。雁足书难系，蛾眉志自嗤。琵琶多苦调，曲尽有余悲。

明妃怨 明 杨于庭

杨于庭，字道行，全椒人。万历八年进士，官至兵部职方司郎中。万历二十三年前后在世。

何事长安月，相随出汉关。从来妾命薄，不敢怨红颜。

明妃曲二首 同前

马上八千里，琵琶十二时。官家长好在，妾命只如丝。

无复归庭日，吞声上马时。春风如念妾，死愿发南枝。

明妃词 同前

生作阏氏不恶，死留青冢犹芳。莫恨坏人延寿，丹青未误王嫱。（《杨道行集》）

明妃图 明 吴士奇

半臂琵琶马上珰，佳人脱尽汉宫妆。含羞却为和亲耻，促指不禁别怨长。（《绿滋馆稿》）

昭君怨 明 朱长春

朱长春，字太真，乌程（今属浙江）人。万历十一年进士，曾为刑部主事。

朝来罢歌舞，红泪湿燕支。宁没汉宫草，羞从胡地儿。君颜见无日，妾恨尽何时。万里龙河北，琵琶诉与谁？

拟明妃曲 明 孙承宗

孙承宗（1563—1638），字稚绳，号恺阳，保定高阳（今属河北）人。曾为明熹宗朱由校的老师。

应召当庭玉臂寒，天家亲按画图看。众中为少怜天彩，只道生来画亦难。

北来不耐理新妆，玉貌金销边地霜。纵拟人怜还似旧，可堪憔悴动君王。

霜夜吹箛大点兵，拟从南牧望南城。却愁烽火甘泉下，不独边人夜夜惊。

记得宫中闲夜时，云屏珠箔坐弹丝。只今满部边笳起，汉月低徊不忍窥。

霜角吹残汉月明，学将□语两三声。依稀解说中原酒，不似□家湩酪情。

几说黄龙疑五原，琵琶马上曲重翻。醉来时弄黄金玺，回向阏氏诵汉恩。

明妃行　明　谢肇淛

汉宫佳人绝代无，明媚不数秦罗敷。自恃容华罕俦匹，岂知恩宠凭画图。十载长门不召见，冷落银屏掩秋扇。呼韩初款五原城，才人却出昭阳殿。自怜二人良家子，生长荆门汉江水。金屋翻愁白日开，玉门始识黄沙起。黄河茫茫白日晚，胡天日近汉天远。晓霜吹镜绿云残，夜雨啼妆燕支损。独抱琵琶马上弹，惊风扑雪声凄酸。无定河边云色暝，望乡台上月轮寒。月轮云色殊乡域，羌管胡笳泣终夕。毡落新凝马乳酥，射生早献驼峰炙。单于夜猎醉将归，帐中玉筯暗沾衣。蛾眉空望黄金赎，春梦长随朔雁飞。雁飞年年人不至，艳骨香肌葬胡地。青草谁招薄命魂，黄河尽作思乡泪。黄河青草恨悠悠，汉月胡云总是秋。君不见，宫人斜畔花空发，夜夜啼鹃怨未休。

明　妃　同前

风阙君恩断，龙沙暝色愁。却怜胡地月，犹是汉宫秋。白雁惊霜云，黄河入塞流。佳人独薄命，泪尽海西头。

明妃词　同前

妾命从来薄，无烦怒画师。单于常款塞，是妾报恩时。

香水溪　同前

西施初入时，冰壶浸红玉。人去香亦锁，晴空鹳鹅浴。

明妃词　同前

远嫁胡天亦主恩，免教寂寞老长门。玉颜不信倾人国，争得呼韩到五原。（《小草斋诗集》）

明君出塞　明　徐𤊹

徐𤊹（1570—1642），字惟起，又字兴公，闽县（今福建福州）人。

满面胡沙满面尘，间关万里为和亲。汉家不忍忘甥舅，故出宫中第一人。（《鳌峰集》）

明妃怨　明　王士骐

王士骐，字冏伯，太仓（今属江苏）人。王世贞子。万历十七年进士，官至礼部员外郎。

秋来无事不消魂，几度貂裘换泪痕。却忆天家全盛事，少年公主嫁乌孙。

明妃怨　明　邓原岳

邓原岳，字汝高，闽县人。万历二十年进士，曾官湖广按察司副使。万历三十五年前后在世。

玉颜翻引妒，金屋已无缘。忽见胡尘起，犹惊汉月悬。塞云愁漠漠，陇水去溅溅。马上琵琶绝，何由续断弦。（《西楼集》）

明　妃　明　江盈科

江盈科，字进之，号绿萝山人，湖南桃源人。万历二十年进士，官终四川提学副使。

毛君妒笔若相侵，能改形容不改心。莫说青青坟上草，琵琶千古自南音。

明妃曲　明　汤兆京

汤兆京，字伯闳，宜兴人。万历二十年进士，曾为御史。

春色那随出汉关，胡霜日夜点云鬟。纵令郎主恩如海，不及君王惨别颜。

金崖犹疑风日妒，惊沙马上若为生。并将旧日长门泪，写作琵琶曲里情。

翠华偲尽无缘见，万里来倾冒顿城。自是红颜应出塞，肯将图画怨今生。

一从思迁陷胡尘，南雁飞来始识春。怪底马卿非奉诏，空帷孤负汉朝人。

肯将汉骨葬胡原，恐误和戎负主恩。自叹那如秦结了，怕随西去作番魂。

昭君墓　明　李云鹄

李云鹄，万历二十年赐同进士出身。

日向南天望赎音，胡笳吹罢月还沉。不知世上黄金贵，青冢年年尚有心。

黄沙白草接边亭，一望明妃墓独灵。试问当年缘底事，万千春恨草青青。

明妃词　同前

虏骑乘秋捷有神，汉家万里动胡尘。琵琶一去中原静，未必丹青是罪人。

明妃怨　明　吕时臣

君恩高莫极，妾敢怨和亲。请问平胡后，阃外属何人。

明妃词 同前

君王重一顾，贱妾生事已。苟非画工误，报恩宁到此。此仍画工功，莫遣画工死。百年青冢头，夜夜南云起。（《甬东山人稿》）

明妃曲 明 朱敬鑣

朱敬鑣，字进父，秦愍王樉八世孙，万历中为奉国中尉。

羽檄来何急，和戎当折中。庙谋诚远略，妾命本难逢。未必红颜误，那须珠泪重。好将涂泽在，应使息边烽。

明妃曲二十首 同前

一入宫中只自知，红颜若个许相期。即令似被红颜累，敢望覆盆雨沾滋。

扰扰胡尘损汉军，庙谟深欲静胡尘。漫将脂粉为兵甲，兵甲真如脂粉身。

汉祖强兵破楚秦，无端刘敬事和亲。当时犹秘平城计，今日无嫌遣妾身。

唤出深宫拜紫宸，临墀忽听讶传真。君恩莫用空怜妾，留取君恩怜后人。

薄命妾身去莫怜，后宫犹有万婵娟。好将似月如花貌，休向丹青纸上传。

长门女伴忆三千，几许君王一顾偏。妾总无金托画客，别来犹惹御炉烟。

寄言同队与同班，莫把妾身笑等闲。总道和戎成薄命，辞行一幸识龙颜。

天语犹闻惜妾身，悔将名字达胡人。频行说向君王道，异日才情好认真。

按画当行非有私，主恩不浅别离时。总然埋骨沙场里，犹胜深宫死莫知。

万里和戎泪欲沱，一身憔悴复谁何。君王真斩毛延寿，延寿于今已更多。

多少边关拥重兵，举头望望不胜情。马前忽说宜相待，汉将开筵饯妾行。

为人最苦妇人身，生死恩情任转轮。今日拼将生死去，还将生死了前因。

恃将红颜待龙颜，红颊从今两泪潸。娇媚不禁边塞苦，那堪生出玉门关。

柳弱花柔一女流，谁言即此足分忧。关头回望将军塞，沉醉重帏拥翠裘。

生长妾身旧有村，此行怕得葬胡尘。余生倘绝归来日，墓草还应别样新。

满目黄沙行路难，朔风猎猎寨云寒。千般愁思无从说，一曲琵琶马上弹。

琵琶呜咽断肠声，似诉离人远嫁情。不是妾身怜一死，汉家边事愿分明。

漠漠黄云落日横，哀哀鸿雁叫关城。一声竿箓惊殊俗，闻说单于遣骑迎。

不听汉宫歌舞声，唯看汉月照人明。婵娟似解怜孤陋，万里相随到虏营。

一死难酧万恨疑，李陵碑下自寻思。虏情无被昭阳役，拚取微躯为国谋。

昭君词 明 邓云霄

邓云霄，字玄度，东莞人。万历二十六年进士，官至广西布政使参政。万历四十一年前后在世。

嫖姚北伐军声起，左贤祭马擐乡矢。汉胡格斗沙场里，伏尸如山一千里。不及明妃西入胡，胡庭美女皆羞死。翻将汉曲秦琵琶，雪迹穹庐冬见花。万古唯悲青冢月，谁怜诸将骨如麻。（《百花洲集》）

昭君怨二首 明 顾云鸿

顾云鸿，字朗仲，苏州府常熟（今属江苏）人。领万历二十八年乡荐，曾稽核古今河渠及漕运。年四十一卒。

一闭长门二十春，才瞻天表又胡尘。由来错认君王弃，过眼何曾屈一人。

万里金闺万里心，黄风漠漠雪山阴。胡儿尽向琵琶醉，不识弦中是汉音。

努力吞声报至尊，何如风雨闭花门。宫中无限深居者，不道孤眠是主恩。（《海虞文苑》）

明妃曲 明 陈勋

一曲琵琶出塞门，白龙堆畔月黄昏。不如今夜昭阳殿，若个笙歌奉至尊。（《陈元凯集》）

明妃三首 明 刘士骥

刘士骥，字允浪，禹城人。万历三十二年进士，曾官翰林院编修。

马首依依汉月斜，回看汉阙隔胡沙。不如身向长门老，犹得时时望翠华。

金屋秋深玉筋垂，风尘千里转凄其。可怜塞上琵琶语，还是宫中纨扇辞。

敢道良工误妾身，君王元自重和亲。惟凭寄语毛延寿，莫误麒麟阁上人。（《蟋蟀轩草》）

昭君 明 王象春

王象春（1578—1632），原名象巽，字季木，号文水，又号虞求，新城（今属山东淄博）人。万历三十八年进士，官至南京吏部考功郎。

朔气茫茫接虏尘，琵琶弹出汉宫春。未央今夜催歌舞，犹恐君王忆远人。

明　妃　明　沈天孙

沈天孙（1580—1600），字七襄，宣城（今安徽宣城）人。善读书，能为诗。著有《留香草》。

塞北黄沙入马蹄，玉关千里雪沾衣。君恩不逐金刀断，漠漠香魂月下归。

明君咏　明　董斯张

董斯张（1587—1628），原名嗣章，字然明，浙江湖州人。监生。有《静啸斋词》一卷。

钿蝉零乱拂黄尘，短剑重貂恰称身。纵是相逢南去雁，上林书欲寄何人。

王昭君二首　明　邢昉

蛾眉本绝世，远向沙尘道。玉塞岂辞劳，黄金苦不早。长作汉宫人，红颜亦终老。青冢独伤魂，岁岁生春草。

汉宫回望绝，青海路逶迤。一曲琵琶语，千秋罗绮悲。逝将黄鹄侣，没向紫台陲。怨结胡天月，悠悠无尽时。

明妃怨　明　曹铭

曹铭，著有《随庵诗草》。

陇水涓涓迸泪流，琵琶不写汉宫愁。可怜国事销红粉，羞

杀单于又白头。（《东皋诗存》）

昭　君　清　侯恂

侯恂（1590—1659），字大真，号若谷，商丘（今河南商丘）人。万历四十四年进士，曾为户部尚书。

紫台漠漠起胡沙，回首长安是汉家。多少将军悬旗纛，美人马上抱琵琶。（《溯洄集》）

明妃怨　清　谈迁

少小入大内，绮疏极天工。玉阶平似水，阑盾错云龙。承遣出秘殿，历览与初同。欻忽宣尺一，赤帜扬边风。阁泪不敢啼，天子云和戎。家族距南越，去去谁与通。掖庭诸下陈，地下才相逢。北出长安门，阴山何茏苁。驱车戒汉马，缓策勿遽攻。有貌虽如花，此身竟飞蓬。非不念大汉，所恨红颜穷。膻胡一辱体，宿志等愚聋。流闻诛画师，移怒累彼童。生女颇娟好，生男狎轻弓。汉语失听久，笳吹夜未终。尝梦度绝塞，幕南尘一空。谁能画此策，娄敬当守功。

明妃曲　同前

长安柳色春风恼，锦幪香车泣年少。筚篥齐吹出塞声，藁街西去横门道。汉语未讫胡语哗，玉关处处间风沙。单于知听不知曲，徒看毕拨鸣琵琶。琵琶之声何凄咽，绝塞还同汉宫月。啼乌哑哑断南枝，哀雁嗷嗷夜将歇。此心如割谁能知，惟有鹍弦无胡越。

王明君 同前

征马立踟蹰，掩映辞明主。掖庭早通籍，近识龙颜苦。威容俨若神，傀拜不再睹。禁门双屈戌，知我泪无数。玉箸偷一滴，犹是汉家土。北风日怒号，飞沙来莽莽。穹庐环马骡，语笑殊豺虎。胡婢通殷勤，单于夜起舞。霜雪冬复冬，白杨无他树。南雁岁一归，谅不专三辅。迟莫捐老革，戎麾事壮虏。此身经要辱，男女吾分乳。故何遥遥人，梦路金连□。天子恩益深，金缯颁全部。微躯本轻尘，庙算戎用武。（《北游录》）

明妃曲 明 乔时英

乔时英，字符寓，上海人。进士，万历癸丑（1613）任临海县令。

别却君王暗自怜，紫台回首隔长天。伤心夜夜龙堆月，还共深宫一样圆。

明妃怨 明 刘城

未识胡沙色，轻辞汉殿春。和亲高帝始，不遣戚夫人。

王明君 明 杨琅树

杨琅树，字孝斋，南漳人。所著《爱菊堂诗稿》有嘉庆印本。

入清隐逸。

明君嫁单于，非关画图误。自是汉孱弱，无人阵黄雾。君王重黎民，岂惜一佳人。琵琶方出塞，已罢玉关军。虎臣飞将乃如此，万里长城在女子。汉宫寂寞是谁羞，毡帐风光非妾喜。薄命自羞还自歌，寄语君王慎干戈。后宫莫选颜色女，单于无厌当奈何。

明妃怨　明　吴宗潜

吴宗潜，字东离，王叔承（1537—1601）外孙。明诸生。入清归隐。年七十七卒。

砂碛黄云怕上台，故乡南望锦城堆。村家女家仆嫌辱，公主却从此地来。

王昭君辞四首　清　胡夏客

胡夏客（1599—1672），字宣子，海盐（今浙江海盐）人。胡震亨仲子，顺治间诸生，著有《谷水集》。

旃裘款塞罢弯弧，欲立阏氏清汉姝。但就掖庭遴粉黛，至尊亲按美人图。

原序：汉元章时，单于来朝请婚，以掖廷良家子王昭君配焉。单于益附汉，和亲之善从来无讥。晋石崇忽造新曲，多哀怨之声，有“殊类陵辱，苟主何聊”诸句，岂能创乎？放蔡文姬诗中作贼耳。然五胡将乱，此音非先矣，后人尚传其说，非论古正义也。昔娄敬建策，冯嫽媵远，皆开基拓境之主，所行乌可因李伦之有意立异，益增感叹，致不知世务小人有如薛昭遇者，诵之误安危计哉？余另造四解，尽反众作，惟咏本事，故叙其意，贤者或有取焉。

原注：按《汉书》云：元帝以良家子王昭君赐单于，单于欢喜上书，愿保塞上谷以西至敦煌，传之无穷。又云，王昭君号宁胡阏氏，先生作此以明和亲之善，非诬也。晋石崇字季伦，有《王明君辞》，序云：明君本昭君，以触文帝讳改之。《娄敬传》云：冒顿单于兵强，上问敬，敬曰：天下初定，士卒罢于兵革，未可以武服也。陛下诚能以长公主妻单于，冒顿在，因为子婿，死，外孙为单于，可毋战以渐臣也。《西域传》云：楚立侍者冯嫽能史书习事，常持汉节为公主使，行赏使于城郭诸国，敬信之。《史记》中行说曰：单于变俗好汉物，其得汉衣袴皆裂蔽，以示不如旃裘之完善也。《太史公自序》曰：重泽款塞，应劭注：款，叩也。如淳曰：款，宽也。请除守塞者，自保不为寇害，韩王信传使人厚遗阏氏。注：阏氏，单于之妻也。按，阏氏旧音曷氏，非也。习凿齿《与燕王书》曰：山下有红兰北人，采其花染绯，取其英鲜者作胭脂，妇人用作颜色，单于名妻作阏氏，今可音烟脂，想足下先亦不作此读汉书也。汉《高后纪》：幽之永巷。如淳注："永巷，后改为掖庭。"《宣帝纪》有云：掖庭养视。或问："何以名掖庭?"余曰："《高后纪》云：入未央宫掖门。师古曰：非正门，而在两掖，若人之臂掖，则后庭非正宫，皆名掖庭也。"

美人光艳六宫惊，为结单于当远行。竟别紫台将出塞，韦鞲稽颡后先迎。

原注：单于解见十二卷江淹《恨赋》：明妃去时，仰天太息。紫台稍远，关山无极。韦鞲解见第一卷。

出塞香车关路长，焉支妇女学宫妆。穹庐自此多颜色，草亦青青拒雪霜。

原注：穹庐：旃帐也，其形穹隆故名。胡中草白，昭君冢上草独青，故号青冢。

水草逐居驼马繁，拥妻几世款中原。他时甥舅今翁婿，绝国长亲大汉恩。

原序：《汉武帝纪》有云：可为将相及使绝国者。注谓绝远之国。或云：“古人多赋昭君怨，今独美和亲，何据?”余曰：“令孤楚《昭君诗》云：仙娥今下嫁，骄子自同和。剑戟归田尽，牛羊绕塞多。则和亲之善，古之者矣。”

明妃曲　明　黄幼藻

黄幼藻（1600—1639），字汉荐，莆田人。有《柳絮编》。

天外边风掩面沙，举头何处是中华。早知身被丹青误，但嫁巫山百姓家。（《莆风清籁集》）

明妃梦还汉宫曲　明　李之椿

李之椿（1600—1657），字大生，号徂徕，江苏如皋人。天启二年进士，曾任吏部主事。

胡笳吹彻关山月，趁月香魂归汉阙。玉门自分不生还，梦回仓卒黄沙滑。危险身轻烟漠漠，长安何处双鸿落。肠断声声河水流，马上琵琶仍错愕。琵琶一曲春风迅，入关杨柳能相识。归来急欲见天子，将过凤阙金吾讯。捧心泣下不能语，万死魂归如乱绪。妾今不恨毛延寿，妾今不妒昭阳人。语未及终天子出，肃魂掩泪其言密。妾拚一死报君恩，和戎之策初非失。岂知虏实畏中国，中国无人虏自得。毳幕单于醉语时，堂堂中国遂如斯。士辱民穷非一日，戍几枵腹徒相欺。妾闻其语泪盈颊，讵真无计惟需妾。以汉之大为汉图，阴山肯使胡儿猎。亦有批鳞痛哭书，晚期晨上复踌躇。妾身远在胡天外，入汉心同出汉初。天子听之微动色，粉黛三行皆叹息。满朝趋入问惊魂，香雾瑶环不可即。

昭君怨二首 明 黎遂球

黎遂球（1602—1646），字美周，番禺人。天启七年举人，曾为兵部职方司主事。谥忠愍。

衰草胡沙漠漠秋，黄河南入汉家流。佳人莫怨丹青误，写出麒麟万户侯。

马上琵琶恨转浓，恩情犹自胜深宫。他家得买长门赋，不为无金与画工。

王昭君 明 黄淳耀

黄淳耀（1605—1645），初名金耀，字蕴生，苏州府嘉定（今属上海）人。崇祯十六年进士，为抗清义兵首领，城破自缢。

蛾眉应受妒，画手独何人。一见能生悔，君恩此最真。微躯甘出塞，大计惜和亲。试向边城问，长缨是汉臣。

王明君 明 陈子龙

我本弱女子，被选当雄兵。男儿畏强虏，辛勤独远行。行行汉城尽，遂见边草横。马鸣何萧萧，使者来相迎。俗殊姓氏曲，曷以称其名。河冻尘失堑，北风摇旆旌。阏氏本至贵，当之乃心惊。穹庐乱南北，无繇瞻汉京。汉京君臣薄，胡人父子轻。岂欲惜一死，恐起汉胡争。天子方厌战，妇人聊苟生。纵有归来时，耻见父与兄。日忧负君托，时闻胡马征。采采苜蓿枝，血泪相与并。愿因双飞鹄，持赠汉公卿。

明妃篇 同前

绝代良家十五余，掖庭待诏上椒除。三春花落收金钥，五夜灯微望玉舆。竟宁年中宾北国，诏选才人归绝域。胡儿已失燕支山，汉家何惜倾城色。明妃慷慨自请行，一代红颜一掷轻。薄命不曾陪凤辇，娇姿还欲擅龙城。诏赐临行建章宴，顾影徘徊光汉殿。单于亲御六萌车，侍女犹遮九华扇。一曲琵琶马上悲，紫台青海日凄其。当年应悔轻相弃，深愧君王杀画师。

明　妃 明　汪膺

汪膺，字元御，号玉淙居士，长洲（今江苏苏州）人。天启七年举人。明末仍在世。

蛾眉无奈玉关何，汉月空悬照绮罗。胡地只今芳草遍，宫中只是落花多。

不斩□□斩画工，汉家立信在和戎。可怜黄鹄歌声起，无复单于拜殿中。（《寸碧堂诗集》）

昭君怨 明　吴应箕

吴应箕，字次尾，号楼山，贵池（今安徽池州）人。崇祯十五年中副榜贡生，与刘城（1598—1650）齐名相善。清兵破南京后，被执不屈死。

绝塞风烟迴，心将去雁同。琵琶空有曲，不到汉王宫。玉关妾已远，犹自恨蛾眉。寄语承恩者，黄金赂画师。

明妃篇 明 夏完淳

红粉三千貌不同，倾城不买画图工。夜夜秋光长信殿，年年春色未央宫。忽闻诏选赐匈奴，绝代良家请嫁胡。锦袖乍娇红韎鞈，金井长辞玉辘轳。如花慷慨违金阙，紫台薄命音尘绝。环佩朝辞汉殿云，氍毹夜舞交河雪。宝马行行归朔漠，酒酣还奏宫中乐。单于帐里月华高，燕支山下花光薄。银笔锦拍按琵琶，一代红颜绝塞行。待生青冢愁中草，始忆昭阳梦里花。（《夏内史集》）

题昭君出塞图 明 刘昭年

刘昭年，万安人。撰有《先世遗芳集》。

马蹄踏踏暗龙沙，马上怀恩忆汉家。自是玉颜多薄命，空将哀怨寄琵琶。

昭君墓 明 沈士颖

沈士颖，甬上（今属浙江）人。明遗民。

可怜汉宫人，不在汉宫老。犹幸胡地坟，不生胡地草。

明　妃 明 张尔庚

张尔庚，字应白，安平人。明末举人，官许州知州。入清不出。有《公余诗集》。

掖庭咫尺弃长门，岂独穹庐足断魂。金屋何人烟草没，得名千载亦君恩。

明妃曲二首　明　张循占

张循占，字元易，山西蒲州人，曾官光禄寺署正。

但使和戎不顾身，龙沙一望转伤神。不知细骨销何处，青冢犹留汉苑春。

马上琵琶谁欲弹，伤心回首望长安。多情惟有关山月，疑是长门宫里看。（《明诗纪事》）

昭君词　明　舒缨

舒缨，字振伯，号东冈，鄞县人。进士。

白璧既以间，黄金负橐驼。君王岂不察，命簿遭网罗。

明君怨　明　赵纲

赵纲，号省吾，南市人。

风尘万里入胡沙，回首长安是汉家。从此君王成远别，年年哀怨托琵琶。

明妃曲　明　王伯稠

王伯稠，字世周，昆山人。

北风剪尽翠鬟寒，独抱琵琶马上弹。明月关山啼雁落，不堪回首望长安。

单于万骑射雕归，夜冷穹庐大雪飞。快唤骆酥争笑饮，独垂玉筋湿罗衣。

双蛾一去坠胡尘，梦尽花开汉苑春。自是倾城妾命薄，丹青空自恨他人。(《王世周集》)

明妃曲 明 沈冕

沈冕，出于西山沈氏，长期经商于荆襄间。

一识君王面，翻为万里行。空怜汉宫月，伴妾到毡城。

昭君出塞图 明 谢孟安

谢孟安，生平不详。

汉宫别去冒胡沙，泪湿花颜鬓角斜。抱得琵琶归汉漠，相传此曲出中华。

昭 君 明 王非玉

王非玉，生平不详。

长门悲寂寞，慷慨赴胡尘。青草千年冢，何须怨汉人。

明妃梦返汉宫 明 邓天锡

邓天锡，字培生，号石浪，湘乡人。由明经累官象州司马。明亡不仕。

塞外不知身是妾，戎装忽著汉王宫。欲眠此夜罗帏月，杳杳愁云锁万重。（《楚风补》）

明妃怨 清 李国梅

李国梅，字芬子，号韫庵，江苏兴化人。李籀史瀚女，解峙九举鼎室。明亡隐居。

汉庭远嫁事堪悲，一曲琵琶双泪垂。异日空留青冢恨，从来薄命是蛾眉。

昭君怨 清 张善道

张善道，字仁卿。诗品高洁。陈继儒（1558—1639）子陈明俊曾将其著刊行于世。

谁恨丹青画不真，自嗟薄命不逢辰。妾身颜色岂足惜，愿惜后来宫里人。

昭君怨 同前

君命重丝纶，妾泪沾衣袂。琵琶马上催，顷刻难留滞。譬风吹落花，任坠沟与砌。可怜未落时，玉树生根蒂。

明妃曲 清 刘六德

刘六德，字智侯，直隶省大名府（今河北大名）人。工部尚书刘遵宪（1575—1644）子。

薄命还当弃圣朝，画工须置□轻条。料他只道无盐好，未必甘心抹阿娇。

昭　君　清　顾若璞

顾若璞（1592—1681），字和知，钱塘人。明清之际杭州闺秀诗坛之冠。

李卫边功竟若何，翻劳红粉渡交何。卢龙塞外春将满，丹凤楼前恨已多。刁斗咽霜惊落雁，琵琶弄雪蹙双螺。昭阳女伴无多少，寄语将军夜枕戈。

题王昭君图　清　瞿有仲

瞿有仲，号健谷。其《焚余集》有清初席永革抄本。

江南江北咽笳声，关右关西飞战尘。独有明妃坟上草，年年留得汉家春。

明妃曲　清　胡世安

霁照依稀五祚东，低头顾影共旃戎。痴怀窃药奔蟾窟，留取寒光到汉宫。智踵倾吴我匪施，琵琶前骑不成嬉。茸茸霜下无能白，肯信君王杀画师。

明妃怨　清　朱绍凤

朱绍凤（1601—1664），字仪圣，号蒿庵，松江（今属上海）

人。顺治六年进士，曾为户科都给事中。

凄凄鸳殿月，黯黯玉关风。有疾辞明主，无金买画工。黄云秋雁冷，碧草夜台空。传得琵琶调，千年泣汉宫。

明妃曲 清 王翃

王翃（1603—1653），字介人，又字翀父，嘉兴人。布衣诗词作家，兼善传奇、杂剧。

自恨红颜薄，君恩独见违。心知不如雁，犹得向南飞。（《二槐草存》）

明 妃 清 高尔俨

高尔俨（1605—1654），字中孚，直隶静海（今属天津）人。崇祯十三年进士，顺治十年晋弘文院大学士。谥文端。

理罢新妆出汉城，蛾眉颇促倍娇生。当时错恨毛延寿，岂有丹青画得成。（《古处堂集》）

明妃曲 清 彭而述

彭而述（1605—1665），字子籛，号禹峰，邓州人。崇祯十三年进士，曾为贵州巡抚。

画眉入汉室，环佩曳天衢。抱衾数东星，行列比贯鱼。待诏深漏下，泪落如联珠。艳姬积若山，进幸必按图。月流玳瑁床，银烛照金铺。倚徙梧桐北，但栖朝阳乌。团纨秋渐老，风至感婕妤。又无小黄门，买赋入成都。雁门数款塞，使者走传车。单于结和亲，长城卧鼓桴。天家有故事，高皇贻良谟。安边须粉黛，何必尽丈夫。但愿四海宁，不惜一身孤。珊珊出旧邸，光华生道隅。黄沙拂面来，宝马跃襜褕。西风吹寒笳，相将入穹庐。名王见我喜，北酪倾醍醐。白狐与紫貂，丰茸美衣袪。酌酒挠留犁，黄金饰比余。不似未央内，宠妒生觊觎。疆场罢战争，谈笑靖居胥。持此报汉恩，不劳皇帝书。

黄金有贵贱，宠幸生邪慝。妍媸遂而位，能令明主惑。由来此理同，不独在巾帼。爷娘生我时，足不履中阈。荆门西来山，夺得巫峡色。嫔御选良家，藉入万岁侧。自入永巷中，脂粉不复饰。无钱买画工，见君胡可得。昨闻单于表，欲结婚姻国。遍觅汉官人，谁肯去天北。朝臣以我行，君王宣于敕。及其临行时，泪下衮衣湿。低头别未央，鼙鼓马上疾。又恐单于怒，自此兵弗戢。挽辔去白登，却忆高皇失。当时无陈平，重匝那深出。碛草分外黄，飞沙望不极。罢却长安妆，贤王或不识。小心入毳幕，生死在异域。莫学汉宫列，再借丹青力。(《读史亭诗集》)

昭君篇　清　陈之遴

陈之遴(1605—1666)，字彦升，号素庵，海宁人。崇祯十年进士，曾为弘文院大学士。

古来女宠亦非偶，无盐娇好昭君丑。君王有心妾有命，颠倒何必画师手。玉舆珠勒出萧关，龙庭一去不复还。夜夜胡笳搅愁耳，年年河碛损红颜。老死深宫空局促，嫁作阏氏复身辱。抚今追昔无一可，弹尽琵琶不成曲。披香合欢隔死生，齐国家山梦不成。惟余孤冢青青草，朔雪边云万古情。

昭君怨 同前

徘徊辞玉殿，临去识君王。指涩琵琶月，心寒觱篥霜。寄音希节使，掩泪汉宫妆。不及图中貌，犹存乙帐傍。

汉王失佳人，见之恨不早。如花满六宫，谁似昭君好。（《浮云集》）

昭君怨 清 方殿元

秋色落燕支，穹庐夜舞时。含啼翻作笑，幽恨有谁知。（《九谷集》）

王昭君 清 洪若皋

汉家貔貅百万兵，庙谟息兵弃倾城。上马辞君嫁边垂，萧萧羌笛守前旌。纤腰不复汉宫宠，愁绝出关泪千行。风急狼山云黯黯，月冷龙沙惨云明。迢条前路穹庐近，何来崇我阏氏名。早知吃却丹青亏，黄金百万写蛾眉。一时泪使孩儿性，谁想君王适和夷。昔羁汉使今何尽，抛得贱妾独自支。自从水浆未入齿，强起听唱胡笳词。颜色黤黤日销损，单于悄地代伤悲。和亲已成单于喜，有意怜妾许归期。昨日问有南河信，天子懊悔杀画师。倘得黄纸诏妾归，生生世世无别离。汉使回锡太平宴，天子定问妾容姿。凭将口芬多回护，莫道不似掖庭时。（《南沙文集》）

明妃曲　清　吴祖修

吴祖修，字慎思，吴江人。康熙十年前后在世，著有《柳塘诗集》。

寂寞穹庐岁少春，琵琶哀怨古谁论。明妃远嫁呼韩去，终是中华绝代人。（《柳塘诗集》）

王昭君　清　白胤谦

白胤谦（1605—1673），字子益，号东谷，阳城人。崇祯十六年进士，曾为刑部尚书。

娥眉真自误，幽意托琵琶。玉骨无张立，白头岂怨嗟。谷祈悬旧镜，毳障闭清笳。不及于阗女，喧呼出采花。（《东谷集》）

昭君怨　清　钱邦芑

钱邦芑（？—1673），字开少，号大错和尚、知非居士，江苏丹徒（今江苏镇江）人。崇祯时秀才，曾为南明监察御史。

玉貌销烽火，何须卫霍才。好将延寿笔，图画在云台。

王昭君　清　朱鹤龄

朱鹤龄（1606—1683），字长儒，吴江（今江苏吴江）人。明诸生，清初经学家。

一见华容杀画师，君王真解重蛾眉。汉恩空诉穹庐月，家草青青尽泪垂。

王嫱故里 清 杜浚

杜浚（1611—1687），原名诏先，字于皇，号茶村，湖北黄冈（今属湖北黄州）人。副贡生，诗文豪健，有《变雅堂文集》、《变雅堂诗集》传世。

亦复当时戚里亲，花枝偏恼汉宫春。莫仇延寿仇娄敬，渠是和戎作俑人。

掖庭入后众人同，下嫁休嗟妾命穷。正恐伤心无一事，蛾眉空老汉宫中。

明妃梦还汉宫歌 清 钱澄之

日落沙飞画角哀，海上单于猎未回。毡帐寒生眠不稳，梦魂飞入汉宫来。汉宫女伴通霄坐，壁殿琼楼天上锁。博山炉里香作薪，水晶帘内珠如火。复道层轩记不真，当时犹问旧宫人。每坐苑边闻凤辇，遥从花外识龙鳞。梦里分明掖庭道，长门步步踏青草。兽环叩处独无声，珠箔卷来尘未扫。窈窕文窗障碧纱，当窗青案放琵琶。琵琶一声曲未绝，落尽阶前夜合花。松花临阶长叹息，别后犹存昔颜色。可知胡地多风霜，红粉淹残那比得。黄衣小使上阳来，口诏频传内殿催。君王已戮毛延寿，画图今日为重开。徘徊却步正惊疑，谁将芦管夜深吹。相随独有空中月，还来毳帐照蛾眉。

明　妃　清　高珩

高珩（1612—1697），字葱佩，号念东，山东淄川人。崇祯十六年进士，曾为刑部左侍郎。

琵琶幽咽怅君恩，宠辱由来未足论。何似华山毛女好，仙人掌上拂莲痕。（《栖云阁诗》）

王昭君　清　徐增

徐增（1612—?），字子能，江南长洲人，崇祯间诸生。康熙二年撰成《说唐诗》。

琵琶触手泪沾巾，马背西风卷地尘。愁向李陵坟畔边，可怜俱是汉家人。

昭君辞六首　清　曹溶

曹溶（1613—1685），字秋岳，一字洁躬，浙江秀水（今浙江嘉兴）人。崇祯十年进士，曾官御使。

万里康居转粟频，年年羽骑动边城。天家预定和亲策，曾把国书赠贵人。

呼韩乐部有琵琶，怨曲由来塞北夸。阿母当年教按拨，却令今日走胡沙。

百两旌旗出帝都，玉壶承泪下金铺。只应曲贯陈闳死，重画含凄上马图。

何必承恩雨露新，临行半面惜丰姿。六宫纵有倾城色，谁慰君王去后恩。

舞匣尘生粉镜空，搔头无复玉玲珑。自怜惟悴沙场影，犹在龙颜想象中。

夫婿朝天赐锦迟，黄金别诏宠阏氏。倘容入侍长扬苑，还唱伊凉进酒词。（《静惕堂诗集》）

古香溪 清 宋琬

明妃生长地，环佩旧曾过。遗恨留青冢，余香染绿波。一朝辞汉月，万里度交河，倭堕宫中髻，琵琶塞上歌。花娇分半靥，山翠蹙双螺。皓齿埋沙碛，灵衣带女萝。魂还精卫化，泪比杜鹃多。近接湖累庙，伤心共汨罗。

明君怨 清 陈子升

陈子升（1614—1692），字乔生，号中洲，南海人。以诸生授兵科给事中。

单于出何所，燕支山上猎。当时此山名，谁知便呼妾。

昭君怨 清 彭孙贻

胡天漠漠雁飞迟，客寄南归汉使辞。薄命已拚青冢月，君王何事夺燕支。

嫖姚屡出塞，绝漠阴山陲。至今胡地月，不复照燕支。候雁已来宾，严霜边草衰。大汉无长策，毡车徒尔为。凄凄马上弦，莫作去国悲。君王薄殊色，贱妾空蛾眉。

明妃曲二首　同前

君王莫更诛延寿，留取麟台画子卿。无限玉关人不返，只须汉节付倾城。

万里惊沙雁到迟，年年花鸟乱燕支。穹庐月夜琵琶奏，未及宫中永巷时。

明妃词　同前

明妃辞汉宫，光彩照天子。汉皇重大信，不惜娥眉死。蛾眉万古落边尘，三十六宫毕不春。君王按图空索骥，画师不识倾城真。莫因国色诛延寿，云台将相更何人。

燕支入汉家，胡女无颜色。青冢葬如花，徒羡南归翼。可怜绝域近乌孙，琵琶马上长相忆。

题昭君里次任丘旅店壁间韵　同前

汉家诸将在，十万羽林郎。粉黛常无用，毛生画未长。黄尘迷故里，青冢瘗残妆。行客关何事，低回黯自伤。（《茗斋集》）

明妃曲　清　吴懋谦

吴懋谦（1615—1687），字六益，华亭（今属上海）人。与北地申凫盟齐名，有南吴北申之目。

拭泪晓辞丹凤阙，衔恩夜向白狼河。汉家诸将称神武，薄命何须妾请和。

花骢白羽黑兜鍪，觱篥声吹万里愁。红粉泪弹霜上月，照人疑是汉宫秋。

八月天山野火屯，碛西衰草暗消魂。无端马背吹羌篴，一夜秋风落塞门。

青海黄河起雁群，琵琶马上不堪闻。幕南思逐贤王猎，得望朝阳一片云。

铁甲霜飞瀚海阴，大荒直北气萧森。少年只解宫中怨，不道沙场怨更深。（《茳庵二集》）

题昭君图 清 董说

董说，字若雨，号西庵，又号鹧鸪生，乌程（今浙江吴兴）人。崇祯八年补廪生。明亡改名林蹇，字远游，号南村，又名林胡子，自称槁木林。出家苏州灵岩寺为僧，法名南潜，字月涵，一作月岩。一生著述繁富，据《南浔志》载共有100多种。

天寒抱马出边头，袖拂胡霜云正愁。空有幽魂托明月，年年长照汉宫秋。

昭君词 同前

雁落天南第几关，胡霜秋冷响刀镮。秋中怨杀秦皇帝，翻筑长城隔汉山。

昭君怨 清 宋征舆

宋征舆（1617－1667），字辕文，号直方，华亭（今属上海）

人。顺治四年进士，官至副都御史。

君王征画史，贱妾出宫闱。朔雪天山满，春风汉苑归。红颜迎白草，黛色上金微。独有琵琶曲，空惊秋雁飞。

明妃词 同前

婀娜随风马上妆，琵琶一曲泪千行。秋高飞雁连天去，不复题书寄汉皇。

梦后阴山同一轮，清光虚照画图人。长门宫外青青草，移作千年冢上春。

明妃曲 同前

阴山一夕起秋风，拨尽琵琶玉帐空。遥忆汉家今夜月，清光先照未央宫。

千群胡马合长围，火照单于夜猎归。一曲琵琶争送酒，几行红泪湿罗衣。

日落红云暗玉门，月明青海又黄昏。生平只解西宫怨，谁道沙场更断魂。

二月天山雪未干，重重毡帐不胜寒。春风自满临阳殿，独上龙堆立马看。（《林屋诗稿》）

昭君怨 清 陆求可

陆求可（1617—1679），字咸一，号密庵，山阳（今属江苏淮安）人。顺治十二年进士，官至刑部员外郎。

风钥启金琅，光华照春殿。千金羞买赋，君王独不见。方深表饵图，错恨丹青变。讵惜妾娉婷，坐令城国倾。主忧妾当辱，越席委身行。单于德汉厚，十年休甲兵。白璧信可重，红颜良足轻。功成杜陵客，死葬狼居庭。魂随云中雁，啼逐芳林莺。冢外草终白，马上弦无声。(《陆密庵诗集》)

明妃曲四首 清 陈轼

陈轼（1617—1694），字静机，侯官（今属福建福州）人。崇祯十三年进士，曾官广西苍梧道。

永巷沉埋窈窕姿，汉宫春树乱乌悲。君王不自选颜色，按图早已失蛾眉。

渭桥一别燕钗移，马驼雪路阴山迷。忽听霜鞞秋塞远，曾如鸩鹊观荷时。

敛眉久已辞兰殿，事后徒劳杀画工。绝代佳人等闲去，翠华金屋空玲珑。

回首中条翠岫沉，萧关泪点更嘘喑。翩翩聊寄西羌怨，乐府流传知妾心。(《道山堂集》)

明　妃 清 许虬

许虬，字竹隐，长洲（今江苏苏州）人。顺治十五年进士出身，康熙十九年为湖南永州府知府。二十二年离任。卒年六十五。

汉帝雄风尽，深宫颜色殊。毛延寿应死，刘敬不曾诛。

马上琵琶行，非从此日弹。长门闻夜曲，弄月几回残。

贵主降龙庭，全非画里形。白登奇计在，汉代擅丹青。(《万

山楼诗集》）

王嫱故里　清　侯方域

侯方域（1618—1655），字朝宗，归德府（今河南商丘）人。户部尚书侯恂之子，明末四公子之一，复社领袖。与明伎李香君相恋，演成《桃花扇》悲剧。

马首孤墙日暮云，烟陵霜草吊明君。琵琶无补和亲策，帷幄空高极主勋。腊尽龙城终汉社，春回雁塞竟青坟。可怜不是中行说，死向王庭将一军。

题明妃画　清　申涵光

申涵光（1618—1677），字孚孟，直隶永年（今河北永年）人。顺治中恩贡生。

五月边霜毳帐秋，罗衣脱尽换貂裘。芦笳一夜肠应断，画上何缘不白头。（《聪山集》）

赋得昭君梦返汉宫　清　黎士宏

黎士宏（1618—1697），字愧曾，长汀（今属福建）人。顺治十一年举人，官至布政司参政。

背影离灯去有声，曾过细路记分明。萧条旧月犹残殿，寻省空房似隔生。敢竞蛾眉安命薄，时疑鱼贯受恩轻。重来芳色径愁减，恰好当年画稿呈。（《托素斋诗集》）

反昭君怨 清 尤侗

不成为汉后，便去作阏氏。亦足当人祖，还能杀画师。琵琶弹毳帐，酥酪醉金卮。强似长门里，秋风老黛眉。

明妃曲 清 王夫之

王夫之（1619—1692），字而农，号姜斋，湖南衡阳人。与顾炎武、黄宗羲并称明清之际三大思想家。

金殿葳蕤锁汉宫，单于谈笑借春风。黄沙已作无日路，犹愿君王斩画工。

明 妃 清 吴绮

吴绮（1619—1694），字园次，号听翁，江都（今江苏扬州）人。顺治十一年贡生，曾为湖州知府。

莫怨妍媸向画中，明妃薄命在和戎。便教写得倾城色，未必君恩冠后宫。

明 妃 同前

深宫岁岁闭容辉，一出榆关便不归。不为无金买图画，至今谁更识明妃。（《林蕙堂全集》）

明妃怨 清 王揆

王揆（1619—1696），字端士，一字芝廛，太仓（今属江苏苏州）人。王时敏次子。顺治十二年进士。

独坐穹庐风雪深，琵琶拨尽不成音。凄凄别是关山调，无复当时宫里心。（《芝廛集》）

昭君怨 清 孙枝蔚

孙枝蔚（1620—1687），字豹人，三原（今属陕西）人。特旨授内阁中书。

上马莫逡巡，含情敢自陈。朝庭不重色，故事再和亲。败雪桃花貌，愁寒柳叶颦。都言边塞上，今日复生春。

明妃词 同前

镜里愁容懒更窥，闲来立马见焉支。六宫多少良家子，不愿君王杀画师。

空闻大将勒燕然，到妾生时过百年。嫁向沙场容易老，君王岁岁愿防边。（《溉堂集》）

明 妃 清 顾景星

顾景星（1621—1687），字赤方，号黄公，蕲州（今属湖北蕲春）人。明末贡生，入清不仕。

陈平奇计诒阏氏，故画蛾眉急解围。道是阴谋终报却，真成薄命有明妃。

明妃梦回汉宫 清 王端淑

王端淑（1621—?），字玉映，号映然子，山阴人。王思任之女。卒年八十余。

一自明妆出未央，空留遗恨在昭阳。琵琶曲尽关山泪，环佩声归塞上霜。宿雁残更移晓幕，依人落月下空床。旧时纵有三秋怨，不及穹庐此夜长。

王昭君 清 释本昼

释本昼，字天岳，号寒泉子，居绍兴平阳寺。李邺嗣（1622—1680）曾为其《直木堂诗集》作序。

仰天越席孰为媒，扇在桃花向碛开。千古画师齐阁笔，杜兰啼向日边来。（《直木堂诗集》）

明妃曲四首 清 李邺嗣

李邺嗣（1622—1680），原名文胤，别号杲堂，鄞县（今属浙江宁波）人。明诸生，随父抗清，终身不仕清。

玉容从今息马蹄，妾身甘作虏家妻。毡帷夜伴呼韩醉，譬牧苏卿海上羝。

金槽未放落啼痕，吹面胡沙亦汉恩。妾岂天家出腹女，单于得似旧乌孙。

迷离扑朔辨难真，谁料和戎仗妾身。若使酬功到巾帼，画师重倩貌麒麟。

曾闻青草冢头新，鹃鴂重啼去国人。村女不须犹炙面，汉家今已绝和亲。

吴调昭君词 清 毛奇龄

诏遣良家子，更衣自下朝。征行威塞域，宠礼赍宫僚。关吏开边驿，单于叩渭桥。甘泉花满树，灞曲柳垂条。玉辇看辞豹，金钿敕赐貂。寒螗遮鬓薄，去马抱鞍娇。沙里随鸣雁，云中逐射雕。胭脂颜色改，烽火黛烟销。北度逾瓯脱，南看负斗杓。星稀通夕落，草短及春烧。苜蓿宫名远，葡萄帐影遥。愁逾当日侍，形减旧时标。上舞三朝奏，闻弦七曲调。吴声才一弄，双泪落漉漉。

上舞昭君 同前

翠羽辞春殿，毡车向朔风。河流迎塞口，野火照花红。粉黛销吴地，琵琶忆汉宫。可怜上下舞，尽入怨歌中。(《西河集》)

巫山之阳香溪之阴明妃女神厥迹存焉 清 王士禄

王士禄（1626—1673），字子底，号西樵，山东新城人。顺治十二年进士，曾为吏部主事。

楚岫参差断，香溪宛转长。魂归村草碧，梦失庙苔荒。暮雨山猿合，春风塞雁翔。怃然伤绝域，无复赴高唐。

王昭君　清　沙张白

沙张白（1626—1691），原名一卿，字介臣，号定峰，江阴人。崇祯间诸生。

白马入黄沙，汗流马色变。争教马上人，长保春风面。（《定峰乐府》）

明妃曲　清　徐化溥

徐化溥，字云山，号云门，阳和卫（今阳高）人。顺治年间贡生。

烟锁宫花鸟声寂，栏干秋月梦中泣。汉家长门老阿娇，老死深宫无人识。明妃一日别故宫，露桃入殿动春风。天子低徊生光彩，绝胜黄金买画工。鸿雁传声声嘹呖，况是娥眉重远国。至今高冢拂云寒，塞草芊芊青山色。

王明君辞　清　张远

张远，字迩可，萧山（今浙江萧山）人。康熙中由贡生官缙云县教谕。

日日春风送别离，蛾眉远嫁不须悲。纵然玉塞伤心地，犹胜金闺独立时。

一曲琵琶马上听，承恩望断向边廷。龙沙自此留颜色，白草原头冢独青。

明妃梦回汉宫　清　陶尔穟

陶尔穟，字颖儒，华亭（一作青浦）人。康熙进士，曾为葭州知州。

南回宝马帔央央，珠馆初更动景阳。夺得胭脂山下水，浣他羯羖帐前霜。云岸此夜新龙烛，金屋当年旧凤床。贵主同昌曾识面，却寒帘内话偏长。

昭君怨　清　陈佐才

陈佐才（1627—1697），字翼叔，巍山人。曾为把总。

雁门关外，朔风夏起。窄窄衣袖，纤纤手指。调弦无声，琵琶冻死，将何依倚。

王昭君　清　林云铭

林云铭（1628—1697），字西仲，号损斋，闽县林浦（今属福建福州）人。顺治十五年进士，曾官徽州府通判。

国色难自炫，伤心辞汉殿。宁将香骨委穷尘，不把黄金买娇面。君王不解求国色，国色岂从画上得。画笔传形不传神，况复为赂掩其真。莫讶画工多颠倒，世间颠倒何胜道。（《挹奎楼诗稿》）

王嫱　清　王忭

王忭（1628—1702），字怿民，号巢松，太仓（今属江苏苏州）

人。王时敏第五子。剧作家，著有《玉阶怨》等。

紫台寂寞泪痕斑，独抱琵琶出汉关。此去明妃无别恨，只愁沙漠老红颜。（《健庵集》）

明　妃　清　梁佩兰

梁佩兰（1629—1705），字芝五，号药亭，南海（今广东南海）人。康熙二十七年进士，曾为翰林院庶吉士。

明妃西嫁几时回，跪拜君王宝靥开。汉月暗随金雁去，塞云高拥紫驼来。还如公主亲承辇，未许单于共上台。忆得旧宫当日事，琵琶弹出自家哀。

王昭君　同前

艳色无黄金，丹青有谁让。昭君昔辞汉，掩面啼马上。一为胡阏氏，胡女尽沮丧。琵琶弹玉关，襜褕耀毡帐。妾生在汉地，焉敢忘汉恩。当时不嫁胡，谁知绝世人。

明妃曲　清　朱彝尊

朱彝尊（1629—1709），字锡鬯，号竹垞，秀水（今浙江嘉兴）人。康熙十八年举博学鸿词科，二十二年入直南书房，曾参加纂修《明史》。

上林消息断归鸿，记抱琵琶出汉宫。红颊近来憔悴尽，春风更逊画图中。（《曝书亭文集》）

明妃庙 清 屈大均

明妃祠枕楚江沙，万壑群山夹道斜。明月尚悬香水镜，芙蓉早坠玉门笳。羞月公主随胡俗，幸以阏氏在汉家。终古稊归哀怨地，杜鹃声里有琵琶。

香火凄凉带夕曛，明妃村口大江分。紫台环佩依神女，黄鹄精魂逐细君。易诧春心惟碧辛，难消杀气是黄云。家邻屈宋风流似，怨曲遗音满水渍。

红颜亦可壮中华，诏赐单于出内家。为汉自应高俎豆，宁胡岂敢惜风沙。香溪夜夜常无月，紫塞年年始有花。多少落梅悲粪土，无情最是大胡笳。

野庙空林宿鹭群，山花和泪落纷纷。无穷翁主成青草，有限瑶姬化彩云。清似苎萝溪荡漾，香连巫峡两氤氲。只今流落龙荒客，未嫁呼韩已似君。

昭 君 同前

今日汉家事，谁非粪上英。琵琶弹马上，哀怨莫分明。

玉貌同秋草，青青岂得长。已安殊类久，妻子亦何伤。

香 溪 同前

香溪有女旧如花，定是巫峰一朵霞。谁分琵琶弹马上，空留哀怨满龙沙。

青　冢　同前

一片阴山日易阴，汉宫春色梦中深。不随边地风霜变，芳草青青是妾心。

峨峨何似李陵台，一曲琵琶夜夜哀。红粉青蛾安足惜，人才亦在白龙堆。

昭君曲　同前

惟悴朱颜出塞时，殷勤山上采燕支。无功正复惭西子，薄命何曾怨画师。

魂魄千秋逐细君，月明南指汉宫云。将军不夺阏氏去，未见功名可冠军。

明　妃　同前

阴山一望战云寒，汉月凄凄不忍看。都尉不辞封右校，明妃何惜嫁呼韩。

自作新词教绿珠，明君舞罢赐珊瑚。翔风莫抱房中怨，塞上阏氏似尔无。

琵琶马上送蛾眉，汉帝恩同公主时。善舞明君梁氏女，不甘秋草学阏氏。

汉 关 同前

汉关南望泪痕滋，大小琵琶拨尽时。天子何须降黄鹄，单于只解爱阏氏。心同青草千年在，梦与香溪万里期。长使山川少颜色，明妃生处有余悲。

黄云不逐锦车还，望绝天南有汉关。青冢易成兰麝土，紫台难作苎萝山。空将春色归龙塞，岂有长城在玉颜。才似少卿人更恨，相逢无计与刀环。（《翁山诗外》）

明妃曲 清 吴兆骞

妾本良家女，奉帚掖庭中。椒图香消悲晓月，玉墀花积闭春风。春风寂寂君恩绝，薄命还教辞汉阙。乍可深宫摆玉颜，谁堪远嫁啼红颊。一向天涯去不还，风沙遥望白狼山。镜中玉箸消春色，马上檀槽怨朔寒。可怜玄朔寒应早，芦管凄凉沙浩浩。白雪疑飞桂苑花，黄云不散葱山草。草色连天毡帐开，蛾眉憔悴妾心哀。夜夜屠苏青海上，那能重见翠华来。

王昭君 同前

昭君巫峡女，奉帝玉阶下。徒自恃倾城，翻令悲远嫁。前殿辞君去不还，龙堆空望汉关山。愁沾朔雪摧珠袖，泪入边云损玉颜。玉颜明镜看销歇，梦到深宫转凄咽。下陈曾未识君王，绝国何堪捐贱妾。夜夜毡穹青海隅，月明非复旧金铺。不知甲帐承恩者，曾有蛾眉胜妾无。（《秋笳集》）

昭君曲 清 徐乾学

徐乾学（1631—1694），字原一，号健庵，昆山人。康熙九年进士，曾为刑部尚书。

岂是君恩薄，惟缘误画图。何以留毳幕，有梦到金铺。筚篥边风急，琵琶汉月孤。单于初罢猎，含泪待氍毹。

明妃怨 清 彭孙遹

彭孙遹（1631—1700），字骏孙，号羡门，浙江海盐人。顺治十六年进士，曾为史部侍郎兼翰林院掌院学士。

青海长云雪作花，紫台风急旋惊沙。君王自信和亲好，不是阏支入汉家。

明妃怨 清 陈恭尹

生死归殊俗，君王命妾来。莫令青冢草，生近李陵台。（《广东诗辞》）

王 嫱 清 窦遴奇

窦遴奇，大名人，顺治三年进士，曾为江南颍寿道佥事。

一去紫台别汉庭，琵琶犹恨画中影。卢龙塞外荒原草，惟有昭君冢上青。（《雉倚堂集》）

明妃词　清　杨思圣

杨思圣，字犹龙，号雪樵，直隶巨鹿（今河北巨鹿）人。顺治三年进士，曾为四川左布政使。

满地笳声梦里疑，觉来犹是汉宫时。玉颜不遣君王问，恨少黄金买画师。（《且亭诗》）

昭君怨　清　王晫

王晫，初名棐，字丹麓，号木庵，钱塘（今浙江杭州）人。顺治四年秀才。

莫恨丹青误，和亲亦主恩。陛辞曾一见，犹胜老长门。

嫱妃曲　清　李敬

李敬（约1661），字圣一，号退庵，六合（一作江宁）人。顺治四年进士，官至监察御史。

罗袜新围不忍看，春愁沉重试珠鞍。关前欲问南来雁，多带东风破早寒。

未识君恩别汉宫，琵琶幽怨信难通。黄沙有梦为行雨，不到芙蓉寝殿中。（《退庵诗集》）

明妃曲赠石臞　清　朱克生

朱克生（1631—1679），字国桢，江苏宝应人。诸生。

莫怨飘零出建章，人间千载说王嫱。长门多少守宫女，团扇西风泪万行。

明　妃　清　陈锡嘏

陈锡嘏（1634—1687），字介眉，号恬庭，鄞县（今属浙江）人。康熙十五年进士，曾官翰林院编修。

一自和亲误乃公，单于长识汉家翁。琵琶空向黄云哭，图画谁将玉貌同。本为中朝伤大体，最因薄命惜微躬。乌孙公主年年怨，博得阳关绝塞通。

骠骑将军夜度边，幕南犁尽北庭烟。燕支已夺胡姬色，毳帐何烦汉女先。校尉羽书秋上谷，左贤突骑暮甘泉。和戎若便称长策，何不戏成一向眠。

按图难信到昭阳，愁掩宫门尽日妆。不为妾身多顾盼，谁令天子暗神伤。翠华已断长扬梦，青冢终留塞草香。买赋不如还买画，得将奇丑动君王。（《兼山堂集》）

昭君曲　清　王士祯

乍得君王顾，衔悲去汉庭。长门连永巷，刘白与樊青。雁度惊秋尽，花飞见涕零。琵琶明怨惜，抑掩为谁听。

昭君曲　清　宋荦

宋荦（1634—1714），字牧仲，号漫堂，河南商丘人。曾为江苏巡抚，康熙帝誉为“清廉为天下巡抚第一”。西陂，商丘人。江苏巡抚，吏部尚书，太子少师。

回首温风解冻时，阴山雪气尚难支。昭阳殿里春光满，今日承恩知是谁。

昭　君　清　葛宜

葛宜（1635—1671），字南有，海宁人。葛征奇从孙女，著有《玉窗遗稿》。

匹马辞金阙，冲寒拂玉鞭。蛾眉边月苦，翠袖朔风坚。书断还窥眺，愁深罢拨弦。谁言明镜里，犹是汉宫年。

明妃故里　清　熊锡履

熊锡履（1635—1709），字青岳，湖北孝感人。顺治十五年进士，曾为武英殿大学士。

弱质千秋埋紫塞，离歌一曲泣白沟。何堪舟过明妃里，驻马欷歔说郑州。辱国和亲事本奇，蛾眉掩泪适鲜卑。汉家举动应如此，枉却词人诟画师。（《澡修堂集》）

拟明妃梦还汉宫　清　陈祖法

陈祖法，字子执，号湘殷。顺治八年举人，曾知晋州。

屠苏宴罢夜色明，玉臂光寒翠幙轻。金笳寂寂歌声没，明妃梦作汉宫行。不闻雕鞍控紫骝，不闻沙草动飞尘。玉门飞渡关河外，回雁缥缈峰何平。宫漏沉沉银箭杳，一山便指五凤城。昆明池畔集宫婢，明珠玳瑁装轻盈。今日相逢如不识，近前各自佯背立。借问至尊在何处，长乐宫中欢无极。宫门深锁扃不开，照见金樽流玉液。明灯璀璨隙牖窥，天子迥异旧颜色。须臾忽近至尊前，嵩呼拜舞费气力。千里关山方□觌，曾无一语相慰恤。相传身去延寿戮，始悟君恩在塞责。风声起处烛光残，盈座蛾眉尽屏迹。天子传呼阿监来，喜见王嫱今夜回。为诏司乐奏管弦，为诏司宴列芳罍。为诏翠钿灼灼制，为诏凤袜艳艳裁。相别相逢细欲陈，妾意方深君徘徊。为妾传思颇未了，夜深霜立伴芳草。纶音才罢凤驾还，惊传天子回辇道。（《续姚江逸诗》）

明妃怨　魏宪

魏宪，字惟度，福建福清人。顺治间庠生。

婉转辞明主，迢遥嫁异乡。青娥伤汉月，红泪染边霜。暂得恩波日，徒成怨别肠。无金酬画工，是妾误君王。

昭君怨　清　顾钰

顾钰，字宗玉，嘉定（今属上海）人。清前期（1616—1735）竹刻名家。

红妆千里为和亲，倾国芳姿画未真。不恨妾身投塞外，却怜汉室竟无人。

明妃怨　清　陈廷敬

陈廷敬（1639—1712），字子端，号说岩，山西泽州（今属山西晋城）人。顺治十五年进士，曾官吏部尚书。

千古蛾眉意，丹青画不成。生绡空有恨，掖寝本无情。红泪边花色，朱弦碛雁声。那堪孤冢月，还照汉时营。

昭君曲 清 颜光敏

一辞宫阙出秦关，长得丹青识旧颜。为报君王休爱惜，古来征战几人还。（《乐圃集》）

明妃怨 清 徐昭华

徐昭华，字伊璧，号兰痴，上虞人。康熙四十年前后在世。其父徐咸清与毛奇龄（1623—1716）友善。

一别深宫出塞垣，黄沙阵阵扑征鞍。于阗不见花堪采，陇水由来泪未干。寒风万里吹淅沥，欲扫蛾眉恨无力。环佩空教入梦魂，胭脂久已无颜色。试听琵琶弦上声，分明都是别离情。汉宫窈窕何所见，惟有塞垣寒月明。冰连野窖乌啼歇，月照长城马嘶绝。更阑芦管暗吹来，不落梅花落寒雪。故苑春花陆续生，春风吹不到龙庭。燕山万里黄云暗，惟有明妃墓草青。

昭君词 清 周篆

周篆（1642—1706），字籀书，号草亭先生，居苏州吴江。诗文并举，博究经史。

寄语深宫内，凭君绝世姿。莫因恩信晚，羡妾作阏氏。

明妃 清 吴雯

吴雯（1644—1704），字天章，号莲洋，居山西蒲州。工于诗，有元好问之风。

不把黄金买画工，进身羞与自媒同。始知绝代佳人意，即有千秋国士风。环佩几曾归夜月，琵琶未许托□鸿。天心特为留青冢，春草年年似汉宫。（《莲洋诗钞》）

王昭君憾延寿 清 汤鹏

汤鹏（1644—1722），字天池，祖籍徽州。铁画艺人。

亭亭千尺桐，其下无攀援。贱妾升曲房，仪容得自然。恃此蛾眉娇，觊彼龙颜怜。安能赂画工，忠悬反成愆。妾心多古意，画工少真诠。刻镂成嫫姆，迷离失婵媛。飘飖红粉妆，蹭蹬黄河边。山高水泱泱，道里万有千。不憾匈奴丑，但憾延寿奸。颠白以为黑，忧患无穷年。

过昭君里拟明妃前曲 清 孔贞瑄

孔贞瑄，字璧六，号历洲，曲阜人。孔闻商之子，孔子六十三代孙。顺治十八年举人，曾为云南大姚知县。

之子何清姝，家近易水滨。生本良家子，辇作汉宫人。咫尺红日远，长门闭长春。自负女中侠，不与鱼贯伦。冠宠皆工媚，矜贵难致身。一朝天子召，疑承恩露新。奈何乘王饵，举朝主和亲。名字行千里，眷恋枉经旬。辞阙光生殿，去宫恨空群。却怜画工枉，绘形难绘神。红颜多薄命，许国心仍纯。月明南天雁，日暮塞北云。昭君乎昭君，可堪沙白霜苦黛蛾颦。夜半边声风四起，往事新欢俱莫陈。檀槽哀丝弹清怨，中有离情不可闻。此外安边无余策，多少悬牙建纛臣。

明妃后曲　同前

汉宫佳人清且婉，出殿光华四射远。洗妆一辞汉宫春，髻叠香云双凤绻。远随汉使度燕然，毳帐烟笼鼠罽暖。一曲琵琶醉单于，酥酪光浮琥珀碗。不须译使翻鸣笳，自有慧心通连蹇。泉甘水冽绿草丰，平林观猎丝缰缓。龙笛鸾箫按部还，春郊试马红沙软。绣幰文犀悬辟尘，唯有诸王拥玉辇。自昔辞掖庭，六宫无颜色。可怜绝代姿，一失难再得。有笼不倾城，有色不倾国。但令边圉安，妾身何足惜。得君无妍媸，失意无南北。长门诸贵嫔，望幸头已白。(《聊园诗略》)

青　冢　傅作楫

男女不同道，后先补异时。驱车欲往拜，意恐傍人疑。我家鱼复浦，君住在香溪。咫尺为邻里，安能不致辞。黑河不须死，青冢不须悲。发肤非我有，惟憔将何为。君视汉宫女，谁无花月姿。欢娱才几月，死后人不知。

己酉元日虎丘市得昭君出塞泥影四首　同前

万里辞君出大荒，几番回首望君王。侍儿不解伤心处，还须琵琶近妾傍。

泪洒明驼血未干，焉支山下路漫漫。卫青死后奇兵少，铜鼓金钗出贺兰

黑水流澌啮塞垠，黄河隐隐动青磷。就中多少英雄骨，千古蛾眉妾一身。

君王重妾妾轻生，一曲新弹塞外行。极目龙沙纷毳幔，教人何处更倾城。

王昭君二首 清 刘献廷

刘献廷（1648—1695），字君贤，号广阳子，祖籍江苏吴县。参《明史》馆事。

六奇已出陈平计，五饵曾闻贾谊言。敢惜妾身归异域，汉家长策是和番。

汉王曾闻杀画师，画师何足定妍媸。宫中多少如花女，不嫁单于君不知。

归化城望昭君青冢歌 清 张鹏翮

张鹏翮（1649—1725），字运青，号宽宇，遂宁人。康熙九年进士，官至吏部尚书。谥文端。

驰马临甸城，城隅复何见。高茔排石虎，云是昭君殿。空余碧瓦李陵台，青草埋魂不复回。汉帝宫中人不少，谁能为国出边来。

昭君青冢　同前

独留青冢古城隅，愧杀当年汉大夫。万里长城凭粉黛，千秋国土老樵渔。香闺流影魂飞动，塞上吹箫风有无。延寿写真君莫恨，长门空绕月明孤。

题昭君青冢　同前

丰郡城南一故邱，千年青冢尚含羞。琵琶马上和戎策，应在麒麟最上头。

昭君怨　清　陈梦雷

陈梦雷（1650—1741），字则震，号省斋，福建闽县人。康熙九年进士，曾主编《古今图书集成》。

鱼龙为戏玉阶头，何事蛾眉笔下求。只道宫庭天尺五，谁知画史擅春秋。岂为惜金轻画史，只疑此念薄君王。临行顾盼沉吟日，知遇恩深妾敢忘。新妆奇艳至尊惊，应死阶前报圣明。汉室安边无别策，舍身为国作长城。使还烦报汉公卿，安攘奇谋只此行。天禄石渠闭珥笔，铙歌应谱琵琶声。

题明妃出塞图片筝　清　吴宗爱

吴宗爱（1651—1674），字绛雪，永康（今属浙江金华）人。教谕吴骥良女，诸生徐明英妻。耿精忠作乱，游兵至金华，扬言得献绛雪者合城免死。绛雪诱敌出境，投崖而死。著有《六宜楼稿》等。

自悔无金与画工，紫台一去类翩鸿。人情大抵多翻覆，只会高骞傍月宫。

昭君故里　清　刘廷玑

当年若占汉宫春，宠幸于今事已尘。青冢芳名流得在，始知延寿亦恩人。（《葛家分体诗钞》）

王明君　清　纳兰性德

椒庭充选后，玉辇未曾迎。图画君偏弄，和亲妾请行。不辞边徼远，只受汉恩轻。颜色黄尘老，空留青冢名。（《通志堂集》）

昭君村　清　李专

李专（1656—1737），字知山，贵州黄平人。康熙二十五年拔贡。曾在云南总督署教书。

空舲峡里近花晨，一线天低不见春。肯信山川如此险，钟为窈窕竟无伦。红颜兔颖描难肖，青冢龙沙怨未伸。世事沧桑问遗迹，琵琶休拨暮江滨。

题明妃图　清　曹寅

曹寅（1658—1712），字子清，号荔轩，满洲正白旗内务府包衣，官至通政使司通政使。

丰貂不暖女儿心，琵琶自作阏支语。千年青冢黑河深，绿鬓文姬归汉去。君不见，辎軿万两嫁乌孙，浴铁千群迎主妇。东风野草华山畿，鸳鸯双宿韩冯树。（《楝亭诗钞》）

香溪口 清 朱樟

深山产龙蛇，幽姿媚林薮。澹沱照廻波，骄杀香溪口。珠明两岸沙，翠弹一桁柳。云是汉明妃，生长在谿右。冶容何丽都，怪气始翔走。谁如门楣尊，香名可不朽。汉王重丹青，画人只画丑。向使多赂金，售色亦人后。和亲贱师昏，去国耻怨耦。哀此乡里人，毁妆守井臼。徒闻此溪清，彼姝竟何有。灼面亦不须，家家生瘿归。

昭君台 同前

秋风湄边白板扉，汉宫曾此选明妃。雪铺琼叶元无种，色占焉古遂不归。香骨只留青冢恨，画图始验白登围。谁怜绝域来乡信，好上妆楼看雁飞。（《白舫集》）

咏昭君 清 何焯

何焯（1661—1722），字润千，改字屺瞻，号义门，江苏长洲（今江苏苏州）人。康熙四十一年进士，曾为翰林院庶吉士。

南郡良家子，疑自阳云精。慧容更靓饰，待诏入掖庭。数岁不御见，薄命遇竟富。郅支既伏辜，呼韩喜惧并。复修黄龙礼，保塞来朝正。自亲愿婿汉，敕赐五娉婷。王嫱在籍伍，乃出自请行。临行幸得召，顾颜遗光明。虽然秋悲怨，犹使帝目惊。绛缘坐偶近，强笑娱情灵。无意一御幸，甲观世嫡生。欲留何独难，信重色适轻。陨石不上天，有嗤辞列星。汉宫爵十四，未与一等荣。却蒙阏氏号，高胡振天声。求归令从俗，降志终毡城。生女复入侍，竟汉之西京。岂如乌孙主，土思徒烦迎。男子乘一障，女亦思弭兵。改元下明诏，自我收其成。弱质苟利田，所畏非飘零。幽兰不必媚，朝槿不获争。帝纪牵连书，粉黛坐丹青。甘陈既封侯，亦载王嫱名。

原序：咏王昭君事者，多不考信于西汉之书，即石季伦谓匈奴盛而请婚，亦非本然也。漫赋一篇，虽乘兴味，庶乎实事求是焉。

明妃叹 清 谢赐履

如此怀戎策，谋臣犹侈勋。明妆辞汉殿，珠泪洒边云。薄命从悲妾，深恩忍怨君。如何降女诏，唐室更纷纷。

昭 君 清 薛雪

薛雪（1661—1750），字生白，号一瓢，江苏吴县人。精于医术，著《湿热条辨》。

事本安黎庶，情应斩画师。君王非重色，不欲毁天姿。

香 溪 清 潘问奇

曲曲清溪潋滟中，美人庭院大桥东。香魂翡翠金秋月，露

冷芙蓉泣汉宫。金屋花开虚奉帚，玉关草长漫和戎。云軿一去无消息，寂寞含桃岁岁红。(《诗观》)

原注：明妃涤妆处。

明妃曲 清 李孚青

李孚青（1664—1715)，字丹壑，合肥人。康熙十八年进士，官至大学士。

自题新舞月中看，衰草高原野烧残。却忆汉宫深夜饮，双凫红蜡照铜盘。(《七十二峰足征集》)

王明君 清 沈虹

沈虹，字渭梁，长洲人。雍正中举人，曾为句容教谕。乾隆时荐举博学鸿词，不遇。所编《蓬庄诗集》，起康熙丁亥（1707)，终雍正甲辰（1724)。

奉诏传来翠辇春，殿前惊见玉颜新。始知当日君王意，不属宫中买幸人。(《蓬庄诗集》)

明妃怨 清 屈复

屈复（1668—1745)，字见心，号晦翁，蒲城人。世称关西夫子。著有《弱水集》等。

燕赵女儿桃李花，双飘红袖抱琵琶。春风楼上弹新曲，谁为明妃怨汉家。

明　妃 同前

阴山一去紫台空，环佩何劳怨朔风。汉帝六宫春草碧，只今谁在画图中。

咏昭君 清　黄之隽

黄之隽（1668—1748），字石牧，号吾堂，原籍安徽休宁。康熙六十年进士，曾提督福建学政。

国重一身轻，辞宫便远行。有心驯汉婿，无祸到哀平。岂屑矜颜色，真能决死生。季伦不解事，呢呢赋私情。（《㾮堂集》）

明　妃 清　方苞

方苞（1668—1749），字灵皋，一字凤九，号望溪，亦号南山牧叟，桐城（今属安徽桐城）人。万历十四年进士，官至礼部右侍郎。

汉帝惜艳色，明妃出后宫。曲中留哀怨，横塞诗人胸。茑萝随蔓引，性本异贞松。众口不瑕疵，多怜所遇穷。若使太孙见，安知非女戎。昭阳为祸水，岂让倾城容。

昭君词 清　吴琏

吴琏，字冰崖，龙岩（今属福建）人。康熙二十六年举人，知衡山县。

妾入夷宫汉土清，玉容虚说解倾城。君王好爵毛延寿，一笔殊当百万兵。

题昭君图　清　范缵

范缵，字武功，号笏溪，娄县（今上海松江）人。乾隆十七年榜眼孙械士祖父。

汉帝按图幸，幸者今乌有。独有不幸人，翻使留传久。阿谁告明妃，再拜毛延寿。当时有此图，此图不传后。（《四香楼诗钞》）

王明妃　清　沈德潜

沈德潜，字确士，号归愚，长洲人。进士，值上书房，携礼部侍郎。

毳帐琵琶曲，休弹怨恨声。无金偿画手，妾自误平生。

天赋殊尤质，翻为异域人。君王不好色，遣妾去和亲。

王明君　同前

临行呼父母，胡地作阏氏。首祸归娄敬，何烦杀画师。

明妃曲　清　周准

周准，字钦莱，号迂村，江苏长洲（今属江苏苏州）人。诸生，雍正中前后在世。闻佳山水必游，与沈德潜为莫逆交。

中原消息断，胡地风沙寒。经年不逢春，凄恻摧心肝。君王遣妾和戎虏，万里辞家心独苦。早知塞外不胜愁，那怪将军怕边土。君不见，百战生降李少卿，羁留绝域一身轻。丈夫失路尚如此，贱妾含悲空复情。

昭君怨 清 方登峰

方登峰，字凫宗，号屏垢，安徽桐城人。康熙三十三年贡生，曾为工部都水司主事。

憔悴甘心妾自悲，六宫犹自有蛾眉。从今圣主须斟酌，莫似从前信画师。

昭君故里 清 姚夔

姚夔，山阴人，所著《饮和堂集》康熙间有刻本。

汉家故事重和亲，输款惟凭一妇人。一曲琵琶千古怨，玉关秋草不生尘。(《饮和堂集》)

明妃曲 清 曹士勋

曹士勋，清人，所著《翠羽词》康熙间有刻本。

黄云白草天地干，胡沙淅沥胡风酸。汉宫倾城嫁绝域，肠断琵琶马上弹。一弹凄苦泪沾臆，再弹呜咽泪成血。万里边关叫断鸿，五更鼓角哭残月。忆昔深宫望幸时，芙蓉未许晓风吹。一朝粉脸尘埃涴，薄命宁当怨画师。人生妍丑本无定，纵美还须事奔竞。君不见，蛾眉绝代无寅缘，十年不守空婵娟。

明妃皓齿嫁乌孙，万里空归月下魂。茂林无复怜才意，青冢长悬故主恩。边风萧萧吹白草，黑月五更雪皓皓。胡笳搅碎琵琶声，切切嘈嘈为谁好。穹庐为屋毡为墙，风沙吹老梅花妆。当时若赂毛延寿，颜色宁当落人后。吁嗟呼，明妃失所今古悲，请嘱岂是真娥眉。（《濮川诗钞》）

明　妃　清　徐德音

徐德音（1681—?），字淑则，钱塘（今浙江杭州）人，一作昆山人。漕运总督徐旭龄女，江都许迎年（康熙进士）妻。曾为袁枚弟子。

莫为丹青杀画师，君王原不识蛾眉。可知沙塞凄清日，只是长门冷落时。

王明君辞　同前

才士执高节，美人矜令姿。富贵岂不欲，穷达安其时。汉皇重颜色，诏选良家儿。王穰有好女，秀色可疗饥。丽容难自弃，一旦进彤墀。长门与金屋，权乃在画师。先容所不屑，贿赂非无赀。丹青即失意，粉黛将安施。曲逆久殂谢，谁复出六奇。龙城老飞将，长信索娥眉。孤愤幽永巷，宁随秋草萎。顾影徒自惜，慷慨吐芳词。乃陈掖庭令，誓将靖边陲。从容别丹陛，左右皆惊疑。朱霞映白雪，眄睐生光辉。朝庭耻失信，抱恨出汉畿。殷勤托父弟，犹幸少怜之。驱马向绝漠，加号曰阏氏。黄云迷白草，毳帐惊沙飞。胡笳鸣四野，中夜肝肠摧。琵琶时独语，泠泠一何悲。哀鸿唳青冢，朔雪冷琼枝。遂今千载下，长怀汉明妃。和戎非得已，庙算良在兹。借令老宫掖，后世何由知。锄兰与泣玉，古今传者谁。畴昔六王毕，燕赵多彼姝。阿房作焦土，艳骨成香泥。折腰翘袖舞，恩宠未尝移。四皓兆人彘，倾城乃祸机。岂若慷慨节，使我兴遐思。

昭君怨　清　仲昰保

仲昰保（1684—1743），字羹梅，一字友夔，号翰村，常熟人。康熙五十九年就学于赵秋谷。

一忆君王一黯然，此行谁更惜芳年。侬家自悔骄颜色，若个丹青不计钱。（《翰林诗稿》）

王昭君　清　李锴

李锴（1686—1755），字铁君，号眉山，汉军正（一作镶）白旗人。举经学，晚隐于盘山。

凤凰虽为媒，鹤鸟能间之。美人在宫中，衾枕宁自移。艳色自骄矜，安怪他人为。当轩拜天子，流光耀前墀。所愿在一见，去去无所辞。

青　冢　同前

绿柳寄春光，白草横边思。累累北原冢，下有汉蛾眉。艳色颇自重，图画能见欺。近辞长门宫，远嫁单于儿。闺闼逼左右，或误真妍媸。妾意长已矣，君其慎来兹。

赋得明妃三叠 清 胡天游

胡天游，一名骙，字稚威，号云持，山阴人，副贡。

明妃生照楚江清，艳比天边明月明。尚愁金屋污仙骨，绝代岂为呼韩生。龙堆雪卷黄沙雨，偏著春风双黛妩。定知选物惜红颜，故使漂零擅千古。君不见，邯郸人家施薄朱，暮倚市门朝佩珠。可怜光彩霸天下，何恨当年卫子夫。

明妃一顾已倾城，紫台远去转娉婷。鸣驼嘶马杂羌语，夜夜朝朝那可听。天低海水西流处，独有琵琶堪唤语。断丝枯木本无情，犹胜人心百千许。幽怨声声解与传，自怜意态骄神仙。茂陵赤帝真龙子，巫山峡月空婵娟。

明妃初向长门入，窈窕无心矜独立。自然动影回春风，璠鬟薄洗巫云湿。六宫良家五陵子，容华多少夸桃李。齐声却步称第一，今朝争为甘心死。妇人妒色恒自持，尚令忘妒前相悲。如何瑰艳映海日，匠出珠栊人不知。以图索马安有马，况是丹青不能画。画师长安市上儿，一生解貌东家施。黄金纵使不相责，鄙人讵讼天人姿。昔疑汉妾今焉支，妾身分明不泪垂。玉颜一为他人得，枉是千金莫赎时。

青 冢 清 方观承

方观承（1698—1768），字遐谷，号问亭，安徽桐城人。康熙四十八年进士，官至内阁中书。

一抔秋草艳春生，千古香名恨亦平。举似宫人斜畔土，岂无颜色是倾城。

明妃怨 清 刘大魁

刘大櫆（1698—1779），字才甫，号海峰，桐城（今属安徽安庆）人。曾为黟县教谕。

明妃上马泣，非为妾身惜。汉宫日月昭，自失倾城色。琵琶写哀衷，声与风沙急。一为胡地人，虽悔何嗟及。

香 溪 清 凌如焕

凌如焕，字琢成，号榆山，上海人。康熙五十四年进士，官至兵部左侍郎。

溪女浣春妆，溪流溅粉香。分明一奁镜，不照汉宫王。

香 溪 清 郑成基

画史何心釀祸殃，和番人去姓名香。我来欲拜三间庙，蔓草荒烟更断肠。

昭君怨 清 唐之凤

凄恻辞金阙，徘徊出玉关。向来悲薄命，宁复借红颜。雪暗迷毡帐，沙飞换翠鬟。三秋有征雁，尺素可栖还。

明妃曲二首 同前

一辞帝阙事皆非，马上时时泪满衣。玉颜不如云外雁，纥千山畔向南飞。

毳帐从容酒一卮，琵琶拨尽不须悲。汉宫多少如花女，寂寞长门老黛眉。（《天香阁诗集》）

王明君 清 边连宝

边连宝（1700—1773），字肇畛，号随园，直隶任丘人。雍正十三年廷试第一。

明君良家子，汉宫称美娃。不赂画工太骄奢，合应绝塞弹琵琶。逻桫琵琶丁香马，行行去作阏氏也。那有遗世独立之佳人，而肯赂贿画工者。却笑行赂诸丑奴，赂虽十万貌不符，召来不御尔何如。

昭 君 同前

玉貌凋残朔漠风，龙沙万里成楼空。自关妾命薄如纸，不愿官家杀画工。（《随园诗草》）

明妃曲 清 任端书

子规啼破楚山云，江入归州楚水分。女媭庙外香枫古，遥望明妃有旧村。明妃窈窕人间少，天遣多情颜色好。峡中明月与明星，宛宛亭亭相对晓。画了蛾眉梳鬐鸦，间随邻女浣轻纱。九州春色无归处，总上春峰两道斜。章华游冶曾相语，纵有千金不敢娶。知是昭阳绝代人，一世销魂肯心许。由来倾国复倾城，玉魄含秋照殿清。木兰舟送鸳鸯渡，斑竹冈迷鹎鴂声。沉沉宫漏青天远，帘影西风生桂馆。本言汉主惜娉婷，何意婵娟空畹晚。逸仪瑰艳胜仙姿，顾影珊珊独立时。婕妤遥见还成泣，玉辇迢迢更不知。安陵下杜无佳手，买取黄金亦何有。况是丹青貌不成，画图空使毛延寿。一别萧关向紫台，塞霜无数作花开。玉颜拚向龙庭老，红粉全消画角哀。佳人自怜恐憔悴，慷慨遥知多意气。成名不惜嫁呼韩，天子当前空拊髀。江水东流洗玉沙，昭君村畔两三家。至今芳草连青冢，洲上萋萋怨琵琶。

明　妃　清　席鏊

席鏊，字景溪，常熟人。雍正七年举人，吴伟业之外孙，曾官内阁中书。乾隆九年前后在世。

深宫回首别，此别是千年。却得春风面，长留汉帝前。（《竹香诗选》）

王明君　清　爱新觉罗·弘历

爱新觉罗·弘历（1711－1799），乾隆皇帝，1736－1796在位。

见面始知美，反坐画师罪。何不未画前，一见免后悔。青冢月夜魂，美人久尘土。勿论魂归时，和亲亦已苦。和亲及宝币，御边策非正。谁欲作俑人，祸端始娄敬。

昭君怨 同前

昭君出玉关，回首远家山。双眉低频蹙，胜怨不胜颜。龙河去去临，鹤禁行行远。何如荆门村，修竹倚秋晚。赂匪黄金轻，命是红颜薄。不然毛延寿，何能淆美恶。

王昭君 清 韦谦恒

韦谦恒（1715—1792），字慎古，号约轩，芜湖人。乾隆二十八年殿试第二，曾为鸿胪寺少卿。

不恨丹青误，惟期报国恩。边尘如可靖，妾命不须论。月送关中骑，春归塞上魂。红颜安社稷，青史至今存。

昭 君 清 袁枚

袁枚（1716—1798），字子才，号简斋，晚年自号随园老人，钱塘（今浙江杭州）人。乾隆四年进士，曾为江宁知县。

妾弹琵琶非自伤，伤心还是为君王。千秋几个倾城色，一旦轻轻付远方。君王若果非知己，妾亦甘心绝域死。如何贱妾远行时，诏书正选良家子。良家子，比妾姝。问旁人，如不如？

岁选良家玉一枝，六宫深处有谁知。椒房绝少堂帘隔，何必重重用画师。

明妃曲 同前

明驼一群角数声，汉家宫女昭君行。六宫送别泪如雨，怨人民间小儿女。昭君上马鞍，手取琵琶弹。生来绝色原难画，影落黄河自爱看。诏书殷勤选容质，传到龙庭转幽咽。侍女浓熏甲帐香，倾城远扫天山雪。横波满脸向名王，手拂穹庐作洞房。生长内家风味惯，酒酣时作汉宫妆。从今甥舅息干戈，塞上呼韩日请和。寄言待寝昭阳者，同报君恩若个多。

明妃曲 清 刘墉

刘墉（1719—1804），字崇如，号石庵，祖籍安徽砀山。乾隆十六年进士，曾为内阁学士。

不惜倾城色，心朝静塞尘。汉庭空顾影，胡地忽惊春。一识君王面，长为异域人。远谋竟何有，无策始和亲。

反昭君怨 清 钱维城

钱维城（1720—1772），字幼安，江苏武进人。乾隆十年状元，官至刑部侍郎。谥文敏。

青冢年年只自春，琵琶千古共沾巾。内人斜畔无情草，掩尽毛工画里人。

昭　君　同前

一女和亲竟沼吴，未将歌舞嫌单于。香溪夜水琵琶语，羞逐鸱夷泛五湖。

昭君曲和韵　清　爱新觉罗·弘晓

爱新觉罗·弘晓（1722—1778），字秀亭，号冰玉道人。怡亲王胤祥子，藏书家、诗人。

四弦初拨黛初颦，万里龙沙不见春。只为惜金买图画，却教元帝失佳人。

昭君怨　清　蔡时田

妾向单于去，君王勿转思。能作安边计，胜在汉宫时。（《蜀雅》）

明　妃　清　吴省钦

苑漏迢迢永巷哀，玉阶宣唤梦空回。平生休恨毛延寿，已嫌君王省识来。

仙辔如琴鞚绝尘，琵琶弦诉汉宫春。解围笑献平城计，从此和亲误美人。

送人至归州 同前

昭君村尚在，仿佛见昭君。青冢残碑失，香溪百草熏。丹青余玉貌，儿女惜罗裙。莫话和亲事，琵琶不忍闻。

明妃曲 同前

画师皆俗笔，那解写明妃。价惜黄金少，瑕添白璧微。姿消海棠艳，芳减牡丹肥。从古宫帷事，蛾眉感遇稀。

君王不重色，竟未识明妃。永巷无消息，长门有是非。香消九华帐，花暗五铢衣。定有承恩者，婵娟或庶几。

玉门关外月，曾解照明妃。青海春横帐，天山雪打围。射雕环翠钿，走马拥珠旂。远嫁能无感，乡心与雁飞。

香溪深罨画，曾此产明妃。一水横波艳，群山翠黛微。娥皇秋泪洒，神女暮云归。尚有佳人否，天寒冷翠衣。

原序：昭君村在归州，自楚入蜀必经此地。闻友人言其风景，因作此诗。

寄题昭君庙 同前

昭君不应诏，亦在五人中。慷慨佳人意，艰难国士风。乌孙原有例，麟阁问谁动。青海穹庐月，何如在汉宫。

香溪曲 同前

香溪溪上水，东下美人沱。鸭绿添新涨，家家染碧罗。香溪溪上草，一半是蘼芜。莫唱罗敷曲，春山有鹧鸪。香溪溪上石，如玉复如脂。曾坐婵娟处，沉吟忆黛眉。香溪溪上月，流照最玲珑。青冢人何处，年年语汉宫。香溪溪上花，花里女儿家。一自琵琶去，浓妆谢晓霞。香溪溪上路，随处总销魂。西上寻源去，明妃尚有村。

题徐芝仙清明日酹青冢诗后（选一） 同前

自古和番者，昭君有盛名。琵琶胡敌国，粉黛汉长城。合画麒麟阁，能空骠骑营。至今青冢上，白草不能生。

香　溪 同前

峡影一溪横，溪流长杜蘅。春风生一面，留伴女嫛名。美人抱孤芳，拾翠行亦偶。掩柳诉琵琶，曾是采香手。寂历众芳歇，溪声摇佩环。至今溪上女，照镜点新斑。施嫱绝世姿，羞唱采莲好。未嫁恋红香，既葬围青草。

明妃冢 清　湛泛

湛泛，又名湛性，俗姓徐，字药根，又字药庵，丹徒人。雍正、乾隆间在世。

空恃朱颜惜饼金，独留遗恨到于今。琵琶一曲和番泪，芳草千年望汉心。自是美人多命薄，非关天子不恩深。孤坟三尺丰碑在，环佩春风未易寻。

昭君曲 清 毕沅

金茎露冷铜仙愁，寂寞容华玉殿秋。缭砌碧苔消履迹，美人远嫁花魂留。披香阶辞一回顾，缄怨请行痛谁诉。枉惊艳冶世无双，红颜翻为黄金误。千山落日牛羊回，汉月多情出塞来。长门异域总凄绝，流光万里空徘徊。人生难得两心同，为妾恩深杀画工。丰容已荷君王尝，图形何必甘泉上。雕轮蓬转愁无主，马上琵琶作胡语。菱花妆镜照离颜，蝉鬓惊风涕如雨。雁门关外雁南飞，玉艳金钿逝不归。顾影自怜憔悴甚，舞腰犹着汉宫衣。龙堆雪压毡房重，梦魂那恋丰貂拥。大臣不战仗蛾眉，紫庭万古留青冢。秋草伤心不可论，漫嗟香骨委沙尘。请看纨扇长捐弃，谁识昭阳绝代人。

明妃曲 清 顾光旭

宫花缤纷朝露浮，天地晓碧钟声流。内人传诏明妃出，初日正照铜龙楼。宫中彩女恩欲绝，亲见明妃辞汉阙。低头拜阙落金钿，有泪还倾汉阙前。回听御柳宫莺语，似为离人奏可怜。团团纨扇如明月，明月还应有圆缺。谁言贱妾怨丹青，尘沙满面单于妾。妾身生长秭归村，汨罗曾吊三闾魂。古来骚客尚如此，何况贱妾承君恩。欲去仍回过紫陌，陌上行人三叹息。安边岂必倚和亲，肯遣明妃嫁远人。

附同作　同前

单于尝寇汉，传至呼韩邪。稽首愿和亲，天子为咨嗟。诏选良家女，去作阏氏比公主。妾前不合恼画师，远抱琵琶嫁胡虏。君不见，白登七日困高帝，归来但作和戎计，冒顿几为鲁元婿。又不见，孝武好大开边功，搜括粮饷闾里空，将士肝脑涂地红。和戎开边孰得失，天下升平由贱妾。

仇英明妃图　清　姚鼐

姚鼐（1731—1815），字姬传，桐城（今安徽桐城）人。乾隆二十八年进士，曾为四库全书馆纂修官。

明妃一去萧关道，玉颜不似当时好。却留青冢地长春，复有画图容不老。汉宫佩剑卒举旗，分布四马连尻脽。毛端飒有风沙吹，侍女颇具宫中仪。中有襜褕拥独骑，落日黄河万马迹。临风翠袖双蛾眉，欲到穹庐前几许。贤王迎跪庐儿语，琵琶曲终泪如雨，佳人那必逢佳侣。表饵生分汉帝忧，容华死作单于土。遗事竟宁传到今，王昭有曲声中琴。仇生岂亦能知音，写出别怨关山深。正使夔州衰杜老，春风省识忽伤心。

王明君词　清　吴骞

吴骞（1733—1813），字槎客，号兔床，海宁人。诸生，藏书家。

黄河漠漠塞尘连，一曲琵琶马上弦。枉杀画人君自误，倾城可是笔能传。

明妃出塞图 清 李调元

汉选明妃入掖门，宁知三载未承恩。临行尚得君王顾，空望瑶阶拭泪痕。蒙尘远道呼韩围，云垂四野阴山黑。貂裘匹马真可怜，执鞚胡儿掀帽立。和亲此去委胡尘，绝域难逢内地人。相随只有宫中月，犹向天涯照妾身。从来艳色偏招妒，当时悔不千金赂。自倚蛾眉绝代无，此身竟被丹青误。晓来边雁叫离群，声断琵琶不忍闻。青冢有魂归不得，泪洒巫山十二云。

明妃曲 清 孙起栋

孙起栋，字天擎，别号白沙老人，冷水村（今属湖南新化）人。乾隆十八年拔贡。嘉庆初去世。

何须十二部将军，稽颡呼韩一女身。他日丹青图远略，应将玉颜上麒麟。

咏王昭君 清 谷际岐

一奏琵琶曲，千秋恨未终。金难边塞赎，命是美人穷。青单萦芳冢，红颜去汉宫。芳魂归不得，长停玉关东。

再咏王昭君 同前

汉苑蛾眉化作尘，王嫱姓字总如新。九原应感毛延寿，青冢千秋一美人。

明妃曲 清 潘奕隽

潘奕隽（1740—1830），字守愚，号榕皋，吴县（今江苏苏州）人。乾隆三十四年进士，官至户部主事。

见画何如见面真，谁将此柄授贫人。长川多少无金者，岂但琵琶怨苦辛。

黄云漠漠远无垠，塞上风高起暮尘。万里平沙青冢在，紫台犹似汉宫春。（《午风堂集》）

昭君村 清 黄绍统

黄绍统，字燕勋，香山人。乾隆二十四年举人，曾为琼州府教授。

粉黛钟灵地，孤村傍水涯。玉关魂已渡，楚泽梦为家。幽恨埋青冢，香风罥暮霞。凄清篱落夜，人尚泣琵琶。

明妃怨 清 陈玉邻

陈玉邻，字樾斋，宿迁人。乾隆三十年举人，官至潞安府知府。

祁连风雪路崔嵬，汉使羁留每不回。偏是君王难失信，马驼春色向龙堆。

原注：过雁门作。

昭　君　清　王瑀

王瑀，字湘梅，湖南湘潭人。王之骏女，庶吉士攸县夏恒继室。所撰《印月楼诗刻》《词剩》有道光十年藏版。

自别深宫后，时时望故关。临风独长忆，苏武得生还。

昭君曲　清　闵肃英

闵肃英，字端淑，奉新（今属江西）人。乾隆四十五年进士宋鸣珂（1743—1792）妻。

玉颜已逐尘沙老，青冢千年怨春草。当时不自买丹青，死后何缘惜枯槁。琵琶调好无暌隔，汉使犹传出塞拍。长门湿尽阿娇衣，秋雁一声天地白。深闺十五盈盈女，不识黄云在何许。谱得清声不断肠，日高无人作新语。岂知凄凉未忍说，青冢黄昏照明月。（《江西诗征》）

明妃村　清　徐志鼎

天生蛾眉必有用，色蓑何取盈廷讼。和亲人去洗甲兵，巾帼当为一时重。香溪清水走荆门，玉虚洞上空归魂。画图若赂毛延寿，千秋泯灭昭君村。

明妃怨　清　王筠

王筠（1749—1819），字松坪，长安人。直隶知县元常女。

紫台风急雁声愁，去国离家不自由。独有穹庐深夜月，清光不异汉宫秋。

昭　君　清　缪公恩

缪公恩（1756—1841），原名公俨，字立庄，号棋澥，别号兰皋，汉军正白旗。曾为盛京礼部右翼官学助教。

莫嗟薄命事和戎，忍泪扶鞍出汉宫。长信月明清露冷，有人团扇泣秋风。

十九星霜羁北海，五千貂婵没全营。汉庭莫罪毛延寿，一遣蛾眉小太平。

明　妃　清　袁棠

袁棠（1760—1810），字甘林，号湘湄，江苏吴江人。嘉庆元年举制科，为两江总制（金夫）梅庵记室。

一曲琵琶泪未收，犁眉騧上拥貂裘。不将心负南天月，那得魂归塞北秋。青冢路回云漠漠，紫台人去路悠悠。细君小女应回首，赢得千年碧草愁。

昭君曲　清　那彦成

那彦成（1763—1833），章佳氏，字绎堂，号韶九、东甫，号绎堂，满洲正白旗人。阿桂之孙。乾隆五十四年进士，曾为礼部尚书。谥文毅。

秋草黄云冷夕曛，那堪回首汉宫春。龙城飞将今犹在，卻使蛾眉靖塞尘。

胭脂零落倍销魂，急雪严霜泣暗吞。敢向琵琶传怨语，只今青冢亦君恩。（《湖海诗传》）

昭君曲 清 孙云凤

天外边风扑面沙，举头何处是中华。早知身被丹青误，但嫁巫山百姓家。

即 事 清 窦欲峻

窦欲峻（1764—1837），字仰之，号层峰，罗平人。乾隆三十年贡生，曾为镇江府知府。

巴山夜雨隔前溪，巫峡朝云望欲迷。借问此间何处好，明妃台上夕阳西。

早过两河口 同前

匹马出城西，村鸡喔喔啼。两河霏晓露，一棹渡香溪。路入沙头软，花开屋角低。麦黄民正乐，镰刈遍畦齐。

昭君诗 清 舒位

永巷年年怨绮罗，长门夜夜定风波。可知千载琵琶语，绝胜三秋团扇歌。依旧锦车驰玉垒，分明钿合隔银河。蛾眉肯用黄金赎，妾被黄金误已多。

天汉当年百战勋，安险谁料托红裙。紫台梦冷南宫漏，青冢况招北塞云。尚有牧羊苏属国，可怜射虎李将军。由来一片关山月，拍遍胡笳不忍闻。

省识春风一面无，真真难向夜深呼。卷中人在崔娘老，马上妆成蔡女孤。此去定骑红尾凤，再来岂有白头乌。当时竟杀毛延寿，未画明妃出塞图。

雁门关外马牛风，远嫁乌孙事略同。但使古公能好色，不妨魏绛论和戎。掖庭请去恩非薄，山壑犹存句最工。回首平城三十万，是谁奇计出无穷。(《瓶水斋诗集》)

原序：汉元帝时，陈汤斩郅支单于，传首京师。呼韩邪单于闻之，且喜且惧，入朝愿婿汉氏，遂以后宫良家子王嫱配焉。匪寇昏媾，与唐回纥有异。自石季伦《王明君辞》，已多谬咏，后之作者，第弗深辨。惟元帝按图召幸，致讯险谒，而嫱又自向掖庭令请行，不已衒乎？譬如李平驰间道而始识真卿，毛遂喻囊锥而自媒赵胜。上不好瑟，下不爱鼎，士女之眈嘻可概矣。

明妃曲　清　朱方增

朱方增（？—1830），字虹舫，浙江海盐人。嘉庆六年进士，曾为国子监司业。

边沙莽莽起黄云，马上琵琶忍再闻。只有千秋青冢在，更无人问李陵坟。

明妃出塞图　清　陈寿祺

陈寿祺（1771—1834），字恭甫，号隐屏山人，侯官（今福建福州）人。嘉庆四年进士，曾主讲杭州敷文书院。

锦帔明珰出汉关，白云回首失阴山。他年居次重归汉，可有说随爱女还。（《纂喜堂诗稿》）

昭君村 清 德克进布

德克进布（1772—1840），伊拉里氏，满洲旗人。曾为成都将军。

辞君回首汉宫斜，一曲琵琶忆故家。村女至今犹灼面，恐教红粉葬胡沙。

明妃曲 清 黄本骐

黄本骐，字伯良，号花耘，宁乡人。黄湘南（1757—1785）之子。嘉庆十三年举人，曾为城步训导。

妾去胡无兵，妾在边不宁。汉月胡沙玉关道，琵琶弦咽英雄声。呼韩放马二师撤，营烽烟夜冷单于。庭上青天幸生降，百战边功待妾成。生死报国国恩厚，君王莫杀毛延寿。

明妃出塞图 同前

一纸春风影，何曾画史差。君心青海月，妾泪汉宫花。怨入乌孙曲，悲深蔡女笳。萧萧荒冢草，毕竟染胡沙。

昭君村 清 陶澍

薄雨匀山黛，树容上晓妆。昭君浣纱处，溪水至今香。波

镜秋磨月，岩花晚破霜。紫台应有梦，归佩绕郎当。(《陶文毅公全集》)

昭君怨 清 李惺

图画争相赂，娥眉劲节存。入宫原妾命，出塞亦君恩。环佩辞鸾殿，琵琶指雁门。蕃河肠九折，汉月泪双痕。青草他年冢，巫山归日村。助人成别赋，何处吊归魂。谁将谋空老，阏氏号自尊。毡庐鸿鹄调，公主已乌孙。

反昭君怨 同前

常思身老掖庭中，不分燕支塞上红。何以琵琶慰秋思，早知图画误春风。玉容死便埋蕃地，青草生犹似汉宫。自是君王重恩信，敢辞万里去和戎。(《芸庵诗集》)

明　妃 清 贺熙龄

君王长策是和亲，又见明驼送美人。一女能消边塞衅，六宫谁数汉家春。只令环佩香魂远，无复琵琶别调新。千载萋萋青冢草，东风凄断玉关尘。

昭　君 清 沙琛

沙琛（1789—1822），字献如，号雪湖，太和（今云南大理）人。乾隆四十五年举人，曾为六安知州。

白草黄沙向碧昏，汉宫花月正纷缊。画图那得无真赝，思意徒然费选抡。比到知名成陌路，可怜直道误宫媛。春风底是多情物，青冢年年拂翠痕。

吊明妃 清 李拔

明妃钟秀地，溪水尚留香。顿觉山花霭，遥怜野草芳。琵琶怀恨远，青冢结丝长。延寿胡为尔，徒教姓字芳。

明妃曲 清 阮芝

阮芝，字鹤田，号霞衣，益阳人。嘉庆九年举人，曾官定远县训导。

蛾眉不自炫，寂寞汉宫春。万里凭胡骑，巴风愁杀人。

自嫁乌孙主，蛾眉何日归。思乡无限泪，滴向胡宫衣。（《沅湘耆旧集》）

王昭君琵琶出塞 清 杨庚

杨庚，字少白，一字星山，江安人。嘉庆十八年举人，曾为湖北汉黄德道。

竟嫁单于去，琵琶别汉宫。秋将从塞老，声漫出关雄。大漠孤台紫，长城万柳红。回头辞苑月，弹指向边风。身盼金能赎，图怜画未工。酬恩双泪外，写怨四弦中。谱作离鸾曲，催成汉马功。文姬他日到，笳拍又相同。

昭君台 清 叶调元

叶调元，字鼎三，浙江余姚人。嘉庆四年前后生。著有《汉口竹枝词》。

生长明妃何处村，高台犹倚白云根。名山一角余芳泽，薄命千秋共泪痕。那屑黄金贻画手，但留青冢答君王。琵琶声里沙场靖，却胜文姬返玉门。

昭 君 清 尧湛

尧湛，字露华，号东郎，温江人，嘉庆二十四年举人。平生负才不羁，以酒病陨身。年三十而卒。

鞞婆呜咽向呼韩，血泪栏干倚玉鞍。天子有情留不得，误卿一世是红颜。

昭君曲次王明叔韵 清 蓝田

蓝田，字玉甫，号北泉，即墨人。嘉庆年间进士，官至河南道监察御史。

琵琶马上泪零零，谁谱新声落汉庭。莫话当年枉描写，人丹何事不丹青。太息官家信画师，妾身飘泊白龙涯。行人笑说嫖姚事，争似和亲出塞时。月到毡城沙碛空，归鸿两两御刚风。天狼几点芒如许，为我传信五柞宫。命薄何心怨画师，重瞳咫尺自妍媸。千金此日谁穷出，竟误和亲却未知。（《蓝侍御集北泉草堂诗集》）

王昭君 清 金菁莪

金菁莪，字艺圃，山阴人，寄籍番禺。嘉庆七年进士，曾官兵部主事。

匈奴百战昏边城，汉家帷幄宁无人。咄哉宫中一女子，能令天子重和亲。和亲自出圣明意，呼韩邪有美人赐。春风识面殊分明，翻哂画工枉多事。上马拂雕鞍，回头不忍□。非缘妾薄命，安知行路难。只今朔漠寒天雪，何似长门月。妾身胡地心汉宫，一曲琵琶向谁说。本来家在荆州道，少小爷怜嫁不早。岂知巫山村里人，化作丰州冢头草。君不见，堂堂公主嫁乌孙，区区如妾何足论。（《岭南群雅》）

明 妃 清 郭友兰

郭友兰，字素心，湘潭人。嘉庆十九年进士郭汪灿姊。

桃花马上惨红颜，白草黄河万仞山。莫抱琵琶回首望，寒云深闭玉门关。

原上草 清 孙家谷

孙家谷，字曙舟，号幼莲，浙江鄞县人。道光二年进士，曾为山西襄陵知县。

昔日宫中花，今日原上草。宫中日照金，凤凰原上凄。风啼怪鸟声，一声似蜀魄。马上胡儿听不得，血色殷红染芳草。千年化作苌弘碧，汉家畏敌如畏虎。不见王师赫斯怒，莫夺燕支塞上山。忍使宫花委尘土，宫中粉黛三千人。罗绮缤纷娇上春，弃一美人不足惜，国体凌夷耻已极。吁嗟呼，永巷羊车绝可怜，孰曳珠襦进御前。玉钩荒蔓闷白骨，金门落叶枯红颜。何以萋萋原上草，独留春色在人间。

昭君怨　清　黄婉璚

黄婉璚，字保仪，宁乡人。嘉庆十三年举人黄本骐女，贡生欧阳道济妻。

琵琶哀怨曲难尽，忍向胡沙忆汉宫。穹帐年来憔悴甚，春风不及画图中。

题昭君图　清　金树彩

金树彩，字幼文，安徽休宁人。道光咸丰间在世。

马上琵琶出塞悲，何堪重忆汉宫时。妾颜恐累君王德，那肯黄金赂画师。（《清闺秀诗柳絮集校补》）

昭　君　清　尧湛

尧湛，字露华，号东郎，温江人。嘉庆二十四年举人，试礼部不第，年三十而卒。

鞞婆呜咽问呼韩，血泪阑干倚玉鞍。天子有情留不得，误卿一世是红颜。

明妃曲 清 聂光銮

妾留君莫识，妾去君相见。不是图中面，侍君表妾心。别君舍妾身，为君靖边尘。汉宫三千女如花，黄金不多女莫夸。请君漫杀毛延寿，听妾马上弹琵琶。琵琶声迟妾肠断，朝朝泪落天山畔。锦裘貂帽拜阏支，雪酷霜凄梦天汉。千年青冢沦塞北，一去故乡归不得。峡山高高江水寒，村女至今无颜色。

昭君怨 清 石赞清

石赞清（1805—1869），字次臬，贵州黄平人。道光十八年进士，曾为顺天府尹。

雪重拂庐干，燕山直北寒。空弹马上曲，真愧镜中鸾。古戍烟尘满，边隅粉黛残。自矜娇艳色，时展画图看。

明妃梦入汉宫歌 清 曾元基

曾元基，闽县人。曾晖春（1770—1853）长子，道光十五年举人。

毳幕春生戎马场，琵琶一曲悲王嫱。胡天此去黯断肠，填胸悲愤辞君王。玉关万里海茫茫，梦魂一枕还帝乡。宫中长乐夜未央，添香来待君王旁。泪珠错落分两行，画工延寿何无良。累妾和戎走朔方，飘泊梨花颠海棠。蛾眉谁复千金偿，不道白头恩更长。为谢君王寿一觞，此身世世金屋藏。整顿风翘环佩锵，风吹兜勒何凄凉。一声惊散双鸳鸯，起视银汉天苍苍。

昭　君　清　曾元海

曾元澄，闽县人。曾晖春（1770—1853）第三子，道光二年进士。

玉关恩怨寄檀槽，胡语分明一曲操。回首汉宫不知处，李陵台上月轮高。

昭君梦入汉宫歌　清　曾元燮

曾元澄，闽县人。曾晖春（1770—1853）第四子，道光十八年进士。

汉宫图画失风神，汉主和亲召美人。一曲琵琶春出塞，桃花红逐马蹄尘。寸心脉脉泪莹莹，满目凄凉故国情。龙沙荒草年年白，一枕高唐梦不成。寒天刁斗城南起，咫尺黄河千万里。天风吹下步虚声，望见君王春帐里。黄金何日赎蛾眉，复道承恩似昔时。六宫灯火明如昼，婀娜芳心不自持。晶莹泪染斑斑血，妾为君王肠百结。春花秋月愁杀人，团聚惊心久离别。当年车马出长安，雾鬓云鬟湿未干。不是君王甘弃妾，妾身命薄如秋纨。关山万里喜生还，整顿衣裳理佩环。昔日娇娥今白首，妾颜可改去时颜。宫漏沉沉宫鼓急，愁诉离情惟饮泣。韦鞲毳幕几经年，今朝却得君王立。芙蓉帐暖度春宵，绮女轻扶翐翠翘。一杯上祝君王寿，迷离双颊晕红绡。西风塞马嘶边朔，惊破芳魂梦初觉。拥衾兀坐不成眠，满地霜花寒晓角。

昭君梦入汉宫歌 清 曾元澄

曾元澄，闽县人。曾晖春（1770—1853）第五子，道光十一年举人。

寒笳入身声声哀，边城胡骑喧如雷。汉宫回首不知处，乘风安得归去来。睡魔有意怜哀怨，离恨天还为补恨。朝朝云雨忆襄王，巫山神女阳台荐。梦魂飞入玉门关，整顿衣裳理佩环。长乐春花太掖柳，相逢似庆我生还。诉从奉诏辞宫殿，已判绝域难相见。那知复道重承恩，分明再睹君王面。连理枝头花正开，合欢初赐流霞碗。红颜得似旧时好，姻脂颜色胡为哉。吁嗟呼，岂是明驼千里足，六宫驰送鸾膠续。不然汉使重致词，蛾眉却把黄金赎。胡沙万里莽无垠，弱魂缥缈逾关津。精通神感或能尔，惜哉此梦终非真。何如先梦非梦一相见，却作九华帐里李夫人。

昭君怨 同前

阏氏再世岂人情，手碎琵琶誓此生。留得怨思歌一曲，西羌谁谱断肠声。

昭君怨 清 江青枫

江青枫，字半岚，号梅谷，湖北汉阳人。嘉庆间在世。

龙沙北去苦零丁，回首关山梦汉庭。解识红颜多薄命，莫教含泪怨丹青。

明妃出塞图 清 郭尚先

郭尚先（1785—1832），字元开，号兰石，福建莆田人。嘉庆十四年进士，曾为光禄寺卿。

焉耆山色如口脂，呼韩邪迎大阏支。阏支上殿君王悔，非信何以怀四夷。细君马上琵琶曲，浑不似声共刺促。闻说君王斩画师，摅忿衔恩死亦足。马死有骨豹有皮，青青冢草行人悲。何限如花画中女，姓名埋没谁复知。

香 溪 清 周启运

周启运（1792—1853），字景垣，灵川人。道光六年进士，曾为直隶按察使。

闻说香溪水，神仙旧有家。岩低风簇浪，滩浅石笼河。入盏浑疑酒，当垆可试茶。昭君已北嫁，空自衬朝霞。（《晚晴簃诗汇》）

明 妃 清 郭漱玉

郭淑玉，字六芳，号琼泉，湘潭人。郭润玉（1797—1838）姊。

竟抱琵琶塞外行，非关图画误倾城。汉家议就和戎策，已胜防边十万兵。

再咏明妃 同前

问谁倡此和亲议，满面胡沙掩朔风。寄语君王休念妾，而今觉是画图中。

明　妃 清　郭润玉

郭润玉（1797—1838），字昭华，号笙愉，湘潭人。嘉庆十九年进士、鄠县知县郭汪灿女。与姑母郭步蕴、郭友兰、郭佩兰，姐姐郭漱玉，皆有诗名。

漫道黄金误此身，朔风吹散马头尘。琵琶一曲干戈靖，论到边功是美人。

明　妃 清　鲍康

鲍康，字子年，号臆园，歙县人。举人，官至夔州知府。与李佐贤（1807—1876）交好。

不向深宫拭泪痕，妍媸肯对画工论。笑他买赋长门女，卻掷黄金结主恩。（《晚晴簃诗汇》）

明妃图 清　林寿图

林寿图（1809—1885），初名英奇，字颖叔，闽县（今福建福州）人。道光二十五年进士，累官工部主事。

延寿宫中乍见时，不知能妒几蛾眉。即沦万骑风沙里，亦

是天人第一姿。穹庐青草未曾埋，侍女双扶汉仗排。何事夔州衰杜老，春风省识黯伤怀。（《黄鹄山人诗初钞》）

明　妃　清　高振洛

高振洛，高振宛（1809—1878）弟。道光十八年进士，曾任云南广南府知府。

玉勒金鞯事远游，蛾眉无计可重留。高台烟雨添新咏，绝塞琵琶诉古愁。肯藉黄金邀一顾，要留青冢志千秋。边陲从此烽烟靖，若使论功亦可侯。

香溪访明妃故里　清　贝青乔

生小苎萝里，缄芳初去时。和戎君有策，出塞妾何词？颦态嗤村女，啼桩误画师。最怜青冢月，犹照楚江湄。

题明妃出塞卷子　清　时铭

时铭，字子佩，号香雪，嘉定人。进士，曾为齐东知县。子胡曰醇曾为胡林翼（1812—1861）幕宾。

塞草茫茫寒云紫，沙咏蛾眉寒瘃指。妾身辛苦事和亲，万里关山从此始。日落穹庐望汉宫，未央宫月半朦胧。宫中自识君王面，便隔君门一万重。小弦声吆大弦急，弦急弦吆如帛裂。琵琶抛却不成弹，匹似妾身长断绝。和亲辛苦惟妾身，汉家十载无边尘。回头翻觉君恩重，胜作长门赋里人。

昭君曲 清 周寿昌

周寿昌（1814—1884），字应甫，长沙人。道光二十五年进士，曾为礼部侍郎。

咫尺长门接玉墀，深宫歌笑听能知。君王肯重倾城选，何必图形托画师。

初随胡月出龙城，鼙箓频催上马行。止有琵琶余旧调，低徊时作汉宫声。

王 嫱 清 金和

金和（1818—1885），字弓叔，号亚匏，江苏上元人。贡生。

红颜竟许到沙场，体抱琵琶意更伤。不是出宫时一拜，今生何处见君王。

昭君怨 清 郭嵩焘

汉宫何缘嫁娉婷，泪珠飞坠鸳鸯屏。丰容靓饰不自媚，莫怨远弃单于庭。琵琶自按新声谱，俗耳讥评类胡语。黄云落日试回看，始信此声弹更苦。空房晓雾生帘栊，繁华转眼烛散风。尘海汹奔等闲度，比似玉砌号秋虫。谈笑江山赌一快，季布何心斩樊哙。终军班超名塞天，一样风沙愁出塞。倾心图画望承恩，争妍妒宠亦多门。君恩自浅妾命薄，区区画师何足言。

明妃怨　清　胡凤丹

妾不怨君王寡恩义，但怨前生薄命今生弃。亦不怨画工图形恶，但怨绝世风姿笔难著。衔君恩，出国门。妍与媸，谁复论。道旁来观者，齐声为妾惜。惜妾不嫁巫山村，胡为远嫁楼兰国。琵琶一曲和边笳，尘沙漠漠无颜色。回首汉宫阙，遥望玉门关。关外明月圆如环，恨不照见君王颜。君王悔悟欲留妾，妾身已作沟中叶。今世不生连理枝，来世愿化双蝴蝶。

昭君墓　清　董文涣

董文涣（1833—1877），号研秋、研樵，平阳府洪洞县（今山西洪洞）人。曾为甘凉兵备道。

汉宫皆黄土，异域名不灭。春草自年年，青冢吊寒月。

昭君词　清　王闿运

北藩已款塞，朝典赉貔崇。岂为和亲饵，将从蕃后封。人情惜远嫁，闲命但忧忡。玉颜常自矜，感慨起相从。知名在一朝，左右眩光容。悲绵为沉吟，胡马嘶其风。父子知汉礼，方期华变戎。升沉亦何常，班女怨空宫。美色犹见欺，奇才信终穷。（《湘绮楼诗集》）

明妃怨感友人作 清 释敬安

释敬安（1851—1912），俗名黄读山，字福余，湖南湘潭人。曾为中华佛教总会会长。

明君宁好色，玉貌敢承恩。不怨画工误，休将妾意论。塞云凄断雁，关月冷归魂。青冢春来草，萋萋向玉门。（《八指头陀诗集》）

昭君邨 清 吴仰贤

蛾眉报国耻生还，万里龙沙若等闲。不断封侯班定远，暮年恋煞玉门关。

汉家社稷倚安危，青冢何人酹一卮。月下魂归环佩杳，前邨箫管赛瑶姬。

吊昭君 清 向鸿翥

妩媚眉眼认远山，昭君毓秀此村间。金钗倍可安沙漠，铁甲何劳守玉关。曾由曲中传素愿，休从书里忆红颜。若教内治垂徽范，汉史修成不让班。

步陈刺史昭君怨韵 同前

请行壮志有谁同，临别丰容动六宫。自嫁单于知命薄，不用延寿致途穷。心源抱赤天垂鉴，冢草含青地显忠。持节冯媛堪并美，锦东来往朔庭空。

明妃图歌 清 何家琪

何家琪（1843—1905），字吟秋，号天根，河南封丘人。光绪元年举人，曾为汝宁府教授。

汉时画工死已久，世上日出明妃图。我抚此图三叹息，前后左右皆匈奴。中一弱女子，独坐橐驼车。橐驼高步，里无万千，昨日汉殿，今日汉关。出汉关，非汉地，风沙四障云如盖。苜蓿衰草亦旌旗，肥赤走卒牛羊秽。生吞鹿肉蒲桃醉，胡妇跨马来入卫。头戴缄冠不挽髻，别有风姿中华异。吁嗟呼！君恩不可忘，君命不敢违。失一婢子不足惜，如何遂长边人威。武皇声灵在天下，票姚名子何巍巍。妾身一出和议定，徒命后世陈绢败纸长光辉。

咏王昭君 清 谭宗浚

跋涉龙庭逐虏尘，汉宫回首泪沾巾。画图尚得君王顾，差胜昭阳望幸人。（《荔村草堂诗钞》）

明 妃 清 李嘉乐

李嘉乐，宪之，光州（今河南光州）人。同治二年进士，曾为江西布政使。

仿佛齐庭女嫁吴，敢将入侍望匈奴。后宫不少丹青手，谁画边疆益地图。

香　溪　清　刘光第

莫诮蛮山恶，香溪有艳魂。一声巴女笛，千古汉妃村。月夜修篁怨，春风媚草尊。崖泉为幽诉，环佩戛潺湲。

昭　君　清　罗金淑

罗金淑，字丽生，善化（今湖南长沙）人。湘阴邹藻妻。有《碧芙蓉馆遗草》。

翠辇青骢出汉宫，琵琶一曲怨东风。生成命是红颜薄，莫为黄金恼画工。和戎谁策美人勋，匹马飞驰塞上云。千古明月青冢在，画师端未误昭君。

昭君怨　清　沈玉书

沈玉书，字素庭，会稽人，诸生。有《常自耕斋诗稿》。

一曲琵琶马上尘，玉关西出为和亲。明妃莫抱千秋恨，尚有长门老死人。

昭　君　清　罗世德

罗世德，字晓峰，永川人。进士，知汤阴县。

多少如花汉殿女，昭君青史独长存。不将一例宫妃看，遣嫁单于是主恩。

白草无情枯鬼域，红颜有泪湿琵琶。胡笳漫恨明妃死，青家依然报汉家。

昭君解 同前

北风寒雨摧胡草，琵琶一曲娉婷老。自甘命薄付红颜，玉黛金钿长不扫。

空斩模形旧画师，世上钱神解画眉。黄金尽处无颜色，佳人妍者自然媸。

弱质从来逐鸡狗，甘酸苦乐无好丑。长门且欲赋千金，愁人不独髯胡有。

尚忆当年锁暮妆，年年岁岁怨昭阳。身在汉宫如失志，也与胡姬共断肠。

王昭君 清 梅芬

梅芬，字素娟，号雪香，吴江（今江苏苏州）人。明经陈自焕妻。著《绿�轩诗草》。

毡庐风景异中华，弹彻琵琶满面沙。旧日红颜消落尽，单于犹道妾如花。

昭 君 清 张纫英

张纫英，字孟缇，江苏阳湖人。

莫怨丹青误此身，天教艳质靖边尘。请看万古轮台月，照尽长门绝代人。

慷慨襟怀类请缨，红颜漫道总倾城。未妨异域埋香骨，赢得千秋不朽名。

昭君怨 清 温曾绪

温曾绪，三原庠生。

按图许承恩，君王怨不得。延寿就诛戮，画工怨不得。欲知妾怨意，当年自负好颜色。颜色误妾妾误君，昭阳宫殿锁愁云。塞外而今青草春，悔杀长门卖赋人。（《二南遗音》）

明妃曲 清 梁士进

梁士进，知县。

汉家纡策事和戎，故遣蛾眉出汉宫。自料玉颜能冠宠，谁怜异域独飘蓬。琵琶泪落胡天月，环佩声悲朔漠风。香骨已消青冢没，至今遗恨泣征鸿。

七连坪吊明妃 清 贾治

贾治，生平待考。

直到明妃生长处，乱峰高下彩云间。可怜憔悴边关月，长照香溪洗翠鬟。

编者注：七连坪为明妃生地。

明 妃 清 杨惺惺

杨惺惺，字柳枝，德化人。

休把容颜怨画师，汉宫应不少蛾眉。若教一例承恩宠，纵使倾城那得知。

昭君怨 清 王令闻

王令闻，字鸣冈，华亭人。

白草黄花万里秋，琵琶未抱泪先流。曲中不解关山月，犹作深宫万里愁。

昭 君 清 刘淑慧

出舍宁辞万里遥，建功未肯让班超。丹青不愧芙蓉面，赢得单于拜汉朝。(《清闺秀诗柳絮集校补》)

昭君台书怀 清 汪铭

汪铭，生平待考。

秭城山里半年居，雁影难传远道书。吊古已从芳草后，登台又值落花初。一官匏系清风淡，满径烟迷夜雨疏。赖有闲情抛笔墨，忍将往迹付荒墟。(《清闺秀诗柳絮集校补》)

和兰塘少尉昭君台原韵 清 褚坛

褚坛，生平待考。

宦游欣共秭城居，一样天涯怅远书。同憾荒台明月里，空留胜迹晓晴初。鞍鞯辞国人何在，巾帼和戎计已疏。满面胡沙

红粉绝，倾城意见叹邱墟。（《清闺秀诗柳絮集校补》）

题明妃出塞图 清 杨琼华

杨琼华，号端芝，汉军正白旗人。

胡妆不称纤腰瘦，朔风吹急宫衣透。马前飞雪马后花，红颜那得还依旧。倾国从来是美人，平吴勋策苎萝村。千年青冢空埋恨，汉宫终无种蠡臣。（《清闺秀诗柳絮集校补》）

昭君怨 清 黄琼兰

黄琼兰，号天香，陈鹿圃孀妇之婢，广西怀集人。

拨尽琵琶恨未终，离情千古与谁同。冰魂总是悲残命，玉貌何憎怨画工。乡国归云随梦白，关山别泪湿衣红。可怜塞上今宵月，一片寒光异汉宫。（《清闺秀诗柳絮集校补》）

明妃曲 清 刘琬怀

刘琬怀，字撰芳，江苏阳湖人。

琵琶一曲总堪哀，环佩何曾月夜回。春草有灵青作冢，几曾生向李陵台。（《清闺秀诗柳絮集校补》）

明 妃 清 林炊琼

林炊琼，字粢香，福建人。

娥眉多少老深宫，知己由来是画工。青史留名非薄命，琵

琶何用怨东风。(《清闺秀诗柳絮集校补》)

王昭君 清 许还珠

许还珠，字月津，侯官人。

关山明月马如飞，独抱琵琶诉恨时。从此和亲成故事，安边勋绩属蛾眉。(《清闺秀诗柳絮集校补》)

昭君怨 清 尹初荣

尹初荣，东莞人。

白草黄云泪自流，笳声难解汉宫秋。龙城飞将今何在，忍见琵琶出塞愁。(《清闺秀诗柳絮集校补》)

昭君怨 清 马士琪

马士琪，字韫雪，四川西充人。

长安天际见浮云，拨尽琵琶只自闻。传语君王休按剑，红颜不合误毛君。丹青何堵意何深，自负容光懒赠金。纵使丹青重写照，也知难写向南心。去国和戎事已彰，君王从此识王嫱。不知生死幽宫里，国色何曾少断肠。毁容延寿罪犹轻，娄敬难辞鼎镬烹。误国和亲成祖宪，故教塞外蒙烟盟。(《清闺秀诗柳絮集校补》)

咏王昭君呈心斋先生　清　沈持玉

琵琶一曲怨春风，万里飘寒逐塞鸿。最是多情毛画史，不教倾国老深宫。

昭　君　同前

按图索去太相轻，岂有芳姿绘得成。枉向宫门诛画史，琵琶出塞已无声。(《清闺秀诗柳絮集校补》)

拟明妃出塞三十韵　录十一　清　梁纯素

梁纯素，号云卢，广东茂名人。

金屋无缘出汉宫，落花无主任飘蓬。红颜千古同遗憾，岂独昭君恨不穷。

巫峡巫云过别峰，天颜咫尺胜千重。长门久已无梳洗，莫狂丹青错画侬。

中国堂堂兴霸时，无端蒙面献西施。千年遗恨留青冢，一曲琵琶泣月支。

轻同燕子别京畿，春日难回念翠微。玉骨纵然归北虏，千秋犹号汉明妃。

异地逢春未当春，枝头啼鸟倍伤神。上林风景年年在，不见汉宫旧时人。

妆成功拙向谁论，自对菱花断素魂。盼尽白云春昼永，千条细雨又黄昏。

簇簇沉檀何处香，帘开风卷旧罗裳。白云红树家何在，拨尽琵琶日未央。

才色原高造物憎，空将血泪共冰凝。当年莫怨丹青笔，一点秋波画不能。

花样娇娆柳样柔，梧桐枝好凤难留。长门寂寞金莲迹，红叶无诗出御沟。

三春杨柳绿纤纤，雨打梨花懒卷帘。故国家园安乐否，亏奴终日藉龟占。

数奇不遇隔仙凡，对使殷勤谢一函。肥瘦漫劳重借问，当年血泪渍春衫。（《清闺秀诗柳絮集校补》）

王昭君 清 姚孔鐀

姚孔鐀，字粱贡，号于巢，桐城人。

莫恨毛延寿，凝妆厌虏尘。远调银杆拨，近愧汉丝纶。死有旃裘哭，生伤辇毂春。红颜宁薄命，青冢至今新。（《华林庄诗集》）

昭君村 清 乌拉灵寿

荒村寂寞枕江斜，云是明妃旧日家。翻让红颜传不朽，同时第宅等泥沙。（《巫山县志》）

昭君村 清 修仁

山郚寥落径通斜，传说明妃旧有家。想见当年钟毓处，江干孤月照清纱。

昭君村 清 陈杏昌

欲访贤村怯径斜，归州见说旧有家。紫台一去丰留冢，青草至今映白沙。（《巫山县志》）

明妃怨 清 余敦典

黄沙万里寒烟平，一曲琵琶诉别情。环佩那堪充绝域，烽烟那许靖边城。诏从汉帝宫中下，人在秦关马上行。如此女郎能报国，平戎何事更征兵。

明妃曲 清 张铁华

张铁华，字砚清，海盐人。

风吹白草黄尘飞，云霾苦日天无辉。寒鸿南翔人迹绝，琵琶马上弹明妃。明妃云作边庭月，夜夜遥临汉宫阙。苏武能归妾不归，红颜误人竟沦没。琵琶缠绵作胡语，愁煞毡城无限女。白登刻木犹妒人，青冢埋香尚邻汝。（《西泠鸿爪》）

昭君村 清 林愈蕃

林愈蕃，字青山，号涧松，四川中江人。清代医家。

貔貅十万噤无声，绝代佳人塞北行。但使娥眉能解甲，便如麟阁画倾城。香溪应报千年怨，祸水终输一代名。欲问孤村渺何许，茫茫青草暮云平。

昭君吧 清 刘寿萱

刘寿萱，武进人。江阴缪征甲室。

明妃生长荆门时，布裙照耀倾城姿。心高不肯斯养嫁，年少常期天子知。汉家天子勤宵旰，后宫佳丽无心玩。单于岁入雁门关，羽檄纷驰常待旦。待旦何人侍至尊，三千宫女竞承恩。深宫一入如长夜，镜里朱颜只泪痕。泪痕终日对东风，月落乌啼朝暮中。春光不管垂杨碧，秋雨随题落叶红。千金耻买相如赋，况肯低眉暗行赂。画工能窃太阿权，颠倒妍媸君勿顾。赢得乌孙下嫁名，君王惨淡在临行。早知我见尤怜汝，却恨图穷已误卿。卿辞汉殿向黄沙，回首长安不见家。凄绝城头吹筚篥，愁来马上拨琵琶。琵琶幽怨分明语，碧眼胡儿泪如雨。八月边风愁杀人，雪花如常当风舞。薄命红颜敢自伤，死留青冢土还香。上林验取南飞雁，一纸还凭报汉皇。

香 溪 清 彭羽仪

香水碧澄河，春帆逐浪过。晓云堆古渡，夜月入清波。断岸遗脂粉，荒村有苎萝。涤妆在河处，捣练石边多。

昭君台 清 刘耀藜

晓日朦胧揽镜妆，山余粉泽水流香。容颜既识春风冷，魂梦空归夜月凉。金勒马嘶故塞草，绣衣人换汉宫装。榆林烟雨桃花泪，一曲琵琶一断肠。

明妃篇 清 濮淙

明妃上马时，肯惜黄金帛。一时忍小耻，遽尔从和亲。如何军国计，乃在一妇人。黄沙翳万里，大漠无阳春。旋思汉宫月，不见车辚辚。苍生困已极，边戍良苦辛。干戈倘偃息，报答君王恩。此心托明月，为妾照西秦。

香溪别友人 清 刘寿山

刘寿山，四川廪生。

秋到蒹葭里，伊人水一方。凉风增客感，归路指江乡。话别酒三雅，偕行诗一囊。何如鸥鹭好，相约送风樯。

明 妃 裴景福

一曲琵琶感不禁，春风小谪雪山阴。倾城便是明妃罪，远嫁原非汉主心。团扇悲秋同紫塞，长门买赋少黄金。画图惯把红颜误，孤冢青青自古今。(《睫阁诗钞》)

明妃出塞 易顺鼎

易顺鼎，字实甫，中实，号眉伽，哭庵，湖南龙阳人。

计程何日到无雷，红泪都成蜡烛灰。惆怅汉宫消息断，陇头谁寄一枝梅。

香溪曲仿庾体　同前

香溪碧水漫明沙，汉时生女独如花。西蜀文君休濯锦，东越夷光罢浣纱。古老相传争滟绝，行人每过尽咨嗟。溪头旧日产明君，秭归居处尚有村。未作内家妃赤帝，却同公主嫁乌孙。将身自许向胡去，纵不承恩还报恩。从此高名齐日月，谁言弱质少风云。掖庭待诏那能久，异域阏氏差不负。终看白璧报单于，合举黄金谢延寿。万里风高雪倒飞，闻道龙沙去打围。琵琶自向胡天听，环佩犹乘汉月归。试看溪边水绿处，应怜冢上草青时。当时若向香溪没，万岁千秋谁得知。

除日游玉虚洞　同前

东风吹客来香溪，小船漾入青玻璃。沿溪诸山并幽峭，缥渺想见仙灵栖。玉虚之洞在何许，山深岁久居人迷。春来腰脚仍健在，何惜一日穷攀跻。行逢野叟作前导，穿林越涧如奔麑。峰回路转石磴古，茅屋渐远空闻鸣。回看来处翠微隔，身后顿失从行奚。山天冥冥日色瘦，似有青兕黄熊啼。凉飙倒吹薜萝动，幽禽坠叶声同凄。危崖积土起千仞，天意只许通远蹄。灵区岂惟樵迹绝，猿鸟欲度皆无蹊。蛇行直上不敢顾，失足一跌身成齑。入山更愁归路断，人倘去我青冥梯。藤阴蔽亏忽微缺，望见洞口才如窒。平生挥奇不计险，直破岩腹穿其脐。旷如奥如乍惊绝，昆仑一角谁所刲。沉沉法王大宫殿，可以敷坐千阇黎。天龙架屋云作顶，悬空不假栋与枅。举头森然见万佛，势欲起立相扶栖。何来西方老尊宿，向我含眼庞眉低。或如幡幢如葆盖，或如孤塔干云霓。或如瑶华或芝草，攒岩簇壑争排挤。或如龟龙与鸾凤，如虎如象如狻猊。最奇二石圆对缺，一日一月生东西。凝观始叹造化巧，以岂人力能劖劙。凿破混沌圣所惧，无仍刻露伤天倪。谽谺中通一罅黑，持照百怪无灵犀。但闻噌吰应人语，似宣佛号千声齐。误疑空壁有人在，其名曰觙传可稽。苔痕滴乳翠尽裂，石上隐见前贤题。仅有百字辨两宋，刮目恨少金为锟。惜哉奇宝尚多有，半蚀翠薜蘼青泥。坡公出峡竟未至，寤寐形状犹余凄。我来追幽诧奇胜，便思诛茅还杖藜。洞天亦知春已到，细草抽甲舒新荑。却怜船中正除日，俗累那得抛周妻。仙人倘来乞灵药，为我医俗烦刀圭。苍烟四合白日冥，溪声送客归来兮。(《琴志楼诗集》)

明妃曲 梁鼎芬

梁鼎芬(1859—1919)，字星海，号节庵，番禺人。光绪六年进士，曾为湖北按察使，参与张勋复辟。

明妃正气天所钟，一心报汉辞汉宫。琵琶呜咽泪珠迸，感恩远去因和戎。朝士无如延寿智，不作胡官解胡意。君王倍为惜红颜，一爱岂能回众忌。吁嗟女子本轻微，余生尚恋旧宫衣。此身不供劳魂返，留与千秋说是非。

昭君怨 骆成骧

汉皇惊顾单于喜，玉愤花羞心欲死。来去深宫是女郎，飘寒绝塞犹妃子。有才无主泣麒麟，让去中行奚向秦。凤凰到处题凡鸟，国士由来侍众人。丽质清才深自贵，肯将赇进随流辈。

悦已知己望终违，入朝入宫心共醉。青春最好无十年，憔悴相逢已惘然。忍使明珠沉海底，不教白璧剖君前。翠眉长蹙泪凝雨，恨不天生作嫫母。愿为乌鹊忍双飞，持取婵娟照千古。不到辞君君不知，君知已是去君时。宫中多少妾颜色，莫遣匆匆付画师。琵琶陇水同呜咽，燕支胡粉无芳泽。兰讯愁悬雁足书，玉颜虚掩龙庭雪。夫人城上望胡天，自断毡裘了百年。生足黄尘填瀚海，死留青冢象祁连。春来绿遍未央柳，寂寂汉宫人去久。杨威不遣五将年，绝嗣谁怜三太后。苗裔相传北地雄，得雌开霸比嫄娀。生儿惜不为龙种，犹胜凄凄老汉宫。

编者注：嫫母：丑妇。燕支：胭脂。嫄：姜嫄，周族弃母。娀：远古氏族。

王昭君　蒋智由

蒋智由（1865—1929），字观云，浙江诸暨人。光绪二十三年举人。

蛾眉在深宫，千年谁复知。空有如花貌，妍媸在画师。画师重黄金，黄金非妾持。行贿岂我为，千载琵琶声，劲节使人悲。

明妃村　黄宾虹

轻艺椒兰识重文，黄金挥霍赋长门。与卿若比毛延寿，终古明妃尚有村。

峡　舟　赵熙

舟泊香溪访玉虚，重来山色似当初。经行水绿沙明处，心转明妃一段出。

香　溪　同前

香溪溪水香，明妃生长香溪曲。溪上女儿嫁姓王，应是明妃族。明妃当日上长安，一朝迢递出胡关。胡关雪大如花片，晓风吹打明妃面。回头不是汉宫人，镜中自挽红缨辫。马上琵琶声断肠，金鸦啼曙梦昭阳。千年青冢同归尽，唯有香溪溪水香。

汉殿岂无人，和亲定主臣。可怜香径水，长傍楚灵均。雪影埋青嶂，花容映玉津。年年峡山月，空照小榆春。

窈窕香溪水，盈盈忆美人。永怀巫峡月，还别汉宫春。风雪留荒冢，安危失重臣。树前花落处，莫认苎萝滨。编者注：明妃诗，李白杜甫后，王安石极善，此虽宋格，然至高矣。

谷口春残野乌啼，香痕凝碧草萋萋。十年老尽关山路，清绝何时到玉溪。编者注：闻玉溪洞距香溪三四里，惜未一游。

辨王昭君事赋　吴虞

吴虞（1872—1949），字又陵，四川新繁（今属四川成都）人。近代思想家，学者。

美丑何心属画工，香弦弹罢泪珠红。由来绝代春色面，不必椒房桂馆中。赋矣长门泪满巾，歌成团扇暗伤神。汉皇枉说思倾国，又被黄金误美人。三千粉黛昔承恩，难向残编觅姓名。一死独能存汉俗，胡笳蔡琰愧平生。环佩魂归故国遥，长留青冢草萧萧。可怜女士长相妒，屈贾高才并寂寥。

昭君村　金天羽

村女少瑰姿，越艳生苎罗。岧岧神女峰，秀异钟姮娥。嫱也居江滨，皎若出水荷。逡巡入汉家，尔貌空山河。愤惋去出塞，韦韝亲橐驼。荆益多佳士，贤良文学科。委身作梁孟，贫贱欢亦多。终胜册阏氏，青冢高嵯峨。寄身谇女萝，慎莫思高柯。

昭　君　杨浣芬

杨浣芬，章绂云（鼎华）室，章作霖母，陶社会员。著有《忆蓉室诗草》。章绂云为陈衍（1856—1937）弟子。

一曲琵琶怨，伤心别汉宫。回头望故国，日暮白云空。（《忆蓉室诗草》）

王昭君　陈曾寿

陈曾寿（1878—1949），字仁先，湖北蕲水（今湖北浠水）人。光绪二十九年进士，官至广东监察御史。

光影徘徊别汉宫，胡沙万里入春风。丰容绝世身难赎，一顾惊天遇未穷。沥血苌弘空化碧，蔽谗正则枉怀忠。贞臣正色蒙知少，欺隐何须怨画工。

原序：苕雪作明妃诗，古人咏者多矣，不能复著笔。予有感于女有色而不见知，犹士怀忠而不见信。明妃能使元帝悔悟，犹未为不幸也。

题昭君出塞图　孙璞

孙璞（1883—1953），字仲瑛，号阿瑛，别号太璞，广东中山人。曾任孙中山秘书。

美人如花命如纸，手抱琵琶别天子。天子思量救不得，忍使红颜嫁漠北。汉宫深锁自年年，君王未见妾颜色。不怨画工杀美人，但怨大臣议和亲。黄沙万里秦时月，弹到玉门关不春。画师杀尽不为快，常笑帝王被评人卖。

昭君村　尹均宣

不妃赤帝嫁乌孙，几曲琵琶度玉门。羞把黄金媒画手，肯行远役背朝恩。红颜易老同垂泪，碧眼方骄欲断魂。今日丰州坟上草，青青犹是秭归村。

昭　君　夏宗沂

夏宗沂，字约千，号兰台，江阴人，诸生。

千秋塞北传青冢，万壑归州有旧村。不是琵琶成远嫁，年年明镜老长门。

昭君怨　罗俊

罗俊，汉阳人。

胡笳声起愈增愁，牧马悲鸣塞外秋。但得蛾眉多似妾，汉家何用广封侯。

题昭君出塞图 但文英

但文英，蒲圻人。

谁把倾城色暗投，争看马上拥征裘。一鞭遥指关山月，万里长辞故国秋。好把琵琶弹别调，不将巾帼赋同仇。当年若贿毛延寿，能得临行再顾不。

明妃曲 周珂

周珂，生平待考。

白龙堆上望南天，塞草迷离塞树连。最是无情青海月，照人双泪自年年。

明妃怨 曹铿平

曹铿平，生平待考。

白草茫茫恨未央，琵琶一曲泪沾裳。陇山西北三千里，立马龙堆望帝乡。（《柳州诗集》）

香溪即景 范吕棣

范吕棣，生平待考。

一棹入仙源，三月花如雨。隔衣不见人，欸乃一声橹。

香　溪　马继华

马继华，生平待考。

不逢云雨过高唐，露白葭苍水一方。中有明妃村落在，至今溪水尚留香。

明妃村　孙五嘉

孙五嘉，生平待考。

雾髻烟鬟几叠山，明妃村在此山间。一从环佩辞珂里，终古琵琶怨玉关。士卒自休边外战，君王翻惜画中颜。若教一例承恩宠，团扇秋风恐似班。

昭君出塞图　佘五孃

佘五孃，顺德人。

琵琶声绝蒺藜风，万里秦关信不通。马上伤心对明月，清光依旧照深宫。

八月霜风动虏尘，玉门关外阵云屯。汉家空有兵千骑，不及蛾眉只一人。

昭君台怀古　吴羲樽

吴羲樽，生平待考。

远嫁匈奴去不归，琵琶声断暮云飞。荆门山下香溪水，日日东流咽夕晖。

过昭君村 边珏

边珏，生平待考。

天山百战困龙媒，不信呼韩稽颡来。网得西施赠强敌，好将种蠡画云台。

不屑黄金赂画工，不甘扇箧掩秋风。美人竟受才容累，轻把胡尘换汉宫。

玉颜几辈妒寒鸦，椒寝娥台剩落花。一面君恩千里嫁，弧村还识美人家。

岸芷如人瘦不肥，临流照影是耶非。香溪碧水无情极，一出春山便不归。

香　溪 龚镫

琵琶一去暮云留，夜夜清溪诉古愁。环佩声闻人不见，月明凭吊泪空流。

青　冢 邓启愈

久无封树杳难凭，草色依稀翠黛凝。如世蛾眉终朔漠，何人堪付汉元陵。

明妃怨 戴柱

戴柱，字仲安，南海人。著有《闲游诗草》。

物色归骄虏，蛾眉镇独颦。迁延上马地，决绝贯鱼人。觱篥风相切，琵琶语不真。君王有飞将，妾是玉关尘。(《粤东诗海》)

梳妆台吊古 仇步曾

仇步曾，浙江人。

汉家饵敌有贻谋，公主琵琶惯谱愁。欲笑轮台劳百战，骠骁博陆浪封侯。

自请朱颜靖塞尘，君王见较画图真。安边若个倾城色，错怪宫闱作画人。

临行一顾总君恩，胡地阏氏位自尊。那比汉家公主福，玉门关内返雕轮。

昭君曲 颜文敏

一辞宫阙出秦关，长得丹青识旧颜。为报君王休爱惜，古来征战几人还。

王昭君 姜绅

姜绅，字修白，江都人，布衣。

将军无卫霍，慷慨去和亲。远色期贤主，倾城用妇人。画

工真爱国，毡帐岂生春。回首昭阳殿，王孙啄已频。（《淮海英灵集》）

王昭君 傅林

傅林，字雨莼，山阴人。

欲诉琵琶泪满巾，边风到处是胡尘。伤心马上容憔悴，还胜当年画里人。（《晚晴簃诗汇》）

明　妃 王嗣晖

王嗣晖，海宁人。

雁声催向玉门关，一曲琵琶马上闲。回首汉宫三十六，独留明月照朱颜。

明妃曲 周燮祥

周燮祥，字叔和，一字调臣，湘阴人。诸生。

和番长策托倾城，一骑琵琶自请行。试对望乡台上月，四弦犹作汉宫声。

昭君怨 覃光瑶

覃光瑶，字玉芳，武陵人。覃恩宸女，著有《玉芳诗》。

此去玉关道，望恩何日归。愁心对汉月，顾影空嘘欷。红颜变黄土，环佩无光辉。乃知旧良图，好丑未全非。天子重和亲，妾身诚细微。不惜妾身远，但伤君心违。谁为生羽翼，高逐秋鸿飞。

昭君怨 黄婉秋

黄婉秋，字葆仪，宁乡人。

琵琶夜怨曲难终，忍向胡沙忆汉宫。穹帐年来憔悴甚，春风不及画图中。（《沅湘耆旧集》）

昭　君 僧涤尘

一曲琵琶血泪斑，黄沙马上老红颜。春风一幅余图画，明月三更冷佩环。青草自甘成死别，黄金谁复冀生还。君王莫更思臣妾，几见男儿出汉关。（《沅湘耆旧集》）

和明妃词 单德荣

单德荣，字孔昭。

一曲芳情朔漠春，北风日夜赴咸秦。远怜胡燕巢金屋，应嘱宫花莫效颦。

秋阴深处望春辉，梦还南军首虏归。暗喜君恩悔图画，自惭边色污宫衣。

王昭君 钱附龙

钱附龙，字在田，号省非。

雁声晓入断云哀，睡觉灯前只自猜。谁信关山隔千里，梦魂曾到汉宫来。

题昭君出塞图 赵贵珍

赵贵珍，字文瑜，诸生。

龙城非将不知耻，汉室安危托女子。玉关万里黄云愁，琵琶声咽香魄死。昭阳宫中红粉光，桃花踏雪雁塞长。碧眼边笳吹汉月，紫貂雉尾惨边霜。当年得此春风笔，倾国倾城称第一。君不见，古来美色累君身，我疑延寿为忠臣。

明　妃 陆鹏

陆鹏，字述斋，海虞陆港人。

紫台迢递雁横天，马上琵琶沙漠传。不道汉庭臣济济，防边无计藉婵娟。（《海虞诗苑》）

昭　君 朱景素

到底娥眉世少伦，黄金岂等买长门。漫言青冢留遗恨，曾博君王一顾恩。

昭　君 万梦丹

万梦丹，字篆卿，德化人。

按图索去太相轻，岂有芳姿绘得成。枉向宫门诛画史，琵琶出塞已无声。

明　妃 陈锦鸾

陈锦鸾，字灵羽，宿迁人。

古来色亡国，而反定兵戈。有美能如此，不辰将奈何。红颜每销歇，青冢独嵯峨。若画真眉目，徒邀宠信多。（《友声集》）

历代诗人咏归州

卢溪送别 唐 王昌龄

王昌龄（约698—约757），字少伯，河东晋阳（今山西太原）人，一说京兆长安（今陕西西安）人。开元中进士。曾官江宁丞、龙标尉等。

武陵溪口驻扁舟，溪水随君向北流。行到荆门上三峡，莫将孤月对猿愁。

松滋渡望峡中 唐 刘禹锡

渡头轻雨洒寒梅，云际溶溶雪水来。梦渚草长迷楚望，夷陵土黑有秦灰。巴人泪应猿声落，蜀客船从鸟道回。十二碧峰何处所，永安宫外是荒台。（《刘禹锡集》）

楚　歌（选一） 唐 元稹

江陵南北道，长有远来人。死别登舟去，生心上马回。荣枯诚异日，今古尽同灰。巫峡朝云起，荆王安在哉？

再经秭归二首 宋 王周

总角曾随上峡船，寻思如梦可凄然。夜来孤馆重来宿，枕底滩声似旧年。

秭归城邑昔曾过，旧识无人奈老何。独有凄清难改处，月明闻唱竹枝歌。

玉虚洞 宋 苏轼

奇哉真洞府，神秀妙天机。玉笋擎华盖，瑶台荷翠微。棋残仙已去，树古鹤相依。峡带香溪水，犹疑浣羽衣。

至归州宿报恩寺 宋 王十朋

终夜江声枕上喧，子规未叫已消魂。身乘筚路思熊绎，词诵离骚吊屈原。城邑旧为夔子国，民人多是楚王孙。误恩分阃方图报，宿处那堪是报恩。

过秭归 同前

晓日寒天过秭归，江山点点上愁眉。况经宋玉悲秋处，不独秋悲冬亦悲。

编者注：宋玉宅今为秭归县治。

二十四日视师印于归大拽铺 同前

大拽名何壮，孤峰势更巍。拜恩罗吏卒，列炬照烟霏。分阃来鱼复，怀乡过秭归。石门观峡水，东注疾如飞。

编者注：泄滩。

夔子城 同前

自乘荜辂思熊绎，词诵离骚吊屈原。城邑旧为夔子国，人民多是楚王孙。惊心鸟石莲花漳，过眼黄牛竹节滩。征棹直从中溜过，好山只得片时看。

过大泄 同前

大泄今重过，江山记我无。云开列嶂秀，石峙一峰孤。吏卒送迎异，舆车来往殊。鸿留泥土迹，飞去到江湖。

憩归州光孝寺 宋 陆游

秭归城畔踏斜阳，古寺无僧昼闭房。残佩断钗陵谷变，苫茅架竹井闾荒。虎行欲与人争路，猿啸能令客断肠。寂寞倚楼搔短发，剩题新恨付巴娘。

原注：寺距城一里许，萧然无僧。

编者注：标题为编者所拟。原题作：憩归州光孝寺，寺后有楚冢，近岁发之，得宝玉剑佩之类。

饮罢寺门独立有感　同前

一邑无平土，邦人例得穷。凄凉远嫁妇，憔悴独醒翁。今古阑干外，悲欢酒盏中。三巴不摇落，搔首对丹枫。

编者注：州有屈大夫及明妃祠。《入蜀记》：归之为州，才三四百家……城中无尺寸平土。

秭归醉中怀都下诸公示坐客　同前

长谣为子说天涯，四座听歌且勿哗。蛮俗杀人供鬼祭，败舟触石委江沙。此身长是沧浪客，何日能为饱暖家？坐忆故人空有梦，尺书不敢到京华。

憩归州觉光寺　同前

秭归城畔踏斜阳，古寺无僧昼闭房。残佩断钗陵谷变，苦茅架竹井闾荒。虎行欲与人争路，猿啸能令客断肠。寂寞倚楼搔短发，剩题新恨付巴娘。

暮次秭归　同前

朝披南陵云，夕揖建平树。啼鸦随客樯，落日满孤戍。恶滩不可说，石芒森如锯。浪花一丈白，吹沫入窗户。是身初非我，底处著忧怖？酒酣一枕睡，过尽鲛鳄怒。欣然推枕起，曳杖散予步。殷勤沙际柳，记我维舟处。

归州重五　同前

斗舸红旗满急湍，船窗睡起亦闲看。屈平乡国逢重五，不比常年角黍盘。

入秭归界　宋　范成大

山根系马得浆家，深入穷乡事可嗟。蚯蚓祟人能作瘴，茱萸随俗强煎茶。幽禽不见但闻语，野草无名都著花。窈窕崎岖殊未艾，去程方始问三巴。

早发周平驿，过清烈祠下　同前

物色近人境，喜欢严晓装。山月鸡犬声，野风麻麦香。登岭既开豁，入林更清凉。三呼独醒士，傥肯酹我觞。

原注：屈平祠也，祠前有独醒亭。

秭归县　同前

永日贪程客，长年吊古诗。悲秋荒故宅，负石惨空祠。峻壁鸦翻倦，高畲麦秀迟。穷山熊绎国，逼仄建邦时。

原注：周封楚子熊绎于此。县宇，宋玉宅；东山清烈祠，屈原宅也。

昭君台　同前

天生尤物元无种，万里巴村出青冢。高台望思台已荒，东风溪涨流水香。婵娟钟美空万古，翻使乡山多丑女。灸眉作瘢亦不须，人人有瘿如瓠壶。

原注：在兴山界中，乡人怜昭君，筑台望之，下有香溪。

荆渚中流回望巫山无复一点戏成短歌　同前

千峰万峰巴峡里，不信人间有平地。渚宫回望水连天，却疑平地元无山。山川相迎复相送，转头变灭都如梦。归程万里今三千，几梦即到石湖边。

秭归郡圃绝句两首　同前

花竹萧骚小圃畦，官居翻似隐沦栖。巴山四合秋阳满，杜宇黄鹂相对啼。

孤城逼仄复逼仄，前山后山青欲来。市声萧条衙鼓静，惟有吒滩喧万雷。

原注：吒滩即黄魔滩，下连人鲊瓮。

归州女　宋　项安世

归州女儿双髻丫，手提酒瓶头戴花。左手持杯右手泻，滩头劝客争邀遮。滩头一船百夫挽，欲上未上头捽沙。呼声半竭力欲尽，粟米一醽胜流霞。腰间五钱岂足惜，钏中十指如春芽。颜行属目百丈纵，三老发怒双槌挝。頩然相顾各分散，顷刻掠栬如轻槎。君不见，世间勇怯皆如许，意根一断前无御。多少功名盖世人，一点依违笑千古。（《平庵悔稿》）

中秋秭归岸下　宋　洪咨夔

出蜀趋吴第一州，夕凉随意系扁舟。十分人鲊瓮头月，一片水晶宫里秋。夜气长存号老鹤，天机自动舞潜虬。得归到处皆佳思，不问西风解白头。（《平斋文集》）

题蜀江图　元　许有壬

许有壬（1286—1364），字可用，彰德汤阴（今属河南汤阴）人。延祐二年进士，曾官枢密副使、中书左丞。

谁收全蜀入丹青，写到夷陵至喜亭。星峡有猿秋寂寂，阳台无雨昼冥冥。蚕丛开国不平水，贾客泛舟始建瓴。圣世无分南与北，朝宗回首远沧溟。（《至正集》）

秭归即楚王台旧基为新城　元　滕毅

滕毅，字仲弘。太祖征吴，以儒士见，留徐达幕下。寻除起居注。吴元年出为湖广按察使。寻召还，擢居吏部一月，改江西行省参政，卒。

春风夔子国，落日楚王台。江绕西陵下，云从上峡来。壮游今已遂，幽思独难裁。关塞犹戎马，吟边首重回。

峡口晚泊四首 明 吴彤

吴彤（1317—1373），字文明，临川（今江西抚州）人。至正十三年进士，官赣州府录事、北平按察司副使。

川路渺无际，扬帆溯流波。征人叹迟暮，舟子方笑歌。去去日将夕，维舟松上萝。坐啸微雨歇，洲渚落花多。

翠壁隐残照，沧洲生夕阴。鸥鸟忽飞去，幽幽春水深。涉险念先训，观风推圣心。功名觉迟暮，萧飒二毛侵。

日落潭水绿，松间闻子规。征途一万里，江月每相随。王事有程度，人心多崄巇。周询庶有济，驱涉不知疲。

江烟敛初夕，华月入我舟。坐久风露集，微寒侵敝裘。戍鼓动边思，棹歌萦客愁。渐闻湍响急，度峡是归州。（《雅颂正音》）

峡口晚泊 明 唐肃

唐肃（1328—1373），字处敬，号丹崖居士，山阴（今属浙江绍兴）人。至正二十二年举人。曾为应奉翰林文字。

江烟敛初夕，华月入我舟。坐久风露集，微寒侵敝裘。戍鼓动边思，棹歌萦客愁。渐闻湍响急，渡峡是归州。

次归州 明 孙蕡

归州城门半天里，白云晚向城下起。市廛架屋依岩峦，妇女提罂汲江水。巴山雪消江水长，城中夜闻滩濑响。客船树杪钩石棱，渔父云端晒缯网。家家芜田山下犁，倒枯大树烧作泥。居人养犬护山鹿，稚子缚柴圈野鸡。楚王台高对赤甲，四时猛风长飒飒。柁工鸣板避漩涡，橹声摇上黄牛峡。（《西庵集》）

归州书事　明　王介轩

王介轩，与马铎（1368—1423）之父马榆祖同师欧道刚。

崇山莽无垠，江水流一线。巢居穴处民，惯习土风便。悬崖栅鸡豚，火田乐耕佃。生知父子恩，不厌衣食贱。怡然无怀处，慨彼淳风煽。揖让未前闻，焉知有征战。何人辟洪荒，瓜分立州县。

泊归州　明　王恕

王恕（1416—1508），字宗贯，三原（今陕西三原）人。正统十三年进士，曾官吏部尚书。

屈子沉湘后，风流在此州。孤臣工作赋，才子最悲秋。神女梦乌有，雄风吹未休。临江祠树老，惟有暮鸦投。

归　州　明　周廷用

高城霄汉上，下引大江长。窟穴鱼龙稳，风生鹅鹳翔。波涛掀宇宙，日月割阴阳。过此心犹悸，何如上吕梁。（《八崖集》）

归　州　明　何景明

暮云天际见高城，行尽千峰峡渐平。古郡山头万家住，客舟江上一灯明。竹枝惯听巴人曲，鸟道绕通楚国程。未卜东归何日到，片帆斜月对离情。(《大复集》)

归州道中　明　潘恩

数家灯火乱山中，架木为庐结构同。风急卷波沾白雪，月明倒影动瑶空。

绝峡滩高激乱淙，山根石垒暗相通。长途估客愁多浪，迅舸渔人舞逆风。

驱车曲磴冈峦逼，极目巴江云水长。怪杀玄猿悲鸟道，贪看白露立鱼梁。

石门剑列欺山麓，鸟径萝悬撼碧湍。云湿故愁骑马滑，江冲仍怯放舟难。

归州峡　明　田登

城堞势凌空，江流百折东。云蒸神女峡，春沁楚王宫。民屋高低见，山花寂寞红。夜深奔浪恶，风雨撼苍穹。(《石仓历代诗选》)

宿万流驿　明　王一麟

王一麟，青神（今属四川眉山）人。弘治十八年进士。曾官户部员外郎。

一棹万流泊，三年两度来。岸趋今日吏，花放旧时梅。世路当戎窘，亲容为老催。不禁寒夜角，抚枕听清哀。

秭归道中邮亭　明　蔡汝楠

高磴千盘一驻踪，好山恰在畏途逢。空邮寂寂谁相问，还对西南千万峰。

经钻天峰　同前

危途如线几年开，半入岭岑鸟尽回。身与天道人莫问，谁堪历遍险中来。

重经钻天峰路　同前

天合亭前楚蜀分，归程何以慰离魂。依然奔峭高山路，马首唯怜问白云。

过鬼见愁红岩观　同前

驱驰竟日万山头，还赖看山壮客游。最爱孤亭结霄汉，鬼愁峰外有丹丘。

自荒口至茅坪　同前

茅坪犹道隔层峰，早过荒坡已万重。晴日射山岩翠落，清秋露濯万株松。

宿归州公馆　同前

投馆乍离山径险，高眠仍掩傍江扉。梦中不识空舲峡，一夜滩声彻秭归。

巴岸偶见芙蓉　同前

花枝淡淡楚江涯，客船沿江玩物华。南土不寒秋色驻，漫愁风露倚蒹葭。

上梅坡入蜀境有怀宪副陆文　同前

白浪槎牙溯峡看，扪参入蜀万松攒。我来即是君经处，何日逢君说路难。

观江舟下峡　同前

蜀人东去倍离忧，一日风帆千里游。若道江南望归客，恰怜峡水送扁舟。

早发小桥至三溪　同前

无数青山出崦西，板桥林杪曙猿啼。讶看流水桃花色，红叶秋风落曲溪。

将出峡立夏前作　同前

蜀江云里唤钩辀，几片残花万树稠。未换征衣逢入夏，一年春事在行舟。（《自知堂集》）

梅子岭　明　张九一

不是乘槎者，胡为上汉哉。石虚当面落，云疾盈胸来。山果离离见，溪花漠漠开。寸心应拆尽，着处一寒灰。

编者注：石虚云疾，写得山空天阔，真老杜气象。

峡水流泉急，江浑过雨频。岭疑登大庾，花已报阳春。日落唯闻角，山空不见人。寒梅诚作使，为尔一沾巾。

得胜关　同前

不睹南阳气，空瞻上将坛。宝刀看水逝，赤帜与霞残。丧乱英雄起，风尘混食难。长驱当百战，岂谓遂偏安。

编者注：悲壮之声，慷慨之气，确是老杜得来。

帝子元龙种，将军况虎臣。鼎存终复汉，鹿失未亡秦。落日关河泪，中原战伐尘。荒祠临峡口，千古一悲辛。

风　口　同前

谷口长风至，俄飘白日还。峰峦飞动里，天地混茫间。万壑波如积，千林鸟未闲。畏途今若此，那得破愁颜。

火　烽　同前

秋色高惊隼，归云护蛰龙。蛮家穴半壁，鸟道阁危峰。麦陇分青细，枫桥结绮重。倦游聊自哂，遮莫似临邛。

峡口山　同前

不测荒蹊路，俄惊一峡长。高天匹练色，亭午片时光。禹凿峰双阙，秦鞭时乱翔。远游身万里，深觉犯垂堂。

过荒口望归州　同前

东井悬双使，西川傍百蛮。心摇九折坂，力尽五丁山。扰扰干戈际，戎戎瘴疠间。名闻传戍鼓，来自下牢关。

归州道中　同前

艰难来蜀道，秋尽不知还。复冲蟠如浪，回沙拥作山。日残出对语，露重草齐斑。时见传飞檄，深愁虎豹关。（《绿波楼诗

集》)

秭归立秋　明　姚汝循

晷运相挂斥，昨夏今已秋。玄蝉鸣不歇，大火莽西流。人生寄一世，漂如波上沤。乃为一尺组，而未万里游。琴书委不理，与言非故俦。晓起戴星行，入夜尚不休。劳劳寡欢悰，戚戚增烦忧。短景易以迈，兹岁且复周。功名建何时，霜华欲满头。自不坚始愿，及此将谁尤。(《明诗综》)

秭归阻雨　明　陈吾德

陈吾德(？—1589)，字懋修，号有斋，新会(今属广东江门)人，一说归善(今属广东惠州)人。嘉靖四十四年进士，曾为兵科右给事中。

西去巴梁路渺漫，潇潇积雨昼生寒。孤城举目空波浪，尊酒盟心出肺肝。客梦易随青嶂断，乡心多共白云攒。巫阳只在啼猿处，愁绝阴霾起树端。(《岭南文献》)

州守劝民歌　明　张尚儒

秭归江上事如何，地瘠民贫益抚摩。敝壤由来难擘画，穷乡何处事催科。漆桐典尽衣襦少，菽粟炊残赋税多。相劝谋生宜努力，公门无事莫频过。

雨发九湾至归州 明 钟惺

乱山无清晓，云水但稠浊。累日行重岚，丛密何由豁。安知兹壁外，不有朝暾跃。颓云初离洞，流止将焉托。岭半一人家，如鸟巢阿阁。人语响空濛，烟火出冥漠。隔江望秭归，残阳见井郭。胡为既济后，昏暮犹墟落。

归州峡 同前

兹峡乃名归，归期谅非远。谁知下峡途，自兹始为险。蜀江不愁风，风立水亦卷。石逼橹触实，湍反舟过浅。向历虎须危，未觉精魂敛。长年至兹戒，心手目俱勉。水舟细意尝，稍肆俄焉舛。曲巷夹我舟，戈铤立剡剡。怒涛跳臼中，倒石日夜碾。努力过新滩，前期自可展。

过归州 同前

鸟逐猿回半楚关，却云蜀道古来难。高原倾盖仍逢水，绝壁攀藤始见山。大峡似多青嶂累，空岩常带白云边。盘旋自谓无过此，不信前途更九湾。

还至归州 同前

最喜兹州唤秭归，归州闻此各依依。不辞过峡三声苦，且与征途九折违。问答渐听乡语近，逢迎宁计主人非。独余一幅酬知泪，忍向西陵道上挥。

归州道中　明　邹维琏

邹维琏（？—1635），字德辉，一字德耀，号匪石，新昌（今江西宜丰）人。万历三十五年进士。曾为福建巡抚。

险蹑万峰巅，征车云汉边。马瘏夔子国，人生夜郎天。回驭宁无意，投荒总是缘。一官何乐此，只恐负先贤。（《达观楼集》）

秭归感赋　清　胡世安

北部空临水，南山乱结庐。竞传赍盗粿，又欲结兵储。峡口磷明灭，戈船势疾徐。飞鸿怀集泽，愁报将星组。

自夷陵至巫山书所见　清　熊文举

仗剑至天涯，悬车过石濑。如许半月余，只在万山内。苍茫树影寒，历落云光碎。日月有时亏，乾坤何处大。白河古驿边，翠壁孤崖外，苦雾送轻寒。朝霞散微霭。混沌理难明，元化清犹昧。徘徊怪宦游，俯仰悲年代。江流一夕洄，脉脉如衣带。（《皇清诗选》）

戏题督邮争界石　清　宋琬

何年攘臂此山头，风俗传闻两督邮。蜀国至今悲杜宇，楚人终是恋鸿沟。沧桑屡换身安属，朝市频更怒未休。怪事荒唐君莫笑，古来党祸本清流。

归　州　同前

寥落归州峡，灵均此卜居。万峰侵睥睨，三户共村墟。石势疑山鬼，江声凉女嬃。巫咸招不下，风雨倍愁予。

天柱峰歌　同前

孤峰突起何巑岏，下临江水清且寒。拔地涌起翠菡萏，梢云戍成削琅玕。欲系扁舟暂容与，橹急涛惊不能语。夜半空山霹雳声，恐作蛟龙欲飞去。

古香溪　同前

明妃生长地，环佩旧曾过。遗恨留青冢，余香染绿波。一朝辞汉月，万里渡交河。倭坠宫中髻，琵琶塞上歌。花娇分半靥，山翠蹙双螺。皓齿埋沙迹，灵衣带女萝。魂应精卫化，泪比杜鹃多。近接湘累庙，伤心共汨罗。

原注：昭君入宫，洗妆于此，色如碧玉，入江数里不没。

过归州　清　方象瑛

峡急舟行疾，遥遥望秭归。崇堂驱水立，驶浪夹城飞。雪散青鱼港，风漪白鹭矶。停桡向江浒，乱后客船稀。

楚王故城　同前

朔风飒飒卷层波，棹宿寒江乱石多。楚殿丹阳无旧筑，秭归祠下屈原沱。

原注：古丹阳城，在屈沱。

夔子城　同前

夔巫万里古诸侯，遗址还从昔日留。日暮空江三峡路，猿声啼断旧归州。(《健松斋集》)

原注：俗呼旧归州。

抵归州　清　王士祯

乱石归州郭，危樯蜀客舟。江山悲屈宋，战伐忆孙刘。西道连鱼复，东门望夏丘。兴亡纷在眼，滚滚大江流。

编者注：江山句：秭归县北一百六十里，有屈宋故宅。先主失吞吴，败于猇亭。西道：即夷道县。夏丘：水经夏水出江津，流于江陵县东南。注云：江津豫章口东有中夏口，是夏水之首，江之汜也。王逸曰：夏，大殿也；丘：墟也。

秭归夜泊　同前

江水茫茫去，西风感鬓丝。峡深夔子国，月上屈原祠。滩响夜方急，猿声寒更悲。楚天摇落后，何处采江蓠。

编者注：江蓠：香草名。

归州书感 同前

历历青山远更围，萧萧红叶晚争飞。一天暮雨来巫峡，万里寒潮到秭归。郢路茫茫哀草遍，楚宫芜没昔人非。滩声半夜堪头白，况复天涯未授衣。

归　州 清　朱樟

秭归台榭称幽寻，烟染江楼绿树深。楚雨暗啼山鬼国，秋林遥响女媭砧。湘人只祖离骚赋，词客谁师讽谏心。岁晚不闻鶗鴂唤，乱峰围绕六时阴。

莲花三碚 同前

十丈开岳莲，秋碧采玉井。凶门分瓣香，嵌根琢奇境。簸船如举叶，陨石方灭顶。三碚连臂行，转橹弹指顷。呻吟禁男女，髣髴四壁静。彭殇争须臾，出险仗徼幸。呀呷张祸机，脱若鲥离阱。呼僮拔寒醅，达人劝孤影。

屈溪驿 同前

溪光横夕秀，山月偃罗屏。九畹香难灭，千秋人独醒。捣衣犹有石，荐菊已无亭。太息灵修远，玲珑驿树青。

原注：溪上有独醒亭。

三闾鱼葬后，亦有美人称。苗裔湘累远，文章山鬼憎。琼茅波水驿，翠羽避秋灯。谣诼知难免，营营何处蝇。

喜　滩　同前

舟中相贺溢欢情，狂喜今宵判峡程。衔尾滩空声渐减，归槽水懦势将平。招魂白日悲前度，回眼青山已再生。亟与船师分利市，不劳更畏虎须横。（《观树堂诗集》）

万流驿　同前

万派争归峡，三巴客去时。蜀木山不尽，楚屋路方迟。犬吠灵均宅，莺窥杜主祠。前滩无义甚，录别转凄其。

原注：楚蜀分界处。

秭城杂咏　清　吴翰章

吴翰章，字星桥，浙江湖州人。同治三年举人，官至江西南昌知县。

四围烟绠万山迷，泾渭中分罨画溪。岸远夕阳横古渡，桥低春雨涨香泥。凌波皎皎鸣皋鹤，映水亭亭吐绶鸡。更听绿阴最深处，东风吹送鹧鸪啼。

霜落山城坠晚枫，女墙斜上夕阳红。近看妃县余秦火，那留高阳忆楚宫。荒堞夜深闻野雀，中园日暮集宾鸿。断垣颓瓦分明在，保障端资循吏功。

荒城鼓角夜闻哀，官廨于今有劫灰。野戍湿云围晓郭，茅檐霄雨冀春台。槐衙岂意生荆棘，花县方宜剪草莱。蚕绩解筐今在望，使君端是济时才。

危楼杰阁旧凌云，儒雅风流自昔闻。漫道崖廱长秋草，依然山水产人文。谈经绛帐披芹藻，课士琴堂辟典坟。更喜编书罗胜迹，琪花琼树灿英芬。

归州峡 清 尤世求

崔嵬合更开，崚嶒背复向。危崖显阶梯，绝壁施屏障。飞动禽兽形，变幻鬼怪状。武库剑戟森，猛士甲胄壮。突兀覆盘盂，坳空仰盆盎。端凝垂冕旒，整齐列几杖。一线腾江波，两岸成巨防。滩高多下梁，尺寸不相让。十天挽盘车，百人扯颗丈。金鼓犹喧阗，倏忽布帆飏。叹息瓜皮舟，轻捷恣奔放。转捩偶乖追，沉溺鱼腹葬。我欲呼巨灵，更假六丁将。平铺南北流，横铲东西嶂。大艑来安恬，小舣去容漾。此事何能成，临风默怊怅。（《南园诗钞》）

万流驿 同前

艰难三峡路，百折复千回。水自禹王导，山从望帝开。林深谈虎惧，风急啸猿哀。驿使知何在，江头欲折梅。

原注：楚蜀分界处。

万流驿楚蜀分界处 清 方象瑛

驱车燕晋指三秦，羌蜀巴渝入望频。自下夔门度巫峡，荆南万里旧游人。

秭归里 清 张汉

三闾欲沉江，女媭情无喜。詈时苦□中，沉江不能止。劝生固人情，其实本天理。忠过过而忠，淮孝伤遗体。收尸聂政旁，古今传二秭。

归舟入峡 清 龙为霖

龙为霖（1689—1756），字雨苍，号鹤坪，巴县（今重庆）人。康熙四十五年进士，官至潮州知府。

路入空舲意渐安，峡突处处好寻看。戏憎崖狖投山石，巧爱江鸟接饭丸。云护林梢藏佛寺，风来竹尾扫仙坛。传闻更有莱公迹，古柏森森叶未干。（《蜀雅》）

归 州 清 商盘

蜀云轮影远相迎，古驿萧萧指建平。叠巘翠圜夔子国，落霞红断信陵城。归来媭秭宁无怨，去后昭君尚有名。玉洞香溪已陈迹，登临何事太关情。

江渎庙 清 任端书

南纪开巫峡，沧波万里通。旌幢朝水府，云雾闷灵宫。风晚神鸦集，霜深古柏红。长樯纷估客，歌舞岁时同。

石　门　清　王恕

山势嵚崟气象雄，石门突兀半撑空。我来顾问当年事，尽在苍茫烟霭中。

荆州道中　清　姚湘

姚湘，字行表，桐城（今安徽桐城）人。雍正元年举人，曾为常熟教谕。

女媭砧响杳冥冥，楚些吟成不忍听。行过渚宫神黯淡，猿啼夜半在空舲。

归　州　清　李调元

天宽峡又束，地逼郭逾偏。屈宋行吟处，孙刘战伐年。滩声喧坠叶，乱石枕飞泉。几度渝歌曲，谁家上濑船。

秭归留别陈星桓司马四律　清　郑成基

节过寒露暑犹蒸，斗室萧然似野僧。山势逼人城郭小，江声入座客愁增。三间祠庙空低首，九辩文章重抚膺。千古离骚留恨事，从来白璧有青蝇。

云昏雉堞暗星河，山鬼空闻附女萝。风撼树声秋有濑，滩横江势水鸣戈。壮心只为从戎减，诗兴都缘作客多。独坐荒城情不释，短墙闲数夜萤过。

山色依依旧日青，重来开酿复倾瓶。交情素爱三生诺，身世飘然一叶舲。江月江波闲可眺，秋风秋雨不堪听。客窗夜静频舒眼，但见河斜南斗星。

小住山城计半旬，论心惟许故人真。东川迢递朝还暮，南纪栖迟秋复春。穴蚁尚闻排野阵，羽书何苦促征轮。他时听唱刀环曲，来共清轩一洗尘。

州署八景 清 方天葆

方天葆，泰顺人。拔贡。乾隆二十三年曾为知县。

八百延袤万叠山，斗州天堑四雄关。桑麻鸡犬风犹古，文物衣冠俗不蛮。洞里笙歌声寂寂，溪边鳞石水潺潺。可怜改土归流后，荒冢空余夕阳间。鹤亭远眺

观德亭前噪暮鸦，群舒金翅碧天涯。无心出岫云多态，有意还巢梦正赊。帆带夕阳归极浦，雁惊岁晚落平沙。分明识得栖藏处，射圃何妨任尔家。射圃归鸦

长将瘦骨倚檣边，闲守名园半是佐。魂断雪余抛玉佩，梦惊风过落珠钿。林昏有雾笼绡帐，月净无尘染素绢。此地寂寥君莫怨，耐寒谁复占春先。古梅残雪

水绕前亭花满池，水桥南畔暑气稀。凉生翠盖摇纨扇，风弄银波沁葛衣。长日正愁午梦短，幽窗却喜晚香微。为怜此地真清寂，斜倚朱栏待月辉。荷亭避暑

庭院浮�似渭川，烟梢袅袅晚风前。漫将屈态迎人笑，好泻寒声却自怜。帘外恍闻飞玉粟，月中疑听步婵娟。客来野饭休烧笋，留得竿长谱管弦。竹院听风

堂前列种木樨花，为爱天香不放衙。霜薄琼枝清澈骨，雨

肥金粟碧于霞。端排雁序分班第，好整鵷行作爪牙。正是众芳摇落尽，贪看独秀占秋华。官衙排桂

古柏苍茫望转迷，生来两美一般齐。参天黛色云为髻，溜雨霜皮月可梯。斗柄正垂高干北，山形低向嫩条西。不愁岁晚惊寒雨，长有长鸾待汝栖。双柏插云

爽气徐来日已斜，西山凭眺极天涯。碧峰叠作重重锦，断岸流成片片霞。怨女罢妆还秀阁，征人揽辔趁晴沙。徘徊不尽登临兴，回首名园待月华。西山夕照

归州夜泊　清　邵晋涵

石里沙为岸，山腰树作城。人家纷上下，鸟道几纵横。不雨云常住，无风水自鸣。怒滩千古恨，蹉跌为寒盟。(《湖海诗传》)

万流驿　清　张问安

诗梦乡愁乱不分，戍楼孤角静中闻。开窗一样青山色，只觉峰南是楚云。

原注：万流驿在巴东县西，距高唐驿九十里楚蜀分界处。

归州櫂歌　清　钱林

滩近兵书峡口平，舟穿人鲊瓮头轻。蜜蜂蝴蝶防偷觑，官吏前边正唱名。

归　州　同前

秋气易萧瑟，秋声难具论。梧零宋玉宅，雁落明妃村。望回怨方蓄，念离情益敦。汀州无限路，未可撷芳荪。

过归峡　清　温承恭

江烟寒暝色，人在一舟闲。细雨连疏树，孤帆入乱山。风高转鼓角，家远怅刀钚。引镜潜看发，愁多尚未斑。

归　州　清　张问陶

楚国波涛险，拏舟怖石林。命危人鲊瓮，魂断女媭碪。

编者注：女媭：楚人称秭为媭。汉王逸章认为，女媭是屈原的姐姐。

归州同亥白兄作　同前

秭归城下秭归啼，江出夔巫水渐低。莫上柁楼高处望，乡山还在夕阳西。

万流驿　同前

梁州从此接荆州，一路看山过万流。只有长江无别恨，大波东去不回头。

编者注：梁州：古九州之一，东界华山，南至长江，包括四川、重庆、贵州及甘肃的一部分。

归 州 清 何人鹤

归州人家如井底，不知世有朝日红。依崔设店卖盐米，击鼓敲锣挽客艘。新滩叶滩百丈险，巴峡巫峡千古雄。近闻顽苗剿将尽，那许鸱枭藏此中。

秭归夜泊 清 陶澍

江天迢递暮云垂，小泊归州落木时。客梦尚悬巴子国，乡歌初听楚人辞。雪飞燕树春前絮，烟绾园花别后枝。万里香溪今夜月，一家三处说相思。（《陶文毅公全集》）

秭 归 清 姚莹

琵琶远嫁灵均放，词客年年吊秭归。邨下女儿不解事，娥眉底事学明妃。

原注：昭君邨、屈原宅皆在归州北。

归 州 清 贝青乔

南郡凄凉地，冥冥叫子规。寒崖催日短，乱石蹩城攲。拾镞孙刘垒，传芭屈宋祠。何人栖斗酒，来唱郢中词。

自龙须沱唤小艇重返归州作　同前

秭归百里程，天险屹千古。吾何括一生，重来驾轻舻。奇胜纷迎眸，视之若无睹。习知三峡间，危途首堪数。山势蚩尤旗，滩声涂毒鼓。列仗森钩陈，星罗满水府。覆辙悼前经，栖屐怅新阻。游兴逐惊魂，招之迷处所。祷神灭灵祠，点鬼有冥簿。终恐一苇杭，漩入轮回苦。

归　州　清　何盛斯

自过瞿塘峡，岩疆日日逢。雨来添众水，云起失诸峰。地僻人千户，山高石万重。明妃村未远，何处觅遗踪。

归　州　清　黎庶蕃

黎庶蕃（1829—1886），字晋甫，别号椒园，遵义（今贵州遵义）人。咸丰二年举人，曾为两淮盐大使。

峡来湍鸣猿夜愁，万峰延瞑上孤舟。停杯月出烟外寺，对语风生江上楼。云根翻倒地底裂，石色窈冥天半秋。东南况是昭君宅，破帽题诗还独游。

归　州　清　谭宗浚

归州三峡内，已似在云端。乱石聚成市，孤城低饮滩。叉鱼芦栅密，防虎竹篱完。咫尺北风阻，因悲行路难。

归　州　清　吴仰贤

迢递秭归通，鹃声破晓哀。山雄夔子国，云暗楚王台。春水生前夜，桃花红半堆。香溪好邨落，斜对峡门开。

舟次归州　清　夏葆彝

夏葆彝，字子琴，号文宿，黄冈（今湖北黄冈）人。光绪十二年进士，浙江即用知县。

峡江春水碧如油，楚客来时又泛舟。烟雨一帆三月暮，子规声里过归州。（《晚晴簃诗汇》）

归　州　清　余云焕

余云焕，字凤笙，平江（今属湖南岳阳）人。诸生，官四川知县。

万家砧响触羁愁，枕上滩声又换秋。绝好江村图画里，乱山斜照泊归州。（《晚晴簃诗汇》）

归州山水歌　清　孟宇宁

孟宇宁，归州学正。

秭归旧号夔子邦，孤城陡绝挂层岗。水源万里来岷江，峰峦重叠森如枪。叱滩汹涌势难降，石门两岸峙双双。高凭谯阁云满窗，俯瞰波涛舟若舡。屈公遗迹遍三湘，降诞实于三闾乡。

离骚词藻布裔皇，历代已增经籍光。惟此钟灵永留芳，忠谠奕奕表灵长。休将云雨艳襄王，香溪终古美王嫱。

学士坡怀古 清 张楷

张楷，归州学正。

高台昔日霭春光，几处书声趁夕阳。一自风流人去后，水云烟树两茫茫。

小小城南八垭山，无多峰嶂插云关。只缘学士曾清日，留得声称满世间。

人去台荒暮霭横，乱山何处觅芳行。关情赖有岩前水，流出当年诵读声。

学士坡前雨露新，山花犹发昔年春。台边小立频瞻望，不薄今人爱古人。

望八角山 清 刘永岱

刘永岱，归州学正。

山称八角对江城，笔势凌空削不成。万仞悬崖云直抹，千寻瀑布水飞行。别开生面峰峰秀，群近天光色色新。老眼迷离看未厌，最高顶上更分明。

偕游流来观 清 刘玉森

江光山色翠城堆，江水江风面面开。古佛有情流不去，此峰何处忽飞来。

编者注：流来观，也名真武观、上清观、金山寺。位置在长江与归州沙镇溪清港河口合流处的流来峰上。距归州城六公里，是归州八景之一的“佛屿孤灯”。相传秦始皇用赶山神鞭，将峨眉山上一座小山峰经由长江赶向咸阳，惊动了香溪口水府庙长老。长老急忙学公鸡叫，秦始皇听到鸡叫要天亮了，想起了“楚虽三户，亡秦必楚”之句，此处正是屈原故里，于是骑上神鞭回咸阳去了。由于小山峰是从长江流来的，就叫流来峰。又在山峰上修建一座道观，就叫流来观。

过归州 徐樾

山高水急是归州，吊古苍凉暂系舟。紫塞琵琶胡月夜，美人香草楚江秋。屈婆饮恨终难解，神女无情不可求。呜咽千滩风又雨，凄凄如诉客边愁。

归　州 易顺鼎

人鲊瓮高连水门，秭归城冷过山村。鱼龙寂寞青春早，猿声凄凉白日昏。南国遗墟初问俗，东家故宅与招魂。秋收官米五千石，岁赋男钱二万缗。古郡仅如吴下户，居民谁是楚王孙？莫欺士女无先达，犹有王嫱并屈原。

除日游玉虚洞 同前

东风吹客来香溪，小船漾入青玻璃。沿溪诸山并幽峭，缥缈想见仙灵栖。玉虚之洞在何许，山深岁久居人迷。春来腰脚仍健在，何惜一日穷攀跻。行逢野叟作前导，穿林越涧如奔麑。峰回路转石磴古，茅屋渐远空闻鸡。回看来处翠微隔，身后顿失从行奚。山天冥冥日色瘦，似有青兕黄熊啼。凉飙倒吹薜萝动，幽禽坠叶声同凄。危崖积土起千仞，天意只许通远蹄。灵区岂惟樵迹绝，猿鸟欲度皆无蹊。蛇行直上不敢顾，失足一跌身成齑。入山更愁归路断，人倘去我青冥梯。藤阴蔽亏忽微缺，望见洞口才如窒。平生探奇不计险，直破岩腹穿其脐。旷如奥如乍惊绝，昆仑一角谁所刺。沉沉法王大宫殿，可以敷坐千阇黎。天龙架屋云作顶，悬空不假栋与枅。举头森然见万佛，势欲起立相扶携。何来西方老尊宿，向我合眼庞眉低。或如幡幢如葆盖，或如孤塔干云霓。或如瑶华或芝草，攒岩簇壑争排挤。或如龟龙与鸾凤，如虎如象如狻猊。最奇二石圆对缺，一日一月生东西。凝观始叹造化巧，此岂人力能劖劙。凿破混沌圣所惧，无乃刻露伤天倪。谽谺中通一罅黑，持照百怪无灵犀。但闻噌吰应人语，似宣佛号千声齐。误疑空壁有人在，其名日觙传中稽。苔痕滴乳翠尽裂，石上隐见前贤题。仅存百字辨两宋，刮目恨少金为錍。惜哉奇宝尚多有，半蚀翠薛蘙青泥。坡公出峡竟未至，瘖瘵形状犹余凄。我来缒幽诧奇胜，便思诛茅还杖藜。洞天亦知春已到，细草抽甲舒新荑。却怜船中正除日，俗累那得抛周妻。仙人倘来乞灵药，为我送俗烦刀圭。苍烟四合白日冥，溪声送客归来兮。（《琴志楼诗集》）

舟中望雪短歌　同前

微霰江上飘，林霏已先结。森然见诸峰，不辨云与雪。遥看峰缺处，高鸟明还灭。三峡一万山，寒光无断绝。

东下二首 赵熙

岁寒东下几时还，又见夷陵鼠色山。此乱不知谁执咎，白头犹自出乡关。

知有多人望我还，水程风色探荆关。自从带得瞿塘眼，一出夔门不算山。

滩　夜 同前

乾坤留此峡，今古供停舟。客梦关山改，江声日夜愁。激成巴外语，寒尽禹时秋。不寐闻孤枕，无猿亦白头。

此夜滩声里，谁能不黯然。月斜巴国远，枫老屈祠边。世乱无长策，山深窘百年。归鸿意何极，送客楚江天。

秭　归 同前

古国此丹阳，蛮居肇楚疆。自经熊挚窜，遂号秭归长。兰缕功虽绍，灵均汨只伤。江村一溪水，留韵与王嫱。

原注：《史记》：周封熊绎于楚，蛮居丹阳。郭璞注《山海经》：丹阳在秭归。杜佑《通典》：楚初都丹阳，今秭归东南故城是。据此，则南枝江之丹阳，乃继徙而袭前名，如晋徙新田仍名绛之类也。《左传》僖公二十六年：楚人灭夔。杜注：楚同姓国，今建平秭归。又，夔子对楚人曰：我先王熊挚有疾，鬼神弗赦，而自窜于夔。则夔即其地，即楚之丹阳也。盖当时自窜，不过逐居楚之侧，楚因而封之，及其后楚徙枝江，夔乃独立为一国耳。

楚国宗丘柳万丝，江边犹记泊船时。乡心正稳荣州梦，一枕春寒听子规。

细雨荒城只自悲，滩声流怨尽何时。十年宋玉多愁思，日暮愁心到子规。

归　州　同前

香溪转江驿，意外见归州。山气穷天碧，滩声万古愁。草荒人鲊碛，云重女萝秋。国是如今甚，孤臣泪暗流。

前去宜昌尽此城，榜人忌客算江程。荒凉古县稀烟火，来往行舟问姓名。蓝缕开基山一角，绿蘋齐叶雨初生。屈平哀怨王嫱远，留与青山送水声。

庙河二首　同前

九畹兰花拜左徒，大山如玉倚云孤。滩声似有离骚怨，谁写空舲夜泊图。

江月空舲挂绿萝，水花圆处认鱼窠。风吹五里新滩响，一枕鸡鸣发庙河。

滩　行　同前

避险沿滩路，沙光日散金。信天行步暇，观水独吟深。大浪无年月，扁舟送古今。蛟龙不改窟，崖脚俯千寻。

附　文

屈原列传　汉　司马迁

屈原者，名平，楚之同姓也。为楚怀王左徒。博闻强志，明于治乱，娴于辞令。入则与王图议国事，以出号令；出则接遇宾客，应对诸侯。王甚任之。

上官大夫与之同列，争宠而心害其能。怀王使屈原造为宪令，屈平属草稿未定。上官大夫见而欲夺之，屈平不与，因谗之曰："王使屈平为令，众莫不知。每一令出，平伐其功，曰以为'非我莫能为也。'"王怒而疏屈平。

屈平疾王听之不聪也，谗谄之蔽明也，邪曲之害公也，方正之不容也，故忧愁幽思而作《离骚》。"离骚"者，犹离忧也。夫天者，人之始也；父母者，人之本也。人穷则反本，故劳苦倦极，未尝不呼天也；疾痛惨怛，未尝不呼父母也。屈平正道直行，竭忠尽智，以事其君，谗人间之，可谓穷矣。信而见疑，忠而被谤，能无怨乎？屈平之作《离骚》，盖自怨生也。《国风》好色而不淫，《小雅》怨诽而不乱。若《离骚》者，可谓兼之矣。上称帝喾，下道齐桓，中述汤、武，以刺世事。明道德之广崇，治乱之条贯，靡不毕见。其文约，其辞微，其志洁，其行廉。其称文小而其指极大，举类迩而见义远。其志洁，故其

冷芙蓉泣汉宫。金屋花开虚奉帚，玉关草长漫和戎。云軿一去无消息，寂寞含桃岁岁红。（《诗观》）

原注：明妃涤妆处。

明妃曲　清　李孚青

李孚青（1664—1715），字丹壑，合肥人。康熙十八年进士，官至大学士。

自题新舞月中看，衰草高原野烧残。却忆汉宫深夜饮，双凫红蜡照铜盘。（《七十二峰足征集》）

王明君　清　沈虹

沈虹，字渭梁，长洲人。雍正中举人，曾为句容教谕。乾隆时荐举博学鸿词，不遇。所编《蓬庄诗集》，起康熙丁亥（1707），终雍正甲辰（1724）。

奉诏传来翠辇春，殿前惊见玉颜新。始知当日君王意，不属宫中买幸人。（《蓬庄诗集》）

明妃怨　清　屈复

屈复（1668—1745），字见心，号晦翁，蒲城人。世称关西夫子。著有《弱水集》等。

燕赵女儿桃李花，双飘红袖抱琵琶。春风楼上弹新曲，谁为明妃怨汉家。

明　妃 同前

阴山一去紫台空，环佩何劳怨朔风。汉帝六宫春草碧，只今谁在画图中。

咏昭君 清　黄之隽

黄之隽（1668—1748），字石牧，号吾堂，原籍安徽休宁。康熙六十年进士，曾提督福建学政。

国重一身轻，辞宫便远行。有心驯汉婿，无祸到哀平。岂屑矜颜色，真能决死生。季伦不解事，呢呢赋私情。（《唐堂集》）

明　妃 清　方苞

方苞（1668—1749），字灵皋，一字凤九，号望溪，亦号南山牧叟，桐城（今属安徽桐城）人。万历十四年进士，官至礼部右侍郎。

汉帝惜艳色，明妃出后宫。曲中留哀怨，横塞诗人胸。茑萝随蔓引，性本异贞松。众口不瑕疵，多怜所遇穷。若使太孙见，安知非女戎。昭阳为祸水，岂让倾城容。

昭君词 清　吴琏

吴琏，字冰崖，龙岩（今属福建）人。康熙二十六年举人，知衡山县。

吊屈原赋 汉 贾谊

恭承嘉惠兮，俟罪长沙；侧闻屈原兮，自沉汨罗。造托湘流兮，敬吊先生；遭世罔极兮，乃殒厥身。呜呼哀哉！逢时不祥。鸾凤伏窜兮，鸱枭翱翔。阘茸尊显兮，谗谀得志；贤圣逆曳兮，方正倒植。世谓随、夷为溷兮，谓跖、蹻为廉；莫邪为钝兮，铅刀为銛。吁嗟默默，生之无故兮；斡弃周鼎，宝康瓠兮。腾驾罢牛，骖蹇驴兮；骥垂两耳，服盐车兮。章甫荐履，渐不可久兮；嗟苦先生，独离此咎兮。讯曰：已矣！国其莫我知兮，独壹郁其谁语？凤漂漂其高逝兮，固自引而远去。袭九渊之神龙兮，沕深潜以自珍；偭蟂獭以隐处兮，夫岂从虾与蛭螾？所贵圣人之神德兮，远浊世而自藏；使骐骥可得系而羁兮，岂云异夫犬羊？般纷纷其离此尤兮，亦夫子之故也。历九州而其君兮，何必怀此都也？凤凰翔于千仞兮，览德辉而下之；见细德之险徵兮，遥曾击而去之。彼寻常之污渎兮，岂能容夫吞舟之巨鱼？横江湖之鳣鲸兮，固将制于蝼蚁。

王昭君 南朝宋 范晔

昭君字嫱，南郡人也。初，元帝时，以良家子选入掖庭。时呼韩邪来朝，帝敕以宫女五人赐之。昭君入宫数岁，不得见御，积悲怨，乃请掖庭令求行。呼韩邪临辞大会，帝召五女以示之。昭君丰容靓饰，光明汉宫，顾景裴回，竦动左右。帝见大惊，意欲留之，而难于失信，遂与匈奴。生二子。及呼韩邪死，其前阏氏子代立，欲妻之。昭君上书求归，成帝敕令从胡俗，遂复为后单于阏氏焉。(《南匈奴传》)

屈原庙赋 宋 苏轼

浮扁舟以适楚兮，过屈原之遗宫。览江上之重山兮，曰惟子之故乡。伊昔放逐兮，渡江涛而南迁。去家千里兮，生无所归而死无以为坟。悲夫！人固有一死兮，处死之为难。徘徊江上欲去而未决兮，俯千仞之惊湍。赋《怀沙》以自伤兮，嗟子独何以为心。忽终章之惨烈兮，逝将去此而沉吟。吾岂不能高举而远游兮，又岂不能退默而深居？独嗷嗷其怨慕兮，恐君臣之愈疏。生既不能力争而强谏兮，死犹冀其感发而改行。苟宗国之颠覆兮，吾亦独何爱于久生。托江神以告冤兮，冯夷教之以上诉。历九关而见帝兮，帝亦悲伤而不能救。怀瑾佩兰而无所归兮，独茕茕乎中浦。峡山高兮崔嵬，故居废兮行人哀。子孙散兮安在？况复见兮高台。自子之逝今千载兮，世愈狭而难存。贤者畏讥而改度兮，随俗变化，斫方以为圆。黾勉于乱世而不能去兮，又或为之臣佐。变丹青于玉莹兮，彼乃谓子为非智。惟高节之不可以企及兮，宜夫人之不吾与。违国去俗死而不顾兮，岂不足免于后世？呜呼！君子之道，岂必全兮。全身远害，亦或然兮。嗟子区区，独为其难兮。虽不适中，要以为贤兮。夫我何悲？子所安兮。

屈原庙赋　宋　苏辙

凄凉兮秭归，寂寞兮屈氏。楚之孙兮原之子，伉直远兮复谁似？宛有庙兮江之浦，予来斯兮酌以醑。吁嗟神兮生何喜，九疑阴兮湘之涘。鼓桂楫兮兰为舟，横中流兮风鸣厉。忽自溺兮旷何求？野莽莽兮舜之丘。舜之墙兮缭九周，中有长遂兮可驾以游。揉玉以为轮兮，斫冰以为之辀。伯翳俯以御马兮，皋陶为予参乘。惨然愍予之强死兮，泫然涕下而不禁。道予以登夫重丘兮，纷古人其若林。悟伯夷以太息兮，焦衍为予而歔欷。古固有是兮，予又何怪乎当今？独有谓予之不然兮，夫岂柳下之展禽？彼其所处之不同兮，又安可以谤予？抱关而击柝兮，余岂责以必死？宗国陨而不救兮，夫予舍是而安去？予将质以重华兮，蹇将语而出涕。予岂如彼归兮，夫不仁而出诉？惨默默予何言兮，使重华之自为处。予惟乐夫揖让兮，坦平夷而无忧。朝而従之游兮，顾予使予昌言。言出而无忌兮，暮还寝而燕安。嗟平生之所好兮，既死而后能然。彼乡之人兮，夫孰知予此欢？忽反顾以千载兮，喟故宫之颓垣。

入蜀记（秭归部分） 宋 陆游

十二日早，过东濡滩，入马肝峡。石壁高绝处，有石下垂如肝，故以名峡。其傍又有狮子岩，岩中有一小石，蹲踞张颐，碧草被之，正如一青狮子。微泉泠泠自岩中出。舟行急，不能取尝，当亦佳泉也。溪上又有一峰，孤起秀丽，略如小孤山。晚抵新滩，登岸，宿新安驿。夜，雪。

十三日，舟上新滩，由南岸上。及十七八，船底为石所损，急遣人往拯之，仅不至沉。然锐石穿船底，牢不可动，盖舟人载陶器多所致。新滩两岸，南曰官漕，北曰龙门。龙门水尤湍急，多暗石；官漕差可行，然亦多锐石，故为峡中最险处，非轻舟无一物，不可上下。舟人冒利以至此，可为戒云。游江渎北庙，庙正临龙门。其下石罅中有温泉，浅而不涸，一村赖之。妇人汲水，皆背负一全木盎，长二尺，下有三尺，至泉旁，以勺挹水，及八分，即倒坐旁石，束盎背上而去。大抵峡中负物率着背，又多妇人，不独水也。有妇人负酒卖，亦如负水状，呼买之，长跪以献。未嫁者，率为同心髻，高二尺，插银钗至六只，后插大象牙梳，如手大。

十四日，留驿中。晚，以小舟渡江南，登山，至江渎南庙。新修未毕，有一碑，前进士曾华旦撰言："因山崩石壅成此滩，害舟不可计，于是着令自十月至二月禁行舟。知归州尚书都官员外郎赵诚闻于朝，疏凿之，用工八十日，而滩害始去，皇佑三年也。"盖江绝于天圣中，至是而复通。然滩害至今未能悉去，若乘十二月、正月水落石尽出时，亦可并力尽镵去锐石。然滩上居民，皆利于败舟，贱卖板木，及滞留买卖，必摇沮此役。不则赂石工，以为石不可去，须断以必行，乃可成。又舟之所以败，皆失于重载。当以大字刻石置驿前，则过者必自惩创。二者皆不可不讲，当以告当路者。

十五日，舟人尽出所载，始能挽舟过滩。然须修治，遂易舟离新滩，过白狗峡，泊舟兴山口，肩舆游玉虚洞。去江岸五里许，隔一溪，所谓香溪也。源出昭君村，水味美，录于水品，色碧如黛。呼小舟以渡过溪，又里余，洞门小，才袤丈。既入，则极大，可容数百人，宏敞壮丽，如入大宫殿中。有石成幢盖、幡旗、芝草、竹笋、仙人、龙虎、鸟兽之属，千状万态，莫不逼真。其绝异者，东石正圆如日，西石半规如月，予平生所见岩窦无能及者。有熙宁中谢师厚、岑岩起题名，又有陈尧咨所作记，叙此洞本末，云：唐天宝中，猎者始得之。比归，已夜，风急不可秉烛炬。然月明如昼，儿曹与全师皆杖策相从，殊不觉崖谷之险也。

十六日到归州。见知州右奉议郎贾选子公、通判左朝奉郎陈端、颜民瞻，馆于报恩光孝寺。距城一里许，萧然无僧。归之为州，才三四百家，负卧牛山临江。州前即人鲊瓮。城中无尺寸平土，滩声常如暴风雨至。隔江有楚王城，亦山谷间，然地比归州差平。或云，楚始封于此。《山海经》："夏启封孟除于丹阳城。"郭璞注云："在秭归县西。"疑即此也。然《史记》："成王封熊绎于丹阳。"裴骃乃云在枝江。未详孰是。

十七日，郡集于望洋堂玩芳亭，亦皆沙石荦确之地。贾守云："州仓岁收，秋夏二科，麦粟粳米，共五千余石，仅比吴中一下户耳。

十八日，初得艬船，差小；然底阔而轻，于上滩为便。

十九日，郡集于归乡堂，欲以是晚行，不果。访宋玉宅，在秭归县之东，今为酒家。旧有石刻宋玉宅三字，近以郡人避太守家讳，去之，或遂由此失传，可惜也。

二十日，早，离归州，去巫峰门，过天庆观，少留。观唐天宝元年碑，载明皇梦老子事，巴东大守刘瑫所立，字书颇清逸。碑侧题当时郡官吏胥姓名，字亦佳。又有周显德中荆南判官孙光宪为知归州高从让所立碑。从让盖南平王家之弟。光宪亦知名，国史有事迹。盖五代时归峡皆隶荆渚也。殿前有柏，数百年物。观下即咤滩，乱石无数。饭于灵泉寺，遂登舟过业滩，亦名滩也。水落舟轻，俄顷遂过。上行（秭归部分）

吴船录（秭归部分） 宋 范成大

九十里，至归州。未至州数里，曰吒滩，其险又过东奔，土人云黄魔神所为也。连接城下大滩，曰人鲊瓮。很石横卧，据江十七八。从人船倾侧，水入篷窗，危不济。闻交代胡长文给事已至夷陵，欲陆行，舟车且参辰，义不可相避，泊秭归以须之。

己未。泊归州。峡路州郡固皆荒凉，未有若归之甚者。满目皆茅茨，惟州宅虽有盖瓦，缘江负山，逼仄无平地。楚熊绎始封于此，筚路蓝缕，以启山林，其后始大，奄有今荆湖数千里之广。

州东五里，有清烈公祠，屈平庙也。秭归之名，俗传以屈平被放，其姊女媭先归，故以名，殆若戏论。好事者或书作此秭归字。

倚郭秭归县，亦传为宋玉宅。杜子美诗云：宋玉悲秋宅。谓此县傍有酒垆，或为题作宋玉东家。

属邑兴山县，王嫱生焉，今有昭君台、香溪尚存。城南二里有明妃庙。余尝论归为州僻陋，为西蜀之最，而男子有屈、宋，女子有昭君。阀阅如此，政未易忽。

庚申、辛酉。泊归州。归故尝隶湖北，近岁以地望形势正在峡中，乃以属夔，是矣。而财赋仍隶湖北，岁输止二万缗，而一州两属，罢于奔命，非是。当别拨此缗补湖北而并以归隶夔，始尽事理。

壬戌。泊归州。水骤退十许丈，沿岸滩石森然，人鲊瓮石亦尽出。望昨夕系舟排亭，乃在半山间。移舟近东泊。从船迁徙稍缓，为暗石所触，水入船，几破败。

癸亥。泊归州。假郡中小圃，挈孥累暂住望洋轩。所谓圃者，崖上不能两亩，花竹萧然。有秭归、怀忠二小堂。前后山既高且近，堂堂廪廪，迫而临之，如欲覆压。

甲子。泊归州。长文自峡山陆行，暮夜至归乡沱渡江，往渡头迓之。余前入蜀时，亦以江涨不可溯，自此路来，极天下之艰险。乃告峡州守管鉴、归州守叶默、倅熊浩及夔漕沈作砺，请略修治。先是过麻线堆下，人告余不须登山，有浮屠法宝于山脚刊木开路，尽避麻线之厄，县尉孙某作小记，龛道傍石壁上。余感之，谓一道人独能辨此，况以官司力耶？乃作《麻线堆诗》以遗四君。是时，余改成都路制置使，号令不及峡中，故以诗道之。继而四君皆相听许，以盐、米募村夫凿石治梯级，其不可施力者，则改从他涂。除治十六七，商旅遂以通行。新制使之来正赖此，然犹叹咤行路之难，特不见未修治以前耳。

乙丑、丙寅。泊归州。

丁卯。欲解船，而长文固留，复泊归州。

八月戊辰，朔。发归州。两岸大石连延，蹲踞相望，顽很之态，不可状名。

五里，入白狗峡。山特奇峭，峡左小溪入玉虚洞中，可容数百人。

三十里，至新滩。此滩恶名豪三峡，汉、晋时，山再崩，塞江，所以后名新滩。石乱水汹，瞬息覆溺，上下欲脱免者，

必盘博陆行，以虚舟过之。两岸多居民，号滩子，专以盘滩为业。余犯涨潦时来，水漫羡不复见滩，击楫飞度，人翻以为快。（下行）

王昭君外传 清 李炘

王嫱字昭君，南郡秭归人也。初，元帝时，以良家子选入掖庭。时呼韩邪来朝，愿婿汉氏。帝宴之，尽召后宫，问谁能行者。昭君乃盛饰请行，顾影裴回，竦动左右。帝意欲留之而不能也。汉与匈奴和亲，自高帝始。时娄敬欲以帝长公主充此行，因吕后不能遣，取私人子代之，所以纾边患也，苏民困也。当白登受围，汉之为汉亦危矣。历惠、文、景、武、昭、宣以至元帝，无不以和亲为急务。迨竟宁改元称贺，虽以卫霍延寿汤之能用兵，未尝有也。使斯时弗从其请，则冒顿之骄兵悍卒可控弦平城。王嫱以一女子请行直前，而卒令四十万骑不复再来，以其慷慨激昂之忠，虽烈丈夫何加焉！及将行，作诗亦坦言：高山峨峨，河水泱泱，父兮母兮，道理悠长。呜呼！又行其孝也。秭归为山水奥区，至屈原一发其奇，既以清忠耿介著于前；至王嫱而再发其奇，复以忠烈孝父显于后。而后世操觚者流，乃徒以屈原为千古未有之才子，王嫱为千古未有之佳人，或杂以诬妄诋毁，亦浅之乎，为小人矣。予闻匈奴边土多惨裂，草皆白。及昭君死，所葬地独青，故至今传为青冢，天盖欲以旌表忠孝也，当与屈原并传矣，岂独香溪色碧如黛哉？

青冢在杀虎口外，行百六十里，即望见焉。朝日照耀，苍翠蔼然，虽仆夫舆人亦知之。楚王岳游士张开东出雁门，宿广武城。梦有貂服乘舆从空而来者，则昭君也。遂作文，购香楮果品而往祭之。见冢高十丈，周围殆百丈，青山黑河绕带如抱，土人于七月十五日牵羊豕祭冢下。故无碑，及返朔平，遂请晋阳方伯朱公丕君为立碑，中大书“汉王昭君之墓”。旁列官衔五，且铭之云：“自美一人，生此南国。貌扬志抑，怀贞履则。溷沦汉唐，远投殊域。君命不辱，云死靡慝。墓草青青，想见颜色。壬辰十月，用及雁门。感通梦寐，貌服玉环。既寤而惊，载驰载奔。边风塞月，在河之漘。建石勒辞，万世永存。”

夷陵卷

欧阳修在夷陵

初至夷陵答苏子美见寄 欧阳修

三峡倚岧峣，同迁地最遥。物华虽可爱，乡思独无聊。江水流青嶂，猿声在碧霄。野篁抽夏笋，丛橘长春条。未腊梅先发，经霜叶不凋。江云愁蔽日，山雾晦连朝。斫谷争收漆，梯林斗摘椒。巴賨船贾集，蛮市酒旗招。时节同荆俗，民风载楚谣。俚歌成调笑，摖鬼聚喧嚣。得罪宜投裔，包羞分折腰。光阴催晏岁，牢落惨惊飙。白发新年出，朱颜异域销。县楼朝见虎，官舍夜闻鸮。寄信无秋雁，思归望斗杓。须知千里梦，长绕洛川桥。

洪注：《长编》载：是年五月，范仲淹以忤宰相吕夷简遭贬，欧与尹洙亦以朋党而遭贬。时苏舜钦因父丧居长安守制，即上乞纳谏书，为仲淹等鸣不平，又作慰勉之诗，题曰："闻京尹范希文谪鄱阳，尹十二师鲁以党人贬郢中，欧阳九永叔移书责谏官不论救而谪夷陵令，因成此诗以寄，且慰其远迈也"。欧即答以此诗。巴賨：指巴东地带。包羞：位不当所丞包之事，惟羞辱而已。分折腰：应分为见官折腰之县令。

初至虎牙滩见江山类龙门

晓鼓潭潭客梦惊，虎牙滩上作船行。山形酷似龙门秀，江色不如伊水清。平日两京人少壮，今年三峡岁峥嵘。卧闻乳石淙流响，疑是香林八节声。

洪注：《荆州记》云：“南荆门、北虎牙二山临江，楚之西塞。”《寰宇记》：虎牙山有石壁，其色黄，间有白文，亦有牙齿形。《夷陵志》：上有城，下有十二碚，有滩甚恶，在今峡州。香林八节：古琴名。苏轼《香林八节》：河渭之水多土，其声厚以沉。江汉之水多石，其声激而清。香林八节，是谓天地之中，山水之阴。

霁后看雪走笔呈元珍判官二首

江上寒山只对门，野花岩草共嶙峋。独吟群玉峰前景，闲忆红莲幕下人。

嘉景无人把酒看，县楼终日独凭栏。山城岁暮惊时节，已作春风料峭寒。

洪注：传说西王母所居处，有君玉之山。红莲幕：幕府之美称。

忆山示圣俞

吾思夷陵山，山乱不可究。东城一堠余，高下渐冈阜。群峰迤逦接，四顾无前后。忆尝祗吏役，钜细悉经觏。是时秋卉红，岭谷堆缬绣。林枯松鳞皴，山老石脊瘦。断径履颓崖，孤泉听清溜。深行得平川，古俗见耕耨。涧荒惊麏奔，日出飞雉雊。盘石屡欹眠，绿岩堪解绶。幽寻叹独往，清兴思谁侑。其西乃三峡，崄怪愈奇富。江如自天倾，岸立两崖斗。黔巫望西属，越岭通南奏。时时县楼对，云雾昏白昼。荒烟下牢戍，百仞寒溪漱。虾蟆喷水帘，甘液胜饮酎。亦尝到黄牛，泊舟听猿狖。巉巉起绝壁，苍翠非刻镂。阴岩下攒丛，岫穴忽空透。遥岑耸孤出，可爱欣欲就。惟思得君诗，古健写奇秀。今来会京师，车马逐尘瞀。颓冠各白发，举酒无蒨袖。繁华不可慕，幽赏亦难遘。徒为忆山吟，耳热助嘲诟。

洪注：堠，古时记里程的土坛，五里一堠。蒨袖：指歌妓。忆山示圣谕：殆以韩愈南山诗为法。

夷陵岁暮书事呈元珍表臣

萧条鸡犬乱山中，时节峥嵘忽已穷。游女髻鬟风俗古，野巫歌舞岁年丰。平时都邑今为陋，敌国江山昔最雄。荆楚先贤多胜迹，不辞携酒问邻翁。

原注：夷陵俗朴陋，惟岁暮祭鬼，则男女数百相从而乐饮，妇女竞为野服以相游嬉。处士何参居县舍西，好学，多知荆楚故事。

夷陵书事寄谢三舍人

春秋楚国西偏境，陆羽茶经第一州。紫箨青林长蔽日，绿丛红橘最宜秋。道涂处险人多负，邑屋临江俗善泅。腊市渔盐朝暂合，淫祠箫鼓岁无休。风鸣烧入空城响，雨恶江崩断岸流。月出行歌闻调笑，花开啼鸟乱钩辀。黄牛峡口经新岁，白玉京中梦旧游。曾是洛阳花下客，欲夸风物向君羞。

洪注：谢三舍人，即谢绛。绛尝为知制诰，实掌中书舍人之职，故称舍人。钩辀：鹧鸪鸣声。白玉京：指天帝所居之处。浮祠：《太平寰宇记·峡州条》下云：其信巫鬼，重淫祀，与蜀国同。烧：指烧田之声。

寄梅圣俞

青山四顾乱无涯，鸡犬萧条数百家。楚俗岁时多杂鬼，蛮乡言语不通华。绕城江急舟难泊，当县山高日易斜。击鼓踏歌成夜市，遨龟卜雨趁烧畲。丛林白昼飞妖鸟，庭砌非时见异花。惟有山川为胜绝，寄人堪作画图夸。

离峡州后回寄元珍表臣

经年迁谪厌荆蛮，惟有江山兴未阑。醉里人归青草渡，梦中船下武牙滩。野花零落风前乱，飞雨萧条江上寒。荻笋时鱼方有味，恨无佳客共杯盘。

新营小斋凿地炉辄成五言三十七韵

霜降百工休，居者皆入室。墐户畏初寒，开炉代温律。规模不盈丈，广狭足容膝。轩窗共幽窳，竹柏助蒙密。辛勤惭巧宦，穷贱守卑秩。无术政奚为，有年秋屡实。文书少期会，租讼省鞭抶。地僻与世疏，官闲得身佚。荆蛮苦卑陋，气候常一郁。天日每阴翳，风飙多凛栗。衰颜惨时晚，病骨知寒疾。蛮床倦晨兴，篮舆厌朝出。南山近樵采，僮仆免呵叱。御岁畜蹲鸱，馈客荐包橘。霜薪吹晶荧，石鼎沸啾唧。披方养丹砂，候节煎秋术。西邻有高士，辘轲卧蓬荜。鹤发善高谈，鲐背更炙熨。披裘屡相就，束缊亦时乞。传经伏生老，爱酒扬雄吃。晨灰暖余杯，夜火爆山栗。无言两忘形，相对或终日。微生慕刚毅，劲强早难屈。自从世俗牵，常恐天性失。仰兹微官禄，养此多病质。省躬由一言，无枉慕三黜。因知吏隐乐，渐使欲心窒。面壁或僧禅，倒冠聊酒逸。螟蛉轻二豪，一马齐万物。启期为乐三，叔夜不堪七。负薪幸有瘳，旧学颇思述。兴亡阅今古，图籍罗甲乙。鲁册谨会盟，周公象凶吉。详明左丘辩，驰骋马迁笔。金石互铿锵，风云生倏忽。容尔一开卷，慨然时掩帙。浮沉恣其间，适若遂聱耴。吾居谁云陋，所得乃非一。五斗岂须惭，优游岁将毕。

洪注：温律，指能生暖气之器物。幽窳：幽暗低下。篮舆：竹轿。蹲鸱：芋也。秋术：即苍术。轗轲：不遇也。束缊：束缊请火，求助于人。三黜：《论语·微子》：柳下惠为士师，三黜。人曰："子未可以去乎?"曰："直道而事人，焉往而不三黜?枉道而事人，何必去父之邦?"一马句：《庄子·齐物论》："天地一指也，万物一马也。"启期句：《列子·天瑞》："孔子游于太山，见荣启期行乎成祁之野，鹿裘带索，鼓琴而歌。孔子问曰：'先生所以乐，何也?'对曰：'吾乐甚多。天生万物，唯人为贵，我得为人，是一乐也；男女之别，男尊女卑，故以男为贵，吾既得为男矣，是二乐也；人生有不见日月，不免襁褓者，吾即已行年九十矣，是三乐也。'"负薪：士人自称疾病之谦词。鲁册：指《春秋》。其中多有诸侯盟会之记载。聱耴：鱼鸟群处貌。吾居：何陋之有意。五斗：吾岂能为五斗米折腰。

戏答元珍

春风疑不到天涯，二月山城未见花。残雪压枝犹有橘，冻雷惊笋欲抽芽。夜闻归雁生乡思，病入新年感物华。曾是洛阳花下客，野芳虽晚不须嗟。

洪注：冻雷：春雷。

和丁宝臣游甘泉寺

江上孤峰蔽绿萝，县楼终日对嵯峨。丛林已废姜祠在，事迹难寻楚语讹。空余一派寒岩侧，澄碧泓渟涵玉色。野僧岂解惜清泉，蛮俗那知为胜迹。西陵老令好寻幽，时共登临向此游。欹危一迳穿林樾，盘石苍苔留客歇。山深云日变阴晴，涧柏岩松度岁青。谷里花开知地暖，林间鸟语作春声。依依渡口夕阳时，却望层峦在翠微。城头暮鼓休催客，更待横江弄月归。

原序：寺在临江一山上，与县廨相对。

洪注：丁宝臣，字元珍，时为峡州年事判官。甘泉寺：在夷陵西山上。有静练、洗心二亭。夷陵县治下临峡江，名绿萝溪。自此上溯，即上牢关。弄月：尝月。

戏赠丁判官

西陵江口折寒梅，争劝行人把一杯。须信春风无远近，维舟处处有花开。

洪注：宜都记“自西陵溯江西北行三十里入峡……西陵江南岸有山。”

和对雪忆梅花

昔官西陵江峡间，野花红紫多斓斑。惟有寒梅旧所识，异乡每见心依然。为怜花自洛中看，花上蜀鸟啼绵蛮。当时作诗谁唱和，粉蕊自折清香繁。今来把酒对残雪，却忆江上高楼山。群花四时媚者众，何独此树令人攀。穷冬万木立枯死，玉艳独发陵清寒。鲜妍皎如镜里面，绰约对若风中仙。惜哉北地无此树，霰雪漫漫平沙川。徐生随我客此郡，冰霜旅舍逢新年。忆花对雪晨起坐，清诗宝铁裁琅玕。长河风色暖将动，即看绿柳含春烟。寒斋寂寞何以慰，卯杯且醉酣午眠。

洪注：铁宝为铁尺。琅玕：喻冰凌。卯杯：晨杯。

冬至后三日陪丁元珍游东山寺

幕府文书日已稀，清樽岁晏喜相携。寒山带郭穿松路，瘦马寻春踏雪泥。翠藓苍崖森古木，绿萝盘石暗深溪。为贪赏物来犹早，迎腊梅花吐未齐。

洪流：东山寺在州东五里。

初晴独游东山寺

日暖东山去，松门数里斜。山林隐者趣，钟鼓梵王家。地僻迟春节，风晴变物华。云光渐容与，鸣哢已交加。冰下泉初动，烟中茗未芽。自怜多病客，来探欲开花。

原注：五言六韵。

洪注：松门溪在平善坝稍西里许，山水清远，树木深邃，为峡中胜地。梵王家：佛寺。

千叶红梨花

红梨千叶爱者谁，白发郎官心好奇。徘徊绕树不忍折，一日千匝看无时。夷陵寂寞千山里，地远气偏时节异。愁烟苦雾少芳菲，野卉蛮花斗红紫。可怜此树生此处，高枝绝艳无人顾。春风吹落复吹开，山鸟飞来自飞去。根盘树老几经春，真赏今才遇使君。风轻绛雪樽前舞，日暖繁香露下闻。从来奇物产天涯，安得移根植帝家。犹胜张骞为汉使，辛勤西域徙榴花。

洪注：张骞使西域还，得安石榴、胡桃、蒲桃。

金　鸡

蛮荆鲜人秀，厥美为物怪。禽鸟得之多，山鸡禀其粹。众彩烂成文，真色不可绘。仙衣霓纷披，女锦花綷缭。辉华日光乱，眩转目睛悆。高田啄秋粟，下涧饮寒濑。清唳或相呼，舞影还自爱。岂知文章累，遂使网罗挂。及祸诚有媒，求友反遭卖。有身乃吾患，断尾亦前戒。不群世所惊，甚美众之害。稻粱虽云厚，樊絷岂为泰。山林归无期，羽翮日已铩。用晦有前言，书之可为诫。

原注：五言十四韵。

洪注：金鸡即锦鸡、山鸡。陆游《老学庵记》：（辰、沅、靖州蛮）男未娶者，以金鸡羽插髻。仙衣：言金鸡如披霓裳仙衣，羽毛华丽，展翅有声。綷缭：衣裙摩擦声。舞影：山鸡爱其羽毛，映水则舞。有身：《老子》：吾所以有大患者，为吾有身也；及吾无身，吾有何患。樊絷：谓构系于笼中。用晦：用晦而明。世故明于内，乃得明也；显明于外，巧所辟也。

登绛州富公嵩巫亭示同行者

群峰拥轩槛，竹树阴漠漠。公胡苦思山，规构自心作。惟予爱山者，初仕即京洛。嵩峰三十六，终日对高阁。阴晴无朝暮，紫气常浮泊。雄然九州中，气象压寥廓。亦尝步其巅，培塿视四岳。其后窜荆蛮，始识峡山恶。长江泻天来，巨石忽开拓。始疑茫昧初，浑沌死镌鑿。神功夜催就，万仞成一削。尤奇十二峰，隐见入冥邈。人踪断攀缘，异物宜所讬。顾瞻但徘徊，想像逢绰约。嵩山近可爱，泉石吾已诺。终期友幽人，白首老云壑。荆巫惜遐荒，诡怪杳难貌。至今清夜思，魂梦辄飞愕。偶来玩兹亭，尘眼刮昏膜。况逢秋雨霁，浓翠新染濯。峰端上明月，且可留幽酌。

寄圣俞

西陵山水天下佳，我昔谪官君所嗟。官闲憔悴一病叟，县古潇洒如山家。雪消深林自斸笋，人响空山随摘茶。有时携酒探幽绝，往往上下穷烟霞。岩荪绿缛软可藉，野卉青红春自华。风余落蕊飞面旋，日暖山鸟鸣交加。贪追时俗玩岁月，不觉万里留天涯。今来寂寞西岗口，秋尽不见东篱花。市亭插旗斗新酒，十千得斗不可赊。材非世用自当去，一舸聱牙挥钓车。君能先往勿自滞，行矣春洲生荻芽。

洪注：西冈口在均州西五里。均州与乾德皆在汉水边，相距颇近，作者时在乾德。荪：香草也。钓车：钓鱼车之省称。

至喜堂新开北轩，手植楠木两株，走笔呈元珍表臣

为怜碧砌宜佳树，自斸苍苔选绿丛。不向芳菲趁开落，直须霜雪见青葱。披条泫转清晨露，响叶萧骚半夜风。时扫浓阴北

窗下，一枰闲且伴衰翁。

洪注：斸：掘。泫：下滴。萧骚：风吹树木之声。

戏 书

结绶当年仕两京，自怜年少体犹轻。伊川洛浦寻芳遍，魏紫姚黄照眼明。客思病来生白发，山城春至少红英。芳丛密叶聊须种，犹得萧萧听雨声。

洪注：魏紫姚黄，洛阳牡丹之二种名花名。

编者注：标题为编者所拟。原题作：县舍不种花，惟栽楠木，冬青、茶、竹之类，因戏书七言四韵。

夷陵九咏

漾戢溯清川，舍舟缘翠岭。探奇冒层崄，因以穷人境。弄舟终日爱云山，徒见青苍杳霭间。谁知一室烟霞里，乳窦云腴凝石髓。苍崖一径横查渡，翠壁千寻当户起。昔人心赏为谁留，人去山阿迹更幽。青萝绿桂何岑寂，山鸟嘐嘐不惊客。松鸣涧底自生风，月出林间来照席。仙境难寻复易迷，山回路转几人知。惟应洞口春花落，流出岩前百丈溪。三游洞

原注：即下牢溪也。洪注：昔人，指白居易。

隔谷闻溪声，寻溪度横岭。清流涵白石，静见千峰影。岩花无时歇，翠栢郁何整。安能恋潺湲，俯仰弄云景。下牢溪

编者注：下牢溪：在三游洞下。

石溜吐阴崖，泉声满空谷。能邀弄泉客，系舸留岩腹。阴

精分月窟，水味标茶录。共约试春芽，枪旗几时绿。虾蟆碚

孤舟转山曲，豁尔见平川。树杪帆初落，峰头月正圆。荒烟几家聚，瘦野一刀田。行客愁明发，惊滩鸟道前。劳停驿

洪注：明发：早晨起程。

漻漻出乱峰，演漾绿萝风。浅濑寒难涉，危槎路不通。朝云起潭侧，飞雨遍江中。更欲寻源去，山深不可穷。龙溪

楚人自古登临恨，暂到愁肠已九回。万树苍烟三峡暗，满川明月一猿哀。殊乡况复惊残岁，慰客偏宜把酒杯。行见江山且吟咏，不因迁谪岂能来。黄溪夜泊

大川虽有神，淫祀亦其俗。石马系祠门，山鸦噪丛木。潭潭村鼓隔溪闻，楚巫歌舞送迎神。画船百丈山前路，上滩下峡长来去。江水东流不暂停，黄牛千古长如故。峡山侵天起青嶂，崖崩路绝无由上。黄牛不下江头饮，行人惟向舟中望。朝朝暮暮见黄牛，徒使行人过此愁。山高更远望犹见，不是黄牛滞客舟。黄牛峡祠

岛屿松门数里长，悬崖对起碧峰双。可怜胜境当穷塞，翻使留人恋此邦。乱石惊滩喧醉枕，浅沙明月入船窗。因游始觉南来远，行尽荆江见蜀江。松门

编者注：松门：指松门溪，在平善坝稍西里许。山水清远，林木深邃，为峡中胜地。

依依下牢口，古戍郁嵯峨。入峡江渐曲，转滩山更多。白沙飞白鸟，青障合青萝。迁客初经此，愁词作楚歌。下牢津

洪注：下牢口，即下牢津。

（说明：以上底本据洪本健《欧阳修诗文集校笺》，上海古籍出版社 2009 年版。）

历代诗人咏夷陵

和赵五送峡中军　北周　庾信

楼船聊习战，白羽试撝军。山城对却月，岸阵抵平云。赤蛇悬弩影，流星抱剑文。胡笳遥警夜，塞马暗嘶群。客行明月峡，猿声不何闻。

奉和赵王余中五韵　同前

飘飘映军幕，出没望连旗。度云还翊阵，回风即送师。峡路沙如月，山峰石似眉。村桃拂红粉，岸柳被青丝。锦城遥可望，回鞍念此时。

奉和泛江　同前

春江下白帝，画舸向黄牛。锦缆回沙碛，兰桡避荻洲。湿花随水泛，空巢逐树流。建平船柹下，荆门战舰浮。岸社多乔木，山城足迴楼。日落江风静，龙吟回上游。

编者注：龙吟：琴曲。

度荆门望楚　唐　陈子昂

遥遥去巫峡，望望下章台。巴国山川尽，荆门烟雾开。城分苍野外，树断白云隈。今日狂歌客，谁知入楚来。

编者注：章台：指华容城内之章华台。

送友人使夷陵 唐 崔翘

崔翘，崔融（653—706）之子，开元中为中书舍人。

猿鸣三峡里，行客旧沾裳。复道从此去，思君不暂忘。开襟春叶短，分手夏条长。独有幽庭桂，年年空自芳。

汉江临泛 唐 王维

楚塞三湘接，荆门九派通。江流天地外，山色有无中。郡邑浮前浦，波澜动远空。襄阳好风日，留醉与山翁。

送梓州李使君 同前

万壑树参天，千山响杜鹃。山中一夜雨，树杪百重泉。汉女输橦布，巴人讼芋田。文翁翻教授，不敢倚先贤。

送贺遂员外外甥 同前

南国有归舟，荆门溯上流。苍茫葭菼外，云水与昭丘。樯带城乌去，江连暮雨愁。猿声不可听，莫待楚山秋。

渡荆门送别 唐 李白

渡远荆门外，来从楚国游。山随平野尽，江入大荒流。月下飞天镜，云生结海楼。仍怜故乡水，万里送行舟。

秋下荆门 同前

霜落荆门江树空，布帆无恙挂秋风。此行不为鲈鱼鲙，自爱名山入剡中。

编者注：布帆无恙：即江行平安。剡中：剡中多名山，多隐逸之士。沃州：天姥在其处。

荆门浮舟望蜀江 同前

春水月峡来，浮舟望安极。正是桃花流，依然锦江色。江色绿且明，茫茫与天平。逶迤巴山尽，摇曳楚云行。雪照聚沙雁，花飞出谷莺。芳洲却已转，碧树森森迎。流目浦烟夕，扬帆海月生。江陵识遥火，应到渚宫城。

编者注：月峡：渝州巴县有明月峡，夷陵也有明月峡。渚宫城：江宁县有渚宫即楚别宫。楚建梁元帝即位，渚宫即此。

荆州歌 同前

白帝城边足风波，瞿塘五月谁敢过。荆州麦熟茧成蛾，缲丝忆君头绪多。拨谷飞鸣奈妾何。

编者注：杨慎云：此歌有汉谣之风。唐人诗可入汉魏乐府者，惟太白此首。

虎牙行 唐 杜甫

秋风欻吸吹南国，天地惨惨无颜色。洞庭扬波江汉回，虎牙铜柱皆倾侧。巫峡阴岑朔漠气，峰峦窈窕谿谷黑。杜鹃不来猿狖寒，山鬼幽忧雪霜逼。楚老长嗟忆炎瘴，三尺角弓两斛力。壁立石城横塞起，金错旌竿满云直。渔阳突骑猎青丘，犬戎锁甲闻丹极。八荒十年防盗贼，征戍诛求寡妻哭，远客中宵泪沾臆。

原注：萧铣僭号江陵日，屯兵于此，（虎牙）后常为屯戍之地。

编者注：《水经注》：江水又东历荆门虎牙之间。仇注：荆门在南，上合下开，状如门。虎牙在北，石壁色红，间有白文，类牙形。二山楚塞也，水势急峻。《一统志》：铜柱滩，在重庆府涪陵江口。楚老：谓夔人。远客：公自谓。渔阳：指安史。犬戎：指吐蕃。

春夜峡州田侍御长史津亭留宴 同前

北斗三更席，西江万里船。杖藜登水榭，挥翰宿春天。白发须多酒，明星惜此筵。始知云雨峡，忽尽下牢边。

送史申之峡州 唐 司空曙

峡口巴江水，无风浪亦翻。芜葭新有雁，云雨不离猿。江客思乡远，愁人赖酒昏。檀郎好联句，莫滞谢家门。

竹　里　唐　李涉

李涉，号清溪子，洛阳人。文宗太和（827—835）中，曾为国子博士。

竹里编茅倚石门，竹茎疏处见前村。闲眠尽日无人到，自有春风为扫门。

秋夜题夷陵水馆　同前

凝碧初高海气秋，桂轮斜落到江楼。三更浦上巴歌歇，山影沉沉水不流。

夷陵赠别元微之　唐　白居易

沣水店头春尽日，送君上马谪通川。夷陵峡口明月夜，此处逢君是偶然。一别五年方见面，相携三宿未回船。坐从日暮唯长叹，语到天明竟未眠。齿发蹉跎将五十，关河迢递过三千。生涯共寄沧江上，乡国俱抛白日边。往事渺茫都似梦，旧游零落半归泉。醉悲洒泪春杯里，吟苦支颐晓烛前。莫问龙钟恶官职，且听清脆好诗篇。别来只是成诗癖，老去何曾更酒颠。各限王程须去往，重开离宴贵留连。黄牛渡北移征棹，白狗崖东卷别筵。神女台云闲缭绕，使君滩水急潺湲。风凄暝色愁杨柳，月吊宵声哭杜鹃。万丈赤幢潭底日，一条白练峡中天。君还秦地辞炎徼，我向忠州入瘴烟。未死会应相见在，又知何地复何年。

原序：十年三月三十日，别微之于津上。十四年三月十一日夜，遇微之于峡中。停舟夷陵，三宿而别，言不尽者，以诗终之。因赋七言十七韵以赠，且欲记所遇之地与相见之时，为他年会话张本也。

荆巫梦思　唐　徐凝

徐凝，睦州（今属浙江）人，与诤友张祜（792？—853？）年岁相当，与白居易、元稹同时而稍晚。元和间（806—820）有诗名。

楚水白波风袅袅，荆门暮色雨潇潇。相思合眼梦何处，十二峰高巴字遥。

夷陵城　唐　雍陶

世家曾览楚英雄，国破城荒万事空。唯有邮亭阶下柳，春来犹似细腰宫。

峡中行　同前

两崖开尽水回环，一叶才通石罅间。楚客莫言山势险，世人心更险于山。

荆门西下　唐　李商隐

一夕南风一叶危，荆云回望夏云时。人生岂得轻离别，天意何曾忌崄巇。骨肉书题安绝徼，蕙兰蹊径失佳期。洞庭湖阔蛟龙恶，却羡杨朱泣路岐。

夷　陵　唐　胡曾

夷陵城阙倚朝云，战败秦师纵火焚。何事三千珠履客，不能西御武安君。（《楚风补》）

夷陵夜泊　唐　崔涂

家依楚塞穷秋别，身逐孤舟万里行。一曲巴歌半江月，便应消得二毛生。

峡中尝茶　唐　郑谷

簇簇新英摘露光，小江园里火煎尝。吴僧漫说鸦山好，蜀叟休夸鸟嘴香。合座半瓯轻泛绿，开缄数片浅含黄。鹿门病客不归去，酒渴更知春味长。

峡中寓止二首　同前

荆州未解围，小县结茅茨。强对官人笑，甘为野鹤欺。江春铺网阔，市晚鬻蔬迟。子美犹如此，翻然不敢愁。

传闻殊不定，銮辂几时还。俗事无常性，江青见老颜。夜船归草市，春步上茶山。寨将来相问，儿童竞启关。

下牢津 宋 赵抃

赵抃（1008—1084），字阅道，衢州西安人。景祐元年进士，曾为龙图阁直学士。

拖舟百丈苦攀跻，一过牢津恍似迷。花放乱红迎彩旆，谷传深响答鸣鼙。避人幽鸟凌云噪，抱子惊猿走险啼。春岫重重春水绿，却疑身在武陵溪。

初入峡 同前

峡江初过三游洞，天气新调二月风。樵户人家随处见，仙源云路有时通。峰峦压岸东西碧，桃李临坡上下红。险碛恶滩知几许，晚停征棹问渔翁。（《清献集》）

夷陵县欧阳永叔至喜堂 宋 苏轼

夷陵虽小邑，自古控荆吴。形胜今无用，英雄永已无。谁知有文伯，远谪自王都。人去年年改，堂倾岁岁扶。追思犹咎吕，感叹亦怜朱。旧种孤楠老，新霜一橘枯。清篇留峡洞，醉墨写邦图。故老问行客，长官今白须。著书多念虑，许国减欢娱。寄语公知否，还须数倒壶。

夷 陵 宋 张嵲

吴蜀相持地，江山真险固。昔闻焚夷陵，今兹但遗堵。山远欲连天，江宽疑浸树。左顾渚宫涂，右眺襄阳路。野迥无居人，荒村但豺虎。依依念乡井，怆怆悲坟墓。月淡江风寒，云深楚山暮。伫立小踟蹰，苍苍归鸟去。（《紫微集》）

至峡州登至喜亭谒欧公祠　宋　王十朋

曾于庆朔亲祠苑，又向夷陵敬拜欧。昔日四贤今见两，慨然遐想旧风流。

尔雅台　同前

隐迹江山郭景纯，学兼儒伎术通神。虫鱼草木归笺注，何害其为磊落人。

楚塞楼　同前

楚国封疆六千里，荆门岩峦十二背。南标铜柱北虎牙，天险城边古西塞。江山如故名尚存，形势虽强国何在？水流三峡无古今，月照孤城几兴废。吴蜀英雄空战争，屈宋风骚漫悲慨。但愿时清塞不尘，楼上芳樽日相对。

原注：去峡州四十里，有荆门山，峰峦连延，号荆门十二背。杜诗：虎牙铜柱皆倾侧。州南有天险城。

离夷陵　同前

至喜亭前晓雾迷，橹声离岸眩东西。疑游神女行云峡，急到姜诗跃鲤溪。午饭驿亭同蓐食，夜眠村店类鸡栖。眼中四面青山好，从此登天路不低。

编者注：标题为编者所拟。原题作：离夷陵，移舟至水西，将遵陆雾甚，咫尺不辨。舟人失津，退数里，遇渡船，引而至岸。有山在朦胧中，乃观音台也。过姜诗村，饭士门铺晚宿油榨。有山名四面，颇佳。

饭桃花铺宿覆盆　同前

路入桃花桃未花，碧溪流水两三家。何年路接人间世，定是渔人归去夸。

身在篮舆不自安，更劳牵挽上天门。山中亦有人间月，今夜应须照覆盆。

原注：肩舆登高山，以绳牵挽，危甚。

上大望州钻天三里　同前

身到猿啼百尽头，更言前有鹘孙愁。试于大望山头望，望见人间是峡州。豆子山前沿火墨溪，迢迢一岭与天齐。肉身安得钻天手，肝胆崔嵬自作梯。

原注：百人坡。

宿千石闻诵书声　同前

一岭钻天到此平，夜眠听得诵书声。莫言此地名千石，万石他年或可名。

枕上闻鼓角 同前

五更枕上梦还醒，初听夔州鼓角声。悲壮端如少陵语，它时送我更多情。

过九盘岭 同前

水不经三峡，山犹过九盘。数家修竹里，堪入画图看。

饭周平铺 同前

未见巫山十二峰，人言山与此山同。定知神女藏深处，正在朝云暮雨中。

编者注：标题为编者所拟。原题作：饭周平铺，南北山峰峦皆奇，有佛顶峰、鲤鱼岩、罗汉洞（又曰仙居洞）。说者谓类巫山，遇雨为云雾所蔽，不尽见。

过虎牙 同前

天遣西来亦大奇，眼中浑是少陵诗。虎牙铜柱为我好，却胜先生出峡时。

至喜亭 同前

前年泊舟至喜亭，舍舟触雾登山行。身到猿啼虎啸处，至今魂梦中宵惊。两年寒暑深山里，瘴疠侵凌身不死。七月归舟浮涨江，重见此亭实堪喜。世间忧喜无定形，此喜本从忧得名。须知既济有未济，勿谓江流今已平。

又一绝　同前

归客来登至喜亭，喜归兼喜峡江平。当时作记文章伯，不止文章得美名。（《梅溪集》）

至喜亭　宋　李石

归路巴人处处逢，巴人舟楫语音同。雪霜寒谷残年后，云雨阳台昨梦空。沙水清能延月白，峡林香欲试春红。饭山虽瘦无奇语，至喜亭中著醉翁。

初至夷陵　宋　陆游

雷动江边鼓吹雄，百滩过尽失途穷。山平水远苍茫外，地阔天开指顾中。俊鹘横飞遥掠岸，大鱼腾出欲凌空。今朝喜处君知否，三丈黄旗舞便风。

古风十首（选一）　同前

我爱古竹枝，每歌必三反。孤舟上荆巫，天末未觉远。最奇扇子峡，恨不遂高遁。荆棘蜀故宫，烟水楚废苑。至今清夜梦，百丈困牵挽。人生如寄尔，勿叹流年晚。

感　旧　同前

忆昔初乘上峡船，雪滩云岫过联翩。匆匆不暇寻高隐，遗恨于今四十年。

编者注：高隐：扇子峡在夷陵县，又名明月峡，有隐士。

江上观月　同前

暗浪冲舟鞺鞈声，夷陵城下正三更。十分倾酒禁风力，一点无云祟月明。久坐不知衣露湿，浩歌时有水禽惊。诗成莫驾长鲸去，自是虚皇白玉京。

舟出下牢关　同前

大舸凌惊涛，飞渡青玉峡。虚壁云蒙蒙，阴洞风飒飒。拂天松盖偃，入水山脚插。炎曦忽摧破，亭午手忘箑。悬知今夜喜，月白宿沙爽。旷哉七泽游，盟鸥不须歃。

编者注：七泽：《子虚赋》："楚有七泽，尝见其一……名曰云梦。"

峡口夜坐　同前

三峡至此穷，两壁犹峭立。估船无时行，妇盎有夜汲。风生树影动，月碎水流急。草根缀微露，萤火飞熠熠。吾行已四旬，才抵楚西邑。浩歌散郁陶，还舟觉衣湿。

编者注：妇盎：妇人汲水，背负木盎，以勺挹水入木盎，背负之。

戏成长句奉寄　同前

巴楚夷陵酒最醇，使君风味更清真。少年恨不从豪饮，薄宦那知托近邻。本拟笙歌娱病客，却催雨雪恼行人。朝来冻手题诗寄，莫笑欹斜字不匀。

编者注：标题为编者所拟。原题作：过夷陵适值祈雪，与叶使君清饮，谈括苍旧游，既行舟中雪作戏成长句奉寄。

峡州东山　同前

十年不踏东山路，今日重为放浪行。老矣判无黄鹄举，归哉惟有白鸥盟。新秧刺水农家乐，修竹环溪客眼明。已驾巾车仍小驻，绿萝亭下听莺声。

泊虎头滩下　同前

大舟已泊灯火明，小舟犹行闻橹声。虎头崔嵬鹿角横，人生实难君勿轻。

钱注：《大清一统志》：流头滩，在东湖县西一百里，一名虎头滩，或名狼头滩。

荆门冬夜　同前

常饥龟老欲无肠，卧听残更自短长。香碗得闲聊作伴，酒杯因病颇相忘。有情窗罅恰通月，耐冷橹枝多得霜。历尽风波知险阻，平生错羡捕鱼郎。

发荆州 宋 范成大

初上蓬笼竹窄船，始知身是剑南官。沙头沽酒市楼暖，经步买薪江墅寒。自古秦吴称绝国，于今归峡有名滩。千山万水垂垂老，只欠天西蜀道难。

编者注：自此登舟至夷陵。

虎牙滩 同前

倾崖溜雨色，惨淡水墨画。辛夷碎花县，瘣木老藤挂。翠莽楚甸穷，黄流蜀江下。一滩今始尝，三峡此其亚。雨点鼓士掺，云腾挽夫跨。惊心度石林，破眼见村舍。牛眠草色里，犬吠竹林罅。步头可杈船，安稳睡残夜。

编者注：虎牙滩又名金门十二碚，属夷陵。

峡州至喜亭 同前

断崖卧水口，连冈抱城楼。下有吴蜀客，樯竿立沧洲。雨后涨江急，黄浊如潮沟。时见山峡船，铙鼓噪中流。适从稠滩来，白狗连黄牛。涡漩大如屋，九死争船头。人鲊尚脱免，虎牙不须忧。

初入峡山效孟东野　同前

峡山逼而峻，峡泉湍以碕。峡草如毵毛，峡树多樛枝。峡禽惟杜鹃，血吻日夜啼。峡马类黄狗，不能长鸣嘶。峡晓虎迹多，峡暮人迹稀。峡路如登天，猿鹤不敢梯。仆夫负嵎哭，我亦呻吟悲。悲吟不成章，聊赓峡哀诗。

编者注：自此登陆至秭归。

土　门　同前

污泥汩峻阪，狠石卧中路。睥睨无敢前，趑趄屡却顾。长绳引篮舆，前挽后推去。吏士更叫号，作气欲飞度。颠坠较分寸，商略营蹞步。须臾气亦竭，一一汗如雨。

桃花铺　同前

老蕨漫山凤尾张，青枫直干如攒枪。山深岚重鼻酸楚，石恶淖深神惨伤。阴崖风生吹客急，草中枯株似人立。昳晡卓幕先下程，将士黄昏始相及。

覆盆铺　同前

三登三降冈始断，一步一休日欲斜。浊酒半瓶不得暖，覆盆有铺无浆家。

小望州　同前

峰头高绝邻，四瞰若窥井。小山万蚁垤，大山拊其顶。丛霄一握近，罡风振衣冷。似闻天人语，笑我雪垂领。曩侍玉案香，委佩太清境。独下赤城戏，俯仰一枰顷。岂其厌晨华，嗅此腥腐鼎。挥手谢天人，伶俜愧孤影。来偿茧足债，尚欠界天岭。老矣且倦游，归期行可请。

大望州　同前

望州山头天四低，东瞰夷陵西秭归。峡江微茫细如带，江外千峰青打围。黄牛庙矶石如劈，想看惊湍虎须白。水行陆走俱险艰，安得如鸟有羽翼。

一百八盘　同前

畴昔辞桂林，自谓已出岭。蜕蝉蛮烟中，恍若醉梦醒。今来峡山路，步步蹑云顶。仍闻蚯蚓瘴，顾与峤南等。平生行路难，惊浪兀漂梗。迷涂兹益远，鸟道非人境。老矣法当佚，怀哉迹可屏。拜首天东南，亟上归田请。

火墨坡下岭　同前

清晨入岑蔚，岚重寒飕飗。忽闻黄鹂语，方悟麦始秋。旅食法当瘦，远行人所愁。况复深山中，不与和气游。苦辛那敢惮，病悴良可忧。徒忧亦无益，聊作商声讴。

八场坪闻猿　同前

清猿冷冷鸣玉箫，三声两声高树梢。子母联拳传枝去，忽作哀厉长鸣号。天寒林深山石恶，行人举头双泪阁。雪涧琴心未足悲，须写峡中肠断时。

编者注：琴曲有《雪涧闻猿》。

钻天三里　同前

非冈非岭复非坡，黄鹄不度吾经过。妻孥下行啼且笑，联手相携如踏歌。风吹汗干人力尽，屐齿与石方相磨。钻天三里似千里，四十八盘将奈何！

蛇倒退　同前

山前壁如削，山后崖复断。曶吾达陇首，如海到彼岸。那知下岭处，栗甚履冰战。牵前带相挽，缒后衣尽绽。健倒辄寻丈，徐行廑分寸。上疑缘竹竿，下剧滚金弹。岂惟蛇退舍，刁鸟望崖反。稍喜一径平，犹有千石乱。仍逢新烧畬，约略似耕畔。心知人境近，龘末百忧散。山民茅数把，鬼质犊子健。腰镰走迎客，再拜复三叹。谓匪人所蹊，官来定何干？傥为饥火驱，平地岂无饭？意者官事迫，如马就羁绊？我乃不能答，付以一笑粲。

大丫隘 同前

峡行五程无聚落，马头今日逢耕凿。麦苗疏瘦豆苗稀，椒叶尖新柘叶薄。家家妇女布缠头，背负小儿领垂瘤。山深生理却不乏，人有银钗一双插。

麻线堆 同前

云木荡胸起，郁峨一峰危。上有路千折，縺缕如萦丝。是为麻线堆，厥险天下稀。逼仄容半足，颠坠宁复稽。腾猱尚愁苦，游子将安之？浮屠德宝者，悲智绪等慈。随山刊古木，寻壑得长矶。舆梁捷飞度，布石绵阶梯。自从新路改，重趼无赍咨。县有孙少府，琬琰劖文词。勿云此事小，惟有行人知。况观峡山路，由来欠平治。官吏既弗迹，谁肯深长思？天险固自若，当令略成蹊。土工运畚锸，石工操凿椎。烈火败硗确，筑沙填隙巇。多用百夫力，远无五旬期。但冀米盐给，不烦金币支。非客敢窃议，道傍询旄倪。身虽雪山戍，亦愿助毫厘。工费嗟小哉，政须贤有司。东有管夷陵，西有叶秭归。上维沈隐侯，夔台今吏师。下维熊绎孙，长材佐州麾。岂吾金闺彦，不如林下缁。悬知议克合，了此一段奇。舟楫避濆潦，置邮疾飞驰。憧憧吴蜀客，来往当无时。仍磨钻天石，大书四贤诗。不佞愿秉笔，远寄峡口碑。

原序：峡口驿前，大山崛起，归路攀援而上，萦纡如线。十五年前，浮图德宝始沿涧伐木作新路，不复登山。余观峡路，皆未尝经修。感德宝之事，作《麻线堆》诗一首，以风夔路使者及归峡二州长吏沈、叶、管、熊四君。

戏书麻线堆下　同前

一身半世走奔波，疑是三生宿债多。折卷已饶麻线岭，责偿难免竹竿坡。

胡孙愁　同前

倾崖当胸石足啮，失势毛氂槁幽谷。王孙却走断不到，惟有哀猿如鬼哭。仆夫酸嘶诉涂穷，我亦付命无何中。悲风忽来木叶战，落日虎嗥枯竹丛。

判命坡　同前

钻天岭上已飞魂，判命坡前更骇闻。侧足三分垂坏磴，举头一握到孤云。微生敢列千金子，后福犹几万石君。早晚北窗寻噩梦，故应含笑老榆枌。

千石岭　同前

晨光挂高岭，晴色媚远客。哀湍吼丛薄，宿雾袅绝壁。露重蓟花紫，风来蓬背白。迷涂朴渥跳，饮涧于菟迹。层巅多折木，连磴有飞石。不知山几重，杳杳入丛碧。

九盘坡布水　同前

莫惜萦回上九盘，洗心双瀑雪花寒。野翁酌水煎茶献，自古人来到此难。

荒　口　同前

十步九吃蹶，百夫半蹒跚。豁然鸟道穷，努力造其巅。谓是岭头了，一峰复当前。既无反顾法，仰望心茫然。

四十八盘　同前

诘曲不前如宦拙，欹倾当面似交难。若将世路比山路，世路更多千万盘。

紫荷车　同前

绿英吐弱线，翠叶抱修茎。矗如青旄节，草中立亭亭。根有却老药，鳞皱友松苓。长生不暇学，聊冀病身轻。

原注：峡山此药甚多。

锦带花　同前

妍红棠棣妆，弱绿蔷薇枝。小风一再来，飘飘随舞衣。吴下妩芳槛，峡中满荒陂。佳人堕空谷，皎皎白驹诗。

原序：东南甚珍此花，峡中漫生山谷。

入秭归界 同前

山根系马得浆家，深入穷乡事可嗟。蚯蚓祟人能作瘴，茱萸随俗强煎茶。幽禽不见但闻语，野草无名都著花。窈窕崎岖殊未艾，去程方始问三巴。

编者注：范公由夷陵走陆路入峡至归州。水路危险，山路艰难。

宿巴羊峡 宋 项安世

夜傍巴羊听水声，江南幽梦到吴屏。贺家湖上黄梅雨，四面荷香入画舲。

过峡州宿青草滩 同前

烟里鸣桡去夕阳，不堪风急滞归航。无端更著三更月，一夜孤篷一寸霜。

有 感 同前

大江千里从西来，凭陵三峡喧如雷。自矜万顷成一杯，涌起雪浪吞崔嵬。一过荆门楚天阔，七泽茫茫如减没。波神潜声不敢发，汩汩安流到吴越。世间骄吝亦等耳，未见六方俱有已。藩篱决破定无地，令人为赋江之水。（《平庵悔稿》）

峡　口　宋　洪咨夔

山隘留天少，江迂占地多。风梢猿自挂，露草虎曾过。坐客犹吴语，行人尽楚歌。川妃澜浪甚，着语试谁何。

平善坝　同前

水风静处抛舡易，山雨晴时着句难。便向个中占好谶，一程平善过云安。

至喜亭　同前

巴峡头边第一州，竹枝歌里水东流。盖亭老柳今如此，六一先生几系舟。

钓鱼石翁　同前

刀耕火种皆丘甲，背负腰缠尽筭缗。独有石翁鱼得计，至今疑是避秦人。

虾蟆碚泉　同前

丹墀万字中兴策，西蜀人材待细抡。好把玉蜍留水去，直言莫问近前嗔。

十二碚　同前

舍车不涉猢狲愁，行舟未过虾蟆培。咸池乐部十二锺，六丁挈置巫山背。鳌头赑屃方壶裂，鲸腹膨脝海门碎。凿开混沌尸者谁，事遂浮云堕茫昧。（《平斋文集》）

入夷陵　明　陈琏

扁舟西上到夷陵，城外人家散似星。水落寒滩群石出，雨晴隔岸乱山青。当年人颂欧公政，此日谁铭至喜亭。早晚又从三峡过，猿声宜在月中听。

赴夷陵　明　偶桓

偶桓，字武孟，号海翁，自号瞎牛，明太仓（今属江苏）人。洪武二十四年应秀才举为崇安从事，授广西桂林河泊大使。永乐中，为荆门州吏目，卒年八十二。

迢迢上夷陵，意促日易暝。乱石劓马蹄，丛棘罥衣领。登山若攀天，度壑如赴井。抚膺如呕心，喘息屡延颈。但逢过虎迹，敻绝行人影。顾兹客怀恶，况乃道里永。毫素难具陈，聊以述短咏。

出　峡　明　沐昂

冲波万折度四川，峡出夷陵始坦然。不假云帆三百尺，安

流从此放楼船。(《素轩集》)

夷　陵　明　黄衷

夷陵城外白沙湍，冲雾船头试水竿。林麓有花堪吏隐，山前无句果儒酸。愁心自折民恫尽，鹿迹都交鹭影单。偶向渔翁访风土，迩来人事更摧残。(《矩州诗集》)

泊夷陵　明　潘希曾

岸头烟色暗寒芜，东下夷陵水似铺。出峡江声城畔急，傍岩渔火雨中孤。秦灰未冷还兴楚，汉鼎难安可恨吴。惆怅千年如昨日，夜深闲坐揽吟须。

夷　陵　明　何景明

夷陵城边江水浑，无数轻帆落远津。万水云中三峡路，猿声愁杀渡江人。(《大复集》)

江　门　同前

小店江门市，孤舟闻暮砧。远沙含细雨，缺岸隐疏林。旅宿青枫晚，人烟翠岳深。渐临巴蜀道，一慰望乡心。

送林以乘谪夷陵　明　郑善夫

宜都三峡口，迁客意如何。落日黄陵庙，秋风骇浪多。巴蛮代鼓祭，江女踏归歌。莫唱渝州曲，猿声近汨罗。（《才调集》）

江上雨晴　明　林大辂

落日长江霁色开，远天逐客独登台。五更风雨□花剧，三峡鱼龙蹴浪来。云子一箪谁下榻，竹枝几曲共行杯。秣陵回首长安远，极止苍茫增暮哀。

到夷陵即事二首　同前

江城如斗近青霄，流水浮云旅思遥。漫喜流年还饱食，每逢过客话清朝。莺声高柳寒犹涩，雨色西峰午渐消。岂有穷途甘蹭蹬，未应人事叹萧条。

省郎迁客春初到，廊庙江湖地自分。峡口滩翻晴雪水，荆门树出午山云。曹刘霸气三分策，屈宋风流绝代文。燕寝香清官舍晓，孤城花雨欲缤纷。（《愧暗集》）

春日夷陵寓目　明　周复俊

巫峡春来水满川，千岸鱼鸟若空悬。澧兰漫忆茶沅芷，蜀嶝浑疑近楚天。裛雨夭桃点点含，细风弱柳故翩翩。长途最易生凄怆，况是韶光属禁烟。（《泾林诗文集》）

夷　陵　明　皇甫涍

明发下南津，复睹云沙永。舟轻澄江霁，帆远春霞影。悠然展遐眺，快意烦虑屏。草花湛芳洲，乱石泛清迥。江介日欲冥，风波逗黄岭。（《皇甫少玄集》）

夷陵阻雪　明　方弘静

方弘静（1516—1611），字定之，歙县人。嘉靖二十九年进士，官至户部右侍郎。

已是隔年别，胡为万里行。雪山难蜀道，雨雪滞江城。屈宋修词地，关张力战名。思乡与怀古，那复夜猿声。

寄吴归州　同前

南海词场旧著名，东巴领郡政初成。千家楼阁依岩迥，万顷波涛绕郭清。已爱新篇追大雅，更闻荒谷有深耕。斋中吏散谁同咏，莫惜驰筒到锦城。（《素园存稿》）

夷陵渡江　明　张瀚

一问夷陵渡，浑忘鸟道中。自疑生有翼，忽漫上凌空。日日硌砑径，山山虎豹丛。险难随地有，无事畏川东。

观楚王井　明　王泮

王泮，字宗鲁，山阴（今浙江绍兴）人。嘉靖四十四年进士，万历八年为肇庆知府。

隐之曾自酌贪泉，唱驭褰帷近蜀川。为念文园思雀舌，故邀楚井试龙涎。几家村落闻鸡犬，百雉城头沸管弦。对酒论文浑不倦，移尊重泛木兰船。

登楚王台　同前

试罢灵泉上楚台，荒台寂寞半蒿莱。雨云不见朝暮变，城郭依然次第开。铁石潺潺摧浪去，香溪曲曲抱江来。登临无限悲秋思，欲赋惭无宋玉才。

双楚王井　明　吴守忠

吴守忠，字子顺，江西瑞安府高安县人。曾为归州太守。万历十八年曾修治空舲峡，改名通舲峡。

紫薇分署俯双泉，移节西巡涉大川。欲问云根窥雪窦，故从鸟道踏蜗涎。建来鸣角虚传谷，流水高山静入弦。火树两行归路晚，隔江箫鼓振楼船。

登楚王台　同前

追随飞盖上层台，分得华风被草莱。文藻已空巫峡梦，精诚重见岳云开。无端帆影尊前落，不尽江流天际来。歌罢阳春成寡和，只今谁是大夫才。

送人之蜀 明 胡应麟

远下荆门客思浓，清秋落木遍千峰。猿声一夜孤舟雨，愁杀巫山十二峰。

群山万壑赴荆门 明 钟惺

兹为楚蜀门，喉舌古今存。陵谷于焉始，高低相向奔。众灵难自住，三峡尔何尊。也学江流下，滔滔归一源。

白沙驿 同前

鸟坠猿回半楚关，却云蜀道古来艰。高原频尽仍逢水，绝壁攀藤始见山。天缺似多青嶂累，岩空长带白公还。盘旋自谓无过此，不信前途更九湾。

夷陵道中 同前

曾闻巴蜀道，至此稍称夷。兹路险如此，前途难可知。岩峦当雨闭，水木到秋悲。况置怀诸感，州西扣策时。

松滋泊风　同前

舟经诸峡尽，水宿四旬终。叶落千村月，松滋一夜风。寒江从此阔，冬野自能空。忆昨频经险，何如滞此中。

泛江寻三游洞降观于峡　同前

渐上西陵江不开，棹随高急去疑回。滩声过洞杳无见，峡影衔天皆欲来。古壁苍沉非草树，寒岩秘密或风雷。潦收石出才如袯，看作瞿塘五月堆。（《隐秀轩集》）

南津关　明　雷思霈

雷思霈，夷陵（今宜昌）人。万历二十九年进士，官至翰林院检讨。

放宿下牢岸，春游下濑船。一江争划石，万里忽开天。有客寻谿涧，何人共几筵。遥看明月峡，知在白云边。

编者注：即西陵峡。

雨泊南津关　同前

此去关山路，迷濛雾不开。江寒留雁影，壑响助猿哀。小艇孤身寄，轻装浪迹来。西川天下险，第一水云隈。

九日宿东山寺　同前

木叶未全脱，水流故自闲。才登高客望，便觉大江环。风细如闻梵，云垂莫辨山。晚来松径里，隐隐一僧还。

宜　昌　清　何斯盛

何斯盛，陕西镇番武举，历官游击，授权怀远将军。与安逸生（1614—1654）为同时代人。

云栈偕江水，同为蜀道难。浪平巴峡远，山尽楚天宽。柘竹黄陵庙，榴花赤帝坛。今朝重九节，角黍好堆盘。

夷　陵　清　宋琬

乱山回合郡城楼，城外巴江万里流。估客东来应自喜，征人西上迴堪愁。数家鸡犬新生聚，晚市鱼虾不易求。犹有茅堂名绛雪，醉翁词翰若为留。

原注：州有至喜亭，欧阳公记。今亡矣。

夷陵侯舍侄稼庵不至　同前

醉别钟陵雨雪天，愁心终夜片帆悬。折残杨柳无多日，开遍桃花已隔年。伴侣须求三峡客，家书难觅九江船。灯前万里瞿塘路，不待猿啼已泫然。

泊舟夷陵作 同前

百丈挽孤舟，譬诸御劲敌。黄头运长篙，森然列矛戟。伐鼓以为节，进止有成画。喧呼殷雷霆，鱼龙应辟易。草间觅微路，蜿蜒入山脊。蜀儿夸身手，攀缘类蜥蜴。乘风张素帆，眩目失青壁。蒙茸岩际花，斑驳沙边石。小市闻鱼腥，近郊留虎迹。夷陵楚西门，历年困兵革。黄牛未百里，江流疾如射。云岑莽亏蔽，波涛相委积。芜没明妃村，苍凉屈原宅。景物足留连，畏此简书迫。浩歌对鸥鸟，俯仰悲行役。

南津关 同前

奋棹入西陵，实为三峡首。耳目霍然新，乾坤划初剖。巴江万里来，莽莽开户牖。大禹驱龙蛇，群峰俨趋走。锦屏百叠张，翠壁千寻陡。崖谷异昏明，亭午气如酉。羃䍦青萝幽，茏葱白云厚。绘事让鸿濛，天然色丹黝。怪石何时崩，雷文辨蝌蚪。长年告中餗，步屧坐林薮。苔荒杖屦危，径仄趾相蹂。抨弓落雉媒，垂纶出鱼舅。挥杯劝吾侪，此乐良非偶。

黄茅滩 同前

群山夹江流，其形如囊橐。缅想太古前，神功劳斧削。直下塞坤维，高空插冥漠。崩浪屡洄漩，层峦迭参错。罨画象楼台，岩峣类城郭。翠含青黛光，白者为粉垩。沿回路已穷，侧转忽开拓。烟际见渔舟，遥遥一秋箨。涉险却恬嬉，胜赏反惊愕。浑似逢异书，披览得约略。行行止三舍，樵爨倚山脚。方音闻鹧鸪，暝色下猱玃。汹汹怒涛哀，皂皂山泉弱。兴来抽短毫，庶几慰飘泊。

楚江月夜 清 张祖咏

张祖咏，四川内江人。明天启（1621—1627）至清康熙年间在世。少以诗名世，人誉为“浣花才子”。著有《枕江堂选刻诗钞》行世。

谁道仙人去未回，鹤楼千载看崔嵬。楚王梦里神为赋，黄祖刀头血是才。烟火万里明月渡，笙歌两岸碧云开。征人极目思无限，击碎银壶酒百杯。

夷　陵 清 李念慈

群山寻忽尽，出谷见州城。高岸千廛集，平江匹练明。战争多昔垒，陇壤破春耕。重镇藩荆楚，商船仍夜惊。

峡　山 同前

峡入山西楚，不惊倍嵚崟。崭削亲天上，巉岩插水深。生成犹疏凿，行迈抵登临。颇遂幽寻愿，无为古国吟。

出　峡 同前

出峡眺芳洲，澄江缓缓流。惊心辞喷漩，豁眼见回畴。盗贼舟人戒，榷关贾客愁。荆南屯禁旅，寓处恐难求。

江　雨 同前

江雨夜深闻，春山晓未分。滴波声细细，滋畹影纷纷。逼仄蓬窗纸，喧交贾客群。明朝殊水陆，击楫弄清芬。（《谷口山房诗集》）

送人自楚之蜀 清　屈大均

江贝此去莫沾裳，兰杜多情为尔香。神女风流满巫峡，骚人汤沐在潇湘。东西汉水巴陵大，朝暮猿声白帝长。辞赋最宜秋气早，不妨哀怨尽清商。

送王观察官蜀中（二十四选八） 同前

荆门西溯即高唐，一路风流屈宋乡。敌向秭归寻故宅，无穷骚些在斜阳。

十二巫峰似九嶷，芙蓉朵朵斗仙姿。离骚弟子荒淫甚，神女无端入梦辞。

似有朱颜在镜中，香溪清与若耶同。美人心逐天山草，万里青青到汉宫。

枫叶萧森乱夕阳，啾啾何处一声长。三声未断过三峡，无数哀猿尽断肠。

五女何年化石来，巫山亦有望乡台。细腰多少春魂在，云雨虚无不作媒。

断肠花满峡门香，复有相思碧草长。哀怨一仇生望帝，三巴都作杜鹃乡。

白帝城当赤甲开，东西江逐瀼溪回。阵图虚作常山势，汉贼天教两立来。

惠陵看与灞陵同，烟雨春山玉殿空。长恨赤乌真国贼，子鹃多向永安宫。（《翁山诗外》）

荆　门　同前

巴水吞三峡，荆门控百恋。山连夔子国，天作虎牙关。白帝朝云里，明妃夜月间。行人怜枯柳，多向楚宫攀。

夜抵夷陵州　清　方象瑛

舟车半载道途间，喜泛轻桡万里还。日暮寒云流断峡，夜深斜月冷空山。滩声乍转黄牛驿，帆影遥分白虎关。望里峰平江水阔，夷陵今夕喜开颜。（《健松斋集》）

抵夷陵二首　清　王士祯

西陵雄镇地，伫立望荆门。蜀水天边绿，巫云岐口昏。三湘初落木，万里饱闻猿。剪纸劳僮仆，为招久客魂。

原注：舟出下牢溪，望虎牙、荆门二山，错峙江上，荆门、虎牙，楚西塞也。

扁舟天上落，回首万山高。斜日明西塞，秋风过下牢。江湖初莽荡，吴蜀几旌旄。至喜亭边泊，椎牛也自豪。

原注：《至喜亭记》：夷陵当峡口，江出峡始漫为平流，舟人至者，必洒酒再拜相贺，以为更生。

泊夷陵 清 熊赐履

熊赐履（1635—1709），字青岳，又字敬修，孝感人。顺治十五年进士，《明史》总裁官。

扁舟无恙梦中身，舣棹依然楚水滨。千劫过一重说命，一家相庆始为人。山开水面帆樯远，烟急沙头鱼鸟亲。六载听猿肠断泪，那能回首不沾巾。

彝陵州二首 清 尤世求

郢中时候暖，腊月尚无冰。地险难驱马，天晴好放鹰。高堂名绛雪，古庙祀黄陵，欲访三游洞，群峰隔几层。

至此人皆喜，相传至喜亭。云容常带白，草色尚余青。绝巘成金字，危崖作虎形。阳春歌一曲，亦足动江灵。

岁　暮 同前

负暮冬残后，征途尚未休。捕箕双庙子，拖板大硃头。水石徒相激，风波不自由。何能枕席上，一昔过夔州。

夷陵峡 清 潘问奇

舟行时复挽藤萝，人是猿猱半岭过。岚气不分昏昼合，水声常入夏秋多。风形绣出千寻壁，地势盘成百折涡。我欲扶筇探禹迹，西来鸟道正嵯峨。

过 滩 清 盛锦

重峡间百滩，一滩度一厄。江涡众壑趋，崖白乱石积。大石叠鼋鼍，小石攒剑戟。中流若沸川，翻倒蛟龙窟。牵舟逼下流，凛若阻兵革。长篙拄峰腰，远缆走山脊。鸣金策众工，锐进不盈尺。一丝中迸断，百里供一掷。触石无完艘，沉渊有惊魄。是时雨初霁，沙石多滑泽。亡命争上崖，匍匐落冠舃。妇孺互扶携，鸡犬任狼藉。暂脱鱼腹灾，波涛亦衽席。转思断鳌初，四极奠磐石。岂其禹力衰，此境终未辟。吾尤罪巨灵，何惜只手擘。天宰真梦瞢，人事日逼窄。波静有潜鳞，林深多敛翮。寄语营利徒，勿作远行客。

峡 夜 同前

噭噭猿啼夜，凄凄鹤唳空。断崖开入壁，深井落孤蓬。树漏暂明月，湍惊天定风。万重水云隔，归梦亦途穷。

虎牙滩 同前

楚蜀分争地，雄关扼怒涛。滩声黄牛峡，转山势虎牙。高岩树丹青，舟樯上下牢。新诗横槊赋，旅兴一时豪。

十二培 同前

群峰东奔流，虎牙怒相向。对峙十二碚，罗列钟鼓状。颠崖矗层霄，旁窦穿激浪。峡泉落九天，汹汹翻海藏。撑舟出井底，篙师气先丧。众工捷如猱，百丈缘壁上。木末纵飞腾，山凹迭升降。一鼓更作气，千篙力谁让。造化何神奇，设此待霸王。颇闻白帝子，于此拒汉将。铁锁贯浮梁，金戈森卫仗。萧铣复何人，屯兵倚叠嶂。群雄电扫空，故垒犹在望。平生历险艰，未若兹游壮。万里投蛮荒，一身堕烟瘴。风餐案倾欹，水宿魂震荡。搜奇命转轻，得句神益旺。讵畏前途修，瞿塘险如象。（《湖海诗传》）

宜昌早发 清 彭端淑

孤棹上宜昌，西归一水长。重经三峡地，深入五溪乡。腊尽寒犹壮，滩枯险倍常。猿声不须聒，头白已如霜。

夷陵放舟 清 商盘

岷峨一派滥觞初，绝嶂曾经几凿疏。仙客有鞭皆破碎，始皇无铎可驱除。蟠云雕鹗惊难度，逼岸鼋鼍郁不舒。对此鉴寄翻洒落，江山平远意何如?

列岫层峦势不孤，屏风巧展未模糊。隐辚秦代昭华琯，浓翠周侯著色图。向晚无霞张锦绣，酿寒有涧滴屠苏。玉虚更访神仙洞，欲乞痴龙第一珠。

百仞高峰孰与齐，去天一握讶天低。兴云未济苍生困，障日徒令白昼迷。何物鬼工施铲削，多年真宰露端倪。扁舟孤客惊心处，莫听哀猿两岸啼。

绾绶南徐揽秀时，得闲筇笠镇相随。从来解爱金焦好，到此方成世界奇。颠米遇倪难入画，玉姜木客尽工诗。群峰面面如酬酢，晚对朝看不厌迟。

编者注：标题为编者所拟。原题作：由夷陵放舟西行，两岸山势险峭逼人，前此江南所未见也。

黄金藏　同前

此地本经籯，何由称金藏。仿佛积书岩，迷津几回望。

绛雪堂　同前

红梨苑内花，降雪尊前句。多情六一翁，不放春归去。

宜都城　同前

不见宜都城，犹传陆逊筑。失策为吞吴，班师未归蜀。

雅尔台　同前

曾闻郭景纯，于此注尔雅。琐细爱出鱼，谁为博物者。

十二碚 同前

岷峨发源江沸腾，千里直下趋夷陵。建瓴之势那可御，重峦叠嶂相持撑。此碚纵横亘山麓，雁列蝉联通楚蜀。日落苍摩鹳鹤低，潭深黑压鼋鼍伏。或云神斧挥巨灵，十二崖如十二屏。又云钳凿象钟簴，厥数阴阳符律吕。吁嗟呼！高陵深谷须臾变，今古崚赠常对面。呵叱难成道士羊，参差不化泉陵燕。我来十月江水平，挂帆宛转沿江行，眼前仿佛见巫峡，疑有暮雨朝云生。作诗孤客休太息，东去寒流浩无极。（《质园诗集》）

夷陵夜泊 清 周煌

周煌（1714—1785），字景桓，涪州（今重庆涪陵区）人。乾隆二年进士，官至兵部尚书。

巴猿啼不住，一艇下青天。远水沉寒景，高城起暮烟。猇亭嗟汉日，劫火忆秦年。江上湘弦动，愁余日渺然。（《晚晴簃诗汇》）

守风鹿角滩 清 苏汝砺

中流徒见石横梁，欲上空舲滞去航。竹节滩真随地险，剑镆铎并倚天长。岛传蜀帝声多怨，草寄湘累魄自香。千载风情都梦断，含辞莫更赋高唐。

暮江送客　同前

亭皋驻马怅离群，把酒临岐及半醺。晚树微消西坝雪，寒江横锁下牢云。帆风未利人犹待，历日无多岁欲分。此去秭归滩正急，堠笳津鼓总愁闻。

松滋渡　同前

如练清江抱郭斜，苍茫古渡落秋霞。明汲见底多文石，小草无名半异花。高观旧传支一柱，险滩初试向三峡。为寻杜老亭空在，鸥鸟依然伴客槎。

初八日发老官庙　清　茹敦和

茹敦和（1720—1791），字三樵，号逊来，浙江会稽（今浙江绍兴）人。乾隆十九年进士，曾为南乐知县。

山势得大展，灵木渐疏秀。村崦多人家，屋角露桔柚。石髻布中流，累累接前后。霙雪乱喷溅，钟石递鸣吼。老渔不买鱼，壶中足村醪。兀坐危滩间，结纲消清昼。

二十日午至花桥　同前

三高复三下，彳亍来花桥。傍溪得小市，人聚声嘈嘈。瓦屋渐鳞次，人户多未饶。盆盎列宾坐，床蓐环猪槽。老凫立间汀，对我仍梳毛，谓此清浅流，未足容渔舠。

二十三日早发至石门汛　同前

下有千仞江，上有千仞壁。石栈盘山腰，错趾不盈尺。飞瀑如乱麻，溅我衣屦湿。迤逦至石门，石势犹怪绝。支离两老翁，欹斜各凝立。江声自震撼，终古无倾跌。

槎　里　同前

青牛伏水低，酣睡犹未觉。九龙奔江饮，渴吻亦未燥。我欲缘崖霆，无计觉山篙。奴子各掩口，不语更相笑。轰雷忽到耳，魂魄各震棹。谁与横江来，攀舷大啸嚣。

晚宿九湾　同前

我本缘溪行，徘徊复上下。溪边不容趾，石壁无寸壤。大鸦并小鸦，对势作俯仰。笑我踏躃来，芒溪当几两。九湾暂憩息，倚枕听溪响。彼溪既西去，此溪复东往。

过八字坡观音阁宿　同前

浓云羃山顶，有似中羃尊。模糊天与山，高下两不分。匍匐入云中，四顾不见云。似雨不成雨，沾衣亦纷纷。迤逦度云出，编茅乍成村。佛阁闲坐对，隔岭明斜曛。

过八字坡观音阁宿二 同前

石陡不可上，石削不可下。横足当石稜，竖足嵌石罅。五日历百险，一境生千诧。云坠压鸟背，藤根断猿挂。山魈岂能吟，恶树竟成社。未投韩愈书，仍违王尊驾。

青滩最险，此时水势尚高，其势差杀 同前

入峡水转平，青滩水漓漓。石壁三十里，卧看山色奇。似峰亦似岭，乍正还乍欹。上挂青天根，下插绿水湄。连绵聚灏气，画笔谁能施。尺幅小磊砢，无计着颠痴。

即事述怀 清 王鸣盛

万里身为客，三年迹屡移。风尘看老大，湖海足艰危。暮节冰霜惨，荒城草木哀。将浮夏首櫂，初刑渚宫湄。世事蓬飘日，生涯梗泛时。书笺慵不理，药物病相资。冉冉桥乌飏，飞飞塞雁随。回瞻一柱失，遥指下牢溪。问渡招渔父，揭舲信楫师。高岑蔽荆阙，古县入松滋。山市戎戎暗，溪流泯泯迟。层岩攒桔柚，浅渚晒鸬鹚。傍水侵星宿，凌晨斫竹炊。浮踪方浩荡，前望益逶迤。闻说丹阳道，还从句亶遗。细腰夸婀娜，长鬣笑骻骳。苔没孱王冢，烟迷故国基。图经纪熊绎，井邑问鸠兹。岸转翻纡曲，峰尖露险巇。九回巴字绕，百折峡形奇。乱石滩横断，惊沙雨倒吹。崭岩多欲落，白勃忽相持。百丈牵难上，双崖陗莫追。涛头裂地起，烧火入云疑。处处菁茅暗，丛

从篠簬垂。虎蛟饥掉尾，龙鲤怒扬鳍。林黑枫人出，沙昏蜮弩窥。畏途何逼侧，顾影独嗟咨。南纪程初到，西陵缆乍维。虢亭询旧址，埵灶读残碑。胜地柯雄镇，空舲倚峻骑。嶂开芒似上戟，岚簇黛成眉。怀古兴凭吊，披襟眺渺弥。秦灰余泱漭，楚望蹑厜㕒。尚想英雄辈，都非豚犬儿。孙刘纷列戍，逊抗各登陴。复汉情徒切，吞吴计竟隳。吕蒙营在否，步阐迹留斯。折镞沉荒垒，遗墟蔓碧落。苍茫通越巂，空翠极巫夔。宛宛黄牛像，冥冥赤帝姬。雨云连旦暮，十二碧参差。怨入女媭杵，魂伤正则累。萧条鱼子国，寂寞竹王祠。延览穷今古，句留慰旅羁。壶公聊卖药，巢叟自依枝。郡廨邻鲛宫，人烟混岛夷。座隅防见鹏，床下任支龟。草草谋高枕，匆匆亦插篱。辞家同士燮，怀土类钟仪。祖竹编烝汕，王鱼供朵颐。绿萝豀路好，椒纸土风宜。亦有红莲稻，非无紫色梨。猪肝虽累俗，虫臂岂谋私。卧听吟蜻蛚，醒闻卖蛤蜊。且看剑开匣，判倒酒盈瓻。蜀魄催归去，江萍解渴饥。自怜心欲析，渐见鬓添丝。往日殊堪惜，回风愈可悲。遂多哀郢作，更拟卜居辞。漫动怀哉叹，终愁和者谁。故园诚可念，二子最相知。意气行衰矣，关河况间之。云停多怅怏，月落垂吁嘻。每忆胶投漆，真如铁引磁。招安来白石，晤晤到缁帷。素愿甘蜚遁，高情耻喔咿。藏山方号璞，断尾惮成牺。暗室还交勗，垂堂亦互规。由来盟道义，不拟逐喧卑。石壁探书库，珠囊理易旗。奇文当秘宝，妙理作良医。共抱栖元志，俱怀避俗姿。讨春常把臂，选胜潮凉飔。雪霁探茶磨，朝晴过剑池。中峰穷窅窱，胥口泛沦漪。遇寺寻支遁，逢溪访戴逵。联床同话雨，把酒使论诗。刻得五分烛，弹残两路棋。但须长邂逅，讵解暂睽离。更爱松毛屋，斜临匽渎湄。比邻曾订约，卜宅最堪怡。牖藉枯藤缚，桥因卧柳为。秋原开吉贝，夜簖走彭蜞。估画师怀灌，煎茶仿季疵。何妨餐野菊，兼可摘神芝。一自辞乡国，反教走路岐。行行莽牢落，望望感凄其。簦笠何由接，津梁已久疲。频看绨葛换，数睹兔华亏。白马吴门影，乌蛮楚塞崖。那无平子叹，自发百鸾噫。念尔今离索，只应守默鶿。饥鹰垂翅伏，老骥带疮羸。仆辄嫌夫懦，童偏笑叔痴。怪来违尺素，好在旧芳茨。偕隐能如是，耦耕俟我而。行当拂衣去，欣见挂帆欹。望远凭鳞雁，临风撷茝蓠。合并堪计白，先为寄相思。

编者注：标题为编者所拟。原题作：荆南发舟，溯江抵夷陵，即事述怀，寄琴德、来殷一百韵。

虎牙滩 同前

前日过铜柱，今晨望虎牙。性命付孤舟，急滩纷若麻。江束湍渐怒，轰轰走鸣沙。乱石森牡齿，揭天虎口牙。悬流触石转，百折飞浪花。有时喷淖起，水石相谽谺。斗矗一间屋，盘作千寻洼。俯愁裂坤轴，仰见侧日车。偶与赍俱入，便闯龙伯家。柁师工撇捩，凝竦不敢哗。狎恰已出险，身手良可夸。桅镫步头舣，旅鬓悲鬖髿。饥寒真有力，迫我轻三巴。

夷陵远望 同前

古戍标荆塞，危城见蜀津。云移三峡暮，江接百蛮春。行役何时已，音书总未真。登楼欲有赋，感激独伤神。（《晚晴簃诗汇》）

宿下牢溪 同前

酸风苦雾暮江昏，急碚惊滩怒浪翻。孤客闻猿宵坠泪，居人畏虎早关门。三游古洞真遗迹，四品茗泉孰细论。愁绝结荷燃楚竹，天涯真有未招魂。

至喜亭 清 毕沅

石剑搕惊湍，一激枉失疾。轻舟从天落，倏穿波底出。曲折与石赴，其间不容发。尖嶕排凿凿，飞掠鱼龙窟。撞击即糜碎，魂死身犹活。喧传出峡口，瞥见天宇阔。六六翠屏开，神情顿轩豁。疑惊鱼腹葬，似向虎口夺。红亭竦去表，翼然俯林樾。泊岩快登临，恍觉踏地实。始悟孱躯存，未趁波涛没。酌酒劝长年，焚香齐念佛。城近暖吟深，人稠鬼哭歇。客子莞尔笑，清宵櫂讴发。

扇子峰 同前

群峦贴霄汉，苍翠罨四围。秋风使面景，粉面或庶几。巨灵坐赑屃，孤掌不敢挥。石骨插龙藏，倒激珠瀑飞。恍惚巫峡雨，神女行云归。估舶帆十丈，疾于发弩机。两岸啼杜鹃，血泪满客衣。泪枯石欲烂，水怒不可矶。故乡五湖舟，春波没柴扉。稳坐如天上，花落鳜鱼肥。冒险进三峡，雁断音书稀。逝沾蝇头利，忍饫蛟肠饥。画图真境在，云山莽是非。天然斧劈皴，范荆未易希。（《灵岩山人诗文集》）

出　峡　清　顾光旭

下峡行舟如叶飞，江津倚櫂青山微。三游洞口踏苍藓，一柱观头眠落晖。南斗片帆入我手，西风万里吹人衣。髻丫枋外金钗系，网得鲟鳇鱼正肥。(《响泉集》)

东湖滩谣　清　严思浚

严思浚，进士，曾参与修纂《东湖县志》，并于雍正二十八年修成。

饭甑扳到，鲟鱼腹饱。使君不来人不管，三斗坪高魂欲断。虎昂头，狼跋尾，鹿角岳岳谁能掎。风狂愁急浪，船小怕高桅。滩神无义攫人钱，铜钱三注摊成堆。浮云变白狗，竹节鞭黄牛。黄牛鞭不动，白狗堕地声喧啾。果园无果摘，马鞍无马驮。斗船且往隔南沱，三漩深深不可过。黄茅长似人，白龙大于象。打麦剩空场，难掘黄金藏。才过南津关，又下冷水碛。汲将冷水调胭脂，媳妇娇羞背人立。荆门开，虎牙排。临崖断桥，仙人不来。

编者注：歌谣中提到的险滩，包括饭甑滩、鲟鱼嘴滩、使君滩、虎头滩、狼尾滩、鹿角滩、无义滩、白狗滩、黄牛滩、抖船沱、南沱、黄茅滩、白龙洞滩、打麦场滩、冷水碛等。

峡中作　清　石韫玉

石韫玉，字执如，号琢堂，花韵庵老人，独学老人，吴县人。

一甲一名进士，重庆知府，山东按察史，主讲苏州紫阳书院二十年。

逼仄复逼仄，两崖如积铁。孤舟入其中，与波相曲折。百夫同呼耶，十荡亦十决。篙声向水争，帆力藉风掣。遐想鸿濛初，川融山则结。不知何五代，此地忽迸烈。岂真娲后朝，特敕巨灵截。其上浮云连，其下洪波泄。晴霄走迅雷，暑路洒密雪。我行偏九州，放此收奇绝。溟涬造物初，其理不可说。举头望青天，苍苍一线揭。

出　峡　同前

积雨满云峦，孤舟出江渚。两崖不见人，但闻烟中语。野志朝趁墟，涂遇相尔汝。始知出峡来，路已入前楚。

人日舟中作　同前

孤篷经月峡中行，听水听风不计程。山至夷陵忽平远，天逢人日正新晴。钓家三五树边住，沙鸟一双烟际明。满地江湖归未得，此心先与白鸥盟。

出峡泊宜昌府　清　张问陶

万山回首太崚嶒，此日余生问最能。送尽奇峰双眼豁，江天空阔看彝陵。

嗷嗷寒猿忍泪听，瞿塘剑阁万峰青。三年看遍奇山水，送险亭兼至喜亭。

峡州人语暮喧哗，灯火迷离十万家。只爱红阑双艓子，一枝青竹酒旗斜。

渺渺闲愁感逝波，水窗情话故人多。七年不作荆州客，忍对寒江听楚歌。（《船山诗集》）

汉　岩　清　鲍桂星

鲍桂星（1764—1824），字双五，歙县人。嘉庆四年进士，曾为工部侍郎。

一路山程阻且长，看山到此重徜徉。峰如道子描成象，石似仙人叱后羊。重蔓古藤珠珞索，洒空飞瀑珇争玱。浮生倘遂餐霞愿，何处烟峦不故乡。

发宜昌入归州境　同前

不信夷陵去，难于蜀道行。峭峰盘地仄，孤嶂入天横。磴绝蛇应却，岩悬鬼亦惊。王尊能叱驭，意气仗平生。

萝卜墱　同前

奇石不爱趾，乱云多满身。风云互拿攫，天地此轮囷。境险心殊坦，涂穷气益振。羸骖恣偃蹇，怜尔拽舆人。

天光坪　同前

绝壁五千仞，连冈一万重。石奇蹲马象，峰诡学虬龙。晓日山山鸟，寒云处处松。前墟隐兰若，依约动疏钟。

白沙驿 同前

青山不肯住，走入白云端。云骇与俱坠，山留容我看。烟扉开翠壑，草树隐晴峦。曙色堪图画，徘徊一据鞍。

枫香墅 同前

晓柝催竹蚤，霜禽促曙喧。坠枫红陷马，深篆碧藏猿。秫酿倾山店，樵歌出石门。邮亭好风景，闲共野人论。

珍珠岩 同前

珍珠名信美，驻马试遥瞻。石豁青双掌，泉飞雪一帘。谷音生树杪，晴霭落峰尖。耐可霜威重，前村问酒帘。

峡　口 同前

峡急两岸绝，泉声流向东。树高难上日，云厚不歆风。暗窦滴残乳，危峦切太空。缅怀开凿手，何代关鸿蒙。

古竹坪 同前

竹坪何邈缅，萝壁剧嶙峋。雨石寒生耳，霜松作老鳞。烧畬分野火，问渡指前津。落日栖乌噪，征夫怯后尘。

夷陵峡口望蜀江 清 阮元

阮元（1764—1849），字伯元，江苏仪征人。乾隆五十四年进士，曾为湖广总督。

岷江本是愿朝宗，底事巴西绕万重。峡口山光青似剑，荆门水势白如龙。吴船快放三千里，蜀客愁归十二峰。莫问猿声在何处，彩云可待种芙蓉。（《揅经室集》）

入峡书所见 清 洪饴孙

洪饴孙（1773—1816），字孟慈，阳湖人。嘉庆三年举人，曾为东湖知县。洪亮吉之子。

江流欲无险，峡势尚未平。峨峨夷陵山，遑肯西南倾。怒石指上流，力与惊涛争。一折不能御，奋迅催雷霆。遂令下吴楚，所向皆空明。我思古直躬，抱负每不恒。艰贞乃隐者，骨鲠惟孤臣。无论事成否，此心皆至诚。乾坤萃清气，孕秀归精英。䝔拳与正则，安知非降灵。我欲登兹山，旷览风云生。王事动靡盬，怀古空斯行。沿回挂帆过，峡口云冥冥。

万峰亘巴巫，江势不得展。乾坤腾怒脉，水石声如喘。澜翻气弥盛，阪触流愈转。盘涡方作幻，恶浪何由软。自闻春水生，安行盖云鲜。每逢舳舻下，转瞬分危舛。我新挐舟来，变态今已阐。横波落千丈，江山讶曾筅。尚闻榜人谈，指示气为愞。寒狖不定鸣，惊涛有时卷。（《青缍山人诗》）

彝陵城 清 严烺

猿啸三峡巴江水，日夕灵潮住复回。蜀道如天犹可上，秦灰历劫未须哀。黄陵有客探山胜，绛雪何人共酒杯。望望金沙家万里，翻怜予自发源来。（《红茗山房诗存》）

原注：用欧阳公黄溪渡韵。

自平善坝出南津关 清 陶澍

谁将平善锡嘉名，路指牢关俨似城。双眼忽开知峡断，一波初起觉潮生。低回樯燕传消息，拜舞江豚解送迎。稍怪榜人催客急，游仙不及洞中行。

编者注：即下牢关。

夜归宜昌 同前

万叠云峰掩蜀山，夷陵东望峙雄关。楼开楚塞闻清角，险出刀州唱大镮。古月自悬三国戍，暮烟遥接五溪蛮。江流向夜西风紧，犹似猿啼白帝间。

自松滋至太平口 同前

松滋堤柳半毵毵，打桨过来影一潭。隔浦烟光沉夕照，远天帆势出晴岚。黄牛峡落秋先老，青草湖宽水尚滧。独有乡心如木叶，随风吹向洞庭南。

自题入蜀出蜀二图　同前

明天瞿塘旧有名，黄牛白狗锁峥嵘。扁舟回首猿啼处，十二巫峰秋欲生。

虚闻槎泛斗牛边，载石空装亦偶然。赚取江山入行箧，满船秋色菊花天。

虎牙关　同前

何年资岸石，飞作此江扃。一扇忽开峡，群山皆断青。滩声奔虎口，驿路指猇亭。向晚宜都县，渔灯浸列星。

出　峡　清　汪仲洋

峡里流水深，棹声空无底。两壁嵌天光，青余一线耳。陡然山势开，耳目广千里。云梦虽未吞，烟水浩弥弥。洲渚蔚芦荻，时有渔歌起。安知非灵均，吟魂出湘水。亦欲反离骚，投阁羞扬子。回头望峡门，从此云乡里。（《心知堂诗稿》）

夜泊宜昌府　清　杨庚

江阔天低水夜明，巴船泊处月初生。胸中无数峰峦在，斗酒浇来未肯平。

白梆木围至归州　清　李星沅

巫峡连云断，天光渐渐宽。江明人影乱，山暮烧痕残。路指归州闸，歌络蜀道难。犹闻传险语，破晓下新滩。

晚泊关溪　同前

关溪清浅舟自横，水村历乱催寒更。灯孤黯黯作磷火，人静齁齁闻睡声。瞑目微参入定法，惊心细数还乡程。船窗竟夕不成寐，细雨洒蓬潮暗生。

宜昌舟次　同前

夷陵东下水潺潺，千里行人一棹还。峡口云封鱼腹垒，江心天劈虎牙关。遥闻笑语传乡县，却订归期报故山。此夕欧阳亭小泊，滩声犹在梦魂间。

舟行遇雨　同前

林端晚色昏，堤畔人声寂。夜雨洒寒江，孤篷时滴沥。（《李文恭公遗集》）

西陵峡畔口占别展云同年　清　王柏心

王柏心（1799—1873），湖北监利（今洪湖）人。道光二十四年进士，曾为刑部主事。

君过明月与黄牛，却望巴江入郢流。峡口闻猿堪泪落，乱山风雪更施州。

下牢溪　同前

泉脉会千山，淙流去不远。光飞岩腹里，声战石棱间。猿饮携群捷，鸥窥照影间。寂寥防戍迹，古是下牢关。

登夷陵郡楼　同前

巴山西望迥崔嵬，禹力难平滟滪堆。白浪欲摇坤轴断，青天忽放峡门开。逶迤万堞环雄郡，阨塞千秋付将才。谁道重关警风鹤，武安君去赤眉来。

东山寺　同前

夷陵最胜东山寺，岁暮登临雨雪昏。峡口千山蟠蜀塞，江流双阙峙荆门。花时游冶都陈迹，兵后招提只断垣。欲得才如谢安石，从容棋局扫蜂屯。

夷陵立秋　同前

山城犹未散炎蒸，坐看中宵转玉绳。天上捷书传北极，人间秋色下西陵。漫游江海成长往，垂老乾坤喜中兴。翘首金风动阊阖，鷦鹩终不羡冥鹏。（《晚晴簃诗汇》）

南津关舟次 清 贝青乔

水窗听尽子规啼，小泊夷陵古郡西。得气草虫缘岸上，无依海燕入林栖。人来异域何嫌陋，山近中原渐肯低。珍重吟身犹健在，不堪回首忆鸿泥。

夷 关 同前

天上落扁舟，东驰抵峡州。地初开旷宇，水渐放平流。遗火秦兵垒，长风楚塞楼。卻闻葭菼外，雁户满中洲。

至喜亭下作 同前

滩师欣作贺，从此众滩低。醵饮争沽酒，酬神谨磔鸡。香缘僧领募，吉语客留题。阑夜谋欢罢，孤情倍惨凄。

峡船谣 同前

上滩打鼓，下滩打锣。小船失措，大船奈何。夏峡泛水，一漩一船。冬峡枯水，一石一船。前船已矣，后船继之。船船相踵，振古及兹。谁持忠信，谁仗神灵。完船出峡，今生再生。船下夔府，水奔峡州。一半东注，一半西流。

泊宜昌 清 李映棻

上水船哭下水笑，推篷喜见黄陵庙。峡云回首岗层层，千里惊魂招不到。峡山峡水太奇绝，造物于兹技亦竭。峰峦放远江放宽，似把文章变恢渊。嗷嗷猿声远可听，留人半角山犹青。至喜亭边一尊酒，殷勤再拜别峡灵。峡若有灵还笑我，白云隐隐岩间锁。抛却故乡十万山，天涯襆被计殊左。我醉无言聊举笔，题诗懒付红丝瑟。一帆风雨归去来，愿与江山期异日。

过　峡 清 徐敦仁

奔流直下下牢关，峡东重重探百蛮。峰峻石穿天上路，滩高浪滚雪中山。人同虎豹分崖住，身与蛟龙奇命还。深夜一灯照孤睡，瓮头人鲊梦刀环。

峡中当无滩处舟行亦平喜作 同前

漫言三峡皆奇险，亦有平澌百里余。沙软客行江底路，日叙人钓石中鱼。酒斟琥珀浇愁垒，窗拓琉璃读异书。一样客怀差可喜，小诗自写滴蟾蜍。

登至喜亭放歌 清 许印芳

狂奴家在蜀天上，万万亿数计寻丈。偶然乘兴游人间，五色云衣尚飘飏。蜀山蜀水气磅礴，填胸累块变邱壑。高江出峡趋平川，夷陵买醉一笑乐。至喜亭东朝日红，登临慷慨歌南风。手中三尺赤籐杖，愿献圣皇扶两宫。

宜　昌　清　赵树吉

层关叠嶂锁襟喉，迢递荆襄控上游。巴峡船来随夕照，黄陵木落又深秋。乍者山色如秦栈，渐觉乡音变楚咻。至喜亭边一翘首，时清鼓角壮城楼。

彝陵怀古　清　程之桢

程之桢，字维周，江夏人。咸丰元年举人。清末民初黄州名士。

楚蜀咽喉此要疆，荆门形胜郁苍苍。黄牛朝暮横秋色，白帝波涛下夕阳。垒圮田戎汀草蔓，城迷陆抗野云荒。不堪回首屏风阁，西塞萧森古战场。

猇亭桴鼓壮军声，巫峡旌旗接建平。竖子成名偏炬火，刘郎遗恨竟连营。西来铁锁沉沙急，东下楼船破浪行。花草吴宫收拾尽，更无木梯满江倾。

楼开楚塞望逶迤，七属山川领袖奇。况有才人邻宋玉，何妨孝子祀姜诗。石门仙去停云在，葛道秋深落叶迟。自笑三游游未得，渔洋一例负前期。

赤矶吹浪大江滨，地脉文澜岁岁新。梨雪一株篘绿酒，桃花千片跃红鳞。虾蟆坠笔怀山谷，虫鸟编书慕景纯。我欲重寻州处士，何容故事细咨询。

宜　昌　清　吴仰贤

棹入荆南路，江流滚滚来。滩声连蜀郡，草色乱秦灰。官吏晕船至，弓兵逻夜回。布帆须料理，九幅挂风桅。

夷陵怀欧阳公　清　彭崧毓

彭崧毓，江夏人。同治七年在世。

自古循良惟守令，功名遍重摘官时。不辞考拙催科政，何独文工制诰词。绛雪堂中朝判牍，黄陵庙口晚题诗。归田颍上人争羡，岂识风流半在兹。

东　湖　清　王先谦

两崖当白帝，三峡尽黄牛。放胆随巴水，全生到楚州。山从遥岸敝，江与大荒浮。飘荡悲□事，苍茫对远鸥。

泊宜昌　清　毛澄

江上荒城长绿苔，二千年事古难回。风前楚水兼星乱，云外巴船带月来。乡信更无寒雁寄，吟声空和暮猿哀。洛阳才子头今白，不到长沙意已灰。

元夕舟抵宜昌 清 李超琼

至喜亭边水势平，江山开展落帆轻。灵旗暮雨湘累庙，火树银花步阐城。客梦只循鱼腹上，滩声还为虎牙惊。楚天寥落乡音少，愁对元宵大月明。(《晚晴簃诗汇》)

平善坝 清 刘光第

此地真平善，前滩尚险艰。人生几安乐，江路一榛菅。盐榷方增税，官程可就班。乱山横扫处，落日满彝关。

彝陵游临江墅 清 史密初

史密初，字海叔，号梅裳，济宁人。曾为淡水同知。

临江有墅枕江流，未上天梯暂舍舟。孤塔影遮帆出沿，晓钟声断树沉浮。松关尚闭知僧懒，竹径微吟破客愁。莫盼胜游还入梦，招提虽好辙难留。(《晚晴簃诗汇》)

自夷陵舟发棹至黄牛峡 清 沈廉

沈廉，清代诗人，生平不详。

江月欲落晨鸡鸣，客船未发官船行。晓风飕飕舟子喜，蒲帆吹出彝陵城。鼓声坎坎日方吐，船头渐听滩声怒。棹转俄惊又一天，桃花鸡犬回头误。入峡愈深山愈奇，半云半雨崖倾欹。疾风卷水水欲立，纷红骇绿相离披。尽日冥搜思缥缈，空里无声绝飞鸟。斜照西南一角天，数峰青入微云表。初疑前山无路通，划然一线开鸿蒙。乃叹伟哉神禹迹，人力疏凿天无功。危滩更转势欲压，路断云根疑倒插。喷珠跳雪从空来，不知此是黄牛峡。我闻昔日有黄牛，助禹开导疏江流。至今风云相隐见，惝恍如有神人游。百丈高牵不可越，行人到此真愁绝。一舟簸荡波涛中，却与鱼龙争出没。吁嗟乎！黄牛峡水无时停，黄牛峡石无时平。人言虽险君勿怖，那得人间有路平。

宜昌旅夜　徐樾

短檠长榻夜清凄，人似寒鸦未稳栖。万派江声趋楚尾，千重云山黯巴西。连营火后三分定，喜雨名留两字题。准拟明朝寻古迹，霜风应冻路边泥。

平善坝　同前

过此诗材少，数家丛树间。人音轰楚塞，国税成洋关。举酒长年贺，还家蜀道艰。夷陵三十里，出口葛仙山。(《遗园诗集》)

泊宜昌府　易顺鼎

南郡西陵路，江山楚望开。水清知蜀雪，土黑见秦灰。白虎夷人祀，黄牛估客来。荒城怀陆抗，斜日角犹哀。

虎牙滩　同前

自昔称西塞，荆门对虎牙。山形原护楚，江势渐迷巴。怪石临滩正，崩崖压树斜。承平浑失险，吊古一长嗟。

峡见舟望　同前

矫首青霞思不群，船窗终日对氤氲。岩间乱蕊如红叶，树里空烟似白云。峭壁倚红连复断，飞泉分道合还分。看山若得鸦家住，清绝猿声亦愿闻。（《琴志楼诗集》）

荆州道上　徐炯

江柳仍新绿，荒城日又西。惊波翻夏口，微雨过新堤。乡梦愁春尽，鹃声入夜啼。彝陵明日到，更与问香溪。

楚江杂感　同前

兴亡天意本循环，空使苌弘血已殷。且让青山千古在，颇思白首半生闲。一船愁月明夔峡，两字伤心说剑关。莫谓西戎甥舅国，中朝延赏是神奸。

宜　昌　骆成骧

峡势连天尽，江流落地平。建瓴来蜀道，破竹向吴京。萓草三游洞，梨花夹寨营。苍茫兴废事，并入棹歌声。

平善坝 赵熙

过此诗才少，数家丛树间。人音轰楚塞，国税主洋关。举酒长年贺，还家蜀道艰。夷陵三十里，出口葛仙山。

下牢溪 同前

水绿桡声缓，沙痕石上存。万山如送客，三峡此为门。古地名牢众，初花得地温。三游崖上洞，竹外问渔村。

出　峡 同前

孤棹自天落，峡门江浩然。雄心生八表，大势别全川。野雁知春气，江鱼卖酒船。万山如万马，勒足不能前。

西陵尽意看，峡口水平滩。楚望帆樯出，江水鼓角寒。高云排鸟路，新雨试渔竿。此事成虚愿，乡园梦亦难。

江　舟 同前

上滩回望峡云浓，细雨吹开露数峰。一塔便知前县近，马头春色似弘农。

宜　昌　同前

宜昌楚西塞，山石何峥嵘。居民土产稀，操舟代农耕。群商此通道，贸物向蜀行。蜀船下峡来，盐利稍居赢。顾为岸所限，国税□非轻。因之宜昌市，今古无亏成。春风此待船，练练沙水情。邻舟日夕熟，相邀问姓名。同行何事忙，船到争入城。人各言所适，悠哉若孤征。

楚国山川远，春风鸿雁飞。不眠亲倍苦，无路梦思归。曙色初含柝，霜华尚透衣。西陵有红日，脉脉阻光辉。

泊夷陵　同前

峡尽有余势，乱山南岸青。水晴金滟滟，天阔树冥冥。陆路从何出，夷歌喜乍听。维舟汉景庙，怀古识英灵。

宜昌旅次　同前

多病长愁客，江山夜雨时。天长望阙远，家苦近亲迟。岁月存孤枕，松杉冷梦思。哀猿沿楚峡，鸿雁自凄其。

江　望　同前

江晴望不尽，一峰突云间。白狗今何峡，苍龙斫此山。方闻依舵叟，古塞测巴蛮。险绝施南道，真持造化关。

宜昌夜泊 同前

九月霜始肃，繁星天四周。京华羁旅梦，风叶峡门秋。雁过绵长路，鸡鸣集万愁。无情问江水，日夜只东流。

发宜昌 同前

落日寒林古寺红，乱鸦点点集江枫。一杯小试伊蒲馔，回首东山梦影中。

江 行 同前

白鸥临水似相呼，黄叶西风上峡图。落日不知何县界，船头山色胜吴姝。

宜昌舟次二首 同前

楚雨巴云各一天，桃花岭上过新年。今宵不见东山寺，明月随人上客船。

客子归心认柳条，到渝州日正花朝。今宵尚作夷陵梦，漂泊崔涂候早潮。

夷陵东下 同前

过雁愁中尽，扁舟吴楚间。峡门回望切，京国几时还。落日孤烟戍，平林百里山。滔滔天下半，潮信数江关。

夷　陵　同前

霞边一望秋，落日楚江头。客久孤多病，天长耐远游。归程疑有约，落叶不关愁。共此天涯恨，西风上峡舟。

三斗坪望峡　同前

一晴一雨立春节，入峡桃花春未开。茅屋相挨成小市，渡船经久腻荒台。不谙新岁如斯过，直为看山也合来。人说洞庭秋水阔，黄牛高处望如杯。

东下二首　赵熙

岁寒东下几时还，又见夷陵鼠色山。此乱不知谁执咎，白头犹自出乡关。

知有多人望我还，水程风色探荆关。自从带得瞿塘眼，一出夔门不算山。

滩　夜　同前

乾坤留此峡，今古供停舟。客梦关山改，江声日夜愁。激成巴外语，寒尽禹时秋。不寐闻孤枕，无猿亦白头。

此夜滩声里，谁能不黯然。月斜巴国远，枫老屈祠边。世乱无长策，山深窘百年。归鸿意何极，送客楚江天。

秭 归 同前

古国此丹阳，蛮居肇楚疆。自经熊挚窜，遂号秭归长。兰缕功虽绍，灵均泪只伤。江村一溪水，留韵与王嫱。

原注：《史记》：周封熊绎于楚，蛮居丹阳。郭璞注《山海经》：丹阳在秭归。杜佑《通典》：楚初都丹阳，今秭归东南故城是。据此，则南枝江之丹阳，乃继徙而袭前名，如晋徙新田仍名绛之类也。《左传》僖公二十六年：楚人灭夔。杜注：楚同姓国，今建平秭归。又，夔子对楚人曰：我先王熊挚有疾，鬼神弗赦，而自窜于夔。则夔即其地，即楚之丹阳也。盖当时自窜，不过逐居楚之侧，楚因而封之，及其后楚徙枝江，夔乃独立为一国耳。

楚国宗丘柳万丝，江边犹记泊船时。乡心正稳荣州梦，一枕春寒听子规。

细雨荒城只自悲，滩声流怨尽何时。十年宋玉多愁思，日暮愁心到子规。

归 州 同前

香溪转江驿，意外见归州。山气穷天碧，滩声万古愁。草荒人鲊碛，云重女萝秋。国是如今甚，孤臣泪暗流。

前去宜昌尽此城，榜人忌客算江程。荒凉古县稀烟火，来往行舟问姓名。蓝缕开基山一角，绿苹齐叶雨初生。屈平哀怨王嫱远，留与青山送水声。

滩 行 同前

避险沿滩路，沙光日散金。信天行步暇，观水独吟深。大浪无年月，扁舟送古今。蛟龙不改窟，崖脚俯千寻。

轻舟发宜昌入巴峡　蒲殿俊

蒲殿俊（1875—1934），四川广安人。光绪三十年进士，曾为四川咨议局议长。

浩荡江天一夜辞，前程鼠入角尖时。孤篷睥睨蜗能国，列嶂餐眠翠不离。岩树乱于村妇鬓，滩声喧过大夫祠。清猿候雁俱消歇，徒倚深杯却待谁。

江　行（选二）　黄炎培

夷陵西去万山云，六六巫峰一水分。随地花盐堪入味，成图奉石亦能军。灵风屈子祠前拜，梦里高唐赋里闻。白帝孤城谁许卧，亭边百战旧时裙。（其七）

空泠滩接泄青滩，入蜀如今路未难。到处雄奇大斧劈，幻成慈孝合家欢。兵戈想象留书剑，牛马忠勤见肺肝。吹气蒲兰碑下过，几人天职似君完。（其八）

夷陵对月　张横机

张横机，字群玉，号崆峒，内江人。进士，官湖西道。

一片夷陵月，未随出峡人。寒忝江气重，清迥客愁新。风浪连河汉，兵戈满路尘。新亭还痛哭，昨夜入枫宸。

初夏登夷陵至喜亭 陆鸿

陆鸿，字仪吉，号雪舟，湖州人。工篆刻。

滟滪瞿塘几日还，江亭遥认水云关。乍浮乍没渡前渡，半雨半晴山外山。明日帆飞风正好，黄陵花落夜初间。浊醪破戒邀借话，一解天涯憔悴颜。

出 峡 胡浩

巴东三峡尽，旷望九江开。楚塞云中出，荆门水上来。鱼龙潜啸雨，凫雁动成雷。南国秋风晚，客思几悠哉。

宜 昌 刘瀶

喜至夷陵道，来登至喜亭。水吞全楚北，山压半城青。酒薄情难遣，鱼多味转腥。已过三峡险，残梦落空舲。

出 峡 胡浩

巴东三峡尽，旷望九江开。楚塞云中出，荆门水上来。鱼龙潜啸雨，凫雁动成雷。南国秋风晚，客思几悠哉。（《四川通志》）

一　黄陵庙

《水经注》：江水又东径黄牛山。

下有滩名曰黄牛滩，南岸重岭叠起，最外高崖间，有石如人负刀牵牛，人黑牛黄，成就分明，既人迹所绝，莫得究焉。此岩既高，加江湍纡回，虽途径信宿，犹望见此物。故行者谣曰：朝发黄牛，暮宿黄牛。言水路纡深，回望如一矣。

发白狗峡次黄牛峡登高寺却望忠州　唐　白居易

白狗次黄牛，滩如竹节稠。路穿天地险，人续古今愁。忽见千花塔，因停一叶舟。畏途常迫促，静境暂淹留。巴曲春全尽，巫阳雨半收。北归虽引领，南望亦回头。昔去悲殊俗，今来念旧游。别僧山北寺，抛竹水西楼。郡树花如雪，军厨酒似油。时时大开口，自笑忆忠州。

黄陵庙　唐　李群玉

黄陵庙前春已空，子规啼血滴松风。不知精爽归何处，疑是行云秋色中。

黄陵庙词 唐 李远

李远，字求古，一作承古，夔州云安（今重庆云阳）人。大和五年进士，官至御史中丞。

黄陵庙前莎草春，黄陵女儿茜裙新。轻舟小楫唱歌去，水远山长愁杀人。

过黄牛峡 前蜀 张蠙

黄牛来势泻巴川，叠日孤舟逐峡前。雷电夜惊猿落树，波涛愁恐客离船。盘涡逆入嵌空地，断壁高分缭绕天。多少人经过此去，一生魂梦怕潺湲。（《荆州府志》）

黄陵夜泊 宋 欧阳修

楚人自古登临恨，暂到愁肠已九回。万树苍烟三峡暗，满川明月一猿哀。殊乡况复惊残岁，慰客偏宜把酒杯。行见江山且吟咏，不因迁谪岂能来。

黄牛峡祠 同前

大川虽有神，淫祀亦其俗。石马系祠门，山鸦噪丛木。潭潭村鼓隔溪闻，楚巫歌舞送迎神。画船百丈山前路，上滩下峡长来去。江水东流不暂停，黄牛千古长如故。峡山侵天起青嶂，崖崩路绝无由上。黄牛不下江头饮，行人惟向舟中望。朝朝暮暮见黄牛，徒使行人过此愁。山高更远望犹见，不是黄牛滞客舟。

黄牛庙　宋　苏轼

江边石壁高无路，上有黄牛不服箱。庙前行客拜且舞，击鼓吹箫屠白羊。山下耕牛苦硗确，两角磨崖四蹄湿。青刍半束长苦饥，仰看黄牛安可及。

过黄牛峡　宋　李复

转首黄牛百里西，便风不断满归旗。青山随客岂辞远，白浪催船常恐迟。多木渐闻荆渚近，故宫欲问楚人知。今朝共话平安喜，更得长鱼伴晚炊。

峡山阻风　同前

黄牛白马渡惊滩，两目盲飙更险艰。天地容身惟一榻，江湖骇浪动千山。豪商竞利能争捷，阴鬼多私故作悭。叹息邻家田舍稳，柴门深掩日高闲。

黄牛庙　宋　王十朋

我从白帝城，舟次黄牛峡。黄牛遗庙存，石马只耳缺。宛知欧公梦，地灵亦奇绝。固宜镇大川，千载含荤血。何人赞巨力，曾不纪功烈。神手岂求食，挽石骇舟楫。或云土胜水，兹亦强牵合。白帝将何云，吾为究其说。神禹昔治水，疏凿九州别。百神各效职，僚佐力俱竭。功成禹化熊，涂山亦为石。譬如穆南征，化者想非一。有化为牛者，断崖留遗迹。岂亦黄帝余，与牛同一色。至今名此峡，援溺有阴力。淫祠自其俗，神手本正直。爵以保安侯，足以章神德。

黄牛峡　同前

白狗黄牛竹节滩，奇奇怪怪几峰峦。山川好处造化惜，不许人间平地看。

黄牛峡庙　宋　陆游

三峡束江流，崖谷互吐纳。黄牛不负重，云表恣蹴蹋。吴船与蜀舸，有请神必答。谁怜马遭刵，百岁创未合。梅师浪奔走，烹彘陈酒榼。纷然馂神余，羹炙争嚃陀。空庭多落叶，日暮声飒飒。奇文粲可辨，高古篆籀杂。村女卖秋茶，簪花髻鬟匝。襁儿著背上，帖妥若在榻。山寒雪欲下，虎出门早阖。我行忽至此，临风久呜唈。

黄牛峡　宋　范成大

朝离悲秋宅，午榜叠石矶。小留黄牛庙，细读石马诗。黄牛隐见苍山里，石马至今犹馘耳。当年梦境识仙翁，马为迎门神为起。物生不朽系所逢，欧词苏笔苍苔封。山高水长翁之风，石马亦与翁无穷。

原注：庙为黄牛神所居，即石马系石门处，东坡所书欧公诗及本事碑石在东庑。祠后高峰有黄牛迹，客舟甚敬之。以欧公故，石门亦有灵扁，护甚严。

假十二峰 同前

巴东三峡数巫阳，山入西陵更郁苍。何以假事非确论，直疑溟涬第高唐。

原注：即黄牛峡山，自此直至平善坝，千峰重复，靡不奇峭。

圣节日望拜黄牛祠前读众碑感而有作 宋 洪咨夔

蜀在八极间，卦位西南坤。万里溯天险，三峡为坤门。巨灵擘太华，飞出黄河源。余刃落巴山，巉绝雷斧痕。众崖束长江，水石相吐吞。轰豗九鳌战，汹涌万马奔。高低建瓴峻，上下竹节繁。操舟失毫厘，齑粉千丈浑。滩名鼎无义，造物疑少恩。黄牛压其滒，坐睨惊涛翻。入门两石马，耳缺蹄嗷存。行人纷乞灵，熏燎迷旗幡。摩挲几丰碑，飒沓篪应埙。醉翁事已怪，无尽语不根。黄能羽渊魄，苍牛离堆魂。逞奇角异说，终莫探厥原。或指峡名揭，或取山形蹲。狼头与鹿角，胡不登脉膰。五行土胜水，似识丁壬婚。尔牛何来思，此义欠讨论。黄裳正坤色，为牛亦坤元。坤维阃其户，职之庙貌尊。叱咤遁蛟蜃，麾诃走鼍鼋。驶湍危就夷，怒石厉即温。神以顺治险，抑以静制喧。万命脱谽谺，神手司平反。长年送迎神，性瘠漓酒酸。归舡诧灵赐，意气殊轩轩。心安画鹢稳，目送征鸿骞。哦诗纪行役，霜风耿黄昏。（《平斋文集》）

黄陵庙 宋 刘克庄

楚国多奇山，江行问遗俗。削岩俱刺天，颠崖自生木。夷陵异梦昔所闻，我曾谒之山川神。烟雨苍茫三峡路，四十年间五来去。一身肝胆犹炯然，只有颜色非其故。青峦黄影白崖嶂，霜天晓晴云气上。峡山欲尽不尽时，十二小峰还入望。过滩犹如竹节稠，前头平善可无愁。君恩来报复回首，石马祠前还舣舟。

蜀江和周昞仲百丈韵 宋 李曾伯

欲知峡路打滩涡，千尺苍�用力多。进退不烦篙影动，东西惟听柁师呵。命垂一缕惟天耳，力挽千钧如水何。争似钱塘江上路，夜深柔橹听吴歌。

过日过滩 同前

一滩才过一滩催，虽若危哉亦壮哉。白狗甫随狼尾去，黄牛又逐虎头来。狂澜逐淖几成沸，坠石穿江乱作堆。堪笑舟人诧春涨，溯流难及顺流回。（《可斋杂藁》）

过黄陵庙 元 李材

李材，字子构，京兆人。成宗大德初至惠宗至元初之间在世。与赵孟頫（1254—1322）为同时代人。工诗，多奇句。

黄陵庙前湘水绿，天寒渔郎唱巴曲。沙棠舟上月苍苍，翠蛟白蜃江茫茫。似闻清愁五十柱，万里鸿飞枫叶暮。神鸦翻舞祠门开，珠裳玉袖沾莓苔。玄猿昼啼薜萝影，赤鳞夜去芙蓉冷。北渚泪痕斑竹纹，南风哀思苍梧云。山头古桂秋露碧，山下江流岂终极？荒凉揭车杂杜衡，灵风自吹烟雾旋。轻帆晚向芳洲泊，聊荐苹馐奠兰酌。沅有汜兮湘有沱，洞庭水落生层波，徘徊独咏骚人歌。

黄牛庙　明　史谨

怪石欹高岸，荒祠接断崖。人烟兼鸟兽，舟楫控江淮。古木如幢列，群峰似剑排。虽云漂泊际，还可试青鞋。（《独醉亭集》）

黄牛寺　明　詹同

詹同，字同文，婺源人。洪武四年为吏部尚书。

为雨为云峡，三朝三暮山。禹书空屡凿，宋敕锦犹斑。初月流江外，晴霞落照间。汲泉深涧入，烹茗觉僧闲。

舟过黄陵庙　同前

黄陵庙下倚船窗，水浅沙平属玉双。山外断云寒日晚，半篷残雪下湘江。

入峡二首 同前

黄陵庙下水如弦，白狗峡中数尺天。百丈牵春正巴蜀，岩花无数照江船。

归州女儿采薪归，荷叶遮头雨湿衣。不怕山边石路滑，竹篮在背走如飞。(《国雅》)

夜宿黄牛峡 明 王绂

烟景暮萧森，黄牛峡转深。滩声孤棹月，山影半江阴。感慨追陈迹，登临惬壮心。倚篷眠未得，何处又猿吟。

黄牛峡早行 同前

滩下待明船子发，起来篷底尚余酣。浪花夹棹卷晴雪，空翠扑人飞晓岚。胜迹登临多自惬，畏途跋涉信难谙。何当长揖人间事，老卧林丘颇自甘。(《王舍人诗集》)

泊黄陵庙 明 沐昂

黄陵庙下泊孤舟，万里云开见斗牛。二女古含千古恨，巴江日夜水东流。

黄陵庙 明 林俊

读书苦多味，疏散难入俗。信命不信怪，率情强于木。阴阳一气符前闻，大川许大能无神。白首风波重仕路，今者何来昔何去。我今如醉复如痴，黄陵亦且知其故。剑峰巑岏立万丈，山鸟不飞山月上。心香一瓣遥气灵，眼青独领还家望。南山白石夜饲牛，破衣粝饭名无愁。浊酒苍苔送余老，清歌一曲木兰舟。

黄陵怀古 明 宋琢

宋琢，江西新喻人。成化七年举人，弘治十二年曾为合州知州。

苍黄一径白云封，三顾恩深起卧龙。道出黄牛筹战守，祀修白马极勋庸。秋风不老隆中树，溪月常悬剑外峰。大业无愧传万古，思君到处有遗踪。

黄陵庙 明 刘玉

黄陵祠下春波绿，芰荷香里鸳鸯宿。日出行人发棹歌，巫山冉冉遥相逐。

送范静之迁威州（选二） 明 徐祯卿

闻上巴江峡，黄牛峡最迟。君听流水意，何似陇头悲。

尔向巫山日，瞿塘春可怜。柳丝娇绿水，白雪媚阳天。

六日谒黄陵庙　明　欧阳铎

天下西陵地，谁人向此征。片帆寄石上，双橹夹山行。斗室僧延坐，屈衔吏走迎。此心香一瓣，视史若为情。

七日次马肝峡　同前

造物厌平壤，故生一科奇。午亭天有日，霜降水无涯。乱石龙蛇矫，空谺草树垂。除非亲着目，图画不相宜。

八日次兵书峡次青滩夜宿归州次前韵　同前

人心多避险，我酷好瑺奇。万里水三月，半家天一涯。猿声何处闹，暝色半山垂。胜地谁诗句，惟应老杜宜。

九日次拽滩宿上二十里险哉　同前

初见有平地，如何更逗遛。雷霆轰白昼，龙虎据中流。远近千钧力，低昂一叶舟。石关天作巧，无复试金牛。（《欧阳恭简公文集》）

黄陵庙　明　何景明

黄陵峡中滩水多，黄陵庙下难经过。峨峨巨舸牵百丈，橹折樯摧不得上。江风萧飒笳鼓哀，庙前遥向枫林开。往来落帆泊江口，俎牲咒神酾神酒。南船下峡疾如箭，岸草荷花看不见。巉崖乱石撑如麻，云间浊浪迷三巴。千里舟中坐超忽，回首天西断心骨。（《三峡通志》）

过黄陵庙 明 林大辂

黄陵庙下三珠立，万里曲流砥柱深。旧漫石衣分紫翠，惊涛鳌背倏浮沉。游仙舟近蛟龙窟，吊古笛从魍魉吟。千载川流思夏后，登临赤日昼阴阴。

夕发黄牛 同前

万木轻霏气似秋，南津归路趁清流。长年一夜疑风雨，逆旅孤槎下斗牛。静林猿收客泪红，清村鼓散渔讴官。间况复□游名地，浊酒新诗漫纪游。

黄陵庙和宋欧阳韵 明 田登

晓泊夷陵舟，停桡问楚俗。乂牙石露锋，葱苍岩放木。棹歌渔唱隔江闻，江岭嵯峨庙有神。草遮回磴峰回路，过者乞灵自来去。忆昔佐禹立神功，世代相传碑有故。高峰俯瞰儿孙嶂，举头惟有天在上。一水奔雷绿绕春，两山刺天青入望。巅崖遗迹似金牛，世牛不全空令愁。登高长啸暮山隐，风雨潇潇江上舟。

上黄陵庙 明 潘恩

水束黄牛峡，峰围锦树祠。盘涡天外落，暗石浪中移。云助蛟龙斗，风增海若悲。书绅佩忠敬，鼓楫任艰危。

白洞滩 同前

白洞缘岩落，危滩涌地来。波翻斜坠石，峰坼倒轰雷。鸟度嗟颓翅，鳞飞恨暴腮。垂堂古有戒，进艇数迟回。(《潘笠江先生集》)

祀黄陵庙 明 邵经济

闻说黄牛峡水恶，我来斜日下轻桡。辨香小泊占神贶，万里孤臣达圣朝。秋老江枯滩骨出，山空风静涨痕消。即看隐约和云物，白马青袍不可招。

宿黄牛峡 明 张佳胤

春到黄牛峡，江辞白帝城。楚云高不落，巴水去无声。绝塞书难得，孤舟月更明。櫂歌听自短，几处夜猿鸣。

黄陵庙 明 张九一

黄牛朝暮望青春，此日维舟白马津。古庙空山存汉礴，屠

羊伐鼓过江人。九河注海犹称异，三峡开天始见神。应供长年歌赛酒，衣裳鳞甲仰陶钧。（《明诗集》）

黄陵庙　明　王世性

壁立重霄迥，斜连斗极高。山回石倒出，柏岸尽松涛。石上一丈夫，驱牛拥旌旄。云是古黄龙，佐禹成勋劳。丹书近沧水，石影留神皋。仿佛天支祈，杨灵在淮濠。雨色滩声旧，林猿落日嗥。维舟一酹酒，巨壑日滔滔。（《四川总志》）

黄牛峡听棹歌　明　陈禹谟

陈禹谟（1548—1618），字锡元，江苏常熟（一作湖北彝陵）人。万历间举人，曾为四川按察司佥事。

舟人歌欸乃，江空天籁鸣。一歌江水绿，再歌江水清。巍巍神禹迹，咿咿舟子声。厥声何惨栗，翻令客心惊。顺下荆门去，彝怿有余情。

黄陵庙　明　吴守忠

愚生好自用，庙祭偶从俗。移棹滂水涯，瞻宇出林木。肩舆未落钟声闻，道旁视史迎送神。须臾肃拜中堂路，来者自来去者去。人人乞灵所愿赊，黄陵宁复知其故。出门四顾开青嶂，官漕在下空舲上。咫尺何无驱石工，徒劳民力孤民生。我今朝暮见黄牛，那得朝愁更暮愁。笑割祭余沾从事，风波满眼付虚舟。

泛江寻三游洞观于峡　明　钟惺

渐上西陵江不开，棹随高忽去疑回。滩声过洞杳无见，峡影衔天皆欲来。古壁苍茫非草树，寒岩秘密或风雷。潦收石出才如袱，看作瞿塘五月堆。

归经玉泉　同前

犹是山中九月秋，来时流水夜中幽。泉声不在有泉处，曾向林蝉岭月求。

黄牛山　明　雷思霈

牛星不合开生面，龙汉何年有画师。攘袂督邮分界后，悬岩炉灶系舟时。一江万里独当险，三峡千峰无此奇。青点石泉甘且冽，山经水志未曾知。

宿黄牛寺　同前

旧说黄牛路，今闻碧涧钟。水无不怒石，山有别高峰。竹里穿双井，林间出老松。野花开处处，游兴借春浓。

黄牛峡赠别　明　王应熊

王应熊（1589—1647），字非熊，号春石，巴县（今重庆渝北区）人。万历四十一年进士，官至礼部、兵部尚书。谥文恪。

峡里东风送我西，桃花潭上踏歌时。黄牛应不须朝暮，青鬓能堪几别离。月色故人千里共，猿声驿路寸心知。峨眉汶岭吾家约，藜杖虽迟践所期。

黄牛峡　清　朱嘉征

朱嘉征，字岷左，号止溪，海宁人。曾为叙州推官。明末清初在世。

三朝三暮滩声转，短拍长歌出水齐。白雁书难过梦北，清猿泪不到巴西。江连断峡风威壮，云逐荒台雨色迷。客路不堪搔首停，黄陵月冷鹧鸪啼。（《晚晴簃诗汇》）

黄陵庙登江楼　同前

沼川遗庙控三巴，楼外山罗万虎牙。背影黑潭囚鬼伯，倒看红树接神鸦。吴船朝莫催帆鼓，估客归来以浪花。放眼只凭高处望，归心遥指雁行斜。

黄牛峡　同前

行艓小于叶，翦水如风翻。青崖忽怒飞，渍淖褫人魂。一罂建瓴下，突出江之门。黄陵天下险，滞客数晨昏。进寸退且尺，百丈愁腾骞。往者朝暮见，岂以迟速论。牧人具蓑笠，峭壁驱乌犍。当时缵禹绩，丛祠覆沙垣。膢腊陈俎豆，竹枝进巫言。水淫神复喜，牛饮秋江浑。前年官船破，眷属无一存。鬼母啼桂叶，助哀惟孤猿。兹行仗呵禁，酹酒盈芳尊。谁言蜀道易，与之寻祸源。

黄陵庙 清 胡世安

屏嶂开天堑，檐楹绝世器。泒分文武势，人颂圣神劳。界蜀仍三漩，通荆历万艘。幸逢清宴会，无事虑滔滔。

出 峡 同前

未渡巴东峡，依然故国身。楚山方肃冬，江水亦辞人。返照夷陵道，前驱驿路尘。欲凭南乡雁，一问帝城春。

黄牛峡 清 雷起剑

雷起剑，与毛子晋（1599—1659）为同时代人，崇祯十六年曾出资整修唐寅墓园。

黄牛临大道，一过一回老。况我落拓人，萧瑟涉冬草。翻恨夏后初，疏凿何在早。不如仍吞鱼，长当人迹扫。乃拟桃花源，更傲蹲鸱饱。樯橹胡为来，使人发焦栳。江流冬亦劳，终古愁未了。

黄金藏 清 宋琬

仙人好楼居，危椒结云屋。人言翠微里，缥缃满金椟。中有三坟书，倚相未曾读。我心增烦纡，思欲发其簏。岩扉闷不开，神物有宣蓄。水边岚气浮，石上底痕蹙。盘涡万车轮，雷电未为速。俄瞻白日光，稍喜见皋陆。舣棹避潜蛟，穿林响麀鹿。平生怀远游，垂老向巴蜀。寓目欢妻孥，戒心及童仆。何事慕公卿，穷年饱粱肉。

黄陵庙 同前

扁舟溯黄陵，山川忽平衍。有如太史迁，文章格一变。远轴接青冥，回冈雅葱蒨。悬泉界诸峰，晴空摇素练。沙头露鸱尾，朱甍抗山殿。再拜陈江蓠，牲牢表禋荐。其神俨王者，绣裳冠皮弁。当年佐神禹，随刊拯昏垫。遗形犹髣髴，驱牛负刀剑。事与化熊同，世本阙编撰。呜呼夏后时，龙蛇充把玩。有穷射九乌，毛羽落金箭。磨洗武侯碑，传闻岂荒谚。秉烛听江声，徘徊至申旦。

黄牛峡瀑布 同前

瀑布传何处，匡庐五老峰。今来三峡内，飞洒万芙蓉。素练翻银壁，青天挂白龙。欲扶藜杖去，十里雨濛濛。

使君滩 同前

昔人已千载，尚说使君名。山色朝昏态，江流日夜声。蛟龙春偃蹇，象马势欹倾。前路新滩险，劳劳心骨惊。

杜鹃花 同前

望帝剩云去不还，杜鹃啼处血斑斑。桃花尚恨无颜色，深注胭脂染碧山。

叹　息 同前

鼍鼓乱滩声，喧豗聒人耳。鼓声有时绝，滩声何日止。朝暮见黄牛，相去不盈咫。性命托最能，艰危暂依倚。健儿狎鱼龙，出没洪涛里。登登践乱石，猛兽砺其齿。俛视后人颈，仰接前人履。带屦洗泥沙，流血殷双趾。裹盐进粗粝，往往争箸匕。酬汝愧椎牛，村醪味匪旨。拜跪倾瓦盆，沾醉有深喜。晨星光摇摇，长竿刺烟水。我仆方晏眠，呼之未肯起。叹息复叹息，此辈亦人子。

峡中即事 清　郑日奎

地险黄牛驿，天雄白虎关。人家皆傍水，城郭半依山。雁带边声过，鸦随夕照还。孙刘争战处，秋色向人间。(《郑静庵先生诗集》)

黄牛峡 清　方象瑛

湍回明月峡，曲折到黄牛。古屋祠神禹，残碑忆武侯。空山余古雪，乱石抱高楼。落日西陵路，闻猿引客愁。

峡中夜泛 同前

夜静风初霁，黄陵好放舟。峡云当岸落，峰月下滩流。远火明村舍，恬波起棹讴。更阑谁秉烛，空拟问三游。(《健松斋集》)

黄陵庙 清 朱尔迈

日夜黄陵庙，滩声转不休。流来蜀帝恨，散去楚宫愁。俎豆垂江石，兴亡问野鸥。应知明德远，犹为禹功留。

黄牛峡 清 王汝骧

王汝骧，字云衢，一字云敏、耘渠，江苏金坛人。康熙中前后在世，曾为通江知县。

三峡天下奇，黄牛险尤绝。奔腾万里流，磔竖两崖裂。舟从罅隙行，身在古石穴。惊涛殷怒雷，触石喷晴雪。缆牵如蚁进，桡退只一瞥。舟师唤奈何，长篙屡撑折。哀猿数声叫，客子双袖血。到此英雄人，自顾同蠓蠛。生涯抵投荒，轻身计何拙。载咏小旻诗，抚心愧前哲。

黄陵庙二首 清 王士祯

峡里黄陵庙，千秋俎益新。禹功思癸甲，灵笈佐庚辰。滩石冬逾壮，风帆捷有神。旌旗临绝壁，长照大江滨。

秭归来百里，突兀见黄牛。下水才朝暮，行人已白头。山川夔路险，疏凿禹功留。尚书平成日，茫茫辨九州。

原注：庙后峰顶，有人牛像，宛然如画。

黄牛峡 清 傅作楫

黄牛峡口石粼粼，黄陵庙前愁杀人。涡盘渍掣落飞电，天黑日昏疑有神。阴壑寒猿叫木杪，孤舟夜雨悬江津。十年羁客厌风浪，还向春洲搴白蘋。

过黄陵庙题壁 清 张鹏翮

水绕山环一线天，翠屏高挂碧云边。峰回路转神相助，挝鼓扬帆万里船。

还里过黄牛峡 同前

江行唯见白鸥飞，葭已苍苍露未晞。秋水连天千里去，暮帆载月一人归。波光皛皛迷沙岸，石迹重重护钓矶。不待猿啼三峡夜，伤心自有泪沾衣。

进 峡 清 张衍懿

峡自夷陵束，江从白帝悬。两崖如剑立，百丈如云牵。石出疑无路，云开别有天。往来频涉险，千里正茫然。

黄牛峡 清 许汝龙

迢迢山水间，几日巴东路。回首见黄牛，上峡无朝暮。我兹东南行，屡冒寒江雾。今夕盼江陵，何处烟中树。

黄陵庙 清 张汉

三朝三暮见黄牛，庙宇岿然水上洲。石壁倒垂波影动，人家远带阵云稠。龙蛇引退追神禹，俎豆传称肇武侯。拟向江淮补遗事，庚辰可祀古徐州。

黄陵庙 清 胡天游

黄陵祠边春草齐，黄陵庙下春波肥。鹧鸪飞飞宫树绿，日落未落湘云低。祠中弟子重华妃，明妆窈窕芙蓉衣。哀弦五十泪如雨，此恨只有江山知。飞龙云车无定栖，乘风倏忽苍梧西。吹箫酌酒心自苦，云屏霞帐归何时。茜裙娇小谁家儿，未识人间生别离。轻舟相呼采莲女，来看祠前斑竹枝。

黄陵庙 清 商盘

朝发黄牛山，暮憩黄陵庙。敷土溯神功，江流从此导。

佚　题　清　杨潮观

峡行七百里，打鼓上滩声。暮夜黄陵庙，朝晖白帝城。连山云不断，叠石浪难平。尽日千波上，邮签莫问程。

黄陵庙　清　吴省钦

连鳌走峡江，穹脊力排奡。昂然头一伸，乍出龙伯钓。尔牛朝脱纼，崖壁凭触冒。万古不服箱，隐约见神劳。神人衣黑衣，短犁手亲导。效命向钩铃，坐受椎牲报。迹异苍梧巡，地袭黄陵号。阴森神鬼间，直禁鹧鸪到。传闻羽扇人，作碑师训诰。彼其夺溜来，望影惨相吊。三暮复三朝，牵率发狂噪。欲凭愚公移，或乞真宰盗。牛痴吾亦痴，何物无灵奥。金莲验荣落，白狗伴腾跳。梦阑烟雨疏，疑听叱声峭。

黄牛峡　清　毕沅

全江贯峡门，并力争一线。束以千万峰，逼之千万转。出峡峰势开，怒激等飞箭。幽潜沉三光，诡怪森百变。大禹斧到处，至此力亦倦。有神俱土德，能与庚辰战。穷渊一千尺，盘涡入螺旋。倾刻万斛船，才充蛟鳄咽。或疑星坠地，河鼓被谪谴。剑嶕矗双角，群众骇倒刬。杳渺鸿荒功，郑重元圭荐。万古鞭不动，岂仅朝暮见。

登黄陵庙 清 杨岱

白日寒烟火，空庭山气秋。黄牛归更远，杜宇怨无休。万木云中变，一江天外流。苍苍遥浦望，应有古人愁。

黄陵庙 同前

岧峣古庙到今垂，夏后乘舆驻跸时。江过岷山万里白，云连湘曲九嶷卑。空潭日落冯夷出，古木春寒杜宇悲。断壁只留遗迹在，满天残雨湿灵旂。

山 栈 同前

孤峰阻青霄，千峰向寂寥。群猿渡水怯，独鹤下天遥。雷雨归何处，仙人不可招。东南尽平野，蓄马一何骄。（《蜀雅》）

黄牛滩行 清 林有彬

林有彬，与严思浚为同时代人，预修《东湖县志》。

岷山导江神禹功，追隘凿险龙门同。上辟鱼腹下虎牙，峡中险绝传黄龙。武侯到此崇庙祀，丰碑千载青苔封。蜀船上下争来泊，焚香酾酒烹羔羶。长年三老婆娑舞，扣舷打鼓声鼕鼕。列舵开头两股粟，黄牛呵护神灵通。溯江入峡来春杪，春云叆叇春江浓。摩挲古庙吊古迹，矫首惟见天当中。禹王庙侧黄牛伏，丞相祠堂松郁葱。明德既远神默契，君臣异代敲钟镛。两岸硗确森如戟，舟行如马穿蚕丛。查波鹿角狰狞立，涂人肝脑刳人胸。更有三珠伏水底，万斛舟破愁天容。蜀道之难青天上，猩猩昼哭啼猿狨。篙工为我撑舟返，江月荡漾光溶溶。江心大呼吊邻舫，风波之险无终穷。呜呼！风波之险无终穷。

黄牛峡口号　同前

策牛尔何人，尔行何日已。何日不飞帆，但见翻江底。

黄陵庙　同前

古庙临江一望收，董工犹见策黄牛。武侯祠屋陉神禹，异代君臣祀典优。

千层浪卷巴江水，万叠云连蜀道水。水复山重愁径绝，汉家槎影日边还。

谒黄牛祠观武侯古碑　清　林有席

林有席，与严思浚为同时代人，预修《东湖县志》。

隆中诸葛天人姿，阵图神妙追庖牺。总师西入祷禹庙，感牛助禹通蛮夷。掀轰抵触峡石裂，努力不减千熊罴。大山石壁隐神像，幽崖前竖双旌麾。董工开导记非妄，鼎新勒石森然持。中丞拥节希忠武，酹神再拜翻灵旂。眷怀明德倚江阁，维馨时有香烟随。祠门石马不可见，毋乃惊逸彪与貔。一亭高覆武侯碣，俗书镵刻争訾訾。日月剥望有薄蚀，以手扪索难成词。六隅锐上转斗下，古之匠制非今为。蝌蚪篆隶久磨灭，坚留法物烦神司。周文损益监前古，重镌拟解中丞颐。峡州判官夷陵令，曾追梦语声淋漓。石马一耳公何与，子瞻喟叹欧阳诗。世间百事皆前定，就班伏谒循阶墀。下吏风尘寡经术，摩挲惭对前贤碑。但觉滚滚江流壮，黄牛庙暮盘蛟螭。三公视岳侯视渎，境内祀典公无私。矧兹一渎势奔峡，黄龙天遣来攻治。武侯笔墨匹训诰，纪述文字沁心脾。数椽祠屋傍江浒，谁其葺者余能辞。即今峡静江郊顺，巴船下峡歌雍熙。竹枝异代有同颂，核诸古传堪寻追。毋烦观者日填咽，坐令手足交胼胝。武侯神禹自不朽，请看峨峨碑碣千年基。

谒黄牛祠观武侯古碑 清 严思浚

天降牛星辰在丑，谁其策之苍颜叟。牛黄人黑两分明，掀天浪涌蛟龙走。董工自昔导岷江，勒石神祠临峡口。佐禹功成九载前，扶刘迹著三分后。堂堂诸葛起南阳，吁嗟汉祚丁阳九。运筹始计策荆梁，磨崖大笔开颜柳。片石积积久卧苔，神光郁郁真冲斗。岐阳猎碣委陈仓，强寻点画推跟肘。邹峄山碑夜火焚，失真枣刻杂藜莠。到今汉隶同销亡，丞相祠堂空尚友。忆昔鸿都写石经，别白鲁鱼分縠鷇。中郎铁笔自成家，八分遗法师蝌蚪。可怜莫救桓灵危，天国汉季生黄耇。功高曾乐载声灵，气夺焉璋归指嗾。草表真堪匹训谟，策勋矢欲铭钟卣。道出黄牛筹战功，考古无劳问矇瞍。天书深刻照千春，字青石赤殊岣嵝。一唱三叹读遗碑，两京文体原深厚。何图砂石竟磨治，俗书变易知谁某。从来白璧几能完，唤点今文亦何有。惆怅成都老柏枯，咏歌还拟南山杻。况此灵光岿殿存，忍令弃置等刍狗。锐丰桌立垂千年，淮西断碣犹非偶。奚烦杜老为吞声，江渍龙卧嵯无首。君不见，鱼腹滩前八阵图，乱石排空难击掊。中丞行部下滩来，剔藓徘徊义有取。安得维新返旧观，耐可磨光刷尘垢。数椽遗像谁扶持，留遗法物神呵守。凭栏弁冕对江流，远绩禹功三不朽。隆中剑外郁相望，千古大名期并寿。

黄牛山　清　李拔

峭壁奇峰势插天，森森剑戟碧云连。操舟上下常朝暮，怅望黄牛滴翠烟。

黄陵庙　同前

董工开导类传奇，绘象山形哪可知。惟有平成功德远，千年庙貌枕江湄。

诸葛祠　同前

蜀相勋名伊吕才，遥临染翰亦雄哉。石莲尚有遗踪在，妇孺悲歌绕绿苔。

三珠石　同前

楚天到处有三珠，乱石横牛不可图。铸得秦鞭驱海底，媚川好是影全无。

黄陵庙　清　黄景仁

黄景仁（1749—1783），字汉镛，一字仲则，号鹿菲子，常州府武进县（今江苏武进）人。黄庭坚后裔，与洪亮吉并称二俊，为毗陵七子之一。曾为县丞。

地老天荒处，千秋帝子心。人间离最古，竹上泪犹深。目断珠丘杳，魂归沣浦阴。至今呜咽水，二十七弦音。

远祀常留楚，梵山断自秦。波涛犹阻客，风雨自随身。香草皆遗蜕，湘累是替人。杨林如可接，我亦唱迎神。

黄牛峡　清　左辅

黄牛当楚西，夔巫势同抗。江流此再来，轻快思一放。连山崩颓云，奇石涌惊浪。神人华高跂，怪兽兀相向。全形争结构，庳者犹倔强。尽泄造化藏，余美不一长。居人出岩窦，如粟黏壁上。风急陨杂花，水湍漂汲盎。钟声动黄陵，凄听巴女唱。

马肝峡　同前

上滩路忽穷，一矶兀门峡。崖交若牛斗，高波跨其胛。窍怒鼻口呀，节掇蹄股捕。划然忽中分，稍入石已压。何年刌肺肝，佩离爪谁掐。名异久惊疑，状诡滋恐猲。奇气固难降，和平亦已乏。云阴屡亏蔽，远见天霅霅。重山久思出，出水想观法。物理亮不诬，冥悟情已□。

出黄牛峡 清 张问安

青山影里倒尊罍，绝壁腾波郁不开。豁眼夷陵城下路，万峰才尽大江来。

编者注：西陵峡分东西两段，两段从湖北香溪到庙河共 16 公里，从西到东依次为兵书宝剑峡、牛肝马肺峡和崆岭峡三段。崆岭峡中一段叫黄牛峡，山上有一石状如人牵黄牛，因名。

黄陵庙 清 孙原湘

黄牛峡口镇奔流，庙食千年镇此邱。楚塞寒云沉戍鼓，荆门晴日澹灵游。元圭功力扶神禹，丹峰碑文重武侯。帝子旌旗非此地，枝枝斑竹也撩愁。

荆南道中 同前

城上风云入壮图，西山雄峙夹南都。三朝三暮黄牛在，九十九州龙气无。宋玉宅荒惟卖酒，刘郎浦冷尚遗珠。送人一夜江楼月，饱听猿声满去途。

黄牛峡 清 李鼎元

酾酒烹羊打鼓声，禹王庙下客心惊。试看鬓已成丝未，三暮黄牛峡里行。

黄牛山歌 清 钱林

戴月望黄牛，从朝便及暮。黄牛欲笑人，那得人如故。

请谢黄牛道，浪自为侬愁。雀竿风稍定，明日到沙头。（《玉山草堂续集》）

黄牛峡 清 张问陶

青山扑扑水棱棱，出险心如退院僧。千里惊魂招未得，鹧鸪声里赛黄陵。

窥人妖绝虾蟆碚，细瀹清泉下峡迟。一部玲珑新鼓吹，康王谷底听逾时。

好奇须过古巴东，千水千山貌不同。看到黄牛三峡尽，可怜邱壑满胸中。

峡夜呈亥白 同前

南海归州万里情，东川回棹白鸥轻。如何一夜西陵峡，同听寒江又远行。西陵峡底三更雪，共酌得杯共咏诗。仿佛频年游剑处，武连山具对床时。只觉人间道路长，才游剑阁又瞿塘。三年转爱征途好，难得相逢在故乡。诗笔何年遍九洲，牛腰大卷挂船头。天生君我为兄弟，可许峨眉独久留。

宿黄牛峡 清 陶澍

及至黄牛峡，江寒镇泬寥。深岩迟见日，孤帆暗生潮。涧响传秋意，渔歌动晚桡。天台归櫂速，云卧极今宵。

将至黄陵庙作 清 汪仲洋

一叶扁舟泛酒徒，桃花三月水如酥。空舲峡外啼猿少，坐向春风听鹧鸪。

江山万里记初游，过好归州又峡州。未觉鬓丝朝暮改，行人原是下黄牛。

滩声过耳三千里，鸟道回头十二时。夜泊黄陵无个事，月明江上读欧碑。

黄陵庙怀古 同前

白帝踏云牛踏浪，楼船左右迎丞相。鼎足三分从此开，翻身飞登青玉嶂。兴王有兆非寻常，空江庙祀留馨香。沧桑变幻天难问，献贼西来屠华阳。官军队乡胡为者，碎击金瓯如破瓦。石砫夫人白杆枪，请缨独上桃花马。平台召对何堂堂，杀贼归来环佩锵。一样承恩拜天藻，臣妾羞同杨嗣昌。嗣昌辨贼心良苦，奇计非剿亦非抚。将将无具左贺骄，驱贼入蜀为全楚。三十八隘撤戍兵，蜀抚不解固吾圉。藩篱失却守门户，曹操献忠入夔府。张令既败次及我，杯酒论兵泪零雨。悬知蜀地尽陆沉，高楼百尺思忠武。搏土为人师女娲，丞相与神成一家。题名大署司宣抚，嵬然石碣存三巴。韵事可歌功可纪，风流慷慨难为拟。居平尽道奇男儿，作事谁如小女子。君不见，邀兀术会霸先，当时亦是两婵娟。

原注：庙始于蜀汉武侯所立，明石砫秦朗玉益以侯像，并有题字。

黄陵庙 清 姚莹

鸣钲打鼓上黄牛，细雨轻寒入客舟。稚子不知滩水恶，为看古庙却回头。

原注：庙在宜昌府西北九十里黄牛山上。相传蜀汉诸葛忠武侯经此，见石壁间现神像，冠裳俨然，前左引一旗旌，右立一黄牛，感神佐禹治水有功，当庙食兹土，乃重兴焉，目之曰黄牛庙。云以黄牛为黄陵者，陵即山也，黄牛庙名不雅驯，故后人更之。《水经注》云：江水又东，径黄牛山下，有滩名曰黄牛滩，南岸重岭叠起，最外高崖间有石色如人负刀牵牛，人黑牛黄，成就分明，既人迹行绝莫能究焉。注言如是，更无诸葛之说，盖后人因道元之注而附会之也。今庙更建于府治北，此其故址，千五百年庙之复兴数矣。道光二十四年五月十四日，携幼子浚昌赴蜀。经山下，古庙巍然，时舟行速，不及停谒。浚昌方卧，呼令望之，舟已过矣。为诗纪事。

四神咏 同前

夏王初治水，时复役百神。一旦怀襄势，安流就伏驯。是惟文命德，灵异非常伦。所以帝王制，首重皆明禋。后世德不修，事神不务民。史臣为此惧，纪载求其醯。遂使平成绩，高远无复陈。腐儒昧古文，动以荒唐论。岂知重黎前，人神本相亲。方今河在决，宵旰忧水滨。安得洪流顺，滔滔王路遵。夏王圣王德无间，百神皆尔主。导江岷山来，万里泽海宇。二百八十水，及此得所聚。洪流出巴蜀，何以遏斯怒。窈窕千里峡，壁立自太古。明月当其吞，黄牛任其吐。荆扬下流远，结束此为府。遐哉神力异，开凿非斤斧。明德日已远，维神当日辅。汉相溯神功，立庙实兹土。至今福行舟，士庶及商贾。牲醴以时酬，乐神为歌舞。愧我方行迈，济世了无补。再拜复内省，生平安足数。黄牛峡神

我昔官海外，曾谒水仙祠。上崇夏王德，次览屈子仪。矧来君故里。精魂实在兹。冠裳既古意，貌复多愁思。颜色白以皙，或者未放时。君昔为九歌，悦神多令辞。湘君与山鬼，薜荔分云旗。我今将悦君，陈言恐君悲。世无景与宋，高文安可追。陬生未奇服，众已相惊疑。故知好谣诼，况乃真蛾眉。悠悠遂千载，再拜涕沾颐。屈大夫

豫州隆中言，志在伸大义。维侯实质之，蚤定入蜀议。两朝开济业，未竟君臣事。屯田欲持久，行险不轻骑。审度人我情，乃不负所寄。天既厌汉德，侯岂能强致。义在当出师，惟有尽吾瘁。要亦计万全，未当犯兵忌。所以烕畏之，甘为巾帼避。伊吕虽曰贤，兴朝事则易。人臣际屯艰，当以侯为识。大哉习生言，能定天泽位。诸葛武侯

原序：前作诗已。舟行数里，忽纤断却回，仍止庙前。回头一言，顷刻成谶，岂非神召往观乎？时已晴霁，乃肃衣携浚昌登庙展拜。前殿为夏王像，神在后楹，如古道者。而黄裳鬓发，须眉皆白，欣然其伟，其右黄牛伏焉。前殿左侧祀屈大夫，亦古衣冠貌，白皙而愀然，询寺僧，觅古碑记无有。引至庙右，则忠武侯祠在焉。庭中石幢镌武侯所撰《黄牛庙记》，盖康熙壬寅年官立者。壁间又一石刻作隶体，乃乾隆间枝江令所书，记文较详。王阮亭《蜀道驿程记》云：黄陵庙颇宏丽，前祀黄陵之神，后祀诸葛忠武侯，与今稍

异。阮亭以康熙壬子年入蜀，在壬寅之后所见，当是任寅新修今庙，又后人所改建也。前诗词意近慢，乃更为四神咏。

出黄牛峡将至宜昌　同前

云气滃滃满四山，轻桡倏转百重湾。行穷三峡奇难尽，犹作崟崎香霭间。

黄陵庙　清　李惺

又向黄陵庙下过，山留残雪水微波。扁舟不厌频来往，奈此萧萧白发何。

黄陵庙　清　陈熙晋

陈熙晋（1791—1851），原名津，字析木，号西桥，义乌城区湖清门人。官至宜昌府知府。

明德思神禹，丛祠记武侯。一江天地险，三峡古今流。下濑波声驶，南津树色浮。未须朝复暮，转瞬过黄牛。

黄牛峡　清　周寿昌

朝暮望黄牛，滩声撼石流。人人说天险，日日过行舟。

猿朝啼断肠，客泪已沾裳。如何峡中月，送客过瞿塘。

黄牛峡 清 顾嘉蘅

顾嘉蘅，号湘坡，湖北宜昌人。道光二十年进士，曾为南阳府知府。

三朝三暮见黄牛，牧笛依稀据岭头。帆影曲随山路转，棹歌遥送橹声柔。滩冲白马千重浪，洞隐苍龙百丈湫。恍似函关尊气势，飞仙桥背稳于舟。

黄牛峡观石影 清 许印芳

天然戴嵩画，石壁人牛影。一幅导江图，西挂峡州境。牛黄龙所化，纯土制水性。人黑象水官，稽古日文命。当年凿三峡，土石百亿顷。开辟牛掀揭，叱咤人驱骋。土尽石不尽，斗水毒暴逞。恶滩竹节稠，民求救灾眚。人牛力两竭，穷蹙但悲哽。至诚贯诸石，结形类摸鼎。形忽幻为影，飞腾上岑岭。了了素屏间，建标旌旆整。人荷笠漂摇，牛怒目瞌盯。矫首行向东，蹴波势犹猛。螭魅旸睒惊，风雨拂拭净。暴泉绖趾流，晴虹垂腰映。色黝虫鸟书，光莹义娥镜。苔草忌侵面，烟云常护鼎。缅思影现时，即今望中景。流鉴昧荡俗，灭没千岁永。伏龙眼独明，影出若梦醒。复庙文以碑，显功无地并。惟神罔念功，彼苍敢侥幸。庭闹羽渊痛，堂阶洪割儆。滔滔日趋下，汲井病短绠。影逸万古静，影静心勿静。忧世恒怲怲，神影印神心。忠孝精气并，人心如此影。未来路平梗，悬象示牧夫，仰观发深省。

黄牛滩　同前

峡山束江水蓄怒，峡尽一泄快一吐。矗矢下射绳上悬，万古行人当断渡。神禹导江路拗折，揉水既驯任奔赴。水高地卑势犹急，天排石阵为禹助。石与水斗水留连，迟之不久悠然去。造化机权人不识，舟行沸釜心恐怖。危者使平亦天意，平后忘险易如故。何况得陇复望蜀，贪程兴谣怨朝暮。棹歌声含懊侬声，眼注黄牛牛弗顾。

黄陵庙　同前

金莲石马两销沉，汲井煎茶慰夙心。却怪诗人多误笔，湘妃泪洒禹王襟。

原注：在黄牛峡下祀峡神，非湘中舜妃庙。

屈　溪　同前

蘋影水风起，石光山雨来。危崖流涕泗，惊浪立崔嵬。西堠东湖隔，南船北岸回。清宵不能寐，晴抃下滩雷。

原注：岸上有五堠子，是东湖、归州分界处。

屈溪南岸回望黄牛峡　同前

屈溪夹岸山重重，回望黄牛烟雾中。黄牛与客结契文，万里隔面今相逢。春北秋南客奔走，羽毛雕瘁怜霜鸿。三年一第愿子耳，逍遥物外神明通。岩阿有灵待知己，千载下更遭袁崧。鸣琴赋诗致足乐，岂必贬官来醉翁。归棹鸦轧不少驻，树萱惟恋西日红。此别复成万里隔，含烟罩雾忽开容。高峡清苍峙天表，众峰仆附孙子从。临江送客情何限，愿假百尺蒲帆风。

自彝陵州发棹至黄牛峡　清　沈廉

江月欲落晨鸡鸣，客船未发官船行。晓风嗖嗖舟子喜，蒲风吹出夷陵城。鼓声坎坎日方吐，船头渐听滩声怒。棹转俄惊又一天，桃花鸡犬回头误。入峡愈深山愈奇，半云半雨崖倾欹。疾风卷水水欲立，纷红骇绿相离披。尽日冥搜思缥缈，空里无声绝飞鸟。斜照西南一角天，数峰青入微云表。初疑前山无路通，划然一线开鸿蒙。乃叹伟哉神禹迹，人力疏凿天无功。危滩更转势欲压，路断云根疑倒插。喷珠跳雪从空来，不知此是黄牛峡。我闻昔日有黄牛，助禹开导疏江流。至今风云相隐见，惝恍如有神人游。百丈高牵不可越，行人到此真愁绝。一舟颠荡波涛中，却与鱼龙争出没。吁嗟乎！黄牛峡水无时停，黄牛峡石无时平。人言虽险君勿怖，那得人间有平路。

黄牛櫂歌　清　王基纲

举櫂高歌涉巨流，冲波曾不惮蛟虬。千年庙食尊神禹，一片碑文拜武侯。拍岸涛惊巴峡水，鸣榔唱激楚天秋。董工犹见黄牛策，釃酒刲羊系客舟。

黄陵庙前遇雪　易顺鼎

祠庙嵯峨枕碧岑，物中云物与年深。天青鸟白波千里，人黑牛黄壁万寻。山色屡回行容首，江流犹见圣王心。扁舟风雪神应笑，何事天涯久滞淫。

峡　舟　赵熙

黄牛一舸客归迟，三暮三朝两鬓丝。古地风波成弃妇，西京朝野梦清时。酒怀隐约乌台案，秋影苍茫白帝祠。终日夏珪图画里，青山江树峡中诗。

过黄牛庙　同前

曾寻古寺读碑文，墙外山光满夕曛。不听钟声才几日，山风吹作万重云。

黄牛庙　同前

竹枝一声里，行客赛黄牛，乐府三朝见，夕阳群树秋。崖高无路上，滩险隔乡愁。人远天涯近，身今古峡州。

黄牛峡　同前

人黑牛黄望不真，啮天横插虎牙根。险如百雉横空立，势恐长风卷地吞。峻极有谁量尺寸，望中流想辟乾坤。上方缥缈从何路，闲话江头绿竹村。

晓发黄牛峡　同前

石角翘云外，岈岈似积冰。晚霞明古庙，春水澮西陵。废砌浓花满，灵踪野老矜。禹功侔造化，神物至今称。

黄陵阁雨霁遣兴　覃宏泽

覃宏泽，字苍林，东湖人。太学生。著有《筠圃诗略》。

风清三峡静，俎豆万年留。青草滩前雨，黄陵阁外秋。过江人唤渡，呼酒客登楼。试煮红渠茗，甘泉蟹眼浮。

早发黄牛滩述怀　袁文蔚

袁文蔚，字仲华号深浦，富平人。

晨发破冥色，崎岖步山扃。松峰月半落，鸡塞梦初醒。溜溜山谷飙，寂寂短长亭。浓云护春渚，新柳带明星。仕子光鞍马，秋客赋榛苓。惟昔嗟倦游，于今愧明经。真羡鹿在林，多渐鱼戏萍。坦坦随道履，谦谦袭德馨。终然谢咎悔，将从殊挈缾。（《二南遗音》）

黄牛峡武侯祠　柳大荫

柳大荫，巴东人。

两川谁薄帝王州，亘古风云最上头。缺陷伊周一孺子，卑微管乐两诸侯。荆江势阻偏安蜀，天日光分尚姓刘。异代萧条祠庙在，滩声犹自咽黄牛。

舟过黄陵庙 熊学骐

熊学骐，南昌人。

扁舟又下黄牛峡，帆影冲寒恋夕晖。疏凿功传神禹迹，指挥节拥威师威。奔涛直与山争立，怪石惊同鸟欲飞。怀古浑忘身是客，霜华和雪点征衣。

黄陵庙 鲁日唯

石壁如城汉外凝，千峰飞瀑下黄陵。请看文武前头水，万里朝宗势若腾。

雨霁黄陵阁晚眺 程际新

无限烟波兴，凭高四望收。西风下木叶，落日在孤舟。青草半滩雨，黄陵一阁秋。少年怀壮意，且莫问东流。

二 西陵峡

《水经注》：江水又东径西陵峡。

《宜都记》：自黄牛滩东入西陵界，至峡口一百里许，山水纡曲，而两岸高山重嶂，非日中夜半，不见日月。绝壁或千许丈，其石彩色形容，多所像类，林木高茂，略尽冬春，猿鸣至清，山谷传响，泠泠不绝，所谓三峡，此其一也。崧言常闻峡中水疾，书记及口传，悉以临惧相戒，曾无称有山水之美也。及余来践跻此意，既至欣然，始信之耳闻不如亲见矣。其叠崿秀峰，奇构异形，固难以辞叙。林木萧森，离离蔚蔚，乃在霞气之表，仰瞩俯映，弥习弥佳，流连信宿，不觉忘返，目所履历，未尝有也。既自欣得此奇观，山水有灵，亦当惊知己于千古矣。

西陵峡 唐 杨炯

绝壁耸万仞，长波射千里。盘薄荆之门，滔滔南国纪。楚都昔全盛，高丘烜望祀。秦兵一旦侵，夷陵火潜起。四维不复设，关塞良难恃。洞庭且忽焉，孟门终已矣。自古天地阔，流为峡中水。行旅相赠言，风涛无极已。及余践斯地，瑰奇信为美。江山若有灵，千载伸知己。

编者注：盘薄：磅礴。《诗经·小雅·四月》：滔滔江汉，南国之纪。

戏赠丁判官 宋 欧阳修

西陵江口折寒梅，争劝行人把一杯。须信春风无远近，维舟处处有花开。

西陵道中 宋 苏泂

冻缆牵鸥浦，炊烟饭驿亭。吴云怀践白，越树怨间青。年数那无老，巢居会有宁。长歌和渔者，愁绝未堪听。（《泠然斋诗集》）

西陵峡 明 陈禹谟

我登最高处，四顾接云烟。荆门排十二，江水泻三千。郁郁陇头树，濛濛峡里天。胜概雄今古，苍茫不可攀。旷然情忘适，无复能拘挛。

西陵峡 明 钟惺

过此即大江，峡亦终于此。前途岂不夷，未达一间耳。辟如大都城，而门不容轨。虎方错其牙，黄牛喘未已。舟进却湍中，如狼疐其尾。当其险夷交，跳伏正相踦。回首黄陵没，此身才出匦。不知何心魂，禁此七百里。梦者入铁围，醒犹忘在几。赖兹历奇奥，得悟垂堂理。

编者注：虎须、虎牙、狼尾为滩名。

西陵峡歌 明 徐泰

徐泰，字子元，海盐人，举人，知光泽县。

两山夹江如壁立，千寻万寻青铁色。江流如龙山罅来，动地雷声喧白日。山高不见飞鸟过，举头青天一尺多。苍藤古树翳满目，沿崖乱石其奈磊磈巉岩何？呜呼！峡中之险险莫比，昔尝闻之今信矣。商人重利却轻生，吾独何为亦来此。黄陵庙下不可游，空舲塌洞尤堪忧。十前九却过一险，百夫力尽颠崖头。垂堂远游古所戒，静言思之心胆骇。中流欲歌行路难，哀猿又起寒烟外。

西陵峡 清 朱樟

晴云多覆山，雨云只绕树。时时露好峰，泉绅交曳素。乳窦泄秋泉，饱呷煮茶趣。苦无好事客，谁能解其故。归峡险既平，部娄远回互。郁勃至此舒，鬼神霁余怒。何年楚俗愚，双石拟翁妪。嘉耦强为名，余情答遥顾。攀林未有缘，裹粮不暇赴。木末荡微风，抚时感秋暮。（《观树堂诗集》）

编者注：双石拟翁妪：此石有艄公艄妇名。

西陵峡 清 尤世求

已入西陵峡，陡觉衣裘冷。连山高蔽天，阴沉昼犹冥。一重复一掩，层层发妙景。那得董巨笔，惨淡写清迥。岷江从中流，迫束不遑骋。怒涛势难回，急湍力愈猛。水如弩发机，舟如弓就撇。舟与水斗争，进退心目警。我自入楚来，尘梦久已醒。万里一孤篷，漂漂笑桃梗。昨朝过新滩，性命惊俄顷。柬危仗忠信，涉险戒侥幸。存心与无心，斯意莫解领。已矣夫何喜，三杯醉酩酊。

西陵秋兴　清　方璲

方璲，字玉山，号怀堂，汉阳人。雍正七年副贡，曾官长阳教谕。有《南游草》、《怀堂咏物集》。

谢桓不可作，戏马传盛事。秋色岂待人，流光去如驶。夙慕绿萝溪，梦想东山寺。安得舒羁情，迢迢落空翠。

西陵峡　清　苏汝砺

纆夫登岸鼓频催，挽上层滩几百回。仰面云生岩翠失，惊心雷转峡声来。深水鱼复阴常结，终古蚕丛险特开。多少羁人头欲白，不烦猿啸易生哀。（《海虞诗苑》）

西陵峡　清　严思浚

彝陵形胜自西来，此日登临亦快哉。山脉远盘鹨尾束，涛声直撼峡门开。云连楚塞三千里，翠压江关十二培。戈戟消沉溪水咽，雄图几辈出群来。

西陵峡 清 左辅

寒山主西陵，云外见积石。垂崖盘千层，一气转地脉。古藤梢天青，飞流界空白。划然开瞿塘，万水如矢激。猿鸟坠危梯，鱼龙啮粉壁。阴阴夔巫间，千古雷雨黑。沉犀魇水怪，事幻理难格。圣人不任智，事事有开辟。淫滪戒舟航，功夫非假力。吾将撇舟去，三叹此遗迹。(《晚晴簃诗汇》)

西陵形胜 清 萧际运

萧际运，黄陂人。乾隆四十年进士。曾为宜昌府教授。

峨眉巫峡紫云凝，一路奇峰露石棱。此地江山连蜀楚，天钟神秀在西陵。

西陵峡 清 李鼎元

江风浩浩石棱棱，客路衣单冻似蝇。最是孤儿断肠处，哀猿声里下西陵。

西陵峡 清 孙原湘

一滩声过一滩催，一日舟行几百回。郢树碧从帆底尽，楚台青向橹前来。奔雷峡断风常怒，障日风多雾不开。险绝正当奇绝处，壮游不使客心哀。

西陵峡　清　姚莹

休言神女峰娟妙，山到西陵态更新。罗立娉婷耸眉黛，还如小婢学夫人。

原注：山中高峰甚多，矗立数百。

峡中作示同行诸子　同前

峡中竟日闻呼号，百丈矗上轻猿猱。巴人桡唱异吴楚，千夫百夫声嗷嘈。往者初行向东粤，快捷惊见舟师篙。中上闽滩益险异，逢人辄自矜所遭。操舟投老入三峡，前此鉴历皆儿曹。崇深雄骏气象别，吐吞万状洵贤豪。大江西来到东海，穿贯百谷如沟濠。峻涨四百有五十，长峡千里回风涛。荆门虎牙如轩豁，关锁犹作上下牢。乃知富媪有深意，建瓴之水无滔滔。平生倦游晚见此，帝怜困走聊偿劳。夜来洗盏莫遽醉，坐待月午天中高。

西陵峡　清　俞汝本

峡势如拥出，上与青天齐。其下有重渊，一纸铺琉璃。所喜无巉岩，放棹免留稽。峨峨荆门山，曲折萦丹梯。千岩与万壑，秀绝巴江西。及兹得饱看，何事劳扶藜。黄牛既以静，白马声亦低。我今喜无事，但听春鸠啼。

西陵怀古 清 陈熙晋

黄牛滩壮石岧峣，白虎关高浪动摇。壁划空江经禹断，灰余历劫见秦烧。山川形势犹棨薄，楚蜀疆场久寂寥。青枉绿萝愁岁晏，一林风叶雨萧萧。

战罢猇亭事可伤，从来唇齿系存亡。窥吴壁垒空龙虎，守峡旌旗尚凤凰。岂有醒人疑叔子，是谁延冠负临湘。楼船一下销王气，白帝江声咽夕阳。

触斗蛮争国似蜗，古今俯仰一长嗟。谁教杨素攻狼尾，早有田戎扼虎牙。上下帆樯轻万里，东西门户控三巴。英雄割据当年事，四海而今已一家。

希文言事投荒去，永叔贻书作令来。直道岂应招党祸，生生非但为人才。朱弦寥落琴三弄，绛雪缤纷酒一杯。回首莱公亦羁宦，至今峡口断猿哀。

西　陵 清 向国庠

向国庠（？—1844），号谨斋，拔贡。

清波溪远晓烟凝，万壑东来势郁嶒。一路轻舟依石转，猿声听尽是西陵。

西陵峡 清 易佩绅

易佩绅（1826—1906），字笏山，一字子笏，湖南龙阳人。咸丰八年举人。官至四川藩司。

顿看两岸失陵赠，回首巴巫已万层。无数险滩都告退，不随柔橹下西陵。

泊西陵峡　清　刘玉璋

风雨黯江楼，江声入夜愁。乡心悬古峡，残梦冷孤舟。游子三千里，衰亲七十秋。谁能抛别恨，浩荡作豪游。

万顷碧浮空，天光落镜中。风帆舟远近，云树暗西东。江汉双流隔，荆襄四面通。柁楼凭夜眺，烟月白濛濛。

西陵峡櫂歌　清　王树桐

千山千水朝白狗，三朝三暮见黄牛。黄牛白狗色如故，滩上渔人多白头。

西陵形胜　清　饶世集

江流触石浪成堆，带绕孤城实壮哉。山势远从烟际来，峡门高向日边开。累朝霸业埋焦壤，万古滩声走巨雷。天险由来藉人力，时清不必问雄才。

西陵峡中诗　易顺鼎

朝辞下牢城，暮宿西陵嶂。楚山何郁盘，岷江始奔放。大舸触悬流，轻帆破高浪。阴崖互亏蔽，照水皆千丈。仰听清猿啼，俯视游鳞漾。浮岚异彩色，怪石多形象。碧树锦冬春，朱华历弦望。垂藤尽倒生，飞瀑无相让。绝壁见樵归，虚岩答渔唱。离离白云外，蔚蔚青霞上。絪缊备谁气，瑰玮非一状。不缘寓尝真，将疑稚记妄。适意已可操，耽幽神所贶。平生独往情，谁能共逋荡。

西陵峡　赵熙

扇扇屏风立，水光摇玉壶。眇然九天上，过此大山无。静极鱼生影，风来鸟对呼。黄牛回望好，峭倩似吴姝。

西陵峡　同前

细雨得初霁，陶然春色如。岁寒孤客好，乡国夕阳多。水脚吞樵路，山心答棹歌。楚江饶雅集，无那白云何。

三　虾蟆碚

虾蟆碚　宋　苏轼

蟆背似覆盂，蟆颐如偃月。谓是月中蟆，开口吐月液。根源来甚远，百尺苍崖裂。当时龙破山，此水随龙出。入江江水浊，犹作深碧色。禀受苦洁清，独与凡水隔。岂惟煮茗好，酿酒应无敌。

峡州渡江入寺　宋　李复

雪暗离秦地，春归入楚邦。平生怜匹马，将老渡长江。解缆辞亭树，中流见寺窗。舟人喜风色，略得寸心降。

虾蟆碚水　同前

泉出虾蟆碚，名高陆羽经。细分寒乳白，散落晓岩青。归客停松楫，临江贮藓瓶。神仙云母液，烹饮养颓龄。

虾蟆碚水　宋　王十朋

虾蟆好居水，背水以自濡。不知背上味，乃与众水殊。品第高水经，煎茶必来须。争汲以致远，不惮险且遇。我亦走瓶罂，一瓯瀹云腴。所恨太遐僻，亲朋莫能呼。巨蛙如有灵，曷不上天衢。以水为雨露，助天泽寰区。坎视峡中山，笑渠子阳愚。

虾蟆碚　宋　陆游

不肯爬沙桂树边，朵颐千古向岩前。巴东峡里最初峡，天下泉中第四泉。啮雪饮冰疑换骨，掬珠弄玉可忘年。清游自笑何曾足，叠鼓冬冬又解船。

编者注：最初峡：指夷陵入峡之最初峡，即扇子峡。

过虾蟆泉 宋 袁说友

平生一壑清濯裳，爱泉谨护如堤防。酌饮爰至虾蟆涪，水经第四源流长。天教神禹使壬甲，幻得蟾蜍半山压。建瓴泻出沆瀣清，底事汗流犹背浃。惠山车马松江舟，两泉寒冽天下求。不知此水更奇品，世间实处多名浮。（《东塘集》）

虾蟆洞 明 雷思霈

天上虾蟆精，飞坠明月峡。走过析木津，哆口何汉呷。吐吸扇子峰，不窦双爪掐。泉眼大如屋，漫流蟆背胛。滑漫九节蒲，崖花隙旁夹。额上垂冰弦，至今声唼唼。额下有丹书，科斗那得押。当其嗔恚时，长江几吞歃。忽挂青蛇剑，蹙缩如土鸭。晚逢陆道者，自矜尝冰法。虚张康谷尊，肯让中泠压。我来春犹寒，数步解衣袷。秉烛半里许，气蒸手挥箑。深入讵可侧，重险势益狭。泉奔欲裂山，万马集铠甲。两壁不乳结，疑是鬼神插。诡异非一状，幽探心所洽。假尔捣灵药，荷我锄云锸。老蟾灏无言，我醉倒白帢。

登虾蟆碚 清 王士祯

黄牛打鼓朝发船，碧波白鸟争清妍。回首名山大川阁，乌尾已掠西陵烟。三峡欲尽尚迤逦，云十二碚纷钩连。颇闻中有第四泉，康王谷水差随肩。峡穷碚转诧奇事，忽见飞瀑流琤潺。爬沙终古此岩侧，青冥无路谁夤缘。江风吹笠冷毛发，峡云挟雨鸣船舷。大索瓶盎贮飞雪，旋去屐齿穷危巅。横斜拾级一径上，藤梢桔刺相纠缠。皴皰槎牙涩苔藓，清泉百道争涓涓。阴洞终古闷白日，神瀵喷薄钟乳坚。石壁粗恶艰砻错，题名岂辨唐宋年。永叔涪翁诗不灭，谁为好事重锤镌。名山蒙顶压顾渚，春芽开裹劳烹煎。下岩转舵未忍去，下牢关外斜阳悬。

李注：乌尾：樯乌，船樯上刻为乌形以占风者。西陵：今夷陵州也。《大清一统志》：自夷陵州泝江而上二十里，为西陵峡。《入蜀记》：荆门十二碚，皆高岸绝壁，峡中之险可知。

惠注：张祐《煎茶水记》：庐山康王谷水帘水第一，峡州扇子山下有石，突然泄水，独清冷，状龟形，俗之虾蟆口，水第四。《列子·汤问篇》：禹之治水也，迷而失涂，谬之一国。国中有山名壶领，状若甗甀。顶有口，状若圆环，名曰滋穴。有水涌出，名曰神瀵，臭过兰椒，味过醇醴。《雅安志》：蒙顶茶在名山县西北十五里蒙山之上。《陇蜀余闻》：蒙山在名山县西十五里，有五峰，最高者曰上清峰，其巅一石，大如数间屋，有茶七株，生石上，无缝罅，云是甘露大师手植。每茶时叶生，智炬寺僧报有司往视，籍记叶之多少，采制才得数钱许。明时贡京师仅一钱有奇。环石别有数十株，曰陪茶，则供藩府诸司而已。

编者注：顾渚：浙江长兴县西北，产名茶。春芽：黄庭坚诗：松滋县西竹林寺，苦竹林中甘井泉。巴人漫说虾蟆碚，试裹春芽采就煎。

欲访三游洞不果　同前

舟下十二碚，西陵遥在目。江云峡口多，碚转犹千曲。怅望三游洞，灵异非一族。石钟卧苍藓，唐碣迷深竹。缅怀长庆人，一往遂不复。斜日下牢溪，依依为谁绿。

十二碚　同前

黄陵庙前闻橹声，一滩才过一滩迎。三千里外峡程尽，十

二碚前秋水清。（《带经堂集》）

虾蟆碚　清　苏汝砺

廿年梦想峡中泉，蟆吻清流乍试煎。吾事无多余岁月，人间何处有山川。猿啼云畔千寻壁，枫落江皋万里船。自喜官闲程不计，探奇欲尽此生缘。

虾蟆碚　清　王鸣盛

峡山多异状，此碚尤怪奇。爬沙金背蟾，高坐张其颐。可怜脚手纯，终古江之湄。何不随姮娥，飞傍桂树枝。婆娑玉阶侧，清光分半规。走兔操杵臼，妖蟆技安施。一朝化为石，蹒跚任支离。饮江江不尽，才吻流涎垂。水帘出神瀵，活碧摇沦漪。系舟聊试茗，飒飒江风吹。

虾蟆碚嗓第四泉　清　吴省钦

寒泉蟠老蟆，张吻忘枯渴。飞涎千百行，下膏饿蛟窟。舟人遥指点，谓自月宫拔。阴精涵太初，石罅溜汩汩。泓然受一洼，蒸气蔼房闼。忽逢桑苎翁，哆口掌双泼。花瓯亲酌尝，第四名未沫。调宜安竹符，黔欲验茶突。彼哉一二三，何似此甘滑。介处官私间，争者色先勃。我闻水泉性，轻重判芒忽。自蒙丑蠢称，疑伴话东活。幸无余垢藏，忍遣灵踪没。艮背既依稀，观颐亦仿佛。承流挈瓶盆，吾力庶云竭。食饕酒则酗，味水特超越。童奴笑吾痴，有水皆潏浡。所愿化为金，跃如出山骨。

泠泠蟆丑沉，浩浩蟆更发。毋令俗语讹，下马混陵阙。

原注：虾蟆陵本下马之误。

虾蟆碚　清　毕沅

广寒逋老蜍，仙人不能胁。化为西陵石，蟠据明月峡。睥睨千江源，竟欲一口呷。虚吸太阴精，剑劈双龙匣。云根断破碎，玉宝寒泉渫。习坎艮其背，神瀵喷呿噆。下垂珍珠帘，玲珑摇宝翣。洞屋窈而深，侧窥魂胆怯。前有千涡盘，后有双壁夹。飙铦噤骨寒，石恶碍头压。奔流争罅出，澎湃那许闸。茶经品第四，冷段齿牙歃。入险心仍夷，洞虚指还插。惊涛肆吞吐，巨艑小凫鸭。兀崎十二碚，轻帆翦一霎。怒欲斗虎牙，快未熟羊胛。黄牛连白狗，气势受侮狎。冰魄破冷光，修户斧力乏。骑汝叩圆灵，桂花飞浩劫。捣药代汝劳，姮娥或肎押。

登虾蟆碚　清　严思浚

欲探第四泉中胜，苔涩蟆颐路几重。自入山来寻石碣，绝无人处蹑猿踪。风生春昼飞阴云，波涌江心战老龙。桑苎仙翁呼不起，茶园荒尽草茸茸。

虾蟆碚　清　孙原湘

寒崖古雪弄飞泉，一櫂贪从石罅穿。楚国文章多讥谏，汉江云雨半神仙。钟声白帝城边寺，帆影黄陵渡口船。击楫莫忧风来便，此生何事不随缘。

虾蟆碚 清 陶澍

月府有怪物，其名为虾蟆。偃息七宝宫，爬沙随姮娥。居高质故陋，匿迹理则那。一夕忽发舒，夤缘登大罗。窃饮上池水，仙液开尊牺。帝台万斛浆，一吸同盘涡。上帝闻之怒，立命呼黄魔。乾没有大罚，矧兹癞公広。毋令辱玉虚，速掷荒山阿。槛以百石柱，承以双盘陀。赭以乱苔藓，押以千嵯峨。虾蟆不得脱，吐味如悬河。至今喷薄余，犹是琼台波。

虾蟆碚 清 汪仲洋

蟾蜍蚀尽瑶台月，灵光满腹难收拾。吐作人间清冷泉，明珠大小随嘘吸。千年不发臬参差，十里山花开厌浥。拨棹晴江思斗茶，挈瓶先向雨中立。（《心知堂诗稿》）

虾蟆碚 清 贝青乔

暝经扇子峡，打鼓收江船。荆门十二碚，磦砢排当舷。虾蟆尤突出，肖形何蠢然。爬沙平脚钝，无缘上青天。回身窜下界，含怒临重渊。雨腥林气湿，石莹苔发缠。洼窿出悬溜，口吻鸣溅溅。名亚康王谷，云是第四泉。宋贤一瓥茗，炉铫纷来煎。却惜皴疱背，硬笔无留镌。所以焚冈祸，残及无人怜。我来适残夜，登陟防趾颠。坐观峡月上，流影翻波圆。朵颐不敢蚀，喜杀卢玉川。

原注：嘉庆中，楚商李本忠灌以井油而焚之，凿去其十之二。

虾蟆碚四泉　清　杨裕仁

杨裕仁，咸丰十年曾署太平知县。

清冷争尝第四泉，虾蟆终古望依然。茶经若比科名记，已让人居一甲前。

虾蟆碚　清　郭相业

郭相业，夷陵人。

白狗峡，黄牛滩，千古人嗟蜀道难。江边蹲踞蛤蟆石，逆水牵舟难更难。贾客闻之心胆寒。

虾蟆碚　易顺鼎

万山排如碧玉簪，一水洒作珍珍帘。洞天深黑何潭潭，骊宫鼻息风雷酣。太阴不死云气含，其中石寿逾彭聃。衣苔带藻被荇蕈，绿萝毛发垂鬗鬛鬖。沙明聚族或蚌蚶，岩阴托宿多䴖鹌。人言地道通荆南，松滋县西苦竹庵。安能秉烛穷所探，溯源直破天扃函。千年长生金背蝉，狡狯为彼龙垂髯。只与过客供饕贪，春芽试煎清且甘。不解作霖吾亦惭，苍生久喝将何堪。

虾蟆碚　赵熙

山脚流仙渌，人间第四泉。朵颐味清绝，头脊貌天然。水穴松滋出，云胎月液传。平生有乡味，一漱却回船。

四 明月峡

扇子峡 宋 陆游

绝境慰人心，谁家住玉岑？乱云生翠窦，密雪洒青林。高阁临空豁，孤亭隐邃深。定知非俗士，橹急不容寻。

编者注：标题为编者所拟。原题作：扇子峡山腹有草阁小亭，极幽邃，意其非俗人居也。

钱注：扇子峡：王象之《舆地纪胜》："明月峡，在夷陵县，高七百余仞，倚江干。崖面白如月，又如扇，亦曰扇子峡。"

扇子峡 宋 范成大

兹行看山真饱谙，今晨出峡仍穷探。南矶北矶白铁壁，千峰万峰苍玉篸。横前直疑江已断，崛起竞与天相搀。蜀山欲穷此盘礴，禹力已尽犹镌劖。望舒宫中金背蝉，泥涂脱尽余老馋。下饮岷江不知去，流涎落吻如排髯。挈瓶檥棹斛清甘，未暇煮茗和姜盐。聊将涤砚濡我笔，恍惚诗律高巉岩。

原注：两岸山尤奇，殆过巫峡，虾蟆碚在南岸。

扇子峡　清　朱樟

林峦如画瀑泉飞，扇子佳名过客题。鸟道斜穿黄叶地，柴门半俯绿萝溪。烟收瘴路蟠秋蚓，雨歇沙田浴竹鸡。出崄只随滩势下，峦讴一发橹声齐。

明月行　清　李鼎元

皑皑峡中石，落落挂明月。明月照行舟，天空江自流。江流东不还，明月长在山。在山复在水，淡荡绿云委。鹊巢知避风，雁阵知随阳。乘时各自为，谁复能相商。客从衡山来，遗我双白龙。乘风骑白龙，直上云峰中。放眼看云峰，峰中乐何穷。上有神女庙，下有宋玉宅。

山　峡　同前

西北连山断，豁然天地开。东南一凭眺，远近万帆来。江间月光大，波平云气颓。故乡犹有水，相送楚城隈。

明月峡　清　朱桓

朱桓，字勖为，宜兴人。进士，顺天乡试同考官。

雨洗千山净，风和望眼舒。船通夔子国，岩覆蛋人居。绝壁空营废，荒台古殿余。子规啼未歇，明月照江庐。

明月峡观瀑布 清 郭相业

峡口水帘响似雷，银河飞下半天来。奔流到地难教住，要与人间洗俗埃。

扇子峡 赵熙

青玉屏风立，人家黄竹林。鸡声初日上，渔浦翠岚阴。仙碚分江味，离骚入棹音。高高天柱影，红叶有春心。

石芝峡 同前

积水深天极，穹山阻四隅。奇礓考工记，碧玉尚方壶。造化何年撰，诗心百幻俱。鹰边是何物，丹颗似珊瑚。

铁碑峡 同前

烟崖目极处，似有石函存。黑雨浑成铁，苍天幻一门。人心移古物，山骨穴灵坤。或意怀襄日，中藏魑魅魂。

明月峡 王铭臣

王铭臣，字于常，号耕云，汉阳人，贡生。

峡自西陵始，山从明月高。云峰蹲虎豹，石壁挂猿猱。作赋惭秋水，思乡问浊醪。泊舟临绝巘，济胜未为劳。

黄陵庙敕书楼　樊曙

樊曙，字旭东，宜宾人。指挥佥事。

月峡黄牛合，江声白帝来。楼前凭积雪，石上起奔雷。天险岷江出，神功蜀道开。敕书犹望祀，不见使臣哀。

秋　色　同前

秋色好盘桓，悠然兴未阑。鹤群松石岭，渔艇蓼花滩。归路郫边晚，钟声寺外残。隔溪余索碧，楚王见宕峦。（《蜀雅》）

五　三游洞

七言十七韵　宋　欧阳修

沣水店头春尽日，送君上马谪通川。夷陵峡口明月夜，此处逢君是偶然。一别五年方见面，相携三宿未回船。坐从日暮唯长叹，语到天明竟未眠。齿发蹉跎将五十，关河迢递过三千。生涯共寄沧江上，乡国俱抛白日边。往事渺茫都似梦，旧游流落半归泉。醉悲洒泪春杯里，吟苦支颐晓烛前。莫问龙钟恶官职，且听清脆好诗篇。别来只是成诗癖，老去何曾更酒颠。各限王程须去住，重开离宴贵留连。黄牛渡北移征棹，白狗崖东卷别筵。神女台云闲缭绕，使君滩水急潺湲。风凄暝色愁杨柳，月吊宵声哭杜鹃。万丈赤幢潭底日，一条白练峡中天。君还秦地辞炎徼，我向忠州入瘴烟。未死会应相见在，又知何地复何年。

编者注：标题为作者所拟。原题作：十年三月三十日，别微之于沣上。十四年三月十一日夜，遇微之于峡中。停舟夷陵，三宿而别，言不尽者，以诗终之。因赋七言十七韵以赠，且欲记所遇之地与相见之时，为他年会话张本也。

三游洞 宋 欧阳修

漾楫溯清川，舍舟缘翠岭。探奇冒层险，因以穷人境。弄舟终日爱云山，徒见青苍杳霭间。谁知一室烟霞里，乳窦云腴凝石髓。苍崖一径横查渡，翠壁千寻当户起。昔人心赏为谁留，人去山阿迹更幽。青萝绿桂何岑寂，山鸟嘐嘐不惊客。松鸣涧底自生风，月出林间来照席。仙境难寻复易迷，山回路转几人知。惟应洞口春花落，流出岩前百丈溪。

三游洞 宋 赵抃

峡江初过三游洞，天气清调二月风。樵户人家随处见，仙源云路有时通。峰峦压岸东西碧，桃李临波上下红。险碛恶滩知几许，晚来停棹问渔翁。

游三游洞　宋　苏洵

洞中苍石流成乳，山下寒溪冷欲冰。天寒二子苦求去，我欲居之亦不能。

游三游洞　宋　苏轼

冻雨霏霏半成雪，游人屦冷苍苔滑。不辞携被岩底眠，洞口云深夜无月。

一径绕山翠，萦纡去似蛇。忽惊溪水急，争看洞门呀。滑磴攀秋蔓，飞桥踏古槎。三扉迎北吹，一穴向西斜。叹息烟云老，追思岁月遐。唐人昔未到，古俗此为家。洞暖无风雪，山深富鹿豭。相逢衣尽草，环坐髻应髽。灶突依岩黑，樽罍就石洼。洪荒无传记，想象在羲娲。此事今安有，遗踪我独嗟。山翁劝留句，强为写楂牙。

原序：游洞之日，有亭吏乞诗，既为留三绝句于洞之石壁。明日至峡州，吏又至，意若未足，乃复以此诗授之。

三游洞　宋　苏辙

洞前危径不容足，洞中明旷坐百人。苍崖硉兀起成柱，乱石散列如惊麇。清溪百丈下无路，水满沙土如鱼鳞。夜深明月出山顶，下照洞口才及唇。沉沉深黑若大屋，野老篝火青如磷。平明欲出迷上下，洞气飘乱为横云。深山大泽亦有是，野鸟鸣噪孤熊蹲。三人一去无复见，至今冠盖长满门。

游三游洞 同前

昔年有迁客，携手过嵌岩。去我岁已百，游人忽复三。

系舟下牢溪游三游洞二十八韵 宋 陆游

旧观三峡图，常谓非人情。意疑天壤间，岂有此峥嵘。画师定戏耳，聊欲穷丹青。西游过沔鄂，莽莽千里平。昨日到峡州，所见始可惊。乃知画非妄，却恨笔未精。及兹下牢戍，峰嶂毕自呈。下入裂坤轴，高骞插青冥。角胜多列峙，擅美有孤撑。或如釜上甑，或如坐后屏。或如倨而立，或如喜而迎。或深如螺房，或疏如窗棂。峨巍冠冕古，婀娜髻鬟倾。其间绝出者，虎搏蛟龙狞。崩崖凛欲堕，修梁架空横。悬瀑泻无底，终古何时盈。幽泉莫知处，但闻珩佩鸣。怪怪与奇奇，万状不可名。久闻三游洞，疾走忘病婴。窦穴初漆黑，伛偻扪壁行。方虞触虿蛇，俯见一点明。扶接困僮奴，恍然出瓶罂。穹穹厦屋宽，滴乳成微泓。题名欧与黄，云蒸苍藓平。穿林走惊麕，拂面逢飞鼪。息倦盘石上，拾樵置茶铛。长啸答谷响，清吟和松声。辞卑不堪刻，犹足寄友生。

三游洞前岩下小潭水甚奇，取以煎茶 同前

苔径芒鞵滑不妨，潭边聊得据胡床。岩空倒看峰峦影，涧远中含药草香。汲取满瓶牛乳白，分流触石佩声长。囊中日铸传天下，不是名泉不合尝。

钱注：牛乳：杜甫《太平寺泉眼》：“取供十方僧，香美胜牛乳。”日铸：欧阳文忠《归田录》：“日铸岭，在会稽县东南五十五里，岭下有僧寺，名资寺。其阳坡名油车，朝暮常有日，产茶绝奇，故谓之日铸。”日铸本地名，转为其地所产之茶称。

三游洞　宋　邓深

诘曲山蹊晚，清冷石洞秋。三门俨呀豁，四壁极琱锼。上穴重岩闷，中龛一室幽。斐然成五字，聊尔继三游。

三游洞　宋　苏泂

悬崖三百丈，五里到松门。路尽始佳处，苔深无屐痕。细泉牛乳滴，亭午艾香温。舟楫经行疾，无劳具酒尊。（《泠然斋诗集》）

三游洞　宋　洪咨夔

寥阳殿古琼关启，祇树园深宝盖张。长啸一声空响答，只疑惊起橘中商。

披苔觅字双明健，倚树商诗两鬓皤。地划天开今几世，往来人物尽消磨。（《平斋文集》）

题峡州三游洞　宋　魏了翁

洞前日日客维舟，短咏长吟汗马牛。名迹都随形气尽，惟余元白几人留。

可怪忠州与虢州，偶因起废得兹游。苏欧诸老亦何德，千古联芳未肯休。

舟过三游洞知遂脱兵火矣喜赋 宋 杨枋

杨枋（1187—1267），原名昌期，字宗骥，合州巴川（今属重庆）人。淳佑四年赐同进士出身。曾为大宁司理椽。

万里扁舟归自东，干戈满地路难通。弟兄一榻聊相对，叔侄双头未许同。峡入三游千丈险，水连西蜀百忧空。家山桃李期堪数，共约花间酌晚风。（《字溪集》）

三游洞 宋 陈岩

陈岩，字清隐，青阳人，隐居不仕。

清风披拂藓苔痕，洞里仙乡万古春。有路尽通尘世客，来游何独是三人。（《九华诗集》）

入 峡 明 刘炳

莓苔初扫认残碑，香火初停日已西。春意不缘芳草在，客心应付鹧鸪啼。江流曲折疑无路，帆影参差似有梯。见说西川频扰扰，捷音今已入封题。

三游洞 明 何璋

何璋，弘治十四年时在知横州事任上。

古洞饶奇胜，芳游感物华。崖暄还碧草，露冷向幽花。虚谷鸣钟隐，清流绕涧斜。悠悠尘想绝，归路满烟霞。

三游洞次见素叔祖韵二首 明 林大辂

野航双渚午风清，洞口烟霞过客情。地僻杜陵无酒债，官闲谢傅有诗名。溪光古榻留云白，物态玄空擘石成。归棹未须催日暮，放歌还趁月华行。

始怜人世有丹丘，洗盏清溪漾碧流。逆旅不辞今日醉，玄踪还念昔贤游。乍闻钟鼓猿群近，并坐松篁鸟语幽。浪迹岂应称吏隐，岩花洞草偶相求。

三游洞次黄郎中韵 同前

小艇平流残雨后，殊方佳合更欢娱。玄崖草短雪光乱，白水滩高云气孤。万里风烟淹病客，两溪渔钓忆潜夫。春山登览怜同志，谷口从君觅酒厨。

三游洞次席判官韵 同前

宦情闲气近全消，落落寻真共楚谣。断垒连云巴树阔，晴江入峡楚天遥。杖藜雪后陪青琐，问竹山深度野桥。空翠留人归路晚，风帆共坐月中箫。

柬诸广文游三游洞二首　同前

千里思家情转剧，六年为客路不迷。西陵晴霭连巫峡，南国春风静鼓鼙。云笛屡招樵谷子，野航曾逗武夷溪。南津今古无游路，洞口清尊欲共栖。

三游佳胜眇云关，数老诗篇重楚山。漫客偶然淹病骨，诸君聊尔浣尘颜。晴江沙抱潭花白，古洞岚分石竹斑。留与西州称胜事，野花孤鹤共闲闲。（《愧暗集》）

小　艇　明　陈昂

小艇下青滩，长江较渐宽。千山梅正雨，四月麦初寒。世态用情薄，关山行路难。子规声颇惨，客泪可能干。（《蒲风清籁集》）

秋日同吴约卿刘子真寻三游洞　明　张九一

峡上风高水万秋，千盘纪磴枕丹丘。石门双抱青云立，乳窦齐含白云流。仙侣月明归鹤吹，秦人花落到渔舟。素书不为名山秘，物外还期汗漫游。

夷陵山色郁嵯峨，抱臂探奇冒雨过。削嶂南垂朱鸟影，悬流西泻锦江波。□天□图阙□并，石圻飞梁薜荔多。胜迹自标元白后，千秋今凝续高歌。

倚杖峰头碧汉斜，依稀天末见人家。送书不□中原雁，泛斗空悲使者槎。尊里看醪霞一色，间石镜月□重华。援琴为奏清商曲，万壑西风落梅花。

归去漠漠带飞鸿，一径寒花夕照中。啸木玄莺行处合，扑衣山翠坐来空。不为楼阁开天上，雨挟虹蜺挂涧东。把酒莫教西日坠，吾将绝壁写清风。（《绿波楼诗集》）

秋日游三游洞　明　陈禹谟

木叶乱山飞，疏林古洞微。倚筇看鸟下，坐石有云归。千嶂来秋色，孤峡送夕晖。三游人去远，我醉舞荷衣。

三游洞　明　袁中道

袁中道（1570—1626），字小修，一作少修，湖北公安（今属湖北）人。万历四十四年进士，官至南京吏部郎中。

洞在大江边，背江疑不妙。天生下牢溪，绕洞亦清奥。两山夹深泓，桃花源宛肖。江水虽洋洋，此地转幽窱。譬彼学道人，沉修贵不耀。石乳滴成峰，柱洞竦孤峭。皱驳漂陈鳞，拼臼吐余窍。疾流铺石滩，水石遇成笑。循溪不厌深，奇峰如相召。苍壁涌雷文，朱霞染雾峤。仰面见天梁，骇走俄大叫。霜石踏人影，始知月来照。生平不闻猿，今夕闻猿啸。别死与离生，猿也如相吊。大清不可留，乘月理归棹。

泛江寻三游洞降观于峡　明　钟惺

渐上西陵江不开，棹随高急去疑回。滩声过洞杳无见，峡

影衔灭皆欲来。古壁苍茫非草树，寒岩秘密或风雷。潦收石出才如袱，看作瞿塘五月堆。（《隐秀轩集》）

三游洞 明 俞彦

俞彦，字仲茅，上元人。万历二十九年进士，曾为光禄寺少卿。

下牢古溪口，幽微若有无。古采易短艇，宛披桃园图。洞里天地阔，洞外日月长。峡山驱涛来，平楚青茫茫。

三游洞 明 陈尔鼎

陈尔鼎，字台山。监生，曾为鸿胪寺序班。祖父陈邦靖与张居正（1525—1582）为好友。

胜迹何年辟，游人自古今。三分吴蜀垒，千载白苏吟。径曲藤为引，碑残鸟共寻。不图尘境外，如许卧云深。

游三游洞 明 杨嗣昌

杨嗣昌（1588—1641），字文弱，一字子微，湖广武陵（今湖南常德）人。万历三十八年进士，曾为兵部尚书。

青鞵踏著旧因缘，欲话游踪恰悄然。家近半千身半百，酒醒中夜月中天。但看草草劳人梦，独讶星星圣主怜。安得功成棹归去，前溪忽逗武陵烟。（《沅湘耆旧集》）

三游洞　清　何毓秀

何毓秀，字钟岳，号岱樵，东湖人。康熙五十二年武进士，曾为江西都司。

化工留胜迹，骚客费登临。碑碣存鱼豕，壶天自古今。阴岩流水静，风磴落花深。抚景怀元白，他时共此心。

三游洞　清　严思浚

蜀山如戟水如烟，脉过西陵古洞巅。出峡泉分流乍合，临崖路断势不连。鲸鼍响自林间出，雄鸡声从树梢传。元旦幽踪谁接武，摩娑旧碣意茫然。

平西往事几风烟，剩有荒城压楚巅。回首关山空窃据，伤心壁垒尚钩连。云开元喜猿烽净，波撼犹惊战鼓传。更上桓侯台上望，英雄竖子总纷然。

三游洞　清　商盘

元白与苏黄，胜事符唐宋。惭非诸老才，独访三游洞。（《质园诗集》）

三游洞　清　毕沅

春草回青缘涧曲，盘萦仄径不容足。山深景僻少行人，两耳松涛声谡谡。枯藤挂壁蟠蛟螭，呀然古洞石棱簇。手携铁杖才到门，惊起一双红蝙蝠。嵌空阒寂土花鲑，疑入多年锁闭屋。云根大小纵复横，蹲者如猴卧如鹿。但听潺湲不见泉，地中知有灵源洑。毕竟幽深气候殊，冷侵袍襖肌生粟。外望虚岚遮几层，日光射处团浓绿。因寻前代留题文，携得长笺细誊录。元白当年成胜游，苏黄继起踵高躅。后先至此皆三人，今日冥搜让予独。爱吟长句亲幽怀，擘窠划破苍岩腹。未审他时更阿谁，壁端细剔寒苔读。

游三洞 清 林有彬

蚕丛来万里，势尽西陵山。负江临下牢，溪曲喷飞泉。混沌凿古窍，羲皇失愚贤。乳突悬钟磬，沙脊画陌阡。遥瞩古荒垒，青磷生寒烟。摩挲对绝壁，镌琢忘真筌。嗟嗟石篆啮，姓字难与传。日仄循故步，履滑却复前。山腰缀村落，竹坞流清溪。驾言登桴筏，天风为飒然。

访三游洞 同前

朝踏赤矶头，溯舟寻往躅。欸乃一声动，春江山水绿。群峰天上来，连鳌对追逐。礲牙峙虎头，峡口忽如束。舍舟陟崭岩，峭厈步屡蹙。灰径剧窈窕，蒙密纷猬缩。石罅伛偻过，峰回路下曲。巨洞闯然开，豁若覆莲屋。轩举上层霄，具崖骇俯瞩。斗然万山立，苍翠向人扑。流响何潺湲，下牢溪共麓。曲折争赴江，嗟哉同灦汭。怪石森嶙峋，诘诡难更仆。或仰如熊经，或蹲如虎伏。或磧礨其形，或雌繇其族。谁能状精灵，庶几然犀烛。突兀三柱擎，方圜势矗矗。桀曲郁土囊，雄风撼地轴。

忽闻鼙磬声，雷霆走空谷。谷含谺硿鸣，势欲吞岳𬴊。埽石拂留云，席地溅飞瀑。擸笋行厨耒，醉头夜雨熟。白日匿西山，阴岩寒起粟。悲风啼峡猿，噫气振林木。缅怀长庆人，未成相枨触。破云飞山月，怜奇竟忘宿。

夷陵冬草　清　孙原湘

夷陵风物岁将更，官阁题诗白发明。神女台空寒雨过，水仙祠暗绿芜生。离骚偏漏梅花咏，哀怨常闻竹树声。我亦吟成添楚思，此身何日画中行。

夷陵三游洞　王柏心

巴峡东来胜迹称，香山逸事话夷陵。偶因远宦寻岩壑，暂借闲游聚友朋。云外泉喧幽涧石，酒边月挂断崖藤。多君雅慕前贤躅，遗碣亲搜峭壁登。

编者注：标题为编者所拟。原题作：夷陵三游洞，明人重刻白乐天游记，郑少山携示拓本，为题一诗。

三游洞送展云同年按试施州　同前

兹洞灵所扃，发名自元白。菲直山水滋，兼为别离惜。我来方仲冬，亦送皇华客。客行乘传车，迢迢夜郎隔。遂约穷跻攀，追寻昔贤迹。宾从联簪裾，贾勇共腊屐。峡势从西来，插天亘穹石。开阔劳神工，委蜕不尽骨。余气犹嶙峋，蟠结倍郁勃。始登萝可攀，继进苔不滑。化城开琼楼，仙窦发乳窟。窅奥肃心神，阴森凛毛发。出洞何豁然，俯视蜀江窄。揽之怀袖间，势可吞梁益。山寒难久留，暮色暗林樾。草草各言旋，弭棹未忍发。留诗苍岩间，岁久冀不灭。

三游洞　同前

星轺昔送高轩过，霜磴重探古洞行。石骨凌空分峡势，江流收濑放溪声。仙心忽向灵区发，尘障犹嫌下界生。文采昔贤仍未替，后来谁勒壁间名。

夷陵总戎招游三游洞　清　詹应甲

詹应甲，原名广桃，籍名应甲，字鳞飞，号湘亭，婺源虹关人，寓居吴县（今江苏苏州）。乾隆五十三年举人。曾为恩施县令。

将军有奇思，暇日恣探幽。西山古石洞，心知境殊尤。寂寥榛莽中，路绝不可求。下命选健夫，斸刈寻所由。诘朝整舆马，涉水还登邱。稍近复无蹈，溯江荡扁舟。舟从石罅缆，足向云根投。既蓦千寻岭，载临百丈湫。路转得洞门，气暗风飕飗。玲珑窜鸟鼠，屈曲缘蛟虬。光从足底生，悚如下危楼。巨厂广数武，前崖瞰奔流。石乳立为柱，烟萝结为帱。天钟与地鼓，击之声相侔。其时日迤西，斜阳照觥筹。吹竹调丝弦，巴童发清讴。鸣鹿似遥和，啼猿亦忘愁。酒酣赋新诗，疾书免款遒。不知无始末，山是何人搜。元白遂命名，苏黄继淹留。缅彼数公后，名迹空悠悠。壮哉翩芳躅，胜事争前休。一破万古寂，谁能效兹游。

三游洞 清 贺熙龄

绀壁崚嶒一色秋，豁然中辟洞天幽。高收远轴千层碧，俯瞰长江万古流。定有蛟龙蟠绝涧，拟招猿鹤问前游。残碑断碣摩挲遍，又为山灵半日留。

当年谪宦此悲秋，为访彝陵洞壑幽。苔藓已空人迹去，江山无恙白云留。禅龛古佛寂无语，石乳阴崖寒不流。尚有老僧供茗具，细征往事话三游。

平生蹑屐为探幽，石磴盘空又暮秋。绝壁苍藤风雨暗，虚崖白日鬼神游。坐看云气生荒榻，终古江声滚急流。布袜青鞋从此去，名山何用姓名留。

三游洞 清 贝青乔

始游者三是某某，白傅兄弟及元九。继起三游出一门，苏家父子眉山叟。唐碑宋碣巍然存，费我摩抄千载后。西陵峡前树郁纷，洞窍倒吸牢溪云。天钟地鼓为谁设，却有奇籁空中闻。如此烟霞夙所仰，挽舟招我逆流上。倘教豪兴输古人，吟料何由落吾掌。孑身惟与猿鸟亲，剜苔剔藓题嶙峋。拍手僧堂呼月起，居然对影成三人。

三游洞题刻七古 清 张联桂

张联桂（1838—?），字丹叔，扬州（今江苏扬州）人。官至广西巡抚。

夷陵西上二十里，层峦叠嶂摩天起。挂帆飞渡南津关，三游在望心先喜。前游元白后三苏，洞里遗踪知有无？舍舟陟磴级四百，入门回顾皆危途。门前碑兀列三柱，门中广阔成堂庑。鸿蒙一穹谁开关，疑是当年五丁斧。悬崖环峙若翠屏，水珠凝结垂钟乳。凭栏俯视下牢溪，曲折奔流如听雨。我昔分符驻桂林，七星叠彩俱登临。玲珑峭拔斗奇幻，较之此洞尤宏深。惜哉名贤足未到，至今胜景少知音。山川显晦亦有幸，风云离合原无心。仰看红日忽西坠，行厨进酒开烦襟。君不见残碑断碣字剥落，几人名姓同岩壑？更上高峰发啸歌，风吹下界惊鸾鹤。

从王子寿先生入三游洞　清　杨毓秀

杨毓秀（1842—?），字子坚，东湖县人。恩贡生，曾为张之洞所称赏。

王乔援我手，仙窟历崔巍。洞气冬偏燠，山花冷更开。细泉惊雨落，怪石趁人来。上界乘人乐，还倾玉液杯。

三游洞　清　张盛藻

张盛藻，字素君，号春陔，湖北枝江县人。光绪二十三年拔贡，官至温州府知府。

探奇好怪入山行，百尺悬岩万古撑。凿断云根成石路，飞来雨点杂泉声。阴崖昼尽龙犹蛰，仙洞春幽鼠不惊。独立苍茫寻旧迹，连逢落日大江横。（《晚晴簃诗汇》）

三游洞 清 赵崇晋

赵崇晋，湖北宜昌府东湖县人。光绪二十三年署务四川。

为访仙踪泛小船，停桡暂泊峡江边。何来钟鼓留虚籁，无数峰峦起暮烟。元白此中同挥足，苏黄以外孰随肩。长流幸有清溪水，石濑声声入洞天。

三游洞 清 顾槐

关出西浦溯上流，争传唐宋两番游。悬泉百道冲江底，曲磴千寻步岭头。恍若飞仙云作幕，豁然空洞石成楼。天钟地鼓神工巧，凉夏温多瑞气浮。久伴老僧忘岁月，长识古佛阅春秋。棋残最爱寻谿壑，茗熟何妨试瓦瓯。暂借高轩连日卧，能消清福几生修。耸将诗骨癯于鹤，養到闲情冷似鸥。郭坝烟销堪远瞩，牢溪船近莫勾留。草园因陋新开径，望益联吟话旧俦。

题三游洞 清 林旭

林旭（？—1898），光绪十九年举人。戊戌六君子之一。

闭门不看宜州山，临去还来访窟颜。聊欲向僧寻枕簟，溪轩暂卧听潺潺。（《晚翠轩集》）

三游洞 清 郭相业

觅得南津载月舟，风帆摇曳溯江流。云归绝涧遗荒垒，乳滴残岩老素秋。大溥才名山鬼护，元和胜迹暮烟留。停杯欲问桃源路，一梦萧萧枕石头。

三游洞 清 王卜年

显晦有时，标名所由。江浩而动，溪安以流。云深洞口，灭没孤舟。登涉草草，古今一坵。石苔滑履，岩翠到眸。若无素契，坐山增愁。远山遥睇，樵子清幽。夏涨春温，岩雪深秋。等为陈迹，邈哉三游。我怀独往，孤兴谁俦。

三游洞 清 周邦新

面岸屹立，往来所由。洞悬岩半，江豁溪流。入峡见石，开云见舟。烟深雾老，天地芳坵。浅草茫茫，遥遥两眸。可与历静，难与忘愁。水伏山岩，无人自幽。断碑残石，萧然几秋。望而莫即，心怀所游。念兹混茫，孰与为俦。

三游洞 清 王化浚

天然山骨，披扶何由。洞呈岩磴，江截溪流。涛声护翠，岚气笼舟。参差残碣，致况荒坵。晴云天外，野草盈眸。樵人上下，客子忘愁。烟含云静，藤施松幽。除苔寻迹，名字千秋。匪我言迈，惟子是游。扪萝以往，和彼同俦。

游峡州三游洞 易顺鼎

江回滩始高，峡转山更密。小船似鸥凫，破浪双桨急。三游洞躄古，探胜今方必。昔贤偶停舟，枯僧还筑室。危磴趾不双，空岩响非一。怪石常倒悬，行人尽斜出。峡中一线天，到此惊俱失。钟乳如柱垂，岁久洞门窒。不知何年苔，浓阴过佛膝。却愁佛坐处，终古黑如漆。阴崖见题字，秉烛读难悉。道人开山窗，知有云外日。忽闻声汹怒，疑是江奔汨。见溪不见江，岸影郁嵷崒。想当月上时，溪响增憭栗。幽寒无人境，未死身已毕。何年借茅庵，于此拾橡栗。野童若猿麋，见客惊欲逸。慎忽相憎嫌，终当结俦匹。

题三游洞 同前

元白停舟地，苏黄著屐区。鸿泥唐逮宋，鸟道蜀通吴。高浪雷霆斗，阴崖日夜逋。清游成独往，足傲昔贤无。

附　文

序三游洞　唐　白居易

平淮西之明年冬，予自江州司马授忠州刺史，微之自通州司马授虢州长史。又明年春，各祗命之郡，与知退偕行。三月十日，三会于夷陵。翌日，微之反棹，送予至下牢戍。

又翌日，将别未忍，引舟上下者久之。酒酣，闻石间泉声，因舍棹进，策步入缺岸。初见石，如叠如削；其怪者，如引臂，如垂幢。次见泉，如泻如洒；其奇者，如悬练，如不绝线。遂相与维舟岩下，率仆夫芟芜刈翳，梯危缒滑，休而复上者凡四五焉。仰睇俯察，绝无人迹，但水石相薄，磷磷凿凿，跳珠溅玉，惊动耳目。自未讫戌，爱不能去。俄而峡山昏黑，云破月出，光气含吐，互相明灭，晶莹玲珑，象生其中。虽有敏口，不能名状。

既而通夕不寐，迨旦将去，怜奇惜别，且叹且言。知退曰："斯境胜绝，天地间其有几乎？如之何俯通津，绵岁代，寂寥委置，罕有到者乎？"予曰："借此喻彼，可为长太息者，岂独是哉？"微之曰："诚哉是言！矧吾人难相逢，斯境不易得，今两偶于是，得无述乎？请各赋古调诗二十韵，书于石壁。"仍命予序而纪之。又以吾三人始游，故目为"三游洞"。洞在峡州上二十里北峰下，两崖相嵚间。欲将来好事者知，故备书其事。

峡州至喜亭记 宋 欧阳修

蜀于五代为僭国，以险为虞，以富自足，舟车之迹不通乎中国者五十有九年。宋受天命，一海内，四方次第平，太祖改元之三年，始平蜀。然后蜀之丝织文之富，衣被于天下，而贡输商旅之往来者，陆辇秦、凤、水道岷江，不绝于万里之外。

岷江之来，合蜀众水，出三峡为荆江，倾折回直，捍怒斗激，束之为湍，触之为旋。顺流之舟顷刻数百里，不及顾视，一失毫厘与崖石遇，则糜溃漂没不见踪迹。故凡蜀之可以充内府、供京师而移用乎诸州者，皆陆出，而其羡余不急之物，乃下于江，若弃之然，其为险且不测如此。夷陵为州，当峡口，江出峡始温为平流。故舟人至此者，必沥酒再拜相贺，以为更生。

尚书虞部郎中朱公再治是州之三月，作至喜亭于江津，以为舟者之停留也。且志夫天下之大险，至此而始平夷，以为行人之喜幸。夷陵固为下州，廪与俸皆薄，而僻且远，虽有善政，不足为名誉以资进取。朱公能不以陋而安之，其心又喜夫人之去忧患而就乐易，《诗》所谓“恺悌君子”者矣。自公之来，岁数大丰，因民之余，然后有作，惠于往来，以馆以劳，动不违时，而人有赖，是皆宜书。故凡公之佐吏，因相与谋，而属笔于修焉。

入蜀记（夷陵部分） 宋 陆游

乾道五年十二月六日。得报，差通判夔州。方久病，未堪远役，谋以夏初离乡里。

六年闰五月十八日晚行……

十月六日。过荆门、十二碚，皆高崖绝壁，崭岩突兀，则峡中之险可知矣。过碚，望五龙及鸡笼山，嵯峨正如夏云之奇峰。荆门者，当以险固得名。碚上有石穴，正方，高可通人，俗谓之荆门，则妄也。晚至峡州，泊至喜亭下。峡州在唐为硖州，后改峡，而印文则为陕州。元丰中，郎官何洵直建言：陕与陜相乱，请改铸印文从山。事下少府监，而监丞欧阳发言，湖北之陜州，从阜从夾，（夾从两入。）陕西之陕州，从阜从夹，（夹从两人。）偏旁不同，本不相乱，恐四方谓少府监官皆不识字。当时朝士之议皆是发，而卒从洵直言改铸云。《至喜亭记》，欧阳公撰，黄鲁直书。

七日。见知州右朝奉大夫叶安行字履道。以小舟游西山甘泉寺，竹桥石磴，甚有幽趣，有静练、洗心二亭，下临江，山颇疏豁。法堂之右，小径数十步，至一泉，曰孝妇泉，谓姜诗妻庞氏也。泉上亦有庞氏祠，然欧阳文忠公不以为信，故其诗曰：“丛祠已废姜祠在，事迹难寻楚语讹。”又此篇首章云：“江上孤峰蔽绿萝。”初读之，但谓孤峰蒙藤萝耳，及至此，乃知山下为绿萝溪也。又至汉景帝庙及东山寺，景帝不知何以有庙于此。欧阳公为令时，有祈雨文，在集中。东山寺，亦见欧阳公诗，距望京门五里。寺外一亭，临小池，有山如屏环之，颇佳。亭前冬青及柏，皆百余年物。遂至夷陵县，见县令左从政郎胡振。厅事东至喜堂，郡守朱虞部为欧阳公所筑者，已焚坏。柱础尚存，规模颇雄深。又东，则祠堂，亦简陋，肖像殊不类，可叹。厅事前一井，相传为欧阳公所浚，水极甘寒，为一郡之冠。井旁一楠，合抱，亦传为公手植。晚，郡集于楚塞楼，遍历尔雅台、锦嶂亭。亭前海棠二本，亦百年物。尔雅台者，图经以为郭景纯注《尔雅》于此。又有绛雪亭，取欧阳公《千叶红梨》诗，而红梨已不存矣。

八日。五鼓尽，解船，过下牢关。夹江千峰万嶂，有竞起者，有独拔者，有崩欲压者，有危欲坠者，有横裂者，有直坼者，有凸者，有洼者，有罅者，奇怪不可尽状。初冬草木皆青苍不雕，西望重山如阙，江出其间，则所谓下牢溪也。欧阳文忠公有《下牢律》诗云："入峡水渐曲，转滩山更多。"即此也。系船与诸子及证师登三游洞，蹑石磴二里，其险处不可着脚。洞大如三间屋，有一穴通人过，然阴黑峻险尤可畏。缭山腹，偃偻自岩下，至洞前，差可行。然下临溪潭，石壁十余丈，水声恐人。又一穴，后有壁，可居。钟乳岁久，垂地若柱，正当穴门。上有刻云："黄大临、弟庭坚，同辛纮子大方，绍圣二年三月辛亥来游。"旁石壁上刻云："景祐四年七月十日，夷陵欧阳永叔。"下缺一字。又云"判官丁"，下又缺数字。丁者，宝臣也，字符珍。今丁字下二字，亦仿佛可见，殊不类元珍字。又永叔但曰夷陵，不称令。洞外溪上又有一崩石偃仆，刻云："黄庭坚、弟叔向、子相、侄檠同道人唐履来游，观辛亥旧题，如梦中事也。建中靖国元年三月庚寅。”按鲁直初谪黔南，以绍圣二年过此，岁在乙亥，今云辛亥者误也。泊石牌峡。石穴中，有石如老翁持鱼竿状，略无少异。

九日。微雪，过扇子峡。重山相掩，政如屏风扇，疑以此得名。登虾蟆碚，《水品》所载第四泉是也。虾蟆在山麓，临江，头鼻吻颔绝类，而背脊疱处尤逼真。造物之巧，有如此者。自背上深入，得一洞穴，石色绿润，泉泠泠有声，自洞出，垂虾蟆口鼻间，成水帘入江。是日极寒，岩岭有积雪，而洞中温然如春。碚洞相对稍西，有一峰，孤起侵云，名天柱峰。自此山势稍平，然江岸皆大石堆积，弥望正如浚渠积土状。晚次黄牛庙，山复高峻。村人来卖茶菜者甚众，其中有妇人，皆以青斑布帕首，然颇白晰，语音亦颇正。茶则皆如柴枝草叶，苦不可入口。庙曰灵感，神封嘉应保安侯，皆绍兴以来制书也。其下即无义滩，乱石塞中流，望之可畏。然舟过乃不甚觉，盖操舟之妙也。传云，神佐夏禹治水有功，故食于此。门左右各一石马，颇卑小，以小屋覆之。其右马无左耳，盖欧阳公所见也。庙后丛木，似冬青而非，莫能名者。落叶有黑文，类符篆，叶叶不同，儿辈亦求得数叶。欧诗刻石庙中。又有张文忠一赞，其词曰：“壮哉黄牛，有大神力。辇聚巨石，百千万亿。剑戟齿牙，碨硊江侧。壅激波涛，险不可测。威胁舟人，骇怖失色。封羊酾酒，千载庙食。”张公之意，似谓神聚石壅流以胁人求祭飨。使神之用心果如此，岂能巍然庙食千载乎？盖过论也。夜，舟人来告，请无击更鼓，云庙后山中多虎，闻鼓则出。

十日。早，以特豕、壶酒，祭灵感庙，遂行。过鹿角、虎头、史君诸滩，水缩已三之二，然湍险犹可畏。泊城下，归州秭归县界也。与儿曹步沙上，回望，正见黄牛峡。庙后山如屏风迭，嵯峨插天，第四迭上，有若牛状，其色赤黄。前有一人，如着帽立者。昨日及今早，云冒山顶，至是始见之。因至白沙市慈济院，见主僧志坚，问地名城下之由。云院后有楚故城，今尚在，因相与访之。城在一冈阜上，甚小。南北有门，前临江水，对黄牛峡。城西北一山，蜿蜓回抱，山上有伍子胥庙。大抵自荆以西，子胥庙至多。城下多巧石，如灵壁、湖口之类。

十一日。过达洞滩。滩恶，与骨肉皆乘轿陆行过滩。滩际多奇石，五色粲然可爱，亦或有文成物象及符书者。犹见黄牛峡庙后山。太白诗云："三朝上黄牛，三暮行太迟。三朝又三暮，不觉鬓成丝。"欧阳公云："朝朝暮暮见黄牛，徒使行人过此愁。山高更远望犹见，不是黄牛滞客舟。"盖谚谓："朝见黄牛，暮见黄牛。三朝三暮，黄牛如故。"故二公皆及之。欧阳公自荆渚赴夷陵，而有下牢、三游及虾蟆碚、黄牛庙诗者，盖在官时来游也。故《忆夷陵山》诗云："忆尝只吏役，巨细悉经觏。"其后又云："荒烟下牢戍，百仞塞溪漱。虾蟆喷水帘，甘液胜饮酎。"亦尝到黄牛泊舟听猿狖也。晚泊马肝峡口。两山对立，修耸摩天，略如庐山。江岸多石，百丈萦绊，极难过。夜小雨。（上行）

吴船录（夷陵部分） 宋 范成大

八十里，至黄牛峡。上有洺川庙，黄牛之神也，亦云助禹疏川者。庙背大峰，峻壁之上，有黄迹如牛，一黑迹如人牵之，云此其神也。庙门两石马，一马缺一耳，东坡所书欧阳公梦记及诗甚详。至今人以此马为有灵，甚严惮之。古语云：“朝发黄牛，暮宿黄牛。三朝三暮，黄牛如故。”言其山岧峣，终日犹望见之。欧阳公诗中亦引用此语。然余顺流而下，回首即望断，“如故”之语，亦好事者之言耳。自此以往，峡山尤奇，江道转至黄牛山背，谓之假十二峰。过假十二峰之下，两岸悉是奇峰，不可数计，不可以图画摹写，亦不可以言语形容，超妙胜绝，殆有过巫阳处。欧阳公所以溯峡来游，正不为黄牛庙也。

黄牛峡尽，则扇子峡。虾蟆碚在南壁半山，有石挺出，如大蟆，呿吻向江。泉出蟆背山窦中，漫流背上散下。蟆吻垂颐颔间如水帘以下于江，时水方涨，蟆去江面才丈余，闻水落时，下更有小矶承之。张又新《水品》亦录此泉。蜀士赴廷对，或挹取以为砚水，过此，则峡中滩尽矣。

三十里，得南岸平地，曰平善坝。出峡舟至是皆杈泊，相庆如更生。舟师、篙工皆有犒赐，上下欢然。将吏以刺字通贺，不待至至喜亭也。舟将至平善坝，青天烈日中，忽大风急雨倾盆。食顷，至坝下，风定雨止，晴色如故，若江渎之神相送者。

己巳。发平善坝。三十里，早食。时至峡州。登至喜亭。敝甚，不称坡翁之记。州宅有楚塞楼，山谷所名。古语曰：“荆门虎牙，楚之西塞。”夷陵即其地。自古以为重镇。三国时，又为吴之西陵。陆逊以为夷陵要害，国之关限。今吴、蜀共道此地，但为蕞尔荒垒耳。

郡圃又有尔雅台，相传郭景纯注《尔雅》于此。台对一尖峰，曰郭道山，景纯所居也。

夷陵县有欧阳公草堂一间，亦已圮坏。

对江渡即登峡山，陆路之始也。向余入蜀时，以涨江不可溯，自此徒行，备尝艰厄。过渡有甘泉寺，山上有泉及姜诗妻庞氏祠，相传为涌泉跃鲤之地。傍近又有姜诗泉，此地之信否，未可决也。

百四十里，至杨木寨，宿。向离蜀都至汉嘉，则江之两岸皆山矣。入夔州，则山忽陡高，无不摩云者。自嘉以来，东西三千里，南北绵亘，以入蕃夷之界，又莫知其几千里，不知其几千万峰，山之多且高大如此，然自出夷陵，至是回首西望，则杳然不复一点，惟苍烟落日，云平无际，有登高怀远之叹而已。（下行）

三游洞记 明　林俊

山自巫峡而东，多奇势。云岭烟龛雪崖，而风窍如笋茁乳垂。悬练张幄，而流苏下缀，如猿狙玃。神楼鬼户，豹虎蚊鼍之状竞妍争媚，相怪险目，左右接不暇。黄牛五峰雄峙，崖影若牛，黄陵庙在焉。

又东，峡水益隘，两石拱人而立，名捎公峡。又东，水渐平，山亦渐乏奇胜，洞隐然。山阴循鸟径曲折数百武，及山之巅。下仄径，崖险以甚逼，俯瞰无底。左掖一人，一人挟右，皆帖石侧行，修绳前引，后者缀捍余于巾，犹足局中心颤，目以眩息。不时贯历数曲，地稍夷。腰折百武出石下，地又夷，穹然一洞。上如覆蓬，高六丈余，广犹其半。奇石墙立，中擎三柱，非圆非方，径可丈余，上广而锐，直下。洞爽以旷如堂，可布三十余席。柱之旁三空，如户联以三奥室。中右室可布四席，左室可布十席。上空若悬，扣之类钟，名天钟；搥其下，音如鼓，所谓地鼓者也。旁横一石，击之如磬。正德庚午，余征蓝贼，道经游焉。从者考击以待，余疑主僧候迎，意会之。皆繇虚发，繇上皆石悬者，大以圆，故如钟；突者，方以小，故如磬；下杂以土，故逢逢然鼓音。室之背有石如床，可卧十许人。西如厨，东如座。凡洞之石，如凿如镂，如穴以出水，如陶室，如复道，如缀珠悬琉，如蟠螭，如刻画云鸟藻火波涛之状，巧雕不能举，丹青者无得而摹写仿佛之也。下横一溪，名下牢，仅闻水声泠泠然地底。又外一山，如台，台中如立笏繇，他亦乏奇胜，洞夺之矣。余玩适久之，留诗三章而去，然其意未尝不在洞也。又明年壬申，东归再游，坐良久。室中钟鼓杂鸣，入听之。二仆携酒一壶，肝若笋二豆而至。余酌酒三，啖肝嚼笋，余均二吏与从而游者。既去，未忍别去。夷彪者，罗佃种，故野，不知余犹在也，手桑弓挟矢，跃洞门而出曰："好妙好妙！"从者目之微笑，余亦笑。既还，从者曰："置之都会何如?"余曰："夫方外而有车辙马迹之尘，人知失其性矣。天秘而地私之，有所谓哉！"先是游者，白乐天兄弟、元微之，后是老泉三父子，故号"三游"。今惟余在焉。

游三游洞记 清 刘大櫆

出夷陵州治，西北陆行二十里，濒大江之左，所谓下牢之关也。路狭不可行，舍舆登舟。舟行里许，闻水声汤汤，出于两崖之间。复舍舟登陆，循仄径曲折以上。穷山之巅，则又自上缒危滑以下。其下地渐平，有大石覆压当道，乃伛俯径石腹以出。出则豁然平旷，而石洞穹起，高六十余尺，广可十二丈。二石柱屹立其口，分为三门，如三楹之室焉。

中室如堂，右室如厨，左室如别馆。其中一石，乳而下垂，扣之，其声如钟。而左室外小石突立正方，扣之如磬。其地石杂以土，撞之则逢逢然鼓音。背有石如床者，可坐。予与二三子浩歌其间，其声轰然，如钟磬助之响者。下视深溪，水声泠然出地底。溪之外翠壁千寻，其下有径，薪采者行歌，缕缕不绝焉。昔白乐天自江州司马徙为忠州刺史，而元微之适自通州将北还，乐天携其弟知退，与微之会于夷陵，饮酒欢甚，留连不忍别去，因共游此洞，洞以此三人得名。其后，欧阳永叔及黄鲁直二公皆以摈斥流离，相继而履其地，或为诗文以纪之。予自顾而嘻，谁摈斥予乎？谁使予之流离而至于此乎？偕予而来者，学使陈公之子曰伯思、仲思。予非陈公，虽欲至此无由，而陈公以守其官未能至，然则其至也，其又有幸有不幸邪？

夫乐天、微之辈，世俗之所谓伟人，能赫然取名位于一时，故凡其足迹所经，皆有以传于后世，而地得因人以显。若予者，虽其穷幽陟险，与虫鸟之适去适来何异？虽然，山川之胜，使其生于通者大邑，则好游者踵相接也；顾乃置之于荒遐僻陋之区，美好不外见，而人亦无以亲炙其光。呜呼！此岂一人之不幸也哉？

三峡竹枝词

《竹枝》本出于巴渝。唐贞元中，刘禹锡在沅湘，以俚歌鄙陋，乃依骚人《九歌》作《竹枝》新辞九章，教里中儿歌之，由是盛于贞元、元和之间。禹锡曰："竹枝，巴歈也。巴儿联歌，吹短笛、击鼓以赴节。歌者扬袂睢舞，其音协黄钟羽。末如吴声，含思宛转，有淇濮之艳焉。"

竹枝曲　唐　顾况

顾况，字逋翁，号华阳真逸。海盐（今属苏州）人。至德二载进士，曾为著作佐郎。

帝子苍梧不复归，洞庭叶下荆云飞。巴人夜唱竹枝后，肠断晓猿声渐稀。（《全唐诗》）

竹枝词　唐　李涉

荆门滩急水潺潺，两岸猿啼烟满山。渡头少年应官去，月落西陵望不还。

巫峡云开神女祠，绿潭红树影参差。不劳戍口初相问，无义滩头剩别离。

石壁千重树万重，白云斜掩碧芙蓉。昭君溪上年年月，偏照婵娟色最浓。

十二峰头月欲低，空聆滩上子规啼。孤舟一夜东归客，泣向东风忆建溪。

竹枝词四首 唐 白居易

瞿唐峡口水烟低，白帝城头月向西。唱到竹枝声咽处，寒猿暗鸟一时啼。

竹枝苦怨怨何人，夜静山空歇又闻。蛮儿巴女齐声唱，愁杀江楼病使君。

巴东船舫上巴西，波面风生雨脚齐。水蓼冷花红簇簇，江蓠湿叶碧凄凄。

江畔谁人唱竹枝，前声断咽后声迟。怪来调苦缘词苦，多是通州司马诗。

竹　枝 唐 皇甫松

皇甫松，字子奇，自号檀栾子，睦州新安（今浙江淳安）人。皇甫湜（777—835）之子。

槟榔花发（竹枝）鹧鸪啼（女儿），雄飞烟瘴（竹枝）雌亦飞（女儿）。木棉花尽（竹枝）荔支垂（女儿），千花万花（竹枝）待郎归（女儿）。

芙蓉并蒂（竹枝）一心连（女儿），花侵槅子（竹枝）眼应穿（女儿）。筵中蜡烛（竹枝）泪珠红（女儿），合欢桃核（竹枝）两人同（女儿）。

斜江风起（竹枝）动横波（女儿），劈开莲子（竹枝）苦心多（女儿）。山头桃花（竹枝）谷底杏（女儿），两花窈窕（竹枝）遥相映（女儿）。

编者注：竹枝、女儿，唱竹枝歌时随和之声。

竹枝二首　宋　孙光宪

孙光宪（901—968），字孟文，自号葆光子，陵州贵平（今属四川仁寿）人。曾为黄州刺使。

门前春水（竹枝）白蘋花（女儿），岸上无人（竹枝）小艇斜（女儿）。商女经过（竹枝）江欲暮（女儿），散抛残食（竹枝）饲神鸦（女儿）。

乱绳千结（竹枝）绊人深（女儿），越罗万丈（竹枝）表长寻（女儿）。杨柳在身（竹枝）垂意绪（女儿），藕花落尽（竹枝）见莲心（女儿）。

竹枝歌　宋　苏轼

苍梧山高湘水深，中原北望度千岑。帝子南游飘不返，惟有苍苍枫桂林。

枫叶萧萧桂叶碧，万里远来超莫及。乘龙上天去无踪，草木无情空寄泣。

水滨击鼓何喧阗，相将扣水求屈原。屈原已死今千载，满船哀唱似当年。

海滨长鲸径千尺，食人为粮安可入？招君不归海水深，海鱼岂解哀忠直？

吁嗟忠直死无人，可怜怀王西入秦。秦关已闭无归日，章华不复见车轮。

君王去时箫鼓咽，父老送君车轴折。千里逃归迷故乡，南公哀痛弹长铗。

三户亡秦信不虚，一朝兵起尽欢呼。当时项羽年最少，提剑本是耕田夫。

横行天下竟何事，弃马乌江马垂涕。项王已死无故人，首入汉庭身委地。

富贵荣华岂足多，至今惟有冢嵯峨。故国凄凉人事改，楚乡千古为悲歌。

原序：《竹枝歌》本楚声，幽怨恻怛，若有所深悲者。岂亦往者之所见有足怨者与？夫伤二妃而哀屈原，思怀王而怜项羽，此亦楚人之意相传而然者。且其山川风俗鄙野勤苦之态，固已见于前人之作与今子由之诗。故特缘楚人畴昔之意，为一篇九章，以补其所未道者。

竹枝词 同前

自过鬼门关外天，命同人鲊瓮头船。北人堕泪南人笑，青嶂无梯闻杜鹃。（《三苏全集》）

竹枝歌 宋 苏辙

舟行千里不至楚，忽闻竹枝皆楚语。楚言啁哳安可分，江中明月多风露。

扁舟日落驻平沙，茅屋竹篱三四家。连舂并汲各无语，齐唱竹枝如有嗟。

可怜楚人足悲诉，岁乐年丰尔何苦。钓鱼长江江水深，耕田种麦畏狼虎。

俚人风俗非中原，处子不嫁如等闲。双鬓垂顶发已白，负水采薪长苦艰。

上山采薪多荆棘，负水入溪波浪黑。天寒斫木手如龟，水重还家足无力。

山深瘴暖霜露干，夜长无衣犹苦寒。平生有似麋与鹿，一旦白发已百年。

江上乘舟何处客，列肆喧哗占平碛。远来忽去不记州，罢市归船不相识。

去家千里未能归，忽听长歌皆惨凄。空船独宿无与语，月满长江归路迷。

路迷乡思渺何极，长怨歌声苦凄急。不知歌者乐与悲，远客乍闻皆掩泣。

竹枝词二首　宋　黄庭坚

撑崖拄谷蝮蛇愁，入箐攀天猿掉头。鬼门关外莫言远，五十三驿是皇州。

浮云一百八盘萦，落日四十八渡明。鬼门关外莫言远，四海一家皆弟兄。

原跋：古乐府有："巴东三峡巫峡长，猿啼三声泪沾裳"，但以抑怨之音和为数叠，惜其声今不传。予自荆州上峡入黔中，备尝山川险阻，因作二叠传与巴娘，令其以《竹枝》歌之。前一叠可和云："鬼门关外莫言远，五十三驿是皇州。"后一叠可和云："鬼门关外莫言远，四海一家皆弟兄。"或各用四句入《阳关》《小秦王》，亦可歌也。

梦李白诵竹枝词三叠　同前

一声望帝花片飞，万里明妃雪打围。马上胡儿那解听，琵琶应道不如归。

竹竿坡面蛇倒退，摩围山腰胡孙愁。杜鹃无血可续泪，何日金鸡赦九州。

命轻人鲊瓮头船，日瘦鬼门关外天。北人堕泪南人笑，青壁无梯闻杜鹃。

原序：余既作《竹枝词》，夜宿歌乐驿，梦李白相见于山间，曰："予往谪夜郎，于此闻杜鹃，作《竹枝词》三叠，世传之不?"予细忆集中无有，请三诵，乃得之。

竹枝词二首　同前

三峡猿声泪欲流，夔州竹枝解人愁。渠侬自有回天力，不学垂杨绕指柔。

塞上柳枝且莫歌，夔州竹枝奈愁何。虚心相待莫相误，岁寒望君一来过。

竹枝词三首　同前

南窗读书声吾伊，北窗见月歌竹枝。我家白发问乌鹊，他家红妆占蛛丝。

屋山啼乌儿当归，玉钗罥蛛郎马嘶。去时灯火正月半，阶前雪消萱草齐。

勃姑夫妇喜相唤，街头雪泥即渐干。已放游丝高百尺，不应桃李尚春寒。

竹枝词　宋　李邦献

李邦献，字士举，河阳（今河南孟县）人。乾道六年曾为兴元路提点刑狱。

江上渔舟叶叶轻，峡中云雨晚凉生。长亭宴罢客归去，桂树夕阳啼鸟声。

夔州竹枝歌九首　宋　范成大

五月五日岚气开，南门竞船争看来。云安酒浓曲米贱，家家扶得醉人归。

赤甲白盐碧丛丛，半山人家草木风。榴花满山红似火，荔子天凉未肯红。

新城果园连瀼西，枇杷压枝杏子肥。半青半黄朝出卖，日午买盐沽酒归。

瘿妇趁墟城里来，十十五五市南街。行人莫笑女粗丑，儿郎自与买银钗。

白头老媪篸红花，黑头女娘三髻丫。背上儿眠上山去，采桑已闲当采茶。

百衲畲山青间红，粟茎成穗豆成丛。东屯平田粳米软，不到贫人饭甑中。

白帝庙前无旧城，荒山野草古今情。只余峡口一堆石，恰似人心未肯平。

滟滪如朴瞿唐深，鱼复阵图江水心。大昌盐船出巫峡，十日溯流无信音。

当筵女儿歌竹枝，一声三叠客忘归。万里桥边有船到，绣罗衣服生光辉。

巫山竹枝二首 宋 李埴

封崇岭上细腰宫，遗老相传祭鬻熊。一炬牧儿今抵处，年年青草长春风。

阳台门前六律山，女郎吹笛翠微间。日斜酒散同归去，笑插花枝满鬓鬟。（《巫山县志》）

竹枝歌 元 孙嵩

滟滪滩头君莫行，瞿塘峡里不论程。龙吟小雨蜀天黑，等有明朝春水生。

行尽三巴三曲头，一滩自有一生愁。明朝已过巴陵岸，更宿江陵渔笛洲。

云外猩猩何处声，终朝出没只深菁。前有悬崖菁几里，行人到此古今情。

汹浪砰雷蛇饮溪，阴崖天暗虎丘泥。万里中原那有此，怜君更过鬼门西。

峡路阴阴无四时，寒云鸟道挂天危。荒亭败驿此何处，望帝江山号子规。

巴子城荒非昔人，公孙何处问遗民。千年惟有武侯碛，留与踏歌行早春。

汉世明妃犹有付，荒祠歌舞与招魂。胡琴好入巴渝曲，万里还乡醽酒樽。

黄牛庙前鸦鹳栖，黄魔宫外枭鹏啼。估客酹神巫妪醉，青林日转风凄凄。

峡山削出青嵯峨，峡水匀成绿不波。顿平山林未能得，奈此猿声朝夕何。

竹枝歌十首　元　汪元量

快风吹我入三巴，桂櫂兰桡倚暮花。一道月明天似水，湘灵鼓瑟下长沙。

贾谊祠前酹酒樽，汨罗江上吊骚魂。耒阳更有一抔土，行路人传是假坟。

黄陵庙前枫叶丹，黄陵渡头烟水寒。美人万里不相见，月子弯弯只自看。

柘枝舞罢竹枝歌，风烛须臾奈尔何。马玉池中鸿雁密，定王台上骆驼多。

落木萧萧风怒号，平沙漠漠雁腥臊。湘江秋水澄如练，山鬼嚣时山月高。

湘江日落乱帆飞，不向东归便北归。杨柳渡头村店里，青裙女子卖乌椑。

湘南湘北蕙花开，树头树底猿乱哀。云巢九疑虞帝庙，雨昏三峡楚王台。

白头渔父白头妻，网得鱼多夜不归。生怕渡官搜着税，巴东转柁向巴西。

弄玉吹箫过洞庭，烟波渺渺接巴陵。朗吟仙子来何处，飞上君山玩月明。

天上人间一梦过，春来秋去奈愁何。铜仙有泪如铅水，不似湘妃竹上多。

伯生约赋竹枝词因再用韵 元 袁桷

君家竹叶江水清，我家竹枝三峡声。三峡水随江上去，回首望乡终眼明。

蔟蔟青帘荡子期，飘飘红杏三月时。青帘红杏总轻薄，自展碧笺书我词。

暮云纤纤如越罗，劝子不去知子何。桃花水深放船了，却忆关山尘土多。

爱君酒滑滑如泥，白眠义手头愈低。南邻琵琶不堪听，自舞柘枝惊春啼。

竹枝歌 元 周巽

滟滪堆前十二滩，滩声破胆落奔湍。巴人缓步牵江去，楚客齐歌行路难。

百丈牵江江岸长，生愁险处是瞿塘。猿啼三声齐堕泪，路转九回空断肠。

蜀江水落石槎牙，南船几日到三巴。云绕巫山不成雨，霜凋锦树胜如霞。

霜叶如花满眼飘，巴童歌驻木兰桡。水来峡口滩方急，船到夔州路更遥。

夔州日落听啼乌，乱石空围八阵图。傍渚行行访遗迹，武侯奇才天下无。

巫山秀色碧崔嵬，客子行舟望楚台。行云行雨几朝暮，不见台前神女来。

迭嶂连云气势高，江心巨石吼洪涛。怪底终年行路者，艰危如此不辞劳。

锦江一道送春来，梅花落尽桃花开。无奈客程归未得，树头树尾鸟声哀。

杜宇催归不暂休，宦情羁思两悠悠。相如此日题桥去，空遣文君吟白头。

江流锦水百花香，落日微吟近草堂。少陵心苦愁难着，望帝魂消思不忘。

竹枝词　明　刘基

人间日月去如梭，快活无多辛苦多。欲识江南古来意，请君听唱竹枝歌。

相思无益莫相思，赢得霜髯换黑髭。明月自圆还自缺，蚌胎瘦减有谁知。

阳台云雨漫荒唐，巫峡啼猿枉断肠。莫向苍梧山下去，九疑愁色满潇湘。

潇湘江水接天河，第一伤心是汨罗。斑竹冈头兰蕙死，黄茅垅上艾蒿多。

荣华未必是荣华，园里甜瓜生苦瓜。记得水边枯楠树，也曾发叶吐鲜花。

若要开花须护持，花枝怕雨怕风吹。抽条结蕊千辛苦，糁土埋苔一霎时。

弯弯月子似帘钩，挂在梧桐树上头。月里姮娥知何处，人间离别未为愁。

昨夜星光照湿泥，五更依旧雨凄凄。懊恼人心难测度，说道东方却在西。

杜鹃花开不著忙，石莲花落却恓惶。垆头酒尽休悬望，裁衣无尺莫思量。

莫见干藤道是香，莫见白石道是羊。布帘卖酒齐夸好，甜辣须还到口尝。

鼋鼍在水虎在山，登山入木早防闲。别有一般真叵耐，虾蟆生在月中间。

望帝无端化羽毛，无朝无暮口嘈嘈。见说天高三万物，吻干舌出也徒劳。

竹枝词二首　明　丁鹤年

丁鹤年（1335—1424），字永庚，号友鹤山人，武昌人。京城老字号“鹤年堂”创始人。

竹鸡啼处一声声，山雨来时郎欲行。蜀天恰似离人眼，十日都无一日晴。

水上摘莲青滴滴，泥中采藕白纤纤。却笑同根不同味，莲心清苦藕芽甜。

竹枝歌六首　明　高启

蜀山消雪蜀江深，郎来妾去斗歌吟。峡中自古多情地，楚王神女在山阴。

鱼复浦上石累累，恰似侬心无转回。船归莫道上滩恶，自牵百丈取郎来。

江水出峡过夔州，长流直到海东头。郎行若有思家日，应教江水复西流。

踯躅花红鹎鸥飞，黄牛庙下见郎稀。大艑摊钱卖盐去，短钗簪叶负薪归。

妾爱看花下渚宫，郎思沽酒醉临邛。春衣未织机中锦，只是长丝那得缝。

枫林树树有猿啼，若个听来不惨凄。今夜郎舟宿何处，巴东不在定巴西。（《高太史大全集》）

竹枝词　明　黎贞

瞿塘猿声天上哀，白帝城下水如雷。百櫂漩涡人鲊瓮，莫著郎船八月来。（《秋波先生诗集》）

竹枝词　明　胡俨

胡俨（1360—1443），字若思，南昌人。洪武间举人。曾为国子监祭酒。

湖上闻郎歌竹枝，湖中莲艇便轻移。却言郎度潇湘去，折得荷花空泪垂。

闻郎昨夜下巴东，烟树苍苍山万重。一片阳云飞不定，不知何处有郎踪。

船头烟暝浪花飞，船里风来雨湿衣。独棹兰桡下莲渚，迎郎不见又空归。

荷叶亭亭秋色阑，露珠风荡不成团。自怜颜色非前日，羞把新妆临水看。

竹枝歌十首 明 朱有燉

五溪春雨杜鹃时，桂岭雨风八月期。一带湘山南北路，请郎听唱竹枝词。

竹枝词里怨东风，巫岭嵯峨碧汉中。不见朝云并暮雨，阳台寂寞楚襄宫。

春风满山花正开，春衫女儿红杏腮。侬家盈浆过江去，为询阿郎来不来。

巴山后面竹鸡啼，巴水前头沙鸟栖。巴山巴水到郎处，闻郎又过石门溪。

妾家住在瞿塘峰，郎隔巫山十二重。漏网无鱼难得鲙，破衫何日是重缝。

竹枝袅娜泛清风，竹枝凄凉烟雨中。竹叶可怜堪寄恨，满林常见绿莑莑。

小窗低户深深院，细雨轻云薄薄晴。良夜独眠还独起，薄情深怨到天明。

莲池水涸难成藕，枫树无膏不是香。既在异乡非偶伴，问郎何事不还乡。

山呼鸟啼春水生，闻郎船上棹歌声。两岸桃花逐流水，花无情也水无情。

桃花渡头雨一犁，蜀江岩上竹枝低。竹枝风摆如郎意，桃花雨滴似侬啼。（《诚斋录》）

原序：竹枝，巴渝人所唱之曲。唐刘禹锡在沅湘时，闻其俚歌浅陋，乃制竹枝歌，以教晨中小儿女歌之。其音属黄钟羽末，亦若吴声，盛行于真元、元和之年，故后世有《竹枝》乐府也，即今南人所唱山歌。

竹枝词五首 明 王洪

王洪（1380—1420），字希范，钱塘人。洪武三十年进士，闽中十才子之一。

妾貌如花朝暮新，郎心似水荡青春。相逢好是回塘路，荷叶深深不见人。

门前杨柳岩边花，风度逢郎来吃茶。日晚莫□□□□，月明直送到侬家。

荷花浦头春月明，问郎何处唱歌声。月明易缺似郎意，花开不断是侬情。

前年粜米上瞿塘，今岁装盐过岳阳。伴侣相逢终日醉，有钱不似在他乡。

五月瞿塘无客过，黄陵庙前春水多。但使黄金随处有，任它湖海啼风波。（《毅斋诗文集》）

竹枝祠 明 万武

万武（1386—1408），字世忠，浙江定波人。建文二年袭父职，任宁波卫指挥佥事。永乐六年殉职于交趾。

瞿塘峡口放轻舟，两岸猿啼乱竹秋。侬意只如山下石，千年不逐水俱流。（《甬上耆旧诗》）

竹枝词 明 张楷

张楷（1399—1460），字式之，号介庵，慈溪（今属浙江宁波）人。永乐二十二年进士，曾为江西道监察御史。

浮云日日蜀山头，石濑年年蜀水流。家住瞿塘山峡下，惯经风浪不知愁。（《明诗归》）

竹枝词四首 明 陈贽

月落秭归啼树头，巴江日夜自东流。百丈牵船上滩去，风波节节替郎愁。

千重乱石万重滩，自古人称蜀道难。世有征夫堪懊恼，几曾来往怯波澜。

东风开荡一山花，茅屋紫门知几家。鼓响树间朝赛社，烟飘林外早烧畬。

正是侬心叹不平，忽闻江上棹歌声。夕阳回首郎何处，水远山长无限情。（《石仓历代诗选》）

竹枝词二首 明 刘溥

刘溥，字原博，长洲（今江苏苏州）人。曾为太医院吏目，景泰十才子之首。

江心溅溅秋影，烟外亭亭绿痕。帝子祠前别思，鹧鸪声里黄昏。

微风细雨初至，碧水遥天未分。借问黄陵远近，江心一片春阴。

竹枝词 明 童轩

家住东吴白石矶，门前春水浣罗衣。朝来系着木兰棹，闲看鸳鸯作队飞。

石头城外是江滩，滩上行舟候潮难。潮信有时还又至，郎舟一去几时还？

油壁寻芳拂翠蛾，春衫半臂试轻罗。海棠花娇香不露，遮莫狂蜂蛱蝶多。

劝郎切莫上巫峰，劝郎切莫往临邛。临邛少妇解留客，巫山峰高云雨浓。

山桃花开红更红，朝朝愁雨又愁风。花开花谢难相见，春色无边愁杀侬。

蜀江西来一带长，江水无波镜面光。长恨人心不如水，等闲好恶最难量。

西湖荷叶翠盈盈，露重风多荡漾轻。荷叶团团比侬意，露珠不定似郎情。

劝郎水底莫铺绵，劝郎石上莫栽莲。水底铺绵绵易烂，石上栽莲根不坚。（《清风亭稿》）

竹枝词三首 明 江源

郎游巴西复巴东，雪消江涨舟凌空。昨来寄得平安字，更说艰难愁杀侬。

闻道襄阳物物春，一丛郎云无音尘。劝郎莫向大堤去，女儿花艳能迷人。

八月秋风汉使槎，忆郎身世在天涯。三巴三峡莫云远，四海梯航今一家。（《桂轩藁》）

巴人竹枝歌十首　明　王廷相

江草江花满眼新，不知郎处几多春。愁来欲上东峰望，上到东峰愁杀人。

郎在荆门妾在家，年年江上望归槎。荼蘼种得高如妾，纵有春风枉却花。

郎上瞿塘侬自愁，生憎风水打船头。江灵若解渠侬意，郎若来时水不流。

野鸭唼唼一双飞，飞到侬池不肯归。莫共鸳鸯斗毛羽，鸳鸯情性世间稀。

赤霞帘幙晚氛氲，欲换春衣怕自熏。随意秋千寒食下，桃花妒杀石榴裙。

杨花作雪草连天，郎下荆吴又一年。江上浣纱郎不见，问郎错问下江船。

侬家门口百花开，不怪山禽日日来。春梦近来消息好，天涯倘有玉书回。

神女襄王彼一时，楚宫巫峡梦中期。侬今欲化行云去，恐到君边君不知。

越人江口海潮生，尽说风波不可行。郎若还家须报我，迎郎先到豫章城。

蒲子花开莲叶齐，闻郎船已过巴西。郎看明月是侬意，到处随郎郎不知。（《王氏家藏集》）

竹枝词 明 何景明

十二峰头秋草荒，冷烟寒月过瞿塘。青枫江上孤舟客，不听猿啼亦断肠。

竹枝词九首 明 杨慎

夔州府城白帝西，家家楼阁层层梯。冬雪下来不到地，春水生时与树齐。

日照峰头紫雾开，雪消江面绿波来。鱼腹浦边晒网去，麝香山上打柴回。

江头秋色换春风，江上枫林青又红。下水上风来往惯，一年长在马船中。

最高峰顶有人家，冬种蔓菁春采茶。长笑江头来往客，冷风寒雨宿天涯。

清江白石女郎神，门外往来祈赛频。风飐青旗香雨歇，山江花开瑶草春。

红妆女伴碧江滨，蕙草花簪茜草裙。西舍东邻同夜烛，吹笙打鼓赛朝云。

神女峰前江水深，襄王此地几沉吟。晔花温玉朝朝态，翠壁丹枫夜夜心。

上峡舟航风浪多，送郎行去为郎歌。白盐红锦多多载，危石高滩稳稳过。

无义滩头风浪收，黄云开处见黄牛。白波一道青峰里，听尽猿声是峡州。

竹枝词四首　明　苏祐

依依江柳弄烟丝，粲粲江花映行枝。莫把竹枝翻别调，转愁折柳送行时。

银钥金鱼钻寂寥，兰香宝鸭散飘飘。绿窗残梦虚惊觉，肠断高楼碧玉箫。

钿蝉金雁惜春华，寂寞东风到妾家。惟有江头明月色，夜深共对木兰花。

巫峡迢遥隔暮云，落花飞絮日纷纷。谁人更奏相思曲，缥缈余音不忍闻。（《谷原集》）

归州竹枝词　明　安如山

安如山（1505—1570），字子静，号胶峰，南直隶无锡（今江苏无锡）人。嘉靖八年进士，曾为四川按察司佥事。

人鲊瓮头波放颠，两岸青山青插天。篙师力尽客船破，茅屋老翁方解眠。

竹枝四首　明　范钦

峡水汤汤峡日黄，青袍白帻驾舡郎。那能不费侬招力，一日安流下汉阳。

滟滪堆上水漫天，滟滪堆下好行船。刲羊酾酒来朝事，不道黄陵神不怜。

洛袜湘裙巧样裁，行云行雨楚阳台。流年一去豪华歇，那得襄王入梦来。

万里桥边万里舟，好风明日下渝州。劝君莫唱招商曲，一曲招商双泪流。

巴人竹枝歌 明 杨本仁

杨本仁，字次山，杞县（今属河南开封）人。嘉靖八年进士，曾为广西按察使。

郎一出门思万重，巴江江水波汹汹。不知昨夜泊何处，雨骤风狂愁杀侬。

峡江东去江波横，滟滪堆高尽吃惊。闻说江灵多显圣，郎若过时为铲平。

院里迎春郎手裁，花时郎绕百千回。从郎去后春无力，纵有风吹花不开。

涪江沱江一般深，丈夫见金多爱金。有消无息年年去，愁水愁风夜夜心。

西邻少妇日相从，等闲不放懊恼容。渠家郎婿前宿到，荼蘼满头笑见侬。

妾种合欢那为欢，种时唯恐开时难。自从郎去底心结，满树花开无眼看。

问着夷陵江上航，闻郎前月下浔阳。转身裙绀鼠耳草，为郎懊恼却思郎。

春风杨柳大堤头，堤上何人作酒楼。凭谁为伐堤边柳，系尽南来北去舟。

郎去亲说九月归，东风花柳沾人衣。愁来错打池边过，无数鸳鸯底任飞。

江上帆樯麻似齐，烟波望望妾心迷。何如化作江中水，郎若东时侬不西。

闻说荆门江怒雷，思郎万事心如灰。阻风阻雨程难定，郎好从郎几日回。

曾将娇艳比花枝，花过百朝失故姿。黄金难买春长在，郎若来时共铺縻。（《少室山人集》）

竹枝词三首　明　徐渭

徐渭（1521—1593），字文清，改字文长，山阴（今浙江绍兴）人。曾为胡宗宪幕僚。与解缙、杨慎并称“明代三才子”。

秋日高城大道边，黄花无处不金钱。撩钿惹鬓无他事，只助青楼镜里妍。

高楼一曲下塘词，绝胜瞿塘歌竹枝，瞿塘梦中空莫雨，下塘台上有西施。

弄玉吹箫在凤楼，凤鬟度曲亦悠悠。略攒秋月双蛾晓，直遏行云一雁秋。

竹枝词　明　何东序

缥缈巫山十二峰，双云夙结楚王宫。灵妃若有重来日，肯放一峰过浙东。（《九愚山房诗集》）

竹枝词　明　周光镐

周光镐（1536－1616），字国雍，潮阳（今属广东汕头）人。

隆庆五年进士，曾为南京吏部主事。

二月瞿塘春水生，八月瞿塘秋水平，春去郎舟秋又暮，冬来还在汉阳城。

西陵山下石难多，东去郎舟险如何。妾在江头侯风色，教郎好自慎风波。

隔水烟村四五家，岩前水际尽山花。丈夫打鼓操舟去，妇女簪花学种畬。

神女祠前月乍生，刘郎浦上雨初晴。郎舟莫向巫山宿，惹郎朝云暮雨情。（《明农山堂汇草》）

竹枝歌十二首　明　王叔承

王叔承（1537—1601），初名允光，字叔承，晚更名灵岳，字子幻，自号昆仑山人，吴江人。喜游学。

月出江头半掩门，待郎不至又黄昏。夜深忽听巴渝曲，起剔残灯酒尚温。

白帝城高秋月明，黄牛滩急暮潮生。送君万水千山去，独自听猿到五更。

一从荡子客长干，怕说风波五百滩。忽接家书心暗喜，更于封外写平安。

阴阴桃李晚妆迟，万里桥头叫子规。拜月归来人语静，金钗失在竹廊西。

青桑老尽茜花开，新妇看蚕婆不来。织得西川宫样锦，机头先与小姑裁。

杨柳青青酒店门，阿郎吹火妾开樽。千金卖得文章去，不记当时犊鼻裈。

兰桡小小叶为船，荡漾红妆下锦川。泪落清波君不见，秋风吹老并头莲。

生年十五棹能开，那怕瞿唐滟滪堆。郎今晒网桃花渡，奴把鲜鱼换酒来。

点点流萤送落花，春风寂寞断琵琶。人来寄与菖蒲叶，说是成都造纸家。

白盐生井火生畲，女子行商男作家。撞布红衫来换米，满头都插杜鹃花。

绿酒娟娟白玉瓶，酴醾花发语猩猩。竹枝歌断人无那，十二峰头暮雨青。

避人低语卜金钱，侵晓焚香拜佛前。且说嘉陵江水恶，莫教风浪打郎船。(《列朝诗集》)

竹枝词六首　明　唐尧官

唐尧官，字廷俊，号五龙山人，云南晋宁人。嘉靖四十年解元。

瀼东春水瀼西通，江上红楼暮霭中。郎去郎来浑不定，相思日日望征篷。

郎在东吴妾在家，锦堂终日弄琵琶。荼蘼旧是郎亲种，不见郎归只见花。

岁晚瞿塘雪意浓，西飞鸿雁隔三冬。春衣欲寄床头锦，纵有长丝那得缝。

杨花扑地草连天，郎去秦淮又一年。帆影朝朝门前过，不知错认几人船。

巫山十二紫烟重，云雨多情恼杀浓。踯躅沿冈红簇簇，蘼芜夹岸绿茸茸。

江上芙蓉朵朵开，江边鸿鹈去还来。采得并头郎不见，倚舟日暮独徘徊。

竹枝词二首　明　刘常

刘常，字世经，号梦云居士。海盐（今属浙江）人。嘉靖二十三年进士刘凤子。

瞿塘峡口燕双飞，把袂相看恨独违。劝郎好学双飞燕，一度秋风一度归。

送郎万里戍边州，长日相思怕到秋。愿得郎情似皓月，清光夜夜照侬愁。

竹枝词三首　明　沈朝焕

沈朝焕，字伯含，号太玄，仁和泉漳（今属浙江杭州）人。沈楠（1534—1575）长子。万历二十年进士，曾为四川按察佥事。

杜宇声声叫晓烟，拍歌齐唱看花天。襄西万树新杨柳，不系郎心只系船。

盘回千曲上巴东，猿声断续水声中。艓子如梭穿石脚，柁楼江雾湿濛濛。

十二巫山对楚台，雪消春色满江来。一种相思流不去，好似瞿塘滟滪堆。（《古今诗统》）

竹枝词二首　明　吴敏道

吴敏道，字日南，江苏宝应人。万历诸生。

妾家红楼江水边，楼前日到上江船。问人问得郎消息，郎到家时月正圆。

妾家住在锦江旁，锦江流水入瞿塘。吾侬只爱锦江好，瞿塘风波愁杀郎。（《明诗纪事》）

竹枝词六首　明　费尚伊

赤甲白盐山复山，送郎直上百牢关。临行更祝东流水，万里归舟一日还。

瞿塘江上水涟如，日日江头市鲤鱼。拿舟渔子休相讶，怕有狂夫一纸书。

永安宫外草芊芊，无数游人醉管弦。多情女伴闲相约，踏遍春风又一年。

东园桃花开满枝，西园杨柳碧如丝。柳絮似郎今日意，桃花比妾少年时。

白帝城头夜撞钟，寒灯萧瑟伴蛩鸣。邻家小妇频来往，嫁得新妇不似侬。

郎云东吴妾在家，春风孤负几年华。金钿宝靥无心理，独向江头自浣纱。（《市隐园集》）

竹枝词　明　许景樊

许景樊，本名楚姬，号兰雪，别号景樊，朝鲜人。与朱之蕃（？—1624）为同时代人。被称为“近代闺秀第一”“天仙之才”。

永安宫外是层滩，滩上行人多少难。潮信有时应自至，郎舟一去几时还。

家住江南碛石矶，门前流水浣罗衣。朝来闲系木兰棹，贪看鸳鸯相伴飞。（《宫闺文选》）

夔州竹枝词五首 明 何白

何白（1562—1642），字无咎，浙江永嘉人。布衣诗人。

巫山巫峡路难凭，滩一湾来山一层。上峡虽迟来却速，有朝一日下江陵。

滟滪滩偏与水争，水奔石怒作雷鸣。不知呜咽缘何事，好似郎心长不平。

天际遥看是瞿塘，百丈牵江一水长。才过黄牛还白马，争教客鬓不成霜。

人言宋玉恁荒唐，浪传神女下巫阳。秋来好作还家梦，舟过阳台莫漫狂。

酾酒黄陵古庙中，也知来去不相同。上水苦难来水易，愿神莫送下船风。（《汲古堂集》）

西蜀竹枝词 明 徐熥

徐熥，字惟和，闽县（今福建福州）人。万历四十六年举人，徐火勃兄。

杜鹃啼上海棠枝，赤甲山前月落迟。斗帐夜寒春梦醒，笛声吹过竹郎祠。（《幔亭诗集》）

蜀竹枝词　明　徐㶿

巫峡之水巫峡流，瞿塘女儿瞿塘舟。低声唱出巴人曲，唤起江南江北愁。

夔府竹枝词四首　明　曹学佺

曹学佺（1574—1647），字能始，号雁泽，又号石仓剧士，侯官（今属福建福州）人。进士出身，官至礼部尚书。

早看东南暮看西，蜀天只怕上头低。东边日出纯无用，云暗上头三尺泥。

君居北井妾南沱，对面相看隔路多。须趁渔舟过急峡，还随鸟翼上斜坡。

今日峰高云束腰，平平一掌在明朝。朝来出门又如是，侬是好言郎莫焦。

沿江坎上即田畴，满店烧春酒气浮。峨眉五月雪水消，刚让侬家割麦秋。（《御选明诗》）

蜀江竹枝词　明　方若洙

方若洙（1585—1640），字劬生，号莲江，安徽桐城人。贡生。

船头船尾任高低，欸乃声声各不齐。削竹一条听打鼓，急声滩上缓声溪。（《桐旧集》）

竹枝词　明　徐士俊

徐士俊，原名翽，字野君，又字三有、无双，号紫珍道人，又号西湖散人，塘栖（今属浙江杭州）人。工杂剧。崇祯中前后在世。

蜀山高高天际齐，蜀江清清浣客衣。高塘驿中寻梦去，鬼门关上唤魂归。（《两浙輶轩录补遗》）

夔府竹枝词　明　贺覆征

贺覆征，字仲来，丹阳（今江苏丹阳）人。天启恩贡。

亭亭落日万峰前，寂寂长江带远天。几夜东风过白帝，月明犹自上茶船。（《京江耆旧集》）

诵陆放翁夔州竹枝歌用韵八首　明　秦夔

江上春波照眼明，南船北船欢笑声。蜀麻吴盐争贩得，槌鼓张帆冒险行。

荔子山椒夹岸红，少陵遗迹瀼西东。风流文藻今不见，只有江山如画中。

巫山高高十二峰，神女庙荒秋草空。舟人指点到今说，云雨当年入梦中。

巫峡群山高刺天，乱峰重叠少人烟。云埋老树闻啼鸟，花暗晴江失钓船。

瞿塘漫天烟浪多，巴童荡桨唱夷歌。北人初来试新险，奈此满怀愁思何。

垂老双鬟插野花，隔堙蛮女采新茶。家贫胜作商人妇，沦落天涯只自嗟。

中巴之东三月时，满山开遍野花枝。郡人尚忆前丞相，载酒来过山下祠。

琵琶峰头寒日低，白盐山下行人稀。青猿啼在高枝上，估客胡商泪满衣。（《五峰遗稿》）

竹枝词四首　明　魏偁

魏偁，字达卿，号云松，鄞县（今属浙江宁波）人。由府学生贡礼部，廷试第一，授石城县训导。

绿竹绕江江水流，朝朝暮暮只如秋。不知世上炎凉意，有鸟幽栖在上头。

几处行船几处商，瞿塘如马险难当。船行可避瞿塘险，最险人心不可防。

鸡鹉对对恋蒲茸，郎去家门不记侬，野李野桃飘落尽，上滩莫遇石尤风。

好花到处引商船，月子三回缺又圆。郎逐水流常不返，侬如百丈为郎牵。（《石仓历代诗选》）

竹枝歌一首　佚名

江陵市上卖珠花，妾爱珠花插鬓斜。郎若去时千万买，弃与三斤麦颗茶。（《巴东县志》）

竹枝词　明　郑关

郑关，字公启，闽县人。

十二滩头水接天，千山阴雨万山烟。自从前路风浪恶，不敢回头望别船。（《石室遗音蔀斋集》）

竹枝词　明　成氏

成氏，朝鲜人。

空舲滩口雨初晴，巫峡苍苍烟霭平。长恨郎心似潮水，早时才退暮时生。

瀼东瀼西春水长，郎舟已过向瞿塘。巴江峡里猿啼苦，不到三声已断肠。

杨柳含烟灞岸春，年年攀枝赠行人。东风不解伤别离，吹却低枝扫路尘。（《名媛诗归》）

竹枝词　明　陶孟恺

白盐山下水流急，白帝城边枫叶稀。唱断竹枝人不见，山头月落鹧鸪飞。

竹枝歌二首　明　本武孟

阿郎贪唱竹枝歌，只隔巴江一线波。可信阳台有云雨，朝朝暮暮意如何。

江水远通巫峡长，一年几度覆舟航。劝郎莫过黄牛庙，才听猿声即断肠。（《诗渊》）

竹枝词（选一）　清　邱志广

邱志广（1605—1687），字粟海，一字洪区，诸城人。贡生，曾官长清训导。

无端梦里借诗题，雨后坐山半有泥。老却襄王神女去，楚云空过小峰西。（《紫村今体诗钞》）

竹枝词（十首选四）　清　王夫之

暮雨朝云神女峰，三朝三暮黄牛踪。入峡来回看不厌，出峡对面不相逢。

巫山不高瞿塘高，铁错不牢火杖牢。妾意似水水滴冻，郎心如月月生毛。

黄陵庙前斑竹丛，巴丘湖上水连空。生受鹧鸪啼夜雨，生成江兔拜秋风。

巫山欲出三峡中，狼山还隔海门东。何人不打开船鼓，何人解使斗船风。（《船山全集》）

竹　枝　清　毛奇龄

十二峰前（竹枝）十二滩（女儿），嘈嘈急水（竹枝）渡来滩（女儿）。瞿塘看似（竹枝）桃花马（女儿），只少装成（竹枝）八宝鞍（女儿）。

编者注：桃花马：瞿塘春水初涨为桃花水，滟滪有“大如马”之说。

岁时竹枝词 清 胡庭

胡庭，字季子，汾阳（今属山西）人。傅山（1607－1684）门人。

喧天箫鼓及巴巫，竞渡云因屈大夫。抉眼忠魂如有在，当年应悔入勾吴。（《中华竹枝词》）

巴人竹枝词 清 冷士嵋

冷士嵋（1628—1711），字又湄，号秋江，京口（今江苏丹徒）人。诸生，入清不仕。

巫峡巴江春水稠，夕阳影里杜鹃愁。山川到处唱归去，哪个行人不泪流。

峡口巫山枫树深，妾家正住阴山阴。行人莫问巴东路，秋雨秋烟猿昼吟。

巴东竹枝词六首 清 郑日奎

峡中打鱼如种田，却恐鱼分大小年。明朝布纲须风雨，夜半开门起看天。

巫峡山高气窈冥，朝云暮雨几曾停。可怜宋玉流传赋，多少痴人梦未醒。

土墙茅屋俯长溪，乱草青青入楚迷。紫燕黄莺虽不到，春来喜有杜鹃啼。

黄陵峡高风浪颠，客船过此须轻便。负笼争向长年问，若要搬滩早数钱。

东望黄陵西白帝，计程七百未为长。啼猿午夜清堪听，谁道三声断客肠。

无数江中来往船，长年估客各悲欢。下帆已过黄牛峡，上缆犹牵白鹭滩。（《郑静庵先生诗集》）

竹枝词四首 清 李绳远

李绳远（1633—1708），字斯年，号寻壑，浙江秀水人。由诸生入国学，考授州同知。

白帝城头秋树黄，白帝城下月如霜。行人到此愁不尽，肠断中宵思故乡。

巫山十二巫峡长，行云行雨下高唐。不知云雨归何处，梦冷空祠怨楚王。

瞿塘三峡水漫漫，上下行船不忍看。滟滪堆边船上下，下船那比上船难。

山城日暮起炊烟，少女红妆出页泉。家近琵琶岸下住，解吹湘管弄吴弦。

西陵竹枝词四首 清 王士祯

蜀道艰难易白头，羊肠虎臂又黄牛。西陵才过荆门出，听尽猿声是峡州。

峡江三月橹声齐，扣拍哀歌高复低。十二碚边初起沺，日斜还过下牢溪。

编者注：羊肠虎臂：即使君滩。

金钗系接髻丫枋，叉系年年聚此乡。江上夕阳归去晚，白蘋花老卖鲟鳇。

原注：谷以八九月取鲟鳇鱼，先布网而后下，又谓之叉系。其地曰系日枋。

荷灯四面接秋河，犹似秦兵驻绿萝。更说元宵风景好，竹枝歌续采茶歌。

编者注：绿萝：夷陵县治下临峡江，名绿萝溪。

竹枝词二首　清　熊赐履

白帝城边月转低，巫山栖断杜鹃啼。扁舟直下黄牛峡，一夜风吹到鄂溪。

瞿塘峡上乱沙洲，落日孤峰万里游。江上陵娥何处是，推篷遥望洞庭秋。（《经义斋集》）

竹枝词　清　董榕

董榕（1711—1760），字念青，号恒岩，河北丰润人。史称其“读书立政，务实不华”。

瞿塘女子好春游，踏碛犹知忆武侯。八阵图前寻小石，摇摇和风系钗头。

明妃村外草如茵，庞氏江边水似鳞。最是汉家冯邈妇，清风压倒剑南春。

竹枝词四首　清　唐之凤

白帝城边江水平，芳堤遥听踏歌声。兰桡夜半乘风发，楚客还家一日程。

两岸桃花千树红，蜀江春水客船通。桃花开落年年在，春水无情只向东。

巫山巫峡自天开，十二峰前贾客回。共道人心平似水，那知江水过奔雷。

瞿塘峡口草萋萋，万叠寒山路欲迷。商女亦知肠断句，竹枝唱罢黛眉低。

东湖竹枝词四首　清　严思浚

绿萝溪上绿萝低，青青滩边青草齐。杜宇也知归去好，郎行编在蜀江西。

姜诗溪畔踏青行，爱听黄鹂两三声。一自使君新示禁，家家闭户过清明。

编者注：示禁：乾隆二十六年，东湖知县林有席禁革清明郊行歌哭、焚纸钱、插青等风俗。

江干垂柳复垂杨，斜日青帘豆酒香。至喜亭前箫鼓沸，从郎更尝大端阳。

南湖荷芰覆鸳鸯，五月开塘雪藕尝。侬受藕丝终不断，劝郎休恋野花香。

夔州竹枝词二首　清　甘运源

琵琶峡里起江楼，侬自登临楼上头。对面琵琶二十四，何曾弹得寸心愁。

编者注：琵琶峡，传在巫山，然无考，今云阳濒江有琵琶山二十四座，其形如琵琶，疑此为是。

朝从峡口望黄牛，人说黄牛滞客舟。阿郎不及黄牛峡，辛苦风波不转头。

夔州竹枝词四首　清　谷际岐

千层万叠翠屏张，无数青峰对夕阳。一自山名麝香后，山前草木尽芬芳。

四围山气各因时，莫道炎多冷更迟。火烛山前冬月好，风箱峡口暑天宜。

瞿塘滟滪各参差，滩水倒流行转迟。不信年光去如水，东流还有向西时。

估客风波去不还，空船小妇损红颜。郎心冷似峡门月，妾意牢如铁锁关。

演竹枝（选廿一）　清　檀萃

檀萃，字岂田，号默斋，安徽望江（今安徽安庆）人。乾隆二十六年进士，曾为清溪知县。

夔江晴涨发三都，那有城东八阵图。滟滪瞿塘堆尽没，刚存赤甲白盐孤。

经过白帝古城东，为滴盆兰揭短篷。郎挹江波侬挽臂，与郎共作木天公。

黄龙滩说溯沿难，滩庙冥顽那怕官。前面不须鸣鼓角，侬缠篙足翦湘纨。

孔子泉飞散雨丝，朝云一株脚先垂。不须神女安排待，郎病如今未有诗。

原注：巫山东北有圣泉，名孔子泉，下注巫溪。巫山帝女所居，旦为行云，暮为行雨。白傅守忠州时，巫令繁守一题诗神女庙云："忠州刺史今才子，来过巫山定有诗。为报高唐神女道，安排云雨待新词。"仆病未能，非姬故靳之也。

朝云暮雨草萋迷，家在巫山西更西。唱到竹枝声咽处，岭猿林鸟不能啼。

儿住巴山粉坠林，群信江南藕花阴。藕丝萦儿粉魂去，与君万里结同心。

原注：《水经注》：巴有清水穴，巴人以此为粉，贡京师。故世谓江州坠林粉。

问君何自泛官船，来看侬乡五妇山。不识官今有几好，要侬临浦解珠环。

原注：昔梓潼有五女，王遣五丁迎之，山崩，压五丁五女。

鱼腹陵边大木瓜，落牛滩上酒宜赊。与郎进艇傍溪去，跳出羊头鱼上义。

原注：鱼腹故陵木瓜大如屋瓦，落牛滩在故陵岸北。左岸巴乡村人善酿酒，村侧溪出羊头鱼。

前赛巫山蹙画蛾，共郎和词笑相诃。只今风浪满江恶，可是为他云去多。

原注：巫山县东神女祠。

生小瑶姬未许人，禹王一见便相亲。官今屡犯波涛险，何不从他丐六神。

原注：帝之季女名曰瑶姬，未行而亡，封于巫山，精魂为草，实为灵芝。禹治水至此，得遇帝女，授以道要，且锡命紫庭真人。六神者，狂章、童律、虞余、唐辰、黄魔等也。疑真院在神女峰。

巴东三峡涨天衢，闹得侬樯冒险趋。笑煞潘郎逞秋兴，不知生小是樯奴。

七百里中波浪雄，连山两岸不通风。巫峰十二郎难数，侬问丁公与太公。

原注：船中呼梢公为丁公，舵工为太公。

空舲峡上界分明，千载督邮争未平。侬本与郎眠一处，何须攘袂与侬争。

峡里风箱挂绝岩，火埵数尺插如衔。看侬飞上埵能拔，拔出洪荒水一枚。

原注：埵：火箸也。

山上孤坟木尽删，乡人哀叹泪潺湲。阿侬不放郎官蜀，免得人称女望山。

原注：夷道县北有女望山，厥处高显，回眺极目。昔有思妇，夫官于蜀，屡愆归期，登山绝望，忧感而死。乡人哀之，以名此山。

王家阿姐剩村名，底事匆匆告汉京。阿妹只今逐官去，那教青冢落边城。

原注：昭君村在归州。

三声猿叫泪沾衣，万里随官伴水妃。闻道归州归阿秭，侬为阿妹几时归。

原注：归州故秭归，因女媭之归而名也。

险地新滩一剑槭，马肝牛肺俨雕镵。更言红石滩安稳，快到宜昌洗汗衫。

原注：新滩：新崩滩也。岷峨放翁记云：新滩两岸，南曰官漕，北曰龙门，非轻舟无一物不可上下。叶滩在新滩上。新滩下即马肝峡，史君、下虎头、鹿角诸滩而至黄牛。

黄桑洞接玉泉山，神木千章去未还。病得檀郎僵似木，连侬拖入碧云关。

川江往事最心寒，那个风波得两完。胜得张员夫妇处，与郎活抱出前滩。

烟褰雨霁值保秋，青峭奇峰踞上游。行到西陵纡曲处，哀猿啼断楚天流。（《楚庭稗珠录》）

东湖竹枝词（选八）　清　刘士璋

刘士璋，字南赤，江陵人。乾隆三十年拔贡。

峡江过尽楚江开，拍岸排空浪作堆。试上莽陵郭门望，青山南面忽飞来。

西塞葛洲雪浪堆，长年一半住江隈。滩中捩柁侬惊否，至喜亭边酹酒回。

琵琶堰里波光绿，水月庵前草色青。唯有海棠零落人，何时开遍锦鄣亭。

编者注：琵琶堰、水月庵、锦鄣亭，皆为当地名胜。

城外东湖错井庐，笆篱宛转路纡徐。红桃碧柳多留客，况复春波画不如。

范家湖隔大河西，侬爱东湖来寄携。三月浪花青草渡，十分春色绿萝溪。

南湖新涨碧窗虚，杏子枇杷熟夏初。罥网银鳞新上市，西陵五月卖鲥鱼。

大端阳胜小端阳，乌榜江舷出靓妆。两岸游人箫鼓歇，龙舟不看看牙樯。

荷灯百尺接云霄，传说秦兵罢野烧。今日承平无个事，照他牛女渡河桥。

编者注：据王士祯《西陵竹枝词》注：元夕连袂唱竹枝、采茶歌，七夕家家张荷叶灯，云昔秦白起代楚，将烧夷陵，望见城中灯火而止，遂沿至今也。

东湖竹枝词（选二）　清　张玉

张玉，字非石，号慥轩，湖南安乡人。乾隆三十五年举人。

蜀船千桨下南津，日暮江干震鼓钟。至喜亭边舟子喜，屠羊酾酒赛江神。

巫云深处望夫君，无义滩高隐暮氛。莫令郎心似滩水，孤负巫山一段云。（《宜昌县志》）

竹枝　清　张问安

夷陵江下江茫茫，一声欸乃江中央。吴孃十五竹枝曲，解唱巫山空断肠。

竹枝词　清　张乃孚

张乃孚（1758－1825），号西村，合州（今重庆合川区）人。

乾隆四十八年举人，曾为蓬州学正。

谁言蜀道青天上，百丈牵船自在流。到此长年齐拍手，竹枝声里是渝州。

瞿塘竹枝　清　钱林

本是新安人，爱作西州贾。一过瞿塘山，泪落酸肠肚。

三月说还期，经秋峡未下。不知风流难，定复嗔书诈。

编者注：新安：浙江淳安。

巴东竹枝　同前

横肩榔栗苦匆匆，走马应官笑转蓬。争似布帆千幅好，送人无恙出巴东。

排行石压笋千窠，饮水猿轻挂绿萝。更好官人容稳坐，业滩滩上少风波。

屈原沱水买薪罢，虎角狼头瞥过中。自有归州长年在，闽禺底用选篙公。

下水舟呜十枝橹，上水舟凭十幅蒲。两舟逢着遥相问，前去新滩水落无。

西陵竹枝　同前

西塞山前箬笠斜，网鱼不许下鱼叉。鱼寒得汕如家里，稳坐船中莫忆家。

才过南津是下牢，新刳桐壳小于刀。峡州来往归乡住，奚

怕夷陵白浪高。（《玉山草堂续集》）

竹枝词（选四） 清 何人鹤

巴峡千峰走怒涛，新滩石出利如刀。弄篙的要行家手，未是行家休弄篙。

阻雨阻风正好眠，起来相唤又摊钱。光阴易度荒荒度，放着河水不洗船。

舟上遣倦谱风谣，作客江湖兴颇饶。万橹千篙休说慢，破帆几个得伸腰。

原注："万橹千篙，当不得破帆伸腰。"帆伸腰即直顺风。

雾鬟风鬟水上梳，江为园圃艇为庐。一双赤足白如水，摇傍依舟卖鳜鱼。

编者注：摊钱：赌博。（《台山诗集》）

蛮营竹枝词三首 清 贝青乔

春至鸳鸯争避水，秋来翡翠暖依山。浮家莫笑妾无定，总在巫云十二间。

望郎妾如江上石，弃妾郎如江上潮。巅风三日断郎渡，隔着对城江一条。

泪里惊看萍泛迹，林梢愁看柳吹绵。来时何缓去何速，郎似门前上峡船。（《半行庵诗存稿》）

峡中竹枝词四首　清　戴纶喆

戴纶喆，字吉双，綦江人。举人，曾为邛州训导。光绪七年主讲四川瀛山书院。

上牢下牢风流多，一峡两峡山嵯峨。正是蹄猿声泪尽，瞿塘有客驾舟过。

黄牛峡中雨又晴，无义滩头行人行。不只北人能坠泪，南人已听杜鹃声。

原注：黄山谷诗：北人堕泪南人笑，青壁无梯闻杜鹃。

水浅新滩深叶滩，滩滩无处非波澜。问人滩上几山路，诘屈南陵十八盘。

峡路由来难更难，新滩下去空舲滩。一到新滩先丧胆，不知还有鬼门关。

编者注：新滩、叶滩、空舲滩：西陵峡中三大险滩。谚云：新滩不算滩，空舲才是鬼门关。

秭归竹枝词四首　清　王正笏

王正笏，出自太原系三槐堂王氏。光绪十八年恩贡。

三农朝起辨阴晴，牛角兴云雨暮倾。鸟语哥哥行不得，曲传人意一声声。

香溪溪水碧无涯，照见云鬟日浣沙。溪上泉声和佩响，教侬怎不忆琵琶。

积石滩如竹节稠，行人最苦上滩舟。黄牛朝暮犹相见，未过新滩客尚愁。

作苦三农重有秋，朝朝服事遍西畴。高田防旱低防湿，纵有丰收只半收。（《归州志》）

宜昌竹枝词　清　光容

光容，字静叔，号寿堂，安徽桐城人。诸生。

入峡猿啼日暮愁，江城险要畏黄牛。西风吹得声声急，四十人摇上水舟。

夷陵竹枝词　清　李运北

李运北，字翰波，东湖（今湖北宜昌）人。举人，曾为襄阳教授。

黄牛峡内惊波吼，白狗滩头乱石横。倒退长蛇盘鸟道，寒猿愁听一声声。（《宜昌县志》）

夔州竹枝词　清　王映东

王映东，号辛坞，金溪（今属江西抚州）人。诸生。

轻舟来往辨桅杆，来是双桅去是单。几度黄陵祠内祝，祝郎处处获平安。（《听雨楼随笔》）

峡中竹枝词（选一）　清　罗宏备

罗宏备，字我生，东湖（今湖北宜昌）人。拔贡。

恶石堆滩怒不平，短篙长缆最能行。黄陵庙里江神会，满

坐瞿塘滟滪声。（《宜昌府志》）

编者注：最能行：见杜甫《最能行》诗。

夷陵竹枝词　清　龙锡

龙锡，夷陵人。贡生。

夔门险峻抱重关，巫峡连云耸翠鬟。一自画疆分楚蜀，蚕丛尽劈万千山。

夷陵竹枝词二首　清　田钧

田钧，汉阳人。

仙人桥上白云封，仙人桥下水汹汹。行舟过此停桡问，不见仙人空碧峰。

编者注：仙人桥：在南洋关西荆门山，这里是欣赏西陵秀色最佳地。

翠柏森森孝子祠，行人把酒酹姜诗。西陵风俗由来厚，不比苏台唱竹枝。

编者注：姜诗：汉朝孝子。苏台：苏杭地区。

川船竹枝词十首　清　龚维翰

雕花船子四舱开，几净窗明绝点埃。隔岸如将唤板主，邻舟没事斗掀牌。

殷勤写载云来差，朱印包单一纸怀。八尺油绸新买就，大书字字是官阶。

嘈杂乡音入耳中，掌家籍贯半川东。衅船鸡酒人人醉，一楫而来有太公。

双日开头唤扯篷，鸣锣三转又三通。可怜桡纤诸夫子，足踏船头便望风。

凌晨水映月如钩，打桨推桡客路愁。一十六支飞燕子，号声吼破蜀江秋。

万变篷窗景莫穷，青山名字问篙工。马门又说传餐饭，火老丁哥颊映红。

蜀道愁过百八滩，滩工险处觉心寒。骇人最是三峡石，乱掷金钱乱打宽。

宽分大小酒分香，割肉酬劳三寸长。醉后休忘是潮水，灯花剪向太平舱。

新叶滩头说换宗，裹船雪浪鼓冬冬。唤来五板盘滩急，莫以身轻试毒龙。

相牵猿壁上重山，检缆人归缒铁环。喜得布帆三十幅，顺风正送过夔巫。

编者注：板主：即船主。朱印包单：有官印的画信凭证。太公：船上长年，今称太公。飞燕子：船名。马门：船舱门。火老丁奇：船上伙夫。打宽：赏酒钱。换宗：两船间互助过滩。五板：小船。毒龙：险恶的急流。检缆人：负责上流拉纤清道，下水推桡板梢。缒铁环：把系于绳端的铁环放入水中。

清明竹枝词四首　清　傅家瑜

山光如黛水如油，帽影鞭丝映碧流。盘载絮羹樽载酒，鼛鼛鼓乐出街头。

子女丁男隔夜邀，鸡筹三唱即纷嚣。衣衫一一翻新样，直送香风下马桥。

石门山下水淙淙，笑语纷腾过大江。两岸桃红花簇锦，一番锣鼓几番腔。

大家罗拜坐平冈，干脯蒸豚共泛觞。莫笑山中无礼数，男男女女自分行。

竹枝词 清 佚名

巴西艇子下巴东，无数滩声晓梦中。猿叫一江云起处，潇潇细雨打船篷。

三峡竹枝词九首 易顺鼎

无义滩高自可愁，峡州几日上归州。三朝三暮黄陵道，不听猿声亦白头。

峡山遮月月难来，溪女踏歌歌莫哀。郎似西陵峡中月，一生相见不多回。

香溪人去几时归，万里龙沙雪打围。溪上老翁愁欲绝，女儿生得似明妃。

神女祠前愁杀侬，巫山十二美人峰。而今神女依然在，行云行雨何处逢。

紫凤天吴五色明，白盐赤甲两边晴。吴娘莫便夸针线，唾尽红绒绣不成。

两边山木合山溪，路过云安古县西。上峡可怜人欲老，那堪重闻子规啼。

江州人云一年余，不见狂夫尺鲤书。借问江州坠林粉，比依颜色竟何如?

水远山长恩若何，竹枝声里断魂多。千重巫峡连巴峡，一片渝歌接楚歌。

楚客扁舟抱一琴，千峰月上绿萝深。莫弹三峡流泉操，中有哀猿泠雕音。

编者注：紫凤、天吴：刺绣图案。天吴即水神。古云安：即今奉节。

竹　枝　方于彬

方于彬（？—1938），字颉云，号觚斋，简阳人。曾为叙永知县。

团团黄柚出夔巫，水驿山程到蜀都。五角一枚亲手擘，甘芬绝胜荔枝奴。

下里词送杨使君之蜀　赵熙

心感中年别故交，一官如芥共堂坳。西行却有高僧意，万水千山自打包。

路转樊山处处秋，维舟汉口又沙头。夷陵访过欧阳迹，一夜猿声送峡州。

平都古寺风泠泠，山木入天杨翠旌。仙人一云鹿无迹，日斜山鬼下空庭。

编者注：下里词：指荆区地区的民间歌词，含竹枝词。平都：丰都。仙人：指在平都山上得道的阴长生、王方平。

竹　枝 同前

西陵水色胜新安，朝暮黄牛上峡难。人在空龄歌一曲，雁声遥应第三滩。

小泊香溪到玉虚，洞中垂乳是仙居。只缘心上明妃在，水味浓香满汉书。

屈原庙前枫叶红，平明打鼓上巴东。秋风亭下香火绝，手板无人谒寇公。

巫山峡影玉清冷，人在冰壶一色清。水响猿啼神女怨，云晴雨淡楚王灵。

巫山窈窕复玲珑，墨作围屏玉作峰。一镜桃花低绿水，瑶姬写影在当中。

缥缈巫山十二峰，晴峰奇秀雨峰浓。美人峰更薰香立，如此巫山愁煞侬。

一舸瞿塘日易西，峡门盐甲与天齐。千秋杜甫吟能健，白帝城高接瀼溪。

汉相扶孤旷代才，滩声遥夜使人哀。三分不续高光业，八阵遥当滟滪堆。

云安县前江水春，桓侯庙里早梅新。盈盈石上浣花女，何处凌波无洛神。

燕窼峡转渐安流，南浦人烟出万州。风便南宾三日到，翠屏山间白公楼。

编者注：玉虚：秭归玉虚洞，名景之一。南浦：指万州。白公楼：在忠县城西，为纪念白居易所建。

归州竹枝词 无名氏

人鲊瓮头波放颠，两岸青山青插天。篙师力尽客破胆，茅屋老翁方醉眠。

后　记

七十年前，学校组织春游，多选择去夔府名胜白帝古城。站在白帝城最高楼上，风景秀美，让人思潮起伏：眼前是波滔汹涌的千里长江，脚下是长江和巴蜀咽喉三峡夔门。赤甲、白盐两山对峙，石壁千仞。滟滪砥柱中流，锁钥夔门。大大小小的木帆船挣扎在高山下的急流之中。大自然牵动着学子的心灵。那是我最为幸福、快乐的学生时代。

1946 年，当我第一次行走在夔峡岸石壁上开凿的夔巫栈道上，尽情欣赏走进峡门的奇异风光时，我曾想：为祖国的大自然，为三峡夔门，我能做点什么？

作为白帝城故事的延续，我走在白帝去东屯的小路上，拜访了东瀼溪旁的杜甫纪念堂。怀着学子的无限敬意，我读了杜公的三峡诗章，从而深深地敬佩这位伟大的中国文化人，敬佩这位在夔府三年、走向其诗作最高峰的中国诗圣。

2011 年，我计划用十年时间，编辑三峡诗稿。在这年秋高气爽的时候，我走进某高校开始了这项工作。三年收集，三年编纂，编写出三峡诗初稿。

六年来，因过度用眼，我由老花变为近视，视力大减，腿脚也渐渐行动不便。我只能改变计划。此时，我已经八十六岁。

但我仍然庆幸我有了一份初稿。

这份初稿可能有疏漏，有一定的错误，我期待专家和读者的批评、指正。期待在不久的将来，有更完善的三峡诗稿。

谭戍夔

2016 年 9 月 20 日

图书在版编目（CIP）数据

长江三峡诗集/谭成夔编著．—成都：巴蜀书社，2018.6
ISBN 978-7-5531-1009-7

Ⅰ.①长… Ⅱ.①谭… Ⅲ.①诗词—作品集—中国
Ⅳ.①I22

中国版本图书馆 CIP 数据核字（2018）第 147837 号

长 江 三 峡 诗 集
CHANGJIANG SANXIA SHIJI

谭成夔 编著

责任编辑 王 雷
封面设计 黄 政
出　　版 巴蜀书社
　　　　 成都市槐树街 2 号 邮编 610031
　　　　 总编室电话：（028）86259397
网　　址 www.bsbook.com
发　　行 巴蜀书社
　　　　 发行科电话：（028）86259422 86259423
经　　销 新华书店
印　　刷 成都春晓印务有限公司
版　　次 2018 年 8 月第 1 版
印　　次 2018 年 8 月第 1 次印刷
成品尺寸 210mm×148mm
印　　张 44.125
字　　数 1000 千字
书　　号 ISBN 978-7-5531-1009-7
定　　价 260.00 元（上下册）